燕山文化丛书

生灵物语

SHENGLING WUYU

索俐◎著

昆虫卷

北京燕山出版社
BEIJING YANSHAN PRESS

图书在版编目(CIP)数据

生灵物语. 昆虫卷 / 索俐著. -- 北京 : 北京燕山出版社,
2022.2

ISBN 978-7-5402-6337-9

Ⅰ. ①生… Ⅱ. ①索… Ⅲ. ①散文集-中国-当代
Ⅳ. ①I267

中国版本图书馆 CIP 数据核字(2022)第 002539 号

生灵物语·昆虫卷

作　　者 索　俐
责任编辑 金贝伦
封面设计 一本好书
出版发行 北京燕山出版社有限公司
社　　址 北京市丰台区东铁匠营苇子坑 138 号
电　　话 010-65240430
邮　　编 100079
印　　刷 北京燕化印刷工贸有限公司
经　　销 新华书店
开　　本 880mmx1230mm　1/32
字　　数 970 千字
印　　张 40.5
版　　次 2022 年 2 月第 1 版
印　　次 2022 年 2 月第 1 次印刷
定　　价 158.00 元(全四卷)

序（一）

《生灵物语》丛书，是索俐同志创作的主要反映北京郊区动植物奥秘、故事，宣传生物多样性、推进生物多样性实践的系列科普文学作品，分为动物和植物两个系列，共160多万字。

习近平主席在世界《生物多样性公约》第十五次缔约方大会主旨讲话中指出："'万物各得其合以生，各得其养以成。'生物多样性使地球充满生机，也是人类生存发展的基础。保护生物多样性有助于维护地球家园，促进人类可持续发展。"

2010年退休后，作者便满腔热情投入到燕山石化公司关心下一代工作中，并重点参与了《燕山石化图志》《燕化英模风采录》《古今燕山》《燕山春秋》等书籍的撰写、编辑和出版工作，为弘扬和传承燕山石化精神和燕山企业文化做出了重要贡献。

从教20多年的经历，推进生物多样性和关心下一代的责任，使作者自20世纪90年代便开始筹划创作京郊动植物系列书稿。

现代青少年学生，大部分时间埋头于书本、课堂和各类补习班，疲于应付各种考试，接触大自然的时间及机会越来越少。正是基于这一现实，作者才生发出为孩子们创作京郊动植物系列书稿的初衷。青少年时期，作者生活在传统自然经济状态下的京郊小山村，得以和各类动植物亲密接触，深入了解，并有了深厚情感。

花费大量时间和精力，创作出集故事性、知识性、趣味性、科普性为一体的科普文学作品，不仅为孩子们开拓了一方观察了解自然的奇异窗口，也为燕房地区乃至北京地区生态文学创作做出了有益探索和贡献。

在市场经济及浮华名利的干扰和冲击下，能心无旁骛、平心静

气埋头于动植物的观察、研究、探索与写作，这需要笃定的耐力，强烈的责任感和使命感。历经20多年的不懈努力与坚持，作者终于完成了这一巨制。该书稿受到了知名文学家的称道和好评。

中国作协原副主席、党组成员、儿童文学委员会主任高洪波先生评价说："索俐同志作为企业宣传干部能始终怀着童心专心动植物科普文学创作，精神难能可贵；能将故事性、趣味性与科普性融汇于书稿，更是一种有益的探索和尝试。"

中国作协会员、北京作协理事、房山区文联主席史长义（凸凹）先生评价说："本套书籍内容不但适合青少年阅读，也适合成年人作为枕边书，大快朵颐。以文学散记的形式撰写科普文章，是索俐先生对科普文学创作的一种有益尝试和独特贡献。他功莫大焉。"

经北京燕山出版社上报，该书目已被批准列为北京市2020年宣传文化引导基金资助项目。

该丛书的创作及出版得到了燕山文联、燕山石化公司关工委的大力支持，燕山工委、办事处和燕山石化公司多位领导对创作给予了热情关注和推荐。大家一致认为，这套丛书不仅是关心下一代工作、推进生物多样性的重要文化成果，也是燕山地区独特的文化建设成就，建议将其列入中小学地方阅读书目。

《生灵物语》动物系列共分为"昆虫卷""鳞豸卷""禽鸟卷""畜兽卷"四卷，每卷配有100多幅照片，突出了图文并茂特色。

生动有趣的故事、精细深入的观察、穷其肯綮的探索、形象直观的插图，相信一定会让广大青少年乃至家长爱不释手，并作为枕边书去阅读。

衷心祝贺《生灵物语》丛书出版！希望作者继续创作出无愧于时代、令读者期待的好作品！

燕山文联

燕山石化公司关工委

2021年10月

序（二）

凸 凹

《生灵物语》是作家索俐先生撰写的回顾、记录、研究北京郊区常见动植物的系列科普散文作品。

习近平主席指出："人与自然应和谐共生。当人类友好保护自然时，自然的回报是慷慨的；当人类粗暴掠夺自然时，自然的惩罚也是无情的。我们要深怀对自然的敬畏之心，尊重自然、顺应自然、保护自然，构建人与自然和谐共生的地球家园。"

索俐先生从小生长在京西南房山区的一个小山村，从童年到青年都生活在20世纪五六十年代艰辛、淳朴并带有浓郁自然经济状态的环境里，有幸与诸多动植物亲密接触、朝夕相伴、相依相知。正因为如此，叶绿花红、草长莺飞、虫鸣鸟语、兽走禽飞，都让其心驰神往，充满喜悦、探求与渴望。

然而，随着社会发展、人口膨胀、传统自然经济的消失和人类对自然环境的破坏，动植物赖以生存栖息的环境及条件在一天天恶化；全球100多万种动物，每天以几十种甚至上百种的速度在快速灭绝。想到这些，就让人扼腕焦虑又无可奈何！

多年来，出于推进生物多样性的责任，出于未泯的童心，出于对环境恢复的渴望，出于对京郊动物的浓厚兴趣和特殊情感，作者生发出一种记述和表达那个时代的强烈愿望和责任感。

为此，20多年来，索俐先生以大自然为师，以记录、还原、挖掘之功，深入动植物世界内部，努力探寻和研究其中所蕴含的

各种奥秘和新奇有趣故事，揭示所蕴含的哲理、规律、经验和教训，描绘出那个时代情趣盎然的别样画卷。

该部作品遵照真实性、故事性、趣味性、知识性原则，以散记笔法，记录了他所处时代的自然环境、社会环境、人文生活及与动植物亲密接触的经历，亦有他人讲述的故事，堪称是20世纪京郊生活的一部别史，也称得上是作者特殊经历的一部自叙传。

由于积累素材、探求动植物奥秘是一项十分艰苦的工作，需要深入生活、深入观察、深入探究、不断学习和充实自己，甚至要亲自饲养，故书稿写作持续的时间较长，从20世纪90年代至今已达20多年，可谓孜孜矻矻，令人肃然起敬。

这些文稿，有与动植物亲密接触的体会，有揭示动植物世界生生不息的奥秘，有记录动植物之间彼此争斗的残酷，有对动植物成长的观察和探究，有对动植物科普知识的研究和涉猎，总之，是索俐先生多年来所见、所闻、所感、所得以及对动植物探索研究心得的真实记录。资料翔实，叙述细密，阐释精当，卓见功力，让人大饱眼福。

在喧嚣和浮躁的市场经济大潮冲击下，能安下心来，不为干扰所动，心无旁骛地做一项看似“小儿科”的文化工程，需要的是恒心和定力，更需要一种责任和毅力。索俐先生以自己的实际行动坚持了下来，让我感喟不已。他是坚定的文化使者和甘于奉献的文化圣徒。

阅读这部书稿，读者不但能间接了解和感知20世纪传统自然经济条件下，人与动植物亲密接触的生动有趣场景，还能了解那个年代人们所经历的多姿多彩、艰辛困苦而又有滋有味的生活。

阅读这部书稿，不仅能使读者深入了解有关动植物的知识和奥秘，还能启迪读者关心爱护动植物的意识和情感，进而为推进生物多样性做出自己的贡献。

那些逝去的过往岁月，因为有动植物相伴而馥郁着浓浓的自然韵味，散发着令人回味的芳香。随着生活的现代化和居住城市化，人们接触动植物的机会越来越少。不用说野生动植物，就是人工饲养的动植物也变得日渐稀少。

因为有了动植物存在，地球才充满生机，人类才能生存繁衍。生命链条中的每一个环节都是不可替代的。一种动植物基因的形成需要亿万年时间，而一旦灭绝就很难再复生。在逝去的岁月里，人和动植物之间曾经是那样密不可分、息息相关。阅读此书，愿人们能为建设与动植物和谐共生的美好生活而共同努力！

《生灵物语》动物系列共分四卷，分别为“昆虫卷”“鳞豸卷”“禽鸟卷”“畜兽卷”，计170多篇稿件、80多万字。

为突出文稿的形象性及科普性，作者还结合每篇文稿内容，深入生活、深入实际，拍摄、搜集了数千张相关图片，并邀请朋友协助拍片、绘制相关插图，增加了书稿的直观性和形象性。

在注重文集故事性、趣味性、知识性的同时，为突出科普性，每篇文稿之后又设置了“科普链接”内容，以帮助读者从动物学角度了解该篇的主人公，透出悉心照拂的美意。

本套书籍不但适合青少年阅读，也适合成年人作为枕边书，大快朵颐。

以文学散记的形式撰写科普文章，是索俐先生对科普文学创作的一种有益尝试和独特贡献。他功莫大焉。

是为序。

2021年10月26日于北京良乡昊天塔下石板宅

目 录

树瘿之谜

童年时，故乡有不少人患“大脖子”病。脖颈无端膨胀起或大或小的半圆形鼓包，不但影响美观，而且阻碍了头颈的左右转动。乡里人把这种病叫“瘿袋”，属良性肿瘤之类，是缺碘地区人们常患的一种地方病。

张婶的脖子上圆滚滚的瘿袋在村里最大，就像挂着个葫芦，让人看了感到格外拖累和别扭。但张婶很能干，不但养大了6个孩子，而且操持着繁重的家务，那累赘的瘿袋并没有影响一个农家女人应完成的各种活计。

▲榆叶瘿里包裹的是榆叶瘿蚜

人长瘿袋是因为缺碘。可童年时我就发现一些树木上也会长出奇怪的瘿袋。难道它们也缺碘吗？

在故乡，榆、柳、橡子、杜梨、栗子等树木的枝叶上，常能见到大小不等、形状不一的瘿袋。有的长在树叶上，有的长在嫩枝上，有的长在树干上……

在各种瘿袋中，叶子上长的瘿袋最多。其中，最典型、最常见的则是榆叶瘿袋，乡人称为“榆叶娃子”。

▲扁担杆的叶子上布满了包裹瘿蚜的叶瘿

也就是说，榆树叶子上居然长出了自己的孩子。

初春的时候，嫩榆叶刚长出来，人们就来捋榆叶了。捋回的榆叶可以和在玉米面里加点盐做成榆叶窝头，可以掺在玉米糁中做成榆叶玉米糁粥。由于榆叶有一定黏性，做出的窝头很劲道，熬成的粥也黏糊可口。

但捋榆叶时要仔细察看上面有没有“榆叶娃子”。若有，要舍弃，因为“榆叶娃子”内有令人讨厌的小虫子。

“榆叶娃子”刚生出来很小，黄绿色，长在嫩嫩的榆叶表面如同米粒大小，大一点后便长成了大米粒一般。随着榆树叶子的生长，“榆叶娃子”吮吸抢夺着榆叶的营养，迅速膨胀成不规则的椭圆形，有的长到手指肚大小，还挂上了漂亮的粉红色。

这时候，“榆叶娃子”无论是个头还是重量，都远远超过了榆叶自身。榆叶逐渐变得枯瘦发黄、低垂无力。

常常能见到这种情况：路旁小树的榆叶上，长满了令人生厌的“榆叶娃子”，就像是挂上了数不清的“小铃铛”，让人感到头皮发麻，甚至有些恶心。

倘若摘下一枚“榆叶娃子”掰开查看，就会发现里边有一只、几只或十几只令人生厌的黑色蚜虫。

“榆叶娃子”竟然是这些蚜虫的巢穴！

“榆叶娃子”是个封闭的囊状物，细细的根部与榆叶紧密相连，没有任何可进入的孔隙或通道。这些蚜虫是怎么进去的呢？

原来，这是一种专门寄生在榆叶上的蚜虫，其名字叫“榆叶瘿蚜”。

初春，嫩嫩的榆叶刚发芽，藏匿蛰伏了一冬的榆叶瘿蚜便开始寻找寄主。由于小榆树出芽早、长叶快，因而成了榆叶瘿蚜的首选。这也是小榆树上为什么“榆叶娃子”很多的原因。

选中寄主以后，榆叶瘿蚜会用尖尖的产卵器刺破嫩叶表面，将卵产在嫩叶之中。受到刺激的嫩叶，会迅速启动防卫机制，分泌汁液将卵包裹起来，形成一个小囊。而卵则会迅速孵化为幼虫，正好把榆叶的汁液作为自己吸食的美食。就这样，瘿蚜不断在瘿囊内用针刺式口器从囊壁吸吮汁液。瘿囊则在刺激中随着榆叶生长而不断变大。

伴着时间的推移，具有孤雌繁殖能力的瘿蚜在瘿囊内不断繁衍下一代，瘿袋里的蚜虫便逐渐增多起来。

到了七八月份，瘿袋逐渐变老、变干、破裂，里面的瘿蚜也随之飞出，进入下一轮繁殖周期。

以榆叶为“寄主”的榆叶瘿蚜并非一种。不同榆树会招来不同的瘿蚜，形成不同的树瘿。例如，北京郊区榆叶瘿蚜形成的“瘿袋”，表面较光洁，呈浅绿色，有的还带着淡淡的红晕。而在张家口地区黑龙山国家森林公园白榆林中发现的榆叶“瘿袋”，则是黄绿色，表面疙疙瘩瘩，如同烂菜花一般。看来，不同的“寄客”是喜欢不同“寄主”的。

榆树叶子会寄生榆叶瘿蚜，柳树叶子会寄生柳叶瘿蚜，还有棉瘿蚜、蚊母瘿蚜、黄连木瘿蚜等等。总之，瘿蚜是昆虫中的一个大家族，叫得上名字的就有几百种。

此外，在植物叶子上寄生的还有各种瘿蜂。

夏天，去京郊橡子林穿越，时常会在橡叶上发现许多圆圆的、褐色、浅红或淡黄的小圆球。这些小球的直径四五毫米，光洁漂亮，根部紧贴着叶片，与叶片共生在一起。这就是栎叶瘿蜂的“杰作”。

橡树的学名叫栎树，栎叶瘿蜂是专门寄生在橡树叶上的一种蜂类，主要危害橡树的叶子。受到危害的橡树，叶子逐渐变黄、变白，最终变为灰褐色，且叶面会皱缩变形，严重的还会造成叶子提早脱落甚至枝叶干枯。

清明节以后，橡树长出了嫩叶，越冬的栎叶瘿蜂成虫也开始在橡叶上产卵。它们把卵产在橡树叶背面的侧脉上，受到刺激的叶脉迅速变得畸形肿大，而叶子的正面则逐渐凹陷下去。紧接着，蜂卵在肿大的瘿囊内快速孵化，并刺激叶子正面组织形成一个小球状瘿囊。瘿囊逐渐变大，直径可达到5毫米以上。剖开一枚瘿囊观看，会发现中央有一个圆形虫室，虫室外生有数十根针状体，犹如一个微型栗子蓬，下端长有一柄，与瘿囊内壁及叶片侧脉相连，故而能够源源不断得到树叶提供的营养。

平时，瘿蜂的幼虫在虫室内刺吸汁液。随着幼虫成长，瘿囊内的虫室逐渐变成一个小圆球。剖开圆球，会发现一只白色的、胖胖的小虫子。到了9月上旬，叶子上的球形瘿囊陆续脱落，虫室内的幼虫蜕变为蜂蛹；至9月下旬，蜂蛹羽化为成虫，咬破瘿囊外壁钻出越冬。

栎叶瘿蜂一年发生一代，成虫会钻入枯枝败叶中度过寒冷的冬天。

据有关资料介绍，瘿蜂是个大家族，有数百种之多，除了栎叶瘿蜂，还有栗叶瘿蜂、柳叶瘿蜂等等。

瘿蚜、瘿蜂之类的小昆虫，都以树叶为寄主，均有孤雌繁殖能力，能在叶子上制造出一个个瘿囊；而有些稍大一点的昆虫，则能在树木的当年嫩枝上制造出瘿囊，让树枝也长出“瘿袋”来。

到山野树林中穿行游玩，时常能看到杜梨、朴树的小枝上突兀地生出一个个圆球状瘤体，就像细枝穿上了微型“糖葫芦”。折下小枝用手去捏，瘤体很硬、很结实。可以断定，不仅是树皮，连树枝的木质部也膨胀起来。剥开瘤体的外皮一看，果然如此，那瘿囊的中心竟深入到了木质部。

是什么东西让树枝莫名奇妙地膨胀起来了呢？将瘿囊放在石头上一砸，开裂的瘿囊中呈现一个奇妙的小室，小室中躺卧着一条胖胖的小虫子。无疑，瘿囊就是小虫子的家。

那么，小虫子又是如何钻入这包裹严密的瘿囊里的呢？

其秘密与叶瘿形成的过程基本相似：春天，越冬的成虫用产卵器刺破嫩枝，将卵产在嫩枝内，而嫩枝迅速分泌汁液将其包裹起来；孵化后的幼虫不断啮食刺激瘿囊使其不断膨胀，最终发育成了细枝上的瘤状体。

▲檀树瘿瘤和瘿瘤内的瘿蜂幼虫

待到秋天来临，瘿囊内的幼虫发育成熟，便会咬出个茧窝，然后从容做茧，最终羽化为成虫破茧而出。

任何生命的存在都离不开空气。在密闭瘿囊中生活的瘿蚜、瘿蜂幼虫，是如何获得生命所必需的空气的呢？

原来，树叶也好，

▲栎叶上的栎叶瘿和栎叶瘿蜂幼虫

树皮也好，人眼看上去似乎是密不透风的，实际上却有很多肉眼无法看到的“气孔”。这些气孔，保证了树木的呼吸需要，同时也使生活在瘿囊内的瘿蚜或瘿蜂幼虫获得了生命所必需的空气。

俗话说：蛇有蛇道，鼠有鼠道。各种生物都有自己的生存高招，这就是大千世界的奇妙所在。

至于树干上的那些大型“瘿袋”，则是由天牛等幼虫打洞啮食所形成。天牛的成虫在榆树、国槐、桃树、杏树等寄主的树干上产卵，孵化后的幼虫钻入树皮，深入木质部危害树木。为了自保和防御，树干一边用分泌物封堵虫洞，一边发育出相关组织，试图包裹或阻隔虫害的侵蚀，久而久之，便形成了巨大的瘿瘤——树干“瘿袋”。

当然，也有一些树木的瘿瘤并非是昆虫入侵所致，而是由于受到了有害真菌的感染，比如杨树。

当春季气温上升以后，有些杨树受到真菌感染会出现褐色病斑，树皮开始软化、龟裂，呈现明显黑褐色，随之会产生许多针状突起，病斑不断扩展，逐渐包围树干形成黑色瘿瘤，上部的枝条便会逐渐枯死……

如此种种的实例表明，树瘿是树木枝叶受到昆虫虫卵、幼虫或真菌的刺激，受害部位细胞不断增生而形成的一种瘤状物。这种“瘿袋”一样的瘤状物，既是植物自身防护的一种生理反应，也是某些昆虫赖以生存繁衍的寄主及“保护伞”。

树瘿形成的奥秘表明，在整个生物链条进化的过程中，植物与动物相生相克、共生共长，但动物的智慧和本能终究要比与其共存的植物技高一筹。

科普链接： 树瘿是树木因受到害虫或真菌的刺激，局部细胞增生而形成的瘤状物。制造瘿瘤的害虫主要有瘿蜂和瘿蚜。瘿蜂和瘿蚜均有数百种。每一种均有特定宿主植物，并在特定部位产卵刺激生长出特定形状的虫瘿，有的在植物叶子上，有的在植物嫩枝、嫩干上。瘿蜂和瘿蚜的幼虫在树瘿内吸食汁液或啃食植物，进而长大繁殖变为成虫飞走。瘿瘤严重危害植物生长，甚至会造成宿主植物死亡。

恼人的跳蚤

跳蚤也叫“虼蚤”，乡人称其为“虼子”，是一种令人恼恨的吸血寄生虫。

辞书对“虼”的解释是：昆虫，赤褐色，小型无翅，善跳跃，寄生在人畜的身体上，吸血液，能传染鼠疫等疾病。

《水浒传》梁山好汉中第107位是“鼓上蚤”时迁，属七十二地煞星中的“地贼星”。之所以被称作“鼓上蚤”，是因为时迁能飞檐走壁，善于深入、钻营、偷盗。一些人认为“鼓上蚤”的意思就是“鼓面上的跳蚤”。这其实是望文生义之误。“鼓上蚤”的真正含义，是指鼓边上起固定鼓皮作用的小铜钉，隐喻身子小巧却能深深钻入并建功立业之意。

▲吸血的跳蚤

这里的“蚤”虽不是“跳蚤”的“蚤”的含义，但二者小而本领不凡的意思却是相近的。

1

跳蚤和蚊子、苍蝇、虱子一样是20世纪六七十年代前严重危害京郊百姓健康的寄生虫。

相比之下，跳蚤比其他几种害虫更厉害、更难以对付。

首先，是它们的敏捷及吸血的狠毒。

一旦跳到寄主身上，跳蚤会立

即用刺吸式口器刺进皮肤，狂吸猛吸，迅速使身体鼓胀起来。由于跳蚤的口器比蚊子、虱子更粗壮，吸血速度更快，所以刺入皮肤后人会感到格外刺痒和疼痛。

而当寄主感到痛痒难忍拍打或抓挠患处时，跳蚤早就敏锐感知而跳到别处继续“作案”了。所以，一个晚上，只要被窝里有一两只跳蚤，就会把寄主咬得翻来覆去、无法入睡、苦不堪言，又无可奈何。

有人苦笑着说：“这‘虼子’也太厉害了，咬得我一次次从炕上爬起来，都不敢着炕了！”

于是，就有了“‘虼子’力气大，顶人躺不下”的乡民俚语。

其次，是它们顽劣的抗击打、抗重压的能力。

俗话说得好：“常在河边站，哪能不湿鞋？”跳蚤天天咬人，总有被人拍住、捏住的概率。这时候，人们会用手指使劲儿捏压，直到认为跳蚤已经昏死才会放开。可就在你查看跳蚤尸体的时候，它却倏然滚动，继而“嗖”地没了踪影……这结局会让人懊悔不已、怅然若失。

这结局在蚊子、虱子、苍蝇身上是绝对不会发生的。那么，跳蚤为什么会经历重压而不死呢？

原来，跳蚤的外壳不仅厚实，且极为坚韧，上面还倒生着许多硬毛，可以承受来自外界相当于自身体重百倍的重压！有了这种特殊的身体构造，就像练就了铁布衫金钟罩，使其有了打不破、捏不死的非凡能力。

有人做过一个计算，人如果生就了跳蚤一样的外壳，那么，即便是从1000米高空跌下来硬着陆也会安然无恙！

再次，就是它们躲避追捕、转瞬即逝的逃脱能力。

与虱子、蚊子、苍蝇、跳蚤接触过的人都会有同样感受：捉虱子比较容易，打蚊子、苍蝇也不难，但唯独抓跳蚤难上加难！

之所以困难，在于它们出奇的机警和令人惊异的跳跃能力。

想抓被窝里的跳蚤，就得掀起被子。可被子刚一掀开，暴露出的跳蚤就会双腿一蹬没了踪影……

跳蚤为什么会有如此敏捷和惊人的弹跳能力呢？

秘密就在于跳蚤的两条后腿上。跳蚤两条带刺的后腿粗大健壮，是前腿长度的数倍，不但肌肉发达，而且有一种天生的特异功能。

跳蚤的祖先为原始翅尾虫，本来生有翅膀，后来退化了，但其牵动翅膀的强健肌肉依然保存下来，并能将力量从背部转换到侧面，这样就使跳蚤获得了强大的跳跃力。此外，它们位于胸部的“侧弧”器官由特殊蛋白质组成，能如橡皮筋那样拉长以后再收缩，从而释放出巨大储能。上述两个因素叠加后，便使跳蚤获得了令人瞠目的弹跳力。

有人曾做过测算，小小跳蚤的跳跃高度可达30多厘米，相当于自身长度的200多倍！犹如一个人奋起一跃腾空二三百米高再越过一个标准足球场一样！

所以，要选动物跳高、跳远冠军，跳蚤当之无愧。

正是具备了上述一系列绝佳本领，跳蚤才成为让人最为头疼的寄生虫。

2

经历了一次次痛苦折磨和实践，人们总结出了消灭跳蚤的诸多办法。

为防止掀起被子跳蚤会逃脱，我总结出这样一种办法：不掀被子，而是从一侧一点点慢慢卷起，一旦发现跳蚤，迅疾用手掌迎面压住；待确实感觉摸到并捏住跳蚤了，便拼力反复揉搓，直到将其搓死搓烂……当然，手指也就染上了鲜血。

可一只只捕捉毕竟困难，而且效率低。

怎样才能有效抑制和消灭跳蚤呢？

岳母的办法是：将被褥和炕席揭下来到院子中敲打晾晒；在土炕上铺一小层柔软山草或麦秸，然后点燃控制其慢慢燃烧。这样一来，被子、席子上的跳蚤及虫卵被基本清除，土炕上的虫卵及躲在炕缝中的跳蚤被烧死或熏跑，一家人终于可以在一段时间内睡个安稳觉了。

后来有了"六六六"粉等农药，便将药粉撒在炕席底下和被褥上。这种方法驱虫效果显著，但容易引起人员中毒——那时候，农村时常会发生村民农药中毒事件。

随着"除四害、讲卫生"运动的不断深入，人们防治跳蚤的知识不断增加。

首先，是大家知道了跳蚤的巨大危害和消灭跳蚤的重要性。跳蚤吸血，给人造成严重痛痒还是表面和次要的，可怕的是它通过叮咬吸血传播令人恐怖的鼠疫、绦虫病、肾综合征出血热、地方性斑疹伤寒等恶性传染病。

鼠疫是由鼠疫耶尔森菌感染引起的烈性传染病，是我国法定传染病中的甲类病种，在39种法定传染病中位居第一位。老鼠、旱獭等是鼠疫病菌的自然宿主，而鼠身上的跳蚤则是传播鼠疫病菌的最佳媒介。鼠疫传染性强，病死率高，在世界上曾多次发生过大流行。14世纪欧洲爆发的鼠疫病，3年时间就死了3000多万人，造成了空前无人区和大恐慌！我国解放前也曾多次发生过鼠疫流行，造成了成千上万人死亡。目前，鼠疫虽已大幅减少，但在我国西部、西北部仍有零散病例

▲跳蚤后腿弹跳力极强

发生……由此可知，跳蚤虽小但危害极大。

其次，是了解了跳蚤的生活习性和传播途径。据说，一只小小的跳蚤在适宜环境中能活1～2年，一年之内不吃任何东西也可以活下来，其生命力的顽强让人咋舌。

资料介绍说，雌跳蚤吸一次血排一批卵，一只雌蚤一生可产200～400枚卵。虫卵为白色，产下两天后就可孵出幼虫。幼虫也是白色或乳白色，全身有鬃，行动活泼，如微型无足小蚕，会藏在炕缝、墙缝、炕席下，以成虫粪便、动物皮屑、食物残渣为食，什么都吃，从不挑食。经过3次蜕皮后幼虫进入蛹期。这时候，它们还是咀嚼式口器，而一旦蛹化为成虫后就变成了刺吸式口器。随遇而安的生活习惯，使跳蚤的幼虫具备了极高的生存概率。

跳蚤没有固定的寄主，在各种有毛动物身上均可寄生，甚至在毛毯、地毯中也能生存。母蚤吸血后一般会选择把卵产在动物身上，而不是人的身上——因为人经常洗衣、洗澡，不利于卵的寄生和孵化。这也是它们的繁殖策略。

了解了跳蚤的这些习性，我们便能有针对性地采取措施消灭它们。

第一是对居室进行清除跳蚤的处理：喷洒药剂，堵死鼠洞，抹平土炕、墙壁上的各种缝隙，让老鼠难于出没，跳蚤无处藏身；第二是对鸡舍、狗窝、猪圈等禽畜饲养地喷洒杀虫剂，铲除跳蚤繁殖滋生的基地。

20世纪80年代以后，水泥普遍代替了石灰；而坚硬的水泥地面、墙壁、路面阻隔了老鼠打洞的可能，跳蚤的重要寄主——老鼠基本被挡在了居室之外。

那时候，居民小区普遍严格实行“八不养”规定，不像现在猫狗泛滥。

经过多年的不懈奋斗，困扰人们多年的跳蚤和跳蚤所带来的疾病，终于退出了人们生活的舞台，并消失在众人的视线里。

3

如今，几十年过去了，没有了跳蚤的干扰，没有了可怕的鼠疫，我们的生活变得舒适和安逸。跳蚤和鼠疫似乎已成为历史上遥远的痛苦记忆。

但2019年，连续从网络上听到京郊、华北等地出现了多起、多地鼠疫发生的信息。这让人从心底产生了一种不祥和恐惧。

如今的城市居民，因为长期浸泡在安逸、富足的生活中已变得相当自我和麻木。猫、狗、鼠、兔和各种禽鸟，已成为普遍豢养的宠物，有的宠物地位甚至远高于家庭老人之上。曾经的“八不养”，现在已被许多人抛之脑后。数量众多的宠物行走于闹市街头如入无人之境。它们的确为主人增添了乐趣，也满足了一些人的情感寄托，却造成了大量资源消耗，还会给我们的生活埋下传染病的隐患！

寄生在宠物身上的跳蚤等寄生虫就是这种隐患和不定时炸弹的携带者。

猫、狗身上的寄生虫清除起来非常困难。跳蚤便可在不同寄主之间频繁转换，悄无生息地传播着各种潜在的可怕病毒。这些病毒一旦失控暴发，就会给这个家庭、小区乃至整个城市带来不可估量的灾难！

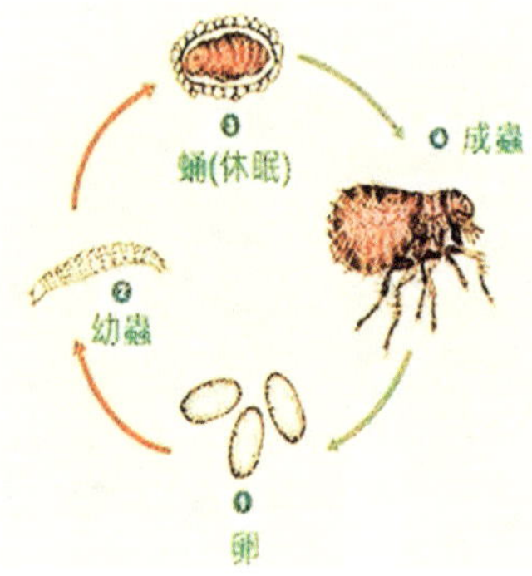

▲当年跳蚤生活史宣传画

不要以为导致上亿人死亡的鼠疫离我们已经十分遥远，或许明天、后天的某个节点，它们就可能露出狰狞的面容！

可能许多人会不以为然地讥笑这是杞人忧天，认为凭着现代发达的医疗技术和防治手段，曾经的鼠疫在今天一定会得到很好控制，历史上的灾难是不会在今天轻易上演的。

但愿如此吧——我们也从内心里这样祈祷！

科普链接：跳蚤为节肢动物门、昆虫纲、蚤目、蚤科寄生性昆虫，俗称虼蚤、虼子，身小无翅，触角粗短，后腿发达粗壮，极善跳跃，成虫通常寄生在哺乳类动物身上，少数寄生在鸟类身上。完全变态昆虫，卵白色，孵化后幼虫很像白色或乳黄色小蚕，无腿，全身有鬃，行动活泼，为咀嚼式口器，以有机物渣滓和成虫排泄物为食。几次蜕皮后作茧化蛹，羽化后变为成虫，身体坚硬侧扁，腹部大而椭圆，有9个环节，变为刺吸式口器，吸吮动物血液，可传播鼠疫等多种疾病。

御蚊琐记

儿时纳凉，二爷摇着蒲扇，给几个小伙伴出了一个谜语：“为了我打它，为了它打我；打破它的肚子，流出我的鲜血。”

几个人歪着头想，就是猜不对。一只蚊子在耳边“嗡嗡嗡”绕起了圈子，我顿时恍然大悟：“蚊子!”我兴奋地大喊。二爷高兴地连拍我的脑袋夸我聪明，小伙伴们也投来羡慕的眼神。从此，蚊子的谜语就印在了我的脑海里。

对于蚊子，记忆中的切肤之痛从童年就开始了。20世纪50年代的农村，家畜满街走，粪便满地丢。盛夏雨季，街巷宅院，脏水粪便“星罗棋布”，苍蝇、蚊子成群结队。夜晚，苍蝇收起了淫威，蚊子开始了张狂。昏昏沉睡一宿之后，清晨醒来便会觉得浑身奇痒，就拼命去挠，被蚊虫叮过的地方很快被挠成红肿的、浸出黄色体液的大包。于是，日复一日，旧伤未愈，新伤又添：感染、化脓、结痂，再感染、再化脓、再结痂，胳膊和腿上始终连绵着几片让人害怕的溃烂。如今，40多年过去了，腿上因蚊虫叮咬而落下的伤疤仍然清晰可见。

蚊子为昆虫纲、双翅目、蚊科的一种小飞虫，全球有3000多种。化石资料显示，蚊子和苍蝇都是比人类历史要早得多的史前昆虫。早在1.35亿年前的白垩纪，南美洲岩层中就出现了蚊子的祖先。那时候，蚊子祖先的体型大约是现在蚊子的3倍。

在整个蚊子群体中，并不是所有蚊子都会吸血。其中，雄蚊子主要食素，以植物的汁液、蜜露果腹；而雌蚊子嗜血，专门吸食动物和人的血液。为什么雌蚊子要吸血呢？因为只有吸食了其

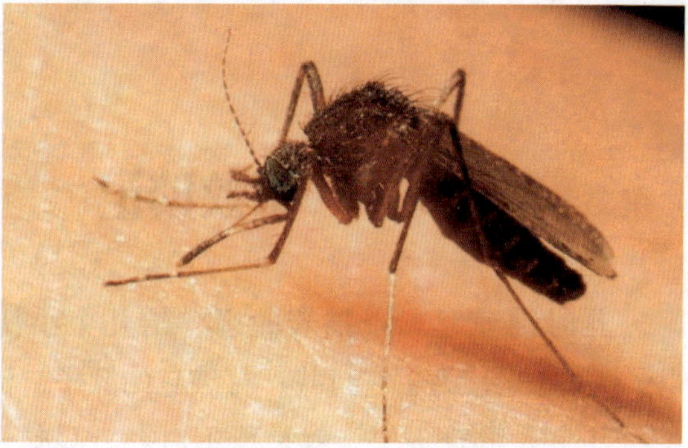

▲蚊子用针刺式口器吸食人血

他动物的血液，雌蚊子才能繁衍后代。由此看来，蚊子的繁衍历史是不折不扣的雌性吸血史。

蚊子叮人的时候，多数人都难以察觉。当人们感觉到刺痒的时候，它们大多已经吸足血液逃之夭夭了。雌蚊叮人时我们为什么难以察觉呢？原来，雌蚊的唾液中有一种麻醉剂，蚊子的尖嘴刺入皮肤时我们很难感到痛痒。

此外，蚊子嘴中还有一种具有舒张血管和抗凝血作用的物质，它使血液更容易被吸食。被蚊子叮咬后，皮肤常出现起包和发痒症状。但痒的感觉并不是因为蚊子唾液里的化学物质引起的，而是我们体内免疫系统释放出的一种对抗外来物质的蛋白质引起的过敏反应。

蚊子吸人血，还会“挑肥拣瘦”，专门寻找合乎“口味”的对象。一般来说，汗腺发达、体温较高，过度疲劳、呼吸频率较快，肤色较黑或肤色发红的人最受蚊子青睐。

被蚊子咬了起包发痒还是小事，最可怕的是被传染上致命的疾病。

医学研究表明，蚊子传播的疾病可达80多种。在我们的地球上，没有哪种动物比蚊子对人类的危害更大了。据世界卫生组织发表的数据，全球每年约有7亿人会患上由蚊子传染的各种疾病，且每17人中就有1人不幸死亡。疟疾是疟蚊传播的一种最常见的疾病，每年会造成数百万人死亡。在非洲，平均每30秒就有1个儿童死于疟疾。

在我国，能传播疾病的蚊子主要有疟蚊——传播疟疾；库蚊——传播丝虫病和流行性乙型脑炎；黑白斑蚊——传播流行性乙型脑炎和登革热。

蚊子传播疾病的过程是：当它们吸食了病人的血液后，便把病人的病毒或疟原虫吸进体内；而再叮人的时候，又将口中的病毒或疟原虫注入到了被咬者体内。

可怕的流行性乙型脑炎就是由蚊子传播的。乙型脑炎也叫日本脑炎，患病者发烧、头疼、呕吐、抽搐、昏睡、昏迷，没有什么特效药可用，只能依靠自身免疫力痊愈，所以死亡率非常高。

驹子是我童年伙伴中最壮实的一个：四肢滚圆，虎背熊腰，论摔跤小伙伴们谁也不是他的对手。可那一年他被蚊子咬了，患了乙型脑炎，赤条条躺在病床上，医生用神经测试仪测试已没有了反应。我和驹子的家人一起流泪了。20世纪60年代，得了乙脑能活下来的很少，即使侥幸活下来也会落下严重残疾。然而，驹子却奇迹般地活了过来。

为了医治落下的残疾，驹子要长期服用一种药片，可一段时间哪里也买不到。我托一位赤脚医生为驹子买来了这种药，并拒绝收他的药费，驹子便把我当成了患难之交。病愈后的驹子说话虽然还略显结巴，但终究能参加简单劳动了。我离开故乡后，每年秋季，驹子都要驾着拖拉机给我送来红薯、柿子等家乡特产。相聚之中，我既为驹子的逐渐康复感到欣慰，也为他留下的残疾而感到沉重。

为了驱蚊、灭蚊，人们可以说是想尽了办法。为了与蚊子作战，童年时我就学会了许多御蚊之术。在农村，家境殷实的住户，可用竹帘和“冷布”（棉窗纱）将门窗防护起来，阻止蚊子进入。但多数农家采用的是烟熏法：临睡前，在屋地上燃上一堆黄蒿，闭门锁户，全家外出，任浓烟将蚊子熏倒后再回来；或者点燃一根“火绳”挂在房梁上，让袅袅青烟缭绕在屋子里将蚊子熏跑。

“火绳”是农家人制作的一种土“蚊香”。仲夏以后，长满黄色子粒的野蒿成熟了。人们把它割下来，晒得半干，然后再拧成麻花状的火绳。这时节，人们早出晚归，争相把一捆捆黄蒿割回家，再拧成火绳以备来年使用。

黄蒿拧成的“火绳”驱蚊效果虽好，但烟味太浓，人不免被熏得咳嗽难耐。于是，精明的农家人又造出了一种用栗子花拧成的香“火绳”。

▲农家驱蚊用的黄蒿火绳

仲春以后，栗树开花了，几寸长的细穗几天后就落了一地。

把栗花的细穗及时收起来，极艺术地编成手指粗小辫子一般的栗花“火绳”。这种“火绳”烟小、味香，驱蚊效果又好，所以是农家的稀罕物。但村中栗树有限，且制作又费工夫，所以，多数农家对它是可望而不可即。

20世纪70年代参加工作后，家里有了向往已久的蚊帐，驱蚊手段也有了进步。“敌百虫”“敌敌畏”之类药物相继登场，但负作用颇大，常因驱蚊而把人熏得头晕气喘。于是，盘绕的蚊香渐渐替代了“敌敌畏”，那细细的、袅袅的青烟虽比“火绳”小，但驱蚊效果却比“火绳”强得多。

20世纪90年代以后，清洁、环保的生活方式成为人们追求的时尚，无烟、无火的各式驱蚊器便悄然出现，蚊香又成了过时的手段。

1998年搬入新居后，偶见对门住的老师傅手持一支“儿童羽毛球拍”正舞动扑蚊，我顿感新奇。老师傅告诉我，这叫“电蚊拍”，装两节5号电池，是新式灭蚊武器，发现蚊子后，只要按动开关，挥拍而上，金属丝网就会将蚊子吸住电死。一只蚊子恰好飞过头顶，他随手挥拍，蚊子立即爆成电火花被烧死在金属丝网上。老师傅介绍说这是从上海买回来的，如我喜欢，日后可替我代买一支。那年入夏，去上海看望女儿的老师傅果然兑现诺言，为我带回了电蚊拍。

电蚊拍取代驱蚊器确实好处多多。高科技的灭蚊手段不仅保证了室内空气不再受化学烟气污染，而且雪白的墙壁也不再因拍打蚊子而留下污点。

一则古老的谚语形容蚊子为“八月钢嘴，九月挺腿”，是说中秋前后的蚊子最厉害，到了阴历九月秋凉以后，蚊子就会耐不过低温而死去了。为什么会这样呢？因为中秋前后正是蚊子的繁殖季节，雌蚊子必须大量吸血之后才能促其卵巢发育以繁衍后代。所以，人们才感到中秋的蚊子特别“凶猛”。

这则谚语表明，蚊子是害怕低温的。实验表明，在25℃以下，蚊子的活动能力开始明显减弱；当温度下降到22℃以下时，蚊子的活动基本受到抑制。

掌握这一规律后，我曾做过实验：将卧室空调的温度调到22℃，果然一夜平安，连蚊子们“嗡嗡”的声音都没有听到。

然而，灭蚊、驱蚊、抑蚊的手段即使再先进，也难免被蚊子叮咬。一旦被蚊子叮咬，掌握一些应急小窍门还是可以减少痛痒的。例如，可用肥皂水涂抹患处，或用芦荟汁、盐水、牙膏涂抹患处，这些方法都可以有效止痒。曾为我家带孙儿的冯奶奶，还发现了用地黄叶搓揉患处止痒的有效办法。

但最根本的方法，则是能找到并消灭蚊子的滋生地。

蚊子的一生经过卵、幼虫、蛹、成虫四个阶段。雌蚊必须把卵产在水中才能孵化，如河水、水洼、水塘、池沼、积水处。在温暖的季节里，大约3天卵就可孵化为幼虫——孑孓。孑孓吃水中的微生物，经过4次蜕皮后变成蛹；蛹继续在水中生活两三天，即可羽化为成虫——蚊子。这一周期大约需要10天。

蚊子的幼虫最易杀灭。发现蚊子的滋生地以后，及时清除孑孓生存的积水（如家中的下水漏、花盆等积水处），或在积水点喷洒杀虫剂，就能最大限度地消灭孑孓，从而有效减少蚊子的数量和危害。

科普链接：蚊子为昆虫纲、双翅目、蚊科、吸食类昆虫，全球约有3000种，是一种具有刺吸式口器的小飞虫。雌蚊繁殖前需要叮咬动物以吸食血液来促进卵的成熟。蚊子的唾液中有一种具有舒张血管和抗凝血作用的物质，它使血液更容易汇流到被叮咬处。人被蚊子叮咬后，皮肤常出现起包和发痒症状。而雄性则吸食植物的汁液。吸血的雌蚊是疟疾、黄热病、丝虫病、登革热、乙型脑炎等疾病的传播者。除南极洲外各大陆皆有蚊子的分布。

苍蝇利害

提到苍蝇，人们就会与肮脏、可恶、传播疾病联系在一起，并从心里产生一种强烈的厌恶感。

俗话说：病从口入。苍蝇长着翅膀到处乱飞，且有搓足、刷身的习性。它们在粪便、脏物及腐尸上爬行摄食后，又会飞到人体、餐具上停留，飞到我们的食物上边漫步边舔食。

苍蝇为舐吮式口器，取食时先要吐出嗉囊的消化液来溶解食物，然后才能舔食；更让人恶心的是，它们边吃、边吐、边拉，每分钟要排便四五次。由于苍蝇多以腐败有机物为食，它们的身上和消化液中会携带多种病原微生物，在食物上吐出消化液时会将大量病原体吐在食物上，人吃进这些食物或使用了被污染的餐具，就会感染霍乱、痢疾等各种疾病。

正因为如此，苍蝇成了“四害”之一，成了威胁人民健康的“公敌”。

20 世纪50年代初朝鲜战争期间，美军曾对中国东北地区实施了“细菌战”，用飞机撒下了许多带有各种病菌的苍蝇、老鼠。为了粉碎敌人这一阴谋，在中央防疫委员会的领导下，全国各地迅速掀起了群众性卫生防疫运动。仅半年时间，全国就清除垃圾1500 多万吨，疏通渠道28万公里，新建、改建厕所490万个，改建水井130万眼，捕鼠4400万只，消灭蚊、蝇、跳蚤约200万斤。

1958年2月12日，为进一步消灭病害，提高人民卫生健康水平，中共中央、国务院发出《关于除四害讲卫生的指示》。该《指示》提出要在10年或更短一些的时间内，完成消灭苍蝇、蚊

▲苍蝇也会吮吸花蜜并传播花粉

子、老鼠、麻雀的任务(后来将“麻雀”改为“臭虫”)，使我国人民转病弱为健强、转落后为先进。指示发出后，全国迅速掀起了轰轰烈烈的除“四害”、讲卫生运动。

记得那时我们刚上小学，也加入了除“四害”的大军。为了消灭苍蝇，小学生们上学每人都要携带一把苍蝇拍，还利用手工课每人叠制了“苍蝇斗”。大家拍苍蝇、数苍蝇、记数字、评灭蝇小能手，活动搞得热火朝天。

苍蝇属于完全变态昆虫，一生要经过卵、幼虫、蛹、成虫四个阶段。苍蝇产卵后会孵化为幼虫，乡人们叫做“蛆”，主要滋生在旱厕所的便坑里，蝇蛆长大后会爬出便坑钻进土里化成蛹，经过一周左右的时间再羽化为苍蝇成虫。

为了最大限度消灭苍蝇，我们除了用苍蝇拍直接消灭，还结成小组深入到各家各户的厕所，用小铁铲在厕所附近的土里挖蝇蛹。蝇蛹为褐色，常常是十几只、几十只聚集在一起。挖出蝇蛹后，把它们夹进一个瓶子或纸盒里，然后交到学校计数后消灭。

俗话说："春灭一只蛹，夏少万只蝇。"意思是说，由于苍蝇有超强的繁殖能力，如能在蛹期消灭一只，就等于日后消灭了上万只苍蝇。

除了污染食物、传播疾病，苍蝇还是干扰人们休息的讨厌小飞虫。

那时候，贫困的农家根本没有什么蚊帐、纱窗等防蝇器物，苍蝇尽可以在室内外飞来飞去。盛夏暑热，不管是纳凉休息，还是午睡小憩，它们都会"嗡嗡嗡"飞来跟你捣乱：或者趴在你皮肤上让你痒得难受，或者在你身上拉一堆蝇屎让你恶心，常让人心烦意乱、不得安宁。

尽管经历了大张旗鼓的除"四害"运动，人们也千方百计想办法消灭它们，可苍蝇的种群一直不见减少，至今仍种族兴盛、遍布各地！

苍蝇为什么会有如此强大的生命力呢？认真分析和研究苍蝇的特点和习性，可以归结为以下几个原因：

首先在于它们强大无比的繁殖力。雌性家蝇羽化后30多个小时即可性成熟交配。大多数家蝇终生只交配一次，雄蝇的精液可以长久贮存于雌蝇的受精囊中，并在数周之内使蝇卵不断受精，而不必再去与另一只雄蝇交配。

一只雌蝇一生可产卵五六次，每次产卵约100枚，一年之内可繁殖10～12代。按照最保守的估计，若每只雌蝇只保留下200只后代，那么，100只雌蝇只需经过10代便可繁衍出2万亿亿只苍蝇！正是这呈几何级数增长的繁殖能力，才使得它们的种族始终能兴旺发达、无法灭绝！

其次，在于其特殊的消化系统及免疫能力。苍蝇的消化系统非常独特。当苍蝇吃了许多带有各种病菌的食物后，它们能在消化道内进行快速处理，迅速摄取食物营养并及时将无用的糟粕、废物及病菌排出体外。由于这个过程只需要7～11秒的短暂时间，因而大多数细菌在进入苍蝇体内后，尚来不及繁殖就已经被排出体外了。

一旦苍蝇吃下的食物中带有快速繁殖能力的细菌，它们的免疫系统会产生被称作BF64和BD2的两种球蛋白。这些蛋白与细菌接触后就会发生“爆炸”并与细菌“同归于尽”。正是有了这两种特殊球蛋白的护卫，才使得苍蝇虽生长在腐朽肮脏的环境中，却始终不被各种病菌、病毒所侵害。

科学家研究发现，BF64和BD2这两种球蛋白的杀菌能力，要比青霉素等药物强千百倍。如果人类能够从苍蝇体内提取出BF64和BD2 球蛋白，并用于为人类医治疾病，那么一定会使免疫治疗领域发生一场革命性的变化，给整个人类带来巨大的福音。

再次，在于苍蝇适应环境的特殊能力。苍蝇前翅非常发达，而后翅则退化成平衡棍，这在其他昆虫中极为少见。正是这种构造，使苍蝇的飞行速度不但快速而且敏捷。这也是我们拍打苍蝇不容易拍到的重要原因。

苍蝇的头部有一对圆而大的复眼和一对短小的触角。巨大的复眼几乎能看到360° 视野；短小的触角是苍蝇异常灵敏的嗅觉器，相当于鼻子，能嗅到数千米外的各种气味，能让苍蝇循着气味迅速飞向锁定的目标。出色的眼睛和超常的嗅觉，使苍蝇具备了发现和获得更多食物的本领。

最后，苍蝇有六条腿，腿末端的脚掌都有分泌黏液的吸盘。因此，它们能在光滑的玻璃体上垂直或倒仰着行走，使它们获得了更大的活动空间与活动范围，生存也有了更多的自由。

然而，苍蝇并非只有我们传统印象中讨厌的一面。从生态学的角度看，苍蝇实际上是我们这个世界上无法战胜、不可或缺的昆虫种族。

在整个生态系统中，苍蝇的幼虫扮演着垃圾清道夫的重要角色：动物粪便、动植物尸体的分解……没有蝇蛆，我们的生态系统就会变得腐臭不堪、难以生存。

由于苍蝇成虫具有强烈的嗜甜性，因此它们能像蜜蜂一样在采食花蜜中为各种植物授粉。我们常常可以看到，在鲜艳的花朵上，苍蝇与蜜蜂一起在吸吮着花蜜。倘若没有食蜜苍蝇帮助各种植物授粉，我们这个世界可能要变得单调和苍白很多。

由于活蝇蛆具有食腐的嗜好，在临床医学上常将它们接种于久腐不愈的伤口上，让其清除腐肉，杀菌清创，帮助伤口愈合。

由于蝇蛆富含丰富的粗蛋白和人体所需的氨基酸，可以做家禽、家畜的优质饲料，因而饲养蝇蛆也成了一种现代产业。

在苍蝇大家族中，还有许多种寄生蝇，能够通过寄生的方式抑制和消灭各种害虫。例如，以蛾蝶类为寄主的寄生蝇，会把卵产在蝶蛾幼虫的体内，以蝶蛾幼虫身体作为蝇蛆的食物，长大后再钻出寄主体外化蛹，寄主则在蝇蛆蛀食中逐渐走向死亡。

还有一种食蚜蝇，专门捕捉植物叶片上的蚜虫，和七星瓢虫一样，是消灭和抑制蚜虫的高手。

更让人惊讶的是，在澳大利亚，苍蝇居然被视为“宠物”。50元澳元纸币上印的就是苍蝇图案。澳大利亚人为什么喜爱苍蝇呢？原来，澳洲的这种苍蝇与其他国家的苍蝇不同。它们多以森林为家，以植物汁液为食，不带病毒和细菌。这种苍蝇个头很大，整个躯

▲一对交配的麻苍蝇

▲常见的丝光绿蝇

体及翅膀呈现柔美的金黄色，飞行时也没有令人讨厌的“嗡嗡”声，因而被人们当作美丽、干净、可爱的宠物。这种苍蝇甚至成了澳大利亚的出口商品。在悉尼和布里斯班两大港口，每月都有大批装满苍蝇的集装箱运往国外，或供研究之用，或作垂钓者的鱼饵，或作养鱼场的饲料。

由此看来，我们原认为“罪孽深重”的苍蝇，不仅有自己独特的生存诀窍，而且有诸多可取之处，是我们这个纷繁多彩世界中不可或缺的一分子呢！

科普链接：苍蝇属于节肢动物门、有颚亚门、昆虫纲、有翅亚纲、双翅目、短角亚目、蝇科、苍蝇属、苍蝇种昆虫，为完全变态类昆虫。全世界蝇类约有34000种，我们身边常见的种类有家蝇、市蝇、丽蝇、麻蝇、大头金蝇、丝光绿蝇等等。苍蝇的食性饕餮而广泛，香的、甜的、酸的、臭的……各种食物它们都喜欢，从不挑食，而且吃起来没完没了，是传播疾病的重要媒介，为“四害”之一。

“磕头虫”的秘密

童年时，经常会捉一类黑色油光的小甲虫玩耍。这类小甲虫身长一两厘米，身宽三四毫米，身体很坚硬，很有力气，属于瘦长形的硬甲虫。

这类小甲虫的最大玩趣便是会“磕头”：被捉住以后，从后面捏住腹部，它的头胸部就会不断仰起来，然后磕下去，“咔——咔——”，仿佛是在连续叩头朝拜。因为这一特点，乡人们便给它们起了个非常形象的名字——“磕头虫”。

孩子们捉这类甲虫主要是看它们“磕头”。有时候几个孩子拿着各自的“磕头虫”比试，看谁的“磕头虫”能连续“磕”得最多、速度最快。一些“磕头虫”累了中途停下来，主人便会立即用手指拨弄它的头部，促使它继续“磕”下去……连续的劳累和拨弄，会让这些“磕头虫”口吐液体，乃至捏着它的手指肚都被浸湿了——大约就是因过劳而“口吐鲜血”了吧？

1

“磕头虫”学名为叩头虫，属于节肢动物门、昆虫纲、鞘翅目、叩甲总科中的昆虫，全世界约有8000种，我国约有200种。叩甲总科的昆虫多为植食性、腐食性，是庄稼、树木、蔬菜的重要害虫。

我们所见的“磕头虫”是这类昆虫的成虫阶段。至于其幼虫阶段，则是乡人们非常憎恶的“铁嘴子虫”，学名叫“金针虫”，终年生活在地下，以植物的根茎为食，不但生长时间长，而且危害很大。

▲金针虫的成虫即为“磕头虫”

“磕头虫”身体为黑色或黑褐色，头部长着一对触角，胸部生有三对细长的步足，前胸腹板有一个突起，平时可以收纳到中胸腹板的沟穴中。

“磕头虫”为什么要不断磕头呢？这实际是它们的一种逃生方式。捏住“磕头虫”腹部让其磕头，你会感到每磕一次，它的腹部似乎就向前移动了一点，连续磕下去，光滑的身体会突然从你的手指中向前脱出掉在地上。这实际是一种脱身术，是用身体震动收缩的方式在一点点挣脱。

落在地上以后，若有人想继续抓捕，“磕头虫”会做假死状，一动也不动；少数“磕头虫”会展开外面的硬翅，快速扇动膜质的内翅，瞬间飞向空中；但大部分“磕头虫”面对追捕，会“啪”地瞬间跃起，使整个身子一下弹起几十厘米，然后落在远处。若你不放弃追捕，它会故技重演，不断地弹跳逃避，直至躲过危险。

由此可知，“磕头虫”的磕头，实际是为了逃避天敌，是为了逃生和避险，抑或是为了翻越什么障碍，是它们生存本能的反应。

此外，“磕头虫”磕头所发出的声音还是雌雄之间相互求偶的一种信号。

那么，“磕头虫”为什么能够磕头弹跳呢？原来，它们的前胸腹面有一个楔形突起，正好插入到中胸腹面的一个槽里。这两个东西结合在一起便形成了一个灵活的机关。当它们发达的胸肌收缩时，先是向中胸收拢，然后突然仰头发力，那胸片不偏不倚地撞击在地面上，使身体向空中弹跃而起，然后在空中完成一个“后滚翻”落下来。

当“磕头虫”仰面朝天时，它也会运用这一“机关”，先把头向后仰，在身下形成一个三角形空间，然后猛然收缩背纵肌，使前胸突然伸直。这时候，它的背部就会猛烈撞击地面，在反作用力的作用下，磕头虫的身体就会被猛然弹向空中，然后做一个“前滚翻”，落在远远的地上。

别看“磕头虫”身长只有一两厘米，却能跃到40多厘米的高度，算得上是昆虫里的跳高健将。

正是看到这一特点，孩子们除了让“磕头虫”比赛“磕头”，还让它们比赛“跳高”：把几只“磕头虫”放进一个铜盆里，让它们一次次仰面朝天翻过来“啪——啪——”地蹦，看谁的虫子蹦得高……这是20世纪五六十年代山村孩子一种独特有趣的娱乐活动。

那时候，“磕头虫”特别多，常常不期而遇：有大一点的，小一点的，长一点的，短一点的，壳甲闪着油亮的，或土里土气没有光泽的。总之，种类很多，可以顺手抓来。尤其是下雨之前，“磕头虫”明显活跃，抓起来也更加容易。

2

记得童年的时候，村里的孩子们虽然对“磕头虫”很喜欢，但对“金针虫”却十分憎恶。那时我们并不知道“磕头虫”与“金针虫”实际是一类昆虫的不同生长阶段。

对“磕头虫”的喜欢是因为好玩，对“金针虫”的憎恶是因为它们啃食庄稼。人们叫“金针虫”为“铁嘴子虫”。它们是与

“小地老虎”齐名的庄稼大敌。

为什么叫“金针虫”呢?

因为这种虫子只有火柴棍般粗细，约3厘米长，身体金黄或褐黄，皮厚而坚挺，身体富有光泽，上面长有细毛，胸部有十分短小的三对步足，犹如一枚结实闪亮的金针，故称为“金针虫”，与我们常见的面包虫有些相似。

为什么又叫“铁嘴子虫”呢?

因为“金针虫”的咀嚼式口器锐利凶狠，非常结实，堪称铁嘴钢牙，什么样的庄稼都会被咬得千疮百孔，而且需用指甲用力掐住才能掰掉其牙齿，所以乡人们叫它们“铁嘴子虫”。

在我的印象里，一入春季，农家与“铁嘴子虫”和“小地老虎”的“拉锯战”就开始了。

“小地老虎”色黑而粗壮，个头较大，身体比较柔软，容易发现和捕捉。

“铁嘴子虫”因为身体比较细小，身上的颜色又与植物的根相似，所以寻找和捕捉都比较困难。

“铁嘴子虫”主要残害玉米、谷子、高粱、花生等幼苗的根茎，常常在地表下面把根茎齐茬咬断。乡人们把这一现象称之为“放倒”。

清晨来到地里，朝阳中你会看到刚长出地面的小苗有的明显枯萎了，这肯定是被“小地老虎”或“铁嘴子虫”“放倒”了。

用小铁铲循着枯萎的小苗根部边挖边检查，便会在一两寸或两三寸深的地下，抓到这些现行的“罪犯”。

对抓获的“小地老虎”，我们会一铲拍下去将其打烂；而对于“铁嘴子虫”，则必须双手掐住身体用力把它们扯断——因为用铁铲拍是很难伤害它们身体的。

玉米、谷子、高粱、花生等庄稼一般采用条播或点播的方

▲身体结实的金针虫

式，每垄或每埯会有多株小苗，损失一两株影响并不大；发现有“放倒”的现象后，及时抓捕“罪犯”，补齐缺苗就可以了。

最让人担心的是白薯秧。对刚栽到地埂里的白薯秧，“铁嘴子虫”能在一个夜晚将数株嫩苗齐刷刷连续“放倒”！由于刚栽下的薯秧尚未扎根，被咬断后就等于“断了香火”无法再生，所以只能花费力气重新补栽……补栽的小苗要浇足水才好成活，这一活计主要由小孩子承担。

所以，少年时与“铁嘴子虫”和“小地老虎”的拉锯战，给我留下了深深的印象，也由此牢牢记住了它们的习性。

上中学以后，才知道“铁嘴子虫”学名叫“金针虫”，竟然是“磕头虫”的幼虫。

在昆虫世界，大部分昆虫一年至少会繁衍一代，而“金针虫”却要在地下生活近3年才能作茧化蛹，进而羽化为“磕头虫”。这一特点与蝉的生物习性十分相似。

在京郊地区，“金针虫”八九月间化蛹，经20天左右羽化为成虫。成虫在土中越冬，来年三四月间出土活动。它们白天躲在麦田或田边杂草中休息，夜晚出来活动寻找配偶。之后，雌虫把卵产在土壤深处，再孵化为幼虫。

从生物学的角度看，“磕头虫”的成长经历算是漫长而艰辛的，况且一生中还有诸多天敌在等着它们。

令人憎恶的“金针虫”也并非一无是处。听骨科医生说，它们竟是一味很好的接骨中药呢!

科普链接：磕头虫，为节肢动物门、昆虫纲、鞘翅目、叩甲总科昆虫，学名叩头虫，其前胸腹面有一个楔形的突起，正好插入到中胸腹面的一个槽里，这两个东西镶嵌起来，就形成了一个灵活的机关。当它发达的胸肌肉收缩时，前胸准确而有力地向中胸收拢并撞击地面，身体则向空中弹起，做个后滚翻再落在地上。仰面朝天时，它会猛地一缩，后背撞在地面后弹向空中，落地后则面朝地面停住。其幼虫为纤细的金黄色，故称“金针虫”，又叫铁嘴虫，在地下危害庄稼的根茎，是一种难于消灭的地下害虫。

童年的蜻蜓

童年的蜻蜓，像五彩的精灵在天上飞，像夏天的云使在空中忙。孩童时的夏季，雨分明特别勤快：三五天一场小雨，十来天一场大雨，至于暑伏连天，阴雨连绵更是常有的事情。村边的小河涨满了水，周围的山谷涌出了泉，水坑、洼泽很多很多。池塘、小溪、河流，便为蜻蜓的生息繁衍提供了优越的环境。

乡人们管蜻蜓叫“蚂螂”。蚂螂是夏季阴雨天的云使。每逢云积气凝、骤雨将至，闷热的天空中就会有无数蜻蜓神秘而至，翻飞盘绕、如织如梭，村北打谷场上空会笼罩出一张流动的蜻蜓网，招引得村童们挥舞荆棘，扑杀捕捉。娃儿们念念有词，像是祭雷公电母，又像是祭风婆雨神：“蚂螂蚂螂过河来，小脚儿娘筛箩来，大筛，小筛，筛你娘的脑袋……”就这样喊着、叫着，抡着棘条向飞舞的“蚂螂”抽去。

▲多彩的蜻蜓是夏天美丽的风景

为什么阴雨天蜻蜓就降临了呢？童年时并不知晓。后来才知道，是因为下雨前空气湿度大，苍蝇、蚊子之类的小昆虫飞不高了，以小昆虫为食的蜻蜓才从高空追到了低空来捕食。酸枣棘条有蓬勃

▲美丽的黑绿大蜻蜓

四伸的侧枝，侧枝上有坚硬的直针和弯曲的钩针，只要蜻蜓碰上，不是掉头，就是断腹。无头的蜻蜓已无法飞翔，断腹的蜻蜓仍可飞上一段，但因失了平衡飞不了多远。村娃儿们因无知便无忌，并不在意蜻蜓是不是益虫，因为它们实在太多了！把捕获的蜻蜓用莠草穿起来，拎回家喂了母鸡。

然而也有报应，大约是太疯狂、太专注，抽“蚂螂”的村娃们往往顾前不顾后，抡起的棘条有时竟向同伴呼啸而去。于是，就有了弯曲枣针勾住耳朵的惊险，就有了鲜血淋漓的抱头大哭。但孩子的记性总爱荒芜，几天以后，耳伤未愈，又舞着荆棘条在打谷场上疯起来。

用荆棘条抽蜻蜓是要蛮力，也得不到完好的蜻蜓，智慧的捕捉是用手擒。蜻蜓飞累后会落在篱笆、枯枝或河草上。猫下腰，蹑手蹑脚走过去，从蜻蜓的尾后慢慢伸出手，张开拇指、食指和中指，待接近蜻蜓的尾部时突然合拢，蜻蜓便被擒在手中。被擒的蜻蜓会扇动翅膀弯过身子拼命挣扎，想咬你的手指，但怎么又咬得了呢？被捉的蜻蜓因其飞行能力未受损害，孩子们便有了如下的恶作剧：把一柄细草叶插入蜻蜓腹部或用细线拴一叶纸条系在蜻蜓尾部放飞，蜻蜓便歪歪扭扭拖着“风筝”飞起来。蹒跚的蜻蜓，拖着草叶或纸条在空中晃呀晃、转呀转，飞不高也飞不快，娃儿们却仰头拍手跟在后面跑……

据科学家观察和计算，在所有的动物中，昆虫的眼睛是最多的，而蜻蜓的眼睛又是昆虫中最多的。每个昆虫除了有单眼，在头部前方还都有一对大而突出的复眼。一只复眼并不是一个单体，而是由许多六角形的小眼聚集在一起形成的。蜻蜓的一对复眼又圆又大，竟是由10000～28000个小眼组成的，几乎能看到360°范围内的物体。蜻蜓的复眼虽然又大又多，但仅对前面和上面的情况看得较远，对后面和下面却有些近视，只能看到几米远；再加上它们长期捕食的是飞翔的昆虫，对快速移动的物体很敏感，对缓慢移动的物体则反应迟钝，所以才会被村娃们从后面捕捉。

蜻蜓属蜻蜓目、差翅亚目、蜻蜓科昆虫，是飞行的高手，时速可达40公里。若看见附近有一只蚊子，蜻蜓可在一秒钟之内飞过去将其捉住再返回原地。两对亮而大的翅膀薄而透明，使它既能像箭羽一样转瞬无影，又能在空中进退自如；既能顷刻间完全停住而悬浮空中，又能在剧烈的搏斗中翻筋斗；既能做180°大回转，又能做突然升降和俯冲。正因为如此，蜻蜓才成为捕捉蚊子、苍蝇的高手，

▲荷角蓝蜻蜓　　柳迎春　摄

▲荷角红蜻蜓

一天即可捕获上百只蚊虫。

飞机的翅膀比起蜻蜓可算是又厚又重，但稳定性却远不如蜻蜓。飞机在高空飞行中遇到强气流，翅膀常会发生强烈震颤，甚至造成事故。那么，蜻蜓翅膀的奥秘在哪里呢？原来，蜻蜓的翅膀除了布满像蛛网状的翅脉，可承受巨大的气流压力外，其前缘近翅顶处，还有一片深色加厚的角质组织——翅痣，是蜻蜓保持飞行稳定的奥秘所在。如果把“翅痣”除去，蜻蜓尽管还能飞翔，但稳定性却遭到严重破坏，飞行时会歪歪斜斜，在空中摇晃不定。飞机设计师正是从蜻蜓翅膀的“翅痣”中受到启示，在飞机两翼各加一块类似蜻蜓“翅痣”的平衡重锤，机翅震颤的问题就得到了很好解决。

童年的蜻蜓是五颜六色的——黄、红、绿、蓝、黑，多彩艳丽，生活习性也不相同。平时最常见的是黄蜻蜓，五六厘米长，数量最多，爱在空旷的打谷场上空飞翔，是村娃们捕捉的主要对象。其次是红蜻蜓和绿蜻蜓，数量不多，颜色艳丽，样子和黄蜻蜓差不多，只是体态稍微娇小一些，常栖息在村边篱笆和枯树枝上。让人最稀罕的，是体长足有10厘米的大绿蜻蜓——眼大翅长，漂亮威武，一对有力的咀嚼式大牙能够将人的手指咬疼咬破，小孩子们都望而生畏。这种蜻蜓大多在村野上空飞翔，小街和打谷场上也时常可以见到。还有一种灰蓝色的小蜻蜓，体态比黄蜻蜓短而秀气，飞行迅疾，仅在小河上空飞行巡弋，常停在水草上，别的地方一般见不到它们。

小河边还有一类属于蜻蜓目、均翅亚目的昆虫，名为“豆娘”，头小身细，像纤弱的豆芽菜，但翅膀却比蜻蜓宽大一些，有黑、绿、蓝、花多种。其中，浑身乌黑的最多，村人叫它们“黑老婆”。 蜻蜓的翅膀，无论是飞翔还是休息，都呈平行状态，不能折叠；而“豆娘”休息时则可以把翅膀折立起来。“豆娘”飞行时风度翩翩，扇翅速度较慢，不像蜻蜓那样迅疾和敏捷，捉起来也较容易。但孩子们不喜欢纤细的“豆娘”，只是在下河摸鱼的时候，才会赤手空拳去扑捉戏耍，吓得“黑老婆”上下翻飞、狼狈逃窜。

蜻蜓是空中的精灵，又是水中的骄子。夏天来临，经常看到一对对蜻蜓相互追逐、亲昵嬉戏；一转眼，一只蜻蜓就“咬”住了另一只的尾巴。两只蜻蜓串联在一起飞翔，村人管这叫“配对”。其实，这并不是一只蜻蜓“咬”住了另一只的尾巴，而是雄蜻蜓用腹部末端的夹子——抱握器，猛然夹住了雌蜻蜓的颈部，人们没有看清，才错以为是咬了尾巴。

蜻蜓交尾的过程复杂而有趣，当雄蜻蜓的精子成熟后，第九腹节生殖孔中的精子就会自行移入第二腹节的贮精囊里，如遇到雌蜻蜓，便会在追逐中用腹部末端的抱握器夹住雌蜻蜓颈部，而雌蜻蜓则会用足抓住雄蜻蜓的腹部，并将腹部末

▲蜻蜓幼虫水虿俗称“水蝎子”

▲纤细美丽的蓝豆娘

端的生殖器弯过去，搭到雄蜻蜓第二腹节的贮精囊上，完成受精过程。受精卵在体内成熟以后，雌蜻蜓便开始在水面上一点一点产卵。这就是人们常看到的“蜻蜓点水”。

蜻蜓卵发育成的幼虫叫水虿，短粗而丑陋，村人俗称“水蝎子”。对“水蝎子”，童年时很害怕，摸鱼时生怕摸到它。长大了，才知道“水蝎子”只是虚名，并不蜇人，只是静静地伏在水底，捕捉孑孓之类的小昆虫。因为如此，乡人们便对那些徒有吓人外表而无真实本领的人或物讥为：“水蝎子——不怎么蜇！”

水虿要在水中生活3～5年，蜕8～15次皮后才逐步长大；最后在一个夏天的夜晚，爬上水草羽化成蜻蜓，走完生命中最辉煌的季节。看来蜻蜓的一生确实很辛苦，尤其是幼年的时候，很容易成为鱼、青蛙、甲鱼的食物。所以，羽化之后，我们更不应该去伤害它们。

原以为故乡的蜻蜓色彩和种类够多了，但翻阅了有关资料才知道，那只是蜻蜓家族中的九牛一毛、沧海一粟。全世界的蜻蜓约有5000种，我国约有350种。蜻蜓是一种拥有亿万年历史的古老昆虫，曾亲眼目睹了恐龙的灭绝和飞鸟的兴起，目睹了我们人类进化的全过程。根据发现的化石显现，当年最风光、最庞大的蜻蜓竟大如今天的喜鹊一般。

而现在，雨天少了，池塘少了，蜻蜓更少了。即使在阴雨连绵的日子，也很难看到它们飞翔的倩影。

美丽的蜻蜓到底哪里去了呢？

回故乡时，我看到环村的小河断流了，昔日的池塘变成了旱地。蜻蜓赖以繁殖和生存的水面已越来越少。

研究发现，蜻蜓是靠水面反射的水平偏振光找到水源的。但现代人制造的玻璃窗、玻璃幕墙、太阳能板乃至众多光亮物体的表面，都可以反射水平偏振光。于是，许多蜻蜓便将其误认为水源，并飞向这些“海市蜃楼”般的诱惑之地去“点水”产卵，结果导致“断子绝孙”。如此看，人类创造的现代文明成果亦是造成蜻蜓种群衰落的重要原因之一。

不知道我国的350种蜻蜓现在还剩多少？不知道今后的孩子们还能否像我们童年那样见到众多美丽的蜻蜓？

科普链接：蜻蜓为节肢动物门、昆虫纲、有翅亚纲、蜻蜓目、差翅亚目昆虫的通称。一般体型瘦长，翅为膜质，网状翅脉极为清晰。一对触角细而较短，咀嚼式口器很有咬力。蜻蜓的眼睛又大又鼓，占据了头部绝大部分，且每只眼睛由数不清的“小眼”构成，可以辨别物体的形状、大小，而且还能向上、向下、向前、向后看而不必转头。其复眼还能测速，当物体在复眼前移动时，能迅速确定目标运动的速度，以便迅速捕捉。幼虫称为稚虫，在水中生活，故又称水虿；由于形似蝎虫，又被俗称为“水蝎子”。

化 蝶

梁祝化蝶是一个凄美震撼的爱情传说。小提琴协奏曲《化蝶》更是以其优美、哀婉、深情的曲调使人为之倾倒。

而昆虫界的化蝶却没有艺术中的浪漫和震撼，且充满艰险，甚至让人揪心忐忑。

1

天气一天比一天冷下来。一个秋日的早晨，在院子里的一株花椒树上巡视，我突然发现了一条绿色肥胖的青虫。只见它浑身光滑无毛，足有4厘米长，微微仰着头，头上如覆盖着一顶浅绿的冠冑；冠冑有一条横向隆起的带有黑、白、红斑的冠带；深绿的体肤就像披挂着一片片浅绿的铠甲；四对步足和尾足紧紧抓住花椒树枝干；从胸至尾的腹部每个环节下方都有一条横的白斑，仿佛是一位威风而壮硕的绿衣武士。

▲色彩斑斓的蝴蝶

这是一种童年时就熟悉的青虫，喜欢吃花椒叶和芝麻叶。我们把吃芝麻叶的叫“芝麻虫”，把吃花椒叶的叫“花椒虫”。这类青虫的尾部一般都长有一根尖尖的向后倾斜的尾突。但这只青虫却没有。

“花椒虫”是一种大中型凤蝶的幼虫。其成虫学名为柑橘凤蝶，也叫花椒凤蝶。

花椒凤蝶飞行展翅有八九厘米宽，前翅和后翅均为黑色，呈三角形，带有黄色细斑和由小渐大的黄白斑，后翅带有一对明显的尾带。

京郊地区常见的那种以黑色为主基调，翅上有黄白斑纹的大型蝴蝶就是花椒凤蝶。

早知道眼前的青虫最终会变为蝴蝶，但什么时候作茧，什么时候成蛹，什么时候羽化却一直没能看到。

▲花椒凤蝶产卵

已近寒露节气，气温不断下降，花椒树叶子已经大部分脱落。隔天早晨去看那青虫。它趴在一枚叶梗上一动不动，似乎被夜里的低温冻僵了。

太阳升起来，气温逐渐上升，大青虫终于开始慢慢爬动。

连续观察两天后，我有些担心了：花椒叶越来越少，大青虫开始在树枝上明显暴露。绿色是一种保护和欺骗，将绿色的身体与绿色的叶子混为一体，鸟儿、胡蜂等天敌就被迷惑了。而现在，绿色的“保护伞”在一天天减少，说不定哪天就会被鸟儿发现；况且，天气越来越冷，花椒叶越来越少，这条青虫能长到成熟化蛹的那天吗？

为进一步观察青虫，我突然有了一个想法：何不将青虫带回家里饲养？家里气温适宜，青虫不会被冻死，还可以储备一些新

▲凤蝶幼虫化作缢蛹

鲜的花椒叶做饲料。

于是，我自作聪明地把青虫捉到一个塑料盒里，然后摘了些花椒叶放进塑料袋存入冰箱冷藏室——开始饲养青虫。

喂养青虫倒也简单，每天只需给它两三柄花椒叶就够了。青虫对塑料小屋似乎很满意，没有了外边的寒冷，又有嫩叶供养，每天能吃能拉，身体也日渐肥胖。

国庆节假期，与儿子一家去青岛小住，便把喂养青虫的任务交给了正读高中、在家休息的外孙。

10月4日晚上，外孙打来电话，说冰箱里冷藏的花椒叶没有了，问我到哪里去采。我告诉他院子东面的草坪中便有几株花椒树，树上的叶子若没有了，到根部滋生的新枝看看，兴许能找到新鲜叶子。外孙果然采到了花椒叶。

10月5日上午，外孙又打来电话，说大青虫抬着头一动不动，不知为什么“绝食”了。

我感到很担心，突然想到蚕儿幼虫成熟时也会抬起头一动不动，之后就吐丝作茧了——大青虫莫不是要吐丝作茧？

10月6日从青岛回来，外孙告诉我：昨天晚上青虫曾在塑料盒底部与内壁的拐角处反复拉丝，但最终也没作成茧子；今早起来一看，它已经变成蛹了……

塑料盒里果然有一枚奇怪的蛹躺在那里：蛹体灰绿微白，尾部尖尖，自腹至尾有三道环沟，胸部以上不是蚕蛹那样渐粗渐壮的圆头，而是背部稍隆，顶部稍扁，两侧各有一个明显的眼突，中间为一个明显的吻突——这是蝶蛹区别于蛾蛹的显著特征。

青虫为什么不作茧子而直接变成蛹了呢？它曾经也拉过丝啊？是没有长成吗？是养料不足吗？抑或是缺乏作茧的环境？我一时不得其解。

查阅《辞海》《中国大百科全书·生物卷》并没有找到满意的答案，最后是网上词典帮我解决了困惑。

原来，蝴蝶幼虫经五龄老熟后，会找一树枝吐丝作垫（而不是作茧），接着会用步足抓住丝垫，继续吐丝让下腹与丝垫紧密黏结，或将身体简单缠绕于枝干上，然后才开始化蛹。这种化蛹的方式称为“缢蛹”。“缢”者，即绞绕吊挂之意。也就是说，蝴蝶幼虫是用吐出的丝垫把身体倒挂起来，或是用几道丝把身体缠绕一下后化蛹的。这种化蛹方式与蛾类幼虫结茧化蛹的形式大相径庭。

眼前装青虫的塑料盒四壁光滑，虽可作出丝垫，但周边却没有吊挂自缢的条件，所以青虫只能在盒底化蛹了。

2

少了每天采叶、喂叶的牵挂，看着塑料盒里一动不动的蝶蛹，心中不免有些失落。

把塑料盒放在阳台一角，用一点胶水将蝶蛹尾部粘在盒底上——这样它就不会因盒子移动而滚来滚去。

时间过得真快，转眼间春节过去了。一次次查看，那蛹始终静静地躺在盒底。

2月23日，正月十九。早晨去阳台拉窗帘，眼睛的余光发现那塑料盒的蝶蛹似乎在晃动，急忙把塑料盒拿到面前。果然，蝶蛹已裂开一道纵向细缝，头部裂缝明显更大，已有几条细腿和带着棒状触角的半个头部挤了出来！啊——是花椒凤蝶开始羽化了！

凤蝶蜕皮是一个艰辛的过程：先是从裂缝尽力挤出头部、

胸部，让胸部的四条前腿蜕出来；然后四条腿用力向后撑，连同头部、胸部竭力向外、向后拱，让两条后腿和身体、翅膀尽量蜕出、再蜕出；直至两条后腿、腹部和翅膀全部蜕出，整个凤蝶便蜕离了蛹壳。

挣脱了蛹壳的羁绊，只是完成了羽化的第一步，后面的环节更为重要。

蜕壳前，蝴蝶的腿和翅膀与身体紧紧并拢在一起；蜕壳以后，翅膀很短很皱，仅有身体的一半；只有向翅膀迅速注充血液，翅膀才能张开、伸长、硬化，进而变成真正能飞翔的翅膀。

但眼前这只蝴蝶，翅膀皱皱巴巴，20多分钟过去依旧展不开、伸不长，甚至连裹在腹部的后翅都无法蜕出来。由于后翅缠裹着身体，蝴蝶无法翻过身行走，只能仰面蠕动，用几条腿乱抓。我用手指帮它翻过来，它又翻滚回去；想帮助它把裹在腹部的翅膀拨出来，结果却弄断了后翅的尾带。面对这种困境，我知道正常羽化已无可能，这只蝴蝶只能在羽化失败的悲剧中走向夭亡……

为什么不能向翅膀中及时注充血液呢？或许是移入室内后温度过高，蝶蛹失水过多？抑或是因气温过高而使其过早进入了羽化期？

我算了一下，从10月5日成蛹到2月23日早晨羽化，共计141天。此时正值春分，京郊室外夜间的气温在-7°，白天也只有5°。这样寒冷的气温下，室外冬眠的蝶蛹是绝不会羽化的。只有当白天气温升高到15°以上，杨柳发芽，春花绽蕾，冬眠的蝶蛹才会适时羽化，迎接万紫千红的春天。

此外，从纪录片上得知：蝴蝶羽化，身体必须倒悬，用脚爪勾住蛹壳，让整个身体呈下垂状，这样才能使翅膀获得最佳充血效果。如果没有倒挂的条件，只趴伏在原地，便很难通过充血使皱褶的翅膀伸展开来。

在正常情况下，蝴蝶蜕壳后展开翅膀需要十几分钟，硬化身体和翅膀大约需要一个小时。这期间，若发生跌落在地、翅膀折叠或褶皱变形等情况，都会导致羽化失败。

三天以后，塑料盒中那只畸形的、羽化失败的花椒凤蝶再也不动了。

严峻的事实说明，大自然中的各种生命都有自己生存的诀窍和规律；人为、自以为是地去干扰，只能适得其反。

有资料介绍说，蝴蝶越冬的方式是多种多样的：既可以卵的形式越冬，是越冬的主要手段；也可以幼虫形式越冬，如钻到土中避寒，用丝线把叶子拉紧卷成叶筒住在里边；抑或是不吃不喝趴在草叶上忍受冬寒，直至春暖花开。至于深秋蛹化后的蝶蛹，则完全能忍受北方的严寒，花椒凤蝶就是其中的代表。在温暖的南方，许多蝴蝶甚至能以成虫形态越冬；而南美的帝王蝶则是以迁徙的方式度过寒冷的冬天。

▲蝴蝶羽化后待飞

3

鳞翅目昆虫因为翅膀有鳞片而得名。这些鳞片含有丰富的脂肪，犹如给它们穿了一件雨衣，即使下着小雨也能飞行。蝴蝶和飞蛾都属于鳞翅目昆虫。

蝴蝶为鳞翅目、锤角亚目昆虫的总称，全世界约有20000种，而中国约有2100种。

由于同属鳞翅目，故飞蛾与蝴蝶有很多相同之处：都是完全变态，都有三对步足，成虫体表及翅上都有鳞片，均有可旋转收缩的丝状虹吸式口器，且幼虫多为植食性。

但二者飞行时一眼就能分辨出来：蝴蝶身体苗条，翅膀宽长，颜色多彩美丽，飞行姿态优雅翩翩；而飞蛾身体粗短，翅膀窄小，单调一色，飞起来既慢且笨。

仔细研究后会发现，二者的区别亦有许多。比如，飞蛾的活动是不分昼夜的，而蝴蝶则在白天活动；飞蛾大多数为棕色或黑色，而蝴蝶则色彩丰富；飞蛾的触角多呈羽毛状、镰刀状，而蝴蝶的触角为末端膨起的锤状；飞蛾休息时多为四翅平展，而蝴蝶则是双翅立起；飞蛾粗壮的躯干有浓密绒毛，而蝴蝶身体修长绒毛很少；飞蛾的蛹有丝茧包裹，而蝴蝶的蛹裸露在外，只用丝垫垂挂或几道丝线紧固于树枝……

▲花椒凤蝶的幼虫

▲花椒凤蝶羽化时失败

但在幼虫期，人们仍然很难区分出哪些是飞蛾幼虫，哪些是蝴蝶幼虫。我的经验是，一般来讲蝴蝶幼虫的身体都很光滑，没有密生的毛毛。如菜粉蝶幼虫便是青绿无毛的小肉虫，花椒凤蝶便是青绿无毛的大肉虫。可也不尽然，如黏虫、玉米螟的幼虫也是无毛的肉虫，但它们却是飞蛾。所以，要想将二者准确区分开来，除非不断钻研学习，努力成为一名昆虫学家。

蝴蝶幼虫因种类不同，取食的对象也有所不同。多数幼虫嗜食叶片，而有些幼虫爱吃花蕾或幼果，也有极少数以蚧虫、蚜虫为食。而蝴蝶成虫多以吸食花蜜为主，只有少数吸食水果的汁液或果肉，甚至吸食树木流淌的液体。

蝴蝶天生柔弱，缺少御敌的利器，所以天敌众多：鸟类、蜥蜴、蛙类、螳螂、蜘蛛、胡蜂等都会把蝴蝶当成猎物。

为了欺骗和对付天敌，看似柔弱的蝴蝶不得不进化出了非凡的防御手段。

枯叶蛱蝶以拟态著称。停歇时，它们酷似枯叶的翅膀会紧紧竖立，将身子深深隐藏，就像是一片秋天棕色的枯叶；猫头鹰蝶翅膀上有两个巨大的眼状斑纹，休息时一对翅膀犹如瞪大眼睛的猫头鹰，让掠食者望而生畏；线纹紫斑蝶腹端有一对腺体，受到威胁时会迅速散发一种恶臭，让天敌避而远之；凤蝶类幼虫的前胸背面中央多有一枚臭角，受到惊吓时叉形臭角会立即向外翻出并散发一种臭液，让天敌厌弃逃离。

正是凭借这些奇妙的生存绝技，柔弱的蝴蝶才能在生物进化的长河中繁衍不息、翩翩而行。

科普链接：蝴蝶，为节肢动物门、昆虫纲、鳞翅目、锤角亚目昆虫的统称，全世界约有18科、20000种，中国有12科、2153种。蝴蝶多分布在美洲，尤其是亚马逊河流域，色彩鲜艳，翅膀和身体有各种花斑，最大的蝴蝶展翅可达近30厘米，最小的不足1厘米。蝴蝶主要采食花蜜，幼虫吃植物的叶子、嫩芽或果实，也有少类猎捕蚜虫、蚧虫。蝴蝶与蛾类的主要区别是头部有一对锤状触角，而蛾的触角多为羽状、镰状。白垩纪时蝴蝶随着显花植物的进化而一并演进并为之授粉，是昆虫演进过程中最后一类生物。

追寻蜂鸟蛾

初夏，几位好友相约去爬山。山谷两侧，粉红的杜鹃花正在盛开。一位朋友突然喊道："快看、快看，蜂鸟！"

大家循声望去，只见花丛中飞舞着一只奇特的小东西，伴着轻微的嗡嗡声，一会儿悬停在杜鹃花前吮吸花蜜，一会儿倏然向上，一会儿陡然向下，一会儿突然倒退，一会儿蓦然向左，一会儿翩然向右……翅膀扇动极快，速度迅疾敏捷，与电视纪录片中介绍的蜂鸟极为相似。几位伙伴如同发现了新大陆，惊叹在北京郊区竟然发现了蜂鸟！

但我知道，他们被骗了：北京地区哪里有什么蜂鸟，那只不过是一只"箍漏锅"而已。

"箍漏锅"是儿时经常捉捕、玩耍的一种昆虫，是乡里人给

▲蜂鸟鹰蛾展开卷曲的喙采食花蜜

它们起的诨号。

小时候，村里经常来补锅匠。俗话说："金木水火土，离不得泥巴补。"谁家碗摔了、锅漏了，都要等补锅匠走乡串户摆摊时一一补好。哪里像现在这样东西坏了就扔，旧了就换新的？

补锅前，补锅匠先要用红炉熔化一杯铜水，然后在锅的裂缝处敲出小眼，以便铜水能够注入。补锅时一手握一把泥沙，一手执勺浇注铜水，同时用执勺手的食指与中指夹着的一根长长的、蘸湿的旧布卷一点、一点把铜水压平，最后再用砂石打磨光滑。村里的孩子们把补锅匠叫"箍漏锅"的。

为什么管这种飞虫也叫"箍漏锅"呢？因为采蜜时它们总是伸展长喙，悬停在空中一进一退、一进一退……那样子和补锅人拿着长长的湿布卷一点、一点压平铜水的形象很相似，所以得了"箍漏锅"的诨号。

智慧的乡人给动植物命名，不讲什么"门、纲、目、科"，都是根据特点、习性、模样、用途等随机赋名。这种乡间命名法，不受条条框框限制，比起正规的动植物分类学不但实用，而且幽默有趣。

蜂鸟属于雨燕目、蜂鸟科动物，是世界上最小的鸟类，仅分布于西半球的南美洲等地。最小的蜂鸟体长仅有5.5厘米，重约2克。它们能够通过高速扇动翅膀而悬停在空中，会像蜜蜂一样发出嗡嗡声，所以叫"蜂鸟"。它们可以向前、后、左、右、上、下各方向做任意飞行，这在鸟类中绝无仅有。

任何物种的生存与进化都与环境息息相关。生长在西半球的蜂鸟根本不可能出现在北京郊区。

向同伴们做出一番解释后，大家将信将疑。于是，我找来一根"Y"形树杈，让"Y"形杈在不远的两个蜘蛛网上转了几转，做成了一个简易捕虫网，然后向正在专心采蜜的"箍漏锅"快速扣去。那小东西果然被蛛丝粘住了!

我轻轻捏着它的身子，它拼命扇动着翅膀。大家上前细看，顿时恍然大悟：若是蜂鸟，翅膀应该是羽毛的，可眼前飞虫的翅膀飞散着细碎的鳞片，与飞蛾的翅膀没有什么不同。又让大家看它卷曲的喙和小棒棒似的一对触角，黄褐的带着茸毛的背，还有六条腿，宽而略扁的后腹……很明显，这是一只蛾类昆虫。

“小时候，我们经常捉‘箍漏锅’来玩。这家伙比蜻蜓还要难捉，飞得快，躲得急，力量很大，尾巴上拴个纸条飞起来比蜻蜓还好看……”我一边介绍一边放飞了手中的“箍漏锅”。

“可它学名应该叫什么呢?”

面对同伴们的提问，我顿时尴尬。是啊，“箍漏锅”的学名到底是什么呢?

回家以后，我开始翻看有关资料，《辞海》《辞源》《大百科全书》……可找了很久，都没有“箍漏锅”这个词条。很显然，乡人们自造的名字是不入流的，想用它来查找其生物学的名称极不可能。

“箍漏锅”很像蜂鸟，又是一种蛾子，能不能通过“蜂鸟蛾”这个词找到“箍漏锅”的学名呢?我立即开始翻阅有关资料，还是没有结果。我突然想到了网络，便打开计算机输入了“蜂鸟蛾”一词，果真出现了“蜂鸟蛾”的介绍和许多图片。

词条介绍说：蜂鸟蛾，被称为昆虫世界里的“四不像”，主要分布于亚洲、南欧、北非和北美等地。

蜂鸟蛾又称小豆长喙天蛾、蜂鸟蝶蛾、蜂鸟天蛾，英文直译为蜂鸟鹰蛾。它属于蛾类，翅展五厘米左右，腹部粗壮，除了比蜂鸟多出一对触须和翅膀上没有羽毛以外，体重、外形、生活习性、飞行速度都与蜂鸟极为相似，故而被生物学家命名为蜂鸟蛾或蜂鸟鹰蛾。

蜂鸟蛾确实是奇特的“四不像”：样子很像蝴蝶，有漂亮的翅膀，头上有一对尖端膨大的触角，尤其是那口器，也是长长的卷曲形喙管，采花蜜时和蝴蝶一样，能自如地伸展到长长的花筒中去吮吸，只不过那翅膀扇动的频率极快，大约是蝴蝶的许多倍；又像是蜜蜂，但比蜜蜂个头大，腰部宽，翅膀扇动的速度远超蜜蜂，采食花蜜的过程中也会发出清晰的嗡嗡声；又像是南美洲的蜂鸟，外貌和采食花蜜的样子与蜂鸟非常接近，时而在花间盘旋，时而高速扇动翅膀悬停在花前并将喙管深入花筒中，很难见到它们停落在花枝或花朵上；又像是天蛾，个头、模样与天蛾均很相似，但比天蛾肚子小，飞行速度和灵活性都超过了天蛾。加上它们眼似鹰眼，动作如鹰一样灵活，因而又得了个“蜂鸟鹰蛾”的名号。

看了蜂鸟鹰蛾幼虫的图片我顿感似曾相识：身体长而肥硕，浅绿色，头部有黑色的咀嚼式口器，尤其是尾部，有一根向后倾

▲蜂鸟鹰蛾伸出卷曲式喙管在菊花上采蜜

斜的肉针。这熟悉的外表很像乡人们俗称的"芝麻虫"。"芝麻虫"因常在芝麻的叶子上看到而得名。这种青绿色的大虫子有的能化为漂亮的大蝴蝶，有的能化为巨型的大天蛾……看来蜂鸟鹰蛾就是其中的一个种类。

真相逐渐清晰，我为找到了"箍漏锅"的学名而感到欣慰，也为破解了大青虫与"箍漏锅"的关系而兴奋。在以后的日子里，我对蜂鸟鹰蛾的行踪也更为关注。

早春二月，天气乍暖还寒，楼前草坪边一丛丛迎春花盛开出一朵朵金色的小花，招惹得蜂儿、蝶儿翩翩而至。漫步花旁甬路，突然在这花丛中发现了一只蜂鸟鹰蛾，急忙打开背包掏出照相机想抓拍几张。但蜂鸟鹰蛾机警而敏捷，刚刚企图靠近，它便转眼跳出了视野。加上我对相机使用并不熟练，追寻了半天，也没能拍下满意的照片。好在花丛中连续发现了多只蜂鸟鹰蛾，经过十几分钟的追寻，总算拍到了两张相对满意的照片。

以后的几天，在迎春花丛中几乎每天上午都能看到蜂鸟鹰蛾采蜜的身影。然而，在不远处的连翘花丛中，却很难见蜂鸟鹰蛾光顾。同是金黄的花朵，同在一个小区，蜂鸟鹰蛾为什么偏爱迎春而疏远连翘呢？

把两种花朵放在一起比较，我似乎发现了其中的奥秘：连翘为木犀科、连翘属、丁香族花卉，有四个花瓣；而迎春属于木犀科、素馨属、迎春花种花卉，有六个花瓣。除了花瓣数量不同，两种花最大的区别就是迎春花有深

▲蜂鸟鹰蛾幼虫

深的花筒，为典型的筒状花，而连翘则是没有花筒，四瓣展开后便是花蕊。

联想到蜂鸟鹰蛾舒展开长长的卷曲喙管，伸入到迎春花花筒中吮吸花蜜的情景，我恍然大悟：怪不得蜂鸟蛾鹰长着与蝴蝶相似的卷曲式喙管，原来是为了便于吸食那些长筒花儿里的花蜜啊！

看来，动物的进化及物种分化的过程，与它们所依赖的植物进化及分化情况息息相关。在植物花朵的进化过程中，多数花缩短或舍弃了花筒，而少数花却进化出了较长的花筒。为适应这种情况，以植物蜜源为生的昆虫们，便进化出了可适应不同状态花朵的纷繁类别：蜜蜂、胡蜂、蝇类、金龟子等适合在没有花筒或浅花筒的花朵中采蜜；而蝴蝶、蛾类，包括蜂鸟鹰蛾则喜欢用长长的喙管在有深筒的花中吮吸花蜜。

想想也是，如果只有能在浅花中采蜜的昆虫，而没有能在深花筒中采蜜的昆虫，那么拥有深花筒的植物就会因没有授粉者而逐步走向衰亡；如果只有能在深花筒中采蜜的昆虫，而没有能在浅花筒中采蜜的昆虫，那么天生浅花筒的植物也会因缺乏授粉者而逐步走向衰败。

如此看来，任何物种都是我们这个和谐世界不可或缺的一部分。神奇的蜂鸟鹰蛾，同样是塑造我们这个色彩缤纷世界的重要一员。

这年9月，我和家人去河北省蔚县小五台山下的金河口景区游玩，竟然在海拔上千米的金河寺院内发现了几只蜂鸟鹰蛾！它们在红色的九月菊花丛中盘桓飞舞，这让我有些大惑不解：中秋已过，气温趋凉，这里怎么会出现蜂鸟鹰蛾呢？

蛾类成虫的生命周期普遍有限，一般交配产卵后不久即会死亡。为什么初春和深秋都出现了蜂鸟鹰蛾的身影呢？如果说初春出现是为了繁殖产卵，那么深秋出现蜂鸟鹰蛾又如何解释呢?

我猜想：深秋的蜂鸟鹰蛾，很可能是初春蜂鸟鹰蛾的后代，是成长起来的二代成虫。因为，蜂鸟鹰蛾的第一代成虫不可能从初春一直活到深秋。

资料介绍说，蜂鸟鹰蛾成虫有钻入枯蒌瓜蔓中越冬的习性。待到来年春天，苏醒后的成虫便会交配产卵，继续繁衍后代。

但资料的介绍还要靠我们在实践中去探索和求证。

科普链接：蜂鸟鹰蛾，学名为小豆长喙天蛾，别称蜂鸟天蛾、长喙天蛾、蜂鸟蝶蛾、蜂鸟蛾等，属于节肢动物门、昆虫纲、鳞翅目、天蛾科昆虫，主要分布在亚洲、南欧、北非和北美等地，被称为昆虫世界里的“四不像”。像蝶、像蛾、像蜂、像蜂鸟，翅面暗灰褐色，前翅有黑色纵纹，后翅橙黄色。虫体翅展5厘米左右。它们腹部粗壮，除比蜂鸟多一对触须及翅膀没羽毛外，体重、外形、生活习性、飞行速度都与蜂鸟极其相似，故被生物学家命名为蜂鸟蛾。它们取食时和蜂鸟一样，时而在花间盘旋，时而在花前疾驰。其幼虫为绿色，身体肥硕。成虫能在干枯的瓜藤中越冬。

胡蜂印象

胡蜂，就是我们常见的马蜂，胡蜂是学名。

半月前，我家窗顶的铁栏上筑起了一个小小的蜂巢：精巧别致，黑色细柄上端如黑漆浇筑一样凝固在铁栏上，下端连着蜂巢。巢顶黑褐色，油油的，像涂了漆的“伞”顶。伞顶下是一方方六角形的巢孔，筷子般粗细。巢壁灰白色，薄薄的，像纸一样，有很强的韧性，这是马蜂将纤维质的东西嚼烂后再伴着唾液筑成的。

小时候，常看到马蜂飞来偷盗窗纸的情景：嗡嗡飞落在窗棱上，然后选好切入点，用咀嚼式牙齿“嚓嚓嚓嚓”，转眼间窗户纸就被裁下圆圆的一块；然后用前腿灵巧地一卷，怀中一抱，便飞走了。那时候，一直以为马蜂盗纸是为了吃；后来，看了捅下的马蜂窝，才明白它们盗纸主要是为了筑巢。

北方的马蜂主要是金环胡蜂。工蜂常采集花蜜或捕捉其他小型虫类做幼蜂的食料，有时也会对鲜果形成危害。

1

胡蜂的名声不是很好，提到它们许多人都会产生恐惧感。我们可以从几句常见的熟语和歇后语中略见端倪。

▲金环胡蜂

“捅马蜂窝”，是说惹了难缠、厉害的角色，

▲胡蜂为繁殖后代在夏季建成的蜂巢

会遭到报复，要倒霉；“马蜂的屁股——摸不得”，是说马蜂的屁股有毒刺，摸了会挨蜇；“秋后的马蜂——横行不了几时”，是说残暴者末日将到，做最后挣扎。总之，马蜂给人的印象是厉害、难缠、惹不得、很可怕。

这印象在我儿时的记忆里很深刻，至今也像烙印一般清晰。

混子比我大4岁，很勇敢、好逞能，是我们这群孩子的头领。那是一个秋日，枣子红了。混子上山割猪草，我们照常很自愿地随他上山做伴。你一把、我一把，背筐很快就被填满了。混子很讲义气，每逢这时候，就会带我们去一处果树下“犒赏”一番。五月的早杏、六月的香桃、七月的红枣、八月的白梨……混子就像个能掐会算的诸葛亮，准能把我们带到有熟透果子的果树下大吃一顿。

这一天，我们来到一棵脆枣树下。抬头望去，红红的脆枣把枣树披挂成一顶鲜艳的“红轿子”。混子提提裤子，三爬两蹿就上了树。他把紧树杈，站稳身子，然后合眼用力，猛撼枣树，枣子便像冰雹一般“哗哗”落下。我们一个个乐得捂着头蹲在地上捡枣子。

突然，枣树不摇了，枣子不落了，混子“妈呀、妈呀”在树上哭叫起来。抬头一望：天哪！是混子摇炸了树枝上的一窝马蜂，数十只马蜂正轰炸机似的冲混子的脑袋俯冲过去。

“快趴下——马蜂眼是直的——”我们惊慌地叫喊着。混子连撕带掠从枣树上滚落到地上，马蜂仍不依不饶包围着他。混子见我们冲过去救他，不顾脚腕跌伤，冲我们大叫：“别过来……别过来……”我们像中了定身法，趴在地上不敢动了。十几分钟以后，马蜂渐渐散去，我们颤栗着来到混子身旁。他无声地把头埋在地上，待我们把他扶起来，大伙吓傻了。混子的眼皮像发面一样肿起来，渐渐只剩下一道缝；脸上、头皮纷纷起包，转眼间脑袋就肿成了“大馒头”。混子被大伙轮流背回了家，一下子躺了十几天。从此，我便知道了马蜂蜇人的厉害。

上中学后，每天往返于数公里长的果林小路，爬树摘水果，免不了跟马蜂发生冲突。

一天放学后，小伙伴天旺爬到一棵梨树顶去摘熟得发黄的鸭梨，没想到被树上的马蜂蜇了眉头。我们用葛针在天旺的伤处又挑又挤，但天旺的眼睛仍肿成了水蜜桃。大家发誓要为天旺报仇。第二天，我们砍来了长木杆，找来干草捆在杆顶，点燃后把树顶上的大蜂巢烧成了囫囵火球。

其实，马蜂蜇人是一种自卫行为，除非遭到进攻，它们一般是不伤人的。记得有一次，我爬上杏树去摘杏，刚要直腰，突然感到头上像顶着了什么，还传来嗡嗡声。我立即想到了马蜂，悄悄伏下身抬起头。好家伙，一个爬满马蜂、足有圆饼大的蜂巢就悬在头顶！我屏着气，一点一点往下挪，马蜂们抖着翅膀盯着我，居然没有进攻。我长长出了一口气，看来，只要互不侵犯，马蜂也是可以和人友好相处的。

2

自然界有许多动物，由于我们对其了解不多，所以常因某些表面现象而造成误解。猫头鹰因叫声可怕，就被看成不祥之鸟。麻雀因有偷吃粮食的小毛病，就曾被列为“四害”之一。胡蜂因为有毒刺蜇人，就被当成可怕之物。其实，认真观察了解后，你就会发现胡蜂应列入益虫之中。

说胡蜂是益虫，不仅因为它们采集花蜜、传播花粉，有利于粮食、水果的丰收，还因为它们是捕捉害虫的能手，能够保护绿色植物。生活中，我曾亲眼目睹过蜂虫搏杀的惊心动魄场面。

夏日到了，路旁的国槐绿得郁郁葱葱。在路上走着，突然看到什么东西从树上霍然落下。停下脚步仔细一瞧，不禁吃了一惊，原来是一只马蜂搂着一条绿色的“吊死鬼”在拼力格斗。“吊死鬼”学名叫尺蠖，是国槐树上常见的害虫，爬起来一伸一曲，身子能弯成一张弓。两年前，楼前路旁的国槐爆发尺蠖之

▲胡蜂为越冬而筑成的外部封闭的球形巢

灾，几天之内几十棵国槐被千万条虫子吃得光秃秃的。幸亏园林部门及时打药杀虫，才遏制了尺蠖的“扫荡”。

为甩掉马蜂，地上的尺蠖拼命扭动身躯，左盘右盘。而马蜂则抱定尺蠖，除了用牙咬，还不时用毒刺猛蜇。不知是尺蠖的个头太大，还是马蜂被尺蠖的挣扎惊走了信心，它竟然放开尺蠖飞走了。尺蠖摆脱了强敌，但由于中了毒刺，身体渐渐僵直，终于死于非命。其实，只要稍加坚持，尺蠖就会成为马蜂的俘虏。

毛主席说过：“往往有这种情形，有利的情况和主动的恢复，产生于再坚持一下的努力之中。”这句满含哲理的名言，形容眼前的情景真是再恰当不过了。

几日前上班，路旁的桧柏绿篱上突然落下一只马蜂。马蜂忽起忽落，样子很费力。仔细一看，原来它正抱着一条和它长短相似的松毛虫。松毛虫拼命扭动身子挣扎，马蜂抱紧它，借助绿篱的支撑，用牙齿叮住一处猛咬。松毛虫的身子被咬破了，流出了绿色的体液。马蜂边吮边咬，精神更加振奋。松毛虫的伤口越撕越大，加上它扭动用力，体液和肚肠涌出了一堆，渐渐失去了挣扎的力量。马蜂则抓住时机，对松毛虫的体液和内脏大吸大嚼。几分钟以后，松毛虫便被它吃掉了半截。大约觉得松毛虫的头还在蠕动，马蜂开始掉过头来从松毛虫的头吃起来。头比身体要坚硬，马蜂咬得很费力，一口一口，左歪歪，右歪歪，就像小狗啃骨头。松毛虫的头一会儿就被吃掉了。

不是亲眼所见，我真的不敢相信，一只马蜂用十多分钟就吃掉了一条和它长短差不多的毛虫。吸光体液，马蜂把虫子的皮团成一个小球，往怀里一抱飞走了。我猜想，它一定是把虫子的皮抱回去筑巢了。

捕捉肉虫是胡蜂的拿手戏，所以，一片树林，如果有了几窝胡蜂，也就不必担心虫害了。当然，胡蜂也有贪吃水果的毛病。

柿子、鸭梨、白梨、红枣，只要甜蜜，它就喜欢，常把熟透的柿子和鸭梨咬出小洞。记得儿时上树摘红柿，最爱吃马蜂咬过或喜鹊啄过的残破流汤儿又被太阳晒干的柿子，那才叫“吃一口甜掉牙”呢！

胡蜂还是在空中追逐和捕食蜜蜂的高手。捉到蜜蜂以后，它们会立即飞往附近树枝或建筑物上，去除蜜蜂头、翅和腹部后，仅携带藏有蜂蜜的胸部回巢。有时，金环胡蜂还会对蜜蜂巢穴发动进攻。来自同一蜂巢的胡蜂先是聚集在蜜蜂巢前咬杀蜜蜂，然后攻占蜂巢，把蜜蜂的幼虫和蛹抢回自己的巢穴去喂养幼虫。当然，这种攻占要冒很大风险，它们会受到蜜蜂的顽强抵抗。

3

入夏以后，胡蜂变得十分贪吃。为什么呢？仔细观察窗外的蜂巢，才找到了让人感动的答案。

窗外的蜂巢几天前只有四只胡蜂，它们飞来飞去，辛勤筑巢。第一批六角形的房子建成了，共有七八孔，每个孔深约2厘米。母蜂在房子里边产下卵，几天后卵就变成了比米粒还小的幼虫。这时候，胡蜂开始忙碌了，一个孔、一个孔地给“马蜂儿子”们喂食。这种劳动十分辛苦，要把身子钻进六角房里，嘴对嘴把腹中的食料一口一口吐给幼蜂。想想看，在黑洞洞的六角房里，能找到如米粒大小的幼蜂，并能准确把食物喂给它们，该是多么的艰辛和伟大啊！

幼蜂渐渐长大，变得肥胖油光，就像去了皮的、白亮细长的花生米。这时候，六角的蜂房便被幼蜂用丝封闭了。“马蜂儿子”们将在里面蛹化蜕皮，逐渐演变为细腰、膜翅、短胸、长腹的马蜂。

七八天之后，六角房封闭的薄膜被咬破，褐色的小脑袋露出来，新蜂要出巢了。蜂妈妈在蜂巢上爬来爬去，不时和要出巢的新蜂亲吻几下，大约是在鼓励和祝贺。新蜂在房子里懒懒地待着，并不急于爬出蜂巢。它们不断摆动着头上的触角，好奇地注视着外面的一切。

我打开窗子，蹲跪在窗台上，想亲眼看到新蜂出巢的一刻。然而，新蜂们很沉稳，没有一点出房的征兆。半个小时后，我耐不住离开了。中午回来一看，啊——蜂巢上的胡蜂已经从四只变成了七只。我仔细辨认着，很快认出了三只新蜂。它们已和父母没有明显区别，只是颜色稍嫩一些，翅膀还不会像父母一样快速振动。新蜂们在巢上爬着、转着，只要停下来，就会用两只后腿一遍一遍梳理着柔嫩的翅膀，像是在做独立飞行前的准备活动。

新蜂出巢前后，几只老蜂已开始在第一组六角房的边缘构建第二组蜂巢。母蜂在其中产下了新卵，第二轮喂养和孵化又开始了。就这样，一组一组，蜂巢由内向外不断扩展，由小到大，胡蜂的数量也在不断增加，一直延续到秋冷时刻。

秋冷冬寒，马蜂们都销声匿迹了，只丢下空荡荡的马蜂窝。

▲屋檐下胡蜂越冬的巢

4

金环胡蜂到底怎样越冬呢？据说，老蜂们都死去了，剩下的新蜂则躲进了可以御寒的树洞。它们真的钻进树洞了吗？

这一说法很有可能。我曾亲眼见到蜜蜂、小黄蜂在树洞中建巢越冬的情景。温暖的秋日里，熙熙攘攘的蜂儿们在空心大树的树洞口飞出飞进，忙忙碌碌，没有疑问，它们是在忙着储存食物，准备在树洞里度过冬天。

想想也是，有厚厚的树皮作为遮挡，有锐利的牙齿去修理树洞，有与生俱来的高超筑巢本领，胡蜂在树洞里度过冬天当然没问题。在东北，“熊瞎子”不就是在大树洞里冬眠的嘛？但是，倘若找不到可以越冬的树洞，胡蜂还有别的越冬方式吗？一定有，我猜测。

夏天的蜂巢肯定不行，这些灰色的、带着密密六角孔、由薄薄纤维筑成的马蜂窝，只适合在炎热的夏季繁衍抚养幼蜂，根本没有御寒的功能。所以，到天冷秋凉时，就会蜂去巢空。

一个物种能够繁衍至今，肯定有适应自然的生存之道，只不过许多东西我们没有发现罢了。

深秋十月，和同伴们去附近山上看红叶、赏秋景。沿着山谷时隐时现的泉水蜿蜒而上，两侧橡林、黄栌、柿树层林尽染，一片红、一片黄、一片绿，如丹青水墨扑面而来。秋风顺谷掠过，林涛轰响不绝。饮山泉、赏美景、攀小径，一路兴致勃勃。正行间，突然有几只胡蜂从头顶掠过，晃晃悠悠朝沟旁一块向阳的巨石下飞去。深秋仍见胡蜂，心中顿觉蹊跷。俯身循迹向巨石下望去，不禁惊异万分。这是一块扁平横放的大青石，左右由两块巨石支撑着，一个圆圆的、巨大的“佛头”状球体倒挂在青石底部……

惊呼之后，众人悄悄俯身走近观看，嗬——好大一个蜂巢！好大一个从没见过的怪巢！这是一个怎样的蜂巢啊——完全不是我们平时所见的蜂窝，而是圆圆的、光光的，就像一个黄白相间、纹理复杂的漂亮彩球！巢上没有六角孔洞，周围完全被一片一片美丽的“扇贝”包裹起来。“彩球”上部朝阳方向只有一个小小的洞口，胡蜂们就是从那里进进出出的。此时正是中午，阳光也好，那巢正好可以被阳光斜射到。明媚的秋阳，暖暖的中午，胡蜂们正抓紧这大好时光收获着秋天。

俯身悄悄凑上去，痴痴看这怪异的巢。为什么没有六角形孔洞？为什么巢周围都被这些鳞片似的“扇贝”严严封闭起来？终于恍然大悟，这是胡蜂越冬的巢啊！既然是冬巢，就要保暖，就要御寒，巢周围当然要被密封起来。我被胡蜂的聪明和能干深深感动了。

多么科学合理的筑巢位置呀！向阳、避风，又在巨石之下，再加上封闭、保暖、圆形的巢，胡蜂越冬当然没问题。由此看，除了树洞，胡蜂是完全能够在野外构筑冬巢的。至于夏天常见的青灰色、筑有六角孔洞的“马蜂窝”，那只是胡蜂们专门用来孵化幼蜂的夏巢。

那么，封闭蜂巢的一片片“扇贝”上的花纹又是怎样形成的呢？望着这些黄、白、红、褐相间的美丽花纹和时隐时现的山泉，我分明看到了一只只胡蜂叼来建筑材料，咀嚼后和着泉水，然后一口口筑到蜂巢表面……每只蜂儿都有相对固定的取材地点，都有明确的分工区域和工作顺序，所以才造就了这层次分明的一片片“扇贝”似的巢壳。

渺小却又伟大的胡蜂们还在秋日的阳光里抓紧忙碌。我猜想，严冬来临之前，它们肯定会关闭巢上的洞口，然后躲在温暖的“彩球”里度过寒冷的冬天。

科普链接： 胡蜂为昆虫纲、膜翅目、胡蜂总科、胡蜂亚科昆虫，静止时前翅纵折，尾部生有带毒的螫针，俗名马蜂。全世界已知的约有5000种，中国记载的有200种。蜂巢用枯枝、叶子、纸类或动物外皮造成，属捕食类凶猛昆虫，也喜欢采集花蜜或啃食甜味水果，全世界多有分布。

生死搏杀

每一种生命要生存下去都很不容易：弱肉强食、攻守杀掠，在看似平静的自然环境里，时时都上演着惊心动魄的悲喜剧。

楼房门口的草坪中有两株碧绿油光、造型圆圆的桧柏球，每株直径都超过1米，彼此间隔也有2米多。由于正对着楼门，勤劳的邻居又在桧柏之间的草坪中栽了几株月季和海棠。如此一来，门口那片草坪就长成了花柏交集的参差一片。

在这片袖珍“丛林”中，蜘蛛们依托丛林枝干间的空隙，织起了一张张隐约的丝网，专门捕捉过往的蚊蜢、采花的蝇蝶和误入罗网的小虫子。

1

蜘蛛是非常懂得节约的掠食者。对于不同种类的猎物，蜘蛛采取的对策也大不相同。对大型猎物，如苍蝇、蝴蝶之类，它们会先用尾部喷出的扇形丝网将猎物紧紧包裹，令其无法反抗，然后才从容享用；对小型猎物，如蚊蜢之类，会直接扑上去吃掉，而绝不浪费宝贵的蛛丝资源。“杀鸡焉用牛刀”，蜘蛛很明白这个道理。

但对于撞到网上的少数特殊对手，蜘蛛却是十分小心，如胡蜂、木蜂、土蜂……因为这些对手不但身体强壮，而且都带着可怕致命的毒刺，如若被它们蜇上一下，不但自己会被麻痹，还可能成为对手的俘虏或一顿饕餮大餐。

在海棠与桧柏球之间，一只足有蚕豆大小的蜘蛛结成了一张直径约50厘米的大蛛网。那网很漂亮，一条条纵向拉伸的经丝和

▲蜘蛛喷射蛛丝并快速翻滚包裹住了胡蜂

一条条横折盘绕的纬丝，相互交织成一张横截在空中的八卦阵。微风吹过，一根根网丝便在阳光下一闪一闪泛着光亮。

这是一只黑色的大家蛛，肚子扁圆，胸部长着8条强壮的分节步足，头部下面长有一对尖利的螯牙，可以向猎物注射毒液；上面对称分布着四对大小不一的眼睛。蜘蛛的眼睛虽然较多，但视力却很一般，看到的东西总是模糊的，就像是可怜的近视眼。但它们腿部的感觉神经却十分灵敏，只要有猎物撞到网上，哪怕是轻微的震动，它也会察觉出来，进而迅速采取猎杀行动。大家蛛有时埋伏在蛛网边缘的桧柏里休息，有时坐镇在八卦网的中央地带守株待兔。不管在哪里，只要有猎物撞上丝网，它们都能通过紧靠腿部的经纬线颤动，准确判断出猎物在网上的位置、大小，甚至猎物种类。

一个春阳和煦的星期天，草坪中的海棠花开了，火红热烈，花骨朵一朵挤着一朵，缀成了一树粉艳艳的大花团。

一只带着金环黑纹的胡蜂赶到海棠花上采蜜。黄色的花粉沾在了腿上、翅膀上，它似乎有些陶醉，竟忽视了身边不远处亮晶晶的大蛛网。就在它摇摇晃晃飞起来要旋转一下的时候，却“嘟”地撞在了蛛网上。

突如其来的变故，让我来不及多想，立即跑回家拿来了摄像机。

一场生死搏杀由此展开！

正在蛛网边缘桧柏上休息的大家蛛瞬间收到了蛛网剧烈震动的信息，并没有立即扑向猎物，而是迅速爬到网上数寸远的地方感知、观察、判断起来……

撞到蛛网上的胡蜂一下子变得清醒了。它分明觉察到危险即将来临，便用力弓腰蹬腿、左右腾挪，试图摆脱那黏黏的粘住身体的蛛丝。

在网上不远处的大家蛛，足足等了约20秒钟，确信胡蜂确实被网丝粘住了，才一点点靠近。

就在离胡蜂几厘米远的地方，大家蛛一个虎跳冲过去，一面用长长的步足抓住胡蜂使其做飞速翻滚，一面同时从尾部的多个丝孔喷射出雾状扇形丝网去缠绕胡蜂……也就两三秒钟，偌大的

▲蜘蛛与胡蜂在蛛网上大战

胡蜂便在飞速旋转中被白雾般的丝网包裹住了！

我曾多次观察过蜘蛛捕获大型猎物的这种绝技，所以我断定，胡蜂是在劫难逃了。

法布尔的研究实验表明，蜘蛛是天然的致命杀手。对付胡蜂这种有毒刺的危险猎物，蜘蛛有自己的独门绝技，会伺机用毒牙准确咬中它们的颈部中枢神经球的位置。那里是昆虫们最薄弱的环节，能使其迅速麻醉死亡——就像是狮子会准确咬中猎物的喉咙令其窒息而死一样。

被包裹的胡蜂由于失去了反抗的空间与能力，只能听任蜘蛛发出致命一击。

2

就在我为胡蜂暗暗哀叹的时候，眼前的情况却发生了戏剧性转变：大家蛛没有继续进攻，而是突然抛下胡蜂，伸着前腿向旁边做出了逃跑状！

莫不是被胡蜂蜇伤了？根本不可能！刚才蜘蛛所做的“死亡翻滚”根本不会给胡蜂任何机会……那到底是怎么回事呢？

仔细观察发现，原来是在蜘蛛转动胡蜂做“死亡翻滚”的时候，它的一条后腿被拼命挣扎的胡蜂狠狠咬住了！

我顿时对胡蜂充满了钦佩：身处困境，面对强敌的突然袭击和终极武器，没有惊慌失措，没有听天由命束手就擒，而是用自信和不屈不挠的绝地反击咬住了强敌的后腿，使其从优势进攻中因怯阵而变为反身逃跑。这不正是我们应该学习和借鉴的吗？

原以为胡蜂会就势松口来自救并逃脱罗网，但这只固执的胡蜂却死死咬住蜘蛛的后腿，任凭蜘蛛怎样拉扯，依旧不依不饶地晃着头咀嚼切割，大有不咬断此腿绝不罢休的坚韧。

大家蛛就着蛛网用力向前爬，一条后腿被扯得很长很直。胡蜂的身体被丝网粘连，一对大牙虽然咬住了对方后腿却很难咀嚼用力。大约过了1分钟，双方依然相持不下。

身体强壮的胡蜂，用有力的腿和灵活的腹部一伸一缩，竭力将身上沾着的蛛丝一点点搓下去。这一招果真见效，它终于将整个腹部从丝网包裹中脱离出来。

露出腹部的胡蜂便显出了几分杀气，将腹部用力向蜘蛛方向勾去，并试着一次次伸出毒刺；但由于距离太远了，终究无法伤到蜘蛛。于是，那毒刺就一次次向蜘蛛后腿上刺；但蜘蛛的后腿细而坚硬，毒刺怎么也无法刺入其中……

大家蛛似乎清醒过来：这是在自家的地盘上啊！怎么能在落网胡蜂的面前落荒而逃、被动挨打呢？它终于停止了逃离，开始反身发起进攻。

3

大家蛛迅速扑向胡蜂的背部，试图向它脊背的要害处给予致命一击。但由于必须躲避胡蜂可怕的毒刺，一条后腿又被胡蜂咬住，加上胡蜂机智地躲闪，竟几次进攻也未能得手。

而胡蜂则逐渐摆脱了被动，咬住蜘蛛后腿，一边躲避蜘蛛的进攻，一边调整腹部毒刺给予回击。

但蜘蛛在自己的蛛网上，腾挪换位要轻松许多；而胡蜂的行动则受到了丝网限制，随着体力消耗，毒刺反击频率明显慢了下来……双方你来我往，相持不下。

剧烈的争斗使纤细的蛛丝受到严重破坏，半张蛛网被扯破了，蜘蛛和胡蜂随之滑落到蛛网边缘的几根蛛丝上。

蜘蛛和胡蜂的重力把纤细的蛛丝压得颤颤巍巍，双方都吊在蛛丝上失去了依托。

就在蜘蛛想再次发起进攻的一刹那，蛛丝断了，蜘蛛和胡蜂都从空中落向了地面……

就在滑落的那一刻，胡蜂松开了蜘蛛的后腿，蜘蛛得以顺着

▲胡蜂在与蜘蛛的鏖战中逐渐挣脱了蛛网束缚

断丝瞬间滑向桧柏球；而胡蜂则坠落在地面上……

踉跄坠地的胡蜂，翅膀和身上仍沾着许多蛛丝。只见它迫不及待地钻进旁边一片松软的干土里。几分钟以后，它钻出了地面，身上的蛛丝不见了……原来，胡蜂是借助沙土的摩擦力，把身上的蛛丝脱去了。

“好聪明的胡蜂！”我心里暗暗称赞。

胡蜂精心梳理几下翅膀，继而展翅腾空，飞向了大好春光。

而蜘蛛则要花力气去修补它那残破的蛛网了……

一场生死搏杀以令人欣慰的结局告终。

我则收获了一段难得而宝贵的录像资料。

盗叶贼

为装点和丰富家里的生活，我在阳台上养了一株小月季。花虽比不上大月季艳丽迷人，但花期长，管理简单，且耐活又抗病，很对懒散却又爱花人的习性。所以，小月季便和一家人“相依为伴”了。

进入初夏以后，小月季开花了，一朵接一朵，一束束花蕾撑起了一把把粉红娇艳的小花伞。于是水浇得更勤，肥施得更勤，每天早晨起来，都要踌躇满志地站在那一束束漂亮的花伞旁观赏品味一番。

▲樵叶蜂用大牙将叶子切割下来卷成一卷后抱走

这一日，忽然发现翠绿的叶子上凹进了几个椭圆形的孔洞，心顿时便像被刺了一样。凭经验，断定是害虫所为，而且害虫很可能就躲在花秧上。于是，轻轻扳着花枝，一叶一叶搜寻，但寻遍了所有的叶片也没有发现虫子的踪迹。

第二天，椭圆形的孔洞有增无减，心情也变得愈加懊恼。一定要把这吃叶的坏东西抓出来。于是我寻得更细，正面、反面，每柄叶片都翻看了好几遍，但还是没有见到虫子的踪影。忽然想起了童年时捉过的害虫“地老虎”——是一种灰黑色、比吃槐树叶的尺蠖稍短一些的害虫，专门藏匿地下，待夜间才出来啮食庄稼，常把甘薯的幼苗拦腰啃断。莫不是小月季生了“地老虎”？拿来铁铲，将花盆表土一点一点细细翻看，最终也没有发现什么“地老虎”。

百思不得其解，我决心利用星期日“蹲坑”，一定要抓住盗叶贼。

清晨，阳光灿烂。早饭后，我一边在阳台上收拾易拉罐、废纸箱之类的杂物，一边巡视着小月季的上下左右。忽然，一只亮晶晶的淡黄色的小蜂嗡嗡飞来，围着小月季兜开了圈子。我悄悄站起来，屏着气，盯住了那淡黄的小东西。只见它反复斟酌以后，轻轻落在了一片舒展的、略显柔韧的叶片上。它捋捋触角、擦擦翅膀，然后从容地从叶子的边缘开始向叶内咬食。我顿时莫名惊诧，从没见过蜂类会啮食植物的叶片呢！令人更不解的事情发生了：黄色小蜂用锋利的牙齿，像丝锯一样将叶子掏下椭圆形的一片，然后前脚扒，后脚推，转眼将叶片灵巧地卷成一卷。只见它用力一抱，下蹲发力，便展开翅膀摇摇晃晃飞走了。从落到叶子上开始咬食到抱着叶卷飞走，前后也就用了十几秒钟！

一切都明白了，原来盗叶“贼”是这黄色小蜂！六七分钟以后，黄色小蜂又飞回来故技重演。我看着腕上的手表，这只小蜂子一个小时之内竟往返了近10趟！

观察黄色小蜂光顾过的叶片会发现，这些叶子多是较为柔嫩的新叶。新叶易切，水分也较大，看来这小小的“盗叶贼”还很挑剔呢！

眼见这小东西切叶、卷叶，再蹒跚抱走叶片，我不知不觉少了恼恨，增了新奇。是卷叶筑巢呢？还是作为喂养幼虫的食粮？抑或是有别的用场？真想随它去看个究竟，只可惜我没有生出翅

▲樵叶蜂快速切割月季的叶片

膀跟随它，只能把这不解之谜暂留心中。

后来，看了著名昆虫学家法布尔的《昆虫记》，才知道这种专偷叶子的小蜂叫樵叶蜂。不过，法布尔所说的樵叶蜂是白色的欧洲品种；而我见到的则是淡黄色的，大概属于亚洲品种。

那么，樵叶蜂切下叶片要去干什么呢？原来，它们既不是为了吃，也不是为了好玩，而是要把这许多小叶片带回巢中，拼成一个个小袋，在里面储藏花蜜并产下卵，然后用花蜜喂养孵化后的儿女。

樵叶蜂的巢通常选在蚯蚓废弃的地道里。但它们并不利用地道的全部，因为地道深处又暗又湿，不适合生活，所以仅用靠近地面七八寸的那段做自己的居所。为了建造满意的巢穴，它会按需求剪出大小不同的叶片。若一张叶片不能完全吻合地道截面的话，它会用两三张较小的、椭圆的叶片凑成一个巢底，一直到紧密地与地道截面吻合为止，决不留一点空隙。

樵叶蜂生活中会碰到许多天敌。为了加强对家园的护卫，它们会用随意剪下的、多余的零碎小叶片，在出入口构筑起防御工事，并在安全的地道内搭成一叠小巢。这些搭建小巢的叶片，远比做防卫工事的叶片规格要高得多——必须大小相当、形状整齐，圆形的叶片用来做巢盖，椭圆形的叶片用来做巢底和边缘。剪回叶片后，它们会钻入地下，先用叶片铺好底，然后再用几片叶子将周围封好，最后选一片椭圆的精致叶片做盖顶。看来，樵叶蜂不仅是高超的设计师与建筑师，同时也是剪裁的高手。

我从此有了经验，凡是在初夏见到月季花叶上有了这种椭圆形的缺陷，便可以断定这附近一定有樵叶蜂定居了。

为了拍到樵叶蜂切叶的照片，我曾多次拿着数码小相机在楼前的月季花丛中悄悄蹲守，却没能见到樵叶蜂的影子。

这天午后，我选了一处樵叶蜂屡屡作案的现场再次蹲守，樵叶蜂终于出现了！它先是试探性地萦绕几圈，然后落到一片叶子上开始切叶。我连忙拉近镜头想拍个特写，谁知道镜头里一片模糊，竟找不到目标了。就在我调整焦距试图重拍时，樵叶蜂已抱着叶卷从容飞走了。我十分遗憾，只得重新等待。几次失败以后，我终于得出了经验，不再拉近镜头，而是悄悄跟进高速连拍，樵叶蜂切叶的画面终于被抓拍到了。效果虽然比不上专业摄影师的水平，但那画面已经清晰可见了。

那么，樵叶蜂为什么专选月季花的叶子来做巢呢？将各种叶片比较后就会发现，月季花的叶子，尤其是小月季的叶子，不仅纤维性好，而且叶面坚实，不易风干。选它做储存蜂蜜的育儿袋，能充分保存水分，再好不过了。看来，樵叶蜂又算是优秀的选材专家。

科普链接：樵叶蜂，为节肢动物门、昆虫纲、膜翅目、蜜蜂科、樵叶蜂属昆虫，是一种小型蜂类，比蜜蜂瘦小，在蚯蚓废弃的地洞中筑巢，并多以月季花的叶子作为筑巢材料。京郊地区的樵叶蜂为浅黄色并带有黑色环纹，晚春初夏，当月季花含苞待放时，它们会飞到叶子上，用咀嚼式大牙将叶子切成椭圆，然后将切掉的叶片卷成一卷抱起来飞回地下洞穴中筑巢。

中华蜜蜂的危机

童年的时候，因为屡次向邻居养蜂大伯讨蜂蜜，以后又读了杨朔的散文《荔枝蜜》，所以对蜜蜂的好感也就变得日久天长。

记得《荔枝蜜》中有这样一段话：“正当十分春色，花开得正闹。一走近‘大厦’，只见成群结队的蜜蜂出出进进，飞去飞来，那沸沸扬扬的情景，会使你想：说不定蜜蜂也在赶着建设什么新生活呢。”文章还赞美道：“蜜蜂这物件，最爱劳动……它们从来不争，也不计较什么，还是继续劳动、继续酿蜜，整日整月不辞辛苦……多可爱的小生灵啊！对人无所求，给人的却是极好的东西。蜜蜂是在酿蜜，又是在酿造生活；不是为自己，而是在为人类酿造最甜的生活。蜜蜂是渺小的；蜜蜂却又多么高尚啊！”

长久以来，蜜蜂以其能够“建造”精美的六边形蜂巢而享有“建筑大师”的美誉。但科学家最近研究发现，蜜蜂其实根本不会建造六边形的蜂巢，它只会搭建近乎圆柱形的“毛坯房”。但当工蜂用自身分泌的蜡质建成圆柱形蜂巢以后，它们会用身体散发出的体温将其加热到40℃左右，使蜂蜡一边熔化流动，一边按照自然物理学和几何学原理以最节能的方式转变成正六边形。如此看来，蜜蜂

▲蜜蜂采花蜜

即使算不上“建筑大师”，也应算是“物理大师”。

以前，京郊养蜂人饲养的蜜蜂都是土生土长的中华蜜蜂。养蜜蜂主要是为了获取宝贵的蜂蜜、蜂蜡、蜂胶和蜂王浆，但也有其他用途和目的。

我的一位朋友患有顽固的类风湿性关节炎，看了很多医生，吃了很多药都不见什么效果。偶尔听说蜜蜂的蜂毒可以治疗类风湿性关节炎，便请一位养蜂能手想方设法从山上收了两窝野生中华蜜蜂自己养了起来。他虚心学习养蜂技术，居然把两箱蜜蜂侍弄得越来越兴旺，两年后两箱蜜蜂就分成了六箱。养蜂期间，他定期让蜜蜂用毒针蜇刺肿胀的关节。经过几年的不懈坚持，顽固的类风湿关节炎终于日渐痊愈，如今登山爬坡都已不在话下。这位朋友对中华蜜蜂的情感和感激自不必说。

中华蜜蜂是东方蜜蜂的一个亚种，一个蜂群有两万多只蜜蜂。我国除了新疆以外，其他省、市、自治区都有野生或家养的中华蜜蜂种群分布。中华蜜蜂个头较小，工蜂体长不过十几毫米，展开翅膀也就约20毫米，头部和胸部为黑色，腹部为黄黑色，全身长有一层黄褐色的绒毛；雄蜂体长十四五毫米，长有一层褐色或白色的短绒毛；蜂王则为黄红色或黑红色，身长可达20多毫米。

然而，近些年来，由于毁林造田、滥施农药、环境污染等人为因素，大量野生中华蜜蜂或被毒杀，或因蜜源缺乏而被饿死，整个种群遇到了前所未有的生存危机。

中华蜜蜂身上有许多其他品种蜜蜂所没有的优点。它们嗅觉灵敏，特别善于采集那些种类较多却又零星分散的蜜源；它们耐寒性较强，其他蜜蜂在外界气温低于10℃时就已停止活动，而中华蜜蜂在这种温度下仍能继续它们的采蜜活动。它们的飞行动作十分敏捷，因而善于逃避胡蜂之类的捕捉。它们对各类蜂螨等寄生虫具有很强的抵抗能力，所以能够长时间保持种群的健康与活力。但中华蜜蜂也有一些较为明显的缺点，就是吸食花蜜的吻比较短，所以难以采集到较深花冠内的蜜源；生产蜂王浆的能力较弱，而且不能生产蜂胶，所以蜂农的收益受到一定影响。加上中华蜜蜂分群性强，常有结群飞逃、咬毁巢脾、抢掠其他蜂群食物的行为，所以许多蜂农开始弃养中华蜜蜂。

而从意大利引进的蜜蜂个头较大，蜂蜜、蜂王浆的产量都比较高。出于经济利益考虑，蜂农们纷纷转向饲养意大利蜜蜂。

如此一来，家养的中华蜜蜂种群数量便急剧减少，野生中华蜜蜂已开始呈现灭绝状态。中华蜜蜂已沦为须大力拯救和保护的濒危物种。据介绍，2000年，原来一直盛产中华蜜蜂的北京市房山区蒲洼乡仅存中华蜜蜂30群；而在20世纪五六十年代，这里的中华蜜蜂曾经达到过4万多群！

▲人造的蜜蜂巢

近日，从电视上看到了一条更让人惊愕的消息：由于大量引进意大利蜜蜂，房山区蒲洼乡仅存的中华蜜蜂群再次遭到了灭顶之灾！

2006年夏季，这里的蜂农发现，自己饲养的中华蜂群中的蜂王莫名其妙地不断死去。蜂农们都知道，产卵的蜂王一旦死去，整个蜂群不仅会变得群龙无首，而且会因后继无蜂而快速衰败。这件事引起了农科院蜜蜂研究所领导的高度重视，他们立即派出专家到蒲洼乡养蜂基地调查。

经过连续多日的昼夜跟踪与观察，专家们终于找到了蜂王死去的原因：它们既不是病死的，也不是被食物毒死的，而是被意大利蜂群派出的“刺客”混入蜂群刺杀的！

意大利蜜蜂怎么会混入中华蜜蜂巢里的呢？按常理，外来蜂类是很难进入中华蜜蜂巢里的，因为尽职尽责的守门工蜂不会放过任何可疑的“敌人”。即使是遇到专门捕食蜜蜂的胡蜂，守门工蜂也不会后退。它们会群起而攻之，奋不顾身扑上去，把胡蜂紧紧抱住包在里面。看到这种情景，我们一定会以为工蜂们将不顾一切用螯针向胡蜂发起进攻，但实际上它们并没有使用宝贵的毒刺，而是用一种奇异的体热向入侵者发起了围攻。

原来，中华蜜蜂有一种独特的内在调温机制：有时为了孵化幼蜂，提高蜂巢温度，工蜂们会展开翅膀，用力运动其肌肉系统，使胸腔温度迅速提升，然后把这些热量散发到巢内。这时候，一只只工蜂就成了为蜂巢加热的“空调”器。由于中华蜜蜂可以在50℃左右的环境下生存，而胡蜂在45℃左右就会被热死，所以，工蜂们包住胡蜂后，便快速扇动翅膀使胸腔迅速加热。短短几分钟后，蜂球中心的温度就超过了45℃……就这样，不可一世的胡蜂很快被中华工蜂制造的“热核”闷死了。

然而，明枪易躲，暗箭难防。守卫大门的中华工蜂可以用生命拒胡蜂于“国门之外”，却被善于伪装的意大利蜜蜂欺骗了。那些专门被派来刺杀中华蜂王的意大利“刺客”，飞临中华蜜蜂巢门以后，会迅速改变翅膀振动模式，模仿中华雄蜂翅膀震动的频率并发出声响。担任警卫任务的工蜂误以为是同类雄蜂，于是毫不怀疑地放它们进入了巢内。这些得手的“刺客”，在巢内继

▲蜜蜂采花蜜

续扮演中华雄蜂的角色，不但得到了巢内其他工蜂的喂养和款待，而且可以四处通行。它们狡诈地在巢内四处搜索，寻找蜂王，一旦发现蜂王的踪迹，就会迅速聚拢，将蜂王驱赶到阴暗处，然后群起而攻之将其刺杀！这之后，“刺客”们悄悄返回自己的蜂巢通风报信；接着，意大利蜂群便开始了对中华蜂群的集体大抢劫。没有了蜂王的中华蜜蜂如同群龙无首，在强敌的疯狂攻击和掠夺面前四处溃散，直至丧失家园……

中华蜂群蜂王死亡的谜团解开了，意大利蜜蜂的阴险狡诈也暴露无遗。这是一起典型的外来物种入侵案例。专家们指出，如果不对中华蜜蜂进行有效保护，听任意大利蜂群发展蔓延，不用说野生的中华蜜蜂种群，就是人工饲养的中华蜜蜂种群也会很快灭绝。

▲蜂群中身体最长大者是蜂王

中华蜜蜂有着近7000万年的进化史。它们长期形成的抗寒、抗敌害基因和能力远远超过西方蜜蜂。它们耐低温、出勤早、善于搜集零星蜜源，对保护我国生态环境具有重大作用。我国的许多植物能够繁衍到今天，中华蜜蜂功不可没。比如，那些生长在南方、冬季开花的植物，如果没有中华蜜蜂授粉，将很难繁衍生存下去。再比如北方的苹果，如果不用中华蜜蜂而选用意大利蜜蜂授粉，授粉率会降低30%。况且，引进的洋蜜蜂由于嗅觉和它们的吻与我国很多植物花型并不匹配，所以根本无法给这些植物授粉。长期下去，这些植物就会减少甚至灭绝，我们的生态环境就会遭到严重破坏。如此看来，拯救和保护中华蜜蜂已成燃眉之急。

好在从电视上得知，2003年，北京市房山区已在蒲洼乡建成了中华蜜蜂保护基地，并制定了详细的保护和发展规划。他们迁走了保护区附近的全部意大利蜜蜂，清除了危害中华蜜蜂蜂王的刺客，中华蜜蜂终于重新获得了一块可以自由繁衍和发展的家园。

令人欣慰的是，2006年中华蜜蜂又被列入农业部国家级畜禽遗传资源保护品种，中华蜜蜂的命运总算有了一个良好的转折点。

科普链接：中华蜜蜂属于昆虫纲、有翅亚纲、膜翅目、细腰亚目、蜜蜂科、蜜蜂属昆虫，又称中华蜂、中蜂、土蜂，是我国独有的蜜蜂品种，是杂花林木和传统农作物的最主要传粉昆虫。它们善于采集零星蜜源植物的花蜜，不但采集能力强，而且利用率较高，且采蜜期较长。由于土生土长，个头相对较小，对环境的适应力和抗螨、抗病能力都很强，消耗的食物也较少，非常适合中国山区饲养。

老姜养蜂记

朋友老姜常邀我们去家里做客：热情招待，巡山游玩，回来时除了带上核桃、柿子、白菜、萝卜等自产山货，还要送上几瓶蜂蜜——也是老姜自养自产的。

老姜养蜂已经有十几年，养蜂的规模和名气也越来越大：蜂场内整齐摆放着60多箱蜜蜂。蜂场大门口挂着“房山区蜜蜂养殖示范户”“北京市蜜蜂养殖示范户”等几块金光闪闪的牌匾。

1

老姜最初养蜂并不是为了赚钱，也不是为了饱口福，而是为了治病。

18岁那年，老姜初中刚要毕业，就被著名的解放军38军招走当了炮兵。一次，部队在京北搞冬训，大雪纷飞、寒风刺骨，炮车陷进了一道冰河。为了把炮车拉出来，老姜等战士跳进冰河配合拖车砸冰垫路，一下子忙了半个多小时。当炮车拖出冰河时，老姜双腿已冻得没了知觉。从那以后，老姜的双腿就落下了严重的风湿病。

转业到地方后，老姜也曾寻医问药走遍了各大医院，但腿疼病始终未能根治。

快退休了。一次，老姜去看一位老中医。老中医告诉他：“你这是类风湿病，非常顽固，很难治愈。告诉你个方子，回去养两窝蜜蜂，让蜜蜂经常蜇蜇你的膝盖，兴许能治过来——因为蜂毒能抑制类风湿因子……”

俗话说“恨病吃药”，老姜是“恨病养蜂”。

退休后，老姜立即回到老家十渡镇三合庄，买上两箱蜜蜂就养起来。

三合庄紧靠着著名景点“仙栖洞”，是个山清水秀的小山村，群山环抱，植被葱茏，山荆满坡。

春天，这里不仅山花烂漫，桃、杏、梨、枣等果树也赶趟儿开花，蜜源植物十分丰富。尤其是山荆花，从五六月份开花，可一直延续到夏末秋初。于是，荆花蜜就成了老姜蜂场的主打产品。

遵照老中医的嘱咐，老姜一边侍弄蜜蜂，一边时不时让蜂刺蜇蜇膝盖等关节，虽然疼得龇牙咧嘴，但他始终坚持着。经过多年的蜂疗，老姜的类风湿病果真越来越轻，近两年居然没了疼痛的感觉。

老姜非常高兴，自觉身轻腿健，行走如风，虽年过古稀，可

▲老姜在检查蜂巢情况

说话做事仍像小伙子一般。每天除了种瓜种菜忙农务，主要时间和精力都放在了蜜蜂养殖上，蜂场规模越来越大。

养蜂也不容易：既要学养蜂技术和养蜂方法，又要对付蜜蜂病虫害和各种天敌，还要操心冬季蜜蜂保暖和越冬食物……老姜肯学肯干，加上在部队锻炼和在地方工作的经验，眼界明显开阔，思想也不落伍。

近些年，假冒伪劣产品也波及到蜂蜜市场，严重损害了诚实蜂农的利益。老姜对此深恶痛绝，决心用自己的行动捍卫蜂农的权益。可怎么捍卫呢？就是千方百计酿出纯正优质的熟蜜，并争得区里、市里有关部门的支持和指导，创出自己的蜂蜜品牌。

2

我们曾参观过老姜的养蜂场。

这是个200多平方米的小院，整齐干净，让人看了非常舒服。三间北房是库房：一间存放着养蜂、抡蜜、割蜜等设备，一间存

▲老姜的蜂场小院

放着各种防治蜂螨的药品，一间摆放着包装好的“熟蜜”、蜂王浆、蜂蜡、蜂胶等成品。两间东屋是老姜的工作室兼卧室，他要昼夜守护他的蜜蜂。

经过十几年的发展，老姜的蜂群规模已经扩大到60多箱。蜂箱在院内纵横有序排列，均为整齐划一的规格，看上去很壮观、很有震撼力。

“要创品牌嘛，就得弄得像个样子，乱糟糟的人家一看心里就会打折扣。这也是实力的表现对不对？”平时生活并不要样儿的老姜居然在养蜂上讲究起来。

“我的目标，就是老老实实、扎扎实实做出咱们京郊的‘熟蜜’品牌。”

什么是“熟蜜”品牌呢？

听了我们的询问，老姜立刻打开“话匣子”，滔滔不绝介绍起来。

“俗话说：内行看门道，外行看热闹。买蜂蜜的人大多数是看热闹的外行。为了得到真正的纯蜂蜜，许多人选择到野外放蜂人那里买蜂蜜。看着养蜂人将蜂脾从蜂箱拿出，再放到抡蜜机里亲自摇动甩出蜂蜜，谁也不会怀疑蜂蜜的品质。”但老姜说：“这十有八九是一般的‘水蜜’。”

可什么是“水蜜”呢？

“所谓‘水蜜’，就是含水较高的蜂蜜。蜜蜂刚采回的蜂蜜含水量较高，要在蜂巢中一边储存，一边蒸发水分。等蜂巢的蜜储满了，水分除尽，蜜蜂就会加盖封闭，这样的蜂蜜才叫‘熟蜜’。‘熟蜜’品质优、营养高、耐储存，不像水蜜，放一段时间就会发酵起泡，甚至变酸。这一秘密只有养蜂人知道，一般客户并不了解。听说一些发达国家要求市场上出售的蜂蜜必须是‘熟蜜’。眼下老百姓购物也开始上档次，我琢磨着，这‘熟蜜’

的市场一定会大有前景。所以我才决心做‘熟蜜’……”

听了一番介绍，我们对老姜真是刮目相看了!

接着，老姜让我们见识了“熟蜜”蜂巢：一坯长方形沉重的蜜巢，几乎每孔六角巢都被纸似的盖子封闭了，看得出巢里储满了“熟蜜”。

老姜说：“要想抡出这里的蜂蜜，就要先割去上面封闭的盖子，然后才能放进抡蜜机里甩出蜂蜜——这才是‘熟蜜’。‘熟蜜’产量低、周期长、成本高，急功近利做不了。但‘熟蜜’品质好、价格卖得高，就看用户懂不懂、认不认。另外，这种蜜巢还可直接切割成块，包装密封后作带巢‘熟蜜’出售，价格自然更高……”

听了这一番“熟蜜”经，我不由赞叹说：“怪不得公家给你挂了这锃亮的牌匾呢!”

一个普通大山里的蜂农，古稀之年还要创“熟蜜”品牌，这种信念、坚守和不屈不挠的精神实在令人佩服。

3

“养蜂真的不容易，春夏秋冬你都得操心、精心。”老姜接着和我们聊起了养蜂的艰辛。

“就说这秋天吧，花少了，蜜源少了，除了要给蜜蜂留足蜂蜜做口粮，还得准备它们过冬的吃食。人家冬天给蜜蜂准备的多是白糖。我呢？是买便宜些的大缸蜂蜜给蜜蜂做口粮。这样蜜蜂壮，春天干活也有力气。还有就是蜂螨，也就是蜜蜂身上的寄生虫，不整治会把蜜蜂拿死……”

难道小小的蜜蜂身上也会有寄生虫？我们感到十分不解。

“蜂螨这东西小得跟针尖似的，叮在蜜蜂的胸部、腿部的缝隙里，跟虱子吸人血差不多，不除掉它，蜜蜂会越来越弱。一群蜂里有了蜂螨，蜜蜂就会变得病恹恹的。”

▲老姜(中)被授予房山区养蜂基地示范户

如何除掉蜂螨呢？那么小的蜜蜂，那么小的蜂螨，总不能手工去除吧？

“当然，得用药，把药喷在蜜蜂巢里把蜂螨熏死……”

老姜把我们带到放药品的房间，货架上准备着多种防治蜂螨的药品：敌螨、灭螨灵、杀螨净等等。

为什么要准备这么多品种呢？

老姜说：“主要是针对不同蜂群的情况而定。比如，‘敌螨’，对成蜂及巢脾上的蜂螨有熏杀效果，但容易伤幼蜂，所以幼蜂大量出房时不能使用。‘灭螨灵’不伤幼蜂，但用药时往往会出现‘围王’现象，得酌情而定。‘杀螨净’杀螨效果好，但刺激性大，药量得严格控制……尤其是冬春季节，要根据观察的情况及时灭螨。喷药一次要封闭20分钟，然后清理出落在巢底纸上的蜂螨烧掉；连续用药两三次，直到蜂螨基本消灭……”

接着，又讲了怎么喷药、什么时间喷药、药量用多少、如何保证蜜蜂安全等等，真让人大开眼界。我们不由得连连赞叹。

“嗨，我这也是经历了一次次失败，不断学习，请教专家才长的经验!”

老姜说，开始灭螨时因为药量掌握不好，有两次全窝蜜蜂几乎都被熏死了。老姜的脸色瞬间变得有些黯然。

“好在经过不断学习、不断摸索、不断吸取教训，现在很少出问题了。”

老姜带我们来到排列整齐的蜂箱前面，惬意地指着嘤嘤飞舞的蜜蜂说：“这些小蜜蜂多数是我一窝一窝分出来的。现在老了，只能养这些了，再多精力达不到喽——要是年轻，真想大干一场呢!”

勤劳的小蜜蜂在蜂巢下方出口进进出出，虽已进入秋天，仍是一派繁忙的景象。

一行人正在欣赏蜂儿们的轻歌曼舞，老姜突然紧张起来。只见他眼望飞舞的蜂群，悄悄拿起蜂箱旁的一把自制扫帚，突然挥动着向蜂群扑打下去：一下、两下……我们瞬间惊呆了，老姜怎么会拍打起自己的蜜蜂来?

正在紧张疑惑，老姜蹲下身子用扫帚按住了什么。大家近前一看，原来是一只又长又大的马蜂！马蜂学名为胡蜂，是食肉性大型蜂类。

老姜用脚踩住马蜂说：“这些可恶的马蜂，专门到蜂巢捉蜜蜂，看准一只抱住咬死就带走了！一天会偷袭好几趟。我和老伴每天都要巡视，看到它们飞来就立刻用扫帚抽下来踩死……”

果然，在短短十多分钟的时间里，先后又有3只马蜂前来偷袭。老姜和老伴奋力扑击，打死了两只，另一只侥幸逃走了。

以前，我只知道马蜂会在野外偶尔袭击蜜蜂，没想到它们竟敢深入蜂场腹地捕捉蜜蜂。

老姜说，马蜂不仅会直接捕捉蜜蜂，甚至敢闯进蜂巢里来盗窃。但蜜蜂也不是好惹的，它们会把马蜂团团围住包裹起来，用集体产生的高温把马蜂活活热死。所以，马蜂多数是飞到蜂巢前伺机偷袭。

为了减少马蜂对蜂群的危害，老姜和老伴除了直接扑打侵入蜂场的马蜂，还要到蜂场周围数百米的地段进行巡视，一旦发现马蜂的蜂巢，就要想办法清除或毁掉。

此外，鸟儿、刺猬、蜥蜴、蟾蜍等也会捕食蜜蜂，但多是偶然，不像马蜂那样危害严重，且不好预防，也就随它去了。

听了老姜的介绍，我们对养蜂的艰辛程度也有了更深理解。

但愿老姜的养蜂事业蒸蒸日上，但愿他的“熟蜜”品牌能早日名扬市场。

温柔的杀手

在儿时的记忆里，萤火虫是一种极为可爱的小昆虫。夏秋之夜，三五成群的孩子在打谷场上欢笑追逐，将一只只萤火虫捉在手中，再聚到一个纱布袋里，看能不能看清“小人书”上的字迹——这是在验证“车胤囊萤”的故事。

传说晋朝少年车胤，因家境贫寒买不起灯油，便在夏天的夜晚，捉来许多萤火虫装进纱囊中做读书照明之用。于是，就有了一个激励贫寒儿童发愤读书的榜样，就有了一个世代流传的动人故事。

且不谈萤火虫可以帮助穷孩子囊萤夜读，光是那夏夜流动的萤火，就足以让村娃们激动了。“萤火虫，打灯笼，飞到西，飞到东……”唱着歌谣，追着流萤，童年沉醉在烂漫的欢乐里。萤火虫的神奇，全在于尾部能发出萤光。那亮点可明可暗，可以在晚夏初秋的夜空划出一道道美丽的弧线。

“银烛秋光冷画屏，轻罗小扇扑流萤。”看来，不光小孩子们喜欢萤火虫，就连旧时深宫中失意的宫女也耐不住萤火虫的诱惑，要挥动轻罗小扇以扑捉萤火虫为戏了。

▲夜间的萤火虫

由于绿色的萤火会使人恐怖，童年游戏时，常把两片萤火虫尾部贴在眼皮上去吓唬同伴。漆黑的夜里，一对萤光闪闪的怪眼，几声让人心惊的怪叫，常把捉迷藏的伙伴吓得落荒而逃。

陆游曾称赞梅花是“零落成泥碾作尘，只有香如故”，而萤火虫则可称为“零落成泥碾作尘，只有亮如故”。一只萤火虫倘若被淘气的孩子用脚碾搓在地上，那地面会在黑夜中持续闪现出一片散碎的萤光。

萤火虫属于昆虫纲、鞘翅目家族中的萤科昆虫，全世界大约有2000种，分为水生和陆生两大类。常见的萤光为黄色和绿色。雄萤腹部末端有两节能发光，而雌萤只有尾端一节能发光，但光亮要比雄虫亮许多。

萤火虫的尾部为什么能发光呢？原来，萤火虫的发光细胞内含有一种磷状化学物质，称为荧光素。萤火虫呼吸时吸入的氧气与“萤光素”发生氧化作用，所以尾部的发光器才能一明一暗发出持续的光芒。由于这种氧化作用所产生的大部分能量都用来发光，只有极小的一部分转为热能，所以萤火虫停在我们的手上时不会有“热”的感觉，萤光也才被人们称为“冷光”。

幼虫期的萤火虫身体细长，扁平分节，需经六次蜕变才能进入蛹化阶段。蛹化为成虫后萤火虫的头变成了黄褐色，鞘翅呈现黑色。

萤火虫的幼虫大多生活在河边、池边、沼泽、农田，总之要靠近水源。水生萤火虫幼虫靠捕食螺类和甲壳类小动物生长，而陆生萤火虫幼虫主要捕食蜗牛等软体小动物。

蛹化为成虫以后，只有雄性萤火虫才有翅膀可以飞翔，而雌性萤火虫一般没有翅膀，即使变为成虫也是与幼虫的模样很相似，但尾部的荧光却比雄虫要明亮。

萤火虫为什么要发光呢？昆虫学家经过反复观察、研究和实验得出结论：蛍火虫发光主要是为了吸引异性，繁殖后代。茫茫黑夜，雌雄萤火虫不断用不同频率发出各自的萤火，才会知道彼此的位置，进而相聚相爱，结下秦晋之好。

▲萤火虫成虫

雄性萤火虫通过四处飞翔和尾部闪光来吸引异性；雌性萤火虫则停在草叶上发出回应的闪光信号，吸引雄虫前来相会。

观察萤火虫会发现，它们多是在夏季繁殖季节夜间发光，可从晚上一直持续到深夜。雄虫会在20秒内或快或慢发出亮光，然后耐心等待雌虫的闪光回应；若没有反应，雄虫则会飞往别处。而深夜过后，萤火虫便逐渐停止发光休息了。

除了相互求偶、彼此沟通之外，萤火虫发光还具有警示作用。实验证明，误食萤火虫成虫的蜥蜴、老鼠会中毒甚至死亡。这表明，萤火虫发光与响尾蛇响尾、章鱼变色一样具有警示天敌的作用，即发光的荧火虫是有毒的。

据悉，美国有一种萤火虫与螳螂一样，会吃掉交配后的雄虫作为繁衍后代的营养。这种萤火虫还会通过模仿其他类雌性萤火虫的闪光来引诱异类雄性，以便把受骗前来约会的萤火虫趁机吃掉。

原以为萤火虫很温柔，可实践表明，它的温柔里却包含着阴冷的杀机。

记得一个秋夜，我和几位小伙伴们追逐萤火虫跑到了打谷场南的一片草地上。突然发现数点萤火在草丛中频频闪亮。轻轻走过去，俯身去捉那萤火虫，可一副奇怪的情景让我呆住了。几只扁长多节的萤火虫幼虫头挨头挤在一起，像是在举行聚会。蹲下来借萤光仔细瞧，怪了，原来它们是趴在一只扁壳蜗牛身上与其“亲吻”！萤火虫为什么会与蜗牛这样亲热呢？曾听老人们说过，萤火虫是草里生的，蜗牛也是草里生的，莫非它们是同祖同宗？

童年的困惑早在岁月的剥蚀中淡忘了。后来读了法布尔的《昆虫记》，才勾起了尘封的记忆，解开了萤火虫“亲吻”蜗牛的谜——想不到温柔的萤火虫竟是专门猎食蜗牛的杀手。

蜗牛是行动迟缓的软体动物，但因为有螺壳保护，受到攻击时可迅速把身体缩回壳中，故不会轻易成为对手的猎物。然而，萤火虫却天生具有置蜗牛于死地的绝招。

夜晚，觅食的萤火幼虫发现蜗牛以后，会悄悄爬到蜗牛身边，快速和蜗牛腹足“亲吻”。这之后，蜗牛就像一个被蒙汗药麻翻的醉汉，再也不能自已了。原来，萤火虫有两只尖细的腭，刺入蜗牛身体后会迅速向其注入麻醉剂。于是蜗牛的腹足乃至身体便很快失去了知觉，再也无法缩回到硬壳中。得胜的萤火虫从容地向蜗牛身上吐出一种唾液。这唾液具有强烈的分解作用，可以把蜗牛的肉快速融化为粥状物。待到蜗牛肉融化稀释，萤火虫们就开始贪婪地吸食起“肉粥”来……

▲萤火虫捕食蜗牛

神奇的自然界，竟然在物竞天择中造就了如此令人惊叹的玄妙。谁会想得到，温柔、弱小的萤火虫，居然是捕食蜗牛的好猎手！

眼下，自然界的蜗

牛越来越少了，萤火虫也越来越少了。

随着污染的加剧和自然环境的破坏，大自然的整个生物链条在一节一节地失落。萤火虫赖以生存的环境被破坏了，生存的条件也没有了。我们童年时司空见惯的萤火虫，于今天的孩子来讲已变成了海市蜃楼般的梦想。

我们虽住在北京郊区，但自1998年搬入小区以后就从没见过萤火虫，即便是在农村也难以寻觅到它们的踪迹了。

2006年去怀柔双阳宾馆开会，晚饭后一行人到怀柔水库大坝上遛弯。突然，在朦胧的夜空中看到了一点流动的绿光。我立即判断出是萤火虫，便情不自禁奔跑着追过去，全然忘记了自己的年龄！经过一番连续的扑打和追逐，那只萤火虫终于被我扑落在地上。小心翼翼地把它捏起来放在手掌中，忘情地看着它闪亮的黄绿色尾部，我仿佛回到了萤火流动的童年。轻轻攥着它回到宿舍，用照相机拍下了一张张图片，然后又把它重新放回了夜空。

我要把这些宝贵的图片给孙儿看一看，让他知道什么是萤火虫，并讲给他我们那个时代美妙的萤火虫故事。

▲萤火虫交配

为了让人们能见到美丽而富有传奇色彩的萤火虫，世界上一些国家和地区已经出现了一些养育萤火虫的机构，形成了以萤火虫为核心的生态旅游产业链。我国也出现了以爱琴海萤火虫培育中心为代表的民间萤火虫培育机构。

通过人工饲养的方

▲夏夜扑萤图　　孙大钧 作

式，培育美丽的萤火虫，让更多的人尤其是孩子们能够零距离接触萤火虫、了解萤火虫，确实是非常有前瞻性和创意性的生态经营举措！

科普链接：萤火虫又名流萤，属鞘翅目、萤科昆虫，全世界约有2000种，我国约有100种，分水生和陆生两类。体形长而扁平，体壁与鞘翅柔软，腹部7～8节，末端下方有发光器，呼吸时体内荧光素与荧光素酶发生氧化反应生成黄绿荧光，有引诱异性的作用。幼虫捕食蜗牛和小昆虫，喜栖于潮湿、温暖和草木繁盛的地方。

毁誉蟑螂

提到蟑螂，凡了解的人会立即生出无比厌恶：有强有力的咀嚼式口器，以各类食物及败叶、皮革、头发、油漆屑、纺织品、硬纸板、电线胶皮等各类杂物为食，污染食品，毁坏物品，传播各种疾病，且善爬行，会游泳，可飞行，扁平身体能钻入细小缝隙，是许多家庭难以消灭的可恶害虫。

1

我的故乡一带原本是没有蟑螂的。20世纪60年代末，建设北京石化总厂，来自东北、西北、山东等全国各地的建设大军齐聚北京西南举行大会战，蟑螂也随之被带到这里并迅速繁衍起来。

蟑螂传播的速度非常快，一栋家属楼内只要一家出现了蟑螂，不出半年整个楼内的住户都会有蟑螂光顾，让人无可奈何、不胜其烦。

记得第一次见到蟑螂是在夜里。那天睡到半夜有些干渴，便打开灯去门厅饭桌拿热水瓶，昏黄的灯光下突然发现地上有一只爬虫在快速移动。本能地抬脚踩上去，“啪”的一声爬虫被踩爆了。打开手电筒好奇地观看这爬虫：黑褐色，有翅、有须、有六条腿，足有一厘米多长，肚子后面还拖着一块椭圆扁长的东西，被我踩爆了，流出了白色的浆水……

▲蟑螂——仰面朝天的美洲大蠊

不是常见的潮虫，不是“钱串子”，也不是甲虫，到底是什么怪物呢?

后来，问了同楼来自东北的邻居，他告诉我这叫“蟑螂”，专门寄生在厨房里又吃又拉，是难以消灭的害虫。我踩死的是一只母蟑螂，后面拖着的那块东西是它的卵壳，里面包着一兜儿蟑螂卵！接着，又听到许多邻居对蟑螂的“血泪控诉”，我的心中不禁产生了莫名恐惧！

于是，我立即对厨房内外进行了一次大搜捕：犄角旮旯、柜门内外，先后捉获处决了十几只大中小蟑螂！真不知道它们是何时侵入我家的。

然而，在以后的日子里，家里的蟑螂依然时有出现，尽管经常搜索消灭，可它们仍像幽灵一样神出鬼没。

一天夜里，看书看到半夜去厨房找吃的。拉开灯以后（那时灯的开关都是闸盒拉线的），只见灶台、柜橱上分明细蚁如麻！仔细一看，原来是一片片如芝麻大小的幼蟑螂！我顿感头皮发麻，立即拿起苍蝇拍去拍打，可转眼间它们却不见了……打开手电筒反复搜索，才知道它们都藏进了灶台、柜橱那些细小、隐蔽的缝隙中！我终于搞清了蟑螂绵延不绝的原因。原来，它们是白昼藏匿，夜晚出来“作案”的夜贼！

怎么办呢?我终于想出了一个狠招。第二天，先把橱柜、灶台清理一下，然后烧开一壶沸水，用壶嘴对着每个小缝浇下去，等于用开水将橱柜、灶台清洗了一遍。这一招果然大见效果，开水无缝不到，成百上千的蟑螂崽子都被浇死了，厨房里清静了很长时间。以后，用开水灭蟑螂成了有效手段，虽不能根除，却成功阻滞了蟑螂的发展。

厨房滋生蟑螂是因为有吃的，但办公室里也会有蟑螂出没。办公室的对桌是位爱打扮的年轻女士，平时爱吃零嘴。那一天，突然从她的办公桌下爬出来一只大蟑螂，我立即感到出了问题。消灭了这只蟑螂以后，帮她清理了一下办公桌，竟然在桌子的抽屉和下柜中先后发现了几十只大小蟑螂！原来，里面塞着面包、饼干等许多小食品——办公桌成了蟑螂的滋生地！

我所在的办公楼是五层，一楼是底商。有一次，一楼理发店关门闭户用熏药灭蟑。里面的蟑螂实在受不了了，便四散逃亡，一只只蟑螂从理发店的门缝、窗缝、墙缝摇摇晃晃钻出来，招引得人们四面包围叫喊着踩踏消灭，地面都被踩湿了！

无所不在的蟑螂实在让人厌恶至极。

2

我国生存着200余种蟑螂，室内常见的蟑螂有亚洲蟑螂、美洲蟑螂、德国蟑螂等近10种。蟑螂喜暗怕光，昼伏夜出，白天偶尔能见到，一般在黄昏后开始爬出觅食，清晨回窝，夏天时尤其

▲聚集在一起的大小蟑螂

活跃。

我暗自琢磨：美洲蟑螂、德国蟑螂在中国大行其道，说不定是“八国联军”侵略中国时带进来的吧？

蟑螂为什么能在全球泛滥肆虐呢？这与它们顽强的生命力、巨大的繁殖力紧密相关。

蟑螂是地球上最古老的昆虫之一，曾经与恐龙生活在同一个时代。原始蟑螂约在4亿年前的志留纪就在地球上出现了。科学家在煤炭和琥珀中发现的蟑螂化石与现在的蟑螂没有多大差别，但它们的生命力和适应力却越来越强。尤其是它们抗核辐射的能力是我们人类的十几倍甚至上百倍。也就是说，一旦地球上发生核大战，人类和其他动物都可能消失殆尽，而蟑螂则能继续生存下去!

蟑螂的繁殖能力异常强大。雌雄蟑螂交配后，雌蟑螂的尾端便会长出一个长圆形的卵鞘，其中包裹着数十枚虫卵。一只雌蟑螂一生少则能产10多个卵鞘，多则能产90多个卵鞘，一年可繁殖成千上万只后代!

蟑螂是不完全变态昆虫，整个生活史包括卵、若虫和成虫三个阶段。

雌雄成虫在羽化后一周左右就能交配。雄虫一生能交配多次，而雌虫仅交配一次就可以终生产出受精卵。

不仅如此，一些雌蟑螂甚至和蚜虫相似——有孤雌生殖的能力，不经交配也能产卵延续后代。这是多么令人震惊的能力啊!

刚从卵鞘孵出的幼虫呈白色，以后颜色逐渐变深，没有翅膀，如一粒小芝麻。若虫须经多次蜕皮才能逐渐长大，直至最后一次蜕皮后长出翅膀变为成虫。这一时期，幼虫若丧失了附肢或损伤了触角，还可以在蜕皮过程中再生出来，这在昆虫世界里是绝无仅有的。

蟑螂的寿命较长，德国蟑螂最短也能活过100天，寿命最长的美洲蟑螂则可以活到一年之久。

我的一位朋友曾做过一次实验：将一只蟑螂装进一个玻璃瓶中囚禁起来不给吃喝，到28天后仍活得很好。

有关专家也曾做过一个实验：美洲蟑螂在只给干食不给水的情况下，雌虫能存活40天，雄虫能存活27天。反之，如果有水无食，则雌虫能存活90天，雄虫能存活43天。由此可知，水对蟑螂来说比食物更重要，所以它们的滋生地总是选在有水的厨房等地方。

有人还做过这样的实验：将蟑螂的头剪掉，它依然可以存活一个星期。人砍了头会立即死掉，蟑螂为什么能活上一个星期呢？原因就在于蟑螂没有像人一样的庞大血管网，也不需要很高的血压。它们拥有一套开放式的、不需要太高血压的循环系统。当剪掉它们的头以后，脖子的伤口在血小板的作用下会很快凝固。而蟑螂的每一段身体上都有呼吸用的气门，不需大脑来控制呼吸系统，所以才能继续生存相当长的时间。

蟑螂既能通过爬行或滑翔散布到不同场所，又能随着包裹、行李或货物被汽车、火车、飞机等交通工具运到更远的地方，甚至造成跨国扩散。

人们为了消灭蟑螂可以说是费尽了心机：夜晚捕杀、开水烫杀、药剂喷杀、毒饵诱杀、胶质粘杀、电吹风热杀……各种方法不一而足。

而最环保的方法则是利用天敌。如蜘蛛、蝎子、蜈蚣、蚂蚁、壁虎等都会捕食蟑螂，但人们的家里往往又不允许它们存在，所以只好"涛声依旧"，继续沿用灭蟑的老办法。

3

蟑螂寄生在室内，四处乱爬，边吃、边吐、边排泄，不但污染食物，而且身上带有多种病菌，能传播痢疾、霍乱、肝炎、白喉、结核、猩红热等多种疾病，所以是人们“必欲除之而后快”的公认害虫。

可人们发现，蟑螂虽然携带着多种病原体，但在它们体内这些病原体却不能繁殖。也就是说，蟑螂不会得这些传染病。这种奇特现象表明，蟑螂自身具有一种特殊的免疫机制或免疫物质。

▲美洲大蠊是蟑螂中的巨无霸

中医古方中记载，将蟑螂烘干后碾磨可作生肌止血药，能促进伤口愈合。土鳖虫也是蠊科昆虫的一种，是蟑螂的近亲，我们的祖先很早就认识到土鳖虫可以作药材。既然土鳖虫可以做药材，蟑螂有药用功能也就不足为奇了。

我一直有口腔溃疡的毛病，只要着急上火，口腔溃疡就会发作。那一次，女儿给我从医院开回了几瓶“康复新液”让我试试。一看药物说明，我便产生了强烈抵触——上面写着药物的主要成分是美洲大蠊提取物。要喝让人恶心的蟑螂提取物，我实在不能接受。女儿一劝再劝，让我试试，我不得不试着喝了一小口。口感甜滋滋的，并没有蟑螂的臭气，我这才慢慢适应起来。

结果，我的口腔溃疡果然很快得到了康复。从那以后，“康复新液”就成了我对付口腔溃疡的常备药物。

后来，从中央电视台科教频道，看到了大理学院药物研究所70多岁的教授李树楠毕生投入蟑螂药用研究的专题片，才知道了“康复新液”的研发过程。在传统中医古方的启发下，经过艰苦的实验和研究，李教授成功提取了蟑螂（美洲大蠊）的有效成分，即可促进伤口愈合的药物成分，并投入工业化生产，制造出“康复新液”“心脉龙注射液”“肝龙胶囊”等多种药物，受到了患者和医生的一致欢迎。

记得科教频道还专门报道过一位创业者如何为药厂供应美洲大蠊的故事。这家养殖场每年收获的干蟑螂就达8吨。创业者的母亲由于长期吃蟑螂粉，80多岁了仍头发不白，身体健康。

医学研究表明，以蟑螂提取物制成的药物，能促进肉芽组织生长和血管新生，加速坏死组织脱落，迅速修复各类溃疡及创伤面。能消除炎性水肿，提高机体免疫功能和巨噬细胞的吞噬能力，提升淋巴细胞及血清溶菌酶的活性，调节机体的生理平衡。

看来，蟑螂并非一无是处，还有为人类造福的一面呢！

科普链接：蟑螂，蜚蠊目昆虫的总称，属于节肢动物门、昆虫纲、蜚蠊目、蜚蠊科昆虫，别称小强、黄婆娘、偷油婆、鞋板虫、油灶婆等。发端于泥盆纪，为食腐动物，喜昼伏夜出，不善飞，能疾走，不完全变态，产卵于卵鞘内，约有6000种。主要分布在热带、亚热带地区，生活在野外或人们的居室内。

蚕桑记趣

说到蚕，人们自然会想到桑，还会不自觉地把蚕与桑“捆”在一起。我们的先人因为创造了桑蚕养殖业和丝绸纺织技术而注定要彪炳史册。

1

蚕是昆虫的一种，属节肢动物门、昆虫纲、鳞翅目、蚕蛾科，原产于中国。

桑是多年生乔木或灌木，属荨麻目、桑科、桑属、桑种植物，同样原产中国。

桑树耐寒、耐干旱、耐修剪、耐瘠薄，根系发达，萌芽力强。中国自古就有在房前屋后栽桑种梓的传统，因此常把“桑梓”形容为故土和家乡。

▲桑树枝叶和桑葚

由于桑树柔韧坚硬，可制弓弩等兵器，可造桑杈、车辕等农具，还可以作为制造家具、乐器和木雕的材料。

此外，桑皮、桑叶都是很好的中草药，可清肺、明目、疏散风热，治疗发热头痛、咳嗽胸痛、目赤肿痛，还可以降低血糖。桑葚是孩子们格外喜欢的野果，可以制成桑葚酒等饮品。

更为重要的是，野蚕以桑叶为食，在桑树上结茧。当我们的祖先发现野蚕茧有极强纤维性的时候，便开始用桑叶饲养野蚕。经过不断驯化和室内饲养，野蚕逐渐变成了家蚕，并开始深刻改变人们的生活。

中国自古就有“沧海桑田”“沧桑巨变”的成语，足见中国植桑养蚕历史的悠久。

据有关文献记载，7000多年前，我们的祖先就认识了蚕丝的纤维性能，并开始从事养蚕、缫丝、纺织等活动。上古传说中便有皇帝元妃嫘祖教百姓养蚕、织布、做衣服的故事。可见养蚕缫丝之术在中国传播已久。大约到了5000年前，蚕的家养时代就已经开始了。

至于丝绸何时传到中亚、南亚、西亚和欧洲，有的专家认为，中国的养蚕缫丝技术大约在4世纪传到中亚、西亚，大约6世纪的时候传到东罗马。而有人则认为更早，因为人们曾在距今3000多年前的埃及木乃伊中发现了中国的丝绸。

▲蚕吐丝作茧

丝绸传到西方后引起了上流社会的重视，据说古罗马恺撒大帝曾经穿着丝绸长袍去看戏，并引起了空前的轰动。古罗马人喜欢丝绸的原因主要有两个：一个是“物以稀为贵”，

▲人工制作纸筒供蚕作茧

很难得到；再一个是当时的衣料主要是麻和动物皮毛，远远不如丝绸穿在身上凉快清爽。

养蚕、缫丝、丝绸织造技术的伟大发明及对古代“丝绸之路”的开拓，是我国先民们对世界的巨大贡献，给世界人民带来了福祉，并成为中西文化交流的重要载体。

蚕是一种完全变态类昆虫，一生要经历卵、幼虫、蛹、成虫四个时期。幼虫以桑叶为食，长成后吐丝结茧，而后变为蚕蛹，蛹化后变为蚕蛾，蚕蛾咬破蚕茧后出来产卵。蚕结的茧子可以缫丝，蚕丝是优良的纺织纤维，是编织绫罗绸缎的原料。蚕蛹可以食用，蚕砂（蚕粪）可作为祛风降湿、健脑明目保健枕的填充材料。

经过千百年来的不断实践与发展，我国勤劳智慧的先民们，根据不同地区、不同植被的特点，不仅培育出了以桑叶为饲料的桑蚕，还培育出了以柞树叶为饲料的柞蚕，以蓖麻叶为饲料的蓖麻蚕，以楠木叶为饲料的琥珀蚕，以樟树叶为饲料的樟蚕。其中，养殖最为普遍的还是桑蚕。

可以说，蚕的养殖和蚕丝的应用，对推动我国乃至世界经济的发展和人们生活的改善都影响巨大。

2

在童年的记忆里，对桑与蚕的密切联系就已十分深刻。

六七岁的时候，二姐家为养蚕把结婚住的两间房子都腾出来当作蚕房。记得炕上、地上的席子上满是白花花的蚕儿。那时候，二姐每天都要打来两三筐桑叶才能满足蚕儿的胃口。跟着二姐去喂蚕，桑叶撒上去片刻，就听到了“沙沙沙沙”蚕儿咬食桑叶的声音，如同蒙蒙细雨洒落在树叶上一样。

当蚕儿长大，停止进食，晃动着身子昂首向上的时候，“上山”的时候就到了。蚕儿“上山”，就是蚕儿要爬到荆把子上去作茧。这时候，二姐便把预备好的一束束蓬松的荆枝放在旁边，以便蚕儿爬上去寻找合适的空间，然后吐丝拉出框架支撑，再作

▲改良蚕作出的金黄色蚕茧

出蚕茧。

然而，就在我上小学后不久，合作社红火一时的养蚕潮却退去了。

原来，京郊山区比不了南方，没有成规模的桑田，靠野生零散的桑树根本无法养活大批春蚕。若培育桑田又要人力和时间，所以合作社的养蚕“宏图”便戛然而止了。

然而，作为一种爱好，养蚕的兴趣却在孩子们中间年复一年地延续下来。当然，只是养十几条或几十条，多了是没有能力养活它们的。

我曾连续几次痴迷于养蚕的艰辛过程。

蚕儿最娇嫩的阶段是蚁蚕孵化的时候。蚕卵小如米粒，“蚁蚕”是刚从蚕卵中孵化出的黑色小蚕，因为细小乌黑、如同黑色的小蚂蚁而得名。

初春以后，天气渐渐变暖，突然想到了窗台盒子里那小片珍藏的蚕卵。但打开一看，不禁后悔死了：小纸片上的几十粒蚕卵因天气变暖已完全孵化，变成了白色的空壳，那些孵化出的小蚁蚕因没能及时得到食物被活活饿死了！望着一丝丝黑线头般的干瘪尸体，心里的沮丧无以言表。

唉——只好静待来年了！

好友天旺的蚕蛾产卵后，我又从他那里要来一小片宝贵的蚕卵，下决心精心观察，决不再出现类似的失误。

第二年春节刚过，我便开始每天察看蚕卵的变化。随着气温渐渐变暖，蚕卵的颜色也变为黑色。慢慢的，通过朦胧的卵壳，发现卵内的黑色逐渐聚集成弯曲的C形，有了小小蚁蚕的模样。我知道，小蚁蚕就要出世了。我兴奋地跑到野外去寻找桑叶。

但令人失望的是，此时的桑树连叶芽的模样还没有出现。我便到向阳处寻觅一两年生的小桑条。依我的经验，背风向阳的小桑条会比一般桑树早发芽许多天。然而，小桑条也照旧是迷蒙着睡眼……

失望之余，我急切地向母亲求援。母亲说，用泡过的残茶叶是可以暂时代替桑叶的。我便把父亲喝过的残茶收集起来，待蚁蚕出壳便剪碎投喂。不知是方法不当还是什么原因，小蚁蚕对投来的残茶一点也不感兴趣，即使是爬到了残茶上面也是不动一口。就这样，眼睁睁地看着我的蚁蚕一条条饿死了！

连续两年的失败，让我心灰意冷，但仍不死心，又开始了第三次尝试。

为了等待桑条发芽，我想让蚁蚕的孵化能晚一点，便把朋友给我的蚕卵放在了屋内窗台上。窗台的温度比抽屉里的小纸盒里要低一些，又不会冻坏蚕卵，果然略微延迟了蚁蚕出壳时间。但蚁蚕孵化时，野外的桑条还是没能发芽长叶，仅鼓出了黄豆大的芽苞。

焦虑之中我突然发现，向阳处的小榆树条已长出了嫩绿的小叶。榆树与桑树相似，树皮与叶子都有很强的黏性，能不能用榆树的叶子暂时喂养蚁蚕呢？

带着殷切的希望和设想，采回了一把榆树叶，用剪刀剪成细条撒给了刚孵出的蚁蚕。我静静看着，啊——那蚁蚕仿佛受到了召唤，居然纷纷爬到了细条榆叶上！我倍感兴奋，看它们能否把榆叶当成生命中的第一口食物。果然，黝黑的蚁蚕真的微微晃动着小脑袋，用力啃食起榆叶来！

啊！大功告成，我高兴得拍手蹦跳，把妈妈吓了一跳。看来，鲜嫩的榆树叶滋味远胜过残茶，完全可以成为桑叶的临时替代品。

然而，在干燥的春季，剪成细条的嫩榆叶很快蒸发成卷曲的黑丝，有的蚁蚕甚至被困在里面。如何解决嫩榆叶迅速干燥的问题呢？望着窗台钢笔水瓶里插着的一枝山桃花，我突发奇想：能不能撅回一根榆枝泡在水瓶里，让蚁蚕到榆枝上去吃榆叶呢？

我立即撅回榆枝，泡进钢笔水瓶。用毛笔的毫毛一条条“粘”起蚁蚕，再轻轻放在榆枝嫩叶上……由于有了瓶水的供应，榆枝和榆叶几天之内始终保持着新鲜，上面的蚁蚕便能一直吃到鲜嫩榆叶了。

几天以后，桑条发芽长叶了。小蚁蚕们结束了榆叶替代的生活，开始食用桑叶。此时，许多蚁蚕已蜕去黑衣，换上黄衣，度过了生命周期中最困难的时刻，有了小蚕的初步模样。

3

二次蜕皮后的蚕儿食欲逐渐变得强烈，似乎总是在吃，长得也越来越快，所以每天都要抽出时间为它们采桑叶。好在村边或地堰随意就能见到一丛丛桑条，打猪草时随手捋回两把桑叶就够它们吃了，并不觉得麻烦。

但采桑、喂桑也有很多讲究：采桑最好采没有叶裂的整叶桑，不要采带叶裂的花桑，据说蚕儿吃了花桑爱闹病。带晨露或雨水的桑叶不能直接喂给蚕儿，一定要等水分充分蒸发后才能使用，否则蚕儿吃下去会拉稀。采桑的地点一定要保证没有打过农药，否则蚕儿会中毒。我的一位同学因为误采了打过农药梨树下的桑条，结果几十条蚕全被毒死了。

更换新桑叶时要把干皱的残桑叶清理出来。由于蚕儿腹足的吸盘能牢牢抓住残桑叶，清理前必须先用毛笔头把蚕儿从残叶上轻轻扫落在新叶上。这需要细心和技术，用劲大了会伤着小蚕，用劲小了会扫不下来。

蚕儿过一段时间就要蜕皮一次。当它们头部的颜色变黄并发皱时，就表明它们要蜕皮了。

蚕儿蜕皮非常艰苦。蜕皮前，会把头胸部昂起好像睡着了一样不吃不动。蜕皮时，先是黑色的头壳开裂，新头从旧壳中拱出，然后用头和胸慢慢向前蠕动，使身体一点一点蜕出旧衣，直至整个身体蜕出。这时候，蚕儿的旧衣就会萎缩成一小叠褐色的皱褶。整个蜕皮过程大约需要一天时间。

蜕皮是个充满风险的过程。有的蚕儿因发育不全，蜕皮时被困在旧皮中无法脱身而导致了死亡。

蜕完皮的蚕儿身体变白，食欲大增，吃桑叶的速度也明显加快。撒上新桑叶后，它们会迅速找到一处桑叶的边缘或凸起，左右晃着脑袋用力咬出一个缺口，然后从缺口开始，沿着C字形轨迹蚕食，“沙沙沙沙”“沙沙沙沙”，很快就会把一片桑叶吃出一个大洞来。这时，你才会真正体会出“蚕食”这个词的生动与形象。

我曾见过一条蚕，蜕皮后个头比同龄的蚕儿明显小了许多。细细观察才发现，是这条蚕的牙齿出了问题。别的蚕吃桑叶时快速而高效，而这条蚕尽管晃着脑袋用力咬食桑叶，但费了很大劲只能在桑叶上咬出一点点印痕。最后，这条蚕终因无法获得必要的营养死去了。

此外，养蚕用的蚕扁或纸盒也要经常晒晒太阳消毒，防止蚕儿感染真菌、霉菌而死亡。

蚕儿一生有许多天敌，蜈蚣、蝎子、老鼠、壁虎、蛇与胡蜂都会把蚕儿当作“点心”。所以，养蚕必须时刻提防这些入侵者。因为在家里饲养，蜈蚣、蝎子、老鼠、壁虎、蛇这些克星不会轻易出现，只要严加防范，及时消灭就行了。难于防范的是胡蜂，不知什么时候从天窗飞进来，抓住一条家蚕用蜇针一刺，家蚕便转瞬麻痹，然后被胡蜂抱走了。当然，这只是二三龄的小蚕，四五龄的大蚕胡蜂是没有能力抱动的。

蚕儿的幼虫期一共要蜕四次皮，每蜕一次皮就增长一龄，身体也会长大一圈。当蚕儿完成第四次蜕皮后便成为五龄幼虫。五龄幼虫吃得更快，长得也更快，经过八九天时间，身体会长到六七厘米，成了一条成年幼虫。

五龄末的幼虫，排出的粪便开始由硬变软，由墨绿色变成了叶绿色，食欲也迅速减退，继而完全停食。这时候，它们身体的胸腹部会变成亮亮的，透明而浅黄，会把头昂起来并吐着丝左右摆动寻找结茧的场所。这表明它们已变为熟蚕，即将“上山”结茧了。

看蚕儿结茧让人十分感动：它们先是爬到“山上”选好一处结茧的空间，慢慢吐丝在周围枝条上织出一个茧的框架。框架做成后，蚕儿会继续吐丝加厚茧网内层，然后以S形方式吐丝结出蚕茧的轮廓——茧衣。茧衣结成后，茧的内腔逐渐变小，蚕儿会把身体和头部翻转成“C”字，吐出横向的8字形丝圈继续结茧。经过两三天之后，蚕茧就结好了。

据说，结一个蚕茧，里面的蚕儿需变换位置数百次，编织出6万多个8字形丝圈，吐出的蚕丝可达1000多米！

李商隐在《无题》一诗中曾写道：“春蚕到死丝方尽”。其实，这一说法并不科学。春蚕结完茧、吐完丝之后并没有死，而是在蚕茧中再次蜕皮变成了蚕蛹。蚕蛹形如纺锤，身体黄褐色，经过十二三天的休眠，最终蜕去外皮羽化为蚕蛾。

我曾百思不得其解，蚕茧十分坚韧，蚕蛾又没有锋利的牙齿，它们是如何钻出蚕茧的呢？经过一次次仔细观察我才发现，困在蚕茧中的蚕蛾，会吐出一种特殊的液体，将蚕茧的一头溶解出一个空洞，然后破茧而出。看来，各种动物都有一套适应生存的独门绝技啊！

但作为缫丝纺织用的蚕茧，是绝不能等到蚕蛾羽化的。必须在蚕儿结茧后的几天里迅速摘茧，并用开水焯煮，闷死茧里的蚕

▲蚕蛾出茧羽化后便会迅速交配产卵

蛹，从而完成缫丝工作。否则，一旦蚕蛾羽化，蚕茧被破坏，完整的蚕丝就变成了断丝，失去了缫丝价值。

破茧而出的蚕蛾全身披着白色鳞毛，不吃不喝，仅靠体内积累的养分维持生命。由于千百年来人工养殖所造成的结果，蚕蛾的翅膀严重退化，已失去了飞翔功能，它们的任务只是产卵繁殖后代。出茧以后，雌蛾与雄蛾迅速交尾。而后雄蛾会很快死亡，雌蛾则产下数百枚蚕卵后也结束了生命。

蚕卵形如小米粒，刚产下时为淡黄色，经一两天后变为红豆色，再经三四天又变为灰绿色或紫黑色。

经过漫长的冬季，当春季变暖的时候，蚕卵开始孵化。

如今的孩子们也养蚕，但和我们那个时代已大不一样。城里的孩子由于难以采到桑叶，聪明人就发明了彩色复合饲料卖给孩子。据说，吃了这种饲料的蚕结出的茧也是彩色的。但多彩的饲料含有多种添加剂，蚕吃了怕是要中毒的。

想想小时候养蚕的自然与快乐，实在是一种难忘的幸福啊！

关于蚂蚱的童话

上小学时曾学过一首歌，叫作《山里的孩子心爱山》。旋律清纯优美，就像诉说着山里孩子的心里话。歌词写道："山里的孩子呀心爱山，从小就生长在山路间；山里的泉水香喷喷，山里的果子肥又甜；山里的孩子心爱山，山里有我的好家园，山上是我们社里的树，山下是我们社里的田……"

家乡的小山村如同歌词中描绘的一样，甚至比歌词中的景致还要美。不用说那满山的果树、遍野的山花、诱人的鸟兽，单是那各式各样的蚂蚱，就会让孩子们痴迷忘返。

蚂蚱又统称蝗虫，喜欢吃禾本科植物，比如谷子、高粱、玉米等。所以，提到蝗虫，人们就会想到铺天盖地的蝗灾。据说，我国历史上因蝗虫危害而造成的饥荒数不胜数。直到今天，世界范围的蝗灾仍然很难根治。

或许是老天偏爱，或许是地处山区，在我的记忆中，蚂蚱似乎并没有给乡人造成过什么灾难，倒是给山村的孩子们带来了不尽的欢乐。

▲蝗虫中的锥头蝗，俗称"大老尖"

小村四面环山，周围的小山长满了白草、红羊草、炮仗草等禾本科草类。有了这些食物，蚂蚱们即使甩开腮帮子大快朵颐，也是吃不完、嚼不尽，哪还顾得上什么庄稼呢!

山里的蚂蚱为我们的童年编织出了一幕幕难忘的童话。初春以后，不但会与蚂蚱天天碰面，还会邀上几个伙伴时不时去捕捉。

田地里的“蚂蚱墩”“大老尖”，山路边的“小土贼”，山坡上的“绿飞虹”，大东沟的“山吱啦”，何家坡的“蹬倒山”……常常一捉就是小半天。

捉住蚂蚱后，用带穗的白草秆从它们后背的“鞍子”穿过去，一只又一只，一会儿就穿成了八九寸长的一串。待到夕阳西下，傍晚回家，几大串蚂蚱会把家里的母鸡们吃得撑歪了嗉子。

“蚂蚱墩”

“蚂蚱墩”是春天田地里最早见到的一种特殊蚂蚱。说它特殊，是因为别的蚂蚱孵化成若虫以后，经过五次蜕皮就能长成有翅膀的成虫；而“蚂蚱墩”即使经过多次蜕皮，甚至长到胖墩墩的成虫也不会长翅膀。

晚春初夏季节，当山坡上还是一片黄色的时候，土褐色的“蚂蚱墩”便在田地里出现了。它们笨拙地蹦跳着，在田地里寻找着率先钻出地面的绿叶。由于田地是土褐色，“蚂蚱墩”也是土褐色，所以，只要静止不动，人们就很难发现它们。

“蚂蚱墩”的体型和它们的名字一样显得短而粗壮，一对强壮的后腿折叠在肚子两侧。可能是因为身子太重的原因，它们总也蹦不高，跳不远，再加上没有翅膀，用手三扣两扣就能将其生擒。“蚂蚱墩”被捉以后很温顺，除了用腿做一些蹬踏反抗以外，便没了任何招数。

雌性“蚂蚱墩”个头较大，成年后足有三四厘米；雄性“蚂蚱墩”个头较小，相当于雌虫的三分之二。初夏以后，雌雄“蚂蚱墩”长成了胖墩墩的“青年”，它们开始谈恋爱。在蜜月里，雌虫驮着雄虫，或静止不动，或慢慢爬行，偶尔蹦跳一下也显得十分笨拙。这时候捕捉"蚂蚱墩"则易如反掌，常常是一捉一对，收获颇丰。

"大老尖"

"大老尖"是一类两头尖尖、身体瘦长的锥头蝗虫。有人又叫它们"扁担钩"。尖尖的头上有一对触角，瘦长的身体覆盖着两对翅膀，外翅绿色，内翅黄粉色，飞起来翅膀很漂亮，会发出"吃啦啦"的响声。它们性格温顺，多为碧绿色，也有带白纹的棕褐色品种。

"大老尖"分为两种：一种是短粗体形。身体短粗，虽然也是两头尖，但行动较敏捷，不善飞翔，跳跃速度较快，多在菜地、湿地活动，捉起来较容易。由于捕捉缺乏挑战性，又要在菜地、湿地奔跑，活动很受限制，所以孩子们捕捉的兴致并不高。

另一类是常见的长大体形。长大体形的"大老尖"主要是指其中的雌性——身体足有筷子粗，身长足有十一二厘米，虽然善于蹦跳和飞翔，但身体笨拙，很容易被孩子们抓获。而"大老尖"中的雄性，无论是长度还是个头，都不足雌性的二分之一。但它们善于飞翔和蹦跳，比雌性灵敏狡猾，抓起来须奔跑作战。出于实用目的，孩子们对这猥琐的雄虫没有多大兴趣。

由于"大老尖"咀嚼式牙齿很内敛，不会咬人，所以女孩子也敢上手。特别是秋天怀卵的雌性"大老尖"，个头硕大，温柔笨拙，捕捉容易，是燎烧蚂蚱中的绝佳美食，完全可以和"蹬倒山"相媲美，是深受孩子们青睐的蚂蚱品种。

▲锥头蝗虫也叫"扁担钩"

“小土贼”

▲蝗虫中的“小土贼”

“小土贼”是山村小路上常见的小飞蝗，一般两三厘米长。之所以叫它“小土贼”，一是因为它的颜色土，主要有褐色与灰色两种，与小路的颜色十分相近；二是因为它们身体瘦小，且长着内外两对翅膀，不但跳跃迅疾，而且飞行迅速，捕捉起来十分困难。由于上述原因，村里人都叫它们为“小土贼”，是说它们既土里土气又贼头贼脑。

盛夏时节，走在干旱的山间小路上，脚下时常有“小土贼”纷飞起落。“小土贼”喜欢吃路边生长的各种杂草，不喜欢山坡上成片的白草和红羊草，所以山路两边就成了它们喜欢的栖息地。

捕捉“小土贼”要有高超的功夫，一般村童只能在一旁“观敌瞭阵”。捉“小土贼”要有蹑手蹑脚的耐心和迅雷不及掩耳的速度。看准“小土贼”以后，轻轻地移过去，用一只手自上迎头慢慢罩下，然后猛然下扣，“小土贼”十有八九会被擒获。用这种方式捉拿“小土贼”，速度较慢，但可以得到完好的“活口”。倘若是为了做鸡食，则不必用这种手段，只需折一把荆枝做武器，看准“小土贼”后快速抽过去，一下子就能把“小土贼”抽晕或抽残。

至于住在村边和村外的人家，则更加省事，每天早晨只要把鸡群赶到山路边让它们自己去啄“小土贼”就可以了。鸡儿们会“八仙过海，各显神通”，有的飞奔追逐，有的展翅截杀，加上它们快如闪电的啄食绝技，“小土贼”纵然能飞能跳，也难逃鸡群的围剿。当然，鸡群主人所得的鸡蛋也自然比村内住户数量更多、个儿更大……

“绿飞虹”

小村北面有一片舒缓的山坡，长满了茂密的白草。这里不但是牛羊的牧场，也是我们捕捉“绿飞虹”的乐园。

“绿飞虹”是一种绿色的飞蚂蚱，最大的足有近两寸长。它们不光个头很大、样子威武，而且动作敏捷、颜色漂亮。它的外翅以绿色为主，间有几条细细的褐纹；内翅以淡黄色为主，接近翅根处又渐变成粉红色；飞起来后翅膀飒飒作响，如一道彩虹在空中划过。所以，我们给它起了个漂亮的名字——“绿飞虹”，是说它飞起来像一道漂亮的彩虹。

捕捉“绿飞虹”要有相当的经验和跑山本领。由于是在茂密的山草荆棘中捕捉，脚下又是起伏坎坷的山坡，所以一般小孩子是无缘这种体会和经验的。每当秋季来临，几个小伙伴就会在星期天相聚白草坡，展开一场捕捉“绿飞虹”的比赛。

捕捉“绿飞虹”第一步是“赶”。或用脚趟，或用棍打，先把“绿飞虹”从草丛中撵出来。“绿飞虹”受到惊吓后，往往先是一蹦，继而展翅起飞，一口气会飞上四五十米。第二步是“追”。看准“绿飞虹”的落点，便以最快速度追过去，但在接近落点时要放慢脚步，悄悄逼近，以便搜寻降落的目标。第三步是“捉”。一旦发现“绿飞虹”的藏身

▲蝗虫中个大善飞的“绿飞虹”

处，立即选好角度，悄悄接近，用脱掉的上衣罩住目标快速扑下去……但即使是这样，捕捉“绿飞虹”的成功几率也不到一半。一般来说，捕捉一只“绿飞虹”没有几番追捕是很难成功的。

于是，在白草遍布的山坡上，我们奔跑追逐、兴致勃勃、大汗淋漓。待到太阳落山，比赛结束，各自拿出囚禁“绿飞虹”的玻璃瓶，比一比谁捉的数量最多，谁捉的个儿最大，“战果”也就一目了然。

“山吱啦”

“山吱啦”是一种与蝈蝈十分相似的蚂蚱，但比蝈蝈稍微瘦小，是螽斯科昆虫的一种，学名为暗褐蝈螽。它们的身体呈绿褐色，头上有一对复眼、一对长须和一对黑色的咀嚼式大牙，后背长着一对淡绿的、可以摩擦发声的透明振翅。蝈蝈的振翅短而有棱角，只到大肚子的一半；而“山吱啦”的振翅比蝈蝈的要长许多，且缺乏棱角，几乎延伸到了肚子的尾部。

蝈蝈的叫声清脆悦耳，有很强的节奏感：“蝈蝈蝈蝈蝈蝈蝈蝈……”而“山吱啦”的叫声则显得有些沙哑，也没有明显的节奏：“吱啦啦啦……吱啦啦啦……吱啦啦啦……”就像是拖泥带水的拙劣演奏。

▲暗褐蝈螽俗称“山吱啦”

“山吱啦”的习性与蝈蝈差不多，常把山荆等灌木枝当作演奏场。捕捉“山吱啦”的手段与捕捉蝈蝈很相似：先是循着叫声确定它们的基本位置，然后放轻脚步一点点逼近。警觉的

“山吱啦”发现有人靠近后，会立即停止演奏，悄悄躲进荆棘丛中。这时候，你不能着急，而是要蹲下身子，屏住呼吸藏匿起来。几分钟以后，“山吱啦”误以为危险已经过去，便开始重新弹唱。你乘机循声侦察，十有八九能发现“山吱啦”藏匿的地方。于是，轻轻起身，盯住“山吱啦”慢慢接近，两手相对，一点点向“山吱啦”合拢；待到还有几寸距离的时候，双手突然相扣，“山吱啦”就会在嘶哑的叫声中成了掌中的俘虏……

和蝈蝈一样，会鸣叫的“山吱啦”都是雄虫；而那些长相差不多，腹后拖着一根扁而细长产卵器的“哑巴”，才是“山吱啦”雌虫。

“蹬倒山”

“蹬倒山”别名大青蝗，是蝗虫中的“巨无霸”，号称“中华巨蝗”，是蚂蚱中相对少见的稀罕品种，中秋节前后会长成伟岸的成虫。

▲蝗虫中个头最大的是大青蝗，俗称“蹬倒山”

雌性“蹬倒山”体长可达七八厘米；雄性“蹬倒山”也有四五厘米。

“蹬倒山”整个身体和外翅均为浅绿色，只有透明的内翅为玫瑰红渐变为淡黄色。八月中秋，在庄稼地旁、在小山岩壁，时常可以看到成双成对的“蹬倒山”。

为什么将这种大蚂蚱叫“蹬倒山”呢？除了它们巨大的身躯，还有那对威武的、带着白色尖刺的强有力后腿。遇到飞鸟、螳螂等危险动物接近，“蹬倒山”会敏捷地转过身去，用那对强壮折叠的后腿对着来犯者。一旦发现对方向自己攻击，它会“啪”地将带刺的大腿弹射出去，常会把来犯者刺得头破血流。

我曾多次领教过“蹬倒山”的厉害，手指被刺得鲜血直流。正因为如此，乡人们才送给它们“蹬倒山”的绰号。

“蹬倒山”不喜欢山坡上的白草，喜欢吃谷子、热草之类的叶子，所以，梯田地堰上常会看到它们的身影。它们爱晒太阳，朝阳的山岩上常能看到成对的“蹬倒山”。掌握这些规律后，捕捉“蹬倒山”就变得比较容易。“蹬倒山”个儿大、劲儿足，善于飞翔，但比较笨拙。捕捉时除了用手扣捉，还可以准备一个长把捕网。遇到难于攀爬的岩石，捕网就会派上用场。

20世纪60年代闹饥荒的困难岁月，“蹬倒山”“绿飞虹”“大老尖”曾成为山里孩子们充饥解馋的宝贵食物：将捉来的蚂蚱放到炉火周围焙干、烤熟，身体颜色变得焦黄，便成了上好的佳肴。尤其是大个、肚子里带着卵块的雌虫，烤熟后酥香可口、营养丰富，令人回味无穷。

时髦菜

随着时代的变迁，昔日被称作“害虫”的蚂蚱，如今还成了宾馆饭店的时髦菜——“油炸蝗米”。

据营养学家分析，蝗虫体内含有丰富的营养成分。其中，蛋白质占65%，脂肪占7.7%，还含有丰富的磷、铁、锌等矿物质和多种维生素。怪不得有人称蚂蚱为“旱虾”“飞虾”呢！

查阅有关资料得知，我国食用蝗虫的历史十分久远。

《农政全书》收录的《新唐书·姚崇传》中便有“唐贞元元年，夏蝗。民蒸蝗曝飏，去翅足而食之”的记载。

我国东部平原地区的居民还有捕捉蝗虫用盐水煮熟、晒干、去掉翅膀和外壳，将虾仁一样的虫体贮藏起来以备食用的习俗。

黄河三角洲一直是我国最大的蝗灾区。近年来，那里的农民利用丰富的蝗虫资源，找到了一条很好的致富门路，就是在大棚里养殖蝗虫，不仅受到国内市场欢迎，而且还出口到国外。1公斤“蹬倒山”竟卖到了40元以上。蚂蚱除了可作为人们餐桌上的山珍食品，还可以作为各种家禽、家畜的高蛋白饲料。此外，蝗虫还具有止咳、平喘、解毒、透疹等药用价值。

看来昔日危害农作物的蝗虫，只要趋利避害，控制得当，是完全可以变害为宝、造福大众的。

科普链接：蚂蚱又叫蝗虫、蚱蜢，属节肢动物门、昆虫纲、直翅目、蝗科昆虫的总称，不完全变态，只经过卵、幼虫、成虫三个阶段，全世界超过25000种。分布于世界热带、温带、沙漠等广大地区。口器坚硬，前翅狭窄而坚韧，盖在后翅上，后翅很薄，适于飞行。后肢发达，善跳跃，可利用弹跳来躲避天敌。交尾后的雌虫会把产卵管插入约1厘米深的土中分泌白色物体形成圆筒，然后再把卵产下形成卵块。主要危害禾本科植物，是重要的农业害虫。

飞蝗之异

从北京到呼和浩特，再翻过大青山去体味和观赏希拉穆仁草原，一路的草色天光让人感慨颇多。

“敕勒川，阴山下，天似穹庐，笼盖四野。天苍苍，野茫茫，风吹草低见牛羊。”

大青山是阴山的一部分，可阴山下早已没有了“风吹草低见牛羊”的景象。虽已进入夏季，但连绵的山依然是“草色遥看近却无”。稀稀拉拉的绿色皴点着，怎么也无法掩饰灰褐色山坡的焦渴。倒是这里笼盖四野的“穹庐”，使我恍若回到了20世纪50年代的童年天空：蓝盈盈的天像被洗过一样晶亮透明。幽深的蓝色使人不知不觉要融入一般，甚至感到有几分眩晕。一朵朵白的云、灰的云、灰白相间的云，边界清晰、层次分明，绝没有一丝弥漫混沌。一阵阵风迎面吹来——决不是一缕缕，而是一阵阵连绵而至，氤氲出一种苍茫、雄浑和宽广的大气。

1

经过几个小时的奔波，终于来到了早已渴望的希拉穆仁草原。据说，这里距离草原英雄小姐妹龙梅和玉荣的家乡很近。20世纪60年代就看过动画片《草原英雄小姐妹》，并被影片中的插曲所感动：“天上闪烁的星星多呀星星多，不如我们草原的羊儿多；天边飘浮的云彩白呀云彩白，不如我们草原的羊绒白……敬爱的毛主席呀毛主席，草原在您的阳光下兴旺；敬爱的共产党呀共产党，小牧民在您的教导下成长……”

跳跃活泼的节奏、欢快明朗的旋律、优美抒情的歌词，让人对内蒙古大草原充满了憧憬和美好想象。

2008年，我们来到希拉穆仁草原，享受了马队夹道、唱歌敬酒、敬献哈达等一系列欢迎仪式后，被安顿在一片带着天蓝色祥云纹饰的蒙古包里。蒙古包也现代化了：全部由水泥、砖石、塑钢门窗等现代新材料建成，且配备有电视和卫生间——成了永久的准星级宾馆；只有那圆圆的外形、穹庐般的屋顶还保持着蒙古包的形状。匆匆放下行囊，谢绝了蒙古小伙子们骑马、坐车游览草原的邀请，几位朋友一拍即合，一致同意去和大草原来个实实在在、亲密无间的零距离接触。于是，我们走出蒙古包群，顺着一条依稀的草原小路快步向北面平缓的小丘进发。

老舍曾这样描写他所见到的内蒙古草原：

“四面都有小丘，平地是绿的，小丘也是绿的。羊群一会儿上了小丘，一会儿又下来，走到哪里都像给无边的绿毯绣上了白色的大花。那些小丘的线条是那么柔美，就像只用绿色渲染，不用墨线勾勒的中国画那样，到处翠色欲流，轻轻流入云际。”

眼前的草原小丘的确像老舍描写的那样柔美，但绿色却显得逊色不少。尽管刚刚下过一场雨，但小丘淡淡的绿依然没能遮蔽住褐色的砂石。不知名的小草稀稀落落，匍匐在地皮上的小紫花一片一片，细细的草原沙葱一绺一绺点缀在小草之间——这里根本没有茂盛多姿、让人激动的草原肥美景象。

▲草原飞蝗有宽大的内翅

然而，陪同而来的老郭却告诉我们：别看

希拉穆仁草原没有什么大气势，没有茂盛的牧草，但这里的植被却含有独特的营养，牧养出的羊儿肉鲜味美，是著名品牌“草原小肥羊”的专供基地。听了这些介绍，大家对眼前稀落的草原重新恢复了几分好感。

2

一路踏着小草、沙葱和野花走来，蓝天、白云、缓而阔的草原，让人心胸宽广，不由得想扯开嗓子长啸高喊。我一下子明白了蒙古长调为什么会在这样的环境里产生——是蓝天、白云、绿草、鲜花的铺设和点缀，是高远寥廓的无限空间，使置身于其中的人们不由得不迸发出发自内心的长歌。怪不得腾格尔会忘情地高歌：“我爱你我的家；我的家我的天堂……”

忽然，眼前出现了一缕缕飞行物，而且伴随着“哧啦啦啦”的清脆响声。仔细追踪观看，掠过空中的分明是一种昆虫。尽管它们展翅的姿态仿佛是蝴蝶，但我断定决不是蝴蝶——因为它们

▲草原飞蝗头短、胸宽、翅膀有力

起飞和降落的速度十分迅疾，不是蝴蝶所能做到的。到底是什么东西呢？几位伙伴已向西面小丘的一座巨大敖包走去。我却被这奇妙的飞行物所吸引，决心捉一只看个究竟。

这些飞行物都是从稀稀落落的草地上起飞的，所以，我猜想很可能是草原上的一种飞蚂蚱。

童年的时候，追捕飞蚂蚱曾是自己的拿手戏，现在要捉上一只应该不在话下。

然而，这东西隐蔽性极强，且机敏得很，还没容你发现藏匿点，它已从你眼前霍然飞向了空中。几次受到戏弄以后，我开始发狠，使出童年追杀飞蚂蚱的死盯战术，看准一只穷追不舍——它飞起来我飞步追赶，它落下来我随之赶到……就这样一次次反复、一次次较量，直到这只飞虫筋疲力尽、失魂落魄，最终被我一下子扣在草地上。

果然是一只土褐色的大飞蝗，身体近两寸长，与童年捉到的“绿飞虹”个头相似，但颜色逊色多了。大飞蝗身体的保护色和草原砂石几乎是一个颜色，在绿色稀疏的草原上很难发现它们。

渐渐走入草原深处，飞蝗的数量也越来越多，空中纷飞穿梭，脚下频繁起落，“哧啦啦啦……哧啦啦啦”的声音不绝于耳。

仔细观察以后，它们的飞行姿态让我莫名惊诧：家乡的飞蝗一口气能飞出上百米，但都是一直向前飞，绝没有中途大角度转弯或在空中停留的本事。而这里的草原飞蝗，不仅能大跨度直飞，而且可以自由改变飞行方向，抑或是像蜂鸟一样，扇动翅膀在空中做原位悬停。

难道草原飞蝗的身体结构有什么特殊？带着疑问翻看手中的飞蝗：也是一对外翅、一对内翅，和家乡的飞蝗没什么两样，只是内翅为浅灰色，一对大腿的内侧为油亮的黑蓝色。

那么，草原飞蝗为什么会在飞行中有原位悬停和改变方向的

▲草原飞蝗体色与土地相似

特殊本领呢？

百思不解之时，一阵阵无遮无拦的草原风连续吹来，使我不得不倾着身子顶风而立。

仔细体味和思索，我恍然悟出了草原飞蝗的奥秘：物竞天择，适者生存，任何物种要想生存繁衍下去，就必须与它所面临的环境相适应。

进一步观察发现，草原飞蝗的头和胸部较家乡飞蝗要明显短一些、宽一些，而腹部则明显细瘦一些。正是这种身体构造的细微改变，使得它们的翅膀更长、身体阻力更小，飞行转向也更加灵活。

大草原无遮无拦，风多风大，倘若这里的飞蝗还像家乡的飞蝗一样只能向一个方向飞翔，可能早就被大风刮走了。一定是这变化多端且强大的草原风，逼迫飞蝗进化出了能抵抗强风、改变飞行方向、可在空中悬停的高超本领。

每一次在飞行中转向，它们的翅膀都会发出“哧啦啦啦”的响声。这是翅膀瞬间合拢，重新确定方向再迅速展开所发出的摩擦声。这是草原飞蝗的特有技能，也是家乡飞蝗所不具备的。

3

脚下的飞蝗越来越多，手里捉住的飞蝗已有十几只。我忽然感到一阵恐惧：莫不是这里要闹蝗灾了？本来就贫瘠的草原，如若再遇上蝗灾，那问题就严重了！我不由得用力把手中的飞蝗掼在地上摔死，然后向草原飞蝗发起了连续进攻，直累得汗水不断滴落在草地上……

几位伙伴已爬上了西北小丘的敖包，并不断发出召唤。我终于清醒过来：本来是看草原的，怎么和飞蝗大战起来？我立即停止了这种唐吉诃德式的战斗，向着西北的敖包快步赶去。

晚饭后，自草原看星星回来，从电视里看到一条消息：内蒙古希拉穆仁草原发现了大面积草原飞蝗，飞机开始撒药灭蝗……果然证明了我的猜测！

为什么这样贫瘠的草原还会闹飞蝗呢？看了电视介绍才知道，贫瘠的草原，由于有沙土裸露，正好为草原飞蝗在沙土中产卵创造了条件，因而极易发生蝗灾。

想想也是，倘若是风吹草低见牛羊的大草甸子，蝗虫又怎么能去沙土中产卵呢？看来，草原退化也是草原飞蝗泛滥的原因之一。

好在这里的牧民已把旅游作为一种重要的谋生发展方式，牛羊养殖的数量在逐步减少，且实行了定点围栏圈养。

深深期盼着《敕勒川》所描写的情景能在这里早日重现。

科普链接：内蒙古的草原飞蝗，属于亚洲飞蝗之列。善于飞翔，适应辽阔风大的草原气候与环境，一年发生一代，是北方草原最具破坏力的虫害之一。多年来，由于不合理的人类活动和干旱气候的影响，草原飞蝗曾反复成灾。近些年来，国家和地方政府加强了对草原的管理，遏制了过度放牧，草原生态也有了较明显的改善。

臭椿、锁儿与“花大姐”

臭椿树是北方乡村常见的一种乔木，树干笔直高大，枝叶蓬勃繁茂，属于苦木科中的臭椿属植物，古代又称其为樗树。它们耐寒，耐热，生长较快，适应性强，有一股臭味，很少产生病虫害；加上它们能抗污染、杀细菌，因而是良好的行道树和工厂绿化树种。

我们所居住的生活小区道路旁，栽植着一个新品种臭椿树。这种树与家乡常见的臭椿树明显不同：常见的椿树，枝杈比较稀疏，且高低错落、参差不齐；而小区的椿树却是枝杈密集，且长短齐整，树冠犹如一把馒头形的大绿伞。常见的椿树接触以后会有一股明显的臭味；而小区的椿树似乎臭味小得多。尽管有许多不同，但从树皮的颜色、树叶的形状与小叶的片数，仍然可以断定小区栽植的就是臭椿树。只不过是园林科研人员经过优选培育的椿树新品种。

▲路边栽植的路树——千头椿

这一判断，从两种小小昆虫的身上也得到了验证。

1

童年的时候，我和同伴们经常去院子后面的臭椿树上去寻找捕捉一种叫“锁儿”的小昆虫。为什么叫“锁儿”？因为这种小虫一遇到外界干扰，就会迅速蜷缩起步足，就像把自己“锁”起来一样。它们的身体有一层坚硬的蜡质外壳，灰黑色，上面分布着一个个小白斑，个头像蜜蜂那么大，头和腹部稍尖一些；尤其是它的口器，犹如象鼻一样是个坚硬的弧形细管，平时紧紧折叠在胸部，只有吃东西的时候，才会插入臭椿树的嫩皮里。这种昆虫的最大特点，就是喜欢臭椿树，从幼虫到成虫，几乎始终生活在臭椿树上。臭椿树是它们的主要寄主，别的树种上很少能见到它们的身影。

“锁儿”依靠吸食臭椿树的汁液为生。吸食汁液时，它们会把管状的口器插进枝干的嫩皮，然后趴在树皮上贪婪地“大吃大喝”。这个时候是捕捉“锁儿”的最佳时机：一是“锁儿”因贪吃放松了警惕，二是这种吃相使它无法立即拔出口器逃走。

“锁儿”被捉住以后会采取一种骗人的伎俩：瞬间收拢口器，迅速将6条腿紧闭，整个身子缩成一个椭圆，一动也不动，与许多小动物面对天敌采取“假死”的骗术很相似。

山里的孩子当然不会被欺骗。这时候，小伙伴们会把捉来的“锁儿”集中放在一起，然后盯住它们，念念有词祷告起来：

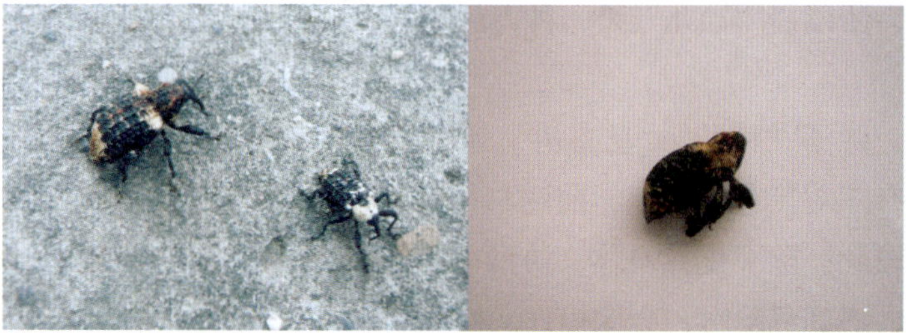

▲沟眶象俗称“锁儿”

“‘锁儿’‘锁儿’开门来，你们家门前有人来；‘锁儿’‘锁儿’开门来，你们家门前有人来……”如此唱经一般反复吟诵，“锁儿”终于耐不过我们的坚韧和魔力，不得不打开紧锁的腿，开始爬行起来。于是，我们继续玩耍折磨它们，它们又继续装死欺骗，我们则再次耐心地大声祷告……这样的娱乐往往一玩就是半天。后来才知道，“锁儿”是一种嗜椿的象鼻虫，属于昆虫纲、鞘翅目、象甲科昆虫，学名叫沟眶象，“锁儿”是沟眶象的成虫名称。

沟眶象分布很广，凡是有臭椿树生长的地方，几乎都能看到。它们主要危害臭椿类树木。尤其是幼虫阶段，它们形如蛴螬，会在树木上打出一个个“隧洞”，严重危害树木健康。虫情爆发的年份，会使许多椿树衰弱甚至死亡。

进入初夏以后，树干里的幼虫逐渐成熟并开始化蛹。化蛹前，幼虫会先在树干中咬出一个椭圆形的蛹室，然后开始作茧化蛹。再经过半个多月时间，成虫羽化成“锁儿”并钻出树皮。

这也是我们总能在初夏时节抓到“锁儿”的缘故。

“锁儿”在臭椿树的根部或树皮缝中产卵。产卵时，它们先用腹部产卵器钻破臭椿树嫩皮，然后把卵产在其中。八九天后，幼虫孵化出来便开始在树皮上打洞为食，直至在树干中度过秋季和冬季。

所以，“锁儿”是一种专门危害臭椿树的害虫。

2

除了“锁儿”，臭椿树上还生有另一种会蹦跳的小昆虫。它长有三对黑色的长腿，前两对短一些，主要负责爬行，后一对较长较壮，除了支撑身体，协助前腿爬行，还有一种奇特的弹跳功能，遇到危险时，会像蚂蚱一样突然跳起，逃之夭夭。

这种小昆虫五六月份开始出现，进入盛夏以后，则会像蝉一样蜕去外衣，变成“花大姐”，我们叫它们“红媳妇”。

“花大姐”很漂亮：扁圆的肚子上小下大，呈浅黄色，并带有黑色的条纹；内外两对翅膀，外边的一对是灰粉色，并点缀着黑色斑点，里边的一对前端是点缀着小黑点的大红色，后面则由白色或黄色过渡到黑色……此时，它们不但具备了飞翔的本领，而且保留了善于跳跃的优势，所以，捉起来要讲技巧，得下一番功夫。看准目标以后，扬起右手悄悄靠近，从“花大姐”头部的上前方快速扣过去——与扑捉蚂蚱的手法差不多。

捉住“花大姐”以后，我们会用细线拴住它的肚子，并于线后系一小纸条，然后将其抛向空中。

粗笨的“花大姐”飞不高也飞不远，坚持几米后就要落下来休息。待它刚一落下，我们就随后赶到，逼得它不得不再次摇摇晃晃起飞。最后，直累得它趴在地上……

如今，在小区路旁的椿树上，不但发现了“锁儿”，而且发现了大量“花大姐”。

这表明小区的行道树的确是臭椿树。

后来，经向园林专业人士请教得知，这种树叫“千头椿”，确实是改良培育的椿树新品种。

▲斑衣蜡蝉的若虫阶段

“千头椿”这名字真是名

副其实：千百枝头蓬勃向上，绝不旁逸斜出，犹如一把巨伞擎向空中。

童年时见到的“花大姐”一般都零零散散，数量不多，能捉到几只就感到收获巨大。可眼前的“千头椿”上，“花大姐”实在太多了：几乎每棵树的主干和枝干上，都爬着一溜溜、一片片。沿着近4000米的环区道路漫步，随眼可在“千头椿”上见到这恐怖的情景！

什么东西都一样，数量太多了就会让人感到恐怖。

由于树上的“花大姐”太多了，树下人行道的方砖上竟落满了一层油光光的黏性物质，并散发着轻微的臭味。踩上以后，鞋底竟被粘住了，须用力才能抬起来。人们行走在树下，树上的分泌物有时像毛毛雨一样飘落在头上、脸上或衣服上，黏糊糊的很难擦下去。落到地上更难清理，只能让时间和风雨去慢慢销蚀。

开始，我以为这些分泌物是“千头椿”枝叶被“花大姐”刺破后流出的树汁；仔细观察后才发现，原来是“花大姐”们吃饱喝足后排泄的粪便！

借助太阳的照射，趴在树干上贪吃的“花大姐”，突然从尾部尖凸处喷射出一股细细的液体，一下落到了树下行人的脸上……我顿时感到一阵恶心！

▲斑衣蜡蝉三龄虫

▲幼虫最后一次蜕皮变成虫

3

树上为什么会有这么多的“花大姐”呢？仔细想来，可能有两方面原因：一是小区行道树品种过于单一，整个环小区的公路旁栽植的都是千头椿，这便为“花大姐”的繁殖、生长和种群扩张提供了有利的环境与生存资源。二是预防控制不力，管理人员未能在“花大姐”爆发初期就采取有力措施控制住蔓延趋势，因而造成了“花大姐”呈几何级数的爆发式增长。

查阅资料得知：“花大姐”的生物名称应叫斑衣蜡蝉，属昆虫纲、同翅目、蜡蝉科一年生昆虫。我们所见到的“花大姐”是它们的成虫阶段。“花大姐”初秋时交配，深秋时产卵。虫卵多产在椿树主干与分枝的接合部位，犹如片片浅黄色的斑点。产卵以后，为保护卵块，母蝉还会分泌一层浅黄色的泡沫把卵块覆盖起来，泡沫风干后便形成了具有弹性的蜡质保护层。

春暖花开时，虫卵孵化，小若虫破卵而出，形如芝麻，善于跳跃，十分灵活；长大一点以后，若虫黑色的身体上布满白色的小斑点；经历两次蜕皮后，它们的身体开始变成鲜红色，上面布有黑色体脉和白色斑点。它们吸食椿树嫩芽的汁液，经过最后一次蜕皮后，红色的大幼虫变成了我们熟悉的“花大姐”。

斑衣蜡蝉从幼虫蜕变为成虫的过程与蝉十分相似：先从头部中间裂开一个口子，里面的成虫用力拱出头部；接着，头部用力向后仰，把外皮裂口撑大，将胸部和身体挤出；最后整个身体向后仰，再猛地向前抓住蝉蜕将尾部挣脱出来……

这一过程十分艰难，也是斑衣蜡蝉最没有逃脱能力的时候，故多在夜间完成。蜕皮后的新成虫十分丑陋，淡淡的浅黄色，没有漂亮的翅膀，翅根只有两垄淡黄的凸起。但这凸起很神奇，随着时间延续，凸起会向后逐渐伸展、变薄、变色，最终变成了漂亮、粉红的两层翅膀，整个过程大约延续一两个小时。

斑衣蜡蝉爆发的年景，大量若虫寄生在“千头椿”的枝叶上。它们吸食本应供给枝叶的营养，给树木造成了巨大危害。被害的植株嫩梢会萎缩变形，进而引发煤污病，严重影响树木的生长，甚至会造成整株树木死亡。

防治斑衣蜡蝉的最好办法是在入冬时及时刮除树干上的卵块并烧掉；或者在若虫孵化的初春及时喷洒杀虫剂，把它们消灭在萌芽状态；还可以利用“花大姐”交配繁殖的机遇，适时喷洒杀虫剂，以消灭这些“产卵的机器”。

大约是管理部门发现了泛滥成灾的“花大姐”，并及时喷洒了杀虫剂，清晨散步时赫然发现，每株“千头椿”下都落了一层死去的“花大姐”，连地面都呈现出斑斑红色。

望着这恐怖的情景，我有些纳闷：近些年来，生活小区的绿化越来越好，麻雀、喜鹊、斑鸠、戴胜、啄木鸟等鸟儿越来越多。按照自然规律，鸟儿以昆虫为食，是昆虫的天敌，可为什么这里的“花大姐”没能受到控制呢？

我蓦然想起了童年的一幕情景：小时候也曾捉来“花大姐”扔给鸡儿吃，可鸡儿只用嘴啄了啄就丢弃而去。我终于似有所悟：连鸡儿都不吃，鸟儿当然不会喜欢了。但鸡儿为什么不吃呢？

我寻思，根源可能就在“花大姐”寄主的身上。

由于椿树汁液味道苦涩，并带有较浓的臭气，故以“千头椿”为食的“花大姐”身体中必然会充满了臭气和苦涩。正是这种苦涩和臭气，让鸡儿、鸟儿们对“花大姐”敬而远之。加上“花大姐”身上令天敌畏惧的鲜红警示色，鸟儿们纷纷避之，其种群自然会大行其道了。

物竞天择，适者生存。物种的进化和选择的过程不仅严峻，而且有趣。“锁儿”也好、斑衣蜡蝉也好，由于选择了具有苦涩

▲斑衣蜡蝉成虫的内翅和外翅都很漂亮

异味的臭椿树做寄主，从而获得了保护，促进了种群的繁荣。这也应算是它们进化生存过程中的一种智慧吧！

叶上毒虫慢悠悠

无论是生长在农村的人，还是到农村插过队、在农村生活过的人，肯定都有被“会子”蜇刺的经历。

“会子”是什么？“会子”是一种只有一二厘米长的绿色小虫，长成后能到2.5厘米。在昆虫世界里，别的小虫身体都较长，且呈现为一种圆柱形态；而“会子”的身体则很短，呈现出短粗的长方体形态。

为什么叫“会子”呢？这其中包含了乡人的智慧。“会”有相会、接触的含义。这种小虫只要碰到你的皮肤，就会刺伤你，所以取名为“会子”。这里的“会”有接触、刺伤的含义。

▲不同品种的绿刺蛾幼虫

其实，“会子”的规范生物名称叫绿刺蛾。老百姓俗称它们是“会子”或“洋刺子”。

绿刺蛾属于昆虫纲、鳞翅目、刺蛾科、绿刺蛾属、中国绿刺蛾种昆虫。它们分布广泛，大江南北都有它们存在。它们食性较广，众多灌木、乔木都能成为寄主，尤其喜食枣树、榆树与核桃树的叶子。

“会子”的嘴小而隐蔽，退缩在胸肌下面，没有其他昆虫那样明显，不细观察很难发现。只有在进食的时候，才能看到小嘴巴在慢慢咀嚼蠕动。由于进食缓慢，体型和食量又较小，一片叶子可以吃上好多天，所以不必为觅食奔波。正是由于这一优势，导致了“会子”的腿严重退化，胸足变得短小，腹足完全消失了，而腹部中间却进化出了一串扁圆形的吸盘，使它们能牢牢吸附在叶片上。此外，由于行动迟缓，总是慢悠悠的，天敌往往会以为它们是死物而不去关注。

造物主就是这样的神奇与公正：每种生物都会根据生存需要和外部环境，将身体的各种器官进化到与之相适应的美妙极致。

幼小时期，由于牙齿不太发达，“会子”靠啃食叶面的叶肉生活，常会将叶面啃成薄薄的、只剩叶脉和透明表皮的网状；长大以后，食量逐渐增加，咀嚼式口器不但能将叶子蚕食出明显的孔洞，甚至连整片叶子都能吃掉，只留下光光的叶柄。“会子”爆发的年景，榆树、枣树、核桃枝叶上会爬满这种“食客”，有时会把树木吃得只剩下光秃的枝干。一旦发生这种情况，生产队就会派人去喷药灭杀。

“会子”的最大特点就是浑身带着一簇簇毒刺：身体分为七八个环节，每个环节的两侧和背部都生有4个小毛瘤，每个小毛瘤上都长着一簇小毒刺。尤其是胸部和身体后部环节，胸背上生有两个特殊的毛瘤，每个毛瘤上长着3～6根红色的长刺，就像是突出的两个红刺角；后背末端的两个环节上生有4个特殊的毛瘤，每个毛瘤上长有一簇蓝色的长刺，就像是防卫用的蓝刺角。浑身是刺，前后重点防卫，“会子”把身体武装成了无懈可击的“小刺猬”。

但可怕的并不是这些毛刺。许多毛虫身上也带刺，但照样被天敌吃掉。“会子”的可怕，在于它们毛刺上的那种特殊反应机制：每个毛瘤中都储存着充足的毒液，都与毛刺紧密相连。由于一根根毛刺都是中空的管子，外物一旦接触到毛刺，毛瘤内的毒液就会顺着毛刺喷射而出，迅速注入对手的皮肤！也就是说，一个将毒液与毛刺紧密结合的快速反应系统，构成了“会子”无与伦比的防卫盾牌。

这种小小的、静静的、从不会主动进攻人的毒虫，虽然不像蜜蜂、马蜂和蛇类那样恐怖，但它们对人的伤害却远比蜂类、蛇类的次数要多得多。它们吸附在植物叶子背面，具有很强的隐蔽性。乡村劳动也好，孩子们玩耍也好，有意无意之间与植物接触，就可能侵犯“会子”的领地，就会遭遇无情反击。当我们的手臂或身体暴露部分碰到了它们，那一簇簇毒刺便会带着毒液瞬间刺入你的皮肤，且会将毒刺折断在里面……此时，疼痛和刺痒如同针扎一样让你情不自禁去摸、去挠。这下好了，毒刺会扎得更深，毒液也会散布得更快，被蜇刺的地方转眼间就会变得红肿一片。

蜜蜂、马蜂的蜇伤一般都疼得暴烈，但几天以后就会逐渐消退。“会子”的蜇伤比起蜂类尽管会略显“温柔”，可时间会绵延很久；有时候过去了20多天，你分明忘记了被蜇的事情，但只要一碰患处，仍旧会爆发出难忍的奇痒和刺疼。

然而，“会子”的毒刺也欺软怕硬。若用手指去捏“会子”，或者把它们放在手掌上，一般不会有被蜇刺的感觉。为什么呢？因为我们的手掌经常劳动，经常攀握东西，表皮变得厚实而坚硬，加上没有汗毛，所以即使接触了“会子”，毒针也难以刺入，毒液亦无法注入，手掌自然会安然无恙。

由于从小生在山村、长在山村，我便有了数不清与“会子”亲密接触的机会。上山割草、打蒿子会碰到它们；为队里摘杏、摘桃、摘梨会碰到它们；尤其是打枣、打核桃，几乎天天都要与“会子”决战一番。

▲酸枣枝叶上的"会子"

中秋前后，大枣儿红了，山坡地堰的枣树行子挂满了"红玛瑙"。不知是枣儿香甜，还是枣叶肥厚，枣树往往会成为"会子"的最爱。打枣儿的季节，是我们这些善于爬树的少年大显身手的时候。大家攀上枣树，先是用力摇动枣枝，让成熟的枣儿尽量落下，然后再用长长的木杆把树枝上剩余的枣儿一一打下来。

在品尝丰收喜悦的时候，我们也常会遭到"会子"酿成的一次次苦痛。摇动树枝时"会子"被震落，打枣儿的时候"会子"被打下来。不知什么时候"会子"落在手上、脸上、胳膊上，甚至滚到脖子里……其他地方的疼痛都好忍受，滚到脖子里就倒大霉了——"会子"所经之处会一溜儿遭殃、红肿一片。

为了免遭这种厄运，上树前，我们常用毛巾把脖子围严实才上树作业。然而，伤害照旧难以避免。为了"复仇"，为了减轻疼痛，按照老人们以毒攻毒的说法，我们把伤害自己的"会子"抓住碾碎，将其汁液涂抹在患处——至于是否有效很难考证，仅仅是一种心理安慰而已。

记得那年深秋，去南山谷打核桃。这里是阴坡谷地，追着阳光的核桃树长得细高细高。费力爬上一棵丈余高的大树，让同伴

▲绿刺蛾的茧子(上)和茧壳(下)

递给我杆子，刚打了几下，突然感到右腿火辣辣刺疼，继而像触电一样迅速传遍了半个身子！低头一看，由于穿的是短裤，我的右腿正好把一只“会子”夹在了树干上！这不是一般的“会子”，而是一只又大又扁的浅绿色龟背大家伙！

我抓住它立即在树干上捻烂，把汁液涂抹在右腿刺伤处。但是，剧烈的疼痛丝毫没能减缓，反而觉得整个右腿都变得僵硬麻木——我预感到情况不妙，果断让同伴扔上一根绳子，然后攀着绳子，用左腿勾着树干一点一点落到了地面上。

这天下午我什么也没干，掐着大腿在地上坐了两个多小时才一瘸一拐地站起身来……我遇上了“会子”家族中一只奇毒巨无霸，所造成的痛苦和伤害当然也是刻骨铭心。

其实，这也仅算小巫见大巫。中央电视台纪录频道曾介绍过一种类似“会子”的南美巴西剧毒刺毛虫，人若碰上它，短短两三分钟就会毙命，连抢救的机会都没有！如此说来，我应该算是很幸运的了。

后来才知道，遭到“会子”伤害后，可以用肥皂水涂抹。“会子”的毒素是酸性的，而肥皂水是碱性的，用肥皂水涂抹患处，让碱性与酸性中和，伤痛自然减轻了。

但俗话说得好，“再好的刀伤药，也不如不刺口”。对“会子”之类的毒虫，还是尽量远离为好。

和许多昆虫一样，绿刺蛾一生要经过卵、幼虫、蛹和成虫4个完整变态阶段。“会子”的幼虫长大后，会作茧把自己包裹在里面。它们的茧十分独特，与一般昆虫结成的丝茧截然不同：茧皮是一层硬壳，暗褐色，椭圆形，长约1.6厘米，形状犹如一个羊粪豆。茧的外壁光滑坚硬，仿佛骨质一般，捏都捏不动，用小石头轻轻敲打才能破碎。这种茧不是用丝织成的，而是由“会子”幼虫吐出唾液遇风凝结而成的。

茧子作成以后，里面的“会子”已缩成了1厘米左右的蛹。它们不吃、不喝、不动，经过近20天的蜕变，蛹便羽化成了绿刺蛾。绿刺蛾破茧而出后，急急忙忙寻找伴侣交配产卵，崭新的生命轮回由此开始。

科普链接：“会子”，学名为中国绿刺蛾，节肢动物门、昆虫纲、鳞翅目、刺蛾科、绿刺蛾属、中国绿刺蛾种昆虫，又叫“洋刺子”“会子”小青刺蛾等，分布于华北、山东、四川、贵州、湖北、江西等地。成虫蛾长约12毫米，头胸背绿色，由幼虫作茧蛹化而成。茧皮坚硬，白色或花色。幼虫体长16～20毫米，头缩于前胸下，体黄绿色，背线红色，两侧具蓝绿色点线及黄边，各节生灰黄色肉质刺瘤一对，第九、十节有较大黑瘤两对，各节体侧有黄刺瘤，碰到后瘤刺会刺入皮肤并注入毒液，使人痒疼难耐。幼虫危害桃、梨、李、枣、榆、核桃、樱桃等树木。

“叽嘹”与蝉鸣

蝉，我们又叫“叽嘹”“咀乐”“知了”，有大小多种，是童年记忆中十分有趣的昆虫。

1

初夏之后，我们就开始与蝉结下不解之缘。

一场大雨之后，清晨起来，我们就会到院子或地里的大树下开始寻找“叽嘹猴”。“叽嘹猴”是蝉的幼虫，为黄褐色，是即将变为蝉的肥大末龄幼虫，是一种难得的美味。

“叽嘹猴”生活在地下，长着刺吸式口器，靠吸食树木根部的汁液成长。“叽嘹猴”一生在土中生活，要蜕皮数次，有的在地下生活3年，有的在地下生活七八年，最长的要在地下生活17年。待到最后要羽化成蝉的时候，它们会选择一场大雨之后，于黄昏到凌晨钻出土表，爬到树干上，然后抓紧树皮，缓慢蜕皮，羽化成“叽嘹”。

▲脱壳不久的金蝉

夏初大雨后的清晨，正是抓捕挖掘“叽嘹猴”的最佳时间。提着小篮，拿着铁铲来到大树下很快就会有丰厚的收获。这时的“叽嘹猴”已有相当一部分爬到了树干上，抓起来非常容易。它们既不会飞，也爬不快，慢得简直像蜗牛，可以手到擒来，轻易捉住，毫不费力。还有一部分“叽嘹猴”正在从土中往外拱。这时候要细细观察，仔细倾听，发现哪里有土皮松动，立刻用铁铲在松动处用力掘起，一个肥大而黄褐的“叽嘹猴”就会出现在你眼前……

“叽嘹猴”之所以选择在雨后钻出来蜕皮，完全是为了躲过干旱土壤的坚硬和板结。“叽嘹猴”有尖利的爪子，在湿润的地下掘洞没有什么问题，但要对付干旱坚硬的地表，则显得力不从心；所以，它们选择在雨后掘洞钻出地面。这恰恰也让我们掌握了“叽嘹猴”出现的时机。

赶上运气好的时候，一个早晨就可以抓获几十个“叽嘹猴”。

回到家里，将捉来的“叽嘹猴”冲洗干净，放进水盆中泡一会儿，让它吐出脏水，母亲就会为全家做一顿喷香的油炸“叽嘹猴”。刚出土的“叽嘹猴”营养丰富，蛋白质含量非常高，因而成为人们餐桌上的一道美味。

但被捉着的“叽嘹猴”毕竟有限，多数“叽嘹猴”还是爬到树干上蜕皮成了“叽嘹”。

看“叽嘹猴”蜕皮是一件很有趣的事情：爬上树干的“叽嘹猴”选好一个安全地点，便用尖锐的爪抓住树皮，开始了艰难的蜕皮过程。起初是背上出现一条黑色的裂缝，“叽嘹”开始用头使劲儿向外拱。十多分钟以后，“叽嘹”的头、背、前爪依次拱出，然后用身子慢慢向后仰、向后仰，几乎与树上的“叽嘹”皮成了90°。当整个上半身通过这种后仰动作基本脱离壳体以后，“叽嘹”会用力把身子向上翻转，然后用前爪抓住壳皮，使劲儿抽动尚在壳中的尾部，进而使整个身体脱离壳体……这一“金蝉脱壳”的全过程大约需要一两个小时。

2

新生的“叽嘹”获得自由以后，便静静地抓住壳皮，开始向

▲金蝉脱壳要经历一两个小时

短小皱褶的小翅慢慢“充血”。这时候，你会看到“叽嘹”的双翼像魔术般一点点变长、变宽、变透明，最终变成了闪光、宽大、漂亮的蝉翼。开始，薄薄的翅膀软软的，遇风以后便慢慢变硬。经过数个小时的休息和身体硬化，“叽嘹”终于能展开双翅飞走了。

“叽嘹”羽化以后，留下的空壳叫“蝉蜕”，是一味疏风解表的中药。孩子们会将蝉蜕捡回卖到收购站换些零用钱，还可以利用蝉蜕做民间工艺品“小毛猴”。

“叽嘹”的寿命有两个多月。蜕皮以后，雄“叽嘹”便开始鸣叫歌唱；而雌“叽嘹”却是个哑子，没有鸣叫的功能。

为什么雄“叽嘹”会叫，雌“叽嘹”不会叫呢？原来，雄“叽嘹”肚皮上有两个闪亮的小圆片，叫音盖，也叫音镜。音盖内侧有一层透明的薄膜，叫瓣膜，震动两片音盖，瓣膜便随之发出声音，如同人们用扩音器来扩大自己的声音一样。而雌“叽嘹”由于肚皮上没有音盖和瓣膜，所以便是哑子。

盛夏以后，雌雄“叽嘹”开始成双成对交配。雌“叽嘹”会把卵产在树木嫩枝上。产卵时，雌“叽嘹”先用产卵器刺破树皮，然后用产卵器在枝条中挖出一个爪状卵孔，并将卵产在卵孔内。待“叽嘹”的卵孵化为若虫以后，便由枝头飘落到地面，随即钻入土中开始了漫长的地下生活。

“叽嘹”的食物主要是树的汁液。它们的口器如一根硬管能插入树干，一天到晚吮吸汁液，给树木造成损伤。它们一边吸食树汁，一边无忧无虑地歌唱，吸饮、唱歌两不耽误。

炎热的中午，如果你忍受不了“叽嘹”的聒噪，去摇晃或敲打树干驱赶它们，受惊的“叽嘹”会“哇”地长鸣一声，随即将一泡“叽嘹”尿毫不客气地洒在你的头上或脸上。

凭着“叽嘹”的叫声人们能预知天气。天气越热，它们的叫声越洪亮，仿佛在大叫“热死了，热死了”。阴雨天气，它们则会叫声大减，抑或是无声无息。

自古以来，人们对“叽嘹”的鸣叫就很感兴趣。文人墨客们甚至借歌咏蝉声来抒发情怀。

唐代诗人虞世南在《蝉》一诗中曾写道：“垂緌饮清露，流响出疏桐。居高声自远，非是藉秋风。”

小学时曾读过一篇课文，叫《知道了》，说没头没脑的蝉只知道一个劲儿地傻叫“知道了，知道了——”最后，被身后的雀儿吃掉了。

3

然而，真正的蝉鸣，在我的记忆中并不单调，而是丰富有趣的，且能唱出时令变迁的音符。

在京郊地区，“叽嘹”家族会按照季节变化先后登场：初夏是“葚儿”，盛夏是“咀乐”，数伏是“伏凉儿”，而立秋之后是“鸣应哇”。

“葚儿”是蝉类出世的急先锋。刚一入夏，它们就最先从地下钻出来。结束了数年地下黑暗的生活，终于争得了见到光明的一刻。蜕皮、展翅，身体仅有桑葚大小的“葚儿”，浴着初夏的温暖，开始了纤细轻妙的歌唱：“叽……”那声音腼腆而柔弱，极像初登舞台含羞掩面的小姑娘。

而盛夏登场的“咀乐”则显得粗犷莽撞，不仅身体硕大，而且叫声洪亮，响遏行云。天越热它越叫，仿佛要把数年中在地下压抑的烦闷，一股脑儿地倾泄出来：“哇……”记得儿时大人们因为“咀乐”聒噪而睡不好午觉，常让我们去驱赶。我们也乐得逃避午休，去与“咀乐”大战，并发明了用长竿抹上“桃胶”粘“咀乐”的绝招。长大后，读了《庄子》的“佝偻承蜩”一段故事，才知道几千年前的老祖宗们就已经运用了这一绝技。

“叽嘹”中最让人喜欢和怜爱的就是盛夏随伏而来的“伏凉儿”。与“葚儿”极相似，个头也差不多，如同姊妹一般。小东西叫声婉转悠扬，仿佛极通人意。盛夏暑热，正当人们烦躁难熬的时候，它便在庭院枝头唱起了轻盈舒缓的歌：“伏低儿——伏凉儿——，伏低儿——伏凉儿——”听着这颤颤的、美妙的歌，纤细的、温柔的歌，人们心里也变得平静起来，暑热仿佛也消解了许多。

连绵的阴雨将暑热和要浸出水的湿气报复一般淋到了大地上。清晨漫步，只觉得凉风习习，空气清爽，分明感到了秋天的气息。

忽然听到了欢畅的歌鸣：“呜应——呜应、呜应、呜应、呜应——哇——”那歌声是从高高的白杨树上发出的。一阵欣喜促使我蹑手蹑脚走过去搜寻；果然，在路边白杨树的树干上发现了这位恨秋的歌者——“呜应哇”。一下子想起了柳永的《雨霖铃》：“寒蝉凄切，对长亭晚，骤雨初歇……”骤雨的确初歇，但寒蝉并不凄切，眼下的“呜应哇”不正唱得淋漓欢畅么！

“呜应哇”是“叽嘹”大家族中报秋的一个品种。

▲小蝉——“伏凉儿”

炎夏渐消，雨水减退，“呜应哇”就应运登场了。这是一种两寸左右长的大蝉，立秋之后才肯露面。由于个大体壮，胸腹下的发音盖震动得强健有力，所以“呜应哇”的鸣唱也格外响亮而有趣。“呜应——”先是如京剧“黑头”叫板似的一声长鸣，继而是一连串短促的“呜应”，最后，才是“哇——”地拖出一声悠长的底韵。“呜应——呜应、呜应、呜应、呜应——哇——”人们以声定名，“呜应哇”便成了这种秋蝉的别号。

记得儿时捕“叽嘹”，“呜应哇”是一种稀罕难得的大蝉。一旦被捉，“呜应哇”就再没了从容和抑扬顿挫的鸣唱，叫声瞬间会变成惶恐：“哇……哇……”仿佛在叫“救命啊……”

北方的蝉多种多样，鸣唱丰富；南方的蝉比起北方来也毫不逊色。

那年4月去四川，在都江堰竟遭遇了一次欺骗。清晨起床，听到了窗外树上婉转动听、连绵不断的鸟鸣：“咕噜噜噜，咕噜噜噜……”是什么鸟儿在叫？对动物的特殊兴趣，催着我非要弄个究竟不可。在树下转来转去，左瞧右瞧，无奈树的枝叶太密，怎么也看不清。

灵机一动，想起了“敲山震虎”的计策：用脚猛踹树干，鸣叫者果然被突然的震动惊飞起来。然而，掠过空中的并不是鸟儿的形象，却极像仓皇的飞蝉。经向当地人询问，才知道那树上叫的确实是南方的蝉。

赵忠祥在《岁月随想》中曾说过，井冈山的蝉是“纸糊的驴——大嗓门”，不光鸣声大，而且有高低两声部，极像萨克斯管奏出的“布鲁斯”曲调。如此看来，南方的蝉叫起来比北方的蝉更有音乐感。

蝉从幼年钻入泥土中以树根汁液为食，成年后则爬上树梢危害嫩枝，所以被冠以“害虫”。但其蝉蜕可入药，幼蝉被掘出后可烹煎成人们的美食；况且，那丰富多彩的蝉鸣，那撩人心绪的天籁，又何尝不是生活中的浪花和时令中的自然回响呢？

科普链接：蝉属于节肢动物门、昆虫纲、蝉亚目、同翅亚目、蝉科昆虫，全世界有2000余种。蝉是一类不完全变态昆虫，产卵于树皮之上，由卵孵化为幼虫钻入地下生活数年。幼虫吸食植物根的汁液，经过数次蜕皮，不经过蛹期直接变为成虫。蝉的个头有大有小，大者体长可达数厘米，有两对透明的膜状翅膀，生有一对突出的复眼，雄性腹部有一对可以震动发出巨大声音的“音镜”，而雌性没有“音镜”，不会发出音响。

多面金龟子

金龟子是一种常见的昆虫，属于昆虫纲中的鞘翅目、金龟子科。它们有的以植物的根茎叶为食，有的以腐败有机物为食，有的以各种粪便为食，是一类食性很杂、相貌大同小异、个头大小不一的多面昆虫家族。

仔细观察金龟子就会发现，每只的头前都有一对颤颤的、由 7～11 节组成的鳃叶状触角，而且各节都能自由开合。

法布尔认为，金龟子的触须有表达情绪、显示性成熟、彼此求偶等作用。但我觉得，除了这些作用，还可能有更好获取外部信息的功能。

金龟子的触角，由一片片鱼鳃状的弧形小叶片组成，对外接触的面积很大，加上能够自由开合，因而便能灵活而充分地去捕捉周围发出的各种信息素。例如，每种植物生长过程中都会发出自己特有的气味，吃植物的金龟子可通过灵敏的触角去分辨这些气味，从而循着气味找到自己喜欢吃的植物；各种腐烂的植物和动物粪便，都会散发出腐败的气息或臭味，食腐或食粪的金龟子

▲金龟子成虫多种多样、大小不一

便可通过触角迅速接收到这些信息素，从而循味飞翔而至。

金龟子种类很多，全世界有26000多种，而在我国就有1000多种。在我的老家，人们将以植物为食的金龟子叫“铜壳郎”，将以腐败有机物为食的金龟子叫“独角牛子”，将以粪便为食的金龟子叫“屎壳郎”，也叫蜣螂。

“铜壳郎”是以梨、桃、杏、李等果树为主要寄主的金龟子，也啮食桑、柳、榆、山荆等乔木和灌木的枝叶。常见的“铜壳郎”有茶色、铜绿色、黑金色、暗黑色等众多品种。

为什么叫它们“铜壳郎”呢？因为它们体壳坚硬、表面光滑，且多数的身体都闪烁着漂亮的金属光泽，有的像镀了一层黄金，有的像晶莹的蓝宝石，有的像涂了油亮的黑漆……这在其他昆虫里很难见到，所以才有了如此形象的绰号。当然，也有一种黑褐色的小个子，没有一点儿光泽，浑身土里土气，孩子们根本就看不上眼。

“铜壳郎”的身体为卵形或椭圆形，后背长有一对坚硬的外翅，外翅下面有一对膜质的内翅，起飞的时候，先奓开两个外翅，然后才能扇动内翅飞向空中。在我们所见的昆虫中，“铜壳郎”有块头、有力气，好捉又耐玩，时常会成为孩子们的玩物。捉“铜壳郎”要有一定胆量，它们虽然没有蝈蝈那样令人害怕的大牙，没有“蹬倒山”那样带尖刺的大腿，但它们的6条腿非常有力气，攥在手里会把你的手心挠得又痒又疼。有趣的是，“铜壳郎”天生有一种欺骗伎俩：受到惊吓或被捉住以后，它们会6条腿蜷缩不动，如同死了一般。这是一种“诈死”术，用以欺骗那些爱吃活食的捕猎者，如蜥蜴、刺猬等。一旦捕猎者走开，它们很快就会“活”过来逃之夭夭。

但这把戏骗不了“老道”的村娃，大家见得多了。男孩子们经常把“铜壳郎”从菜叶上、树叶上捉回来戏要一番：或者比个

▲粪金龟以粪球为食物，常常为争夺粪球而大打出手

头，或者比颜色，或者在“铜壳郎”后腿上系一根1米多长的细线，线后粘一纸片再抛向空中……

“铜壳郎”有的爱白天出来活动，有的爱夜晚出来活动，夜晚出来觅食的相对较多。它们吃东西一点儿都不讲究，植物的叶子、花朵、嫩芽及果实都可以大嚼一番。它们长着咀嚼式口器，能像“褐边绿刺蛾”幼虫一样把叶片吃成网状洞，也能把叶子啃成孔洞或整片吃掉。“铜壳郎”很喜欢品味花蜜，当它们在花朵上行走的时候，也就不自觉担任了花儿的授粉使者，所以，“铜壳郎”也并非一无是处。

“铜壳郎”有许多天敌，鸟兽和一些爬行动物都会把它们当“点心”，所以它们很少泛滥成灾；但又像是天上的星汉，几乎抬眼可见。

那一年，村北黄土坡黄豆地曾爆发了“铜壳郎”。为对付虫灾，生产队专门安排学校组织小学生到地里去捕杀。

靠着庞大的数量、强大的繁殖能力和顽强的适应能力，金龟子始终生生不息。

金龟子的繁殖方式与蝗虫很相似，成虫交配后十几天便可产卵。产卵前，雌虫选好一处粪堆或松软湿润的土壤，先用尾部犁头似的产卵器在粪土中犁出一个小坑，接着便开始在小坑中产卵，或产一枚，或产几枚，然后变换地点再挖坑、再产卵。每头雌虫可产卵几十枚到100多枚。经过近一个月的自然孵化，金龟子的幼虫便出世了。

金龟子的幼虫统称为“蛴螬”，村里人则称它们为“地蚕”或“瓷头”。

为什么叫它们“地蚕”呢？因为它们长时间生活在地下，身体肥胖莹白，形状与胖胖的蚕宝宝十分相似，只是身体稍短一些，有三四厘米，故老百姓称它们为“地蚕”。为什么叫“瓷头”呢？因为它们的身体白白的、亮亮的，如同白色的瓷器。

“地蚕”的头为黄棕色，咀嚼式口器，一对大牙结实而锐利，以粪土中的各类有机物为食。

▲金龟子幼虫是大大小小的蛴螬

儿时的岁月，小孩子并不晓得“地蚕”就是金龟子的幼虫，只知道它们非常有趣，被挖出来的时候，身体弯曲成马蹄形，又像英文字母中的“C”。由于“地蚕”又肥又嫩，是鸡儿最喜欢的食物，所以，一些小孩子常常跟着“倒粪”的大人们去捡“地蚕”。

“倒粪”是一种辅助农

活，为的是将生肥料尽快转化为熟肥料。熟肥料施到地里后，容易被庄稼吸收，还能减少病虫的危害。

刚从马棚、牛棚、驴棚起出的粪肥是生肥料。将它们堆在一起后，里面就会慢慢发热、发酵。为了使粪堆得到充分搅拌并均匀发酵，就有了“倒粪”这一自然经济的农活。

“倒粪”时两个人一组，一人持镐，一人用锨，自粪堆的一侧开始，先用镐头劈下一溜儿，然后把大块粪肥捣碎砸烂，再用铁锨翻到另一侧，如此循环往复。粪堆经过多次翻倒和发酵，土、粪、草类混合得越来越均匀，且变得细密，生肥也就逐渐变成了熟肥，亦杀死了其中的许多寄生虫。大人们“倒粪”时，几乎每劈下一溜儿粪肥，都会发现大小不等的“地蚕”，跟随的孩子们也会大有收获。

“地蚕”是从哪来的呢？它们为什么喜欢粪堆呢？后来才知道，“地蚕”就是金龟子的幼虫，是“地蚕”的妈妈金龟子把卵产在了粪堆上——那里有枯枝、败叶、牲口粪，是“地蚕”们最爱吃的美味。小小昆虫真是各有生存之道。

俗话说：“靠山吃山，靠水吃水。”生活在粪堆里的“地蚕”以粪肥为生，生活在地下的“地蚕”便以植物的根茎作为食物，故玉米、花生、白薯等农作物时常会受到“地蚕”的危害。

初夏的早晨，走在玉米地里时常会发现个别小苗莫名其妙枯萎了。顺着根部挖下去，十有八九会捉到一条“地蚕”。

“地蚕”会在地下生活近一年时间，有的甚至要生活两三年。在这漫长的日子里，它们掘洞生活，个头逐渐长大，经过3次蜕皮，便长成了老熟的幼虫。这些老熟的幼虫会吐丝作茧化蛹，然后经过近一个月时间，羽化为成虫金龟子。

在金龟子种群中，有一种称作“独角仙”的大型异类，乡人叫它们“独角牛子”，学名“独角仙”。它们体大威武，身体可长到三四厘米，身体呈棕褐色或黑色。雄虫头顶长有一个末端分叉的独角，背面光滑明亮，三对强有力的长足末端均生有一对利爪，十分有利于爬攀。棕褐色的“独角仙”主要以树木的汁液或熟透的水果为食。这种大型金龟子十分稀少，通常在盛夏时节才能偶尔见到，所以谁能捉到一只就会精心养起来。而黑色的“独角仙”则以人畜的粪便为食，是一种巨型的“屎壳郎”，滚出的粪球比一般“屎壳郎”的粪球大好几倍，与乒乓球大小差不多。

据有关资料记载，世界上最大的“独角仙”是南美洲的巨型金龟子，体长可以达到十几厘米，是地球上已知最大的甲虫。由于体型巨大而漂亮，一些国家和地区已将其作为宠物来饲养，并已进行人工养殖尝试。由于巨型金龟子数量稀少，我国已将这样的巨型金龟子列入国家二级保护动物名录。

“屎壳郎”是金龟子家族中的重要分支，由于它们能分解动物的粪便，因而在净化生态方面扮演着独特的重要角色。

20世纪六七十年代以前，北京农村中普遍饲养着马、牛、骡、驴等大型牲畜。这些大型牲畜，担负着拉车、耕地、驮粪、拉磨、拉碾子等繁重农活，是农村中不可缺少的重要生产力。这些大型食草动物，每天要吃掉许多草料，同时要代谢出大量粪便。这些粪便，不仅成为农业生产的绿色有机肥，而且是粪金龟“屎壳郎”的食物来源。

那时候，在山坡上，在道路旁，只要有牲畜拉下的粪便，就会有粪金龟接踵而至。它们发现粪便的能力简直能与苍蝇相匹敌。这些“屎壳郎”会迅速将粪便分割并揉搓成一个个圆圆的粪球，然后翻跃坎坷，经历失败，艰辛而不屈不挠地把它们推到满意的地点。接下来，它们会在地上掘出一个十多厘米深的小洞，把粪球放进去，或者作为自己的食物，或者在粪球中产下一枚卵，将粪球作为孵化后幼虫的食物。

▲粪金龟用粪球做自己或后代的食物

粪金龟推粪球称得上坚忍不拔。它们倒转过身子，身体倾斜，头朝下，屁股朝上，用两对前腿做支撑，用强有力的后腿蹬着粪球向后翻滚，同时还要尽量掌握好方向。遇到倾斜的陡坡，粪球往往会一次次滚落，但它们毫不气馁，不屈不挠推着粪球重新开始。有时候还会遇到无赖同伙的抢劫，粪球主人免不了要同强盗大战一场去守护自己的劳动成果。

法布尔曾在《大自然的清道夫粪金龟》一文中说：不知道你是否看过粪金龟认真地推着粪球的滑稽样子呢？粪金龟将牛或羊等动物的粪便制作成粪球以后，会把粪球滚回家或是埋在地底下，所以在粪金龟比较多的牧场，你只能看到新鲜的粪便，而看不到时间比较长的粪便。

而在城市混凝土构筑的环境中，粪金龟找不到粪便，因而难以生存，小朋友自然也看不到它们了。

在非洲大草原，数百万角马、斑马、大象、狮子等动物，每天会产生让人瞠目的粪便。正是有了大量粪金龟做勤劳的“清道夫”，非洲大草原才保持了郁郁葱葱的自然景象，才没有变成动物粪便的垃圾场。

如今，随着农村分田到户和农业机械化，原来集体饲养的各类大牲畜或被屠宰，或被变卖处理，早已不见了踪迹。替代的是拖拉机、收割机等现代机械。

在农业生产中，大量的农药化肥替代了原来以牲畜粪便为主的有机肥。牲畜没有了，粪便没有了，以粪便为食的粪金龟自然消失了。现在，不要说城市，就是生在农村的孩子也很难看到粪金龟的身影了。

真不知道这是一种文明进步，还是一种遗憾与悲哀？

科普链接：金龟子是昆虫纲、鞘翅目、金龟子科昆虫的总称，是一种杂食性昆虫。有的危害梨、桃、李、葡萄、苹果、柑橘等果树，有的危害柳、桑、樟、女贞等林木，还有的专门以粪便为食。常见的有铜绿金龟子、朝鲜黑金龟子、茶色金龟子、暗黑金龟子、粪金龟子等，全世界超过26000种。除南极洲以外各大陆均有发现。不同种类的金龟子生活于不同的环境，如沙漠、田地、森林和草原等。

威武的锹甲

乡间或城里的许多孩子都喜欢斗蟋蟀，但我们那里的孩子对此并不感兴趣。原因是蟋蟀太小，而且遍地都是，就连家里的炉灶旁都是偷吃烤红薯的“灶马”。所以，没人把蟋蟀当回事。

在童年的记忆里，昆虫世界中最威武的斗士是一种身披铠甲、头顶两个弧形大角的巨无霸昆虫——我们叫它“大夹子”。由于“大夹子”个头大，颜色鲜亮，头上有两个威武的大角，决斗起来无论是场面还是激烈程度都让人着迷，所以村里孩子特别钟情“斗夹子”。

“大夹子”的身长可达到4厘米，头上的两个大角几乎和身体长度差不多，是一种超级大甲虫——在我的印象里没有任何一种甲虫能跟它相比。“大夹子”身披坚硬的铠甲，除了前胸甲和背板甲两侧有一些黑褐色以外，腹部甲和腹背上的两个巨型鞘翅

▲威武的锹甲

▲棕色的锹甲因腹背外翅甲为锹形而得名

都是漂亮的棕褐色。6条带有毛刺的腿抓力很强，要想把它们从树上扯下来必须用一定的力气。尤其是头部的两只大角，不仅带有鹿角形的多个尖刺，而且灵活有力，夹住对手后会像钳子一样咬合起来，可轻易刺破对手的身体。

开始捉“大夹子”的时候，由于没有经验，我的手指曾多次被它们的大角夹得鲜血直流。后来吸取了教训：捉“大夹子”绝不能像捉蚂蚱、捉蝈蝈那样迎头去扑，而要从身体后部去偷袭——悄悄接近后背，突然按住它的胸背甲，再捏住胸甲两侧，头上的两个大夹子就失去了用武之地，即使“手舞足蹈”挣扎，也是无济于事。这时候，我们会趁它将两个大角交叉在一起时，突然用拇指和食指捏住它的大角，“大夹子”就只能在空中无奈地张牙舞爪了……

捉“大夹子”的目的，一是觉得好奇好玩，二是为了与小伙伴们“斗夹子”。那时候，邻居的小伙伴们都会在夏天下功夫捉几只夹子，经过精心挑选留下最强壮的——我们称之为“牛子”。选“牛子”的标准很苛刻，不但角要长、个头力气要大，而且要身手灵活，有拼命的狠劲。挑选一只上等的好“牛子”很不容易，经常是捉了许多只也碰不上称心的。“夹子”喜欢夜间活动，喜欢在榆树和一些枯木上生活。为了捉到一只好“牛子”，我们常常在太阳落山后到大榆树或枯木堆上去寻找。

捉到较好的“夹子”以后，要先带回家在小盒子里饲养，切一点梨或桃给它们吃。然后进行试斗——也就是先在自己的“夹子”群中斗一斗看谁能够胜出。屡战屡败的家伙被逐渐淘汰。经过挑选后，优秀的“牛子”才能脱颖而出。

“斗夹子”就是双方都把自己的“牛子”放出来，在一块石板或空地上对阵交手，看谁的“牛子”能把对方掀翻或把对方打得落荒而逃。决出胜负后，失败一方的主人就要向胜利一方的主人白送一枚玻璃球。在20世纪五六十年代的农村，弹玻璃球是孩子们喜爱的一种游戏，谁拥有几枚或十几枚彩色玻璃球，将是让人羡慕的“巨大财富”。所以，能在“斗夹子”中赢得一枚玻璃球，那是很光彩、很神圣的事情。

“斗夹子”要先对夹子进行训练。

训练“牛子”的诀窍主要有两种：一种是饥饿法。“斗夹子”的前一天晚上，要饿着它不给吃的，待第二天“斗夹子”时，故意把一块吃的扔给对方，自己的“牛子”为了抢吃的，就会向对方发起拼死攻击。而有的伙伴以为“牛子”要参加决斗了，就在头天晚上拼命喂好吃的，结果第二天却败下阵来。原因很简单，吃饱喝足了，自然就没有为吃喝而拼命的勇气和动力了。第二种方法就是引诱法。凡是长角的“牛子”都是公夹子。母夹子要么是不长夹子，要么是夹子很短。为了得到母夹子的青睐，公夹子们常常会争风吃醋，在母夹子面前一决高低。决战之前，可以先让一只母夹子与“牛子”短暂相处一段时间，决战时再把母夹子拿开放在旁边。这时候，“牛子”为了保护自己的母夹子，会与对方拼力决斗。但这也有风险，弄不好对方也会醋性大发玩起命来。

“牛子”们决战的场面称得上紧张激烈。两只“牛子”放到一起时一般不会大打出手，常常是主人的引诱或小棍挑逗才引发了双方误判。争斗之初，双方会张开大夹子缓缓晃动，一对黑色的短触角会像“七品芝麻官”的帽翅一样快速抖动，黑色的小眼睛狠狠对视着，这是向对方发出最后通牒和警告！一旦对方还不知趣，一场大战就开始了！鏖战的武器就是前面的两个大夹子。平时，这些“牛子”的行动似乎很迟缓，但真的战斗起来却显示出惊人的敏捷。一方用夹子“咔”的夹过去，对方用夹子“咔”的迎回来，常常是两对夹子相互交织钳制在一起拼命角力，都想把对方掀翻过去。夹子身材巨大，体重超群，一旦被掀翻过去就很难翻过身来。所以，一旦被对方掀翻，如同在拳击台上被击倒一样自认失败。决斗的“牛子”身强力壮，都知道被掀翻的后果，所以，相互角力时都力图抓住地面，压低重心，争取稳定自己，掀翻“敌人”，常常相持达到十多秒钟。谁最终坚持不住了，就会被掀翻在地上……

“斗夹子”最怕自己“牛子”的腿被对方夹住，一旦被夹住就可能肢残腿断。断了腿的“牛子”不但抓力下降、重心不稳，而且灵敏度、平衡能力显著下滑，最终只能被淘汰。

“牛子”之间的决斗，也不是只靠蛮力。我的一只叫“牤牛”的夹子，个头并不大，力气也算不上出众，但这家伙机敏狡猾，上阵决斗时，一般先机敏地躲开对方的攻击做逃跑状麻痹对方，然后乘机迂回到对方侧面突然出击夹住对方的身子或一条腿，然后高高举起抛了出去……伙伴们许多著名的“牛子”都败在“牤牛”手下，有的还被夹成了残疾。“牤牛”也为我赢得了六七个玻璃球，可惜后来喂食放风时被一只大黑猫叼走了……

在乡里，“夹子”因形状而得名。它的生物学名称又叫什么呢？原来，“夹子”属于昆虫纲、鞘翅目、锹甲科昆虫。因背后的一对鞘翅形如圆头铁锹而归类为锹甲科。锹甲科昆虫种类繁多，分布广泛，我国华北、华东、西北、华中、西南及台湾地区都有发现。童年时捉来饲养决斗的黄褐色的“大夹子”学名叫“黄褐前凹锹甲”，意思是身体黄褐色、头的前部凹进去的锹甲。其实，黄褐前凹锹甲头上的两个大夹子并不是什么角，而是雄虫发达的角状上腭，是用来防范敌人，保卫自己领地的。

昆虫纲、鞘翅目昆虫的幼虫基本是大大小小的蛴螬。黄褐前凹锹甲的幼虫亦是一种大个的蛴螬，与天牛白胖的幼虫十分相似。它们生长在枯朽的木头里，以木头的纤维为食，经过近三年的成长，大个头的幼虫用咀嚼过的木纤维筑成一个茧形的小屋子，并在小屋子里变化成蛹；再经过近一个月的羽化，黄褐前凹锹甲成虫便破茧而出。

黄褐前凹锹甲多数在夜间活动，取食树木的汁液，尤其喜欢吃水果和花蜜。经过恋爱交配，雌虫把卵产在枯木之上。

近些年来，大型锹甲类昆虫在一些地区和国家大受追捧，许多人把它们当作宠物来饲养，斗锹甲也成为一种娱乐活动。饲养

▲锹甲的幼虫是一种大型蛴螬

繁殖锹甲甚至成了一种产业。

真是世道轮回，想不到当年乡村儿童戏耍的一种小小昆虫，如今变成了有钱人的一种娱乐宠物！

科普链接：锹甲又叫锹形虫、锹形甲虫，为节肢动物门、六足亚门、昆虫纲、有翅亚纲、鞘翅目、锹甲科昆虫，约有1000种。雄虫的上腭发达，并形成公鹿一样的叉形角，角上有分支和齿，角长和体长相当，人手可被夹出血来；极少数甚至可以切断手指，如苏门答腊巨扁锹甲。锹甲身体粗壮，黑色或褐色，少有明亮的色彩。幼虫阶段危害树木根部和枝叶，是典型的害虫。

讨厌的“臭板子”

在京郊所有昆虫里，最让人讨厌的莫过于“臭板子”。

“臭板子”也叫“臭大姐”，身体扁平，指甲盖一般大小，多为带着斑点的黑褐色，也有浑身碧绿的。对这些家伙的讨厌，不是因为形状，而是它们的气味。倘若遇到一只“臭板子”，一不小心触动了它，一股浓烈的臭气便会瞬间爆发在空中，让你不敢喘气，甚至憋住一口气狼狈逃离！

“臭板子”的臭气虽然比不上狐狸、獾子的“臭弹”具有杀伤力，但遭遇的机会却比狐狸、獾子高出许多。去地里干活会遇到它，上树摘水果会遇到它，野外打猪草会遇到它，在家里午休也会遇到它……总之，在农村生活，“臭板子”会与你相依相伴，亲密接触，你根本无法拒绝。

初夏6月，香甜的桑葚成熟了，大桑树上黑紫色的桑葚充满了诱惑。趁着大人们午睡，一帮孩童会不约而同聚集到村北那片桑树林去采摘桑葚。“吃我桑葚黑屁股，吃我桑葚黑屁股……”尽管树上的黄鹂因为我们争抢了它们的美味而对我们“大骂”不止，但我们毫无顾

▲椿象种类繁多，外形多样

忌，照旧爬上树顶大快朵颐。就在边摘边把桑葚填进嘴里的时候，突然一股刺鼻的臭气弥漫了口腔……这不是一般的臭气，是“臭板子”独有的“化学制剂”，带着辛辣，还有比腐臭更为难闻的邪气，让你不得不“哇”地一口吐出了嘴里所有的东西……这时候，你会完全倒了胃口，再也没有了吃桑葚的兴趣！

明明塞进嘴里的是桑葚，为什么会爆发出“臭板子”的味道？原来，这是“臭板子”埋设的“化学地雷”。“臭板子”们不光喜欢植物的汁液，更喜欢汁甜味美的果实，甜甜的桑葚是它们的大爱。为了更多地占有成熟的果实，“臭板子”们便在饱餐之后，在周围一些桑葚上喷射了一些化学臭气。有了这些化学臭气在桑葚上弥漫，鸟儿们远离了，孩子们也不得不停止了大吃大嚼。吃了被“臭板子”熏陶过的桑葚，倒了胃口不算，还会让你半天都感到恶心。

“臭板子”在生物学上通称为“蝽”或“椿象”，是昆虫界的大家族。它们身体扁平，种类繁多，有大有小，有长有短，大的可达两厘米，小的不足一厘米，全世界约有5000种。椿象中大部分种类以植物的汁液为食，是农牧业的害虫，只有少数捕食其他小虫子。例如，蠋蝽、疣蝽、厉蝽等以猎捕其他软体昆虫为食，是农牧业的益虫。

“臭板子”长着针刺式口器，适于刺吸植物的汁液。之所以把它们分为半翅目中的异翅亚目，是因为它们翅膀的独特形态：前翅不像甲虫完全硬化，而是前半部分变成革质，后半部分渐变为膜质，而到了最后部分则完全膜质化了。

“臭板子”之所以能散发出浓烈的臭气，是因为它们中后足的基节旁边有喷发臭气的开口，里边有专门生产臭气的臭腺。遇到危险或敌害时，臭板子立即喷发出难闻的臭气，让敌害无法忍受而不得不放弃、逃离。

▲椿象俗称“臭板子”

“臭板子”和斑蝥一样是著名的“放屁虫”，是昆虫界能够制造“生化武器”的生化战专家。其实，这种“生化武器”并不是为了进攻，只是一种自卫和抵御敌害的手段，是一种为保护种群而进化出来的本能。遇到敌害进攻，立即施放臭弹，使敌害闻味丧胆，自己则乘机逃命。从生存角度来看，“臭板子”的臭弹，算得上是一种聪明的求生自保绝技。

人们讨厌“臭板子”，但“臭板子”却总想与人“结缘”。平时走在路上，说不定什么时候就会有一只“臭板子”撞到你身上或脸上！这时候，你千万不要气急败坏去打它，否则它的臭气会在你身上瞬间爆发。最好的办法是先稳住它，然后将其从身上突然击落，不容它散发臭气，再一脚踩死它后迅速撤离。

夏秋时节，“臭板子”往往会对我们的住宅情有独钟。暑热的夏天，为了躲避骄阳酷暑，“臭板子”常常会钻进我们的屋子里乘凉；白露以后，天气变冷或气温骤降，它们会千方百计钻进屋里避寒。为了防止这些不速之客的造访，我们会把窗框、门框之间的缝隙尽量堵住或用纸糊严。但即使这样，也难于堵住“臭板子”钻进来的所有通道。一旦发现屋里或窗户爬上了“臭板子”，最好的办法是找一片纸垫在手里，把它们捏住快速扔到屋外——尽管这样免不了会遭遇臭弹袭击，但总比在屋里养着一个“生化臭弹专家”要安全许多。

鉴于“臭板子”的特殊“威力”，淘气的孩子们也在恶作剧中将其派上了用场。

一次考试，锁子想偷看同桌英子的卷子遭到拒绝。第二天，他便捉来几只“臭板子”用纸包好，悄悄放进了英子的铅笔盒里。上课后，老师讲完数学，英子准备拿铅笔做题。打开铅笔盒后发现一个纸包，便感到奇怪并随手打开了。这一来不要紧，一股臭气喷薄而出，几只“臭板子”轰炸机一样“嗡嗡”飞起，英子发出了一串尖叫，教室里立刻乱了套……经过一阵混乱和捕捉，教室终于恢复了平静。脾气暴躁的段老师开始调查“案件”制造者到底是谁。

按照英子提供的线索，锁子成了怀疑的“首犯”。但锁子很冷静，很坚强，尽管段老师拍桌子瞪眼一次次威吓，锁子却脸不变色心不跳，始终是一句话：“不知道！”由于找不到确凿证据，锁子又一直死不承认，“案件”也只能不了了之。多年以后同学聚会，锁子说出了事情真相，在一片欢笑声中英子对锁子仍旧“大骂”不止。

“臭板子”属于不完全变态类昆虫，没有蛹化期。卵孵化为幼虫之后，样子就与成虫“臭板子”十分相似，刺吸式口器基本不变，所喜爱的寄主也没有什么变化，只是个子比较小，没有长翅膀，不会飞行。一两个月之后，幼虫长大为成虫，并生出了翅膀。“臭板子”的寄主十分广泛，禾本科、豆科、葫芦科等草本植物及各种果树都是它们的寄主，水稻、棉花、蔬菜、水果也会受到它们危害。

“臭板子”对庄稼、果树的危害使人记忆犹新。白天，“臭板子”潜伏休息，躲在叶子下面不易被发现；到了夜晚或清晨，它们则趁着清凉，爬到嫩芽或果实上吸食汁液。

专门危害棉花的小个绿臭板，从幼虫到成虫始终寄生在棉株上。它们叮在棉花嫩叶、花蕾和小棉铃上，会使幼芽停止生长，叶片形成大量孔洞，使棉铃脱落，棉芽皱褶萎缩，最终造成棉花大量减产。

鸭梨、白梨、桃子等水果几乎有一半的果实多多少少会受到“臭板子”危害。

上小学的时候，曾读过一篇课文，是讲鸟儿们捕捉梨椿象的故事。梨椿象是专门危害梨树的一种椿象。这种椿象，小时候危害梨树的叶子、花朵，会把叶子、花朵的汁液吸干，使叶子变得卷缩枯萎，花朵无法坐住果实。待梨子长大以后，它们会把长长的刺吸式口器插入梨子当中，疯狂地吸食梨子的汁液。凡是受到梨椿象危害的梨子，都会在伤口周围结成一个硬硬的疙瘩。就是我们经常见到的“疙瘩梨”。“疙瘩梨”不好吃，不好看，自然也就卖不上好价，常常给生产队造成巨大损失。

除了危害庄稼和水果，“臭板子”对杨、柳、榆、槐、桑等

▲汇聚成堆的椿象

树木和各种花草也不放过。它们吸食花蕾、花瓣、叶片、果实的汁液，使树木花草萎靡不振，失去生机。

更为可怕的是，“臭板子”一年可以繁衍两三代，会呈几何级数蔓延。入冬之前，成虫把卵产在树皮或植物枯枝败叶中过冬，第二年春暖花开时卵开始孵化。幼虫经过两三个月的成长，到六七月份变为成虫。成虫可活一个多月。成虫产卵，卵孵化成幼虫，幼虫长大变为成虫……如此周而复始，“臭板子”也就绵延不绝了。

为了减轻“臭板子”的危害，早春时乡人们采取堵树洞、刮老皮等办法直接消灭越冬的成虫和虫卵；夏季则采用摇动树干，将落地成虫直接踩死的办法；此外，晚春初夏，抓住“臭板子”幼虫期不会飞行的弱点，及时喷洒农药也是消灭“臭板子”的有利时机。

近些年来，由于全球化进程加快，越来越频繁的贸易流通使外来物种入侵成为世界性问题。美国白蛾在中国大行其道，亚洲的椿象也迁移到美洲大肆泛滥。一种茶翅椿象已经成功在美国33个州“安家落户”。美国科学家们正试图找出控制亚洲椿象的有效办法。

如今，生态农业逐渐提上了日程。利用“臭板子”的天敌——一些个头很小的寄生蜂对“臭板子”进行生物防治已成为一种最佳选择。

例如，椿象沟卵蜂会把卵产在“臭板子”的卵上，使“臭板子”的卵成为自己儿女孵化成长的宝贵食物。专门捕食椿象的猎蝽，捉住猎物后会用钩子一样的尖吻刺入椿象体内注入麻醉剂，然后吸食其体液。

“臭板子”臭名昭著，以臭闻名，害处多多，但也有个别有用的种类。比如可做中药的“九香虫”和“小九香虫”，亦属于蝽科昆虫，能治肝胃气痛、腰膝酸痛等疾病，捕捉加工后可做一味中药使用。

科普链接：臭板子，学名为椿象，也名蝽，节肢动物门、昆虫纲、半翅目、蝽科昆虫，世界约5000种，中国约有500种。体后有臭腺开口，遇到敌人时放出臭气，俗称“放屁虫”“臭大姐”等。凡其沾过的植物、水果或叶上都会留下这种臭味。为不完全变态昆虫，若虫经多次蜕皮后变为成虫。多数为植食性，严重危害农作物、果树和蔬菜；少数肉食性种类捕食其他昆虫，对农业有利。水中生活的田鳖、松藻虫也属于蝽科昆虫，会捕食小鱼等小动物，对水生养殖业不利。

神奇的水黾

“小黑棍，细溜溜，漂在水面游啊游。四条长腿当划桨，身上就像抹香油。”这是小时候在河边水湾玩耍时常念叨的一首歌谣和谜语。

那么，这首谜语的谜底是什么呢？就是水黾。水黾是在河湾、池塘中常见到的一种细小水生昆虫，身体瘦长，就像一根小黑棍，又像是一只椿象被夸张地拉长拉细了一样。水黾身长一两厘米，而宽只有一两毫米，全身黑褐色，头部呈三角状，突出的吻部粗壮而有力，头两侧长着一对发达的复眼，视力非常好，还有一对细细的丝状触角。

小时候，去村边的龙泉河湾里游泳，经常把捕捉这种水面漂浮的小东西当成一种乐趣。那时候，根本不知道这种小昆虫叫什么“水黾”，我们都叫它们是“卖香油的”。为什么叫“卖香油的”呢？一是因为它们太神奇，能轻轻松松漂在水面上游来游去(这是其他昆虫难以做到的)。身体两边各张开两条长腿，一划一划像穿梭一样前进，浑身如同抹了能漂在水面上的香油；二是捉住它们后，这些小东西会从身上散发出一股很强烈的香气，有点儿像香油的味道……大约是由于这两点原因，村人们便给它们起了个形象生动的名字——“卖香油的”。

“卖香油的”不但神奇有趣，而且非常好玩。

初夏以后，天气热起来。正午时分，村里的孩子们纷纷逃避午睡偷跑到河湾去游泳。

龙泉河自村西北发源，绕经村西再到村南，然后向东顺着山

▲在水面漂游交配的成对水黾

谷注入大石河。由于蜿蜒曲折的走向，村西与村南的河道拐弯处，便被河水漩冲出一个个小水湾。这些水湾水流平稳，积水较深，水面也比较开阔，加上有沙石滩可以晒太阳，因此成为村娃们戏水游泳的乐园。

“卖香油的”喜欢在平静的河湾上生活游走，我们也喜欢在深阔的河湾里游泳，于是，孩子们便在水面与成群的“卖香油的”不期而遇了。

赤条条跳入河湾中游玩一阵之后，孩子们就开始疯闹起来，打水仗，发水疯，只见水花飞溅，水面上空不时泛出一道道彩虹……小小“卖香油的”的家园被我们占领了，它们不得不惊慌地游到河湾的边缘水面。

闹够了，游累了，有人突然对河湾中“卖香油的”产生了兴趣，便游过去捕捉。

俗话说：猴儿山不让掐谷穗。孩子们就像小猴子，有样学样：一个人率先带了头，一群孩子就会一哄而上——捕捉“卖香油的”瞬间成了河湾里的主题。

但想捉“卖香油的”却没那么容易：它们游走的速度太快，就像在水面上弹射一样，你刚要接近，它们就“嗖”的一下划远了；况且，它们还有应急跳跃的绝技，一旦游走仍不能逃脱，就会“咻”的跃离水面，一下子跳出去1米多远！

可顽皮倔强的孩子们全然不顾一次次失败，反而更加兴致勃勃群起而攻之。大家形成一个包围圈，把一群“卖香油的”团团围住，只听“噼噼啪啪”，只见水花飞溅，许多只“卖香油的”终于还是被孩子们抓在了手中……

大家开始坐在沙滩上小心翼翼检阅各自的战利品：必须捏住它们细棍似的身子，或者捏住它们细长的腿。若放在手掌中，它们要么会一跃而逃，要么会展开翅膀突然飞走。所以，必须捏住玩赏。

“卖香油的”有大有小，大的肯定是家长，小的肯定是孩子。对于那些又短又小或没长翅膀的小东西，我们会不屑地放掉；留下的都是那些长着翅膀的长家伙和大家伙。

“卖香油的”身体很硬，真像一根小黑棍。不过它们不是4条腿，而是和其他昆虫一样有6条腿：只是最前面的2条腿较短，是用来捕食的，容易被忽视；而后面的4条腿很长，中间的那对

▲水黾在水面快速划行

腿用来驱动划水，后面的一对腿用来控制方向，所以我们才以为它们只有4条腿了。

但要千万注意，捉住“卖香油的”只能玩一玩放掉，决不能拿回家像蚂蚱一样喂给鸡儿吃。

一次，我们把捉来的“战利品”都交给锁儿让他拿回去喂鸡。结果，锁儿家的一只大母鸡竟被毒死了！我们由此知道，“卖香油的”是有毒的！

“卖香油的”在水面上游来游去忙什么呢？原来，它们不是为了有趣和玩耍，而是在水面上寻找并捕捉那些落难的小动物。我们曾把捉来的小虫子、小蛾子扔到水面上看“卖香油的”有什么反应。只见它们迅速聚拢过来，用前面的两条腿迅速抓住猎物，然后把坚硬的吻刺进了猎物的体内吸吮起来……小虫子、小蛾子是这样，个头较大的苍蝇，甚至蜜蜂落到水里后也会被“卖香油的”团团围住，无法摆脱被吃掉的厄运。

据说，“卖香油的”的腿上有非常敏感的刚毛，可以通过水波迅速感受到落水昆虫的挣扎信息。发现猎物以后，它们会以飞快的速度冲过去，并用管状的嘴刺入猎物体内，然后从容吸食它们的体液。

一次，两只胡蜂在空中打架，其中一只不小心跌落在了河湾里。胡蜂在水面上扇动翅膀摇摇晃晃挣扎，搅得周围涟漪不断。这扩展的涟漪就像告示一样，立刻招引得四五只“卖香油的”聚拢过来。面对这只庞然大物，“卖香油的”起初是试探着靠近，又突然离开。渐渐地，它们的胆子越来越大，终于冲上去抓住了胡蜂，群起而攻之……俗话说：虎落平阳被犬欺。胡蜂尽管个头很大，又有致命的蜇刺，但它跌落在水里，失去了平衡和灵活，加上“卖香油的”身体又细又硬根本无法用毒刺伤害，所以，最终还是成了“卖香油的”美餐。

▲水黾捕捉落水的各类昆虫

然而，生物链是相生相克的。“卖香油的”可以捕捉落在水面的小昆虫，同样，它们也会成为蛙类和鱼类的美餐。

一次，游泳上岸时顺手从河湾旁拔了一根水草，发现草茎上粘着一个个黑色的小颗粒。就在我刚要扔掉水草的时候，发现一个小颗粒突然蠕动起来，定睛细细观看，原来是从里面挣出了一只小东西。待那小东西舒展开以后，才看清原来是只微型“卖香油的”。我由此得知草茎上的小颗粒原来是“卖香油的”卵。把刚刚孵化出的“香油崽”扔到水面上，奇怪，它竟然很快游入了水中。难道“卖香油的”的幼虫是能够生活在水中的么？我有些茫然不解。

“卖香油的”全身分为头、胸、腹三部分，和其他昆虫差不多，只是中间的胸部较长，长有一对革质的翅膀，却没有膜质的内翅。

仔细观察，会发现它们的身上覆盖着一层细密的银白色绒毛。我猜测，这绒毛或许就是它们能漂在水面上的原因吧？

身子有绒毛能漂在水上可以理解，但又细又长的腿怎么能浮在水面上且能划水呢？对于这种神奇的魔力，我始终不得其解。尤其是它们交尾的时候，一只公的趴在母的背上，母的居然能背着公的在水面上照旧游来游去，这需要多大的浮力啊！当然，这时候它们的速度就会慢了许多，也正是它们被容易捕捉的时刻。

大家都说，假如能长上“卖香油的”那样神奇的长腿，岂不成了“水上飞人”了吗？

一次偶然的顽皮，让我知道了“卖香油的”那神奇浮力也有克星。一次，村里的一位婶婶在河边洗衣服，我偷偷用她的胰子（现在叫肥皂）弄了一盒胰子水泼向水面“卖香油的”，想呛呛它们。结果发现，“卖香油的”一游到被胰子水覆盖的水面，就会拼力挣扎几下，而后沉到了水里……我由此知道，胰子水能破除“卖香油的”浮力。可胰子水为什么能破坏“卖香油的”神奇浮力呢？我却怎么也想不明白了。

许多年以后，通过查阅有关资料才知道：“卖香油的”生物学名叫水黾。它们之所以能浮在水面上而不沉，是因为每条腿都生有两个跗节，跗节上除了密布着细密的毛，末端还裂成两片小叶，一对爪就生在两片小叶的基部。跗节上密布的毛和两片小叶使得它们可以借助水的表面张力，在水面上飞快地运动而不会沉下去。

那么，为什么胰子水能破坏“卖香油的”神奇浮力呢？原来，如果向水里加上一些洗涤剂，就会破坏水面固有的张力（胰子水就是一种洗涤剂），水面张力没有了，水黾腿上的密布细毛就会被沾湿，因而就会沉入水中。

生物学家通过电子显微镜发现，水黾的腿上长有无数细长的微刚毛，单根刚毛上还生有精细的螺旋状纳米大小的凹槽结构，而吸附在这些凹槽中的气泡会形成气垫……这种特殊结构，能使水黾的腿排开300倍于腿部体积的水量，一条长腿就能在水面支撑起相当15倍于腿部的重量。

正是具有了超强的负载能力，水黾才能在水面上行动自如，即使在狂风暴雨或急流中也不会沉没。据说，它们可以在水面上以每秒滑行自身长度100倍的距离！也就是说，这相当于一个身高1.8米的人以每小时648千米的速度在水面"飞泳"。

了解了这些神奇发现，我不禁惊叹造物主的绝妙和伟大！假如我们能依照仿生学原理发明一种水黾式的水面战车，我们就会获得能在水面上"风驰电掣"的绝妙新装备，无论是救援还是作战都会发挥出意想不到的效果。

科普链接：水黾，为昆虫纲、半翅目、黾蝽科、大黾蝽属、水黾种水生昆虫，栖息于静水面或溪流缓流水面上。身体细长轻盈，前脚较短，可以用来捕捉猎物，中腿和后腿细长，长着油质的细毛，有防水作用。体色黑褐色，体长约2厘米，能飞翔，亦能在陆地上生活一段时间，以捕捉落入水中的小昆虫或鱼虾的尸体为食。

打斑蝥

记得学习鲁迅《从百草园到三味书屋》一课时曾背诵过这样一段经典："不必说碧绿的菜畦，光滑的石井栏，高大的皂荚树，紫红的桑葚；也不必说鸣蝉在树叶里长吟，肥胖的黄蜂伏在菜花上，轻捷的叫天子（云雀）忽然从草间直窜向云霄里去了。单是周围的短短的泥墙根一带，就有无限的趣味。油蛉在这里低唱，蟋蟀们在这里弹琴。翻开断砖来，有时会遇见蜈蚣；还有斑蝥，倘若用手指按住它的脊梁，便会啪的一声，从后窍喷出一阵烟雾……"

我由此知道，斑蝥还俗称"放屁虫"。

但在我的童年记忆里，斑蝥是否能够"放屁"却没有什么印象，只知道它们是农田里常见的一种害虫，多在夏秋季节集中爆发，对庄稼的危害程度丝毫不亚于黏虫。黏虫主要危害谷子、高粱等禾本科植物，而斑蝥主要危害豆科植物，会把大片的绿豆、豇豆、黄豆等植物的花和叶子吃得精光。

上小学时，我们就曾与斑蝥进行过多次有趣而激烈的战斗！

1

斑蝥别名斑蚝、斑猫、花壳虫、黄豆虫等，又俗称西班牙苍蝇，是以豆科、茄科、忍冬科、木犀科等植物为食的害虫。

斑蝥的成虫呈长圆筒状，身长1～1.5厘米，身体或为黑色，或为橘黄间有黑斑，或为红色间有黑斑，有的还闪烁着金属光泽。它们头下有一对咀嚼式牙齿，几乎与身体垂直，便于趴在植物上咬噬花朵或叶片；头上有一对呈丝状或锯齿状的触角，每只

▲黑斑蝥 肖虹 摄

触角由11节组成；狭窄的胸部长着6条步足，后背长有一对很长的鞘翅，能把整个腹部从上面遮盖起来。

我的老家在京郊农村，最常见到的是花斑蝥和黑斑蝥。

花斑蝥的学名叫斑眼芫菁，身体和步足均为黑色，头略呈方形，鞘翅或为淡黄色，或为棕黄色，上面分布着显著的黑斑。它们一般一年繁衍一代，成虫主要危害豆类、瓜类、茄子、花生的花朵或叶子。

黑斑蝥的学名叫锯角豆芫菁，又名“葛上亭长”，身体比花斑蝥略窄一些，头为红色，身体和步足均为黑色，后背的一对鞘翅也是黑的，每个翅膀上有一道细长纵向的白纹，一年繁殖一代或者两代，成虫在五六月或十月后出现，特别喜欢吃大豆、菜豆、豇豆的叶子和花瓣，也会危害棉花、茄子等植物。

斑蝥属于完全变态型昆虫，以幼虫形式越冬。成虫交配后会把卵产在较湿润的土壤里，经过近一个月的孵化，卵渐变为幼虫。

幼虫时期它们主要生活在地下，经过半年多的成长和5次蜕皮，幼虫变成蛹，蛹再羽化为成虫。

大自然确实奇妙，各种生物都有自己繁衍生存的高招。刚刚孵化出的斑蝥幼虫会呈现乳白色小蛴螬的模样。它们或者寻找蝗虫的卵块在上面寄生，或者寻找土蜂的蜂巢做寄主，由此开辟出它们生命的新天地。

资料介绍，斑蝥的幼虫会趁着土蜂产卵时“偷渡”到蜂卵上。它们先把蜂卵杀死，吸光卵里的汁液，然后在卵皮上进行第一次蜕皮，接着装成土蜂幼虫的模样大大方方住进蜂巢并以蜂蜜为食，直至多次蜕皮长大蛹化为成虫，最后再从土蜂蜂巢的盖子上开个小洞钻出地面……

看来，斑蝥的幼虫和杜鹃一样是自然界中善于“偷梁换柱”的阴险家伙。

羽化后的斑蝥成虫喜欢白天活动。从羽化、交配，到产卵、死亡，成虫的危害期只有一个多月时间。但就是在这一个多月里，它们一面大肆啃食植物的花朵和叶子，一面寻找配偶，谈情说爱。由于耗费体力，还要繁衍后代，它们的食量和危害程度也令人吃惊。

2

夏末秋初季节，往往是斑蝥爆发的高峰期。这一时期，各种豆类、瓜类和花生正进入旺盛的生长期和开花期。适宜的气温、湿度和丰富的食物，会使斑蝥的成虫在几天之中便如雨后春笋般从地里冒出来。

在成片的豇豆、绿豆、黄豆、黑豆田里，黑斑蝥或花斑蝥像无数在低空飞行的微型滑翔机，慢悠悠起飞，晃悠悠降落，在豆子的叶片，尤其是花朵上大快朵颐。由于个头较大，身子较重，斑蝥飞行起来既没有苍蝇的速度，也没有蜻蜓的灵活，但它们啮食叶子和花朵的速度极快，不过几天时间，大片豆田里的豆叶和豆花就会被咬得千疮百孔，甚至只剩下光秃秃的秸秆……

斑蝥尤其爱吃黄黄的、嫩嫩的、甜甜的豆花。一只斑蝥趴在豆花上，十几分钟时间就会把一朵豆花完全吃掉！这是一种灾难性的虫害：吃掉了叶子，豆子会严重减产；吃掉了豆花，豆子会从根本上绝收！

由于斑蝥能分泌一种毒性很大、气味辛辣的黄色液体——斑蝥素，所以，鸟儿们根本不敢去啄食它们，也就少了天敌的制约。这也是斑蝥泛滥成灾的原因之一。

20世纪60年代初，农药的使用还不太普遍，尤其是山区农村，对付黏虫、蝗虫、斑蝥等虫灾多是要靠人力去剿灭。

夏末秋初，正是中耕、除草、施肥的农忙季节。面对突发的虫灾，生产队难于抽出壮劳力去对付虫害。因此，村里的老人、妇女，尤其是我们这些在校的小学生，就被动员起来参加生产队里打黏虫、打斑蝥等特殊的战斗。

打斑蝥与打黏虫大不相同，必须加强防护。

黏虫虽然看着让人很不舒服，但没有什么毒素；而斑蝥却是一种毒虫，体液中含有怪味和有毒的斑蝥素。由于斑蝥素对人的皮肤和黏膜有强烈的刺激作用，溅到皮肤上能引起充血、红肿甚至起疱。所以，打斑蝥最好戴上手套、口罩和护目镜，以免眼睛、皮肤受到伤害。

▲黄斑蝥

可那时候，农村的生活条件太差，孩子们去打斑蝥根本不可能准备口罩、手套和护目镜。无知无畏的孩子们便都不管不顾，只穿着背心和裤衩，照样在豆田里奔跑扑打，各个忙得不亦乐乎！

打斑蝥的工具主要是苍蝇拍。这工具几乎家家都有。苍蝇拍的铁丝细网透风好，阻力小，不仅可以击杀叶片和花瓣上的斑蝥，还可从空中截击正在飞翔的斑蝥。

▲红斑蝥

队长把我们带到斑蝥肆虐的豆田里，讲完要领，做完示范，大家就开始分组行动。每个小组承包一块豆田，各组成员挥舞蝇拍联合行动，对飞舞的斑蝥展开了全面扑杀。

对正在叶片和花朵上饕餮大吃的斑蝥，我们按要领甩动蝇拍轻轻抽打，只需把它们打落在地上，跟上一脚将其踩死就行了——这样可以减少蝇拍对叶片和花朵的损伤；对从头顶上飞过的斑蝥，则要挥舞蝇拍凌空拦截，“啪”的一声将其击落再踩死——这需要身手敏捷，眼到拍到，动作迅疾。

但有的斑蝥飞得很高，在头上两三米的空中，苍蝇拍根本够不到。我们便在两三米长的椿木杆上绑一个用铁丝圈撑起的纱网，用这种自制的捕虫网，对空中的斑蝥突袭拦截……

经过几天征战，大家打斑蝥的技巧大大提高，还总结出一条经验，那就是早晨是打斑蝥的最好时机。

初秋以后的清晨，由于天气较凉，斑蝥的翅膀上落满了露水，所以起飞也变得很困难，多是趴在豆秧上休息——我们打起来自然高效省力；待到太阳出来，温度升高，翅膀的露水被晒

▲斑蝥的成虫晒干后可作药材

干，斑蝥便能随时起飞，打起来自然要追逐、费力了。

3

村里组织小学生打斑蝥的事汇报到公社以后，公社领导很高兴，召开电话会要各村学习推广。这消息也引起了公社药材收购站的重视，专门给学校打来电话说斑蝥是一味很好的中药材，要我们把打到的斑蝥收集起来，卖到收购站给孩子们换一些书本钱。

老师告诉我们：公社的医生说了，斑蝥性味辛热，有大毒，具有破血消症、攻毒蚀疮的功能。生斑蝥焙干研磨后可以用来敷治毒疮，经炮制后可以内服治疗肿瘤等疾病。

听到这一消息后，孩子们都非常高兴：打斑蝥不但能为生产队消灭虫害，还能为大家挣到一些收入，真是一举两得呀！

为了把打落的斑蝥收集起来，我们都自制了一个简易小木夹和一个小布袋。女同学专管用布袋收集斑蝥，男同学则负责捕捉和击杀斑蝥。我们把捉到的斑蝥一只只放进小布袋里，然后再集中到老师的大布袋里。

斑蝥分泌的辛辣怪味曾让许多管布袋的女孩子掩鼻恶心，男孩子也发生过被斑蝥尿液灼伤皮肤的事情，但大家都坚持不懈，没有一个退缩的。

满载战利品回到学校以后，老师烧一壶开水，浇在布袋上把斑蝥全部烫死，然后倒出来晾晒，最后由学校统一卖到公社药材收购站。

那一年，学校用卖药材、打山草、捡杏核等勤工俭学的收入，为学生们买了跳绳、皮球、铁环等体育用品。课间十分钟休息，小小的校园里也由此变得分外热闹起来。

从那以后，组织小学生打斑蝥、收斑蝥，便成为学校一项正式的勤工俭学活动。这活动一直延续了好多年。

不知道现在故乡是否还闹虫灾？是否还有斑蝥出现？如果有，大概也用不着小学生们去“大显身手”了吧？

科普链接：斑蝥，学名为芫菁，俗称斑蚝、花斑毛、斑猫、芫青、花壳虫、黄豆虫等，属昆虫纲、鞘翅目、芫菁科、斑蝥种昆虫，身体呈长圆形，有鞘翅和特殊臭气。斑蝥有很强的毒性，能分泌被称为斑蝥素的液体，用来防御敌害。成虫自初夏开始危害植物的茎叶及花朵等，七八月最甚，危害大豆、花生、高粱、茄子及棉花等农作物。世界上大约分布有2300种斑蝥，我国记录的约有130种。

神秘的“打灯婆”

童年的夜晚，因为村里还没有电，所以黄昏以后天很快就黑透了，倒是深蓝色夜空中闪烁的一颗颗星星显得格外明亮，仿佛站上山顶就能摘到它们。

一盏如豆的油灯给一家人带来一线光明。在这微弱的灯光下，母亲一针一线给我们连缀着衣服的破洞；我们则借着灯光，或赶写作业，或暗暗窥读着一本好不容易借来的小说。灯光摇曳，汇成一缕淡淡的青烟飘散在屋内，使人闻到了一股幽幽的煤油香。突然，一只扁扁的巨大飞虫扇着翅膀扑向灯苗，那油灯转眼被它扑灭了！于是屋内一片漆黑，伸手不见五指。“打灯婆子——你个冤死的东西……”母亲边擦着火柴去点油灯，边喃喃骂着那扑灭油灯的飞虫。油灯重新亮起来，那巨大的飞虫分明还在屋里的一个角落飞舞。我立即放下手中的书，用耳朵和眼睛开始警惕搜寻。果然，那飞虫又盘旋着向油灯发起了俯冲，我立即挥舞手臂向它迅速扇过去……一次、两次……“啪——”就在它再次俯冲的一刹那被我重重击落在地上——它晕过去了。

▲土鳖虫

捡起这巨大的飞虫在灯下观瞧：这家伙小小的头上有一对复眼和一对细细的头须，体长近3厘米，淡褐色，前胸有三对带刺的足，后背有内外两对发达的翅膀。外翅稍硬，脉纹清晰，仿佛是薄薄的皮革；内翅透明，呈黄褐色，好像是一层膜纱。两对翅膀折叠于背部，腹部后面还有一对短短的尾须。

“这就是打灯婆子！专爱在夜晚来扑打油灯，是个见不得光亮的冤魂……”接下去，母亲就讲起了“打灯婆”的传说。

“很久很久以前，一个欠债的女人被卖到一户富家当女奴。狠毒的东家不但要她白天干活，晚上还要她在一个特大号油碗的油灯下纺纱织布。东家规定，每天夜里都要干到油尽灯灭才能歇息，不然就要被管家责骂鞭打。就这样，苦命的女人每天都要熬到夜半三更才能歇息。日久天长，女人对那盏大号油灯充满了仇恨，终于有一天，她打碎了油灯，点燃了织机，自己也在熊熊大火中被烧死了。从这以后，女人的冤魂变成了专门在黑夜出来扇灯扑火的‘打灯婆’……”

听完这凄惨而悲哀的故事，我不禁对眼前的“打灯婆”深深惋惜起来。

但后来才知道，所谓“打灯婆”的传说，完全是老人们的臆想和编造。为什么呢？因为“打灯婆”根本不是什么女人的化身，而是实实在在的雄性昆虫！

那么，“打灯婆”到底是什么昆虫呢？

在农村，童年时常见到一种叫作“土王八”的黑褐色昆虫：身体椭圆形，背部隆起像个锅盖，有一道道环节，像一块块瓦片扣在上面，小小的头隐于前胸，有触角1对，复眼1对，咀嚼式口器，体长近3厘米，体宽近2厘米，腹部为棕红色，胸部有3对发达的足，足的胫节长有许多小刺，末端长有一对小爪……这些形态丑陋的家伙，多生在老旧的土炕或残垣断壁中。

“土王八”又叫土鳖，因其形状与水中的王八——老鳖十分相像而得名。土鳖喜欢在较干燥的土洞中建巢繁殖，所以，老旧的土炕和土墙是它们理想的栖息地。拆除旧土墙或旧土炕时，经

▲土鳖虫雄虫有翅，俗称“打灯婆子”

常可以看到有“土鳖”从其中仓皇逃出。有时还能挖出成窝的“土鳖”：密密麻麻、大大小小，四处逃窜，让人看了头皮发麻。“土鳖”喜欢昼伏夜出，白天它们在窝里睡大觉，到了夜里才出来寻找食物或配偶。“土鳖'的食谱十分广泛，人畜粪便、碎叶果皮……凡是有机垃圾都可以成为它们的食物。

有一次翻修家里的老土炕，我不但发现了连绵不断、大小不等的“土鳖”，而且发现了几只“打灯婆”的踪迹。只见它们趴在一只只“土鳖”身上，而且尾部与“土鳖”紧紧连在一起……我突然大悟了：这“打灯婆”与“土鳖”一定是一家子，一定是一公一母，要不，它们怎么会这样“亲热”呢？

后来，经查阅资料，我的猜测得到了完全证实。资料里介绍说：“土鳖”又叫中华地鳖虫，鳖镰科，地鳖亚科，又叫地乌龟、簸箕虫、土元、土王八、地团鱼等，雌雄异形，雄有翅而雌无翅。在整个成长过程中，土鳖每20天蜕皮1次，每蜕1次皮身体就增加1圈。雌土鳖一生蜕皮11次，然后发育为成虫。它们爬行于墙壁、树干等物体上，生殖器散发出特有的气味，吸引雄土鳖交配。雄土鳖一生蜕皮9次便开始羽化，羽化后一星期性成熟，可先后与十几只雌土鳖交配，交配后20天死亡。雌土鳖交配后7天开始产卵，无须二次交配，一只雌土鳖能先后生产数十个卵块，卵块40多天后孵化出幼虫……

有了亲眼所见，有了资料证明，“打灯婆”不是女子冤魂所化，而是不折不扣的雄性土鳖被确定无疑。那么，它为什么要在黑夜去专门扑打灯火呢？其实，这也很好解释，大凡夜间活动的昆虫，都有趋光的习性，所谓“飞蛾投火，自取灭亡”就是这一现象的写照。飞蛾都会投火，“打灯婆”扑灯也就不足为奇了。

后来从中医药书中得知，相貌丑陋的“土鳖”原来还是一种比较名贵的中药材！

“土鳖”性寒、味咸，有微毒，具有去瘀止血、消肿止痛、通络理伤、接筋续骨等功效，是理血疗伤的上好中药，可以治疗关节炎、腰腿痛、跌打损伤、闭经等症。

我国将“土鳖”作为中药已有2000多年的历史。《神农本草经》将其列为药材里的中品。《名医别录》载：“蟅虫，生河东川泽及沙中，人家墙壁下土中湿处。”《新修本草》载：“状似鼠妇，而大者寸余，形小似鳖无甲，但有鳞也。”

现代医学研究发现，“土鳖”身上至少含有17种氨基酸。这些氨基酸具有养颜、抗凝血、抗缺氧、抗突变等作用，对治疗白血病、癌症有一定疗效。药店里与土鳖配伍的中成药就有“追风丸”“跌打丸”“中华地鳖胶囊”等200多种。此外，营养学家还发现，“土鳖”中含有丰富的蛋白质、脂肪和微量元素，长期食用可以调节神经，增强免疫力。正因为如此，“油煎银鳖”“土元脆皮”等用“土鳖”做成的菜肴才成为许多大饭店的名菜。

由于“土鳖”的明显药用价值和营养价值，所以，现已成为市场上的畅销货，人工饲养“土鳖”已成为一种前景诱人的养殖业。据说，我国每年需要的活土鳖虫已达500万公斤！干土鳖虫的价格也由原来每公斤20多元上升到四五十元。

前些年，企业实施“协议解除劳动合同”，我的一位朋友“买断”工龄后干起了养殖业。这位朋友很精明，为使有限的饲

▲人们饲养土鳖虫做药材或补品

料发挥最大效益，他先是买来饲料养塔兔，然后用塔兔的粪便来养“土鳖”。就是靠着这种刻苦学习的精神和精明的循环饲养模式，他的养殖业取得了可观经济效益，自己也成了塔兔和“土鳖”的饲养专家。

平时相聚，只要谈到“土鳖”，他就会眼睛放光，滔滔不绝大侃一番“土鳖”养殖经：土鳖虫最合适的生长温度为15℃～39℃；每公斤土鳖卵可生产干土鳖成虫40～50公斤；选种可去野外采集，也可以从养殖场引进；土鳖虫喜欢生活在pH值8～15的碱性土壤内；饲养池的饲养土应根据虫口密度和不同季节确定薄厚；夏秋季高温每天要加喂1～2次青饲料；若虫孵化后应根据个体大小分档饲养，还要预防蚂蚁和老鼠；雄虫不能做药材，到第七次蜕皮时除保留少量种虫外，其他雄虫都要除掉……

真是一套一套的。他甚至总结出了怎样吃“土鳖”的保健食谱，并把“土鳖”当作贵重礼品赠送给朋友。

真想不到，昔日令人生厌的“土鳖”，如今竟成了宝贝。

科普链接：土鳖虫，为蜚蠊目、鳖蠊科昆虫，又称土元、土鳖、地鳖虫、转屎虫等，雌雄异形，雄虫有翅，雌虫无翅。性杂食，食物多样，蔬菜的叶、根、茎及花朵、嫩芽、果实，杂草的嫩叶和种子，米面麸皮，碎骨残渣都可做食物。捕捉后，用沸水烫死，晒干或烘干可做中药材。分布于我国华北、华中和西北等地区，具有破血逐瘀、续筋接骨等功效。可用于治疗跌打损伤、筋伤骨折、血瘀经闭、产后瘀阻等症。

诡秘的斑潜蝇

在以往的记忆里，从没有见过这种诡秘奇特的害虫：薄薄如纸的菜叶，居然能有什么东西钻到叶肉里面掘出细洞，且蜿蜒成白色的曲曲通道，让人看了大惑不解！

好端端的碧绿叶子，里边的叶肉被悄悄啃食，整个叶肉组织被弯弯曲曲的通道阻断和破坏，以致整片叶子逐渐发黄，甚至枯萎脱落。

看到这情景，知道必定是害虫所为，可又是什么害虫呢?

以前所见过的害虫，多是以“蚕食”方式大口大口啃食叶片的毛虫、尺蠖之类，抑或是以刺吸式口器吸食叶片汁液的蚜虫、椿象之族；而这能钻到叶片里边横行的诡秘东西到底是什么害虫呢？发现这种虫害的时间大约是20世纪90年代，是买小红萝卜时从叶片上看到的。于是，惊讶之后仔细翻看，居然在许多叶子上都看到了弯弯曲曲的白色虫道！厌恶地把有虫害的叶子一一摘除——极不愿意把这恶心的东西吃到肚子里。

曾多次问过老年人或经验丰富的农家，都声称以前从没见过这种虫害。

之后不久，这种诡秘的害虫变得更为普遍，又陆续在黄瓜、西瓜、豆角、小白菜等叶片上先后发现了这种奇怪的虫害。许多人感到困惑，甚至把这种虫害称为“鬼画符”，意思是由魔鬼画出的符咒。

为此，去菜市场买菜，尤其是买绿叶菜，都要细细查看一番，看有没有“鬼画符”混杂其中。

初春，门前的草坪中长出了一片二月兰。二月兰属十字花科，叶子如萝卜的叶片，蓝色的小花一朵朵开满了花茎，让人看了赏心悦目。可几天以后，二月兰的叶片上竟生满了“鬼画符”，让人感到十分沮丧。

摘下几片病叶拿在手里，顺着弯曲的洞道仔细搜寻，终于在洞道的尽头发现了一个黄白色的小凸起。用手指甲贴着叶片轻轻一挤，白色的表皮破裂了，一条如铅笔尖大小的乳黄色小蛆虫便被挤了出来！

原来它就是制造“鬼画符”的真凶！

暴露出的小蛆虫身体饱满，很湿润，还在微微蠕动；但没过一会儿，随着烈日直射，它身上的水分快速蒸发，饱满的身体很快干瘪下来死了。看来，这小蛆虫离不开湿润的环境，所以才钻进叶片以叶肉为食，并用叶片里的丰富水分来保护湿润自己。真是个又聪明又狡猾的小坏蛋！

▲被斑潜蝇危害的二月兰叶片

这诡秘的小坏蛋是从哪里来的？它的学名又

▲放大的斑潜蝇成虫和蛹

叫什么呢?

通过查阅有关资料才知道，这种害虫叫“南美斑潜蝇”，是20世纪90年代从南美巴西通过货物贸易传到中国的，是典型的外来入侵物种，怪不得从前没有见过呢!

今年初夏，外孙鹏鹏到农贸市场买来一小袋樱桃萝卜的种子，要我帮他种在门前地里搞个种植实验。

于是，我们一起松土、浇水、撒种、盖土……我告诉外孙，几天后小萝卜就能长出来了。

一个星期后，待外孙从城里回来时，小萝卜苗果然已经长到2厘米多高。每株小苗都有两片厚厚的、椭圆的、中间凹进一点的嫩绿色子叶。它们挨挨挤挤，长得很壮很密。看到自己的播种有了成果，外孙感到很惬意、很有成就感。

又一周过去了，两片子叶的中心长出了带小毛刺的真叶!

周六早晨，外孙提着喷壶兴致勃勃地去给他的小萝卜喷水，突然，他在外边大叫起来：

“姥爷，快来看——这是什么东西?”

我跑出去，接过外孙举过来的一片萝卜叶一看，原来是感染上了斑潜蝇！

“这是一种害虫。看，叶片里的白道中有小蛆虫，专门吃叶肉，凡是它吃过的地方，就留下了蛇状白斑……”

外孙惊奇地观察着，果然在我的指引下于白斑尽头找到了一个黄色小虫。

“叫你吃我的小萝卜，叫你吃我的小萝卜……”外孙一边诅咒，一边把叶子里的小虫狠狠捏死。

我告诉他：这害虫叫南美斑潜蝇，是从巴西进口货物时带到中国的。由于没有明显的天敌，现在已经在全国许多地区蔓延。

外孙显然有了兴趣，马上到网上查阅关于斑潜蝇的信息。很快找到了相关内容：斑潜蝇为双翅目、潜蝇科，大约于1993年由巴西传入我国，蔓延迅速，目前全国各地均有此害虫。它们寄生在豆类、瓜类等植物上，尤其喜欢十字花科植物……

那么，斑潜蝇是如何钻进叶片里面的呢？

原来，斑潜蝇的成虫有尖尖的产卵器。它们先用产卵器刺伤叶片，然后把卵产在叶子表皮下。经过几天孵化后，卵变成幼虫，幼虫再顺着叶片伤口边吃边喝潜入叶片内部。由于大量叶肉被吃掉，严重影响光合作用，最终会导致叶片枯萎脱落，严重的还会造成整个植株死亡。

斑潜蝇的幼虫与其他昆虫幼虫一样，要经过几次蜕皮才能逐渐长大。长到末龄幼虫时，它们会在叶内结茧化蛹。蛹经过7～14天就会羽化为成虫。

斑潜蝇的成虫是什么样子呢？

尽管一次次看到斑潜蝇的幼虫，但从没见过斑潜蝇成虫到底是什么样子。根据斑潜蝇的名字猜测，它的成虫很可能是一种小型的蝇类。

为了能亲眼看到斑潜蝇的成虫，我时不时蹲在樱桃萝卜前观察等待，常常一蹲就是十多分钟。

这天下午，我正在给小萝卜拔草，一只大约几毫米的微型小蜂子飞到小萝卜上空盘旋起来。我屏住呼吸，一动不动，看小蜂轻轻落在一片饱满的叶子上。

小蜂子身体浅黄，肚子背部有几道浅黑的条斑，与小土蜂十分相似。

小土蜂是在泥土中筑巢的一种小蜂，有厉害的蜇刺，个子虽小却十分凶悍。童年时，我的一个伙伴因掘地时冒犯了土蜂的巢，差点儿被土蜂蜇死。

小土蜂和蜜蜂一样喜欢鲜花，喜欢采蜜。而我眼前却没有任何花朵，这只小蜂子来做什么呢？

只见它转转身子，捋捋触角，伸缩着腹部，仿佛在选择合适位置，蓦然从尾部伸出一个尖刺刺向叶片……

我顿时恍然大悟：难道……难道这是斑潜蝇的成虫不成？

▲放大的斑潜蝇成虫

现实果真证明了我的判断：只见它刺一下叶片，尾部用力气产一枚卵，然后抽出针刺再刺向叶片……

我终于见到了斑潜蝇成虫及其产卵的难得一幕！

我被斑潜蝇奇特的外表震撼了：黄黄细细的身体，背部还有几道黑色的横纹，简直与可怕的小土蜂没什么区别！

看来，为了保护自己，恐吓敌人，斑潜蝇能把自己拟态成恐怖的土蜂模样呢！

我拿起地上的小铲子，看准斑潜蝇快速拍下去，斑潜蝇顿时被拍晕在地面上。

将仍在颤抖的斑潜蝇仰放在手心仔细观察：头、胸、腹部明显都是蝇类的特征，但只要翻过身子，却俨然展示出一只土蜂的威严了！真是又狡猾、又聪明的拟态高手。

资料介绍说，美洲斑潜蝇自20世纪90年代侵入我国后，如今已在全国大多数省市自治区蔓延开来，给我国农业造成了巨大破坏。由于是钻入叶片内危害植物，农药防治很不明显，加上缺少天敌，所以就泛滥成灾了。

经济贸易的全球化，使外来物种的入侵成为一种常态。要迎接这种挑战，除了切实加强边境口岸的检疫防疫力度，加大人工和药物的防治，还要加强国际合作，培育引进天敌，用生物防治逐步取代药物防治。这才是消灭斑潜蝇的科学之路。

科普链接：斑潜蝇，又称“鬼画符”，属于昆虫纲、双翅目、潜蝇科、斑潜蝇属、斑潜蝇种害虫。1993年由巴西传入我国，目前全国各地均有发生。主要危害黄瓜、番茄、茄子、辣椒、豇豆、蚕豆、大豆、菜豆、西瓜、冬瓜、丝瓜等22科、110多种植物。成虫体长仅1.3～2.3毫米，体淡黄或灰黑色，复眼酱红色，产卵于各种植物叶片内，卵孵化为蛆形幼虫潜伏于叶片内啃食叶肉，使叶片形成白色弯曲的通道，幼虫老熟后在叶内化蛹，然后变为成虫飞出。

螵蛸与小螳螂

童年时，常在山野的桑条、荆条或酸枣枝上折下几枚“老鸹脓”烧着吃——这是学大人们的做法。

小孩子都会有“尿炕”的“光辉”历史。为了治“尿炕”的毛病，大人们会从野外寻回一些“老鸹脓”做偏方，在火上烧熟后给小孩子吃。这偏方果然很神奇，许多孩子吃了后真的很少尿炕了。

始于耳濡目染，故乡的孩子竟把烧烤“老鸹脓”当成了解馋充饥的手段。

为什么叫“老鸹脓”？因乡人们见这东西很像老鸹的粪便（老鸹的粪便叫“老鸹脓”），就给它起了这恶心的名字。

其实，这东西吃起来很香，与烧蚂蚱的味道十分相似，而且更酥脆——因为它们是刀螂的卵，含有丰富的动物蛋白。

刀螂，就是螳螂。“老鸹脓”又叫“刀螂子”，是刀螂产的卵，学名称作“螵蛸”。

小时候在野外曾见过刀螂产卵的情景：一只大肚子母螳螂要产卵了，先选一个枝条分泌出一堆泡泡，然后才把尾部伸进泡泡内产卵。一个卵泡产满以后，它会休息一下再去寻找新的产卵地点……之后，这些卵泡会逐渐蒸发、浓缩，最终凝结成一个外壳坚硬的卵块——“老鸹脓”。

卵块初始为乳白色，犹如热熔后的胶质，过一会儿就开始变硬，变成了黄褐色或黑褐色。

每个“老鸹脓”如手指肚般大小，内侧牢牢裹附在树枝上，外壳十分坚硬，能保护里边的螳螂卵不受伤害并度过寒冷的冬天。

螳螂的卵块有的产在榆枝上，有的产在荆条上，有的产在酸枣枝上，有的产在桑树枝上。产在桑树枝上的叫“桑螵蛸”，产在其他枝条上的叫“螵蛸”。

许多药典将“桑螵蛸”作为著名中药，说只有产在桑树上的“桑螵蛸”，才能独得桑白皮津液之精气，有良好的药效。但依我看，螵蛸的药效和作用应该相差不多。

冬季去野外收集螵蛸，采回来先蒸上一小时，晒干后便可入药，能有效治疗体质虚弱、小便次数过多等疾病。

尽管知道这卵块会孵化成小螳螂，却始终没有见过小螳螂出世的情景，不能不说是个遗憾。这遗憾伴随着我从少年到成年，直到天命之年。

那年“五一”假日，带着孩子们回故乡爬山，无意中在一枝桑条上发现了一枚“桑螵蛸”。我立即招呼孩子们围过来向他们介绍起螵蛸的奥秘和功用，并讲起了小时候的趣事。

▲桑枝上螳螂的卵块叫桑螵蛸

听了我的介绍，惊奇的孩子们对烧烤螵蛸并无兴趣，嫌太恶心，倒是对螵蛸能孵化小螳螂充满了憧憬。

可螵蛸什么时候孵化小螳螂？怎么孵化小螳螂？我却无从作答。

于是，折下这枚“桑螵蛸”带回家插在君子兰花盆里，决定详细考察一番。

▲螵蛸孵化出密密麻麻的小螳螂

日子过得很快，连续观察了八九天，那螵蛸仍静静抱着桑枝没有动静。

天气一天天变热，最高气温曾一度超过了30℃。

5月12日早晨，当我走到阳台君子兰面前，霎时就惊呆了：花盆里、君子兰叶子上爬满了长度约1厘米的小螳螂，那卵块下面还飘着一堆小螳螂挣脱后留下的黄白色透明胞衣！

我激动地弯下腰细细观察那卵块，希望能看到小螳螂出卵的一刻，但等了5分钟、10分钟……却始终没有见到再有小螳螂从卵块中出来。我似乎明白了，卵块里的小螳螂可能都已孵化完了！心中顿感十分遗憾，只得小心翼翼地将这些小螳螂收集一下放生到楼前草坪的大柳树上。

明代医学家卢之颐在《本草乘雅半偈》一书中有这样一段表述："桑螵蛸螳螂子也，深秋乳子作房，粘着桑枝上者，入药用。房长寸许，大如拇指，重重有隔房。每房有子如蛆卵，芒种节后，一齐都出。"原来，螳螂孵化是在芒种节之后"一齐都出"的呀！看来卢之颐不仅是位医药学家，还是一位善于观察的生物学家。

但芒种节是在6月，而我采的螵蛸则是在5月孵化的，时间提前了20多天。莫不是地球变暖，螳螂孵化也提前了么？我猜想。

又一年5月，带着孙儿去野外山溪看蝌蚪，再次折回一枚“桑螵蛸”插在君子兰花盆里。

除了每日早晨巡察，还时常去阳台探查“桑螵蛸”，生怕错过了宝贵的一刻。

5月19日下午3点多，正在计算机前整理文章。床上休息的爱人突然喊起来：“小螳螂出来了，小螳螂出来了……”原来，透过斜照的阳光，她看到有小螳螂爬上了那枚桑枝的顶部。

我顿时振奋起来，立即拿着相机跑到阳台君子兰花盆前。真是恰到好处，小螳螂刚刚出来五六只。

啊——这是怎样一番新奇的景象呀：先是从螵蛸的中脊气孔中鼓出一个浅绿的亮晶晶的小泡泡，继而蠕动出带着黑色大眼睛的头部；那头部不断前仰后合，角度和幅度也越来越大；于是，身子便被一点点拉出，能清楚地看到有触角和附肢紧贴着身体；最终整个身子被拉出并带着一根丝线从气孔中垂吊下来……整个过程犹如哺乳动物分娩一般。

螵蛸卵块下面，吊挂着一个蠕动壮观的若虫团。团中的小生命尚不具备螳螂的模样，只是一个头大尾小、约半厘米长的小东西。每个若虫被一层薄薄的透明胞衣包裹着，它们必须挣脱胞衣的束缚，才能变成能爬、能跑、能跳的小螳螂。

挣脱胞衣对若虫来说是个艰辛的过程：先是头部撑破胞衣脱出，通过呼吸运化，头部变大，触角伸开，一对黑色复眼显现在头部两边；继而是通过不断蠕动和抓挠，将颈部、腿部挣脱出来，硬化起来；最后再将整个腹部、尾部奋力脱出……经过数分钟的呼吸和运化，小若虫的身体渐渐变长，腹部变粗，尾部翘起，全身变得棱角分明，折叠的长腿也变得有力，终于离开若虫堆，变成了一只能爬、能跳、活泼玲珑的小螳螂。这一过程大约经历了20分钟。

尽管惋惜孩子们没有亲眼看到这激动人心的一幕，但我有幸用相机录下了这一全过程，也算可以和孩子们共享奇景了。

从下午3点半钟到4点半钟，整个孵化过程持续了约一个小时。之后螵蛸脊背的气孔再没有若虫冒出来，空壳下只剩下游丝牵挂着的一小堆紧缩的淡黄胞衣。

看来，卢之颐所说的“一齐都出”确实正确。只不过整个过程要经历一个多小时。

经过详细计数，整个螵蛸大约诞生了150只小螳螂。

▲螵蛸的内部构造

熙熙攘攘的螳螂宝宝有的爬到花盆边沿，有的爬到君子兰叶片上，有的则跳到附近的窗帘上。它们身手敏捷，行动迅速，并有了非凡的跳跃能力，相互之间并不打斗，也没有互相残杀的现象。

我把大部分小螳螂送到草坪绿植上放生，希望它们能在草坪中平安健康成长。留下的5只小螳螂按照孙儿的要求放到玻璃瓶中试着饲养，希望能看到它们逐步成长的过程。

为了保证瓶内通气，我用一块纱布做瓶子封口，并用皮筋套封好。

从幼儿园放学后，孙儿兴冲

冲地拿过一片菠菜叶要喂小螳螂。

我急忙告诉他说：螳螂是食肉昆虫，给菠菜叶是不吃的。

“那它们吃什么呢?”孙儿疑惑地问。我没有回答，而是带他去草坪碧桃树上摘下一片卷曲的、上面爬满蚜虫的叶子。

“这小虫子叫蚜虫，专门吸食叶片的汁液，所以叶子才卷曲萎缩了。小螳螂最爱捉它们做食物呢!”听了我的解释，孙儿勇敢地拿过叶子把它投进了瓶子里。

然而，小螳螂并没有去捕捉蚜虫，而是惊慌地在玻璃瓶壁上不断乱爬，不断滑落——它们还没有适应玻璃瓶里的环境和生活。

一天以后，依然没有看见小螳螂去捕捉蚜虫，倒是看见它们去吮吸孙儿扔进瓶里的一小块苹果。看来，食肉昆虫幼小时候也喜欢吃一点有水分、有滋味的瓜果。

又过了一天，有两只小螳螂不幸死了：一只躺在苹果块的下面，一只趴在干枯的碧桃叶子下……不知是砸伤而亡还是饥饿而死，一家人都觉得很惋惜。其他小螳螂的腹部似乎有点儿变黑，分明吃进了蚜虫——因为蚜虫是黑褐色的。

清除了瓶子里的枯叶和死去的小螳螂，重新放进带蚜虫的新叶，希望剩下的3只小螳螂能够学会捉蚜虫、吃蚜虫。

仿佛理解我的心情，小螳螂果真健康地活了下来。它们上翘着腹部，有的爬上光滑的瓶壁，有的爬到瓶口封闭的纱布上小憩，广口瓶成了它们成长的家园。

经过多次观察发现，小螳螂对那些静止的蚜虫反应迟钝，但对瓶壁上爬行的蚜虫或浮尘子很感兴趣。别看出生仅仅几天，小螳螂已显现出食肉的凶残：看到一只浮尘子飞落在眼前，先是半立起身子，将两把大刀折叠举起，继而在浮尘子靠近的一瞬间突然“弹开”大刀，夹住猎物，继而啃食起来……

▲小螳螂兄弟之间竟然会互相残杀吃掉对方

小螳螂在一天天长大，身长很快有了近2厘米。

这天下午，正要把带蚜虫及浮尘子的桃叶放进瓶子，一幕恐怖的场景突然把我惊呆了：一只稍大一点的螳螂竟抓住了另一只小螳螂正在从头部大吃大嚼！那只被吃掉了头部的螳螂还在拼力移动着身子做最后挣扎……

同胞兄弟相残——真是太残忍了！

八九分钟以后，那只可怜的小螳螂基本被吃光，只剩下零落的残肢跌落在瓶底。

是食物不足，还是螳螂的本性就是这样？我一时不得其解。

我不由隐隐担忧起来：另一只小螳螂说不定也会遭到同样的厄运吧？

但这只小螳螂与猎杀者相比，个头不相上下，长得十分健壮，看上去彼此势均力敌，不会被轻易俘获——这让人稍稍感到一些安慰。

然而，两天后再去观察，另一只小螳螂果然不见了，只剩下肚子明显肥大起来的猎杀者……很显然，有了弑弟经验的猎杀者又吃掉了最后一个同胞。

事实证明，螳螂之间即使是同胞兄弟姐妹亦没有亲情、友情。它们的成长过程，只遵循弱肉强食的自然法则。

18天以后，瓶子里的小螳螂完成了第一次蜕皮，换上了一身黄绿新装。

做好记录后，我拿着玻璃瓶来到楼西金银花架旁，将这只凶悍的猎杀者放归自然，让它去独立奋斗和成长。

科普链接：螵蛸为螳螂科雌虫产在植物枝条或树皮上的干燥卵块。产卵前，雌螳螂先分泌出一种泡沫状的黏液，再将受精卵产在里面。螳螂卵分行排列，每卵一室，干燥后即形成卵鞘。每只雌螳螂可产4~5个大小、形状相似的卵鞘。中医学称这种卵鞘为螵蛸，产在桑树上的称为桑螵蛸，采收蒸晒后可入中药，成品黄褐色，质松软，体轻，对体弱、小便次数过多者有抗利尿功效。中医认为，只有产在桑树上的螵蛸才能独得桑白皮津液之精气，因而入药最好。

怪异的螳螂

螳螂俗称刀螂，是一种十分怪异的昆虫，也是童年时常玩耍的昆虫。尽管捉拿时有被螳螂大刀夹伤、刺伤的危险，但依旧兴致勃勃、乐此不疲。

捉螳螂是为了看它如何吃蚂蚱：将一只蚂蚱放到螳螂的面前，螳螂会毫不犹豫用大刀将其夹住，然后用小脑袋上尖利的牙齿，一口一口将蚂蚱吃下去……

螳螂是一种不完全变态昆虫，世界上约有2000种，我国约有100种。家乡常见的螳螂多是中华绿螳螂，也叫“大刀螂”，体长约8厘米，绿色或黄绿色。此外，还有一种小螳螂，体长五六厘米，身体和翅膀为灰色或暗褐色。

1

螳螂肚子很大，胸背狭长，头部与整个身体相比显得过于微小，几乎不成比例，模样十分怪异。小小的三角形脑袋下面像安有一个螺旋，能灵活地做180° 左右旋转，这是其他昆虫无法做到的。小小的脑袋上面却生有一对大大的由上百个晶体状单眼组成的椭圆形复眼，几乎占了头部三分之二的宽度，与蜻蜓的头部结构很相似。它的头上有一对多节丝状的触角，虽然比蝈蝈的触角短了许多，却也灵动机敏。螳螂的背部两侧长有内外两对翅膀，外翅多为绿色或浅褐色，下面覆盖着薄而透明且多彩的内翅，飞行起来就像舒展的黄红彩纱。螳螂的胸部有三对足，前面的一对称作“螳斧”或“螳刀”，如同一对粗大的折叠状镰刀。腿节和胫节上生有倒勾形尖刺，一旦抓住猎物，它们几乎没有逃生的可能。后面两对是细长的步足，主要用来行走、跳跃和支撑身体。螳螂属于昆虫纲中的一目，是一种古老的、变化不大的昆虫，现在的样子与4000万年前的化石螳螂几乎一模一样。由于螳螂总是爱半昂着身子把一对合起来的螳斧高举在胸前，如同在向上天祷告什么，因而人们又称它们为“祈祷虫”。

螳螂是一种能根据环境变化和生存竞争需要而拟态的高手。生活在北方灌木草丛中的中华绿螳螂，因为周围的环境为绿色，所以它的身体也是绿的，与草叶、树叶融为一体。这样，既不容易被天敌发现，又容易隐蔽自己、麻痹猎物。

生活在热带雨林中的宽背螳螂，由于周围环境多是阔叶，如果仍是温带螳螂那样瘦长的胸背，极易被天敌和自己的猎物发现。所以，它的后背就生出了宽而薄的椭圆背甲，就像是一片小树叶把瘦长的胸背遮盖起来，天敌和猎物很难发现。

生活在落叶中的枯叶螳螂，不仅把身体的颜色变为褐色，还会把身体演化成如一片残缺的枯叶，让人见了惊叹不已。

还有一种更为狡猾聪明的白兰花螳螂，专门在盛开的白兰花上捕食采花的蜜蜂、蝴蝶等小昆虫。待兰花开放时，它会把全身都变成兰花一样的白色。白兰盛开时节，白兰花螳螂会静静趴在花瓣上，跷起白色的肚子，展开白色的双翼，如同一朵盛开的并蒂白兰。这时候，只要有被兰花幽香引来的昆虫落下来，厄运就来临了。不

▲母螳螂在交配中吃掉公螳螂

过，螳螂的视力并不算敏锐，它们对静止的东西几乎视而不见，只对运动着的东西十分敏感，因此，运动中的各种昆虫自然成为它们猎取的对象。

2

生活在农村的孩子，大多知道螳螂是食肉的好手，若是身上长了瘊子、赘疣之类，常捉来螳螂让它把这多余的赘肉一口一口吃掉。

我的大腿上曾长了个刺儿瘊子，就是请螳螂帮助除去的。螳螂吃瘊子的感觉很奇妙：痒痒的，疼疼的。螳螂的头很小，咀嚼式黑色牙齿很锋利，每一口咬掉的赘肉并不多，也不太疼，完全能够忍受。《三国演义》中有关云长刮骨疗毒的壮举，我也有了螳螂除瘊子的体验。

小小的脑袋，狭长的胸背，肥大的肚子，仿佛很柔弱，但螳螂却是昆虫中顶尖的食肉猎手。螳螂不但能捕食蝇、蛾一类弱小的昆虫，还能捕捉蜜蜂、胡蜂、蝉儿，甚至小蛇那样连人都畏惧的特殊动物。

▲棕灰色的螳螂

儿时上山割草，曾在一丛蓬勃的荆蒿上见到了一只绿色大螳螂。淡蓝色的荆花正开着，招引得许多蜜蜂嘤嘤飞舞前来采蜜。大螳螂微微张开一对螳斧，趴在一穗荆花上昂首祈祷一动不动。

我悄悄走过去，想从背后活捉螳螂玩耍一番。突然，一只细腰大马蜂晃晃悠悠落在了面前的荆花上。仔细一看，是马蜂捉住了一条“尺蠖”，正抱着虫子厮咬吞食。祈祷的螳螂霎时激动起来：只见它张开螳斧，跷起肚子，双翅渐渐展开，微微晃着身子向马蜂一点一点移动。近了，近了……突然，一只螳斧钩砍过去，马蜂连同尺蠖，一下子被夹在螳斧合闭的尖刺中！马蜂大吃一惊，一边拼命挣扎，一边本能地用肚子上的毒刺向四周胡乱刺蜇。螳螂尽管英武，但若被马蜂毒刺蜇中，肯定会一命呜呼。此时的螳螂并不慌乱，而是收紧高扬的螳斧，让螳斧上的尖刺一点点刺入马蜂体内，然后用它锋利的牙齿，去咬食马蜂的脑袋。不幸的马蜂因为被锋利的螳斧挟持在半空，肚子上的毒刺无法发挥作用，渐渐在螳螂的噬咬中丧了性命。这只马蜂连同那条尺蠖一起成了螳螂的大餐。

螳螂在与马蜂的恶战中之所以能取胜，除了迅雷不及掩耳的动作，还有螳斧的尖刺和铠甲。螳螂的两把大刀，内侧有两排锋利的倒刺，外表有一层坚硬的铠甲，马蜂的毒刺根本无法刺透。在与马蜂的搏斗中，它只要保护好前胸、肚子等柔软部位，便能出奇制胜。

螳螂和人类中的食人部落一样，有同类相残的习性。大小螳螂相遇，小螳螂如躲避不及，便会成为大螳螂的美餐；一对螳螂相爱交配，公螳螂也往往会成为母螳螂的大餐。

中秋以后，天气渐渐变得凉爽，螳螂的交配季节也到了。母螳螂长得体态丰满，比公螳螂的个头要大出许多。情投意合的一对螳螂谈情说爱后，开始相互交尾、共度甜蜜时光。然而，就在这惬意的时刻，母螳螂往往会回转过头来，毫不客气地将公螳螂一口口吃掉！

奇怪的是，此时的公螳螂，不知是被交尾的甜蜜所陶醉，还是甘愿为爱妻殉情，竟然不做任何实质性的反抗，任凭妻子将自己一点一点“凌迟”。

母螳螂为什么要吃掉公螳螂呢？昆虫学家解释说：这是螳螂

▲螳螂与小蛇在大战后取胜并开始啃食小蛇

为繁殖后代的一种本能行为。由于受孕的母螳螂产卵时要消耗大量营养，似乎总处于饥饿状态，所以它必须尽一切手段尽可能多地获取所需的营养。公螳螂交配后很快就会死掉，为了充分利用这一营养资源，母螳螂吃掉它也算是一种“废物”利用。

螳螂不仅捕食其他昆虫，有时甚至敢与小蛇、蜥蜴等爬行动物一拼死活。曾经看过这样一则视频：一条筷子粗细的小蛇试探着要捕食一只绿螳螂，却被螳螂两把带刺的大刀死死夹住。小蛇扭曲着拼命挣扎，但最终还是被绿螳螂一口一口咬开皮肉，成了螳螂的大餐。

3

螳螂产卵的方式很奇特。深秋以后，大肚子的母螳螂开始寻找合适的产卵场所。

蚂蚱一类的昆虫多在地下产卵。找个较松软的地方，用产卵器在地上钻个洞，随后把卵块产在地下。

螳螂不是，要专门找灌木或树木，把卵产在枝干上。桑树、枣树、山荆的等枝干都是它们最喜欢的产卵场所。

在少有遮盖的树枝上产卵，难道不怕被鸟兽等天敌吃掉吗？原来，聪明的螳螂自有一套办法。

螳螂产卵很壮观：产卵前，它先从腹部产卵管中分泌出一种白色的黏液，接着用尾部的两个瓣膜一开一闭搅动黏液，打进空气，使黏液形成泡沫状，然后才开始在泡沫中产卵。产一排卵，就盖上一层泡沫。就这样，卵被一层层泡沫保护起来。产卵后卵块外表的泡沫黏液很快干涸凝固，进而形成一层坚固的保护壳，鸟儿们很难把外壳啄开。

螳螂的卵中医称之为螵蛸：生于桑树上叫桑螵蛸，生于枣树、荆枝上的叫螵蛸。据说，螵蛸可用来医治腹痛、湿疣、淋病、气喘、膀胱肿大、胆囊发炎、坐骨神经疼等疾病。

螵蛸外表坚固，封闭良好，不怕严寒，能保护里面的卵平安度过冬季。

待到来年初夏，螵蛸里的卵粒便开始孵化。刚孵化出的小螳螂叫若虫，瘦小而娇嫩，大多数会成为其他昆虫和鸟类的猎物。

4

螳螂尽管是昆虫中的顶级杀手，但其弱小时也很容易成为其他昆虫或鸟兽的美餐。

螳螂一生要经历七八次蜕皮才能长大，所以，1枚螵蛸所孵化的百余只若虫，只有几只能长到成年。

“螳螂捕蝉，黄雀在后”，是说螳螂能够捕捉像蝉那样的大型猎物，而自己也会成为鸟雀们的食物。

在野外，螳螂的天敌还有山蜥蜴。螳螂遇见了山蜥蜴，会本能地举起大刀，翘起肚子，扇动双翼，发出“呲呲”的威吓。但山蜥蜴并不害怕，而是停在螳螂大刀的攻击范围之外静静观察、选择角度。待螳螂翅膀扇累了、警惕降低了，蜥蜴突然扑上去咬

▲螳螂肚子里寄生的黑色铁线虫

住螳螂，继而迅速吞入到口中……

平时，螳螂虽然可以猎捕蜜蜂、马蜂之类的可怕昆虫，但其产卵时又往往会成为山蜂的俘虏。产卵时，螳螂由于把全部精力都用在了排卵和筑巢上，完全失去了戒备和抵抗能力。狡猾的山蜂便乘虚而入，将尾刺刺入螳螂的肚子，然后尽情享用这丰盛的大餐。

螳螂的怪异，还在于它们的肚子里有时会滋生一种细长的黑色铁线虫。

晚秋时会捉一些大肚子母螳螂玩耍，偶尔会发现一条黑色细长的虫子从螳螂肛门蜿蜒而出。待虫子全部排出，那长度简直让人惊愕：足足超过了20厘米！虫子在地上慢慢翻滚着，犹如扭动翻转的一团黑铁丝，长度超过了螳螂体长的两三倍！

真让人想不通，如此超长的寄生虫是怎么在螳螂的肚子里生存下来的！

童年时见过的这种怪现象后来又见过多次。螳螂为什么会生出如此恐怖的寄生虫呢？

我寻思，或许是螳螂自生的？或许是猎食其他动物时吞吃了这种虫卵？就像我们人吃了“豆猪肉”会感染绦虫病，吃了带有丝虫卵的生鱼片会感染丝虫病一样。

查阅资料后才得知，这种寄生虫叫“铁线虫”，专门寄生在节肢动物体内，其成虫产卵在水中。螳螂饮水时喝入这种虫卵后，卵便在其肚子中孵化为稚虫。稚虫不断吸食螳螂的营养，并用外皮分泌的消化酶慢慢溶解螳螂的内脏，经多次蜕皮后成长为20多厘米长的成虫。成虫会驱动螳螂到有水的地方跳进去，然后排出铁线虫后死亡；而铁线虫则会趁机进入水中完成繁衍产卵的最后过程。

怪异的螳螂，怪异的铁线虫，各有生存之道，真让人大开眼界。

科普链接：螳螂，亦称刀螂，为节肢动物门、昆虫纲、螳螂目、螳螂科食肉性昆虫。人们见其总是举着一对前肢如同在祈祷，故又称它们为“祈祷虫”。是农林、果树害虫的重要天敌。其动作灵敏，捕食仅需0.01秒，以有刺的前足“螳斧”牢牢抓住猎物，然后将猎物吃掉。世界各地均有分布，热带地区最多。全世界约有2000种，中国约有100种。个别品种有孤雌生殖的能力。

骗人的母螳螂

螳螂是一种不完全变态昆虫，从卵里孵化出来以后，小若虫就与成虫很相似了。随着身体不断长大，小若虫一次次蜕皮，每蜕一次皮便成长一龄。雌若虫一般要蜕7~8次皮，雄若虫一般要蜕6~7次皮。大约8月上旬以后，螳螂若虫经过最后一次蜕皮，开始变为成虫。

之后，它们会寻找配偶交配产卵，继而陆续死亡。个别顽强的成虫能够活到10月底到11月初。

1

国庆假日后一家人自青岛返回北京，车开到德州服务区下车休息时从草地中意外捉到一只近10厘米长的绿色大螳螂。

由于被抓住了脖颈，尽管三角形小脑袋左右转动，两把大刀在空中连连舞动，也毫无意义。

这只螳螂立刻引起了我的注意：除了身长体壮以外，最突出的就是那大而略扁的肚子，分明是一只快要临产的母螳螂。深秋将到，正是螳螂们产卵的好季节。我决定把螳螂带回家饲养一段时间，让家人亲眼观赏一下螳螂产卵的过程。

路上下起了大雨。儿子开车，我坐在副驾驶的位置上，母螳螂在我手上、胳膊上、肩膀上爬来爬去，后面的孙儿不时告诉我螳螂在哪里。

刚过了天津收费站，天下起大雨，千百辆小轿车把公路堵成了绵延十几里的超级停车场。幸亏有动画片和大螳螂轮流哄逗着，3岁多的孙儿才与我们一同熬过了烦恼的3个小时的等待！

回到家门口，匆匆忙忙从车上拿东西、躲大雨。待回到屋里后才发现，大螳螂不见了。顿时有些遗憾和懊恼，一路上与螳螂相伴，怎么到家反把它弄丢了？

然而，脱外衣时才发现，大螳螂竟然趴在我的肩头上！孙儿很高兴，要把大螳螂与塑料盒里养着的绿蝈蝈放在一起。

我告诉他："这可不行，两个家伙都是食肉昆虫，放到一起说不定谁把谁吃掉了呢！"

阳台上养着一盆兰花、一盆榕树盆景和一盆君子兰。花盆里曾有小蠓虫繁殖。于是，我把大螳螂放在了君子兰上：一来想让它帮助我们消灭蠓虫，二来也是为它找个栖息场所。

几天以后，我发现自己的想法很不切实际：大螳螂喜欢捕捉蛾蝶类幼虫或蚂蚱之类的大型昆虫，对于那些微小的蠓虫，除非落在嘴边，否则并不感兴趣。也是，小小飞虫要捕捉多少才能填饱肚子啊！

大螳螂似乎很尽职，几天中一直在花盆的绿植上爬行游走，分明也是在寻找猎物，但令它失望的是这里根本没有能捕捉的东西。

▲大肚子绿螳螂

▲绿螳螂捕捉到蝗虫

看着大螳螂一天天消瘦我感到很焦急：如此下去，别说产卵，就是活下去恐怕都难。一定得想办法让螳螂吃到东西！

想去外面捉一些蛾子、虫子之类喂螳螂，可深秋以后，草坪和绿植中已很难发现蛾虫的踪影。

突然想到了冰箱冷藏的牛肉。螳螂是食肉昆虫，牛肉是高级肉食，切下一小块喂它岂不解决了难题？

我迅速找出牛肉，用刀切下指甲盖大的一块，先在手掌中焐化、焐热，然后兴冲冲来到阳台把肉送到螳螂嘴边。满以为它会立即大嚼一番，但螳螂毫不领情，反而转过头迅速退却，躲到一片君子兰叶子的后边。

凭以往的经验，我知道螳螂是很贪吃的，为了吃食甚至不顾一切；即使被捏住了脖颈，蚂蚱被送到嘴边也会毫不犹豫大嚼起来。看来这是一只胆小矜持的螳螂。

我只好叹了口气，把牛肉放在了君子兰的叶片上。

晚上，突然想起了那块牛肉，便急忙去了阳台：啊，牛肉不见了，查遍了君子兰叶片和花盆都没有，显然牛肉被螳螂悄悄吃掉了。这些天它一定是饿坏了。

我感到很兴奋，有了冰箱里的牛肉，有了今天的实践，大螳螂应该不会饿肚子了。

然而，事情并非像我们想象的那样顺利。在以后的几天里，我照旧每天把小块牛肉放在君子兰的叶子上，但大螳螂并没有来继续赏光。难道它对牛肉失去了兴趣?

2

不吃东西，缺乏营养，母螳螂是很难产卵的。我必须想出个办法来。

这天早晨，晨练回来的路上我捉到一只小飞蛾。回家后我立即来到阳台，准备“犒劳”母螳螂。但找遍了阳台上下，也没有见到它的踪迹。阳台窗户关得好好的，它不可能从阳台逃出去。难道它蒸发了不成?

连续两天我天天去阳台巡视，希望能有惊喜发现，但奇迹始终没有出现。

第三天，就在希望渺茫时，我突然发现了这只母螳螂：原来，它顺着阳台窗帘爬到了顶部的窗帘杆上!

这家伙竟然学会了捉迷藏！可它为什么要爬到窗帘杆上去呢？那里有什么诱惑吗?

仔细巡视阳台顶部，我突然发现了其中的秘密：原来，阳台顶部的边角上由于长时间没有清扫，结下了许多小蛛网。每个蛛网上面都潜伏着一只小蜘蛛。它们靠捕捉花盆滋生的蠓虫生活。母螳螂是发现了阳台顶有蜘蛛，才爬到窗帘杆上把蜘蛛当猎物了!

真是个神奇的世界，小小阳台居然构成了一条意想不到的食物链!

看螳螂捕蜘蛛让人感到很残忍：顺着阳台顶倒仰着一点一点

接近蜘蛛网，蛛网上的主人立即变得警觉起来。就在蜘蛛转动身体试图从网丝撤退的一刹那，螳螂的大刀以迅雷不及掩耳之势砍下去，蜘蛛转眼被夹在了折叠的大刀中……接着就是大吃大嚼，蜘蛛很快没了踪影。

看到这一幕，我一下明白了螳螂拒绝牛肉的原因：君子兰上的牛肉是静止的，而螳螂只对移动物体感兴趣，这才爬到阳台顶去捕捉小蜘蛛了。

可阳台顶上小蜘蛛毕竟少得可怜，靠捕捉它们维持生命简直不可能。我必须继续为母螳螂提供其他食物。

螳螂爱吃活物。为它捕捉的蝇、蝶、蚂蚱、肉虫等猎物必须是活的，且要控制它们无法逃走。

按照这样的要求，我把捕捉来的蠓虫、飞蛾、苍蝇等昆虫或剪去翅膀，或弄掉后腿，使其能够爬动，但又不能逃走，然后放进一个有较高盘沿的塑料盘里困住这些猎物。

母螳螂对这一举措似乎很买账，果然经常到食盘中去巡视“捕猎”了。

那一次，我刚把从花椒树上捉来的一条2厘米长的小青虫放进去，它便顺着窗帘下到盘中。

见到快速爬动的小青虫，母螳螂立刻振奋起来。它几步抢上去，用大刀“啪”地夹住了小青虫。受惊的小青虫立即翻滚卷曲，拼命挣扎，弄得母螳螂有些慌乱，竟松开了小青虫。小青虫拼力蠕动着想逃脱，但身体被螳刀的尖刺刺破了，流出了绿色的血液。大约被这血腥所刺激，母螳螂再次追了上去。就在小青虫伸展身体的一刹那，两把大刀同时劈下去，小青虫被锋利的双刀死死钳住，再也无法翻卷！母螳螂从青虫尾部开始吃起，一段一段，一直吃到了青虫的脑壳……前后只用了十几分钟。

深秋已至，为螳螂捕捉猎物的任务越来越艰难，有时一天也抓不到一只活物。母螳螂仍然没有要产卵的征兆，且行动越来越迟缓，精神也明显萎靡不振。

接到作协通知要去参加一次会议，我只好把照顾螳螂的任务暂时交给了老伴。

会议期间，华北地区连续大风降温，白天气温突降到5℃，夜里甚至发生了霜冻。我担心阳台上的母螳螂会被冻死。

果然，开会回来后，老伴遗憾地告诉我：10月27日那天早晨，母螳螂死了，至死它也没有产卵……

手托着母螳螂的尸体细细查看，它的肚子已变得干瘪褶皱，全没了要产卵的迹象。

我突然感到自己受骗了：螳螂产卵的时间多在9月，而这只螳螂被抓时是10月7日，会不会是一只已经产完卵的母螳螂？

解剖螳螂的肚子，果然没有看到一点卵块的痕迹。

看来我真的上当了。

当然，也不能排除母螳螂因食物不足，消化了腹内的卵囊而自保的可能。

总之，这成了一个不解之谜。

蝼蛄拾趣

蝼蛄，家乡人叫“蝲蝲蛄”，属于昆虫纲、直翅目、蝼蛄科昆虫，有大有小，小的体长二三厘米，大的能到四五厘米，绝大部分时间生活在地下，是危害庄稼根茎的重要害虫。据资料介绍，全世界蝼蛄有50多种，而我国有5种。京郊地区常见的蝼蛄是华北蝼蛄。

为什么叫“蝼蛄”呢？

明代医药学家李时珍引用《周礼注》中云：蝼，臭也。此虫气臭，故得蝼名。蝼蛄穴土而居，有短翅四足。雄者善鸣而飞，雌者腹大羽小，不善飞翔。

蝼蛄实际是有6条腿的，李时珍说蝼蛄有“四足”，是指胸部一对中足和胸腹结合部的那对后足，除去了最前面的那对变异铲形足。

蝼蛄善于掘地，前端粗壮的铲形足到末端变得扁而宽，并进化出4个尖利的钯齿，犹如鼹鼠的前爪，非常适于在地下挖洞、掘进和生活。

▲蝼蛄的铲形足善于在地下掘洞

蝼蛄的身体为茶褐色，腹部为灰黄色，两头尖的身体非常有趣。头部很小，长着一对触角、一对小眼睛，还有咀嚼式牙齿；胸部很大，呈圆筒状，且外面包着一层坚硬的“铠甲”；筒状腹较长，占身体的二分之一，甚至超过了头胸部；胸背甲后长着一短一长两对翅膀，前翅较短，仅到腹部中央，后翅较长，超过了整个腹部，为透明的膜质，平时折叠成长而尖的尾状……加上那对结实有力的铲形足和两对带尖刺的腿，给人一种威武、健壮的感觉。

蝼蛄能飞但不善飞，爬行速度较快，善于挖洞钻营，稍一愣神儿，它们就会钻进土中或缝隙里，想抓住它们不那么容易。

抓蝼蛄时最好手脚并用，发现踪迹立即出击，或用脚踩，或用手扣，抓住后立即用手指捏住胸背甲，使它们的“铲子”和带刺的腿无法发挥威慑和伤害作用。

蝼蛄的身体很有韧性。记得有一次锄地，地里突然蹿出了一只蝼蛄，便伸手去扣。就在要捏住蝼蛄脊背的一刹那，它突然翻过身来对我的手指又抓又咬。情急之下，另一只手上去抓住蝼蛄就扯，居然把它的头胸与腹部扯断了！

扯断的腹部明显凸出一根白色针状物。二叔指着说：“看看，这是朱元璋赐的‘葛针’，‘蝲蝲蛄’的身子就是朱元璋用圪针给接起来的……”

接着，二叔就讲起了“蝲蝲蛄”救驾的传说：

有一天，朱元璋被元兵追赶，跑到一个正在耕地的老农跟前。四周一片平地，根本无处躲藏，朱元璋急忙向老农求救。老农灵机一动，让老牛迅速深翻出一个犁沟，叫朱元璋躺在沟中，在上面盖上一层浮土。元兵追到此处，果然没有发现，便继续向前追赶。朱元璋躺在土中憋得不行，突然有一只蝼蛄在他鼻孔附近挖了个小洞，他这才喘过气来。官兵走远以后，老农帮助朱元璋从土中爬了出来。

朱元璋出来后，发现了那只曾在他脸上爬过的蝼蛄，心里很恼火，嘴里说："作死的蝼蛄，爷爷遭难，你还爬到脸上相欺？"说罢，抓住蝼蛄将它拦腰扯断。老农见了立即责怪说："你这人真是恩将仇报，没这蝼蛄挖个气孔救了你性命，你还不被憋死吗？"朱元璋听了后悔不已。看着身首异处的蝼蛄，他顺手从一棵酸枣树上掰下一根长针，把蝼蛄的头和身体插在一起，然后跪地祷告说："蝼蛄神虫，救我性命；误伤于你，恳请谅行；祈求上天，赐福重生。"果然神奇，那只蝼蛄真的爬起来活了。接着，朱元璋封赐它可食五谷根茎，蝼蛄便冲朱元璋和老农拜了拜，然后钻入土中。

据说，从那以后，蝼蛄的胸腹结合部就有了这样一根"硬刺"连接；庄稼的根茎也任由蝼蛄啃食了。

这则传说很有想象力，既为蝼蛄断腹的"硬刺"找到了形成依据，也为蝼蛄啃食庄稼根茎找到了"天赐"理由。我猜测，分明是人们对蝼蛄危害无可奈何的一种精神自慰吧？

后来才知道，"蝼蛄救主"的传说有多个版本，有讲刘邦的，有讲朱元璋的，内容大同小异，二叔讲的是其中一个。

蝼蛄是一种有古老记载的鸣虫。

《逸周书·时讯解》中说："立夏之日，蝼蝈鸣。又五日，蚯蚓出。又五日，王瓜生。"是说蝼蛄立夏之后便进入鸣叫繁殖季节。而《古诗十九首》的《凛凛岁云暮》一诗中的"凛凛岁云暮，蝼蛄夕鸣悲"，是说深秋时节蝼蛄仍在悲鸣。这表明自立夏开始至深秋，蝼蛄的鸣叫一直在持续。

但鸣叫的蝼蛄都是雄虫，靠翅膀镜室震动摩擦发出声音，这与蝈蝈、蟋蟀、知了一样。由于前翅较短，后翅尖长，翅上的发音镜很不完善，仅以翅上的对角线脉和斜脉为界，形成一个长三角形镜室，所以蝼蛄发出的声音较为单调，多为重复不停歇的"咕噜噜噜噜噜噜"之声或是间断的"咕噜噜噜噜噜噜"之声，

▲田地里的蝼蛄

给人一种莫名奇妙的忧伤之感。

蝼蛄主要在晚间活动。立夏以后，雄蝼蛄用翅膀镜室摩擦“唱”出响亮的情歌，招呼和吸引雌蝼蛄前来幽会。雌蝼蛄如果被情歌所打动，便会姗姗地爬到雄蝼蛄身旁与之结为“夫妻”。

由于危害庄稼，乡人们自然讨厌蝼蛄：发现了成虫就直接消灭，听到蝼蛄的叫声就会想到庄稼被害的情景，与蝼蛄的战斗也延续至今。为此，乡人们就有了这样的俗语：“听‘蝲蝲蛄’叫，还不种庄稼了？”意思是说不必顾忌蝼蛄的危害，该种什么就种什么，不被干扰所阻碍。

20世纪六七十年代，生产队曾利用昆虫的“趋光性”于夜间在田地里悬挂黑光灯诱捕蝼蛄成虫。

黑光灯能发出一种人眼看不见的紫外线光，具有很强的诱虫作用。由于昆虫的复眼对这种紫外线非常敏感，强烈的趋光性使许多害虫纷至沓来，或触电死亡，或落在灯下的水盆中被毒液杀死。利用黑光灯诱杀害虫，效率高，没污染，深受乡人欢迎。可惜分田到户后，很少有人再使用这种方法诱杀害虫了。

据说，昆虫学家还发明了用录音机先将雄蝼蛄的情歌录下来，然后于晚间在田地中播放的诱捕方法，招引得许多雌蝼蛄纷纷前来而被抓获，成为送上门的中药材。但昆虫学家们发现，如果把北京蝼蛄的情歌录音带到河南播放，却无法得到当地雌蝼蛄的青睐——原来蝼蛄也有地域“方言”，河南蝼蛄是听不懂北京蝼蛄情歌的。

▲京郊的蝼蛄

蝼蛄是一种不完全变态昆虫。

变态，是昆虫生长发育过程中的重要现象。依据发育过程中是否有蛹期，昆虫被划分为完全变态与不完全变态两大类。

完全变态昆虫一生要经历卵、幼虫、蛹和成虫4个阶段，幼虫与成虫在外观上有较大的差别。比如毛虫结茧化蛹后最终会羽化为成虫蛾子，蛴螬结茧化蛹后最终会羽化为成虫金龟子。蜜蜂、蚂蚁、苍蝇、蚊子、蝴蝶、蛾子及各种甲虫都属于完全变态昆虫。

不完全变态昆虫最显著的特点就是没有蛹期，一生只经历卵、幼虫和成虫三个阶段。幼虫时的蝼蛄与成虫形态相似，只是身体较小，生殖器官尚未发育成熟，翅膀尚未长成，经过数次蜕皮后便长大为成虫。蝗虫、蜻蜓、蟋蟀、蝼蛄等都属于不完全变态昆虫。

蝼蛄一生的大部分时间在地下生活，吃新播下的种子，啃咬农作物的根部和嫩茎，使农作物根系受损并与土壤分离，致使农作物失水而死。各种谷物、蔬菜、树苗乃至其他植物的根茎，都是它们取食的对象。蝼蛄对农作物的幼苗危害尤其严重，常常使整株的幼苗枯萎死亡，其危害程度甚至超过蛴螬和小地老虎。

它们潜行于土中，啮食庄稼的根系，在地下十几厘米的深处挖掘出多条“隧道”。它们除了正向前进，还能倒退疾走，因而能在地下隧道网中行动自如。

蝼蛄们还是游泳的高手。掉到水里，它们会摇头摆尾移动着身子，划动着宽大的一对铲形足，俨然一个游泳健将。此外，它们身上还有一层防水油脂，能帮助它们轻松浮在水中。

雌蝼蛄在土中挖穴产卵，一窝卵可达数十粒。小蝼蛄孵化以后，雌蝼蛄会担负起保护的职责，直到第一次蜕皮后小蝼蛄才开始独立生活。

记得20世纪六七十年代在村里整大寨田，深翻土壤时曾挖出成窝的小蝼蛄，密密麻麻让人震惊。孩子们点燃了一抱荒草，小蝼蛄便被“噼噼啪啪”烧死了。

雌蝼蛄有很强的护子意识。若有食肉的蜈蚣、蝎子想打劫幼虫，雌蝼蛄会冲上去与其拼死大战。

记得一个初夏，为生产队夜间浇麦地，马灯挂在一棵杏树枝上。突然听到树下一块石头附近发出了“沙沙”的响声。以为有蛇或刺猬通过，便小心翼翼地摘下马灯晃着去看——原来是一只蝎子正与一只蝼蛄滚在一起！蝎子试图用前螯夹住蝼蛄的铲形足，并用弯曲过来的尾巴将毒针一次次刺向蝼蛄脊背，但都被那浑圆的背甲挡了回来。蝼蛄的铲形足似乎更加有力，推挡击打着蝎子的双螯，让它无法抓住自己。连续几个回合的大战后，蝎子大约感到很难制伏对手，便绕了两个圈子，悻悻离开了。

第二天早晨，翻开树下的石头观看，一窝小蝼蛄就躲在石头下的巢穴里——那只大蝼蛄仍守在洞口保护着自己的孩子！这次例外，我和同伴竟放过了这窝蝼蛄母子。

到了冬天，蝼蛄会挖出两三尺的深洞躲避严寒。记得冬季整大寨田，挖出的蝼蛄，都是头朝下方、蜷缩不动的，它们已进入短暂的冬眠期。

蝼蛄是一味很好的中药，赤脚医生说有利尿、消肿、解毒的功能，能治疗水肿、淋病及跌打损伤、脓肿疮毒等病症。

乡人们抓到蝼蛄会晒干卖到公社收购站。但蝼蛄很机警，在野外抓捕很不容易。当你循声悄悄接近，哪怕有微微声响，它们也会停止鸣唱，让你失去探寻目标；况且，即使明确了方位，跟踪挖掘，它们十有八九也会从地下隧道网中顺利逃脱。

如今，随着化肥、农药的大量使用，野生蝼蛄的数量已急剧减少。

为了获得必要的蝼蛄药用资源，人们不得不去人工饲养。

科普链接： 蝼蛄，俗名耕狗、蝲蝲蛄、扒扒狗、土狗子，东北称为地蝲蛄，为昆虫纲、直翅目、蟋蟀总科、蝼蛄科地下昆虫。触角短于体长，身体梭形，前足为特殊的开掘足，有尾须。雌性有产卵器，雄性覆翅具发声结构。背部呈茶褐色，腹部一般呈灰黄色，根据其生存年限的不同，颜色有深浅变化。生活在泥土中，昼伏夜出，吃农作物根茎。2～3年一代，以成虫和若虫在土内筑洞越冬，掘洞可深达1米至数米。全世界已知约50种。中国已知5种，分别为华北蝼蛄、东方蝼蛄、金秀蝼蛄、河南蝼蛄和台湾蝼蛄。

蚂蚁的奇异本能

蚂蚁属于昆虫纲、膜翅目、蚁科类昆虫，全世界已知有10000多种，中国有600多种。

在人类看来，蚂蚁是微不足道的小动物，但它们遍布各地，数量众多，具有许多让人惊叹的本能，许多方面值得我们敬畏、学习和研究。

从电视纪录片上看到，在热带雨林中，食肉行军蚁浩浩荡荡、所向披靡，能将所经地区的大小动物全部啮食成一堆白骨；食蘑菇的切叶蚁忙忙碌碌、紧张有序，能把一棵棵大树的叶子切成一小片一小片，然后搬运到巢中堆积起来做蘑菇生长的温床；几乎能啃食和消化所有植物的非洲白蚁，能建起高高的蚁冢，在干旱的荒原筑成奇特的生命林场，为食蚁动物酿造了珍贵能量……

京郊地区虽然没有这些令人惊悚和惊叹的蚂蚁种类，但认真观察和研究见到的大黑蚁、小黑蚁、黄蚁、小黄蚁等，也会让人大开眼界。

1

蚂蚁是一种古老的昆虫。化石研究表明，蚂蚁与恐龙大约属于同一时代，距今已有1亿多年。中国最早的辞书《尔雅》中就有多处关于蚂蚁的记载和解释。

李时珍的《本草纲目》更是记述了蚂蚁的特点："蚁处处有之，有大、小、黑、白、黄、赤数种，穴居卵生。其居有等，其行有队。能知雨候，春出冬蛰。"

▲小蚂蚁肢解大蚂蚁

这段话概括了蚂蚁的德仁大义：有明显等级，有良好纪律，以及冬蛰、春出、好战、玄奔、知雨候、善挖掘等特点。

蚂蚁为典型的母系氏族社会。一个蚁群一般由蚁后、雄蚁、工蚁和兵蚁组成。蚁后也称母蚁、蚁王，触角短，胸足小，交配后脱翅，在群体中体型最大，腹部生殖器发达，主要任务是不间断地产卵、繁殖并统管整个大家庭，使蚁群始终保持蚁丁兴旺，与蜜蜂群体中的蜂王极为相似。雄蚁又称父蚁，与蚁后相比不但个头小，且上颚不发达，触角细长，有发达的外生殖器，主要职能就是与蚁后交配，交配后不久即死去。工蚁又称劳蚁，是不发育的雌性，在群体中个头最小，但数量最多，能相互合作，上颚、触角和三对步足十分发达，善于步行奔走，主要负责建造巢穴、采集食物、喂养幼虫和蚁后，几乎每天都在忙碌收集食物，以保证蚁群的成员有足够的吃食。兵蚁也是雌蚁，但没有生殖能力，个头较大且上颚发达，能咬碎坚硬食物，在保卫领地和群体的战斗中充当先锋和主将角色。

蚂蚁是动物中出色的建筑师。工蚁们利用一对大牙向地下挖洞，将一粒一粒沙土顽强地搬运出洞口，不辞艰辛建成了大小不一、深浅不一的各式蚁穴。

20世纪60年代学大寨，村里深翻土地造大寨田，我们曾挖穿过大黑蚁的蚁穴。在靠近地面半尺深上下，开始发现弯曲的蚁道和横向的蚁室。随着蚁道向下延伸，蚁室相对增加，并发现了白白的、成堆的蚂蚁蛋和体如胡蜂般的蚁后。纷乱的蚂蚁们尽管受到了灭顶威胁，但仍然不顾一切抢救蚁蛋，去簇拥保护蚁后……

蚁穴选址一般在较高的地方，且要有着良好的排水和通风条件。每个蚁穴都有多个出口和入口，出入口四周有像火山口那样的环形小土丘护卫。巢穴里温暖潮湿，每个巢室功用明确，育儿室和蚁后的产房拥有足够的空间。适宜的深度和地下结构表明，蚁穴可以防雨、防湿，也可以防止过度干燥，能保持库存的“食粮”不至于霉变。

蚂蚁有预知天气的特殊本领。俗话说：“蚂蚁搬家蛇过道，眼看大雨要来到。”大雨来临之前，蚂蚁们会本能地感到要下大雨，蚁穴已不能抵御即将来临的暴雨，必须立即将蚁穴迁往更安全的地点。于是，我们便会看到，忙忙碌碌的蚁群衔着蚁蛋举家搬迁的壮景。

正是有了蚁后非凡的生育能力，有了蚁群们的智慧和艰辛劳动，有了预知天气的特殊本领和卓绝的不怕牺牲、不屈不挠的团队合作精神，才使得渺小的蚁群在世界各地绵延不绝。

2

蚂蚁的行走速度在动物界堪称奇迹。笔者曾做过一个测量实验：身长0.8厘米的黄蚁，10秒钟行走的距离大约为2米。2米是200 厘米，用200厘米除以蚂蚁的身长0.8厘米，结果是250——也就是说，蚂蚁10秒钟的爬行距离相当于自身体长的250倍。

世界短跑超级巨星飞人博尔特，身高1.96米，2009年在柏林世锦赛男子100米比赛中，以9秒58的成绩夺冠，刷新了世界纪录。跑完100米用了将近10秒钟，若用100米除以博尔特的身高1.96米，得出的数字是51倍。也就是说，超级飞人博尔特拼命奔跑，10 秒钟也只跑出了相当于自己身高51倍的距离。而黄蚁呢？则可以用平时行走的速度，在10秒钟内轻易“走”完自己身长250 倍的距离！其速度之快是不是让所有陆行动物中的佼佼者都相形见绌？

蚂蚁不但跑得快，而且是非凡的大力士。虽然是动物界的小个子，可它们能举起相当于自身体重数十倍的物体，能拖动自身体重上百倍的东西。我们常看到一只小蚂蚁举着或拖着一只大苍蝇在艰难移动。而奥运举重冠军所举起的重量最多也不会超过其体重的三倍。两相比较，蚂蚁力量之大是不是让人瞠目结舌？

蚂蚁凭借纤细的6条腿和一对颚怎么会有如此大的爆发力和持久力呢？科学家经过观察、解剖和研究后发现，原来蚂蚁腿部的肌肉犹如高效率的“原动机”，能够产生非凡的力量。而供给“肌肉发动机”的是一种特殊燃料，能在不燃烧的情况下把潜藏的能量释放出来并转变为机械能。不燃烧就没有热损失，其效率自然会极大提高。

而这种特殊“燃料”，是一种十分复杂的磷化合物。人们从蚂蚁腿部肌肉特殊的“发动机”中得到启发，制造出了一种将化学能直接转化为电能的燃料电池。这种电池，利用燃料进行氧化还原反应而直接发电，发电效率达到了70%～90%，大大高于一般电池。

试想一下，如果能把蚂蚁腿部“肌肉发动机”的特殊原理运用到机械设备制造上，那一定会引发一场新的技术革命。这也是现代仿生学令人着迷、充满魅力的根本之所在。

3

蚂蚁的视力很差，几近失明。见到它们急急忙忙在地面上行走，我们会以为它们信马由缰、视野开阔，但实际情况恰恰相反。

那么高的行进速度，走出的距离又很遥远，蚂蚁是凭什么按时回到自己巢穴的呢?

人类出行有指南针，有坐标识别能力，有交通路线图或现代导航仪指引，而蚂蚁靠什么找到回家路线的呢?

原来，蚂蚁在行走过程中会分泌一种特殊的信息素。这种信息素既能引导后面的蚂蚁走相同的路线，也会引导蚂蚁从走过的路线原路返回。也就是说，蚂蚁是在边走边用信息素插“路标”，是靠信息素指引方向、联络沟通、寻找食物的。有了信息素“路标”做指引，蚂蚁走得再远也不会在返回时迷路了。而一旦信息素“路标”受到干扰或破坏，蚂蚁就会惊慌失措，到处乱爬，迷

▲两个蚁群发生了大战，双方战得你死我活

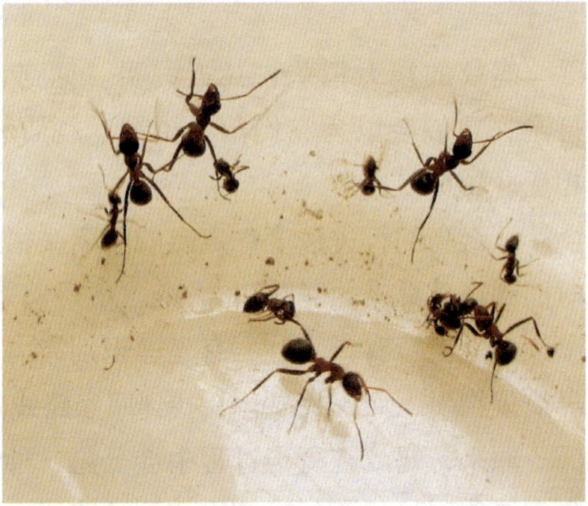
▲小蚂蚁在大战中死死咬住大蚂蚁的腿

失方向。

清明节之前，为了观察蚁狮成茧、羽化的全过程，我在一个小铁桶中放了些细沙模拟野外环境，并捉来4只蚁狮幼虫放到里边饲养。蚁狮以蚂蚁为猎物，所以，我要每天捉回一些小蚂蚁放进小铁桶里供蚁狮捕捉。

但捉蚂蚁不是一件容易的事情。用手去捉，由于蚂蚁爬行速度很快，手指又大又笨，不是抓不准，就是把蚂蚁捏伤。后来，我改用小棍引诱，希望蚂蚁能爬到小棍上，再将其甩进光滑的小塑料罐里。然而，一次次把小棍放到蚂蚁面前，它们左转转、右转转，就是不往上爬，而是转过小棍继续前进。我猜测，一定是小棍上没有信息素，它们才不买账的。急躁中忍不住用小棍故意把蚂蚁前行的路线搅乱或截断。这样一来蚂蚁乱了手脚，慌不择路中便有个别蚂蚁爬上小棍成了“俘虏”。

但这样的捕捉效率太低，也耗费时间。

那一天，突然发现楼前草坪的大柳树的树干上爬着很多小蚂蚁。这些蚂蚁上上下下，沿着一道两三厘米宽的树皮双向互进。顺着蚂蚁向上爬的路线观察，一丈多高的树干分叉处有个腐朽的树洞，蚂蚁们都爬进那里安营扎寨了。

我立刻像发现了新大陆，把柳树干当成了收获蚂蚁的“牧场”。树干很硬，用小棍往塑料桶里拨很容易伤着蚂蚁，便改成了用毛笔刷去扫。这一来效率不但提高了，且避免了蚂蚁受伤。

就这样，日复一日用毛笔刷沿着蚂蚁爬行路线上下扫动，免不了向左、向右有所扩展。我渐渐发现，毛笔刷经常扫动的这一段，蚂蚁上下运行的路线变得混乱了。向上或向下路段，蚂蚁依然走的是原来窄窄的路线，但走到这一段，蚂蚁们行进路线的宽度竟达到了半尺多。我由此推断，是毛笔刷不断向两侧扩展扫动，沾染并扩展了信息素的范围，才使得蚂蚁们爬到这一段时变得混乱且散漫开来。

由此可以推断，蚂蚁的信息素应该是有味道的，是可以沾染并扩展的。

由于同一群蚂蚁身上带有相同的信息素，故它们可以通过触角互碰，沟通并交流信息，这才使得它们能团结协作，共同搬运食物，共同去应对各种困难和敌人。

4

蚂蚁是很典型的社会性动物：彼此间能很好合作，能共同照顾幼蚁，具有明确的劳动分工……这些特点与我们人类相似。

蚂蚁的寿命相对较长，工蚁可生存几个星期甚至数年，蚁后则可存活几年或十几年。但在孤独的环境里，蚂蚁却只能活上八九个小时。

把捉回的蚂蚁倒进饲养蚁狮的铁桶中，半天之后再去观察，大部分蚂蚁变成了卷曲的尸体。这其中多数是被蚁狮捕捉、麻醉、吸食的，但也有一小部分是自己死掉的。

是因为缺乏食物干渴而死的么？我曾在小桶中放入小块水果和吃食，蚂蚁们也曾围过来啃食，但最终也没有坚持到一天就全部死了。

原来，只要脱离了蚁群，离开了自己熟悉的环境，蚂蚁们就会惊慌失措，胡乱奔走，不吃不喝并很快死亡。看来，蚂蚁会因为孤独、忧郁、无助、失望等心理挫折而快速走向死亡。只有当它们回到自己的群体和伙伴中，才会重新恢复勃勃生机。

蚂蚁贪吃蜜露。一些蚜虫的排泄物味道甘甜，是蚂蚁们的最爱。聪明的蚂蚁们便会把这些蚜虫保护、饲养起来，在大树上开辟出一个个蚂蚁“牧场”。

楚汉相争之时，张良曾撒下饴糖引诱蚂蚁闻糖而聚，并汇成了“霸王自刎乌江”6个大字。兵败乌江的霸王项羽见此以为是天意，不禁仰天长叹“天之亡我，我何渡为”，于是横剑自刎。蚂蚁也由此成为改变中国历史进程的小小昆虫。

蚂蚁绝对忠诚自己的群体，其战斗精神、牺牲精神、不屈不挠精神即使是我们人类也无法与它们相比！

我曾多次目睹蚂蚁之间的群体大战：可能为了领地，可能为了食物，可能为了抵御侵略，千万只蚂蚁胶着在一起，抱着、咬着、滚着，漆黑了地面，拉成了黑色战阵，常常一战就是数个小时，甚至一两天！当战争结束，便是蚁尸满地，惨不忍睹，许多蚂蚁是抱在一起同归于尽的。

面对大小不同的蚂蚁种类，如果问是大蚂蚁厉害，还是小蚂蚁厉害，许多人回答肯定是大蚂蚁厉害。但事实并非如我们想象的那样。

曾经将几只体长0.8厘米的大个黄蚁与几只身长只有0.4厘米的小黑蚁共同放在一起。纷乱中几乎每只黄蚁转眼间就被小黑蚁咬住了1条腿。接着就是一对一或二对一的厮杀。大个黄蚁千方百计弯回身子想咬住小黑蚁、摆脱小黑蚁，但小黑蚁就像粘在了腿上，咬不到也甩不开。无可奈何的黄蚁只能拼命奔逃，想用飞速的奔跑拖垮小黑蚁。但小黑蚁蜷成一团，至死也不放嘴。最终结果是，大黄蚁跑死了，小黑蚁被拖死了。死后，两只蚂蚁仍然牢牢纠缠在一起！

一往无前，为种群拼命，为种群义无反顾战死牺牲——这就是蚂蚁的本能，也是蚂蚁令人钦佩的精神与血性！

在这一点上，我们许多人都会感到震撼、汗颜和自愧不如！

科普链接：蚂蚁为节肢动物门、昆虫纲、膜翅目、蚁科类昆虫，品种繁多，世界上已知有11700多种，21个亚科、283个属，中国已确定的蚂蚁种类有600多种。一般分有蚁后、雄蚁、工蚁和兵蚁。其幼虫由工蚁喂养。亦有无性繁殖的品种。工蚁可生存几个星期，有的能达到数年。蚁后则可存活数年甚至10年。一个蚁巢在一个地方可延续几年甚至十几年。同窝蚂蚁能合作照顾幼体，合作捕猎，是出色的社会性昆虫。蚂蚁还是天生的建筑专家，蚁穴内有许多用途各异的分室，内部通道四通八达。

探秘树蚁

在京郊大地上，蚂蚁是最为常见、数量最多的昆虫。

北方干旱，雨水较少，湿度也小，加上夏天炎热，冬天寒冷，所以京郊的蚂蚁多在地下打洞做巢。地下筑巢可以保持湿度、温度，既可避暑，又可御寒。尽管雨水也会威胁洞穴，但蚂蚁们有一套自己的预警和防御系统。它们会在大雨来临之前将蚁穴迁往高处，会在雨后将巢穴中塌陷或滚入的泥土一块块叼出，以保证蚁穴的干燥、整洁和通风。

京郊也有在树上做巢的蚂蚁，那是利用树干上腐朽的树洞。我家门前草坪上有一株大柳树，丈余高的分杈处有一个拳头粗的树洞，里面就住着一窝黑蚁。黑蚁体长不足1厘米，我曾在树干上捕捉黑蚁饲养过“蚁狮”。

而南方呢？在多雨炎热的南方，蚂蚁是怎样生活的呢？

1

近些年，老伙伴们连续几个冬季都选择到福建上杭金秋公寓小住：一是为了躲避北京的雾霾；二是为了享受南方的温暖。

到上杭以后，在公寓大院内遛弯，却看不到司空见惯的蚂蚁。难道是气温偏低这里的蚂蚁也休眠了？

紫金公园与公寓相隔仅数百米，是公寓旅居老人们时常光顾的场所。公园占地1680亩，山青林密，鸟语花香，是集健身锻炼、休闲娱乐于一体的综合园林。公园中心是碧波荡漾的浏金湖，湖边是蜿蜒曲折的沿湖步道。沿湖边步道一路走来，偌大个公园也没有见到蚂蚁的踪迹。

然而，大家却在湖边的松树、榕树、桂花树和翠绿竹林上发现了一个个褐色的包状物。这些包状物多呈椭圆形、圆柱形或不规则的角状、葫芦状，仿佛是用泥巴垒砌；大的长三四十厘米，径围二三十厘米；小的长十几厘米，径围八九厘米。

是燕子的巢吗？不像。燕子巢多是用泥巴垒砌，且上面或前面会有出口，可这种巢没有。是其他鸟儿的巢穴吗？也不对。鸟儿筑巢多用细草、纤维、苔藓、绒毛之类，且上面或侧面也要有明显出口，与眼前的巢亦不相符。大家议论着，一直难有定论。

一天，又去公园散步，碰巧遇到了公园管理处龚主任，便向他问起了这心中的疑惑。

龚主任告诉我说：这是一种蚁巢，很厉害的蚂蚁。小时候上山砍柴时，他曾碰掉过这种巢，结果遭到蚂蚁包围，咬得浑身刺疼，拼命拍打着奔逃，才总算冲出了重围……

▲建在树枝上的大蚁巢

听了龚主任的介绍，我不禁浑身起了一层鸡皮疙瘩，心中的疑团也恍然解开。原来，南方并非没有蚂蚁，不仅有在地上营巢的品种，还有在树上筑巢的品种，比北方蚂蚁的品种似乎更丰富。

全世界已知的蚂蚁约有11700种，中国约有600

种。但在树上筑巢的蚂蚁相对较少。它们到底属于什么品种呢？

查阅了有关资料，发现一种叫“黄猄蚁”的蚁巢与眼前的蚁巢十分相似。

资料介绍说，由于黄猄蚁可以把周围的树叶拉近再用黏稠的蚁丝连缀成“蚁包”，故属于“织叶蚁”一类。

我立即想到了中央电视台纪录频道播过的一部关于“织叶蚁”的专题片。

织叶蚁“织叶”的过程简直让人难以置信：在树冠温暖向阳的地方选好筑巢点，工蚁们便开始展开身体抓住邻近的叶子用力收缩身体使叶子逐渐靠近。若距离太远，它们会组成“蚁桥”把枝叶拉过来。同时，有工蚁衔着末龄成熟的幼虫，让幼虫吐出黏黏的细丝将枝叶粘接起来……

这其中，“织叶蚁”幼虫起了神秘而关键的作用。

2

原来，织叶蚁幼虫与工蚁之间有着一种默契的“交哺”关系。幼虫虽然缺乏移动能力，却能分泌一种信息素诱导工蚁来喂养自己，亦能分泌一种营养物质交哺给工蚁。这种特有的双向“交哺”行为，使彼此的关系十分密切，信息之间的传递也变得迅速而协同。

▲树蚁内巢构造及树蚁蚁后

由于末龄幼虫具有吐丝作茧的本能（尽管它们不用再去作茧），故能被工蚁衔着，默契地把丝吐在树叶或树枝的接缝上。就这样，工蚁充当了织叶的“巧手”，而幼虫则充当了织叶的“梭子”。大家团结协作，共同完成了织叶筑巢的神圣任务。画面还显示，织巢时蚂蚁数量虽然众多，但工作起来却是各司其职、井然有序。

这种把幼虫当作织叶“梭子”的行为，在蚂蚁社会中是分工协作的绝佳典范。

一个大型黄猄蚁家族，有1万到数万只蚂蚁，由蚁后、雄蚁、大工蚁、小工蚁、幼虫组成。蚁后只有1个，体型最大，长约1.6厘米，开始有翅，交配后翅落，可以始终产卵，是蚁群的核心。雄蚁有翅，体长不足1厘米，交配后不久死亡。大工蚁体长1厘米，有大颚，主要负责狩猎捕食和防御外敌。小工蚁体长0.8厘米，主要负责饲养幼虫及整理蚁巢内务。

“黄猄蚁”生长在岭南地区，在树上筑巢，是典型的食肉性蚂蚁。正是发现了黄猄蚁凶悍、食肉的本性和群起而攻之的狩猎方式，我们的先人在晋代便开始利用黄猄蚁防治柑橘害虫了。

被誉为世界第一位植物学家的我国西晋时的嵇含，曾在所著《南方草木状》一书中，记载了古人用黄猄蚁防治柑橘害虫的方法和效果：

“柑乃橘之属，滋味甘美特异者也。有黄者，有赪者，赪者谓之壶柑。交趾人以席囊贮蚁，鬻于市者。其窠如薄絮，囊皆连枝叶，蚁在其中，並窠而卖。蚁，赤黄色，大于常蚁。南方柑树若无此蚁，则其实皆为群蠹所伤，无复一完者矣。”

意思是说，早在晋代的时候，南方交趾郡就有人开始用席囊装着黄猄蚁巢在集市上出卖了。买者则主要是柑橘果农。若没有黄猄蚁去协助果农消灭柑橘树上的各种害虫，柑橘就可能没有一个不受伤害的果实。由此可见，早在1700年前，黄猄蚁就成为古代果农防治柑橘害虫的重要手段。这也是世界上记录生物防治害虫的最早案例。

据说，一片果林或一片竹林，只要引进了黄猄蚁，各种害虫就会受到致命攻击，其数量和种群都会受到明显抑制。

由于黄猄蚁能用来防治柑橘果园中的叶甲、天牛、叶蜂、大绿蝽、吉丁虫等害虫，故岭南人也将黄猄蚁称为"黄柑蚁"。

根据上述经验和紫金公园树上蚁巢的特征，我们基本认定这里的树蚁应该属于黄猄蚁一类的织叶蚁家族。

3

仔细观察公园湖边树木和竹林会发现，一个大蚁巢周围往往分布着四五个小巢，犹如彼此呼应的一个大家族。

凑近蚁巢细看，上面一个蚂蚁也见不到。上杭虽属亚热带气候，但前几日白天的气温曾下降到5℃。我们猜想，蚂蚁们一定是躲进内巢暂避严寒了。

为了验证巢里到底是不是、有没有黄猄蚁，几个老伙伴决定冒险偷摘一枚一探究竟。

这天上午，悄悄来到湖边巡视，在一棵桂花树上发现了一个拳头大的小巢。桂花树较为低矮，蚁巢伸手可及，我便悄悄伸出右手抓牢蚁巢，然后快速扯下后放在近在咫尺的路面上。

前后也就一两秒钟，但我的手背上已瞬间爬上了十几只蚂蚁。蚁巢中果真躲避着众多蚂蚁！我惊骇地用左手拍打着右手上的蚂蚁，但手腕上还是感觉到针刺般的疼痛。我明白，自己被蚂蚁咬伤了。想不到蚂蚁报复和反应的速度如此迅疾！

也是活该！谁让你摘了人家的巢穴呢！

望着四散的蚂蚁，我一时忘了疼痛和恐惧，与伙伴们一边抓紧拍照，一边仔细寻找着蚁后。愤怒的蚂蚁们四处寻找着破坏蚁巢的仇敌，我们则不时躲避并拍掉爬到脚上、腿上的蚂蚁。

翻动蚁巢发现，巢的外表全部由叶片和蚁丝封闭，内部则由许多比蜂窝更大的叶室组成。这些叶室全部由叶片和蚁丝分隔。可能是天冷了，蚂蚁们都从外层搬到中层或内层居室避寒——因而内层蚁室中的蚂蚁聚成了一片！

蚁巢底部由一片巨大的木芙蓉叶铺就，其他部位则由众多落叶和蚁丝织成，却没有见到鲜活的树叶。这种筑巢方式，与“织叶蚁”总体相似，但又有细微差别。

况且，这些蚂蚁的腰身不是黄猄蚁的锈红色，而是黑褐色，体型与图片中展示的黄猄蚁也不同。眼前的蚂蚁头部较大，腹部短粗，分明只有两节，背部分节有一白道，头后部为浅白色……

到底是什么蚂蚁呢？我一时陷入了迷茫：或许是黄猄蚁进化过程中的一个分支？或许是与黄猄蚁相似的另一种织叶蚁？

不忍心再去破坏蚁巢，轻轻提起蚁巢把它重新放在桂花树上。

“对不起，大冬天坏了你们的巢，慢慢去织补恢复吧……”我愧疚相告。

回来以后，带着疑问对照片进行比对，发现这种树蚁与“黄

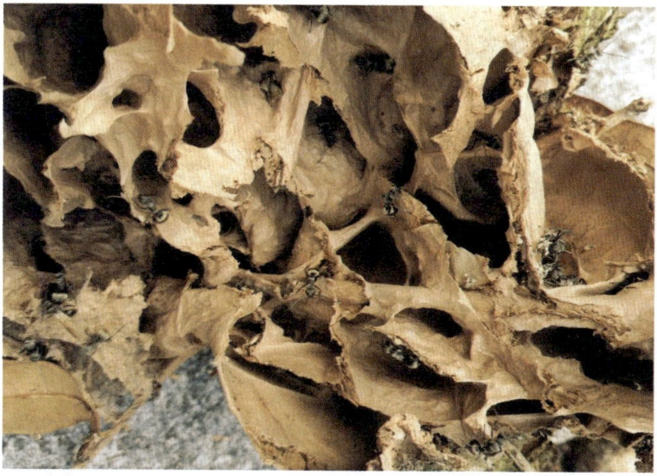

▲树蚁内巢巢室和巢内的工蚁

猄蚁”确实有一定差别。

但差别归差别，二者毕竟大同小异，同是树栖，同是用树叶和蚁丝筑巢，同是食肉类型。既然黄猄蚁可以放入柑橘园去帮助消灭虫害，那么这种更为健壮的褐色树蚁也应能在灭虫防治中一显身手。关键是人们对这种褐蚁的了解、研究还没有像黄猄蚁那样深入。

近日，从网上看到一则消息，说福建山区最近有人专门捕捉和收购树蚁用来制作保健药酒，生意十分红火，盈利数目也相当可观。

福建是我国绿化程度最高的省份。这得益于优越的地理环境和气候，得益于福建人的绿色环保意识，亦得益于各类树蚁对植被的有力保护。

良好的生态环境是一个完整的系统，毁坏了其中任何一个链条都可能引发意想不到的生态灾难。所以，有关部门应及时遏制乱捕树蚁的行为，为保护好福建这座绿色的宝库尽职尽责。

科普链接：树蚁，即在树上做巢的蚁类，多为肉食性，属节肢动物门、昆虫纲、膜翅目、细腰亚目、蚁科、织叶蚁属昆虫，有黄猄蚁、黑蚁、褐蚁多种，广泛分布于我国南方、东南亚等地区。工蚁会利用幼虫吐的丝将树叶粘接起来，而后筑成众多“蚁包”供蚁群繁殖栖息。蚁巢呈椭圆、圆柱或不规则造型，大型蚁群既有大的主巢，又有多个小的副巢。树蚁生性凶猛，擅长捕食树上的各种昆虫，对保护森林大有益处，还可用于果林害虫的防治。早在1700多年前，我国就开始利用黄猄蚁防治柑橘害虫。

奇妙的“倒退儿”

儿时常痴迷于挑逗一种小昆虫：灰褐色，豆粒般大小，肚子扁而椭圆，上面有环纹，犹如一只尖头的小土鳖。这小虫样子和行为极古怪，一对尖而硬的弧形钳长在头前，羊角一般向上翘着，灵活而凶悍，随时可用双钳将猎物夹住。这种小虫爬行起来十分古怪，不是向前，而是一味地后退——后退——后退——再向下，直到退进沙土之中将自己掩埋起来为止。

乡人不讲什么生物学，往往依形状或行为给活物起名。鼹鼠生得扁，就叫它“地里排子”；蚯蚓动则曲，就叫它“曲曲儿”。至于这向后退行的小虫儿，乡人就赠了它一个形象的名字——“倒退儿”。

“倒退儿”能招引得我们注意，全是因它那神奇而有趣的巢。上学路上，路边地堰的松软沙土中，常见到一个个圆锥状的小坑，这就是“倒退儿”的巢。这种“漏斗”状的小坑，周围的斜坡极光滑，一旦蚂蚁类的小虫爬入，就会顺着流动的细沙向坑底滑去。这时候，藏匿在坑底沙土中的“倒退儿”便会迅速出击，用灵动的头和弧形的钳，快速向小虫蠕动的方位连续而准确地弹射出“沙弹”。慌不择路的小虫被“沙弹”袭击，变得慌张无措、晕头转向，便愈加向坑底滑去。待小虫滑落到坑底，沙土中的“倒退儿”突然跃出，用尖而硬的双钳夹住小虫，继而连续发力上下摔动，直到把小虫摔晕，然后夹紧猎物迅速退进沙土，进而从容地、慢慢地吸食小虫体液。就这样，小虫成了“倒退儿”的美味佳肴。

▲蚁狮在沙地上所做的圆锥形巢穴

看了这惊心动魄的一幕，你才会明白，沙土中那些好看而有趣的圆锥形小坑，原来是“倒退儿”设下的“美丽陷阱”。这些看着一点也不上眼的小小“倒退儿”，竟然是“守坑待猎”的凶猛“杀手”。上学路上，我们经常趴在一个个圆锥形小坑旁，捉了蚂蚁扔进去，看“倒退儿”如何钳着蚂蚁奋力摔打，再如何退进沙土，并因此常常耽误了上课。

蚂蚁数量众多，善于爬行，个头又小，成为“倒退儿”的捕猎对象就成为必然。但那种大个头儿的黑蚁却不在此列。大黑蚁若爬过“倒退儿”的巢，虽然有时也被夹住，但它个大力足，爬行也快，所以，会把“倒退儿”自沙土中整个拖出。每到这时候，识时务的“倒退儿”就只能放开钳子，匆匆藏身了。

除猎捕小蚁，各种食草的小肉虫有时也会成为“倒退儿”的猎物。小肉虫的身体比“倒退儿”大好几倍，可“倒退儿”却敢与它较量。原来，“倒退儿”有致其死命的“撒手锏”。肉虫身体柔嫩，极易被“倒退儿”的双钳刺破。“倒退儿”的钳不仅是利器，而且能向猎物注射致命的麻醉液，犹如蛇的毒牙、蜂的毒刺一般。

遇到肉虫被“倒退儿”钳住，一场恶斗就开始了。肉虫左右扭曲，拼命想甩掉“倒退儿”，而“倒退儿”则借助土遁拖着肉虫，并迅速向其体内注入毒液。初时的搏斗既惊险又激烈，“倒退儿”几乎被扭动的肉虫拖出土坑外。但是，随着毒液的发作，肉虫的挣扎渐渐迟缓，终于麻醉不动，直至被“倒退儿”拖入沙土内慢慢享用。

“倒退儿”的学名叫蚁狮，为昆虫纲、脉翅目、蚁蛉科中的蚁蛉幼虫。

为什么叫“蚁狮”？因为它们主要以蚂蚁为食，把蚂蚁作为捕猎对象，手段诡谲凶猛，所以得了“蚁狮”的名号。

做成锥形状“陷阱”，以捕捉蚂蚁为食的“倒退儿”是蚁狮的幼虫阶段。这一阶段，它们主要生活在有细沙土的地区，尤其喜爱风化花岗岩的地理环境。春分节前后，天气渐渐变暖，“倒退儿”从卵中孵化出来，钻入向阳风化的细沙里，从此开始了狩猎生活。

随着“倒退儿”一天天长大，它们会蜕几次皮。每蜕一次皮，就长大一圈，食量也会逐渐增加。

清明节后，我曾从沙坡上捉来几只“倒退儿”在一个小铁罐里试着饲养，想看看它们到底是如何结茧变为成虫的。

这是一件让人十分矛盾的事情。养“倒退儿”就要为它们捉蚂蚁，捉蚂蚁就有“助纣为虐”的负罪感。但想到“倒退儿”在野外生长也要捕食蚂蚁，心里总算少了些纠结。

经过几次蜕皮以后，“倒退儿”渐渐长大。最后，它们吐出

▲蚁狮幼虫时像微型小土鳖

丝来与周围的沙粒混合在一起，结成一个球状的沙茧把自己包裹起来，然后在茧中变成蛹。再过一段时间，蛹会变为成虫蚁蛉破茧而出。

蚁蛉有1对短棒形的触角，2对翅膀，翅膀窄而脆弱，带有褐色或黑色斑纹，体长三四厘米，展开翅膀有五六厘米。静止时，它们会将两对翅膀自胸背向体后折叠，覆盖住后半身，形状与豆娘十分相似，又像是小小的蜻蜓。它们捕食蚊蝇等小型昆虫，与蜻蜓、豆娘的食谱差不多。经过短暂的飞行，蚁蛉们分别找到自己的意中蛉，度过短暂的蜜月期和产卵期后便走向死亡。

《本草纲目》中称蚁狮为“沙挼子”，说有很高的药用价值，能够消炎、降压，治疗疟疾、胆结石、骨髓炎、脉管炎、小儿消化不良等病。据说，把蚁狮烤干研成粉末，还是治疗刀伤的有效药物。

“福兮祸所伏，祸兮福所倚。”“倒退儿”靠退的功能和陷阱狩猎捕食，而正是这“美丽的陷阱”和其退守的愚笨，也招致了鸟儿和食虫野兽们（如刺猬、野鼠）准确无误地捕食。

神秘的大自然，有趣的大千世界！千奇百怪的动物各有各的绝招，各有各的活法。然而，进有得失，退有得失；大有利害，小有利害。总之，相生相克，谁也逃脱不了大自然的法则。

科普链接：蚁狮属节肢动物门、昆虫纲、脉翅目、蚁蛉科、蚁狮种小型昆虫，俗称“倒退儿”“土牛”“沙猴”“沙王八”“地牯牛”等。完全变态发育，头部大，方形，有镰刀状内弯大颚，前胸形成可动的颈部，腹部卵形，沙灰色，有细细的鬃毛。成虫与幼虫皆为肉食性，以捕捉蚂蚁等昆虫为食，故称“蚁狮”。幼虫生活于干燥的地表下，在沙质土中做成漏斗状陷阱用来诱捕猎物。

蚁狮嬗变记

蚁狮为少年时代所见的“倒退儿”——是一种在沙子里做成漏斗状“陷阱”，以捕食蚂蚁为主的小昆虫。

蚁狮长大以后会变成什么样呢？一生中是不是也要经历卵、幼虫、蛹、成虫四个完全变态阶段呢？对此，我一直抱有探究的欲望。

为了追寻这一奥秘，初春四月，利用和几位老伙伴春游踏青的时机，在花岗岩地貌的东岭郊野公园，捉到了5只蚁狮并装进一个塑料空瓶里带回家饲养。

为了创造一个尽量与外界相似的环境，我特意去小区工地找了些细沙装回来，放进了一个圆圆的、周壁光滑锃亮的铁皮小盒。细沙铺了一寸多厚，然后将蚁狮放了进去。

5只蚁狮有2只大的，2只小的，1只不大不小的。大的身长六七毫米，小的也就四五毫米，体形犹如椭圆的小土鳖，后背带着七道明显的环状节理；胸部越向前即变得越窄，胸前嵌着一个几乎与胸部等宽的呈正方形的头；头前两个顶点长着两枚对称的、可自由开合的、弯弧向内的钳，末端尖锐，锋利且中空，是蚁狮克敌制胜的独门杀器；只要头部的弧形钳抓住猎物并刺入体内，储存在头胸的致命麻醉剂就会随之注入，猎物很快就会停止挣扎并被拖入沙土之中……

见到了沙子，蚁狮们像见到了“亲人”，屁股向后、向下，急急如逃遁一般退入了沙土里。

1

喂养蚁狮虽然简单，但也牵扯精力。俗话说：“有根儿的多栽，带嘴儿的少养。”是说侍候植物比较简单，而侍候动物则要耗费心思。植物定期浇浇水、施施肥就可以了，而动物每天都要为它们的那张嘴操心。

饲养蚁狮让我见识了蚁狮与蚂蚁世界的诸多新奇。

楼前草坪里生活着大大小小三类蚂蚁，最小的只有两毫米左右，中等的约有四毫米，都是黑色的小蚂蚁。最大的一种是黄蚁，八九毫米长，爬行速度飞快，最不容易捕捉。为了保证蚂蚁不受伤害，捕捉蚂蚁时我只用一根细小的树枝引它们上来，再抖落在一个光滑的塑料小桶里。

我原以为大个的蚂蚁应该最厉害，但实际结果却是大相径庭。两只大个黄蚂蚁和几只小黑蚂蚁聚在了塑料小桶里，小黑蚁上来就咬住了黄蚁的后腿。原以为黄蚁会奋力还击，把小蚂蚁咬死，但实际上它只是拼力奔逃，总想把小黑蚁甩掉。但顽强的小黑蚁死活咬住就是不松口，弄得黄蚁失魂落魄、无可奈何。

一次，路旁两群小黑蚁间发生了大战，地面拉出了两米多长的黑色蚁阵。我就势用树枝在黑色长龙上点了几下，便有众多黑蚁爬上了树枝。我把小黑蚁抖落在饲养蚁狮的小铁盒里。没想到它们落进了盒里仍旧纠缠在一起拼命：或咬住对方的腿，或咬住对方的脖子和触角，或咬住对方的肚子……翻滚厮杀搅成一团，谁也不放过谁……

我顿时感到了一种悲哀。可怜的动物啊——包括我们人类——为了眼前一点小利、一点食物、一点资源，争得你死我活，完全不晓得“黄雀在后”的危险，不晓得更大的隐

▲蚁狮蜕下的外皮

忧和灾难在等着自己！

小铁盒里的“战争”仍在继续，但蚁狮的猎杀已开始了。

蚁狮的头和尖利的弧形钳力量很大，可以把“陷阱”中与自己体重相当的沙粒一下掀到“陷阱”之外，可以把落入“陷阱”的一团蚂蚁抛到离“陷阱”很远的地方。

早晨起来，就会发现“陷阱”的外围有一个个小小的黑球球——那是被吸干体液后被“倒退儿”抛出的蚂蚁尸体。

原来，麻醉猎物后，蚁狮并非要把它们吃掉，而是只用“双钳”吸食猎物的体液。它们会用弧形钳将猎物倒来倒去，不断变换位置吸食，以达到“物尽其用”的目的。

做一个漏斗形“陷阱”蚁狮只需20多秒钟：它快速掀动着灵活的头和弧形钳，一上一下将沙粒甩向背后，沙土随即出现一个浅浅的小坑；蚁狮连续甩着沙子并在坑底倒退着身体自转，一个漏斗形“陷阱”转眼就做成了。

一次，随手从大柳树上捉了一条一寸多长的毛毛虫与蚂蚁一起倒进铁盒内的沙土看蚁狮做何反应。

开始，蚁狮潜在沙土中没有任何动作，倒是有蚂蚁不断爬到毛毛虫身上像发现了新大陆。蚂蚁们都喜欢攻击虫子，常常会看到成百上千只蚂蚁围住一条虫子噬咬。虫子虽然身体庞大，但最终也无法逃脱被蚂蚁肢解的命运。

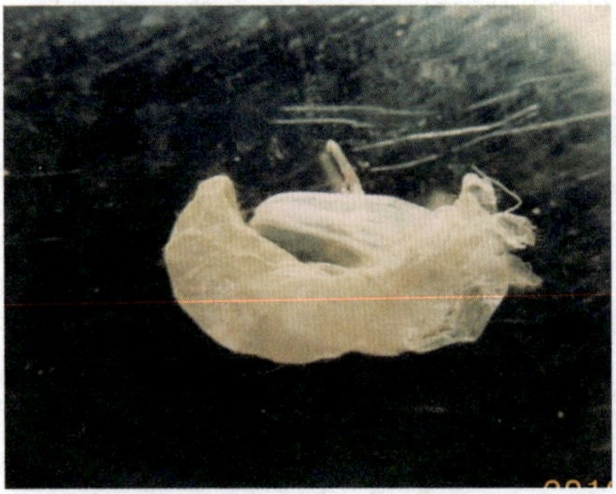

▲蚁狮化蛹后蜕下的蛹皮

但对付毛毛虫蚂蚁却显得无可奈何。它们费力地在毛毛虫身上的“毛毛森林”中前行，时而摔倒，时而跌落，根本无法接近毛毛虫的肉体。“毛毛森林”所产生的保护功能被充分展示出来。但它的腹部却没有毛毛保护，这便成为蚁狮从沙土下偷袭的“阿喀琉斯之踵”。

突然，毛毛虫身下的沙土一动，毛毛虫不由自主扭动起笨拙的身子。依我的经验，毛毛虫一定被蚁狮的双钳刺中了！

果然，双方展开了一场激烈的争夺战。毛毛虫竭力扭动身体想摆脱下面的攻击，蚁狮一次次被拉出来又随即退入沙土中……

随着时间的延续，毛毛虫扭动的幅度越来越小，半分多钟以后终于停止下来——它被蚁狮注入的毒液麻醉了。两个多小时以后，毛毛虫的后半段身子明显萎缩塌陷了许多。它竟然成了蚁狮丰富多汁的大餐！

由此可见，蚁狮狩猎并非只是偏爱蚂蚁，似乎更喜欢多汁的虫子。如果有其他昆虫送上门，它们也会“照收不误”。只不过蚂蚁数量众多，个头也小，极易踏进它们的漏斗陷阱罢了。

其实，蚁狮的胆子是极小的。凡对猎物发起攻击，一定是在漏斗形的沙巢里。若身子裸露在沙土外，即使猎物就在眼前甚至掉在身上，也会像没看见一样，只顾匆匆逃入沙土中。而一旦遁入了沙土，其猎杀本性就会恢复，就会成为蚂蚁们的克星。

2

在家中饲养蚁狮这样的小虫子会遭遇许多尴尬，会招来许多奇怪的目光。

每天去楼门前的草坪中为蚁狮寻蚂蚁，许多人奇怪不解：“您忙什么呢？给小草捉虫哪？”

“没有没有……随便玩玩……”我无可奈何地应付着。

但一天、两天、三天……时间长了不能总说“没事玩玩”，于是尽量选择没人的时候去草坪。

一天，无意中发现草坪中的大柳树上总有蚂蚁上上下下。仔细观察后才发现，柳树上有个腐朽的树洞，里面住着一窝黑蚁。蚂蚁们都是从那里进进出出的。从树干上诱捕蚂蚁，比在地面上容易多了，效率也提高了不少。大柳树从此成了我捕捉蚂蚁的“牧场”。

好奇的邻居难免凑过来看究竟。我不得不草草收场，讪笑着应付着人家的追问。

这时候我才深深体会到，贫穷的法布尔为什么要攒下一笔钱，在偏僻的塞里尼昂小镇附近购得一处荒芜的老民宅——取名荒石园。在那里对昆虫们进行观察、研究，偏僻、自然、宁静、不被人干扰，故才能专心致志地工作啊！

为保持沙土的清洁，我几乎每天都要旋转一番筒内的沙子，将里面的蚂蚁尸体、大沙粒以及混入的草叶、树皮清理出去，顺便转出沙里的蚁狮，查看一下它们的生长情况。

4月20日，饲养蚁狮18天以后，旋转沙土后我意外发现了一个蚁狮蜕落的外皮。样子与蚁狮一模一样，只不过变得中空，后背有一道明显裂纹。

我曾多次观察过蝉儿幼虫蜕皮的过程，观察过斑衣蜡蝉幼虫如何蜕变为“花大姐”，故推测蚁狮幼虫蜕皮也是先自后背裂开一道缝，然后蜕出头、胸，最后蜕出腹部的。

检查后发现，5只蚁狮还剩4只，分明少了1只。于是倒出了筒中的全部沙土仔细检查，果然少了那只小的。逃出铁盒是不可能的，铁盒四壁光滑，蚂蚁尚无法攀爬，何况蚁狮了？是大蚁狮吃了小蚁狮吗？可清理时并没有发现尸体的残骸。

难道真的出现了螳螂同类相残的悲剧？

但从日后的情况看，这种悲剧并没有继续发生。铁盒里的蚁狮始终保持着4只数量。失踪的小蚁狮由此成了一桩疑案。

蚁狮蜕皮现象表明，蚁狮生长期间，也须经过多次蜕皮才能最终长大。

观察证明，蚁狮之间存在着邂逅相遇而迅速规避的习性。倘若两只蚁狮在建造“陷阱”时偶然相遇或靠得太近，它们会迅速调整土遁方向，使彼此很快拉开距离。

5月9日至5月13日，由于要参加作协举办的一个培训班，不得不把为蚁狮捉蚂蚁的“重任”暂时托付给老伴。

培训班结束后，带着几分忐忑回到家，没想到聪明的老伴不但做得尽职尽责，而且发明了用毛刷从树干扫捕蚂蚁的新方法。采用这种方法，每次只需二三十秒钟就可完成当天的任务。

大柳树上的蚂蚁成千上万，每天捕捉十几只无损于蚁群的数量。有了柳树的“蚂蚁牧场”和毛刷扫捕术，即使阴天下雨也不用为蚁狮的猎物犯愁了。

4只蚁狮长得都很健壮，个头从半厘米长到了1.2厘米。若加上弧形钳，能达到1.6厘米。

自4月初捕捉到5月底，蚁狮已饲养了近两个月，但全然看不到它们有作茧的征兆。但我推测，它们肯定要作茧，只是具体时间及茧的模样尚不得而知。

3

▲蚁狮作成的圆形沙茧

6月2日早晨，经过61天的喂养，筛查沙土时突然发现了一枚圆圆的小沙球：直径近2厘米，个头与儿时玩过的玻璃球大小相似。我十分惊喜，断定是蚁狮所作的茧子！它们终于开始了从幼虫到成虫的

▲羽化后的蚁蛉

“伟大”嬗变！

将褐色的小沙球从沙土中轻轻抠出，发现沙球有一定硬度。原来，沙茧是由蚁狮吐出的丝和细小沙粒混合而成的。

为了能看清蚁狮羽化过程，我把小沙球拿出来放进另一个透明塑料盒保存，盼望蚁狮的成虫能尽快羽化出来。

6月7日早晨，第二枚小沙球也出现了。然而，就在轻轻将其取出的一刻，我感到沙茧似乎有些软，没有第一枚沙茧坚挺。放进塑料盒以后，沙茧果然由圆形塌成了扁圆形。我这才知道，蚁狮作好沙茧以后，一定要在沙土中硬化一段时间，待茧丝变硬后茧子才能坚固起来。由于操之过急，过早拿出了沙茧，茧体才塌陷了。

我曾试图捏着沙茧让其恢复圆形，却毫无成效。

这天下午，带着沮丧去看这枚沙茧，发现茧子已经破损，里面的蚁狮钻了出来——塌陷的沙茧被它废弃了。

由此可知，蚁狮对茧的形状及内部空间要求是极严格的。我只得满怀愧疚地把这只蚁狮重新放回到沙土中。

第二天早晨，时隔一夜之后，这只蚁狮又作成了一枚漂亮的沙茧。汲取上次教训，直到当天下午沙茧确实硬化了，我才把它放进塑料盒中。

6月18日早晨，历时77天喂养，第三只蚁狮作茧完毕。

6月29日，最后的那只蚁狮终于也作茧了。

自4月2日开始喂养，历时88天，四只蚁狮都先后结茧并进入蛹化期。

终于不必为捉蚂蚁而操心了。

6月27日，第一枚沙茧被“咬破”，蚁狮的成虫——蚁蛉破茧而出！从6月2日作茧到27日破茧，前后历时25天。

蚁蛉犹如一只微型蜻蜓，更像是一只小豆娘。黑色的身体长度超过3厘米，胸前的6条腿抓握起来很有力量，细长的腹部分为五节，每节有黄色的细环，两对透明的膜翅几乎超过了身长。一对大大的眼睛配上一对顶端向外弯曲的棒棒触角，样子纤细、威武而漂亮。

可惜蚁蛉羽化得不太好，一支内翅皱皱巴巴，因而无法飞翔。直觉认为蚁蛉可能会吃蚜虫，便从绿篱中折一杈带蚜虫的小枝放到它面前。

我随即解剖了空空的沙茧。茧子果然是由白色的丝连缀的，丝的黏性能把细沙黏合在一起，因而才作成了沙茧。破开沙茧后，里面出现了两种蜕皮，一种很小很皱，为黑褐色，是蚁狮结茧化蛹时蜕下的最后一次皮；另一种为透明黄白色，是蚁蛉羽化后留下的蛹皮。令人惊叹的是，那黄白透明的蛹壳尽管只有1厘米多一点，居然能羽化出3厘米长的蚁蛉来，真让

▲从沙茧中羽化出的蚁蛉

人惊叹。

7月4日，第二只蚁蛉出茧了，从6月8日作茧算起历时26天。

7月11日，第三只蚁蛉出茧了，从6月18日作茧算起历时24天。

7月24日，第四只蚁蛉出茧了，从6月28日作茧算起历时25天。

出茧时间表明，蚁狮作茧后到孵化成蚁蛉大约需要25天。

找来蚜虫给蚁蛉吃，还把小块的西瓜、桃子送到它们面前。蚁蛉居然对甜甜的水果很感兴趣，爬上去吮吸起来。

由于4只蚁蛉是陆续羽化的，彼此相差时间悬殊，故无缘谈情说爱，最终没有实现它们交配及繁衍后代的使命。

蚁蛉羽化期间，我曾特意到东岭郊野公园的沙土中寻找蚁狮的沙茧和蚁蛉。然而，一切仿佛都已经结束，跑了半个山岭也没有发现野生沙茧和蚁蛉的踪迹。

我饲养的蚁狮刚羽化为成虫，可野外为什么不见沙茧和蚁蛉的影子呢？

认真回想饲养蚁狮的环境和经过，我似有所悟。

野外的蚁狮全靠“陷阱”猎捕蚂蚁果腹，而饲养的蚁狮每天都有充裕的猎物；野生蚁狮要经受风吹雨打日晒，尤其是夏季高温，而饲养的蚁狮生活在冷热均衡的室内；野生蚁蛉数量众多，羽化后总可以找到自己的配偶，而饲养的蚁蛉数量寥寥，羽化时间亦参差不齐，故失去了相遇求偶的机会。家养的蚁狮很可能是因环境的优越及变化延长了生长、作茧及羽化周期，因而才造成了与野生蚁狮生活状态不同步的现象。

看来，要真正了解蚁狮的全生态状况，还要不辞劳苦，到大自然中去考察才行。

盼望明年春天能到自然环境中再去探寻蚁狮嬗变的全过程。

蚜狮奇变

昆虫世界充满了令人意想不到的奥秘，不细细观察，循迹跟踪，甚至是亲自饲养往往发现不了，草蛉便是奇妙昆虫里的一种。

夏天的夜晚，经常会有一种绿色的、长着4枚长翅的飞虫撞入屋里或趴在窗子纱网上。捉住一只仔细观看，那飞虫长长的翅膀、细细的腰身，样子很柔弱，就像缩小版的豆娘，又像是蚁狮的成虫蚁蛉，但后翅明显宽大，头上的一对触角又细又长，且两只黑亮的复眼显出了几许凶悍——这就是草蛉。

生在农村的人对这种飞虫可谓司空见惯，因为夏天的夜晚随便就能撞上，但多数人叫不出它们的真名字。记得乡人叫它们为“青蛉子”，因为身体青绿，而“蛉子”则是对瘦小飞虫的统称。在我看来，这名字确实很贴切。

“青蛉子”长翅膀，善飞行，明显是成虫。那么，其幼虫又是什么？产的卵又是什么样？农家人虽然在日常生活中都可能见过，但往往不能把它们有机联系起来，因而对“青蛉子”一生的四态变化状况只能是一知半解。

记得少年时一次锄玉米，休息时随手抓到一只“青蛉子”，问老叔它吃什么。老叔很随意地告诉我：“它喝露水。”

▲绿色的草蛉是蚜狮的成虫

▲草蛉在槐米上产的卵

但事实证明“青蛉子”爱与花朵亲吻，证明它们在吮吸花蜜。更有趣的是它们还爱与“腻虫”接吻。“腻虫”就是蚜虫，乡人叫“腻虫”——因为它们身上总是油腻腻的，还能拉出蚂蚁爱吃的“蜜露”，故称它们为“腻虫”。

一次，看到一只“青蛉子”趴在一片“腻虫”上。原以为它在吸蜜露，可仔细一看，它是把“腻虫”一只只吃掉了。

许多年以后，读了有关蚜虫天敌方面的书籍，才知道吃蚜虫的“青蛉子”原来叫“草蛉”，是蚜虫的天敌，主要以捕食蚜虫为生。

由此还知道，草蛉的卵叫“优昙华”，非常怪异，黄白色，如椭圆的米粒，但仅有米粒的三分之一不足，且卵是由一根闪亮的细丝支撑着立在空中。

这在昆虫世界的卵中绝对是独树一帜。

“优昙华”本为佛教之语，意思是灵瑞之花、空起之花。日本人将草蛉的卵称为“优昙华”，意思是在空中短暂开放的高贵花朵。

少年时也曾多次在枝叶上看到过这种怪异情景：一根、两根或许多根细丝微微倾斜而立，有1～2 厘米高，每根丝的顶端都托举着一个椭圆的白色小颗粒。微风吹过，细丝微动，颗粒轻摇，但根底却牢牢黏固在树叶上。

这到底是什么东西呢？曾认为是树叶长出的一种发霉的微型菌类。但树叶绿绿的，并没有霉烂的痕迹。也曾猜测是蜘蛛放出的细丝，但细丝顶端为什么又有小颗粒呢？用手指捏一捏那小颗粒，里面居然有些液状物质……这种困惑和疑问直到许多年以后才得以明了，才知道它们是草蛉产下的卵。

草蛉为什么要采取这种奇特的产卵方式呢？

分明是一种护卵的行为。让卵粒由细丝托举着悬在1～2厘米高的空中，那些在叶子上寻食的天敌就难以发现它们，即使是善爬的蚂蚁也无法顺着细丝爬上去。这应是草蛉在生存竞争中进化出的独门绝技。

那么，“优昙华”孵化出的草蛉幼虫又是什么样子呢？

盛夏七月，正是槐花盛开的季节。楼东两株龙爪槐正开着一穗穗白色的小花。走近观看，除了花枝上爬满一层密密的黑色槐蚜，还看到了槐花上“长”出了一根根奇妙的“优昙华”。我顿时被吸引住了。看来，龙爪槐已成为草蛉繁衍与狩猎的战场。我竭力在槐花上寻找，却没发现草蛉的幼虫，看来它们还没有孵化出来。

于是，我一连几日连续到龙爪槐旁细细观察，居然发现“优昙华”遭遇了厄运：一只胡蜂飞到槐花上，除了吸食槐蚜屁股上的“蜜露”，还把“优昙华”细丝上的卵粒一口一口吃掉了！看来，“优昙华”空中自保的绝技，在凶悍狡猾的胡蜂面前失去了作用。

我不忍看到“优昙华”继续被吃掉，便把手中的折扇快速收

▲草蛉在有蚜虫的枝叶上产卵

拢，看准胡蜂猛击过去。胡蜂被打翻在草丛中，几经挣扎才晃晃悠悠飞走了。

两天过去了，三天过去了，槐花上的“优昙华”继续在微风中轻轻摇动。

到了第四天，当太阳升起来，仿佛是奖励我的虔诚，“优昙华”上的颗粒突然发生了突变：黄白的外壳不经意间裂开一道缝隙，紧接着，一只浑身带着毛刺的小虫子从壳里一点点挣脱——天哪，是草蛉幼虫孵化了！我顿时惊喜异常。紧接着一只又一只带着毛刺的小虫子魔术般地先后从卵壳中脱颖而出。出壳的小虫先是抱着卵壳静静休息，待身体硬朗之后，便顺着卵壳下的细丝慢慢爬到了槐花上。

刚出生的毛刺小虫很快显出了凶残的本性：毫不犹豫地用头前的一对弯曲的大颚夹住一只蚜虫。蚜虫伸着细腿挣扎了一番，就慢慢不动了，一会儿便被吸食一空……

真是令人激动的一刻！数不清的蚜虫已将一簇簇槐花吸食得瘦弱憔悴。有了草蛉幼虫的出现，蚜虫终于碰到了克星。

龙爪槐随后成了我观察草蛉成长的天然基地。

这天黄昏，一只绿色的草蛉成虫落在了槐花上。我屏住呼吸一动不动，生怕惊动它。只见它梳理一下长长的触角，横一横身子，然后将腹部末端弯到一枚槐花上用力一点，接着抬起腹部上拉，一根晶莹的丝线便从腹部扯了出来；待丝线达到1厘米多时，它停住腹部用力挤压，一枚椭圆浅白的卵粒便立在了丝线顶端——啊，草蛉是在产卵！它用力收缩腹部末端与卵粒脱离，继而将腹部再次弯向槐花……

目睹了草蛉产卵的全过程，才晓得最初的腹端弯曲是为了寻找和固定“优昙华”的丝线支点，继而的上翘是为了拉出丝线距离和空间，最后的收缩是为了排出卵粒……整个过程真是充满了艰难和神奇。

草蛉的幼虫叫蚜狮，因善于捕食蚜虫而得名。它们与蚁狮的性情相近。蚁狮是专门猎捕蚂蚁的“倒退儿”。

蚁狮和蚜狮头前都有一对向内弯曲的尖利大颚，夹住猎物后都会向其体内注入一种麻醉消化液；待猎物昏迷后，再通过中空的颚，将溶解的猎物内脏、肉汁一点点吸食干净。

蚜狮幼虫头大尾细，身体微扁瘦长，褐黄色或黑褐色，浑身带有许多毛刺，与瓢虫的幼虫很相似。它们有一个特别的嗜好，就是吸完猎物的肉汁后，还会把猎物的空壳用大颚向后一挑扔在自己的背上。由于蚜狮后背长有许多毛刺，能分泌黏性物质，所以扔上去的物体会被黏住或挡住。这便出现了蚜狮背负众多杂物快速行走的有趣画面。

柳宗元在其《蝜蝂传》这篇寓言中说：“蝜蝂者，善负小虫也。行遇物，辄持取，卬其首负之。”

《蝜蝂传》里所说的蝜蝂行为与蚜狮的行为十分相似。故蚜狮很可能就是柳宗元所说的

▲草蛉的卵会产在蚜虫密集的地方

蛸蛾。

那么，蚜狮为什么要背上蚜虫尸体和杂物呢？原来，这也是一种自我保护的伪装行为。背上有蓬乱的杂物作掩盖，原本暴露的身体因此被遮住，自然就减少了被天敌捕食的机会。海底的一种小蟹不就是将海草粘在身上迷惑天敌的么？由此看来，蚜狮算得上是昆虫世界因地制宜、废物利用的伪装高手。

据统计，一头蚜狮一天可捕食百十只蚜虫；整个幼虫期可吃掉上千只蚜虫！

有关资料介绍说：草蛉属于完全变态昆虫，一生中要经过卵、幼虫、蛹和成虫四个不同阶段，一年可以繁殖数代。草蛉主要在幼虫期和成虫期捕食蚜虫，尤其是幼虫期捕食量最大。幼虫孵化后，经过大约10天的生长和3次蜕皮，变成老熟的幼虫。这时，它们停止捕食，会在叶子的背面、树皮下、枝杈间抽丝作茧，然后在茧内化蛹。蛹期有长有短。若是夏秋蛹，经过十多天就能羽化为成虫；若是越冬蛹，则要经过整个冬天直到来年春天才能羽化。羽化后的成虫开始寻找配偶，一生中交配1次，雌虫便可多次产卵，产卵量可达数百粒。

▲草蛉幼虫在追捕蚜虫

生物学家通过调查发现，我国共有各种草蛉近百种。其中一部分是以采食花蜜为主的植食类草蛉，但大部分是以捕食蚜虫为主的食肉类草蛉。这些食肉类草蛉，除了能消灭各种蚜虫，还会捕食粉虱、红蜘蛛等害虫，甚至许多害虫的卵也是它们喜欢的食物。由此看，草蛉不愧是抑制和消灭农业害虫的重要功臣。

正因为如此，开展草蛉人工繁殖和饲养，将人工饲养的草蛉释放到田间去消灭害虫已成为一种切实可行的生物防治手段。

可以预计，在大力提倡生物防治的现代农业进程中，神奇的草蛉必将会发挥出更为出色的作用。

科普链接：草蛉属于节肢动物门、昆虫纲、脉翅目、草蛉科肉食性昆虫，体细长，约10~20毫米，绿色。复眼有金色闪光；翅阔，柔软透明，常飞翔于草木间；在树叶或其他平滑光洁面产卵；卵黄白色，有丝状长柄，称“优昙华”。幼虫纺锤状，主要捕食蚜虫，故称“蚜狮”。全世界已知有86属，共1350种，中国约有15属、近百种，分布于南北各地。近年来，人工饲养、繁殖草蛉用以防治棉铃虫、蚜虫等农业害虫已获得成功。

蝜蝂辨析

本来不晓得“蝜蝂”是何物，读了柳宗元的寓言《蝜蝂传》，才开始对这种小虫子好奇起来。

《蝜蝂传》中说：“蝜蝂者，善负小虫也。行遇物，辄持取，卬其首负之。背愈重，虽困剧不止也。其背甚涩，物积因不散，卒踬仆不能起。人或怜之，为去其负。苟能行，又持取如故。又好上高，极其力不已，至坠地死。今世之嗜取者，遇货不避，以厚其室，不知为己累也，唯恐其不积。及其怠而踬也，黜弃之，迁徙之，亦以病矣。苟能起，又不艾。日思其高位，大其禄，而贪取滋甚，以近于危坠，观前之死亡不知戒。虽其形魁然大者也，其名人也，而智则小虫也。亦足哀夫!”

文章短小精到、寓意深刻，用“蝜蝂”的“持取”无度，影射世人的贪得无厌；用“蝜蝂”的“坠地死”，警告世人物欲无度没有好下场。

寓理明摆着，我倒是对“蝜蝂”感了兴趣。从柳宗元描写的情景看，我认定“蝜蝂”是儿时常戏弄的一种小虫。于是，便去翻阅《现代汉语词典》《辞海》《辞源》以求根据。

《现代汉语词典》说：“蝜蝂，寓言中说的好负重物的小虫(见唐柳宗元作的《蝜蝂传》)。”《辞海》说：“蝜蝂，小虫名。柳宗元《蝜蝂传》：‘蝜蝂者，善负小虫也。’”《辞源》说：“蝜蝂，虫名。唐柳宗元《柳先生集》十七《蝜蝂传》：‘蝜蝂者，善负小虫也。行遇物，辄持取，卬其首负之。背愈重，虽困剧不止也。’”

▲土猎蝽将猎捕吸食后的蚂蚁尸体粘在背上作伪装

以上三种工具书，对“蝜蝂”的解释大同小异，皆出自柳宗元的《蝜蝂传》。至于现实中是否真有“蝜蝂”，几种工具书就没有科学定论了。

然而，我知道，“蝜蝂”却是真真切切存在的，只是名字不同，非乡人不能认识它们。

小时候，常听见乡人说一些戏谑的俚语。见人遇物贪心便会说他：“活像蚂蚁的舅舅——概搂儿！”“概搂儿”为何物？就是柳宗元所说的“蝜蝂”。

暑假的一天下午，随大人们到地里去除草。休息时大家在梨树下纳凉，我突然发现了一只奇特的小虫：黑褐色，6足，身体扁而长，匍匐在地上，体宽如柳叶，长约1厘米，爬行并不迅速。小虫边爬边觅，背上负有一蓬杂物，草籽、碎蝉翼，但最多的是蚂蚁的尸体。我立即生出了极大好奇心，就问旁边的二叔这小虫叫啥。

二叔斜看一眼说：“叫啥？这是蚂蚁的舅舅‘概搂儿’！”

“为什么是蚂蚁的舅舅？为什么叫概搂儿?”我仍然缠住二叔问。

二叔点着小虫的后背说：“不明摆着，它为蚂蚁收尸呢！不沾亲带故能干么?”原来如此。二叔又去侃山了。我便和“概搂儿”逗在了一起。

用草根拨它背上的杂物，居然黏着不易脱落。我连续用力拨，杂物终于被拨了下来。“概搂儿”慌了，匆匆逃遁几步，竟又回转身来，将落物一一捡起。我顿时惊异它捡物的功夫：用头前的两个弧形尖吻向前一戳，先将物体托举起来，再灵动地向后一甩，那物体就落在了扁平的后背上，极像施工时用的装载机。“概搂儿”的后背能分泌一层黏物，东西落在上面即被粘住，所以，才能聚起蓬蓬的一团。由于“概搂儿”取物十分广泛，人们才给它取了“概搂儿”的名称。至于它是否和蚂蚁有亲戚关系，那只是乡人的臆想。

“概搂儿”为什么会收集蚂蚁的尸体？是为自己准备吃食

▲草蛉幼虫将蚜虫尸体驮在背上作伪装

么？我曾多次寻找“概搂儿”的家，想看看它是如何卸去背上蚂蚁尸体的，但终未找到机会。然而，我确信，“概搂儿”既然能将其甩到背上背回去，就一定有卸下去的办法。

读了《蝜蝂传》，想起亲眼看到“概搂儿”捡拾东西的情景，我断定乡人们所说的“概搂儿”，就是柳宗元所说的“蝜蝂”。

查阅《北京方言词典》，对“概搂”的注释为：1、搜罗。如什么破的、烂的他都往家概搂。2、收拾、归置。如你把要带的东西概搂概搂，别丢三落四的。3、乱吃。如他总往嘴里胡概搂。4、指设法拿到，占为己有。如全让他概搂走了。

方言词典举了四个义项，但其中也没有“概搂儿”作为“蝜蝂”的注释。如此看，文人、学者编纂辞书、字典，只与书本打交道是远远不够的，还须走向生活、走向实践、走向自然，并认真考证，才能对概念做出全面的解释。

从字典、辞书上看，“蝜蝂”这种昆虫似乎是柳宗元杜撰的，但比柳宗元《蝜蝂传》更早的辞书《尔雅·释虫》词条中，已对“蝜蝂”有了记载：傅，复版。译文为：傅又称复版。是一种性喜负重的小虫。

根据“好负重”这一特点，联系少年时所见的“概搂儿”，再查阅有关昆虫的图片和资料，我觉得“蝜蝂”似乎是草蛉的幼虫。因为草蛉的幼虫也有把碎物、蚜虫壳等杂物扔到背上驮着爬行的习性。

绿色的草蛉身体细长，复眼有金色闪光，翅阔透明，在树叶上或其他平滑的表面产卵。幼虫纺锤状，在树叶间捕食蚜虫，故称蚜狮。

草蛉为全变态昆虫，一生中有卵、幼虫、蛹和成虫四种不同的形态。雌性草蛉成虫很聪明，它们会选择蚜虫密集的地方产卵，因为幼虫一旦孵化出来，就能立即在附近捕食蚜虫。

草蛉的幼虫捕食蚜虫时十分凶猛，虽然没有翅膀，不能随意飞翔，但可不停地在植物上爬行，到处寻找蚜虫。每只蚜狮一天可以吃掉大量蚜虫。当吸光蚜虫的体液后，蚜狮还会把蚜虫空壳甩到背上继续行走。

蚜狮这一习性，与“蝜蝂”的好负重特性十分吻合。

然而，之后又看到一则资料，使原来的判断有了疑惑。

2007年，辽宁两位中学教师曾发现了一只怪虫，背上竟背着草叶和米粒等碎物。这只怪虫被其中一位教师饲养在家中的花盆里。这位教师说，怪虫经常在爬行时往背上放吃剩下的食物或者沙粒。有时候背上的东西太重，两只后腿就向后搂着背上的东西一摇一晃爬行。怪虫的口器与蜜蜂很相似，捕食速度极快，碰到蚂蚁时，两只前足会迅速将其捉住，口器豁然刺出，不到一秒钟蚂蚁就毙命了。

南开大学昆虫学研究所的专家曾为这只昆虫做了一份鉴定，认为该虫属于昆虫纲、半翅目、猎蝽科中的一类昆虫。

猎蝽科昆虫在世界上约有4000种，中国约有300种，南北方都有分布，多数分布在我国南方暖热地区。

猎蝽科昆虫主要捕食陆生蝽类昆虫，所以又称为猎蝽或刺蝽。它们多为褐色或黑色，也有少数为红色，外观像瘦长的椿象，尖利的喙可刺入猎物身体，使其麻醉并迅速毙命。

猎蝽中有一种专门猎捕蚂蚁的土猎蝽。它们栖息在树洞、石缝、树皮下，爱在地表爬行，背部能分泌黏液，常将捕获吸食后的蚂蚁尸体黏附在背上以迷惑天敌，古人称其为“儲蝂”。

通过对上述资料的综合分析和比较，我觉得“蝜蝂”的真实身份基本可以确定下来了。

“蝜蝂”即是“儲蝂”，应该是猎蝽科中那种以捕食蚂蚁为主的土猎蝽。

至于草蛉的幼虫，似乎缺乏猎杀蚂蚁的本领，但从其能够背负杂物的特点来看，又与“螅蝂”十分相似，所以也不能排除“螅蝂”是草蛉幼虫的可能。

寄生蜂的绝技

一个人随着年龄、知识、经验的增长，对相关事物的认识也会变得相对深刻——比如对寄生蜂。

童年时并不知道“寄生蜂”这一名词。即使见到蜂儿捕捉了青虫、毛虫，也以为它们是为了填饱肚子；因为曾多次见到马蜂把尺蠖等肉虫狼吞虎咽吃掉的情景。

后来，读了法布尔的书，看了中央电视台纪录频道有关寄生蜂的专题片，对寄生蜂的认识才较为深刻起来。原来蜂儿的捕食狩猎与寄生狩猎是两种截然不同的行为。

捕食狩猎是为了自己“吃”或直接喂养幼虫；寄生狩猎是通过俘获、麻醉寄主，在其身上产下卵，使之成为卵孵化为幼虫后的食物。

1

夏日，几位老伙伴同仁去北台实践基地避暑小住。闲暇时独自沿着小路漫步上山，突然被路旁杏树下一个大蛛网吸引住了。那网倏然震动起来，分明有猎物撞上了蛛网——我知道围捕的战斗要开始了。

急忙赶过去站在蛛网旁边观战，却没有看到蜘蛛喷洒蛛丝网捕猎物的情景，而是看到一只蓝亮修长的姬蜂与一只带着西瓜纹的大肚子蜘蛛头尾相对抱在了一起……

姬蜂俗称“细腰蜂”，胸部、腹部瘦长，6条腿修长，或为黑褐色，或呈油亮的蓝色，行动抖擞机敏，尾部刺针纤细绵长，出击时伸缩疾速、神出鬼没。

▲姬蜂将被麻醉的蜘蛛带回洞穴在其体内产卵做幼虫食物

看来不是细腰蜂撞上了蛛网，而是它偷袭了蜘蛛。但这样抱在一起对细腰蜂十分不利，若被蜘蛛的螯牙咬上一口它很可能就会成为蜘蛛的大餐。细腰蜂似乎很明白这一点，用长长的两条后腿用力蹬住蜘蛛的头胸部，使蜘蛛的螯牙无法咬到自己，同时伸出尾部的长刺，“嗖嗖嗖”寻着不同角度猛刺，终于刺进了蜘蛛腿部柔嫩的缝隙……

被注入毒液的蜘蛛慢慢停止了挣扎。细腰蜂稍事休息了一会儿，小心翼翼地抓住大肚子蜘蛛奋力起飞，然后晃晃悠悠飞离了蛛网。

但蜘蛛太重了，飞行数米后细腰蜂不得不落在了山路旁的一块石头上。它改变了策略，不再负重起飞，而是用咀嚼式大牙叼住蜘蛛后腹的尾部凸起，举着蜘蛛爬行前进。

我悄悄跟踪着细腰蜂，看它会爬到哪里去。

细腰蜂踉踉跄跄钻过了一个荆蒿丛，翻越了一片2米多宽的草地；期间，蜘蛛两次被荆枝、草秆刮掉，细腰蜂都快速把它叼起来。前面是一块荒芜的土地，细腰蜂来到这里突然停住了。只见它放下蜘蛛，停在一处黄土裸露的地表，然后在一处看上去较

▲土蜂在土墙上掘洞做巢

松软的地方用前腿飞快地刨起来，身后飞扬起一片沙尘。转瞬间一个洞口出现了——原来，这是一个细腰蜂早就打好的地洞，只不过它把洞口暂时掩埋了起来。

细腰蜂回身叼住昏迷的蜘蛛倒退着往洞里拉，但蜘蛛肚子太大了，试了几次都拉不进去。细腰蜂不得不退出来放下蜘蛛重新扩大洞穴。经过一番努力，大肚子蜘蛛终于被拽入了洞穴深处。

数分钟以后，细腰蜂钻出来了。它迅速封闭好洞口，然后刷一刷翅膀上的灰尘，心满意足地飞走了。

细腰蜂在洞内干了什么，我自然无法看到，但从法布尔的记述和看过的纪录片里已得知洞中发生的事情。细腰蜂的蜇针如同医院手术的麻醉针，会选择蜘蛛关键的神经节刺入，注入很少的毒液便可使蜘蛛瘫痪。昏迷的蜘蛛伤而不死。细腰蜂会在猎物的胸部或腹部隐蔽处产下一枚蜂卵，然后封闭洞口再去选择下一个目标。两三天后，孵化出的细腰蜂幼虫会慢慢吸食昏迷蜘蛛的体液，先食用肌体不重要的部分，吃完蜘蛛肌体的一半蜘蛛甚至还活着。当蜘蛛被吃尽的时候，细腰蜂的幼虫已经长大并开始作茧化蛹。

这种生存繁衍的寄生绝技，不仅为细腰蜂后代的成长创造了条件，而且被人类运用到农林虫害的防治中。

2

紧靠办公桌北面是两扇推拉窗。由于平时只推拉左边的内窗，右扇外窗基本不动，故右窗左侧的铝合金轨道一直空置着。

秋凉了，这一天清理推拉窗轨道上的落叶，却发现外窗空置的轨道槽里有一坨长约10厘米、宽五六厘米、厚约1厘米的黄土。用手一摸，外表光滑平整，并非是黄土，而是由坚硬、干燥的黄泥筑成。右手用力去抠，黄泥硬邦邦的很光滑，丝毫不动。

据以往经验看，这不是飘落的黄土，而是专门用黄泥筑成的什么东西。可到底是谁砌筑的呢？我一下子想到了土蜂。在童年的记忆里，土蜂就是用黄泥筑巢的，我曾多次敲碎并刺探过这种土蜂巢。

眼下的土坨很可能就是土蜂的杰作。

办公桌抽屉里正好有一把刮腻子的扁铲，便找出来用力从土坨底部铲了过去。土坨被铲开并破成了两块，果然如我所料是土蜂幼虫的巢。每块土坨中均有三个椭圆的巢穴，每个巢穴里都躺着一个黄白的、胖胖的、足有1厘米长的土蜂幼虫。

土坨外表坚硬平滑，封闭得严严实实，土蜂幼虫肯定是在巢穴建好前以卵的形式入住其中的。土蜂成虫不可能进入巢内给幼虫喂食，那么它们是凭什么长大、长胖的呢？查看了巢穴中的残余物，分明有蛴螬皮囊的碎屑。由此可以断定，土蜂是刺昏了蛴螬后将其带回，先在其体内产下一枚卵，然后将昏迷的蛴螬封闭在土穴里。

▲土蜂的幼虫

也就是说，当土蜂卵孵化后，幼虫会以昏迷的蛴螬为食，并一点点长成，直到幼虫老熟，蛴螬的尸体被吃完。于是，幼虫开始作茧化蛹，待来年春天羽化为新蜂，再咬破泥巢飞出来。

然而，仍有许多环节让人困惑不解：比如，土蜂巢外表光滑细密，很难有足够的空气进入，土蜂幼虫难道不会窒息吗？又如，土蜂巢外表非常坚硬而结实，羽化后的新蜂是怎么破巢而出的呢？

仔细查看土蜂巢发现，蜂巢底部与窗子轨道接触的平面上有一些微小的孔隙，分明是土蜂筑巢时故意留下的，可能正是这些孔隙保证了空气进入，使幼虫和蛴螬得以呼吸。

那么，蛹化后的新蜂又是如何突破坚硬结实的泥土壁垒，飞离巢穴并获得新生的呢？

我曾观察过蚕蛾钻出坚韧蚕茧的过程。羽化后的蚕蛾，先向头部上方的茧头部位吐出一些消化酶，这些消化酶能快速将茧头的蚕丝溶解成一个小洞。蚕蛾趁机从小洞顶出并不断挤大孔洞，最终挣脱了蚕茧的束缚。

所以，蛹化后的新土蜂一定有一套突破泥土巢穴的本领。或许是用液体腐蚀巢壁脱巢而出；或许是等待春天的雨水淋湿巢穴再乘机破壁……总之，一定会有点石成金的奇招妙法；否则，就不会有今天的种族繁衍和昌盛。

此外，还有一种寄生土蜂，它们并不是捉住蛴螬将其带回产卵后再封闭在巢里，而是直接追入蛴螬巢穴将其蜇刺麻痹，然后在蛴螬体内产卵并就地封闭。如此一来，蛴螬的巢就变成了自己的墓地和新生土蜂的出生地。

3

寄生蜂种类繁多，颜色不同，仅姬蜂科就有近40000种。

寄生蜂的寄生形式可分为外寄生和内寄生。外寄生就是把卵产在寄主的体表，内寄生就是把卵产在寄主的体内，均是由雌蜂来完成。

一般情况下，一个寄主只会寄生一枚幼虫卵，但有时也会寄生多枚幼虫卵。

若寄主缺乏保护，寄生蜂会选择把卵产在寄主体内，那是为了减少外界对卵的伤害；若寄主生活在隐蔽处（如树木孔道）或结好的茧子内，寄生蜂则会把卵产在寄主体外，因为卵也会受到较好保护。

此外，寄生蜂还会根据自身体型大小和嗜好，有针对性地去选择适合自己的寄主。

著名的赤眼蜂因眼睛为红色而得名。由于它们个头太小，便选择了松毛虫、玉米螟、甘蔗螟的卵做寄主。它们把卵产在寄主卵内，而孵化后的幼虫便以寄生卵为食物。而大一些的寄生蜂则会钻入树的虫洞内搜寻天牛等幼虫。一旦发现天牛幼虫，它们便会迅速用尾部刺针将卵产在天牛幼虫体内。孵化出的幼虫便会以天牛幼虫为食，直到吃得天牛幼虫只剩下一层外皮。例如肿腿蜂。

▲神秘有趣的细腰蜂

但大部分寄生蜂喜欢将鳞翅目幼虫作为寄主。鳞翅目幼虫数量众多，且多为肉虫。一旦发现这些肉虫，寄生蜂们就会突然落到它们头部，用长针在其脑部注入麻醉液，然后把肉虫“抱回”洞穴让它们成为后代的食物。

《诗经·小雅·小宛》篇中曾有“螟蛉有子，蜾蠃负之”的诗句。螟蛉即指鳞翅目昆虫的幼虫；蜾蠃指的就是各种寄生蜂。古人认为蜾蠃有雄无雌，不能养育自己的后代。由于他们经常看到蜾蠃抱着螟蛉幼虫带回巢中，便认为是蜾蠃抱走螟蛉的幼虫去当义子抚养了。由于认识的错误，古人才有了“螟蛉有子，蜾蠃负之”的说法。

尽管古人认识有误，但毕竟发现了“蜾蠃负之”的现象。

到公元502年南朝梁代，著名医学家陶弘景经过亲自调查研究，揭开了“蜾蠃负之”的奥秘：说蜾蠃种类繁多，而且有雌雄之分。它们抱回螟蛉的幼虫原来是为了在其身上产卵，以喂养自家卵孵化后的幼虫。

神秘的寄生蜂以它们复杂多变的寄生绝技，为大自然的生态平衡发挥着自己应有的作用。许多寄生蜂——如姬蜂、金小蜂、赤眼蜂已成为人类防治农林虫害的出色卫士。

科普链接：寄生蜂为昆虫纲、膜翅目、细腰亚目昆虫，是靠寄生成长的昆虫，主要有金小蜂科、姬蜂科、小茧科等蜂类。它们寄生的对象有鳞翅目、鞘翅目等昆虫，还有蜘蛛，从卵到幼虫、成虫等各阶段均可被寄生，是从植食性蜂类进化到筑巢性蜂类期间的一群肉食性蜂类。其寄生方式主要有外寄生和内寄生两大类。前者把卵产在寄主体表，让孵化的幼虫从体表取食寄主体液；后者把卵产在寄主体内，让孵化的幼虫取食寄主体内的组织。

扑杀桃天牛

近几年来，星城小区主路两侧的碧桃遭遇到“红颈天牛”的疯狂洗劫：碧桃1米左右高的主干被天牛幼虫蛀食得千疮百孔。

由于路树管理部门疏于管理，对泛滥的天牛未采取有效措施，碧桃便一株株死去。每年冬天，工人们就像“收尸”一样，把死掉的桃树锯掉拉走，以致路旁400多株碧桃已所剩无几。

昔日星城主干道两侧，曾是绿柳依依、桃花盛开、姹紫嫣红，盛开的碧桃也成了远近闻名的星城美景。如今，一棵棵碧桃被锯成了树墩，剩下的孑遗也奄奄一息，怎不叫人扼腕叹息！

1

天牛分为锯天牛、花天牛、沟胫天牛等多个亚科，品种繁多、危害广泛，全世界约有2万种，我国约有2000种。

天牛是我童年就熟悉的一类大型昆虫，在杨、柳、榆、槐、桃、杏等树木上都能发现，盛夏时节甚至可以轻易捉到。

天牛的成虫威武雄壮，像铠甲包裹的武士：肚子形如长筒，略扁的胸背由硬甲包裹，一对长长的触角从头前生出，像雉鸡翎一样飘逸，且能自由转动；6条步足带有坚硬的锯齿，攀爬时迅捷有力；头上那对尖尖的、向内弯曲的大牙可以轻易咬开树皮；后背坚硬的鞘翅下有一对内翅，飞翔时外翅张开，内翅扇动，会发出“嗡嗡”的响声。

因为力气大、善飞翔，故有了“天牛”的名字；又因为嗑食树木时会发出“咔嚓、咔嚓”的响声而被称为“锯树郎”。

天牛的触角长而漂亮，足有十几厘米，几乎是身子的两倍。

每根触角由8~10节“小细棒”组成，每节“小细棒”上粗下细，仿佛是一节节插接起来一般。

天牛的颜色为黑色或褐色，以黑色居多。星天牛后背黑亮，还带着许多星星般的白点，十分漂亮，是故乡男孩子们喜欢捕捉的玩物。

抓捕天牛要有定力和勇气：由于天牛能散发化学气味，一旦受到攻击或惊吓，就会从身体气孔中散发出一种难闻的怪味，让捕食者或捕捉者望而却步；所以，捕捉天牛要能忍得住天牛释放化学气味的“熏陶”。再就是天牛成虫头前的一对大牙很厉害，倘若用手去抓，弄不好会被咬上一口，所以捕捉时，最好不用手与天牛直接接触。

我们的办法是：用高粱秆插个席篾小笼子，抓天牛时先用树枝将天牛从树干击落，接着用脚轻轻踩住，慢慢挪动鞋子将天牛露出，再用木棍夹住放进笼子里。

▲桃红颈天牛的成虫

被困住的天牛会乱窜乱爬，胸部发出“嘎吱嘎吱”的响声。待它们跑累了、累蔫了，再看准时机用细线迅速系住天牛一条或两条腿，然后将其放出，便有了放飞天牛的好把戏。它们会张开翅膀，拼力往上飞，但又受到细线牵引无法高飞，只得在空中“嗡嗡嗡”扇着翅膀，像直升机一样兜着圈子。

有时候，小伙伴们还会提着各自的“俘虏”举行天牛决斗，但千万不能让它咬着——那家伙的牙很厉害，会把手指咬破的。

李时珍在《本草纲目》中介绍说：“此虫有黑角如八字，似水牛角，故名。天牛处处有之。大如蝉，黑甲光如漆，甲上有黄白点，甲下有翅能飞。目前有二黑角甚长，前向如水牛角，能动。其喙黑而扁，如钳甚利，亦似蜈蚣喙。六足在腹，乃诸树蠹虫所化也。夏月有之，出则主雨。”

李时珍的观察可谓全面细致。

天牛对树木的危害主要在幼虫阶段。天牛的幼虫为淡黄色或乳白色，榆天牛幼虫甚至会长成紫红色。它们的身体前粗后细，有明显环状凸起，如同拉开的蛇形管，越到头部越粗壮，故又称“圆头钻木虫”。这种肥胖的虫子长可达四五厘米，头上长一对内弯强壮的黑牙，能轻易咬开坚硬的木质部，钻入树内。它们会在树内生活近两年，长大后扩出一个1厘米左右宽的孔道作茧化蛹，待到六七月雨季再羽化为成虫钻出蛹洞交配产卵。

因种类不同，有的天牛一年循环一代甚至两代，有的两三年才能循环一代，少数则需要更长的时间。

由于钻入了树内，喷洒农药很难奏效，故天牛幼虫的防治十分棘手，常常眼看着被害树木在衰弱中走向死亡而毫无办法。

产自我国的星天牛曾跟随货物到了北美，结果，到1996年纽约周围的树木便虫患成灾；几年后又传到了新泽西、伊利诺、安大略等多个区域，形成了难以消灭的树木虫害。

多年来，人们为防治天牛称得上是煞费了苦心。

2

危害星城碧桃的是“桃红颈天牛”。之所以叫这一名字，是因为其胸颈部分是红色的，而头部和桶状腹背是黑色的，且主要危害桃树，故称为“桃红颈天牛”。

▲星天牛成虫鞘翅上带有白色星点

面对碧桃树根部落下来的一堆堆黄色虫粪，我曾多次顺着虫洞深入挖掘，所看到的虫害让人触目惊心。

天牛3龄前的幼虫，主要啃食树皮到木质部之间的生长层。生长层是树木供应水分、养料、确保树木存活生长的关键组织层，一旦被蛀空，树木就会迅速衰败并走向死亡。到了3龄以后，天牛大幼虫便开始啃食碧桃坚硬的木质部。

倘若是在生长层危害，循虫粪挖掘，可捉到胖胖的、长着两枚黑色大牙的黄白色幼虫；若蛀入了木质部，挖掘就失去了意义，除了劈开树干，没有别的好办法。

消灭天牛的最有效办法，就是在它们羽化为成虫后及时捕杀。1只天牛成虫可产下三四十枚虫卵，杀死1只成虫，就等于消灭了几十只幼虫。

经过连续观察，发现桃红颈天牛成虫主要在6月底、7月初出现，交配产卵期可延续近20天。

按常理，树体健康的碧桃，天牛是很难攻入的。

桃、杏等树木都有一套自我防卫机制，一旦遭到外敌入侵，它们会迅速分泌一种黏稠的桃胶、杏胶，将伤口封住，把天敌闷死在洞内。

但这种防卫机制，是以树体健康为前提的。一旦管理无为，任凭虫害损害树木，病弱无力的树体难以分泌出防卫的桃胶，天牛便会大行其道。

星城碧桃就是在这种情况下被天牛乘虚而入的。

今年6月下旬，老天才下了第一场透雨。雨后的碧桃总算吸足了水分，开始尽力分泌桃胶以封堵树干上的众多伤口。“桃红颈天牛”成虫也在这个时节开始大量羽化。

羽化后成虫会在蛀道中停留几天，然后爬出虫洞尽快寻找配偶交尾，并把卵产在树皮缝隙中。

眼见成虫泛滥，我心中焦急，便去路边碧桃下进行扑杀。

“桃红颈天牛”身体坚硬，生命力极顽强。用树枝拍打到地面后，只要不是柏油路，用鞋子多次踩压后照样能匆匆爬行。用树枝拍打，用小石块摁压，直至牛角折断、肢体残破，它们还能踉跄着前行……

扑杀时，竟然发现一只短小的雄虫，正与地面上一只断腿、断角，严重受伤的雌虫在交配。那只雌虫是昨天被打伤的——天牛的生命力真的让人难以置信!

经过几轮巡视扑杀，几十只天牛被消灭了，但新的成虫仍在不断出现。晚上，与几位乘凉的老伙伴说起此事，大家纷纷表示：从明天开始，一起参加扑杀行动。

于是，碧桃树下，陆续出现了扑杀“桃红颈天牛”的老年志愿者的身影。

3

人工扑杀天牛成虫虽然有效，但很难大规模推广。

经过多年研究和试验，人们认识到，生物防治才是抑制天牛最环保、最有前景的科学手段。

1997年，中日专家在银川附近调查时发现，一些天牛幼虫在

▲天牛克星——肿腿蜂

▲天牛克星——花绒寄甲

木质内离奇死亡。进一步观察发现，死亡的天牛幼虫上面寄生着一种叫作花绒寄甲的昆虫。经深入分析发现，花绒寄甲是追寻到天牛幼虫后在它们身上产卵的。这些卵孵化为幼虫后立即向天牛幼虫发起攻击，先将其麻醉，然后吸食身体的营养，直至把它们的身体吃成空壳……

花绒寄甲幼虫长大后，作茧化蛹再羽化为成虫，然后继续寻找天牛幼虫产卵寄生……为此，人们对花绒寄甲进行了人工繁殖和饲养，然后将它们带到天牛发生区域释放。

花绒寄甲全身呈黑褐色，体长只有5~10毫米。其幼虫主要寄生在三龄以上的大幼虫身上，寄生率可达70%，是天牛幼虫的有力克星。

除了花绒寄甲，细长的肿腿蜂则是天牛小幼虫的天敌。

肿腿蜂是一种形似蚂蚁的小型蜂类，主要把卵产在三龄以下的天牛小幼虫身上，与花绒寄甲正好形成互补。肿腿蜂钻蛀能力极强，能穿过充满虫粪的虫道寻找到天牛幼虫，用毒刺将其麻醉后在其身上产卵。卵孵化为幼虫后便以天牛幼虫身体为食。

为此，肿腿蜂成为人工饲养防治天牛的又一种寄生蜂。

最近，《北京晚报》专门刊发了北京市园林科学院建设“天敌昆虫工厂”用于繁殖可寄生于天牛幼虫的天敌昆虫的报道。

“天敌昆虫工厂”，主要繁殖肿腿蜂和花绒寄甲，已经实现了规模化生产。该工厂年产肿腿蜂可达200万只，花绒寄甲成虫40万只，卵100万枚，并在11家市属公园进行了推广示范。他们先后累计释放肿腿蜂约1000万只，花绒寄甲虫约100万只。结果表明，示范区天牛危害率明显下降到5%以下，有效地保护了北京各大公园的古树名木资源。

可以预见，生物防治将是今后抑制天牛泛滥最重要、最有效的科学手段。

衷心希望星城碧桃的管理者能负起责任，尽快采取有效措施防治天牛。否则，不仅星城碧桃会消失殆尽，周边乃至更大区域的碧桃也会遭殃。

科普链接：天牛为节肢动物门、昆虫纲、有翅亚纲、鞘翅目、叶甲总科、天牛科昆虫的总称，为植食性昆虫，咀嚼式口器，有很长的触角，常常超过身体的长度，全世界约有20000种，我国约有2200种。大部分天牛幼虫蛀食树木，能对树木甚至建筑物造成严重危害。天牛分布广泛，不但能危害松、柏、椿、柳、榆、核桃、柑橘、苹果、桃和茶等树木，还会危害棉、麦、麻、玉米、高粱、甘蔗等粮食及经济作物，是林业、农业和人们生活中的主要害虫。

树胶与天牛

在家乡众多的果树中，桃树和杏树有一种特殊本能，就是能分泌一种黄褐色、半透明的胶体。那胶体初分泌时软软的，颜色、性状与熬制的肉冻相似；一两天后就渐渐变得晶亮坚硬，如同黄褐色的琥珀。乡人称其为桃胶和杏胶。

桃胶和杏胶黏性很好。在物资匮乏的艰难岁月，我们常去桃树和杏树的主干上寻找桃胶或杏胶，因为胶主要生在主干上。胶采回来之后，放进小铁锅里加水在火炉上慢慢熬，一直熬成黏黏的胶水状，然后装进墨水瓶以备上学使用。这是农家孩子自制的胶水。

▲桃树分泌树胶自我防卫

除了孩子们采胶熬制胶水，大人们也采胶，主要是为了顶替糨糊使用。

但时间一长，这种自制的胶水容易发臭。于是，就尝试着加进一些盐，果然除去了臭气，又延长了使用时间。

一场大雨之后，是桃胶、杏胶在树干上大量生成的时机。一缕缕、一簇簇树胶从树皮裂缝或孔洞中浸出来，就像变魔术一般。

为什么雨后胶体会大量浸

▲无力分泌树胶的碧桃被天牛幼虫蛀食

出呢？我猜想，一定是雨后树木养分旺盛、汁液充足，才浸出了这黏黏的胶体。可为什么浸出的不是汁液？且只有桃树、杏树才能浸出这种东西呢？

经过多年的观察我发现，桃树也好，杏树也罢，凡浸出胶体的地方，一定会有伤口，胶体就是从伤口上浸出的。我由此明白了树木浸出胶体的本能：一定是为了保护和愈合树皮上的伤口。至于为什么阴雨后树胶会增多，那是因为雨后树木无论是养分还是水分，都变得比较充裕，树木们就有了更多资源来加强自身伤口的防护。

其实，大多数树木受伤后，都会用分泌自身汁液的方式来进行自我防护。我们经常会看到，杨树树干裂开了，裂口中会慢慢流出黄黑色的液体；榆树受到伤害，会从伤口流出黄褐色的液体。

正是因了这一现象，人们才有意在橡胶树干上割去一缕树皮，促使乳白的胶液不断从伤口浸出，从而收获用途广泛的天然橡胶；在油松树干上斜割掉一溜树皮，让金黄色的树汁慢慢渗出，从而收获宝贵的松脂。

由此可知，桃树和杏树的自我防护形式只不过特殊一些，它们是把汁液变成了可凝固的胶体，就像橡胶树和油松树一样。

用分泌特定汁液的办法来保护自己可以说是植物的普遍手段。夹竹桃叶子中含有剧毒，不慎嚼食了就会致命。热带雨林中的见血封喉树毒性更大，如不小心汁液弄到皮肤上便会发生溃烂，弄到眼睛里就会失明，渗入血液中则会立即中毒死亡。

2000年，北京周边杨树上的舞毒蛾曾肆虐一时，后来在没有人工防治的情况下，不少舞毒蛾竟然纷纷挂在树枝上死去。为什么呢？专业人员解剖了这些舞毒蛾后发现，它们的肠胃已经被溶化。原来，是杨树体内产生了毒素，这才使舞毒蛾大难临头。看来，植物在危难关头，还能迅速自我合成有毒的化学武器来对付入侵的敌人呢！

每一种树木，几乎都有自己特定的天敌。通过一代代与天敌的斗争，树木们也相应进化出了对付天敌的一整套防卫机制。

在危害桃树、杏树的害虫中，除了吃叶子的毛毛虫，最主要的就是天牛幼虫。

天牛对树木的危害主要在幼虫阶段。天牛卵孵化成幼虫以后，初龄的幼虫即蛀入树皮。它们最初在树皮下取食，待慢慢长大后，便钻入木质部危害树木。幼虫的上颚十分强壮，能把树木坚硬的木质部蛀食成“隧道”，并在树内生活两年以上。

天牛幼虫蛀食树木时一定要有通往树皮外的“隧道”和开口，唯此才能把自己的排泄物和蛀食过程中产生的碎屑不断从“隧道”和开口处向外推出。

▲天牛幼虫在生长层危害桃树

待幼虫长大老熟以后，它们会在靠近树皮的“隧道”中筑成一个较宽敞的蛹室，用吐出的丝和木屑堵塞两端，并在其中蜕化成蛹，最后羽化为天牛成虫，再经“隧道”开口爬出来。

对天牛幼虫这种深入骨髓般的危害，许多树木缺乏有效的自我防御手段。我家西屋前那棵直径已半尺多的国槐，因为在丈余高的地方生了天牛，受到蛀食的那段树干竟然不断膨起变粗，最终在一场大风中轰然折断了。当我把折断的树干拉到面前仔细看，里面已千疮百孔，十几条白白胖胖的天牛幼虫就藏在木质部的一孔孔“隧道”之中。

▲肥胖的桃红颈天牛幼虫

类似的灾害在榆树、柳树、桑树上亦能经常见到。

但我发现，桃树与杏树的树胶居然能对天牛的幼虫实施“窒息封堵”。

那一次，我在草坪中一棵茂盛的碧桃树干上发现了有天牛幼虫“作案”的痕迹——碧桃树下出现了一小堆浅黄色的类似锯末一样的“虫子屎”。我顿时感到情况不妙，以我的经验判断，这是天牛幼虫留下的明显痕迹，眼前的碧桃恐怕要遭殃了。

然而，几天以后再去看这棵碧桃，树下的“虫子屎”并没有增加，树干上被蛀出的几处伤孔，竟然被黄褐色的桃树胶密密实实封堵起来，且十分坚硬。

一场大雨之后，桃树胶浸出得更多，连“虫子屎”也没了痕迹。

我恍然大悟，当初入侵树干的天牛幼虫，一定是被黏稠的桃树胶密密封堵在了隧道中。由于无法推出排泄物，没有了可移动的空间，隔断了外界的空气，天牛幼虫只能窒息而死了。

由此可知，黏稠的树胶是桃树、杏树自我保护、防止害虫入侵的有力武器。它们不仅可以抚平伤口，还能有力地去窒息消灭敌人，与人类的自身免疫系统十分相似。

可也有例外，同样是碧桃树，同样遭遇了天牛幼虫侵袭，但结果却是大相径庭。

一棵位于公交车站旁的碧桃树，遭到天牛幼虫的肆虐蛀食，树干上孔洞累累，黄褐色“虫子屎”落在树根周围形成了一堆堆明显的锥形体。我感到十分诧异：这棵碧桃为什么没有用树胶去封闭天牛打出的“隧道”呢？

仔细观察以后才发现，树干南侧的几个孔洞已经被黄褐色的树胶封闭，而北侧和西侧的孔洞赤裸裸暴露着。地上成堆的“虫子屎”就是从那里推出来的。

为什么树干北侧和西侧没能分泌树胶呢？由上而下查看了整株碧桃，我找到了答案。碧桃北侧和西侧的枝条有三分之二已经干枯，主干上的树皮也多半脱落，如此半死不活的羸弱之身，哪里还有能力和精力去分泌树胶呢？所以，只能任由天牛幼虫恣意妄为了。

看来，树木的自我防卫机制与自身体质紧密相关。身体健壮，自我防卫能力就强；身体垮了，防卫机能便会随之下降甚至完全消失。人体不也是如此么？

鸣虫蟋蟀

深秋时节，每逢听到蟋蟀清脆、颤抖而略显忧伤的鸣叫，便会想到《诗经·七月》中“五月斯螽动股，六月莎鸡振羽。七月在野，八月在宇，九月在户，十月蟋蟀入我床下”的诗句。

2000多年前的先人们就与蟋蟀相依相伴，可见蟋蟀与我们的关系源远流长。有关资料介绍说，蟋蟀的生存和进化史已有1.4亿年，比我们人类的历史不知要漫长多少倍。全世界的蟋蟀约有1400 种，中国约有30种。

1

蟋蟀是京郊孩子非常熟悉的一种小鸣虫，乡人们叫它们“蛐蛐”。“蛐蛐”是根据其叫声得来的。时间长了，乡人们就依声命名，赏给了它们“蛐蛐”的雅号。

蟋蟀大约分为家蛐蛐和野蛐蛐两大类。其外貌如同是蝈蝈的微缩版：身躯只有一两厘米，身体为黄褐色或间带黑色，头须细长，咀嚼式口器，大颚很发达，善于咬斗，一对前足和一对中足长短相似，头圆胸宽，肚子较大，背部有鞍，雄者长有带摩擦镜的翅膀，带刺的后足很发达，善于跳跃踢刺，折叠后微微外倾，腹部后面有较长的尾须，雌性腹后长有细长中空的产卵器。

家蛐蛐头须较短，个头较小，种类也较少。

20世纪六七十年代以前，一入秋季，农家孩子几乎每天都会与家蛐蛐邂逅。家蛐蛐又叫“灶马”，也是乡人起的名号。

“灶”者，土石垒砌，专营烧火做饭之设施。

那时候家家都要用煤火做饭，而煤火炉多砌在土炕前面。屋地下挖一个长方形储存煤灰的炉坑，上面用木板覆盖。炕沿下砌有一尺多深的炉洞，炉洞下有“火嗓”与土炕相连。夜间炉火余热可通过“火嗓”源源不断将土炕烘热，晚上睡觉便会感到格外舒服。

由于炉洞下有“火嗓”通过，炉洞内温度很高，因而成了农家的天然烤箱。

入秋以后，白薯收获，成了农家冬季的主食。每天早晨，孩子们便可以吃到的美味的“牛筋儿白薯”了。

所谓“牛筋儿白薯”，就是晚上将蒸好的白薯一块块放进炉洞，经一夜烘烤，水分充分蒸发，白薯表皮变得皱褶坚韧，吃上去不但咬劲儿美妙，而且更为甜蜜——是农家孩子绝佳的“早点”和享受。

记得天刚蒙蒙亮，便会悄悄地从炉洞内摸一块“牛筋儿白薯”在被窝里美美吃起来。

然而，有时会带上一只活物——就是“灶马”，会在被窝里蹦来跳去，让你浑身发痒。

“灶马”怎么会和“牛筋儿白薯”混在一起呢？原来，聪明的“灶马”也是来享用白薯美味的！

家蛐蛐为什么又叫“灶马”呢？一是因为它们对炉灶情有独钟，总爱聚集在炉灶周围。由于炉灶天天做饭，炉洞经常会有烘烤的白薯、窝头、土豆等食物，于是炉灶周围就成了它们的核心觅食地。二是它们行动迅速，善蹦善爬，如疾风快马，很不容易捉住。将这两个特点结合在一起，才获得了“灶马”的尊称。

“灶马”有咀嚼式的大牙，炉洞里的白薯、土豆经常被它们啃出一个个玉米粒大小的凹坑。但孩子们并不嫌弃，吃起来照样津津有味。

自然要想一些捕杀办法，但它们太机警、太敏捷，直接扑打效果很差。受纸叠苍蝇斗启发，制一个小口的纸袋，易进不易出，在袋中装入饵料放在炉洞内做陷阱，钻进去的“灶马”就无法从小口钻出了。第二天早晨，就会有十几只“灶马”被困住，成了鸡儿们的“点心”。

“灶马”在屋内的藏身处很多，炉灶、土炕、老墙的各种缝隙都可以成为它们栖息的家园和自由的“琴房”。

深夜的时候，不知哪只雄“灶马”高兴起来率先弹奏一曲，紧接着，另一只也会跟着唱和起来——就这样，你方唱罢我登场。于是，寂静的夜晚便显出了几许浪漫和美妙。

躺在土炕上，于幽暗的夜色中听着这响亮颤抖的小夜曲，蒙眬中会增添一种说不出的惬意。

赶上农家拆土炕，被熏黑的土坯缝中时常会发现成窝大大小小、密密麻麻的“灶马”。这时候，主人就会用开水泼浇将其烫杀，但“灶马”依然会绵延不绝。

2

▲蟋蟀中的“油葫芦”

田地中的野蟋蟀个头较大，品种也丰富：中华蟋蟀、“棺头板”“油葫芦”都是常见的品种。中华蟋蟀个头威武，长须飘飘，外貌形如家蟋蟀，但比家蟋蟀要大上一圈，黄褐的色彩也更为漂亮。“棺头板”的头部从触角根向下齐刷刷后斜，就像是棺木前脸向下倾斜的棺头板。“油葫芦”身材肥胖，通体黝黑，不但翅膀长，尾须也很长，就像是通体抹了油脂。

蟋蟀取食植物根茎叶，但有时也捕食青蜢、粉蝶幼虫等小昆虫，所以不能简单地把它们归于害虫之列。

蟋蟀喜欢较湿润的环境，浇地或整理蔬菜时常会看到蟋蟀四散蹦跳的情景。夏天气温高，蟋蟀们随意在枯叶下、土缝中便可以安身。只有到了入秋天凉之时，它们才会在地表打个浅洞做巢。

法布尔在介绍蟋蟀筑巢情况时写道："盖房子大多是在十月，秋天初寒的时候。它用前足扒土，还用钳子搬掉较大的土块。它用强有力的后足踏地。后腿上有两排锯，用它将泥土推到后面，倾斜地铺开……"

而挖洞盖房子的多属于雄性：一是为了避寒越冬；二是为了吸引雌性前来居住以繁衍后代。

蟋蟀没有耳朵，其听觉器官位于前足胫节上。也就是说，蟋蟀是靠前足胫节来感知声音的。

雄蟋蟀喜欢鸣唱，生性好斗，通过格斗获取食物、巩固领地、占有雌性。其个头比雌性小一些，前翅上有较复杂的发音系统，由翅脉上的刮片、摩擦脉和发音镜组成。鸣叫的时候，雄蟋蟀前翅举起，让刮片和摩擦脉左右摩擦，从而震动发音镜发出声音。

而雌性个头较大，翅膀短小，不能发声，尾部有针孔状产卵管，能够插入泥土中产下卵块。

初时倾听，雄虫的鸣唱似乎简单重复，但仔细听来其音调和频率却有着明显差异。遇雌虫时，雄虫的叫声会变得温柔可亲，分明在招乎异性——"快来吧，我在等你！"遇到同性闯入，雄虫会发出响亮威严的鸣叫，仿佛是在警告——"这是我的领地，快离开！"而一旦不识时务者执意闯入，一场捍卫领地的大战便会展开。用锋利的大牙猛咬，用带刺的后腿猛蹬……直到双方决出胜负，失败者狼狈逃走。此时，胜者会高展双翅，傲然发出响亮的长鸣，显得格外自豪与得意。

鉴于雄虫善于鸣叫和孤僻、好斗的本性，人群中醉心娱乐的一族便巧加利用，琢磨出“养蛐蛐”“斗蛐蛐”的一系列娱乐。

据史料记载，养蛐蛐、斗蛐蛐始于唐代，兴于宋代，盛于明清，至今仍余音袅袅。闲暇时，人们都喜欢带上自己训练好的蛐蛐，聚到一起一决高下，甚至押宝设赌。

南宋宰相贾似道不理国事，每日与妻妾、娼妓、宫女喝酒淫乐、斗蟋蟀，还专门写了《促织经》，是奸臣误国的典型，而《促织经》却成了世界上第一部研究蟋蟀的专著。

3

童年时，农家孩子也爱捉蛐蛐，但只为实用，并不晓得“斗蛐蛐”。捉住蛐蛐后，用草秆穿过后背的鞍子，一只一只连成一串，提回家后喂鸡儿。若捉的多是肥胖黑褐的“油葫芦”，就会拿到炉火上烤一烤烧掉翅膀，再放到炉洞里慢慢熥干，吃起来焦酥香脆，是孩子们一道解馋的小吃。

记得“斗蛐蛐”的游戏还是城里的一位堂兄传授的。

来到乡下后，他被地里蹦跳纷乱的蛐蛐惊呆了。堂兄是一位喜爱养蛐蛐、斗蛐蛐的中学生，在城里从没见过这么多蟋蟀，兴奋得他连连捕捉、欲罢不能。但他不要“棺头板”，说那家伙丑陋、不吉利；也不要“油葫芦”，说那家伙粗鲁、愚笨；只捉头须飘逸、身姿威武、颜色漂亮的中华雄蟋蟀，说这才

▲蟋蟀大战

上得了“斗蛐蛐”的台面。

找来盛油的小罐，放进两只准备好的蛐蛐，在堂兄的传授表演下，“斗蛐蛐”的大战便开始了。

“斗蛐蛐”的“斗”，其实包含两重意思：一是人去挑逗。两只蛐蛐放进罐里后，先要用细软的草杆连续拨动蛐蛐的口须，恼怒的蛐蛐便会情不自禁冲向对手；若触动尾毛，则会用后足猛踢，接着冲向对手。二是蟋蟀打斗。短兵相接后，两只蛐蛐或者用大牙相互撕咬，或者用后腿猛刺猛踢，甚至抱在一起翻滚。几个回合以后胜败分出，失败者轻者断须，重者伤腿，甚至会被咬破了肚皮……

看蛐蛐决斗，有一种惊心动魄的感觉，所以招惹得孩子们都上了瘾，村里很快兴起了一股斗蛐蛐的热潮。

但村里大人并不支持这种游戏，说是玩物丧志，不务正业，闲得没事。堂兄走后，短暂的斗蛐蛐热潮也很快变得清冷下来。

说来也是，农家人整天忙着农事，忙着生活，哪有什么心思去斗蛐蛐呢?

而城里人斗蛐蛐的习俗一直绵延至今。据说北京城现在仍有10万多名蟋蟀爱好者，在蟋蟀专业委员会注册的就有1000多人。京城的一些公园，经常会看到三五成群的人们围观着看斗蛐蛐。

▲叶子上的中华雌蟋蟀

夏末秋初，是蛐蛐恋爱繁殖的季节。这一点从蛐蛐的叫声中便可得知。

宁静的秋夜，草丛中会传来众多阵阵清脆悦耳的鸣叫声。这是雄蟋蟀发出的约会信号。听到这种歌声，附近的雌蟋蟀便会根据歌声做出选择，进而靠近选中的对象。

蟋蟀鸣唱本来是一种秋虫恋爱的自然现象，但人们听了却会因心境不同而产生异样的感受。

李清照在《行香子·七夕》中写道："草际鸣蛩，惊落梧桐。正人间，天上愁浓。"

陆游在《蝶恋花·桐叶晨飘蛩夜语》中写道："桐叶晨飘蛩夜语。旅思秋光，黯黯长安路。"

"蛩"，古时指蟋蟀，也指蝗虫，诗词中所指的自然是蟋蟀。鸣蛩愁绪，反映了作者伤感无奈的心境。

可我总觉得蟋蟀的叫声很美妙，让人陶醉。听到路边草丛悠然传出蛐蛐的叫声，我会静静停下来蹲在一旁倾听，希望循着声音发现乐师的踪迹。但乐师太聪明、太敏感了，只要有一丝声响，那音乐便会戛然而止。

科普链接：蟋蟀为节肢动物门、昆虫纲、直翅目、蟋蟀科昆虫，亦称促织、蛐蛐、夜鸣虫、将军虫、秋虫、灶马等，分布地域极广，已有1.4亿年的历史。世界上已定名的蟋蟀有1400种以上，中国约有30种。蟋蟀喜欢较湿润的环境，以植物和小虫为食，一年繁殖一代，10月产卵，卵块在土中越冬，第二年仲春孵化为若虫，属于不完全变态昆虫。若虫三四天蜕一次皮，经过6次蜕皮变为成虫，寿命大约为5个月。雄蟋蟀生性好斗，"斗蛐蛐"习俗始于唐，兴于宋，盛于明清，至今仍有赛事活动。

纺织娘的歌唱

纺织娘是农家孩子非常熟悉的一种小昆虫，童年时经常抓来玩耍饲养。

纺织娘长得玲珑而纤巧，因地域不同，人们又把它们称为“筒管娘”“络丝娘”“纺织郎”“莎鸡”等，乡人则称纺织娘为“铜钟儿”。

之所以叫纺织娘，是因为其雄性背上的两个翅膀震动时会发出连续的“织呀、织呀、织呀”的震动声，犹如织女摇动纺车在不停地织布，因而被人们称作纺织娘。

故乡人称其为“铜钟儿”，是因为这种小昆虫发出的声响非常特殊，犹如敲击铜钟儿发出的声响，“当啷儿……当啷儿……”清脆而悠远，还带着袅袅余音。

就我的感觉来说，叫“铜钟儿”似乎更准确、更贴切、更形象。

我国最早的诗歌总集《诗经·七月》中，便有“五月斯螽动股，六月莎鸡振羽”的诗句。斯螽就是指蝈蝈一类会叫的蝗类昆虫，善于跳跃，以植物叶片为食。莎鸡就是纺织娘，雄性振动翅膀能发出声响。这两句诗的大意是：五月斯螽弹腿响，六月纺织娘抖翅膀。这是我国古代文献中最早描写斯螽、莎鸡的诗句，描摹状物形象而生动。

纺织娘体长五六厘米，有绿色、淡绿、黄褐色等多种体色。紫红色的较为少见，属于珍贵品种，俗称“红纱娘”；淡绿色的称为“翠纱娘”；深绿色的称为“绿纱娘”；黄褐色的称“黄纱婆”。在多种体色的纺织娘中，“翠纱娘”“绿纱娘”是最为常见的品种。

▲纺织娘

纺织娘的体形犹如一枚袖珍的侧扁豆荚。它们头部较小，外翅发达，宽度能盖过肚皮，长度能超过腹部许多，翅膀上常有纵列的黑色斑线。雌性的产卵器长在腹部后面，呈弧形上弯，犹如一把精巧的小马刀。雄性的翅膀上有两片透明的发声器，相互摩擦可以发出清脆的响声，与蝈蝈、蛐蛐相似。其黄褐色的触须细长如丝，可达8厘米；折叠的后腿长而有力，极具弹性，弹跳时可将身体弹向空中并跃向远方。

纺织娘一年发生一代。白天，它们多在植物茎叶间静静休息；晚上，则出来觅食并发出鸣唱。雄性纺织娘的歌唱，主要是为了吸引雌性。若有雌性闻声而至，雄虫则会更加卖力地表演，还会转动着身子，逐渐靠向雌虫。婚配以后，雌虫会将卵产在植物的嫩枝上然后死去。小小虫卵有非凡的抗冻机制，整个种群主要以卵的形式度过寒冷的冬天。

纺织娘喜欢吃南瓜、冬瓜、丝瓜等植物的花瓣，也喜欢吃许多植物的叶子，所以农民们将其列为害虫。

但在我的感觉里，纺织娘的危害微乎其微，而“叫声”美妙，甚至让人产生了强烈的怜爱。

夏末秋初，经历过数次蜕皮与生长，纺织娘由若虫发育为成虫。而长到了成虫，雄虫才有了“歌唱”的条件和资本。

夏秋之交、傍晚前后，纺织娘的歌唱便会在农家周围、田野草丛纷然响起。这细微的、略显忧郁的连绵之声，如秋雨般润泽、微风般吹过，让人感到悠然宁静，全无了烦躁焦虑之气。人也会在倾听与陶醉中氤氲出澄净如水的心情。

因为纺织娘的歌唱，乡村孩子才像对蝈蝈和蛐蛐一样，有了捕捉和饲养它们的强烈愿望。

纺织娘虽品种较多，但能作为饲养的只有宽翅纺织娘和窄翅纺织娘两类。

宽翅纺织娘腹体宽大，叫声抑扬顿挫、高亢洪亮，高低音交错循环，每次可反复鸣叫很长时间，因翅宽体大，故命名为“宽翅纺织娘”。这种纺织娘喜欢生活在阴凉的灌木丛和林荫下的草丛中，喜阴暗，怕强光，行动较迟缓，一旦受到惊吓会立即跳跃逃走。市场上出售的纺织娘多是这一类，而故乡却很少见到

故乡常见的是窄翅纺织娘，每次鸣叫可达数分钟，声音较为

▲肢体柔弱的纺织娘

纤细，音域相对较窄，介于蝈蝈和蛐蛐之间，捕捉起来比蝈蝈、蛐蛐容易多了，丝毫不用担心它会咬你。

纺织娘鸣叫的时候，或驻足原地，抖动外翅，露出内翅；或一边鸣叫，一边缓缓移动。听到纺织娘的歌唱，悄悄搜寻，循声侦查，很容易发现它们的行踪。

比起蝈蝈和蛐蛐，纺织娘就像是行动迟缓、穿着高跟鞋的女士，受到惊扰时不是立即飞起，而是匆忙一跳，既不敏捷，也不迅速，且柔弱的身体、细长的大腿极易受到伤害。

所以，捕捉时不能鲁莽地用手去扑，而应轻轻去扣或用网兜拦截，唯此才能保证纺织娘肢体完整。

孩子们捉住纺织娘，多会用高粱秆剥下的细篾子做笼栏，用剥出的白色秆瓤做框架，插一个三角锥体或长方体的小笼，作饲养纺织娘的“家”。

但我觉得这对纺织娘来说不自由、受束缚，且要天天记着喂食，所以我只把捉回来的纺织娘放在院子的瓜架上散养。

我家小院的南部是一块菜地，菜地周围用树枝扎成篱笆。篱笆北侧栽了4根1丈多高的木桩，以木桩做支撑，借助北屋房檐，搭成了一个两丈多宽的瓜架。谷雨前后，我们在菜地北侧挖出瓜埯，施足底肥，种上南瓜。一个多月后，蓬勃的南瓜秧就爬上了搭好的瓜架。夏末秋初，正是南瓜累累、瓜花盛开的季节，所以纺织娘尽可以大快朵颐，在瓜架绿棚上任意游走。

有了这种富足而自由的生活，它们的鸣叫也自然潇洒开心。

晚饭后，一家人坐在瓜架下扇着蒲扇聊天休息，纺织娘也开始了它们开心的鸣唱。

悄悄站起来在瓜架下仰头搜寻，便会在一朵瓜花、一片瓜叶或一个小南瓜上发现它们怡然振翅的身影。有了这种歌唱相伴，农家艰辛的生活便多了几分愉悦，农家孩子的饥渴心灵也得到了些许慰藉。

正因为如此，每年夏末，我都会捉几只纺织娘放在瓜架上。

但这种散养也有风险。一旦纺织娘不慎从瓜架上跌落，就会成为院子里鸡儿的美餐。

记得居住在城镇的奶奶、大爷、叔叔们都喜欢故乡的纺织娘。每年夏秋季节，我都要做好笼子，捉上几只纺织娘，和爸爸一起坐着“大鼻子公交车”，连同村里产的水果一起送到那遥远的城镇，直到1964年奶奶离世才停止。

如今，随着人们生活的日益多彩，纺织娘也进入了花鸟鱼虫市场。

饲养纺织娘没有任何危险，食物多样，喂养简单，非常适合妇孺群体。

那么，如何在市场上挑选一只好的纺织娘呢？首先要选择健康硕大的个体。体大者证明发育较好，鸣声也自然响亮。其次看身体结构。以头小、翅宽、背部发音镜较宽者为好，因为这种结构，鸣声洪亮有力，持续时间也长。最后要看大小腿6肢是否完整、触角长短是否一致。这也是区分纺织娘好坏的重要标志。

▲凶悍的小胡蜂捕食纺织娘 武德水 摄

饲养纺织娘还要选择好适宜的笼器，并注意悬挂于空中，以防家猫、老鼠、胡蜂去伤害它们。

深秋以后，室外的

气温会明显下降，虫笼要及早移至屋内并采取保暖措施以延长纺织娘的寿命。

▲京郊地区的纺织娘腿长、触角长，显得纤细柔弱

科普链接： 纺织娘属于节肢动物门、昆虫纲、直翅目、长角亚目、螽斯总科、纺织娘科昆虫。分宽翅和窄翅两大类，身体较柔弱，步足纤细，触角细长，喜食嫩叶和花朵。雄性背翅长有发音镜，相互摩擦会产生鸣响，是著名的鸣虫，常被捉回来饲养。广泛分布于京郊和全国许多地区。

蝈蝈声声

炎炎夏日，又见到成百上千的蝈蝈在高粱篾子编成的小笼子里囚着、哀哀叫着，被骑车小贩推到了集市上，心中不觉涌出了许多关于蝈蝈的记忆。

说到蝈蝈，不论是稚子还是成人大约都会幻化出许多美妙的回忆。

“有翅无毛不会飞，它在青哭得悲。青山在，它也在，青山归，它也归。”这是儿时常念叨的一首关于蝈蝈的谜谣，虽然年代久远，但由于对蝈蝈的偏爱，却仍牢牢印记在心里。

蝈蝈又叫聒聒、螽斯、油葫芦、土喳子等，属于节肢动物门、昆虫纲、直翅目、螽斯科、鸣螽属昆虫，我国南北方各地区都有分布。

北京地区的蝈蝈全身为绿色或铁绿色，具有紫蓝脸、红黑牙、粉白肚皮、膀大翅长、叫声洪亮等特点。

蝈蝈有一副健壮的圆柱形身体，头较大，复眼椭圆形，头上长着两条褐色的触角，像两根灵动的长丝，几乎超过了身子的长度。它们的胸背板十分发达，像盾甲盖住了中后胸，胸盾甲后面的短翅有褐色的脉络。雄蝈蝈长4厘米左右，雌蝈蝈稍长可达5厘米。雄蝈蝈的短翅上有闪亮如镜的发音器，而雌虫只有短短的小翅芽。雌蝈蝈的大肚子末尾有一枚扁长的产卵管，足有三四厘米，产卵时会把产卵器插入土中。

蝈蝈具有两条发达的后腿，上面带着两排尖利的小刺，遇到危险时它们会快速弹跳以击伤敌人或避开敌害。

▲身体黑褐色的铁蝈蝈

蝈蝈属于杂食性昆虫，爱吃瓜花、白菜、油菜、胡萝卜等植物，尤其爱捕食其他昆虫。野地里的蝈蝈主要以捕食蝗虫、蝉等害虫为生，是捕捉害虫的能手。

在蚂蚱一类昆虫里，蝈蝈的样子最威武：细长的双须在头顶灵动地摇曳，咀嚼式大牙慢悠悠咬合出一种不屑一顾的傲然，坚硬的背甲后生有两个短而长方的绿色双翅，便便大腹两侧折立着两条带刺的极具弹跳力的大腿。这一切，把蝈蝈武装成了蚂蚱一类昆虫中最为英武的“斗士”。

儿时曾拿着一只六七厘米长的大蝗虫“蹬倒山”与蝈蝈“交战”。结果，比蝈蝈长出两厘米的“蹬倒山”，不到一分钟竟被蝈蝈吃掉了半个脑袋！

然而，蝈蝈之所以被人喜爱，还是因为那清脆而悦耳的叫声。其实，把蝈蝈的欢歌当作“叫”，实在是误会。像其他昆虫一样，蝈蝈本来是不会发声的。蝈蝈的鸣唱，与蟋蟀、纺织娘一样，是由后背双翅的发音器(我们叫“镜儿”)摩擦振动而产生的声响；况且，只有雄性才有“鸣叫”的“资本”。这种“鸣叫”

是用来吸引异性、告知同性、警示敌人的。

仔细观察雄蝈蝈会发现，它们的左翅盖在右翅之上，鸣叫时两个前翅倾斜着竖起，来回震动摩擦，从而发出巨大的音响。两翅愈发达，摩擦就越有力，声音也越大。所以，捕捉蝈蝈时，要尽量选择那些翅膀宽大而厚实的个体。

在野外自然环境中，蝈蝈从小到大一共要蜕6次皮。蜕皮时它们用足抓紧附着物，头部先向下，继而用力向上拱，于是头胸中间的蜕裂线最先开裂，头部最先蜕出，然后是陆续蜕出前足、中足、后足、触角及腹部，前后要经历1个多小时。蜕完皮后，饥肠辘辘的草绿蝈蝈会把蜕下的皮大口大口吃掉以补充营养。

炎炎夏日，是蝈蝈最为活跃的季节。田野间、山坡上，蝈蝈的叫声此起彼伏，汇成了夏日山野间美妙的大重唱，仿佛是歌颂这火热的日子。雄蝈蝈们用动听的“山歌”呼唤雌性，蝈蝈情侣们进入了恋爱交配的蜜月期。

雌虫交配以后，食量大增，体重可迅速增加两三倍。待腹中的卵发育成熟，雌蝈蝈便开始产卵了。产卵时雌蝈蝈先把腹部向上提，使腹尾的产卵管能垂直插入土内，然后将卵分批产于土里。产完一批卵后，雌蝈蝈会抽出产卵管，用力向后弹土，将产卵孔封住，接着再继续产卵。每只雌蝈蝈能产卵大约三四百粒。

▲雌蝈蝈后部有刀型的产卵器

人们喜爱蝈蝈，但多数人并不知道捉蝈蝈的艰难。

蝈蝈十分机警，当人们循声走近时，它便戛然停止了鸣唱。由于身上翠绿的保护色和周围的荆棘枝叶融成一体，人们很难找到它的踪迹。即使偶尔发现，想去捕捉，可稍有动作，它就会眨眼间遁入草丛。所以，捉蝈蝈不能急，逼近后要屏气观察，发现目标后再酌情捕捉。可用双手悄悄向蝈蝈合拢，待靠近后突然合并，将其扣在手窝之中。这适于捕捉停栖在山荆上的蝈蝈。至于停栖在酸枣枝子上的蝈蝈，因枣枝上浑身有刺，故不能用手扣捕。可折一束荆枝慢慢伸向蝈蝈，诱其跳上，然后扣而擒之。

捉蝈蝈千万不能用手去抓，倘不小心被咬住手指，它将死不松口。儿时捉蝈蝈曾被咬破了手指肚，疼得抓着蝈蝈用力扯。结果，蝈蝈的头被扯掉了，那牙还嵌在手指上。后来才得知，遭了蝈蝈咬千万别硬扯，可用嘴向蝈蝈徐徐吹气，蝈蝈遇气则惊，牙则会慢慢松开。

然而，这些年来随着农药、化肥的大量使用，野生蝈蝈的数量大为减少。原来上山游玩，遍野都可听到蝈蝈的叫声；而现在，只能在人迹罕至的大山中才能偶尔听到这“天籁”之音。

晚秋以后，天气变凉，蝈蝈们也进入了生命的最后时光。野生蝈蝈从春季出土孵化到深秋死亡，整个生命周期为3个月左右，所以蝈蝈又叫“百日虫”。

早在商周时期，我们的先人们便对蝈蝈有了清晰的记录。那时候，人们把蝈蝈和蝗虫通称为“螽斯”或“斯螽”。宋朝时人们仍将蝈蝈与纺织娘混为一谈。只是到了明朝才有了“蝈蝈”这一特指的称呼。

中国人把蝈蝈作为宠物由来已久：宋代就有人开始饲养蝈蝈，明代时从宫廷到民间均把养蝈蝈作为一种休闲娱乐，到了清代则掀起了前所未有的养蝈蝈热潮。

清朝皇帝中，从康熙、乾隆直到宣统都喜欢养蝈蝈。乾隆游历西山，听到满山蝈蝈叫，不禁诗兴大发，即兴赋《榛蝈》诗一首："啾啾榛蝈抱烟鸣，亘野黄云入望平。雅似长安铜雀噪，一般农候报西风。蛙生水族蝈生陆，振羽秋丛解促寒。蝈氏去蛙因错注，至今名像混秋官。"上行下效，皇帝都喜欢，北京老百姓也把养蝈蝈当成了一种爱好，并逐渐形成了一种独有的蝈蝈文化。这种民俗文化至今仍在民间延续不衰。

▲在透明塑料罐中饲养的越冬铁蝈蝈

近年来，随着市场经济的深入，都市中出现了许多专做蝈蝈生意的小贩。每当夏季来临，便有农民推着自行车把成百上千只蝈蝈装进小笼子里运到城市出售，或者几元钱一只，或者十几元一只。看到一只只蝈蝈被困在拳头大的篾笼里，齐声哀哀，让人心里顿生无奈爱怜之感。

市场上贩卖的蝈蝈，小部分是从山村廉价收购的，大多数是人工饲养的。有需求就有买卖。如今，社会上出现了蝈蝈饲养专业户。秋后，他们将蝈蝈的卵块收集起来，待春暖花开时孵化饲养，长大后囚进笼子里到大街小巷去兜售。

将蝈蝈囚在笼中听其鸣唱，于人类是一种享受，于雌蝈蝈却是一场"失夫"的悲剧。因为，凡可鸣唱的"囚犯"，都是蝈蝈王国中的"男性公民"。那动情的鸣唱，原本是向雌蝈蝈送去的恋意情歌。

夏日时节，大批雄蝈蝈被捕捉后，送到城里卖掉成为人们的玩物。面对“失夫”的悲剧，雌蝈蝈们大约只有“无声而泣”了吧？

科普链接：蝈蝈为节肢动物门、六足亚门、昆虫纲、直翅目、螽斯科、鸣螽属、蝈蝈种昆虫，又称鸣螽、短翅鸣螽、中华短翅鸣螽等。通体铁褐色或绿色，触角细长鞭状，长于体躯，复眼卵圆形。前翅近膜质，较短，前缘向下倾斜，静止时左翅覆于右翅上方。雄虫左前翅中心有圆形发音器，右前翅的基部有光滑的鼓膜，可摩擦发声。听觉器官位于前足胫节基部外侧。食性较杂，各种小虫到植物茎叶均喜食用。是人们喜爱饲养的鸣虫之一。

坎坷绿蝈蝈

饲养任何宠物恐怕都免不了忧伤：养好了高兴，养不好伤心，且宠物终究会病死或老去，所以给主人带来的最终还是忧伤。

盛夏，去农贸市场买菜，突然听到了久违的蝈蝈叫声。

少年时的故乡，盛夏的蝈蝈会在山荆上叫成一片。于是，逮蝈蝈、养蝈蝈、斗蝈蝈……这鸣虫给村娃们艰辛的生活增添了一抹欢娱有趣的色彩。

顺着诱人的叫声望去，市场拐弯的一角，一个小贩正用自行车推着一蓬用高粱篾子编成的金黄多角蝈蝈笼在叫卖。蝈蝈笼只有拳头大，每个里边都有一只碧绿的蝈蝈。仿佛在向围观的人推销自己，虽然困在小小囚笼里，但绿蝈蝈们仍在卖力地鸣叫。

“卖蝈蝈喽——好养好活，10块钱一个！”小贩吆喝着。

孙儿就要上幼儿园了，对饲养小宠物非常感兴趣。我们曾为他养过桑蚕，喂过“倒退儿”，还饲养过一只大螳螂……也曾去过故乡的山野，想为他捉一只蝈蝈饲养，但寻遍了两个山坡，当年叫声一片的山野却连一只也没见到。

眼下，见到了这么多漂亮的绿蝈蝈，真有“踏破铁鞋无觅处，得来全不费工夫”的兴奋。我立即掏出10元钱，挑了一只正在鸣叫的蝈蝈。

1

回到家里，把蝈蝈笼提到孙儿眼前，孙儿高兴得又蹦又拍手，伸手要抢过去。

我知道蝈蝈的厉害，避过孙儿的抢夺告诉他：“看见它的两个大黑牙没有？爷爷小时候曾被蝈蝈咬住了手指，咬破了一个大口子不算，还流了一手鲜血！最可怕的是它咬住就不松嘴，即使扯掉了脑袋，大牙还咬在手指上……”

听了我的警告，孙儿害怕起来，再给蝈蝈笼也不伸手了。

京城养蝈蝈的行家，都用带盖的葫芦做笼室。这样，即使是冬天，也能把葫芦揣在怀里听蝈蝈鸣唱。好友张寿江来我家小坐，曾从怀里掏出了蝈蝈葫芦让我观赏。据说，冬养的蝈蝈可以活到第二年的五一节。

可现在我却没有地方去找养蝈蝈的葫芦。

为了给蝈蝈换一个更大的空间，也便于喂养和观看，我找来一个长方形透明的塑料盒：长20厘米，宽10厘米，高10厘米。在盒子里，蝈蝈的行动可一览无余。为保证盒内通气，我特意用烧红的铁钎在盖上烙出筷头般的几个小洞。

绿蝈蝈被放进盒子以后，大约很新奇，在盒子底部和四周爬来爬去，并用长长的两条触角感知着周围的环境，甚至爬到顶盖上倒仰着身子从小洞向外窥探。

▲身体壮硕的绿蝈蝈

说是小孩子养宠物，但侍候宠物的活儿几乎都是大人承担。孩子们只不过看看过程、长长见识、增长知识罢了。

在我的经验中，蝈蝈爱吃南瓜花，我便到小区周围巡视，从一家围墙的瓜秧上摘回了两朵含苞待放的花蕾。

让孙儿往蝈蝈盒里放进一枚，另一枚存放在冰箱里保鲜。

终于可以坐下来仔细看一看这只蝈蝈了。

真是一只名副其实的绿蝈蝈：头、胸、腹、翅、四条步足、两条折叠带刺的大腿皆为晶莹水绿，仿佛是绿宝石雕刻出来的一般；就连两条棕黄色的触须、两只棕亮的复眼也透着微微的浅绿。

根据颜色，蝈蝈可以分为"山青""草白""铁蝈蝈"和"绿蝈蝈"几个品种。故乡的蝈蝈为褐绿色，是典型的"铁蝈蝈"。"铁蝈蝈"比眼前的"绿蝈蝈"要大一圈，两颗黑色的大牙明显凶悍，尤其是两条棕黑的触须，比绿蝈蝈更长更灵动，且叫声洪亮清脆，浑身透着威武。

相比之下，这只绿蝈蝈则显得小巧了许多，有"小家碧玉"的感觉。

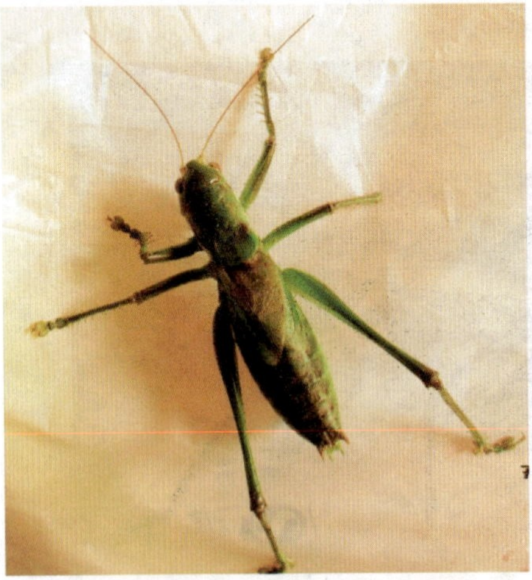

▲绿蝈蝈右侧第二步足脚掌缺失

但细心观察之后，我发现了一点缺憾：绿蝈蝈右侧第二步足的脚掌与脚勾竟然缺失了。

昆虫纲动物的共同特征就是胸部长有6条腿。蝈蝈的两对步足和胸后的一对大腿使它们既能蹦跳，又能攀爬。两条折叠的又粗又长的大腿是它们弹跳的"武器"，4条步足则是用于攀爬的主要工具。

蚂蚱、蝈蝈之所以能垂直或倒仰在光滑的物体上攀爬，主要得益于它们脚爪的特殊脚垫。这种脚垫，带有柔软的外皮，外皮上有细密的六角形杆状及树丛状组织，可以通过充血增加脚垫的摩擦力和附着力，甚至能制造出脚垫“真空”。这才使得蝗虫和蝈蝈获得了可任意攀爬的超凡能力。

可这只绿蝈蝈缺了一个脚掌和脚勾，攀爬力多少会受到影响。

我猜想，可能是饲养人在捕捉过程中不慎蹭掉的。

蝈蝈俗称“百日虫”，是说蝈蝈一般能活到100天。这只绿蝈蝈瞳孔比较小，颜色比较嫩，一看就知道是个风华正茂的“青年”蝈蝈。

为了拍摄几张照片，我让绿蝈蝈从塑料盒里爬到手上。

孙儿惊呼说：“它会咬你的!”

我告诉他，只要让蝈蝈慢慢去爬，不抓头部，它是不会咬人的。正说着，蝈蝈突然从我的手上蹦跳到地上，我连忙用手去扣，它便蹦着发出“吱啦啦、吱啦啦”的叫声。很显然，这是在表达愤怒和抗议。女儿拿来一棵白菜，慢慢把蝈蝈引到白菜上，它顿时安静下来。我拿起相机连连拍照，直到拍出了满意的照片，才捏着绿蝈蝈后背的“鞍子”，把它送回了塑料盒。孙儿则拍着手发出了开心的欢笑。

2

绿蝈蝈似乎很通人意，第二天早晨大家还没起床，就发出“蝈蝈蝈蝈”的叫声。但那叫声很微弱、很飘渺，仿佛来自很远的地方；但我知道，那就是绿蝈蝈的叫声。

来到塑料盒前我才恍然大悟：盒盖上虽然有几个气孔，但四周是封闭的，四周的塑料板阻隔了蝈蝈的叫声。我立即对塑料盒进行改造，在四周都烙出了许多小洞，蝈蝈的叫声果然洪亮起来了。

蝈蝈可吃的东西很多，瓜花、白菜、葡萄、胡萝卜、西红柿，均可作为食物，但它最爱吃的还是胡萝卜。看蝈蝈吃胡萝卜很有趣：前腿按着胡萝卜块，歪着头翕动大牙左啃一下、右啃一下，啃掉一块后慢慢咀嚼一番接着再啃，胡萝卜块上留下了一道道沟痕。

白菜、葡萄、西红柿（尤其是冰箱储存的）虽然也很受欢迎，但由于水分较大，蝈蝈吃了容易拉稀，所以要尽量少喂。

蝈蝈正常的粪便为一段一段，如铅笔芯一样粗细成型；倘若变成一滩一滩，便是腹泻了，必须赶快调整饲料。实践证明，胡萝卜是蝈蝈最喜爱的健康食品。

为了保证蝈蝈住所的洁净，每隔两天我就要对塑料盒清洗一遍，顺便让它到茶几上放放风。盒子洗净以后，用卫生纸将内壁擦干才放它重回家园。

精心地呵护，让绿蝈蝈长得很健壮，那美妙的、带着清脆水音的叫声成了一家人开心的源泉。

这天夜里，蝈蝈一直没叫。早上打开塑料盒，眼前的情景令我大吃一惊：绿蝈蝈右侧的大腿掉了，无精打采地蹲在旁边。

是谁？是什么东西把它的大腿弄掉了呢？问了家里所有人都说没有动过。盒子封闭着，没有东西进去的痕迹，那条掉下来的大腿还完整地躺在盒子底部。

到底是怎么回事呢？望着绿蝈蝈的大腿，我一时不得其解。

下午与老伙伴遛弯，大家说起了晒太阳增加维生素D才能吸收钙的话题。我忽然若有所悟：绿蝈蝈买回来已经半个多月，一直放在厅里的茶几上。客厅是背阴房间，终年难见阳光，绿蝈蝈是不是因见不到阳光身体缺钙，才造成了大腿自行脱落呢？

回到家以后，我立即把塑料盒端到了阳台窗台上。果然，两天以后，蝈蝈重新恢复了蓬勃生气。

▲在圆白菜上的绿蝈蝈

然而，晒太阳也没能从根本上解决问题。半个月之后，蝈蝈的另一条大腿也脱落了。

端着塑料盒子反复观察，苦苦思索着蝈蝈掉腿的原因。

蓦然，那盒子的高度引起了我的注意：上下只有10厘米的间距，而蝈蝈折起大腿就有五六厘米高。在如此低矮的环境中，蝈蝈用来弹跳的大腿毫无用武之地，只能当步足一样用来爬行，甚至成了累赘。俗话说“用进废退”，长时间不使用大腿，其功能必然退化，很可能是在环境的束缚中无可奈何脱落了。我寻思，倘若它在自然中蹦跳觅食，这情景一定不会出现。

或许还有食物的原因。在我的印象里，野外的蝈蝈多是以蝗虫和蛾、碟幼虫为食，基本属于肉食动物；可我们现在只喂它蔬菜瓜果，单调的营养恐怕也是造成大腿脱落的原因之一。

亡羊补牢，我开始尝试着从楼前草坪的树木上寻找虫蛾为绿蝈蝈补养身体。果然，绿蝈蝈对送过来的小虫子十分欢迎，一对大牙一两分钟就能把一两厘米长的小虫子吃下去。

3

蝈蝈对环境温度很敏感。一般情况下，25℃以上蝈蝈会大声鸣叫，下降到20℃时鸣叫的频率就会降低，低于16℃时就会停止鸣叫。

只剩下四条步足的绿蝈蝈成了残疾，失去了蹦跳的能力，但仍然顽强地爬着、活着，只是那鸣叫声变得颤巍巍的，明显缺少了底气。

一天傍晚，从幼儿园回来的孙儿去阳台看蝈蝈忘了关盖子。第二天早晨，我们才发现盒里的蝈蝈不见了。大家急忙在阳台四处寻找，可找遍了犄角旮旯也没见到踪影。一只失去蹦跳功能的残疾蝈蝈又能跑到哪里去呢?

到与阳台相通的居室搜索仍无所获。难道绿蝈蝈飞走了不成?我甚至怀疑它可能是死在了某个角落。

一天以后，我去客厅西侧的卫生间，意外发现绿蝈蝈竟在卫生间的地面上爬动！这太让人惊讶了：从阳台到卫生间，中间隔着南居室和客厅，距离近20米，能爬到这里来，对于只有4条小腿的残疾蝈蝈来说简直如同一次长征！

绿蝈蝈失而复得，我赶紧把它捧起来送回了阳台“老家”。

国庆节之后，天气渐渐冷起来。绿蝈蝈开始显得无精打采。只有阳光充足的中午，它才会哆哆嗦嗦叫上几声。

之后的日子，让人担忧的事情不断出现：先是蝈蝈左侧步足的脚掌脱落，接着右足的一个脚掌也断掉了……简直是致命的伤害。步足没有了脚掌，如同断了手指，绿蝈蝈完全失去了攀爬和平衡能力。它的“大限”为期不远了。

果然，挨到10月27日，可怜的绿蝈蝈死了。从7月中旬购买到死亡，绿蝈蝈共活了近百天，确实应了“百日虫”的说法。

绿蝈蝈的脚掌为什么也会自行断掉呢?我猜想，或许是因为塑料板太光滑，每天攀爬太费脚力，因而才出现了这意想不到的伤害?抑或是年老多病，生命之烛已燃烧到了尽头，才导致了肢残腿断?

小小的秋虫留下了诸多让人不解的疑团。

贪婪蚧虫

蚧虫，又叫介壳虫，乡人俗称为“树虱子”。为什么叫“树虱子”呢？因为它们像人身上的虱子一样叮住树木枝叶一处，便用刺吸式口器不停地吸呀吸，即使身体撑得鼓胀如豆也不罢休！一些树虱子从孵化为若虫到长大为成虫，几乎没有变换过叮咬的地方。

1

蚧虫的叮咬不动战法，使其逃跑也难；所以，只要措施得力，就地消灭它们不成问题。

但蚧虫为什么又屡治不绝呢？原因就在于它们惊人的繁殖力和自我保护功能，以及极强的隐蔽性和欺骗性。

▲桃球坚蚧成虫脱壳后交配产卵

它们悄无声息地生长，有一层坚固的介壳做保护，即使喷洒农药也很难将其毒杀。

雄蚧虫羽化后有翅能飞，可以随时寻找雌虫交尾。而雌蚧虫长到成虫也没有翅膀，且爬行能力严重退化，连移动一下都很困难，只能等雄虫寻上门来繁殖。

但雌虫绝不会消极等待。倘若没有雄虫，雌虫便会激

▲君子兰花柄上的蚧虫

发出一种繁殖绝活，那就是孤雌生殖，即不用与雄虫交配自己也能滋生后代。这一本领与蚜虫的繁殖模式基本一样。由此看，大凡低级的、处在食物链底端的昆虫，均可能用“孤雌繁殖”的策略来应对种族数量减少或被消灭的危机。

蚧虫的隐蔽性和欺骗性主要体现在三个方面：一是体色迷惑。蚧虫体色大多会与寄主树皮的颜色十分相近，粗看根本发现不了。二是静止不动。蚧虫刚孵化时在嫩叶嫩枝上活动，之后便会叮入一处树皮不再移动——因为移动的物体容易被关注，而不移动则难以被发现。三是潜滋暗长。蚧虫叮入树皮后，身体一点点变大，这种悄然渐变让人很容易麻痹。

再就是它们会分泌一层笼罩全身的蜡质壳，很厚、很硬、很结实，既可防水，又可防毒杀。有了这层防护，一般杀虫剂根本奈何不了它们。

卓绝的繁衍技巧，多种隐身、欺骗和自保伎俩，才使得看似愚笨的蚧虫能够从容生存下来。

2

在京郊地区，人们最常见的蚧虫是草履蚧、桃球坚蚧和柿绵蚧。

草履蚧是乡人们所说的椿树虱。

草履蚧主要吸食香椿、杨树、柳树等树木的汁液。由于枝条的营养被吸食，上面的芽叶会逐渐枯萎，最终导致树木衰微甚至死亡。

草履蚧的卵产在树根或墙缝、石缝中。初春，随着气温升高，越冬卵开始孵化，幼虫们会纷纷爬到附近树木的嫩枝、嫩叶上吸食树汁。它们叮住一处，一只挨一只，会将整根嫩枝团团包围，密得连树皮都看不见了。

记得岳母家院子里的香椿林，接连几年爆发香椿虱。这些身体扁平椭圆的“吸血鬼”，伏在嫩皮上，针状的吻刺进树皮去吸食，怪不得小树长不出嫩芽了呢！

岳母用手攥住小树干从下向上用力一捋，树干上的香椿虱瞬间变成了一把白绿色的液体，树干都被浸湿了！

于是，我和孩子们也戴上手套加入了灭树虱的大战。

查阅资料得知，消灭香椿虱还可采用阻隔法或诱杀法。在香椿虱上树前，在香椿树主干上刮去15厘米宽的一圈老皮，然后绕树缠上10厘米宽的一圈光滑的胶带，便可阻止幼虫上树。然后，每隔两三天便将阻隔在胶带下的幼虫踩死或用开水烫死，便可将虫灾消灭于萌芽状态。

还可以在树干周围挖一圈半径1米多的浅槽，槽里放进树叶、杂草以引诱成虫产卵，然后将树叶、杂草一并烧掉。

在京郊地区，对果树危害最严重的蚧虫要数桃球坚蚧，也就是乡人所说的桃树虱子。

▲香椿树上的草履蚧虫

当桃树幼芽萌动

后，桃树虱也开始出现了。刚孵化的幼虫为橘红色，有足，会爬行，但变为若虫后便开始定位取食。它们的体表分泌有一层白色蜡壳，常几只或几十只群聚在一起，形如一粒粒紫色小豆豆。到四五月份，幼虫长大蜕皮变为成虫。成虫成长迅速，体表蜡壳也变为红褐色。这时候，雌虫会分泌一种透明的黏液招引雄虫来交尾。交尾后，雌虫的球壳会变硬并转为暗紫色。它们在球壳下产卵，并直至死亡。这时候，雌虫的球壳则变成了不折不扣的卵囊，里面包裹着大量虫卵，简直就是一个奇特的卵袋！

之后，孵化的幼虫开始迅速扩散，先是危害叶背，然后爬到枝条上固定吸食树汁，最后以若虫的形式越过冬天……

桃树虱危害的主要对象是桃树、杏树、李树等果树。

上小学时，由于没有农药，发生树虱灾害后，村里会安排学校组织小学生去灭树虱。

▲桃树枝上令人肉麻的桃球坚蚧虫

京郊常见的蚧虫还有柿绵蚧，是危害柿树的一种白色树虱子。它们吸食柿树枝叶及果实的汁液，使嫩枝干枯，叶片皱缩，果实软化、萎缩、早落，是柿树的主要害虫。

▲柿果上的白色柿绵蚧虫

柿树虱幼虫披着一层白色蜡粉，在树皮裂缝及干柿蒂上越冬；待第二年柿树长出新叶时开始出蛰，一年可繁殖四代。前两代以危害叶子和新梢为主，后两代主要危害柿果。

刚出蛰的幼虫善爬行，吸食嫩芽、新梢的汁液，蜕皮以后开始固定取食。这时候，它们会在柿蒂和果实表面固定，分泌一层白色的蜡被将自己包裹起来，然后在里面大吃大喝，直至长大后交尾繁殖。

受到危害的嫩枝，轻则形成黑斑，重则干枯死掉。受到危害的叶片，则会纷纷早落。而受到危害的柿果，会变为红果、软果，然后坠落；即使没有坠落，受害部位也会变黑、凹陷、破裂、变硬，严重影响柿子的产量和品质。

3

蚧虫是世界上数量庞大的昆虫群体，其种类可达数千种以上。

它们绝大多数是农林果业的害虫，人类一直与其进行着长期不懈的拉锯战。但也有例外，如我国特有的白蜡蚧就是一种造福人类的有益昆虫。

白蜡蚧也叫白蜡虫，能够分泌白蜡，而白蜡是工业、医药和

▲女贞子上白蜡蚧虫分泌的白蜡花

人们日常生活中的宝贵原料之一。

中央电视台科教频道曾播放过一部《白蜡传奇》的纪录片。片中详细介绍了白蜡虫寄生于白蜡树以及生长、分泌蜡质、繁衍生息的全过程。

白蜡虫比蚜虫大不了多少，也是靠刺吸式口器插入白蜡树枝叶来汲取养分。白蜡虫的特点是：幼虫期能从尾部分泌腺分泌出白色的蜡丝。也就是说，白蜡丝是白蜡虫幼虫新陈代谢的产物，是它们的排泄物。而这种白蜡丝恰恰是我们所需要的宝贵白蜡的原料。

初春，蜡农们将孵化后的白蜡虫放到白蜡树上饲养。白蜡虫聚集在白蜡树上不断成长，树枝上很快会出现一片片白色的斑块——那就是宝贵的“蜡花”。一旦白蜡虫长到成虫期就不再分泌白蜡。这时候，蜡农们采摘“蜡花”的时刻就到了。

蜡花采摘之后，立即送至熬蜡房用开水熬制。漂亮优质的白蜡随之上浮，然后冷却，进而被提取出来！

据史料记载，我国饲养白蜡虫的历史已有1000多年。在没有化工石蜡的古代，先人们用饲养白蜡虫的方法获取珍贵的白蜡，进而制造出照明蜡烛，实在是一项了不起的发明。这也是中华民族对人类发展的重大贡献！

白蜡虫因能为我们提供宝贵的白蜡而被称为益虫。它们和桑蚕一样成为人们喜爱并饲养的有益经济昆虫。

由于蚧虫家族成员拥有强大的繁殖力，又有介壳做保护，因而控制起来十分困难。为减少蚧虫对农林果业的危害，除了人工防治，利用蚧虫的天敌来消灭它们也是一条重要途径。

据介绍，大红瓢虫、澳洲瓢虫、红点唇瓢虫、金黄蚜小蜂、软蚧蚜小蜂等都是蚧虫的天敌。这些天敌，有的直接猎食蚧虫，有的在蚧虫身上产卵使其成为幼虫的食物……

如果能将人工防治与天敌防治紧密结合起来，就一定能开创一条科学防治蚧虫的高效之路。

科普链接：蚧虫，又名介壳虫，因体外有蜡质介壳得名，为昆虫纲、同翅目、蚧总科、蚧壳虫种昆虫，是柑橘、柚子、桃树、李树、杏树等果树的重要害虫。雄性有一对柔翅，足和触角发达，能飞；雌虫无翅，足和独角退化。幼虫和雌虫一经孵化便终生寄居在枝条、叶片或果实上，用刺吸式口器不停汲取果树养料，造成叶黄枝枯、果落树衰的恶果，且易诱发煤污病。每一种介壳虫都有特定的宿主，主要危害树木的根、皮、叶、枝、果实。京郊地区的介壳虫主要有草履蚧、桃球坚蚧、柿绵蚧等。

夺命猎蝽

猎蝽，是一种食肉型昆虫，因猎捕对象多为各种蝽类小虫，故名猎蝽；又因抓住猎物后立刻用尖喙刺入体内并毒杀猎物，故又称刺蝽。乡人叫它们“抱钩子”，是说它们抱住猎物后就用尖嘴钩进猎物身子里。

猎蝽与蚁狮、蚜狮等有许多相似之处：都是食肉昆虫，都是用大螯或尖喙刺入猎物身体注入毒液使其昏迷，都是注入消化酶后吸食猎物的体液直至干瘪。所不同的是，猎蝽的武器是1枚由3节喙管连成的、能下弯折叠的尖利单喙，而蚁狮和蚜狮的武器则是头前一对向内弯曲的尖螯。

1

猎蝽喜欢在灌丛、花草等植物上活动，有时也躲藏在树洞、石缝或树皮下休息，更喜欢在地表上爬行狩猎。

从外表看，猎蝽似乎与步甲虫很相似，都是头小肚大、身体前窄后宽，但猎蝽颈部较窄，革质和膜质的软翅也显瘦窄，故称半翅，盖不住宽大肚背的两侧；而步甲虫则颈部较宽，翅膀为坚硬宽大的鞘翅，会把整个肚背都遮盖保护起来。

猎蝽虽然没有步甲虫坚硬的铠甲做保护，但其胸部和腹部外皮相对较为厚硬，在一定程度上起到了护甲作用。

猎蝽的利喙分为3节，可向下、向内折叠弯曲，不用时可折窝在前胸板中央的纵沟内。由于沟底有细密横列的棱纹，利喙端折窝在沟中时，能与横纹相互摩擦，发出猎蝽独有的叫声。

而一旦捕猎需要，折窝的利喙可立即弹出投入战斗。所以，即使有人发现了猎蝽，也很难看到它们胸下的尖喙，故常以为它们是步甲虫之类。

猎蝽不善追逐捕猎，多采用蹲守待猎的伏击方式。发现有椿象、肉虫、甲虫在周围活动，猎蝽会静止不动，用一对分节的、可灵活转动的触角时时感知着猎物的远近和具体位置；一旦进入攻击范围，它会突然扑上去用带刺的前腿将猎物死死抱住，然后将利喙迅速刺入其体内。

对猎蝽捕猎时所表现来的出色麻醉魔力，乡人并不了解。

看猎蝽抱住、钩住一条大肉虫扭在一起，但肉虫很快不动了时，大人们会说："这'抱钩子'简直有什么迷魂术，虫子被它一抱就睡着了……"

他们并不晓得是猎蝽的尖嘴插入了虫子身体且注射了毒液，那虫子才被麻翻的，因而为猎蝽赋予了能"迷魂"的传说。

猎蝽喜欢捕食鳞翅目、鞘翅目昆虫的幼虫。这些幼虫身体柔软，体液丰富，只会爬行，捕捉起来相对容易；也敢于对体壁坚硬的椿象、蚂蚁，甚至有毒刺的蜂类发起进攻。

▲红猎蝽尖喙瞬间插入猎物体内

捕猎时，猎蝽会根据对象不同采用相应策略。若是毛虫、肉虫之类，会采用大胆进攻战法。尽管虫子身体比自己大许多倍，但外皮软弱，很

▲猎蝽捕虫图　　刘申 作

容易被尖喙刺穿，所以会毫不犹豫扑上去，几个回合下来，虫子就会停止挣扎。猎蝽食量很大，先向虫体内注入消化酶，然后用尖喙做吸管，把粥一样的体液一点一点从容吸光，只剩下一层瘪瘪的外皮。

若捕捉对象是椿象之类，就没那么容易了。椿象的外皮很坚韧，如同一层革质，不能轻易戳破。而猎蝽自有对付的办法：抓住椿象后，猎物会扭动盾牌状的身体拼命挣扎，同时会从臭气孔喷发出一股股恶臭，试图使对方无法忍受而放弃。但猎蝽根本不惧怕椿象的臭气，而是抓抱得更紧，并快速用利喙试探着刺向椿象腿的根部或背甲下面——那里是椿象最柔软的部位，一旦被刺中，椿象就会迅速失去知觉而成为俘虏。

2

在野外，有时会见到两只猎蝽抱在一起，上面的一只比较瘦小，下面的一只比较肥大——这是一对交配中的情侣。上面的是雄猎蝽，下面的是雌猎蝽。这样的缠绵景象会维持一天左右。交配结束后不久，雌虫会用针状产卵器，或者将卵产于植物枝叶上，或产于松散的土壤中。卵粒有黏稠的胶状物粘连，会结成卵块，有利于提高幼虫孵化时的生存率。

猎蝽的卵非常有特点，每个圆柱形卵囊都有一个明显的卵盖，与胡蜂抚育幼蜂的六角蜂巢十分相似。

春暖花开时节，越冬卵开始孵化。

猎蝽属于三变态昆虫。小若虫一出生就具有猎蝽成虫的模样：喙三节，能弯曲折叠在前胸下方的摩擦沟里，能像成虫那样去麻醉捕食其他小昆虫。

随着成长，幼虫会经历多次蜕皮才能变为成虫，与蝈蝈、蟋蟀幼虫的成长过程基本一致。

猎蝽家族庞大、种类繁多，食肉的本质基本相似，但也有口味特别的异类。比如，马陆臭气哄哄，怪味难闻，躲之尚不及，可有的猎蝽居然对其偏爱有加；步甲虫外壳坚硬，味道怪异，体液黏稠，而有的猎蝽却对其情有独钟；蚂蚁充满蚁酸，体液也不丰富，但食蚁的土猎蝽总是视其为美味……这些奇怪的嗜好其实也算正常。我们人类不也是“萝卜、白菜各有所爱”吗？

猎蝽的分布不只局限在陆地，水塘里也会看到它们的身影。

那年初夏，带着孙儿去附近马头湾水塘看蝌蚪。在一个浅浅的泥水坑里发现了一只儿时见到过的“水蝎子”。灰褐的体色几乎与泥水融为一体，如蝎子般长圆而扁的身子贴在水底足有2厘米，两条前腿已演变成弯曲的大螯，支撑身子的4条步足深入泥水一动不动，一条如蝎尾似的尾须拖在身后几乎与身子等长……果然如蝎子一般让人骇然！

就在一家人惊异这水虫长相的时候，一尾小虾一个蹦退跳到了“水蝎子”面前。只见这怪物倏然挥动一下双螯，大家还没明白是怎么回事，那小虾已被大螯牢牢钳住，并送到了“水蝎子”头前。那“水蝎子”几乎没有头，身子前面只有一个略微凸出的小三角。一对小眼、一对短短的触须就长在那个三角头上。

大家以为饕餮的撕咬和吞食即将开始，但“水蝎子”只是快速将尖喙刺到小虾身体里就静静不动了。

怎么回事呢？难道它对小虾不感兴趣？我们一时不解。

▲水中的蝎蝽捕食小鱼、小虾等水生小动物

但过了一会儿，大家发现，那小虾的身体似乎在一点点变小、变瘪，身体内可看到的一点黑色内脏也不见了……我忽然想到了蚁狮和蚜狮，想到了猎蝽。

回家以后，我把拍到的照片与网上资料核实，果然得到了预想的答案："水蝎子"学名叫"蝎蝽"，属猎蝽科水生昆虫，主要捕食水中的小鱼、小虾、蜻蜓幼虫等。其猎捕和进食方式与猎蝽并无二致，而它身后那条长长的细尾巴原来是呼吸器官，是用于在水中呼吸空气的。

由此可知，水中亦有猎蝽家族的天地。

3

猎蝽家族成员和我们人类一样，有胆大者，有胆小者，也有聪明狡黠的智者。

蜜蜂是带有毒针的危险昆虫，但食蜂猎蝽却专门在花朵上伏击蜜蜂。

当蜜蜂"嘤嘤"飞舞着落到一朵鲜花上满心欢喜、专心致志采蜜时，猎蝽便会瞅准时机，选准部位，一个猛扑抓住蜜蜂的头胸部，然后把利喙迅速刺入蜜蜂头颈接合部。这里不但柔软，而且是蜜蜂的中枢神经所在地。一旦被猎蝽刺中，蜜蜂连反抗还手的机会都没有；可一旦错过良机，被反抗的蜜蜂用蜇针刺中，猎蝽也会被蜜蜂反杀。

所以，勇敢者绝不是鲁莽者，艺高而胆大才是真正的勇士。

白蚁是南方人烦恼的害虫，而食蚁猎蝽却是白蚁的重要克星。

猎蝽捕食白蚁主要采取两种办法：一是蹲守在白蚁巢前埋伏等待，待白蚁出现后立即扑上去。由于白蚁没有视力，全靠嗅觉行动，所以很容易成为猎蝽的俘虏。而一旦得到蚁胞遇难的气息，其他白蚁会纷纷前来救援。这就为猎蝽连续捕杀创造了条件。当然，也要适可而止、知难而退，否则就会被白蚁群所围猎。二是悄悄埋伏在蚁巢垃圾存放地。白蚁有清理巢内垃圾的习惯。一旦有清理垃圾的白蚁到来，猎蝽就会从垃圾中冲出去捕获猎物……

这些善于伏击和伪装的猎蝽应算是富有心计的猎手。

猎蝽中还有一些醉心于伪装的胆小者。

比如土猎蝽，我国最早的辞书《尔雅·释虫篇》中称其为“傅，蝜蝂”。柳宗元在《蝜蝂传》中也称其为“蝜蝂”。

土猎蝽的最大特点，就是捕获蚂蚁等猎物后，会把吸完体液的尸体扔到背上。由于它们后背会产生一种黏液，所以这些尸体会黏在背上越积越多。

▲猎蝽外表很像椿象

于是，柳宗元写道：“蝜蝂

者，善负小虫也。行遇物，辄持取，卬其首负之。背愈重，虽困剧不止也。其背甚涩，物积因不散，卒踬仆不能起。”

自我伪装是一种自保行为，是为了遮盖自己，迷惑对手。猎蝽虽然强悍，但毕竟是小小的昆虫，周围窥视它们的天敌很多，所以必须想方设法隐蔽住自己。

猎蝽长相丑陋，灰头土脸，但大多数猎蝽是消灭椿象等害虫的能手。它们在农林虫害防治方面发挥着不可替代的作用。

科普链接：猎蝽，为节肢动物门、昆虫纲、半翅目、异翅亚目、猎蝽科昆虫。全世界约有3000种，我国约有300种。多生于暖热地带，主要捕食蝽类等有害昆虫。喙分三节，向下呈弓形，能折叠于头、胸、腹面下的纵沟内，最前一节短而尖利，刺入猎物体内可分泌毒液，亦可吸食猎物的体液。头上有带节的一对长触角，头后有细颈，颈背有翅，体长1~2.5厘米不等，多为黑色或深褐色，亦有色泽鲜明种类。属不完全变态昆虫，孵化后的若虫与成虫相似，几次蜕皮后变为成虫。

星彩瓢虫

瓢虫，是孩子们最容易看到和抓到的小昆虫。从春至秋，在野外几乎都能见到，甚至在冬日朝阳的屋檐、窗户上也能看到它们的身影。

1

瓢虫是昆虫大家族中多星多彩的一族：不但有红、黑、黄、浅黄、橘黄、黄褐等多种颜色，还有带二星、四星、六星、七星、九星、十星、十一星、十二星、十三星、十四星、二十八星的多种“将星”，此外，还有不带“星”的大红、红环、纵条等其他种类，称得上是一个华丽多彩的大族群。

资料介绍说，全世界瓢虫科甲虫共分为7个亚科，亚科下又分为近500属，共有5000多种。中国记录的则有近400种。

瓢虫因有椭圆形的龟背凸起，身体形状犹如农家舀水用的水瓢而得名“瓢虫”。而农家人却叫它们为“红娘子”“花大姐”“臭龟子”。

▲交配中的瓢虫

叫它们“红娘子”，是因为瓢虫里红色居多；叫它们“花大姐”，是因为它们的龟背上多带着不同的星点；叫它们“臭龟子”，是因为被抓以后它们会从脚关节分泌出一种难闻的黄褐色液体，让你闻之生厌而不得

▲杠柳叶上的瓢虫

不丢弃。

瓢虫还有一招逃避敌手的绝活。一旦被捉，它们就会瞬间缩起6条短腿，仰面朝天做假死状，让敌人弃之或放松警惕。而它们，则会趁机起飞逃之夭夭。

瓢虫的体长不足1厘米，呈半球状，6条腿和1对触角都很短小，整体上显得局促而精致。1对鼓起来的外翅如晶亮的盾甲覆盖着身体，外翅下有1对膜质的内翅，能展开飞翔，飞起来像是生了翅膀的甲壳虫小汽车。那对坚硬的鞘翅是瓢虫自卫的盾牌，一般昆虫很难对其造成伤害。

瓢虫是昆虫中的游侠，不筑巢穴，四海为家，走到哪儿哪就是家。植物的叶片、枝干，建筑物的石缝、墙缝、屋檐、窗下都会成为它们躲避风雨、抵御寒冷的临时场所。

瓢虫的一生要经历卵、幼虫、蛹、成虫四个阶段，属完全变态昆虫。它们的生命周期较为短暂，京郊地区每年会发生3~4代，每代为七八十天。也就是说，从卵中孵化到幼虫长大化蛹大约需要一个月的时间，而羽化为成虫后则可以继续存活达50多天。

在农村田野中，春夏秋三季很容易同时看到瓢虫的卵、幼虫及成虫。

瓢虫的幼虫很丑陋，瘦长多节，身体柔软，善于爬行，没有成虫装备的盔甲，但长着坚硬的鬃毛，是自我防护的武器；尤其是头前一对强有力的下颚，就像一把钳子，能轻易刺穿小虫的身体并将其捕获。

幼虫的整个生长过程要蜕4~6次皮，每次蜕皮后身体都会长大一点，直到长成老熟幼虫才开始作茧化蛹。

化蛹之后，瓢虫的身体会发生令人惊异的变化。整个身体构造被重新组合、调整、发育，而破蛹羽化时则变成了与幼虫面目皆非的真正瓢虫。

这时的瓢虫还十分脆弱，身体柔软娇嫩，背甲尚未坚硬；它们必须尽快吸取氧气，接受阳光照射，使体色逐渐加深，外壳迅速变硬，星点或斑纹也随之显露出来。几个小时之后，瓢虫终于变成了身披铠甲、星光闪耀的威武“将军”！

2

从食性看，瓢虫主要分肉食性和植食性两大类。

肉食性瓢虫主要猎捕蚜虫、蚧虫、壁虱、叶螨和其他小虫——瓢虫中的绝大多数种类都属于这一类。例如，二星瓢虫、六星瓢虫、七星瓢虫、十二星瓢虫、十三星瓢虫、赤星瓢虫、大红瓢虫等都是以食蚜为主的肉食性瓢虫。它们是农林果业的保护者，是我们欢迎的益虫，而七星瓢虫则是食蚜瓢虫的杰出代表。

▲瓢虫的幼虫大量捕食蚜虫

植食性瓢虫主要以植物为食，茄科、菊科、豆科、葫芦科、禾本科、葡萄科等植物都可能成为它们危害的对象。植食性瓢虫种类较少，只占瓢虫家族的六分之一，但危害性却很大。

区别肉食性和植食性瓢虫除了看它们吃什么，还可以通过外表光亮度进行分辨。不管瓢虫的颜色和星点多少，凡鞘翅表面光亮细腻者便属于肉食性瓢虫；凡鞘翅晦涩并长有密密麻麻的细绒毛的就是植食性瓢虫。

为观察瓢虫吃蚜虫的过程，我曾捉了两只七星瓢虫放到一个大号四方玻璃罐头瓶中饲养。

开始，我为它们准备的是槐蚜。折来一穗叮满黑色槐蚜的槐米放进瓶里供瓢虫去捕食。两只瓢虫围着槐米穗上下爬动，并没有立即扑向蚜虫大快朵颐。过了半天时间，才看到它们偶尔抓住一只蚜虫咀嚼起来。一天以后，槐米穗渐渐枯萎，上面的蚜虫纷纷四散爬到瓶壁上，有的甚至爬到了瓢虫嘴边或瓢虫身上，可瓢虫却没有捕捉的欲望。

看到瓢虫这种迟钝的样子很让人纳闷，都说七星瓢虫是吃蚜虫的能手，怎么在这里就不灵了呢？我感到有些沮丧。

▲七星瓢虫是捕食蚜虫的能手

枯萎的槐米穗、四散的蚜虫，还有点点分泌物，使瓶子里变得很肮脏。我只得请出两只瓢虫，将瓶子重新清洗了一遍。

是瓢虫不喜欢槐蚜吗？这一次，我找了一枝生满蚜虫的花椒芽放进瓶里看瓢虫的表现。

果然，七星瓢虫明显冲动起来：它们很快爬到花椒芽上扑咬住一只蚜虫大嚼起来，吃完一只以后，接着抓捕第二只、第三只接着吃。花椒芽上的蚜虫仿佛感受到了威胁，变得惴惴不安、蠢蠢欲动。

我盯住瓢虫计数，它居然连吃了9只蚜虫才停下来。它用前腿抹抹大牙，表现出很满意的样子。看来瓢虫是讨厌槐蚜的。

由此可知，瓢虫也是挑食的。槐蚜因为以苦涩的槐汁为食，所以体色黑、味道差，瓢虫并不爱吃；而花椒芽上的蚜虫则非常适合瓢虫的口味。

这也是槐花盛开时花穗上长满黑色蚜虫，却很少看见有瓢虫去捕食的重要原因吧？

而食蚜的草蛉却很喜欢在槐花穗上捕食蚜虫，并将其作为产卵繁殖的基地呢！

瓢虫繁殖力极强。以七星瓢虫为例，一只雌虫一生产卵可达500~4000粒不等，数量相当惊人。

七星瓢虫产卵，多选择蚜虫众多的植物枝叶上，为的是幼虫一孵化便能就地捕食蚜虫以资成长。它们下颚强壮，就像一把钳子，扑上去可轻易咬穿蚜虫的身体。

孵化后的幼虫，每天在枝叶间爬来爬去寻找蚜虫。随着身体成长，幼虫的胃口越来越大，除了蚜虫，一些身体柔软、体型较小的蚧虫、叶螨都可能成为它们的捕猎对象。

经过一个月的成长和4次蜕皮，幼虫开始作茧化蛹。蛹经过6~12天嬗变，最终羽化为七星瓢虫。

变为成虫以后，七星瓢虫获得了更大自由。它们四处飞翔寻找蚜虫，每天可捕食蚜虫100多只。

据统计，在七星瓢虫从幼虫到成虫的近80天生命周期中，可捕食近万只蚜虫！这真是个让人惊叹的数字。瓢虫不愧是保护农林果业的卓越功臣。

近些年来，人们尝试着将大量人工养殖的瓢虫放飞到蚜虫、蚧虫泛滥地区去控制消灭害虫。这种生物防治的手段效果好、科学环保，越来越受到人们的重视和欢迎。

3

肉食性瓢虫对农林果业的贡献有目共睹，而植食性瓢虫对农林果业的破坏也不可小觑。

京郊地区常见的有害植食性瓢虫主要为十星瓢虫、十一星瓢虫和二十八星瓢虫。尤其是二十八星瓢虫，严重危害茄子和土豆等茄科植物，常会把茄子、土豆枝叶吃得千疮百孔、惨不忍睹。

二十八星瓢虫体长7毫米左右，黄褐色被甲上有28个黑点，分大小两种：吃土豆叶的，身体和黑点略大，称大二十八星瓢虫；吃茄子叶的，身体和黑点稍小，叫小二十八星瓢虫。

去年，我在小区附近的西坟村租了40平方米的一块园田种一些有机蔬菜，其中栽了十几棵茄子。

入夏以后，茄秧长得很壮，茄子一个接一个，紫色的茄花已经开到了“四门斗”。可就在这时，厚实紫绿的茄叶上却出现了许多小洞，叶肉被啃食后留下了透明的叶脉纹。凭经验，我知道是茄叶上生了二十八星瓢虫！

二十八星瓢虫夏日繁殖极快，食量很大，能够在几天之内把茄叶吃得只剩下叶柄。若不采取果断措施，茄子肯定会“全军覆没”。

为十几棵茄子买农药、借喷雾器实在不值得；再说，喷洒农药就不是有机蔬菜了。我决定采取最原始的人工防治法：一个叶一个叶地翻找查看，发现二十八星瓢虫就用手指捏烂。

贪吃的二十八星瓢虫多隐蔽在叶子背面。翻看叶背，可看到成堆的黄色虫卵和刺猬状的软体幼虫，还能看到啃食叶片或正在

▲二十八星瓢虫主要危害土豆、茄子等植物

产卵的成虫。我的原则是，不管是虫卵、幼虫还是成虫，一律捏死不留。茄叶和手指上沾满了黄色的、带着异味的虫血。

于烈日下翻找剿灭二十八星瓢虫确实辛苦，汗水浸到了眼里，流到了脖子里……好在茄秧数量不多，经过一个多小时的奋战，茄叶上肆虐的二十八星瓢虫被我扫荡一空。

随后的日子，我又先后进行了几次全面复查，顽固的二十八星瓢虫终于被我打败了。

茄秧重新长出了紫绿色的嫩叶，开出了浅紫色的小花，结出了众多光亮黑紫的秋茄子。

而相邻几家的茄子地，由于没有采取有效防治措施，夏末秋初时茄秧就干枯了。

暑往寒来，深秋到了。瓢虫们如何过冬呢？

在田野里，大部分瓢虫是以成虫形态过冬的。越冬之前，它们或者聚集到石缝、树洞里，或者钻到树缝中，抱团度过寒冷的冬天。有的还会钻入树根下或泥土里隐蔽起来，待第二年春季再破土而出。

有时候，成百上千的瓢虫还会在初冬暖阳的照射下，熙熙攘攘地飞到农家窗纱上或门楣上，试图进入农家屋里以度过寒冷的冬天。

科普链接：瓢虫为昆虫纲、鞘翅目、瓢虫科甲虫的总称，共分为7个亚科，约500属、5000种。中国有记录的近400种。因有圆形龟背凸起，形似农家水瓢而得名“瓢虫”。其体色鲜艳，常带红、黑、黄斑点，别称胖小、红娘、金龟、花大姐等。某些品种会分泌异常臭味。其中，大多数瓢虫以猎捕蚜虫、蚧虫、螨虫为主，对农业生产有益；约六分之一的瓢虫种类为植食性瓢虫，主要危害茄科、葫芦科、菊科、豆科、禾本科等植物。京郊二十八星瓢虫主要危害马铃薯和茄子，是农业的害虫。

后 记

后记，多为敬告成书之因及相关事宜。作者谨向关心并鼎力成就此书的领导、挚友、单位和家人深表谢意。

年逾古稀，别无他求。撰写此书，只为开一方京郊动物自然、人文之窗口，留一痕我辈生活之印记，为孩童、家长供一餐动物科普之“茶点”。然谋就一事，非贵人相助、众手提携不成。

完稿之初，幸由北京燕山出版社呈报，中国作协原副主席、中国儿童文学委员会主任高洪波先生和房山区文联主席、著名作家凸凹先生殷殷荐言，致使该书入选北京宣传文化引导基金项目；又有凸凹先生热情作序，亦使该书焕然增色。

出版之前，幸得燕化公司关工委常务副主任、公司原党委书记王玉英，燕山工委书记、办事处主任李光明，燕山办事处副主任曾辉，燕山工委宣传部部长、燕山文联主席于勇等领导盛情推荐，鼎力支持，将其列入燕山文化丛书，并建议作为燕山中小学生课外阅读书目发行，开科普助教之先河。

编校之中，幸有肖虹、刘申、刘建军、曹毅等诸友提供随文照片，刘申先生于百忙中不辞辛劳，赶绘配文彩图，以助图文并茂；亦谢王雨华、武德水、陈建国、张静等挚友及女儿建华悉心协助校对、提出宝贵建议。

成书前后，燕山出版社金贝伦等编辑与作者和燕化印刷工贸公司及时沟通、联袂协作、不舍昼夜，终使该书如期付梓。

为此，再次向诸位领导、方家、老友及有关单位稽首恭谢！

作者

2021 年 12 月 1 日

后 记

燕山文化丛书

生灵物语

SHENGLING WUYU

索俐◎著

畜兽卷

北京燕山出版社
BEIJING YANSHAN PRESS

图书在版编目(CIP)数据

生灵物语. 畜兽卷 / 索俐著. -- 北京 : 北京燕山出版社, 2022.2

ISBN 978-7-5402-6337-9

Ⅰ. ①生… Ⅱ. ①索… Ⅲ. ①散文集-中国-当代 Ⅳ. ①I267

中国版本图书馆 CIP 数据核字(2022)第 005964 号

生灵物语·畜兽卷

作　　者 索　俐
责任编辑 金贝伦
封面设计 一本好书
出版发行 北京燕山出版社有限公司
社　　址 北京市丰台区东铁匠营苇子坑 138 号
电　　话 010-65240430
邮　　编 100079
印　　刷 北京燕化印刷工贸有限公司
经　　销 新华书店
开　　本 880mmx1230mm　1/32
字　　数 970 千字
印　　张 40.5
版　　次 2022 年 2 月第 1 版
印　　次 2022 年 2 月第 1 次印刷
定　　价 158.00 元(全四卷)

序（一）

《生灵物语》丛书，是索俐同志创作的主要反映北京郊区动植物奥秘、故事，宣传生物多样性、推进生物多样性实践的系列科普文学作品，分为动物和植物两个系列，共160多万字。

习近平主席在世界《生物多样性公约》第十五次缔约方大会主旨讲话中指出："'万物各得其合以生，各得其养以成。'生物多样性使地球充满生机，也是人类生存发展的基础。保护生物多样性有助于维护地球家园，促进人类可持续发展。"

2010年退休后，作者便满腔热情投入到燕山石化公司关心下一代工作中，并重点参与了《燕山石化图志》《燕化英模风采录》《古今燕山》《燕山春秋》等书籍的撰写、编辑和出版工作，为弘扬和传承燕山石化精神和燕山企业文化做出了重要贡献。

从教20多年的经历，推进生物多样性和关心下一代的责任，使作者自20世纪90年代便开始筹划创作京郊动植物系列书稿。

现代青少年学生，大部分时间埋头于书本、课堂和各类补习班，疲于应付各种考试，接触大自然的时间及机会越来越少。正是基于这一现实，作者才生发出为孩子们创作京郊动植物系列书稿的初衷。青少年时期，作者生活在传统自然经济状态下的京郊小山村，得以和各类动植物亲密接触，深入了解，并有了深厚情感。

花费大量时间和精力，创作出集故事性、知识性、趣味性、科普性为一体的科普文学作品，不仅为孩子们开拓了一方观察了解自然的奇异窗口，也为燕房地区乃至北京地区生态文学创作做出了有益探索和贡献。

在市场经济及浮华名利的干扰和冲击下，能心无旁骛、平心静

气埋头于动植物的观察、研究、探索与写作，这需要笃定的耐力，强烈的责任感和使命感。历经20多年的不懈努力与坚持，作者终于完成了这一巨制。该书稿受到了知名文学家的称道和好评。

中国作协原副主席、党组成员、儿童文学委员会主任高洪波先生评价说："索俐同志作为企业宣传干部能始终怀着童心专心动植物科普文学创作，精神难能可贵；能将故事性、趣味性与科普性融汇于书稿，更是一种有益的探索和尝试。"

中国作协会员、北京作协理事、房山区文联主席史长义(凸凹)先生评价说："本套书籍内容不但适合青少年阅读，也适合成年人作为枕边书，大快朵颐。以文学散记的形式撰写科普文章，是索俐先生对科普文学创作的一种有益尝试和独特贡献。他功莫大焉。"

经北京燕山出版社上报，该书目已被批准列为北京市2020年宣传文化引导基金资助项目。

该丛书的创作及出版得到了燕山文联、燕山石化公司关工委的大力支持，燕山工委、办事处和燕山石化公司多位领导对创作给予了热情关注和推荐。大家一致认为，这套丛书不仅是关心下一代工作、推进生物多样性的重要文化成果，也是燕山地区独特的文化建设成就，建议将其列入中小学地方阅读书目。

《生灵物语》动物系列共分为"昆虫卷""鳞豸卷""禽鸟卷""畜兽卷"四卷，每卷配有100多幅照片，突出了图文并茂特色。

生动有趣的故事、精细深入的观察、穷其肯綮的探索、形象直观的插图，相信一定会让广大青少年乃至家长爱不释手，并作为枕边书去阅读。

衷心祝贺《生灵物语》丛书出版！希望作者继续创作出无愧于时代、令读者期待的好作品！

燕山文联

燕山石化公司关工委

2021年10月

序（二）

凸　凹

《生灵物语》是作家索俐先生撰写的回顾、记录、研究北京郊区常见动植物的系列科普散文作品。

习近平主席指出："人与自然应和谐共生。当人类友好保护自然时，自然的回报是慷慨的；当人类粗暴掠夺自然时，自然的惩罚也是无情的。我们要深怀对自然的敬畏之心，尊重自然、顺应自然、保护自然，构建人与自然和谐共生的地球家园。"

索俐先生从小生长在京西南房山区的一个小山村，从童年到青年都生活在20世纪五六十年代艰辛、淳朴并带有浓郁自然经济状态的环境里，有幸与诸多动植物亲密接触、朝夕相伴、相依相知。正因为如此，叶绿花红、草长莺飞、虫鸣鸟语、兽走禽飞，都让其心驰神往，充满喜悦、探求与渴望。

然而，随着社会发展、人口膨胀、传统自然经济的消失和人类对自然环境的破坏，动植物赖以生存栖息的环境及条件在一天天恶化；全球100多万种动物，每天以几十种甚至上百种的速度在快速灭绝。想到这些，就让人扼腕焦虑又无可奈何！

多年来，出于推进生物多样性的责任，出于未泯的童心，出于对环境恢复的渴望，出于对京郊动物的浓厚兴趣和特殊情感，作者生发出一种记述和表达那个时代的强烈愿望和责任感。

为此，20多年来，索俐先生以大自然为师，以记录、还原、挖掘之功，深入动植物世界内部，努力探寻和研究其中所蕴含的

各种奥秘和新奇有趣故事，揭示所蕴含的哲理、规律、经验和教训，描绘出那个时代情趣盎然的别样画卷。

该部作品遵照真实性、故事性、趣味性、知识性原则，以散记笔法，记录了他所处时代的自然环境、社会环境、人文生活及与动植物亲密接触的经历，亦有他人讲述的故事，堪称是20世纪京郊生活的一部别史，也称得上是作者特殊经历的一部自叙传。

由于积累素材、探求动植物奥秘是一项十分艰苦的工作，需要深入生活、深入观察、深入探究、不断学习和充实自己，甚至要亲自饲养，故书稿写作持续的时间较长，从20世纪90年代至今已达20多年，可谓孜孜矻矻，令人肃然起敬。

这些文稿，有与动植物亲密接触的体会，有揭示动植物世界生生不息的奥秘，有记录动植物之间彼此争斗的残酷，有对动植物成长的观察和探究，有对动植物科普知识的研究和涉猎，总之，是索俐先生多年来所见、所闻、所感、所得以及对动植物探索研究心得的真实记录。资料翔实，叙述细密，阐释精当，卓见功力，让人大饱眼福。

在喧嚣和浮躁的市场经济大潮冲击下，能安下心来，不为干扰所动，心无旁骛地做一项看似“小儿科”的文化工程，需要的是恒心和定力，更需要一种责任和毅力。索俐先生以自己的实际行动坚持了下来，让我感喟不已。他是坚定的文化使者和甘于奉献的文化圣徒。

阅读这部书稿，读者不但能间接了解和感知20世纪传统自然经济条件下，人与动植物亲密接触的生动有趣场景，还能了解那个年代人们所经历的多姿多彩、艰辛困苦而又有滋有味的生活。

阅读这部书稿，不仅能使读者深入了解有关动植物的知识和奥秘，还能启迪读者关心爱护动植物的意识和情感，进而为推进生物多样性做出自己的贡献。

那些逝去的过往岁月，因为有动植物相伴而馥郁着浓浓的自然韵味，散发着令人回味的芳香。随着生活的现代化和居住城市化，人们接触动植物的机会越来越少。不用说野生动植物，就是人工饲养的动植物也变得日渐稀少。

因为有了动植物存在，地球才充满生机，人类才能生存繁衍。生命链条中的每一个环节都是不可替代的。一种动植物基因的形成需要亿万年时间，而一旦灭绝就很难再复生。在逝去的岁月里，人和动植物之间曾经是那样密不可分、息息相关。阅读此书，愿人们能为建设与动植物和谐共生的美好生活而共同努力！

《生灵物语》动物系列共分四卷，分别为“昆虫卷”“鳞豸卷”“禽鸟卷”“畜兽卷”，计170多篇稿件、80多万字。

为突出文稿的形象性及科普性，作者还结合每篇文稿内容，深入生活、深入实际，拍摄、搜集了数千张相关图片，并邀请朋友协助拍片、绘制相关插图，增加了书稿的直观性和形象性。

在注重文集故事性、趣味性、知识性的同时，为突出科普性，每篇文稿之后又设置了“科普链接”内容，以帮助读者从动物学角度了解该篇的主人公，透出悉心照拂的美意。

本套书籍不但适合青少年阅读，也适合成年人作为枕边书，大快朵颐。

以文学散记的形式撰写科普文章，是索俐先生对科普文学创作的一种有益尝试和独特贡献。他功莫大焉。

是为序。

2021年10月26日于北京良乡昊天塔下石板宅

目　录

驭驴

随着社会生活的现代化，大牲畜离我们越来越远了。那些千百年来为人们立下了汗马功劳的驴子、骡子、马匹、耕牛，如今已被各式各样的拖拉机和农用车辆代替。淘汰下来的驴、马、骡、牛，或被卖掉，或被宰杀；只有在边远的山区农村，偶尔才能见到它们的踪影。

如今，城镇孩子要了解毛驴，只能从电视、图片和柳宗元的寓言《黔之驴》中略知一二了。

1

在家畜文化中，驴子似乎是粗俗和愚蠢的动物。说人语言粗俗，就冠以“驴鸣狗吠”；笑人嗓音粗大不雅，便讥为“纸儿糊驴——大嗓门”；喻人说话逻辑颠倒、前言不搭后语，即嗤之为“驴唇不对马嘴”。

其实，在过去的山区，驴子是用途最广、最受乡人欢迎的聪明家畜。运煤、驮粪、拉碾、拉磨，驴子承担了大部分驮运的脚力，是乡人须臾离不开的家畜。然而，要想驾驭驴子，让其很听话地干活儿，是一般人难以做到的。

训驴、驭驴是一门很强的技术活儿，非村里的“牲口把式”不能完成。小驴驹儿长到青年以后，“牲口把式”便开始训练它们领会口令，学习干活儿。

训驴的基础课是让驴子明白前行、后退、向左拐、向右拐等口令。“驾——”是向前行；“绰——”是向后退；“移着、移着——”是向左拐；“斡着、斡着——”是向右拐……驴子只有准确掌握了这些口令，才算“毕业”，才可承担各种生产活计。

山区农村的“牲口把式”如同现在有职称的专业技术人员，一个人可以驾驭4头毛驴从事驮煤、驮粪等难度很大的技术活儿。而生在山区农村的孩子，由于从小就要承担简单的驭驴任务，所以必须学会一般的驭驴口令，就像现在的青少年必须学会电脑一样。

碾子是一种古老的粮食加工工具。将巨大的青石或花岗石加工成直径约两米的平展碾盘，盘中心的凿孔中立一根木制或铁制碾轴，轴上套一个方形木框，框中再固定一个横放的圆柱形石磙，一盘碾子便做成了。拉动碾框，石磙围着碾轴一圈圈转动，碾盘上的麦子、玉米会被逐渐碾碎碾细，然后用细箩筛出面粉。

儿时的农村，没有电磨和粮食加工厂，碾子是加工粮食的主要工具：把玉米碾成玉米糁、玉米面，把麦子碾成白面，把谷子碾成小米……几乎所有的粮食都要用碾子来加工。

俗话说：“碾道的驴——听喝。”赶着毛驴推碾子，是驭驴技术中最省心的一种。谁家要成批碾粮了，便可以扣自家几个工分从生产队里雇一头毛驴。毛驴雇来以后，在碾框上插上碾杆，为毛驴套上套缨、夹板，再将一根与碾盘半径相等的“顶头棍”一端套在碾轴上，一端系在毛驴的笼头上。最后，为毛驴戴上一副“捂眼”（布做的眼罩），拉碾子的工作就开始了。

毛驴的“捂眼”是用废布做成，就像给毛驴戴了一副不透光的眼罩。“捂眼”，一是为了让毛驴专心致志拉碾子，不因左顾右盼而分神；二是为了迷惑毛驴，让它总觉着是往前走，不至于明白是在原地转圈子而感到头晕；三是让它无法看见碾盘上的粮食，杜绝偷嘴。至于“顶头棍”，也是防止毛驴偷嘴的举措：一旦毛驴想偷吃碾盘上的粮食，拴在笼头上的“顶头棍”，就会把驴头硬邦邦顶回去，使它无法达到目的。

驭驴推碾子很省心，只要它不偷懒，不耍赖，一个劲儿转圈走就可以了；最多是用小棍在它屁股上敲打一下，吆喝一声“驾——”

2

比推碾子难度大一点的驭驴技术是“跟脚”。20世纪60年代的山村，交通十分不便，人们出门或走亲访友多是步行。自行车是很难见到的稀罕物。至于老人，尤其是缠足的老太太外出，由于步行实在困难，就要花工分从生产队雇一头毛驴（现在叫打“驴的”），好骑着毛驴走亲戚。

打“驴的”就要有驭驴人。这种活儿叫“跟脚”。“跟脚”的人不仅要掌握驭驴的基本技术，而且要对骑驴人的安全负责。

那一年，我11岁，送母亲去20里外的老姨家。父亲雇了一头毛驴让我“跟脚”。沿途爬山越岭、道路崎岖，我又不懂驭驴口令，真是为难极了。可父亲的威严又不敢

▲毛驴拉碾图　　孙大钧 作

▲毛驴拉动碾轱辘转动把碾盘上的粮食逐渐碾碎

违抗。我硬着头皮赶着毛驴上路，开始了第一次驭驴实践。

鞍鞯上搭了一片小坐垫，母亲骑在上面摇摇晃晃很不放心，不时回过头叮嘱我要多加小心。出山要先翻过燕石岭。那头草青色的毛驴还算顺从，沿着荆棘簇拥的小路一路爬坡，并没有给我出什么难题。然而，翻过岭脊下山时出事了。俗话说："上山容易下山难。"毛驴下山身子下倾，重心下移，而我仍然像上山一样，用小棍抽着驴屁股一个劲喊"驾"。毛驴被我的命令催慌了，脚步一乱，重心不稳，再加上路面光滑，便一个前失把母亲掀翻下来。母亲滚了两个滚儿被一丛荆蒿挡住，衣服被剐破了，头上撞起了一个紫色的大包……我吓呆了，母亲顽强地站起来揉着头说："没事，没事……下山就好了……"我知道这是无奈的安慰，沮丧和恐惧顿时弥漫了心头。

母亲不再骑驴，而是挪动两只小脚，艰难地跟在毛驴和我的后边一瘸一拐地走着。

下山了，道路逐渐变得平坦。我坚持让母亲又骑上了毛驴。她让我大胆地赶，并向我讲述推碾子驭驴的经验。我终于从恐惧中解脱出来。母亲骑在驴背上平平安安到了老姨家，又平平安安回到了自己家。从此，我获得了一份驭驴的自信。

3

快过春节了，早已出阁的大姐捎来口信，说要送家里一些过年用的大白菜。于是，我赶着一头毛驴出发了。

刚刚下了一场大雪，路很滑。早起出发，到中午才赶到大姐家。慷慨的大姐把白菜码了足足一揽架。

“揽架”是毛驴驮东西用的一种专用木架，像1米高的三角形“人”字梯。梯脚平伸出1尺来长的托架，白菜从托架往上码，一直码到架顶，再用绳子勒紧，然后两个人再把揽架抬到驴鞍上。

这是一头温顺而衰老的草驴（农村人管母驴叫草驴），100多斤的白菜压到身上后不由得连晃了几晃。毛驴驮东西无法休息，除非把揽架抬下来。老驴很努力，尽管100多斤白菜压在身上累得直喘粗气，汗水浸湿了皮毛，可依然无怨无悔地向前赶。

夕阳西下了，我和老驴才赶到燕石岭。花岗岩巨石间的小路本来陡峭，加上积雪结冰，劳累过度的老驴每登一步都要喷着鼻子喘气。就在老驴奋力登上一个半尺多高的石阶时，揽架的一头被巨石剐住。老驴失去平衡，趔趄两下后便就地卧倒了。我顿时大惊失色。沉重的揽架压在驴背上，老驴拼命挣扎却无济于事。它痛苦地喷着鼻子，眼里发出祈求的光。我拼命托着揽架，想帮它站起来，可费尽了全力也没有效果。

一种大祸来临的恐怖伴着黄昏雾霭袭来：想到老驴要被压死，想到我将被困在山中无法回家，我不禁失声痛哭……

绝望的哭号声在山中回荡，招来附近村里的几个好心村民。

他们围拢过来，一边安慰我，一边帮助抬下揽架，让老驴站了起来。一位大嫂把揽架上的白菜卸下少半说："大雪天让一个孩子出来，家里也真放心！别哭了，我住村北第二家。卸下的白菜我弄回去，明早你再来背。"好心的村民帮助把揽架重新抬到驴背上，我这才赶着老驴惶惶上路。

事情过去了许多年，可我至今仍然深深感念那些好心人。

4

少年驭驴，既有让人难忘的艰险，也有让人难忘的奇趣。

上中学后，个子长高了，有了力气，暑假中便由队里安排我去驭驴驮粪。"牲口把式"一人赶4头驴，而我和几个学生每人只赶1头驴。驮粪用的工具叫"驮子"：两个背篓状的驮头，中间用两条弓形的"驮距"连接为一体。"驮距"搭在鞍子上后，两边的驮头就可以装粪了。

我赶的毛驴是一头黑色的小叫驴（农村人称公驴为叫驴）。这家伙见我是个生手，就故意跟我挑衅。去粪场的小路上，它故意磨蹭，哄不走、赶不动。待我想到前边拉它的笼头，它却成心用驮头把我挤在路边矮墙上，然后抬起后腿"啪"地踢了我一蹄。我右腿顿时疼得发木，一股怒火升起，几步抢上去，拉住笼头狠狠抽了它两个嘴巴。小叫驴不服地晃着脑袋，竟伸出前腿要踩我。

我忍住气，先到粪场往驮头装满粪压住它，然后把笼头拴在一棵树上，撅了一根荆条，狠狠抽起了它的屁股。小叫驴逃不了、躲不开、蹦不动，只得求饶般地拉开大嗓门嚎起来。有了这次教训，小叫驴老实多了，再也不敢轻易和我撒野了。

有技术的"牲口把式"，驮粪回来都会逍遥地骑在驴背上。我也想骑上驴做一名真正的"把式"。

然而，小叫驴就是不让我骑上去。我左蹿，它右躲；我右蹿，它左躲。看我想从后边爬上去，它猛往前蹿，让我扑个空。我发狠了，揪住鞍子飞身跳起，终于骑上了驴屁股。小叫驴不干了，尥着蹶子向前狂奔，想把我甩下来。我则抓住鞍鞯死死不放，就不让它得逞。小叫驴见这一手无效，突然向一棵大梨树下猛跑过去。茂密的梨树枝被梨子压得离地只有1米多高，小叫驴一下子钻进了梨树枝。骑在驴背上的我怎么也没想到小叫驴会使这种诡计，还没明白是怎么回事，我就被梨树枝剐得仰面朝天摔了下来……

小叫驴飞也似的跑了，我却狼狈不堪地躺在了地上。

我终于放弃了征服小叫驴的念头，并为它的聪明和狡猾而折服了。

科普链接：驴，哺乳纲、奇蹄目、马科、马属、驴种哺乳动物，与马有共同的起源，体形比马和斑马都小，有蹄，其余各趾都已退化。形象似马，多为灰褐色，头大耳长，胸部稍窄，四肢较瘦，躯干较短，体高和身长大体相等。蹄小坚实，体质健壮，不易生病，性情温驯，刻苦耐劳，听从使役，抵抗力很强。早在公元前4000年左右，中国新疆莎车一带已开始养驴。自秦代开始逐渐进入内地充当家畜。汉代以后，大批驴、骡由西北进入陕西、甘肃及中原内地成为重要家畜。

牛殇

黄牛是中国北方的牛种，主要用来耕地或拉车，曾是农村集体经济的重要财产。

我的家乡是京西南的一个小山村。村里大块平整的土地寥寥无几，主要是闸沟垫地修起的沟谷梯田和环坡垒堰建成的山坡梯田。在这样的环境里干活儿，不是上坡下坎，就是走崎岖山路。那时候村里没有拖拉机，耕种土地主要靠黄牛。

1

黄牛善走山路，耕地转向灵活，最适合在山区小块土地上干活儿。生产队便饲养了几十头黄牛。

春、秋两季是耕种的繁忙季节。牛儿们在牛倌役使下每天早出晚归，十分劳累，每天晚上必须加喂草料。到了夏、冬季节，耕地的活计没有了，牛儿得到了阶段性清闲。为节约草料，牛倌们开始赶着黄牛去山上放牛。

放牛，就是让牛儿在山上自己找草吃。牛倌只需把它们赶到水草丰美的山谷或山坡就可以了。当然，还要带上一小布袋盐巴，让牛儿在吃草休息时舔吃一番，谓之“淡牛”——是为黄牛补充盐分，帮助牛儿消化、解毒、提高体力。

在我的记忆里，三叔是个很有技术的牛倌。早春、晚秋，他驭牛耕地；入夏、入冬，他放牛上山。

20世纪60年代，“四清”运动来临了。村里阶级斗争抓得越来越紧。牛倌是集体的重要岗位，关系到生产队的重要财产——黄牛。这样的岗位理应由苦大仇深的贫下中农承担。

三叔出身中农，成分偏高，本该被别人替换。但由于他对贫下中农表态好，又是驭牛的好手，因而保住了牛倌的职位。

三叔对此很感激，决心以全心全意放好牛来报答贫下中农的信任。

村里的王大也是牛倌，因为出身是贫农，因而说话、做事都很霸道。

俗话说："同行是冤家。"王大妒忌三叔驭牛的技艺，又歧视三叔是中农，所以放牛的时候，他的牛群总是寻衅找茬，欺负三叔的牛群。三叔找到了一处好草，牛群正吃得安详，王大轰着牛赶来了。三叔只得赶着牛群躲避。三叔的牛群上了有水有草的凉泉坡，王大也紧随而至，将牛群赶过来抢占。

人横牛也凶。王大的牛群分明感觉到身价高贵，只要靠近三叔的牛群，就又冲又顶，占坡略地毫不客气。为此，三叔忍气吞声，常带着牛群退避三舍。然而，王大牛群中那头年轻的大公牛"红头"得寸进尺。

▲北方农村耕地多用黄牛

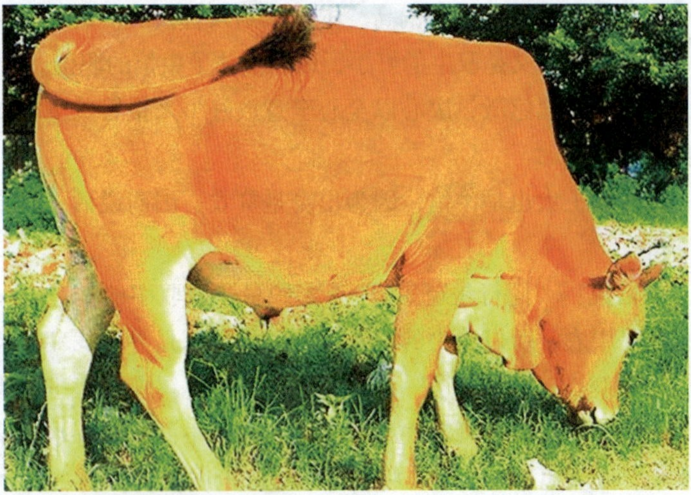

▲黄牛“金毛”

“红头”是一头枣红色的牤牛，是王大牛群的首领，因牛头上长着一片泛着红亮光泽的毛而得名。它倚仗身强力壮和长而尖利的双角，追着三叔的牛群横冲直撞，甚至霸道地调戏欺辱牛群中的母牛。

三叔很恼火，也很苦闷，几次赔着笑脸求王大把牛群隔开。

王大却趾高气扬地说：“这山是贫下中农的山，这牛是贫下中农的牛，它爱上哪就上哪，你有什么资格指挥我们贫农?”

三叔张口结舌，只能是哑巴吃黄连——有苦说不出。

哪里有压迫，哪里就有反抗，动物世界也是如此。

对王大牛群的欺负和“红头”的横行霸道，三叔能忍，可他的牛群不能忍了。牛群中那头大犍牛“金毛”站了出来，跟“红头”战成了对手。

“金毛”原本是一头毛色金黄的大公牛，是群里的头牛，因为年龄偏大，去年刚被兽医阉了。失去了雄性的资本和头牛的资格，“金毛”变得失落和冷漠。

然而，看到牛群被欺负，新接班的头牛被“红头”追得满坡乱跑，“金毛”愤怒油然而生，忍不住忿然上前，把“红头”截在了路中。

“红头”哪把一头阉了的老牛放在眼里！瞪圆牛眼吼了一声便恶狠狠撞了过去。“金毛”经验丰富，并不直接迎战，而是巧妙地向旁边一躲，避开了“红头”一击。

扑空的“红头”很恼怒，继而转身又发起了凶狠进攻。“金毛”很有自知之明，总是边战边退，尽量避免正面迎击，只是用躲、闪、挑、逗等办法消耗“红头”的体力。每次大战，“金毛”虽处在下风，但“红头”也占不了多少便宜。

有了“金毛”重出江湖，三叔的牛群虽然还是受欺负，但“红头”毕竟不能为所欲为了。

王大的心理很阴暗。每逢“红头”和“金毛”叉架（乡人把牛打架叫叉架），他不但不管，反而站在一边猫着腰大喊大叫，给“红头”鼓劲助威。那目的明摆着，是怂恿“红头”逞凶。而一旦“金毛”被撞伤，三叔就要吃不了兜着走。

2

这一天，我跟着三叔赶着牛群上了虎皮岭。

虎皮岭阳坡舒缓，长满了牛儿爱吃的白草和红羊草；阴面陡峭，布满了嶙峋的尖石。

当牛群自山腰吃着白草慢慢走向山顶时，我突然发现王大的牛群从山脊向我们压过来。

“三叔，王大的牛群……”我慌忙提醒三叔。

三叔立刻紧张起来。他明白，此时要是两群牛相会，王大的牛群居高临下，叉起架来自己的牛准要吃亏。他急忙打了一声口哨，赶着牛群斜着加速奔向山脊。

三叔的牛群刚刚接近山顶，王大的牛群就气势汹汹压了过来。

"红头"一马当先，居高临下，冲着三叔气喘吁吁的牛群冲过来。

三叔急忙甩着鞭子要去挡住"红头"。但"金毛"却从背后冲到了前面。

见又是"金毛"挡道，"红头"如仇人相见分外眼红，跳起发力迎面撞过去。

"金毛"后面是三叔，无法后退躲避，只得低头前倾，将四条腿像钉子一样牢牢"扎"在山坡上。

"咣——"一声巨响，两个牛头似乎溅出了火星。

"金毛"一个趔趄，倒退两步，差点滚下山坡。

"红头"见进攻得手，更加得意，急忙收回身子，向山脊退了两步，准备积蓄力量再次猛攻。

三叔吓坏了，不顾一切挥着牛鞭冲了过去。他挡在"红头"前面，完全忘了恐惧和顾忌，用牛鞭猛抽"红头"，试图隔开这场恶战。

王大见了，喊着、叫着，吹着口哨一个劲给"红头"助威。

有了主人怂恿，"红头"全然不把三叔放在眼里。它吼叫一声冲过去，一低头、再甩头，三叔转眼被它的长角挑出了三四米！三叔摔在了山坡上，连滚了几个滚……

就在"红头"和三叔对峙时，"金毛"已抓住时机冲上了山脊。见主人被挑伤，"金毛"复仇一般吼着向"红头"冲去。两牛大战，头角相撞，山脊上的碎石被蹬得接连滚落。

王大一见真要出大事，有些慌神了，不禁挥着鞭子大叫。可杀红了眼的两头牛，哪里还听他的！

我甩下背篓，急忙跑过去扶起了受伤的三叔。

就在三叔颤巍巍痛苦地要站起来的一刻，一幕可怕的情景出现了："红头"身处山脊，占据有利地势，只见它凶狠地跳起，向处于阴面下风的“金毛”一个猛撞。“金毛”顿时被撞得跪在陡坡上连连下滑，眼看要跌下阴面的悬崖。

三叔一下瘫软在地上。

“金毛”叉开四蹄拼命撑住身子，几乎是趴在了地上，终于止住了下滑，顽强站立起来。

“红头”哪容“金毛”喘息，骄横地吼了一声，再次运足力气，向立足未稳的“金毛”残忍地撞去……

我知道，“金毛”厄运来临了。

然而，就在“红头”撞过来的一刹那，“金毛”机敏地向左一躲，就势趴在了地上。失去了对手的“红头”顿时像一发出膛的炮弹，霍然飞起，从山崖顶画成弧线，向崖下陡坡冲了下去……

崖下瞬间发出沉闷的响声。

“红头”先是顺崖向下前后翻滚，继而横过身子成车轮状向下飞快地翻转……沉闷的“嗵——嗵——”声让人心惊胆战！

王大捶胸顿足大叫起来：“我的牛啊……我的天……”

▲山顶的牛群

待我们绝望地来到北崖下的河谷，“红头”已口吐白沫，奄奄一息。

它仰面躺在卵石遍布的河谷中，长角已被折断，浑身遍布了几十道长长的血口子，肋骨分明塌陷下去……

王大号着，一屁股坐在了河边卵石上：“我的牛啊，我的天……”可不管他怎么哭喊，“红头”也无法再站起来。

“红头”死了，被马车拉回了村里。

第二天，村里每户人家分了半斤牛肉。

王大因为理屈，没敢说三叔的坏话；又因为是贫农，死牛之事队里只当成了一件意外事故处理。

三叔伤了两根肋骨，吃药疗伤歇了一个多月，才又重新回到他的牛倌岗位。

科普链接：中国黄牛为哺乳纲、偶蹄目、牛科、黄牛种动物，有25种，主要用来耕地、拉车或供肉食，皮可以制革，饲养地区几乎遍布全国，以黄色毛为最多，但也有红棕色和黑色。角根圆形，体质粗壮，肌肉发达，四肢强健，蹄质坚实，南阳牛、秦川牛、鲁西牛、延边牛、晋南牛，合称为中国五大良种黄牛。

猪祭

20世纪六七十年代以前，猪是京郊农户普遍饲养的家畜：麸皮、米糠、野菜、瓜果、泔水、粪便……几乎什么都吃；长得也快，饲养一两年就能长到200多斤。尤其让农户喜爱的是猪的性格，温顺憨厚，少有脾气，总是轻声“哼哼”着跟在主人身后转。你若用手给它梳梳毛、挠挠痒，它会撒娇似的就势躺下，把腿高高抬起来让你为它深入“服务”。

一般农家一两年就能养出一头达标的肥猪，出色的农户甚至一年多就能喂出一头200多斤的大肥猪。

在贫困的农村，猪是农家的“银行”，是一年一度的希望，是过年资费和孩子上学费用的主要来源。

然而，我家注定是与猪财无缘的。

在童年的印象里，母亲一直也没喂养起一头像样的大猪。别人家买头猪娃，好歹一喂，一年多时间就长到了200多斤。而我家，一头猪娃喂了两年多，最终也没能长到收购站要求的最低标准——120斤。为此，母亲挨了父亲许多埋怨和责骂，直至父亲去世后母亲才得以解脱。

刚参加工作的头几年，一个月工资只有32元，买一个11元的小闹钟，我竟节衣缩食攒了3个月。为了补救生活上的贫困，母亲鼓起勇气又买了一头小猪娃。小猪娃十分可爱，圆滚滚的身子，齐齐的小嘴头，黑白相间的皮毛，总是撒娇似的吱吱叫着，跟着人脚后跑。

为了养好这头小花猪，母亲走访了村里的几个养猪能手，总算找出了养猪失败的教训：我家养猪，总是圈在又深又小的猪圈里；而人家则是把猪放在院子里任其自由走动。母亲说，自由自在心情好，溜溜达达吃得香，人家的猪当然长得好了。吸取了人家的经验，小花猪便成了院子里随意散步的自由猪。

小花猪特爱撒娇，每逢我下班回家，它就哼哼吱吱跑过来卧在身边，让我为它挠痒。我挠它的下巴，它就把头用力仰起来，将整个脖子展示给你。我挠它的前腿窝，它则把前腿高高抬起，尽力把整个腿窝亮给你。我挠它的肚皮，它索性一滚身子，把整个肚皮翻过来。看着它眯着眼惬意地享受着我的服务，我感到十分有趣。如果你不愿理它，它会从嗓子眼儿发出一种纤细的哼哼声，像小孩在祈求。

小花猪的鼻子特别灵。女儿曾用爆米花喂过它。它便记住了这种味道。

有一次，邻居家的虎子来找女儿玩。小花猪吱吱叫着追着他用嘴拱。虎子以为小花猪要咬他，吓得撒腿就跑。小花猪则跟着

▲少年饲猪图　　孙大钧 作

他满院子追。直到看见虎子兜里掉出了几颗爆米花，女儿才恍然大悟。她连忙跑过去挡住虎子，一边呵斥小花猪，一边从虎子兜里掏出爆米花扔过去。小花猪立即停止了追赶，埋下头津津有味地吃起爆米花来。从此，用爆米花逗引小花猪跑着玩，就成了孩子们的一项趣味游戏。

小花猪充满了好奇心，整天喷着鼻子侦察兵似的在地上探寻着什么。有一次，在大柿树下它用嘴拱啊拱，分明在挖掘什么"宝物"。果然，一只尚未出土的蝉被它拱出来。看着这亮晶晶的小东西在地上蠕动，小花猪威吓般地叫着，用前蹄踏，用猪嘴碰，在确认没有什么危险以后，终于叼住它，吧嗒着嘴大嚼起来。有了这次经验，在院子里拱地捕蝉就成了小花猪的一手绝活儿。

可意想不到的事情发生了。

这天晚上，小花猪不见了。我和母亲找遍了院子的每个角落，也没有发现它的踪影。莫非它逃到了街上？可门口有1米多高的大石板挡着，除非它长了翅膀飞出去。找啊找，我的眼光突然落在了北房东侧的白薯井上。

白薯又称红薯、甘薯、地瓜，是北方的一种高产农作物。在粮食匮乏的年代，它曾是村人们冬季的主食。为储存白薯，许多农户或掘个临时的白薯窖，或挖个长久的白薯井。

白薯井一般一两丈深。挖够深度后，要自井底横向开掘出一个近1米高、两三米深的拱洞。白薯就存放在拱洞里。由于拱洞有湿度，又保温，秋季白薯入窖后，便可保存到来年四五月。

几年前，伙伴们帮我"打"成了这口1丈多深的白薯井（农村人把挖井叫打井）。莫非小花猪掉进了白薯井？一种不祥之兆袭来，我几步奔到了井边。

由于白薯井夏季停用，井口用几捆玉米秸盖着，没有什么异常。仔细查看后，我却在两捆玉米秸之间发现了一道缝隙。俯下身子细听，井下分明有小花猪隐约的哼哼声。急忙扯开玉米秸向下看，小花猪果然蹲坐在井底，正仰着头向上呼唤。我明白了，这头充满新奇、喜欢侦察的小花猪，一定是在探求玉米秸下的秘密时掉下了这“陷阱”。

带着惊喜和焦虑下到井底，我将小花猪抱到母亲吊下的篮子里。母亲把它慢慢提到了地面上。这时大家才发现，小花猪的两条后腿已经站不起来——是掉下井底时摔伤了。

为了帮它尽快康复，我在屋里的房柁上拴了一根绳子，把它的肚子兜住吊起来，以减轻后腿的压力。但是，3天过去了，小花猪的后腿依然晃晃荡荡吊着，一点使不上力气。不得不找来村里兽医想办法。可兽医看完后摇摇头告诉我：“小花猪是坐骨神经摔坏了，两条后腿再也无法恢复。”我顿时目瞪口呆，简直无法接受这一严酷现实。失去了后腿功能就是下肢瘫痪，这样一头瘫猪，怎么能把它养活养大呢？女儿的眼睛泪汪汪的，母亲也是满脸悲伤。

小花猪并不知道自己的处境，尽管伤势严重，后腿疼得它不断哼哼，但仍然强打精神，努力去吃母亲递过来的泔水和女儿递过去的猪草。邻居劝我们赶快把它杀掉，也好落一锅嫩猪肉。可我和母亲都不肯这样做。

此时，用小花猪来补贴生活的功利目的完全不存在了。我们已把小花猪当成了家庭一员，当成了一个残疾的猪娃。

由于后腿无法站立，小花猪成了一头蹲坐的猪。伤痛、残疾，加上体位改变，小花猪的泌尿功能受到极大伤害，已经几天不能排尿了。下体胀得鼓鼓的，它常痛苦地望着我们发出无力的嘶叫。看着它受苦，我的心也煎熬一般难受。我一面沔好消炎药给它灌下去，一面抱起它，揉着鼓胀的肚子帮它排尿。不知是我的努力产生了作用，还是小花猪的生命力创造了奇迹，它居然能够逐渐排尿，炎症也一天天消下去。

这一天，它突然像飞机一样拉着两条后腿爬向门口，却被门槛挡住了。它回过头，向我们发出求援的哼叫。

它要干什么呢？是向往院子里疯跑的生活，还是渴望外面宽阔的天地？

我把它抱过门槛，放到院子里，看它做什么。只见它迅速爬向院子西南角……啊！我霎时明白了，原来它要去猪厕所大便！

都说猪是肮脏的动物，可我家的小花猪是极讲卫生的猪。别人家的猪随地大小便，小花猪却只在我们垫好的西南角猪厕里拉尿。如今，它摔成了残疾，仍然要去它的厕所而不在屋里拉尿，我不禁被它的“文明猪德”深深感动了。

小花猪在我们的护理下日渐康复。为了方便它的生活，我们在小花猪的猪厕旁搭了一个猪舍。小花猪很高兴，居然能撑着前腿，拉着飞机翅膀似的后腿又开始追着女儿跑。

但它再没有了往常的速度，拉上几步后，不得不停下来，失望地叫着，无可奈何地喘着气，眼睛透出迷茫的光。

▲可爱的小花猪

小花猪虽然成了残疾，但吃得不少，长得也很快。两个月后，它的体重竟达到了六七十斤。邻居都说这是个奇迹，常常来参观这头奇猪。

但是，厄运的魔影始终没有放过小花猪。随着体重的增长和下身压力的加大，小花猪的膀胱炎和尿道炎再次发作，而且越来越重。求医问药，热敷按摩终不见好转。小花猪的肚子胀成了鼓，泌尿功能几乎丧失，只能靠我每天为它挤尿苟延生命。

它已经十几天吃不下东西，身体瘦成了皮包骨。一种绝望的情绪在蔓延。小花猪的眼睛日渐浑浊，它趴在地上，连叫的力气也没有了。

看着它痛苦地苟延，一点点等死，邻居说，不如干脆杀了，省得它受罪，还能煮一锅猪肉。邻居的话虽然残酷，但很实际，对人、对猪都是个解脱。我们终于痛苦地默认了这一建议。

那一天，我很晚很晚才从学校回到家。猪舍空了，小花猪没了，炉子上煮着一锅猪肉。母亲沉重地坐在一旁。邻居“超度”小花猪去了另一个世界。作为回报，除了两块猪排，小花猪的一切都归了邻居。然而，那猪肉放了3天却没人动一口，最终被母亲埋在院子西南角的猪舍下。

第二年春天，母亲在那里栽了一棵柿子树。如今，那柿树已长到碗口粗，并已结出了累累大柿子。

科普链接：猪为六畜之一，脊椎动物亚门、哺乳纲、偶蹄目、猪科、猪属动物，古称豕，又称彘、豨。杂食，身体肥壮，四肢短小，鼻子口吻较长，性温驯，适应力强，繁殖快，有黑白花等颜色。早在母系氏族时期，我们的先人就已开始饲养猪、狗等家畜。浙江余姚河姆渡新石器文化遗址曾出土了陶猪。

邂逅情缘

生活中的邂逅虽然多是偶然相遇，却往往能产生让人难忘的情缘。

为祈迎2009年元旦，几位伙伴相约，不逛闹市商场，不看公园景点，不去剧场影院，而是乘公交车到黄山店连绵群山中去爬山贺岁。

由于北京市实施了公交优惠利民政策，原来要六七元的票价，现在只需划卡两元就到了大山深处。

沿着一条逐渐狭窄的柏油路西行，旁边的溪流和冰瀑时隐时现。我们的目标是“拜谒”涞沥水村西的“棺材山”。

“棺材山”横亘在涞沥水村西北山梁上，形如一口坐北朝南的巨大棺椁。那里山势陡峭，山崖壁立，对爬山者具有极大的诱惑。

俗话说：“不见棺材不落泪。”新年伊始去爬“棺材山”，听起来实在不吉利。

但随行的伙伴有了诙谐新解：“官财”“官财”，升官发财，爬上官财山，新年要升官发财了！

我却不屑地提醒说：“爬山6人中，有4个是“买断”工龄或退居二线的人，升官早就没戏了，回家升个爷爷、奶奶、姥爷、姥姥倒还可能。至于发财，最多是盼着国家每年能增加点退休金。只有两个20多岁的青年人还有升官、发财的可能。”

大家一路说笑，沐浴着冬阳，沿着崎岖小径步步登高。寒冷的冬天居然有了几分暖意。

经过近半小时的攀登，大家有了热烘烘的感觉。于是，不约而同坐在路旁的一块巨石上短暂休息。

突然，小路上有一条皮毛乳白，头顶一点金黄的小狗追了上来。这是一只很秀气的小家伙，皮毛整洁，四肢修长，嘴巴鼻头突出，耳朵有个小豁口。听有人叫它“金顶”，两只耳朵陡然立了起来。

登山邂逅一只小狗，大家兴奋而好奇。从小狗的外貌和个头来判断，不是那种农村看家护院的柴狗，倒像是城市居民驯养的宠物狗。可怎么会跑到大山里了呢？大家看着小狗议论猜测。

而“金顶”竟然依恋地停在我们身边不走了。它默默地看着我们，眼睛里透射出几许兴奋和希望。用手摸摸它的头，它并不躲避，反而嗅嗅我们的手和我们挨得更近了。

▲小狗一路跟随我们上山

“小家伙真聪明，大概是想让我们给它点好吃的。”同行的小崔一边说着，一边怜爱地从背包中去取香肠。

“金顶”大约感受到了面前这位女同志的善良，或许是闻到了背包中的香肠味，瞬间变得兴奋起来：围着小崔转来转去，小尾巴翘起来盘成个圈，左晃右晃，摇来摇去，一副欢欣讨好的模样。小崔掏出切好的香肠，一片一片扔过去，“金顶”就像动物杂技演员，或昂首、或跳跃，总能准确无误地把香肠接到嘴里。“金顶”博得了大家的赞扬和欢笑。

短暂休息后我们继续上路了，“金顶”没有丝毫离开的意思，照旧默默跟着小崔，仿佛小崔已成了它的主人。

“这小东西还缠上了，准是还等好吃的呢!”

然而，不管是摸它、逗它，还是拿出吃的招引它，“金顶”都一声不吭，知趣而仁义地接受，并悄悄伴随在我们前后。

登上一处山腰平台，时间已近中午12点。寻了一块干净平整的大青石，放下背包我们决定午餐。烧饼、大饼、香肠、咸菜，还有醉枣、砂糖橘等水果一溜儿摆放在青石上。大家开始你让我、我让你吃起来。

见到这么多好吃的，“金顶”的眼神充满了渴望，但它文明而规矩，只是静静蹲坐在一旁看着，既不上前讨要，也不表现出乞求，只把那条圆圈状的小尾巴摇来摆去。

这种很有教养的约束，让我们很不忍。大家纷纷把好吃的扔给“金顶”。“金顶”很有分寸地吃着，依旧不声不响。我举着一颗红红的醉枣递到它嘴巴下，它只闻了闻。又递过一片砂糖橘，它只舔了一下。看来，“金顶”对食物很挑剔，只爱吃香肠或烧饼，对水果并不感兴趣。

午餐过后，我们吃饱了，小狗也吃饱了。大家一边喝着保温瓶里的热茶，一边海阔天空闲聊小憩。“金顶”则斜躺在青石旁的一个草窝里，晒着太阳闭上眼休息。

看着“金顶”疏懒的睡姿，原以为它睡着了。但仔细关注才发现，小狗分明时刻保持着警惕：一听到细微的动静，闭住的双眼马上睁开一道缝，随时观察着我们的动向。我恍然大悟，这小东西一定是怕我们悄悄丢下它走了。

果然，当大家收拾好垃圾，重新背上背包时，“金顶”一骨碌爬起来，抖抖身子又欢快地加入了我们的行列。

“金顶”越来越把自己当成了队伍中的一员。它时而跑到队伍前面带路，时而跑到队伍中间转一转，时而跑到小崔跟前表示一番亲热。

攀爬荆棘遮挡、崎岖蜿蜒的羊肠小路，“金顶”并不比我们轻松。由于个子比较矮小，它必须以极快的频率迈动4只爪子才能跟上我们的脚步。遇到1尺多高的土坎石级，必须费力地纵身跳跃才能爬上去。尽管气喘吁吁，累得伸出了舌头，但看得出来，它心甘情愿，一点也不畏缩。

半小时后，我们到了棺材崖下的那眼山泉小水潭。水潭结上了厚厚的冰，潭壁流下的山水冻成了晶莹洁白的冰瀑。水潭南坡生长着几株高大的柳树，周围有牧羊人居住的简陋石屋和小块菜地。

“金顶”大概是渴坏了，见到冰瀑便飞快地跑过去，十分聪明地用舌头去吮吸冰凌滴下的水滴。我们这才想到，午饭时光顾了喂吃的，竟忘了给它一点水喝。看到“金顶”贪婪舔水的样子，大家心里充满了爱怜和愧疚。

“金顶”跟着我们一直攀上了棺材山南面的高高山梁。

山梁西侧一条小路上隐约传来说话的声音。“金顶”精神一振，突然循着声音追了过去。

大家似乎大悟：“金顶”一定是听到了主人的声音，去追赶自己的主人了。我们顿感安慰和释怀——为可爱的小狗寻到了主人而高兴。

然而，几分钟过后，“金顶”又飞也似的跑了回来。看到我们还在山梁歇息，这才放心地喘着气围着我们摇起了尾巴。

“前边不是你的主人吗?”同行的老武问小狗。

小狗眨眨眼，用劲摇摇尾巴，分明表示不是。

“说不定是山下涞沥水村住户养的小狗，或许和主人上山迷了路才恋上了咱们……”

“很有可能，就像迷路的孩子。下山后问问住户就清楚了。”

大家你一言、我一语议论着，都盼望能尽快为小狗找到主人。

40多分钟以后，“金顶”伴着我们沿羊肠小径一路下行，很快来到涞沥水村头的几户人家。

“老乡，这是我们在山上遇见的一只小狗，不知谁家的，一直跟着我们。看是不是村里住户的……”热心的老武向正在打水的一位中年妇女说。

那妇女看看小狗，连连摇头：“没见过谁家养过这样的小狗，不像是我们村的……”

“这是我们在山上遇见的，一直跟着我们，您看看是不是村

▲小崔给邂逅的小狗喂吃的

▲邂逅相遇的小狗很懂事

里谁家饲养的……”老武对迎面走来的一位背筐的老汉说。

老汉看看小狗也是摇头。

大家不厌其烦，边走边问，但依然没有找到小狗的主人。

天色将晚，大家开始犯愁了：我们必须尽快赶往公交车站坐车。如果还找不到小狗的主人，一行人又没有养狗的嗜好，那小狗只有任其流浪了……

其他同伴已先行一步，我和老武留在后面继续为“金顶”寻找归宿。

“金顶”仿佛心有灵犀，围着我和老武跑前跑后，不时嗅嗅我和老武的裤腿，俨然把我们当成了它的亲人。我们把剩余的香肠和面包喂给它，并抚着它的头与它说话。

“小可怜儿，既然不是村里人养的，一定是狠心的城市主人把你丢在这里……”

“这主人真差劲！养了，烦了，又遗弃，真不是东西！”

我们一边走一边为“金顶”鸣不平。

前面是一溜儿连续拐弯的台阶下坡路，“金顶”不知忧愁地跑在前面给我们带路。我和老武突发奇想，要试试“金顶”对我们的依赖。

走到一个拐弯处，看它飞快地顺台阶跑了下去，我和老武突然停下脚步，悄悄躲在了附近的一个地堰后面。10多秒钟以后，只见“金顶”有些惊慌地飞奔回来。它一面四处观望，一面迅速嗅着地面，一步步向地堰找寻。我和老武不得不走出来。突然见到我们，它一边欢快地转着圈子，一边连连扯老武的裤脚，仿佛是说：“可找到你们了，把我吓坏了……”

几次捉迷藏似的恶作剧，使“金顶”吸取了教训，它虽然还在前边带路，但再也不跑远，只是边走边看，用眼睛的余光一直瞄着我们。看得出，它十分担心失去我们。

“怎么办？又没法带它走……”太阳已挨近西山，我和老武的心情越发沉重。

前面又是几户人家，我们执着地向见到的老乡介绍着“金顶”，怀着一线希望继续帮它寻找主人。

分明是精诚所至，一位拿镰刀的老汉看看小狗，突然高兴地告诉我们：“嗯，像它！路南张家的闺女早晨开车回来，小狗从车上跑下来就找不着了——准是它！”

我和老武高兴极了，为“金顶”有了归宿而感到欣慰。

热心的老乡前面带路，大家顺着公路向不远的张家走去。

但刚刚拐上去路南张家的土道，“金顶”突然像察觉到了什么，一下子从前面跑到了我和老武的身后。

为了帮助老乡诱导“金顶”，我们把剩下的香肠和面包全部塞给了老乡。他不断扔下香肠和面包引诱“金顶”，但“金顶”竟然不为所动，依然蹲在我和老武身旁。形势变得愈加麻烦——“金顶”已坚定不移把我和老武当成了主人。

不得已，我和老武只得跟着老乡走向了张家。“金顶”这才跟在了后边。

敲开张家的铁门，一位大约60岁的老汉迎了出来。

“大哥，人家把你闺女丢的小狗带回来了——你看！”

张家老汉自然很高兴，他看看小狗，继而从盆里拿起一块生肉扔给了“金顶”。

“今早闺女从城里开车回来看我，小狗跑丢了，找了一上午没找到，谢谢二位给找到了，进屋喝点茶吧？”

“不了，我们还得赶车，找到主人我们就放心了！”

然而，“金顶”并没有去吃扔到眼前的肉，只是嗅嗅又退到我们身边。我走过去拿起地上的肉重新扔给它，“金顶”这才凑过去叼起肉，跑到一个角落里吃起来。

我和老武乘机悄悄溜出院子，并带上了铁门。

一切正如所料，当我们刚刚走上公路，张家院里就传出歇斯底里的犬吠和撞击铁门的声音……

一种莫名的失落、伤感和内疚涌上心头，但我们毫无办法。

两周以后，我们再去看“金顶”。张家老汉摇摇头告诉我们：“你们走了以后，小狗不吃不喝。第二天一早刚打开铁门，它就蹿了出去，顺着公路跑没影了……”

我们愕然相视，心里充满了懊悔和惋惜。

哎——可怜的小狗，痴情的“金顶”……

流浪狗的故事

随着生活的富裕和闲适，许多人把饲养宠物狗作为乐趣。而一些人喜新厌旧，始养终弃，把宠物狗丢在野外。于是，街头上、草坪里，经常会遇到一些茕茕孑立的流浪狗。它们“风餐露宿”，在一些好心人的救助中艰难度日，有的甚至丧身车轮之下或饿死在荒野角落。

守候乞讨

“白爪”是一只浑身乌黑的狗。体色没有杂毛，只有四个爪子是白的。若是一匹马，这长相必是“乌云踏雪”的良驹。然而，它现在成了一只流浪狗。

午饭后，借助短暂的休息去公园荷塘看荷花。回来时，在兰腾购物中心门外看到了这只“白爪”。

它若有所失地张望着，在门口寻来觅去。因为是一只黑狗，很扎眼，所以引起了我的注意。

它体态修长，尖吻立耳，高约40厘米，浑身毛色乌黑，是一只很标准的小型柴狗。尤其让人注意的是它腿上的爪，以及颈上的套。四爪雪白，与浑身的乌黑形成强烈对比，显出了几许别致和高贵。颈上拴着一个由草绿背带做成的套，但上面的牵引绳已被齐齐剪断了。

根据黑狗的神态和颈上的套来判断，它一定是刚刚被抛弃。于是，我的眼前浮现出这样一幅情景：黑狗的主人把它牵到了人流熙攘的兰腾购物中心门口，趁黑狗不注意，剪断牵引绳后迅速溜进购物中心；然后，又从购物中心南门逃之夭夭。

狗的智商在动物中称得上是佼佼者，嗅觉也是其他动物难于匹敌的。但它无法和人的智慧和狡猾相抗衡。所以，尽管“白爪”费尽心思在购物中心门口寻找主人的蛛丝马迹，但等来的是失望。

遥望着购物中心进进出出的人流，它不敢进入商场找寻主人。因为它知道，那里是宠物们的禁区。

从这天开始，兰腾购物中心门口就有了一只苦苦等候的黑狗，一只靠乞讨生存的孤独的“白爪”。

“白爪”似乎永远等不到它的主人了。主人既然狠心将其遗弃，就不会再生怜悯之心。

唯一使“白爪”得到几丝温暖的，是前来购物的一些好心人。

看到一只日渐消瘦的黑狗默默站在门口一天天等待，进进出出的人们时不时扔给黑狗一些吃的：面包、馒头还有香肠……对于人们的恩赐，“白爪”很有风度，不追、不抢、不贪，感兴趣的低头闻一闻，不感兴趣的只是远远看着。实在想吃了，也要等施舍的人走远了才快步跑过去叼起来几口吞下去。

兰腾购物中心大门内，有一家专卖“骨肉相连”烤肉的小店，是孩子们喜欢光顾的地方。时常有妈妈带着孩子举着几串“骨肉相连”从小店出来边走边吃。这时，浓浓的烤肉香会向四周弥漫开来。

每当这时候，“白爪”都会情不自禁地静静跟在小孩子后面，扇着鼻孔享受肉香。一旦小孩子发现有只小狗跟在后面，大多会把手中的烤肉分出一串或半串扔给“白爪”。就这样，等待孩子们恩赐的烤肉，成了“白爪”每天在兰腾购物中心门口等候和“乞讨”的又一种希望。

一天中午，我从兰腾购物中心买了两个面包。出来时见“白爪”又在门口徘徊，便掰了一块面包扔给它。它低下头用鼻子嗅了嗅，竟毫无兴趣地抬起头冲我眨眨眼睛。那表情分明是说：我是肉食动物，面包怎么能吃呢？

“真是个馋嘴的家伙，流落成乞丐了还这样摆谱儿！”我心里嗔怪。

如今的宠物狗整天养尊处优，吃的、喝的，样样上档次。吃香肠要选双汇火腿，吃猪肉要给炖熟，否则就会闹脾气。习惯成了自然，以至于沦落成流浪狗也难改当初奢侈的恶习。

我怀疑，挑剔的“白爪”是否能长久坚持下去。

这天中午，天很热，日头也很毒。我从公园回办公室，看见“白爪”静卧在购物中心大门外右侧石麒麟的阴影下。它吐着长长的舌头散着热，肚子随着急促的呼吸连连抖动。我突然发现一个秘密，这是一只怀孕的小母狗，因为肚子后面的奶头已开始膨胀起来……

我的担心越发沉重了：一只流浪的小孕狗，自己的生存都已十分艰难，又怎么能熬过生育狗崽儿的险关，承担起养育后代的重任呢？

果然，让人担心的事情发生了：几天中，我们再也没见到“白爪”的踪影。

或许让好心人收留了？或许被狗贩子抓走宰杀了？或许难产死掉了？或许像许多流浪狗一样丧身在公路车轮之下……

每当走过兰腾购物中心门口，我就会想起“白爪”，就会涌出一串猜想和惋惜。

几个月后的一天，我和一位喂养流浪猫的大嫂说起“白爪”的故事。她竟兴奋地告诉我：“‘白爪’早已做了妈妈，它产下了4只小狗，两只黑的，两只花的。有两只小狗已先后被人抱走领养，剩下‘白爪’和两只小狗就留在文化馆的后院。”

原来，是文化馆的几位好心人把可怜的“白爪”收留并饲养起来。

我的心情顿时欣慰了许多。

艰辛育子

我家楼后是一片数百平方米的公共绿地，周围有一道严密的铁栏护卫着，显得十分僻静。绿地中有草坪、绿篱、树木和直径五六米的圆形五彩绿植。居民们戏称是我们的“后花园”。

近两年，草坪中多了几位不速之客：一只黄狗，一只黑狗，一只浅黄夹着乳白的狗，一只下兜齿的卷毛小白狗。前三只是柴狗，身体稍微高大一些；后一只像是混血京巴，身体矮小，样子猥琐，总像伸着下巴乞讨。我给几只狗分别起了名字：大黄、老黑、黄斑和下兜齿。

几只狗成天在草坪中跑来跑去，即使到了晚上也没有任何回家的意思。我判定，它们都是流浪狗。或许是样子不漂亮遭到厌恶？或许是主人有了新欢？看到这些“流浪狗”，我心里不免怜悯忧伤。

几只“流浪狗”分明已经摆脱了被遗弃的惶恐和悲伤，俨然结成了一个相依相伴的大家庭。相互间舔毛、亲昵、奔跑、嬉戏、打闹，一副自由开心的样子。我突然明白了：被主人遗弃，虽然丧失了“锦衣玉食”般的生活，却获得了空前的自由，不被驭使，不看主人脸色，完全按着狗性安排一切，确实是一种“狗福”。于是，闲暇之间趴在窗台上看几只狗放纵天性，成了我的一种愉悦。

春天到了，正是碧桃盛开的时候，我突然在由紫叶小檗、小叶黄杨、绿叶女贞、大叶黄杨组成的五彩绿植岛中发现了一个巨大秘密：先是大黄从绿植岛中钻出来，肚子上挂着几个膨胀的乳房；接着，有4只肉球似的小狗从绿植缝隙中摇晃着钻出来……

天哪——是大黄做了妈妈！

大黄是一只漂亮的柴狗。它个头不高，身体修长，浑身毛色棕黄，只有脖颈的毛是米黄的，像是围了一个浅黄色围脖。

4只小狗太可爱了，它们踉踉跄跄跟在妈妈后面，边走边嗅着草地。一只小狗高兴了刚跑两步，便立刻在草地上摔了个大筋斗。大黄很开心地看着自己的孩子，不时把摔倒的叼起来，仿佛是鼓励它们继续前进。小狗们走累了，大黄会侧身卧下来让小狗来吃奶。这时候，小狗们便会你挤我、我挤你，呜呜叫着争抢最好的位置和最充足的奶头。

在垃圾箱中寻食，接受好心人的恩赐，捕捉老鼠、蟋蟀和草丛中觅食的麻雀……流浪狗们不但顽强生存下来，而且恋爱成家，生下了狗崽。

大黄带着4只小狗出现，引起了一些居民的好奇和关切。两

▲后园中的流浪狗一家

位女居民甚至准备了水盆、食盆送到绿植岛旁边。

大黄产子的消息传播扩散，想不到招致了祸事。

这天上午，就在大黄出去觅食的时候，两个年轻人拿着一个纸箱出现在我们的“后花园”中。他们径直走向绿植岛，然后俯下身子，从绿篱缝隙中把小狗一只只抓出来放进纸箱里……

“姥姥——有人偷小狗了，有人偷小狗了！快去管管他们……”站在后窗前的外孙鹏鹏隔着玻璃发现了这一切，立即告诉了姥姥。

“小狗不是咱们养的，管他们也不会听……”姥姥无奈地解释道。

就这样，鹏鹏眼看着4只小狗被人拿走了。

中午，大黄回来不见了小狗，立刻变得失魂落魄和狂躁不安：“汪汪汪……汪汪汪……”它一会儿钻进绿篱左右搜寻，一会儿在绿植岛周围狂奔寻找。它叫着、跑着，后园里回荡着嘶哑的哀鸣。

一连几天大黄都处于这样近似癫狂的状态。我们亲眼目睹了一位狗妈妈失子后寻找和思念孩子的悲痛场景。

老黑、黄斑和下兜齿纷纷赶来陪伴大黄，仿佛要为它分担一份心中的忧愁。

时间消蚀了大黄的悲痛，膨胀的乳房也慢慢收了回去。半个月之后，它又和几只“流浪狗”重新在草坪上打闹嬉戏起来。

夏天来临，干热少雨的天气使我们的“后花园”成了“流浪狗”的避暑之地。我偶然发现，大黄肚子渐渐变大，几颗乳房又膨胀起来。我猜想：莫非大黄又要做妈妈了？

果然，当七月盛暑来临时，大黄在绿植岛中生下了第二窝小狗崽！

这一次，大黄对小狗的呵护更显严厉，几乎整日卧在小狗身旁，连它们的父亲“黄斑”也不许接近。

看到大黄如此护子，几位女邻居更加心疼，每天送水送食，自觉当起了义务“保姆”。见到大黄到窗下阴凉处避暑热，我也把冰箱里的几根肉肠拿出来从窗口扔给它。

大黄吃食很警惕，不管什么食物都要先闻一闻，确认没问题了，才很有风度地从一侧慢慢嚼起来。大概是香肠的味道太美妙，大黄吃完一根以后，便把另外两根警惕而小心地叼到一株珍珠梅下，用爪子快速刨出一个沟，然后把香肠放进去用土埋起来。

双休日，为了侦察小狗的具体情况，我来到“后花园”绿植岛给大黄送水送食物。开始，看我逼近绿植岛，大黄霍然跳出冲着我一个劲狂吠。但它毕竟是从宠物狗沦落为“流浪狗”的，所以缺乏攻击撕咬的野性。待我把两段香肠放进食盆，向它发出友好温柔的嘘嘘声，它很快平静下来蹲在了绿植的进口处。

此时此刻，大黄虽然已不把我当敌人，可要想接近小狗那是不可能的。看我知趣地离开并走远了，大黄才嗅起食盆的香肠吃起来。

如此几次反复，大黄已深悟我的善意。再去绿植岛，不但停止了吠叫，而且开始摇着尾巴围着我转起了圈子。

这一日，看大黄外出兜风，我拿着相机快速来到了绿植岛。伏下身子顺着绿篱缝隙向里搜寻，只见几只狗崽横躺竖卧在用软草棉絮围成的狗窝里。大黄把“产房”选在绿植岛内确实很聪明。上面有茂密的枝叶遮住阳光，周围有密密的枝杈作为护卫，小狗生在里面既安全，又不易被发现。

仔细数了数，狗崽一共5只，每只都虎头虎脑，胖得像个小肉蛋。它们合着眼，时不时在窝里爬动，一会儿这只压着了那只，一会儿那只压着了这只。我趴在草坪上把相机镜头尽量伸进绿篱缝隙连连拍照。突然，我感觉到了异样，急忙蹲起身子回头：哇——原来是大黄无声无息站在了我身后！我知道自己的行为有些过分，急忙歉意地从兜里掏出两块牛肉干递给大黄。大黄没有嗔怪，我趁机悄悄撤离了绿植岛。

转眼到了八月，盛暑雨季到了。我开始有些担心，若是下小雨，绿植岛茂密的枝叶完全可以遮蔽；若是赶上瓢泼大雨，绿植岛中的小狗就要经受严峻考验。

这天夜里，连绵的中雨下个不停。到了早晨，天空越发阴沉，一场大雨恐怕要来临了。就在我为小狗命运担忧的时候，一个女邻居和丈夫抬着一块苫布来到了绿植岛。他们打开苫布，把绿植岛整个遮盖起来。我被邻居的爱心深深打动了。果然，这场大雨几乎下了一整天！

雨过天晴，小狗们安然无恙。然而，这巨大的苫布像是显眼的广告，把绿植岛的秘密暴露无疑。几天以后，随着苫布被揭走，我得知了物业公司要清除“后花园”流浪狗的消息。

双休日，我一次次向“后花园”搜寻，再也看不见流浪狗，绿植岛中的大黄母子也没了踪迹。

大黄哪去了？小狗哪去了？是被物业公司清理了，还是被人卖到了集市上？抑或是被人送到了饭店宰杀……

可怜的流浪狗，看来居民区也不是它们的安全之所。

科普链接：狗，学名“家犬”，为哺乳纲、食肉目、犬科、狗属动物，是狼的近亲。人类驯养时间在1.5万年以前，是人类最早驯化的动物，与马、牛、羊、猪、鸡并称“六畜”，被称为“人类最忠实的朋友”，也是饲养率最高的动物。狗在中国十二生肖中排名第11位。其寿命为10年左右。

狗的情感

狗是智商很高的动物：富有情感，忠诚友好，仇视报复……这些特质在其身上都表现得十分明显，有时甚至让人感到惊震。

忠诚的“黑背”

岳父去世以后，为了给不愿离开老家的岳母排解寂寞，三弟托人给她买了一只德国“黑背”串种小狗崽。

刚到岳母家，小“黑背”整天一跌一撞地跟着岳母跑，亮晶晶的小眼睛充满了依恋和渴求。岳母用奶瓶给它喂奶，像对小孩一样和它唠叨说话。“黑背”则呜呜叫着，伸出舌头亲昵地舔岳母的手。

“黑背”是个聪明的小家伙，听听脚步，嗅嗅鼻子，就能辨别出是家里人还是外人。见了家里人，它高兴得前蹦后跳，围着你转圈打招呼，立起身子用前爪扒着你亲热。若来了外人，它便汹汹吼着，做出扑击状，吓得来人左右躲闪，高声呼救。

“五一”节放假，我们去看岳母。半大的“黑背”却不敢进屋了。一问岳母才知道，有一次，它吃饱了，喝足了，在地上滚玩岳父留下的一只健身球。玩够了，玩累了，它却在地上撒了一泡尿。岳母生气了，用掸子把儿狠狠抽它一下说：“呸——今后你再不许进屋！”“黑背”“嗷”地一声跑出去。从此，它真的再也不进屋了。

几个孩子心疼“黑背”，剥出橘子瓣丢在屋地上引诱它进来吃。可“黑背”只是呜呜叫着，带着委屈，在门槛外用前爪一下一下搂，即使够不着也不进屋。我们被它的“记性”和“志气”

深深感动了。

国庆节到了，“黑背”已长成半米多高的大狗。岳母将口粮田的玉米收回来，黄灿灿的玉米棒子晾了半院子。

国庆长假回来帮助岳母种小麦，我们都为这金色的秋收而欣喜。这天早晨起床，一开门突然发现青石台阶上一溜儿摆了4只死老鼠。孩子们大惊小怪喊起来。

屋里做饭的岳母走出来得意地说：“这是‘黑背’的功劳！自打院子晾了玉米，这耗子就成精了，天天晚上来偷。‘黑背’就给我当起了看护，每天夜里抓住耗子就摆在台阶上。清早儿一见我开门，准跑过来把死耗子一只只叼起来甩向空中，掉下来再甩，嘿——它是向我表功呢！”

正说着，“黑背”果然汪汪叫着跑过来把台阶上的老鼠一只只叼起来抛到空中。

“狗拿耗子”这句戏言，在岳母家让“黑背”演绎成了生动的

▲长大的黑背

现实。

接着，岳母讲述了一件夏至前后令人惊心动魄的事情。岳母买的一群小鸡崽长出了尾巴和翅膀，开始撒在院子里跑。那天，岳母正在扫院子，忽然发现墙脚下的一只小鸡高声叫着，显得惊慌失措。岳母奇怪地走过去一看，不禁大吃一惊，一条布满黑红花纹的大蛇正从墙角鼠洞里钻出向小鸡袭来。岳母急了，抄起旁边的一把铁锹向大蛇戳去。但铁锹碰在了墙角的石头上没能使上力气，落下后只是不轻不重地卡在了蛇身上。受到袭击的蛇本能地向前猛蹿，竟带着岳母的铁锹一起向老太太脚下爬过来。岳母已72岁高龄，力气远不如从前。眼见大花蛇到了跟前，她虽拼命摁住铁锹，但仍然遏制不住蛇的爬行。花蛇剧烈扭动着，转眼将身子甩过来缠住了岳母的右腿。岳母吓坏了，禁不住惊叫起来："黑背——"

闻讯赶来的"黑背"先是一惊，继而迅速扑上去，用前爪摁住蛇头，狠狠咬住了蛇脖子。

岳母终于脱险了！她浑身瘫软，满脸汗珠，一屁股坐在了台阶上……

那一边，"黑背"已把花蛇咬得身首异处，正叼着蛇身抛来抛去，在向岳母表功呢！

听了岳母的叙述，我们不由得感慨万分。望着院子里蹦来跳去的"黑背"，大家都一致把它当成了忠诚的英雄，当成了老太太的"保镖"。

阴险的"老黑"

"老黑"是岳母家南院李叔家的一只大黑狗。岳母说，这家伙不爱叫，眼睛阴阴的，总像琢磨着事儿，是个奸猾阴险的老狗。问岳母怎么会得出这种定论，老太太讲了两件事。

岳母的口粮田在宅院西南四五十米处，每次下田都要经过李叔家门口。李叔家是个标准的农户，养了二三十只鸡。为了让鸡儿多下蛋，每天早晨一撒窝，李婶就会把它们轰到附近田里去自己寻食。鸡到田里自然会糟害庄稼，所以园田主人和李家鸡群就发生了矛盾。

然而，每逢园田主人拿土坷垃打鸡，李家的老黑狗就会气汹汹冲过来。妇女、小儿常被吓得撒腿就跑。有了老黑狗做后台，李家的鸡群也就“鸡仗狗势”，到田里吃你没商量了。

开春，麦子返青了，李家的鸡群仍然不断来啄食。

这天，岳母早早起来去浇返青水。太阳刚刚露脸，李家鸡群又拉成散兵线向麦田袭来。岳母怒从心头起，用早已准备好的土坷垃一阵猛丢，直打得鸡群“嘎嘎”叫着，落荒而逃。

大黑狗却远远看着，没有上前。

为什么呢？原来，大黑狗曾和岳母家的“黑背”交过手，它不是对手，所以没敢和岳母逞威风。

浇完返青水，岳母从田里回来。刚走到李家门口，突然，一条黑影从门内蹿出直扑岳母。老太太大吃一惊，连连后退，不料绊上树根，竟一屁股坐倒在地上。岳母心想：完了——黑狗是来给鸡报仇了……

可奇怪，大黑狗突然刹住脚步立在了门口：一双阴郁的眼睛斜视着，嘴角微微下垂，似乎是露出一丝冷笑。

岳母明白了，阴险的“老黑”并不想伤害她，而是故意吓吓她以泄早晨的闷气。

其实，这只是狡猾“老黑”的一点小伎俩。听岳母讲完另外一件事，大家才真正领略了“老黑”的阴险和狡诈。

去年春天，李叔家盖了3间新房。为了装修新房，李叔请了邻村两位木匠兄弟来帮忙。请人干活儿就要管吃喝，李婶因此常去村北小市场买些熟食、肉菜为木匠们准备午饭。

▲黑狗

李婶是个精细节俭的人。每顿饭之后，都要把剩下的熟肉、香肠放在一个小荆篮里盖好，然后挂到厨房的房柁上。

一连几天，木匠兄弟隐约听到李婶和儿媳不断发生口角。每次吵完嘴，儿媳的眼圈总是红红的，李婶也是一脸阴云。

木匠兄弟是李家儿媳的表兄，忍不住问起表妹和婆婆吵嘴的原因。表妹起初什么也不说，但因受了委屈，禁不住追问，终于流着泪讲出了经过。

原来，李婶收藏的熟食接连几天不知去向，只剩个空篮子挂在房柁上。她怀疑是儿媳做了手脚，从旁敲侧击变成了公开指责。儿媳觉得无辜当然要辩解。婆媳俩的口角也日渐升级。

木匠兄弟虽然相信表妹是无辜的，可房柁上的熟食到底哪去了呢？兄弟俩决心查查这秘密。

第二天，李婶和儿媳去责任田摘豆角。木匠老大为墨斗添水去了厨房。一进门，看见李家大黑狗正卧在水缸边，老大心里一动，添完水若无其事出了门。

来到院子后他把墨斗递给弟弟，悄悄走到厨房窗前将窗户纸舔了一个窟窿。屏住气向里看，一幕让他震惊的情景出现了：只见“老黑”走到屋角近1米高的“八仙桌”旁，先用牙齿咬住桌腿把桌子从墙角拉出来，然后钻到桌子后面，用肩头顶住桌子腿慢慢往前推。不到一分钟，桌子被推到了房柁下。只见“老黑”

纵身跳上桌面，立起身子搭住房柁，然后迅速叼住篮沿，把荆篮从房柁上轻巧取下来。一阵急促吞食后，篮子里的熟食被扫荡一空。“老黑”重新将空篮送到房柁上，接着从容跳到地面上，用肩头把桌子一点点推回原处……

目睹了这一切，木匠老大目瞪口呆。他怎么也没想到，李家“老黑”居然有了使用工具、去房柁摘篮窃食的聪明和狡猾！

疑团解开了，冤案本来可以“昭雪”，但李婶如何也不相信她家“老黑”会有这等本事。直到第二天在木匠老大陪同下目睹了“老黑”作案的全过程，并抓获了“老黑”她才如梦初醒。

李婶把“老黑”关在屋里挥着木条一阵打骂，总算对儿媳有了个道歉和交待。不平常的一天终于过去了。

傍晚，木匠老大要回去换一些工具，便用锛子挑上工具袋回家了。离村不远是一片坟地。坟地里是一片黑乎乎的松树林，人走到那里尤其是晚上，常会胆战心惊。

月光如雪，就在木匠老大加快脚步时，一条黑影倏然从松林跳出，拦住了他的去路。木匠老大情知不妙，放下工具袋随即抽出锛子紧握手中：“畜生，敢劫老子——找死！”木匠们都有走夜路的经验，那横竖两面利刃的锛子是他们防身避邪的器物。然而，那不知深浅的家伙，并不理会警告，还是一跃纵起，向木匠喉咙猛扑过来。木匠侧身一闪，继而挥动锛子斜劈下去，接着，一声凄厉的长吠，那家伙飞也似的逃进了松树林子……

第二天，木匠老大在李叔家见到了断了半只耳朵的“老黑”。他骂道：“狗东西！揭了你的底想暗算我！记住——再有一次，我砍了你的头！”

“老黑”默默夹着尾巴走了。从那以后，它果真没再敢找木匠的麻烦。至于“老黑”怎么知道是木匠揭穿了它“偷嘴”的把戏，至今也是个谜。

黑眼圈之死

黑眼圈是一只十分让人喜爱的小家兔。

那一年，囤子家第一个从外面引进了可爱的小家兔。山里人尽管经常看到狐狸、山鸡、野兔和獾子，可从没见过白毛、红眼的小家兔。

1

别的动物的眼睛差不多都是黑色的，而小白兔的眼睛是红红的。望着小白兔红红的眼睛，大家议论纷纷，百思不得其解。直到过了许多年以后，我才从科普书籍上知道了这个秘密。

原来，动物眼睛的颜色是由眼睛虹膜色素决定的。一般情况下，动物眼睛虹膜的色素主要是黑色素，所以看上去是黑的。小白兔由于遗传变异，虹膜中失去了黑色素，眼球密集的血管中流动着鲜红的血液，因而我们看上去就是红色的了。

▲家养的小白兔是红眼睛

兔子主要分为两大类、40多个品种：一类是会挖洞的穴兔；一类是不会挖洞的野兔。我们家养的各种肉兔、毛兔均属于穴兔一类。

相比之下，穴兔的耳朵比野兔要短一些，身材也要小一些。而野兔的耳朵、身材、前肢和尾

▲小野兔生下来很快就能奔跑

巴都较长。穴兔会挖洞，居住在地下的洞穴中。野兔不挖洞，主要生活在地面上。穴兔以群居为主，而野兔除了交配季节，过的都是独居生活。穴兔一年可繁殖多次，而野兔一年仅繁殖一次。

穴兔与野兔最大的区别就是新生儿的表现。穴兔宝宝出生时全身裸露无毛，眼睛和耳朵未能张开，基本没有行动能力，主要在洞穴中由母兔喂养，七八天后才能睁眼，且走起路来摇摇晃晃，一个月后才会出穴活动。而野兔小宝宝出生后就全身有毛，眼睛可看，耳朵可听，四肢能跑，自己能找吃的。

此外，穴兔的毛色基本不会随着季节改变而变化；而野兔有些品种则体毛变化较大，有的冬天甚至会变成白色。

之所以会有如此大的差异，与它们生长的环境紧密相关。

少年时曾在野外草丛中捉到过出生不久的小野兔。小东西能跑能跳，行动敏捷，捉起来十分困难，比家兔幼崽的本领要强过多少倍！与刚生出的小鹿、小山羊、小斑马、小角马十分相似。

通过上述比较和研究会发现，穴居动物，如穴兔、老鼠、獾子、狐狸等，由于有洞穴做保护，其幼崽发育就显得悠哉从容，不必长出毛发，睁开眼睛，具备奔逃能力即可降生。而无穴动物由于出生后立即面对危险，所以必须等长好皮毛，睁开眼睛，具备奔跑能力后才可降生到这个世界。

由此可知，动物进化的程度与差异，与它们所处的环境、条件高度适应。

2

自从囤子家养起了家兔，他家就成了孩子们看稀罕的小“庙会”。囤子爹会说书，十分喜欢一群孩子围着他说古。

每到晚上，看家兔的，听说书的孩子都会在他家院子的大槐树下坐满一圈儿。囤子抱着小家兔得意洋洋地在大家面前炫耀一番，在孩子们中的地位也“芝麻开花节节高”。

半年之后，囤子家的母兔下小兔了。这可馋坏了村里的孩子们，都想从囤子那里买一只自己养。第一窝小兔被捷足先登的伙伴争抢着买走了。我因为晚去了一步留下了一肚子遗憾。

于是，我和囤子讲好，下一窝小兔无论如何要先卖给我，并保证每只小兔比别人多给5角钱。

春节过后，囤子家的母兔又下了小兔。我便早早盯着，频频上门，并狠心拿出了两年积攒的7元“压岁钱”，买下了囤子的3只小家兔。

3只小兔都是母兔：两只是红眼睛的小白兔；一只是白毛、黑眼，长着一副熊猫眼圈的小兔。为了买下这只“黑眼圈”，我和囤子死求活磨，直说到比别的兔子多给1块钱，囤子才恩赐似的答应了我的请求。

自从有了3只宝贝小兔，除了上学，我的全部心思都被小兔占去了。在房檐下给它们搭了兔窝，每天下午打来新鲜的草、嫩嫩的银角菜、防拉肚子的马齿苋……还时常偷偷弄来萝卜、白菜、红薯、玉米给它们。早晨带露水的草不能给它们吃，那会拉肚子。

小兔子长得很快，转眼就长到了二三斤。渐渐地，黑眼圈的个头超过了其他两只小白兔。它毛色油亮，长耳耸立，再加上黑眼睛、黑眼圈，要食时常收起前腿，整个身子立起来，活脱脱一个鹤立鸡群。

每天放学，一迈进挡门的大石板，3只兔子就会飞快跳跃着向我跑来。黑眼圈总是首当其冲，最先到达我面前，立起身子，晃动长耳，用前腿扒着我的腿，从嗓子眼儿发出轻细的问候。

平时，兔子是不叫的，除非被天敌咬杀，才会发出尖利的嘶鸣；抑或是发情或哺乳期，才会对入侵者发出沉闷的、带有威吓的低吼。

家兔是性格温和的小动物，平时可任人抚摸，它们只是眯着眼，耸着小鼻子不动。即使抓着耳朵把它提起来，它也只是蹬蹬腿、晃晃身子以示不满。然而，俗话说："兔子急了也咬人。"真把它们惹恼了，或是遇到天敌入侵，它们也会舍命相拼的。

3

五六个月以后，我的家兔长到了三四斤。那一天，我突然发现了奇怪现象，两只白母兔开始不断地在地上甩后腿"啪——啪——"并显出烦躁不安的神情。问了囤子以后，才知道是母兔发情了。囤子很仗义，亲自送来一只大公兔给母兔做丈夫。

几天里，两只白母兔先后与大公兔成亲交配，结成夫妻。可高傲的黑眼圈对大公兔不理不睬。大公兔十分恼火，不断对黑眼圈追逐调戏，甚至要强行"施暴"。黑眼圈恼了，返身立定，冲大公兔吼着，发出严重警告。骄横的大公兔并不把警告放在眼里，照旧追着黑眼圈撒野。黑眼圈急了，转身狂吼一声跳起来冲大公兔脖颈咬去。大公兔一愣神，脖颈上的一撮毛已被扯了下去。大公兔疼得大叫一声，想冲过去给黑眼圈点颜色。可机敏阴冷的黑眼圈还没等它转过身，又凶猛地扑上去咬下了另一撮毛。大公兔吓坏了，边跑边叫躲到一角，再也不敢靠近黑眼圈。

一周以后，囤子把浑身添了几处伤疤的大公兔抱走了。兔子成亲的活动也到此结束。10多天过去了，两只白母兔的肚子渐渐变大，看得出它们是怀上了小兔。一家人都很高兴，倘若母兔们

▲漂亮的黑眼圈小兔

都生了小兔，我们就可以发一笔兔财。

兔子的怀孕期大约是30天。两只怀孕的母兔已开始在兔窝内打洞造巢。唯独黑眼圈身材秀美，照旧吃喝，悠哉游哉。父亲对黑眼圈很不满意，骂它是个废物，不会生小兔，早晚一刀菜。我却对父亲的责骂不以为然。

一个皎洁的月夜，全家都安睡了。院子里突然传来兔子凄厉的尖叫和“扑通扑通”的响声。我被这叫声惊醒了，竟然从被窝里赤条条蹿出，抄起火炉旁的铁通条跑到院子里。

兔窝里正进行着一场拼死搏斗。借着月光，我分明看见黑眼圈与一只黄鼠狼在跳跃撕打。待我大叫着把通条伸进兔窝，黄鼠狼才仓皇地从窝口“嗖”地蹿了出去。

母亲晃着手电出来看。打开兔窝门，两只白母兔浑身发抖，瑟缩地躲在一角，其中一只脖颈上正淌着鲜血。再看黑眼圈，嘴头染着血，浑身多处流着血，但依然虎虎蹲立着，一副不屈不挠的倔强。我被深深地感动了。眼前的情景说明，黄鼠狼先是冲着白母兔下手的，是黑眼圈冲过来咬了它，它才不得不把目标转向了黑眼圈。黄鼠狼是凶狠的杀手，倘若没有黑眼圈拼命相救并与之搏斗，白母兔怕是厄运难逃了。

第二天，父亲请来猎手四叔在黄鼠狼必经的墙头下埋了“虎夹”。刚临黄昏，那黄鼠狼就跳墙而下，被四叔的“虎夹”夹住了前腿。父亲用木棒狠狠打死了黄鼠狼，它脖颈上还留着黑眼圈咬伤的两处痕迹。

十几天过去了。两只白母兔先后在它们打下的洞穴里生下了小兔。黑眼圈照旧吃喝，长得更加肥美。

八月十五到了。那天早晨，父亲突然宣布了一个可怕的消息：要立即宰杀黑眼圈，做中秋节的晚餐。我被这决定吓呆了，急得流着泪求母亲说情。可父亲的威严和暴虐全家没人敢违抗，母亲曾多次被他的大巴掌打得昏死过去。人且如此，何况一只兔子？

黑眼圈被父亲揪着耳朵拎了出来。它拼命挣扎着，晃着身子蹬着腿。父亲一掼把它摔在地上，然后趁它晕头转向，用一根木棍向它的头上用力击去……黑眼圈长嘶一声躺倒了，一只黑眼珠迸了出来……我再也控制不住自己，大声哭号起来。

摸着躺在地上的黑眼圈，我心如刀绞。忽然，黑眼圈的身体蠕动了一下，居然踉踉跄跄爬了起来。父亲见状，拎起棍子又要打。我不觉热血上涌，竟伸开双臂愤然挡住了他：“要打就打死我——”但父亲只一把就将我拎到了一边。

黑眼圈死了。连父亲也没有想到，剥皮时竟在它腹中剖出了两只即将生产的小兔……

那个中秋节过得极悲伤。从此，我将所有兔子都卖了，再也没心情养兔。

科普链接：家兔为哺乳纲、兔形目、兔科、兔属动物，由野生穴兔经驯化饲养而成，主要以野草、野菜、树叶、嫩枝等为食。喜独居，白天活动较少，多处于假眠或休息状态，夜间活动频繁，繁殖力很强，但抵御敌害能力很差，食量较大，有啃木、扒土、挖洞等习惯。

“老歪”和“噘嘴骡”

老歪姓张，命运很不幸，生下来就先天畸形，头与右肩粘连在一起，不但脑袋总是费力地向右倾着，而且整个五官也被拉扯成了“平行四边形”，仿佛眼睛总是斜着、瞪着，嘴巴总是斜着、咧着。陌生人见了骇然，熟人见了不敢正视，只做四顾茫然的样子。那时候不知道有手术正畸的说法，加上生在农村，没有条件，所以老歪便从童年熬到了成年。

然而，老歪四肢健康，身体不错，是从事农活儿的一把好手，且爱助人、有血性、很倔强。只是因为那长相，快40岁了还没有说上媳妇，始终跟着哥嫂过日子。

1

老歪性子很烈。一次，生产队为集中抢收麦子，把各小队的劳力都调来了。

身强力壮的景星知道老歪打光棍，加上那残疾的模样，就当着大家的面故意挑衅说：“老张，敢不敢赛两垄？不歇镰、不直腰，看谁先到地头！”

景星是生产队里有名的割麦子快手，号称“飞镰”。此时提出挑战，一来是想在大姑娘、小媳妇面前露一手；二来是想出老歪的洋相，让人们见识一下自己的本事。

“赛就赛！不过要自己打腰子、自己捆麦个子，不靠别人。谁输了就叫谁一声大爷！”老歪斜着眼迸出了几分犟气和杀气。

“好——”众人跟着起哄，景星也一口应承。

“腰子”，是农村人束腰用的布带。“打腰子”，就是指收麦、收谷时用麦秸和谷秸做成的捆扎之物。

正常情况下割麦子都是两个人一组，前边领垄的人负责“打腰子”，后面“帮腰”的人负责把两人割下的麦子用“腰子”捆好。

割麦时，领垄的人每隔一段便要割下一把麦秸，右手抓住麦穗头，将麦秸一分两半，然后将麦穗头向右一拧做个盘结，横放在地上便成了近1米长的“腰子”。之后，两个人再把割下的麦子放到“腰子”上。

“自己打腰子、自己捆麦个子”，就是不要别人参与，自己既要打腰子，又要负责捆麦秸，是一对一公平竞争。

这里是生产队最长最大的地块，足足有15亩，麦垄东西走向足有百十米。人们从北到南一字排开，每人两垄，景星和老歪排在了最北面。

一切准备停当，老叔队长把镰刀向空中一挥，说了声“开镰”，社员们便弓腰撅腚忙活起来。

快手景星不愧是“飞镰”高手：只见他左手拢麦，右手挥镰，大手法，大跨步，镰刀飞舞，步伐灵活，“嚓嚓嚓嚓”，两垄麦子刚要倒下，便被他拢入左手，如同戏台上要把式那样好看、耐看。

老歪也不示弱：左手拢麦，右手挥镰，用的是小步挪移，快刀飞镰。两垄麦子齐刷刷推进，虽然没有景星那样受看，但效果显著，进度一点也不输景星。

两个人你追我赶，几乎齐头并行，一时难分伯仲。后边的人边割麦边呐喊，有的甚至直起身子，成了忘情的观众。

然而，二三十米以后，形势渐渐有了变化：大刀阔斧、潇洒受看的景星显得有些手忙脚乱，看似割相局促，并不被看好的老歪竟突入了靠前的位置。

大家这才注意到，景星是打好一枚腰子后，再一把一把将割下的麦子送到腰子上，待聚成一蓬再用腰子捆好。每打一捆都要送麦把五六次。

而老歪呢？打好一枚腰子后只顾割，把手中积攒的麦秸用一缕麦秧随手一束然后继续割——谓之“带个子”。每次向腰子送麦秸都是蓬蓬一抱，只需往返两次，麦个子就可打捆了。

这一办法，使老歪省去了大量送麦把时间，便渐渐超出了。

“看到了吧？这就是行家！老歪这一手叫‘带个子’，就是随手把割下的麦子打一小捆继续割，送两趟就能打捆。景星就显得嫩多了！”老叔队长感慨地评述着。

比赛结果不言而喻，老歪以超出景星两丈远的优势，获取了大家的欢呼声。

“叫大爷！”老歪擦完脸上的汗水，从容而威严地对大汗淋漓的景星说。

景星面色苍白，显得尴尬而丧气，虽然心里不服，但迫于老歪那张凶凶的脸和大家的嬉笑起哄，便一狠心、一闭眼、一歪头，叫了声“歪大爷……”

那声音虽然不大，却引发了哄然笑声。

割麦比赛的失利让景星一直耿耿于怀，总想找个机会找回自己的尊严。

麦收后，生产队开始锄麦茬玉米。麦茬玉米，是指麦收后点种、出苗的玉米。锄麦茬玉米是个力气活儿，每人一垄，不但要间苗、锄草，还要把留在地里的麦茬一并锄掉。

为了赶农时，生产队集中所有男女劳力打这场歼灭战。老歪所在的一小队和景星所在的三小队又碰在了一起。

锄地开始后，男劳力们很快赶到了前面。景星和老歪更是一马当先，成为本小队的领军人物。

率先锄到地头的男劳力们都要抽袋烟歇息一会儿。但老歪不歇，而是去接应那些离地头尚远的女劳力们。接完一个，再接一个，直累得汗水流到了那张咧着的歪嘴里。

老叔队长终于叫了歇息。老歪喘着气，直起腰，用脖子上挂着的发黄毛巾擦起汗来。

“老歪，咋那么殷勤？想找个相好的还是想找个吃奶的？”景星嬉笑着奚落老歪。

老歪像受了电击浑身一震。愤怒和自尊不但让他涨红了脸，而且将五官拉扯得更为可怕。残疾人最忌讳有人用缺陷讥讽自己，光棍汉最恼恨别人用女人嘲弄自己。

老歪“啪”地甩掉手里毛巾，一步步逼近景星：“你再说一遍，我煽你兔崽子！”

“你敢——老歪嘴……”景星嘴里硬着，却一步步后退。

“我打你个肉烂嘴不烂——”老歪一步抢上去，“啪”地一掌重重煽在了景星左脸上！

人们从瞬间爆发的冲突中清醒过来，赶忙冲上去分别抱住了老歪和景星。老歪和景星各不相让，口出不逊，引得两个小队的人也各执一词。现场气氛变得剑拔弩张。

“都他妈给我干活儿去！吃饱了撑的！大老爷们儿，帮人家干活你嚼什么烂舌根……”老叔队长火了，吼着数骂起来。人们悻悻提锄干活儿去了。

为了平息老歪和景星引发的两个小队的矛盾，老叔队长安排老歪到生产队鞍子房去喂牲口。老歪成了队里的协助饲养员。

2

安排老歪去鞍子房也算是人尽其才。原来，老歪不但耕、耩、锄、刨各类农活儿拿得起来，而且会赶牲口、喂牲口，春耕农忙季节，常被抽到鞍子房去帮忙。

鞍子房是生产队的一个重要场所，不但管理着全队的4挂马车，而且饲养着全队马、骡、驴、牛等共百十来头大牲口。鞍子房东面为一溜儿平房，是管理人员居住和存放鞍鞯、犁套、揽架、驮子等用具的地方。西面是一溜儿牛棚，是圈养耕牛的地方。南面是一溜儿驴棚，喂养着所有毛驴。北面一溜儿是骡马圈，专门饲养骡马。

20世纪六七十年代，大牲口是生产队的宝贝：拉车、耕地、驮粪、驮煤、磨磨、推碾子、向城里送水果、往场院拉庄稼，都要靠大牲口。大牲口是生产队最重要的运输力量和宝贵的资产。

让老歪协助饲养员张大爷管理大牲口，是生产队对他的信任。张大爷是老歪的本家叔叔，两人又很对脾气，所以老歪干起活儿来心情很舒畅。

按照张大爷的吩咐，老歪主要负责喂养骡马圈和毛驴圈的牲口。骡马是拉大车的主要脚力，是大牲口中的骄子，喂养要求格外精细。

俗话说："人无外财不富，马无夜草不肥。"除了要喂好早、中、晚必备的草料，每天夜半三更，老歪都要起来添草拌料，给

▲骡子是农村驮运、拉车的主要畜力

骡马们加一顿宝贵的“夜宵”。

喂养中老歪发现，有一头奇怪的骡子却被安排在驴棚里。

这头骡子很特殊，个头矮，身子短，只有正常骡子的四分之三，与毛驴差不多。尤其是那张嘴，略扁而上翘，仿佛总是在噘嘴生气，故得名“噘嘴骡”。

一头又丑又小的畸形骡子，怎么会跟毛驴混在一起呢？

骡子，是马与驴的杂交产物。马儿体型高大，性子烈，善奔跑，有猛劲。驴子相对矮小，性子犟，善长走，有韧劲。为了把这两种大牲口的优点结合起来，人们便培育出了马与驴的杂交后代——骡子。若父系是马，母系是驴，生出的后代便叫驴骡；如父系是驴，母系是马，生出的后代便叫马骡。

正常情况下，不管是马骡还是驴骡，长大后体型都会与马不相上下。只是尾巴稍短，耳朵稍长，面形像马又像驴。

因为体型较大，力气十足，有走力和耐力，因而骡子是驾辕拉车的最佳脚力，连马儿都稍逊一筹。

“噘嘴骡”是一头让人失望的侏儒型雄性小驴骡。

“都3岁口了，才这么个小可怜！放进骡马棚怕被咬伤、踢伤，所以才把它放进了驴棚。”张大爷告诉老歪。

老歪听了很不是滋味：一头骡子，因为身体矮小被放进驴棚饲养，毛驴看不起不说，连骡子的待遇也被剥夺了。骡马一天要享受三顿黑豆精饲料，而毛驴只在晚上才能享用一顿。想想自己的身世，老歪越发对“噘嘴骡”同情起来。

在征得张大爷同意后，老歪决定，让“噘嘴骡”回到骡马圈，享用自己应得的待遇。

矮小的“噘嘴骡”第一次踏进了陌生的骡马圈。

这里饲养着十几头骡马。表面看，骡马们白天出圈拉车，晚上回圈休息，平静而自然；实际上却有着明显的等级和歧视。辕马

“菊花青”是圈里的“霸主”，“红缎”是圈里的“二当家”，辕骡“黑背”是圈里的老三……每头骡马都有自己相应的地位。

这种等级在夜晚上料时表现得最为充分：“菊花青”雄踞料槽中央位置。“红缎”和“黑背”各踞一半的中央。这是料槽最好的位置，可以随意伸嘴对左右草料进行抢食。

“噘嘴骡”来了以后，自然成了圈里最下等的“公民”。加上骡马料槽较高，“噘嘴骡”个头太矮，连上槽吃料的机会都难于获得。看到骡马们“咯吱咯吱”嚼着草料吃得香甜酥脆，饥饿的“噘嘴骡”拼力想挤上料槽，但不是被拥到一边，就是被骡马踢到一边。

无奈之下，“噘嘴骡”只得等其他骡马吃饱了，才费力地来到槽边吃一些残羹剩饭。

这情景让老歪很恼火，几次把别的骡马轰到一边让“噘嘴骡”上槽。但只要他一离开，“噘嘴骡”又被挤了出去。

这一天，老歪把特意做好的一个小料槽搬进骡马圈，放到大料槽旁边。明摆着，这是专门为“噘嘴骡”准备的。小料槽比大料槽矮1尺，正好适合“噘嘴骡”使用。

为了让圈里的骡马都明白这一点，上料后老歪专门把“噘嘴骡”领到小槽边，并拿着棍子在旁边守候。只要别的骡马敢来抢食，他立即用棍子惩罚。

骡马们终于明白，主人是故意偏袒和保护“噘嘴骡”的。

尽管是一头牲口，对于老歪的爱护和关照，“噘嘴骡”却心领神会，十分感激。每次见到老歪来上料，它都会喷着响鼻亲切打招呼。仿佛是说：“谢谢啊——主人，谢谢啊——主人。”有时，它还会用噘嘴轻轻去磨蹭老歪的胳膊和脸部。

老歪丑陋的脸从来没有被欣赏和按摩过，此时接受到“噘嘴骡”的吻碰，一股说不出的暖流传遍了全身。

有了老歪的厚爱，“噘嘴骡”逐渐变得自尊自信，不但对抢夺草料的霸道敢于反抗，还敢啃咬、尥蹶，与入侵者斗得不屈不挠。它终于赢得了骡马圈同类的认可，成为小料槽的堂堂主人。

3

在故乡，骡马的主要任务是拉着大车完成各类运输活计：冬春向通车的地里运送一车车肥料；夏秋向北京果子市运送一车车水果，从地里拉回一车车庄稼……

由于是山区，大车道崎岖不平，且坡度很大。一挂马车一般要配备两头骡马协作：一头驾辕，一头拉梢。

骡马们都肩负着拉车重任，唯独“噘嘴骡”，只能像毛驴一样去从事一些驮粪、驮煤、拉磨、拉碾子的较琐碎活计。

看着“噘嘴骡”被别人像毛驴一样牵来牵去，老歪心里总有一种说不出的苦涩。想到鞍子房几乎每天都要运粮运料，每个月要起棚垫圈，老歪突发奇想，想请队里的木工师傅打一挂小马车，专给“噘嘴骡”用，由他来赶车，承担起为“鞍子房”运输草料的任务。这样一来，不但“噘嘴骡”有了正当归宿，自己也有了称心的脚力。

队里很赞成老歪的建议，不用添人，老歪自告奋勇揽下那么多活儿，何乐而不为呢？只是饲养员张大爷有些担心，怕老歪身体吃不消。

专门打造的小号双轮马车很快送到了“鞍子房”。

这一天，经过一番充分准备，老歪在“噘嘴骡”两耳间的笼头上系上了漂亮的红布条，脖子上挂上了一枚古老的铜铃，像举行仪式一样，拉着它一步步倒退进小马车车辕，准备试驾。

“噘嘴骡”好像完全明白主人的心境，昂首挺胸，精神抖擞，顺从地配合着老歪行动。

老歪坐上车辕，甩起长鞭，喊一声“驾——”“噘嘴骡”便欢快地迈开四蹄，平稳地拉着小马车慢跑起来，所经之处便会响起一串串清脆的铃声……

从此，为鞍子房拉饲料、拉草料，协助造肥组起棚垫圈……这些活儿都被老歪和“噘嘴骡”的马车承包了。不知苦累的老歪和“噘嘴骡”成了社员赞叹议论的一道风景。

那是1964年秋季，生产队的柿子大丰收。摘回来的柿子像小山一样堆满了队部的西大院。队里的四挂大车马不停蹄向北京果子市昼夜运送，仍然难于缓解柿子堆积的巨大压力。

情急之下，生产队托关系请北京十一场运输队派一辆解放牌卡车协助运输。由于村里的山路狭窄崎岖，解放牌卡车无法进村，所以，必须先把柿子运送到离村8里的公社所在地，再由汽车拉走。

于是，队里动员各种力量展开了一场抢运柿子的短途搬运战。

老歪自告奋勇，把喂牲口的活计暂时托付给张大爷，便赶着“噘嘴骡”拉着的小马车参加了柿子搬运会战。

尽管山路崎岖，陡坡又多，但为了多拉一些，老歪第一次运输就装了14筐柿子。每筐柿子都有80多斤，14筐就是1000多斤！

第一天运输，小马车拉着柿子先后跑了4趟，人和牲口都累得汗水淋漓。当天晚

▲力挽骡车图　　刘申　作

上开总结会，老歪的小马车受到了老叔队长的表扬。

第二天，干活儿急切的老歪竟让人在马车上加装到16筐，上中下码放了3层！人们怕出危险，不肯多装。执着的老歪就亲自动手，用绳子勒煞好了柿子筐。

高高的柿子筐在车上晃动着向村外走去。

拐过了郭家桥，马车渐渐走到了宝池湾。宝池湾这段下坡路是近30° 的陡坡。老歪对这段险路十分熟悉，所以一入陡坡便跳下车拉上了手闸。

马车的手闸，固定在左侧车辕，是一种由铁齿牙手柄、钢丝闸线和车瓦横木组成的杠杆装置。向后拉动铁齿牙手柄，连接手柄的钢丝闸线便会将紧挨车圈的横木迅速向前拉，并与两个车圈紧密磨擦，形成制动效果。

马车在下陡坡时渐渐加快。老歪又用力把闸柄向后拉下了两齿。然而，惯性和超重的载荷仍催着车轮向下坡快速滚动！老歪急了，再次拼力向后拉动闸柄……

突然，“砰”的一声，闸柄松垮，闸线拉断，车闸失灵，马车完全失去了控制……

受到强大前冲力的“噘嘴骡”拼命向后坐着身子，本能地阻止下冲的马车。但巨大的惯性和重力一下子把它拥倒在车辕下！

见“噘嘴骡”被压倒，老歪顿时红了眼，竟不顾一切冲到车辕下去扛车辕！

但疯狂的车轮毫不留情地把他碾轧在下面……

闻讯赶来的村民奋力把老歪和“噘嘴骡”抢救出来。

然而，老歪因肝脏大出血来不及抢救而停止了呼吸。

死时，两只歪斜的眼睛依然瞪得大大的……

人们找来一块席头盖在老歪血迹斑斑的身上。奄奄一息的“噘嘴骡”也被抬到老歪旁边。

它喷着血沫喘着气，仿佛是在呼唤，又像是在哭泣。熬到当天下午，“噘嘴骡”才慢慢死去。

老歪因公死亡，没有老婆儿女。队里破例为他做了一具杨木白茬棺材。

按照生产队的惯例，死去的牲口要一律宰杀把肉分给社员。

但张大爷流着泪说：“‘噘嘴骡’也算功臣，与老歪又有感情，把他们埋在一起吧？”

“也好，让它和老歪做个伴……”老叔队长长叹了口气。

老歪死后第三天，生产队开了个短暂追悼会。

人们把“噘嘴骡”和老歪合葬在宝池湾西侧的高坡上，以警示和护佑这段险路上来来往往的车辆。

如今，每逢回故乡经过这里，我都会不由得向那高坡上的坟茔默默眺望。

科普链接： 骡，哺乳纲、奇蹄目动物，是马和驴的杂交品种，主要供人役使。由公驴和母马杂交所生的为马骡；由公马和母驴杂交所生的为驴骡。无论马骡和驴骡都基本没有繁殖力，但骡子生命力和抗病力顽强，饲料利用率高，体质结实，肢蹄强健，极富持久力，且易于驾驭，使役年限可长达20~30年，使用价值比起马和驴子都高。

动物园的“公民”们

燕山小动物园开园数载，给广大游人增添了许多知识和不尽乐趣。那天，去小动物园观光，恰好碰到了饲养班的小裴。小裴曾是我的学生，见面后十分热情。问起他饲养动物的情况，小裴眉飞色舞，滔滔不绝，一口气讲述了许多让人捧腹感慨的趣事。

孔雀称霸

在小动物园禽苑中央的大网笼内，居住着十几种禽类家族的“公民”。

这是一座名副其实的“公寓”。涉禽中的鸳鸯、海鸥、绿头鸭、黄头鸭，飞禽中的鸽子、天鹅、戴冕鹤、环颈雉等上百只禽鸟群居一笼，生存空间自然拥挤而无奈。

由于相互干扰，禽类们的恋爱、婚姻、生儿育女都受到限制。除了鸽子有几个网壁上的挂巢可以繁衍后代以外，其余禽类大多过着“丁克家庭”的无子女生活。生存空间受限制不说，它们还必须小心翼翼地接受来自异族“霸主”的统治。

孔雀便是这“公寓”内专横的“霸主”。它体态雍容，羽毛华丽，尾翼展开可达2米。说它是鸟中之王，这一点在禽类群居的大网笼中得到了真实验证。笼中十几种禽类，除体大、颈长的戴冕鹤和白天鹅对孔雀敢洋洋不屑、自由走动外，其余禽类对孔雀的到来都要退避三舍，俯首称臣。否则，就会遭到孔雀恶狠狠的攻击而被啄得羽毛翻飞。

表面看，孔雀珠光宝气，一副仁人君子之相，尤其是开屏尾羽，更让人感到美丽可爱。而实际上，它的骨子里也埋着凶残。

听饲养员讲，现在这只称霸的雄孔雀，虽然刚两岁多，可去年，竟然将它的“父亲”——那只年龄20多岁的老孔雀啄得头破血流；虽经兽医百般调治，最终还是因伤重体弱而一命呜呼。

几周前，笔者将集市上买来的两只野生环颈雉送到禽苑大网笼。没想转眼之间，那只雄孔雀就气势汹汹跑来，追着那只漂亮的雄雉狠啄。野雉没见过网笼，一次次拼力撞笼企图逃出，可一次次被弹回来让孔雀截获。看着环颈雉晕头转向被啄得不知所措，我心里真不是滋味。最后，雄孔雀索性用脚趾踩住野雉的长尾，使它不能动弹，然后悠然地一口一口啄它的颈部，真是一副恶棍的模样。

饲养员说，凡生禽进笼，大约都要遭受雄孔雀的“下马威”，直到把新来者收拾得俯首帖耳才肯罢休。

▲开屏的蓝孔雀

想不到禽类中也有恶霸，也有“欺生”和“种族歧视”！这使人联想起了犯人初进牢房时被狱“老大”侮辱和欺凌的情景。

相比之下，天鹅比孔雀就高尚多了。它不欺负小禽，别的禽类偶尔到它的领地偷食也不在意。两只大天鹅终日悠哉游哉守在网笼门口。除了饲养员进门喂食不受限制外，生人进来，它们都跟在身后摇摇晃晃追着、叫着，有时甚至用大嘴拧你的胳膊或大腿。意思是：“哪来的？给我出去！”俨然是这个公寓的天然卫士，充满了一种“骑士”精神。

鸸鹋发怒

鸸鹋，产于澳大利亚，是世界走禽中的第二大鸟，仅次于非洲鸵鸟。有人又把鸸鹋叫澳大利亚鸵鸟。它腿长颈长，将头伸起来有两米多高。

平日里，动物园的鸸鹋很平和，与饲养人员处得很好，喂食时摸摸毛、抚抚身都没关系。去年开春，鸸鹋妈妈产蛋了，蛋又大又奇特。别的鸟蛋或者是白色，或者是花色，鸸鹋产下的蛋却是青南瓜色，上面还带着小白点。每个鸸鹋蛋有550克，合1斤1两重。鸸鹋每4天产一枚卵，从大年初一直产到开春，每只雌鸸

▲厉害的鸸鹋

鹋一年可产蛋20余枚。

雌鸸鹋产蛋以后，雄鸸鹋就担起了孵化的任务。孵化期为55天。鸸鹋孵化幼鸟时很专注，连食物都很少吃。

入夏以后，饲养员老柴发现那只雄鸸鹋仍旧趴在几只“臭蛋”上孵化不止，就心疼地乘它吃食时将“臭蛋”拿了出来。没想到这下招来了祸事。

雄鸸鹋见蛋被拿走，立刻勃然大怒。它圆瞪双眼，嘴里吼着，振翅飞步奔向老柴。老柴见状大惊，转身急步逃跑。可他哪里跑得过长腿鸸鹋！在场内没跑半圈，头就被鸸鹋连啄几口。尽管戴着草帽，老柴仍觉得头像被小锤子敲击一样疼。老柴吓坏了，慌乱中从鸸鹋馆后的小窄门挤出，逃向北侧。鸸鹋立刻从馆南侧掉身返回，直扑馆前门。原来，聪明的鸸鹋知道北侧无路，老柴要逃，必定通过馆前铁门，所以，便直扑这里等候劫击了。老柴逃到北侧不见鸸鹋追来，情知不妙，急中生智，手脚并用，连攀带爬，居然奇迹般地翻过近两米的铁栏跳到了鹿馆。尾随而至的鸸鹋，看着铁栏外惊魂未定的老柴，气得沿着铁栏跑来跑去，盯着老柴“运气”。那架势分明在说：“多管闲事，谁让你拿我蛋啦!”

老柴连惊带吓，两腿走路都发软了。

从那以后，鸸鹋连续几天对老柴怒目相视，还不断做出奔扑恐吓状。弄得老柴担惊受怕，说起这情景仍心有余悸!

公鹿争雄

说起鹿，人们都有一种温顺驯良的印象。然而，到了发情期，鹿也变得凶蛮异常。

饲养员老柴说，他去喂食，两只公鹿堵在铁门处就是不让进。他像往常一样推开鹿头端食进入，一只公鹿立即摆动尖尖的叉角向他顶来。他慌忙用盛食的盆子抵挡，结果，盆子被撞翻，

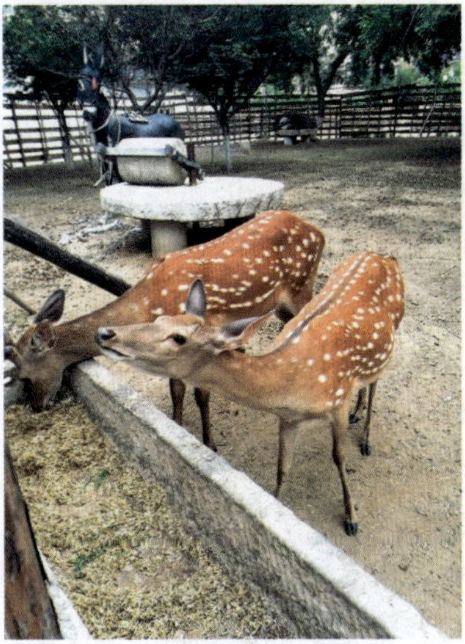
▲公园里的梅花鹿

粒料撒了满地，他也惊得狼狈逃出……

有一次，两只公鹿为争夺母鹿打得难分难解，“杀”得头破血流。一只公鹿不知是战败生怒，还是“杀”红了眼，竟冲着一只母鹿狠狠撞去。毫无戒备的母鹿被吓得不知所措，腹部被公鹿的尖角挑出一个血淋淋的大洞，肠子都顺着伤口流了出来。闻讯赶来的饲养人员和兽医赶开公鹿，全力抢救重伤的母鹿，收回肠子，缝合伤口，消毒上药，并对母鹿实行了特护。母鹿居然奇迹般地活了下来。

据兽医介绍说，野生动物受了伤，都有自我治疗的本能，会找到适于自己疗伤的中草药吃下去。如“鹿衔草”之类。而公园中的动物无法找到疗伤的中草药，所以，受了伤必须给予及时治疗，否则很难痊愈。

饲养人员介绍说，发情期的公鹿除了用角顶人，还会用蹄子弹人，若踢在腿上会把骨头踢断。喂食时，要躲得远远的，或者用木棍将它们赶开。

公鹿发情期有变态反应，母鹿哺乳期也需谨慎对待。

去年，一只母鹿产了一只小鹿。饲养人员见小鹿寒冷将其抱到办公室用牛奶喂养。母鹿恼了，长鸣不止，且再也不认小鹿。待饲养人员将小鹿送回，母鹿不管不顾，弄得小鹿不幸夭亡。

从那以后，饲养人员明白了，倘若母鹿生了小鹿，千万不能一厢情愿去照顾它。那样反而会害了鹿崽。

儿马敬母

“马不欺母，羊羔跪乳”，是说动物也懂尊重妈妈。小动物园现有3匹枣红色的矮马，1匹母马，两匹儿马。两匹儿马又聪明又淘气，是相差两岁的亲兄弟。

哥哥有一手绝活儿——会开锁。在小园里待腻了，便会一拱一拱将通向大园铁门上的挂锁拱掉（锁是挂上的），然后，开心地到外边大园里疯跑玩耍。

饲养员老柴开始弄不清挂着的锁怎么会掉到地上。后来，经“蹲坑”监视，才发现了这一奥秘。至于儿马弟弟，则更是淘气。每次喂食，它总要围着食槽绕来绕去，千方百计将食槽上放着的料盆拱到地上，弄得老柴又好气又好笑。这成了小儿马每天娱乐玩耍的一种把戏。

两匹儿马都是母亲的“儿子”。它们的父亲两年前因病死去，就剩下它们母子3个。两匹儿马如今长得比妈妈还要高大，而且

▲鹏鹏饲喂小矮马

到了“青春期”，但它们对妈妈始终尊重如初，绝无非分行为。这在动物之中大概也是凤毛麟角。

由此可见马的“伦理道德”，比其他动物强得多。

棕熊顽凶

4年前，小动物园添了一对三四十斤重的小棕熊。4年过去，公熊“憨憨”已长到700多斤，母熊“添添”也长到了500多斤。棕熊食量大且嘴馋，每顿15斤混合饲料蒸成的大窝头，棕熊只能吃个半饱。无奈伙食费有限，也只能将就了。

喂棕熊时，常要用水果蔬菜调剂一下口味。苹果、西红柿、胡萝卜、大西瓜是它们的佐餐水果。“憨憨”“添添”每顿都能吃满满一大澡盆。吃饱了，高兴了，两个家伙就立起身子跳啊跳啊，不知是在向饲养员献殷勤，还是在做饭后运动。

棕熊特别馋肉食，每个月饲养员都要给它们煮一顿牛肉打牙祭。每逢牛肉提来，棕熊远远闻到香味，就跑着、叫着，扒着铁栏来迎接。见饲养员提桶进了后门，两只棕熊也跑进馆内“餐厅”等候。饲养员故意拖延时间，两个家伙就会嚎着、叫着抓门打门。

“憨憨”吃食不管不顾，特没教养，吃完自己的就抢“添添”的。有时为了照顾“添添”，饲养员不得不将它们分笼喂食。“憨憨”狼吞虎咽吃完自己的一份，便盯着对面“添添”的食物用力拍打隔离门。“添添”见了，看着饲养员也去拍铁门，意思是说：“唉，给它开门吧，我留了一点，看把它馋的！”

“憨憨”和“添添”相处得很好，从不打架，但摔跤是常事。两个家伙特别团结。去年“六一”，园里往熊馆放了一只兔子，“憨憨”和“添添”便展开了一场追逐战。经过半小时轮番作战，兔子终于被“憨憨”抓住剥了皮。但“憨憨”嫌脏，嫌生肉腥气，结果一口也没吃。

棕熊不愧是凶猛的动物。遇到有的游人跺脚大叫，其他动物会条件反射地躲开。可它们会寻声扑向铁栏，一副“大战三百回合”的架势。

去年五月，一队小学生由老师带领参观动物园。老师一走神，一位不知深浅的小男孩翻过安全栏到隔离栏前给棕熊喂食物。“憨憨”吃食时，小男孩淘气地顺栏缝踢它，结果被“憨憨”抓住了脚丫。“添添”也上来帮忙往里拉。吓得那孩子又哭又叫，多亏了老师和游人协力往外拽，孩子的腿才从栏缝中扯了出来。小男孩的腿被抓伤了十几处，鲜血淋漓被送往了医院。

猕猴精灵

动物园的猴笼坐落在燕山公园东小山的山顶上。

由于聪明活泼，猕猴群备受游人青睐。

猴群有严格的等级。饲养员小裴把3只成年公猴分别排为“老大”“老二”和“老三”。“老大”强悍威严，是猴群中的猴王。猴王有极大的权威性，所到之处，群猴都拱手称臣。倘是两猴争斗，只要猴王一到，吼上一声，两猴便立即罢战。因为，忤

▲猕猴之间用梳理毛发增进感情

逆不服者必遭猴王严惩。

母猴爱子毫不亚于人类。环境安宁或吃食的时候将幼子放下一会儿，其余时间都要把猴崽抱在胸前。去年入夏，一只小猴子因病死去，母猴抱着死去的小猴子难过了3天，饲养员抢都抢不下来。直到小猴子身体变质腐烂，母猴才恋恋不舍将其丢弃。

发情期的公猴最可怕，红红的脸一副凶相。除了饲养员，绝不许其他人、特别是男人进入猴笼。即使是饲养员喂食进来，几只公猴也要严格监视，紧随其后，不许窥视母猴，否则就会把牙咬得咯咯响。

猴群中最讨饲养员喜欢的是两只小公猴。喂食时，两个精灵鬼在主人面前跑前跑后献殷勤，有时还跳到饲养员小裴背上，搔搔小裴头发再跳下来。为此，两个猴精也得到小裴格外厚爱。

可不久前，其中一只遭了劫难。

由于猴群中公猴过多，公园准备用1只公猴和某处换1只母猴。捕捉公猴时，小公猴就成了俘虏。它被装进了一只特制的小网笼。但交换前一天的晚上，它突然神秘地打开笼门逃走了。

第二天，饲养班同时抽调几个人四处寻找，终于在公园深处的一棵树上发现了它的踪迹。人们寻踪追击，小猴爬出公园围墙，跑过影剧院公路，逃进燕化公司大院，又顺着大楼排水管一口气爬上5楼楼顶。

于是，办公楼上展开了一场捉猴大战。小猴从楼顶被赶下4楼，又从4楼被抽伤跌落到地上，终被擒获。可它居然没有被摔伤。小猴大难不死，换猴事也被取消了。放归猴笼后，它恍惚了几日，很快又恢复了活泼；只是对人，特别是对男人更加害怕了。因为，上次追捕捉它的都是男人。

一座小小的动物园，给燕山人带来了道不尽的乐趣。

宠物猫与流浪猫

猫恐怕是人类饲养数量足以与狗并驾齐驱的动物：形态美妙，皮毛靓丽，叫声娇嗔，会讨主人欢心。更重要的是能抓老鼠，所以才成了集实用性与观赏性兼备的家庭宠物。

我国养猫的历史非常悠久。龙山文化遗址中曾发现了猫的骨骼化石。这表明，我国饲养猫的历史已有4000年以上。西汉《礼记》一书中曾记载："迎猫，为其食田鼠也；迎虎，为其食田豕也，迎而祭之也。"由此可知，西汉人养猫一是为了捕鼠，二是把猫作为神物来祭祀。到了北魏时期，就已经出现专门饲养的"猫奴"了。

如今，随着时代的巨变，猫的用途和习性也发生了巨大变化。

宠物猫

老白、老迟、小范是我们一个大院的老邻居，一家各养着一只宠物猫，经常在大院中央的老槐树下天南地北侃山。聊各家的猫是主题之一。

那天，几个人又说起了宠物猫。

小范一惊一乍地说："从报上看到一则消息，一只勇敢的花猫，和一只一斤多重的大老鼠奋勇搏斗，猫鼠打得难解难分。最后花猫累得精疲力尽，但还是咬死了大老鼠。没想到，这时候老鼠的援军到了，一群老鼠对花猫群起而攻之，最终咬死了这只猫。当主人发现的时候，花猫的头已被老鼠们啃去了大半个！"

大家听完后都唏嘘不已，为那只牺牲的猫沉默了半天。

还是老白最先从沉重中解脱出来，摇头叹息后聊起了他家的猫。老白家的猫是一只串种波斯猫。毛虽不长，但浑身雪白雪白，老白爱如掌上明珠，每天下班第一件事就是把它抱在怀里摇来摇去，还给它取了一个叠词爱称——“白白”。

老白说，他家的“白白”可挑食了，开始吃鱼、吃肉、吃肠、吃鸡蛋、吃肉松、吃罐头。后来越吃口味越高，慢慢地将食谱精细成“春都”火腿肠。“白白”每顿吃一根“春都”，一天吃两顿，喂别的连闻都不闻。

经常喂“春都”，“白白”就像品酒师一样成了品“春都”的“专家”。

一次，老白买了一根“春都”给“白白”吃。“白白”一闻，竟一爪子打开，冲着老白“喵喵”叫起来。老白纳闷了，拿起香肠左瞧右瞧，又切下一片尝尝，哇——果然味儿不对。怪不得“白白”生气了，原来这是一根假“春都”。

老白自豪地说，真假“春都”，“白白”一鼻子就能闻出来。他家的“白白”可以当打假英雄。“春都”火腿肠的老板该聘“白白”去当顾问了！

老迟听了，不屑一顾地对老白说：“你那猫算什么？吃货！咱家的‘花花’才讨人爱呢。每天下班我一坐在沙发上，它就会蹦到我肩膀上用胡子蹭我，用舌头舔我，舒服极了。还有，我家‘花花’每天早晨一见我站在穿衣镜前，准会把我的大红‘金利来’领带叼过来，呜哇

▲宠物猫

▲宠物猫　　　　晋国威　作

呜哇扒我裤角。怎么样，绝吧？”老迟得意地喷着烟圈。

老白不服地说：“拍你的马屁不算本事，你家的猫能捉老鼠吗？捉老鼠才算真本事！”

老迟惋惜地叹口气：“我家的‘花花’就是胆子小。其实，现在都住楼房了，家里已基本见不到老鼠，除了特殊例外……上次，一楼邓家跑进一只老鼠，非要把我家‘花花’借去捉耗子。他刚把‘花花’放到衣柜底下，老鼠‘噌’地就蹿了出来。我家‘花花’一见，‘喵’地一声怪叫蹿到我腿边，吓得撒了一地的尿……”

众人大笑，老白更是笑得直不起腰来，眼泪都要流出来了。

小范尽力止住笑说：“老迟，你那是养猫吗？纯粹是养个马屁精，见了耗子就撒尿，那也叫猫？还不如我家的‘蛋蛋’呢！”

小范家的猫叫“蛋蛋”，长得肥墩墩像个球，又爱往外跑，整天弄得脏兮兮的像个泥蛋，小范索性就叫它“蛋蛋”了。

听了小范讲的前半个故事，你会把“蛋蛋”当成英雄；因为“蛋蛋”比“白白”和“花花”都勇敢多了。

一次，小范看见一只大老鼠跑过楼前，“蛋蛋”一溜烟追了过去。老鼠一惊，慌慌张张跑到楼角草丛的鼠洞前停下了。“蛋蛋”上去就是一掌，老鼠被打了一个滚儿，冲着洞口叫起来。这下好，洞里一下蹿出一大两小3只老鼠。洞外的老鼠有了援兵，便与同伴列成三角阵与“蛋蛋”对抗起来。

“蛋蛋”虽然没有了刚才的威风，但仍不怵阵，跳来跳去挥舞爪子冲老鼠低沉地吼叫、威吓。老鼠终于被“蛋蛋”的利爪和吼声所震慑，先后知趣地溜回了洞里。

小范说："当时，我真为我的'蛋蛋'自豪。可后来……嗨，把我气坏了……"

后来，小范连续发现老鼠偷走了他家的腊肉。可追到后院的花坛里才发现，他家的"蛋蛋"正歪着头大嚼着一块腊肉，吃得可带劲儿呢！

原来，是老鼠把偷来的腊肉送给"蛋蛋"一块，其余的都拉回到洞里了。

"得，猫跟耗子成朋友哩！"老白说。

老迟也说："我看你的猫还不如我那拍马屁的猫呢！"

小范叹了一口气说："是啊，真是奇了怪了，本来指望我的猫能'看家护食'，可它怎么会跟耗子合穿一条裤子了呢？"

"难道是猫性变了？猫和老鼠成朋友了？"老白自言自语分析。

大家也感到困惑不解。

流浪猫

窗外，草坪绿油油的。双休日早晨，趴在窗口看那开心的绿色，忽然发现绿色草坪上闪过了一道白色——原来是一只浑身淡白的大猫。它前身下伏，后腿绷起，前爪慢慢向前探出，活像"动物世界"中偷袭羚羊的猎豹。

突然，一只黑色的蟋蟀从草丛中跳起，白猫一个虎跳扑上去，继而前爪左右点扑，蟋蟀被牢牢摁住了。白猫俯下身闻闻战利品，继而歪头叼住猎物，津津有味地嚼起来。

这是多年不见的情景了。如今，猫狗已成为诸多城镇居民家养的宠物，牵着、抱着，单衣、棉衣，猫窝、狗床……连商店都设立了猫粮、狗粮专柜，社区也办起了宠物医院。锦衣玉食，备受呵护和宠爱的猫狗们，吃不愁、穿不愁，冷不着、热不着，除

▲流浪的大白猫

了讨主人喜欢，和主人撒娇，为主人繁衍宠物，称得上是无忧无虑。

如此一比，沦落到草坪上捉蟋蟀的白猫，就显得可怜兮兮。这一定是被主人遗弃的流浪猫。

一种隐忧和怜悯油然而生。丧失了主人呵护，在风霜雨雪、酷热严寒中觅食求生，多么痛苦和艰辛。它能活下去吗？

从此，在草坪上搜寻那只流浪猫就成了我的一种牵挂。

一日傍晚，大雨滂沱。正在窗口观雨，但见那只白猫从草坪中的珍珠梅下连蹦带跳，逃到我家窗外空调机下避雨。雨水浇湿了它蓬乱的白毛，身子如落汤鸡一般瘦骨嶙峋。夹雨的北风吹得它浑身发抖。我忍不住从冰箱中取出一块生肉用白线系好，慢慢从窗缝中吊下去。

发现生肉的白猫先是一惊，继而冲着晃动的“活物”扑上去。我拉着白线和白猫进行了几番“拉锯”，肉终被扯脱，成了饥饿白猫的美食。

秋天到了，草坪的植被长到半尺多高，结出了一穗穗籽粒。成群的麻雀箭羽般落下，又箭羽一般飞起，在草坪中啄食草籽。身处楼房林立的居民区，能感受草长莺飞，叽啾雀鸣实在难得。

突然，那丛珍珠梅下隐约闪过一条白影。定睛细看，原来是那只白猫正潜伏在密密的枝叶下。莫非它又在捉蟋蟀？心中的猜测刚刚闪过，那白影竟突然跃出，扑向一只正在草丛中觅食的麻雀。一霎时，群雀骤起，叫声哗然。草丛中白猫腾挪，一只麻雀绝死般叫着被白猫叼在口中……

我一时愕然了，想不到飞落如箭的麻雀会被白猫擒获。想不到骨瘦如柴的白猫竟有偷猎飞鸟的绝技和狡猾！

自然界生存竞争法则在这里得到了淋漓诠释。我为麻雀的蒙难感到悲伤，又为白猫的成功感到欣慰。

近一段时间，楼前垃圾箱附近多次发现有老鼠出没。细细观察才发现，摆放垃圾箱的水泥板西侧，被掘出了几孔隐蔽的鼠洞。洞口被长出的小草遮盖着。有丰富的垃圾做食物，聪明的老鼠就在这里打洞为家了。

没什么天敌，食物又丰富，垃圾箱下的老鼠家族日渐兴旺。胆大的老鼠白天也敢出来溜达一番。

这天晚上，路灯刚刚亮起，我去倒垃圾，忽然看见那只白猫伏在不远处的草坪里。心中一阵惊喜，看来它发现了垃圾箱下的老鼠，要捉鼠为食了。匆匆回家找出望远镜，到正对垃圾箱的阳台上调好焦距，白猫和垃圾箱立刻被镜头拉到了眼前。

十几分钟过去了，一只小老鼠从右边洞口钻出来，寻寻觅觅走向垃圾堆。白猫弓背跳起，却被草坪铁栏阻隔延误了时间。待它扑到垃圾堆，小老鼠已钻进了左边的洞口。

白猫到左边鼠洞闻闻，又到右边洞口闻闻，似乎明白了什么，竟悄悄蹲守在两个白色垃圾袋之间。

时间一分一秒过去。我拿望远镜的双手已感劳累。一看表，已经过了一个多小时，白猫依然一动不动蹲守在垃圾袋间。被白猫的毅力鼓舞，我重新振奋精神拿起了望远镜。

快9点了，一只半尺多长的大老鼠从左边鼠洞钻出来。它抬起前腿，立起身子左右张望，很自信地走向垃圾堆。大概是被老鼠的个头惊呆，塑料袋发出了声响，老鼠发现了埋伏的白猫。令人不解的一幕出现了，大老鼠不但没有逃走，反而转向白猫做出了扑击的架势。白猫不由自主抬起身体向后退却。大老鼠乘势向白猫发起了攻击。

“喵——”白猫惊慌跳起跃向草坪。不知深浅的大老鼠就势追去。白猫被激怒了，喷着鼻子发出威吓，继而转身猛挥利爪向老鼠掴去。大老鼠应声倒地，被一双利爪死死摁住。草丛中一阵激烈的搏斗，几声尖利的鼠叫。十几秒钟以后，白猫叼住战利品向夜色深处奔去。

经历了一场惊心动魄的实战，白猫终于恢复了自信和猫性。

春节以后，天气渐渐变暖，草坪上的积雪已经融化。刚刚入夜，草坪上就传来时而轻柔、时而粗犷的猫叫。看看日历，已进二月，我恍然明白，二八月正是猫儿叫春的季节，莫非那只流浪猫已有了“对象”？趴在窗口望去，月光明亮，草坪珍珠梅下，果然有两只猫对面蹲坐，脉脉相视。个头较小的是那只熟悉的白猫，个头较大的是一只从没有见过的黄猫。两只猫挨得很近，几乎鼻脸相依。较小的叫声温柔，是母猫。较大的叫声粗犷，是公

▲野外流浪猫

猫。两只猫深情叫着，时而耳鬓厮磨，时而嬉戏追逐，连绵的叫声里充满了激情和欢乐。

不禁想起了为我家那只花斑小母猫找“对象”的情景。小母猫长大发情了，整天在地上“喵喵”叫着，烦躁走着，样子很可怜。几经打听，终于从一位同事家里借来一只蓝眼白毛的漂亮波斯猫为她做“丈夫”。可是，见面仪式上，花斑小母猫却被“波斯王子”吓得到处乱窜，满地撒尿，躲在墙角不敢谋面。

由此看，生为宠物，连“婚姻”都要被包办，实在是悲哀。

再看看眼前的情侣猫，心中不免十分感慨。回归了自然，失去了宠爱，到处流浪，居无定所，还要千艰万苦去自食其力。但它们最大限度地争得了自由空间，找回了失去的自我，重获了自然赋予猫儿的属性——这难道不是一种幸福吗？

月光下，两只猫儿的热恋还在继续。我确信，几个月以后，当春暖花开的时候，这对流浪“夫妻”，一定会带着它们的“子女”，嬉戏在这绿色的草坪中。

科普链接：猫，为哺乳动物纲、食肉目、猫科、猫属动物，分家猫和野猫多种，有黄、黑、白、灰等各种颜色。身形像狸，外貌像老虎，毛柔而齿利。身体小巧，头圆眼亮，瞳孔可缩放，前肢五趾，后肢四趾，趾端具锐利弯曲的爪，可伸缩，善夜行，能攀树，趾底有脂肪肉垫，行走时没有声响，不会惊跑猎物，常以伏击的方式猎捕老鼠等小动物。犬齿发达，尖锐如锥，适于捕捉鼠类。家猫的驯养史已有数千年，是家庭饲养最广泛的宠物之一。

猫性的改变

俗话说：“江山易改，秉性难移。”猫儿抓鼠、吃鸡，这是世间的常理。

小时候，我家养了一只花猫，是了不起的捕鼠能手。那年月，每到夜里，老鼠们就开始偷粮嗑柜，常搅得人整夜不得安生。自从花猫来了以后，屋里的老鼠逐渐销声匿迹。

起初，老鼠太多，花猫只要趴伏在屋地隐蔽一角，待老鼠出来活动便可猛扑上去擒获。后来，老鼠越来越少，它不得不蹲守在洞口守洞待鼠了。花猫抓捕出洞的老鼠是一绝。只要老鼠露面，绝逃不脱花猫的爪心。

一次，一只老鼠刚要出洞，分明闻到了猫气，便把刚探出的半个头缩了回去。可说时迟，那时快，只见花猫挥动右前爪，一下子把老鼠从鼠洞里掏了出来。

屋里的老鼠被捉光，玉米棒子即使放在地上也没有老鼠来糟害了。

立夏以后，母亲买了十几只小鸡。因为没了老鼠，花猫便对小鸡发生了兴趣。

那次，花猫因为偷吃了家里的一只小鸡，被父亲一棍子打断了前腿。母亲尽管心疼小鸡，可对受伤的花猫也很可怜。她让我帮忙，给花猫的伤腿扎上了夹板，可花猫还是落下了一瘸一拐的残疾。

花猫瘸腿以后，对小鸡忌讳得要命，只要见到鸡儿走过来，就会如见瘟神，转眼逃之夭夭。父亲曾得意地说：“长记性了吧？让你一朝被蛇咬，十年怕井绳！看你还敢不敢打小鸡的主意？”看着瘸腿花猫胆小的可怜样儿，我明白了，猫性是可以改变的，惩罚是最好的教训。

然而，时隔不久，邻居李家来告状了，说看见我家的花猫偷走了他家的小鸡。对这一指控全家矢口否认，说我们家的花猫已经是“畏鸡如虎”，绝不会做出偷鸡摸狗的事情来！李家二叔很气愤，埋怨我家护“犊子”，并扬言待人赃俱获时别怪他手下不留情！

三天后，李家二叔铁着脸来到我家，把一个破草包扔在院子里就走了。母亲打开草包以后，不禁大惊失色：被打死的花猫和一只被咬死的小鸡躺在草包里。

一切都明白了，是我家的花猫咬死了李家的小鸡，李家的二叔又打死了我家的花猫。母亲又气又恨，一个劲骂李家二叔心狠，可人家有言在先，自己只能哑巴吃黄连——有苦说不出。

父亲狠狠地说：“该死！谁叫它本性不改？自作自受！”从这以后，我认定，猫性是不能改变的。

时过境迁，世事改变。如今，农村的猫儿不知是否还捉老鼠，但城镇里的猫儿却成了居民家中的宠物。成了宠物，便吃喝不愁，讨好主人就行，但终日关在楼房里自然也会感到孤独。

邻居小李家养了一只波斯猫，长得肥肥大大，蓝眼白毛十分漂亮，但就是贪睡，整日无精打采。一日，看见窗外铁护栏上落了几只麻雀，波斯猫立刻精神起来。它上蹿下跳，在玻璃窗上扑来扑去，吓得几只麻雀展翅飞走了。

小李见后受到启发，决心买回小动物与波斯猫做伴。

这一天，小李从农贸市场买回了两只小鸡。毛茸茸的小家伙“唧唧”叫着，踉踉跄跄啄着小米，十分可爱。波斯猫看见后，激动地扑过来要抓小鸡。一家人吓坏了，赶忙把放养小鸡的纸箱拿起来。

波斯猫不干了，围着小李手中的纸箱又蹦又跳。小李只得一边招架，一边把纸箱放到阳台上。

小鸡与波斯猫被阳台的推拉门分开了。波斯猫只能隔着玻璃望着小鸡着急。为了保证小鸡的安全，每次喂鸡，小李的爱人都要把波斯猫哄到一边，然后才迅速拉开阳台门出去再拉上门。波斯猫则扒在玻璃门上“喵喵”叫个不停。

小李爱人抱怨说：“不是不想叫你们一起玩儿，是怕你把小鸡吃了。你要能保证不吃小鸡，我就让你们一起玩儿。”可说归说，波斯猫又怎么能保证不吃小鸡呢？

波斯猫似乎害了忧郁症，整天蹲在窗台上望着阳台里的小鸡出神。这天，小李的儿子飞飞拿着泡好的小米去喂小鸡，一不留神没拉好门，波斯猫便“噌”地蹿进了阳台。这下坏事了，波斯猫扑过去叼起一只小鸡，转身逃进了屋里。飞飞叫着、喊着追进屋，只见波斯猫趴在床下，呼呼喘着粗气发出威吓，正摁着小鸡边咬边吃。

▲猫性被环境改变，与小鸡成了朋友

飞飞急坏了，拿起塑料金箍棒，对波斯猫又捅又打。波斯猫这才丢下小鸡逃到了床角深处。然而，小鸡已被咬去半个身子死了。

这天晚上，小李全家没了欢乐，为小鸡的死，也为波斯猫的凶残。波斯猫呢？似乎知道自己做了错事，开始无精打采地蹲在一角，接着伸长脖子又咳又吐，竟把带着茸毛的小鸡肉呕了出来。看着波斯猫的可怜样儿，全家人不忍再惩罚它，只得忍痛作罢。

阳台上只剩下一只小鸡了。失去伙伴的小鸡终日叫着，对吃食都没了兴趣。飞飞呢，对剩下的小鸡爱护有加，千方百计找来好吃的给小鸡。

小鸡慢慢忘记了失去伙伴的痛苦。波斯猫呢？照旧蹲在窗台上看飞飞喂小鸡，那眼神分明少了新奇，多了渴望。

俗话说，老虎也有打盹的时候。尽管有了上次教训，可喂小鸡总要打开门。这一次，喂小鸡时波斯猫又溜进了阳台。它故技重演，把另一只小鸡叼走了。

飞飞妈又骂又喊，以为小鸡一定被咬死了。可波斯猫把小鸡放在了屋地上。

小鸡被咬伤了腿，加上受了惊吓，一瘸一拐叫着，向飞飞妈跑去。波斯猫呢，则蹲在一旁看着，显得很开心。

飞飞妈气坏了，右手拿木棍，左手把小鸡推到波斯猫面前：“你吃，我让你吃！我让你吃！”可波斯猫只是友好地看着小鸡，“喵喵”叫着，却一动没动。

为此，全家人开了一次会议，大家一致同意：再也不让小鸡上阳台。如果波斯猫胆敢对小鸡无理，就对它严惩不贷。

不知是知晓了主人的意思，还是对小鸡有了好感，波斯猫从此对小鸡真的宽厚起来。

开始，小鸡对波斯猫很害怕，见了它总是“唧唧”叫着，连食也不敢吃。可后来，胆子逐渐增大，竟敢用小嘴对凑上来的波斯猫一下一下啄了。

波斯猫似乎对挨啄很惬意，甚至眯起眼睛仰起头，故意让小鸡啄。

小李一家很不解，生怕波斯猫玩花招。可实践证明，顾虑是多余的。波斯猫和小鸡真的成了好朋友。

小鸡由于被咬伤了腿，伤好后走路依然一拐一拐。见小鸡走路可笑的样子，波斯猫有时故意靠上去，用头把小鸡轻轻顶倒，待小鸡站起来，它又上前把小鸡顶倒。小鸡气恼了，对着波斯猫鼻子狠啄，波斯猫不得不用前爪护着鼻子连连后退。每当看到这情景，小李一家就高兴得开心大笑。

由于有了小鸡，波斯猫变得又开心又活泼。鸡和猫成了一对形影不离的好伙伴。

波斯猫为什么会改变习性了呢？我猜想，一是带毛的小鸡根本不如猫食好吃。二是长久的孤独使它十分渴望有一个小伙伴。正是因为食物的富足和环境的寂寞使它和小鸡交上了朋友。

南非开普敦以南2400公里的海洋中有一座马里恩岛。一支探险队曾把几只老鼠带上了这个小岛。几年以后，岛上的老鼠大量繁殖，数量无法统计。为了灭鼠，1948年秋，人们又向小岛运去了5只猫，企图以猫治鼠。过了20多年，到1976年人们又到岛上观察，结果发现，岛上的猫虽繁殖到了2000多只，但它们不吃老鼠，而是大吃岛上的海鸟！

看来，环境是改变动物习性的根本条件。一定是海鸟的味道比老鼠的味道好许多，不然，猫儿怎么会不吃老鼠了呢？

拯救小白猫

办公楼建在一个东高西低的半坡上。我的办公室在二楼，窗子南面是一个奇特的天井：天井东面和西面是楼房的侧壁，北面是我的办公室，南面是一堵由花岗岩砌起来的直立高墙，足有20多米。三面楼壁加一面高墙，使天井成了名副其实的一个“深井”。更为奇特的是，在这个近30平方米的长方形“深井”底部，还有两间借助南墙盖起的小平房。小平房两米多高，东面、西面和北面各有一个1米多宽的夹道，平房顶部距南墙顶部还有近20米。小平房顶正处于我的俯视范围。屋顶及下面夹道中散布着丢弃的杂物。

天井南墙之上，是一片活动空地，旁边是一个老年活动站，为了安全，沿着南墙装上了1米多高的铁护栏。

这一天，我正在修改编辑稿件，窗外突然传来一声声急切、嘶哑又略带稚嫩的猫叫声：“嗷——嗷——嗷——”那叫声一声接一声，搅得人心烦意乱。我忍耐不住，站起身走向南窗去看个究竟。大概是听到了推拉纱窗的声音，那叫声停止了。我搜寻天井中小平房的屋顶，没有见到猫的踪影；又探出头寻觅平房周围的夹道，也没有见到猫的影子。悻悻回到办公桌前继续工作，可没过多久，那猫又一声一声嚎起来……

经过几次屏气侦察，我终于在天井平房顶的西北角，发现了1只小白猫。小白猫胆子很小，稍微听到响动，会立即躲到屋顶一角藏起来。我判断，这可能是只野猫，大概是从南面花岗岩高墙上不小心跌落下来的。如果是这样，小白猫就惨了。尽管猫儿善于攀爬，但那是在树上，树皮粗糙利爪完全可以抓住。而面对光滑坚硬的墙壁，即使它再有本事也是无法逃出天井的。

叫声就这样绵延不绝，愈演愈烈。“嗷——嗷——嗷——”它一会儿焦虑踱步，一会儿仰望天井上空拼命嘶嚎。嗓子完全沙哑了。声嘶力竭的叫声，仿佛是在哭喊：“妈妈——救救我，妈妈——救救我——”可它的妈妈在哪里？

我已经无心工作，完全被这只猫的命运扰乱了。

拼命地呼救果然把它的妈妈唤来了。天井南侧高墙上传来一声声焦虑但细柔的猫叫。一只黑白相间的花猫出现了。

这是一只体态修长的母猫，叫声里充满了不安和焦急：“喵——喵——喵——”望着天井平房屋顶上自己的孩子，她曾几次试图探出身子爬下高墙去救孩子，但每次都不得不缩回了身子。因为她明白，如若不慎摔下了高墙，不但救不出孩子，连自己也会被困在天井中。

▲可爱的小白猫

小白猫见到了妈妈，犹如见到了救星，拼命叫着，仰着头向妈妈方向跑，撞到了南墙上摔了个筋斗也不顾，爬起来后仍旧拼命叫着向墙上猛蹿：一次，两次，三次……

在遭遇了一连串的惨痛失败后，小白猫终于明白，所有的努力都是徒劳的，妈妈既不能爬到下面来救它，自己也没有能力爬上高墙逃出天井……

看到这对母子可怜巴巴、相互遥望而毫无成效的努力，听着撕心裂肺的呼唤和嘶嚎，我的心充满了怜悯和苦痛，下决心救助小白猫脱离这深渊似的天井。

下到一楼寻找进入天井的路径，发现了一扇锁着的小门。几经打听总算找到了拿钥匙的管理人员。说明了情况和打算后，管理人员十分支持，不但打开了小门，还找了一块塑料布让我套在手上以防抓捕小猫时被抓伤或咬伤。

悄悄进入天井平房的北夹道，然后拐向东夹道。东夹道比较狭窄，不足1米宽，夹道南墙用石头垒砌，下半部分凹凸不平，还有几个不规则孔洞，从这里可登上平房顶。

我屏住呼吸，手脚并用，几下攀跃就到了平房上。小白猫见有人来到屋顶，立即惊慌失措地乱跑起来。

“咪咪，别怕，我是来救你的……”尽管我一个劲地解释，并做出亲热友好状，但小白猫根本不买帐。它叫着、躲着，跑得更加厉害了。

“真傻！我来救你，一点不知道配合！”我心里埋怨。

其实，猫就是猫，况且是只野猫，怎么会理解人的思想呢?在它的眼里，被困在天井里可怕，被人捉住更恐怖，所以一定要做顽强的抗争。

我迅速向小白猫靠近，并用右手快速扑抓。但几次突袭都被小白猫灵敏地逃脱了。我有些急躁，扑抓的速度也更快。平房顶成了我和小白猫追逐角力的战场。

吸取失败的教训，我将小白猫一点点逼向西南角，伸出双臂，呈扇形慢慢向一角合拢，然后突然抓住了小白猫的后腿。

“嗷——”小白猫狂叫一声，突然回过头向我的手臂咬来。我心中一惊，不由放开了右手。小白猫乘势逃脱，嚎叫一声从屋顶一蹿便摔落在下面的西夹道里……

抓捕失败了，但我舒了一口气。在下面夹道里捕捉它似乎更容易。我从屋顶下到夹道，找了只破筐向小白猫接近，试图扣捕它，但几次都没能得手。我再次把它逼到东夹道南墙，刚要伸手扑抓，它却意外钻进了墙中的一个孔洞。

七月盛夏，连累带气，我已是大汗淋漓。看着黝黑的孔洞，我无可奈何，一气之下把南墙的几个孔洞都用废纸堵上了！

“闷你，看你出来不！”我赌气说。

但生气归生气，内心深处还是想救它。

第二天上午，意想不到的奇迹出现了：我虽然堵住了夹道南墙的所有孔洞，但小白猫在屋顶平台上嚎叫了！

这是怎么回事？莫非它撕开了堵洞的废纸？但来到东夹道南墙检查，所有孔洞都堵得好好的。几经观察，我发现了一个秘密，夹道南墙的孔洞内有通道与平房顶上的南墙相连，小白猫是通过墙内通道钻到上面屋顶的。

这一判断果然得到了验证：就在我再次到屋顶捕捉小白猫时，那小东西竟轻巧地逃入南墙留下的一个脚手眼不见了。脚手眼很深，是建筑墙体时搭脚手架用的。有了这个隐蔽洞穴，一有风吹草动，它就会躲入其中。

抓捕小白猫的行动变成了持久战。为保证小白猫不至饿死、渴死，我和楼里的几位同事在平房顶上安放了水碗和食碗，并将水和猫粮、香肠定期送上去。就这样熬过了两周。

尽管有了活命的饮食，但小白猫仍旧嚎叫不断，始终向往着逃出天井的自由。

站在窗口，望着眼前的一切，我自责无能，常对着屋顶南墙上的脚手眼运气。

我寻思，要想抓到小白猫，必须引诱它出来，然后以迅雷不及掩耳的速度堵住那个脚手眼，这才能截断它回逃墙内之路。

这天，攀上平房屋顶，先在食盒里放上许多好吃的，然后把食盒放到脚手眼下面。我准备好废纸团，辨别好风向，便悄悄蹲守在脚手眼左下方。

时间一分一秒过去，我屏住气一动不动，生怕弄出一点响动。蹲守了半小时后我的腿开始发麻，但仍努力坚持着。

大概是闻到了食物的香气，脚手眼里传出隐约的猫叫声。我心情激动，雕塑一般等待着这个关键的时刻。

啊——小白猫终于探出身子跳了下去！我闪电般把手里的废纸团堵向了脚手眼。

当小白猫明白受骗想返身逃回时，一切都已经晚了！

没有了隐身避难所，小白猫先是被我追下了屋顶，然后在夹道中被连续扑捉，最后在攀爬东夹道南墙时被我拦腰抓住！

它发疯般地嚎叫着、挣扎着，但一切都无济于事——我手上有厚厚的防护帆布，它无法挣脱，也无法伤我。

带着这只费尽心机抓获的俘虏，我告诉了楼里的同事们，然后来到一个宽阔的草坪上。

“宝贝儿，你自由了！找你的妈妈和伙伴去吧……”

我张手松开小白猫。它“嗷”地叫了一声，就风一样逃向了草坪西侧的树丛。

怎么连头也不回呢？我有些怅然。

两天以后，一位附近的大嫂来询问小白猫的事。我这才从她的嘴里知道了事情原委。

那只大花猫确实是小白猫的妈妈。那一天，猫妈妈正领着几只小猫在天井南侧的草坪中散步，一只恶狗突然跑过来追杀小猫。可怜的小白猫慌不择路，冲出护栏，这才失足掉进了深深的天井……

这是一位慈善的大嫂，每天都要给流浪猫一家送食送水。前两天才得知有只小猫掉进了天井，便特意来寻找了。

得知小白猫已被救出，大嫂很高兴，一个劲向我表示感谢，那样子就像是我救了她家的宠物一般。

但愿小白猫能吸取教训；但愿小白猫一家能平安团圆。

“大白”遇险记

“大白”是邻居老宋家养的一只白猫。它胆小羞涩，见生人进门就会钻到床下，只有老宋的女儿秀秀叫着名儿呼唤，它才会小心翼翼走出跳到秀秀怀里。

“大白”是一只波斯猫，一种引进的长毛猫。

“波斯”是古伊朗的国名。波斯猫虽然叫“波斯”，但实际上是英国人经过杂交选育才诞生的一个新品种。

据说，英国维多利亚女王曾养了两只波斯猫，威尔士王子在猫展上对这两只猫大为褒奖，波斯猫也由此声名大振。公众们开始争相购买饲养。到了19世纪，波斯猫由欧洲传到美国，20世纪后才传到中国。

波斯猫有一张讨人喜爱的面庞，背毛长而华丽，举止优雅从容，有“猫中王子”之称，深受爱猫者喜爱。许多养猫者都会为有一只波斯猫而自豪。

波斯猫性情温文尔雅，聪明敏捷，善解人意，少动好静，叫声尖细柔美，举止风度翩翩，天生一副娇生惯养之态。给人一种华丽高贵的感觉。尤其是它们的眼睛，一只天蓝，一只浅绿，让人见了都大为惊异：两只眼睛怎么能不是一个颜色呢？

“大白”在老宋家原本十分受宠，可自打秀儿的妹妹弄来一只爱叫爱闹的京巴狗，“大白”就开始没了安宁。吃食时，尽管分盆两处，可京巴狗霸食抢盆、又叫又撞，总觉着“大白”盆里的是美味，自己的不香甜。常气得“大白”跳到床上吹胡子瞪眼冲京巴狗运气。

每逢这时，秀秀就一边谴责“京巴”，一边垫好报纸把猫食送到床上。短腿的京巴狗跳不上床，只得在床下急得乱汪汪。

为了躲避京巴狗的纠缠，阳台上的水泥栏板成了“大白”蹲坐远眺、排解烦闷的地方。

老宋家住六楼，每逢下班，看到“大白”蹲在高高的、令人目眩的阳台栏板上，我都替它捏着一把汗。

老宋的对门是老谢家，两家阳台相隔近两米。大概是喜欢“大白”，对面女主人常用鱼头、鱼尾在阳台上招呼“大白”。

开始，“大白”只是望着遥远的地面探头探脑，有些恐怖，“喵喵”叫着舔舌头。后来，禁不住鱼腥的诱惑，竟奋不顾身向对面阳台跳了过去。

“大白”成功了！它居然越过了阳台间近两米的空域，吃到了对面女主人为它准备的丰盛鱼腥。至此，跳跃于六楼阳台间的“大白”，成了我们楼门居民惊叹议论的动作明星。

猫是攀爬跳跃的能手，体内各种器官的平衡功能比其他动物要完善得多。从高空跳下时若身体失去平衡，它的眼睛、耳朵很

▲猫有非凡的空中平衡能力

快会感觉到，并把这一信息迅速传到延脑，再到大脑。大脑立即命令脊髓把感觉冲动传到四肢骨骼肌。骨骼肌再迅速牵动肌肉，将失去平衡的身体调整正常。这样，当猫儿下落时，四肢已做好着陆准备，再加尾巴做平衡器，脚下有柔软的肉垫来防震减震，因而多能化险为夷。尽管知道猫有高空坠落的特殊平衡保护功能，但大家仍不免为“大白”的冒险所担忧。

这天中午，下班回家刚到楼下，就见谢家女主人在阳台上举着一条鱼向“大白”招摇。“大白”一伏身子，向对面阳台腾空跃去。然而，不知是后腿没踩稳，还是前爪打了滑，就在它落下的一刹那，身子一歪，竟从六楼阳台飘然而下……

“哎呀——”秀秀和对面的女主人愕然惊呼。我也被这情景吓呆了！

“大白”先是后身朝下，继而翻转成前身朝下，转眼摔落在地面上。

我以为“大白”一定要摔死了，几步赶过去看它是否还活着。还没到跟前，只见它摇晃着身子爬起来，发出令人毛骨悚然的怪叫，然后踉跄蹿入旁边的地下暖气沟。

楼梯内，传来秀秀不顾一切的脚步声和焦虑悲伤的呼唤：“大白……大白……”

“大白”没有摔死，但它受伤了，吓傻了。

秀秀擦着眼泪伏在暖气沟口。里面黑黑的，根本看不到大白猫在哪里。

“大白……大白……都是我不好，是对面阿姨不好……摔疼了吧？摔坏了吧？快出来……给你治伤，给你揉揉……”秀秀带着哭腔和恳求，仿佛是在做痛苦的忏悔。

暖气沟里没有回声。秀秀回六楼拿来手电筒，提来一兜小鲫鱼，重新趴在暖气沟口。她打亮电筒，向沟内反复寻找，终于发现了蜷缩在暖气管下、浑身发抖的白猫。几条小鲫鱼被扔了进去，秀秀开始了艰难的抚慰和劝说。

“别怕，大白，吓坏了是吧？有我在……出来吧，我这有好吃的。快出来吧，大白，我快急死了、吓死了。出来吧……给你鱼，求你了！咱们回家，我再不让京巴欺负你……”

午饭吃完，午觉睡过，要上班了，楼下秀秀对“大白”的“思想工作”还在继续。

真是精诚所至，金石为开。经过秀秀连续不断、坚韧不拔地抚慰和劝说，“大白”终于一步步移到了沟口，最后被秀秀抱在了怀里。

从那以后，为了避免再发生类似的险情，秀秀昭告全家：再也不准“大白”上阳台。

“大白”逢凶化吉的实践表明，猫儿应对高空坠落的能力果然出众。从六楼跌下却能在瞬间调整身体姿态，并能迅速调动起感知、平衡、缓冲、着陆等一系列机能，确实是动物中的绝佳高手。

科普链接：波斯猫为哺乳纲、食肉目、猫科、猫属动物，以阿富汗长毛猫和土耳其安哥拉长毛猫杂交，经英国人100多年繁育，于1860年诞生。眼睛有蓝色、绿色、金色、琥珀色、紫铜色，还有两眼不同颜色的“鸳鸯眼”。“鸳鸯眼”波斯猫常为白色，一只眼发蓝，一只眼发绿，在中国最为常见。波斯猫温文尔雅，聪明敏捷，华丽高贵，背毛长密，质地如棉，性格温和，喜欢与人亲近，是深受欢迎的宠物猫。

"鼠子咪"的生命历程

旅游景点门口的市场很热闹：栗子、核桃、大枣、苹果等干鲜果品琳琅满目，小贩们的吆喝声此起彼伏，但怡旸被市场旁边一溜儿卖小松鼠的摊位吸引住了。

一只只小松鼠被圈在扁圆形、能转动的铁丝笼子里，随着它们的跳跃腾挪，整个铁丝笼也在不停地转动。

棕褐色的皮毛，晶亮晶亮的小眼睛，蓬松的和整个身子差不多长的大尾巴，还有小型啮齿类动物特有的鼠兔形嘴巴、胡须、耳朵和灵动的四爪，使每只小松鼠都充满了诱人的魅力。

"爸爸，我要买只小松鼠当宠物！"怡旸的口气坚定而不容置疑。

怡旸是朋友老荣的独生女儿，夫妻俩视为掌上明珠。

对于宝贝女儿的这点要求，爸爸当然欣然允诺。可买哪一只呢？

爸爸很有经验，据他所知：集市上出售的小松鼠多数是人工饲养繁殖的，只有少数是从山野捕捉的。人工繁殖的胆子大、好饲养，由于从小与人接触，与山野间的小松鼠相比不但野性小，而且容易与人亲近。野生的松鼠胆子小、脾气大，常常会因拼命撞笼而头破血流，甚至死掉。

经过一番仔细甄别，爸爸选中了那只活泼、好动、能将整个笼子踩踏得像旋转飞轮一样的棕红色小松鼠。他断定，这是一只经过驯养的、不怕人的小家伙。

怡旸兴高采烈地捧着铁丝笼回到了轿车上。回家的路上，她和小松鼠说个不停，并给小松鼠起了个好听的名字——"鼠子咪”。这一年，怡旸6岁。

转笼迎主人

“鼠子咪”从此成了怡旸家的一员。早晨起来，怡旸第一件事就是先看看铁丝笼里的“鼠子咪”醒了没有，再给它放上好吃的，然后自己吃饭；吃完饭上学，还要跟“鼠子咪”打个招呼，叮嘱它听话，别贪吃，等她回来。放学回来，进门第一件事是先看“鼠子咪”，然后放上好吃的……总之，“鼠子咪”成了怡旸最牵挂、最喜爱、最开心的家庭伙伴。

俗话说：“爱屋及乌”。由于怡旸对“鼠子咪”关怀备至，所以“鼠子咪”也被爸爸妈妈视为宠物。

“鼠子咪”的食谱十分广泛：干鲜果品、五谷杂粮、应时菜蔬……凡是可吃的，它都来者不拒，一一笑纳。但它最喜欢的还是各种干果，尤其是核桃、花生和各种瓜子。为此，各种干果也成了怡旸家茶几果盘里的常备物品。

“鼠子咪”扁圆形的小铁丝笼就像一个两侧凸起的轮胎，通常平放在茶几一侧，这样便于喂养，也便于一家人观赏嬉戏。

这天下午，怡旸放学回来打开房门，突然发现“鼠子咪”的铁丝笼像轮胎一样立起来停在了屋门口，差点被自己一脚踩着！怡旸大吃一惊：是谁这样粗心把鼠笼放在这里？等爸爸、妈妈回来一定要问个究竟……

铁丝笼里，“鼠子咪”正蹦着、跳着，扒着铁丝笼冲怡旸发出“吱吱吱”的轻叫，仿佛是讨好小主人，又像是对小主人说：你可回来了，闷死我了，快给我拿好吃的……

怡旸弯腰提起鼠笼把它重新平放到茶几旁，又拿起几块核桃仁去喂“鼠子咪”。爸爸、妈妈回来了，经一一询问，两个人的回答是：没有动过铁丝笼。

“难道是铁丝笼自己飞到门边的？”怡旸大惑不解。

第二天下午怡旸放学回家，“鼠子咪”的铁丝笼又被立起来停到了门口！面对这蹊跷的谜团，怡旸决定学习大侦探福尔摩斯，一定要查个水落石出。

这天下午，她找借口提前向老师请了假悄悄潜回到自家小院。周围静静的，怡旸蹑手蹑脚走到一侧玻璃窗前，从那里可窥测到客厅的一切。“鼠子咪”的铁丝笼好好地放在茶几旁，一切并没有什么变化。时间一分一秒过去，太阳已经西斜，离怡旸正常放学的时间越来越近。突然，怡旸发现铁丝笼开始晃动起来！她赶忙揉揉眼睛仔细观看：铁丝笼里的“鼠子咪”猛地向铁丝笼旁边一跳、再一压，那平放的铁丝笼居然像轮胎一样立起来！

接下来的情景让怡旸更为惊讶：只见“鼠子咪”先是晃动身子把铁丝笼的方向一点点挪向门口，然后缩身后退，再用力向前一扑砸向笼栏，铁丝笼便借着重力和惯性神奇地向前滚了半圈。如此几次反复，铁丝笼在“鼠子咪”的驾驭下，转眼间就滚到了门前。

真相终于大白，原来“鼠子咪”是在用这种方式每天迎接怡旸回家。怡旸被感动坏了，爸爸、妈妈也不禁对“鼠子咪”的聪明多情赞叹不已。

表演加骗术

身困在扁圆形的铁丝笼子里，尽管有吃有喝，奢侈安逸，但“鼠子咪”毕竟是野生动物，从骨子里渴望无拘无束的生活。为此，它时常对围困自己的铁丝笼栏发起莫明其妙的撕咬和攻击：“咔咔咔咔，咔咔咔咔……”那声音让人听了头皮发麻。由于连续不断的啃噬，铁丝笼栏的许多地方被啃得闪闪发亮，铁丝也明显有了“缺陷”。

怡旸很担心，生怕铁丝会硌伤“鼠子咪”的牙齿，但爸爸却不以为然。他告诉怡旸：“松鼠是啮齿类动物，上下门齿很发达，而且终生都在生长，必须经常嗑东西去磨短门牙，否则门齿长长了就会把嘴巴支起来无法吃东西。”说完，还用手指头当牙，做出一副支起嘴巴的怪样子，逗得怡旸开心大笑。

了解了松鼠磨牙的习性，怡旸对“鼠子咪”嗑铁丝不仅不再担心，反而将其当成了它的一种表演和游戏。每逢看到“鼠子咪”向铁丝开战，怡旸就在一旁看着，还时不时鼓励几句：“加油，‘鼠子咪’！嗑铁丝！加油，‘鼠子咪’，嗑铁丝！”看到小主人给自己加油，“鼠子咪”嗑得更带劲了。待到“鼠子咪”嗑累了，停下来，怡旸就会将一把香喷喷的瓜子扔给它做奖励。有了这样的诱导和嘉奖，“嗑铁丝”真的成了“鼠子咪”讨好主人的一种有意识表演。

“鼠子咪”成了一家人的开心果。

“嗑铁丝——‘鼠子咪’！”爸爸说。“鼠子咪”立即抖擞精神“咔咔咔咔”地表演一段。

▲可爱的小松鼠

"'鼠子咪'——嗑铁丝!"妈妈说。"鼠子咪"又毫不含糊地"咔咔咔咔"来上一段。

遇到家里来了客人,"鼠子咪"嗑铁丝的表演,也成了让客人开心的保留节目。

但怡旸发现,成了家庭表演明星的"鼠子咪"居然像某些歌星"假唱"一样,开始用"假嗑"糊弄观众!

"嗑铁丝!"怡旸发出了指令,周围几个小伙伴全神贯注地盯住"鼠子咪"。

"鼠子咪"很不情愿地挪到铁丝栏旁,"咔——咔——咔——"嗑起来。那声音分明很响亮,却不尖厉。怡旸觉察不对,低头仔细一看,才发现"鼠子咪"根本没有嗑铁丝,而是在自己磨牙!大家为"鼠子咪"的骗术而惊奇不已。

"不行——不许骗人!重嗑铁丝!"怡旸把刚要奖励的瓜子收回来,再次发出了命令。

这一回,知趣的"鼠子咪"果然不敢再耍骗术,很卖力气地嗑起铁丝来:"咔咔咔咔,咔咔咔咔……"

候门掩前腿

这天下午放学回家,怡旸照旧先去看她的"鼠子咪",但眼前的情景让她大惊失色。铁丝笼门紧闭着,里面的"鼠子咪"不见了!紧张慌乱的怡旸捧起铁丝笼才发现,由于坚持不懈的啃噬,笼子两根相邻的铁丝栏被啃断——"鼠子咪"逃走了!

"'鼠子咪'……我的'鼠子咪'……呜呜……"铁丝笼滑落到地板上,怡旸一面在屋里四面搜寻,一面伤心地哭起来。

就在怡旸伤心流泪的时候,突然听到衣柜顶传出窸窸窣窣的响声。抬头一看,啊——衣柜顶的两摞报纸缝里正探出"鼠子咪"狡猾的小脑袋!怡旸破涕为笑,想搬凳子去抓,但转念一想又假装生气停下来。她故意不理"鼠子咪",而是拿个小板凳坐下来，把瓜子、花生、核桃仁等“鼠子咪”最爱吃的干果都放在地上。

禁不住诱惑，几番试探以后，“鼠子咪”终于从衣柜上跳下来，犹犹豫豫向地面的干果一点点靠近。怡旸欣喜得一动也不敢动，只用眼睛的余光乜着这只“逃犯”。此时此刻，怡旸早已把“鼠子咪”出逃的气恼抛到九霄云外。只要它还在，还能与自己朝夕相伴，怡旸巴不得它自由自在呢！

“鼠子咪”小心翼翼瞄准了一块核桃仁，迅速上前叼住，然后转身飞快地逃到墙角。看看怡旸没有动静，这才用两只前爪抱着核桃仁大嚼起来……

这天晚上，在怡旸建议下，全家通过了一个庄严决定：给予“鼠子咪”自由的“家庭成员”地位，再也不让它回到铁丝笼里。怡旸高兴极了，当天晚上喂食时便向“鼠子咪”宣布了这一决定：“你自由了——知道吗？从今天开始，你可以自由自在地在屋里跑，但不可以到床上拉尿……”“鼠子咪”仿佛听懂了，抱着一块核桃仁站起来，亮晶晶的一对小眼睛盯着怡旸，突然打了个喷嚏，分明是对小主人的回答。

从这以后，屋里成了“鼠子咪”自由的天地，它可以无拘无束地在地上跑来跑去，可以钻到沙发背后和怡旸捉迷藏；到了晚饭的时候，甚至敢跑到怡旸脚面上跟小主人要吃的。“鼠子咪”已经把怡旸看成了自己最信任的朋友。

每天下午放学，“鼠子咪”都要特意到门口迎接小主人的到来。“鼠子咪”的耳朵极其灵敏，只要听到院里的脚步声，就能辨别出是爸爸、妈妈还是怡旸。若听出是爸爸、妈妈，它会若无其事地在沙发下静卧不动；若听出是怡旸的声音，便会兴奋地跑到屋门前等着，待屋门一打开，就立即跳到怡旸脚面上。

这一天，怡旸放学回家，打开屋门并没有看到“鼠子咪”来迎接。她有些奇怪，用力推门四处张望。就在这时，一声“吱”的尖叫传到了怡旸耳朵里。她大吃一惊，回身一看，“鼠子咪”正浑身发抖，前腿一瘸一拐跑到了一边。原来，“鼠子咪”本想躲在门后和怡旸玩捉迷藏，可怡旸突然推门掩着了它的左前腿！看着“鼠子咪”瑟瑟发抖的样子，怡旸心疼死了，急忙蹲下身用双手把“鼠子咪”捧起来。“鼠子咪”的左前腿受了较严重的掩伤，紧靠爪子的皮毛被掀翻，并流出了鲜血。

“是我不好……是我不好……哎呀，疼吧……对不起，对不起……怎么办呢……”就在怡旸不知所措的时候，妈妈回来了。像见到了大救星，怡旸含着眼泪把“鼠子咪”抱到了妈妈面前。

“没关系，只是一点外伤，上点云南白药就会好的。”妈妈一边宽慰女儿，一边找来云南白药和纱布，给“鼠子咪”上药并小心包扎起来。

经过妈妈和怡旸的精心护理和照顾，十几天以后，“鼠子咪”重新恢复了健康。

沙发建卧室

没有了束缚的“鼠子咪”虽然可以在屋里自由散步，享受没有拘束的生活，可以跳到主人脚面上撒娇，向主人讨要好吃的，但没有一个固定栖身之处总觉得不安稳、不踏实。

这几天，怡旸发现“鼠子咪”有点怪异，有点偷偷摸摸的感觉。放学回家，不是像往常一样在门口等着她，而是几次都从靠墙的双人沙发下跑出来迎接她。

“你在搞什么鬼名堂？给我从实招来！”怡旸指着“鼠子咪”说着，便向沙发走去。“鼠子咪”仿佛有些慌乱，挡在怡旸脚前，一步一步往后退，分明不让怡旸接近沙发。

“去——闪开，不许挡道！”怡旸用书包推开“鼠子咪”，几步便走到了沙发前。看看沙发表面，没有什么异常；又弯腰低下头去看沙发底部，也没有什么变化。

“奇怪了，那你这几天在沙发下倒腾什么？”怡旸百思不解地看着“鼠子咪”。

再去沙发下面探寻，突然从地面上发现了一些细碎的棉布丝絮。怡旸一下子想到了什么，立即站起身走到墙边把沙发靠背用力从墙跟推开。

哇——“鼠子咪”的秘密一下子暴露了：只见沙发后背紧绷的白色帆布右下角，被嗑开了一个拳头大的黑洞。洞里沙发的横托板上，用碎纸、碎布、碎棉絮搭成了一个很舒适的小窝……原来，“鼠子咪”是把这里建成了它的“卧室”了！

“好你个破坏分子，敢在我们的沙发里做窝——你……你……你也太过分了……”怡旸又气又笑。

“鼠子咪”好像有点不安，又有点害羞，开始是瞪着亮晶晶的小眼睛瞅着怡旸，后来竟大胆地跑到沙发后，“噌”地一跃，顺着嗑出的洞口跳进了它刚刚搭建好的小窝。

怡旸的气恼一下子跑到九霄云外：“你这个小坏蛋，可真会找地方，又隐蔽又温暖！算了，我批准了，这里就算你今后的卧室了，可不许再去别处乱搞破坏！记住了？”

▲小松鼠抱着食物大嚼

“鼠子咪”从洞里探出头眨着小眼睛，好像听懂了；接着跃出洞口，跳到怡旸脚面上站起身子向主人要吃的。

这天晚上，怡旸向父母通报了“鼠子咪”在沙发后背做窝的事，并告诉爸妈，这件事她已经批准了，不必再去责怪“鼠子咪”。责怪什么呢？宝贝女儿都批准了，父母能不同意吗？何况他们也都那么喜欢“鼠子咪”！

从此以后，沙发后背成了“鼠子咪”的卧室，双人沙发也俨然成了“鼠子咪”的领地。怡旸或怡旸父母坐在沙发上，“鼠子咪”会跳上沙发，爬到主人肩膀上和主人玩耍亲热。若是家里来了外人要去坐沙发，“鼠子咪”会怒冲冲跳到沙发背上，竖起蓬松的大尾巴，浑身的毛奓起来，喉咙里还会发出“嗬嗬”的威吓声，仿佛是说：“这是我的家，不许坐，不许坐……”

这时候，怡旸或父母都要向自己的客人赔礼解释，还会呵斥“鼠子咪”躲到一边。客人们不但不生气，反而会惊奇万分，被这只可爱的小松鼠逗得开怀大笑，并一次次有意去逗它、招它，看它发怒的样子。

秘密盗核桃

松鼠是杂食动物，食谱很丰富，但最喜欢的还是核桃。

怡旸也喜欢吃核桃，所以，妈妈经常去农贸市场买一些。

这一天，妈妈买了四五斤核桃装在茶几上的一个圆形塑料果盒里。怡旸每次吃核桃，都要砸出一些果仁去奖赏“鼠子咪”。

往常的时候，四五斤核桃怡旸可以吃上一个多月。可这回，几天刚过，果盒里的核桃明显少了多一半。核桃哪去了呢？会不会是“鼠子咪”干的？怡旸暗想。周六，爸爸、妈妈去农贸市场买菜，怡旸也躲在屋外透过玻璃窗悄悄盯着“鼠子咪”的举动。

怡旸的猜想果然应验了。看见主人全部出了门，“鼠子咪”老练而敏捷地蹿上茶几，然后从容地跳到果盒里。只见它用两只灵巧的前爪抱起一个核桃用嘴一叼，然后跳出果盒，溜到地上，迅速向沙发跑去……

“好你个窃贼——”怡旸迅速推开屋门，跑进屋里。“鼠子咪”被这突然袭击吓坏了，嘴里的核桃“啪”地掉在地上，迅速躲到沙发下。可当它发现进屋的是怡旸时，又立即返回来，用前爪迅速抱起地上的核桃，飞快地跳到沙发里面。

核桃丢失的真相终于大白了。怡旸再次推开沙发后背：好家伙，“鼠子咪”不但在沙发后背建了“卧室”，而且在旁边还建起了一个“仓库”！ 怡旸仔细清点了一下，“仓库”里储存的核桃已足足有20多个！

有吃有喝，“鼠子咪”为啥还要做“鼠窃狗偷”的事情呢？爸爸告诉怡旸：“储存食物是松鼠的本能。野生松鼠为了度过冬天，会在地堰或洞中设立多个储粮仓库以备冬天食用。”

听了爸爸的讲述，怡旸决定，沙发“仓库”里的核桃继续留给“鼠子咪”。她不但宽恕了“鼠子咪”的偷窃行为，而且和“鼠子咪”玩起了游戏。怡旸故意把一个核桃掉在地上，待“鼠子咪”偷偷摸摸来抱核桃，怡旸立即跑过去跺着地板吓唬它。起初，“鼠子咪”都是放下核桃落荒而逃；后来，大概是看透了小主人的把戏，就不再逃跑，而是叼着核桃一步一回头从容地走向沙发。

“鼠子咪”很爱清洁，从不在自己的窝里排粪便，而是在怡旸为它准备的一个小沙盒里方便。

怡旸除了定期为“鼠子咪”更换沙盒，还要定期从沙发底下清理掉“鼠子咪”嗑碎的核桃皮。

无畏吃螃蟹

放暑假了，爸爸、妈妈要带上怡旸到北戴河自驾游，可“鼠子咪”怎么办？放到亲戚家寄养，怡旸不同意，怕“鼠子咪”不习惯、受委屈。一家人经过协商后决定：带上“鼠子咪”一起去旅游。

于是，“鼠子咪”被诱骗到原来的铁丝笼中。怡旸提着蹦跳不满的“鼠子咪”上了车。

“你委屈一下吧，跟我们一起去看大海。放心，我给你带了好吃的，喏——核桃、花生、玉米，还有苹果，有我吃的就有你吃的……听话——啊？”一路上，怡旸和“鼠子咪”说个不停，逗个不停。

几小时以后，北戴河大海就展现在面前。一家人入住在事先约好的一家海滨小酒店，从二楼阳台上可以眺望大海。

翌日清晨，一家人早起去赶海。说是赶海，但北戴河海滨已没有什么海货，退潮线上连大一点的蛤蜊壳都难于见到，更别说有什么活物了。近滩海水里只能偶尔看到一些小小的寄居蟹在游动。就在大家有些扫兴的时候，怡旸突然在沙滩上发现了许多小洞：小的只有筷子般粗细，大的足有核桃般的直径。

“爸，这是什么洞？会不会是什么小动物挖出来的？”

“对对对，我女儿真聪明！这是小沙蟹挖的洞，我以前来北戴河挖过，有1尺多深，很不好挖，小沙蟹就藏在小洞的最深处。”爸爸告诉怡旸。

“爸，教教我，挖几个小沙蟹吧？”

“好——我先做个示范……”爸爸选了一个大一点的沙洞，先向洞内灌入一些干细沙以显示洞穴的走向，然后一点一点顺洞口挖了下去。

挖呀挖，一个近1尺深的沙坑被挖了出来。

“注意，沙蟹恐怕就要出现了……”爸爸的话刚说完，他手下的沙子突然松动，一个核桃大的蟹子突然冲出，在沙坑里飞快兜起了圈子。爸爸眼疾手快，一掌扣下去，沙蟹便被捉在手中。小沙蟹挥舞着八爪二螯拼命挣扎，但无济于事，还是被爸爸封闭在怡旸那只红色的小塑料桶里。就这样，爸爸、妈妈和怡旸同心协力挖沙蟹，小桶里的“俘虏”逐步增加到七八只。

中午回到驻地，看到铁丝笼里蹦跳的“鼠子咪”，怡旸突发奇想说：“爸，何不让小沙蟹和“鼠子咪”做个伴，看看它们是怎样相处的？”

“可以，一个陆上，一个海里，只是小沙蟹的大螯很厉害，怕是要发生争斗的……”爸爸说。

但他还是把一只小沙蟹放进了“鼠子咪”的铁丝笼里。

果然，笼子里的气氛很快紧张起来。“鼠子咪”见有“生人”闯入自己的领地，立即立起身子，浑身的毛竖起来，喉咙里发出“嗬嗬”的威吓，向小蟹一步步逼近。小蟹显得有些惊慌，一点点挪动身子往后退，但一对圆柱形的小眼睛竖起来，两只大螯张开并高高举起，那样子分明是说：躲远点，别再走近，当心我的铁钳！双方剑拔弩张，战斗一触即发。

“哎呀，它们要打架了！快把它们分开吧……”

怡旸的话音未落，“鼠子咪”就率先展开了进攻。它飞快地跳过去，用前爪一扑，伸出嘴巴去咬沙蟹。小沙蟹虽然被扑倒，但张开的前螯狠狠夹住了“鼠子咪”的上唇。

“吱吱吱……”“鼠子咪”发出痛苦的尖叫，疼得它又甩脑袋，又用前爪去挠沙蟹。沙蟹的螯虽然厉害，但比起松鼠的力气和个头显然太小了，一瞬间，就被“鼠子咪”甩掉，并折断了一只大螯！

愤怒的“鼠子咪”顾不得嘴唇流血疼痛，凶猛地扑上去，用前爪死死摁住沙蟹，张开利齿狠狠咬下去……“咯吱、咯吱……”沙蟹的盔甲很快被咬碎。转眼间，沙蟹被“鼠子咪”送到嘴里大嚼大咽，成了意想不到的“点心”！

怡旸和爸爸、妈妈都看得目瞪口呆。大家怎么也没有想到，一向以吃坚果、水果、粮食著称的松鼠，今天会意外吃起了沙蟹！怡旸为小沙蟹的遭遇而感到伤心。

从北戴河回来以后，怡旸的伙伴得知“鼠子咪”吃沙蟹的新闻，便纷纷到附近小山上捉蚂蚱给它吃。“鼠子咪”果然十分赏脸，居然把螳螂、蚂蚱也当成了“点心”。怡旸这才知道，松鼠的食谱原来多种多样呢！

老迈十二载

“鼠子咪”让怡旸开阔了眼界，增长了知识，给一家人带来了无限欢乐。然而，伴随着怡旸一天天长大，“鼠子咪”却开始一天天衰老了。

怡旸上中学了，渐渐长成一个大姑娘。而“鼠子咪”却表现出了让人担忧的疲态：它的动作明显缺少了灵活性，跳到怡旸脚面时甚至出现了趔趄或跌落下去的现象。去茶几果盘里搬运核桃的次数越来越少，里面的核桃几乎不用再增添。沙发下嗑碎的核桃皮要两三周才聚成一小堆。“鼠子咪”食量明显减少，但瞌睡的次数明显增加，常常是吃着吃着就睡着了。

“鼠子咪”难道生病了吗？怡旸很着急。爸爸、妈妈也着急。一面尽量给“鼠子咪”弄些好吃食，一面咨询兽医给“鼠子咪”开一些增进消化和健康的小兽药。但这些努力都收效不大，“鼠子咪”照旧萎靡不振，未能恢复原来的活泼。

转眼间怡旸就要到英国读高中了。“鼠子咪”的健康似乎每况愈下。往日爱吃的核桃它已无法自己嗑开，喝牛奶时常常闭不拢嘴巴，牛奶会从嘴角流到身子上。

“哎呀——‘鼠子咪’，怎么连奶都含不住了？跟老头儿似的。我走了你怎么办？”怡旸心疼地责怪它。

爸爸也很担忧，咨询了兽医，查阅了相关资料才知道，9岁多的“鼠子咪”确实老了。

爸爸告诉怡旸：“按照自然规律，松鼠的寿命最长也就八九年。”

▲松鼠能快速嗑去松塔鳞片状种子外壳

网上资料介绍：松鼠的寿命一般为3年，生命力旺盛的可达7年以上，但最多不会超过10年。

如此看来，“鼠子咪”已经是老寿星了！

“唉——爸、妈，我走了你们一定要照顾好它……为什么它会老呢……”怡旸的眼里噙满了泪水。

“傻孩子，生命都会老，这是自然规律。你放心，我们一定会好好照顾它，比你还要精心——行了吧?”

怡旸点点头。

怡旸走了，一走就是3年。这3年，爸爸、妈妈精心照顾着“鼠子咪”。

“鼠子咪”的体质越来越差：牙齿开始松动脱落，核桃仁、花生仁也啃不动了，每天只能吃一点粥饭类的软食物。亮晶晶的眼神变成了一片浑浊，走路经常撞到墙上或桌腿上。四条腿几乎失去了弹跳力，连沙发后面的鼠窝都没法跳上去了。

爸爸、妈妈知道，“鼠子咪”的大限就要到了。

但他们仍全力以赴去延长“鼠子咪”的生命，希望它能坚持到暑假——坚持到高中毕业的女儿回国探亲。

然而，“鼠子咪”最终也没有坚持到小主人回来。离暑假还有一周的时候，“鼠子咪”一觉睡去便再也没有醒过来。

爸爸、妈妈把“鼠子咪”的遗体密封起来放到冰箱里，为的是让女儿回来后能与它做最后的告别。

怡旸回来了，捧着“鼠子咪”的遗体痛哭了一场，然后把陪伴她12年的“朋友”葬在了房前花坛里。

“安息吧，‘鼠子咪’！”怡旸在一块青石板做成的小墓碑上写道。

科普链接：松鼠，为哺乳纲、啮齿目、松鼠科动物，包括松鼠亚科和非洲地松鼠亚科等动物，长着毛茸茸的长尾巴。根据生活环境不同，松鼠科又分为树松鼠、地松鼠和石松鼠等。与其亲缘关系接近的动物又被合称为松鼠形亚目动物。全世界近35属、212种，中国有11属、24种。松鼠的原产地是中国的东北部、西北部、东南部和欧洲，除了大洋洲外，全世界都有分布。

“团团”放生记

星期天，鹏鹏与姥姥一起去逛集，发现卖鱼小贩的铁丝笼里多了十几只活泼可爱的花栗鼠，顿时像被磁石吸住蹲在了铁丝笼前。目不转睛盯着，连姥姥叫他都没有听见。

“姥姥，买一只吧，求你了……”鹏鹏抬起头可怜巴巴地望着姥姥。姥姥最看不得外孙这种表情。每逢遇到这种情况，她都会毫不犹豫、义无反顾地满足外孙提出的要求。

“是自养的还是野生的?”姥姥问。

“是别人捉来让我代卖的……集市上不让卖这东西，明天我就不卖了。”小贩说。

听说明天就不卖了，鹏鹏脸上更焦急。经过一番讨价还价，连同一个长方体的小铁丝笼，姥姥花60元钱为鹏鹏买下了一只机灵好动的花栗鼠。

花栗鼠属于啮齿目、松鼠科动物，是松鼠的近亲，与松鼠外貌差不多。其个头比松鼠略小一些，栗色的皮毛，尾巴比松鼠短一点，也没有松鼠的蓬松，体重大约100克。由于从头上到脊背贯穿着几道黑色花纹，所以人们又叫它“五道眉”，样子活泼可爱。

花栗鼠喜欢吃蔬菜水果，尤其对核桃、花生等干果情有独钟。京郊、河北和东北地区的山野中都能见到它们的身影。

撞笼

鹏鹏心满意足地提着铁丝笼回到家，立即切了几块胡萝卜和水蜜桃来喂花栗鼠。小家伙十分胆小，蜷缩在笼子一角像个椭圆形小球，就是不敢吃东西。

“瞧你这小样儿，就像个‘团团’。都是你爱吃的，快吃吧，我们都喜欢你，要不——我就叫你‘团团’啦……”鹏鹏一个劲安慰花栗鼠，但花栗鼠还是微微抖索着身体不敢向前。于是，“团团”就成了鹏鹏对它既亲昵又带有“轻蔑”的命名。

这的确是一只从野外捉来的花栗鼠。尽管一家人对它十分友好，可只要有人在笼前，它就没有胆量进食。为了给“团团”创造一个清静的环境，鹏鹏把它安放在阳台一角，与旁边水盆里的小乌龟相邻做伴。不知是饿了，还是渐渐熟悉了周围的环境，清晨起来，鹏鹏发现笼子里放进去的食物少了许多。

“团团”夜里开始吃东西了！一家人十分高兴。

周一早晨，鹏鹏因住校要早早上学。他郑重地把照顾“团团”的任务交给了姥姥。姥姥说话算数，办事认真，善解人意，况且退休在家，是鹏鹏最信任的人。

一周时间过得真快，很快又到了周五。晚上，鹏鹏回来了，第一件事就是跑到阳台上看他的“团团”。姥姥果然不负

▲鹏鹏饲养的花栗鼠

重托，把“团团”照顾得很好。“团团”的表现也有了进步。鹏鹏递过好吃的，“团团”竟敢凑过来叼住，一块一块迅速吞进嘴两侧的颊囊，直到鼓起来，才飞速躲到笼子一角，倒出囊中的食物慢慢吃起来。

一切似乎都很顺利。但周日发生了一件让人心痛的事情。

一场夜雨之后，早晨起来天朗气清，门前草坪中的那片野草莓，结出了又圆又红的小浆果。

“鹏鹏，这么好的天气，给‘团团’放放风，让它在草坪里呼吸点新鲜空气，吃点野草莓好不好?”姥爷站在阳台外的一楼门口喊道。

“好——我马上带着‘团团’出去!”正在给“团团”喂食的鹏鹏在阳台上应道。

鹏鹏提着铁丝笼来到草坪。姥爷接过笼子，把它放到阳光普照的草地上。

蓝蓝的天空，金色的阳光，碧绿的草地，“团团”分明回到了久违的野外，回到了朝思暮想的家乡。一种野性蓦然升腾，它忘记了铁丝笼的囚禁，突然不顾一切地向着自由的天地冲去……头重重地撞在笼壁铁丝上……剧烈的疼痛使它更为惊慌，竟然不顾方向对笼壁发起疯狂的撞击!

这一切发生在一瞬间。鹏鹏吓呆了，姥爷也一时不知所措。待到笼里的撞击缓慢下来，停止下来，“团团”已喘着粗气无力地趴在笼底……它已经面目皆非：亮晶晶的眼睛变得呆滞，小小的嘴巴上鲜血淋漓。坚硬的铁丝栏，把它嘴头的皮肉撞破，浸出了股股鲜血!

姥爷急忙提起笼子，叫上鹏鹏回到屋里。望着“团团”的惨样，鹏鹏心疼坏了，找来碘酊和云南白药要给“团团”疗伤，却被姥爷制止了。

“不能上药，这会更刺激它，还是让它尽快安静下来。”

姥爷拿来一个纸箱扣在笼子上遮住了阳光，并拉上鹏鹏悄悄退出了阳台。一场风波总算过去。两天以后，受惊吓和伤痛折磨的“团团”，慢慢走出了阴影，能站起来吃一点东西了。

姥爷由此断言：“团团”胆子小、野性足，怕是很难养熟，建议鹏鹏尽快把它放归山林。但鹏鹏就是舍不得。

逃脱

面对着坚固的铁丝笼，“团团”无可奈何，但向往自由、渴望逃脱的愿望始终埋在心里。

铁丝笼前有个七八厘米宽、近10厘米高的长方形小门。门口设有一个可以上下提拉的铁丝栅栏。送食的时候，栅栏门可以提起来，食物放进之后摁下去便封闭了小门。为了防止“团团”拱门逃出，每次送食之后，姥姥都会用一束细铜丝把栅栏门与笼子的铁丝栏拧上几道。

双休日，鹏鹏主动接过了喂养“团团”的任务。

星期日早晨，鹏鹏突然在阳台叫起来：“姥姥，不好了，‘团团’不见了，‘团团’不见了……”

姥姥、姥爷跑到阳台一看，“团团”果然不见了，但铁丝笼门封闭着。细心的姥姥看了看栅栏门，又顺手拉了拉，立即发现了问题。

“鹏鹏，昨晚喂食是不是忘了把门拧上?”

“哎呀——给忘了……”鹏鹏懊悔地摸着后脑勺。

“一定是这小东西用嘴拱开笼门跑了！别急，咱们慢慢找，阳台没有就是藏进了屋里。”姥姥安慰鹏鹏。

于是，一场搜索“团团”的全家行动开始了。阳台找遍了没有，卧室、书房、客厅各角落查遍了也没有……难道“团团”上天了不成?

“房门、窗户都关着，它肯定在屋里！指不定在哪个没发现的角落。”姥姥说。

“等着吧，在地上留点吃的，饿它两天也许会出来……”姥爷安慰鹏鹏。

没办法，只能按姥爷说的办了。早晨又要上学，鹏鹏感到又揪心又丧气。

两天过去了，一家人仍然没有找到“团团”。姥姥开始担心了：“它会不会饿死在哪个角落？要是那样就糟了。”

“糟就糟，谁让你当初买了？只能顺其自然吧！”姥爷有些赌气，一开始他就反对养野生动物。

第三天，细心的姥姥突然发现，地上放的几块核桃仁没有了。大家立刻高兴起来。这表明，“团团”不但活着，而且开始偷偷跑出来吃食了。

那么，“团团”究竟藏在哪里呢？大家不动声色，开始了更为仔细的侦察。

这天晚上，妈妈拉开客厅窗帘，突然发现窗台左侧的木制平台上有什么东西一闪。紧接着，眼前的窗帘自下到上簌簌簌簌晃动起来。妈妈吓了一跳，立即大喊起来。姥爷跑过来用手电筒一照，啊——原来就是“团团”！

▲花栗鼠走出了小笼子

就在大家惊诧不

已时，“团团”像个飞檐走壁的能手，小爪子攀着柔软的窗帘布，转眼间爬到了窗帘杆上。姥姥家的窗帘杆有并排两根，一根挂窗纱，一根挂窗帘。“团团”爬上去以后，颤巍巍横跨在两根窗帘杆之间！怪不得大家费尽心思也找不着，原来它真的“上天”了！

发现了“团团”的藏身之处，大家兴奋不已。姥爷建议：索性不去管它，看它下一步怎么办。大家一致同意。

双休日，鹏鹏兴奋异常：特意叫来小伙伴申申一起悄悄观看窗帘杆上的“团团”。舅舅、舅妈来了，鹏鹏神秘地把他们拉到窗帘下……鹏鹏沉浸在自豪与神奇里。

一周时间过去，又是一个双休日。看到“团团”趴在两根窗帘杆上实在可怜，鹏鹏和舅舅商量，能不能在窗帘杆上搭个小窝，让“团团”休息时能舒服一点。舅舅立即用行动支持鹏鹏，把一个没盖的长方形塑料盒拴在窗帘杆上面，里边还垫上了柔软的卫生纸。

没想到“团团”并不领情，反而生了疑心，从窗帘杆上消失了。“团团”又去了哪里呢？姥姥几经侦察，看到木制窗台的地脚处有一个安装空调时打出的圆孔。圆孔除了有电缆通过，还有三四厘米的缝隙。她猜测，“团团”一定是从这里钻到木制窗台下“安家”了。这一猜测，果然被证实了。“团团”不但吃了放在电缆下小碟中的食物，还在空调室内机旁留下了新鲜的粪便和尿迹。

但姥爷随即又担忧起来：木制窗台是封闭固定的，里面不光有空调电缆，还有电话和电视信号线。花栗鼠有嗑物磨牙的习性，保不准哪一天嗑坏了电缆酿成漏电事故。

不行，不能让“团团”在这里安家，一定得把它捉住放回笼子里！全家人很快达成了共识。

于是，星期天，以爸爸为主力，其他人做支援，一场捕捉“团团”的大战开始了。

抓捕

开始，爸爸力图通过敲击和恐吓，把“团团”赶出木制窗台箱再想办法捉住。但敲来敲去“团团”就是不上当，静静地躲在里面没动静。爸爸有些急躁，索性搬去上面的书籍，拿来螺丝刀卸下窗台箱的紧固螺丝，然后用力一拽，窗台与墙壁之间便现出了一道五六厘米的缝隙。从缝隙里用手电筒追踪照射，“团团”的行踪一览无余。爸爸用一根木棍驱赶，试图让“团团”从空调孔钻出以落入事先布置好的口袋。但“团团”仿佛猜到了人们的意图，灵活地躲避，顽强地反抗，就是不去空调孔。

爸爸生气了，挥动木棍的频率在加快，力度也在加强。“团团”明显感到情况不妙，突然转身飞快地顺着木棍爬上来，给爸爸来了个措手不及。

就在爸爸慌乱的一刹那，“团团”像个魔幻蜘蛛侠，从木棍“飞”上了爸爸手臂，又从手臂“飞”到他头顶，然后跳到地上，转眼不见了踪影。

这一切就发生在几秒钟之内。一家人都被“团团”的绝技惊呆了。但不管怎样，“团团”总算被逼出来了。

与客厅相通的所有门均已封闭，爸爸迅速将窗台箱复位封闭，又用抹布堵住了空调孔的缝隙，“团团”躲藏的空间被缩小到整个客厅里。

大家用手电仔细搜索着客厅家具的每一处缝隙。过了好久，妈妈才发现“团团”撑着身子就躲在鞋柜与墙壁的狭小空间里，像个“忍者神龟”!

“快看，这狡猾的小东西，在这里玩杂技呢!”妈妈悄悄指点着。

爸爸拿来一个空面袋封住了缝隙的下面，姥爷用一块木板挡住了上面，再用塑料苍蝇拍伸进缝隙一搅动，“团团”下意识蹿出，正好钻进了布袋“陷阱”。

“团团”被重新囚禁到铁丝笼子里。爸爸特意对笼门进行了加固。一家人在午饭时庆祝胜利，并决定尽快把“团团”放归大自然。

然而，午饭后鹏鹏再去看“团团”，笼子里又空了！

“团团”再次“越狱”，是嗑断封闭笼门的铜丝后跑掉的！它越来越聪明。

第二次大搜捕开始了。一家人花了一个多小时，找遍了客厅的每个角落，也没有找到“团团”的影子。

“团团”又藏到哪里去了？

第二天，姥姥做饭去菜筐中拿蔬菜，发现一个西红柿被啃掉了半边。她寻迹查看，发现“团团”躲进了厨房橱柜下面低矮的空间。橱柜是用铁板封闭的，外表没有可钻的缝隙，但柜门西北角下因包裹管道时留下了开孔缝隙，“团团”便趁柜门打开时钻进去了。

橱柜无法移动，下面的空间无法进入。唯一的办法就是引诱“团团”出来找吃的，然后迅速截断它的归路。

姥姥定时在餐厅地上放上好吃的，盼望能把它引诱出来寻机捕获。

这样等啊等，一周过去了。厨房已开始出现一股股骚臭味。

姥爷用手电顺着橱柜下的缝隙细细查看，发现地面上已积了一小堆黑色的鼠粪！他费力把手伸进缝隙一点点清除，再洒上一些“84”消毒液，厨房的污秽味才冲淡了许多。

姥爷再也不容许“团团”继续藏身，决定动用非常手段把它赶出来！他打开了橱柜所有的门，用“枪手”向橱柜下猛烈喷射。“团团”无法忍受杀虫剂的“熏陶”，终于从橱柜缝隙中摇摇晃晃跑了出来。爸爸戴上手套用布袋趁机扑抓，“团团”终于成了俘虏！

吸取前两次教训，铁丝门被铁丝绑了一道又一道，“团团”插翅也难飞了。

放生

一个阳光明媚的星期六。在姥爷的指引下，爸爸开车，鹏鹏提着笼子坐在妈妈身边，沿着一条盘山公路直奔大山深处。

他们要兑现诺言，让“团团”重归大自然。

在一棵高大的银杏树下，爸爸停下车，让鹏鹏把笼子放在一块平整的大青石上。四周是茂密的橡树林，树干上有一个个空洞——多是松鼠、花栗鼠的窝。

“这里有吃的，有你的伙伴，去找它们吧……”鹏鹏蹲在笼

▲花栗鼠被放归野外

子前对“团团”说。

爸爸用钳子剪开了封闭笼门的铁丝，鹏鹏恋恋不舍地拉开了笼门：“你走吧，当心天敌，我们再也帮不了你了……”鹏鹏的眼圈有些红。

“团团”最初有些迟疑，在笼子里愣了一会儿，然后试探着跳出笼门。当它发现这一切是真的，便飞速地跑向密林深处，消失在大家的视野中……

鹏鹏怅怅的，大人们也是，欣慰之余又感到若有所失。

一个月以后，爸爸带鹏鹏重游那片山林，在小溪边发现了一只蹦蹦跳跳的花栗鼠。

鹏鹏兴奋地说：“那就是我的‘团团’吧？‘团团’——”鹏鹏激动地喊了一声。

那只花栗鼠回过头蹦跳了一下，分明又点点头，然后跳到附近一棵核桃树上不见了……

科普链接：花栗鼠也叫金花鼠，亦称五道眉、花黎棒、斑纹松鼠，为哺乳纲、啮齿目、松鼠科、条纹松鼠。以松子、坚果、浆果、豆类、农作物、鸟卵、昆虫等为食，有储藏食物和冬眠的习性，寿命一般为4~6年。体长14~16厘米，尾长近似身长，具5条黑褐色和灰白、黄白色相间的条纹。正中一条为黑色，自头顶部后延伸至尾基部。吻尖，头部赤色，腹部白色或淡黄色。栖息于平原、丘陵、阔叶林、针叶林及多灌木丛的山区农田。常在老树树洞、树根下或石洞中居住，白天外出活动。分布于我国华北、西北、东北等广大地区。

鹏鹏的小仓鼠

和许多小孩子一样，鹏鹏特别喜欢小动物。从上幼儿园开始，阳台上饲养的小动物就络绎不绝：小鸡、小兔、小乌龟、小松鼠、小金鱼、小蝌蚪、小刺猬……阳台几乎成了小动物的世界。

1

国庆节那天，已上小学二年级的鹏鹏，缠着姥姥又从农贸市场上买回了一只后背有三道黑纹的灰色小仓鼠——老板说叫“三线”。小家伙体长也就五六厘米，身体椭圆，几乎看不到尾巴，就像个灰色的小毛球在滚动。

姥姥买了些碎木屑放进塑料袋，再把“三线”放进去。鹏鹏便兴冲冲地提着塑料袋回家了。

为了给小仓鼠弄个小窝，鹏鹏把妈妈那个精致的空鞋盒子拿来，将木屑放进去铺好，然后让“三线”住进了这所硬纸板改造的新家。

但封闭的鞋盒子不透气，太憋闷，而且无法看到“三线”怎么活动。于是，在姥姥的指导下，鹏鹏用烧红的铁筷子，在鞋盒子的上面和侧面，烙出一排排小孔。这一来，盒子里有了光亮，“三线”的活动也可以随时看到了。

从此，每当双休日回家，放下书包后鹏鹏就会拿着好吃的跑进阳台，去观赏和“奖励”他的小仓鼠。小窝里安排了一个小碟和一个小酒盅。小碟是喂食的，小酒盅是喂水的。但淘气的“三线”时不时就会把小碟掀翻，把酒盅推倒。

“你呀你，怎么这么淘气？再把小碟弄翻就饿着你、就惩罚你……”鹏鹏很严肃地批评“三线”。

批评归批评，行动上鹏鹏对“三线”却是十分溺爱。除了喂一些大米、黄豆、花生米等粮食，鹏鹏还把自己爱吃的巧克力、奶油夹心饼干，甚至香辣牛肉干、“天福号”酱肘子都要让“三线”尝一尝。

但鹏鹏的好心招来了一场祸患。那次，鹏鹏把自己爱吃的香辣牛肉干给“三线”吃。大概是那味道确实独特，“三线”吃得津津有味。不料，没过几分钟，“三线”就开始用前爪挠嘴巴，并舔着舌头显出很痛苦的表情，还连续咳嗽起来……

鹏鹏恍然大悟：一定是牛肉干把它辣着了，自己刚吃牛肉干的时候，就曾被辣得直伸舌头……

鹏鹏赶紧往小酒盅里倒了些牛奶，递到“三线”嘴边让它“漱口”。

大概是辣得太难受了，“三线”见到牛奶就迫不及待喝起来……一口接一口，没想到牛奶喝得太多了，导致消化不良，当天晚上“三线”就拉稀了！

真是祸不单行。鹏鹏赶紧向姥姥求救。姥姥用凉白开泻了一片黄连素给“三线”喝下去。两天以后，“三线”才逐渐缓过劲来。

▲小仓鼠“三线”

为吸取教训，姥姥和姥爷在网上帮鹏鹏查阅资料，看怎样喂养仓鼠才能保证健康和安全。

经过一番查找，一家人了解了许多仓鼠的知识：仓鼠属于啮齿类动物。由于嘴的两侧各有一个储存食物的颊囊，能从臼齿侧延伸到仓鼠的肩部，用来储存或搬运食物，所以叫仓鼠，也叫腮鼠、金丝熊。爱吃植物的种子，尤其喜欢吃松子、瓜子、花生、核桃仁，还有各种豆类。但要禁止给它们喂人吃的食物，否则容易出现肠胃不适。

鹏鹏说："我再也不给'三线'喂小吃了！"

秋天过去，天气渐渐变冷。

中午，鹏鹏端着"三线"的小窝到阳台上晒太阳。晚上，又把"三线"抱到卧室和自己做伴儿。

不知为什么，"三线"渐渐变得不安分起来，夜里时常弄出一些响动，发出"咯咯咯"的声音。鹏鹏被吵醒了，以为"三线"饿了，就抓一把花生米放进小窝里。但"咯咯咯"的声音还是接连不断。

第二天早晨，鹏鹏发现小窝侧面的小洞有的变大了，有的不圆了，边缘还出现了一些黄色的纸毛刺。

"哦……我说呢，原来是你在嗑呀！"鹏鹏恍然大悟，对着"三线"埋怨道。

"三线"为什么要嗑小窝呢？是饿了，还是渴了？可窝里吃的喝的都有啊？鹏鹏有些迷惑不解。

冬至这一天，北风呼啸，下了一场大雪。鹏鹏和小伙伴们在外边打雪仗着了凉，晚上发起烧来。爸爸、妈妈带着他去医院看急诊，打针吃药，回到家里已经夜里10点多。

忙乱和病痛，使鹏鹏一时忘记了阳台上的"三线"。

第二天早晨起床，鹏鹏突然想起了什么，急忙跑向阳台。

端起窗台上的小窝仔细一看，鹏鹏大吃一惊，里面的"三线"不见了！打开盖子，把纸盒子的木屑都倒出来寻找，也没有"三线"的踪影。

"三线"哪里去了？鹏鹏在阳台上进行拉网式搜寻，找遍了所有角落也没见着。

姥姥、姥爷也帮助寻找，终于在窗台下的一只高腰旧皮鞋里发现了“三线”。灰色的躯体蜷缩着，已经变得僵硬，四只小爪收到肚子下面，亮晶晶的小眼睛蒙上了一层灰色……

“三线”被冻死了。

鹏鹏的眼泪忍不住掉了下来。

可“三线”怎么会钻出来掉进皮鞋里的呢？审视了“三线”的小窝才发现，窝的侧面被嗑出了一个核桃大的洞口。

姥姥判断：一定是“三线”夜里感到太冷，想嗑个洞口爬出来找个暖和的地方，不幸掉进了下面的旧皮鞋里。皮鞋很深，它爬不出来了……一个让人惋惜和伤心的结局。

鹏鹏含着眼泪，把“三线”的尸体埋到了院子草坪的玫瑰花下面。

2

冬去春来，鹏鹏时常怀念那只可怜的“三线”，时常对那天晚上的失误后悔不已。

“六一”儿童节前夕，鹏鹏评上了优秀少先队员。

为奖励鹏鹏，“六一”假期那天，姥姥带着鹏鹏再次来到农贸市场卖仓鼠的摊位前。

“还想要仓鼠吗？”

“太想要了！不过我想要两只，好有个伴儿……”鹏鹏充满渴望地说。

“就按你说的，买两只——你挑吧！”姥姥痛快地说。

鹏鹏左看看、右看看，眼睛磁石一样扫描着老板笼子里的小仓鼠——终于挑中了一只白的、一只灰的。

“再买个笼子吧……”鹏鹏恳求道。

“大娘，捎上个笼子吧？配上这笼子……吃的、喝的、住的全有了，又雅观又方便……您只给个成本价——50元！连同两只

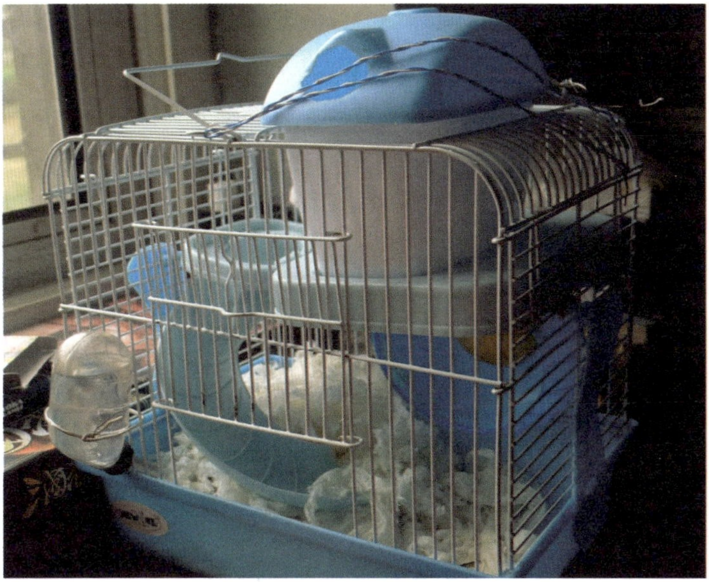

▲姥姥为小仓鼠买的新笼舍

仓鼠，你就给100元！”聪明的老板趁机推销说。

有了上次的教训，姥姥也准备买一个现成的笼子，所以没还价，就把100元票子递了过去。

鹏鹏乐坏了，回来的路上，捧着笼子边走边瞧，小心翼翼，就像是得到了心爱的宝贝。

多么漂亮而实用的一个小笼子呀!

闪亮的钢丝笼栅，笼栅顶部是一个由蓝色塑料板制作的小阁楼，阁楼下连着一个蓝色的塑料小转梯，转梯旁边安着一个蓝色的塑料小转轮，笼栅一侧的下方套着一个透明的塑料小水胆，笼栅下是一个天蓝色的塑料底座。小阁楼是为小仓鼠准备的卧室，小滑梯是上下阁楼的通道，小转轮是小仓鼠跑步锻炼的专用器械……至于那个椭圆形的、下面还带着一个倾斜吸管的塑料小水胆，则是专为仓鼠喝水准备的。小水胆刚好固定在小仓鼠可以够到吸管的位置。吸管末端有一个可活动的小钢珠，不用时小钢珠因重力正好堵住吸口；一旦小仓鼠想喝水了，只要够到吸管口，用嘴头一拱钢珠，水就自动滴出来了。喝完水后，钢珠又自动把吸管封闭了。

漂亮的小笼子配上漂亮活泼的两只小仓鼠，鹏鹏珍爱有加。回到家里，他对着小笼子看啊看，连吃饭都忘记了。

圆圆的小耳朵，短粗的带着胡须的小嘴巴，还有毛茸茸像个小球似的身体。鹏鹏说："真想托着你们亲一口。"

受电视动画片的影响，鹏鹏给两只小仓鼠各起了一个形象的名字：白的叫"喜羊羊"，灰的叫"灰太狼"。

"喜羊羊"小眼睛是亮晶晶的红色。"灰太狼"小眼睛是亮晶晶的黑色。

为了培养与两只小仓鼠的感情，鹏鹏严格按照网上介绍的程序与它们一步步接近。头一天完全不去干扰它们，让它们适应新的环境，用一块布盖在笼子上面——因为仓鼠喜欢阴暗的环境。第二天到第四天用手去喂它们东西，轻声细语叫着名字和它们说话，让它们熟悉主人的气味和声音。这样过渡到第五天、第六天，就可将它们轻轻放在手掌上逗着玩了。

通过和小仓鼠接触，鹏鹏总结出了宝贵经验：逗小仓鼠时，它们一定要清醒，一定要让它们看清是主人，然后才能用手将它们轻轻托起。如果贸然去抓，很可能引起它们的反抗，甚至会把人咬伤。

耳朵下垂，表明小仓鼠感到懒惰、厌恶或恐怖；耳朵直立则表明兴奋或情绪很好……

两只小仓鼠很快和小主人混熟了。只要鹏鹏来到小笼旁，它们就会立即跑过来立起身子扒着笼栅探头探脑与小主人打招呼。尤其喜欢鹏鹏用手托着在手掌上进食，还会当着鹏鹏的面把小转轮蹬得“嗡嗡”飞转，分明是在讨好主人或显示本领。小仓鼠给鹏鹏和家人带来了阵阵欢笑。

通过饲养“三线”，鹏鹏得知：仓鼠的上下门齿一生都会不停地生长，不及时磨牙就会因门齿太长而影响咀嚼。鹏鹏特意买来磨牙棒让它们磨牙。这样就避免了它们像“三线”那样为磨牙而嗑笼子，同时也保持了门齿的锐利。

夏天到了，天气闷热。为了给仓鼠们消暑，鹏鹏按照网上的饲养指南，减少了豆类、坚果等固体饲料的数量，增加了生菜、白菜等蔬菜的数量，有时还特意加喂一点水果。

但过度的溺爱就容易犯错误。

一天中午，气温上升到40℃。妈妈买回了几斤圣女果。得知圣女果富含维生素C，鹏鹏立即偷着拿了一大把去喂他的“喜羊羊”和“灰太狼”。

暑热之中的小仓鼠尝到“圣女果”的滋味后食欲大开，每只小东西竟一口气连续啃食了3颗。这下坏事了，小仓鼠一连两天拉稀不止，没有食欲，连小尾巴的毛都被染成了淡黄色。

鹏鹏吓坏了。幸亏姥姥把黄连素拌在麦片中当饲料，引诱它们吃下去，这才化解了一场危机。

3

仓鼠是一种爱清洁的动物，要定时清理窝中的残食和排泄物。姥爷与鹏鹏共同承担起为“喜羊羊”和“灰太狼”每周清理小窝的任务。

▲灰色的小仓鼠

清理小窝时，鹏鹏先把“喜羊羊”和“灰太狼”

“请”到一个小纸盒子里，然后由姥爷卸下笼子的塑料底座，把木屑倒进垃圾箱，再用消毒水将底座、转轮、滑梯、阁楼冲洗后重新组装晾干，最后放好木屑再把小仓鼠放回笼里。

储存的木屑用完了。姥爷灵机一动，把十几张面巾纸放到小窝里权作铺料。

这一夜，鹏鹏听到了持续不断的“沙沙”声。

早晨爬起来一看，奇景出现了：所有的面巾纸都不见了，替代的是一大团蓬松雪白的条状纸屑——两只小仓鼠钻到里面睡大觉了！鹏鹏明白了，那“沙沙”声原来是它们在为自己撕纸做窝呢！全家人都为小仓鼠高超的筑窝本领赞叹不已。

以后，鹏鹏又试着放进一团棉花，小仓鼠照样能把棉花做成蓬松舒适的小窝。

看小仓鼠储存食物非常好笑。先是将花生米、核桃仁囫囵吞下，然后蠕动嘴巴两侧的颊囊将花生米、核桃仁转移进去，颊囊便很快膨胀起来。

一次，姥爷独立清理小窝，想让“喜羊羊”和“灰太狼”到外边放放风，享受一下大自然的新鲜空气，便把它们轻轻地从窝里取出，让它们在地上自由散步，自己则把窝里的纸屑倒进旁边

▲白色的小仓鼠

的垃圾桶。

金色的阳光下，“喜羊羊”和“灰太狼”探头探脑迈着小步，感受着外边的世界。

就在姥爷准备把“喜羊羊”和“灰太狼”收进小窝的时候，一只大黑猫从垃圾箱后面突兀扑来，一口叼着“灰太狼”旋风一般奔向楼房后面。

这一切来得太突然。当姥爷反应过来撒腿去追时，大黑猫早已逃得没了踪影。姥爷突然想起了还有“喜羊羊”，便急忙返身跑了回来……

很显然，埋伏在垃圾箱后的大黑猫是准备捉老鼠的，但它意外撞上了放风的小仓鼠。

姥爷沮丧极了，鹏鹏伤心极了，全家人都感到十分痛惜。但一切已无法挽回。

失去了朝夕相处的同伴，目睹了“灰太狼”被大黑猫叼走的情景，“喜羊羊”受到惊吓，变得郁郁寡欢，一连几天不思饮食。多亏了鹏鹏和姥姥的百般照顾、安慰陪伴，“喜羊羊”才逐渐走出恐怖的阴影。

暑假过后，鹏鹏要回市内寄宿制学校上课了。

不知是离开了鹏鹏，还是患了什么疾病，“喜羊羊”变得萎靡不振：小滑梯不上了，小转轮不玩了，甚至喂好吃的也仅是探头张望一下，就又缩了回去。

双休日鹏鹏回来，见“喜羊羊”病成这样，十分着急，一次次求爸爸带“喜羊羊”去看兽医。

爸爸整天忙着出差，不知道哪里有兽医。

挨过了双休日，鹏鹏带着深深的忧郁返校了。

周三下午，鹏鹏突然接到了姥姥发来的短信：“鹏鹏，对不起，‘喜羊羊’没有熬过去——今天下午3点多走了……”

看了短信，鹏鹏的眼泪顿时流了下来。

怀着无限伤感，鹏鹏给姥姥、姥爷回了下面的短信：“唉——这一天还是来了……好突然！前几天我还说带它去看兽医，可我爸没反应……找个小铁盒子把遗体装起来，埋在门前玫瑰花下吧，让它和‘三线’就个伴儿……我真伤心，祝它黄泉路上平安……”

按照鹏鹏的嘱托，姥爷找了个精致的四方茶叶盒，把“喜羊羊”和“三线”埋在了一起。

科普链接：仓鼠为哺乳纲、啮齿目、仓鼠科、仓鼠亚科动物的总称，共7属、18种，主要分布于亚洲，少数分布于欧洲。其中中国有3属、8种。除中亚小仓鼠外，其他种类的仓鼠两颊皆有颊囊，从臼齿侧延伸到肩部，可用来临时储存食物，故名仓鼠，又称腮鼠、搬仓鼠。主要在夜间活动，嗅觉灵敏，毛色繁杂，视力较差，只能分辨黑白。春末后繁殖，一年2~3胎，每胎5~12只，平均寿命2~3年。

西施、松狮和蓝猫

邻居老马家养了只才一个多月的“西施”犬：半尺多长，短短的腿，长长的毛，走起路来踉跄摇摆，活像一个雪白的绒球在地上滚。

“西施”一天天长大，脾气也被惯得越来越大。每天早起和晚上，女主人必须拉着它到小区环路上兜风。若女主人起晚了或不愿动，它会不依不饶地扯被子，哼哼唧唧叫个不停，不达目的绝不罢休。

外出放风，一是会会它的狗朋友，以聊解孤独烦闷。二是到外边拉屎撒尿。外边多自由，跑着跑着，抬起一条后腿——尿撒了；嗅着嗅着，找个草丛一蹲——屎拉了。它才不愿意在家里憋闷着呢！

眼下居民区养狗的人越来越多，散步时踩着狗屎、看见狗尿已是常事。管理部门每年按狗证收取管理费，但狗儿们拉屎撒尿的事就随它去了。

小区“京巴”犬很多，“西施”很难遇到同族同种的知音。遇到“狗友”，“西施”嗅嗅就不错了，时常会跟人家“汪汪”一顿。为此，“西施”得了“狗脸酸”的评价。

“西施”吼得凶，却没有真本事。倘若两狗之间发生“战争”，女主人得赶快把它抱起来，不然准得吃亏。

“西施”很会自娇，天冷时会从狗床跳上主人的“席梦思”，叼开被子拱啊拱，直到钻进去和主人一起呼呼大睡。主人醒来后才会把它赶到地上。

夏天，是“西施”难熬的日子。胖胖的身子，长长的毛，常热得它匍匐在地上伸着舌头喘气。女主人看它太热了，心疼地抱着它到动物美容院剪毛。没想到人家一次就要200元钱！女主人深感上当，从此，动物美容院再也不去了。“西施”的食量不大，爱吃从宠物店买回来的狗罐头，一筒罐头拌饭可以吃上一个星期。

“西施”是一只小公狗，渐渐长到了青春期，很想有一个伴。它恋上了主人给它做玩具的一只“乖乖兔”。每次放风回来，它都要叼着“乖乖兔”扑打玩耍一番。为此，“乖乖兔”常被弄得浑身脏兮兮。女主人不得不定期为“乖乖兔”通身洗浴一番。洗浴后“乖乖兔”没了原来的气味，“西施”对“乖乖兔”也暂时减了兴趣；但几日以后，它们又相恋如初了。

双休日，老马的两个女儿带回了各自的宠物——一只俄罗斯蓝猫，一只让人惊愕的松狮犬。这下家里热闹了。

姐姐的蓝猫很温柔，不认生，客人来了谁抱都行。对人腻腻的，趴在你的怀里或腿上伸腰打掌，亲密无间地在你身上蹭啊蹭、一副惬意的慵懒样儿。可它对于妹妹的松狮，却有一种本能的提防。见松狮走过来，立即警惕地收拢前爪，时刻准备迎击。

松狮是藏獒与一种大型宠物犬的杂交后代，体型高大，毛色棕黄而浓密，脖子上有一圈猎猎的鬃毛，除了嘴比狮子尖窄一些，头、眼、鼻俨然是未成年雄狮的模样儿。由于毛太密，又有青藏高原耐寒的血统，大冬天它也会热得伸长舌头喘气。

姐妹俩同在市里工作。为生活方便，姐俩合租了一套楼房，蓝猫和松狮也就生活在一起。松狮和蓝猫都是较名贵的宠物。一只松狮幼犬能卖到10000元。妹妹是找了熟人，花了7000元才从养殖基地买来这只幼犬。姐姐的蓝猫则是托贸易界的朋友，找俄罗斯倒爷从边境弄过来的。

刚来时，一个月的松狮比两个月的蓝猫大不了多少。一个灰蓝色，一个桔黄色，小板凳一样在地上边闹边滚。姐妹俩开始喂它们肉松、猪肝、鱼罐头。渐渐地，松狮的食量和个头一天比一天大，拌好的一盆食物，蓝猫没吃几口，转眼就让松狮抢光了。蓝猫气得“喵喵”叫，追着主人讨公道。没办法，姐姐只得再买一个食盆，让蓝猫和松狮分开用餐。

分开用餐姐姐也要拿着小棍监视。不然，松狮吃完自己的，马上会跑到蓝猫这里来抢食。

挨了几次小棍后，松狮变得乖巧了。每次吃完自己的一份，会装作没事一般在屋地伸着舌头优哉游哉作散步状，可眼睛的余光始终乜着姐姐。一旦发现姐姐走神或暂时离开，它会几步抢上去挤走蓝猫，“嗒嗒嗒”风卷残云，转眼把猫食扫个精光。待到姐姐骂着、喊着，拿小棍追来，松狮“哧溜”就钻到了床底下。

为此，蓝猫的怨愤日积月累，见到松狮来抢嘴，会忍无可忍地挥动前爪向狗嘴猛击。松狮的嘴头被猫爪抓伤，疼得“呜呜”

▲猫狗三宠图　　戴迅 作

叫着逃离……每逢这时候，姐姐就会忍不住“咯咯”笑起来。

松狮是大型犬，长得快，吃得多，每天总像小孩一样追着主人伸着舌头要吃的。姐妹俩实在没有足够的食物供给它。

一天晚上，姐姐把炒好的一盘扁豆放到茶几上准备吃饭。就在去厨房盛饭的一转眼工夫，回来时盘里的扁豆一根都不见了。旁边的松狮正被吞下的热扁豆烫得直伸脖子……

妹妹看着心疼，双休日特意为松狮蒸了一锅米饭。先用肉汤拌了大半锅，松狮头一扎，5分钟就吃个精光。再把剩下的半盆拌了，松狮又吃得剩下个锅底……终于吃饱了，松狮心满意足地蹲在妹妹膝前打起了饱嗝，分明是说：“这回可吃饱了，谢谢!”

姐妹俩上班了，屋里只剩下松狮和蓝猫。头两个月，猫与狗相互做伴、嬉戏玩闹以解除寂寞。自从蓝猫抓了松狮，猫与狗的玩闹就变成了报复。姐妹俩在家的时候，松狮对蓝猫不敢过分，主人不在了，松狮对蓝猫就少了顾忌。2尺长、2尺高的松狮，报复身长不足1尺的蓝猫，分明是小菜一碟。但松狮有些憨，追逐蓝猫总爱先把嘴巴伸过去。于是，常被蓝猫的利爪掴得“呜呜”苦叫，用狗爪摩挲着嘴巴逃开了。

俗话说：“教训使人聪明，失败使人自省。”领教了蓝猫利爪的厉害，松狮的嘴巴不再向前，而是改用了前爪。这一下形势大变。粗大健壮的狗爪只一扑，便把蓝猫摁在了地上。松狮精神大振，将积蓄已久的怨气倾注在舌头上，不顾蓝猫呜哇怪叫，摁定了，用长长的、蓄满唾液的舌头，向蓝猫漂亮的皮毛“哧啦”“哧啦”舔去……

待到姐妹俩下班，蓝猫浑身湿漉漉的，简直成了丑陋的“落汤猫”。听到蓝猫哭一般的哀叫，松狮得意洋洋在一边伸着舌头抖着，像是憨笑，又像是幸灾乐祸。

“是松狮干的坏事?”

“喵——”

“是你把蓝猫弄成这样?”

松狮眨眨眼像是说：“没错，我给它洗个澡……”

尽管挨了姐妹俩的责骂，松狮并没有收敛。

为躲避松狮的唾液浴，蓝猫竭尽跳跃腾挪之能事，从沙发跳上梳妆台，从梳妆台跳上大衣柜……今天镜子被蹬下来摔碎；明天梳妆盒被踩落……屋里常常是一片狼藉。

没办法，姐妹俩商量后，只得对猫狗实行分居。松狮留在屋里，蓝猫被迁移到阳台上。分开以后，矛盾是缓和了，但小猫小狗像小孩子一样彼此间又难耐寂寞。隔着阳台纱门，蓝猫和松狮经常相互嗅着、叫着，分明渴望回到一起。妹妹见到这情景，赌气地对松狮说：“贱！放到一起打，分开又想一块儿腻——不行!”

松狮开始郁郁不乐。这天下班，姐姐刚要把脱下的大衣扔到床上，突然发现床罩上有一片水迹。用手一摸、再一闻，哇——满手狗骚。把妹妹叫来甄别，一致断定是松狮的狗尿。姐妹俩对松狮又罚又骂又警告。松狮闷闷听着，垂着眼皮，伸长舌头，样子像很忏悔。

可第二天，狗尿照旧洒在床罩的同一点上。姐妹俩气坏了，小时候就训练松狮到厕所地漏上拉尿，况且它也会开厕所的门，从来没出现过这种情况……

惩罚的小棍打得更重，直到松狮发出呜呜的哀鸣。但第三天，狗尿照旧，且数量加大，把下面的床被都湿透了。

姐妹俩对松狮的行为怎么也不能理解。被罚后的松狮跑到纱门又和蓝猫对叫。妹妹突然恍然大悟：“姐，我知道了，不让松狮和蓝猫一块玩儿，它是用撒尿对咱们抗议……”姐姐也如梦初醒。

蓝猫和松狮终于回到了一起。当然，彼此间多了几分亲热，少了许多打斗。

双休日，姐妹俩带着蓝猫、松狮和被狗尿浸过的被褥回到家里。妈妈忙着为女儿们拆洗被褥、重弹被套。

对“西施”来讲，几个月前松狮和蓝猫都是小字辈。个头小，“资历”浅，实力差，每逢回家，小蓝猫和小松狮都是“西施”的“臣民”。

几个月过去，松狮突然变成了鬃毛威武、卓然而立、须仰视才可看清的庞然大物，“西施”不禁大吃一惊。松狮已不把“西施”放在眼里，傲慢地在地上踱来踱去，完全不睬“西施”的威吓。“西施”气坏了，恶狠狠地追在松狮后面大叫，还时不时咬它的后脚跟，好像说：“狗崽子，你牛什么?”

松狮开始还躲着、让着，知道它是这里的主人。后来，实在被逼极了，回身一爪把“西施”摁在地上，像舔蓝猫一样对这位“前辈”洗浴起来。

“西施”吓得“汪汪”大叫。直到妹妹赶来，它才逃离了“狮口”。它再也不敢逼近松狮，只是远远跟着吠。

在市内，像松狮这样的大型犬是不许家养的，姐妹俩从不敢带松狮到外边遛弯儿。如今回到了郊区，松狮终于可以跟着老马到外边跑跑了。松狮劲头极大，老马拽着狗链被拉得呼呼喘气，不一会儿就大汗淋漓。路遇的“京巴”见了松狮都惶恐大叫，远远躲开。遛狗人见了松狮也都惊呼：“妈呀，怎么养了头狮子!”

老马一路解释，竭力讲述松狮如何温柔，如何只是5个月大，如何不懂得咬人等，但路人还是心有余悸，远远避之。

遛狗回来，老马和女儿都发愁了。松狮越长越大，食量也越来越大，今后家里怎么养得下呢？他们开始寻思怎样为松狮找个合适的归宿……

嗜毒之谜

农村的孩子，由于放学后常要为家里的猪儿打猪草，星期日还要为队里的牲畜割青草挣工分，所以一定要弄清楚哪些植物有毒，哪些植物家畜可以吃。

例如，苦荬菜、刺儿菜（小蓟）、紫花菜（地丁）、银角菜、车轱辘前（车前子）、麻麻妞儿（生地黄）等都是猪儿喜欢的野菜。白草、红羊草、炮仗草、黄菊花、旱苇草等则是牛羊驴马喜欢吃的植物。河朔荛花（北京地区叫药鱼梢，也叫芫蒿）、半夏、曼陀罗、小杜鹃、雀儿舌头，则是有毒植物。

若不知深浅，割回了有毒植物去喂家畜，就会闯下大祸。

1

初中毕业后，我的同学天福做了生产队的羊倌。

当羊倌很不容易：羊儿不能饿肚子，必须天天出去放。一年四季风吹、日晒、雨淋、雪洒。此外，还要熟悉村周围哪里草肥，哪里水美，哪里坡陡，哪里有忌讳的植物。还要经常背个“淡羊”的盐口袋，让羊儿们舔舔盐巴以增强食欲，抵御有毒植物的毒性。

“雀儿舌头”，是一种多年生小灌木，有细细的木质化主茎，能长到半米多高，喜欢繁衍在田堰地头。

为什么叫“雀儿舌头”？是因为那叶片的模样。

初春时节，它们早早发芽，长出浅紫色的嫩叶。随着生长，嫩叶逐渐变成长约两厘米的椭圆形绿叶。由于叶形美丽，像一片鸟雀的舌头，所以村人们给它们起了个形象漂亮的名字——“雀儿舌头”。

干燥贫瘠的初春，大部分植物还蒙眬着睡眼，而“雀儿舌头”在地堰上已长成绿油油的一片或一溜儿。这对急切想吃到青草的动物们实在充满了诱惑。

“雀儿舌头”是乡人公认的有毒植物，能讲出许多鲜活的案例：谁家的小猪吃了“雀儿舌头”结果吐白沫死了；谁家的兔子吃了“雀儿舌头”，结果大小兔连窝端了；生产队的毛驴吃了裹挟着“雀儿舌头”的青草，结果吐了一天白沫，割草者被罚了工分不算，还被取消了打草资格……

有了这些让人惊骇的教训，见了“雀儿舌头”，我们就如同见到了“美女蛇”，躲着，尽量不去触碰它。

天福讲过一件放羊过程中遇到的奇怪事情。

羊群中一只公羊和头羊顶架失败了，竟然跑到附近的地堰上吃起了“雀儿舌头”。天福一次次甩出土块警告驱赶，可它照旧不管不顾吃个不停。

结果，毒性发作了：那头公羊变得踉踉跄跄，走起路来东倒西歪，口里吐出白沫，最后竟趴在地上昏睡过去。多亏了天福喂

▲嫩绿的雀儿舌头

了它两把盐巴，抽打着它快速来到羊群休息趴晌的水潭边喝了大量泉水，又在大青石上睡了一觉，才总算缓过劲来。

按情理，这只公羊应该吸取教训不再去吃这种可怕的毒物了。可第二天，它仿佛忘记了昨天的痛苦，照旧兴致勃勃去啃食“雀儿舌头”！结果是囧态依旧，甚至流着涎水，在山坡上摇摇晃晃跳起了“扭摆舞”，结果被头羊一下子撞了个跟斗……

在以后的日子里，这只公羊竟将吃“雀儿舌头”当作了一种“点心”，尽管每次吃完后都会中毒折腾一番，但它乐此不疲。

这究竟是怎么回事呢？我和天福都茫然不解。

2

2010年初春，和几位老朋友到平谷郊区看桃花，住在一户老乡家里。在老乡招待的饭菜里，有一大盘碧绿的拌野菜，吃起来柔嫩可口，清爽入味。问他是什么野菜，他说叫不上名字，就拿来刚采的样品让我们看。

仔细察看了筐里的野菜，我不禁大吃了一惊：居然是“雀儿舌头”！

当我满怀恐惧地告诉他这菜有毒时，老乡却笑了。

老乡说，他们早知道有毒。不过没关系，只要用开水焯上十几分钟，再用清水浸泡两天，换几次水，拌着吃就什么问题也没有了！他们村的人多年来都是这么吃的……

听了老乡的话，惊愕后我恍然大悟了：看来“雀儿舌头”虽然有毒，但不是剧毒，经过焯煮处理完全能去掉其毒性。

怪不得那头公羊吃下了这毒物逐步适应了呢！

可它为什么会对“雀儿舌头”乐此不疲呢？

我突然想到了人类的喝酒与吸毒。

酒能让人兴奋、头晕、飘飘然，甚至失去自我控制力。常见到一些发酒疯的人丑态百出，不能自已。

▲吃了雀儿舌头羊会不能自已

至于酒，最初人们饮用后大约觉得头脑晕晕乎乎；后来发现，酒可以使人精神放松，忘却烦恼，便逐渐嗜酒成瘾，形成了依赖；酒因而成了许多人着迷的饮品。

毒品比酒类更可怕，吸食后多数人无法自拔。

记得那次采访戒毒管理所，亲眼目睹了吸毒的可怕和戒毒的艰辛。管理人员介绍说，人一旦沾染毒品，戒起来便异常艰难，即使暂时戒掉，日后许多人还会在毒品诱惑下重蹈覆辙。

晚清时就有“剜骨剃髓不用刀，请君夜吸相思膏（鸦片）”的诗句。毒品不仅会对身体造成巨大损害，还使人沦为毒品的奴隶。一个人一旦吸毒成瘾，就会丧失人格和理性，无法继续工作，失去正常生活；就会为了购买毒品而变卖家产，四处举债，直至倾家荡产，六亲不认。许多吸毒者为了获得毒资，甚至会走向犯罪，严重危害他人生命与社会安定，最终走向灭亡。总之，家庭中若有了一个吸毒者，全家人就会永无宁日。

毒品的魔力，在于会使吸毒者产生严重的心理和生理依赖，产生飘飘欲仙的精神错觉。

人是万物之灵长。万物之灵长尚且不能抵御住毒品的诱惑，又何况动物了？

由此看来，山羊吃了“雀儿舌头”，一定是在中毒的同时，产生了飘飘然的愉悦感和特殊生理体验，因而才对“雀儿舌头”

越发依赖——我猜想。

查阅有关资料，会看到许多动物对毒品依赖的事例。

墨西哥山羊对有毒的龙舌兰种子有着特殊的嗜好。它们吃下龙舌兰种子之后，身体就开始发抖，很快毒性发作昏倒在地上。但醒过来之后，它会继续去吃，重复着抽搐、摇晃和昏倒的整个过程。这表明，那种醉醺醺的感觉可能给墨西哥山羊带来了身体和精神上的愉悦，因而才使它们乐此不疲。

科学家认为，动物对毒品的爱好不仅仅是寻求快乐，也是进化的需要，是为适应环境而寻找的一种新机遇。

生活确实如此。平谷老乡经过焯煮、浸泡、去毒，把“雀儿舌头”变成了一道美味野菜，人们就多了一种大自然赐予的食物资源。同样，那只公山羊通过不断适应，把有毒的“雀儿舌头”变成了一道麻醉草料，客观上也就比其他山羊获得了更大的生存空间。

到20世纪70年代，科学界发现了至少40种经常摄入毒品的动物。而到现在，科学家已能列举出380种有意识在大自然中寻找各种毒品的动物。可见动物们也是在不惜中毒的实践中去开拓和丰富着自己的食物资源。

3

《动物世界》中曾记录了非洲象对马鲁拉树等棕榈科植物果实的钟爱。当这种果实成熟时，果内因高温发酵会产生大量高浓度酒精。大象们便大量采食落到地上的果实，甚至会用鼻子摇动树干，把仍挂在树枝上的果实摇下来。这种果实吃下去之后，会在大象肚子里继续发酵，使大象长时间处于醉酒状态。

变成“酒鬼”的大象，摇摇晃晃，对身边的运动物体非常恐惧，任何东西都可能吓到它们，因而变得极具攻击性。

其实，大象非常清楚吃下这种棕榈果的后果和感受。但当果

▲大象吃了马鲁拉果会醉倒

实成熟的季节到来时，它们仍旧以一天走30多公里的速度，来寻找这种心爱的“酒心果子”，其速度是平时行进的3倍。而这一切努力，都是为了最先到达目的地吃到更多的“酒心果子”。

榴莲也是猴子、大象等喜欢的醉酒果实。吃了大量榴莲的猴子，会醉得紧张地晃动脑袋，很难爬上树；大象们则会摇摇晃晃站在地上，用鼻子不断拍打着地面。

埃塞俄比亚山羊吃了咖啡豆之后，变得过度活跃，爬上了不可能爬上的斜坡，看上去似乎在跳舞。在好奇心的驱使下，牧羊人也决定尝尝这种红色的果实，结果马上感到浑身充满活力。这也是人类认识并利用咖啡的开始。

许多有毒、有刺激作用的植物被人类发现和利用，都是先通过观察动物食用后的结果，然后人再去效仿。若动物吃了无大碍，人自然也可以试试了。

正是这种观察、实践和大胆借鉴，才使得我们在认识和利用自然资源的过程中，不断取得新突破和新进展。

大自然中存在着许多可对动物产生精神作用的植物。

美国的“疯草”就是其中之一。牛、驴、马、兔、猪、鸡等动物吃了“疯草”，会产生精神变态反应：晃晃悠悠站住，四肢分开，好像在寻找一个支撑身体的平衡方式。尽管放牧者努力想消除疯草的毒害，但问题却越来越严重。它们不得不成立动物康复中心，以帮助上了毒瘾的牛马戒除毒瘾，重返“劳役”队伍。

曼陀罗是一种有毒的植物，而酷爱曼陀罗花蜜的天蛾，吸食花蜜后会中毒倒在地上，毫无抵御能力。

加拿大的北美驯鹿喜欢吃毒蝇蛾膏菌，而这种毒菌会使它们失去正常意识，四处奔跑，颈部困难地扭曲着；若是雌鹿，还会彻底放松，甚至会忘记了小鹿存在并使小鹿失去保护。

毒品对人和动物的影响十分相似。一些动物食用了有毒物质后会使自己濒临不能自已的麻醉状态；同样，人吸食毒品后则会丧失理性，毁掉原本正常的生活和幸福的家庭。

所以，在观察、借鉴和利用有毒植物的同时，一定要深刻认识它们的危害，从而趋利避害，使它们更好地服务于我们的生活。

鼠趣三题

由于从小居住在农村，我便有了与老鼠“亲密接触”的生活，虽多受鼠害，亦得到一些鼠的好处，故选择二三件事情以记往日鼠趣。

鼠胆

印象中的老鼠总是惶惶的、一副不可终日的样子。一是怕人，因为“老鼠过街，人人喊打”；二是天敌太多，家猫、野猫、黄鼬、鹰蛇之类均会以鼠为食。

记得上初中时，40多个学生正在教室听课，讲台旁的鼠洞突然蹿出一只老鼠。“哎呀——”前排女生顿时凄厉惊叫，课堂哄然。继而，一条白练蛇蓦然从鼠洞追出，直扑老鼠。女生们尖叫着踏上了凳子。男生则拿起军训的木棍围追堵截。老鼠顺墙根拼命逃进靠墙斜立的乒乓球案的夹缝中躲藏，白练蛇也随之突入。待我们布好阵势，将球案搬开，那蛇已吞进了半个鼠头。鼠瑟瑟抖着，正做最后的痉挛……于是，蛇与鼠倾刻都死于我们的棍棒之下。

然而，这只是鼠的一面，只是常人印象的情景。倘是黑夜，倘是没有威胁的时候，鼠的胆子也会膨胀得惊人，甚至会让人望而生畏呢！

儿时农家的建筑物几乎都与土结缘：房子是土墙，地是土地，炕是土炕……只有个别家什有些“洋”的名目：如“洋火”“洋铁壶”“洋瓷盆”之类。

至于“洋灰”（水泥），只是后来才听说，并在农村逐步使用起来。由于水泥坚硬，遏制了老鼠打洞，农家人才得以从鼠洞的祸患中逐步解放出来。

以土为材料的岁月，由于房子的建筑多是土的成分，也就为打洞的老鼠开了方便。走进屋内，地面平平，而地下说不定就有了纵横交错的鼠洞。若是挑着一担水负重踩上，保不准什么时候就会“扑”地陷下去——原来，是塌落的鼠洞变成了陷阱。

农家的火炕是土坯砌成的，坯下有为烧炕取暖而设置的回环贯通的烟道。平时，烟道就成了老鼠的天然穴道。壁立的墙似乎打洞不易，可老鼠照样能打出爬向屋顶的通路。

在农村，殷实一点的人家讲究糊顶棚。可老鼠会顺墙而上钻入顶棚，啃食顶棚上遗留的干浆糊。高兴了，它们还会像在跑马场一般于棚顶作乐，任你敲打轰吓也不怕。老鼠已长了经验——房主是不会为轰赶老鼠而捅坏心爱顶棚的。

光明是鼠的大敌，是鼠生命的不祥；故只有光明逝去，老鼠才会踊跃而出。

小时极怕黑暗，再加上晚风树荫下听老人们讲的魔鬼精怪故事，夜里睡觉常产生幽深的恐怖。灯熄了，大人们酣酣睡去，我却常因老鼠嗑咬仓柜而惊醒。听着那恐怖的声音，便不由自主地缩紧了身子，压住了耳朵。有时，大人被吵醒，气哼哼地起来用鞋底敲打仓柜以轰吓老鼠。可刚刚熄灯平静，那“咯咯”声又起，害得大人们只能恨恨叹气。

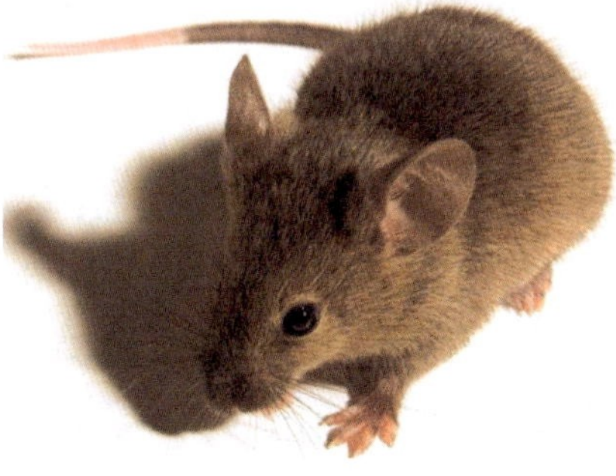

▲老鼠是农家憎恶的“窃贼”

最让人惊骇的是老鼠爬到人身上走动。漆黑的夜，睡梦中觉得被子上有活物在蹬踏：从左到右，从右到左，渐渐由脚下向头上移动。我怕得要死，惶恐地用被子蒙了头。那鼠稍一退避，片刻后又踏上了被子。有一回，一只大鼠竟顺着被缝向被窝里窥视，那晶亮的双眼吓得我失声惊叫，不但扰了大人的美梦，我也被吓出了满头大汗。

动物和人一样，欣喜得意之时，大都会舞之蹈之。一个晴朗的秋夜，月光透过门上的玻璃，银晃晃洒在地上。家里人都安睡了。梦中找厕所怎么也找不到，我终于被尿催醒了。睁眼想下地小解，突然，地上的情景让我呆住了：皎皎月光下，十余只老鼠围成一圈，一只最大的鼠立在中央。它转着身子，舞着前爪，蹈着后爪，并发出“吱吱”的叫声。随着大鼠的叫声，大小老鼠或昂首直立，或翘尾摆动，向左转几圈，向右转几圈，随着大鼠的指挥，团团旋转，就像跳起了集体圆舞。我大惊失色，动也不敢动，忽然间觉得老鼠有了神灵。是秋粮富足欢庆丰收吗？是鼠族喜事举行大典吗？那舞足足延续了10多分钟，才被我禁不住的一声喷嚏所打断……

噢——胆怯的老鼠，倘是黑暗，它们也有胆大妄为、得意忘形的一刻！

鼠劫

说人奸诈不端，常冠以“贼眉鼠眼”一词形容，可见老鼠在人心目中的狡猾印象。其实，鼠的狡猾只不过是为了生存的需要或是对死亡的逃避。如田鼠打洞，不但洞口选得绝妙，洞室通道也打得别致和精明。鼠的洞口多打在田堰上，或选一丛荆棘做掩护，或选一块巨石做遮挡。这就是鼠的精明：一是堰上打洞是从侧面掘起，比从地面向下打洞要省力；二是有了荆棘或石头做掩护，雨水就难于灌入洞内，洞口也不易被天敌发现。这些都是儿时伙伴锁儿对我说起的。

锁儿爹是村中有名的猎手，什么小动物也逃不过他的手段。锁儿从小耳闻目睹了老爸打猎的事情，而且全家又与老鼠结下了“不解之怨”，所以，关于老鼠的故事也就源源不断地传进了我的耳朵。

原来，田鼠打洞，至少要留两个以上的出口，为的是遇到紧急情况能脱身逃离。平时，鼠只留一两个常用的出口，其他洞口皆用虚土暂时掩好。一旦蛇一类天敌攻入洞内，就能从虚掩的洞口迅速逃命。老鼠的天敌主要是食鼠鸟兽和蛇。猫头鹰、伯劳、黄鼬、狐狸、狸子会在老鼠外出时向其发动袭击；而蛇，除了会在洞外袭击老鼠，还会突入鼠洞，让其防不胜防。为了逃避蛇害，精明的老鼠会在洞的拐弯处备上沙土和石块，待回洞休息时，便用前爪推动石块和沙土将拐角通道堵住。

锁儿介绍说，老鼠的洞室安排得舒适而巧妙。1米多深的地下鼠洞四通八达，有各式各样的储粮仓，还有“育儿室”“卧室”。老鼠的储粮仓一般安排在洞内高而干燥的通道两侧。每个粮仓根据用途建造得大小不等。小的存放豆子、小麦之类精细的粮食，一仓可装数斤。大的存放玉米、核桃、花生之类，一仓可装十几斤或更多。粮仓先用干草、树叶铺好，再踩压平整，然后才能存放粮食。粮仓分类很细：花生仓、玉米仓、核桃仓……每种粮单一存放，很少混杂。仓和“卧室”相离很近，为的是享用方便。母鼠生小鼠有专门的“育儿室”，铺设得柔软舒适。总之，神秘的地下鼠洞布置得让人叹为观止。

然而，鼠洞虽然可以让天敌“望洞兴叹”，却无法抵御被饥荒饿昏了头的人们。

三年困难时期，饥饿如瘟疫一般威胁着人们的生存。树叶、米糠、红薯秧、花生皮、玉米苞等凡能果腹的植物皮壳和筋肉都成了人们苟延生命的食物。

饥饿使人突发了捕食鼠肉的念头。在南方，某些少数民族有把鼠肉作为上等佳肴的习俗。北方却罕见吃鼠的先例。但锁儿爹成了村里猎鼠、吃鼠的第一人。长期的捕猎经验，使他很快探明了田鼠的行踪习性。布鼠套、下鼠夹、掘鼠洞，锁儿爹继而发现了田鼠洞里藏粮的秘密。就像发现了难得的救命稻草，锁儿爹惊喜万分。他要家里人绝对保密，掘鼠挖粮的行动也改在了深夜悄悄进行。幽幽的黑夜，锁儿常用红布蒙着手电筒与父亲一起去离村很远的田间做“挖鼠窃粮”的“勾当”。

于是，我们发现，那饥饿的岁月里锁儿竟然有了花生吃，竟然有了驱除饥饿后的饱满精神。可一桩意想不到的祸事使锁儿爹遭了劫难。

那是深秋的一天。贪心的锁儿爹挖了鼠粮，自己有了度荒的吃食不算，还把一袋花生推到5里外的邻村去卖。邻村的人很“革命”，结果，锁儿爹被冠以倒卖粮食的罪名被押回村里。这消息如一个响雷把全村人惊动了。当天晚上，村里悬着汽灯，开了庄严的批判会，勒令锁儿爹老实交代偷窃花生的罪行。锁儿爹为了一表清白，不得不忍痛交待了他捕鼠、挖洞、意外得到鼠粮的秘密。

▲老鼠

这下好，饿昏了的村人如梦初醒，全村刮起了挖鼠洞找粮的风潮。黑夜、白天，拆堰、掘地，恨不得把田堰翻过来。一个个鼠洞被查获掘开，田鼠遭到了空前的劫难。

几日以后，村外连续出现了许多神秘而恐怖的奇景：一只只老鼠相继在大树枝上吊着死了。锁儿爹突然间得了可怕的半身不遂……村人震惊后茫然了，认定是鼠的报应，是对人们掘洞劫粮的警示，终于在心灵的颤栗中停止了这场洗劫……

事情虽然已过去40多年，那情景我却一直历历在目，并百思不得其解。老鼠怎么会上吊呢？难道真的是用死对村人的暴行以示抗议吗？我怀疑。

后来，偶尔看了《动物世界》中的《伯劳》一片，终于恍然找到了答案。

原来，食鼠的伯劳，会把吃不掉的老鼠穿挂在树枝上以备后用。一定是鼠洞被掘后老鼠们没了藏身之所，四处流浪的老鼠们被伯劳乘机轻易捕杀，而吃不掉的老鼠便被悬挂在树枝上……

唉，真是艰难的不堪回首的岁月！

鼠缘

由于持久而一致地灌输，使人们从小对老鼠就形成了根深蒂固的厌恶：鼠窃狗偷、鼠目寸光、胆小如鼠、老鼠过街人人喊打……诸如此类，不一而足。然而，随着岁月流逝和环境变迁，原来一成不变的信念和情感，有时也会变得模糊起来。

被孤独、枯燥和紧张的业余自学挤压着，忙完了一天的工作，匆匆买了菜饭，不到晚7点就端着饭盒坐在了办公室桌前。“文革”使我们这代人荒废了青春岁月。感时伤世，怨天尤人，什么用也没有，只能被笑成是《祝福》中的祥林嫂。

好在赶上了高等教育自学考试的机遇，于是，我们就像抓到了救命稻草，下着劲学，发着狠读，天天熬到子夜，就像报仇，又像是抢生命。就在这疲惫的拼命中，我偶然巧遇了“球球”，并与之莫明其妙地结成了一段难以忘怀的缘分。

“球球”是一只小灰鼠，那名字是我给起的。

一个春日的夜晚，照旧坐在办公桌前翻着书本啃着馒头。

明亮的日光灯下，眼睛的余光分明瞄见一个小东西在地上蠕动。下意识一转眼，呀——原来是一只小灰鼠。

灰鼠身体极小，比一颗花生米大不了多少，团团的、茸茸的，小得连走路都有些蹒跚。闻闻、嗅嗅、进进、缩缩，在我脚前像个小球球在滚动。我顿时萌发了爱意，疲惫的精神也振奋轻松起来。忘情地盯着小灰鼠，动也不敢动，生怕惊走了它。

噢，终于明白了，原来，每日晚饭时由于心不在焉，常会有一些食物残渣掉在地上：大米粒、馒头渣……小灰鼠就是来分享这些残渣的。望着它缓而笨地一点点捡食地上的残渣，一种说不清的怜悯弥漫了心头。扯下一块馒头皮儿扔过去，小灰鼠一愣，但并不逃，居然傻傻地“滚”向了馒头皮儿。

当久了小学教师，就沾染了恋小、逗小的脾气。看着小灰鼠吃食，不知不觉伸脚去逗。见一个庞然大物过来，小灰鼠先是惊讶地逃离；但后来觉出这大物并无恶意，也就只是躲避，不再逃走。这一晚，我极开心，并给邂逅相遇的小灰鼠起了一个可爱的名字——“球球”。

从此，每日吃晚饭，我都故意撒下饭渣，等待“球球”出现。“球球”也是如期赴约，准时来我脚下相伴。寂静的夜，厚厚的书，孤单的人，有了一个小生灵陪伴，寂寞的心便有了寄托，有了一丝苦涩的欢愉，读书效率也提高了许多。

日子一天天过去，“球球”的胆子也一日日增长，居然敢瑟缩地爬到我的鞋子上讨食了。吓它、赶它，它只是缩着身子眨眼，并不跑——它知道我在逗它。半个多月后，“球球”长得比鹌鹑蛋都大一些了。

四月初的一个夜晚，几位学友找我共商“考试大计”，压题、互问、探讨、争辩，热烈而专注。

“老鼠！”李燕突然尖着嗓子惊叫起来。

众人转眼看去，果然，有一只小老鼠旁若无人地向我的脚下走来。

大刚一步上前，威武地抬起了右脚……

“留命——”我慌忙大呼。

然而晚了，随着沉重的脚落，一声纤细的尖叫刺进了我的心——“球球”死了。

我不能埋怨大刚，想来原是我诱杀了“球球”。

许多年过去了，自学考试的生活早已成了历史。但只要想起自学时的艰辛岁月，我就会想起“球球”，就会想起这只可爱、可悲的小灰鼠，对鼠类的情感也变得复杂起来。

科普链接：老鼠，俗称“耗子”，为哺乳纲、啮齿目、鼠科、啮齿类动物。其身体呈锥形，无犬齿，门齿发达，终生生长，常以啮物磨短。行动迅速，为杂食性动物，种类很多，全世界约有450种。老鼠是现存最原始的哺乳动物。它们数量繁多，繁殖迅速，适应能力非常强，会打洞，会上树，盗吃粮食，危害农作物及建筑物，能传播鼠疫、出血热等疾病，为“四害”之一。而小白鼠却为人类药品实验做出了贡献。

莫非老鼠要成精

近几年，老鼠的表现越来越让人吃惊。楼群里、道边上、公厕旁……见到的老鼠不但越来越多，而且胆子越来越大。过去的老鼠是见了人惊惶失措、抱头鼠窜，而现在的老鼠，见了人不但从容而行，而且还敢跟你叫板，跟你对着干，甚至要蹿上来咬你。真是鼠道大变，老鼠成精了！

前几天，我的伙伴老赵讲起一件让他又惊又气的事情。

下午上班，他在公司大院铁栏旁的小沟里见到一只肥胖的耗子。耗子就是老鼠，是京郊人对老鼠的俗称。

小沟只有1尺来深，可这只大耗子爬呀爬，就是爬不上来。他感到新奇，情不自禁凑过去。大耗子看见他走过来，有些恼了，竟然停止爬沟，昂首挺胸冲他“吱吱”叫起来。

“好哇，还想吓唬我？”老赵生气了，捡起一块土坷垃砸过去——没打中。这下可好，惹得大耗子蹦跳着冲他蹿起来。老赵更气了，连续捡起土坷垃打过去。大耗子终于有了畏惧，顺着沟边退边叫，仍是一副不服不忿的架势。

老赵终于找到了一块上手的石头，瞄准——发力——石头重重砸在大耗子的尾巴上。耗子尖叫一声，疼得蹿起2尺高，可居然因祸得福，就势跃出了小沟。它再也不敢叫板，慌忙逃到铁栏的另一侧。老赵被铁栏隔住，只能眼睁睁看着耗子几步一回头地慢腾腾走了。

星期六中午，刚想吃饭，忽然，楼道里传来“噔噔噔噔”的奔跑声。上来、下去，下去、上来，楼梯被奔跑震得山响，还伴着连续不断的小狗似的叫声。

我叹口气对家人说："准是养狗的孩子在斗狗玩，大中午的也不让人清静！"

奔跑声连续不断，竟到了我家二楼门口的外面。我再也忍不住，拉开门探出身子，想对恶作剧的孩子喝斥几句。可开门一看，哪里有什么孩子和狗？原来是三楼中门的女邻居拿着笤帚正和一只大老鼠对峙。

女邻居累得喘着粗气，见我开门，大呼求援。我赶忙抄起笤帚冲出，顺着楼梯一级级向拐弯平台上的那只大老鼠逼近。

楼道平台放着我家的自行车，大老鼠就躲在自行车后面。

见我步步逼近，老鼠叫着"噌"地跳起来。我不由自主向后退了一步。好家伙，真是只大耗子，又粗又壮，身子加尾巴足有1尺长。那尾巴的根部比中楷羊毫的笔杆还要粗。怪不得它的叫声像小狗一样洪亮呢！

女邻居说，她与这只大耗子已周旋了好几分钟。楼上楼下赶它就是不走，跳着脚冲她叫。笤帚打上去，它一翻身蹿起1尺多高，还返身冲女邻居扑过来，吓得女邻居蹦跳着躲避，生怕被咬上一口。

爱人也被惊动，递过来一根棍子。我屏着气，看准老鼠砸下去。大耗子"噌"地蹿到车轱辘后面。女邻居从另一侧打过去，大耗子又蹿到这一边。如此几个回合，楼

▲繁殖力极强的老鼠

▲夜间活动的老鼠

里许多人被惊动了。老鼠被众人的喊声震慑，几次蹿起被我挡住后，竟奋力一跃从车条缝隙钻出了半个脑袋。我扬起笤帚狠狠拍去，大耗子“吱”地一声从车轮上摔在地下。女邻居就势用木棍猛砸猛杵，大耗子终于抽搐着一命呜呼。

望着躺在地上足有1斤重的大耗子，女邻居抹着额头的汗，告诉了我发现大耗子的情景。

午饭以后，天气太热，她在地上铺上凉席想小睡一会儿。刚刚合眼，突然听到“嚓嚓”的挠门声。蒙眬中一看，吓得她一下子蹦起来——原来是一只大耗子站立着正在挠防盗门的铁纱网。女主人拿起笤帚冲出去，这才引发了一场人鼠大战。

最近在微信上看了一则视频：一只老鼠和一只大白猫被放在一起。那大白猫见了老鼠连连后退，而老鼠一冲再冲。大白猫被老鼠的进攻吓坏了，“喵喵”叫着转身就跑。老鼠却气势如虹连蹦带跳追得大猫满地转。

堂堂捉鼠的猫为什么会变成如此熊样儿呢?

原因就在于猫变成了吃喝不愁，哄着、捧着、惯着、豢养着的宠物，变成了既不知道老鼠是何物，也不晓得怎样认识老鼠，更不知道如何捕鼠的行尸走肉猫。

这实在是时代和主人酿成的悲剧。

过去，家里养猫就是为了抓耗子。不抓耗子，猫儿就要饿肚子；不仅是饿肚子，还得挨主人骂，受主人惩罚，甚至被逐出家门。乡下人家才不会养一只不会捉老鼠的废物猫呢！

而这些年来，原本为捉鼠而养的猫儿变成了宠物。

生活优越，养尊处优，无所事事，慵懒自娇，于是，猫儿变成了本能退化、毫无责任感和战斗精神的懦夫懒汉猫！

可老鼠的胆子和个头却变得越来越大，数量也越来越多。这又是怎么回事呢？

大家讨论了半天，找到了如下原因：一是捉鼠的猫儿发生了质变，由老鼠的克星变成了不会捉鼠的宠物，或者变成了猫鼠合流的伙伴。二是捉鼠的游蛇、黄鼠狼、猫头鹰，或被猎杀剥皮，或被毒杀致死，老鼠自然没有了天敌。三是人们都在为利益和金钱奔忙，已没有什么时间和精力去管老鼠。四是随着人民生活水平的提高，老鼠的盗劫似乎已变得无所谓，只有被撑死的顾虑，少有被处死的结局。

在我的印象中，似乎许多年没有搞像样的灭鼠运动了。

然而，老鼠就这样泛滥成灾了！

据说，目前老鼠的总数已超过人类总数的3倍，每年可吃掉人类所产粮食总数的三分之一左右。

近日，我听到了一则更可怕的传言：与我们相隔不远的一处草原地区，据说又发现了已绝迹多年的鼠疫等恶性传染病！

隐秘的“地排子”

少年时去地里劳作，时常看见地表会隆起一垄龟裂的松土——仿佛有什么东西从地下土遁而过。

这就是“地排子”的杰作。

“地排子”，是乡人的俗语。“排”，读三声（pǎi），如：“排子车”，指既宽又扁，且具有一定面积的东西。麝鼹鼠的形状因为很符合这一特点，所以乡人称其为“地排子”。

“地排子”是京郊常见的一种地老鼠，属于食虫目、鼹科、麝鼹鼠属中的一种小动物，学名为麝鼹鼠。之所以叫“麝鼹鼠”，大约与麝鼠一样，其雄性生殖腺能分泌一种麝鼠香的缘故。

1

“地排子”常年生活在地下。它们毛色深灰，外形如鼠，身长十一二厘米，比老鼠身扁而短。一对前爪，不但短粗有力，而且掌心向外，五爪并列，就像两把向外分的铲子，掘起土来从中心向两侧猛挖猛分，就像是一台快速掘进的盾构机！

“地排子”还有一个绰号叫“地瞎子”。因长期生活在地下，其眼睛退化变小并被绒毛遮护，视力严重不佳，十分害怕阳光，故又有了“地瞎子”的绰号。

原来并不知道“地排子”的学名为“麝鼹鼠”，是20世纪80年代看了从捷克引进的动画片《鼹鼠的故事》，才对这种有天生打洞本领的鼠辈有了较深入了解。后来，从资料上得知，家乡所见到的“地排子”名叫“麝鼹鼠”——是鼹鼠家族中的一员。

《鼹鼠的故事》是一部非常惹人喜爱的系列动画片：幽默、

夸张，洋溢着快乐的童趣，是畅销世界的经典之作。动画片虽然没有旁白和对话，但鼹鼠如小孩子般“咯咯咯”的笑声，“呦呦呦”的哭声，“呼啦、呼啦、呼啦”的惊叹声，让人产生无尽爱怜和欢乐。

这部动画片的作者，是捷克著名画家兹德涅克·米勒。

据说，米勒的创作灵感就源于真正的鼹鼠。

1956年冬天，35岁的米勒在布拉格西部的树林里散步。此时，他正在为选择一部动物漫画片的主角而犯愁。由于美国著名动画大师沃尔特·迪士尼在他的作品里几乎把所有动物都用遍了，米勒不得不下决心选一个特别新奇的角色充当动画片主角。

正值冥思苦想之际，他突然被绊倒了。爬起来一看，脚下是一个土堆，是由一只鼹鼠打洞扒出的泥土堆成的。

看到土堆和鼹鼠打出的洞，米勒顿时灵光一闪：立刻认定动画片的主角就是一只小鼹鼠！由此，米勒创作的《鼹鼠的故事》系列动画片很快走上了银幕，并一发不可收拾。

谁能想得到，一只丑陋的、不见天日的小鼹鼠，在米勒笔下

▲动画片《鼹鼠的故事》中的小鼹鼠

变成了如此活泼可爱、令人着迷的小精灵！

在京郊乡人的心目中，“地排子”原本是不折不扣的害兽。它们在地下掘洞横行，初春时寻找并吃掉刚刚播下的种子，入夏后啃食庄稼的地下根茎，秋天时偷窃花生、白薯等农作物，乡人们对其十分憎恶。

经常能看到这种场景：早起到地里劳动，田地中隆起了一道道土埝子，而上面的玉米苗、花生苗都枯萎了。乡人们都知道，这是“地排子”啃食了秧苗的地下根茎所致。人们却无可奈何——因为天亮前“地排子”早已离开土埝，钻入更深的洞穴藏匿起来了！

“地排子”视力很差，害怕阳光，主要在夜间掘洞觅食，是一种诡秘的夜间窃贼，人们很少能在白天看到它们。

2

少年时就是这样：对一些东西越不了解，越是充满了好奇，总想探究一番，弄个清楚。

早起来到田地，“地排子”拱出的土埝子蓬松新鲜，非常显眼。看到这些蜿蜒新鲜的土埝子，孩子们就会一脚一脚踩上去，每踩一脚，都会陷落半个鞋子——仿佛遇到了什么陷阱。其实，那是踩塌了“地排子”打出的地下通道。

“地排子”到底是什么样儿？怎样才能抓到一只呢？

春天的一个拂晓，天刚蒙蒙亮，我和天福去北大地撒粪。

撒粪，就是把驮到地里的粪肥用铁锹均匀撒开，以待翻耕后成为庄稼的底肥。

来到地里后，发现一条新鲜土埝还在向前不断延伸！

“嘘——”我和天福同时停下脚步，相互打了个手势，然后手持铁锹从两侧轻手轻脚向土埝尽头包抄过去。

“地排子”听觉非常灵敏，只要听到周围有震动，就会立即停止掘洞，从原路悄悄溜走。

▲麝鼹鼠视力严重退化，俗称“地瞎子”

以前也曾多次截击过打洞的“地排子”，但都被它们侥幸逃脱了。

悄悄接近到土埨延伸的地方。

说时迟，那时快，我一个箭步跃过去死死踩在土埨后1尺多远的地方，截断了“地排子”的后退通路；天福则跃到土埨尽头踩下去，截断了“地排子”的前行路径！

与此同时，两把铁锹分别从土埨两侧快速斜插进地里，呈现左右夹击态势。

我和天福合力将铁锹翻起，突然听到刺耳的叫声。待锹土翻过来的一刹那，我们看到一只被铲破肚子、流着鲜血的“地排子”挣扎着从土里爬出来！

由于受了重伤，失去了奔跑能力，眼睛又看不清，它只能“吆吆”叫着，拖着受伤的下半身在原地盘绕……

拼命挣扎了一会儿，它渐渐没了气息，最终躺在地上不动了。

这是我们第一次如此近距离看到“地排子”：棕灰的背毛，扁而宽的身体，粗壮如铲的前腿，略显纤细的后腿，短而圆钝的嘴巴，几乎看不到的小眼睛埋在头前绒毛里……那样子与老鼠有些相似，但又绝不相同！尤其是前腿上宽而尖利的五爪，简直是怪物化身……

再看它肚子里洒出的食物，我们不禁惊骇：除了有一点玉米种子碎屑，大部分是蛴螬、蝼蛄、蚯蚓、金针虫等虫子的尸体，虽然已经散碎混在一起，但依然可以分辨出虫子的种类……

这是个极大震撼：在传统印象里，“地排子”一直是祸害庄稼的坏蛋，想不到它们竟能如此大量地捕食地下害虫！

望着死去的“地排子”，我和天福面面相觑，惊骇之余不免有些后悔。原本是想捉一只活的给伙伴们看看，没想到误伤了它的性命。

之后，我们进一步总结出了捉拿“地排子”的有效方法：一是尽可能在天亮前安静埋伏，选准目标；二是快速出击，悄无声息，采用前后堵截、左右夹击之法；三是要事先准备好笼子或布

▲善于在地下打洞的麝鼹鼠

袋，以备收容“俘虏”。

3

炎热的夏季，“地排子”主要在土壤表层掘洞，离地面仅有数厘米；而到了寒冷的冬季，它们则会钻入半米多深的洞穴中活动。

“地排子”冬季不冬眠，主要靠秋天贮存在洞里的食物过冬。

资料介绍说：“地排子”主要捕食蝼蛄、蚰蜒、蛞蝓、马陆、蚯蚓、叩头虫、金龟子、步行虫等昆虫，同时也啃食植物的根部、块茎。

“地排子”对周围的震动十分敏感，附近土层中哪怕有蚯蚓、蛴螬、蝼蛄、马陆、蚰蜒轻轻蠕动，它都能察觉出来并循声挖过去将其捕获。

“地排子”喜欢在干燥、疏松的深土层打洞，一生在洞穴中生活。它们的洞穴多打在六七十厘米的深土层，巢中铺有细草和树叶，并与四通八达的通道紧密相连，以便能随时躲避蛇类、鹰隼、黄鼬、獾子等天敌的偷袭。此外，四通八达的地道还是它们吸引各种地下昆虫的“陷阱”。由于里面温暖潮湿，蚯蚓、蜗牛、蚰蜒、蝎子、蜈蚣等爬虫时常会光顾这里；于是，“地排子”便会定期到地下“餐厅”收获这些送上门的“点心”。

鼹鼠属于食虫目鼠类，其存在对抑制土壤中的各类有害昆虫作用明显；而过去简单地将它们归结为害兽之列，显然是不公正的。

传统中医学认为“地排子”还是一味治疗痈疽和胃癌的有效动物药。

那年春天，身体原本健壮的本家老叔患了胃癌，手术治疗后仅几个月，旧病又复发了。

村里赤脚医生深知病情不好，便郁郁地对家人说：“药书里有用‘地排子’烧烤服用治疗胃癌的偏方，要连服10只。你们如能捉得到‘地排子’就去试试吧……”

听得出，这是“死马当作活马医”的信息。我和老叔的儿子发誓要捉到“地排子”去救老叔。

晚春的夜晚，趁着月色来到村南15亩地。这里土质肥沃，是“地排子”活跃的地方；加上尚未播种，捕捉“地排子”也不会损坏什么庄稼。由于地温偏低，“地排子”的活动并不积极；直到太阳升起来，地表上的土堎子才隐约出现……

就这样连续每晚坚持，经过三夜的艰辛值守和猎捕，我们总算捉到了大小10只“地排子”。老叔吃下这些烧烤的“地排子”后，精神果然振奋了许多。

老乡们纷纷称赞说：“偏方也能治大病呢！”然而，半年之后，老叔仍旧没能逃脱癌魔的掌心……

《名医别录》记载说：“鼹鼠在土中行，五月取，令干，燔之。”《东北动物药》则有“地排子”可“治疗肿，痔疮，淋病，喘息，胃癌”的记述。

我猜想，当年的赤脚医生大概就是从这些医书记载中得来的偏方吧？

科普链接：麝鼹鼠为哺乳纲、食虫目、鼹科、麝鼹鼠属哺乳动物，别名地排子、瞎老鼠，中国北方特产动物。身长十几厘米，较粗壮，吻短尖，眼退化，隐没于毛中。前肢发达，脚掌外翻有利爪，扁平强大锐利，适于掘土，后肢细小。全身被以棕色且有金属光泽绒毛，穴居生活，夜晚出来捕食昆虫，也吃农作物的根。听觉、嗅觉灵敏，很少爬出地面，爬行速度极快。春季繁殖，孕期一个多月，一年可产2~3胎，每胎3~8仔。喜栖息在干燥疏松、土层深厚的田地。

傍晚飞蝙蝠

人们常用“飞禽走兽”来形容禽类和兽类的区别。也就是说，禽类会飞，兽类能走，而实际生活中并非全部如此。有些禽类不会飞，如善跑的鸵鸟、鸸鹋，善游泳的企鹅，家养的鸡、鸭、鹅。有些兽类并不善走，如善游泳的鲸鱼、海豹，善飞翔的蝙蝠，善滑翔的鼯鼠等。

尤其是蝙蝠，看上去很像鸟类，但没有羽毛，也不生蛋，而是由雌性直接产下幼仔用乳汁哺育——是典型的哺乳动物。

虽属于哺乳兽类，但蝙蝠能在狭窄的空间敏捷飞行，自由转身，能在障碍重重的空间左右躲避、上下腾挪。其仰仗的不是禽类才有的羽毛和翅膀，而是薄薄的、充满弹性的肉质翼形皮膜。

所以，蝙蝠是兽类中独特的、出类拔萃的飞行大师。

1

乡人管蝙蝠叫“燕皮蝠”，是说它们飞行、捕食的技能跟燕子一样高超，但翅膀不是羽毛而是一层皮，故称“燕皮蝠”。

“燕皮蝠”由于有“福”的谐音，便成了民俗中的吉瑞之兽。剪纸中常有“五蝠捧寿”图案，寓意是多福多寿且从天而降。

小时候听乡人说：“燕皮蝠”是老鼠变的，是老鼠吃盐多了才变成这个模样。长大以后才知道，所谓“老鼠变蝠”之说实在是无稽之谈。

但据科学家考证，大约1亿年前，恐龙横行于地球时，受欺负的哺乳动物祖先多为老鼠一类的小型动物。它们在困难的环境中小心翼翼地生存进化，蝙蝠便是其中之一。6500万年前，也就是恐龙灭绝前夕，它们加快了进化和突变速度，并逐渐形成了各自的形象。

如此看来，乡人的“老鼠变蝠”之说，竟然巧合了那段生物进化的历史。

京郊蝙蝠多是普通小蝙蝠，也叫家蝠，与人共生，多住在农家老屋的屋檐下。

京西农家多是石板房，由梁檩、木椽做架，苇笆或秫秸铺顶，最后用穰子泥粘固青石板。由于屋檐下的木椽间均有些缝隙，加上年深日久，泥巴脱落，苇笆糟朽，致使许多椽缝成了老家贼（麻雀）或“燕皮蝠”的巢穴。

对于蝙蝠的入住，乡人们虽不像家燕那样欢迎，但也不反感，因为蝙蝠可以大量消灭住宅周围的蚊蝇。

童年时，偶尔会见到有“燕皮蝠”幼崽从屋檐跌落下来。它们相貌丑陋，身体蜷缩，鼠耳鼠目，尖牙利齿，后背长着灰色的茸毛，仿佛老鼠转世一般。扯一扯那带爪的翅膀，一层宽大褐紫色的肉膜便展示出来。

▲倒挂在洞壁上休息的蝙蝠

一次，记得去地上捕捉一只从屋檐中掉下来的小蝠崽，没想到它突然转头用锋利的牙齿咬破了我的手指头！擦拭着手上的鲜血，听大人们唠叨着“燕皮蝠”尖牙有毒的话语，简直刻骨铭心、恐怖之极！从那以后，我再也不敢用手直接去抓蝙蝠了。

▲蝙蝠

蚊子、苍蝇是农家生活中的大敌，能传播疾病，严重干扰人们休息。尤其是蚊子，常会在人的胳膊、小腿上叮咬出一个个大包，让人奇痒无比，常挠出了鲜血也无济于事，以至感染发炎，脓血成疮。

因为恨蚊蝇，所以对燕子、蝙蝠自然感激。

傍晚吃过饭，人们扇着芭蕉扇在院里纳凉。这时候，蝙蝠便开始从屋檐下飞向空中。

它们时而盘旋，时而俯冲，时而跃升到高空，时而飘逸于头顶……那灵活机敏的程度丝毫不亚于燕子。人们惬意地欣赏着蝙蝠的空中舞蹈，那一招一式都使人感到美妙。

蝙蝠令人眼花缭乱的飞翔只有一个目的，那就是捕捉空中的蚊蝇等昆虫。

仿佛与燕子签下了昼夜分工的合同，燕子负责白天，蝙蝠负责夜晚，共同捕食可恶的蚊蝇害虫。据说，一只蝙蝠除去冬眠时间，一年能捕食四五公斤的各类害虫。

正因为如此，谁家屋檐下住了蝙蝠都会自觉庆幸，即使老屋受了些损坏也没有怨言。

2

▲夜间飞翔的蝙蝠

蝙蝠之所以选择昼伏夜出的捕猎方式，一是便于追捕夜间活动的猎物；二是为了避开其他食肉动物，并减少夏季烈日对自己的伤害。

由于蝙蝠能在黑暗中飞行捕食，人们便认为它们具有超凡的夜视功能。中医亦将其列为治疗视力不佳的一味中药。魏晋时期吴普所著的《吴氏本草》说：蝙蝠“立夏后阴干，治目冥，令人夜视有光”。

中医甚至将蝙蝠的粪粒称为“夜明砂”，作为治疗眼病的中药，公社收购站曾专门收购。

蝙蝠很爱干净，每天会把粪便排到巢外。清晨起来，常会在屋檐下的台阶上看到许多约半厘米长、两头发尖、形如橄榄的黑色“夜明砂”。孩子们会把这些宝贵的颗粒收集起来晒干，积攒到一定数量后再卖到收购站。

小学语文课本中曾收录了《蝙蝠和雷达》这篇文章，主要讲蝙蝠夜间飞行、捕食并不靠眼睛，而是靠自身的回声定位系统。

据说，100多年前，科学家曾做过这样的试验：在一间屋里横七竖八拉了许多绳子，绳子上系了许多铃铛。他们蒙上蝙蝠的眼睛，让它在屋子里飞。蝙蝠飞了几个钟头铃铛一个也没响。这说明它一根绳子也没碰到。接着，科学家又把蝙蝠的耳朵塞上、嘴巴封住，让它在屋子里飞。结果，蝙蝠到处乱撞，挂在绳子上的铃铛也响个不停。

观察研究发现，蝙蝠会一边飞行，一边从嘴里发出一种人耳听不到的超声波。超声波像波浪一样向前推进，遇到障碍物就会反射回来，传到蝙蝠耳朵里，蝙蝠则会根据大脑接受的情况立即改变飞行方向。这就是蝙蝠的超声波回声定位系统。

于是，课文中得出了这样的结论：科学家模仿蝙蝠探路的办法，给飞机装上了雷达。雷达通过天线发出无线电波，无线电波遇到障碍物就反射回来显示在荧光屏上。驾驶员从荧光屏上能清楚地看到前方有没有障碍物，所以飞机在夜里飞行也能保证安全。

但这篇科普文章恰恰在结论上误导了学生。

蝙蝠和雷达确实都有自己的回声定位功能，但雷达发出的是电磁波，而蝙蝠发出的是超声波。

早在1906年，英国海军就依据电磁波回声定位原理研究出了声呐，到了20世纪二三十年代，雷达已成功运用到军事领域中。而蝙蝠利用超声波来回声定位的奥秘，则是到1944年才由动物学家格里芬发现。

所以，雷达并不是受到蝙蝠超声波回声定位启示而发明的。

3

家蝠逐人而居，是一种聪明的进化：逐人而居，可有充足的食物。有人居住的地方就会有食物和垃圾，就会招来大量苍蝇、蚊子及各种小虫，这便为蝙蝠捕食提供了保证。逐人而居，可在屋檐下筑巢。这种巢比潮湿的山洞优越，可卧可躺，温暖舒服，而且比倒挂着身体省力多了。

但也有弊端，那就是容易引来蛇的偷袭。

蝙蝠选在檐下做巢的居所多为老屋。年深日久的老屋无论是墙壁还是房顶都会有裂隙或孔洞。这既为蝙蝠筑巢提供了方便，也为游蛇入侵创造了条件。

一次，邻居家要拆除旧房、重建新房，我去帮工。

“帮工”，是20世纪六七十年代农村普遍实行的一种互助建房模式：谁家盖房，各家几乎都要派出劳力前去义务帮忙——谓之“帮工”，直至房子主体盖起来。

拆除老房时，揭开屋檐的一块青石檐板，眼前的情景把人惊呆了：一条比拇指还粗的中等乌梢蛇正将檐下蝠窝中的一只幼崽吞在口中！另一只蝠崽在旁边吱吱叫着，吓得浑身发抖。

几个年轻人正要对乌梢蛇采取行动，负责盖房的“大了”（类似总调度）闻讯赶来把我们制止了。他说：“蛇为玄武神，玄武吞蝠是建房事主的吉兆，万万不可伤害。”于是，大家只得把乌梢蛇连同它口里的蝠崽一同“请”到了村外草丛……

蝙蝠主要在夏季产子，每胎多为2崽，6周后断奶，断奶后才会离开巢穴或栖息地。

4

京郊地区除了有常见的家蝠，还有野居的洞蝠。

洞蝠多居住在潮湿的山洞里，休息时身体倒挂在洞顶或洞壁之上。

那一年，几个伙伴去燕山小溪沟考察一个喀斯特溶洞。这个溶洞是村民开挖松香石时发现的。大家背着绳索，拿着手电、火把在向导带领下攀到了洞口。进入洞内数米，向下倾斜的坡度开始变得陡峭。勇敢的向导率先拽着绳子一步一蹬悠了下去。伙伴们也陆续攀着绳子下到洞里。落脚处是一个悬挂着钟乳石和石花的洞厅。突然，有一些黑影在洞中飞舞闪现。大家都吓了一跳，赶忙用手电追寻查看，原来是许多蝙蝠在洞中飞舞！再仔细观察，洞顶和洞壁上竟吊挂着数百只黑色蝙蝠——这是一个蝙蝠洞。洞顶不时有水珠滴下来——滴答、滴答、滴答……让人感到一种莫名的恐怖。

洞底堆积着许多蝙蝠粪，还有被虫子啃食的小蝙蝠尸体。

看到这情景，大家都泄了考察的兴致，便提前撤出了洞穴。

野外洞蝠为什么会选择倒挂休息的方式呢？

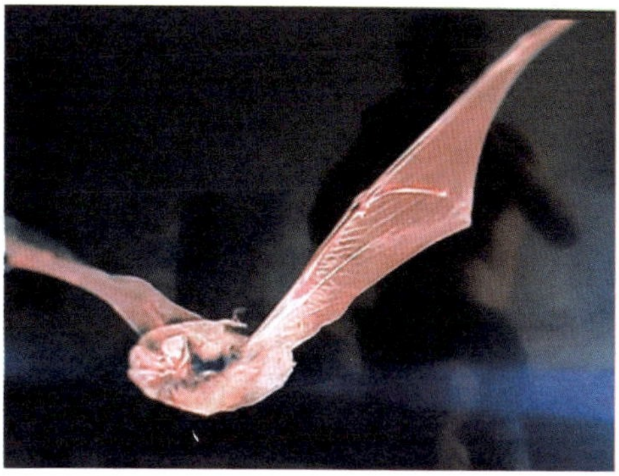

▲蝙蝠在飞翔中捕食

原来，蝙蝠的前肢十分发达，上臂、前臂、掌骨、指骨都很长，并由一层薄而多毛、柔软坚韧的皮膜从指骨一直连接到肱骨、体侧、后肢及尾巴之间。这便构成了蝙蝠独特的飞行器官——翼手。而它们的后脚则又短又小，且被翼膜连住行动不便。正是这种特殊的身体结构，使它们落地时只能伏在地面而无法站立；若要移动，仅能笨拙地用爪一点一点向前爬行。

此外，由于蝙蝠起飞必须借助滑翔之力，所以必须爬到一定高度才可随时展翼飞翔。而高处没有托举身体的支撑物，只好用一对后腿抓住石壁让身体倒垂下来休息。经过一代一代的传承演化，洞蝠便形成了身体倒挂的生活习惯。

洞蝠也好，家蝠也罢，它们基本上以捕食昆虫为主。

然而，几年前，京郊房山霞云岭一带竟发现了会捕鱼、会吃鱼的大足鼠耳蝠。

那一天，接到朋友海忱打来的电话，说中央电视台科教频道要播出他们近日拍摄的专题片《吃鱼的蝙蝠》。片子拍摄地点就在房山区霞云岭乡。

海忱在中央电视台科教频道工作，曾拍过多部有价值的专题纪录片。得知这一消息后，我们准时收看，果然让人大开眼界。

2002年，中国科学院年轻的动物学博士马杰，在北京房山区霞云岭乡展开考察研究时，发现了成群悬挂在山洞顶部的大足鼠耳蝠。

摄像人员潜心追踪，终于抓拍到了大足鼠耳蝠在库区水面抓捕小鱼的精彩画面！

一些学者认为，食鱼蝙蝠的祖先可能是由常在水面上捕食的蝙蝠进化而来。它们在追捕水面昆虫时偶尔也会捕捉跳出水面或浮到水面的小鱼。由于小鱼较昆虫营养价值更高，因而抓捕小鱼就渐渐成了这种蝙蝠谋生的主要手段。

世界上能捕鱼的蝙蝠一共发现了四种：南美的索诺拉鼠耳蝠，墨西哥的兔唇蝠和南兔唇蝠，中国的大足鼠耳蝠。它们的共同特征是：后足异常发达，长而锋利的爪向前弯曲，非常适合捞鱼。捕鱼时，先通过超声波定位，继而发起进攻，只不过是用后爪来捞抓，而不是用嘴去捕。

京郊存在的多种蝙蝠，构成了我们身边一个独特的飞翔哺乳动物世界。

科普链接：普通蝙蝠属于哺乳纲、翼手目、蝙蝠科、蝙蝠属动物。翼手目是哺乳动物中仅次于啮齿目的第二大类群，是唯一演化出有真正飞翔能力的哺乳动物，我国古籍中称其为“伏翼”或“天鼠”。翼手目可以分为大蝙蝠亚目和小蝙蝠亚目，全世界共有19科、185属、961种。大蝙蝠亚目体形较大，多以水果为食；小蝙蝠亚目体形较小，以食虫、食肉、吸血为生，主要包括蝙蝠、蹄蝠、菊头蝠、叶口蝠、吸血蝠等10余科。蝙蝠昼伏夜出，主要靠超声波回声定位系统在空中捕食昆虫。京郊地区的蝙蝠多为小型蝙蝠，也称东亚家蝠或家蝠，以捕食昆虫为主。

抢救小刺猬

刺猬是一种常见的哺乳小动物，山区、平原，甚至城市居民区都能见到它们的身影。

1

20世纪80年代初，我还当小学教师的时候。一天，放学了，校园边的玉米地里围了一群学生。他们或用石头，或用土块向地里砸着什么。我走过去一看，原来是一只小刺猬。小刺猬团缩着身子，被砸得口里流出了鲜血。我急忙上前制止了孩子们。

“小刺猬还能活吗?”刚上四年级的女儿问道。“我们试试吧。”我让女儿去办公室拿来一个纸盒子，然后用两根小木棍把小刺猬夹起来放到纸盒里。

小刺猬被带回了我的家。由于我的示范，孩子们对小刺猬也开始友好起来。

晚上，我给它喂水，给它吃苹果，可小刺猬理也不理，依然蜷成一个球。我担心它被砸坏了，可能熬不过这一夜。然而，早起打开纸盒一看，哈——盒里的苹果全被吃光了，它还活着！尽管还是蜷着身子，但我知道，它这是做出假象在蒙骗我。

我家住学校的平房宿舍。一大早，学生们就给小刺猬带来许多好吃的，花生、苹果、香蕉，女儿俨然成了小刺猬的保护神。她一面批评大家昨天不该砸伤小刺猬，一面指挥大家把东西放在纸盒旁边。就这样，小刺猬成了我家的一员。

在一家人的精心照顾下，小刺猬的身体一天天恢复，精神也渐渐好起来。

这天晚上，大家正在看电视，突然听到一阵老头儿似的咳嗽声。女儿先是凝神静听，继而高兴地叫起来："爸，是小刺猬在咳嗽!"她打开纸盒把小刺猬端过来。

果然，小刺猬正痉挛着身子，发出一声声剧烈的咳嗽。女儿怎么知道是小刺猬在咳嗽呢？原来，她学过《刺猬》这篇课文，是从课文中知道刺猬会像人一样咳嗽。

"一定是感冒了，给它吃点儿药吧?"女儿说。

于是，我们找来感冒冲剂，拌在米饭里喂给它。第二天，小刺猬果然不咳嗽了。

小刺猬的胆子越来越大。女儿放学回来，纸箱子里常常没有了小刺猬的踪迹。找啊找，有时在床下发现了它，有时在鞋子里发现了它。

小刺猬是个骚味十足的家伙，几天过去，屋子里就弥漫了难闻的气味。

这天夜里，我突然听到了"咯哧、咯哧"挠东西的声音。打开电灯一看，原来是小刺猬在挠门。啊——我知道了，小家伙儿一定是恢复了健康，想回到自由的田野中去。

▲草坪中的小刺猬

见我盯视着它，小刺猬连忙蜷起身子不敢动了，亮晶晶的小眼睛看着我。看它那可怜的小模样儿，我真想笑。为了消除屋子里的骚味儿，也为了让小刺猬回归大自然，经过和女儿商量，大家一致同意把小刺猬放走。

那天早晨，我们抱着纸箱走到很远很远的玉米地里才把它放出来。小刺猬先是滚成一个球，怎么也不肯舒开身子，直到我们退出很远，它才警觉地展开身子迅速向玉米地深处爬去。

2

几天前的一个早晨，思敬忽然给我打来电话，说编辑部小楼旁的草坪里发现了一只刺猬，身上长满了奇怪的寄生虫。我顿时感到兴奋，在楼群的草坪里发现了刺猬，真是一件奇事。这说明我们的生存环境有了好转，不然，在野外生长的小刺猬怎么会跑到楼群里了呢？我急忙赶了过去。

正值春分时节，天气变化无常。两天前还是风和日丽，气温一下子上升到28℃，可今天竟骤然下降到8℃，夜里气温接近0℃，达到了冰点。

小刺猬怎么会在这个温度中出来了呢？

匆匆跑去一看，我顿时惊呆了：小刺猬蜷缩在草坪里，身上长满了一种可怕的寄生虫——“狗豆子”！

为什么叫“狗豆子”？因为这种寄生虫常在狗身上见到，形如黄豆，严重危害牛羊等家畜。

“狗豆子”的学名叫蜱虫，又叫牛血虱，身体小而扁平，没有翅膀，刺吸式口器，是危害哺乳动物的一种体外寄生虫。

蜱虫吸血十分贪婪，刺吸式口器刺入动物体内后就叮住不放。它们长得很快，扁平的身子很快鼓胀起来，成虫犹如熟透的蓖麻子。若虫期它们像一片褐色的荞麦皮，人们俗称“草爬子”，常被牛羊带到山上散落在草丛中。“草爬子”可以通过与动物接触而传播，也会在上山行走时被叮上。小刺猬身上长了这么多蜱虫，不外乎是由这两条途径传染的。

小时候，常见牛羊脖子下面叮着一颗颗“狗豆子”。

长了“狗豆子”的牛羊，由于血液被一点点吸走，身体显得十分瘦弱；如不及时清除，很可能衰弱而死。

眼前这只小刺猬浑身长满了“狗豆子”，怕是难逃被吸死的厄运了。我和思敬不禁心生怜悯。

小刺猬艰难地爬了几步，见有人走来就蜷起了身子。我们找来两根小木棍做成“筷子”，蹲下身帮小刺猬清理身上的寄生虫。

蜱虫实在太多了，经过一冬天的吮吸，一个个长得鼓鼓的，布满了小刺猬的刺缝之中。这些吸血鬼，嘴刺进小刺猬的皮肤里，用“筷子”夹都夹不下来。

思敬摁着小刺猬，我则夹着这些吸血鬼用力往下扯：有的蜱虫被夹破了肚子，有的蜱虫被揪断了头……

经过半个多小时的“战斗”，我们共为小刺猬清除了80多个蜱虫。用脚一搓这些吸血的家伙，地面竟被染得血红一片！

清除了可恶的寄生虫，我们把小刺猬放到草丛向阳处，希望它能尽快回到自己的家里。

然而，第二天清晨，小刺猬依然在原处蜷缩着没有离开。

这天夜里，气温已降至-2℃，它一定是被冻坏了。

按正常规律，刺猬要到20℃才开始外出活动。这样下去，它一定会被冻死的。

怎么办？我们决定把它暂时寄养在办公室。待避过寒冷，天气转暖，再把它放归大自然。

找了个纸箱将它放进去，悄悄把它抱回了办公室。为了根治蜱虫，我们又对小刺猬进行了复查，果然又发现了许多小“吸血鬼”。为了彻底消灭它们，我们对小刺猬实施了二次清理：用铁

▲在草坪觅食的小刺猬

尺翻拨着刺针，将发现的小蜱虫用镊子夹出，先后又消灭了100多只！

不知是摆脱了寄生虫后浑身轻松，还是屋里暖和，小刺猬竟舒开了身子，连连张嘴长出气。我们也如释重负，买来一块蛋糕放进纸箱。

我猜想，明天小刺猬一定会活跃起来。

第二天，当我们掀开纸箱，想把带来的苹果、花生等好吃的放进去时，不禁大吃一惊：小刺猬直挺挺躺着——它死了！

突然想起昨天它舒展身子长出气的情景。我恍然醒悟过来：哪里是什么身体轻松啊，分明是死亡前的回光返照啊！

前几天的高温把小刺猬催醒了，由于浑身被蜱虫咬得心烦意乱，终于无奈跑了洞穴；而这两天又气温骤降，它被冻在了野外……虚弱异常的身体，冷热温差的骤变，众多蜱虫的吸食，几重不幸叠加在一起，终于使小刺猬走向了死亡。

想想小刺猬命运，我不禁十分感慨：野生动物因为是野生，所以生命就显得十分顽强；可又因为是野生，故禁不住疾病、寄生虫和恶劣环境的折磨，生命又显得格外脆弱。

这是我抢救的第二只小刺猬，它没能像第一只那样活过来。

▲小刺猬捕食草坪和地下的各种小虫子

3

看了一部欧洲某小镇居民善待野生小刺猬的专题片，让人十分感慨。这里的人们非常喜爱小刺猬，专门在小镇为它们建造了许多简易“住宅”，并投喂一些应急食物。小刺猬虽然也躲人，但不怕人。它们与人和谐相处、显得其乐融融。

近几年，我们居住的燕化星城生活小区也频繁发现有小刺猬出没。

夏季的夜晚，在朦胧的月色里，一个毛球似的小东西穿过公路，快速向附近的草坪蠕动。

当人们看清是小刺猬时，不禁惊奇呼叫，招惹得许多人前来围观。尤其是一些小孩子更是被深深吸引过来。

小刺猬被围在人群中间，一个大一点的孩子竟把抱成一团的小刺猬当足球一样踢了一脚。

我赶忙制止了这一行为。问大家喜不喜欢小刺猬？愿不愿意看到小刺猬？如果喜欢，愿意，就应该爱护它们，帮助它们，这样小刺猬才能在我们的小区生活下去……

孩子们恍然大悟了：是啊，在我们的生活小区中能经常看到小刺猬，那该多有意思啊！

我告诉孩子们：小刺猬虽是野生动物，但喜欢与人做邻居。它们夜间出来捕捉草坪中的各种小虫子，吃人们丢弃的瓜果，对草坪生长很有益处……

孩子们频频点头，都自觉地让开一条路，让小刺猬回到了草坪中……

如今，小刺猬在草坪中出现的频率明显增多。而一旦小刺猬出现，大人们除了和孩子一起观察、拍照，还会讲小刺猬的生活习性，讲保护小刺猬的意义，给小刺猬投喂一些瓜果食物……

小区的生态环境在改善，人们的容忍度、关怀度在增加。小刺猬已逐渐成为孩子们熟悉的“动物明星”和常驻“居民”。

科普链接：刺猬属哺乳纲、猬形目、猬科动物，在苏南又被叫作“偷瓜獾”，广泛分布于欧洲和亚洲北部，中国北方和长江流域分布很广。刺猬体肥矮，爪锐利，眼小，浑身有短而密的尖刺，多在夜间活动，以昆虫和蠕虫为主要食物，也吃幼鸟、鸟蛋、蛙、蜥蜴等，偶尔也吃农作物，遭遇敌害时能将身体蜷成球状，尖刺朝外以保护自己。

深山金钱豹

金钱豹是仅次于老虎的肉食性大型走兽，善跳跃，会爬树，身体强健，行动敏捷，聪明凶猛，以猎食山羊、野猪、鹿类动物为主，也抓捕鸟雀和啮齿类动物。食物匮乏时，它们甚至会袭击家畜和人类。

由于棕黄的皮毛遍布黑褐色的金钱花斑，故称金钱豹。

金钱豹分布的地区较为广泛。我国的金钱豹主要有华北豹、东北豹和华南豹3个亚种。

华北豹主要活动在河北、山西、陕西北部一带，以山西较多。东北豹生活在大、小兴安岭和吉林东部山区，现已濒临绝迹。华南豹生活在江南诸省，原来数量较多，但由于过度捕杀，种群数量已急剧下降。

1

少年时曾读过一本小书，名为《虎满堂怒打金钱豹》，是著名儿童文学作家陈伯吹写的，由美术大师杨永青插图。书中讲的是少年虎满堂在山里遭遇正要伤人的金钱豹，并勇敢打死了金钱豹的故事。

一位十几岁的少年，面对凶猛的金钱豹勇敢无惧，且拼命打死了豹子，确实让人激动赞叹。

但真有这样的奇事吗？我一直心存怀疑。

1975年，广播里报道了湖北神农架林区女民兵陈传香勇斗金钱豹的事迹。

陈传香正和女社员科正玉在洋芋窖里选种，突然听到山坡上

▲深山金钱豹

传来了小羊的惊叫。原来，一只金钱豹正追过来。狂奔的小羊恰巧跑到科正玉不满三岁的孩子跟前。意外发生了，金钱豹丢下小羊扑向孩子。陈传香不顾一切向金钱豹冲去。见有人跑来，豹子转向陈传香。陈传香躲过豹子的一扑，弯腰拾起一块石头向豹子猛砸过去。豹子大怒，反身蹿起一人多高再扑过来。陈传香正要躲避，发现科正玉站在身旁，急忙拉一把科正玉躲过了豹子。不料，金钱豹突然反翦过来，一下扑倒了科正玉，并张开大口向她头部咬去。危急关头陈传香不顾一切骑上了豹背，双手用力将豹的脖子向上勒起。豹子大吼一声蹿出一丈多远想甩掉陈传香，但陈传香就是甩不掉。民兵和社员闻讯赶来，一顿木棒猛击，豹子口鼻流血被打死了……

这两个故事都表明，勇敢机智、临危不惧，人是有可能打死豹子的。但这样的几率，如同武松打虎一样实在太低了。

我的故乡属京西大房山山脉，处于丘陵与山地过渡地带。有山但不高，有林却不密，故大型猛兽并不多见。20世纪50年代初，乡人曾捕获过灰狼。有人仅在北部大山中见过游走的金钱豹，但从没见过老虎。

与故乡相距十几里的大房山下的金陵，清道光年间曾有老虎出没的记载。附近还留下了“老虎山”“卧虎岭”等许多与老虎有关的地名。

▲树上金钱豹　　晋国威 作

公元1153年，金代海陵王完颜亮将都城自东北会宁府迁到北京，始称金中都，并随后将祖坟迁到大房山脉的云峰山下。

到了清代，完颜氏后人麟庆所著的《鸿雪因缘图记》中，曾绘制了一幅《房山拜陵》图并附有一篇游记。

麟庆为金世宗旁支二十四代孙，嘉庆十四年进士，曾任安徽徽州知府、河南按察使、湖北巡抚等官职。在《房山拜陵》图和游记中，麟庆记述了拜谒金陵的所见所闻。

一行人正游览时，“大风忽来，木叶簌簌有声，陵户呼曰：‘虎至’。急登台望之，遥见一羚羊窜过西岭，一虎下饮于溪。陵户曰：‘此守陵神虎也，不可惊。’须臾，返风虎去”。

看到金陵郁茂的树林和清澈的溪水，再仰视雄神古秀的大房山，麟庆不由发出了“家山四面俱全，始伸夙愿”的感慨。

由此可知，京西大房山清代尚有老虎出没，还能见到老虎追捕羚羊的场面。但到了民国年间，由于连年战乱，人口增加，挖煤烧灰，大房山一带就再也没有了老虎的踪迹。

没有了老虎，豹子就成了大房山脉中最大的食肉动物。

2

豹子的领地大小，主要取决于领地内可捕获猎物的多少。猎物较多，领地相应就小一些。猎物较少，活动的领地就会大一些。十几平方公里，几十平方公里都有可能。

解放初期，山里林茂人稀，野猪、黄羊、獾子、狐狸、野兔、山鸡随时可能遇到。这就为豹子的生存捕和猎提供了条件。

豹喜欢夜间、凌晨或傍晚出没，常在山林中巡视游荡，一般不会主动攻击人。

与其他猫科动物一样，豹子会在丛林掩护下悄悄接近猎物，并发动突然袭击，咬住猎物颈部或口鼻令其窒息而死，然后把猎物拖上树慢慢享用。

我的故乡与老朱的故乡相隔十几里，同属大房山脉，但老朱的故乡山更高、林更密、走兽也更多。

一起散步聊起儿时的动物趣闻，老朱讲述了少年时所亲历的金钱豹往事。

一天清晨，刚上小学一年级的小朱和同村一位伙伴去八九里外的潘楼村赶集。

潘楼是京西矿务局的一处煤炭集散地，也是十里八乡老百姓的集市和文化娱乐场所。孩子们经常借着买东西到这里理发、看小人书，有时还能看一场民间艺人表演的中幡或“苟利子”单人木偶戏。

赶集可以走一条大路，也可以走一条小路。大路平整一些，但绕远。小路翻山抄近，但险峻。山里的孩子习惯走小路。走小路要贴山腰穿过杏园、口儿村才能到达潘楼。

杏园村因杏树满山而得名。

正是五月杏黄时节。山腰以上的小山杏因为个小、核苦，村民不愿采收而坠落满地。这金黄的杏果便为野猪、黄羊、獾子等动物们提供了丰盛的美餐。

小朱和伙伴拐入一片杏林，发现十几米外一只黄羊正在在地面上快速衔吃杏果。

黄羊是京西山区的一种野山羊，又叫黄羚、蒙古羚，属羚类而非羊类，但形状与羊相似，因皮毛发黄而称为黄羊。

黄羊机警而善跑，见有人靠近，便迅速向西北山谷跑去。

孩子天生好奇且不知深浅，小朱和伙伴立即尾随黄羊追进了山谷。

追了一段路以后，谷中迎面出现一道十几米高的断崖。黄羊三蹿两蹦跳上了一个3米多高的崖坎。

眼看黄羊开始上崖，自知再追也是白费力气，小朱便和伙伴停下了脚步。

就在两人灰心泄气的时候，一个惊人的场景出现了：山崖突出的巨石后面，突然蹿出一只金钱豹，瞬间扑向了迎面而上的黄羊！随着黄羊一声哀叫，金钱豹和黄羊一起跌落到了山崖下……

接着，就是豹子的低吼和黄羊越来越衰弱的叫声。崖下渐渐没有了声响。

小朱和伙伴吓得目瞪口呆，躲在一个树丛里连大气都不敢出。大约几分钟以后，那豹子跳上了崖坎，向崖上巨石方向轻柔地吼了两声，只见一只半大的小豹子欢快地跳出来，踩着崖上石阶奔到妈妈身边……

很显然，这对金钱豹母子早已盯上了那只黄羊，并在其必经之路上设下了埋伏。若真是这样，小朱和伙伴一定也被发现了。只是金钱豹不动声色地利用他们把黄羊赶到了自己的伏击圈……

想到这里，小朱不禁长出了一口冷气，悄悄拉了一下伙伴，蹑手蹑脚快速逃下了山谷。

“老天爷！幸亏有那只黄羊，不然咱俩就可能成了豹子的‘点心’！”

小朱擦着头上的冷汗对伙伴说。

自那次遭遇后，小朱和伙伴很长时间不敢走那条山间小路。

3

马四爷是老朱家的邻居。

解放初那几年，爱倒腾牛羊的马四爷成了村里的养羊大户。每天赶着80多只山羊上山放牧，捎带着割些荆条积攒起来卖钱。

马四爷住在村边，他家的羊圈就在院墙外面。为防止野兽攀爬跳入羊圈，圈周围用石头垒起了近两米高的围墙，还在墙顶用

▲豹子狩猎图　　　　刘申　作

石头压上了一蓬蓬侧卧的酸枣棵子。

高高的石墙，密密带刺的酸枣棵子，再有本事的野兽大概也无法翻过去。

入冬以后，山里的野兽有的蛰伏，有的猫冬，数量明显减少。金钱豹的猎物开始明显不足。

这天傍晚，天很冷，马四爷把羊群赶回圈，关好用酸枣棘编成的梢门，回到家美美喝了一壶烧酒驱寒。

深夜三更时分，睡梦中的马四爷突然被纷乱的羊叫声惊醒。一骨碌从热炕头爬起来，抄起靠在炕沿的鞭杆便开门跑了出去。

难道围墙和荆棘还挡不住野牲口？马四爷带着疑惑和不安跑到了梢门前。

借着淡淡的月光顺梢门荆棘缝望去，羊圈内羊群乱跑乱叫，一只黄色的野牲口眼放绿光正撕咬着一只山羊喉咙……

凭个头、颜色、姿势和身上的黑点，马四爷立即认出那是一只金钱豹！

一股凉气从脖子渗到了脚底。但为了自家的羊群，马四爷别无选择。

“嗨——嗨——”他大声喊叫着用鞭杆拼力敲打梢门。

那豹子果然被吓着了，一次次跃起想逃出羊圈，但一次次被墙顶密密内倾的酸枣棵子挡了回来。愤怒的豹子突然低吼着冲向梢门，马四爷吓得慌乱后退，摔了个仰八叉。

撞上梢门被荆棘刺痛的豹子更加疯狂，把所有愤怒都发泄在羊身上，开始不顾一切地胡乱噬咬。

既不能赶走豹子，也不敢打开梢门，马四爷急得团团转……突然，他想到了过年还剩下的几个“二踢脚”，便迅速跑回家拿了出来。

他快速用火镰打火点燃“二踢脚”药捻，将其立即扔进了羊圈。“嗵——”“二踢脚”只响了一声，第二响却“臭了”。他又点燃一个“二踢脚”扔进去。“嗵——啪——”一声沉重的闷响和一声清脆的炸响伴着火花震撼了羊圈，整个山坳都在轰鸣回响！金钱豹被炮声吓坏了。突然间，只见它把咬死的山羊飞快地摞成一堆，然后登上羊堆，大吼一声飞身跃起，竟一下子蹿出了羊圈……

老朱一家和许多邻居们都闻讯赶来了。大家帮助马四爷打开梢门，进圈查看。只见20多只死羊被摞成近一米高的羊堆，那豹子是踩着死羊堆跳出羊圈的。村里人都被豹子的聪明震惊了！

马四爷损失惨重。为了安慰和帮助他，邻居们都自愿买走了那些死羊。

“合作化以后，我们村开起了白灰窑，开山炸石的炮声每天中午、晚上响两次。加上国家沿着大石河修建108国道，炮声更是不断。豹子、灰狼、黄羊等野兽由此就没了踪影。”老朱说。

我也深有同感。面对山区的开发和人口增加，如今的故乡，不用说豹子，就是獾子、狐狸、野兔都很难见到了。

科普链接：金钱豹，别称花豹、豹子、文豹，哺乳纲、食肉目、猫科、豹属动物。体貌与虎相似，为中型食肉兽类，分布地域较广。雄性体重可达90公斤，雌性70公斤，身长1.5~2.2米，尾长超过体长一半。头圆、耳短、四肢强健有力，爪锐利伸缩性强，善攀爬，全身毛色棕黄，遍布黑斑环纹，形似古钱，故称“金钱豹”，由于数量稀少，已被列为国家一级保护动物。另有一种珍稀黑化个体，被称为黑豹。

悲壮的山狸

暑期，我与老李去京郊十渡马鞍村朋友家小住。朋友姓陈，有很大的院落，养了一群羊，这几年发起了羊财。

马鞍村是十渡北面的一个秀丽小山村。村北几眼巨大的泉水从青石孔中冒出来，聚成一个清澈的潭。从潭里涌流出来的泉水汇成一条长年不息的小河，绕过村东，顺着山谷七拐八绕，最后流入拒马河。潭北是层叠的山峦和茂密的原始次生林，橡、栗、山杏、核桃，还有一架架野葡萄、一片片黄栌林，这里的景色让人充满了向往。

近些年，十渡旅游业很红火。拒马河两岸的饭店一个劲往外冒，去年又兴起了烤全羊，说是蒙古风味，特受游客欢迎。还有山羊拉车，也很受小孩子欢迎。于是，老陈便和十渡的一些农家院签订了供羊合同。我和老陈是老朋友，从小都生长在山里，所以相互很投缘。

老陈是赶山放羊的高手，说起放羊经一套一套的。比如，赶山要穿长衣裤，为的是防止野蜂蜇、荆棘划；得背盐巴、水壶，为的是中午“淡羊”、途中解渴；得知道哪里有草，哪里有泉，这样羊儿才能有吃有喝有趴晌的地方……

远离了城市喧嚣，为体味山村野趣，跟老陈赶山放羊就成了我和老李休闲中的一件乐事。

看老陈在大青石上“淡羊”很有意思。中午，羊儿聚在山腰水泉边，老陈把细细的盐面均匀地撒在几片大青石上，羊儿们就欢快地舔起来。看着羊儿香甜地伸长舌头“哧啦、哧啦”舔盐

▲旅游区山羊拉车很受小孩子欢迎

巴，老陈脸上充满了惬意。

“怎么叫‘淡羊’呢？明明是吃盐嘛？”老李不解地问。

我生在农村，知道“淡羊”是怎么回事，所以没等老陈搭腔就抢先告诉老李：让羊舔盐巴，是生长的需要，也是为解毒。羊儿上山难免会吃有毒的植物，定时让它们舔舔盐巴，既能增强体质，还能帮助它们消化解毒……

“就是嘛，人不吃盐会浑身没劲。羊也是，不吃盐也不行！”听了我和老陈的解释，老李连连点头。

老陈放羊有三手绝活：一是炸响鞭，能把羊鞭甩得山响，为的是吓退走兽，提醒羊群下山。二是打呼哨，能把拇指和食指噙入口中吹出长短不同、响彻山谷的呼哨，那是命令羊群或慢或停。三是甩石弹，能把石弹甩得又远又刁，遇有调皮的羊儿不听话，石头要准确落在羊前头，既使羊儿受到警告，又不致于打伤它们。

豹儿谷离村二里多，有羊群最爱吃的白草、炮仗草、山菊花、酸枣丛。顺谷走上四五百米，有一股泉水从石缝中喷出来，在谷中形成一个潭。这潭和四周的大青石就是老陈羊群中午喝水、趴晌的栖息地。

羊趴晌，是指羊儿们利用中午休息时间喝水、反刍、舔盐巴

▲形似大野猫的山狸子

休息。牧羊人也正好利用羊趴晌的时间喝口清泉，吃点干粮，在羊群附近找个树荫打个盹儿。

这天，我和老李去十渡玩“蹦极”，回到马鞍村太阳已经落山。老陈放羊回来沉着脸很恼火，原来是一只羊羔子丢了。羊是他的心尖子，丢了一只羊羔就是丢了百十块钱。老陈的媳妇一个劲埋怨，烦得老陈和她瞪起了眼珠子：“再废话我扇你——”

“你扇、你扇、给你扇！丢了羊你还有理……”老陈媳妇毫不示弱。我们赶紧打圆场，把这位胖嫂子劝进了屋里。

“这羔子八成儿是让野牲口叼去了。卧晌时48只羊还好好的，我只打了个盹儿，羊一叫就醒了。再一数就少了一只羔子。到泉南一看，黄栌枝子上挂着两绺黄毛，地上还有几滴血迹。”老陈举着那绺儿黄毛让我看。一听说有野牲口，我精神一振，这么多年没见到真正的野兽了，这回莫非要让我们开开眼界？

晚上，老陈望着黄毛发狠。凶手是谁呢？我们和老陈一起分析：是狐狸、野狼、还是豹子？

老李不禁打个寒战：“……真有豹子啊……”

老陈摇摇头：“不像豹子。从叼羊羔子的迹象和地上的脚印，倒像是山狸。”我听说过山狸，可从没见过，我和老李都困惑了。

老陈告诉我们：“山狸是一种小型猫科动物。状如大猫，体长2尺多，毛色棕黄带有褐斑，因为眼上有两道白纹，所以山里人又叫它们白眉山猫。”

“吃了我的羊羔，我要剥它的皮！”老陈骂道。

这天晚上，老陈找出了尘封多年的“虎夹”，并制订了猎捕山狸的方案。

老陈是捕猎高手，20世纪六七十年代，他经常用“虎夹”和钢丝套抓到狐狸、獾子。只是后来野兽越来越少了，他才收手当起了羊倌。

这一夜，我们像要参加什么重大战斗，既不安又兴奋。

第二天中午，老陈的羊群重又聚在了豹儿谷水潭。羊群照样舔着盐巴，照样趴在青石上安静地反刍，可老陈在附近布下了“陷阱”。

泉西岩壁下有两条隐蔽的小路。老陈断定上面一条是山狸喝水的来路，下面一条是喝水后的去路，便在去路一个下坎处布下了“虎夹”。

虎夹的确是让人恐怖的铁“老虎”。两拱带着尖利铁牙的半圆形铁臂紧紧咬合，被弹起的钢板簧牢牢套住。老陈用脚把钢板簧踩下去，两拱铁铗就分开了。再一松脚，钢板簧突然弹起，两拱铁夹“啪”地咬合在一起。

“真比老虎口还厉害！踩上它，别说狸子、豹子，就是老虎也逃不脱！”老李惊愕地连连感叹。

布“虎夹”是个十分精细的危险活儿：先用小铁镐在选好的地点挖一个直径约1尺的平底圆坑做夹穴，几经试放修整后，才能正式放进“虎夹”。老陈踩下钢板簧，挂好保险钩，两拱铁夹自动分成180度平面。小心翼翼将虎夹放入夹穴，再用细土、草叶轻轻撒在踏板上将夹面伪装好。接着是埋好连接的铁链，钉好固定的铁钎，最后轻轻打开保险钩。

经过伪装，下夹处恢复如初。只要野兽踏上去，铁夹就会突然跳起，将其死死夹住。

正午的太阳火辣辣的。羊儿们眯着眼趴在泉边反刍休息。我们选了一处居高临下的黄栌丛做掩护，悄悄注视着岩壁下神密的通道。

等啊等，午后一点多钟，羊群突然发生了骚动，啊——一只棕黄色的白眉大猫真的出现了。它机警审视着，一步一步迈出神密的通道，试探着走向水潭。老李一下子握紧了手中的木棍，老陈赶紧按住了他的胳膊。

大猫似乎对羊羔并不感兴趣，很温和地从它们旁边绕过，走到小潭边伸出舌头“吱啦、吱啦”舔起水来。突然，舔水的大猫狡猾地跳起，转身扑向一只瘦小的羊羔。

奇迹出现了，就在大猫跃起的一刻，老陈的石弹呼啸着飞过去，大猫应声滚落，发出一声长嚎，继而打了个滚儿一瘸一拐逃走了。

我们跟着老陈一跃而起跟踪追击。一切和老陈预想的一样，几秒钟以后，南面小路便响起大猫凄厉的长嚎：“呜哇——呜哇——”山狸被弹起的铁夹狠狠地“咬”住了左前腿。

它拉动着虎夹，拼命挣扎，见有人追来，浑身的黄毛都竖立起来，并向来者发出绝望的嚎叫。

“你还凶，你还凶！”老李挥起木棍吓唬山狸。山狸并不躲闪，而是晃着头，猛然咬住了老李的木棍。木棍被咬得“嘎嘎”作响，木屑纷纷落下。老陈气坏了，举起手中的木棍，向山狸的头猛力砸下去……

山狸长啸一声躺下了，右眼珠被打得冒出来，血喷涌而出，继而浑身抽搐，渐渐停止了挣扎。我帮老李抽出木棍，赶到山狸跟前。它的左前腿已被夹断，只剩下皮肉仍夹在“虎夹”的铁牙中。

“呦——是只母狸子，像是刚下了小崽儿。”老陈指着山狸腹部鼓胀的奶头。

望着山狸鼓胀的奶头和头上的鲜血，我和老李不觉涌出了几丝同情：“老陈，真要是有崽儿，这回怕要饿死了……”

“恶有恶报，谁叫它偷我羊……先吃点干粮，1点多了，反正跑不了，让它多受会儿，吃饱了再来卸夹。”

我们这才感到肚子饿了，一步一回头返回泉边，拿出老陈媳妇做的烙饼裹鸡蛋，一人一张吃起来。

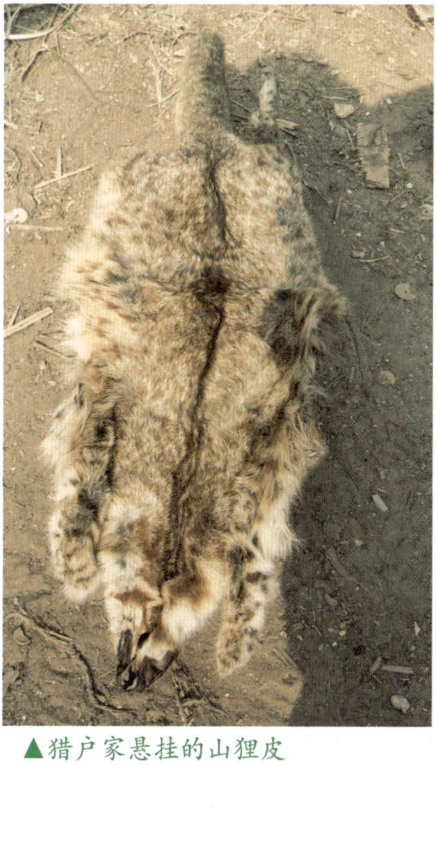
▲猎户家悬挂的山狸皮

半张饼吃完，心里仍惦记着山狸，就又跑到“虎夹”旁。

不好！我不禁大喊：“山狸不见了！不见了……”老陈赶紧跑过来。只见虎夹斜躺着，两排铁牙间还夹着半截狸子腿。

“有种——它咬断前腿跑了……”老陈惊异，老李更是愕然。

我们寻着血迹追去，爬过矮坡，穿过荆棘，血迹伸向茂密的橡子林，最后消失在林中几块巨石旁。

“狸子洞就在石头下面！”老陈边说边用鞭杆拨

开一丛荆枝，下面果然发现了洞口，还浸着鲜红的血迹……

老陈抽出腰间的镰刀，砍去洞口的荆枝。一个半米多宽，一尺多高的洞口便显现出来。俯身看去，眼前的情景让我震惊了：断腿的母山狸艰难地斜躺在洞口里，半缩着断腿，另一支前腿尽力向前伸出，在地上扒出了一个深坑。看得出，它是想拼力爬回洞内，可已没有了力气。三只毛茸茸的小狸崽儿吱吱叫着，摇摇晃晃挤着，正在妈妈腹部争吮着奶头。

一定是饿坏了，除了对洞口的强光略感惊异外，小狸崽像是什么也没发生，仍津津有味地吮吸着母亲渐渐干瘪的奶头……

我冲动地伸出手摸了摸母山狸的后腿，但它一动也没动。

“它死啦……是为了狸崽儿才咬断腿拼命爬回来的……”老陈也沉重地蹲下身子。

“真是伟大的母亲！可狸崽怎么活……”老李深深惋惜。

刚才还对山狸充满仇恨的老陈，此时已充满了怜惜。他把小狸崽一只只拿到怀里轻轻抚摸着、抚摸着……

刚刚睁开眼睛的小狸崽虎头虎脑，肉滚滚的，像淡黄色的小猫，在老陈怀里叫着、拱着，四处找奶吃。

老陈叹口气：“可怜的东西，只能饿死了……”

我拿过一只狸崽问老陈：“难道没有别的办法了？”老陈没有说话，他把狸崽交给老李，俯身将母狸子从洞里抱了出来。

母狸子的嘴微张着，挂着血迹，分明用最后的力气在召唤狸崽儿。血肉模糊的右腿已凝成紫黑色的血痂，圆睁的左眼已没有了金黄的光亮，眼角还挂着一颗凝结的泪珠。

三只小狸崽儿被带回来了。胖嫂子对小狸崽儿也充满了同情。晚上，她熬了稀稀的小米粥加上红糖喂狸崽儿，可狸崽儿只舔舔后就吱吱叫着不吃了。狸崽们熟悉的是妈妈带着腥膻味的奶水。

看着小狸崽儿饿得相互挤撞，吱吱乱叫，胖嫂子长叹一口气说：“这崽儿认准了吃娘奶，怕是养不活……”

老陈“吧嗒、吧嗒”抽着旱烟袋，突然似有所悟：“老婆，能不能给狸崽儿找个后娘?”

“后娘?”胖嫂子睁大了眼睛：“到哪找？说梦话哩?”我和老李也莫名其妙。

第二天清晨，几声羊叫声把我们惊醒了，赶紧穿上衣服来到院子里。

嗬，老陈与胖嫂子正给三只小狸崽洗澡。小狸崽吱吱叫着，在胖嫂子手里使劲挣扎。近前一看——盆里的水是白的，还透出一股浓浓的羊奶味。

“噢——”我恍然大悟：“你说的后娘，原来是正奶羔子的母羊?”

“对喽——”老陈大笑，“一只母羊刚死了羔子，奶子正憋得鼓胀……用羊奶洗洗身，好让母羊认狸崽做羊崽!”

▲狸崽吮奶图　　戴迅 作

由于进行了羊奶洗礼，狸崽认娘的事情进行得很顺利。只是狸崽们不会像羊羔一样跪在后娘腹下撞奶吃。胖嫂便哄着母羊卧下，狸崽们才得以爬到腹下吮奶汁。

母羊的奶很丰富，小狸崽轮番吸吮，直吃得肚子滚圆，打起饱嗝才依偎在“后娘”身边睡着了。

从那以后，每次吃奶，母羊都很自愿地卧下，并伸出舌头深情地舔着每一只狸崽儿。

十几天的避暑小住就要结束了。狸崽们已经睁开了眼睛，长出尖细的虎牙。为了帮老陈养活狸崽儿，我和老李坚持要给老陈留下一些钱以表心意。

老陈坚决不要。他告诉我们，自己会把狸崽儿养大的。

科普链接：山狸，又称豹猫、野猫、狸子、狸猫、铜钱猫等，为哺乳纲、食肉目、猫科、豹猫属食肉动物，头形圆，略比家猫大，全身棕灰色或棕黄色，从头顶至肩部有4条褐色或棕黑色纵纹，中间两条断续延伸到尾基。眼的内侧有两条纵形白纹，与黑纹相间排列。身体、四肢外侧和尾上均有梅花状黑斑。体长为36~90厘米，体重3~8千克，犬齿长而发达，用来捕捉或咬死猎物。攀爬能力强，善游水，主要以鼠类、兔类、蛙类、蜥蜴、蛇类、小型鸟类、昆虫等为食，也吃浆果和嫩叶，捕食家禽和小型家畜幼崽。

爱动心灵

20世纪80年代，一部描写狐狸一家生活的日本影片曾打动了许多中国观众。狐狸父母与子女之间的亲情、友情，老狐狸为给子女觅食不惜铤而走险、豁出性命，以至被铁夹所获的伟大母爱精神，让观众深为感动。

这部完全基于实录性的影片，如一股自然之风和上苍的呼唤，使人们的心灵在震撼中得到洗涤，并在反思中审视人们过去曾蔑视过的动物世界。许多人终于明白了，地球是万物之母，生存权不仅属于我们人类，也应属于和我们共生共长的其他生灵。有了五彩缤纷的生命，我们才不至于孤独，才不至于在自残自毁的荒凉中最后消失。

我的朋友东子就是受到影片洗礼的观众之一。

东子是位善良、真诚、很有爱心的小车班司机。我多次乘坐他的车外出办事，不仅目睹了他珍爱、救助野生动物的行为和爱心，而且得知了一连串让人感动的动物故事。

路遇小刺猬

清晨，小车在去北京的公路上快速行驶。东子突然将车速降了下来。原来，路面上发现了一滩血迹和一只被轧死的小动物。他把车子停在路边走过去一看，是一只已被轧扁的刺猬。刺猬是昼伏夜出的动物，一定是夜间穿越公路时被过往的汽车轧死的。东子心疼地摇摇头，正要上车离去，突然发现路边蜷缩着一只鸭蛋大的小刺猬。东子马上明白了，被轧死的是一只母刺猬，跟在它身后的是出世不久的孩子。望着这个瑟缩着身体的孤儿，一种爱怜涌上心头。若不去管它，不是饿死就是和妈妈一样被轧死。东子从车上拿了一张报纸卷成筒，把小刺猬轻轻拨进筒中，然后打开车门，把它放到了驾驶座旁。

汽车开动了。惶恐不安的小刺猬被持续震动的马达声吓得抱成一团儿，在东子脚下滚来滚去，活像一只毛栗子。直到车停了，它依旧蜷成一团不肯打开。

午饭以后，东子从饭桌上拿了两片火腿肠扔给小刺猬。可它依然团在那里一动不动。看来小刺猬自我保护的本能确实很强。从北京返回车队，东子又给它放了一块苹果，这才把车子开进车库，关好车门。

中秋的天气，晚上气温已降到10℃左右。刺猬属哺乳纲、食虫目动物，主要在夜间捕食昆虫和地下害虫，算得上是益兽。当气温降到10℃以下时，它们便会减少活动，进入冬眠状态。

▲路边小刺猬

清晨起来，东子打开车门，却不见了小刺猬。那块苹果被啃去了一大半，火腿肠也不见了，刹车踏板旁还留下一片尿迹。看来，小家伙晚上已经开斋吃饭。可上下左右找遍了整个车厢还是不见踪影。车门关得严严的，又上着锁，莫非小刺猬有隐形的魔法？东子很失望地坐到座位上，开始发动车子。

驾驶室渐渐暖和起

来。就在东子下意识地把手放到座位布套旁的时候，分明感到套内有些蠕动。低头一看，东子顿时惊喜异常，座位右侧的座套边被撑得鼓鼓的，还慢慢在起伏。

哈——小刺猬原来是从座套后边的开口钻到了座套里面！

看来，小刺猬是吃饱撒尿以后，钻到座套一侧避寒大睡了。

东子不禁为小刺猬的聪明感动了。

从这以后，小刺猬被悄悄养在了驾驶室里。

白天，东子出车，小刺猬在座套一侧里呼呼大睡。晚上，东子为它放好水果等吃食以备夜间食用。早晨，东子为其擦净排泄物，再喷上一些香水。日子一天天过去，乘车的客人们居然没有发觉。

转眼到了10月下旬，天气也越来越冷了。东子开始为小刺猬的冬眠担心起来。寒冬腊月的夜晚，在车子里是过不了冬的。再说，小刺猬越长越大，座套里也容不下它了。最好的办法，是把它放归自然，让它回到自己的群体。

公司办公楼周围是大树和绿地。去年夏天，东子和爱人晚上打着手电筒挖“叽嘹猴”时，曾在绿篱中发现了两只大刺猬。既然绿地中有刺猬存在，何不把小刺猬放到绿地中？

于是，一个阳光温暖的下午，东子用报纸托着小刺猬，悄悄把它放到了有树林遮挡的绿地里。看着小刺猬探头探脑瞪着亮晶晶的小眼睛看着自己，东子说：“快走吧，赶快做窝，找到你的同伴，明年我再来看你……”

车库捉火狐

客运公司的大仓库已经有十几年没有清理过了。里面放满了配件、杂物和废旧车辆。这一日，车队要搞清仓查库、修旧利废活动，动员所有留守司机参加清库活动，东子也在其中。

仓库北邻大山，西邻双泉河，周围长满了荒草，显得很荒凉。

▲美丽的火狐狸

大门打开以后，人们拿着扫帚、撮子等工具鱼贯进入。寂寞的车库立刻热闹起来。“叮叮当当”，大家有的搬东西，有的清除杂物，有的洒水后打扫厚厚的尘土。突然，一团火红从大门东北角倏然跃出，向大门东南蓦然飘去。

“确实像飘一样，”东子加重语气说，“真像一团火——直到大伙儿追到跟前才看清是一只红狐狸！咱这儿我见过的都是黄狐狸，从没见过红狐狸。大伙儿立刻放下手里的活儿全来捉狐狸。”东子绘声绘色讲下去。

红狐个头不大，身子约有1尺半长，但蓬松的尾巴和身子长短差不多。它跑得并不快，悠悠忽忽在人们的空档中跳跃着。人们用笤帚打，用扫帚扑，仓库里弄得乌烟瘴气。

就在人们全部跑到东南角把注意力集中在红狐身上的时候，另一只红狐却带着两只小狐狸从东北角夺门而逃。人们这才大呼上当，急忙跑过去关住大门，并封住了门下半尺高的缝隙。

狡猾的红狐见家人都已逃走，便开始飞快跳跃着寻找脱身的出口。

然而，上过当的人们早已封住了每条去路，所到之处，都有扫帚、笤帚向它袭来。包围圈越来越小，大李的扫帚一下拍到了红狐，并高兴得一步扑了过去。可就在他俯下身子的一刹那，红狐“哧”地撒出了一个骚屁，大李顿时捂着鼻子大叫着向旁边跑开。红狐乘机向东子那面逃去。

东子眼明手快，笤帚闪电般落下，红狐再次被摁在地上。东子迅速脱下工作服上衣，蒙着狐狸头，然后慢慢撤出笤帚，用上衣把红狐整个包了起来。

人们争相围着东子，要看看红狐狸的真面貌。大李更是大骂不止。

东子小心翼翼揭开工作服一角，让红狐露出了尖尖的嘴巴。

愤怒的红狐瞪着恐怖的双眼，张开尖嘴“呲呲”叫着，试图扑咬嘲弄它的人们。

为防止它咬人，东子向旁边的一位女工要来扎小辫的橡皮筋，把它的尖嘴一圈一圈缠起来。火狐仍不屈服，用它纤弱如手指般的双腿前后蹬挠，把东子的胳膊挠出了几道血印。东子不得不把它的双腿也缠了起来。

这是一只公狐。为了使恐惧的红狐能平静下来，东子慢慢给它梳理颈毛，和它轻轻说话，摸它的尖嘴和小鼻子，红狐总算安静下来。

“东子，红狐送给我吧？我得亲手剥它的皮！”大李嚷嚷着。

东子没说话，只是坚定地摇摇头。他完全被红狐的美丽吸引住了。

这是一只多么漂亮的红狐啊！阳光下，浑身的皮毛泛着红亮的光晕。尖尖的嘴，灵动的耳，闪亮的眼，纤细的腿，活像一尊娇贵的艺术品，让人无法想象怎能去伤害它！

想起《狐狸的故事》中动人的情节，想起红狐为掩护一家逃跑而甘当诱饵，想起大李被狐屁熏跑的狼狈模样，东子不禁哑然失笑。一种强烈的放生念头涌上来。

中午，待同伴们都下班走了，东子抱着红狐悄悄来到仓库后面的山脚下："找你的孩子和老婆去吧，以后要多加小心！"

东子松开捆绑狐嘴和狐腿的皮筋，然后敞开上衣。转眼间，红狐便像一片红云飘向山上。

东子如释重负一样远望北山。山顶传来几声悠长的狐鸣。

善待小麻雀

麻雀是生命力极强的鸟类。即使在环境恶化的今天，它们也能顽强不屈地与我们人类相依相伴。

身居城镇楼房之中，眼见一群群麻雀飞来飞去，却很难找到它们的窝搭在何处。

望着楼房墙壁上一个个空调室外机，我时常琢磨：麻雀会不会把窝搭在了室外机里？

而东子讲的故事完全印证了我的猜测。

东子家住在三楼，空调室外机装在窗子右侧。

春天到了，杨柳吐出了新芽，鸟儿们也活跃起来。

几天中，东子发现一对麻雀总是成双成对往室外机上飞。慢慢地，东子发现了其中的秘密。原来，它们是在室外机与托板的空隙中营造了爱巢。两只麻雀一会儿衔来细草，一会儿衔来羽毛，还不时休息一会儿，站在室外机上相互为对方梳理羽毛。

果然，时隔不久，雀儿父母开始轮番在窝里静静孵蛋。很快，几只小生命诞生了。雀儿父母开始忙碌起来，窗外不时传来轻微的"唧唧"声。

东子说："看麻雀喂小鸟真让人感动。大鸟儿飞来飞去一趟趟去捉虫找食。小鸟儿奓着翅膀张着黄边大嘴叫着争食……真的不易！一个双休日，我隐蔽在窗口数了一下，两只大鸟一个多小时就往返喂食30多次！"

之后，看麻雀喂食也成为东子一家人的乐事。

眼见着小麻雀一天天长大，东子刚上初中的儿子心痒得不行，总想抓一只自己养。

可东子告诉他，麻雀气性大，非大鸟儿喂食才肯吃，掏了也喂不活。

这是东子的经验之谈。小时候，东子养过喜鹊，从有几根毛椎（针羽）的雏鸟养起，直养到长满羽毛，飞上树梢回归自然。也曾养大过伯劳和斑鸠，就是没有养大过麻雀。

但儿子不信，既然爸爸有那么多养鸟的经历，儿子为什么不能实践一回？

双休日，爸爸上午出车。儿子乘大麻雀飞出，开窗伸臂从室外机下的鸟巢中掏出了一只雏雀。

这一举动被飞回的大鸟发现了。两只大鸟立刻像发疯一样在窗子上下纷飞鸣叫，甚至激动地撞到玻璃上，再也不去觅食。

▲育雏期的小麻雀

尽管儿子对大鸟说会善待小鸟，会给它好吃的，但大鸟仍旧飞鸣不止。

果然像爸爸说的一样，儿子费尽心机，用各种美食招引，甚至掰着嘴为小鸟填食，小麻雀都固执地一概拒绝。

中午，东子回来了。儿子虽然把小鸟藏起来，可爸爸仍然从窗外大鸟的悲鸣和翻飞中觉出了异常。经一再追问，儿子只得承认了掏鸟的事实。

东子没有埋怨儿子，只是让他把小鸟亲手送回窝里。

很快，焦虑的麻雀父母安静下来。一只飞到窝里抚慰小鸟，一只站在窝门口警惕守卫着。窗外重新又恢复了平静。

从那以后，儿子再也不提掏鸟的事。

小麻雀渐渐长大了，常常站到窝口探头探脑，瞪着小眼睛向窗子里张望。每逢有人在窗里和它们对视，小家伙们就会迅速退回到窝里。

一个月后，不知哪一天，小麻雀跟着大麻雀会飞了，胆子也一天天大起来。它们竟敢落到窗台上，啄食东子父子撒下的大米、小米，有时甚至用小嘴轻轻敲击玻璃窗向屋里人讨食。

它们知道，这家人是自己可信赖的朋友。

狈之有无

汉语中有关狈的成语很多，比如，“狼狈为奸”“狼狈逃窜”“狼狈周章”“狼狈不堪”“狼艰狈蹶”“狼狈万状”“进退狼狈”等。由此可见，狈在汉语中无论是熟知度还是使用频率都是较高的。

对于狈这种动物，平时耳闻很多，但一直无缘目睹，故对其是否存在一直抱有怀疑。

1

中国汉语，尤其是成语，一般都有出处或历史典故。比如，“狼狈为奸”。

唐代段成式在《酉阳杂俎》一书曾记载了这样一则故事：“或言狼狈是两物，狈前足绝短，每行常驾于狼腿上，狈失狼则不能动，故世言事乖者称狼狈。临济郡西有狼冢。近世曾有人独行于野，遇狼数十头，其人窘急，遂登草积上。有两狼乃入穴中，负出一老狼。老狼至，以口拔数茎草，群狼遂竞拔之。积将崩，遇猎者救之而免。其人相率掘此冢，得狼百余头杀之，疑老狼即狈也。”

故事是说：有人说狼和狈是两种动物，狈的前腿很短，每次出行都必须把前腿搭在狼的后腿之上才能一起行走，也就是说狈失去了狼就很难行动，因此世上人便把相互勾结做坏事的人称作狼狈为奸。当初临济郡以西有个坟一样的大土堆是狼窝，附近有狼群出没。前些年，一个人单独路过那里时遇见一群狼。此人惊骇惧怕之极，赶紧爬到了一个高高的草垛上，狼上不去。只见有两头狼钻入狼洞，从里边驮出了一头老狼。老狼到草垛跟前，用嘴扯出了底下的一把草。狼群立即领悟，随后都上前用嘴去拔草杆。草垛眼看就要倒塌了，正好有猎人路过这里救了他一命。于是这个人带领很多人去掘狼洞，挖出近百头狼都杀死了，他们怀疑那头老狼就是一只狈。

类似的故事，我在童年时也曾听到过，只不过情节稍有差异：一位夜行者遭遇狼群追随，急中生智爬上了一棵大柳树。狼群仰望柳树嚎叫无奈。一会儿，一只狼驮着一只前腿短小的狈来到了柳树下。狈看看柳树，看看树上的人，便来到树干前用嘴狠狠啃了一下。群狼恍然大悟，立即开始啃咬树干。随着“咔咔”的啃咬声，树皮被剥开，白花花的树干被咬下一块又一块……柳树干太苦了，群狼咬了几次后纷纷到就近的小溪边去含水漱口。

▲狼狈为奸图　　刘申 作

天快亮了，大柳树的树干已被咬去了多半边，眼看摇摇晃晃要倒下。树上的人拼命大呼“救命”。恰好有一队牲口帮经过这里，打着响鞭，呼喊着吓走了狼群，救下了夜行人。树下却剩下了挣扎想跑又跑不动的狈。最后，这只狈成了牲口帮的战利品。

关于狈的记载，网上资料说最早见于西汉东方朔所著的《神异经》。但查阅了《神异经》并没有见到有关狈的内容。可见网络资料不可轻信，必须亲自核实才可放心。

前腿绝短的狈之所以受到狼的青睐，全在于狈的聪明，在于它发现和对付猎物的超群智慧。也就是说，狈善于想办法，狼则靠狈出主意去抓捕猎物。凭借着狡猾和聪明，狈最终成了狼群离不开的“军师”。

在严酷的自然界，取食是生存第一要务。有聪明的“军师”指点狼群如何获得猎物，自然是难得的好事。狼与狈相互结合并自愿奉养狈也就在情理之中了。

可以说，狈是凭智力获得了让狼群尊敬的生存地位。

2

古人流传下来的关于狈的故事很多，今人记述的有关狈的传闻也不少。

20世纪70年代，一位地质工作者去新疆阿尔金山地区考察。一天傍晚，正准备独自驾车返回营地时，汽车打不着火了。他抬头一看，发现一小群野狼正向自己一点点靠近。

那时候新疆地区的野狼很多。这位地质工作者赶紧关好车门，并试着启动车子。狼群来到跟前，围着车子来回转圈。这时，一只壮硕的大狼驮着一头瘦小狼样的动物过来了。地质工作者突然想起了传说中的狈，顿时吓得有些发抖。幸亏车子启动甩开了狼群，他才得以驾车逃离。由于天色昏暗，他始终没有看清那只怪兽的模样。

20世纪50年代的一个冬日夜晚，山西某地的一辆卡车在半路出现故障熄火了。车子离最近的村庄约有两公里。车上的几个人一商量，决定留下司机，另外几个人去村里找人帮忙。几个人刚走不久，一个路过的狼群便围住了卡车。

留守的司机打开大灯，试图吓走这些不速之客。狼群起初被车灯强光吓了一跳，便后退散开。但经历几次车灯开关后，狼群便不害怕了。它们围着卡车扒住车窗乱挠。司机吓得只好不停鸣喇叭。狼群听了喇叭声开始后退，但发现没有威胁后又围拢上来。僵持中司机发现有两只狼走了，余下的狼继续围守。不一会儿，司机通过灯光发现离去的两头狼又回来了。其中一只狼后背分明还趴着一头狼。它们围着车转了一圈，后背的那只狼“呜呜”叫了几声。那些狼听着叫声，马上聚成了一队，一只接一只轮番跳起来撞击驾驶室的玻璃和铁门。司机恍然明白了：是野狼请来了传说中的狈，并给狼群出了这样的主意！

危急时刻，从村庄开过来的救援汽车赶到了。司机与村民们前后夹击，狼群只得四散奔逃。而那只狈在慌乱中被遗弃了。大家下车后，发现那只前腿短、后腿长的狈还在地上扑腾，村民立即上前用铁锹将其打死了……

类似的故事，在坊间和老百姓中亦有不同版本。足见人们对狈的存在深信不移。

3

那么，到底有没有狈这种动物呢?

《康熙字典》对狈的解释是，“兽名。狼属也，生子或欠一足、二足者，相附而行。离则颠。”

《辞海》解释说：“传说的兽名。旧说，狼狈两兽名。狈前脚绝短，每行必驾两狼，失狼则不能动。”

也就是说，狈和狼应该是近亲，与狼生活在一起，出行要靠

▲狼狈应是有残疾的狼群成员

狼驮着。而一旦失去了狼，其行动能力则受到严重限制，因此便格外“狼狈”。

那么，狈与狼到底是什么亲缘关系呢?

有人说狈是狐狸与狼的杂交后代。因为是杂交后代，故狈有先天缺陷，生出后如狐狸一样有很高智商，但前腿绝短，只能搭在狼背上随行，为狼出主意，便有了“狼狈为奸”的成语。

这一说法可能性不大。狼与狐狸虽同属犬科，但不是同一物种，有生殖隔离障碍，尽管可以像马和驴交配生出骡子一样生出狈来，但其后代会因基因配对紊乱而失去生殖能力。

而《康熙字典》的解释则相对科学一些：“狼属也，生子或欠一足、二足者，相附而行。离则颠。”

这就是说，狈其实也是狼，是狼中生下来缺少一足或二足的畸形儿，是一种畸形的狼，要靠大狼或同伴用后背驮着方能一同前行。

但畸形的狼生存尚需其他狼照顾，智商肯定不会高到哪里。指望它为狼群出什么主意大概也不可能。

那么，狈究竟为何种动物呢？

我以为，狈应该是在捕猎中因各种原因失去前腿的头狼或老狼。这样的狼，在狼群中有权威，有捕猎经验。正是这些长久积累的智慧，才使其在狼群中得到关照，且在关键时刻能为狼群“出谋划策”。

一则资料记载：建国初期，东北地区开展一次猎狼行动，民兵曾抓获了一只狈。但后来发现，那只狈原来是一只被捕兽夹夹断了前腿的怀孕母狼。而背着这只母狼的正是其公狼伴侣。公狼毅然放弃了逃脱的机会，始终保护着断腿母狼，直至被猎杀……

然而，由于狈的传闻纷繁众多，且历史悠久，至今又无确凿的科学影像资料给予佐证，所以只能作为一桩悬案供人们去研究和探讨了。

科普链接：狈是我国传说中的一种动物，为狼的近亲。由于狈的前腿特别短，所以走路时要爬在狼的身上。一旦没有狼扶助，就很难行动。但一直没有发现真实狈的样本。至于狈是否真实存在，至今仍是个谜。多数人认为，狈其实是被捕兽夹夹断前腿的残狼。由于狼是群体生活动物，一般不会遗弃同伴，故有帮助残疾狼一起行动的现象。

猎户老李与白肚母狼

20 世纪50年代初，家乡仍有一定数量的野狼在山里出没。

记得父母常用这样的民谣吓唬我们：“老爷儿（太阳）落，狼来到；老爷儿沾山，狼撒欢儿。”阴雨连绵的日子，趴在南窗那方小玻璃上，常见到村南云雾山的山梁上有三五只结队的野狼嚎叫着走过。

狼属犬科动物，尾垂于后肢之间，足长体瘦，吻尖口阔，眼斜耳竖，毛色随季节而变。

家乡的狼是青灰色的，皮毛略混有黑色，乡人叫它们青狼。平时，狼栖息在山谷洞穴或密林中，到了冬季往往集合成群，捕猎野兔、黄羊或獾子。食物短缺时，也会在夜晚窜进农家羊圈、猪圈或鸡舍，偷猎家畜、家禽，甚至敢袭击小孩子。

1

老李是乡人公认的猎户。

其实，山村的猎户并非以打猎为生，也没有猎枪或鸟铳之类的火器，只是依靠“虎夹”、扎枪之类的原始捕猎工具去捕捉狼、狐、獾、兔等野兽。

老李家住在村外，饲养的家禽、家畜时常遭到狼或狐的骚扰和偷猎；种植的玉米、花生、白薯也常被獾子糟害。为保卫自己的劳动果实，老李就在与野兽的较量中成了村里公认的猎户。对付狐、獾等小一点的野兽，老李的手段和自信绰绰有余。而对付山里的青狼，老李却心存胆怯。青狼不仅凶残，而且聪明狡猾，老李对此深有体会。

一次，睡梦中老李突然听到了院里狗吠。他跳下床拿起自制扎枪大步赶了出去。狗吠声向西变得遥远起来。老李分明感到不妙，提着扎枪飞步向西赶。追到西庵谷小溪时，看家的大黑狗已被咬断气嗓躺在了河边，脖子涌流的鲜血把溪水都染红了。

老李明白了，这是那对青狼的报复。

一个多月前的一个傍晚，老李收工回家。他像往常一样对迎上来的大黑狗亲昵地说："把外边的鸡儿赶回来，让它们上窝!"大黑狗蹦跳着欢叫了两声，像得令一般向院外跑去。

老李脱去上衣，舀上半盆凉水正要洗脸，忽然听见大黑狗在外面发疯般地叫起来。老李下意识抓起门口立着的扎枪一个箭步蹿出了院门。

只见鸡儿们嘎嘎叫着四散奔逃，一只白肚青狼叼着一只母鸡被赶上来的大黑狗咬住了尾巴。

老李大吼一声冲过去，端着扎枪向青狼腹部猛刺。青狼自知不妙，放开口里的母鸡，猛然调身回头，"咔"地一口咬住了刺

▲20世纪50年代京郊山区还有狼出没

过来的枪头……

由于白肚青狼转身过猛，竟把咬着尾巴的大黑狗甩得滚了两滚。顽强的大黑狗死不松口。青狼的尾巴被两股相反作用的力猛烈拉扯，一下子断了！青狼暴怒地长嚎一声，再也不敢恋战，拖着滴血受伤的尾巴，风一样逃进了暮色笼罩下的西庵谷。

从那以后，白肚青狼便与大黑狗结下了深仇。

一个多月后，白肚青狼和它的丈夫——一只深灰色的青狼，在老李家西面的小溪旁设下了埋伏。公狼捉住一只母鸡引诱大黑狗追赶，而白肚母狼则在小溪边柳丛中埋伏突袭。两只青狼前后夹击，终于杀死了大黑狗，报了断尾之仇。

大黑狗死后，两只青狼变得肆无忌惮。老李家的鸡群接二连三被袭击。他不得不把鸡儿们都收拢在院子里。

京西一带山村，为了夜晚安全，农家院门一般都设有一道荆棘梢门。梢门上下各有一道夹固荆棘的木框。梢门一侧设有可旋转的门枢，另一侧栽着别挡梢门的门柱。夜晚来临，将梢门木框抬入别挡的门柱，院子就有了一道坚固的防护屏障。由于梢门是由浑身尖刺的酸枣枝密密编夹，故凶恶的青狼也不敢去碰它。

一天深夜，老李分明听到了院外有猪嚎。他警觉地坐起来披上衣服，提起扎枪来到院子梢门旁。

透过荆棘缝看去，月光下，院外的猪圈门居然被打开！一只青狼守着梢门，另一只青狼正把那只半大花猪从猪圈门向外赶。

眼前的一幕让老李惊呆了：一只青狼用嘴叼住花猪的耳朵，强迫花猪并排而行，同时用断了半截的尾巴用力抽打着花猪屁股。老李认出来了，正是那只断了尾巴的白肚母狼！

花猪在前拉后赶的胁迫下，只得跟着白肚母狼向西走去。

老李再也顾不得许多，抬开梢门大吼一声冲过去，却被守门的公狼挡住了。老李挺抢就刺，公狼轻轻一跳躲过去。再一

▲山野之狼

枪刺去，公狼突然跃起1米多高，躲过枪头直扑老李咽喉。老李火速收枪，用后部枪柄横扫过去。“啪——”枪柄正打在灰狼的嘴巴上。灰狼嚎叫一声滚到了一边。

“嗷——”激烈的搏斗中突然传来了白肚母狼在远处的呼唤。公狼像得到指令一样撇下老李飞奔而去。

当老李和家人寻到溪边时，半大花猪已被咬成重伤，奄奄一息。用背筐背回重伤的花猪，尽管百般呵护，但两天后花猪还是死了。

老李的肺都要气炸了。高高的猪圈围墙上压着密密的酸枣枝，青狼根本无法蹿入。院外猪圈门被一块1米多高的青石板挡着，外面用两根揳入地下的木桩牢牢挡住了青石板。

青狼是如何打开青石板的呢?

经仔细勘查才发现：原来，狡猾的青狼先用锋利的牙齿一点一点咬断了别挡青石板的木柱，然后才拱开青石板，进入猪圈掠走了花猪……

老李发誓：要想尽办法猎捕这对青狼，不然就枉为猎户！

2

那是1956年的初春。老李背着“虎夹”，循着蛛丝马迹，上山寻找青狼出没的路线。经过几天搜寻，老李初步摸到了青狼上下山的路径，并将“虎夹”下在了一个青狼下山必经的路坎处。

“虎夹”是家乡狩猎者的重武器，主要用来猎捕獾子、臊狗、青狼等大型动物。

为保证不误伤乡人，布夹时间一般选在下午收工后的黄昏时分，而巡视起夹时间则选在凌晨四五点钟。

布好“虎夹”以后，一旦有野兽踏上，即使是豹子、老虎也是难逃铁夹之口。

然而，一连几天，老李的“虎夹”尽管都跳了夹，却一无所获。老李知道，是狡猾的青狼在戏弄嘲笑他。

老李冷静了头脑，暂停布夹，背上背筐，带上镰刀和扎枪去山谷深处进一步搜寻。

这天，在一片茂密的山荆旁，他隐约听到了“吱吱”的叫声。

老李悄悄放下背筐，一手持镰刀，一手拿扎枪，弯腰轻轻拨开荆枝，向荆丛内一点点移动……

他终于看清了，原来是两只毛茸茸的小狼在嬉闹！

在它们身后，是一块下部凹进去的花岗岩。花岗岩下面有一个黑幽幽的洞穴，洞口泥土黑亮光滑。

老李断定，这就是那对青狼的巢，小狼一定是它们的狼崽。

四周没有发现异常，大狼分明是觅食去了。

老李慢慢脱下上衣，用一束荆枝轻轻摇动招引小狼。小狼果然好奇地跑了过来。

就在小狼扑抓荆枝的那一刻，老李突然用张开的上衣罩过去，两只小狼一下子被包裹在里面。

当天下午，老李抓住狼崽的消息就传遍了村子。许多人带着孩子到老李家看狼崽。

老李感到很自豪，不顾老伴和家人的反对，把两只狼崽圈在用荆条编成的鸡笼里让大家观赏。

老李没想到，青狼疯狂的寻子报复从当天夜里就开始了。

两只青狼循着狼崽气味找到了老李家。它们冲院里发出撕心裂肺的长嚎。

听到院子里小狼发出的嚎叫，母狼白肚居然不顾锋利的尖刺，向老李家的梢门发起一次又一次失去理智的冲撞。

老李吓坏了，一面用扎枪向梢门外的青狼猛刺，一面吩咐家人猛敲水桶、水盆，用剧烈的声响恐吓青狼。直到天快亮了，村民闻讯赶来，两只青狼才不得不退回了山谷。

从那以后，两只青狼每天夜里都到老李家外面哀嚎，并发疯般到村子里对家畜大开杀戒：今天这家的鸡窝被掀翻了，明天那家的猪崽被咬死了。

一天，白肚母狼居然在大白天冲进了老李家的院子。吓得老李的老伴、孩子躲进屋里反锁上门浑身直打哆嗦。

受损的乡亲们也吓坏了，纷纷找到老李，让他赶快放了两只狼崽。

老李感到窝火、羞愧和愤怒。

两只狼崽狼性难驯，一旦发现有人掀开笼盖，就会呲出锋利的牙齿，发出低沉的吼声。

看着两只小狼崽，想到狼窝旁那棵臭椿树，一个残忍的报复计划在老李脑子里定下来。

晚上，老李把扎枪头磨得格外锋利，并将枪柄锯到1尺长。用铁筷子在短柄上烙出孔洞，拴上结实的麻绳，将扎枪头做成了带绳的“飞镖”。

这天上午，他带上镰刀、绳索和“飞镖”，背上两只狼崽直奔西庵谷深处的狼窝。

狼窝很平静，大概是折腾了一个夜晚太累了，两只青狼不得不去寻找食物。

老李来到狼窝边那棵臭椿树旁，放下背筐，拿出准备好的两根麻绳，打好“猪蹄结”，分别套住了两只狼崽的脖颈。

“猪蹄结”是一种简易而致命的绳结，一旦被套住就会越挣越紧。

一切准备妥当，老李带好镰刀、飞镖和拴狼崽的绳子，攀着树干，仅十几步就爬上了臭椿树。椿树有1丈多高，檩条般粗细。爬到树丫处，老李拉紧拴小狼的麻绳，两只小狼被微微吊起。小狼“吱吱”叫着，晃着身体挣扎，脖子上的绳子越发勒紧了。

3

不知是小狼的叫声发出了信息，还是闻到了不祥气味，两只青狼飞奔着跑回了狼窝。

老李摒住呼吸，静静仇视着树下的一切。

大狼见到了朝思暮想的小狼，欣喜而惊愕地“呜呜”叫着，兴奋地亲吻着小狼，并一次次想把它们叼到自己身边。小狼却尖叫着，发出恐怖窒息的哀鸣。两只青狼一时不知所措。

▲笼子里的灰狼

突然间，两只小狼慢慢腾空，继而疯狂地扭动着身子，渐渐没了声息。两只青狼愣然向上望去，发现小狼是被死对头老李提到了空中！

青狼发疯了！嚎叫着，一次次蹿起来咬住小狼想把它们从绳子上扯下来。但它们不明白，这样做却加快了小狼的死亡进程。

看着青狼歇斯底里的愤怒，老李初时感到解气、痛快，但看到小狼停止挣扎，两只青狼还在做毫无意义的撕扯和解救时，心中不禁涌出怜悯和后悔。

窒息而死的小狼被扯得遍体鳞伤。老李不由得放松了绳子，任它们坠落在地上。

两只青狼“咔咔”咬断了拴小狼的绳子，用尖嘴翻滚着小狼，呼唤着小狼，把小狼叼起来连连抖动。

然而，小狼最终也没能做出任何反应。青狼终于明白了，它们的孩子已经死了！

“呜嗷——”青狼仰望椿树，盯着老李，发出悲痛欲绝的长嚎。“呜嗷——”白肚母狼长嚎一声，突然向椿树疯狂撞去。

“嘭——”椿树剧烈晃动了一下，白肚母狼却躺在树下昏了过去。

青背公狼拼命蹿起来，想爬上椿树，却一次次从树干上跌落下来……

▲解放初期京郊还有灰狼出没

看着青狼失败的表演，老李心中受到了巨大震颤。

一次次失败后，两只青狼明白了，愤怒和拼命是无法报仇的。它们渐渐平静下来，蹲坐在树下开始呜呜交流。

白肚母狼走到椿树旁，突然发狠地啃起了树干："嘎吱——嘎吱——嘎吱——"

随着锋利犬牙的暴怒切割，灰色的树皮被啃掉了，椿树干露出了白花花的木质部。两只青狼交替轮换，向树干发起了轮番啃噬。老李做梦也没想到，两只青狼竟采取了如此坚韧、如此疯狂、如此狡猾的复仇举动。

两只青狼要与他拼命了！

然而，狼的牙齿尽管锋利，但要想啃倒粗壮的臭椿树又谈何容易！

几番啃噬过后，青狼龇牙咧嘴现出痛苦的表情。原来，苦臭的椿树汁液让它们味觉难以忍受。

老李紧张的心情终于稍稍放松了一些。

突然，那只白肚母狼快步离开臭椿树向附近的小水沟奔去。只见它把尖嘴伸进水中喝一口水吐出来，再喝一口水再吐出来……如此反复多次。老李忽然明白了：它哪里是去喝水啊，原来它是在漱口，是在用泉水冲刷口中的苦臭！

转眼间，白肚母狼回来了。它两眼阴森，和青背公狼碰一下头交换了位置，开始更加凶狠、更加疯狂地啃咬椿树。黄白色的木屑不断从口中吐出来，而公狼则跑到水沟边去"漱口"了！

两只狼轮流"漱口"，交替向椿树干发起不屈不挠的啃噬。半个多小时后，粗粗的树干竟被啃下了近三分之一！

一种极度的恐怖向老李袭来：他知道，如此下去，过不了多久椿树就会倒下，自己将无法逃脱被青狼的杀死的命运。

"必须向下面的青狼发起进攻！"老李暗暗鼓励自己。他把镰刀别在腰里，作为万一树倒后与青狼厮杀的最后武器；然后握紧带绳的飞镖，瞄准树下的白肚母狼，狠狠甩了下去。

“嗖——”飞镖向白肚母狼的头部疾速飞去。可就在接近白肚母狼头部的一刹那，飞镖戛然停住被弹了回来。原来，是控制飞镖的绳子放短了。白肚母狼吓了一跳，继而跳起来扑向飞镖。老李赶紧把飞镖收了回来。

为了发挥飞镖的威力，老李做出一个大胆的冒险举动：悄悄从椿树丫处下移1米多，双腿牢牢盘住树干，瞄准啃噬树干的青背公狼甩出了飞镖……

“嗷——”青背公狼突然蹦跳起来，发出令人毛骨悚然的长嚎——原来，是飞镖刺进了它的右眼！

老李心中大喜，正要提起飞镖做二次进攻，突然白光一闪，手中的绳子被瞬间扯脱，身子一个趔趄几乎摔下树去。

老李拼命搂住了树干。

原来，是刚赶回来的白肚母狼把绳子和飞镖一起扯去了！

青背公狼在地上翻滚着、呻吟着，鲜血从伤口处不断涌出来。白肚母狼惊慌地舔着丈夫的伤口，向树上的老李发出了绝望的嚎叫。

它开始不顾一切地啃树、啃树……再也不去水沟里“漱口”，已不知道口中的苦臭。

树干被啃去了一半，树冠开始晃动。老李抽出腰间镰刀，准备做最后一搏，但神经太紧张了，镰刀和树干碰了一下突然从手中跌落下去。

老李冒出了一身冷汗，面对疯狂的母狼，自己已凶多吉少。

惶恐、绝望以及求生的愿望，使他再也顾不得“猎户”的尊严，终于向谷口发出嘶哑的呼救：“救人哪——狼要吃人了——救人哪——狼要吃人了——”

一阵“叮当、叮当”的驮队铃声从山谷小路传来。两个驮队的牲口把式听到呼救声，“啪啪”甩着响鞭，呼喊着赶过来。

白肚母狼只得恨恨离开了快要倒下的椿树，撇下了奄奄一息的公狼……

4

老李获救了。他将两只死去的小狼和受重伤的青背公狼送给两位驮队把式作酬谢，自己则浑身无力、狼狈不堪回到了家里。

这天深夜，白肚母狼在老李家围墙外长嚎奔突，蹿上了铺满荆棘的围墙，跳上了老李家的房顶……

对于决死复仇的对手，老李已没有勇气和它当面较量。

为了捕捉这只发疯的白肚母狼，老李和村人联合行动，在几个关键路口分别布下了三盘“虎夹”。

深夜，歇斯底里的白肚母狼被老李的“虎夹”咬住了。

老李与村人先后赶到，手电光晃住了白肚母狼的双眼，只见它正死命啃咬着被夹住的右腿。

木棍和铁锹纷纷向母狼砸去……

白肚母狼瞬间被打昏在虎夹上。

老李在大家帮助下，把白肚母狼拖进了自家院子里。

第二天早晨，老李家的院子来了许多人。大家满怀惊奇地来看这只让人闻之丧胆的母狼。人们纷纷数落着它的罪恶，称赞老李这是为村人除了一害。

“老李，剥了皮准备干什么？”村里另一位猎户问。

“做床狼皮褥子。”

“那你不能直接剥，得先用烧红的烙铁烙一下它的屁股，这样狼毛就会奓起来。这样的狼皮做成褥子才有灵性，能让你预知凶险呢！”一位猎户神秘地说。

听了这奇特的提醒，老李将信将疑，便按照他的主意，把母狼拖进灶房，在炉火上烧起了烙铁。

烙铁烧红了。老李取出烙铁，猛然向母狼屁股烫去……

“滋啦啦啦啦……”一股蓝烟伴着焦糊味腾空而起。

昏死的白肚母狼受到强烈刺激，突然长嚎一声跳起来，从肛门中喷出一股热稀，正好射在老李脸上……

腥臭糊住了老李的双眼！

就在他擦抹热稀的一刹那，白肚母狼返身跳起，张开巨口扑向老李喉咙……

老李下意识用右手迎上去，半条胳膊一下塞进了狼口……

白肚母狼用最后的力气发狠撕咬；老李则不顾疼痛，用拳头向母狼喉咙深处拼命捅去……

人们纷纷冲进了灶房。白肚母狼和老李已双双躺在灶台旁。

白肚母狼死了，猎户老李也昏死过去。人们费了很大力气，才把老李受伤的胳膊从狼嘴里弄了出来……

为感谢大家的相助和相救，老李不顾伤痛，让家人找来大铁锅，烧起大灶，将剥皮后的母狼肉炖了满满一大锅。

按着乡里习俗，村里各家各户的小孩子都要在大人带领下到老李家吃狼肉、喝狼汤。

古人说：小孩子吃了狼肉，喝了狼汤，从此就会胆量大增，无所畏惧。

白肚母狼成了乡人见到的最后一只灰狼。自那以后，家乡再也没有了野狼的踪迹。

右臂残疾的老李，不知是受到刺激还是良心自责，由此金盆洗手，再也不做猎杀的生计。

那床用狼皮做成的褥子，成了与他日夜厮守的伙伴。

20世纪80年代初，猎户老李作古了。

据说，临死前他叮嘱家人：一定要把狼皮褥子和他一块烧了埋在一起。

科普链接：狼属于哺乳纲、食肉目、犬科、灰狼属动物，共46个亚种，外形与狗和豺相似，尾垂于后肢之间，足长体瘦，吻尖口阔，眼斜耳竖，毛色随季节而变，多为棕黄或灰黄色，略混黑色，腹部呈灰白色。善快速及长距离奔跑，多喜群居，常追逐猎食。以食草动物及啮齿动物等为食。平时，狼栖息在山谷洞穴或密林之中；到了冬季，狼往往集合成群，捕猎野兔、山羊或獾子，也食昆虫、老鼠等。食物短缺的时候，亦会窜入村边羊圈、猪圈或鸡舍偷猎家禽、家畜，甚至袭击小儿。20世纪五六十年代被人们大量捕杀，现为国家二级保护动物。

乡村野狼

现在的孩子，早已没有了遭遇野狼的环境，能在动物园里看一看被囚禁的狼就不错了。若能从老一辈人那里听到一些关于野狼的故事，已算是很大的乐事。

清末文学家蒲松龄在《聊斋志异》中，曾记述了三则屠夫夜遇野狼的故事。

第一则：有个卖肉的屠夫晚上回家，一只狼闻见担中肉味便尾随而来。屠夫用刀吓唬，狼仍旧跟随。屠夫便用钩子钩上肉挂在树上去吸引野狼。狼果然停下来。第二天早晨，屠夫想取回树上挂着的肉，可看见野狼口中含着猪肉，上腭被钩住已经吊死了，于是他把狼皮卖了得到10余金。

第二则：一位屠夫晚上回来，担中只剩一些骨头。路上两只狼一直跟着他。他扔下一根骨头，一只狼得到后停了下来，另一只仍然跟着；他又投下一根骨头……直到骨头没了，两只狼仍旧跟着他。屠夫怕受到前后夹击，便乘机躲到路边的麦秸垛旁。他背靠麦秸垛，放下担子拿刀对着野狼。过了一会儿一只狼走了，另一只狼蹲坐在地上假装睡觉。屠夫突然跳起用刀猛劈狼头，几刀便把那只狼劈死了。他正要走，发现麦秸垛后面一只狼正在挖洞，想从后面攻击他。屠夫立即用屠刀劈砍野狼后腿并杀死了它。原来前面的狼假装睡觉，是为了迷惑屠夫而掩护后边的狼偷袭他。

第三则：一位屠夫晚上回家被狼跟上了。他见道旁有一间夜耕者搭建的小屋，便钻进去藏起来。狼把爪子从门缝伸进去，被屠夫抓住。屠夫没办法杀死野狼，身上只有一把1寸长的小刀，便用刀割破狼爪下皮，像吹猪一样用力向皮内吹气。狼渐渐不动了，屠夫这才捆好它的爪子出来看。那只狼已经被吹得鼓胀如牛，张着嘴，腿都不能回弯了。于是，屠夫把狼背回家杀了。

三个故事都是讲屠夫遇狼的故事。屠夫有刀、有钩、有吹猪练就的本领，所以遇到野狼能险中取胜。若是普通人大概就不会有那么幸运了。

晚上散步，和好友老刘聊起《聊斋志异》中狼的故事。老刘的记忆被触动了，便讲起了他所经历和听到的关于野狼的故事。

1

对狼的恐怖若缘于童年，便会让人一辈子难忘。

老刘的家乡叫刘山堡，是个小山村，周围是大山。他家就住在村头小河边。

刘山堡与附近的中华寺相距不过3里路。

中华寺始建于唐朝，原名灵山寺。据说，灵山寺第四代住持海顺法师养了两条巨蟒。母蟒额头有“中”字斑纹，公蟒额头有“华”字斑纹，两蟒遂称“中蟒”和“华蟒”。后来，“中华”二蟒成仙，成为寺中护法。

清初时，清太祖努尔哈赤打了胜仗来这里祭拜。得知了“中华”二蟒的功德，遂将“灵山寺”改名为“中华寺”。

解放初，中华寺外的大空场是十里八乡村民聚集的场所。做买卖的、换山货的、锔锅锔碗的、上庙进香的，还有说书的、拉洋片的、变戏法的、唱二人转的……

初一、十五，这里成了乡民们约定俗成的集市。

刘山堡虽与中华寺相距3里路，但因为是荒野山路，很少有人敢在夜里行走。

村里的刘二铁20多岁，身高马大，非常有力气，掰手腕全村第一，没人能胜过他。

有力气，有个头，加上血气方刚，二铁便生就了一股天不怕地不怕的愣劲。

二铁爱听书，白天在地里忙农活儿，晚上常邀几个伙伴去中华寺说书场听晚场。那时候没有收音机，没有广播喇叭，更没有什么电视，能去说书场听听说书就是最时髦的文化生活了。

一天傍晚，伙伴们家里都有事情，去听书的只剩下二铁一个人。伙伴劝他：“一个人就别去了，入冬以后听说山里闹狼，万一遇上怎么办？”

“爱去不去，瞧你那熊样儿！怕什么？遇上我就整死它！”二铁气哼哼地说。

于是，二铁手持木棍，一个人去了中华寺。

正是冬闲时节，说书场的晚场也很热闹。一个晚场听下来已是晚上八九点钟。二铁踏着朦胧月色往回赶，脑子里还沉浸在书中有趣的故事里。

山路曲曲弯弯，高低不平，两旁是稀落的树木，北风不时卷起落叶发出“沙啦啦”的响声。

翻过了一道小丘，前面是一片松林。沿着松林小路正往前走，二铁听到后面似乎有什么响动，便下意识地握紧了木棍。

他想回头查看一下，突然觉得有什么东西搭在了他的肩膀上。二铁打了个寒战，用手一摸，居然毛茸茸的，顿时头皮发麻。他知道自己遇到野狼了！慌乱的心一下子提到了嗓子眼！

他立即想到了猎户老齐头讲过的遇到野狼搭背时的对策：绝不能回头，一回头狼就会一口咬断你的喉管……

他稍微放慢脚步，悄悄扔掉手里的棍子，两手突然握住狼的两条前腿猛然高举，让狼头高过头顶；接着用头死死抵住狼的下颌，然后两手同时拼命向下猛拉。狼的下颌一下子被二铁的头卡住了！

野狼遭到突然暗算，两条前腿被牢牢控制，喉咙被挤压得喘不过气来，便慌乱疯狂地用两条后腿拼命乱踹乱蹬。

离村子还有近1里的路程。二铁横下一条心，不管野狼怎样挣扎，只是拽紧狼腿，抵住狼颌，向村里大步飞奔……

野狼的后腿本来有力气，加上窒息玩命，二铁的棉裤被撕烂，接着被蹬掉，屁股和大腿瞬间成了野狼后爪蹬踹的对象……

野狼逐渐减缓了挣扎。二铁终于背着野狼跑进了村里。

当人们掰开二铁的双手把野狼弄下来。那野狼已经没了气息，二铁也昏死过去。

人们把二铁抬回家，只见他屁股、大腿、小腿的筋肉被蹬扯得一条一绺，直至露出了白骨！

挨到第二天晚上，二铁由于流血过多，伤势过重不幸死了。

▲山野中的狼群

2

解放前，刘山堡邻村有一家地主姓郎。郎家放债、租地、做买卖，经营着不小的产业。

要过年了，郎家急着催租讨债。郎少爷不但派人去，自己也到乡下登门催促。

郎少爷学过一些武术拳脚，加上家大、业大、势力大，乡里的泼皮光棍都不敢招惹他。

这一天，郎家少爷去乡下催租，看上了一家佃户的闺女，便赖在佃户家吃饭喝酒，非要人家答应把闺女嫁给他。

佃户拗不过，只好支应着说好话。

一直熬到天黑，郎少爷才一手提着马灯，一手拿着木棍，醉醺醺回家了。

走到一个山谷旷野处，郎少爷发现对面有一对绿莹莹的眼睛迎上来。他不由得打了个寒战，酒也醒了。

那是一只野狼横在不远处！

知道狼怕光亮，郎少爷便甩着马灯冲向野狼。一不小心，人被脚下的石头绊倒，马灯一下子摔出去灭了。

没有了马灯，郎少爷只好爬起来挥舞着手里的棍棒，捕风捉影与野狼展开了一场生死夜战……

半夜之后，郎家见少爷还没回家便着急了，派出许多人四处寻找。

天蒙蒙亮，两个寻人的长工终于在那片开阔的谷地中见到了郎少爷。晨光中，他依然挥舞着棍棒嘴里吆喝着耍来耍去。不远处，一只野狼一动不动躺在了地上……

原来，那只野狼被郎少爷打死了，而郎少爷也因在搏斗中极度恐惧被野狼吓疯了！

人们把多处受伤的郎少爷弄回家里调治，请了许多郎中也不见好转。半年之后，郎少爷死了。

看到这结果，乡人们都摇头叹息，说这是老天的报应。

3

20世纪50年代初，老刘也就六七岁。

由于村子周围的树林中时常有野狼出没，妈妈告诉他："一定不要走远，一定别去树林。邻村的一个孩子就因为去林子里采蘑菇不见了，后来在山谷里发现了尸骨，说是被野狼啃了……"

老刘心里由此留下了恐怖的阴影。

老刘家西面是一片苞米地，苞米地再往西是一条小河。老刘经常穿过苞米地到河边捉小鱼、捞虾米。

为了壮胆，老刘每次去河边都要带上"花子"。

"花子"是一只黑白相间的杂色小狗，聪明、勇敢，能用嘴叼着鱼桶跟在主人后面接鱼，还帮助主人捉到过一只野鸡。

这天黄昏，老刘捉了半桶小鱼，带着"花子"正穿过河边苞米地回家。突然，一只青黄色的"大狗"从河边柳林里钻出来。

青黄的毛，耷拉的尾巴，还有阴森的眼睛……老刘一下子想到了野狼！他顿时毛骨悚然，头发都奓起来了。

野狼慢吞吞地一步一步向他们接近。

老刘慌乱地喊声"花子，快跑……"便拼命向家的方向跑去。

由于慌不择路，竟然偏离了小路，闯进了茂密的苞米地中。

苞米秧"噼噼啪啪"被推倒、撞断。"花子"一路汪汪叫着为自己和主人壮胆。

闯了一段苞米地后，回头一看野狼并没有追上来。老刘这才镇定下来辨明方向，重新回到玉米地的小路上。

就在他回到小路的一刹那，抬眼看到那只野狼正蹲坐在小路中央等着他们！

穿透脊梁的恐怖弥漫了全身！老刘战栗着叫一声"妈"，然后将手里的小鱼桶拼力砸向蹲在路中的野狼！

野狼受到袭击，跳起来躲向一旁。老刘趁机跑过了小路。

待野狼缓过神来要追老刘，可咆哮着的“花子”从后面扑上去咬住了野狼的后腿！

苞米地里，“噼哩啪啦”一阵乱响。“花子”的咆哮声开始很响，但很快就没了声音……

当老刘带着妈妈和村里人拿着棍棒赶来时，野狼不见了，小路上只有被咬断了喉管、喷着血沫的“花子”躺在地上。

老刘抱起“花子”放声大哭。

为了给“花子”报仇，也为了村里孩子的安全，村里组成了临时打狼队。下虎夹、下套子，并捕获了两只狼崽子。

但那只狡猾的母狼不上当：不是把虎夹打翻了，就是把套子咬断了，甚至将一头正在河边吃草的毛驴开膛破肚咬死了。

后来，民兵队长自制了一种带诱饵的炸弹，那只母狼才被炸掉半个脑袋死了。

从那以后，刘山堡的野狼便销声匿迹没了。

猎獾记事

20世纪60年代初，正赶上国家“三年自然灾害”。饥荒给每个熬过来的孩子都留下了深刻记忆。

幸亏国家放宽了政策，允许生产队社员们开垦一些“十边地”自己种些粮食、蔬菜，以补充口粮的不足。

所谓“十边地”，是指在处在房边、宅边、村边、路边、沟边、山边、地边、田边、河边、池塘边的边缘荒散土地。

父亲带着我在村东的坟地边开垦了一块荒地。这地方离村远，又带有“晦气”，人们忌讳来这里，我们才得以获取了这块较厚实的地块。加上一家人施肥、耕耘、除草，地里的玉米长得很健壮，小暑季节就吐出了粉红的丝线。父亲对这块玉米地偏爱之极，几乎每天都要去那里看一看。

它成了一家人不再挨饿、不再借粮、填饱肚子的希望。

然而，就在棒子出怀，开始灌浆的时候，意外的祸害突然降临了。

1

一天清晨，父亲铁青着脸从地里回来。露水打湿了他的衣裤，背筐里装着半筐头带青皮的玉米。

“狗日的！瞧瞧，都是獾扑倒啃剩下的——逮着非剥了它的皮……”父亲恨恨地说。

原来，我家那块“十边地”的玉米被獾子糟害了。

急忙把背筐的玉米倒出来，足有十几根！每根玉米的青皮都被扒开，一排排饱满的玉米粒被啃吃得所剩无几。

早知道有獾扑棒子的祸害，如今却发生在我家地里！

玉米是一家人的心血和希望。我感到格外痛心和愤怒。

獾子是山区常见的中型兽类，和黄鼠狼一样肛门附近有特殊的臭腺，遇到天敌或危险，能喷射出“臭弹”把天敌熏跑。

家乡的獾子主要有两种，一种是狗獾，一种是猪獾。狗獾的数量远多于猪獾。

两种獾体重和身长差不多。成年獾子有二三十斤，体长一般半米多。它们喜欢穴居在自然岩洞，但更多的是在隐蔽树丛或偏僻荒山掘洞而居。

狗獾的样子有点像家狗，头比较扁，鼻子较尖，耳朵、尾巴、四肢都较短，非常适合于挖土掘洞。它们身体矮胖，走起路来一拧一拧的，就像是走台的胖模特。

狗獾的毛色很奇特，从下巴到喉部、腹部，还有四肢都是棕黑色的。身体两侧则白毛成条。三条纵贯的白毛于面部两侧各有一条，中间一条从鼻尖一直延伸到头顶和背部——很像京剧脸谱中的花脸。

猪獾的样子特别像小猪，尤其是鼻子，纵向狭长，下端椭圆，酷似猪鼻，叫声也和猪差不多，毛色习性与狗獾基本相似。

獾子的视力一般不太好，但嗅觉发达，喜欢昼伏夜出，白天躲在洞里睡大觉，晚上出来找吃的。它们食性广泛：掘蚯蚓、逮青蛙、捉老鼠，还能上树摘杏、盗枣、偷梨、采桑葚……总之，逮着啥吃啥。尤其到了秋季，獾子特别喜欢盗食玉米、白薯、花

▲狗獾

生等农作物——那是为冬眠储备营养。

父亲说，从玉米被啃的牙口判断，多半是狗獾干的。为了保护我家即将收获的救命玉米，父亲郑重决定：从今天晚上起，要我和他轮番到“十边地”去值夜看獾！

“都小伙子了，别褪头缩脑的！点根火绳，再带几个爆竹，吓跑它们就行了！”父亲鼓励我。

到坟地边的玉米地值夜看獾，对我来说是一种极恐怖的考验。但迫于父亲的威严和生活困境，我只有接受，别无选择。于是，在玉米地旁搭了个三角窝棚，我开始在无助中看獾值夜。

火绳是用黄蒿拧成的一种草绳，擀面杖粗细，点燃后始终燃着红红炭火，有很强的驱蚊功效。农家每年秋季都要打回黄蒿，拧成火绳，晒干后以备驱蚊或点烟使用。

天黑以后，披上棉袄，拿上手电筒和火绳，带上几个春节剩余的小爆竹，便硬着头皮来到了玉米地窝棚。

大山黝黑，夜空深蓝，明亮的月光给人一丝淡淡的安慰。山谷中不时传来猫头鹰“王刚哥、王刚哥”的叫声。

我捡一些干柴，用茅草引燃，在窝棚口点起了一小堆炭火。火可御寒，也可给人壮胆，还可驱赶野兽，但绝不能张扬，更不能弄成火灾；否则，被追究起来麻烦就大了。

有了火光，獾子不敢光顾。但炭火终究难于延续。待炭火熄灭，只能点燃火绳，挂在旁边枣树上，用绳头上的一点暗红光亮伴我熬过长夜。

真想点个爆竹驱赶一下心中的恐惧，但父亲说了，不到万不得已不能用爆竹，怕引起生产队注意，把“十边地”没收了。

夜深了，月光下去，困意袭来。我靠在窝棚上迷迷糊糊睡着了。忽然，东边玉米地“卡吧、卡吧”的响声把我惊醒了。

“是獾在扑棒子……”我慌乱地抓起手电筒，握起结实的枣木棍想冲过去，可又胆怯害怕起来。

想到父亲的威严，想到玉米棒子被毁，终于横下心向发出声响的玉米地奔去！

与其说是“奔”，不如说是“撞”。我故意把玉米杆撞得“哗啦啦”响，并大声吆喝给自己壮胆。

这一招果然有效，正在偷窃的獾子顿时被我吓跑了。借着明亮的手电光，我看清了是一只肥胖的狗獾。

连续几天，獾子偷盗玉米的计划都被我们搅黄。

这天夜里，聪明的狗獾分明识破了我只是恫吓，居然在遭到驱赶时发起了反扑！

可能是摸清了我的套路，面对手电光照射和大声喊叫，狗獾不再逃跑，而是半立起身子呲牙喷气，气势汹汹地发出连连低吠：“哏——哏——”

我有些慌乱，不由得连连后退。大狗獾得寸进尺，索性扑了过来……我全然没了面子，直向窝棚奔逃——那里挂着獾子害怕的火绳。

飞步来到窝棚旁扯下火绳，“唰唰”甩动几下让绳火变得明亮，我便举着火绳去迎击狗獾。

刹那间，突然想起兜里还有爆竹，便飞快地掏出一个在火绳上点燃，继而向追过来的狗獾扔过去！

“砰——”一声巨响，一团火光！狗獾吓坏了，转身放出一个臭屁，“哗啦啦”消失在茫茫夜色里……

2

连续的轮番值守，我和父亲都累得人困马乏，但总算保住了“十边地”里的玉米。

但严重的问题出现了：由于受到我们驱赶，獾子竟转移目标，把附近生产队的大田玉米扑倒了一大片！

我和父亲忐忑不安，生怕生产队知情后给我们扣上“损公肥私”的罪名。

怎样才能找到两全齐美的办法呢？我突然想到了文星。

文星大我5岁。上复式班时，他上三年级，我上一年级；他上四年级，我上二年级。一三班、二四班，我们曾经一起“同学”了两年。

文星虽然叫“文星”，但不是“文曲星”，学习成绩一直不好，曾几次留级，到小学四年级后就辍学了。

文星豪爽热心，胆子也大，但爱显摆。

一次，他买了一本小人书，趾高气扬地对我们说：“知道吗？新书，反特的，就是不给你们看！”

我们馋得不行，拽着他的胳膊央求：“给我们看看吧，求你了，还是老大哥呢……”文星一脸得意，把书举得更高。

我不服气地说：“反特的？能看看名字吗？真要是反特的，我拿5本跟你换着看……”

“真的？”文星立刻放开手，露出书皮指着念道：“虎——家——却——监——知道吗？”

听了文星的指读，看了书皮上的名字，我不禁失笑说：“哪里是什么虎——家——却——监——，明明是‘虎穴劫狱’吗？”孩子们都哈哈大笑，文星的脸也红了。

于是，大家说话算数，互换了自己爱看的小人书。

几年过去了，我去附近村子读中学，文星则成了村里的青年猎手。

说是猎手，其实只是一种嗜好。狼和豹子等大型食肉动物早在解放初就被打光了。文星只是在劳动之余，用丝套、虎夹等猎具捕捉一些山鸡、野兔、獾子、狐狸之类，充其量是业余猎手。

辍学后，文星看到邻居吕四哥时不时抓只野兔、山鸡以充口福，便在劳动之余跟着吕四哥鞍前马后做起了帮手。

时间久了，耳濡目染，加上胆大心细，文星积累的经验越来越丰富。他利用卖兽皮的钱购置了两盘虎夹，让铁匠铺为他打造了一杆狩猎扎枪，还自制了捕兽钢丝套，成了村里颇具实力的青年猎手。

文星很热心，凡街坊邻居有事找他，都是来者不拒。谁家老母鸡被黄鼠狼叼走了，他去帮助捉黄鼠狼；谁家鸭子被狐狸抓走了，他去帮助捉狐狸；谁家玉米被獾子扑了，他去帮助捉獾子。

眼下我家和队里的玉米遭到了獾子祸害，我终于想到求文星帮忙。

文星若能出马捉住獾子，不但保住了队里和我家的玉米，也免除了我的值夜之苦。

听了我的诉求，加上同学情意，文星慷慨答应：明天早上就与我去地里勘察獾道！

第二天一早，踏着浓重的露水，我陪着文星先后来到我家的“十边地”和生产队大田勘察。

文星没带什么“武器”，只用钩镰枪敲打着露水，分开青纱帐，沿着獾子出没地点，弯下腰对地面细细查看。

辨脚印，查獾道，观地形，问情况，连獾子拉下的粪便都不放过。文星看完“作案”地点，又沿着被灌木遮盖的“獾道”一直跟踪到北面山坡的一个石崖下。

经周密勘察，文星告诉我，这是一个獾子家族，少说有四五只。一只大个公獾，那个大脚印就是它的。还有一只母獾和几只小獾，多半住在悬崖下面的岩洞中。

“哎呀，你也太神了！连獾窝也找到了？”

瞟一眼我惊奇的神态，文星很得意，索性和我讲起了满肚子“獾经”。

“知道吗？獾子是挖洞高手！獾洞短的有几米，长的有十几米！里边支洞纵横交错。”

“多数獾子都有两个窝，冬天住的是老窝，每年都会修整，有几个洞口，是为了防备万一。洞内分主洞和支洞，主洞光滑干净，有用干草、树叶铺成的窝，支洞用来藏粮藏身……知道吗？”

“到了春秋季节，还会在大田附近——土岗或蒿子丛挖个简易洞，建个临时家，一般就一个出口，方便白天休息，晚上找食。知道吗？”

“獾子胆子很小，出洞时先探头探脑看看，觉着没危险了才敢出来。回洞时也很小心，会用嘴头或爪子把洞口留下的痕迹清理之后才进去。如果发现有危险，会立刻搬家——聪明不？”

“獾子也要猫冬儿，十一月进洞，第二年三月才出来……”

“不带夹子、套子，怎么捉它们呢？”我着急地问。

▲秋夜猎獾图　　刘申　作

“现在是侦察，用不着。獾子晚上才出来，太阳落山时才能布阵。再说了，白天下夹子也容易伤人……”

听了他如数家珍的叙述，我折服了：文星确实成了村里不简单的人物！

3

按照文星的安排，黄昏时分，我们背着虎夹、丝套、尖镐、铁钎等猎具，来到早晨勘察好的几处关键点。

在一处半米多高的土坎下，文星布下了第一盘虎夹；在我家“十边地”东侧的地堰下布下了第二盘虎夹。

虎夹是一种古老的捕猎工具，威力极大，由一对弓形铁夹、一个钢板弹簧以及保险钩、踏板、铁链等部件组成，野兽只要被夹住，就很难逃脱。

布夹是一件非常精细和危险的技术活儿。一旦操作不当，铁夹意外合拢，就可能对猎手造成巨大伤害。

文星下虎夹轻车熟路，平稳利索，从挖坑开始，到布好一盘夹子，前后不到10分钟。

伪装后的夹坑与周围环境高度一致，看不出任何破绽，怪不得野兽们会上当呢！

夹子下好以后，文星又在荆棘遮盖的獾道上分别布下了两个活套。

“回去吧，明天起早儿来收夹！”文星看看天色说。

这一晚，我翻来覆去睡不着，总想着文星下夹的情景。

第二天凌晨，我和文星早早赶往布夹地点。老远就听见喘息和铁链的响声。

“打着了——知道吧！”文星欣喜异常。我的心也快要跳出来了！

跑到夹坑一看，哈——虎夹夹住了一只母獾！它是从土坎上跳下时中了埋伏。

獾子拼命挣扎，虎夹已被拖出离夹坑半米多远。幸亏有铁链固定才没被拖走。

母獾的一条前腿和嘴头被虎夹夹住，鲜血从嘴头不断流出。由于夹中要害，无法嚎叫咬人，它只能做无谓的挣扎。

“知道吗？不能心疼。常想贼吃肉的可恶，看贼挨打时才不会可怜它！收获不小——帮我收夹！”

看我有怜悯的神情，文星一边教导我，一边麻利地蹬下钢板簧，松开咬合的铁夹，把獾子拽出来，投进了荆条背篓。

我则急忙帮助收拾虎夹。擦去夹口的凝血，起出固定的铁钎，把虎夹、铁钎等装进我的背筐。

来到另一盘虎夹埋设点时，凌乱的现场却让我们失望：虎夹已起跳咬合，可夹子上空空如也……

仔细检查后，文星从夹子旁拿起了一块石头，脸上现出了惊异的表情。

他指着旁边的一个脚印说：“看——这大脚印，肯定是那只大公獾！是个老油条，太狡猾！知道吧？它是看出了马脚，推了块石头把夹子砸跳了……好——好——”文星举着那块石头，对着北侧山崖点头自语，脸上浮出一丝冷笑。

我知道，文星一定又琢磨什么新点子了。

獾道上，一只半大獾子被布下的丝套勒住脖子，窒息死了。

“傻蛋！这是猪蹄结，进了套儿会越挣越紧，真是个雏儿！”文星不知是在嘲笑獾子，还是在赞美自己。

文星首次出马，就帮我们除掉了两只獾子，全家人非常高兴，父亲甚至要请文星到家里吃饭。

“这算什么？也是信任我！打了獾子我还说请你们吃肉呢！放心，一个月之内，它们肯定不敢来捣乱了！”文星很仗义地说。

獾肉当然不能要，那是文星的战利品。但我家收下了他送给的一小瓶獾油。

在缺医少药的农村，獾油是治疗烫伤、烧伤、冻伤的有效良药。抹上一点，不但伤口好得快，而且不会留下疤痕。

果然如文星所说，自从遭了那次打击，獾子再也看不见了。直到我们收完了大秋。

4

由于文星帮忙，“十边地”的玉米保住了，我也免除了值夜看獾之苦。

我和文星成了好朋友，对狩猎也产生了兴趣。

以后的日子，只要有空，只要文星需要，我都会跟着他翻山越岭当助手，对狩猎的门道和规矩亦了解了不少。

狩猎是一种杀生行为，多是因保护庄稼或家禽、家畜不得已而为之，故猎手们都遵守着不成文的规定。

獾子嗅觉敏锐，春暖花开的季节，盗吃播到地里的种子是獾子的一大嗜好，也是村民最头疼的事情。

有春种才能有秋收。若种子被偷吃了，小苗长不出来，秋收就成了泡影。所以，每逢春播时节，都是猎手们最忙碌和紧张的时候。

村西那片刚播上花生种子的大沙地，接连遭到獾子的掘食。队长很着急，让文星赶快想办法整治那里的獾子。文星便带着我在那里布下了钢丝套。

清晨，我和文星去花生地收钢丝套，远远就听见了獾子的低嚎。跑过去一看，原来是一只獾子被套住了右前腿。

由于拼命挣扎，前腿皮肉已被细细的钢丝套勒破，露出了筋骨。我们赶到时，它正在拼命噬咬钢丝套。

文星大步赶过去，将扎枪一下子伸到獾子嘴前。獾子受到惊吓，一甩头咬住了枪尖。此时，只要文星一枪刺过去，獾子就会毙命。但文星把扎枪把交给我，而是掏出细绳突然捆住了獾子的嘴巴。

“这家伙还挺烈性……你看，是只正奶崽子的母獾。”文星脸色显出犹豫和凝重。果然在獾子腹部后看到了鼓胀的奶头——分明是刚生完獾崽不久。

“不行，得放了它！不然一窝崽子都得饿死。打猎得留着青山。尤其是春天，对怀孕和喂奶的母兽能不打就不打，万一打着了也要尽量放生。这是猎手的行规。”

文星说着，松开母獾腿上的钢丝套，并用一条榆树皮为它包裹伤口，然后解开了嘴上的绳子。

“走吧，奶崽子去吧……别再来了！”

我和文星同时放开了它的4条腿。

母獾一瘸一拐跑向附近的柳树丛，还偶尔回头望望我们。

文星脸上也浮现出悲天悯人的庄重。

5

俗话说：“打雁的也有被雁啄眼的时候。”作为猎手，打猎时遭遇风险亦在所难免。

腊月，是猎手们封猎的季节。可村支书问文星能不能弄只獾子为刚进村的“四清”工作队改善一下伙食。

文星很为难，但没法驳书记的面子，只好答应下来。

寒冷的初冬，獾子都入洞冬眠了。要猎獾，只能采取挖洞或烟熏的办法。文星想到了我家“十边地”从虎夹上逃脱的那只大公獾。于是，叫上我再次来到了那座石崖下。

在石崖上下巡视了几遍，文星发现了三个洞口。上面的两个洞口长满了荒草，没有出入的痕迹，显然已经废弃。只有下面的洞口光滑明亮，有新土的痕迹。文星判断，这是新打的洞。可能是上面的洞太冷，獾子才选择在向阳处重新打洞过冬的。

他很高兴：既然是新洞，肯定不会太深，挖掘追踪也就容易多了！

按文星的安排，我去准备熏獾洞的柴草；他则铺上一块旧毡垫，跪在毡垫上开始用尖镐和短锹清理洞口。

由于是向阳背风处，地面只冻了不到半尺深。我和文星轮番挖掘，很快就挖进了1尺多。

但文星很快发现，獾洞的走向发生了改变，由原来的向下，改为向上拐，并向石崖下延伸。挖掘变得十分困难。

“妈的，狡猾的东西，挖洞还不忘做手脚！”文星皱起眉头。

我们决定改挖掘为烟熏。我立即把准备好的柴草抱过去。

荒草被一把把填进洞里并被点燃，一缕浓烟袅袅升起。

文星用力扇着扇子将浓烟赶进洞内，并让我递过一小瓶“敌敌畏”撒在柴草里。浓烈的烟气和“敌敌畏”气味交织着，闻一口就让人喘不上气来。

时间一分一秒过去。洞里分明传出了粗重的咳嗽声。文星立即拿起了钩镰枪。

就在我们凝神倾听的一瞬间，洞内柴草突然带着火星喷薄而出，溅到我们身上、脸上！

原来，是獾子忍受不了毒气，拼命突围了！

就在我们慌乱扑打身上炭火时，獾子已从洞口突出了半个脑袋！文星单手持枪猛刺，但枪把被狭小的空间卡住了！

发疯的獾子张开了獠牙，扑向尚未站起身的文星。文星无法躲闪，便用左臂一挡，恰好塞进獾子的口里……

我吓坏了，慌乱中用短锹去砍獾子。忽听一声大喊，文星和獾子同时摔倒在洞口边！

“文星——”我惊叫一声，扑上去按住獾头。

文星艰难地爬起来，借助我的帮助从獾口费力脱出左臂。

那只大公獾则抽搐着，鲜血自脖颈喷涌而出……

仔细一看，竟有一把尖刀插进了它的脖子……

原来，是文星小腿上捆缚的那把防身尖刀在危险时被派上了用场！

尽管穿着棉衣，文星左臂仍被獾子的利齿咬出了一排深深的血痕。经过短暂休养，文星恢复了健康，但左臂上却留下了明显伤疤。

科普链接：狗獾，为哺乳纲、食肉目、鼬科、狗獾属动物。在鼬科动物中体形较大，肥壮，颈部粗短，四肢短健，尾短，体背褐色与白色或乳黄色混杂，四肢内侧黑棕色或淡棕色。一般在春、秋两季活动，性情凶猛，冬眠，挖洞而居，杂食性，每年繁殖一次，每胎2~5仔，栖息于森林、灌丛、田野、湖泊等各种环境，分布于亚欧大陆大多数地区。狗獾已列入《世界自然保护联盟》2008年濒危物种红色名录。

野猪沉浮

猪是我们最熟悉的家畜之一，位居十二生肖第12位。猪肉是餐桌上的主要肉食来源，比牛肉、羊肉、鸡肉似乎更受大众欢迎，且市场销量始终稳居肉类第一。

过去，京郊农户几乎家家养猪。猪是家庭经济收入的重要来源，是我们生活中不可或缺的肉食主角。猪肉价格的涨落，牵动着物价起伏乃至整个社会的稳定。

而说起野猪，许多人便会觉得生疏多了，因为现在京郊人见到和接触野猪的机会实在太少了。

1

野猪，顾名思义，就是野生的猪类。

资料介绍说，野猪是凶猛的动物。我国东北山林的野猪，体重可达200公斤。东北人曾有“一猪二熊三老虎”的说法。意思是说，野猪的凶猛程度甚至超过熊和老虎。它们通过在泥浆里打滚，用身体摩擦松脂，全身披上了坚硬的“铠甲”，加上巨大的獠牙，黑熊、老虎与其相遇时都要退避三舍。

据说，非洲有一种体型最大的“巨林猪”，雄性能长到体长2.5米，体重250公斤，战斗力非常强悍，甚至敢和狮子单挑对阵。

我的家乡属于浅丘陵半山区。童年时曾有野狼、狐狸、獾子出没，却很难见到野猪的踪迹。

听老人说，京西南房山一带，只有山高林密的北沟和西沟才能见到野猪。

所谓北沟，指的是大石河流经的峡谷山地。所谓西沟，指的是拒马河流经的河谷山川。也就是说，野猪栖息地总要与山川树林联系在一起。

《水浒传》中曾有“野猪林”地名。这也表明，野猪是要借助树林为其提供掩护和生存条件的。

野猪食性很杂，只要是能吃的东西它们都吃：青草、果实、坚果、根茎、昆虫、鸟蛋、老鼠、野兔，甚至会捕食蝎子和蛇。饿极了的雄性野猪还会捕食豹子和狐狸的幼崽。冬天，它们喜欢居住在向阳橡树林中。林子里大量的橡果可以帮它们度过食物短缺的寒冷冬季。

食性广泛的野猪，在京郊深山区曾是常见的野生动物。但从20世纪50年代末便开始急剧减少。原因大约有三：一是人们过度捕杀。夹子、套子、陷阱、猎枪……困顿艰辛的生活使许多人将捕杀野猪作为一种改善生活的手段。二是猛兽捕食。豹子、灰狼

▲野猪重现图 刘申 作

均会把野猪作为主要捕食对象。三是栖息地减少。随着建梯田、开矿山、砍森林的速度加剧，人类活动大肆扩张，野猪的家园被极度压缩，以至不得不走向种群衰落的境地。

好在我们已从环境恶化及物种消失的现实中逐渐反省，并开始重新审视、规划和恢复遭到破坏的生态环境。

近些年，随着植树造林、退耕还林、封山育林，封闭小煤窑、小灰窑、小矿山以及移民搬迁等一系列举措，京郊生态环境得到不断修复。加上野生动物保护法的颁布执行，终于使野猪有了苟延残喘的机会。

20世纪90年代以后，京郊山区的野生动物开始逐渐增多。2000年，野猪被列入中国国家林业局发布的《国家保护的有益的或者有重要经济、科学研究价值的陆生野生动物名录》，终于有了法规保护。在北京市，野猪被列为一级保护动物名录。

近些年来，由于野猪繁殖迅速，天敌稀少，种群数量明显上升，因而被降为北京市二级保护动物。但二级保护动物也是明令禁止猎杀的。

正是有了一系列保护举措，京郊野猪才呈现出不断增长之势。京郊媒体亦时常刊发一些野猪出没的消息。

2

2001年9月，《北京日报》刊登了一则北京市有关部门对全市野生动物家底进行调查的消息。

消息说，1996年，为了摸清北京市野生动物的家底，有关部门花了一年时间对100余名调查人员进行了科学培训。

1997年，由北师大、首师大、自然博物馆专家带队，开始了为期数年的野外调查。调查队员们手拿卫星定位仪，奔波在京郊的山山水水之间，获取了大量野生动物图片、录像和标本资料。

京郊山区的许多地方一直有豺、狼、豹、野猪等野兽出没的的传闻，但就是缺乏确切的调查资料。

而这次野外调查，经过队员们艰苦努力，终于查明了京郊野兽的分布现状。

过去认为数量较多的野猪，经探明约有50只到70只，主要分布在昌平、门头沟、怀柔等区，延庆县也发现有野猪活动痕迹。豺主要分布在延庆、怀柔、密云三个山区县，数量不足20只。狼主要分布在延庆、怀柔、平谷三个县，数量也在20只以内。调查中虽然没有见到金钱豹的活跃影像，但队员们通过追踪痕迹、勘察新鲜粪便和落毛卧痕，判断京郊确有金钱豹存在，但数量少于10只。

京郊多地发现野兽出没的证据表明，北京市北部、西北、西南山林地区已成为野生动物较为适宜的栖息地。

在这则调查里，房山区并未列入上述野兽出没的区域；但之后发生的事件表明，京西南房山深山区亦有野猪等野生动物栖息活动。

2018年8月26日　凌晨1时8分，于先生正沿着108国道往市区开车回家。由于山区视线不好，再加上对道路情况不熟悉，于先生仅将车速控制在每小时50公里左右。当车子行驶到河北村附近时，突然被什么东西猛地一撞，整个车身都晃动了一下。于先生受到惊吓，车子向前开了几十米才停下来。他担心剐蹭了路边停靠的车辆。可掉头回来后发现，路边躺着一头黑乎乎的动物。仔细一瞧，原来是一头野猪。野猪撞到车上后已经死掉了。由于事发在凌晨，天色太黑，于先生便赶紧开车走了。于先生猜测：很可能是事发时野猪正在田里偷吃村民的玉米，听到路边有响动，以为是其他动物来抢食物，才主动蹿出来攻击。事发后，于先生对车辆进行了检查，发现驾驶位的车门被撞进去一块，车左前侧还被撞开一道口子，上面挂着野猪毛。

近些年来，房山区野生动物种类呈不断增长态势，珍稀野生动物屡屡被发现。2016年年末，环保组织在上方山区域就发现了野猪、斑羚、猕猴、中国林蛙、虎斑颈槽蛇、灰林鸮、红隼等野生动物。

而密云和门头沟等山区则更是成了野猪出没的重点区域。

2018年6月，成群结队的野猪光顾了密云县太师屯落洼村。在村民印象中，落洼村此前并没有野猪出没。但今年6月开始，不少村民抱怨，自家的玉米被大型动物给压倒在地里，还留下了猪蹄印。后来，胆大的村民在地里看到了野猪的身影。村民们说，一旦山上食物不足，野猪就会下山觅食。它们多数结群同行，有时母猪带着一群小猪下山。从玉米长出青棒子开始，野猪便不断下山啃食村民的玉米。一晚上大片玉米就被糟蹋光了。

▲野猪母子

从受灾的情况分析，这群野猪应有30多头。吃完了玉米还在地里打滚。从打滚的痕迹看，大野猪差不多有200来斤。

可能是尝到了甜头，下午五六点野猪就敢来到地里，吓得村民一到下午5点就躲回村里。自从出现了野猪，村民也不敢进山采蘑菇了。

门头沟护林员李先生进山巡视时，曾在炭厂村附近窟窿山大西洼一带遇到过一大群野猪，有20多只。这些野猪见到人也不怕，体形也很肥壮。

至于我国南方，由于虎、豹、狼等大型食肉野生动物消失，野猪失去了天敌，种群数量便急剧增加。据统计，浙江省2000年约有野猪2.9万头，到2006年，野猪数量已超过10万头。6年内野猪数量增加了2倍。不少偏僻山地已成为野猪的领地，其活动范围甚至渗入到村庄农田中。

野猪数量的增加，造成了保护与猪害之间的矛盾。这就需要政府有关部门制定切实有效的政策，采取实事求是的举措，在保护野猪与减少猪害之间找到平衡点。既要对遭受猪害的农户给予一定补偿，又要对野猪数量进行适当控制。唯此，才能实现野猪与村民的和谐相处。

3

野猪自古就是人类猎捕的重要兽类。考古挖掘证明，现在的家猪便是从野猪驯化而来的。

远古时期，人们定居生活之后，便开始尝试将捕获的、一时又吃不了的野猪暂时圈养起来。后来发现，野猪圈养后可以为部落提供更多、更稳定的肉食来源。于是，圈养野猪就成了部落生活的重要组成部分。

现在的家猪与野猪相比，其外形差异很大。

野猪前身发达，中后身短小，前半身约占全身长的70%，而后半身只占30%。这种体型非常适合在野外奔跑、防御和攻击。而人类饲养的家猪，由于食物结构发生了变化，肚子里的肠道不断增长，下半身逐渐变得浑圆肥大，并逐渐占到了身体的一半。家猪的生育率也得到极大提高，而原有的野生搏斗能力则基本消失。加上人类一次次拔掉它们用于进攻的獠牙，减弱抑制了獠牙的生长，其獠牙便逐渐退化并最终消失。

也就是说，经过人类长期驯化和改造，性情狂野的野猪，最终变成了今天性格温驯、体态壮硕的家猪。

有关资料介绍说：中国是最早将野猪驯化为家猪的国家。

距今9000多年前的河南舞阳贾湖新石器时期遗址中，曾出土过一个家猪骨骼的标本。这被认为是国内年代最早的家猪。浙江余姚河姆渡遗址亦出土过家猪骨骼和陶猪模型，且许多陶器上都刻有野猪的画像。这既表明了先人与野猪的紧密关系，也形象记录了先人将野猪逐渐驯化为家猪的过程。

通过考古化石中猪骨化石的数量推算，距今10000年到7000年之间，中原地区先人对猪肉的食用率从10%猛增到70%左右，并发现了距今7000年前的大规模养猪的遗迹。

到了商代晚期，圈养的家猪已开始出现成熟的品种。据甲骨文记载，商朝时已经有了猪舍。商周之后，为了让家猪膘肥体壮，不因繁殖而分散精力，先人还发明了阉猪术。

中国现已成为家猪品种最多的国家。

▲人工饲养的野猪崽

然而，随着生活的富足，人们对猪肉品质的追求也越来越苛刻。许多人厌倦了膘肥油厚的家猪肉，竟然对膘少油薄的野猪肉越来越偏爱。

然而，野猪是二级保护动物，猎捕野猪是违法的。

为解决人们偏爱野猪肉而又要保护野猪的矛盾，聪明人便于20世纪80 年代开始引进人工养殖野猪的新技术。特种野猪养殖中心也在多地应运而生。

所谓特种野猪养殖，就是选用优良雄性野猪与优良瘦肉型家猪进行杂交，经人工选育，培养出野猪新品种。这种新型野猪，集家猪、野猪之长，既保持了野猪瘦肉率高、肉质鲜美、抗病力强、适应性好等优势，又克服了野猪季节性发情、产仔少、生长慢和不易饲养等缺点。

人工饲养的野猪肉，脂肪和胆固醇明显偏低，并含有人体必须的十几种氨基酸和亚油酸，深受食客欢迎和喜爱。

岁月沧桑，世事多变。野猪命运的沉浮与变化，折射出社会的进步与发展，也体现出人们环保意识的觉醒。

科普链接： 野猪又称山猪，哺乳纲、偶蹄目、猪科、猪属动物，全世界有27个亚种，曾广泛分布于世界各地。躯体健壮，四肢粗短，头较长，耳小并直立，吻部顶端为裸露的软骨拱鼻，尾巴细短，犬齿发达，雄性上犬齿外露，并向上翻转，呈獠牙状，通过哼哼和叫声进行交流。由于人类大量猎杀，野生数量已急剧减少，被许多国家列为濒危物种。食性广，只要能吃的东西都吃。进攻性很强，常由母猪与幼猪组成猪群。彼此之间没有繁殖生育障碍。现代家猪是由野猪驯化而来。我国是驯养野猪最早的国家，其驯养史已有七八千年以上。

猴运迷思

猴子是野生动物中的精灵，大脑发达，聪明伶俐，和人类同属灵长类动物。

然而，人类常为私利将它们捕获：或做医学实验，或训练为要猴，或笼养为观赏物；加上人对猕猴栖息地的侵占和破坏，人与猴子的矛盾也越来越突出。为了生存，许多猴子不得不到庄稼地里盗食玉米、甘薯等农作物，进而遭到捕捉或猎杀。

前些年，一些人对猕猴的滋补价值突然迷信起来，以至有的饭店将“活猴儿脑子”作为一道高级菜肴。黑市上对猕猴的需求量也在日益增加。

过度地乱捕滥杀，使野生猕猴种群数量在快速减少。

总之，人类的干预，使许多猴子的命运发生了改变，甚至丧失了在自然界中生存的本能与本性。

1

猴子的种类很多。北京郊区最常见的猴子是要猴人牵着的猕猴。

猕猴是一种分布较广的灵长类动物，喜欢生活在热带雨林、亚热带雨林以及温带针阔混交林中。石山峭壁、溪旁沟谷和江河岸边也是它们经常光顾的场所。中央电视台纪录频道曾多次播出过有关猕猴的专题纪录片。

猕猴尾巴很短，颌部两侧有能储存食物的颊囊，平均体长约50厘米，前后肢大致相等，拇指能像人一样与其他四指相对，所以抓握东西十分灵活。猕猴前额较低，头部为棕色，背部呈棕灰或棕黄色，下部橙黄或橙红色，腹面的毛较为稀少，为淡淡的灰色或黄色。因猕猴屁股无毛而发红，故人们戏称是“猴儿屁股——着火了”。母猕猴怀孕5个月就会生下小猴子，会像人一样把小猴抱在怀里哺乳。

猕猴经常十余只乃至数百只一起出没在山林中。它们以树叶、嫩枝、野菜为食，也捕食小鸟、鸟蛋、各种昆虫和一些小动物。相互之间联系时会发出各种声音或手势；休息时会互相梳理毛发以增加亲情或友谊。

猕猴适应性强，容易驯养繁殖，生理上与人类较接近，具有很强的医学研究价值和观赏价值，故常被人们抓捕用于各种医学试验，或通过训练作为观赏动物。

▲樊笼观猴图　　孙大钧 作

由于猕猴聪明好动，善解人意，又好驯化，故而是马戏团不可缺少的明星，也是街头耍猴人赚钱的工具。

20世纪五六十年代，耍猴人经常到京郊村镇耍猴卖艺。每逢遇到这场面，村里的大人小孩，就会围成一圈，被猴子活灵活现、忍俊不禁的表演逗得嘻笑不止、前仰后合。看“耍猴儿”成了山村孩子津津乐道、十分期盼的一桩美事。

20世纪70年代以后，对野生动物的保护被逐渐提上日程，走乡串村的“耍猴”行当也日渐绝迹。

北京郊区原本没有野生猕猴。近些年，在房山区上方山景区，居然发现了成群的野生猕猴！

人们推测，这些猴子大概是当年“耍猴人”放生猕猴所繁衍的后代。

猕猴喜欢群居，每群猴子都有一个猴王。辨别猴王很容易，它们的尾巴往往翘得很高，以此显示身价尊贵，而一般猴子是不敢随便翘尾巴的。

猴王老了、弱了，就会“换届”。

所谓“胜者王侯败者贼”。猴王位子的争夺也是如此。雄性之间必须通过激烈打斗才能产生新猴王。每当猴王的权威和能力呈下降趋势时，那些有实力的雄猴便跃跃欲试，当着猴王的面翘尾巴发出挑战。随后，一场激烈的厮杀和打斗便开始了。若挑战者打败猴王，新一届猴王就产生了；若挑战者败下阵来，就会伤痕累累，继续俯首称臣。而一旦猴王被打败，就会被驱逐出猴群，成为一只孤猴而四处流浪。

在猴群里，猴王享有巨大的特权：众猴必须听命于猴王，不得有半点违抗。有好吃的东西，猴王必须先吃。最突出的是猴王享有“后宫”特权。大多数成年母猴都是它的“王妃”，称得上是“妻妾成群”。

《西游记》中神通广大的孙悟空，真假猴王中与孙悟空有同等本事的六耳猕猴，都是猕猴的化身。足见猕猴在吴承恩心中的地位。

2

20世纪90年代，为了普及动物知识，丰富燕山居民尤其是少年儿童的生活，燕山公园曾建起了一个小动物园，十几只可爱的猕猴也在小动物园的猴山上安家落户。

在饲养员的精心照顾下，猕猴家族不断壮大，由原来的13只逐步繁衍到21只，称得上是“猴丁兴旺”。来动物园观猕猴成了孩子们的最大乐事。看猴子们接过花生，捡起瓜子，然后作揖相谢，再像小孩子一样用双手剥皮，用牙齿嗑皮，常会让孩子们欢笑不已。

赶上新春猴年，去燕山公园看猴子更成了一大乐事。但是，近日人们发现，往日喧闹的猴山和猴笼不知为什么萧条冷清起来。猕猴的数量减少了，猴子们的精神也大不如前：一个个无精打采，或蜷缩在一角，或躺在假山洞穴中。究竟是怎么回事呢？带着这个疑问，我询问了公园的有关同志。

原来，自去年10月以来，猴群遭遇了一场意外劫难。

国庆节快到了，为了给燕山人的节日添一抹亮丽色彩，公园里的同志决定将斑驳生锈的猴笼全部漆刷一新。这是一项十分艰巨的工作。为了方便工作，不影响猕猴的正常生活，管理人员经过软硬兼施，又是用食物引诱，又是用木棍吓唬，才把这些大小“猢狲”们“请”出了假山铁笼。接着是顶着秋阳，搭好脚手架，再爬到脚手架上高空作业，油漆铁笼。经过几天奋战，铁笼终于油漆完毕，焕然一新。猴群在国庆节前夕被如期迁回了油饰一新的家。

然而，十几天以后，一幕幕惨剧相继发生了。攀高、跳跃本来是猴子们的绝活儿，可有的猴子意想不到地从铁笼上突然跌下来，口吐白沫，昏迷不醒，偶尔还伴发着抽搐。待到它们清醒过来，勉强爬上铁笼，可不久后又是一阵发作再次跌到地上。笔者那次去猴山看猴，曾目睹一只小猕猴痛苦地俯下身子，用上肢掐腰捧腹反复呕吐不止，最后竟无力地趴倒在假山石上奄奄一息。

眼见猕猴一只只发病，急坏了公园的管理人员和园林分局的领导。他们请来兽医查看疫情，千方百计采取防治措施。然而，效果甚微，猕猴一只只相继死去。从去年入冬到今年早春，死亡的猕猴已达七八只，猕猴笼里笼罩着一种恐怖气氛。公园里的同志急坏了，四处咨询，又从北京动物园请来了兽医专家。专家们经过对两只死猴的全面解剖和化验，发现猴子体内含有超量的铅和苯。罪魁祸首找到了，原来是铅和苯毒害了猕猴的性命。

可是，铅和苯来自何处呢？是不是食物出了问题？

经对猕猴的食物进行全面化验，没有发现任何问题。再对投食饲养环节进行检查，也没有发现什么异常。待专家们对猕猴生活现场进行勘察后，真相终于大白了。原来，是油刷猴笼的油漆中含有大量的铅和苯。这些油漆有一种微微的甜味，淘气贪嘴的猕猴们，无意中啃食了铁笼上的油漆，因而造成了铅、苯中毒，这才出现了前面所说的悲凉恶果。

公园的管理人员本来是好心，可偏偏是好心办了件错事，一个个后悔不迭。

从这以后，他们更加精心地照料那些大难不死的猴子们。

3

在北京动物园，可以见到一种毛色发青、与猕猴外貌相似、但比猕猴体型壮硕的“峨眉猴”。查阅有关资料得知，“峨眉猴”是“藏酋猴”中的一种，主要生长在西藏、四川等高山密林中。

去四川峨眉山旅游回来的人，常会讲起“峨眉猴”向游客讨要食物，甚至公然抢夺食物和照相机的故事。

20世纪90年代末，《中国石化报》副刊组织获奖作者到都江堰召开报告文学发奖会。我终于和大家有机会抽出时间到附近的峨眉山匆匆一游了。

生长在北方，对南方的山就格外感兴趣。除了爱那茂林修竹，满眼翠绿，尤其渴望见到峨眉山调皮活泼的峨眉猴。

然而，天公偏偏不作美，早起雾蒙蒙的，刚到半山竟下起了小雪，大家不得不每人租了一件绿色军大衣穿在身上。天很冷，路很滑，踏着泥泞的石阶路上山，大家感到很遗憾也很扫兴。到峨眉山顶看日出、赏佛光的福分没有了，唯一吊起大家胃口的，就是希望在路旁能看到久已闻名的峨眉猴。不知是天冷还是因为下雪，除了在半山索道站看到几只小猴子在房顶上跳来跳去以外，上山途中一只猴子也没见到。

下山了，大家诅咒着这鬼怪的坏天气，只能听向导给大家介

▲峨眉猴对送来的食物不屑一顾

绍峨眉猴的奇闻轶事。比如，峨眉猴哪天抢了游客的相机；哪天扯走了游客的挎包；哪天向游客边作揖边讨食……大家边走边听，越发对峨眉猴感到渴望。

突然，前面一位游客连连喊道说发现了峨眉猴，大家立刻精神起来。果然，终于在石阶路旁一处凹凸光滑、长满绿苔的岩石上看到了一只泰然安坐的大猴子。岩下是白雾迷蒙的深谷，跌下去就会粉身碎骨，可大猴子从容不迫。旁边一株岩柏上，一只小猴子正在枝头攀援玩耍。显然，这一大一小可能是一家子。大家纷纷上前，讨好般地把各种好吃的送到大猴子面前。

那大猴子目空一切，双腿盘坐，双手交叉抱在胸前，傲然斜视着来人，一副山大王的“牛气”。我呢，则小心翼翼地蹲下去，斜着身子，伸着手，满脸堆笑地将一块饼干递过去，想博得它的一眼青睐和自己一次“纳贡”后的心理满足。可它睬也不睬，照旧昂着头，把我冷冷地“干”在一旁。早听说峨眉山的猴子放肆刁蛮，有合伙打劫游客的恶习。此次怀着新奇和惴惴不安给大猴子纳贡，原想会一把抢过去，没想到它居然不屑一顾。

“破饼干——嘁！不值钱，一边去！”肥胖的大猴子仰起头分明对我说。

我有些失望，刚才看到猴子后的欣喜，一下子减却了许多。没来峨眉山的时候，吊我胃口的不是金顶佛光，而是想亲身尝试一下被猴子“打劫”的滋味。现在看来这山中“劫匪”已变成了纳贡都不稀罕的山大王。

人们相互传递着发现猴子的信息，我焦急地想提醒大家要安静，别把猴子吓跑了。可结果证明，我的顾虑实在多余，大猴子风雨不动安如山，小猴子从容不迫悠悠然。面对我们的到来，它们熟视无睹，仿佛是理所当然地等待着我们“朝拜”。喂食的、拍照的、掏东西的，大伙儿争先恐后与两只猴子套近乎。一时间，猴子成了被大家宠幸的上宾，而我们则成了纳贡的臣民。小猴子在树上，那情景还不算突出。老猴子端坐于岩头，就有了神气威风的排场：饼干、点心、花生、馒头、香肠……凡我们可进食的，猴子面前都供奉得应有尽有。对大家的殷勤，大猴子待理不理，偶尔斜一眼，把举过来的食品拿过来看一看，闻一闻，就算给了纳贡者极大的面子。

鸣呼！我不禁感叹万分。

看着眼前这幅令人感叹的情景，思量着大猴子肥硕身躯的成因，我渐渐为峨眉猴的命运有了几许淡淡的担忧。是谁把这攀岩荡树、一身功夫的精灵惯成了挑剔等食、腐败牛气的寄生虫？是游客，是人，是人的宠幸、讨好、殷勤和“拍马”。

峨眉猴由呼啸山林、自食其力的山之灵长，变为沿途打劫的“响马”，进而再变为享受供奉的山大王、猴老爷，完全是环境所致。是充满诱惑的、放纵与享受的温床，使峨眉猴走上了退化与腐败之路。近日听说，峨眉猴群已开始由林幽谷深的栖息地，不断迁移到游客纷纭的景点附近，以此来接受人们的“朝贺”，并

▲峨眉猴母子

大有得寸进尺的气势。

听说，20世纪90年代以后，随着峨眉山旅游公路和高空索道的开通，峨眉山游客大量增加，峨眉猴的群体也开始了大迁移，有的甚至迁到了主峰“金顶”一带。

猴群为什么会做如此大迁移呢？原来，过去游人上山游玩，因交通不便只能徒步行走。峨眉猴们要想从游客那里得到一些好吃的，也只能聚集在游客登山所经的道路上等候。后来旅游车开通了，空中索道开通了，游客去“金顶”游玩大多数是坐汽车到索道站，再转乘缆车上“金顶”。这一来，步行上山的游客越来越少，而乘车、乘索道去“金顶”的人则越来越多。为此，在原来山路边吃惯了“嗟来之食”的峨眉猴，不得不“与时俱进”，向着公路、索道、山顶实施大迁移。

如此一来，在山上投宿的游客便有了麻烦：夜晚一旦防范不严，没有关紧窗户，一群“不速之猴”就可能跳窗而入。它们聚集在床上、板凳上、桌子上、地板上，翻箱倒柜闹个不停，弄得游客哭笑不得、无可奈何。

看来，搬迁也好、打劫也好、伸手索取也好，峨眉猴所采取的一切行动都是为了吃。

所谓“千里做官为吃穿”——人尚且如此，我们又怎能责怪猴子呢？

然而，动物专家认为：游人根本不应向峨眉猴投放食物，而应让它们“自食其力”。峨眉猴本来以植物的叶、芽、果、枝及竹笋为食，同时捕食一些昆虫、蛙类等小动物做补充。而现在，游客大量喂食人类喜爱的各种水果和熟食，长此以往，野生峨眉猴的消化功能势必受到严重影响，其自然性情和生活习性也会发生改变。天长日久，不仅峨眉猴自身免疫力会极大降低，其繁衍生息能力也会明显下降。一旦到了那一步，峨眉猴也许就将“猴将不猴”“亡猴灭种”了！

想到这里，我不禁为峨眉猴的命运担忧起来。

然而，细细一想也不必。俗话说：“车到山前必有路。到什么山上唱什么歌。”人和动物都是在发展进化中改变着自己。我们人类不也是从茹毛饮血的状态一步步走到现代的吗？

任何一个物种都有自己发生、发展、消亡的周期，连地球、太阳系最终都会消亡，何况地球上微小的生命？

人的力量、猴的力量其实都非常渺小，各自的命运也只能随遇而安，顺其自然。

科普链接：猕猴，哺乳纲、灵长目、猴科、猕猴属、猕猴种动物，别称猢猴、黄猴、沐猴、恒河猴、广西猴等。生活在热带、亚热带雨林以及温带针阔混交林。尾短，颌部有储存食物的颊囊，体长约50厘米，拇指能像人一样与其他四指相对抓握。头为棕色，背呈棕灰或棕黄色，屁股没毛而发红。母猴怀孕5个月产子。

峨眉猴，本名藏酋猴，又称大青猴、短尾猴，哺乳纲、灵长目、猴亚科、藏酋猴属动物，生活在西藏、四川高山林区，色泽棕青，短尾，个大，以植物叶、花、果为食。峨眉山游览区约有300多只野生藏酋猴。因游客经常向其投喂食物，故养成了向游客讨食，甚至抢夺游客食物的恶习。

两遇“黑瞎子”

野生黑熊是一种凶猛的哺乳动物，东北人俗称“黑瞎子”。

北京地区没有野生黑熊，但动物园中却有圈养的黑熊供游客认识和观赏。

20世纪60年代末，朋友小武曾在东北小兴安岭下的兵团里当“战士”。回京工作后，曾向我讲述了她两次遭遇“黑瞎子”的惊险场面。

1

“今生今世，我怎么也忘不了‘黑瞎子’。它曾让我出人头地，也曾让我胆战心惊。想想在东北插队时与‘黑瞎子’的两次遭遇，我是又骄傲，又后怕。那是我们这代人特有的青春之歌……”小武深情回忆道。

在小兴安岭下的兵团里插队，曾经让人无比羡慕。“男兵”“女兵”“连长”“排长”，这些豪迈的职务和称号，使这些青春花季的知青们激动不已。

小武是二连女兵排排长。她除了组织大家在油油的黑土地上耕种、收获，还要带领姐妹们摸爬滚打、军训打靶，时刻准备着挫败“苏修”的挑衅。

中秋季节，遍野的苞谷都要成熟了。附近屯子的一位队长忽然风风火火跑到连部，说是屯子周围出现了“黑瞎子”群，一个夜晚就把老乡的苞谷扑倒糟害了好几亩。如不及时想办法，用不了几天，村北大片苞谷就要全遭殃了。村里人只有几条火枪，不敢与凶猛的“黑瞎子”群对阵，于是求助兵团帮他们一起去“围剿”“黑瞎子”。连部本来要把这任务交给男兵，经过小武软磨硬泡，连长总算同意让她带领5个枪法好的女兵，组成一个战斗小组参加行动。

“黑瞎子”多在夜间来苞米地糟害，所以，围剿也就选在了月夜进行。为了避免夜里人员误伤，连里决定沿着“黑瞎子”出没的路线从一侧布下了散兵线。先放“黑瞎子”进苞米地，待苞米地迎头枪响，“黑瞎子”回逃，在路上一一歼灭。这是学用诸葛亮火烧赤壁后智算华容道的办法。

小武和几个女兵与村子里的几位猎手埋伏在苞米地边准备打头阵。

夜里10点多钟，月色融融。散兵线另一面传来联络信号——两声凄厉的戴胜叫，告知“黑瞎子”出林子了！

女兵们子弹上膛，打开保险，做好了迎击准备。

足足等了十几分钟，才隐约看见北面晃晃荡荡走过来的黑瞎子群。1只、2只、3只……好家伙，一共大小6只！看来是一个“黑瞎子”的大家族。

早听人说过，“黑瞎子”受伤会拼命，再加上从没见过这么大的黑瞎子群，小武的心便咚咚跳起来。但她是排长，在女兵中胆儿最大，所以尽量做出沉着冷静的样子说：“‘黑瞎子’脖子下有一片白毛，是致命点，要瞅准打……”

“排长，要是看不见白毛呢？”卫华颤颤地问。

“那就朝身子打……”

“砰——”还没等小武说完，卫华不知怎么一下把枪机勾响了。接着，“砰——砰——砰——”几个伙伴也慌乱地勾动了扳机。

别看平时打靶时牛哄哄的，可在关键时刻女孩子还真的掉了链子。

大概是有的“黑瞎子”受伤了，只见它们嚎叫着，直向开火的方向扑过来。

“排长——排长——”几个冒失鬼惊叫着，把退子弹壳都忘了。

小武急出了一身冷汗，倘若打不着“黑瞎子”再出了事，她可怎么向连长交待?

或许是“天不灭曹”，冲在最前的大黑瞎子突然站立起来。小武一眼看到了它脖子下面的白毛，便立即瞄准扣动了扳机。

“砰——”

随着清脆的枪声，那大熊晃了两晃，“扑通”倒下了。几位屯子里的老乡也火枪齐发。熊群终于败了锐气，慌乱转身向北面林子奔去。于是，沿途的枪声不断响起来……

清晨“打扫战场”，这一仗大家共射杀了1只大熊，2只中熊，活捉了1只受伤的小熊。只剩下两只“黑瞎子”逃进了森林深处。

经现场验证，小武射出的子弹正好打在黑熊脖子下的白毛部位，是只大公熊，足有三四百斤重。

屯子里给女兵们开了庆功会，小武也被誉为打熊英雄。为了奖励小武，屯子里的人非要把大熊胆奖给她。小武推辞不掉，只好收下来。

第二天，小武托人把熊胆卖给城里药店，得到了80元的“巨款”。连里用这笔“巨款”买了猪肉，为大伙改善了伙食。

2

快入冬了，连队要准备过冬取暖的木柴。

东北地区入冬取暖都是烧大木柈子。连里也安排人抓紧时间到林子中伐木。

这一天，小武带着几个女兵负责把伐倒的小木料从半山腰运到山下。

那天，晨雾蒙蒙，小武和三个伙伴扛完一次木料回来，正往半山上走，发现不远处一只黑乎乎的活物像是在低头吃草。

▲公园中的黑熊

小武断定是一头牛，便对放牛、管牛的知青大王不满了："真不像话，牛跑出十几里了也不知道……来——咱们一齐把牛赶回去……"于是，女兵们呼喊着向牛走去。

那头"牛"受到惊吓，抬头转过身子，竟抬起一双前腿站立起来了！

"哎呀——"小武突然惊叫一声！

哪里是什么牛呀，脖子上的那片白毛清晰可见，原来是一只大黑熊！

"不好，是'黑瞎子'！"小武一步上前挡住了还在呼叫的伙伴。

几个女兵顿时目瞪口呆再也没了声音。

"快——悄悄顺来路返回森林，把下来的人都迎回去，让大家躲开这里……"小武下着命令，推着大家迅速转移，幻想退避三舍后"黑瞎子"也许不会追过来。

但"黑瞎子"已经发现了她们，并一步一步逼了过来：50米、40米……

为了不引起更大惊慌，小武吩咐说："见到下山的同志让他们立即扔下木头，迅速跑步躲避……"

刚说完回过头来一看，"黑瞎子"离自己还有二三十米，连粗大的喘息声都能听到了！

小武再也没有了镇定，大叫一声说："快跑！'黑瞎子'上来了……"

这一喊不要紧，本来就吓坏了的女兵们便惊呼着，不顾一切奔逃起来。

“排长——往哪跑啊……”

“向林子里跑！用大树跟它周旋——”小武居然还想到了这一招！

女兵们逃进附近的林子，“黑瞎子”也哼叫着跟进了林子。

小武突然感到不妙：进了林子，倘若跑散岂不更危险！猛地她想起了林子里有通向外边的防火沟。

“对——下防火沟！”小武大声发出命令。

狼狈的女兵像狗撵鸭子一样，纷纷跳进了附近的防火沟。

跑啊跑，大家不顾一切，摔倒了爬起来，磕疼了不觉得。

总算摆脱了“黑瞎子”的追杀，几个人平安回到了营地。

英子当晚躺在床上便昏昏沉沉发起了高烧，烧得直说胡话，一直烧了三天三夜。

▲遭遇黑熊图　　戴迅　作

“活这么大，我也没像那回那样狼狈逃跑过。或许这就是‘黑瞎子’对我们的报复吧?”小武不堪回首地说。

3

2000年，年近50岁的小武曾和几位兵团女战友重访小兴安岭下曾经工作生活过的林场。山上曾经高大茂密的森林已经变得稀疏零落，林场已基本处于停业状态，只有为数不多的林场管理人员带着一些外来人在山上种树、栽树。

与林场人员聊天得知，这里早就没有了“黑瞎子”的影子，连最寻常的狍子、麅子也不见了踪迹。

过度砍伐使森林变成了荒山，野兽们已失去了藏身和生存的基本条件。

一行人只得满怀惆怅，离开了他们曾付出了青春热血，曾魂牵梦绕的林区。

科普链接：亚洲黑熊，俗称“黑瞎子”，为哺乳纲、食肉目、熊科、熊属大型动物，有7个亚种，体长150~170厘米，体重150千克左右。体毛黑亮，下颏白色，胸部有一“V”形白斑，头圆、耳大、眼小、吻短而尖，足垫厚实，具5趾，爪尖锐不能伸缩，栖息于山地森林，能直立行走，视力差，嗅听觉灵敏；以植物叶芽、果实、种子为食，也吃昆虫、鸟卵和小型兽类。有冬眠习性，整个冬季蛰伏洞中，处半睡眠状态，翌年春天出洞活动。

头羊“三旋儿”

《三字经》里说：“马牛羊，鸡犬豕。此六畜，人所饲。”羊为六畜之一，饲养历史悠久。

故乡沟壑众多，山岭环抱，属于京郊平原向山地过渡的丘陵地带。

俗话说“山羊猴儿、山羊猴儿”，是说山羊善于攀爬登高。由于家乡山丘众多，故生产队放养的多是山羊。

天福是隔壁邻居，也是我的同学，初中毕业后就回村当起了生产队羊倌，一当就是十几年。直到生产队散伙，羊群被卖掉，各家搞起了单干，他才回到自家地里干活儿。

“你真行！整天和一群羊打交道，连个说话的伴儿都没有，也不嫌憋闷？”

每次回老家和天福聊天，我都会情不自禁这么感叹。

“怎么会呀？羊也是伴儿。尤其是头羊，是我的助手，总要跟它说话，好让它帮我管好羊群！”天福说得很真诚。

于是，他很有兴致地说出了一串头羊的名字：大角、黑头、卷毛、三旋儿……还讲了很多头羊的故事；尤其是讲到“三旋儿”，简直有些眉飞色舞。看得出来，他对头羊“三旋儿”最得意了！

1

头羊，就是走在羊群前边的领头羊。

头羊要眼尖、耳灵、体壮、记性好、跑得快、反应敏锐，最重要的是要有“羊德”：能爱护弱小，不怕强横，平时能帮羊倌

“管理”羊群，遇到险情敢冲在前头……总之，头羊是羊群的头领和依赖。放羊时只要管好头羊，羊群就不会乱，它还能带领羊群趴晌、转场、回栏、找到好水草。

这是天福总结的“头羊经”。

刚接手羊群时，天福从老羊倌那里得知，当羊倌首先要学会三项技能：一是“打响鞭”，能把羊鞭甩得山响，为的是吓退走兽，警醒羊群注意；二是“打呼哨”，能把拇指和食指噙入口中，吹出长短不同、响彻山谷的呼哨，以指挥羊群或慢或停或趴晌休息；三是“甩石弹”，能把石弹甩得又远又刁，遇有调皮的羊儿不听话，石蛋要准确落在羊前头，既让羊儿受到警示，又不致于打伤它们……而且，要让羊群明白这些指令的意思，尤其是头羊，更要心领神会，唯此才能把一群羊管理得井然有序。

其次，就是要选一只优秀的头羊。

开始，天福以为选头羊必须是体格最棒的大公羊，这样才能压住阵脚，树立权威。

▲头羊是羊群中的灵魂

为此，他特意把公羊“大角’作为头羊去培养，并在它头顶系上了一束漂亮的红缨。

“大角”身体壮硕，一对弯弯的大角威风凛凛，确实是公羊中的佼佼者。但它脾气暴躁，盛气凌人，动不动就对不合意者迎头乱撞，多数羊儿都躲着它。但对“三旋儿”“大角”却不加干涉，任其离群游荡。

“三旋儿”是头特殊的公羊，因为头顶有三个旋儿，天福就给它起了这名字。

俗话说：“一旋儿横，俩旋儿拧，仨旋儿打架不要命”，是说人的头旋儿与性格关联紧密。天福认为，人是这样，羊大概也是如此。

老羊倌告诉天福：“三旋儿”脾气太犟，撞起架来不要命，人都拦不开它，所以让兽医把它阉了。

阉了睾丸的公羊乡人叫“羯子”。成了一只“羯子”，没了雄性根本，“三旋儿”变得郁郁寡欢，在羊群中落寞散漫，时常在羊群外游逛。

“大角”领教过“三旋儿”的凶狠，所以随它去，并不想招惹它。

自从被天福选为头羊，“大角”趾高气扬，尤其是春天交配繁殖季节，对群羊的态度也更为恶劣。

若有母羊稍不顺从，就会惩罚顶撞；对其他公羊更是大打出手，分明要把公羊们都踩在脚下。

由于“大角”的恶劣行径，羊群时常会发生骚乱，甚至四散奔逃，难于收拢。

天福为此十分苦恼，找到老羊倌倾诉苦水。

“你呀，就不该让‘大角’做‘头羊’！你想想，公羊本来就不老实，再当了‘头羊’，就想霸占母羊、欺负公羊了，还能帮你带羊群？所以，你得换了它……”

听了老羊倌的话，天福如梦初醒。

可更换“头羊”谈何容易？天福必须稳住“大角”，然后在羊群中比较、考察，再确定新“头羊”的“羊选”。

2

春日的暖阳让草木发芽，羊群躁动。天福的羊群来到西大洼

▲在水塘边趴晌的羊群

平阔的山坳。

这里生长着山羊喜爱的白草。不到半个时辰，羊儿们就吃饱了肚子。公羊们开始高叫着追逐母羊。

离正午还有个把小时，天福甩一声响鞭，弯过食指放在口中连打三声口哨——告诉羊群准备去山坳喝水、淡羊、趴晌了。

正在与一只公羊争风吃醋的“大角”只得停下来吼上几声，无可奈何带领羊群向坳下水泉走去。

这是喀斯特地貌形成的一泓山泉，坐落于山坳低洼处，中间聚成一个不规则水塘。泉水周围，分布着起伏不平的石灰岩，正是羊群“趴晌”的好地方。

“趴晌”是指羊群晌午时分趴卧休息。

春天天气燥，羊群吃完草要喝水，要舔盐巴，然后是“趴晌”休息，同时反刍消化食物——乡人叫“倒嚼”。

“倒嚼”是把食物从一个胃里反呕上来，重新在嘴里咀嚼后再咽回另一个胃里。牛、羊、骆驼，凡偶蹄动物都有这种反刍的本能。

反刍动物的胃很奇特，共有四个不同胃室：食物进入第一个胃室后被储存浸泡一段时间，然后慢慢转移到第二个胃室。胃中食物经微生物初步分解后聚成了一个“反刍团”。到了“趴晌”或休息时，“反刍团”从第二胃室重新呕到口腔再次咀嚼，然后混入唾液咽到第三胃室。经过一段时间消化，食物再从第三个胃室最终进入第四个胃室。

羊群趴晌的重要原因之一，就是为了让羊儿能有充分时间反刍消化食物。

天福的羊群蜂拥着奔向水塘。一只腿快的公羊居然赶到了“大角”前头。“大角”恼了，抢上去侧身一挤，又用大角用力一挑，那头公羊便被摔了个趔趄，灰溜溜躲到了一边。

“大角”气哼哼、雄赳赳重新走在了最前边。

可赶到池塘边时，眼前的情景让“大角”恼了：原来，塘边那块平整的大青石已经被占领。那本是“头羊”的专属，是喝水的最佳位置，谁敢如此犯上作乱呢？

仔细一看，站在青石上喝水的竟有五只山羊：中间是讨厌的“三旋儿”，两边是不买自己账跟着“三旋儿”跑的一只公羊和三只母羊！

“大角”顿时“怒从心头起，恶向胆边生”！

若是别的场合，“大角”不会轻易招惹“三旋儿”。可现在，“宝座”被抢，又是众目睽睽之下，若不给予惩罚，自己必将颜面尽失；况且，“三旋儿”特立独行、拉帮结伙的习气早就让它忍无可忍了！

“大角”突然跳起，用威武的大角向青石上的叛逆者猛撞过去！“嗵”的一声闷响，“三旋儿”左边的那只公羊和一只母羊被撞到了水里。池水“哗——”地一声溅起了半米多高的水花！

接着又是一撞，“三旋儿”右边的两只母羊也被撞进水中。

“三旋儿”先是吃了一惊，继而愤怒了。就在它刚转过半个身子的时候，“大角”的第三次撞击猛烈袭向它的腰部！

“三旋儿”情知不妙，就势奋力跃起，一下子跳到了离青石两米多远的另一块石头上。

羊群顿时大乱，纷纷逃向周围观阵。水塘边的青石上只剩“大角”和“三旋儿”怒目相对！

从后边赶到的天福，没有半点劝架的意思，而是站在泉边地堰上像看风景。

“大角”明白，这是决定命运的一战。倘若战败，它将丧失掉头羊的所有威信！

“砰——”一声巨响，羊角似乎撞出了火星，羯子“三旋儿”连连倒退了两步。

“大角”勇气倍增，攒足了力气再次发起了猛烈撞击。

而“三旋儿”突然虚晃一下羊头，侧身一跳转到了“大角”的侧面。

失去正面迎击的“大角”，被巨大的惯性牵引，差点扑倒在青石上。就在它踉跄着想站稳身体时，“三旋儿”自侧后霍然一记重击，“大角”应声落到了水塘里。

羊群顿时“咩咩咩”叫成一团，仿佛是高呼，又像是庆祝，众多羊儿纷纷聚拢在“三旋儿”周围。

天福没有想到，这次突发的意外事件，却让他完成了对“头羊”“羊选”的考察。

他已看出了羊群的意愿，决定由“三旋儿”替代“大角”，担起“头羊”的重任。

新“头羊”的“加冕”仪式自然而隆重地开始了。

天福压抑着心中的喜悦，在羊群注视中很平静走到“三旋儿”跟前。他先是轻轻地拍拍“三旋儿”的头，接着很轻柔地梳理了几下后背，然后将一把香喷喷的料豆送到“三旋儿”嘴边。

“三旋儿”有些受宠若惊，但犹豫一下后，还是接受了天福的奖赏。

看“三旋儿”开始吃料豆，天福把挎兜里准备的料豆一把一把撒向羊群。羊群“咩咩”欢叫着、抢吃着，仿佛是参加一场盛大的庆典活动……

接着是“淡羊”。天福将盐巴一把把撒在平坦的青石上，羊儿们兴奋地伸出舌头，“哧啦、哧啦”舔食着……那声音就像一首美妙的乐曲。

“大角”落寞地站在一边，浑身淌着水滴，根本没有心思舔盐巴。它已懊丧到了极点。

天福走到它身边，脸色很严峻，先是扔下几颗豆子，然后解下它头顶的红缨训斥说：“你这东西，总是横行霸道，怎么能当头羊？还是老老实实作‘羊民’吧！”

于是，天福把象征头羊的红缨系在了“三旋儿”头上。

3

接下去，就是对“三旋儿”的训练、鼓励和调教。

教它明白响鞭的意思，懂得口哨的指令，识别石蛋的警示，学习带领和招呼羊群按指令集体行动……

那段时间，天福和“三旋儿”几乎形影不离。他会根据“三旋儿”的表现，及时给予奖励或纠正。一捧香喷喷的炒玉米，一把“三旋儿”爱吃的“炮仗草”……即使“三旋儿”出现了失误，天福也是一次次纠正，绝不去惩罚。

“三旋儿”非常聪明，深谙主人的意图，一个多月下来就能很好地履行“头羊”职责了。

做羊倌的主要任务，就是带领羊群每天能找到适宜而丰盛的草场。但天福做羊倌时间不长，转山经验不丰富，头脑中还没有形成完整的草场分布图。

找不到好草地，羊儿就吃不饱。天福常为此着急和沮丧。

但“三旋儿”做“头羊”以后，情况有了大转变。这家伙记性好，仿佛能掐会算，不用天福着急，每天都能带着羊群找到不错的草地。这是怎么回事呢？

和老羊倌说起这事，他笑笑说：“这还不清楚？‘三旋儿’贼着呢，哪里有好草它记得清清楚楚，经常自己溜出来吃独食。”

天福恍然大悟，原来“三旋儿”记忆中竟有一幅山场草地分布图呢！有了“三旋儿”的“引导”，天福放羊省了许多心力，而且对全村山场草地的分布情况也日渐清晰。

“三旋儿”在羊群中威信很高。羊群中发生了争执，只要它一到，矛盾都能很好解决。

▲羊群趴晌休息时反刍倒嚼胃里的食物

母羊中发生了冲突，它跑过去“咩咩”叫上两声，双方就会偃旗息鼓。公羊中发生了战斗，它跑过去用前蹄用力戳几下草地，双方也就会悻悻休战。

一次，两只公羊不知为什么爆发了战事。双方各不相让，一次次跃起，将怒气贯注在羊角上：“砰——砰——”剧烈的撞击声回响在山谷。

“三旋儿”生气地奔过去，用前蹄连连戳地发出停战警告。可两只战红了眼的公羊已无法停下来！

“三旋儿”怒了。趁它们撞击后羊头尚未分开的一刹那，一个踊跃冲过去。“哐——”两头羊被这来自侧面的重击瞬间撞蒙，双双倒在了草地上……

于是，在“三旋儿”威严的目光中，两头公羊只得抖抖身上的尘土快快回到了羊群中。

春末夏初，怀孕母羊到了产羔期。多数母羊会选择夜间在羊栏中产子。这样不但安全，还能很好地照看小羊。而那些缺乏经验的年轻母羊则往往会把羊羔产在放牧途中。

在野外产羔有很大隐患，如羊倌不能及时发现，就可能造成小羊夭亡或母子掉队。尤其危险的是，刚出生的小羊很容易遭到狐狸、苍鹰的袭击。

这天上午，羊群翻过一道小梁来到了白草坡。天福突然发现“三旋儿”不见了！

“三旋儿”总是走在羊群前边，怎么会突然不见了呢？

天福巡视四周，依然没有“三旋儿”的踪迹；再眺望刚翻过的山梁，突然发现一只苍鹰在天空起伏盘旋。

“不好！怕是有落下的母羊产羔子了！”天福立即向山梁跑过去。

羊倌们都有这方面的经验，母羊在野外产子，其血腥味常会招来苍鹰或狐狸。一旦这种情况出现，孤单的母羊将很难护住刚出生的羊崽。

天福气喘吁吁地跑上山梁，果然发现了危险情况：几十米外的一丛荆蒿下，一只侧卧的母羊正“咩咩”叫着舔舐着刚出生不久的小羊。

那只苍鹰几次俯冲要抓小羊，但都被旁边跳起来出击的“三旋儿”用长角顶走了！

天福明白了，原来“三旋儿”是在护卫这对母子！

天福十分感动，跑过去把小羊抱在了怀里。母羊“咩咩”叫着紧跟在后面。

“三旋儿”则快速跑回羊群，回到了头羊的位置上。

“三旋儿”是怎么发现有母羊掉队了呢？

原来，逢翻梁过谷，“三旋儿”都要站到高处查看羊群行进情况，看有没有贪吃的、落伍的、产子的落在后边。

这是“头羊”的责任。正是这种责任，使它发现了落在后边要产子的母羊。

一个阳光很好的日子。下午3点多，西北山梁上先是有棉花似的白云涌上来；转瞬就变成乌黑的云朵压下来。

已经是晚夏初秋时节，天福断定不会有大雨，所以并未着急下山，而是边走边割荆条。

可“三旋儿”不安地叫着，并带着羊群一个劲儿向山下奔走。天福对这异常举动十分困惑，只得收拾荆条去追赶羊群。

羊群刚到山脚，瓢泼大雨便骤然而下，浑浊的雨水迅速在山谷汇集成了溪流。

“三旋儿”带着羊群刚刚蹚过龙泉河，暴涨的洪水便滚成一米多高的浊浪呼啸而来。

天福顿时心惊肉跳：若不是“三旋儿”带着羊群及早下山，

后果将不堪设想！

那场暴雨，队里其他的羊群竟有十几只山羊被洪水冲走了。

“简直是鬼使神差。多亏‘三旋儿’，我们才免遭一难！可它怎么知道天要下大雨的呢?”天福百思不得其解。

“选头羊最好选羯子。公羊容易分心，只有羯子能尽心，使用时间也长久。那些年‘三旋儿’是我最得力的头羊，一直带了三群羊；后来老了，才被生产队给卖了……”

天福喃喃回忆着，心情显得有些沉重，眼睛里饱含着对“三旋儿”的怀念。

科普链接：羊为哺乳纲、偶蹄目、牛科、羊亚科动物的统称，为六畜之一，是人类饲养的重要家畜。食草，反刍，是人类主要的肉食、奶食来源，其毛皮可制成多种毛织品和皮革制品。一般头上有一对角，主要有绵羊、山羊、黄羊、湖羊、岩羊等品种。我国有5000余年的养羊史。《易经》以正月为泰卦，三阳生于下，故以“三阳开泰”为岁首吉语。因“羊”古代通“阳”，故也作“三羊开泰”。古代“羊”又通“祥”，广州厅室、梁上常画五羊图，故广州亦称“羊城”。头羊，是放牧羊群中的领头羊，可对羊群活动起示范、引导作用。

老吴和“菊花青”

老吴是村里著名的大车把式，村民称他为“吴把式”。

“菊花青”是生产队的一匹大辕马，毛色青灰，马屁股有一朵菊花似的印记，故有了“菊花青”的美名。

老吴和“菊花青”的缘分，可以说是割不折，斩不断，彼此相依，不离不弃。

1

解放后，老吴家的日子越过越红火，家里养着一群羊，还置了一挂大车和一匹准备拉车的小儿马。

“小儿马”就是公马。

乡人把公马叫“儿马”，把母马叫“骒马”，把阉割（也就是除掉睾丸）的公马叫“骟马”。

买回的小儿马是匹青马，高大、威武、漂亮，毛色青白发光，尤其是马屁股左侧的那个旋儿，活脱脱像一朵菊花。据说是骑兵部队精简整编时被弃用的一匹准军马，尚未训练成熟，但精简后不需要了，便被马贩子收走了。

至于买“菊花青”花了多少钱，老吴笑咪咪的，只说用半群羊从马贩子那里换来的。

为了把这匹准军马训练成拉车的“辕马”，老吴着实煞费了一番苦心。

“人家是驮人的军马，让它拉车明摆着是辱了身份。不能起急，不能发火，更不能打，得好好款待着，让它慢慢适应才可以……”

第一次让“菊花青”进辕子，小儿马并不知是怎么回事，待老吴坐在辕后一甩鞭子赶它上路，“菊花青”才如梦初醒。它一下子恼了！

仿佛高傲的心受到侮辱，它先是嘶叫着前腿腾空，差点把车子掀翻，老吴被狠狠摔了下来；接着两条后腿尥起蹶子猛踢，踢得车辕后的底板“当当”作响。

老吴刚从地上爬起来，被它甩过一蹄子踹在了左腿迎面骨上，一下子又栽倒了……

恼怒的“菊花青”前跳后踢，连连嘶叫，却无法摆脱车辕兜肚和车套绳索的束缚。

围观的弟弟很气愤，抄起支车棍要狠狠惩罚“菊花青”。

老吴一瘸一拐站起来挡住弟弟有气无力喊道：“不能打、不能……它是军马，拉车屈了才……我会有办法，会有办法的……”

看到老吴可怜巴巴的样子，弟弟只得赌气扔下支车棍走了。

老吴挽上左裤腿，迎面骨肿起了半个紫红的蹄圈。

他左手揉着腿上的蹄圈，右手摩挲着马头说：“我知道你不高兴，知道你不想拉车，也知道你不是真心踢我。真要踢我这骨头早断了是不？可咱们是农家，不是队伍了，得帮我干活儿拉东西才能养家糊口。求求你，别乱发脾气，得帮帮我呀……”

他一边和风细雨地说着，一边解开“菊花青”的兜肚和肩前的夹板、套缨，帮“菊花青”退出了车辕。

晚上，老吴拐着左腿，给“菊花青”加上了它最爱吃的盐水煮料豆，用毛刷轻轻地一下一下为它梳理皮毛。弄得“菊花青”轻轻喷着鼻子用嘴巴直蹭老吴的伤腿，仿佛是说：“对不起，我是一时气昏了头……”

以后的日子，老吴更加精心照料“菊花青”，不强迫它去拉车，而是骑上它随便遛遛弯，有时自己钻到车辕中拉着车套给

“菊花青”做做示范，或者让它看看村里别的骡马怎么拉车……

俗话说：“精诚所至，金石为开。”

经过老吴耐心细致、循循善诱的教化，“菊花青”终于在爱心召唤下，心甘情愿地站上了辕马位置上。

它很快成了全村人羡慕和妒忌的一匹优秀辕马。

别人家的大车往北京果子市送水果只能拉十几筐，老吴的“菊花青”却能拉20筐。别人家的大车往地里拉粪只能装到大车车帮；老吴的“菊花青”却在装满车后再拍出一个梯形粪顶照样跑得风风火火……

“菊花青”成了老吴骄傲和自豪的资本，成了他忠诚的伙伴。

2

“菊花青”已4岁口了。所谓4岁口就是说已经4岁了。

判断马、骡、驴等大牲口的年龄可以通过看牙齿数量、形状和磨损程度来确定。

经常接触大牲畜的人总结出这样的经验：“一对牙三岁口，两对牙四岁口。五岁六岁边牙现，七岁八岁牙长全。”是说骡马的牙口与它们的年龄紧密相关。

▲“菊花青”马又叫青骢马

马是非常聪明和有感情的动物，可以通过听觉、嗅觉和视觉等感官形成牢固的记忆。它们的平均寿命大约为30至35年，最长可以活到60岁，而拉车使役的时间大约是20年。

4岁口的“菊花青”正是从少年走向青年的时期。

1955年，轰轰烈烈的农业合作化运动在农村展开。其核心内容是把农村每家每户的私有土地和农业生产资料，全部交由农业合作社集体所有。合作社统一调配、使用和管理这些生产资料，村民则成为合作社的社员，由合作社统一组织生产劳动。

老吴的那挂大车，还有他心爱的“菊花青”不得不交给了合作社。这让老吴既不舍得，又有些痛心。但大势所趋，他无可奈何，也没有办法。

不谙世事的“菊花青”哪里知道这里面的变故？面对陌生而严峻的新环境、新形势，它极不适应，只能用暴怒的情绪做悲剧式的抗争。

在纷乱嘈杂的牲口棚里，全村的骡马与毛驴混杂饲养在一起：拥挤不堪，草料粗糙，没有优待和尊严，更没有了老吴那样的精心呵护。“菊花青”感到茫然、失望和愤怒。愤懑的情绪达到顶点后便是不顾一切的爆发！

这天晚上，一头犟驴咬了“菊花青”一口。“菊花青”立即像点燃的爆竹炸开了。

它疯狂撕咬那头犟驴，还尥开蹶子一顿乱踢，搞得牲口棚乌烟瘴气、马嘶驴叫、一片大乱。

饲养员老张头慌忙赶到打开棚门。棚里已有两头驴子被踢倒在地，受了重伤！

老张头又气又急，慌乱通知乡里兽医赶快给受伤的驴子治伤。“菊花青”则被他拴在钉蹄掌的木桩上，吊起头来用鞭子一顿猛抽。

幸亏车把式老李赶到拦住了他：“别打了！驴受伤就够倒霉的了，再把它打伤你就别干了……”

老张头如梦初醒，只得停下手，冲“菊花青”发狠说：“这回便宜了你！”

他转向老李说：“替我狠狠治它，让它多拉快跑，累死这儿马驹子！”

老李瞟了“菊花青”一眼，阴笑着说：“你甭神气，小子！看我怎么收拾你！”

老李套上“菊花青”去拉粪了。

可半天时间还未到，给大车装粪的社员就气喘吁吁跑回来报告：“李把式的右腿骨被“菊花青”踢折了……”

“菊花青”这次闯下了大祸！

经合作社社委会研究决定：为惩罚“菊花青”狂野焦躁之气，也为了给车把式老李一个交代，对“菊花青”进行阉割去势术！老吴听到这一消息后，慌乱地跑到合作社央告求情。但“菊花青”已被拉到兽医站实施手术了。

3

“菊花青”由此成了一匹“骟马”。

面对残忍的、失去生命尊严的“酷刑”，“菊花青”一蹶不振。

回到牲口房以后，饲养员老张头尽管给它准备了“单间”，加喂最好的精饲料，但它不吃不喝。

一天过去，两天过去，三天依然如此……“菊花青”的身体日渐消瘦，站着已开始瑟瑟发抖，仿佛随时都会倒下去！

老张头吓坏了，连忙报告了社委会。

“菊花青”是社里少有的大牲口，社委会明白事态很严重。经反复讨论后决定：请老吴出山，让他去喂养和照顾“菊花青”。

当天晚上，老吴便夹着铺盖卷，提着准备好的料豆、米汤和刀伤药，住进了“菊花青”的单间牲口棚。

抚摸着“菊花青”消瘦的身体，老吴不由得失声哽咽，眼泪扑簌簌落在马头上。“菊花青”见老吴到来，痛苦的大眼里也分明溢满了泪水。

老吴将温热的米汤用碗端到“菊花青”嘴前说：“喝点吧，青儿，别糟践自己，咱们还得活下去……”

“菊花青”终于伸出舌头舔了添，接着才一小口、一小口喝起来……这一晚上，老吴一会儿给“菊花青”梳理皮毛，一会儿抓一把料豆送到它嘴边……就像是照顾自己生病的儿女。

在老吴的深情感召下，“菊花青”总算从绝望和痛苦中走出，逐渐恢复了饮食，精神面貌也振作了许多。

社委会审时度势又做出了一个重要决定：由老吴替代老李担任社里大车把式，驾驭那挂由“菊花青”做辕马的大车。

对老吴来说，这无疑是天大的信任和荣誉。大车把式掌管着

▲青骢驾车图　　刘申 作

社里最重要的资产——大牲口，是合作社顶级技术岗位，只有贫下中农才能担任。自己出身上中农，能把大车把式的重任交给他，绝对是社里的信任。但他也明白“菊花青”则是给他这份荣誉的最重要原因。

老吴决心一定要赶好大车，报答社里的信任，并精心照顾好他的“菊花青”。老吴由此重操旧业，发挥特长。“菊花青”也变得心情舒畅。无论是往地里拉粪，还是去北京送水果，或者是代表社里去修水库拉土……老吴和“菊花青”就像一对配合默契的黄金搭档，到哪里干活儿，这挂大车都会受到称赞和表扬。

经历了一系列挫折、教训和锻炼，“菊花青”变成了一匹成熟、健壮、坚韧不拔的出色役马。

从大跃进到人民公社，从三年困难时期到学大寨平整土地，老吴这挂大车成了故乡的骄傲。“菊花青”成了周边村人熟悉和羡慕的名马。

“踯躅青骢马，流苏金镂鞍。”老吴虽没有本钱为“菊花青”制备金镂鞍，但总要尽量把“菊花青”打扮得时髦漂亮。做一束大红绒穗缀在马头前，寓意光荣和喜庆；搜罗了一大二小三只铜铃铛串起来挂在马脖子上，所经之处都会响起“铃铃铃铃”的开道声……吴把式和“菊花青”驾驶的大车成了故乡的标志性图腾。

4

时隔不久，“文革”开始了。老吴因家庭成分问题遭到了严重冲击。

解放前，他家有一定数量的土地，养过成群的山羊，甚至还雇人放过羊。虽说评定成分时定为上中农，但毕竟有剥削行为，因而受到了批判。仰仗着老吴人缘较好，人又实在，没有受到批斗，但他的车把式岗位被撤换了。

老吴离开后，“菊花青”十分失落。然而，已是壮年的“菊花青”没有了当年的鲁莽和狂躁。它只是用沉默和怠工，对主人的离开表示抗议。它要么不进车辕，要么进了车辕站着不动，任你打骂惩罚，始终默默承受，毫无改过之意。

生产队长没了办法，找到造反派头头说：“老吴就是个赶车的，上中农也是团结对象……别那么较真了行不？队里的柿子都下来了，得赶紧送到市里……那匹马没老吴谁也赶不动！”

老吴终于得到“特赦”，重回了车把式的岗位。

见到老吴回来，“菊花青”兴奋地扬起前蹄，发出“咴咴咴咴咴……”的长鸣。

50多岁的老吴与年近20岁的“菊花青”均已进入壮年后期，但为队里干起活儿来仍旧是拼搏不已。

深秋，霜降节已过，大批被摘回的柿子装筐后摆满了场院的一角。生产队的三挂大车每天起五更装车，把柿子送往市里。

老吴是名马名车，自然要比别人多装几筐。

刚刚下过一场秋雨，“菊花青”拉着满车柿子行进到宝池湾大下坡路段。这里是出山前最凶险的路段。去年，老歪的车就在这里崩闸失控，人和那头拉车的“噘嘴骡”都被碾压在车下。

每当走在这里，老吴都会想起老歪，想起那次凄惨的事故，心里就会不由得阵阵发紧。

俗话说：“怕什么，来什么！”

正当老吴下意识拉紧车闸时，车轮在光滑下坡的惯性作用下越滚越快，紧绷的钢丝闸线“砰”地拉断了……

老吴大惊失色：难道也要遭遇老歪那样骡死人亡的不幸吗？

失控的车轮快速向下碾压，“菊花青”被车辕猛力挤压着，蹄下连连踉跄，几次都差点趴下！

老吴返身横过肩膀拼命顶住车帮栏杆，倾斜着身子艰难后退——他要为“菊花青”拼死一搏！

舍命的拦阻为“菊花青”赢得了宝贵的调整一刻。它突然叉开四蹄呈倾斜坐坡状，任蹄下划出深沟和火星……它和老吴一起撑住车子重压向坡下一点点摩擦、摩擦……车子终于缓缓停在了坡下的水泥桥头上……

危险解除了，人、马、大车都得救了！

“菊花青”四蹄、小腿已是血肉淋漓、惨不忍睹！老吴突然抱着喷着粗气的马头放声大哭起来……

“菊花青”的蹄腿由此落下了严重残疾。

20世纪70年代后，生产队买了数辆手扶拖拉机。大牲口的许多活计被拖拉机逐渐取代。

20世纪80年代初，村里推行分田到户，村里的马、骡、牛、驴等大牲口或被卖到屠宰场，或被卖到外地。“菊花青”亦不知被卖到了什么地方。

年迈的吴把式自从“菊花青”没了，就像掉了魂，精神恍惚、踽踽独行，总是念叨着“菊花青”，后来竟摔了个跟斗，一病不起走了……

科普链接：马为哺乳纲、奇蹄目、马科、马属、马种大型草食性哺乳动物，现存家马和普氏野马两大亚种，距今5000年前铜器时代在欧亚草原被驯化。经不同时期的需求和发展，马经历了肉用、乳用、农业生产、交通运输、军事和运动娱乐等多个阶段交替融合的过程。全世界家马的品种有200多个，中国有30多个，平均寿命为30~35岁。在马的家族中，有一种长有青白毛色的马匹，古人称作青骢马，民间俗称“菊花青”，是军用和交通运输的一种良马。

神奇“寒号鸟”

元末明初文史学家陶宗仪在《南村辍耕录》中有这样一段记载：“五台山有鸟，名曰寒号虫，四足，肉翅，不能飞。其粪即‘五灵脂’。当盛暑时，毛羽文采绚烂，乃自鸣曰：‘凤凰不如我！’比至深冬严寒之际，毛羽脱落，若雏，遂自鸣曰：‘得过且过。’”

意思是说：五台山上有一种鸟，叫寒号虫，它生有四只脚，脚之间有肉翅，但不能飞翔。它的粪便叫“五灵脂”。当夏天来临，寒号鸟浑身长满色彩斑斓的羽毛，便得意地鸣唱：“凤凰不如我！凤凰不如我！”它始终不去搭窝。等到深冬严寒之时，它漂亮的羽毛全部脱落了，就像无毛的雏鸟，可它仍在大叫着：“得过且过！得过且过！”

之后，经过进一步改编，这个故事成了小学课本中的一篇课文《寒号鸟》。“寒号鸟”也由此变成了世人皆知的虚荣、懒惰、得过且过的典型。

至于“寒号鸟”究竟是何种鸟儿，许多人就说不清了。

1

“寒号鸟”究竟是什么鸟呢？

其实，“寒号鸟”并不是鸟，而是一种啮齿动物，学名为复齿鼯鼠。又因为脚爪是黄的，故也叫橙足鼯鼠、黄足鼯鼠。它们属于啮齿目、松鼠科、鼯鼠族中的一种，是中国特有的动物，样子很像松鼠，主要分布在华北、东北、西北地区。京郊地区松柏众多的山林中亦有分布。

黄足鼯鼠喜欢栖息于海拔1200米左右的针阔混交林中，筑巢在岩壁裂隙、石穴或乔木之上。所居住的石洞或石隙一般有1米多深，用杂草、树枝、树皮、羽毛等材料筑巢，巢的位置多选在洞穴高处。到了冬季，它们还会用柴草等把洞口封闭起来以挡住风寒。这与《南村辍耕录》中的记载大相径庭。

黄足鼯鼠体长20多厘米，尾巴几乎与身体等长。收聚飞膜后，外形类似松鼠，展开飞膜以后，身体会延伸成前出小头，后带长尾的四边形状。由于前后肢间被宽而多毛的飞膜连接，后肢又略长于前肢，所以展开一跃后，它们能借助宽大的飞膜在空中滑翔一二百米远。

黄足鼯鼠主要以侧柏、油松的叶、皮、籽仁以及核桃、山桃、杏仁为食，也吃其他植物的叶、皮、果实。吃东西时它们会用前足抱着食物，后足站立不动，样子非常可爱，行为宛如松鼠。

这种小动物昼伏夜出，性情孤僻，除哺乳期之外，很少看到有几只住在一起。它们白天隐匿巢内睡大觉，傍晚从洞口出来滑翔到树上觅食，明亮的月夜更为活跃。而忙碌一夜之后，会在拂晓前及时返回洞穴。

▲黄足鼯鼠俗称“寒号鸟”

黄足鼯鼠素有“千里觅食一处便”的习性。就是不管到多远处觅食，大小便总要回来拉在一个固定洞穴内。也就是说，它们有固定

▲鼯鼠既能滑翔又善攀爬

的厕所。这一点与人类有些相似。

由于昼伏夜出，加上能在空中滑翔，鼯鼠便给人一种神秘而羞涩的印象。

然而，更让人感到新奇的是，它们的大小便居然是一味非常有名的中药——“五灵脂”！

“五灵脂”也叫“寒号虫粪”。医书介绍说：性味甘温无毒，具有疏通血脉，散瘀止痛的功效，是治疗妇科疾病的一种重要中药。

“五灵脂”又分为灵脂米和灵脂块两种。灵脂米是指鼯鼠的干燥粪便；而灵脂块则由粪便与尿液的混合物凝结而成。

李时珍解释说：“其粪名五灵脂者，谓状如凝脂而受五行之气也。”

为什么黄足鼯鼠的粪便会成为治病的良药呢？

研究它们的习性会发现，这与其所摄入的食物紧密相关。黄足鼯鼠非常喜欢将松针、柏叶、松子、柏子、核桃等（松和柏都是长寿、常绿、饱含油脂之树）做主食，因而排出的粪尿便成为富含树脂、润泽发亮、中心溏软的块状。

这种溏软的、气味恶臊的块状粪便，就是品质极佳的“五灵脂”，也叫“溏灵脂”。

倘若它们的主食掺杂了较多含油量较低的阔叶、水果、谷类等食物，则排泄的粪便就会是纤维多、树脂少的硬颗粒，为品质较差的“灵脂米”。

也就是说，摄入的食物不同，排出粪便的差异也大。这便决定了“五灵脂”品质的优劣。

松鼠、老鼠、鼹鼠、花栗鼠也是啮齿鼠类，但其粪便不能成为药物。主要原因就在于它们摄取的食物与黄足鼯鼠差别较大。当然，物种之间的差异也是重要原因。

2

“五灵脂”一年四季均可采收，但以春季采集的品质最好。采回之后，拣净砂石、泥土等杂质，晒干后即可卖给药材公司。

作为一种较为名贵中药材，“五灵脂”的货源一直处于稀缺状态。

稀缺的原因，一是适合黄足鼯鼠生长的环境条件十分苛刻。鼯鼠必须生活在松柏众多，有悬崖峭壁的山林环境。而能满足这些条件的栖息地并不多。二是“五灵脂”的采集过程充满危险和艰难。必须爬到悬崖峭壁上才能找到它们的“厕所”洞穴，进而冒险将“五灵脂”采出。

一位家在十渡平峪的老朋友曾讲述过采集“五灵脂”的艰辛故事。

采集“五灵脂”多是善于攀爬、经验丰富的山里人。

长期游走在深山老林中的山里人，才能了解黄足鼯鼠大约住在哪里，进而有针对性地去查明它们的洞穴。

由于多以松柏为食，有崖壁、松柏的地方才会成为它们的栖息地。发现有这样的环境条件，且看到有黄足鼯鼠采食的痕迹，才能经过追踪，逐渐锁定其巢穴的位置。

去深山崖壁采集“五灵脂”，采脂人不但要胆大心细，还要有经验丰富的助手。

上山之前，要准备好结实耐磨的绳索和采集“五灵脂”的吊篮；还要准备好固定绳索的铁钎、铁锤及采集用的铁铲，护身用的镰刀等工具。

一切准备妥当后，采集者会虔诚地拜过山神，方可下大绳、攀绝壁，进而采集“五灵脂”。

这常常是一场以生命为代价的“赌博”。

由于采集“五灵脂”异常凶险，采集者和助手必须密切配合、心心相印、情同手足，故多为父子或兄弟。

作业时采集者吊绳攀崖，寻找鼯鼠之巢；助手于山顶密切协助、看护绳索以确保安全。

由于山崖之顶很少有树木，登上崖顶后，常将一二尺长的铁钎砸入崖顶土石中以固定绳索。

助手将垂崖绳索的一头系牢固定后，采集者才能用另一头系在腰间，在助手协助下谨慎垂下崖壁。这一过程山里人叫作“下大绳”。

“下大绳”时须避开灌丛树木，还要及时清除崖壁上不牢固的悬石，让绳索尽量躲开尖利的石棱。

这是命悬一线的惊险垂吊。采集者要脚蹬石壁，在空中不断调整下垂方向，根据原来探查出的大致方位，去搜寻鼯鼠洞穴。一旦发现其排便的洞穴，便通知崖顶助手固定绳索，垂下吊篮，准备用铁铲收集“五灵脂”。

崖壁垂吊作业随时会发生各种危险：松动的山石会随时滚落把人砸伤或砸死；绳索可能被岩石棱角硌断而导致人落悬崖；固定的铁钎亦可能突然拔出而致人死命……

更让人担心的是，一旦黄足鼯鼠发现有人逼近巢穴，会迅速攀上崖壁，用锋利的牙齿把绳子咬断。

老友告诉我说，故乡就曾发生过采药人为采“五灵脂”而跌落悬崖的惨剧。

为了保护垂崖的绳索不被鼯鼠噬咬，采药人根据鼯鼠怕红色的传言，将垂崖的绳索专门染成了血红色。据说，还真的产生了恐吓作用。

这位老友曾以采集“五灵脂”为题材创作了一篇小说，发表在《北京日报·郊区版》上。

了解了黄足鼯鼠的苛刻生存环境，得知了采集“五灵脂”的千难万险，人们便会对这味特殊中药多了几分珍惜和敬畏。

3

资料介绍说：黄足鼯鼠每年春季繁殖一次，孕期近3个月，每胎产子多为两只。

刚出生的幼鼠娇弱无毛，眼睛紧闭，到18天以后才会睁开眼睛。鼯鼠的母性很强，3个月之内一直坚持给幼鼠喂奶，直到幼鼠长到3个多月，才会带着它们学习出巢滑翔，爬树采食。可见母鼠的辛劳和幼鼠成长的不易。

鼯鼠能滑翔、能爬树、会游泳、会挖洞、会行走，算得上五技俱全。古人却说它们五技皆不精进，并把它们当成技能虽多，却无一精绝的典型例子。

《荀子·劝学》篇中说：“鼯鼠五技而穷”，是说鼯鼠能飞不能上屋，能缘不能穷木，能游不能渡谷，能穴不能掩身，能走不能先人，所以算不

▲鼯鼠滑翔图　　刘申　作

上真本事。

但这只能算古人的主观片面论断。作为走兽中的一种，鼯鼠进化出了奇特的飞膜，能在空中滑翔数百米之遥，除了蝙蝠，哪一种走兽还能做到这一点呢？

所以，鼯鼠绝对是一种神奇的、进化卓越的兽类。

然而，随着人类经济活动的不断扩展：开山采石，砍伐林木，鼯鼠的栖息地遭到了不断侵蚀和破坏。加上人为干扰和捕杀，致使这一物种的数量在急剧减少。京郊大山的松柏林中，已很难见到它们滑翔飞跃的美妙身姿了。

2000年8月1日，该物种已被列入国家林业局发布的《国家保护的有益的或者有重要经济、科学研究价值的陆生野生动物名录》。祝愿这种神奇的小动物能在人们的呵护下生存繁衍下去。

科普链接：鼯鼠为哺乳纲、啮齿目、松鼠科、鼯鼠族动物，也称飞鼠、飞虎，全世界现存13属、34种，中国有7属、16种。多分布于亚洲热带与亚热带森林，少数分布在欧亚大陆北部和北美温带森林中。外形似松鼠，前后肢间有多毛的飞膜，善攀爬和滑翔。小飞鼠体长13厘米以上，大鼯鼠体长可达50厘米。京郊地区分布的是黄足鼯鼠，也叫“寒号鸟”。喜山林，白天躲在岩洞、石隙或树洞休息，夜晚外出寻食，以松柏枝叶、种子、水果、昆虫、鸟蛋为食。清晨和黄昏活动较频繁，有“千里觅食一处便”的习性。其粪便“五灵脂”为著名中药。

童年骆驼队

“送战友，踏征程，默默无语两眼泪，耳边响起驼铃声……”这是电影《戴手铐的旅客》的主题歌，曾在20世纪80年代被广泛传唱。听到这首歌，除了想起这部电影，耳边还会响起童年时驼队经过村庄时发出的“叮当、叮当、叮当”的驼铃声……

童年时的骆驼队，是村娃追逐和围观的稀罕对象，是满足孩子们好奇心的一道别样风景。

1

台湾作家林海音曾在《城南旧事》中写道：

“双峰的驼背上，每匹都驮着两麻袋煤。拉骆驼的说，他们从门头沟来，他们和骆驼，是一步一步走来的。

“爸爸和他讲好价钱了。人在卸煤，骆驼在吃草。我站在骆驼的面前，看它们咀嚼的样子：那样丑的脸，那样长的牙，那样安静的态度。它们咀嚼的时候，上牙和下牙交错地磨来磨去，大鼻孔里冒着热气，白沫子沾在胡须上。我看呆了，自己的牙齿也动起来。

“老师教给我，要学骆驼，沉得住气。看它从不着急，慢慢地走，总会到的；慢慢地嚼，总会吃饱的。领头的那一匹，长脖子底下总会系着一个铃铛，走起来，当、当、当地响……”

林海音所描写的情景，就是来往于京城的京西骆驼队。

京西骆驼队都是双峰驼，身上长着柔软的毛，或为棕色，或为深棕色，或为桔黄色。骆驼的头与马相似，但模样比起马头要明显丑陋：巨大的鼻孔，两只大眼，不大的双耳，与前出的嘴巴、大牙组合在一起，就像是苍老裂唇的长脸怪物。

骆驼的脖子倒很有气势，昂扬弯曲，与大鹅、鸵鸟很相像。颈上的毛绵长下垂，走起路来飘曳潇洒，不慌不忙，很有风度。身后是一条紧贴屁股只有一尺多长的小尾巴，显得局促而滑稽。它们的四条腿上粗下长，每个蹄子分成两半，虽没有骡马那样的坚硬蹄甲，却长着宽大肥厚的胼胝肉垫。脚掌足有八九寸宽，所以走起路来稳妥不喧，不像骡马那样蹄声纷乱，铿锵嘈杂。

京西驼队的重任，就是将京西山区盛产的煤炭、白灰、石板等矿产及干鲜果品等及时运送到北京城和东南平原地带。

在没有公路、铁路，没有汽车、火车等现代运输工具的落后自然经济时代，有耐力、能负重、善跋涉的骆驼队是长途运输的主要畜力。一匹骆驼一次就可驮载货物四五百斤！

除了运石板要用榄架，骆驼驮煤、驮灰的载具主要是麻布口袋。骆驼不配鞍鞯，而是用较柔软的口袋装好货物后搭在驼峰之间。这样才不易对驼背造成擦伤。

装卸货物时，骆驼会按照指令就地卧倒；而装货口袋搭在驼峰之间后，亦能按照指令负重站起来。

故乡是丘陵山区，有自己的小煤窑、小灰窑，也有骡马、毛

▲骆驼已成为沙漠旅游的重要坐骑

驴做驮运畜力，却没有气宇轩昂的骆驼队。

由于小煤窑挖出的煤质量很差，含汞量较高，烧起来非常呛人，故村里一些殷实的人家每年都要从山里买一些好煤让骆驼队送到家里；加上小村是通往平原的必经之路，来往的骆驼队络绎不绝，小孩子们便有了看骆驼、喂骆驼的幸运和机会。

山区养骆驼的人家，均以“把儿”来计数（京西人会在量词后加个尾音“儿”）。一“把儿”骆驼，或为4匹，或为5匹，或为6匹……总之，一家饲养的骆驼会组成一“把儿”——殷实的家庭多几匹，一般的家庭少几匹。

驾驭骆驼的方法与骡马、毛驴大相径庭：骡马、毛驴是由驭手在后边轰赶。而骆驼是由驭手在前边牵拉——俗称“拉骆驼的”或“骆驼把式”。

为什么要在前边牵拉呢？

因为骆驼队是由骆驼绳牵连成前后一串的。走在最前面的叫“头驼”，脖子上悬挂着一个拳头大的铜铃，走起路来会“叮当、叮当”响个不停，据说是为了吓走野兽，抑或是驱走路途中的寂寞。

拉骆驼的把式只要牵着头驼，后面的骆驼就会亦步亦趋跟着前进。

高大的骆驼为什么会如此顺从人的指挥呢？其奥秘就是那根穿过骆驼鼻孔中隔的小小“穿鼻棍”上——这是将生骆驼训练成畜运骆驼的“阴险”手段。

想想看，在鼻孔中隔打个洞，再穿入短短小木棍从一端固定，另一端用细绳拴定交由骆驼把式掌控，就是再顽劣的骆驼也会被收拾得服服帖帖！

骆驼队就是由一根根“穿鼻棍”细绳串联起来的。

2

能让高大的骆驼服从命令、听从指挥，“骆驼把式”们都有自己的一套窍门！

村北颍圮的娘娘庙前有一个小空场，是“骆驼把式”们卸煤后休息及来往驼队落脚打尖的地方。“打尖”就是打发一下饥饿的舌尖，歇下来吃点东西的意思，是京郊人的俗语。

每当“打尖”时，“骆驼把式”们便打开干粮袋子，喝着乡人送来的热水开始吃干粮。骆驼们则会在小空场铺排开来，或站、或卧、或反刍倒嚼，或吃些带来的草料或割来的青草。

围观的孩子们由此见识了骆驼队和“骆驼把式”，并对其中的奥秘逐渐有所了解。

在众多“骆驼把式”中，村里孩子与一位叫“骆驼”的小把式最亲近、最要好。

小把式是个男孩子，在骆驼把式中年龄最小，小名恰好也叫“骆驼”。

他十一二岁，长得高高大大，比同龄人冒出一头，说话响亮，办事沉稳，胆子很大，确实有点像骆驼。

他家的驼队共有7匹，是数量较多的一“把儿”。爸爸怕叔叔一个人照顾不过来，就让“骆驼”协助叔叔来关照骆驼了。

为什么会起“骆驼”的名字呢？可能是家里喜欢骆驼，或者是想让儿子成为骆驼那样能干活儿、有力气、又听话的后生。

别的把式是不许小孩子接近骆驼队的，怕被喷着、咬着、踢着、吓着。只有小把式“骆驼”敢在叔叔离开时让孩子们摸摸骆驼，甚至会让骆驼给孩子们表演一下卧倒或起立。

“卧——卧——”小把式轻轻向下扽扽骆驼绳，那匹棕色大骆驼果然轻吼了一声，昂着头前腿伸出慢慢趴卧，后腿接着就地横卧，让整个身子趴在了地上。

“起——起——”小把式轻轻向上扽扽骆驼绳，棕色大骆驼会先将后腿站起来，然后用前腿撑着地面让整个身子站了起来……

孩子们最爱听小把式讲关于训骆驼、赶骆驼的事情了，常割好了骆驼最爱吃的猫耳草（我们叫炮仗草）等着小把式的骆驼队来到。

从小把式那里，我们听到了许多关于骆驼的趣事。

“别看穿鼻棍绳又小又细，可它能治住骆驼，用力一扯骆驼就疼得受不了。但你不能用这欺负骆驼，真把骆驼惹恼了它会喷你、咬你、吼你……很可怕的！”小把式很认真地告诉我们。

小把式说，他家驯生骆驼时从不打骂，而是一点点引导，让大骆驼一次次按口令给生骆驼做样子，学会了给好吃的奖励，没学会就再次重来……就像调教家里的小孩子。

“也有厉害的主人，对骆驼又打又骂，把穿鼻棍和穿鼻绳当成惩罚的‘紧箍咒’，动不动就狠拽，结果伤害了骆驼，还闹出了大事……”

“一位养骆驼的邻居，因为发怒打骂骆驼拉掉了穿鼻棍，拉穿了骆驼的鼻中隔，疼得那头骆驼发了疯，结果一口咬住了主人的胳膊，生生把骨头咬断了！”小把式告诉我们。

孩子们都听得目瞪口呆。

骆驼发怒的情景孩子们在庙前小广场都看到过。若生气了，平时温顺的骆驼会突然把嘴里的白沫“噗——”地喷出来，弄得你满身满脸都是。

曾看到一个爱发脾气的骆驼把式，一次次拽着鼻绳骂他的骆驼。那骆驼突然把头一仰，“噗——”地将嘴里的食物、口水一股脑儿喷到了主人脸上！那位骆驼把式抹一把脸就跑，边跑边骂，狼狈地赶到饮水槽那里洗脸，身上的臭气别提多难闻了！

最让我们震惊的是小把式说起的与叔叔赶着驼队深夜回家遭遇恶狼的事情。

20世纪五六十年代，京西山区还有野狼出没。

那是一个月夜，小把式拉着驼队走在最前面。驼铃“叮当、叮当”响着，在深夜中十分悦耳。叔叔抽着烟袋，拿着一把镰刀跟在驼队后面。走到黑松冈时，两对绿莹莹的眼睛在路边出现了。

“有狼——”小把式恐惧地喊了一声，用力甩了一声响鞭壮胆。经验丰富的叔叔立即摸出事先准备好的爆竹，在烟袋锅上点燃焓子后向“绿眼睛”扔了过去。

“啪——”爆炸和火光把“绿眼睛”吓得瞬间逃窜。

但一会儿“绿眼睛”又出现了；于是，叔叔又扔出了爆竹。

几次反复后，“绿眼睛”不再逃跑，而是直接扑向了驼队。

叔叔挥舞着镰刀喊叫着、恐吓着。“绿眼睛”竟向叔叔扑过来。

走在最后面的大棕驼吼了一声，用身体挡在狼与叔叔中间。

就在“绿眼睛”扑向大棕驼的一刹那，那记巨大的后蹄腾空弹起，重重踢在了“绿眼睛”的前胸！只听“嗵”的一声闷响，“绿眼睛”被踢出了一丈多远……几声哀嚎后，受伤的野狼再也不敢尾随了。

▲作者在沙漠与骆驼亲密接触

听了这段惊险的经历，我们对那只大棕驼更加钦佩和喜欢，甚至把它当成了了不起的英雄！

随着接触愈来愈深入，小把式甚至让我们依次骑上了那匹大棕驼的后背。

驼背上没有鞍子，坐在驼峰之间既舒服又稳当。抱着高大柔软的前峰，背靠着绵软舒适的后峰，我们对小把式和大棕驼充满了感激！

然而，上中学以后，村里来的骆驼队越来越少了。

听说那位叫“骆驼”的小把式后来参了军，成了一名光荣的解放军战士。

20世纪70年代以后，随着现代运输工具的普遍使用，童年熟悉的骆驼队再也难见踪影。

3

骆驼属于偶蹄目大型反刍哺乳动物，有双峰和单峰两种。

双峰驼原产土耳其、中国和蒙古一带，公元前800多年就被人类驯化了。

双峰驼有两层皮毛：内层是绒毛，外层是粗糙的长毛，一只双峰驼每年可产毛7公斤。驼绒细腻柔软，是纺纱和制作毛织品的上好材料。

双峰驼曾在我国广泛分布，可现在据说还剩下20多万头。20世纪我国曾在塔克拉玛干沙漠发现了双峰骆驼的祖先——野骆驼，大约为500头。那里已被划为野骆驼自然保护区。

单峰驼只有一个驼峰，主要生活在北非和西亚等热带沙漠地区，是当地人的主要运力和肉食来源，素有“沙漠之舟”的美誉。骆驼耳朵里有毛，眼睛有双重眼睑和浓密睫毛，鼻子能自由关闭，故可以防止风沙进入，非常适宜沙漠环境。

作为出色的役畜，骆驼特别耐饥渴，可以10天甚至更长时间不喝水也能生存。这与它们鼻子的构造密切相关。骆驼的鼻腔内布满了弯曲微小的气道。当它们大量消耗水分时，其分泌物变成干燥的硬膜：呼气时这种硬膜能吸收来自肺部的水分；吸气时，贮藏在硬膜中的水分又被送至肺部。就这样循环往复，水分便得到了充分长久的利用。

此外，它们背上的驼峰内蓄藏着丰富的脂肪，一旦水分缺乏时，便可以将脂肪分解成水和养料供身体需要。而一旦有水时，它们一次饮水就可达到数十公斤！

骆驼对所吃的草料从不挑拣，其寿命可以达到三四十年。

正是这些优点，使骆驼成了小农经济时代深受欢迎的家畜之一。

在生活日益现代化的今天，骆驼的役畜作用已基本消失，但在沙漠、戈壁、山地、草原等恶劣运输环境中仍有它们的身影。

梁实秋在《骆驼》一文中写道：

“骆驼是驯兽，自己不复能在野外繁殖谋生。等到为人类服

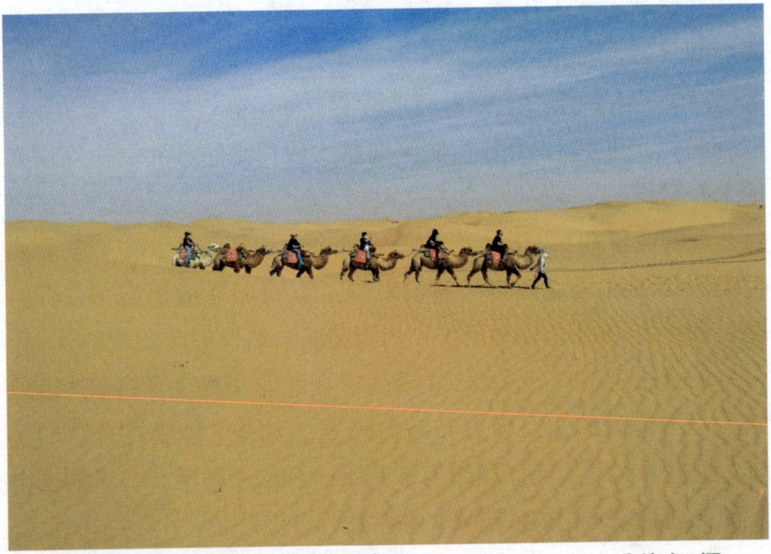

▲沙漠中的骆驼号称“沙漠之舟”　　武德水 摄

务的机会完全消失的时候，我不知道它将如何繁衍下去……像这样的动物若是从地面上消逝，可能不至于引起多少人的惋惜。尤其是在如今这个世界，大家所最欢喜豢养的乃是善伺人意的哈巴狗，像骆驼这样的‘任重而道远’的家伙，恐怕只好由它一声不响的从这世界舞台上退下去罢!”

梁实秋的担忧很有道理，但我并不悲观。俗话说：“吉人自有天相。”吉兽也应如此。

如今，骆驼作为经济家畜的作用已越发明显。骆驼皮毛和肉、奶越来越受到欢迎；旅游观光时骑乘骆驼也展示出了良好的市场前景。

相信聪明的人类不会让陪伴了我们数千年的骆驼就此消失了吧?

科普链接：骆驼为哺乳纲、偶蹄目、胼足亚目、骆驼科、骆驼属大型反刍哺乳动物，有双峰和单峰两种。骆驼原产北美，后来分布范围扩大到南美和亚洲。公元前3000年开始被驯养以供驮运和骑乘。头较小，颈粗长，形如鹅颈，躯体高大，体毛褐色，四肢修长，足部柔软宽大，耳朵里有毛，鼻子能自由关闭，有双重眼睑和浓密睫毛，能阻挡风沙进入。胸部及膝部有角质垫，跪卧时用以支撑身体。耐饥渴，能储水，食物粗糙，适于驮运和沙漠运输，素有“沙漠之舟”称号，是重要的家畜之一。

神异黄鼠狼

在我的印象里，黄鼠狼实在是一种神异的动物。

在京郊等北方农村，过去人们一直把黄鼠狼叫作“黄大仙”。但“黄大仙”究竟属于哪路神仙，许多人就不大清楚了。

后来，与一位研究萨满教的朋友偶尔聊起此事，才知道“黄大仙”原来是萨满教崇拜的一尊神仙。

萨满教教义认为，万物皆有灵，并选择了五大仙加以供奉。五大仙又叫五大家或五显财神，分别是指：狐仙（狐狸）、黄仙（黄鼠狼）、白仙（刺猬）、柳仙（蛇）、灰仙（老鼠），民间俗称“狐黄白柳灰”五大仙。

最初，五大仙只在关外满族等少数民族中供奉，待满清入关夺取政权后，五大仙的信奉便开始在京郊流行了。

在北方农村，老百姓对“黄大仙”的信奉比较普遍，甚至超过了其他四大仙。据说“黄大仙”有附体功能，附身后人会变得疯癫癔语，哭笑无常，抑或是连说带唱，尽诉心中不平之事。这种情况多发生在受气女人的身上。

这其实是一种精神疾病，被称为“癔病”，长期心怀冤屈，郁郁不得倾诉，便借助“黄大仙”说话了。但若有招魂巫医或正义威猛之人现身，被附体之人马上会清醒过来。

据前辈讲，我家祖上曾是满族，在宫廷任过不小官职，后因宫廷斗争被抄家没籍逃到外地，之后便改为了汉族。

然而，家族中信奉“黄大仙”的习俗一直流传下来。但信奉归信奉，总感觉缺乏虔诚，有走过场的嫌疑。

1

黄鼠狼在乡人心目中是个敬与恨的交织体。敬，因为它是“黄大仙”，要求它保佑。恨，是因为它会咬死鸡、兔、鸭子，让农家遭受损失。

而多数情况是，谁家损失了家畜只絮叨埋怨一番，最后说一句“算是供奉黄大仙了”便作罢。

我家的鸡兔也曾多次遭受黄鼠狼的偷袭。

一个寒冷的冬夜，屋外鸡笼里的鸡儿突然“咯吆、咯吆”惨叫起来。父亲嫌冷，叫母亲去看看。母亲抖抖索索披上衣服，点上煤油灯，打开门一步步走到院里鸡笼边。那鸡儿却不叫了。再看看鸡笼口盖着的石板，严严实实没有被移动的痕迹，终于放下心回到屋里。

第二天早晨，撒鸡时掀开盖笼的石板才发现，一只孤头母鸡被咬死了，发硬的身体就躺在鸡笼里。母亲心疼地提起母鸡。那鸡嗉子已被咬开，笼底却没有什么血迹。

母亲看出来了，这是黄鼠狼干的——咬死了鸡没法拖出去，就把鸡血吸干了。

可鸡笼盖得严严的，黄鼠狼是怎么钻进去的呢？母亲百思不解。第二天夜里，又是半夜鸡叫，又是故伎重演。一只母鸡再次遭遇了同样厄运。

父亲恨恨地开始勘察：用石板盖好鸡笼口，然后围着鸡笼左右上下查看。鸡笼是用荆条编成的，密密实实，形如大肚灯笼，没有什么破绽。但查看石板下的笼口时，父亲发现了一个有指头宽的缝隙，用食指试了试正好伸了进去。父亲恍然大悟：黄鼠狼就是从这个小缝钻进去、钻出来的。

乡人都说黄鼠狼有“缩骨术”。运用“缩骨术”，很小的缝隙也能通过去。要不怎么叫“黄大仙”呢！

▲被称作"黄大仙"的黄鼠狼总是神出鬼没

所谓"缩骨术"其实并不存在，但黄鼠狼的骨骼确实特殊：头骨狭长，身体柔软，所以手指大的缝隙便可钻入其中。

笼里的母鸡被连续咬死，兔子窝里的一只大白兔也接着遭了不幸。父亲急眼了，请来村里著名的猎手吕四哥捉拿凶手。

四哥勘察现场后，依据地形找准黄鼠狼可能经过的通道，然后布下"虎夹"，在上面做好了伪装。

于是，当天晚上，一只连续作案的黑嘴头黄鼠狼便被"虎夹"的铁牙死死夹住了。

黄鼠狼的皮毛很珍贵，四哥带走了黄鼠狼并剥了皮毛。

母亲为此事感到心惊肉跳——生怕"黄大仙"降罪报复，不断双手合十默念"阿弥陀佛……"

不久，村里莫名其妙闹起了鸡瘟，我家的鸡群死了个精光。母亲忧郁地说："怕是'黄大仙'的报应来了？"

后来，了解了黄鼠狼的生活习性才知道：黄鼠狼猎捕家鸡、家兔多是在食物短缺的冬季或五六月份育雏季节，而平时主要捕食令人憎恶的老鼠。

老鼠打洞偷粮，嗑食家具衣物，传播跳蚤和疾病，是农家憎恶的大敌。由于善于打洞，生性狡猾，繁殖力极强，故老鼠很难被消灭。

农家养猫就是为了捕捉老鼠。但论起捉老鼠的本事，猫比黄鼠狼应算是小巫见大巫。

老鼠有尖利的牙齿，有飞快的速度，有拼命精神，即使是家猫遇到大老鼠也会犹豫几分。

而黄鼠狼捉老鼠既凶悍又灵敏，有冷酷的必杀技。

黄鼠狼身材修长，动作轻盈，犹如非洲草原上的猎豹，不仅速度快，身手灵活，腾挪、跳跃、扑抓、撕咬更是拿手。

我家院子东面原是五间东房，抗日战争时期被日本飞机扔的炸弹炸成了废墟。之后，经对废墟整理，北侧垒起了一个猪圈，东侧和南侧垒成了一堵宽宽的院墙。院墙由大大小小的石块垒砌，墙上孔洞众多，便成了老鼠的大本营。一对黄鼠狼也随之在这里安了家。

一场暴雨之后，院里的雨水在低洼的东院墙下聚成了一个水坑。去猪圈喂猪草，我发现水坑中竟冒出了三只小老鼠在水中快速游动。我猜想：一定是鼠洞灌进了积水把它们逼出来了。

突然，石墙半腰“嗖”地跳出一只黄鼠狼直扑水面。只见“扑、扑、扑”三个蜻蜓点水般的闪电跳跃，小老鼠们便瞬间不见了。黄鼠狼口噙战利品也转眼消失了踪影。

“黄鼠狼一定是把小老鼠给自己的小狼崽做‘点心’了!”

我正猜想着，一只灰黑色的大老鼠钻出水面在水中焦急地巡游起来。看样子它是在寻找小老鼠——那一定是它的孩子。

这家伙身长超过半尺，加上尾巴总长有一尺半左右。

大老鼠分明嗅到了一种恐怖的异味，但在寻子本能的驱使下，仍向墙边一个洞穴游过去。

就在它趴在洞口嗅闻的一刹那，一只黄鼠狼霍然扑出咬住了大老鼠的面门！一时间水花飞溅，大老鼠和黄鼠狼抱在一起扭成了一团！

这时候我才看清，大老鼠的个头、身子几乎和黄鼠狼等长。看得出它蛮力很大，也很凶猛：剧烈挣扎，拼命反扑，曾几次挣脱了黄鼠狼的噬咬，分明还给对手造成了一定伤害。

但黄鼠狼总能准确地飞扑过去，重新抓住老鼠的脊背并精准咬住它的脑袋。大脑是指挥中枢，咬住了脑袋就咬住了命门。这使得大老鼠无法转头用牙齿进行反扑。真是致命的招数！

▲黄鼬捕鼠图　　刘申　作

经过拉锯般十几个回合的搏斗，大老鼠的挣扎在一步步减弱，直至脑袋被咬烂……

黄鼠狼喘息着舔舔身上的伤口，继而从容地将大老鼠叼到隐蔽一角，开始享用这丰厚的战利品。

观看了这场生死大战，黄鼠狼的神异魔力更让我深信不移！

2

黄鼠狼身材细小，却敢于向体形数倍于己的对手甚至是危险的天敌发起攻击。

家鸡、家兔的体形远大于黄鼠狼，但由于缺乏野性和反抗精神，被黄鼠狼猎杀尚在意料之中；而块头、体重比黄鼠狼大数倍的野兔，面对黄鼠狼的追捕居然也毫无胜算。

从一则视频中看到：一只肥硕的、正在享用鲜嫩野花的野兔被一只黄鼠狼盯上了。

黄鼠狼先是在草丛中反复跳跃，做出随意玩耍的样子。

看到一只老鼠般的小东西在周边玩耍，野兔根本不会放在心里。

黄鼠狼在跳跃玩耍中逐渐接近了野兔。突然，它一个跃起跳到了野兔的脖子上。野兔这才惊醒过来，但脖子已被黄鼠狼咬住。受惊的野兔使出高跳加狂奔的特技，总算将黄鼠狼从脖子上甩下来了。

一场激烈的追逐赛遂即展开。奔跑和速度是野兔的强项。黄鼠狼虽然也能跳跃飞奔，但比起野兔来明显缺乏优势。

然而，黄鼠狼身轻如燕，有良好的耐力。经过一段极速追逐后，野兔太累了，速度不得不慢了下来。

于是，追上来的黄鼠狼再次跳上了野兔脊背，野兔也再次发疯般跳起飞奔甩掉了黄鼠狼，而黄鼠狼依旧穷追不舍。

如此反复多次，野兔已经精疲力竭；黄鼠狼最终死死咬住了它的喉管……

追逐结束了，黄鼠狼费力地叼着硕大的野兔一步一步返回了巢穴。

一条1米半长的大蛇遇到了一只黄鼠狼。

大蛇行为很奇怪，不像见了老鼠那样穷追不舍，而是选择了向草丛匆匆撤退。

不知趣的黄鼠狼竟然从后面挑衅大蛇，一口咬住了它的尾巴。大蛇不得不回过头进攻，逼着黄鼠狼放开了尾巴。但当大蛇再次向前爬行时，黄鼠狼重新跳过去又咬住了蛇身。大蛇只能再次反攻。

就这样一次次挑逗，一次次厮咬，大蛇后半身已被咬得伤痕累累。疼痛和失血使大蛇反应速度明显缓慢。黄鼠狼看准时机一个跳跃咬住了大蛇的七寸部位。尽管大蛇滚动身子试图缠绕黄鼠狼，但实在太晚了，大蛇的七寸已被黄鼠狼迅速咬断了！

试想一下：假如相遇时大蛇毫不怯阵，像对付鼠辈一样选择果断进攻，兴许结局会截然相反。

看来骨子里的狼性及决胜精神才是战胜对手的关键所在。

但是，向对手进攻也要有自知之明；倘若不顾体量和实力去冒险，弄不好会遭到对手的反杀。

英国媒体曾发布了摄影师乔纳森在自然保护区拍摄的一组照片。

一只黄鼠狼贸然攻击体形远大于它的一只苍鹭。它跳起来一口咬住了苍鹭的长喙。受惊的苍鹭用力甩着长喙试图甩掉黄鼠狼。但黄鼠狼执着咬住鸟喙始终不放。聪明的苍鹭立即改变策略，迅速从浅滩走向深水区，继而将黄鼠狼连同长喙用力戳进深水中。很快，黄鼠狼被淹死了。得到解脱的苍鹭，将黄鼠狼衔在嘴里，几经调整位置后便蘸着水将其一吞一吞咽了下去。

3

由于黄鼠狼常年逐鼠而居，而老鼠又是农家“常客”，故村落农家会成为黄鼠狼时常潜入或定居的场所。这样一来，乡民饲养的猫、狗们便常会与黄鼠狼邂逅相遇。

遇到这种修长瘦小的动物，猫狗们往往会像对待老鼠一样穷追不舍。面对这种凶险的追击，黄鼠狼能逃则逃，实在逃不掉了，就会使出天生的“撒手锏”：立即转身，将屁股翘起对准敌手，然后“扑”的一声从肛门喷出一股臭液。

难闻的恶臭会顿时弥漫开来。对手会蓦然退缩，望而却步，继而匆忙逃离。倘若臭液击中了对手头部，对手会被臭气毒倒，轻者会头晕目眩，恶心呕吐，重者会倒地昏迷不能自已。

原来，鼬类动物均在肛门两侧长有一对黄豆形的臭腺。臭腺中储存着臭液。一旦遇到危险，它们可随时从臭腺中喷射出臭液，迫使对手闻臭而逃。

黄鼠狼学名为黄鼬。它们大量捕食鼠类，是老鼠的重要克星。据说，一只黄鼬一夜之间可以捕捉六七只老鼠，一年可以捕捉1500~3000只！如果按一只老鼠一年糟蹋15斤粮食计算，那么一只黄鼠狼一年消灭的老鼠就等于为人们挽回粮食损失达45000斤！这是个多么可观的数字啊！由此可知，黄鼠狼对农业和人类的贡献是多么显著！

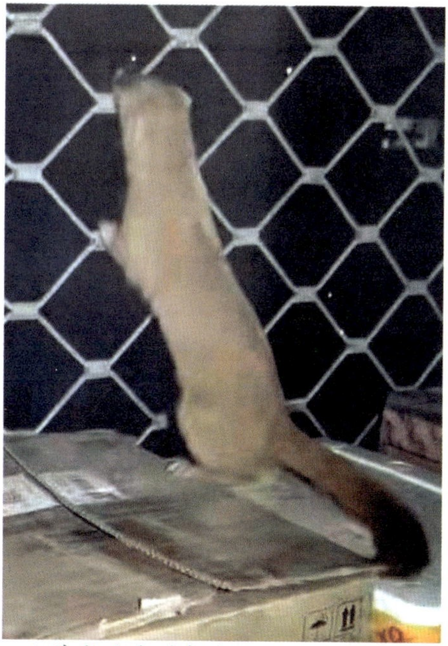
▲黄鼠狼会选择与人比邻而居

然而，黄鼠狼的命运

却在现代文明中变得每况愈下。

黄鼠狼的尾毛叫“鸡狼毫”，是制作高级毛笔的原料。鼬皮、鼬毛是传统的野生毛皮出口商品。为了获取利益和钱财，黄鼠狼遭到了人们的不断猎杀。加上生存环境的破坏和栖息地的消失，黄鼠狼的数量已变得越来越少。

如今，行走在野外，已很难再见到黄鼠狼的踪迹。

国家自然保护联盟已将其列为易危物种，并收入了《国家重点保护陆生野生动物名录》。

看来，“黄大仙”的命运也要靠我们人类去呵护了！

科普链接：黄鼬为哺乳纲、食肉目、鼬科、鼬属、黄鼬种小型食肉动物，性凶猛，俗称黄鼠狼。喜夜行，体长28~40厘米，雌性小于雄性。头骨狭长，顶部较平，因皮毛棕黄或橙黄故称黄鼬，不同地带都有分布。主要以老鼠等啮齿类动物为食，亦捕食禽类和小型哺乳动物，每年春季在隐蔽洞穴繁殖，妊娠期为33~37天，5月产仔，每胎2~8仔，寿命为10~20年。体内有臭腺，遇到威胁时可排出臭气御敌，可麻痹或熏走敌人。尾毛可制作毛笔，称为“鸡狼毫”。民间迷信者曾将其称作“黄大仙”。

窗外飘来“黄大仙”

萨满教是一种古老的民间信仰，流传于中国东北到西北的少数民族中。由于主持这一信仰活动的巫师为萨满，故称其为萨满教。

黄鼠狼被称为“黄大仙”，是萨满教信奉的“五大仙”之一。

在京郊农村，虽然也有“五大仙”的说法，但人们的信奉程度却大打折扣。倘若危害了老百姓的切身利益，即使是“五大仙”也会被捕杀消灭。

记得一只黄鼠狼连续咬死了我家鸡笼里的老母鸡。父亲便请来村里猎户，在“黄鼠狼”出没的南墙角下布下了“虎夹”。结果，当天晚上一只黑嘴头的黄鼠狼便被“虎夹”夹住了。

1

黄鼠狼是一种以捕食老鼠为主的小型食肉动物。只有在食物短缺或哺乳抚养幼崽的时候，它们才会偷窃农家的鸡儿。

它们身体瘦长，尾巴蓬松绵长，比猫瘦许多，比老鼠大一点，行动迅疾灵活，是京郊农家常见的小动物

20世纪60年代，黄鼠狼还普遍活跃在山村和田野里。后来，随着京郊城镇化进程加快和农村巨变，老鼠的数量明显减少，以老鼠为食的黄鼠狼便逐步淡出了人们的视野。

20世纪70年代参加工作以后，我就再也没有见到过黄鼠狼。

1998年全家搬入了设计和布局都较为现代的燕化星城小区。

随着小区绿化和环境的改善，近些年小区中的小动物逐渐多起来：除了流浪猫、流浪狗，还有麻雀、喜鹊、灰喜鹊、啄木鸟、戴胜、乌鸫、白头鹎、珠颈斑鸠等鸟儿。夜晚，在草坪中还多次

▲窗外飘来了“黄大仙”

见到了久违的小刺猬。但昔日熟悉的黄鼠狼始终未能谋面。

小区没有农作物可以偷窃，地面又多被硬化，加之居委会定期投放鼠药，老鼠自然被有效控制。小区内楼房林立，人员嘈杂、环境生疏，可捕的老鼠稀少，黄鼠狼当然不会到这里自讨没趣。

老友们晚上遛弯，常谈起小区新见到的一些动物稀客，但从没奢望过会有黄鼠狼光顾。

这天晚上，大家照例在紫燕南路宽敞的柏油路上漫步。不经意间，一个黄色的影子从路南横穿马路倏然飘到了路北。虽然已是晚上近8点，但那影子的形状和颜色仍清晰可见。

身体黄褐色，灵动蓬松的长尾，体长与猫儿差不多，但纤细修长，跑起来紧贴地面，迅疾如风，比猫和老鼠的速度还快。

遥远的记忆被瞬间唤醒。我不由自主地喊了一声：“看——黄鼠狼！”

同行的老友们也都认出了那是黄鼠狼。大家惊奇不已，为在生活小区中见到了“黄大仙”而深感兴奋。

“黄大仙”跃上路北草坪，转眼消失在朦胧月色中。

星城小区地处大石河冲积平原，南面和西面尚为农村。黄鼠狼一定是从南面田野钻过小区围墙下的排水孔跑进小区的。

我们一边议论，一边猜测着。

“黄大仙”现身星城小区，表明小区周边黄鼠狼的数量有所增长，活动范围明显扩大，其生存环境亦得到了改善。

如今，人们的生活已从温饱逐步走向富足，对野生动物的宽容度亦日渐提升。为一己私利，动辄杀生的行为已成为过去，而爱护和救助野生动物，渐成一种风气和时尚。

这可能也是“黄大仙”敢于闯入闹市小区的原因之一。

它们能在小区安身吗？能成为小区的常客吗？大家盼望着。

小区居民与“黄大仙”这样的小动物早已没有了利害冲突。它们若能常住小区，那将会给居民们带来意想不到的色彩、新鲜和欢乐！

于是，晚上散步，大家便把搜寻“黄大仙”作为一个重要的心理期待。

然而，两天过去了，我们没有再见到“黄大仙”的影子。难道它只是偶尔光临小区？

2

这天早上，当医生的女儿惊喜地跑过来说：“爸，咱家窗外来了一只黄鼠狼，偷吃纸箱里的腊肠！我想拍

▲纸箱中的腊肠吸引黄鼠狼光顾

照，可准备不足，只拍了个后身……但它转身时我看清了，确实是黄鼠狼!”女儿的兴奋溢于言表。

果然，从她的手机上，我看到了两幅色彩淡黄、有多半个身子的虚化照片。

我简直太兴奋了！几个晚上的搜寻也没见踪影，想不到它跑到我家窗外偷吃腊肠来了!

真是“踏破铁鞋无觅处，得来全不费工夫”——缘分啊!

女儿说，那是凌晨5点多，突然听到北窗外发出“咔咔咔”的响声。她跳到床下，打开手机手电筒对着玻璃窗外的铁网护栏一照，发现是一只黄色的小动物。开始以为是流浪猫，可当它转身突然对着电筒时，女儿才惊异发现是一只黄鼠狼!

小巧的头，亮亮的眼，尖嘴头周边是一圈黝黑的毛……女儿迅速打开另一部手机，调到照相功能并迅速按下快门。

但黄鼠狼转瞬跳下护栏溜走了，只留下两张半身照片。

黄鼠狼为什么会对我家情有独钟并飘到窗外呢?

原来，女儿卧室北窗外的铁护栏上放着一个纸箱。箱里装着朋友春节前从南方寄来的腊肉和腊肠。

春节已过。由于家人不大喜欢腊制品的味道，所以尚有数根腊肠仍存放在箱子里。大概是腊肠的味道太强烈，才把刚到小区的黄鼠狼给招引过来了。

可要攀上离地足有1.5米高的北窗绝非易事。善爬的流浪猫都没到过这里，但黄鼠狼却能轻易爬上来了，足见其攀援的绝技。

看着两张黄鼠狼模糊不全的照片，女儿很遗憾。

我安慰说：“能拍到影子就不错了。它呀，一定还会来，有腊肠诱惑着。你早点准备，说不定会拍到好片子呢!”

女儿若有所思点点头，随后对纸箱里的腊肠进行了调整：全部4 根腊肠拿出3根存放冰箱，将被啃过的1根用刀切成3段放进纸箱，然后敷衍盖好。

第二天晚饭后，女儿将两部手机一部预调到“照相”功能，一部预调到“手电筒”位置。因为在黑夜中若没有手电照明，手机就无法拍出清楚的照片。

夜深人静，大约10点多的时候，纸箱里发出隐约的响声。女儿立即站起来，左手打开手机手电筒，右手启动另一部手机照相功能，一起照向窗外。

虚掩的纸箱顶盖被突然顶起，果然是那只黄鼠狼“嗖”地钻出来。面对手电筒的强光，它似乎有些茫然，没有立即逃走，而是在箱子顶盖上左右上下张望一番之后，才从护栏东侧溜走了。

女儿继而打开窗子，看箱子里的腊肠是否还在。结果，3段腊肠尽失踪影。看来，狡猾的黄鼠狼已在不知不觉中将腊肠偷走了。女儿很兴奋，因为她的相机中已成功捕获了六七张较为清晰的黄鼠狼照片！

▲不时到纸箱中取食的黄鼠狼

欣赏着女儿手机中黄鼠狼有站、有伏、或左顾、或右盼的照片，全家人都沉浸在兴奋中。

女儿通过微信将黄鼠狼出现在我家窗外的信息和照片发到朋友圈里，瞬间获得了众多点赞，还收到同事之子——幼儿园小朋友隗小涛的好奇询问。

“阿姨，黄鼠狼是你养的吗？等它生了小宝宝能送给我一只吗……”

“它吃肉吗？咬人吗？怎么养啊……”

“阿姨，怎么没有录像呢？录一段像就好了……”

听了隗小涛的语音询问，我感到惊异。时代的飞速发展，使现在孩子的眼界及获取知识的途径与前辈相比简直是天壤之别。

女儿决定，一定要录一段影像来满足小涛的愿望。

3

为增加黄鼠狼得到腊肠的难度，拖延它在纸箱内外的活动时间，以方便拍照和录像，女儿故意在纸箱里加了一层软纸被。纸被下放两段腊肠，纸被上放一段腊肠，然后虚掩上顶盖。这一来，黄鼠狼钻入箱内就会弄出较大声响，等于为拍照或录像发出了信号。

然而，三天过去了，纸箱里的腊肠一段也没有少。难道黄鼠狼察觉了什么？还是上次弄走了腊肠后以为没有了呢？

我和女儿分析后认为，很可能是黄鼠狼的腊肠还没吃完，故没有继续光顾。

有上次的经验和腊肠作引诱，相信它一定还会回来的。

几天后的一个深夜，女儿睡梦中听北窗外发出了连续的响声。一看手机，正是午夜时分。她立即下床悄悄移到北窗前，两手并用，同时打开了两部手机。

在手电筒照耀下，整个纸箱清晰可见，箱顶和周围空寂无物。女儿举着手机连续拍了近30秒钟，胳膊都累酸了。就在她刚要懈怠的一刻，纸箱顶盖突然被顶起来，黄鼠狼钻出来了！录像中终于抓到了黄鼠狼稍适停留，旋转身子后溜走的一段视频。

视频发到微信群以后，不但是小涛，更多的人亦以为那黄鼠狼是我家饲养的。尽管女儿一再做出解释。

其实，女儿和我们全家都巴不得能把这只“黄大仙”养起来做宠物呢!

双休日，女婿回来了。周六凌晨5点多，女儿又听到了窗外纸箱发出连续响声。于是，女儿和女婿相互配合，一人打手电筒，一人录像，再次抓到了黄鼠狼钻出纸箱的画面。

这一次，黄鼠狼似乎胆子大多了：不是仓皇逃走，而是在纸箱顶左右环视徘徊一番，分明故意要给拍摄者留一些素材。

看到这段情趣盎然的录像，大家都为“黄鼠狼”一步步大胆而感到欣慰。

心怀善意，真诚包容，小小的野生动物也能感知出来。

我们在北窗铁栏中又放了一个纸箱，与原来的纸箱组成一个更大的平台。这样既有利于黄鼠狼活动，也方便我们观察拍摄。

一家人商议后一致同意，将北窗纸箱作为补给驿站，定期投放一些肉食，以方便黄鼠狼的“不时之需”。

北窗外是一片封闭的绿地，是许多鸟儿和刺猬、流浪猫、流浪狗的乐园。

相信聪明、机智、狡黠并具有独特防御手段的“黄大仙”，亦能在竞争激烈的后园中获得自己一席之地。

相信我们之间也会成为彼此信任的“朋友”。

故乡的小路

那年在县城，遇到了儿时的伙伴大虎。激动寒暄以后，自然说起了我们上中学时在虎皮岭小路跑坡、撒欢儿的情景。一时间，总角相交的稚子真情弥漫了我的心。大虎走了，我的心也仿佛被牵走了。几天中，缠绵的心绪总是徘徊在故乡的小路上。

那是一条野趣横生的曲曲小径。

踩着几方出水的小青石，跨过村西清亮的龙泉河，向北走上半里就拐上了西行的小路。

沿着东西横卧的虎皮岭，小路就夹在两层梯田之间。山里的田与其叫田还不如叫园。桃、杏、梨、枣，千百果树错落交织，给梯田笼上了碧绿的天棚。入夏以后，浓荫蔽日，从山脚到山腰，各种果子赶着趟儿成熟。走在油光的小路上，见的是果，闻的是香，尝的是鲜。有时，垂下的果枝挡在了前面，甚至碰在了头上，你便张嘴就能咬到果子。听听这馋人的果子谚：“五月杏，六月桃，桑葚、李子挂紫袍；七月枣，八月梨，九月柿子红了皮……”正是有了这满坡遍布的果林和挂满枝头的果子，有了这果林间弯弯曲曲的小路，我们这些去邻村求学的山娃，才得以在饥肠辘辘的困难年代果腹充饥。

小路是大慈大悲的菩萨路。

20世纪60年代初，是一段不堪回首的日子。经历了残冬饿春的煎熬，伙伴们终于盼到了五月杏黄时节。

那年月，每日奔波五六里山路去邻村读中学是一种艰难的熬痛。早晨，囫囵两半碗稀菜粥，背上几块红薯或菜窝头就是极好的午饭了。孩子馋，饿了就想吃，所以，挨到中午，吃剩下的“干粮”只能填个半饱。下午两节课以后，饿透了的肚子咕咕叫着，连放学回家力气都没有了。好容易熬到故乡的小路，便如饥饿的蝗虫一般突入路旁果林。于是，枝摇树动，一阵猛吃大嚼以后，终于抚着肚皮，聚到小路上重又有了吵闹的精神。

小路两旁有千百株果树，但最慈祥的是与邻村交界的那株老杏。这是一株散着幽幽奇香的大白杏树，杏果莹白多汁且极甜。它站在与临村相交的南坡向西北倾着身子，用巨大的树冠遮住小路，仿佛是一位翘首西望的老妈妈。小杏还是青酸的时候，我们就爬上老树去蹬踏。待到五月杏黄，老杏树迎着落日余晖，张着深情的怀抱，洒落一地金果，仿佛全然是为了我们这些饿昏了的孩子。日复一日，老树下的青草被踏平了，老树的身子被爬亮了；纵使被我们弄得枝残叶落，也默默无语，依旧洒落一地金果。

最使我们得以炫耀的，是路南地堰那株“十里香”大梨树。

▲山间常见的黄狐狸

梨熟之际，清香弥漫，十里虽是夸张，但百米远近确实令人闻得陶醉。清晨，顺香气穿过一人多高的玉米地，任晓露打湿了衣衫，将黄澄澄的满地落梨塞满了书包。来到学校，走进教室，片刻时间那梨香就会满屋萦绕。邻村的同学会馋得流口水，纷纷拿出红薯、窝头、杂面馒头和我们做“交易”。这时候，我们的身价便陡然变得神圣。后来，几名有心计的精明鬼竟然把这些香梨当成了讨好老师的“贡品”。

爬到柿树顶上去摘甜掉牙的“老鸹啛儿”，是最开心的事。八月里，早熟的柿子变黄、变红，最后变成晶莹剔透的“红琉璃瓶儿”。看着枝头晶亮亮、蜜溜溜的红柿子，常人会不由自主咽口水。我们对此却不屑一顾。为什么呢？因为，吃红柿得选“老鸹啛儿”！原来，那些花喜鹊、黑老鸹最爱吃熟透的“琉璃瓶儿”。红溜溜的柿子被它们一啄，皮儿破了，汤儿流了，几天以后，太阳蒸去水分，“琉璃瓶儿”便变成了蜜糖般的红柿干。我们称其为“老鸹啛儿”。八月中秋，爬上大柿树，摘下“老鸹啛儿”，骑着枝干悠悠然品着这红柿中的“珍品”，怕是孙悟空也享受不到的呢……

小路上下的梯田除了有桃、杏、梨、柿等各种果树，还有杨、柳、桑、榆等各种柴树。林木蓊郁，果实累累，各种昆虫繁衍兴盛，招引得各种鸟儿在大树上筑巢育子。黄鹂、斑鸠、喜鹊、戴胜、黎鸡儿、虎不拉、啄木鸟、猫头鹰都是小路旁常见的鸟儿。

童年时，竟不懂得保护益鸟，掏鸟蛋，端鸟窝是上学路上随手的事。掏鸟蛋最好别找黎鸡儿，那鸟护子护得凶狠。锁儿掏黎鸡儿就曾被啄得头破血流，那鸟儿还飞着、扑着、大声地“骂”。

在小路上行走，还常与獾子、骚狗、野兔、花栗鼠等小野兽“遭遇”。

獾子会爬树，也最贪吃，偷吃了杏子、桃子不算，还会在树丫上留下讨厌的粪便。

一日放学，大虎和我直奔路旁的玉米地。玉米地中有一个大坟头，坟头上长着一棵大桑树，树上的白桑葚又大又甜。刚到树下，那浓密的树冠却摇晃起来。我顿时毛骨悚然，仔细一看，原来是一只偷桑葚的獾子在树上蠕动。我们叫着、蹦着，冲着树上大声吆喝。大虎迅速撅了一根椿树干随即爬上桑树去捅獾子。獾子吓得一个劲向树顶细枝上爬去，很快爬到了尽头。那细枝终于撑不住獾子的沉重，倏然弯垂下去，獾子胖胖的身子也被悠悠吊起。獾子大概吓坏了，左顾右盼也没有出路，惊慌中前爪突然从弯弯的桑枝上滑落，身子也如滚球一般从树顶跌下来。我急忙寻找“武器”企图擒拿。胖胖的獾子却在草丛中打了个滚儿，便扭着屁股飞快消失在齐腰深的玉米地里。

小路上最常见的小动物是花栗鼠，乡人也叫仓鼠。小东西机警玲珑，跑地堰、爬树梢像走平路一般。因其身上有五条黑纹，乡人又叫它“五道眉”。仓鼠善于在地下或地堰中做窝：玉米、谷子、豆子、花生……它会把这些好吃的分门别类储藏在不同“仓房”里。有时，一个鼠洞便可挖出几十斤粮食。

仓鼠吃核桃是拿手绝活儿。好端端的一个核桃，看上去只有一个筷子头儿似的小洞，可里边的核桃仁早已被掏吃干净。至今我也弄不清这小东西是使用了什么高招儿。

有一回，追一只刚从核桃树上逃下的仓鼠。眼见它钻进了地堰，几个伙伴儿同时跑过去堵住了地堰上的每个出口。地堰上的石头被一块块掀开，仓鼠终于露出了颤抖的尾巴。可怜的小东西被大虎倒提着尾巴捉住了，“吱吱”叫着，浑身发抖。大虎一时得意忘形，正要用另一只手去掐仓鼠的脖子，突然，仓鼠拼命把头翻转上来，狠狠咬了大虎一口。大虎“哎呀”一声抖手松开了仓鼠的尾巴。那小东西霎时就逃得没了踪影。大虎举着流血的指头一个劲骂，我们却乐得前仰后合。

夏天爬树摘水果有时也会遇到危险，比如，不小心触动了树上的马蜂窝。

果子谚里说“南桃、北杏、通天梨”，是说吃桃要摘树南的，吃杏要摘树北的，吃梨要摘树顶的。这些方位的桃、杏、梨长得最好，吃起来最有滋味。

有一回，我去摘树顶的“通天梨”，突然听到嗡嗡的声音。急忙伏下身慢慢抬头，原来是一个碗口大的蜂巢就在头上。亏了我有些经验，若是顶到了蜂巢，那后果就不堪设想！

一次，大虎摘梨被马蜂折了，半个脸很快肿成了馒头。为了给大虎报仇，我们砍了根长木杆，在杆头绑上干草，然后点燃干草迅速举到那个蜂巢下。只听“噼噼啪啪”作响，马蜂们雨点一样纷纷落下被烧死，转眼间树顶上只剩下一个空巢。

在小路上行走，还会与狐狸碰面。虎皮岭的狐多是黄狐，会撒臭屁，所以乡人称它们为“骚狗”。

记得一个早晨，刚走上小路不远，恍惚一团黄云从路南高高的地堰上飘然而下。定睛一看，原来是一只大黄狐“扑”地站在了路中间。我们吓呆了，黄狐也惊愣了。双方惶惶对视了几秒钟，大黄狐突然“唰唰”嚎起，惊得我们连连后退。还是大虎临危不惧，猛地挥舞书包“呜哇呜哇”怪叫着向黄狐冲过去。我们也如梦初醒，舞动书包大叫助阵。黄狐这才吓蒙了，转身放出难闻的臭屁，“唰唰”叫着向岭顶逃去……

啊——说不完的野趣，忆不尽的往事。

童年岁月如烟云般逝去了。然而，小路上金子般的记忆，小路那慈母般的深情，还有那些回味无穷的故事，始终萦绕在我心中！

愚人忧生

自小养成了吃素的习惯，对素食的好处也听说了许多。其一，可以祛病延年。毛主席他老人家都信奉“基本吃素”的保健之道。其二，说蔬菜粮食呈碱性，与人体血液性质相符，有益于新陈代谢，而荤食则呈酸性，于人体血液相悖。其三，说素食中多是不饱和脂肪酸，不易造成胆固醇增高，也就减少了血管硬化、高血压、心脏病之类的疾病。其四，说素食中含有大量粗纤维，能促进胃肠蠕动，减少人体对有害物质的吸收……总之，食素的优越性可以像糖葫芦一样串成一大串儿。

当然也不乏反对者。说植物性蛋白不完全，长期食素会营养不良。说海灯大法师就因长期食素而患有营养不良症。说食素者的体质缺乏竞争性，所以中国足球就踢不出去，中国的体育就比不上以肉、蛋、奶为主食的欧美人；就像是食草动物，迟早要被食肉动物吃掉一样等。

褒也好，贬也好，人嘴两张皮，各说各的理。其实，生就了骨头长就了筋，想吃素，就吃，好歹落个自然舒坦；想吃肉，就吃，多少也落个痛快解馋。

▲穿山甲被大量猎杀面临种群灭绝危险

然而，因工作

所致，我竟然体味了食素的许多苦恼。如今交往，无论是联络感情或开展工作，都离不了宴席和餐桌。鸡鸭鱼肉，生猛海鲜，看着满桌子酒菜，你却心中发腻，不能消受，不是苦恼吗？看别人推杯换盏，大口喝酒，大块吃肉，你却孤伶伶夹在中间坐着，不是受罪吗？

盛情的主人要询问，热心的同伴要关心，自己又极不愿给人添麻烦。每逢遇到这情景，自己就觉得像个“低能儿”一般羞愧难当。承受着大家的关怀和照顾，自己吃不好不说，还充满了对同事、对主人的歉意。真不如在家里一盘咸菜，一碗粥，一个馒头吃得自由和解放。

这仅仅是吃的苦恼，还有心理的恐惧和感情的煎熬。

宴席之上，足可以显示出人的聪明、智慧和可怕。要吃熊掌，熊就得死；要吃燕窝，金丝燕就得吐血而殇。时下大兴吃“生猛海鲜”，怕是“生猛海鲜”离断子绝孙的日子也不远了。

一条毒蛇，咝咝吐着信子，被厨师卡着脖子在席间招摇一遭(为的是让你看清它是“生猛”)，然后当众断头、滴血，再回厨房剖腹、肢解，瞬间皮被炸食，肉被炖羹，蛇血与蛇胆被入酒瓜分，是人狠耶？还是蛇毒耶？

几日前从报纸看了一则消息，因时下蛇宴大兴，南方某地毒蛇大遭厄运，一日内竟查扣被捕获的毒蛇数万条！文章说，如此下去，毒蛇也要灭种了。

厨师也实在“高明”，可以把鲤鱼身体炸熟而头脑不死。一条鱼被端上餐桌，被人吃掉了半条，那鱼嘴仍在一张一张地翕动。一条白鳝，身体被切成细片，头被断下摆在肉片中央，直至人们把肉片在火锅中涮完吃毕，那白鳝的嘴巴还在做最后一丝开合。更有甚者，把活蹦乱跳的青虾倒入火锅，水沸虾跳，人们惊叫着用筷子将蹦起的虾重新按入汤中……

每逢见到这场景，我的神经就仿佛被凝固了。

据说，南方某些地区还把吃活猴脑子当作一道“名菜”。将一只猕猴囚进一个特制的桌枷，头被牢牢禁固，剃毛后，用一柄小锤击破头骨，揭开脑盖，用汤匙挖食那白花花的脑子……这情景，甭说眼见，就是听说也已让人毛骨悚然。

吃开心，吃刺激，蝎子、蚂蚱、土鳖、蝙蝠、果子狸……凡活物都要上餐桌。

看着餐桌上人们吃得兴高采烈，我常产生一种幻觉，说不定哪一天地球上的物种要被扫荡干净。到那时，生灵皆无，荒漠一片，无声无息，只剩人类自己，不知那时候又该吃什么……

幻觉过后又感到自己有病。是不是患了食古不化的“愚人”病？弱肉强食，高智能吃掉低智能，森林法则已变成了现实社会奉行的“通理”，我怎么还执迷不悟呢？

周代的杞国，有个人担心天要塌、地要陷，生怕人们无处容身而忧心忡忡、废寝忘食。于是，他成了“愚人”的代表。

但从1994年7月彗星撞击木星的严酷事实看，这种担忧并非虚妄。当彗星的20多块碎片接二连三地撞向木星时，相当于向木星投掷了20亿颗原子弹，释放出了约40万亿吨TNT烈性炸药的爆炸能量。若是发生在地球上，还能说是“杞人忧天”么？况且，近几年不一直有小行星

▲果子狸也成为人们餐桌上的美味

与地球擦肩而过的险情吗?

据报载，地球上的物种，每天以40~140种，每年以50000种的速度在快速走向灭绝。

一种基因的形成要数万年或更长时间，一旦灭绝，我们将再也无力合成。

如此下去，地球上生物的灭绝恐怕已不是危言耸听。

况且，肆无忌惮的杀戮和饕餮无度的筵宴，已招致了大自然一次次的无情报复。

据说，2003年在北京等地爆发的可怕“非典”疫情，就是由果子狸携带的SARS病毒所引发的。

想想后代和未来，眼下图钱财、寻刺激的饕餮杀戮是否应该有所反思和节制了呢?

后 记

后记，多为敬告成书之因及相关事宜。作者谨向关心并鼎力成就此书的领导、挚友、单位和家人深表谢意。

年逾古稀，别无他求。撰写此书，只为开一方京郊动物自然、人文之窗口，留一痕我辈生活之印记，为孩童、家长供一餐动物科普之“茶点”。然谋就一事，非贵人相助、众手提携不成。

完稿之初，幸由北京燕山出版社呈报，中国作协原副主席、中国儿童文学委员会主任高洪波先生和房山区文联主席、著名作家凸凹先生殷殷荐言，致使该书入选北京宣传文化引导基金项目；又有凸凹先生热情作序，亦使该书焕然增色。

出版之前，幸得燕化公司关工委常务副主任、公司原党委书记王玉英，燕山工委书记、办事处主任李光明，燕山办事处副主任曾辉，燕山工委宣传部部长、燕山文联主席于勇等领导盛情推荐，鼎力支持，将其列入燕山文化丛书，并建议作为燕山中小学生课外阅读书目发行，开科普助教之先河。

编校之中，幸有肖虹、刘申、刘建军、曹毅等诸友提供随文照片，刘申先生于百忙中不辞辛劳，赶绘配文彩图，以助图文并茂；亦谢王雨华、武德水、陈建国、张静等挚友及女儿建华悉心协助校对、提出宝贵建议。

成书前后，燕山出版社金贝伦等编辑与作者和燕化印刷工贸公司及时沟通、联袂协作、不舍昼夜，终使该书如期付梓。

为此，再次向诸位领导、方家、老友及有关单位稽首恭谢！

作者

2021 年 12 月 1 日

燕山文化丛书

生灵
SHENGLING WUYU
物语

索俐◎著

鳞豸卷

北京燕山出版社
BEIJING YANSHAN PRESS

图书在版编目(CIP)数据

生灵物语. 鳞豸卷 / 索俐著. -- 北京 : 北京燕山出版社,
2022.2
ISBN 978-7-5402-6337-9

Ⅰ. ①生… Ⅱ. ①索… Ⅲ. ①散文集-中国-当代
Ⅳ. ①I267

中国版本图书馆 CIP 数据核字(2022)第 005959 号

生灵物语·鳞豸卷

作　　者 索　俐
责任编辑 金贝伦
封面设计 一本好书
出版发行 北京燕山出版社有限公司
社　　址 北京市丰台区东铁匠营苇子坑 138 号
电　　话 010-65240430
邮　　编 100079
印　　刷 北京燕化印刷工贸有限公司
经　　销 新华书店
开　　本 880mmx1230mm　1/32
字　　数 970 千字
印　　张 40.5
版　　次 2022 年 2 月第 1 版
印　　次 2022 年 2 月第 1 次印刷
定　　价 158.00 元(全四卷)

序（一）

《生灵物语》丛书，是索俐同志创作的主要反映北京郊区动植物奥秘、故事，宣传生物多样性、推进生物多样性实践的系列科普文学作品，分为动物和植物两个系列，共160多万字。

习近平主席在世界《生物多样性公约》第十五次缔约方大会主旨讲话中指出："'万物各得其合以生，各得其养以成。'生物多样性使地球充满生机，也是人类生存发展的基础。保护生物多样性有助于维护地球家园，促进人类可持续发展。"

2010年退休后，作者便满腔热情投入到燕山石化公司关心下一代工作中，并重点参与了《燕山石化图志》《燕化英模风采录》《古今燕山》《燕山春秋》等书籍的撰写、编辑和出版工作，为弘扬和传承燕山石化精神和燕山企业文化做出了重要贡献。

从教20多年的经历，推进生物多样性和关心下一代的责任，使作者自20世纪90年代便开始筹划创作京郊动植物系列书稿。

现代青少年学生，大部分时间埋头于书本、课堂和各类补习班，疲于应付各种考试，接触大自然的时间及机会越来越少。正是基于这一现实，作者才生发出为孩子们创作京郊动植物系列书稿的初衷。青少年时期，作者生活在传统自然经济状态下的京郊小山村，得以和各类动植物亲密接触，深入了解，并有了深厚情感。

花费大量时间和精力，创作出集故事性、知识性、趣味性、科普性为一体的科普文学作品，不仅为孩子们开拓了一方观察了解自然的奇异窗口，也为燕房地区乃至北京地区生态文学创作做出了有益探索和贡献。

在市场经济及浮华名利的干扰和冲击下，能心无旁骛、平心静

气埋头于动植物的观察、研究、探索与写作，这需要笃定的耐力，强烈的责任感和使命感。历经20多年的不懈努力与坚持，作者终于完成了这一巨制。该书稿受到了知名文学家的称道和好评。

中国作协原副主席、党组成员、儿童文学委员会主任高洪波先生评价说："索俐同志作为企业宣传干部能始终怀着童心专心动植物科普文学创作，精神难能可贵；能将故事性、趣味性与科普性融汇于书稿，更是一种有益的探索和尝试。"

中国作协会员、北京作协理事、房山区文联主席史长义(凸凹)先生评价说："本套书籍内容不但适合青少年阅读，也适合成年人作为枕边书，大快朵颐。以文学散记的形式撰写科普文章，是索俐先生对科普文学创作的一种有益尝试和独特贡献。他功莫大焉。"

经北京燕山出版社上报，该书目已被批准列为北京市2020年宣传文化引导基金资助项目。

该丛书的创作及出版得到了燕山文联、燕山石化公司关工委的大力支持，燕山工委、办事处和燕山石化公司多位领导对创作给予了热情关注和推荐。大家一致认为，这套丛书不仅是关心下一代工作、推进生物多样性的重要文化成果，也是燕山地区独特的文化建设成就，建议将其列入中小学地方阅读书目。

《生灵物语》动物系列共分为"昆虫卷""鳞豸卷""禽鸟卷""畜兽卷"四卷，每卷配有100多幅照片，突出了图文并茂特色。

生动有趣的故事、精细深入的观察、穷其肯綮的探索、形象直观的插图，相信一定会让广大青少年乃至家长爱不释手，并作为枕边书去阅读。

衷心祝贺《生灵物语》丛书出版！希望作者继续创作出无愧于时代、令读者期待的好作品！

燕山文联

燕山石化公司关工委

2021年10月

序（二）

凸　凹

《生灵物语》是作家索俐先生撰写的回顾、记录、研究北京郊区常见动植物的系列科普散文作品。

习近平主席指出："人与自然应和谐共生。当人类友好保护自然时，自然的回报是慷慨的；当人类粗暴掠夺自然时，自然的惩罚也是无情的。我们要深怀对自然的敬畏之心，尊重自然、顺应自然、保护自然，构建人与自然和谐共生的地球家园。"

索俐先生从小生长在京西南房山区的一个小山村，从童年到青年都生活在20世纪五六十年代艰辛、淳朴并带有浓郁自然经济状态的环境里，有幸与诸多动植物亲密接触、朝夕相伴、相依相知。正因为如此，叶绿花红、草长莺飞、虫鸣鸟语、兽走禽飞，都让其心驰神往，充满喜悦、探求与渴望。

然而，随着社会发展、人口膨胀、传统自然经济的消失和人类对自然环境的破坏，动植物赖以生存栖息的环境及条件在一天天恶化；全球100多万种动物，每天以几十种甚至上百种的速度在快速灭绝。想到这些，就让人扼腕焦虑又无可奈何！

多年来，出于推进生物多样性的责任，出于未泯的童心，出于对环境恢复的渴望，出于对京郊动物的浓厚兴趣和特殊情感，作者生发出一种记述和表达那个时代的强烈愿望和责任感。

为此，20多年来，索俐先生以大自然为师，以记录、还原、挖掘之功，深入动植物世界内部，努力探寻和研究其中所蕴含的

各种奥秘和新奇有趣故事，揭示所蕴含的哲理、规律、经验和教训，描绘出那个时代情趣盎然的别样画卷。

该部作品遵照真实性、故事性、趣味性、知识性原则，以散记笔法，记录了他所处时代的自然环境、社会环境、人文生活及与动植物亲密接触的经历，亦有他人讲述的故事，堪称是20世纪京郊生活的一部别史，也称得上是作者特殊经历的一部自叙传。

由于积累素材、探求动植物奥秘是一项十分艰苦的工作，需要深入生活、深入观察、深入探究、不断学习和充实自己，甚至要亲自饲养，故书稿写作持续的时间较长，从20世纪90年代至今已达20多年，可谓孜孜矻矻，令人肃然起敬。

这些文稿，有与动植物亲密接触的体会，有揭示动植物世界生生不息的奥秘，有记录动植物之间彼此争斗的残酷，有对动植物成长的观察和探究，有对动植物科普知识的研究和涉猎，总之，是索俐先生多年来所见、所闻、所感、所得以及对动植物探索研究心得的真实记录。资料翔实，叙述细密，阐释精当，卓见功力，让人大饱眼福。

在喧嚣和浮躁的市场经济大潮冲击下，能安下心来，不为干扰所动，心无旁骛地做一项看似“小儿科”的文化工程，需要的是恒心和定力，更需要一种责任和毅力。索俐先生以自己的实际行动坚持了下来，让我感喟不已。他是坚定的文化使者和甘于奉献的文化圣徒。

阅读这部书稿，读者不但能间接了解和感知20世纪传统自然经济条件下，人与动植物亲密接触的生动有趣场景，还能了解那个年代人们所经历的多姿多彩、艰辛困苦而又有滋有味的生活。

阅读这部书稿，不仅能使读者深入了解有关动植物的知识和奥秘，还能启迪读者关心爱护动植物的意识和情感，进而为推进生物多样性做出自己的贡献。

那些逝去的过往岁月，因为有动植物相伴而馥郁着浓浓的自然韵味，散发着令人回味的芳香。随着生活的现代化和居住城市化，人们接触动植物的机会越来越少。不用说野生动植物，就是人工饲养的动植物也变得日渐稀少。

因为有了动植物存在，地球才充满生机，人类才能生存繁衍。生命链条中的每一个环节都是不可替代的。一种动植物基因的形成需要亿万年时间，而一旦灭绝就很难再复生。在逝去的岁月里，人和动植物之间曾经是那样密不可分、息息相关。阅读此书，愿人们能为建设与动植物和谐共生的美好生活而共同努力！

《生灵物语》动物系列共分四卷，分别为“昆虫卷”“鳞豸卷”“禽鸟卷”“畜兽卷”，计170多篇稿件、80多万字。

为突出文稿的形象性及科普性，作者还结合每篇文稿内容，深入生活、深入实际，拍摄、搜集了数千张相关图片，并邀请朋友协助拍片、绘制相关插图，增加了书稿的直观性和形象性。

在注重文集故事性、趣味性、知识性的同时，为突出科普性，每篇文稿之后又设置了“科普链接”内容，以帮助读者从动物学角度了解该篇的主人公，透出悉心照拂的美意。

本套书籍不但适合青少年阅读，也适合成年人作为枕边书，大快朵颐。

以文学散记的形式撰写科普文章，是索俐先生对科普文学创作的一种有益尝试和独特贡献。他功莫大焉。

是为序。

2021年10月26日于北京良乡昊天塔下石板宅

目　录

乡河渔歌

故乡是京西南的一个山清水秀的小村，丘陵起伏，沟壑纵横，一条小河从村西转向村南，再向东南注入大石河。村里的孩子从小在与河水的嬉戏中长大，因而留下了许多关于捉鱼的美好记忆。

1

溯河而上，向村北走一里远，就到了有多眼山泉涌出的“龙潭”。几株老柳向潭内倾着身子，满头须发垂下来，为“龙潭”罩起了一圈绿色的蓬伞。有了泉，有了树，“龙潭”就成了儿时消夏闹水的世界。泉水清冽，手入其中，瞬间便会“扎”得指头麻木；潭水清澈，潭底卵石、游鱼、小虾历历可数。潭很浅，深处不过盈米，浅处不能没膝；形状也别致，沿河道扩展成椭圆，宽两丈余，长四五丈。潭中，有四五块巨石凸起，如小岛般星罗点缀。泉水自石下缝隙涌出，神秘莫测，悠悠翻着沙粒，使人产生莫名恐惧。何以称“龙潭”？村人传说是龙王庙里伺雨的乌龙，因贪杯误雨，被压在乌龙岭下，玉帝令其吐水赎罪，才有了清泉喷涌的“龙泉”。

其实，哪有什么乌龙？不过是人们的演绎幻想而已。待日后学了地理，了解了石灰岩及“喀斯特”地貌等知识，对“龙潭”的成因就有了科学领悟。原来，村北三条沟谷尽为石灰岩地质。由于石灰岩可溶于水，经亿万年渗水溶蚀，地下岩层便造化成奇特的“喀斯特”地貌：地下溶洞、伏流暗河、石花钟乳……十几里外著名的石花洞、银狐洞就是这种地貌的代表。“龙潭”地处

▲红翅白条鱼

村北，处于几条沟谷交汇处。几条地下暗河汇聚于此，才有了这清泉群涌的奇观。

泉水连绵不断，因季节不同而形态各异。冬春少雨季节，泉很平和，静静地在潭中漾着，如睡莲般温柔；夏秋多雨时候，泉也欢跃，常跳成盈尺高的水柱，淌落一潭欢歌；若大雨连绵，泉便喷射激扬，吼成一潭轰鸣。看泉的孩子们也会被诱得发狂，赤裸裸跳入潭中，与泉水拼搏嬉闹成一片。泉太凉了，入水不久的裸娃就开始嘴唇发抖，牙齿打战，终于耐不住冷冽，逃也似的爬上巨石，仰面朝天躺下，对着太阳，战栗着唱起晒日谣："东把火，西把火，日头出来单晒我；云往东，云往西，日头出来晒肚皮……"

因为有了这泉和潭，劳作一天的大人们才有了濯身洗垢、痛饮清泉的享受；老妪村姑们才有了洗衣、打水、谈天纳凉的福分；村娃伙伴们才有了水中嬉戏、空中飞虹的难忘童年。泉水不息，潭流外泄，于是，从村北到村西，再到村南，便流淌成一条九曲十八弯的龙泉河。

2

小溪环村，长流不息，溪水中的鱼虾便成为乡人们弥补贫困生活的口福。小溪无大鱼，只有草鱼、泥鳅、"花豆角"和"红翅”几种。

草鱼鳞片极小，看上去仿佛无鳞，体长最多四五寸。因胸腹丰腴，后腹至尾部明显变细，形状极像人的小腿肚，所以乡人又叫它们“腿肚子”。

泥鳅和“花豆角”都是细长滑腻的小鱼，多在河湾淤泥中潜伏。“花豆角”身有花纹，体态稍短，很像带花纹的圆豆角，故得名。泥鳅因善于在河水淤泥中藏匿生活，且滑腻难抓，故名泥鳅。

鲶鱼和“红翅”是小溪中的罕客，只有在溪流漩出的河湾里才能见到。

鲶鱼个头硕大，能够长到半尺多长，乡人便叫它们为“鲶鱼羔子”。周身无鳞，身体分泌黏液，头扁口阔，颌有四须，上背较黑，腹面白色，是水中的霸王，捕食小鱼、小虾、蝌蚪、小蛙。它们昼伏夜出，平时很难见到，只能偶尔钓取，或须截断河湾流水，才好去泥浆中捕捉。

“红翅”是一种优雅的、长有漂亮白鳞和粉红鱼鳍的中型鱼儿，也叫“白条鱼”。它们身体修长，既不像鲤鱼那样体长身壮，又不像鲫鱼那样体型局促，因鱼鳍如粉红的小翅而得名。垂钓时“红翅”极难上钩，被孩子们视为鱼中尊贵，能钓到者会受到大家青睐。

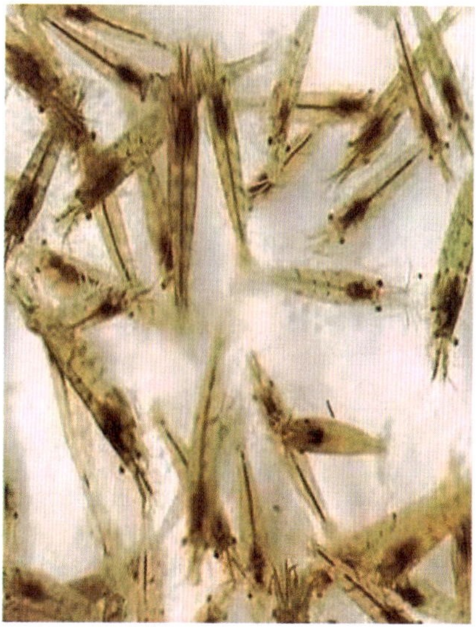
▲河水中的小虾

用笊篱在小溪水草中捞虾是孺子的事，捉鱼弄鳖才是我们的兴趣。捉鱼的方法很多：摸、砸、拿、晾、钓……各有特色，各不相同。

其中，最显本领、最常用的是摸鱼之法。

摸鱼，既不能选在溪水湍急的“花浪”处，又不能选在水没膝盖的河湾里。湍急处，鱼儿难以藏身；水深处，双手难以施展绝技。所以，摸鱼得选在水流平缓、多卵石缝隙的河段。这种河段饵料丰富，利于鱼儿嬉戏藏身，也正好让摸鱼者一展身手。

放学以后，几个伙伴一招呼，回家甩掉书包，提着小水桶就来到了溪边。选定各自的“领地”，摸鱼大赛就开始了。首先要选准鱼窝，看鱼儿钻到哪块石头下面，再察看石头下的鱼窝有几处出口。若只有一个出口，那是“死窝”，摸下去抓鱼十拿九稳。若有两个，那是“活窝”，双手合击，各封一个出口，石头下的鱼儿也将难以逃脱。若有三个以上出口，那是“散窝”，摸下去十有八九会无所收获。毛子一家住溪边，从小跟父亲练就了捉鱼捞虾的一身本领，是伙伴们崇拜的“鱼王”，摸鱼总是得第一。有了毛子言传身带，我们也渐渐成了摸鱼高手。

摸鱼要轻、稳、准、快：趟水要轻，入水要稳，封口要准，入口要快。捉住鱼后应快速把它甩到岸上，然后再拾到桶里。夏季天长，从下午放学到天黑，毛子每次都能摸上小半桶鱼。我们也能摸上二三十条，多是“腿肚子”和“花豆角”之类。

傍晚吃着香喷喷的焖酥鱼，听着大人们啧啧不绝的夸奖，摸鱼的兴致就更高了。

当然，摸鱼也有惊险。有一次，在一块石头下摸到一团肉滚滚的东西，似乎遇到了大鱼，发狠抓住拉出一看——“呀——”原来是一只碗口大、浑身长满疥疙瘩的癞蛤蟆！我一抖胳膊把它扔出去，人也吓得一屁股坐在水里。

其实，比起毛子，我的遇险是小巫见大巫。毛子那次摸鱼，竟摸出了一条绿衣红脖子的大水蛇！我们都吓呆了，可毛子扔掉水蛇后仍嬉嬉笑着："怕啥？在水里它没法张口咬人……"

3

砸鱼，是那些懒得下水的大人们用的一种震鱼之法：手提十几磅大锤，对准露出水面的石头用力砸去。石头突然震颤错位，下面的鱼儿被挤压，翻开石头后，死伤之鱼就会浮上水面。对这种靠蛮力捉鱼的办法，我们不屑一顾：一是太笨，显不出本领；二是收获不佳，时常白费力气。

拿鱼，多是大人们捕鱼的一种办法。选一处鱼群聚集的浅河湾。几个人舞锹弄镐开出一条新水道，把溪流引开，然后用土石围堰，将河湾来水截流。断了来源的湾水被不断淘出，鱼儿们便慌乱地蹦跳起来。待水落石出，鱼聚水底，便可以从容选择，信手拿鱼了。不过，此时拿鱼绝不捉幼小，一旦大鱼拿完，就立即开堰放水，河湾也转眼恢复原状。

晾鱼，是毛子父亲使用的一种捉鱼的绝技。选一段窄而有落差的河道，稍加垒砌后，让河道水流成一个喇叭口，然后在下面支起一个有半尺边框的细眼荆筛，名曰"晾子"。夜晚，觅食的鱼儿顺流而下落入荆筛，流水漏走，鱼儿便被搁浅在荆筛里。荆筛的网眼比黄豆还小，小鱼落下可侥幸钻出，大鱼落进就无可奈何了。待清晨巡晾，落晾之鱼多数已挣扎至死，可毫不费力伸手捡鱼。有了毛子的教习，我们也学会了支"晾子"。但程序太烦琐，又要早起费神巡视，所以就没有心思去使用了。

▲花豆角鱼(薄鳅)

▲孵化不久的小甲鱼

钓鱼，是智取河湾鱼儿的常用方法。把缝衣针烧红弯成鱼钩，将高粱秆剥光做成鱼竿，用棉线勒一段两寸多的高粱箭秆做鱼漂，钓具就做成了。鱼铒多选用河边草地挖出的红蚯蚓，又细又长，好穿钩，鱼儿也爱吃；至于又短又粗、吃腐拉土的褐蚯蚓，只有刚学垂钓的娃儿们才会用它。

“宝池湾”是小河中最深最险的河湾：河床座落于两山峡谷之间，十几米的河水落差将河道冲砸成一个数米深的椭圆形河湾。河湾因波光粼粼，形如宝石，故得名。由于地势陡峭，垂钓需坐在崖头才行，所以很少有人来这里冒险。

“宝池湾”水深流缓，便养育了小河里罕见的长须鲇鱼和“红翅”。这里是高年级孩子跳水、游泳和垂钓的乐园。

在“宝池湾”垂钓十分刺激，谁钓不上鲶鱼、“红翅”，就要被罚从崖头跳湾，是毛子做的示范。从四五米高的崖头纵身跳下，比高台跳水还要惊险。

在“宝池湾”垂钓一般会收获颇丰，钓上鲇鱼、“红翅”不算，有时还能钓上河鳖。那家伙又重又赖，常把鱼竿、钓线拉断也不出水面。

此外，还有呛鱼之法——将生石灰抛入河中，触水的生石灰会立即爆裂成白色的石灰水弥漫了河道，所有鱼虾都会被瞬间呛死而漂上水面。

这是毁灭性的毒鱼之法，乡规中绝对禁止，孩子们更是憎恶，因为它亵渎了小河的美丽。

龙泉河清澈的流水，滋润了家乡的土地，使小山村充满了灵秀。河里丰富的鱼虾，贴补了乡人贫困的生活，也给孩子们带来了无限欢乐——那是一首美妙的、难以忘怀的乡河渔歌。

然而，20世纪70年代以后，由于气候干旱，村里过度取水，昔日的“龙泉”再也翻不出清凉的泉水了。

村民凿开泉眼，用深水泵抽水建起垂钓鱼塘。曾经四季流淌、九曲十八弯的龙泉河被层层截断，河里自然生长的小鱼小虾最终亦消失了踪迹。

回到故乡，尽管可以在鱼塘钓到人工饲养的大鱼，但总觉得没有了昔日在小河中洗濯、游泳、捉鱼、摸虾的自然与乐趣。

被急功近利所驱使，我们的环境越来越失去本色。人们只能在无可奈何中祈祷叹息。

科普链接： 鱼类属于以鳃呼吸，通过尾部和躯干摆动，借助鳍的协调在水中游泳的水生脊椎动物，属于脊索动物门中的脊椎动物亚门。生物学家把脊椎动物分为五大类。其中，鱼类占脊椎动物总量的53%；鸟类占脊椎动物总量的18%；爬行类占脊椎动物总量的12%；哺乳类占脊椎动物总量的9%；两栖类占脊椎动物总量的8%。全球现有鱼类占已命名脊椎动物一半以上，且新种鱼类仍在不断被发现。目前全球已命名的鱼类约32100种，按地域主要分为热带鱼、温带鱼和冷带鱼；按水体又分为淡水鱼和咸水鱼。

捉泥鳅

“池塘里水满了，雨也停了，田边的稀泥里到处是泥鳅。天天我等着你，等着你捉泥鳅，大哥哥好不好，咱们去捉泥鳅。小牛的哥哥带着他捉泥鳅，大哥哥好不好，咱们去捉泥鳅……”这是台湾艺人侯德健作词作曲的《捉泥鳅》。

每当听到孩子们唱起这首歌，我就会想起少年时自己捉泥鳅的情景。

1

泥鳅身体细长，带有许多小黑点，腹部之前是圆形或椭圆形，到了尾部渐成扁圆。之所以称作“泥鳅”，是因为它们浑身有一层滑溜溜的黏液，很难用手抓住。即使抓住了，它们也会像蛇一样扭动着身体从你手里滑出去逃脱。

泥鳅的眼睛和头部较小，马蹄形的小口在头前的下部，有五对小须，是极为重要的触觉和味觉感受器。其中吻端长有一对，上颌长有一对，口角长有一对，下唇长有两对，口须最长可延伸至眼后。

许多人以为泥鳅是无鳞鱼，因为它们的身体表层有一层滑腻的黏液，根本看不到鳞片。其实，泥鳅是有鳞的，只是那极细小的鳞片埋在皮下，人们很难发现罢了。

捉泥鳅是让孩子们着迷的趣事。而这种最早的记忆是在人民公社成立以后。

轰轰烈烈的人民公社运动催生了很多新生事物。村南那片被龙泉河水经常浸泡的涝洼地破天荒被改成了水稻田。种水稻本是南方才有的事情。被人民公社化激励的村干部敢想敢干，居然动员村民把一片不产粮食的涝洼地改造成了水稻田。

施好底肥，平整地块，引来龙泉河水自流灌溉，然后插秧、管理，那水稻竟长得郁郁葱葱。来稻田参观的人络绎不绝，好事的孩子们也跑到稻田边看热闹。

看热闹的过程中，我和驹子发现了稻田中的秘密：稻秧摇曳的水面不断有泥鳅钻入钻出，将泥水搅出一团团浑浊。于是，我们守住这秘密，趁放学打猪草偷偷跑到稻田中去摸泥鳅。为什么要偷偷摸摸呢？一是大人们不许孩子们去稻田，怕踩坏了秧苗；二是怕同伴们发现，招惹来一群孩子就坏事了。

小孩子摸泥鳅完全是因为好奇和好玩，至于能捉多少根本无所谓。

捉泥鳅不是容易的事情：眼见一条泥鳅翻着泥浪钻入泥里，你蹚着水快速跟过去用双手去抓捕，可十有八九它已经钻出了围堵。泥鳅在淤泥中遁行的速度比在水中游走一点也不慢。即使被“抄”在了手中，若双手间有一点缝隙，它们也会像软钻头一样从缝隙中挤成S形逃出，进而落水而逃。可越是这样，我们捉泥鳅的

▲稻田养泥鳅

兴致就越浓，常常因为捉泥鳅而把打猪草的“主业”耽误了。

然而，夏日一场大雨之后，我们的“好事”却不幸泄露了。

那天夜里，大雨下个不停，龙泉河水变得浑浊汹涌，并发出了咆哮般的轰鸣。

▲水盆里的泥鳅

雨过天晴后天气格外闷热。下午放学后，我和驹子再次来到稻田时一下子被惊呆了：浑浊的泥水里，一条条泥鳅们疯狂追逐着，溅着水花，翻着泥浪，把一尺多高的稻秧都晃动了。我们不顾一切提着打猪草的荆条篮追入稻田。横过篮口在泥水中拦截包炒，很快就抓获了几条半尺多长的大泥鳅。泥鳅虽然善钻，但困在细密严实的荆条篮里也就没了用武之地。这天下午，我们索性不再打猪草，而是用荆条篮做网在泥水中专注地捉起了泥鳅……傍晚，我和驹子各提着半篮泥鳅回了家。

这下惊动了村里的许多小伙伴。第二天放学，孩子们蜂拥来到稻田捉泥鳅，一下子踩踏了半亩多稻秧！生产队长一下急眼了，到学校骂了一顿不算，还警告说：谁敢再去稻田捣乱，就别想上学了——开除！

从此，我们再也不敢去稻田了。

两年以后，那片并没丰产的稻田改成了旱地，种了耐涝的多穗高粱。但在稻田里捉泥鳅的情景却深深烙印在我的心中。

大雨之后的稻田为什么会出现泥鳅盛会呢？许多年来我一直迷惑不解。后来才知道，是泥鳅进入了交配产卵季节。雌雄泥鳅相互追逐、疯狂求偶，才导致了奇特的泥鳅大聚会。

2

小学毕业了，准备考中学的几个伙伴因放暑假自己复习而获得了更多的自由。

连续下了几天大雨，暴涨的龙泉河淹没了村南河道的水泥漫水桥。这些桥是当年国家为建设“321工地”而修建的。据说是个保密工程，后来因选址变动，便留下了几座农村少见的水泥漫水桥。

洪水退去以后，我和三里外自然村的同学约好去捉鱼，然后再复习功课。

洪水过后，河道总会有许多鱼儿在水流跌落的小瀑布中逆流而上。正是守浪待鱼、伺机捕捉的好时机。

来到“宝池湾”下的漫水桥，桥面上已没有了水流。大部分河水从桥洞北流入桥洞。桥洞南水流湍急，与河道形成一尺多高的小瀑布。眼见许多鱼儿自下而上冲浪跳跃，试图跃过瀑布进入桥洞，再进入平稳的河湾。

我们立即跳到桥南瀑布旁捉起了逆浪上冲的鱼儿。

鱼儿们看似在眼前跳跃，可水流急速，光滑摆动的鱼儿必须眼疾手快才能捉到。

几次尝试以后我们发现，冲浪而上的竟然是清一色的泥鳅！虽然能侥幸抓住几条，但稍一迟疑，这些家伙转眼就会扭动着滑溜溜的身体从手中脱出。

我们立即改变战术，抓住泥鳅后毫不停留，立即扬手把它们甩上了水泥桥面……

这一招非常奏效，不一会儿，桥面上就聚集了一片扭动挣扎、张嘴喘气的“俘虏”。

这些“俘虏”被我们用长长的荆条穿鳃而过，足足穿了三大串！

大约是泥鳅太大、太粗、太硬了，毛子家的鸡儿吃不下，猫儿啃不动，只是围着泥鳅叫着打转。

不知谁告诉了邻居家的二婶，她匆匆赶来把泥鳅要走了。说是二叔患了肝炎病，医生开的药方要用泥鳅做药引子，并拜托我们能尽量帮她多捉一些。

为了帮二叔治病，我们特意来到漫水桥下的“宝池湾”。凭着上次的经验，我们断定，“宝池湾”中一定会有许多泥鳅。

“宝池湾”坐落在龙泉河南一个近90°的悬崖拐弯处，是千百年的河水把崖下“咬”出了一个巨大的河湾。河湾处积下了多年的淤泥，因而是泥鳅们生活繁衍的好地方。

病中的二叔也来助阵，指挥我们在沙滩上开出一条临时河道，截住了流向湾内的水，并通过引流和淘水，使河湾渐渐露出了淤泥和翻滚游走的泥鳅……这一天，我们为二叔家捉了满满两水桶泥鳅！

说来也神奇，二叔自打吃了我们的泥鳅，肝病居然一天天好起来。

3

鱼儿们都喜欢在水中游来游去，而泥鳅却喜欢生活在水底淤泥里。为什么泥鳅喜欢且适应了这样的环境呢？这得益于泥鳅的特殊呼吸系统。

泥鳅不仅能像其他鱼儿那样用鳃呼吸，还能用身体的皮肤呼吸，特殊情况下甚至还能用肠去呼吸。当池底淤泥有机物因腐烂造成严重缺氧时，泥鳅会跃出水面或垂直上升到水面用嘴直接吞入空气由肠壁辅助呼吸。

盛夏闷热的天气，气压低，要下雨。这时候，因泥鳅常会到水面呼吸，河湾便会泛出连连水泡。人们因此将泥鳅又称作“气候鱼”。

一旦雨水稀少，河湾或池塘干涸，泥鳅会钻入淤泥中依靠少量水分使皮肤保持湿润，并靠嘴和肠呼吸来维持生命。待干旱结束，水流重现，它们则会重新钻出淤泥活跃起来。

泥鳅忍耐低溶氧的能力远远高于一般鱼类，所以在缺水或离水的艰难环境中，泥鳅仍能存活较长时间。

泥鳅的营养价值很高，富含蛋白质、矿物质和维生素，其中维生素的含量比其他鱼虾高出数倍，有补中益气、清利小便、解毒收痔、养肾生精等功效，因而成为人们欢迎的水产品。

医学研究表明，泥鳅体内含有丰富的核苷。核苷是各种疫苗的主要成分，能提高身体抗病毒能力，特别适合那些患急慢性肝炎及黄疸病的人食用。这大概就是二叔吃泥鳅治好了肝炎病的重要原因吧？

泥鳅对水质要求不高，池塘、稻田、水沟都能养殖。人工饲养泥鳅，现已成为很有市场前景的产业。

科普链接：泥鳅属于脊索动物门、脊椎动物亚门、硬骨鱼纲、鲤形目、鳅科、泥鳅属动物，是池塘、稻田、小河中分布广泛的一种鱼类，体背和两侧青黑色，体侧下半部和腹部为灰白色或浅黄色。因浑身有一层滑溜溜的黏液，很难用手抓住，所以称作“泥鳅”。喜欢生活在水中淤泥里，是一种耐低溶氧的鱼类，在缺水和离水环境中能存活较长时间，生命力十分顽强。

钓鳝

龙泉河长流不息，村南那片洼地就成了自流灌溉的稻田。记得20世纪60年代，没有农药，没有化肥，那片30余亩的稻田，曾是泥鳅、鳝鱼出没，“蛙声一片”的热闹之地。

稻田完全靠自流灌溉。龙泉河的水自上而下通过明渠流入稻田，河里的游鱼、小虾、泥鳅、青蛙也成了稻田中的寄主。稻田初时并没有黄鳝，是买秧苗时偶尔带进了鳝鱼卵并在稻田中孵化出了小鳝鱼。自从有了鳝鱼，稻田就成了青蛙与鳝鱼互相吞食的战场。

鳝鱼也叫黄鳝、蛇鱼。它们身体像蛇，但没有鳞，肤色有青色和黄色两种，大的能长到二尺多长。

它们生活在水边泥洞或缝隙中，夏季出来活动繁殖，天冷会钻入深深的泥洞中。由于营养价值很高，所以人们常常将它们蓄养在池塘或稻田中。

鳝鱼能在浅水中竖起身体的前半部用口到水面呼吸，并能把空气储存在口腔和喉部里，所以，它们的喉部便显得有些肿大。白天，它们很少出来活动，喜欢在淤泥中打洞或在水中缝隙穴居，只有到了夜间才会钻出来觅食。鳝鱼以各种小动物为食，非常贪吃，小鱼、小虾、小青蛙、小蛤蟆都会成为它们的食物。

鳝鱼的身体呈圆筒状，可最大限度减少进出泥洞的摩擦，非常适合于穴居。它们全身能分泌出非常油滑的黏液，既可以预防细菌、病菌的侵袭，还可以尽量摆脱人和动物的捉捕。人若捉到黄鳝，它会扭动着滑腻腻的身体，让你拿不稳、攥不住，尽管你尽力把手攥紧，它们也会摇晃盘绕着从你手中迅速滑落。总之，滑溜溜的身体是它们逃生的重要手段。

青蛙与黄鳝几乎都是五六月份产卵，所以，彼此的卵和幼体会成为对方吞食的对象。但黄鳝有细齿，又有护卵的习性，青蛙和小鱼一般都不敢打鳝鱼卵的主意。

雌鳝产卵时，先用嘴吐出一堆黏泡泡，然后将卵产于泡泡中。之后，它会在卵泡下的泥土中打洞守卫，严防偷卵者。

护卵期的黄鳝性情十分凶猛，遇有小鱼、青蛙靠近卵泡，它会迅速蹿出，将小鱼、小蛙一口咬住，囫囵吞下。所以，即使是成年青蛙，也不愿招惹黄鳝。

然而，小鳝出卵以后，鳝妈妈就护不过来了。四处游荡的小鳝，会成为青蛙的“点心”；而随水漫游的蝌蚪也会成为黄鳝的“美食”。

初见黄鳝的时候，乡人以为是蛇，曾吓得不敢下田插秧。见多识广的丁二叔告诉大家这是鳝鱼，并捉了几条给乡人品尝。大家这才将信将疑。尽管丁二叔把鳝鱼的味道说得很鲜美，可大家都忌讳那滑溜溜的身子和蛇一样的鳝头，田虽敢下了，但没有几个人敢去捉鳝。

20世纪60年代初的饥饿，让人们早把顾忌抛到了九霄云外：挖老鼠洞，烤老鼠肉，吃花生皮……村南稻田的黄鳝，也成为孩子们放学后捕捉的对象。鳝鱼昼伏夜出。白天，它们大都钻入

▲市场上的鳝鱼

▲鱼市上的鳝鱼

稻田泥土中休息避暑；到了晚上，它们才纷纷钻出来在水中捕捉小鱼、小虾、田螺和蚯蚓。

放学后，为了在稻田中寻找黄鳝，驹子无意中撩开一团泡沫，没想到被一条蹿出的黄鳝一口咬住了小手指。驹子抖着手指吓坏了，我和混子则又惊又喜。我们由此发现了泡沫中的秘密——鳝鱼的卵。鳝鱼卵金黄色、半透明，卵黄呈淡黄色，有黄豆粒大小。卵离开泡沫后，会慢慢沉入水中。我们因此推断，泡沫是专门来粘附和保护鱼卵浮在水面孵化的。驹子是因为动了鳝鱼的卵，所以才被护卵的鳝鱼咬了手指。我们又试着用小棍拨动了几团泡沫，果然遭到了类似的攻击。经仔细观察我们发现，每团鳝鱼卵下面的泥土都有一个圆圆的小洞，是呼吸孔，母鳝就藏在小孔下面。

怎样捉到水中的黄鳝呢？我突然想到了“钓鱼”之法。于是，大家纷纷回家取来了钓线和鱼钩。上好蚯蚓后，将钓钩垂向水中的小孔。但钓线移动起来晃晃悠悠，准确性不高，多数鳝鱼并不理睬。

几番试验之后，还是驹子提出了新建议：不再用钓线，而是直接用铁丝做成钓钩，蹲在田埂上，用蚯蚓做饵，让钓钩在鳝鱼呼吸孔上方左右晃动。嗅觉灵敏的黄鳝闻到蚯蚓味，突然蹿出，一口将蚯蚓吞下。此时，立即提钩，一条黄鳝就会从泥水中霍然拉出……

铁丝钓钩发明之后，钓鳝的收获大增。这之后，混子受铁叉扎鳖的启发，用废旧自行车条做成尖尖的“钓扎”，把蚯蚓穿在尖而直的“钓扎”上，待黄鳝蹿出吞饵，便用力下扎，尖尖的车条会直刺鳝鱼体中……

秋天到了，天气凉了，黄鳝也都钻入了深深的泥土中。

待到冬天过去，春天来临，春天的稻田又是一番令人激动的场景：随着犁铧入地，泥浪翻滚，一条条冬眠初醒的黄鳝被翻上了地面。于是，孩子们大呼小叫跟着犁铧捡鳝，稻田里充满了春天的欢乐……

精明的丁二叔想在自家稻田里养黄鳝，并特意捉几条产过卵的母鳝在稻田里放养。可第二年，母鳝们根本没有产卵。后来，他去一位养鳝的亲戚家登门求教，终于恍然大悟。

原来，鳝鱼有变性的特征，一生中既可当母亲又可当父亲。母鳝产过卵之后，就逐步向雄性转化，最终变成雄鳝。也就是说，鳝鱼发育到第一次性成熟时为雌性，而第二次性成熟时就开始变成了雄性。这种阴阳转变的过程，在生物学上称为性逆转。

丁二叔自认为捉来了母鳝，却不知它们来年会变成“光棍男”！

科普链接：鳝鱼俗称黄鳝、罗鳝、蛇鱼等，属鱼纲、合鳃目、合鳃科、黄鳝亚科、黄鳝属鱼类。身体像蛇，但没有鳞，肤色有青、黄两种，大的有二三尺长，生活在水边泥洞或石缝里，夏季活动繁殖，冬季藏于洞中冬眠，是有价值的食用鱼类，多蓄养于池塘或稻田中。鳝鱼第一次性成熟时为雌性，但从第二次性成熟开始却变成了雄性，一生中既当妈又当爹。这种阴阳转变的过程，在生物学上称为性逆转。

打鞘

“打鞘”，就是用鞘刀去砍杀水中的游鱼，一种很原始的渔猎方式。

鞘刀是用熟铁打造的，长近一米，宽二三厘米，厚二三毫米，形状就像是一柄日本式东洋刀，但没有锋利的刀刃。刃部为钝圆的弧形，可以把水中的游鱼砍死，但不会砍断。

盛夏的夜晚，头上戴一盏明亮的电石灯，下身穿防水皮衩，手中持一柄鞘刀，站在波光粼粼的大石河畔，待水中游鱼趋光而至便挥刀砍去，于是，一条大鱼便浮上了水面……

绕村而过的龙泉河是大石河的一条支流，它曲曲弯弯绕过故乡的小村，再穿过二三里长的河谷，便注入了大石河。

在沿途接纳了一条条溪流之后，进入京西平原的大石河变得汪洋恣肆，四季流淌。盛夏雨季，河面宽近百米；即使是冬季枯水季节，二三十米宽的河面也是长流不息。

而现在，大石河成了实实在在的卵石河，不管夏季还是冬季，再也看不见滚滚的河水，满眼所见的除了白光光的卵石，就是稀稀落落的蒿草——它已变成了十年九断流的干河。

人说“大河没水小河干”。其实，小河是大河的血脉和源流，大河是小河的归宿和家园；是小河率先干涸了，大河才失去了生命。童年时的小溪、河汊能四季长流、充满生机，所以那时的大石河才有了宽阔的河面和众多的鱼虾。

河大，鱼便多；水深，鱼便大。毛子家离大石河口只有二里多路，所以，毛子的老爸就有了去大石河“打鞘”的便利和收获。“打鞘”不是孩子们的事，是大人中勇敢者的行为。

“打鞘”者要具备四个条件：

首先要会使用电石灯。电石灯是乡村窑工们下窑时使用的一种专用照明灯：灯筒圆柱形，分上下两层——下层装电石，并斜出一只壶嘴一样的灯头；上层是水盒，底部中央有一个小小的圆形泄水孔，用一枚圆而尖的小木棍堵住。上下拉动木棍，水滴会源源不断滴落到下层的电石上。电石遇水之后发生剧烈反应，进而产生乙炔气；乙炔气从灯头上如针的细孔中喷出，点燃后会射出长长的火焰，能发出白亮耀眼的光芒。电石灯明亮而抗风，灯身又有一个皮套可将其戴在头上，所以，窑工们才得以在漆黑的窑洞里挖煤劳作。

▲河湾打鞘图　　孙大钧 作

打鞘者选择电石灯作为照明工具，是因为它明亮，且能够抗击河风，不会被轻易吹灭。

其次要有一柄合适的鞘刀。刀要薄厚适度，不能太轻，太轻下水慢、惯性小；刀刃要圆钝无棱，不能把鱼砍断。

再次是有一条能御水隔寒的皮衩。人若总是赤脚站在水里，会得腰腿病，所以要有一条齐腰深隔水的橡胶皮衩。

最后是要熟悉河段的水情和地貌。大石河河道中有许多挖沙留下的深坑。河水流经深坑会形成漩涡，一旦踏入漩涡，保不准就会出人命。

▲鱼市上的鲶鱼羔子

那一年，愣头逞能的印子，就是独自打鞘跌入漩涡丢了性命的。

毛子经常夸耀他爸打鞘的业绩：什么昨晚打了几条鲤鱼拐子啦，几条鲫瓜片子啦，几条鲶鱼羔子啦，几条黑鱼棒子啦……光听这名字就把我们诱得心跳了。

如今的市场上，鲤鱼、鲫鱼、鲶鱼、黑鱼随处可见。可20世纪60年代的山里孩子，能见到半尺多长的鲤鱼、鲫鱼就算是大开眼界了。

被强烈的诱惑所吸引，一次次缠着毛子爸带我们一起去打鞘。拗不过我们的求磨和执着，他终于答应带我们去看一看。但说好了，只许在岸上替他收鱼，不许涉水下河。

那是月光皎洁的一个夏夜，我和毛子替他老爸扛着鞘刀，背着鱼篓，提着电石灯“出鞘”了——乡人管出来打鞘叫“出鞘”。

龙泉河水哗哗流着，走在河边的山路上，听毛子爸讲着打鞘的注意事项和种种趣事，我们充满了渴望和激动：什么那年上游洪水突至，1米多高的浪头齐刷刷涌来，差点把他卷走；什么一条大水蛇也来凑热闹，被他一刀砍断了身子；什么打鞘的电石灯招来了两只狐狸，叼走了他鱼篓里的两条鱼……我们痴痴听着，眼望幽幽的大山，耳听哗哗的流水，只觉得一阵阵毛骨悚然。

走出山谷，闪着碎银的大石河突兀在眼前。河面很宽阔，水流舒缓不急，因而涛声也不大。

打鞘地点要选在饵料丰富的河段，水既不能太浅，也不能太深，最好1尺左右。太浅了没有大鱼来，太深了人受限制，鞘刀也劈不到底。

毛子爸将打鞘点选在了龙泉河与大石河的交汇处。这里河道平浅，龙泉河冲下的沙石把这里填成了一个小三角洲，饵料也十分丰富，是鱼儿集聚的好地方，最适合打鞘。

毛子爸穿上皮衩，放亮电石灯后戴在头上，然后提着鞘刀蹚入浅滩。此时，我和毛子早把不下水的承诺忘记了，丢下岸上的鱼篓也悄悄跟在了后边。

灯光闪烁，鱼儿们果然三三两两游过来。毛子爸弯腰、低头，继而举起了鞘刀，但半天却没有劈下来。原来，是游过来的鱼儿太小了。突然，他冲我们轻吼一声“别动”，自己也雕塑一样不动了。啊——是一条黑乎乎的大鱼游过来了，足有近1尺长！我认出来了，那是专吃小鱼的“黑鱼棒子”。说时迟，那时快，就在黑鱼向一条小鱼发起进攻的时候，毛子爸的鞘刀带着风声劈了下去。“唰——”水花闪过，转眼间，黑鱼棒子晃动着身子仰面朝天浮上了水面。毛子一步抢上去把黑鱼棒子抱在了怀中。我们惊喜得大声喊叫。凑上去借灯光一看，黑鱼足有二三斤重，已被砍断了脊梁。

毛子爸告诉我们，鱼也贪恋灯火。灯越贴近水面，诱来的鱼儿也越多。我恍然大悟，怪不得毛子爸刚才弯腰低头，原来是为了让电石灯更贴近水面

▲鲫瓜片子

好引诱鱼儿过来。可这样挥刀打鞘就不方便了。我自告奋勇要为毛子爸提灯，毛子也一个劲和我争抢。看我们兴致勃勃，毛子爸索性说："轮流上阵，每人一袋烟工夫——河水凉，不能扎着！"

于是，我们轮流持灯而立，一动不动，成了诱鱼深入的"灯柱"；毛子爸则成了持刀埋伏的"杀手"。

有了我和毛子的加入，毛子爸如虎添翼，挥刀频率和准确性明显提高：但见长刀挥舞，不断劈入水中，一条条大鱼不断浮出水面，欢呼声和叫好声在河面阵阵回荡……

那一晚，我们打了四条黑鱼，四条鲤鱼，四条鲫鱼，还有十多条红翅、白鱼、鲶鱼……足足装了多半鱼篓，直到快半夜才恋恋收刀。

回来已经是后夜，我就住在了毛子家。

第二天清晨，毛子爸将打来的"战利品"为我装了一小荆篮让我们上学时带回家。

如今，龙泉河干涸了，大石河断流了，童年"打鞘"的情景只能在梦境中再现了。

水塘蛙鸣

故乡是个有小河和众多水塘的小山村。

除了四季长流的龙泉河，村里还有众多由山泉涌出的水塘：村北是“龙潭”，村南是凉泉，村西是田家泉……这些山泉池塘与龙泉河共同构成了山村水网。勤劳的乡人栽杨植柳，溪流旁，水塘边，就成了人们渴饮、洗濯、纳凉的好地方。

河湾和水塘中有鱼、有虾、有鳖，更有青蛙，所以听故乡的蛙叫就像听鸡鸣狗吠一样平常。

故乡山清水秀，青蛙也长得翠绿壮硕，且叫起来的声音亦不同凡响。

1

青蛙俗称“田鸡”，因能像鸡儿一样捕食田里的害虫而得名。

“田鸡”捕虫比鸡儿毫不逊色：蜷缩后腿静蹲一处，肚子一鼓一鼓等待。发现叶上蠕虫或采蜜的蝶蛾，会用大眼死死盯住，测好距离，看准时机，后腿猛然发力跳起，同时张口弹出带着黏液的长舌，瞬间将猎物粘住反卷收入口中……当“田鸡”重新坐立下来时，猎物已经被吞进了肚子。

“田鸡”的跳跃能力非常出色，跳跃距离可达身长的10倍。这种强大的跳跃功能得益于腿部的肌肉。跳跃前，处于蹲伏状态的两条大腿已开始迅速拉伸后肢肌肉。拉伸能产生难以置信的能量，最终以一跃迸发捕获猎物，抑或是逃脱天敌的追击。

“田鸡”捕虫，分高低远近采取不同策略：低处的、近处的，只要舌头够得着就无须跳起，弹出舌头便可探囊取物；高处的、远处的，只要一跳可达便腿舌并用，一击即可擒敌。跳起来捕虫要有准确的协调和估算能力，目标有多高、多远，需跳起来多少才能用长舌粘住猎物，都要事先做好估算。由此看，“田鸡”是出色的估算大师。其实，这也是它们的生存本能。

观察“田鸡”捕食行为会发现，它们只对飞行或运动中的昆虫感兴趣，对静止不动的昆虫往往视而不见。原来，这与它们视网膜神经细胞的构成紧密相关。

科学家研究表明，青蛙的视网膜神经十分奇特，神经细胞共分成五类：一类负责分辨颜色，另外四类则能对运动目标的某一特征进行分辨，从而迅速辨别出运动中的目标到底是什么。若是苍蝇、飞蛾等最喜欢的猎物，青蛙会立即行动；若是胡蜂、蜜蜂等危险昆虫，青蛙则避而不动；若是静止的目标，青蛙则难于做出反应。这也是它们为什么不去捕食那些静止昆虫的根本原因。

“田鸡”捕食的范围必须在水塘附近。乡人说：疥蛤一里，田鸡十丈（“疥蛤”就是疥蛤蟆——蟾蜍)。意思是说蟾蜍可以在远离水塘一里的范围内活动捕食，而青蛙只能在临近水塘十余丈的周边生活。

▲荷叶上的青蛙

为什么会这样呢？因为蟾蜍属耐旱蛙类，皮糙肉厚，肺部功能强大，浑身长满“疥疙瘩”，能长时间在陆地活动而无须经常到水里湿润身体。但“田鸡”就不行了，尽管是两栖动物，由于皮肤细腻裸露，无法有效防止体内水分蒸发，加上必须借助湿润的皮肤才能辅助肺部呼吸（湿润的皮肤才能从空气中吸取氧气），所以“田鸡”必须时常回到水塘里润润皮肤。

生理特征决定了“田鸡”必须与池塘、小河时时相伴。

阳春三月，尤其是一场春雨之后，故乡池塘与河湾便开始热闹起来：蛙鸣声此起彼伏，“田鸡”们开始了求偶与婚配大合唱。

青蛙是雌雄异体的卵生动物。繁殖期间，雄蛙会为争得与雌蛙的“抱对”权而大打出手。在池塘里，经常能见大个的雌蛙“背着”一只较小的雄蛙在水里游动。但这种“抱对”并非进行交配，而是青蛙生殖过程中的一个环节，是雄蛙在刺激雌蛙尽快排卵，以便同时排精完成蛙卵在水中的受精过程。

生物学家曾做过试验：如果人为取消青蛙“抱对”过程，那么即使是繁殖期间的雌蛙也不能排出卵细胞。可见“抱对”，对青蛙繁殖具有重要意义。

繁殖期间的蛙鸣分外热烈，但时常会陷入混乱。

青蛙的发音器官为喉门软骨上方的声带。雄蛙除了长有声带，口角两边还各有一个能鼓成大泡泡的外声囊，鸣叫的时候能产生强大共鸣，使歌声更为宏大和嘹亮。

细雨蒙蒙的天气走过池塘，“呱啦啦啦、呱啦啦啦”的蛙叫此起彼伏。最先叫的、最响亮的一定是那些雄蛙。

当雌蛙尚未出现的时候，一只雄蛙率先鸣唱，其他雄蛙随着伴唱、齐唱，继而汇成宏大的求偶交响曲。此时的蛙鸣，完全是为了吸引和刺激异性。但当雌蛙出现以后，争偶“抱对”的打斗顿时会使蛙鸣变得混乱不堪……

求偶季节过后，青蛙们恢复了正常生活，蛙鸣也变得自由而闲散：“呱啦啦、呱啦啦……”由求偶时的急促四连音变成了舒缓三连音。

2

大雨过后，池塘中几十只甚至上百只青蛙的放歌几里以外都能听到。

最宏伟的是龙潭池塘的蛙鸣。大跃进时期，为充分利用村北龙潭的泉水，村民们奋战几个昼夜，在潭口挖出了3亩大的储水池塘，使下游几十亩旱地都变成了自流灌溉的园田。清澈的泉水，盈盈的池塘，碧绿的水草和高大的蒲草，为青蛙们构建了舒适美好的家园。由于池塘宽阔，周边菜地猎物充足，池塘中的蛙群就变得越发壮大。蛙多便势众，蛙鸣也在几个池塘中最为宏大，雨夜中整个村子都能听到那豪迈的合鸣。

最响亮的当属田家泉池塘的蛙鸣。田家泉地处村西谷地低洼处，周围多为石灰岩地貌，是一股喀斯特涌泉，因地处田家坟附近而得名。田家泉西侧是高大的地堰，北侧是池塘围墙，南侧是缓坡，东侧是池水溢出的小溪。劳作的乡人和戏水的孩子多从南侧缓坡到池水中洗濯。池边众多地堰石缝方便了青蛙藏身，但也招来了水蛇栖息。初夏以后，常见绿水蛇在水面快速游走追逐刚长大的青蛙。每逢见到这情景，孩子们就会用荆条、石块对水蛇群起而攻之。常常是刚吞下青蛙半个身子，水蛇就被乱石打翻了。水蛇属无毒一类，长不了太大，所以大块头的青蛙不

▲绿色的青蛙

会束手就范。一次，一条水蛇咬住了一只大个青蛙的后腿，青蛙先是用另一条后腿奋力踢抓蛇头，接着拼力转身去咬蛇身。那水蛇居然胆怯了，竟吐出青蛙的后腿悻悻地游走了……

▲青蛙

经历了与蛇争斗、优胜劣汰的艰辛，田家泉的青蛙个个体色碧绿，块头硕大，蹲卧也有三四寸，且叫声响亮："呱啦啦、呱啦啦、呱啦啦……"大有"蛙声十里出山泉"的豪迈。

叫声最恐怖的当属凉泉池塘的蛙鸣。凉泉坡是村南一座不高但陡峭的小山，凉泉就发源于坡根峭壁下。由于南山阻隔，绿树掩映，凉泉几乎整日不见阳光，加上有峭壁遮挡，池水深绿幽暗，给人一种阴森的感觉。不知是缺乏阳光还是环境阴郁，这里的青蛙不仅后背变得黑绿，花纹也由浅黄色变成了深褐色。阴雨连绵的日子，沉沉的天，幽幽的池，粗壮的蛙鸣经峭壁回音放大，便使人生出莫名的恐怖。孩子们因此很少去凉泉池塘。

同样是青蛙，为什么凉泉的蛙由青绿色变成了黑绿色？这曾是我心底久远的疑问。后来才知道，青蛙的皮肤是可以根据环境明暗而变色的。

青蛙有表皮、真皮两层皮肤，表皮皮层较薄，只有较少的黑色素细胞，而真皮中含有多种色素细胞，能透过表皮显示出来。当青蛙到了深色池水时，眼睛所感知的环境通过神经传递到脑垂体，从而促使表皮分泌更多的黑色素以适应新环境，而红色素和黄色素相对收缩变少，体色也因此变暗——这便是凉泉青蛙之所以变成黑绿色的根本原因。

▲黑斑纹的青蛙

而最震撼的则是雨季泥池里的蛙鸣。大雨过后，沟渠低洼都蓄满了水。那些在泥土中一直休眠的“气鼓”（一种腹部圆滚滚的小蟾蜍），仿佛魔鬼般瞬间从泥土中钻出，又齐刷刷聚集到泥塘，开始了令人震撼的多声部大合唱：“聒——呱——，聒——呱——，聒——呱——”那声音浑厚明亮、韵律整齐，就像是有人指挥的大重唱。“气鼓”是陆生小蟾蜍，虽小如红枣，但身体浑圆，发声时嘴两侧超大的声囊会产生强大共振，能演绎出如鼓轰鸣的气势。这种短暂聚集，是为了抓住有水的黄金一刻，迅速交配产卵，以便使孵化后的蝌蚪尽快变为幼蛙以延续种族。

青蛙喜欢平静的水面，故贪恋池塘而不喜欢河道，龙泉河水草密布的河湾才会有青蛙零散出现。

流淌的河道中也有一种蛙，乡人叫“蛤蟆”，皮肤黄褐色，身材瘦小，蹦跳灵活，能游善钻，专为适应流水而生，但不善鸣叫，是乡人看不上的贱品，打鱼摸虾时即使抓到了也会顺手丢进河里。

故乡蛙类众多，但只有池塘里那些脊背碧绿、肚皮洁白、个头很大、鸣唱洪亮的蛙才是名副其实的青蛙。

也曾多次去南方小住，江南地区除了虎纹蛙个头不逊北方青蛙，多数蛙类无论是个头、颜色，还是鸣叫均比北方青蛙要逊色许多。

2012 年春去广西巴马，居住在甲篆乡坡纳屯，旁边是插秧不久的稻田，稻田里有许多青蛙。晚上入睡后下起了细雨，耳畔骤然响起了奇怪的蛙鸣。我顿时想起了辛弃疾《西江月·夜行黄沙道中》“稻花香里说丰年，听取蛙声一片”的意境。

但这里的蛙鸣并不洪亮，节奏、韵律也不鲜明，而是那种“哇啦啦啦啦啦啦”的持续鸣响——仿佛没有间歇。然而，却多了几许温柔和不可思议的连绵，犹如南方人说话，快速、抑扬，且充满了音乐感。

清晨去寻稻田里的蛙，结果让我很失望：哪里有青绿的模样，竟与故乡土黄色的“蛤蟆”十分相似，只是身体稍显肥硕一些罢了。

甲篆地区为红色土质，日照强烈充足。或许为适应这里的环境，蛙儿们才变成了土黄色？我猜想。

看来，环境的力量在物种进化与变异中举足轻重啊！

3

青蛙是一种古老的动物。地质化石表明，最原始的青蛙自三叠纪已开始出现，而最早有跳跃动作的青蛙则出现在侏罗纪，与恐龙属一个年代。

青蛙身体可分为头、躯干、四肢三部分：头呈三角形，吻端稍尖，内生长舌，上颌前端有一对鼻孔，一对突出的大眼生于头两侧，两眼后各有一圆形鼓膜（相当于耳膜），可听到声音；躯干腹部为白色，背部为绿色且带有褐色花纹，这种色调搭配可以使它们适于蹲伏隐藏，与绿色植物融为一体。四肢中的两只前脚各有四个脚趾，两只后脚则各有

▲小蝌蚪变青蛙

5个脚趾，趾间有肉蹼相连，非常适合跳跃和在水中游泳。其创造的“蛙泳”，就是各种泳姿中的“典范”。

这种身体构造，极适合捕捉各种运动中的昆虫。

生物学家在解剖了60只青蛙后发现：其中植物性食物只占7%，而动物性食物约占93%。在被吞食的156只动物中，昆虫纲动物占了80%。

由此可知，青蛙被称作“庄稼的卫士”绝非虚妄。

蛙类是个品种纷繁、大小不一、颜色不同、生活方式各具特色的大家族。

古巴牛蛙体长达20厘米，是蛙中巨人，因叫声如牛得名。海南岛的姬蛙身长只有2.5厘米，但却是捕虫高手。善于攀爬的树蛙轻盈瘦小，指端具吸盘，体色能与周围环境高度一致。可逆流而上的湍蛙腹部有吸盘，能吸住岩石而免于被急流冲走。体色鲜艳的箭毒蛙，体含剧毒，会让众多掠食者望而生畏……

然而，这些可爱而神奇的两栖类，如今正遭受着灭顶之灾。由于环境的污染，农药化肥的使用，水塘湿地消失，人类的乱捕乱杀，蛙类种群正经历着前所未有的危机。

比如，家乡的泉水和池塘均已干涸。失去了家园的青蛙又怎能生存下去?

比如，大量酸雨降落及农药化肥的使用，使池塘酸碱度下降到青蛙卵和蝌蚪致死的水平。断子绝孙的环境，蛙类又岂能继续繁衍?

在一些湿地池塘，曾出现了三条腿、两条腿或有四条后腿的畸形青蛙。造成这一恶果的罪魁祸首就是水源污染。

20世纪六七十年代，人们曾大量捕获青蛙作为保健食品。招摇于市场的“熏田鸡”就是典型例证。

现代医学研究证明，吃蛙肉除了会染上寄生虫病，还会造成次生农药中毒。

如今，化肥、农药在农田大量施用，青蛙吞食了带化肥、农药的害虫，药毒便会在体内不断蓄积。人若食用了毒蛙，便会造成次生农药中毒，甚至会引发下一代先天畸形。

捕蛙破坏了生态平衡，导致了农田害虫泛滥。这分明是人类在自毁长城。

自觉保护青蛙和我们的环境吧！倘若青蛙灭绝了，人类还能走得太远吗？

科普链接：青蛙属于脊索动物门、两栖纲、无尾目、蛙科、侧褶蛙属、黑斑侧褶蛙种两栖类动物，全世界有6000多种，中国有130多种。成体无尾，绝大部分为体外受精，卵产于水中，受精卵在母体外孵化成蝌蚪；有10~12种青蛙进化至体内受精，卵排出体外孵化成蝌蚪；只有一种生活在印度尼西亚苏拉威西岛雨林中的青蛙能够产下蝌蚪。蝌蚪用鳃呼吸，成长中先生出两后肢，再生出两前肢，最后脱掉尾巴变为小青蛙。青蛙主要用肺呼吸，兼用皮肤呼吸，主要捕食昆虫，被称为“庄稼的卫士”。

蟾蜍奇事

蟾蜍是十分常见的两栖动物。不必说京郊农村，就是城里的院落、屋角、渠边、河边……都有机会看到它们。

1

这种两栖动物，虽说与青蛙同宗同门，但绝没有青蛙的苗条和色彩，且没有青蛙响亮而动听的蛙鼓。

圆鼓鼓的身子比青蛙大出许多，满身的疣点和花斑令人肉麻，跳不高，跑不快，走起路来笨手笨脚。慌乱中只会拨动四肢，拖着如磐的身子向前爬啊爬。

乡人们叫它们“疥蛤蟆”，蟾蜍是其学名。为什么叫“疥蛤蟆”呢？因为它们黄褐色的皮肤长满了令人恶心的“疣点”，也就是“疥疙瘩”，故有了这让人鄙夷的名号。

蟾蜍身上为什么会长出令人肉麻的疣点呢？原来，这些疣点和耳后腺能分泌一种白色的液体，叫蟾酥，是蟾蜍自我保护的重要武器。

蟾酥毒性很大，既可御敌，还是上好的中药，可以用来制作“六神丸”“梅花点舌丹”“一粒珠”等多种中成药。可清热、解毒、消肿、止痛，治疗疔疮、肿毒、咽喉肿痛、心力衰竭等多种疾病。

一次，我家大公鸡发现了从草丛中爬出的一只蟾蜍，便立即“咯咯”叫着凑了过去。双方对峙了几秒钟之后，大公鸡扑动翅膀冲上去，用尖锐的喙在蟾蜍的身上乱啄，大蟾蜍只好缩头缩脑笨拙躲闪。

不一会儿，大蟾蜍身上被啄得血迹斑斑，也渗出了点点乳白色的液体，一动不动趴下了。围观者以为蟾蜍必死无疑。不料，只见大公鸡竟像喝醉酒一样东倒西歪晃起来。忽然，它一个趔趄摔倒了……原来，它是被蟾酥麻翻了。此时，只见那只蟾蜍慢慢抬起头，然后一步一步向草丛中爬去。

2

相貌丑陋也就罢了，“疥蛤蟆”还会做出一些令人意想不到的坏事。

蜂伯姓李，住在我家隔壁，因为是养蜂的好手，人们就喊他“蜂伯”。

每到仲夏，蜂伯总要去到村西的芳草洼放蜂。芳草洼长满了一丛丛荆条，沟谷坡梁开满了蓝紫色的荆花。蜂伯将二十多箱蜜蜂坐北朝南分两列整齐排放在一处平坦的矮草坪上。蜂场周围，千万蜂儿来去飞舞，嗡嗡声汇成了悦耳的大合唱。

一天夜晚，我和锁儿扑捉萤火虫跑到了蜂场。看见蜂伯蹲在蜂箱旁，一只马灯放到了箱顶上。

“蜂伯，你看啥？”我奇怪地问。

“等癞蛤蟆。”

“等它干吗?”

“那杂种贪吃蜜蜂，一到晚上它就来这里打劫!”

我简直不敢相信，蜜蜂有骇人的毒刺，癞蛤蟆竟敢吃它吗?

▲荷叶上的蟾蜍

月色朦胧的夜晚，蛐蛉、蝼蛄和不知名的虫儿在唱。我们静静蹲在蜂伯旁边，细心看着、听着周围的动静。突然，蜂箱几米远的草丛有了窸窣的声响。借灯光一看，一只碗口大的蟾蜍笨拙扭动着身子爬到了蜂箱前。我和锁儿悄悄靠近了蜂箱。随着轻轻的嗡嗡声，月光下隐约看见了一只夜采的蜂儿飞到了巢口。就在蜜蜂即将降落在箱口的一刹那，那只大蟾蜍骤然奋起：收腿、勃动、跃起，倏然伸出长舌，将蜂儿囫囵卷入口中；接着，是挺颈下咽，几秒钟以后便恢复了平静。我和锁儿大惊失色。蜂伯则一步跨过去，伸手捉住让人肉麻的大蟾蜍，狠狠地把它摔向旁边的石头上。

▲蟾蜍卵

蜂伯说，夏天放蜂，蟾蜍是大敌，专在夜里伏于蜂巢口捕食夜采归来的蜜蜂，一个夜晚会吃掉一二百只蜜蜂呢！这是蜂伯从一只大蟾蜍肚子里数出来的。可蟾蜍为什么不怕蜂的毒刺呢？蜂伯告诉我们，这叫以毒攻毒，蜂刺有毒，蟾蜍身上的蟾酥更毒，所以蜂毒到了蟾蜍的身上也就失了效力。

从那以后，我便认定了蟾蜍也是凶害，尽管知道它们能大量消灭害虫，却如何也忘不了那月色中吃蜜蜂的情景。

3

蟾蜍皮肤较厚，能有效防止体内水分蒸发和散失，所以能够在陆地上长时间居留。它们行动笨拙，不善跳跃和游泳，除非遇到紧急情况，才偶尔跳跃几下，但跳跃的距离一般只有二三十厘米，平常时只是拖着笨重的身子一步一挪向前爬行。

蟾蜍丑陋笨拙，可有着令人叹服的生存绝活儿：天冷了，能在陆地、泥土或水中淤泥里打洞藏身，几个月不吃不喝睡大觉。这是冬眠。听说，人们曾在开掘的岩石中发现了一只冬眠的蟾蜍睡在岩窝里。推算下来，它已至少在岩石中冬眠了数万年。

春暖花开之后，天气渐渐变暖，它们便会从蛰伏中醒来，开始寻找伴侣，交配产卵。

蟾蜍虽然笨拙，捉起农作物害虫比青蛙却毫不逊色。白天它们藏匿在洞穴中很少活动，夜间爬出来捕食。捕食的对象主要有蜗牛、蛞蝓、蚂蚁、蝗虫、蟋蟀等多种害虫，甚至连蜂类、小老鼠和小蛇也敢攻击！

蟾蜍捕食，多采取突然袭击的形式。一动不动静静蹲坐在那里如雕塑一般。一旦有猎物靠近达到了攻击距离，蟾蜍会豁然弹出黏而有力并能自动翻转的舌头，将猎物瞬间卷入口中。

蛇类本来是蟾蜍的最大天敌，蛇吃蟾蜍是人所共知的常理。然而，也有超常的事情。

记得一日在水塘边割草，突然在草丛中看到一只大蟾蜍正在费力吞吃着什么。定睛一看，我立即惊呆了：那蟾蜍口中所剩的，居然是一条细细的蛇尾！我上前踩住大蟾蜍拎住蛇尾往出拽。一条比筷子还细的小蛇被拽出来。显然，这是条刚出蛇蛋的小蛇！

真是个相生相克的世界！眼前的事实表明，任何生命不管你长成后如何强大，但其幼小时同样会面临着被猎杀的危机。

蟾蜍的猎捕行动，有时也会出现失手或意外。

初夏的早晨，拎着小荆篮去菜园摘黄瓜。南瓜地里一朵朵金黄色的瓜花正开着。蜂儿嘤嘤，在金色的花朵里爬进爬出，浑身沾满了艳丽的金粉。一只黑腰大肚的木蜂也哼着粗嗓子加入了晨采的行列。

木蜂为膜翅目、蜜蜂总科、木蜂科昆虫，体粗壮，黑色或蓝紫色，有金属光泽，胸部生有密毛，腹背光滑，粗壮的足覆盖着密密的刷毛，在干燥的木材上蛀孔营巢，对木制建筑危害很大。

老百姓管这种蜂叫“蜇死牛”，据说被它蜇过的黄牛会蹦跳发疯，足见其蜂毒的厉害。大约是要换一朵新花采，木蜂慢慢从一朵花中爬出来，捋捋触角，擦擦身体，扇动翅膀准备转移。可就在一刹那，一只胖大的蟾蜍突然从瓜叶下跳出，没容人看清，便将木蜂卷入了口中。

我呆呆地愣住了。只见蟾蜍费力地伸动着脖子，一次次闭眼下咽，木蜂终于被吞了下去。简直不能相信，一直让人见之色变的木蜂，竟然会成为蟾蜍的食物！

正在惊奇感叹之时，那只大蟾蜍突然不安起来：一会儿伸伸脖子，一会儿莫名其妙地用前爪抓抓前胸，接着是不断张嘴鼓腹，显出痛苦不堪的表情。一定是木蜂的毒刺刺伤了蟾蜍……我正想着。

天哪，怪事出现了，蟾蜍的脖子竟然被吞下的木蜂咬出了一个小洞！那木蜂拼力咬着、挣着，最后，居然从蟾蜍脖子的窟窿里钻了出来！

刚爬出的木蜂艰难地整理着翅膀，踉踉跄跄爬着，一次次摔倒；而蟾蜍则合上眼睛，缩着头趴在了地上……几分钟以后，木蜂像醉汉一样摇摇晃晃飞起来；而蟾蜍则萎缩着脖子一动不动。

▲浑身有疣点的大蟾蜍

我以为蟾蜍死了，用脚碰碰它，它居然振作起来缓慢地向瓜秧深处爬去……

啊，蟾蜍原来并没有

死！这一场生死搏杀导致了两败俱伤。

4

蟾蜍虽然能吞食青纱帐里的大量害虫，但由于它们无声无息，不善鸣叫，所以难于引起人的重视。

▲小蟾蜍“气鼓”

南宋词人辛弃疾说：“稻花香里说丰年，听取蛙声一片。”其实，丰收不仅有蛙的功劳，蟾蜍更是无名英雄，只是蛙声的鼓噪引得辛弃疾注意罢了。

元代诗人元好问说：“小蟾徐行腹如鼓，大蟾张颐怒于虎。”诗中说的小蟾俗称“气鼓”，有声囊，肚子状如气球，平时很少见，都躲在地下洞穴里养精神。只有阴雨天来临，它们才会欢快地在一个个水坑里出现，相互寻找中意的配偶，并恢宏出“聒——呱”“聒——呱”的雄壮大合唱。

这些被称作“气鼓”的小蟾，干旱的季节可以在地下秘密巢穴中待上几个月乃至一年、两年、甚至几年。它们不吃不喝也不动，完全进入了“旱眠”状态。而一旦遇到大雨来临或阴雨连绵，它们就会像事先约好一样，几乎同时来到了雨水聚集的池塘里，并呱噪出一片令人震撼的群鸣！

相比这些善于呱噪的小蟾，那些笨拙的大蟾则没有声囊，而身上生满的疣点和纹路使其形象很骇人，故元好问把它比成老虎。

不知是形象凶恶丑陋，还是什么原因，古代人把大蟾当成了凶神。《太平御览》引《春秋纬演孔图》中说：“蟾蜍，月精也。”为什么是月精？《淮南子·说林训》中说：“蟾蜍薄太清，蚀此瑶台月；圆月出中天，金魄遂沦没。”文中意思是说，好好的月亮，被蟾蜍吃了，它岂不是凶恶的月精？

蟾蜍成为月精还有一个古老的传说：王母娘娘设宴蟠桃会邀请各路神仙参加。蟾蜍仙受邀赴宴，经过王母娘娘后宫花园时恰遇鹅仙女。蟾蜍仙被其美貌所倾倒，于是凡心大动非礼鹅仙女。鹅仙女痛加呵斥并状告到王母娘娘那里。王母娘娘大怒，随手将嫦娥月宫中献来的月精盆砸向蟾蜍仙，并罚其下界为蟾蜍。那月精盆化作一道金光直入蟾蜍仙体内。王母娘娘顿时后悔失去了月精盆这一宝贝；于是，责令蟾蜍仙下界受罚期满后归还月精盆方可重列仙班。蟾蜍仙点头应允，随后在雷神监督下被打入凡间。

然而，古本《淮南子》又有一说：“羿请不死之药于西王母，娥窃以奔月，托身于月，是为蟾蜍，而为月精。”意思是说，后羿从王母娘娘那里求来了不死药，结果被嫦娥偷吃了而飞上月亮变成蟾蜍。在这里，蟾蜍又成了托身于月的嫦娥的化身。如此说来，美丽的嫦娥是因偷吃丹药而被罚成了癞蛤蟆。

但不管哪种说法，蟾蜍作为传说中的月神、月精是确定无疑了。成了月神、月精，蟾蜍自然就成了月亮的代表；于是，方干诗中就有了“凉霄烟霭外，三五玉蟾秋”的诗句。继而推下去，月宫就变成了蟾宫。加上传说中月亮上有桂树，后人便造出了“蟾宫折桂”的成语，以喻人科举及第，高攀有成。元曲《王粲登楼》就有“寒窗书剑十年苦，指望蟾宫折桂枝”的曲词。

瞧瞧，长相丑陋、行动笨拙、被人厌恶的“疥蛤蟆”，竟被我们的先人们奉为神明，还演绎出了这么多典故呢！

5

蟾蜍分布于地球的各个角落，全世界有300多种。

世界上最大的蟾蜍是南美和中美的一种海蟾蜍，身长可达25厘米，体重可达1公斤以上。它的背部长满瘰粒和毒腺，能分泌很毒的液体，凡吃它的动物一咬着它，嘴里就会产生火辣辣的灼热感。

世界上最小的蟾是非洲莫桑比克的一种小蟾，体长不足2.5厘米，是蟾蜍中极袖珍的一种。

我国四川峨眉山区还生长有一种胡子蟾，体长8厘米，背呈青灰色，雄蟾上唇边缘有表皮角质化了的黑色短胡14根，所以叫“胡子蟾”。

一般来说，蟾蜍都要冬眠，可生长在非洲的锄足蟾却爱夏眠。原因是非洲沙漠夏季干旱少雨，故炎热的夏季，它们钻进沙漠之中进行夏眠。一旦下了大雨，它们会重出地面，把卵产在水中，经过12天左右，卵变成了小蝌蚪，然后再变成小蟾。

各式各样的蟾蜍组成了一个纷繁多彩的蟾蜍世界，为不同地域、不同环境的生态平衡发挥着不可替代的作用。

科普链接：蟾蜍为两栖纲、无尾目、蟾蜍科、蟾蜍属动物的总称，有300多种。最常见的蟾蜍是大蟾蜍，俗称癞蛤蟆、疥蛤蟆，皮肤粗糙，背面长满了大大小小的疙瘩，是皮脂腺，可分泌白色毒液，是制作蟾酥的原料。白天，它们隐蔽在石下、土洞或草丛中；傍晚出没在池塘、沟沿、田园、路边或房屋周围捕食害虫；冬季则潜伏在水底淤泥或陆上泥土中越冬，是维持生态平衡的重要物种。

河湾鳖趣

龙泉河四季长流，环村而过，曲折处会漩出一个个河湾。湾水盈盈，大雨之后，洪水涛涛，水过后湾边就冲出了一片片沙滩。有了湾水和沙滩，鳖便成了小溪水族中的旺门。

1

鳖，学名为甲鱼，又叫中华鳖，乡人称为“王八”，生命力顽强，池塘、河湾、长期有水的大坑都会有它们存在。

鳖原本是不受青睐的下等水族，村里人捉鱼、捉虾、捉蛤蟆，但捉鳖的并不多见。

鳖背有甲，鳖胸有甲，甲边有薄薄肉裙，浑身被甲骨包裹，看不到有什么可吃的肉，加上样子丑陋，捉鱼人捉到也会将其丢进河里。

倒是村里赤脚医生用鳖甲入药，才引得一些人去捉鳖以得一些鳖甲的好处。

捉鳖不能用手：一是湾水深，鳖在湾底淤泥中手不可及；二是鳖头狠，咬住了不松口，硬扯无济于事，除非用嘴吹气令其脖颈发痒，方可释口松开。

还有一种传言，说若被鳖咬住，听到驴叫便可松口。可哪能那么凑巧就赶上驴叫了呢？所以，肯定是妄言。

二愣是打鱼摸虾的好手，捉鳖手法更狠辣：让铁匠打一柄三足鼎立的铁叉，持叉巡湾而行，发现湾底淤泥中有小孔不断冒出气泡，一只鳖就可能藏匿其中。看准位置，一叉掼入，一只鳖就会挣扎着被挑上叉头。

叉鳖太残忍，只有二愣才干这种勾当，所以村人都叫他“二夜叉”。

小孩子有时也捉鳖，但那是为了戏耍。

入夏天热以后，鳖要在近午去沙滩晒太阳。悄悄潜伏于沙滩附近，待老鳖左右张望爬上岸来享受沙滩浴，然后突然出击，一些慌不择路的老鳖就会被踩在脚下。

被捉的老鳖要么仰面朝天被翻过来，任其四脚乱蹬，伸长脖子拱地翻转；要么用木棍挑逗，令其咬住木棍后用力把脖子拉长，然后系住脖颈，拴在灌木上。老鳖一次次舞动四肢想快速逃走，但一次次又被脖子上的绳子拉回来，逗得我们开怀大笑。

直到玩够了、玩累了，精疲力尽的老鳖才会被我们重新放回河湾。

盛夏，沙滩既是河鳖日光浴的场所，也是它们繁衍生息的“产房”。

正午前后，阳光正足，只要沙滩安静，没有孩子们侵扰，母鳖们就会纷纷上岸，在沙滩上寻一处“产房”开始挖坑产卵。

鳖卵是白色的，微微有些椭圆，一只母鳖一窝能产蛋几个，最多则有十几个，像卫生球一样大小。

产完卵的母鳖会把产房用细沙盖好，并常去那里蹲守凝视。大人们因而称它们是“王八瞪蛋”。意思是说老鳖是用眼睛发热去催生幼鳖孵化的。

其实那是以讹传讹。河鳖孵蛋和海龟一样，全是靠阳光的热度。它

▲河鳖也叫甲鱼、王八

们去窝边蹲守，只不过是为了看护鳖窝，防止天敌偷蛋而已。

海龟产完卵就会远游大海，任龟蛋自生自灭。而母鳖则会执着守候，直到幼鳖孵化出来爬向河湾。

2

盛夏，河水及河湾是孩子们向往的地方。可大人非要监视着孩子们午睡。于是，孩子们便各自想出了逃出家门的办法。

我以上厕所为名，从房后的香椿树爬上去再翻墙逃出。混子以假借喝水，光着脚蹑手蹑脚溜出门外。芒儿等爷爷打出了鼾声，再下炕溜走……

逃出家门的孩子们，会不约而同跑向南河拐弯处的河湾。大家脱得一丝不挂跳入湾内，操着“狗刨”泳姿，在水里恣意玩耍，抑或是追逐打闹。“打水仗”是河湾的“保留节目”，每天都会疯狂上演。河湾上飞溅的水花时不时映射出道道彩虹……

一次，在河水浅滩边偶尔见到了一只粉红色的小鳖，不禁让人眼前一亮！小鳖只有纽扣大小，身体极柔嫩，放在掌中会被它

▲市场上的甲鱼

的小爪挠得痒痒的，分明是刚出卵壳。鳖的身体本为黑绿色，但眼前的小鳖却是粉红色。我明白了，一定是刚出卵壳的缘故，鳖甲还没有变成黑绿色。把它放到水中，小鳖便摇摇晃晃游向了湾里。

一只母鳖连续几天光顾沙滩。我猜想，它一定是在沙滩中产了蛋。

原来，见有人走来母鳖会快速逃向湾里。那天有些怪，母鳖潜入水边就不再游了。它紧张地伸出头，露出鼻孔和亮晶晶的小眼，一眨不眨盯着我。冲过去吓唬它，只是稍稍向深水退一退，仍不肯离去。

这家伙怎么了？咋见人也不怕了呢？回头一看，一只指甲盖大的粉红色小鳖正从鳖窝中爬出来！

我一下子明白了，原来母鳖是在等待即将出世的子女们！我不忍去打扰它，便悄悄退向一边。

母鳖立即不顾一切上岸了。它快速爬到鳖窝前，伸长脖子发出一种微弱的鸣叫，像是在呼唤窝中的孩子。鳖窝中的沙土不断蠕动，一只粉红色的小鳖爬出来，接着又一只爬出来……母鳖迎上去和它们碰一下头，小鳖们就踉跄着向河湾爬去。

我被这母子亲情深深感动了。

突然，一场意外发生了：一条绿衣黑斑的水蛇突然从沙滩北侧草丛中爬出，飞快扑向一只小鳖。小鳖转眼被吞入蛇口。

母鳖先是惊呆，继而愤怒地伸长脖颈，飞动四肢，旋风般蹬出一股沙尘，瞬间扑到了水蛇旁边。水蛇一惊，想回头迎击，无奈刚吞入的小鳖正卡在口中。它想抽身躲开，可勇猛的母鳖已狠狠扑上去咬住了它的七寸。

水蛇大约疼坏了，用力抽动身子想勒杀母鳖，小鳖也被吐了出来。然而，鳖身又扁又滑，它一点也使不上力气。水蛇张开口

▲准备孵化的甲鱼蛋

向母鳖乱咬，但“七寸”处被牵制，怎么也够不到。况且，母鳖已将四肢与脖颈缩回到硬壳中。水蛇拼命抽动身子，将母鳖的身体掀翻过来，但母鳖丝毫也不松口。

我心中一急，禁不住去助母鳖：折下附近一根荆条，捋去叶子赶过去，对着水蛇“唰唰”抽起来……

水蛇瘫软在沙地上，渐渐奄奄一息。我拽动它的身体，想把水蛇从母鳖嘴里扯出来，可母鳖照旧死死咬住不松口。

母鳖的脖子被拉出了很长。直到我向它的脖子连连吹气，母鳖这才不情愿地松开了仇敌。

水蛇被扔到了远远的河湾里。母鳖仍瞪着小眼守候鳖窝一动不动。一只粉红色小鳖又出世了，母鳖振奋精神迎了上去……

刚出壳的小鳖，有快速变色的能力：刚爬出来时为粉红色，但爬到水中不久就变成了青绿色。这大约是它们适应环境、自我保护的一种本能。倘若仍保持醒目的粉红色，在水中遭遇袭击的概率会大大增加。

3

鳖的另一俗名叫“王八”。性情凶悍、外貌丑陋，乡人便将这一蔑视、骂人的俗称给了它们。

“王八”，其实为“忘八”的谐音，源于“忘八端”的典故。古人将“孝、悌、忠、信、礼、义、廉、耻”这“八端”视为做人根本。忘记了“八端”，就是忘了做人之道，便会被斥责为

“忘八端”，后来被俗化为“王八蛋”。“忘八”也随之被俗化成了“王八”。

将河鳖称作“王八”，实在有轻视、辱骂的意味。

在我的印象里，乡人对鳖和龟的分类很不明了，常将二者混为一谈。比如看到有赑屃驮碑的石刻，便称为“王八驮石碑”；见了甲鱼叫“王八”，见了乌龟还叫“王八”，“王八”似乎成了鳖龟类的统称。

其实，鳖和龟还是有明显区别的：一是二者分科不同。鳖属于龟鳖目、鳖科；而龟属于龟鳖目、龟科。二是两者背甲不同。鳖甲上有一层角质膜，覆盖整个后背，甲边有肉质的软裙；而龟背坚硬，由多块背甲组成，背甲相交处有明显纹裂。三是头形差异大。鳖头长，尤其是吻部细长，有尖利牙齿，具进攻性；而龟头近椭圆形，口内无牙齿，性情相对温顺。四是收缩状态不同。鳖头和四肢只能相对收缩，但无法完全缩入鳖壳；而龟则能把头和四肢全部缩入龟壳之内。五是生长水域有差异。鳖只生长在淡水中，而龟有的生长在淡水里，有的生长在海水中……由此可知，鳖与龟的区别还是很明显的。

可能是因为外表大致相同，生活习性也差不多，人们才将二者混淆起来。

20世纪70年代之后，故乡的小河断流了，伴随我们童年欢乐的甲鱼也看不见了。不仅是故乡，国内的甲鱼因被一些人吹捧成了知名“大补”而面临被捕杀殆尽的厄运。

▲市场出售的小甲鱼

好在人们开创了人工饲养甲鱼的事业，野生老鳖才得以苟延残喘，有了继续生存的环境。

昔日，甲鱼是乡人们嫌弃的下品；后来，被追捧为声名大噪的滋补神品；现在，仍是许多人推崇的滋补上品。

时代多变，天道轮回。大自然中的甲鱼也在这忽悠与轮回中变得命运多舛，令人唏嘘。

科普链接：中国现存鳖类主要有中华鳖、山瑞鳖、斑鳖、鼋等4种。其中，后三种较为少见，而中华鳖最为常见。鳖的学名为甲鱼，别称为团鱼、老鳖、王八等，属于爬行纲、龟鳖目、鳖科、鳖属卵生两栖爬行动物，其头像龟，但吻长，背甲没有龟背的条纹，边缘为柔软的裙边，颜色呈墨绿色。多栖于池沼、河沟、稻田等淡水水域，喜食鱼、虾等小动物，亦吞食瓜皮果屑、青草以及谷物。中华鳖肉味鲜美，富含蛋白质和钙、磷、铁等多种元素，营养价值较高，是中国特产的一种软壳水生动物，分布于中国南北各地。

睡莲岛的猎手

一座有四个翘角的水榭连着两侧曲曲栈桥，把公园荷花池分为南北两部分。北面一部分水面较大，栽植着荷花；南面一部分水面较小，五十余盆睡莲被园艺人员分成11簇摆放于水里，犹如11个漂浮在水面的绿色小岛。

睡莲又称子午莲，有根状的茎藕，是一种典雅、小巧、美丽的水面观赏花卉。睡莲属睡莲科，是一种多年生水生草本植物。睡莲的叶浮于水面，形似马蹄，水下有长柄牵引。原生态的睡莲花只有白色，是后来经过多年人工培育，花儿才有了乳黄色、藕荷色等多种。睡莲夏季开花，浮于水面，一朵花可连续开闭三四日。由于它白天开放，傍晚合闭，所以人们称它为睡莲。人工培育的睡莲不但色彩多样，且花儿清雅艳丽，常安放于公园池塘中供人观赏。

1

初春，干涸了一冬的荷花池开始注水。入夏，当北半部池塘长出第一批荷叶时，南半部池塘中的睡莲也长出了新叶。

大自然真是奇妙，一冬无水的池塘，刚刚蓄水一个多月，就发现有许多细针似的小鱼和逗号似的小蝌蚪漫游其中。这些小东西是从哪里冒出来的呢？原来，野生鱼儿的卵有人们意想不到的生命力，它们可以在无水的环境中休眠数年。一旦所处的环境有了水，处于休眠状态的鱼卵，就会迅速孵化成小鱼，抓住机遇进入下一个生命成长与繁殖周期。至于小蝌蚪，则是冬眠于淤泥中青蛙或蟾蜍的后代。经过一冬休眠以后，沐浴着温暖的阳光，苏醒的青蛙和蟾蜍们开始寻找配偶，并在池水中产下一团团中间带着小黑点的透明卵粒。滑腻腻的卵粒粘在一起，随着气温升高逐渐孵化。卵粒中的小黑点越来越大，最后变成了小蝌蚪破卵而出游入水中。

近几年，公园生态质量明显改善，绿树红花、亭台水榭，池塘瀑布，环境的改善使得各类小动物也随之得以复苏和繁衍。

小鱼在成长，小蝌蚪也在成长，但小鱼的成长远没有小蝌蚪显得突飞猛进。一个多月以后，小蝌蚪脱胎换骨成了4脚的小青蛙或小蟾蜍。而小鱼除了变大一些，却没有发生什么根本变化。于是，在一片片荷和一簇簇睡莲的叶子上，人们便能时常看到一只只小青蛙或小蟾蜍蹲坐于叶面。生长在城市里的孩子们，很难接触到大自然中的小动物，如今能在公园里看到蝌蚪变成了青蛙和蟾蜍，免不了大呼小叫，欣喜异常。

人们发现，南北两个水塘虽然只隔着栈桥，但蝌蚪变化的结果却大不相同。荷花塘的蝌蚪多变成了小蟾蜍，而睡莲塘的蝌蚪却变成了小青蛙。好像两个池塘分别施了什么魔法，吸引住了不

▲荷叶与荷花

同的两栖动物伙伴。为什么蟾蜍会选择荷塘繁殖后代呢？原来，蟾蜍动作迟缓，不善跳跃，所以才选择隐蔽性非常好的荷塘作为自己的栖息地。藏在亭亭玉立的荷叶下，小蟾蜍们不仅可以麻痹猎物，而且很容易躲避天敌。而青蛙呢？不仅善于跳跃和游泳，而且喜欢在较为开阔的水面上觅食繁殖，所以睡莲塘就成了它们的首选栖息地。

▲水池中的睡莲岛

2

天渐渐热了，北半部的荷塘长满了碧绿的荷叶，微风一吹，荷叶此起彼伏，犹如涌动起一波波绿浪。南部池塘的睡莲也已开出了美丽的花朵。

睡莲的花朵紧贴着水面，大小如西番莲一般，有鹅黄和藕荷两色，被马蹄形的绿叶簇拥着，显得小巧而娇嫩。莲花分为四层，每层七八个花瓣。最下面一层后背浸着淡绿，像臂膀用力向四面展开的母亲，护卫和拥抱着整个花朵；中间三层则显得妩媚而清丽，犹如青春少女的脸庞；花瓣中间是鹅黄的细蕊，娇嫩得让人惊叹，让人不敢瞥上一丝亵渎的目光。这高雅的天使，散发着幽幽清香，使人由衷迸发出爱怜、珍惜、敬重之情。

“小荷才露尖尖角，早有蜻蜓立上头。”公园荷花池随着睡莲与荷花的相继开放，很快变得热闹起来。蜻蜓飞来了，蝴蝶飞来了，豆娘飞来了，蜜蜂飞来了……它们围着盛开的睡莲与荷花翩翩起舞，尽情吮吸着清香的花蜜，采撷着丰富的花粉，使夏日的荷塘充满了柔情蜜意。赏荷的游人逐渐增多，虽然只是半亩荷塘，一泓水面，但盛开的荷花却使人坠入了“接天莲叶无穷碧，映日荷花别样红”的遐想中。

由于公司食堂紧挨着公园，从初春开始，编辑部一行伙伴便相约午饭之后去游园赏花。大家沿着公园甬路漫步走来，春赏桃花、杏花、连翘、榆叶梅，夏观栾树、紫薇、木槿、荷花，不仅愉悦了心情，而且锻炼了身体。然而，随着盛夏日光的日趋强烈，为避暑热，我们不得不将“漫步游园”改为“水榭观荷”。

于是，荷塘栈道中的水榭便成为我们纳凉观荷的好去处。

每日午饭以后，几个伙伴围坐在水榭栏板之上，享受着从水面掠过的缕缕清风，观赏着满眼的池水莲花，平静惬意中不禁有了几许人间仙境的感觉。

南半池的睡莲已开得蓬蓬勃勃，每簇睡莲岛都有三四朵睡莲在争奇斗艳。北半池的荷花也陆续绽开笑脸，使半亩荷塘成为红粉淡妆的水仙舞池。睡莲花朵小，但颜色鲜艳，且花瓣结实，每朵花昼开夜闭，可连续开放三四天。荷花花朵大，多为淡粉色和白色，花瓣娇嫩淡雅，只绽放两三天便陆续谢去花瓣，长出嫩黄的、钱币大小的莲蓬。

水上的花儿开得热闹，水中的青蛙、蟾蜍也由寸许长，长到了二三寸长。害羞的蟾蜍总爱躲在荷叶下，而睡莲池的青蛙，却总爱一动不动蹲坐在碧绿的睡莲叶子上晒太阳。

3

池塘栈道的水榭由于深入到南侧睡莲池之中，所以，午后纳凉，我们可以坐在水榭栏板上，近距离赏睡莲，远距离观荷花。

这天午后，一行人围坐在水榭栏板上谈天说地。天很闷，空气湿度很大，一只只蜻蜓在池塘上空飞来飞去——它们是在捕捉池塘上空低飞的蚊蝇一类昆虫。

在水榭西侧最近的一个睡莲岛上，一只半大的青蛙蹲坐在一片睡莲叶子上，头上恰好被另一片水莲的叶子遮住，使阳光无法晒到身上。这是一只黄皮肤带着浅黄斑纹的青蛙，身体并不强壮，无论是颜色或个头都无法和我儿时见到的小河里的青蛙相比。儿时见到的青蛙，不但个头大、身体肥，而且颜色漂亮，后背是绿衣黄斑，前胸是雪白的肚皮，叫起来声音洪亮，腮旁鼓起两个大泡泡，那才叫真正的青蛙！相比之下，眼前的青蛙显得有些土气和猥琐。

尽管如此，我们毕竟见到了久违的青蛙，心中仍旧充满了爱怜。青蛙和蜻蜓都是捕捉蚊蝇等昆虫的高手，从实用意义上讲，它们都算是人类的好朋友。

一只黄蜻蜓大概飞累了，在空中几经徘徊以后，便轻轻落在了水榭西侧睡莲岛的叶子上。它稍稍放松两对翅膀，搓洗着一对前腿，大约是刚刚捕食了一只蚊虫要休息一下。

这只蜻蜓的后面，蹲坐着那只半大土气的青蛙。就在大家毫不经意的时候，一件令人震惊的事情发生了：那只半瘪肚子的青蛙突然跳起扑向蜻蜓，顷刻间那只黄蜻蜓的尾部便被青蛙吞进了嘴里。

所有人都被眼前的情景惊呆了，大家怎么也想不到，一只半大的青蛙居然会捕食一只大蜻蜓！可事实就是这样残酷，那只青蛙继续努力耸着身子，一下一下吞吃着蜻蜓。先是将半个身子连同一侧翅膀吞了下去，接着连同胸部、头部、连同另一侧翅膀也费力吞了下去……整个过程也就是几秒钟！

温柔的睡莲岛掠过几泓惊心动魄的涟漪以后，重新恢复了平静。半大青蛙的肚子瞬时鼓胀起来。它踌躇满志地挪动几下身子，跑到一片莲叶下悄悄隐蔽起来。

我猜想，有了这顿大餐，它大概两天不用吃东西了。

▲青蛙捕蜓图　　刘申 作

睡莲岛猎杀蜻蜓的事件引起了我和同伴的极大关注。于是，每天午后的水榭纳凉，大家都要在睡莲岛上搜寻青蛙猎手。经过几日的连续观察，在11个睡莲岛上，先后发现了大小七八只青蛙。这些大小青蛙们，把睡莲岛作为它们的狩猎场。一只只静静蹲坐在睡莲叶子上，像雕塑，像石像，如同守株待兔，用它们的耐心和毅力等待和迷惑着猎物。一旦有蜻蜓或豆娘落在附近叶子上歇息，它们就会以迅雷不及掩耳的速度发起攻击，把蜻蜓或豆娘瞬间吞入口中……

由于蜻蜓和豆娘都是水生的昆虫，不但要把卵产在水里，而且要在水中孵化幼虫，所以它们和水结下了不解之缘。正因为如此，也就为青蛙捕猎创造了条件。

豆娘属于蜻蜓目、均翅亚目的一种小型蜻蜓，头小身细，犹如一柄纤弱的豆芽菜，飞行速度较慢，翅膀可以折叠，有黑、绿、蓝、花等多种颜色。由于身体瘦小，行动较为缓慢，它们正好成为青蛙们的捕食对象。

4

爱情对任何一种动物来说都是一种甜蜜的麻醉剂。许多动物由于痴迷于爱情而丧失了生命。雄螳螂和雄蜘蛛为了爱情，甚至不惜把生命献给爱妻。

我们曾眼睁睁看到一对对热恋中的蜻蜓和豆娘，由于专注于爱情，在睡莲岛上被青蛙突袭猎获。

一对热恋中的黄蜻蜓已经结成了“对子”：雄蜻蜓已经用腹部末端的夹子——抱握器夹住了雌蜻蜓的颈部。蜻蜓的交尾过程比较复杂，当雄蜻蜓的精子成熟后，第九腹节生殖孔中的精子就会自行移入第二腹节的储精囊中。此时，雄蜻蜓遇到雌蜻蜓便会紧紧追逐，并寻机用腹部末端的抱握器夹住雌蜻蜓颈部。被“俘虏”的雌蜻蜓则会弯过腹部，用足抓住雄蜻蜓，并将腹部末端的生殖器弯过去，搭到雄蜻蜓第二腹节的储精器上完成受精过程。之后，雌蜻蜓便开始在水面上“蜻蜓点水”，向水中一粒粒产卵。

这对黄蜻蜓显然已经完成了交尾过程，因为雌蜻蜓已开始向水面点水。而那只雄蜻蜓依然意犹未尽，用腹部的夹子仍然夹着雌蜻蜓颈部不放。这对连体蜻蜓一会儿翩翩飞舞，一会儿向水面点水。一定是耗费体力太多了，它们终于落在一片睡莲叶子上做短暂的休息。此时的雌蜻蜓仍在抓住这一难得的机会，伸出尾部向叶子下的水面频频点水。大概是太专注了，它们根本没有发现埋伏在十几厘米外的那只虎视眈眈的青蛙。就在雌蜻蜓把腹部再次伸向水中时，青蛙发动了突然袭击：一个虎跳以后，雄蜻蜓侥幸飞脱，雌蜻蜓却不见了。它瞬间便成了青蛙的“点心”。

俗话说：实践出真知，斗争长才干。青蛙狩猎也是一样。经过长时间的狩猎实践，睡莲岛的青蛙也变得越来越聪明。初期的狩猎它们只是静静蹲守，一动不动等猎物落在攻击范围后发起突袭。渐渐地，它们开始关注睡莲岛上空飞行昆虫的踪影，并伺机采取行动。

进入盛夏以后，每簇睡莲都开出了美丽的莲花，招引得蜜蜂和蝴蝶前来采蜜。一只黑白相间的大个花蝴蝶，扇动着漂亮的翅膀，在一座睡莲岛上空上下翻飞几周后，终于减缓了速度，降落在一朵藕荷色莲花的金黄花蕊上。这一切，被睡莲岛上的一只青蛙发现了。但那朵藕荷色莲花在睡莲岛的东南侧，离青蛙的埋伏处足有二尺多远。若从睡莲叶子上爬过去，蝴蝶很可能会因叶面晃动受到惊扰。这样，青蛙尚未到达攻击范围，蝴蝶就会飞走了。我们紧张地观察着青蛙的动向。

意想不到的情景发生了：这只青蛙霎时调整好方向，继而迅速潜入水中向那朵藕荷色睡莲花游去。大约仅仅一秒钟，它悄悄浮出水面，轻轻爬上了一朵莲叶。好像计算好了似的，这片莲叶就在藕荷色睡莲花的旁边。

花蕊上的蝴蝶张合着翅膀，仍在专心吮吸着花蜜，丝毫没有觉察出大难已经临头。只见青蛙调整好方向和体位，然后提臀纵身，迅速扑向花蕊中的蝴蝶。接着是花摇叶动，那只花蝴蝶瞬间就不见了踪影。

学会了奔袭和偷猎，青蛙捕猎能力有了明显提高，时常能捕获到成对度蜜月的“连体”蜻蜓。

温柔和谐的睡莲岛，有令人陶醉的睡莲花可供观赏，有漂亮的蜻蜓和蝴蝶不时光顾，但聪明而狡猾的青蛙却在这里布下了死亡陷阱。

一方小小的水面，大自然的生存竞争法则竟在此演绎得惊心动魄。

水潭“居民”

夏日，一家人爬山游玩，在海拔数百米的后沟山谷中看到一泓由山泉聚集的小潭。

周围的山谷并没有泉水，唯独这里有一片水涔涔、湿漉漉的湿地。一片片苇草茎叶茂盛，生机勃勃，一股股细流从多处岩缝或土石中渗出。大小水流汇聚在一起，形成了一泓谷中水潭。

水潭平静浮浅，看上去只是一汪水洼，把手伸进去刚好能没过手背。

但仔细观察就会发现，潭中其实很热闹：水边生长着翠绿的豆瓣菜和几丛苇草，潭中有落叶和零散的水草，还有微小的水轮虫和水蚤，上下耸动的孑孓，长尾巴的小蝌蚪，善跳跃的小虾，蜷伏在水底的水蛭，会转圈子的水甲虫……

这一切，组成了一个微型生态系统，一条彼此相关、弱肉强食的食物链。

水潭生态系统是由水中植物、微生物和大大小小的水生动物组成的。构成这一系统的各种生态物质相对稳定，彼此制约，且各自发挥着自身功能，小小的生态系统才能维持正常循环。一旦其中的某种物质遭到了破坏或大量增加，这一系统的生态平衡就会被打破，整个系统也会随之崩溃。

豆瓣菜是一种叶如豆瓣的水生植物，据说是明代时欧洲传教士利玛窦带到北京后播撒的，所以京郊人又称其为“外国菜”，也叫“河菜”。

苇草不是芦苇，但是芦苇的近亲，茎干一般长到1米多高，叶子比较纤细，喜欢成片生长，是湿地环境的标志性植物。

水面生长的豆瓣菜和深入水潭的苇草根，能吸收潭水中溶解的二氧化碳，供叶子进行光合作用，同时释放出氧气溶解在水里供小动物们呼吸。这些根茎还是一些小动物的食料来源和繁殖、庇护场所。

豆瓣菜、芦苇、水草等植物，构成了水潭各种小动物的生存基础。各种小动物的排泄物又成为豆瓣菜、芦苇、水草健康成长的养料。

至于潭中的各种小动物，亦是各取所需，彼此制约。

微小的水轮虫身长不足1毫米，头部由圈状纤毛组成。因纤毛形如车轮且能转动，故叫轮虫。轮盘是轮虫的运动和摄食器官，内部有咀嚼器。轮虫的躯干呈圆筒形，有棘刺；尾部有分叉的趾，可以分泌黏液把自己粘在其他物体上。轮虫多为孤雌生殖，故繁殖速率极快。它们以水中微生物为食，数量众多，自然成了其他水生动物的开口食物。

水蚤就是我们俗称的“鱼虫”，身体不足两毫米，肉红色，

▲蝌蚪与水甲虫

分为头部和躯干，躯干部有胸肢五对，是水蚤的运动和呼吸器官。它们行动迅速，捕食微生物，也是大一点水生动物的重要食物。

孑孓是蚊子的幼虫，是蚊子由卵到蛹的中间阶段，由蚊卵在水中孵化而成。它们身体细长，颜色深褐，胸部宽大，游泳时身体一屈一伸，俗称“跟头虫”，在水中上下垂直游动，以水中的微生物和藻类为食。孑孓呼吸器在尾端，体表有开口，将身体浮到水面，让呼吸管垂直于水面便可呼吸，若受到惊吓会马上潜入水中。孑孓经四次蜕皮后发育成蛹，然后羽化为成虫。

由于山谷水潭温度相对较低，只有盛夏时这里才能看到孑孓的踪迹。在水潭中，孑孓处于食物链底端，是蝌蚪、小虾、蜻蜓幼虫喜欢的猎物。

了解了这一情况，人们便感叹：幸亏蚊子是把卵产在水里，有那么多水生动物以孑孓为食。否则，蚊子的数量不知要增加多少倍！

潭里的蝌蚪是由青蛙或蟾蜍的卵孵化而来。它们是水潭食物链中逐渐上升的角色。卵化期及幼小期，它们捕食轮虫、水蚤，但却会成为水蛋及水甲虫的捕猎对象。随着蝌蚪个头不断长大，孑孓、小虾、甚至水甲虫又会成为它们的“点心”。

山谷水潭中有小蝌蚪出现让人十分欣喜，这表明大山中仍有青蛙或蟾蜍存在，山谷的生态环境很健康。

让人不禁想到了齐白石的名画《蛙声十里出山泉》。

1951 年夏，91岁的齐白石老人为老舍先生画了一张水墨画：焦墨涂抹山涧两壁，溪水自山涧湍急奔涌而下，六只小蝌蚪顺流游动……

看到蝌蚪，自然会想到大山深处有青蛙，便诞生了《蛙声十里出山泉》的名画。

▲在小水坑里发现了蝌蚪

我们虽然没有看到溪水，但却在山谷水潭中见到了灵活游动的精灵！岂不值得庆贺？

水潭中还有一种奇特的、会打转转的甲虫叫水甲虫——因背甲如龟故又称“水龟虫”。

这种有椭圆形硬壳的小家伙不但能在水底或物体上爬行，还会从水底打着转转游向水面。它们游向水面是为了换气。换气的呼吸管是头部触角一侧的浅槽，有拒水性的细毛覆盖。换气时，它们会迅速游向水面露出头来，让空气从触角呼吸管进入腹面短毛中储存。水甲虫的腹部也常因集纳了大量小水泡而变成银白色。

一般情况下，水甲虫主要吃植物，但也不会放过肉食；尤其是幼虫期则主要猎食小虾、蝌蚪甚至小鱼。

幼虫期水甲虫在水中生活，成虫期既能在水中生活，还能飞到空中或陆地生活，是出色的三栖动物。

令人惊奇的是水潭中还有一只水虿！

盛夏时节，许多蜻蜓会在水面上点水产卵。这些卵在水中孵化后就变成了水虿。

水虿为蜻蜓的幼虫，俗称“水蝎子”，性情凶猛，是典型的食肉水虫。平时，在大的池塘或溪流中才会发现。想不到这小小水潭也看到了它们的身影。

水蚕潜伏在水底淤泥或残枝败叶下。由于体色与周围环境浑然一体，小虾、小鱼、蝌蚪很难发现其踪迹。而一旦有小动物从身边游过，水蚕便会迅猛出击，将其钳住后吃掉。

就蜻蜓一生而论，其幼虫期大约占95%。也就是说，蜻蜓的生命有95%的时间是以水蚕形式在水里度过的。普通的水蚕要在水中生活1~3年，经多次蜕皮才能羽化为蜻蜓。而最长的种类则要在水里生活七八年时间！

这一成长羽化过程与蝉的成长模式十分相似，只不过蝉的幼虫是生活在土里罢了。

平时，水蚕靠6只脚缓慢爬行，而遇到天敌或要捕食猎物，它们就会使出绝招：将腹部吸入的水猛然后喷，巨大的反冲力会推动身体快速前进以避开天敌或捕获猎物。

水蚕捕食除了靠眼看，还会利用触角和长腿上的传感细胞去感知水波压力的变化，从而判断出猎物方位、形状、大小。所以，即使在没有光线的黑夜，水蚕也能成功捕获猎物。

水蚕虽然是水潭中的顶级捕食者，而在孵化期和幼小期却极易成为其他水生动物的"点心"。能够活下来并长大的水蚕是极少数。这也是水蚕数量始终受到限制的原因之一。

小虾是水潭中较为柔弱的一族，水蚕、蝌蚪、甚至水甲虫都可能对他们造成威胁。小虾吃微小生物，也吃腐肉，是游泳健将。游水时，步足能像木桨一样频频整齐地向后划水，推动身体前进。而受到惊吓时，则会敏捷屈伸腹部，使尾部向下前方划水，从而爆发出极快的连续后跃动作，以迅速逃避捕食者。

▲水甲虫

水蚕、蝌蚪、水甲虫的游泳速度都不快，很难在追逐中捉住小虾；要捉小虾，只能靠埋伏或偷袭。小虾因此在水潭中获得了一席生存之地。

大自然就像一只无形的手在暗中平衡着这个世界，使弱小者避免灭绝，使强大者受到制约。

快中午了，一家人开始在水潭旁野餐。

我掰了一块面包捏碎后随便扔进了水潭。潭中的“居民们”立刻活跃起来。小虾们纷纷赶过来抱到一块碎屑游到安全处用钳子一口口剪食；蝌蚪们游过来聚到一大块碎屑旁一冲一撞地吞食；水甲虫们打着转聚集在一块碎屑周围叮在食物上啃食……

老谋深算的水蚕也似乎被触动了，悠悠迈着步子向面包屑落下的水底移动。一只个头很小的蝌蚪争不过大个的，只得追到潭底捡拾落下的面包屑。就在它专心捡拾的一刹那，水蚕突然身体一抖扑过去，潭底顿时搅出一团浑浊……

我被潭中的情景惊呆了，招呼家人快来观看！孩子们纷纷要出手去救被抓住的蝌蚪。我连忙拦住他们，劝导要尊重水潭的生态，记下这难得的一刻，并讲述了潭中小动物相互依赖、彼此制约的关系……

议论中突然发现有黑色的颗粒落进潭水。抬头一看，原来是潭边一棵小橡树的枝叶上生了许多粗壮的毛毛虫。那黑色的颗粒是它们排出的粪便。

▲小小水潭是个完整的生态系统

小枝上的叶子几乎都吃光了，众多带着黑红道道的毛虫拥挤在枝头。我用手摇了摇那枝条，便有数条毛虫“噼噼啪啪”落在水面上。

毛虫们在水面拼命游动挣扎，有的游到潭边被孩子们踩死了；有的因时间过长、身体两边的气孔被水窒息而慢慢沉入了潭底……

此时，又一幕奇迹发生了：一群水甲虫仿佛约好了一般向潭底的毛虫游过去，并开始蜂拥噬咬。很快，毛虫身体被咬破了，血腥味在水中散发。蝌蚪、小虾、连孑孓也纷纷围拢过去……只有那只水蚕仍在慢慢享用它的猎捕成果。

转眼间，落水毛虫成了水潭“居民”的公共大餐。

眼前的情景表明，这条件反射似的行动，绝不是水潭“居民”的第一次聚餐……

新的发现，让人对水潭生态系统又有了新的理解：竞争与平衡不仅在水潭“居民”中进行，那些因风力跌入水潭，因喝水滑落水潭的虫儿、蝶儿、蜂儿乃至树叶、草叶，也构成了水潭生态系统不可或缺的要素，并成为水潭“居民”们的重要食物来源。

一泓小小的、静静的山谷水潭，竟上演了这么多相互关联的生死故事！

恐怖的蚂蟥

蚂蟥又叫水蛭，俗称“蚂皮”，是一种软体环节动物，属于水蛭科，是地球上比较古老的低等动物。从波罗的海得到的嵌有水蛭遗骸的琥珀化石来分析，水蛭至少已有4000~5000万年的历史。

蚂蟥的背部呈黑绿色，中间有数条黄色纵形的条纹，蜷缩的时候身体略呈纺锤形，扁平肥胖，也就一两厘米；而伸展的时候，能像猴皮筋一样拉得很长，可达六七厘米。它们身体的两端都有吸盘，前端较小，是蚂蟥的头部，像圆滑的小三角；后部较大，是蚂蟥的尾部，吸盘也较大，能够把整个身体牢牢固定在一处。

蚂蟥是一种肉食动物，多以小型螺类、贝类、虾类、鱼类和水中浮游生物为食；同时也嗜好吸食人畜的鲜血。水蛭的口位于头的最前端，下面是吸盘，灵活而凶狠，口内有众多细小的牙齿，能够轻易撕开小动物的皮肉吸食其血液。成年蚂蟥耐饥、耐旱，生命力极强，即使河道表面干涸，它们也能潜入水底而穴居，甚至在自身体重失去40%的情况下也能生存下来。

蚂蟥和蜗牛一样，属于雌雄一体动物，繁殖力很强。每条蚂蟥既可以做爸爸，又可以做妈妈。卵产出以后，经过二十多天的孵化，小蚂蟥就会破壳而出。

在童年的印象中，家乡的小河四季长流，这源于村北那片喀斯特地貌形成的山泉。清澈的泉水从村北流到村西，再由村西绕到村南，最终流出东南山口注入大石河。

有了长流不息的河水，就有了在小河中捉鱼摸虾、嬉戏游泳的难忘童年。

在河水中玩耍，令人恐惧的除了水蛇，就是蚂蟥。我们称其为“蚂皮”。对蚂皮的恐惧，一是因为它们令人厌恶的外表。黑油油、软绵绵、滑溜溜的软体，不但可以伸缩变形，而且能在水底爬行，又能在水中游泳，是可怕的变形幽灵。二是它们悄悄的、难以感知和预防的攻击。当你慢慢行进于小河，全神贯注弯腰在河道鹅卵石中摸鱼时，常会在石头下面发现成片聚集在一起的蚂皮。那蠕动伸缩、或长或短的软体，会趁你凝神摸鱼时悄悄爬上小腿，待吸盘固定后，便用尖利的牙咬开你的皮肤，注入一种防止凝血的麻醉剂，然后贪婪地吸起血来，而你却浑然不觉。常常是上岸以后，同伴们看到了你腿上的吸血鬼，自己才惊叫发现。

起初，我们是拽着蚂皮的身体使劲往下扯。但由于它们的吸盘和嘴已深入到你的皮肤下面，所以常常是揪断了身体，头还在肌肤里！

后来，我们从大人们那里学到了清除蚂皮的几种有效办法：遇到蚂皮钻入肌肤，可用手掌连续突然拍打蚂皮及腿部。蚂皮受到突然打击，便会收缩身体和吸盘，很容易从腿上脱落下来。再就是将火柴棍燃烧后，用红木炭突然去烫蚂皮的身体。蚂皮受到热灼，也会迅速从腿上脱落下来。还可以就地找来酸枣树的长针去刺穿蚂皮，也能收到很好的效果。总之，强拉硬拽不行，要用突然刺激的办法才会使其脱落。

蚂蟥虽然被称为“吸血鬼”，但它们对水质的要求却极高，污染污秽的水里很难看到它们的身影。如今，家乡的小河已经断流，村北

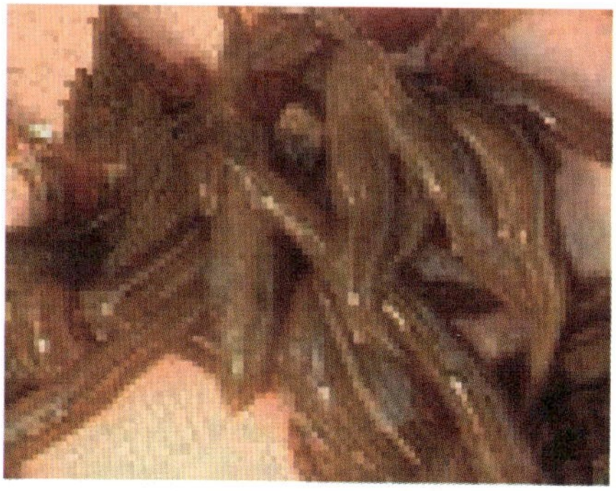
▲成堆的水蛭

▲在十渡拒马河捕鱼时带上来的大水蛭

的山泉已经干涸，不仅鱼虾没了，连可怕的蚂蟥也不见了踪影。村民们在河道上建起了一座座养鱼池，昔日美妙清澈的小河早已没有了踪影。

2012年，一行人去房山十渡吃农家饭，在主人院子里意外发现了几条爬行的巨型大蚂蟥，伸展后每条足有20厘米长！一问才知道，是他们用截网捕获拒马河小鱼时从河里带上来的。

一次，与几个年轻人谈起小时候捉鱼摸虾揪蚂蟥的趣事，刚从海南实习回来的晓明谈到了在海南遭遇旱蚂蟥袭击的经历。

生在北方的人，见到和接触的多是水蚂蟥；而旱蚂蟥只有在南方热带雨林中才会出现。

旱蚂蟥又叫山蛭，是一种生活在陆地上的蚂蟥，形态与水蚂蟥基本相似，主要分布于热带、亚热带潮湿地区，如海南、西双版纳、雅鲁藏布江等地。它们吸食人畜的血液，同样能够分泌麻醉剂，让寄主不易发现，即使发现后被清除，被咬破的伤口也会流血不止。

那是一个休息日，喜欢登山旅游的晓明一个人背着行囊来到了一座大山的腹地，准备在山中夜宿一晚。沿着山路蜿蜒而上，湿热的天气让人大汗直流。两旁植被十分茂盛，伸枝展叶拥挤着道路。拐到一个山坳处，晓明遇到了一个放羊的老人。攀谈中老人得之晓明要在山上住宿，便好心劝阻他：不要在山上留宿，这里山蚂蟥太多、太厉害，专吸人畜血液，你受不了的！

不甘示弱的晓明问老人放羊为啥不怕。老人说，他是为了生计，况且有应付的办法。接着，老人拿出一个潮湿的布制盐袋说："被蚂蟥叮上了很难揪掉。可它最怕盐，用盐袋一搓就下来了……"说着，把一条旱蚂蟥放在腿上，待蚂蟥叮上皮肉后，他用盐袋一搓，那蚂蟥果然立即脱落了。

听了老人的劝告，看了老人的表演，晓明心里有了几分顾忌，不由得扎紧了裤脚和袖口。告别老人后，他继续向山上挺进。

果然，路旁的蚂蟥越来越多。它们趴伏在植物叶背上，一条一条，一片一片，每条都有一两厘米长，很粗壮。孵化不久的小蚂蟥只有一两毫米，简直就像个小黑点。

尽管有了心理准备，采取了较为严密的防护措施，但蚂蟥还是不断侵入晓明的身上：他逐渐感到脖子发痒，胳膊发痒，小腿也发痒。终于忍耐不住，在一块大石头上停了下来。他脱下衣服细细检查，不但裤腿、衣袖上爬上了大大小小的蚂蟥，胳膊、小腿、脖颈上连续发现了多条蚂蟥！

▲水蛭俗称"蚂皮"，也叫蚂蟥

它们贪婪地吸着血，扁平的身体变得鼓胀。晓明顿觉毛骨悚然！本能地用手去揪，果然揪不掉。拿出随身的瑞士军刀去刮，蚂蟥身子刮断了，可头还在腿上……突然想起了牧羊老人的话。晓明急中生智，打开旅行包找出了一包榨菜。他用力撕开包装袋，将榨菜捏在手里向身上的旱蚂蟥用力搓去……这一招出奇灵验，所有蚂蟥都应搓而落，晓明很快摆脱了窘境。

他最终打消了继续爬山、露宿山野的念头，遗憾地终止了这次旅行。

那么，蚂蟥吸食人畜血液时，为什么寄主会难以察觉呢？原因就在于蚂蟥在咬破皮肤时能分泌一种带有麻醉和防血凝的体液。这种体液既可让寄主难以察觉，又可让流出的血液不凝结，因而方便蚂蟥吸吮。

正是发现了蚂蟥的这些特性，我们的祖先才将其作为一种重要的中药材而加以利用。

最早记载蚂蟥用于医药的著作是秦汉时期著名的《神农本草经》。以后，各朝医书几乎都有记载。明代李时珍编著的《本草纲目》也对蚂蟥的药用价值做了详细记载。

古代的医生们利用蚂蟥善于吸血的特性，用它们来吮吸外伤病人的脓血，以达到清理瘀血的目的。

如今，国内外许多整形外科及显微外科医生，也都在利用水蛭来清除手术后血管闭塞区遗留的瘀血。这种辅助治疗，可以使静脉血管畅通，减少坏死现象发生，可有效提高再植或移植手术的成功率。

现代中医认为，蚂蟥具有破血通经，消积散瘀，消肿解毒和堕胎等功效，是良好的活血化瘀中药材。近几年来的医学研究还发现，蚂蟥对治疗肿瘤、肝炎和心血管疾病也有一定的疗效。医学化验表明，蚂蟥中含有水蛭素，而水蛭素是迄今为止发现的最强的凝血酶天然特异抑制剂，能够阻止血液中纤维蛋白原凝固，抑制凝血酶与血小板的结合，具有极强的溶解血栓的功效，所以在治疗心脑血管病方面有广阔的前景。

随着社会人口老龄化趋势加快，患心脑血管疾病的人也在增多，相信蚂蟥的药用需求必将不断增加。

正是看到了蚂蟥在医学上的巨大需求和应用前景，人工饲养蚂蟥正形成一个巨大的产业。

由于蚂蟥需求不断上升，市场上的价格也不断提高。据说，每公斤蚂蟥已卖到了数百元。

科普链接：蚂蟥又名蛭，为环节动物门、蛭纲、颚蛭目、水蛭科软体环节吸血动物。分旱蚂蟥、水蚂蟥、寄生蚂蟥三种。旱蚂蟥多在溪边杂草丛中，平时潜伏在落叶、草丛或石头下，伺机吸食人畜血液。水蚂蟥则潜伏在水草丛中，一旦有人下水，便飞快地附在人畜的身体上，饱餐一顿之后离去。蚂蟥头部有吸盘，并有麻醉作用，附着在皮肤上不易感觉，吸血量非常大。蚂蟥属雌雄同体动物，全世界约有500种，中国有近100种。蚂蟥体内肌肉发达，体腔被肌肉和结缔组织分割填充，可随意伸缩，前后端均有吸盘，能辅助运动。

鱼儿的生命奇迹

俗话说：鱼儿离不开水，瓜儿离不开秧。

在人们的通常印象中，鱼儿是很脆弱的。一条鱼倘若离开了水，少则几分钟，多则十几分钟就会干渴而死。

但事实上，鱼的生命力并不像我们想象的那样脆弱。

1

有些特殊鱼类生命力极顽强，比如泥鳅。

记得童年时抽水机抽干了村西一个大水坑。几天后坑底泥泞变得板结龟裂。当孩子们好奇地顺着缝隙掀翻这些干硬的土块时，居然在下面潮湿的土里发现了一条条蠕动的泥鳅！我们由此知道，泥鳅可以在没水的潮湿泥土中存活下来。

泥鳅为什么能在没有水的环境中活下来呢？后来才知道，泥鳅不仅能用鳃和皮肤来呼吸，还具有肠呼吸的特殊功能。一旦水体意外干涸，泥鳅便会钻入泥土中，依靠少量水分滋润皮肤，并用口直接吸入空气，通过肠呼吸来维持生命。当水源恢复，它们便会钻出泥土重新活动起来。由于泥鳅忍耐低溶氧的能力远远高于一般鱼类，故离水后存活时间较长。据说，让活泥鳅脱水6小时后再放回水中，它们仍能恢复生机。

而鲶鱼等品种，其生存本领甚至超过了泥鳅。

曾经看过这样一则令人瞠目的视频：一个非洲男子在干涸冒烟的土地上用镢头猛刨，碎土飞溅，烟雾腾腾。他突然蹲下身子，用手从刨开的碎土中抠出了一个长圆形的大包。那包的外层分明很柔软，用手一捏包膜就坏了，包里竟扭动出一条大鱼，是一种形如鲶鱼的非洲鱼类！

那么，它是怎样在干旱土地中生存下来的呢？原来，当水源断绝之时，它们的身体会分泌一种特殊的黏液，继而混和着泥土，在身体周围筑成一个细密的保护囊，将自己完全包裹起来，只在嘴部留一个小孔进行呼吸。由于这种包囊细密严实，并不透水分，故它能睡在囊中，并在干旱的土层里休眠一两年，直至雨水再次降临时复出……

非洲土著人正是了解这种鱼儿的特性，才有了在干旱天气掘地挖鱼的奇怪举动。但这种鱼类的生存本领极特殊，一般鱼儿并不具备。

但一般鱼儿也有自己的繁衍高招：那就是把超强的生存密码遗留给自己的鱼卵，让那些看似弱小的鱼卵通过自身的生命力和繁衍之道，使得种群得以绵延不绝。

2

那年夏季，连降几场大雨，西山下断流多年的小河终于有了

▲雨后山间水潭会很快出现鱼儿的生命奇迹

“哗哗”流水。伙伴们高兴地去看河、蹚水。河水有些浑浊，几天之后变清澈了。河底大小卵石看得清清楚楚，让人震惊的是居然看到了游针一样的小鱼!

简直不可思议：河里有水才一个多星期，怎么会凭空生出小鱼了呢?

小鱼是从哪里来的呢？是天上掉下来的吗？大家百思不解。

面对这一现象，我不由想起了一些类似的往事：上初中时，校园东侧50米处有一个方形的大机井，四壁全是花岗岩风化层，渗出的地下水聚成了绿莹莹的一潭。周围没有河流和沟渠，更没有人放鱼苗，但一两个月后，水中竟有小小的麦穗鱼在游动。

村西有一个挖黄土形成的大坑，雨季聚了一坑水，秋季抽干水准备沤绿肥时，居然发现有许多小泥鳅在泥水中翻动……

一眼建成不久的机井，一个存水不久的水坑，一条断流多年刚有水流淌的河道，为什么很快会有鱼儿出现的奇事呢?

▲积水不久的水塘也会出现小鱼

面对这一奇特现象，我们的先人曾得出了这样的判断：千年鱼籽，万年草籽，有水就会有鱼，草籽会变成小鱼……

对于这样的说法，小时候我曾深信不疑。但随着知识的增长和对生物学的了解，我逐渐明白了：鱼籽不可能活千年，而种子活万年也有夸张之嫌。

尽管报纸上曾多次报道过埋藏地下千年的古莲子又重新发芽、长叶、开花的例证，但种子活万年的实例却鲜有见证。

古莲子能保持千年生命力，与莲子的特殊构造紧密相关。莲子外面包的是一层质地厚实细密的外皮，里面是两片肥厚的子叶，绿色的胚体夹在子叶中间。莲子脱水后，莲子外皮变得十分坚硬，里面的胚体呈休眠状态。两片肥厚的子叶确保了胚体休眠期维持生命的需要。正因为有了这样的构造，古莲子才保持了千年生命力。

即使种子有生存千年的例证，但植物的种子是绝不可能变成小鱼的。

至于“有水就会有鱼”的判断，因为生活中例子太多了，所以，很难有充分理由去否定。

但我知道，一缸水倘若与外界真正隔绝，是永远不可能有小鱼出现的。

要科学地解释“有水就会有鱼”的说法，我以为这“水”一定是通过某种特定途径获取了鱼卵来源，因而才有了小鱼出现的奇事。

而那些孤立、崭新、时间短暂的水面又是如何获得鱼卵的呢?

3

一条断流多年的小河，一旦河水复流很快就有小鱼出现，其最大的可能就是这条小河原本就有鱼。

上一次河水流淌之时，河里的鱼儿成长繁衍。而在河水断流之前，鱼儿们一定是把卵产在河水淤泥或沙石中。河水断流之后，这些顽强的鱼卵在湿润的泥沙中顽强存活了几个月，甚至一年、两年。而一旦河水复流，鱼卵便迅速孵化成了小鱼。

鱼卵离开水以后，到底可以存活多长时间呢？这与鱼的种类有很大关系。科学研究表明，大多数鱼卵离水以后会很快失去活性；但那些生活在较恶劣环境下的鱼类为了种群生存，其鱼卵进化出了耐干旱的杰出能力。

有关资料介绍，一些鱼类的卵外层，还包有一层外鞘，能够保持卵中的养分和水分不散失。正是这种构造，使鱼卵经历很长时间仍可保持活力，直至遇到合适的有水环境再次孵化。

家乡小河、水塘中有一种个头不大的鱼，成鱼也就四五寸长，鳞片极小，近似无鳞，形如人之小腿肚，故被乡人称为“腿肚子”。无论什么年景，天气干旱与否，河水断流与否，只要河里、塘里还有水，总能见到它们。我想，这种鱼儿的鱼卵一定具备了抵御干旱的生存能力，适应了京郊较为干旱的环境，才出现了河里只要有水就会有鱼的现象。

佛经中曾有这样一则故事：北宋年间，有个商人叫杨序。28岁时梦见一位神人对他说：10天之后你有亡故之灾。若10天内你能拯救10000条生命即可免灾。杨序灰心地说：短短10天要救活10000条生命，我恐怕做不到。神人告诉他：佛经上说，未经过盐腌的鱼卵，3年后仍可孵化出小鱼，你何不考虑一下拯救鱼卵的思路呢?杨序大悟，于是见人杀鱼时就讨鱼卵扔到江中，同时对人广为宣讲拯救鱼卵的要义。一个月后，梦见神人对他说：你已救活亿万生命，寿命得以延长。后来，杨

▲大雨会形成山中小溪或池塘

▲鱼卵遇水会迅速孵化为小鱼

序活到了90岁。

据说，鱼死之后，将鱼卵轻轻拿出分摊在稻草把上，待水迹微干浅埋在水边沙泥下，鱼卵仍可孵化。冬冷春寒之时，用干土将鱼卵拌裹晒干收藏，待清明之后撒放在河滩的水草间，鱼卵仍能孵化。

这些故事或经验表明，鱼卵有很强的生命力，产在河水泥沙中的鱼卵可在河水断流干涸后进入休眠状态，即使被晒干仍隐存着活力；一旦雨季来临、河水复流，这些休眠的鱼卵就会很快苏醒，并抓住时机迅速孵化成小鱼。

4

然而，刚挖好的水塘、机井或土坑，没有鱼儿生存的历史，仅聚集了一些雨水或地下水，但过一段时间后里面也有了鱼，这又是怎么回事呢？

探寻这一现象的原因，大概有以下几种可能。

一是这里的土里或水里，遗存着原来的鱼卵，故遇水之后，鱼卵便迅速孵化出来。

二是因为天降大雨，附近的河水或鱼塘漫溢，溢出鱼儿或鱼卵意外流入了那些没鱼的水面。鱼儿由此在新领地繁衍起来。

三是由于鸟兽到有鱼的水面觅食，偶尔把那里的鱼卵沾在了腿上、身上或羽毛上。当它们再到那些没鱼的新水面活动时，就把鱼卵带进来了。

四是修建池塘、机井时多用到河沙。这些从外面运来的河沙中也很可能有隐匿休眠的鱼卵。这些鱼卵亦可能成为无鱼新水面

▲小河有水不久就有了小鱼

的稀客。

五是社会上信佛、信教的教徒们，常会把鱼儿等生命放归自然。这亦成为新水面的一种生命机遇。

总之，崭新、无鱼的水面，可能通过环境自生、流水携带、动物携带、人为放养等多种途径获得鱼卵来源，进而成就了“有水就会有鱼”的自然传奇。

极速海蟑螂

2006年夏季，编辑部组织通讯员去辽宁兴城举办短期培训班，所住地点距海边只有四五分钟的路程。于是，大家便有了随时看海的方便。内陆的人到海边便感到新奇，总想寻觅发现一些新东西。

兴城海岸虽然比不上北戴河浴场现代大气，但却看到了许多生机。

北戴河海滨连小小的贝壳也难看到了。兴城海岸的浅水中不仅有许多小鱼游来游去，礁石上还寄生着一簇簇黝黑的海虹，并有小蟹、沙蚕出没。尤其令人惊骇的是，海岸岩石或礁石缝隙中竟生有许多狂野的“海爬爬儿”！

这些“海爬爬儿”黑褐色或黑绿色，形如陆地上的巨型潮虫，样子让人骇然。它们的爬行速度极快，身长虽不足一寸，可眨眼间就能“蹿”出二三尺的距离。那速率怕是连奔马也要甘拜下风！

简直就是科幻电影中的异形怪物！我被“海爬爬儿”的恐怖外形和狂野速度深深吸引了！于是开始追逐它们。

用手去抓，我尚缺乏勇气，况且它们也不容你接近。便折了一根海边的牡荆枝条，择机突然抽下去。几次偷袭以后，总算抽翻了一只。

用小木棍夹着它翻过来放在礁石上细看：头上原来有两对触角，第一对不发达很短，第二对却又长又壮。一双黑褐色的复眼显得很大；头前是咀嚼式口器，两边有一对触须。除了头以外，身体共有13节：前7节为胸部，每节长有一对长腿，共有14条长腿；后面6节为腹部，覆盖着薄膜，大约是用来呼吸的——因为许多小虫子都有类似的构造。

经过一番追逐和仔细侦查，我发现这种“海爬爬儿”很多：岸边礁石的凹陷中，海岸岩石的缝隙里，都能发现它们的踪迹。或三五成群，或聚集成一片，一旦受到惊吓，就会像一阵风“呼”地刮走不见了踪影。

这种“海爬爬儿”究竟叫什么呢？

附近一块礁石上有一胖一瘦两个海钓的人。走到近前请教，他们告诉说：这种东西叫海蛆或海虱子，可以做海钓的鱼饵。

胖一点的中年人甚至有些自豪地说：“我用的就是这东西，随手就能抓，多得是。他用的是沙蚕，得到礁石的海虹堆里去抠、去找……”

瘦一点的中年人不服了：“沙蚕作饵不宜脱钩，不像你那海虱子，鱼一扯就断！”

“可海虱子爱上钩，对鱼有吸引力，不信咱俩赛赛！”见有

▲成群的海蟑螂

▲海蟑螂

外人观阵，两个海钓的人居然叫起板来。

我和同事也自告奋勇说要为两位海钓者去捕捉鱼饵。

胖一点的中年人指了指礁石上一个带把的网兜，狡黠地说："不劳你帮忙，海虱子我会随取随用，它们会自投罗网……"

原来，这位聪明的朋友在网兜里放了些海白菜和鱼内脏。附近"海爬爬儿"被气味所吸引，就循着气味爬进了网兜。要换鱼饵了，他随手提起网兜，里面慌乱的"海爬爬儿"就成了鱼饵……

临近中午，海钓结束了。胖朋友尽管换饵次数较多，但鱼儿上钩频繁，一共钓上了18条小鱼，而瘦朋友只钓上了12条。

我由此知道，"海爬爬儿"是一种很好的海钓鱼饵。

胖朋友还向我们介绍说：使用海虱子作鱼饵，穿钩时要腿朝外自头部穿起，尽量包满钩子。这样水下目标较大，鱼儿容易看见。若用大海钩，可以横着多穿几只。由于海虱子腥味浓烈，能吸引鱼儿，所以上钩率明显高于其他钓饵。海虱子资源丰富，取之不尽，捕捉方便，因而成为海钓者十分喜爱的鱼饵。惟一不足的就是海虱子恋钩性差，只要有鱼咬钩或鱼钩挂底，就得收回鱼钩重新换饵……

回来以后查阅有关资料得知："海爬爬儿"名叫"海蟑螂"，因形似蟑螂而得名。它们俗称海蛆、海虱，属于甲壳纲、海蟑螂科动物，是水陆两栖、以陆栖为主、生活在高潮带的生物。它们喜欢栖息在海边岩缝或旧木船缝里，以生物的尸体和有机碎屑为食，喜食各类海藻，在水中或陆地上均靠腹面薄膜呼吸，爬行速度极快，密密的步足每秒能跑16步。它们胆子很小，遇到惊扰会四散逃跑，有时会仓惶落入海中或被海浪卷走，由此成为鱼儿的美餐。冬天，它们躲在岩缝深处避寒，清明节后才会陆续出现，这时正是海钓爱好者开竿的时候。随着气温的不断升高，海蟑螂会越来越多，并一直延续活跃到立冬时节。

海蟑螂有抱卵的习性。每年11月，是它们抱卵孵化的最佳时期。海蟑螂的七对步足末端都有两个爪状的尖刺，便于它们攀爬行进，而雌性步足内侧还生有复卵片，复卵片内有育卵囊。交配后，母虫将卵产在步足复卵片内，一次可养育数百只小虫，繁殖率相当高。待幼虫长到针眼大小，就会脱离母体开始独立生活。

近几年，我曾多次到青岛市黄岛海滨小住，在那里也连续发现了大量海蟑螂。经过追寻调查，发现海蟑螂的繁衍和发生地多在礁石丛生或海岸为岩石的海滨地段，而金沙滩、银沙滩等由细沙铺成的海滩很难见到海蟑螂。

看到沙滩上游人如织，海边上鸥鸟飞翔，我似有所悟：没有岩石、礁石等缝隙，海蟑螂就失去了藏身之地，就会成为海鸟或其他海滨动物的理想美味，所以，在沙滩上它们是很难繁衍和生存下去的。

由于喜欢食腐，相貌丑陋，生长在肮脏的缝隙，所以内陆人见到海蟑螂总会感到恶心。但由于它们主食各种海藻，沿海

▲海蟑螂

的人并没有把他们作为肮脏的东西。除了做钓饵，人们还把它们作为一道富含高蛋白的菜肴。广东人的菜谱中就有“油炸海蟑螂”这道海鲜。

况且，海蟑螂还是沿海渔民常用的一种动物中药，能够用来治疗跌打损伤、痈疮肿毒和小儿疳积等病症。

现代医学研究和实验表明，海蟑螂的提取物具有明显的抗肿瘤作用，对宫颈癌、胃癌、小细胞肺癌有一定抑制作用，且毒性较低。

但由于海蟑螂成群活动，繁殖迅速，密度很大，经常吞食紫菜等人工养殖的经济藻类，会对海藻养殖业造成相当大的危害，因而成为海产养殖业的重要害虫。

2014年7月18日，《广州日报》刊载一则消息，在台风“威马逊”登陆前夕，广东湛江赤坎观海长廊边的石柱上爬满了数以万计的黑色爬虫——即“海蟑螂”，让人胆战肉麻，足见其规模和数量的洪大。为对付泛滥成灾的海蟑螂，海滨海藻养殖户不得不喷洒药物予以毒杀，但这又在一定程度上污染了环境。

看来，最佳方案还是想办法就地捕捉，或做药材，或做食材。岂不是一举两得，变害为宝吗?

科普链接：海蟑螂，属节肢动物门、软甲纲、囊虾总目、潮虫亚目、海蟑螂科、海蟑螂属动物，俗称海蛆、水虱，分布于海岸线，身体平扁，呈长椭圆形，体长为30~45毫米。身体背面为棕褐色或黄褐色，似大个潮虫，前缘为半圆形，复眼很大，在头部两侧，腹部稍窄于胸部，尾节呈钝三角形，两侧向后伸出一对细长的尾肢，以生物尸体及海藻等有机碎屑为食。

章鱼的智慧

邂逅这只小章鱼完全是意想不到的偶然。

到海边小住，只是放松一下并不想游泳。除了到海滩上散步、挖沙蟹，就是到浅滩或礁石隔出的一洼洼海水中寻觅被困住的小鱼、小蟹或海螺。

1

退潮后，坐在礁石上看四周环绕的一洼一洼海水。海水很清澈，水底有许多寄居蟹在忙碌，有小鱼倏然游过，还有一些散落的贝壳。这些贝壳是死去海贝的遗物，多是单片的，两片连在一起的很少。

听着有节奏的海涛，静静地看水底居民活动，竟然有了莫名的陶醉和超脱。

蓦然，礁石下面的缝隙中漂出两片连在一起的贝壳。那贝壳移动很轻巧，分明是一跳一跳前行。我顿时感到惊奇：若是海贝移动，必用斧足慢慢爬行。眼前这海贝怎么会用这种方式行走呢？

紧盯着这奇怪的海贝，精神也振奋起来。

突然，我在那移动的海贝下分明看到了有伸出的细足，而且在跳跃移动！

我顿时大惑：这是什么怪物？

那怪物迅速靠近一只大个寄居蟹。就在我眨眼的一瞬间，那怪物倏然一跳，迅速包裹住了寄居蟹，两片贝壳被甩开，水底顿时涌起滚动的泥沙……

我终于看清了，这是一只椭圆脑袋的小个子章鱼，寄居蟹已被章鱼的八爪紧紧包裹，成了章鱼的猎物！

原来，那两片贝壳是章鱼伪装自己、迷惑敌人的庇护所：既可以用贝壳保护自己，又可以用贝壳迷惑敌人。真是个聪明狡诈的家伙。

章鱼的八条腿带有吸盘，可以吸附和固定贝壳，并将头部隐蔽在壳内随意开合，同时用剩余的腿慢慢爬行或跳跃前进。

以前就听说过章鱼非常聪明，今天目睹了小章鱼使用工具的奇迹，我对章鱼更是刮目相看了。它们的智慧完全可以和陆地上的大猩猩相媲美。

我再也忍不住，立即悄悄下水逼近小章鱼。大约是发现了什么，小章鱼顾不得贝壳，立即喷水逃脱。但有礁石阻隔，小水洼既浅又小，还是被我一把抓住了。

它拼力挣扎，用八爪翻转过来吸住我的手指。我有些慌乱，急忙把它扔进了塑料小水桶里。

但章鱼不是螃蟹，不是小鱼，光滑的塑料桶根本困不住它。那些带有吸盘的八爪腕足，就像是游蛇漫步，很快顺壁而上，转眼间就爬出水桶落到了礁石上。

我不得不一次一次抓住它滑溜溜的身体把它送回去。最后，还是同事找来一个大可乐瓶子，灌上一些海水，帮我把它装进去并拧上瓶盖，我才安下心来。

小章鱼连同小桶中的几只寄居蟹和沙蟹被

▲八爪章鱼图　　刘申 作

带回了驻地。

晚上，我怕小章鱼窒息，就把可乐瓶盖松了松，有了进气的一点缝隙。小章鱼有些焦虑，在可乐瓶子里爬来爬去，椭圆头上的眼睛眯成了一条缝。

我把沙蟹、寄居蟹放进一个脸盆。盆里有沙子和带回的海水。在这个新奇而局促的环境里，沙蟹们打洞，寄居蟹乱爬，都希望找到一处庇护之地……

为了观察章鱼的反应，我故意把可乐瓶放到脸盆沙子上。小章鱼果然振奋了许多。它沿着瓶壁一次次试图伸出爪子去触摸沙蟹，但都被挡在了瓶子里。

2

深夜，依稀听到脸盆里传出沙沙的响动。我以为是沙蟹们在攀爬盆壁，也就没有在意。

第二天清晨，起床后去看章鱼，我顿时惊呆了：瓶盖不见了，瓶里的章鱼也不见了……再看脸盆，瓶盖漂在水面上，盆里没有章鱼，里面的沙蟹却少了一只！

▲章鱼的腕足下布满了吸盘

我急忙在屋里到处寻找。结果，在床脚下发现了沙蟹的残骸——很显然，它是被逃出的章鱼顺手牵羊吃掉了。

屋门紧闭，没有可以外逃的缝隙。屋里陈设很简单，一床、一桌、一椅。可寻遍了地面，还是没有发现这条狡猾的小章鱼。

地面没有丝毫水迹。这表明小章鱼已逃离水盆有几个小时了。

生不见鱼，死不见尸，小章鱼难道飞走了不成？

我看了看床箱，下意识用双手抬起来一看：天哪，那只八脚小怪物就躲在床箱下的一角！原来，它是通过地面和床箱间小小的缝隙挤到下面来的！

被俘虏的小章鱼重新被放进可乐瓶子里。可我已不想再囚禁它。

明天就要离开海滩回京了。

早饭以后，我端着脸盆，提着可乐瓶，将沙蟹放归海滩，将小章鱼和寄居蟹放归了那片礁石环绕的浅水潭。

回京后，心里依然存留着许多不解：小章鱼是怎么弄开瓶盖的？离开水几个小时为什么还能生存？它又是如何吃掉带硬壳的小沙蟹的……

直到看了电视片《章鱼》和一些资料介绍，心中的谜团才得以解开。

章鱼是海洋中最聪明的软体动物，广泛分布于世界各大洋的热带及温带海域。章鱼身体呈卵圆形，头与躯体分界不明显，头上有一对大复眼及八条可收缩的腕足。每条腕足多有两排肉质的吸盘，能有力地吸附或攀握。平时它们用腕足爬行，也能借腕间膜伸缩游泳，遇到紧急情况还可用头下部的漏斗喷水做快速退游或喷出墨汁迷惑敌人。

可章鱼是怎么把可乐瓶盖打开的呢？

原来，章鱼具有独自解决复杂问题的能力。它们有与人类相似的眼睛，便于细致观察外界。更重要的是章鱼具有两个记忆系统：一个是大脑记忆系统，另一个是与吸盘连接的记忆系统。章鱼大脑中有5亿个神经元，身上有非常敏感的化学和触觉感受器。正是这些独特的神经构造，使章鱼获得了超过一般动物的思维和行动能力。

科学家曾对章鱼进行过一个测试：在水中放一只装有龙虾的玻璃瓶，瓶口用木塞塞住。章鱼绕着瓶子转了几圈后便用触角缠住瓶塞，变换不同角度，最终拨掉了木塞，吃掉了龙虾。之后，科学家在瓶中放入一只螃蟹，用旋转的瓶盖拧紧，看章鱼如何反应。结果，章鱼转了几圈，用腕足几次包住瓶盖活动，终于发现了可以松动瓶盖的方向，进而打开瓶盖吃掉了螃蟹。

有了如此高超的智慧，小章鱼从里面打开没有拧紧的可乐瓶盖也就不足为奇了。

章鱼为什么脱水几个小时还能安然无恙呢?

原来，章鱼能将海水保存在身体的套膜腔中。它们依靠这些溶解在水中的氧气生活，因此离开了海水后照样能活上几小时甚至几天时间。有了这种能力，小章鱼脱水几小时自然会安然无恙了。

小章鱼又是如何吃掉带硬壳的小沙蟹的呢?

原来，腕足基部中央是章鱼的口，口中有一对尖锐的角质颚及锉状的齿舌。当腕足将俘获的猎物送到口边时，章鱼便用大颚刺穿咬碎猎物硬壳，接着便用锉齿似的舌头刮食其肉，最后丢弃空壳……

3

章鱼除了有上述智慧和本领，还有许多与众不同的神奇绝技。它们既可以用八条腿攀爬行走，还可以用其中两条腕足跳跃着行进。

由于体内有高度发达的色素细胞，章鱼能像变色龙那样迅速改变身体颜色，尽量与周围环境融为一体，以达到隐蔽自己，麻

▲章鱼卵

痹天敌或猎物的目的。这在海洋生物中是极为少见的。

章鱼腕足的吸盘吸力巨大，能拖动超过自身重量5倍、10倍、甚至20倍的物体。所以，一旦猎物被章鱼腕足吸住，就会在劫难逃。

一只小海龟被一只章鱼追逐。小海龟拼命扇动鳍肢加速躲避。章鱼几次冲刺都被小海龟躲闪开了。章鱼便伸长腕足，一个加速用腕足吸盘吸住了海龟背。于是，八爪齐上，小海龟瞬间就被腕足包裹起来……

章鱼还有高超的拟态功能。可以把自己伪装成一束珊瑚或一堆石头，还能迅速拟态成海蛇、狮子鱼及水母等有毒生物而吓走敌人。

遇到强敌，章鱼的逃跑之术亦有多种多样：可将吸入外套膜的水通过漏斗体管迅速喷出，产生强大反冲力，使身体迅速向反方向移动；可喷出墨汁作为烟幕，扰乱麻痹进攻者的感官；可自断腕足吸引住敌人，自身乘机逃走……

章鱼特别喜欢吃甲壳类的虾、蟹。这是它们在海底生存的必要条件。虾蟹类动物身体中含有丰富的虾青素，而虾青素是最强的抗氧化剂，是保证章鱼肌红蛋白不被氧化的必要条件。有了虾青素，章鱼才能在深海中长时间生存。

但聪明的章鱼也有愚蠢的嗜好，就是特别喜欢器皿，渴望藏身于器皿之中。瓶瓶罐罐都是章鱼的最爱。了解了章鱼这一嗜好，人们便常把瓦罐、瓶子、渔篓、大螺壳放到海底，作为诱捕章鱼的用具。

章鱼的母爱称得上“鞠躬尽瘁，死而后已”。当繁殖季节来临，章鱼妈妈会找一僻静安全的地方产下成千上万枚卵。产卵之后，它们不吃不喝，守在旁边悉心照料和保护：用吸盘清理走杂物，用水搅动卵团以获得足够氧气，直到小章鱼从卵中孵出，时间会延续一两个月。这时候，章鱼妈妈已奄奄一息。它会死在旁边而将尸体贡献给刚出世的小章鱼们……

面对这一奇特现象，有人说章鱼有捕食自己鱼卵的习性，故产卵、护卵后会自残身亡。但总觉得有些牵强。其中的原因恐怕不会这么简单，一定有更深刻的内在逻辑驱动。

聪明智慧的章鱼，愚蠢而又自残的章鱼，真是个复杂和矛盾的奇特物种。

科普链接：章鱼属头足纲、八腕目、无须亚目、章鱼科(蛸科)动物，共26属、252种，广泛分布于热带及温带海域，大小相差极大。雌雄异体，身体呈卵圆形，头上有很大复眼以及8条可收缩的腕足。肌肉强健，每条腕足有吸盘两列，吸附力强大。雄性一条腕足特化为茎腕或交接腕，用以将精包直接放入雌体的外套腔内。腕足遇险可以自断，但茎腕足不能。平时用腕足爬行，亦可借腕间膜伸缩游泳，还可用头下部漏斗喷水做快速退游。腕足基部有蹼状组织相连，中心有口。口有一对尖锐的角质颚及锉状的齿舌，用以钻破贝壳，刮食其肉。母章鱼有护卵牺牲习性。

海虹的共生伙伴

2007年盛夏，时隔十几年后再次来到南戴河海滨。退潮线上，再也见不到20世纪80年代俯首可见的螺贝虾蟹了。沿岸走来，只能在礁石上看到一片片密如乱麻的黑色海虹幼体。

海虹是一种海边最常见的双壳贝类，学名又叫“贻贝”，俗称海虹青口，其干制品统称为“淡菜”。《本草纲目》中称其为“东海夫人”。它的外壳为黑蓝色，一头稍微窄小，呈瘦长三角形，壳内为海蓝色，肉为橘红色的是雌性，肉为白色的是雄性。

大量海虹幼体黑压压生长在海边岩石上。而与其说是“生长”，不如说是“吸附”。

原来，海虹的斧足长有一种能分泌丝状黏液的腺体。这种丝状黏液遇到礁石就会迅速硬化，所以，即使是幼小的海虹，也能牢牢吸附在礁石上。因为有了这特殊本领，所以不管潮水冲刷还是风吹雨打，海虹都能顽强地在海边礁石上生存下去。

这些小如绿豆，大如黄豆的小海虹，成千上万铺满了临海礁石的表面和每个沟槽。它们以礁石为家，以潮水为母，默默向大海展示着它顽强的生命力。礁石为它们提供了寄身附着之地，潮水为它们带来了活下来所必需的营养和食物。

蹲在礁石上仔细观察，发现礁石高处的许多小海虹已张开外贝死去，壳内的尸体也没了踪影。我猜想，这些被潮水抛到高处的小海虹，虽然可以随遇而安扎下根来，但由于无法得到海潮妈妈的及时光顾和照料，结果还是被活活干死或饿死了。然而，众多小海虹的死亡，并没有影响海虹群体的强大繁殖力。在南戴河海滨，其他海生物几乎已难觅踪影，唯独这海虹仍然毫不退却地占领着块块礁石，给我们一睹大海生命的机会和抚摸大海生命的欢乐！

海虹的身体构造与蚶子、牡蛎、海蚌基本上一样。左右两个外套膜除了背面连接以外，后端尚在结合点形成了一个明显的排水孔。而外套膜腹面边缘，还生有很多分枝状的小触手。

取食和呼吸时，海虹张开贝壳，让含有营养的海水通过生有触手的外套膜流入腔内，用鳃过滤出有机物吃掉，然后将海水从背部排水孔排出。这样，便完成了呼吸和取食过程。

海虹的两个贝壳上生有两块闭壳肌。前面的一块很小，后面的一块较大，而牵引的韧带长在后背两个贝壳相连的部分。它们利用闭壳肌和韧带开关贝壳。闭壳之后，壳间常留有缝隙，而缝隙恰恰是足丝要伸出的地方。由于海虹要用足丝固着在海边岩石上，故这种缝隙正是海虹生存所需要的。

足丝是一种特殊的蛋白质，坚固而有韧性，附着力强大，可保证海虹不被潮水卷走。而海虹自己可以利用足丝牵引，在附着

▲海边礁石上密密麻麻的小海虹

的礁石上做小范围活动。一旦遇到环境变化，还能使足丝脱落，进而转移到别的地方，不会“在一棵树上吊死”。

海虹是一种经济价值很高的贝类，荷兰人称它们是“黑色金子”。营养专家称“一个海虹的营养价值，相当于一个鸡蛋”。此外，海虹还有很好的药用和食疗价值。

据《本草纲目》记载，海虹肉能治“虚劳伤惫，精血衰少，吐血久痢，肠鸣腰痛”。正因为海虹有这么好的营养和药用价值，沿海渔民才把野生海虹捉来大量放养。

据资料介绍：养殖海虹一般选择指甲盖大的野生幼体。将幼体捉来以后，放进尼龙网笼中固定在浅海养殖区内，如同饲养珍珠贝一样。一两年以后，待海虹长到六七厘米长时就可以起笼收获了。

我国沿海养殖的海虹主要是紫贻贝、厚壳贻贝和翡翠贻贝。其中，以翡翠贻贝个儿最大，质量最佳，味道也最好。每年的清明节前，是海虹一年中最肥的季节，也是收获海虹的最佳时期。

但如果延误了季节，让雌雄海虹一夜之间“喷浆”繁殖，肥美的海虹顷刻就会瘦得没了营养。

蹲下来仔细观看礁石上的海虹，发现它们居然相互间结成了坚固的团。用手努力扒开一个海虹团，顷刻发现了诸多奇迹：海虹团被坚韧透明的细丝紧紧连结着。海虹团下面竟然发现了一条沙蚕，海虹团缝隙中还发现了一只小海蟹！

继续翻找下去，这种发现连绵不断。我由此推断海虹、沙蚕、小蟹之间一定存在某种共生现象。

沙蚕属多毛纲、叶须虫目、沙蚕科，又叫海蚯蚓、海虫子等，有青沙蚕、袋沙蚕、岩沙蚕等多个品种。它们体态扁圆而细长，两侧长有突出的疣足，疣足上长有刚毛，很像陆地上的蜈蚣。

沙蚕有“万能钓饵”的美称。到大海垂钓的人常拿它们做垂

▲海虹

饵，效果非常好。

经向海边渔民询问，得知海虹团下面的这种沙蚕叫岩沙蚕——又称红沙蚕。这种沙蚕体长20厘米左右，体态略圆，分节处不太分明，背部和腹部呈现出鲜艳的粉红色。

曾多次见到海钓的人用沙蚕做钓饵，但并不知道他们是从哪里捉来的。如今，亲眼目睹了这一秘密，自然十分兴奋。

我猜想，海虹之所以能够结成团，除了它们自身的特殊功力，大约是沙蚕吐的丝把它们连裹在了一起。

各种生物之间不仅是环环相扣的食物链关系，而且也存在着相互依存、互惠互利的共生现象。也就是说，两种生物之间彼此互利地生存在一起，离开对方都会难于生存。

比如，海洋里的海葵和小丑鱼就是典型的共生现象。海葵有很多毒刺，但不会伤害小丑鱼，可以保护小丑鱼不受其他鱼类攻击。而小丑鱼则吃海葵消化完的残渣，帮海葵清理身体，甚至还可以当作诱饵帮助海葵捕捉其他猎物。

我由此推断，海虹和沙蚕间恐怕也有这种共生关系：沙蚕用细丝把多个海虹联结成一团，使海虹增强了抵御大潮和风暴的能力；而紧贴礁石、结成一团的海虹，又能为沙蚕提供坚固而隐蔽的栖身场所。

那么小蟹呢？海蟹是食肉动物，它们为什么会出现在海虹团里呢?

第二天早起看日出，恰好碰上刚刚出海回来的渔民。询问海虹中小蟹的来历，他们讲述了这其中的奥秘。

原来，海虹团中的小蟹，并不是我们在沙滩上见到的那种小沙蟹，而是幼小的海蟹。

成熟的海蟹一般四五月份产卵，一只母蟹能产卵200多万粒。卵子排出体外后附在母蟹腹肢的刚毛上，形成鼓鼓的一堆，足足占了母体体积的三分之一。20多天以后，蟹卵孵化成幼体，便离开母蟹开始了独立的浮游生活。

这些浮游的小蟹，由于太幼小，很容易成为其他海生物的美食。所以，为了生存，它们必须尽快赶到海边寻找一处可靠的庇护所。海虹团自然成了小蟹理想的栖息之地。有了海虹团的保护，小蟹不仅可以躲过其他生物的袭击和吞噬，且礁石上死亡小海虹的尸体也为它们提供了丰富的食物。

渔民们还告诉我说，眼下正是盛夏时节，小海蟹必须借助礁

▲收获的海虹

石、沙滩的海虹团来保护自己。而小蟹的入住，也使其成为海虹团中的“清道夫”和天然卫士。到了金秋时节，当海蟹们长到六七厘米时，它们就会游向大海，进入下一个生长和繁殖周期。

由此可知，海虹之所以能在因过度捕捞而赤贫的海滩礁石上顽强生存，除了自身的努力，还借助了伟大的共生力量！

科普链接：海虹，学名贻贝，俗称淡菜、壳菜，属软体动物门、双壳纲、贻贝科、贻贝种海洋动物，是我国重要经济贝类之一。肉味鲜美，营养丰富，具有很高的营养价值，被人们称为“海中鸡蛋”，可治疗虚劳伤惫、精血衰少、吐血久痢、肠鸣腰痛等症。在海边海虹生长的地方，它们常会与沙蚕、小蟹结成共生体，彼此之间形成紧密的互利关系。一方为另一方提供有利于生存的帮助，同时也获得对方的帮助。共生是物种自然选择的一种本能行为。海洋乃至地球都是巨大的共生体。

巴西龟

为了让刚满一岁的外孙鹏鹏认识动物，爱人买来一个圆形玻璃鱼缸和三条金鱼。望着金鱼们在鱼缸里游来游去，鹏鹏指着金鱼兴奋地嚷着："鱼……鱼……"在姥姥的引导下，外孙已经从感性上认识了鱼。

几天以后，舅舅又为鹏鹏买来了一只巴西龟。巴西龟的加入，使金鱼显得很惊慌，小小鱼缸里更加热闹。

这只背着绿色盾甲的小家伙，虽然比大衣扣子大不了多少，但活泼可爱。它快速划动着四条带蹼的小短腿，在水里摇摇晃晃漂动，忽而沉下去，忽而浮上来，在金鱼的追逐中似乎有些不知所措。我猜想，这小东西也就是刚出蛋壳1个月左右。好奇的鹏鹏一次一次把手伸进鱼缸想抓它，弄得满袖子是水，但都被大家挡住了。

巴西龟的龟背共有三种盾甲，每块盾甲上都带有深浅不同的漂亮绿色条纹。中间隆起的一溜儿是脊盾甲，共5块，与脊椎相连，并保护着脊椎。脊盾甲两侧各有4块肋盾甲，与肋骨相连，保护着乌龟的两侧肋骨。背甲周围还有一圈缘盾甲，共25块，保护着乌龟的四肢和头尾。5块脊盾甲、8块肋盾甲、25块缘盾甲——38 块盾甲构成了小乌龟椭圆的龟背。加上下面黄底黑斑的12 块胸盾甲，共50块盾甲组成了小乌龟的坚固外壳。因此，我们给小乌龟起了个形象的名字"五十盾"。

没有同类，还时不时被一黑一红两条大个金鱼追逐，小小的"五十盾"在鱼缸里上下漂荡逃避，显得很可怜。更让人不安的是，向鱼缸里撒食，几条金鱼像发起冲锋般地争先恐后抢夺，而“五十盾”根本不敢上前。不知是害怕还是不爱吃这东西。唉，这样下去，小东西还能活下去吗?

怎么让“五十盾”吃东西呢?一家人为此开始伤脑筋。

这天晚上，大家又围着鱼缸琢磨。细心的爱人突然发现，那条黑金鱼的大尾巴显得有些凌乱，分明多了一些条缕。黑金鱼是漂亮的凤尾，莫非这凤尾还能变异出新花样来?大家一时很兴奋。过了两天，一家人又去看黑金鱼，呀——眼前的情景叫人大吃一惊：凌乱的尾巴变短了，变乱了，变得有些支离破碎。这到底是怎么回事?

经过仔细观察和琢磨，爱人做出了侦探般的判断：“我知道了，一定是‘五十盾’干的‘好事’，是这小东西咬的——它是食肉动物!”

大家恍然大悟，仔细一看，黑金鱼尾巴果然东缺一块、西缺一块，分明留下了一个个半圆的缺口。再看“五十盾”，依然晃晃悠悠漂荡。但我的感觉已不再是可怜，而是伪装后面的狡猾。

为了验证爱人的判断，我在鱼缸前静静观察了两个小时，终于发现了小乌龟作案的证据。“五十盾”在水里静静漂荡着，一副漫不经心的样子。其他两条金鱼由于尾巴短小、行动灵活，“五十盾”对它们显得毫无兴趣。然而，就在黑凤尾缓慢游

▲孵化不久的小巴西龟

过、尾巴暴露在面前时，只见“五十盾”蓦然探出头，一口咬住了鱼尾巴……黑凤尾赫然一抖挣脱了，但尾巴却被“五十盾”咬下来一块。小乌龟缩了两下脖子后，把鱼尾巴吞到了肚子里……真是个犀利狡猾的小杀手！我暗自惊叹。

“五十盾”不得不被单独安放到一个绿色的小瓷盆里——为的是缸里的金鱼不再成为秃尾巴。

龟是两栖动物，爱人在小盆里只放了少半盆水，还放了三块扁石头架成了陆桥。正如爱人所说，“五十盾”是食肉动物，对米粒、面条、豆腐、苹果等素食毫无兴趣。尽管你一次次扔、一次次换，它连看都不看。但换成了熟肉，它依然蜷缩在石头下没有反映。爱人又从冰箱拿出一块生里脊，切下一点剁成小块放到水里。小肉块慢慢漂到它的嘴边。“五十盾”探出头向肉块嗅嗅，立即精神大振。只见它先把头缩回，然后又像刺拳一样弹出，一下子狠狠咬住了肉块；接着就是一顿一顿缩着脖子下咽。三下两下后，一块生肉就到了肚子里。我们终于看到了“五十盾”吞吃生肉的真实镜头。

有时候，肉块太大了吞不进去，“五十盾”自有它聪明的绝招儿：两只尖利的前爪会灵巧地伸向嘴边，左右撕扯，直到把肉块撕小、弄碎，嘴里的肉块能吞下去方才罢休。

“五十盾”每顿能吃半克多生肉。爱人成了它的义务饲养员。为加强“五十盾”的条件反射，每次喂食前，爱人都要用筷子连续敲击盆沿，嘴里还念念有词：“开饭了，开饭了……”果然灵验，几次以后，每听见“当当当”的敲盆声，小乌龟便会迅速从石头陆桥下游出，直奔撒下的肉块……

“五十盾”受到了小外孙鹏鹏的格外“青睐”。每次喂食，他都会“小乌dei”“小乌dei”喊个不停，非要把小乌龟拿出来不可。小乌龟拿出来以后，他又有些害怕，但看到大人们把小乌龟放在手掌上爬，他的胆子也就大起来。

这一天，鹏鹏终于用小手抓起了“五十盾”。“五十盾”并不老实，在鹏鹏的手里挣来挣去。受到刺激的鹏鹏，惊恐得瞪着眼睛，小手越攥越紧，柔嫩的“五十盾”怕是要被攥瘪了。我急忙上去抢救，好歹才掰开了鹏鹏的手……

鹏鹏的要求越来越高了，每次拿出小乌龟以后，他都会指着地喊：“地爬……地爬——”当小乌龟划动短腿飞快爬动时，鹏鹏便在后面拍手叫着：“小乌dei，小乌dei……”

有一次，兴奋过度的鹏鹏一脚踩在了小乌龟的背上，吓得姥姥连连惊叫，抢上去一把抱起了鹏鹏……“五十盾”被踩蒙了，伏在地上半天没有动弹。幸亏没有踩实，“五十盾”在我的掌中才慢慢缓过气来。

一天下班，我突然发现瓷盆中的小乌龟没有了。一问，爱人才恍然大悟。上午“五十盾”给鹏鹏“表演”地爬，居委会来人她忙着招待，结果把地上的小乌龟给忘记了。于是，全家动员寻找小乌龟。犄角旮旯儿、翻箱倒柜，终于在舅舅床下的一个纸箱缝里发现了它。小东西灰头土脸，一身灰尘和毛毛，放到水管下冲洗了半天才恢复了原来的模样。

▲刚出壳的巴西龟尚带肚脐　崔宏达 摄

听邻居说，他家的一只小乌龟就是因为爬丢了没有及时找到，结果干死在暖气罩下面。

夏天的晚上，一只

▲巴西龟也叫"红耳龟"

小青蜢子不知怎么钻进了屋里，被追逐拍打之后，翩然落在小乌龟的瓷盆里。小青蜢在瓷盆水面拍着翅膀挣扎，引起了"五十盾"的极大兴趣。它好奇地游过去，先是歪着头左看看、右看看，然后不安地游开了。过了一会儿，它又游过来，依然好奇地变换位置左看右看。突然，"五十盾"像刺拳一样探出头，一口咬住了小青蜢的一侧翅膀。小青蜢吓坏了，拼命扇动翅膀把水面搅出了一片涟漪。"五十盾"被这情景弄晕了，惶恐地松开嘴逃到了一边……

就这样，进攻，退却；再进攻，再退却……"五十盾"的信心似乎越来越足，攻势越来越猛。而小青蜢则被咬得翅膀缺一块少一块，反击的力量也愈渐衰微。再一次退却以后，"五十盾"用前爪梳理掉嘴上的残片，稍事休息后便肆无忌惮地向小青蜢腹部发起了决定性一击。小青蜢软弱的腹部被吞到了"五十盾"嘴里，接着是缩头下沉，把小青蜢拖进水里，使其窒息；然后是奋力吞咽，用两只前爪撕扯分割……十几秒钟以后，小青蜢不见了，水面上只留下一些翅膀的残片。

从这以后，捉青蜢喂小乌龟成了鹏鹏夏日晚上的一种"保留节目"。

深秋时节，"五十盾"的食欲突然显著下降。小肉块撒到盆里以后，它只闻闻嗅嗅，吃上一两口就完事了。后来，连敲击盆沿也没有什么反应了。它蜷缩在盆边，下半个身子浸在水里，上半个身子露在水外，眼睛闭着，恹恹欲睡，活动明显减少。莫非生病了不成？后来去问卖龟的小贩，才知道是小乌龟要冬眠了。两栖动物要进行冬眠我知道，但具体什么时候冬眠就闹不清了。

我猜想，“五十盾”冬眠是因为气温变冷所至。假定提高水温，它是不是就不会冬眠了呢?

我试着一连几次把水温调到了30℃，小乌龟倒是活泼了许多，但仍然是不吃东西。再去询问卖龟的小贩，他警告说，可不能这样，会把它折腾死的。

“五十盾”由此进入了冬眠。

开始怕它冷，我把盆里的水都倒去了。几天以后，“五十盾”浑身发白，头皮都干得有些发硬了。我明白了，冬天空气太干燥，没有了水，冬眠的“五十盾”会被干死的。

野外两栖动物之所以选择湿润的泥土做冬眠场所，就是为了保持身体中的水分。但盆里水多了又会把“五十盾”淹住。几次试验以后，终于找到了合适的办法：只在盆底倒入能淹住“五十盾”半个身子的水。这样，它既能头倚盆边入睡，又能不断从水里获得身体需要的水分。

为了使它不受干扰，我们把小瓷盆放到高高的书架上，上面还盖上了遮光的硬纸被。一家人都盼望着温暖春天早点来到，盼望着“五十盾”能早点从冬眠中醒来。

科普链接： 巴西龟为爬行纲、龟鳖目、泽龟科、彩龟属、巴西龟种龟类，也叫红耳龟、红耳侧线龟，是一种半水栖龟类。头顶后部两侧有两条红色粗条纹，背部呈深绿色带规则几何图案，裙边似蝴蝶翅膀，腹板有黄、白、黑甲纹。原产美洲，具有很高的食用、药用和观赏价值，被不少家庭当作宠物来养殖。因大量掠夺同类生存资源被列为世界最危险入侵物种之一。

海边寄居蟹

近些年来，与北京临近的海滩似乎变得越来越“贫穷”：鱼虾已很难见到，连好一点、大一点的贝壳都捡不到了。

到海边游玩，时常感叹海趣越来越少。只有那些在沙滩上掘洞的小沙蟹和退潮后在浅水中忙碌的寄居蟹，尚能给失望的人们一点心灵的慰藉。

寄居蟹，是指借住在螺贝空壳内的小蟹子。它们以海螺壳、贝壳、蜗牛壳为家，大小不一，颜色不同；小者居多，大者较少；有海生品种，亦有陆生品种。

1

满怀希望来到海边，一遍一遍巡视涨起的潮水，很失望：浅而清的海水里很难看到鱼虾等活物。

忽然发现了奇迹，一汪退潮后留下的滩水中，居然有两只活动的小螺：一只圆的，大如黄豆；一只尖的，旋转如锥。螺爬行速度极快且横行。心中顿生疑窦，便伸手入水抓起小螺放到掌中观瞧，果然有诈——哪里是螺？原来是两只寄居蟹！

心里很兴奋，终于看到了海中的生命。

寄居蟹很不安分，在掌心中用力挠着。张开手掌看，原来它是在用那只大螯和细爪做愤怒的抗争。这怪模怪样的小家伙很机敏，稍遇进攻，头和螯就缩进螺壳。

真佩服小蟹的聪明，居然懂得用螺壳作掩护、作堡垒、作为自己的“房子”。但不知它是杀死了“房子”的主人并占领了“房子”，还是寻到并继承了死螺留下的遗产？若是后者，应属聪明；若是前者，就算残忍霸道了。

沿着潮水边缘走，寄居蟹突然多起来。一只、两只、三只、四只……仔细看，沙里竟遍布了这种蠕动的“小星星”！刚才还很难看到的寄居蟹，怎么转眼满目皆是了呢？认真观察地形才发现，这一带海水和大海隔着一条两米宽的沙脊，潮水无法直接涌入，只能从沙脊北端缓缓流入，形成一股平缓的海流，因而成了寄居蟹生活的福地。

寄居蟹在沙底奔波忙碌着，有时撞在一起难免要扬起大螯撕打几下。从“人与自然”电视片里知道，寄居蟹有“抢亲”的习俗，很想亲眼看一看这有趣的场面。于是反复巡视，居然有幸发现了这一幕：一只顶着“猫眼”螺的蟹，几次跑到另一只小蟹旁“骚扰”，一次、两次，发现小蟹并无反感，就大胆伸出双螯抱起小蟹向一个沙洞费力爬去。如果没有看过寄居蟹“抢亲”的电视片，一定会以为是弱肉强食，同类相残了。而实际上是“新郎”把“新娘”拖入洞房，成亲度蜜月去了。

沙底上有许多豆粒大的洞口，寄居蟹们进进出出，不时吐出气泡，喷出沙粒。那是小蟹们的家。退潮时，它们躲在洞里，封住洞口享受天伦之乐；涨潮后，它们又匆匆出洞觅食，或寻找“佳偶”，以便“抢亲”而归。

▲以小海螺壳为房子的寄居蟹

多么有趣的小东西啊！

于是，几天之内，

观察海滩浅水中的寄居蟹成了我每天的“必修课”和一大乐趣。

2

寄居蟹主要生活在海边浅滩和礁石缝隙里，是较为典型的潮间带小动物。它们以螺壳为寄体，平时负壳爬行，受到惊吓会立即将身体缩入螺壳内，并以螯足塞住螺口。

寄居蟹为什么要寄生在螺贝的空壳中呢？这与它们自身的构造紧密相关。寄居蟹是属于甲壳纲、十足目、歪尾次目、寄居蟹总科的爬行动物。尽管属于甲壳纲之列，但它们的“铠甲”却没能像虾、蟹那样覆盖全身。寄居蟹长得很怪，胸部以上很像蟹子，八跪二螯，并覆盖着坚硬钙化的铠甲；腹部却如虾子一样细长分节，但没有“铠甲”覆盖，很柔软，极容易受到攻击和伤害。大约是为了自保，尤其是保护柔软脆弱的腹部，寄居蟹才找到螺贝空壳作为御敌之所。

海洋中大小螺贝的空壳很多。以螺贝壳作为藏身之所，一是较容易得到，二是坚固、耐用、迷惑性很强，可极大提升寄居蟹的生存能力及生活质量，称得上是聪明智慧之举。

但在寄居蟹大量生存的浅海边，螺贝壳的“供应”却相对紧张。一只寄居蟹要想找到自己心仪的螺壳并不是一件容易的事情。

况且，寄居蟹一生随着身体成长，要多次更换螺壳，从拥挤的“房子”搬到宽敞一些的“房子”。于是，调换“房子”的“市场”便充满了有趣的竞争。

换“房子”的市场大约会以如下方式进行。

一是排队换“房”。一只较大的寄居蟹找到了合适的新房，用大螯上下左右、里里外外仔细丈量一番后，确认能容得下自己的身体且有一定富余，便会抓住新螺壳，迅速从旧螺壳抽出身子，倏然钻入新螺壳，继而伸缩进出几次，觉得很满意之后，才会背着新螺壳从容离开。另一只排队等候的小一点的寄居蟹，见大蟹

▲沙滩上的寄居蟹

找到了“新房”，丢弃了“旧房”，便会趁机占据“旧房”，进而实现了“换房”的梦想。这样依次轮换，较小寄居蟹接手较大寄居蟹腾退的“旧房”，较大寄居蟹找到了更大的“新房”。这种排队换“房”形式较为平和，井然有序，有君子之风。

二是争夺抢占。有时候，几只不相上下的寄居蟹，先后发现了一个较大的螺壳，谁都想将其占为己有。那么，一场较量就在所难免。但寄居蟹之间的“房子”之争很讲分寸，凭力量取胜，很少有你死我活、两败俱伤的厮杀。

一只长有大螯的棕色寄居蟹发现了一个较大海螺壳，正在用螯和细爪仔细丈量，一只体形相似的灰色寄居蟹从螺壳背面爬过来查看。两只寄居蟹正面相对后，棕色寄居蟹用大螯与灰色寄居蟹的大螯轻钳了一下，灰色寄居蟹便知趣地溜走了——显然它知道自己不如对手。而后，一只灰白的寄居蟹也爬过来抓住螺壳查看，转到背面的棕色寄居蟹发现有对手出现，伸出大螯与其相对，但只一个回合棕色寄居蟹就退却了。最终灰白寄居蟹占据了螺壳。新螺壳很重，灰白寄居蟹最初很不适应，费了很大劲才把螺壳翻转过来能正常行走了……

三是等待抢夺。不同海螺之间亦有大螺吞吃小螺的残忍。每逢遇到这种情况，许多寄居蟹便会在一旁耐心等候，待大海螺将小海螺吞吃后吐出空壳时，就会伺机冲上去争夺空壳的占有权——是典型的机会主义者。

四是杀生强取。一些凶残的寄居蟹想更换新螺壳，但周围又无壳可选时，它们便会寻找适宜的活海螺，然后将其杀死吃掉，再把螺壳据为己有……

总之，“房子”是寄居蟹生命中最重要的资产，它们会不遗余力为寻找合适的“房子”而拼争。

3

寄居蟹的身体一般左右不对称，腹部柔软，可卷曲于螺壳之中。头部有带刺的触角。一对螯肢很强壮，用来取食和御敌。前两对步足较长，主要用来抓握攀爬，三四对步足较短，有角质的褥垫，用来支撑螺壳内壁使躯体保持稳定。

寄居蟹多在海边浅水内爬行觅食，既会猎捕一些小生物，亦喜欢捡拾藻类和各种小动物的尸体。由于食性很杂，故被人们称为海边的“清道夫”。

寄居蟹处在海洋食物链的下端，天敌很多。一旦遇到危险，它们除了缩入螺壳内坚壁防守，还会使出一些让人惊叹的反击手段。

比如，少数寄居蟹会让贝壳和大螯附生一些海葵。由于海葵的触手带有毒刺，当章鱼等天敌把寄居蟹包裹起来企图吞吃时，寄居蟹外壳和大螯上面的海葵触手会放出毒刺和毒液猛攻敌人。章鱼疼痛难忍，不得不吐出寄居蟹仓惶溜走。

有关资料介绍说，寄居蟹品类很多，分海生和陆生两大类，全世界有近1000种，中国约有100种。我国沿海较常见的品种有方腕寄居蟹和栉螯寄居蟹。方腕寄居蟹体形较大，其

▲寄居蟹为换“房子”而争斗

寄居的螺体最大直径可达15厘米。

海生寄居蟹多而普遍，连京郊附近的“贫穷”海滩都能见到，其他海滩必定是司空见惯、数不胜数了。

至于陆栖寄居蟹，实在较为罕见。研究推测，陆生寄居蟹是2000多万年前从海中登上陆地的。登陆后，它们的后腹部膜质化，利用鳃和腹部皮肤来呼吸；若鳃没有足够的水分便不能呼吸。所以，相对足够的湿度对它们相当重要。这也是北方干旱地区很难看到陆生寄居蟹的重要原因。

尽管陆生寄居蟹能够在陆地上生活，但它们与大海的联系并未切断，其生命周期中的卵和幼体阶段必须在海水中完成——这与陆生螃蟹的习性基本一致。

海水中的小寄居蟹们熙熙攘攘忙碌着。我禁不住捉了几只放入塑料瓶灌一些海水带回住所饲养。小蟹们的生命力可谓顽强，几天下来始终生机勃勃，直到回京那一天才被我放归大海。

科普链接：寄居蟹为节肢动物门、甲壳纲、十足目、歪尾次目、寄居蟹总科、寄居蟹科动物，有海生、陆生两大类。其外形介于虾与蟹之间，又叫寄居虾，性格凶猛，常吃掉软体螺贝的肉，占其外壳作为居所。体形较长，分头胸部及腹部。头胸部有甲，前部较窄，钙化较强；腹部能曲能伸，多不对称，可深入螺壳内固定身体。随着身体长大，会更换更大的螺壳。全世界已知近1000种，中国约有100种。海中寄居蟹多为暖水种，亦有少数冷水种，多生活在浅水沙滩、岩缝或珊瑚中。亦有在竹节、椰子壳寄生的陆生品种。可生存数年、甚至几十年，食性很杂，素有“清道夫”之称。

海滩沙蟹

这里是离北京较近的海滩，从京津冀大格局上讲，把这里比作北京郊区并不过分。

汽车开得飞快，几个小时后一行人就来到了海边疗养所。人像勾魂一样去了海滩。夜已很浓，海水跌宕神秘，茫茫幽黑中晃出片片碎银和阵阵潮响。什么也看不清，只有远海横列的阑珊渔火在一闪一闪。怏怏地回转，只得把对海的希冀和好奇留在天明。

1

9月中旬，海边已蓄满凉意。清晨，沿着海滩徐徐漫步，总算寻出了几许紧张之余的恬适。

海滩人很少，我正在海边寻觅贝壳，同游的寿江却在不远的沙滩冲我悄悄叫起来。显然是他发现了新情况。沙滩上，鲜灵灵显出一个核桃大的空洞。洞很深，目不见底，洞口还有一堆刚刚挖出的湿沙土。很显然，洞中的主人正在开挖和扩大它的家园。

是老鼠吗？不会。老鼠忌水，它是不会把洞打在海边的。到底是什么在打洞呢？我屏着气蹲下，悄悄等待洞主人的出现。一小团新沙从洞内慢慢推出，我们一眼便见到了四条并排的爪和一只螃蟹的螯。是蟹！我们惊喜万分，一直想找而未能谋面的蟹，居然会藏在这沙滩洞穴中。蟹子似乎发现了外边的动静，新沙还没推出，就溜回了洞里。

等啊等，几分钟过去了，洞口仍没动静。耐不住焦急和诱惑，我开始动手挖洞。洞并不太难挖，都是沉积的细沙，只是得小心，要从四周向中间靠拢，如剥笋一般慢慢挖，防止沙子淹没了洞口。渐渐地，沙坑挖下了一尺多，还不见蟹子的踪影。洞已没了痕迹，挖掘失去了方向。长长地叹了口气，直了直劳累的腰，失望地搓着手上的沙粒。

突然，沙坑底部一处边缘霍然松动，一只核桃大的蟹子仓皇跃出，飞奔逃窜。真想不到小蟹会有如此流星赶月般的速度。好在它困于坑内，速度难于发挥，几番扑抓以后，便被我擒住项背，八爪二螯空对天了。

这以后，挖蟹就成了我几天中赶海的重要课题。不少同伴因羡慕而仿效，但收获均不大。

蟹子并不是好挖的，一要毅力，二要经验。经反复侦察和实践，我发现，蟹巢都打在1尺以下的粗沙层里，且洞穴多倾斜而曲折，所以，挖蟹的人十有八九会半途而废。

几次挖蟹洞因去向不明失败后，我发明了“灌沙术”：将干燥的细沙慢慢灌入蟹洞，然后沿着干沙跟踪下挖，便可直捣蟹巢了。

由此，我对蟹子之所以深挖洞的要义有了深刻理解：倘若洞打得太浅，人人不费力气就可以轻易掘之、捉之，沙蟹岂不要灭亡了！正因为轻易不可挖到，小蟹才敢把洞口一个个坦然暴露在海滩上。

▲威武的海边小沙蟹

退潮线以上的海滩，随处可见大大小小的蟹洞。大洞有大蟹，小洞有小蟹，但沙滩的蟹最大也不过盈寸。

有人说这是沙蟹，长不大，是天生的一个品种。可同行的老叶却说这是海蟹，是海蟹孵化后的童年时期，一旦长到2寸多能抵御大海风浪时就会奔向辽阔的海洋。

2

查阅有关资料表明，沙蟹为蟹总科、沙蟹亚科、沙蟹属动物，起源于白垩纪，繁盛于第三纪，是一种古老爬行动物。沙蟹确实是一种长不大的小型蟹子，最多能长到三四厘米，而且始终生活在潮间带、潮上带的沙滩中——在沙滩上打出半米深螺旋形深洞，并在洞口堆上沙塔做掩护。

那么，沙蟹为什么会喜欢在潮间带生活呢？

这要从沙蟹的个头及生存根本说起。

由于个头小，又生活在海滩，所以天上的鸟儿，地上的走兽，海里的动物都会把沙蟹作为捕食对象。为了躲避天敌，沙蟹除练就了一套掘洞的高超本领，还进化出了迅疾如风的逃生本事。

沙蟹爬行主要靠长而有力的第二三对步足，爬行时速度极快，动作极为敏捷，每秒可跑出1~1.6米。一旦遇到危险，它们便能以飞快的速度逃入洞内。

在潮间带生活，随时有潮水湿润，又躲开了海中的天敌，加上有深深的洞穴、极快的速度躲避空中和陆地掠食者，故潮间带成了小小沙蟹的庇护所。

更为重要的是，由于沙蟹以浮游生物、各种藻类碎渣、动物尸体碎渣为食，潮间带便成了沙蟹赖以生存的天然“餐厅”。

永不停息的潮水，周而复始地涨落，会把大海中的浮游生物、藻类碎渣、动物尸体碎屑抛向潮间带。每次落潮以后，潮间带都会留下人们难于发现的大量细碎有机物——沙蟹们便将其当

▲爬行飞快的小沙蟹

成了超级“餐桌”。

退潮以后，人们很快会在沙滩上发现一颗颗、一片片数不清的小沙团，这其实是沙蟹取食后留下的杰作。

看沙蟹进食会让人感到惊愕：用双螯飞快地捡拾着“沙子”扔进嘴里，继而从嘴后面滤出一颗颗沙球落在身下……于是，沙蟹周围很快摆列出一片沙球巨阵。

不知就里的人会以为沙蟹在吃沙子，这实在是一种误解。真实的情况是，沙蟹先用螯将含有有机物碎屑的沙子扔进嘴里，然后通过嘴里灵敏的感官将沙子里的食物过滤出吃掉，同时将过滤后的沙团从嘴后吐出……

这是一种非凡的能力和速度，是沙蟹千百年进化出的独门绝技。

正是靠了这些超凡的技能，小小的沙蟹才能在漫长的海滩上生生不息，独占一片天地！

除了吃相独特，沙蟹还会做出一些让人不解的怪异动作：有时双螯频频举起，又频频落下，像是在打旗语，又像是在打招呼。

资料介绍说：这其实是沙蟹雌雄恋爱的一种仪式。这在招潮蟹的表现中尤为突出。

招潮蟹是沙蟹中的一种，雄性的一只螯特异变大，相当于体重的二分之一，我在南方海滩见过。由于那只大螯总爱对着大海舞动，似乎是在与潮水招手，故名“招潮蟹”，但我们所在的海滩却没有见到其踪影。

3

远处海滩，几个渔村孩子正带着一只狗在捉蟹。那狗俯首弓腰，前爪正飞快地打着蟹洞，身后弹射出一片弥漫的沙尘。

狗有强健的前爪，有超凡的嗅觉，在它的追捕下，蟹子怕是厄运难逃了。

顽皮和童真大约是伴人终生的本能。虽然会被成熟、紧张、重负和坎坷所淹没，但一有机遇，就会像藏在大海下的小岛，悄然显露出来。

从海滩捉回的小蟹被我们集中放在一个脸盆中。蟹虽善爬，但困在光滑的脸盆里，只能做连绵不断的努力，并承受连绵不断的失败。为使小蟹不受干渴，我提来海水倒进盆子里。

晚饭以后，趴在床头看蟹子在脸盆里爬来爬去。思敬嫌不过瘾，用笔杆去挑逗蟹子。一只蟹子被笔杆赶过来与另一只相撞，于是，双方打了起来；但战上几个回合之后，便很快罢战了。

和所有动物一样，不到万不得已，蟹子是不愿拼命的。

思敬有从小斗蟋蟀的经验，说只有在狭小的空间里，它们才会大打出手。于是，将剪断的“雪碧”瓶倒过来，放入两只小蟹，果然争斗起来。

▲小沙蟹辛勤打洞

“仗”打得很残酷，钳对方的眼，夹对方的螯，攻击对方的腿，瓶颈中“哗哗”的争斗声惊心动魄。

蟹有二螯，一大一小。大螯专为攻防作战，小螯则为取食进食，两螯失去一个就很难生存。初时看械斗还觉得新奇好玩，但看到出现了断腿、掉螯的血腥，便感到惨不忍睹了。械斗被迅速制止，受伤的蟹重新被放回脸盆中。

第二天清晨，两只械斗受伤的蟹在盆中死去了。我们感到很沉重。为什么要让它们械斗呢？只是为了新奇、有趣和娱乐。虽然没想伤害它们的性命，但实际上是催生了一场血腥，心中不禁生出了懊悔和负罪感。

4

为了给小蟹创造一个海滩似的环境，我从海边特意取回了些细沙放到脸盆中。有了沙，蟹便像找到了“护身符”，纷纷挖沙打洞，再也不乱跑乱钻了。小蟹打洞很有趣，也像走路一样横着。先用一侧的四条长腿并排插进沙土里兜住，然后弓背上提，把沙子用力提到胸前；接着，再用双螯将沙土像推土机一样推到一旁。打洞很辛苦，每推出一团沙土，小蟹都要休息喘息一番。我不由生出感慨：在沙滩打一尺多深的洞穴，那要付出多大的辛苦劳动啊！

然而，沙子和海水并没有给小蟹带来福音，两天以后，又有几只小蟹悄悄死在了沙土中，只剩下最后三只蟹了。

大个的我叫它“仁义”，是一只大螯蟹，属于招潮蟹的一种，一只螯就占了身体的四分之一。别看它个儿大，动作行为却极大度，从不向小蟹们显示武力，即使有的小蟹不慎“登鼻子上脸”爬到头上，它也只是把眼睛放倒在眼窝里，做老僧入定状，静静不予理睬。

中个的我叫它“胆小鬼”，只要有风吹草动，就仓皇逃窜，拼命钻进沙土，顾头不顾腚。

最小的我叫它“胜斗士”，小家伙儿机敏迅捷，一身有我无敌的气概。别的蟹遇到笔杆挑逗只是逃，它却不，竖起黑亮的小眼，张螯立爪，半立起身子与你对阵。若是笔杆进，它便严阵以待，一副恶虎扑食的架式；若是笔杆退，它便奋勇扑击，一身猛虎下山的威风。

面对庞然大物，小蟹竟毫无惧色，我的心被深深震撼了！英勇无畏的性格，不屈不挠的精神，不就是我们战胜困难和敌人的灵魂支柱吗？想到明日就要离开海边返回北京，一种强烈的放生念头在心中腾起。

翌日凌晨，和寿江沿着海滩走了很远，直到远离散步的游人，才将小蟹放到沙滩上。看小蟹挖沙打洞，一个个先后遁入沙土，我们才如释重负慢慢站起身。

“再见了——小蟹；再见了——大海!”

我怅怅回首，默默心语……

科普链接：沙蟹为节肢动物门、甲壳纲、十足目、短尾次目、蟹总科、沙蟹亚科、沙蟹属动物。起源于白垩纪，繁荣于第三纪。世界约有170种，中国约有70种。头胸甲大都呈方形或横长方形，亦有圆形或方圆形，双螯八脚，眼窝深大，眼柄较长，触角纵折或横卧，口腔前窄后宽。多活动于温海潮间带和潮上带，穴居沙滩洞中，洞一般呈螺旋形，洞口有沙塔。多用第二三对步足爬行，行动极为敏捷。食取藻类、浮游生物及各种小动物尸体的碎屑。常被渔民捕获后捣碎做成蟹酱。

漫话观赏鱼

如今做什么都兴一窝蜂赶浪潮：养蝎子走俏了，于是人们都呼啦而上养蝎子。结果，弄得那卖蝎子的人到处也找不着买主；养兔子赚钱了，于是人们就财迷心窍成了“兔儿爷”。结果，兔子的市场又价格大跌……当下热带观赏鱼又风行起来，便招惹得一些人神魂颠倒，赶趟儿似的贩起了热带鱼。

养殖观赏鱼是一种富有情趣的休闲活动，可以使人们在闲暇时欣赏到水族世界的曼妙奇观。中国老百姓一直喜欢饲养和观赏金鱼，而热带鱼的出现却使金鱼受到了冷落。

中国自古便有饲养、培育和观赏金鱼的传统。我国晋代就开始有饲养金鱼的记载，至今已有1500多年了。

金鱼是由鲫鱼繁育演化而来的。晋代史书上曾记载说：庐山的“秀斗池”中发现过金鲫鱼——金鱼。

南宋时期，高宗赵构为观养金鱼，特意在钱塘江德寿宫建了个“碧泻池”，经常亲自投饵赏玩以观鱼戏。

到了元代，大将燕帖木儿还在其府第营造了华贵的水晶池，专门饲养金鱼。鱼池以水晶为壁，以红珊瑚为栏，可见当时金鱼的名贵。

到了明朝时，神宗朱翊钧不但观鱼养鱼，而且成为一位著名的金鱼鉴赏家。伴随着这位金鱼皇帝的嗜好，宫廷内外养鱼成风，每年八月十五还要举办赛金鱼盛会。

到了近代，金鱼不但从宫廷显贵传到民间，而且成了友好使者，逐渐传到世界各地。16世纪初，中国金鱼传到了日本；17世纪中叶，中国金鱼又传到了荷兰；18世纪后期，法国曾专门出版了《中国金鱼集》一书；19世纪末，我国商人方棠将金鱼携鱼缸带到美国出售，一时成为美国人家中的宠物。1955年，周恩来总理为贺印度总理尼赫鲁生日，特派使者送去金鱼，以示“吉庆有余”之意。

如今，历经1500多年培育，中国金鱼已进入千家万户，形成了美不胜收的三大系列：一曰“文种”，形似普通鱼，身体似“文”字，如“鹅头”“珍珠鳞”等。二曰“龙种”，双眼突出，鳍发达，如“龙眼”。三曰“蛋种”，无背鳍，形状似蛋，如“虎头”“水泡眼”等。

可现在，历史悠久的金鱼却在本国失宠了，身价一落千丈，竟然被热带观赏鱼取而代之。一对上好的金鱼，卖上一二十元就不错了。徜徉鱼市，你会看到，进口热带观赏鱼已满眼遍布。几家可怜的卖金鱼小贩，已被排挤到冷落鱼市的一角。

▲美丽的中国金鱼

去鱼市漫步，热带观赏鱼几乎占了整个观赏鱼市场的60%。全国各地，甚至全球各地都可以看到热带观赏鱼的身影。

为什么热带观赏

▲地图鱼

鱼会受到养鱼客户如此热烈的追捧呢?

分析起来主要有以下几种原因。

一是人们追求新奇的本性所致。看久了、看惯了中国金鱼，自然会产生一种审美疲劳。而千奇百怪的热带观赏鱼突然出现，使追求新奇的人们自然趋之若鹜。

二是热带观赏鱼确实观赏性较强。热带观赏鱼由于多生活在热带海水中，故而色彩斑斓、外形奇特、品种众多，这是中国金鱼难以比拟的。

三是市场大潮的驱动。随着交通、交流的高效便捷，饲养观赏鱼的科技手段日趋先进，鱼市迅速形成了热带观赏鱼产、供、销、养的庞大链条。巨大商业利益驱动，加上从众心理作用，饲养热带观赏鱼便汇成了一股市场大潮。

热带观赏鱼分大型和小型两类。小型鱼一般体态娇小修长，色彩斑斓。如红绿分明、荧光闪烁的“红绿灯”，体长不足一寸，玲珑小巧，看上去确实爱煞人。又如巴西的“孔雀”，身披五彩，宽舒美丽的尾巴几乎就占了身体的二分之一。还有“红剑”“钻石燕”“黑燕”“白兔”等，名目繁多，让人目不暇接。小型热带鱼价钱便宜，一般几元钱一对。

至于大型热带鱼，身价可就千差万别了。

时下居民家庭中风行饲养一种“地图”鱼——“黄图”“白图”“金板图”，因鱼身有婉如地图的纹路而得名。一对一寸多长的小地图鱼能卖十几元或二十几元；一对大地图鱼则可以卖到一二百元。

刀鱼名字怪，长相也很怪："魔鬼刀""虎纹刀""东洋刀""七星刀"，等等。"七星刀"的吻和头极像海豚，身体却像一把弓背长刀，两侧各有七八颗不等的圆点黑星。听主人说，一条小刀鱼买时花上几元钱，长到六七寸，要卖到六十几元。

观赏鱼中最低调的是泰国引进的"清道夫"，浑身花斑，憨乎乎总是把嘴贴在鱼缸壁上。那嘴也生得奇，不是长在前方，而是长在头下。由于它们专门舔食鱼缸壁上的附着物，所以才得了"清道夫"的美名。一口鱼缸里若是养了一两条"清道夫"，那么，鱼缸四壁就能长期晶亮透明。

"龙鱼"是所有观赏鱼中的名贵骄子。比如"金龙鱼""银龙鱼""宽背龙鱼"……都是来自东南亚的"贵子"。

"银龙"的头从上到下呈40°角，"龙口"长在角的顶点，两条"龙须"分列左右，一对"龙眼"与其他鱼眼大相径庭。其他鱼眼是呆滞的不会转动的"死眼"，而"银龙"的眼却可以骨碌碌左右转动。有了如带的身段和能转动的"龙眼"，加上飘逸的风度，"龙鱼"的身价就陡然倍增。一条尺许长的"银龙"可卖到250元。若是"宽背龙"，价钱要"火"到5000元；若是"金龙"，价钱会"烧"到七八千元。赶上大款斗富，一条"金龙"

▲七星刀鱼

▲小小的红绿灯热带鱼

甚至能炒到三五万元！

贩鱼潮促进了养鱼潮，养鱼潮又刺激了贩鱼潮。于是，以鱼缸、鱼具、贩鱼为主营业务的门店相继诞生，卖鱼虫的人也随之多起来。

可也不能眼红，贩卖热带观赏鱼也有风险，也得懂得“鱼经”。什么温度、氧气、酸碱度……不精心就会出闪失。倘若失手死了鱼苗，赚不了钱不说，还会把本钱也搭进去。

至于饲养热带观赏鱼，也非像饲养金鱼那样简单。

热带观赏鱼分为淡水观赏鱼和海水观赏鱼。它们对水质酸碱度的要求截然不同，饲养中需根据观赏鱼种类及时调控水质的酸碱度。水温对饲养热带观赏鱼极其重要，务必保持在22~26℃，故鱼缸中必须安装调温设备和测温设备，以便随时监测水温并加以调控。饲养热带观赏鱼要每周换一次水，换水时要换掉三分之一或四分之一的旧水，新水还要先行除去氯气，并将水温、酸碱度调试到与旧水一样方可更换。为热带观赏鱼投食，要定时、定点、定质、定量，还要根据季节、气候、水温变化和鱼的摄食强度做适当增减……

由于热带观赏鱼对水质环境的要求更高，饲养中的注意事项更多，饲养难度也更大。

此外，还有遭遇欺骗的风险。倘若遇到制假、造假的黑心经营者，往往会赔了夫人又折兵。

例如，有人用特殊的颜料或油漆在外形相似的鱼身上涂上条纹，以假乱真在鱼市出售。不识货的买家高价买回后，鱼儿活不了几天就会死亡。有人用激光在鱼儿身上打上“招财”或其他彩色图案。一旦买回饲养，几天之后图案就会褪去。还有的黑心商家给血鹦鹉等红色鱼注射了“催红剂”，使其身体更为红亮以增加卖相。这些经过“人工美容”的鱼儿买回几天后就会颜色变淡甚至死掉……

了解了这些烦琐程序、苛刻要求和饲养风险，对自己是否适合饲养热带观赏鱼才会有清醒认识。

科普链接： 观赏鱼是指那些具有观赏价值、有鲜艳色彩、有奇特形状的鱼类，品种不下数千种。它们有的生活在淡水中，有的生活在海水中，有的来自温带地区，有的来自热带地区，普遍饲养和常见观赏鱼约有500种。通常将观赏鱼分为热带海水观赏鱼、热带淡水观赏鱼、温水淡水鱼。其中，中国金鱼、中国锦鲤鱼是养殖最为久远的观赏鱼。

银龙鱼与“战斗机”

银龙鱼是一种大型热带观赏鱼，一般能长到一二尺长。由于体色银白，身体呈修长的带状，所以游起来赏心悦目，宛如一条闪光的银带在鱼缸里轻盈回环、左右摆动。

前些年，饲养热带鱼成了一种时髦。我的朋友老车本来没有什么养鱼的嗜好，但因为有人送给他一个鱼缸，好事者又给他弄来了三条中型银龙鱼；于是，老车开始在朋友们的撺掇下成了一名热带鱼饲养发烧友。

饲养银龙鱼并不太困难，只要装好加热泵，将缸内的控温棒调到28℃，并给它们定时喂食，基本上就没有什么问题。老车的鱼缸很“宏伟”：足有近2米长、半米多宽、1米深浅，即使只装半缸多水，算起来也要1吨多。

给鱼缸换水很讲究，利用虹吸原理，将小胶管插入鱼缸底部，连同鱼儿的粪便等一点点吸出，但缸里的水一定要留三分之一，且换入的新水要经过沉淀、加热后才能使用。由于鱼缸较大，每次换水都要两个多小时。所以，老车把换水时间都安排在每周六上午。这样时间充裕，不耽误上班，老伴和儿子还能当上帮手。

辛勤忙碌和细心照料换来了丰厚的精神回报：三条银龙鱼长得迅速而健康，一条条出落得如素衣闪烁的飞天女神。它们在透明浅绿的“水晶宫”里轻盈起舞，优雅漫游，充满了闲适和自信。晚饭以后，一家人围坐在鱼缸边，静静观赏着这美轮美奂的表演，不禁沉浸在巨大的满足和愉悦里。

银龙鱼已经长到了一尺半长。渐渐地，老车产生了几分莫名的单调感：每天看银龙鱼飘飘欲仙的舒缓舞姿，缺乏生气和变化。于是，在朋友的建议下，老车从鱼市上买来水草和假山来装饰鱼缸，还买来四条“战斗机”放进缸内。“战斗机”是一种短小精悍的中型热带鱼，游泳速度极快。它们的到来，使平静的鱼缸一下子热闹起来。就像它们的名字，几条“战斗机”在鱼缸里左冲右突、跃升俯冲，把鱼缸搅出了阵阵涟漪。温文尔雅的银龙鱼被这突然的变化所惊动，也不由加快了游泳速度。鱼缸里顿时变得纷繁而热闹。看着这喜人的变化，老车感到很高兴、很满足，为鱼儿们服务的劲头儿也越来越足。

俗话说：大鱼吃小鱼，小鱼吃虾米，虾米吃淤泥。银龙鱼和“战斗机”都是食肉性热带鱼，所以特别喜欢吞吃其他小鱼。为了给它们准备鲜活的饵料，老车每周都要到鱼市上买回几十条一两寸长的小鱼，放到一个圆形小鱼缸暂时养起来，已备每天投喂使用。

投放小鱼的时候，鱼缸里立即变成了弱肉强食的杀戮场。尽

▲姿态优雅的银龙鱼

▲银龙鱼是一种较大型的热带鱼

管小鱼们游泳的速度很快，但由于鱼缸里空间有限，没有什么能遮蔽身体的掩体，所以根本无法逃脱掠食者的追杀。别看银龙鱼平时游泳一副优哉游哉的模样，可此时却变得异常敏捷而迅疾。它们先是慢慢游着，装出若无其事的样子，待接近小鱼，突然摆尾弓身，身体箭一样向距离三四寸远的小鱼射去。眨眼之间，小鱼就被死死咬住。接下来就是头部和身体连续抖动，转眼间整条小鱼就被银龙鱼吞到肚子里。至于“战斗机”，则更是迅猛和直接。它们毫不掩饰自己的目的，直接对小鱼展开追杀。弹射般跃升，闪电般俯冲，由于游泳速度极快，只要选准目标，小鱼们根本无法逃脱。常常是没游出一尺远，就被“战斗机”一口咬住，两三秒钟即被吞了下去。就这样，十几条小鱼放进鱼缸后不到20分钟，就被瓜分杀戮，成了银龙鱼和“战斗机”的点心。

每逢看到这情景，老车心里就有一种复杂的说不出来的滋味。是心疼小鱼的生命吗？当然！可如果不这样，银龙鱼和“战斗机”就要饿肚子。我们人类不也把家禽和家畜当作自己的肉食供应者吗？

在这场弱肉强食的竞争中，看得出，小小的“战斗机”比笨大的银龙鱼更具优势。它们目标直接，攻击凶狠，速度极快，这是银龙鱼所远远不及的。

自从鱼缸里添了这几架“战斗机”，三条银龙鱼的游泳速度明显加快。老车发现，“战斗机”对银龙鱼似乎很友好。他曾多次看见“战斗机”主动和银龙鱼快速亲吻，就像新来的下等“移民”拜会当地大佬一般。但银龙鱼似乎并不买账，每当“战斗机”向它表示亲热，银龙鱼立即舞动身子，掉头躲开，一副不屑一顾的傲慢模样。

日子一天天过去。这些天，老车似乎在夜里经常听到鱼缸里发出水花飞溅的声音。可早起一看，鱼缸里一切照旧，并没有什么太大变化，只是在喂食的时候，银龙鱼捕捉小鱼的速度和准确率明显下降，身体也有些消瘦。

这天夜里，老车在睡梦中似乎又听到了飞溅的水声：“哗——哗——啪——”可醒来后仔细再听，水声又没有了。他怀疑是做梦，但又放心不下，终于下床来到客厅鱼缸边。打开灯一看，他不禁大吃一惊：一条银龙鱼已直挺挺躺在地板上干死了！鱼缸里一切照旧，是谁把银龙鱼抛出了鱼缸呢？老车大惑不解。是人为的吗？根本不可能！是鱼缸里的同类干的？更不可能——它们还没有把银龙鱼抛出鱼缸的本领……唯一的可能，就是银龙鱼自己跳出来的。可银龙鱼为什么要跳出鱼缸呢？老车一夜没有睡好。

早晨起来，带着惋惜和心疼，老车轻轻抚摸和观察着这条死去的银龙鱼。他突然发现，银龙鱼的一只眼睛仿佛生出了一层白内障，另一只眼睛也隐约有了一些伤痕。老车突然间像悟到了什么，立即放下死鱼来到鱼缸边。他焦虑地巡视着另外两条银龙鱼的眼睛，一种比他预想中更可怕的情景出现了：一条银龙鱼亮晶晶的左眼球没了，变成了一个淌血的可怕黑洞！大概被眼前的血腥所刺激，一条“战斗机”，正凶狠地向银龙鱼淌血的伤口发起攻击……

老车恍然大悟：是这些小小的“战斗机”对银龙鱼的眼睛实施了“点穴刺杀”！

一切都明白了。当初，“战斗机”哪里是和银龙鱼进行什么“亲吻”，它们是在试探攻击银龙鱼的眼睛！

眼睛是银龙鱼身上最突出、最宝贵、最薄弱的器官，一旦受到伤害，它们所失去的不仅是捕食本领，连自身防卫功能也会严重下降！

狡猾凶狠的“战斗机”，利用它们的速度和噬咬优势，先是攻击银龙鱼的眼睛，使其变成瞎子；然后肆无忌惮地对致残的眼睛展开疯狂撕咬……那条跃出鱼缸的银龙鱼，就是被“战斗机”邪恶的撕咬逼得走投无路而不得不逃出鱼缸的……

带着懊悔和恼怒，老车把几条“战斗机”捞出来，赌气摔进了垃圾筐。但他最终也没能留住银龙鱼的生命。

几天以后，剩下的两条银龙鱼也死了。

科普链接：银龙鱼学名为双须骨舌鱼，是著名的热带观赏鱼类，属于脊椎动物门、硬骨鱼纲、骨舌鱼目、骨舌鱼科、硬骨舌鱼属鱼类，分布在亚马逊河流域，在当地是重要的热带鱼类，在亚洲鱼市相当受欢迎。银龙鱼体呈长带形，侧扁，尾呈扇形，背鳍和臀鳍呈带形，向后延伸至尾柄基部，下颚比上颚突出，长有一对短而粗的须。其宽大的鱼体上整齐地排列着五排大鳞片，在光线照射下，闪烁着银色的光。银龙鱼体长可达50~100厘米。

“墨锦”、泥鳅和小虾

老伴儿为外孙买回了三条小金鱼。它们在椭圆的玻璃鱼缸里游来游去，金红的身子和大眼睛时不时被凸起的鱼缸壁放大或缩小，招惹得外孙一次次把小手伸到鱼缸里去抓金鱼。三条金鱼有两条是红的，另一条虽然也是红的，但左右摆动的大尾巴上有一道黑边，就像绚丽的锦缎上镶了一带墨色裙摆——所以大家都叫它“墨锦”。不知是换水不及时还是得了什么病，半个多月以后，两条红金鱼相继死去，只剩下“墨锦”孤独地在鱼缸里“茕茕孑立、形影相吊”。

为了给“墨锦”找一些伙伴，老伴还想去鱼市上再买几条金鱼。但我觉得金鱼娇贵，不如去附近老家的小河捞一些小鱼小虾与金鱼相伴。我的提议立即得到了全家响应。

好久不回老家了，对青山环抱的小村我始终潜藏着一种剪不断的乡情，正好回老家去看看。

1

那条四季长流的小河由于源头龙泉枯竭，没有了清澈的溪水。取而代之的，是为赚钱而催生的一座座拦河鱼池以及鱼池下泄的涓涓细流。

一家人打车很快来到了十几里外的小河旧址。寻着童年的梦想，踏着儿时的足迹，我们来到“宝池湾”下的峡谷河道。河道深而狭窄，两侧清一色的岩石，是千万年来奔腾不息的河水冲刷出来的。河谷两边，壁立陡峭，巨石突兀，使人感到雄奇伟岸，又有些幽深恐怖。岩壁缝隙中长满古藤老荆，还有千年的岩柏，使人仰望后更添沧桑幽古之意。

这河道曾是我儿时捉鱼拿鳖的欢乐之谷。“宝池湾”下的河道因为一路下斜，每逢夏季暴雨之后，便有无数泥鳅迎着混浊的山洪逆流跳跃而上。于是，小伙伴们便会如期而至，蹲在河道旁那块突出的巨石上，专捉那些逆流而上的泥鳅。

正值盛夏暑热，但一入河谷便觉得清凉了许多。“哗啦啦”奔腾的溪水不见了，河道两旁长满了高高的苇草和水蒿，只有河道中央还流淌着一股清清的细流。我们选中对岸的一块白草坪“安营扎寨”，但要涉过小河到达白草坪却不容易。由于多年干旱，长久没有山洪冲刷，河床已淤积了厚厚污泥，不小心踩上去就会陷入其中。折一根木棍，左右开弓在苇草和水蒿中打开一条通路，然后垫出几方“踩石”，一家人终于到达了对岸的草坪。

捕捞正式开始了，我们的工具是两把铁丝笊篱。河水清清的，根本看不见小鱼小虾的影子。我指着一片黑绿色的水草告诉大家：这里面肯定藏着小虾。接着，用笊篱快速捞过去。果然，在捞上来的水草和污泥中蓦然跳出了两只小虾。看见乱蹦乱跳的小虾，鹏鹏高兴得大叫：“小鱼、小鱼——”一家人一面笑着帮他纠正，一面把笊

▲捞小鱼小虾

篱送到鹏鹏手里让他去实践。

捞虾战果在不断扩大，水桶里的小虾已经达到8只。持续的行动居然惊出了一条泥鳅，只见它顾头不顾尾在河道中乱钻。我们则呼叫指点着连续追捕。泥鳅终于被我们擒获了。惊慌愤怒的泥鳅被放进小桶里后就开始发脾气，它横冲直撞、上下翻动，把水桶里的小虾搅得七零八落。看到这一新鲜情景，鹏鹏围着小桶叫着、笑着，开心极了，他由此也认识了泥鳅和小虾。

2

回家后，泥鳅和小虾被放进了小鱼缸。鱼缸里顿时热闹起来。14 只河虾和这条泥鳅大约从没见过透明的玻璃鱼缸，所以显得有些惊惶失措。小虾们前游后退一刻不停，那条泥鳅更是发疯一般把鱼缸撞得叮当乱响。面对这些不速之客，“墨锦”显得有些慌乱，甩动大尾巴左冲右突，甚至有时和小虾、泥鳅迎面相撞。但随着时间延续和体力下降，鱼缸里疯狂的“公民们”都劳累了，终于渐渐安静下来。几经接触后，金鱼、小虾、泥鳅感到对方并无恶意，彼此间也就消除了紧张和惊恐。

河虾分为大中小三等：大个儿的4只，约有2厘米长，身体很粗壮，是母虾，身体因蓄满了虾卵而呈现出黑褐色。中个儿的8只，约1.5厘米长，身体也较粗壮，可能是公虾或青春期的母虾，身体呈现青绿色。小个儿的2只，约有1厘米长，是未成年的小虾，身体细瘦且透明。至于那条泥鳅，身体狭长，大约八九厘米，比筷子还要粗一些，嘴旁的4根短胡须被它吐出的水冲得摆来摆去，看上去很有力气。

久居鱼缸的“墨锦”大概觉得自己是这里的主人，对周围的外来客逐渐现出了“地头蛇”般的霸气。14只小虾是它欺负的主要对象，时不时伸过圆圆的大嘴要和小虾“亲吻”。小虾们非常警惕，每逢金鱼将嘴靠近，便会猛然向后一跳，轻盈躲开了。泥

▲小小鱼缸里也充满了杀机

鳅的身子比金鱼长出很多，但胆子很小，看到身体短粗、拖着个大尾巴的“墨锦”向它靠近，就会像梭子一样在鱼缸里飞速蹿游，甚至有几次跳出了鱼缸。

跳出鱼缸的泥鳅掉到桌子上蹦来蹦去，如果不能及时把它捡回鱼缸，便会活活干死。不过，泥鳅的生命力比其他鱼类要顽强得多。一天早晨起来，我突然发现鱼缸里的泥鳅不见了，找来找去在地上发现了它。泥鳅的身子几乎已经风干，捡起来也不再有反应。我猜想：一定是夜里它就窜出了鱼缸，大概没救了。可放进鱼缸漂浮几分钟以后，它居然又将侧仰的身子慢慢立起来复活了。几经磨难以后，泥鳅不再“跳龙门”：鱼缸里虽然没有小溪里自由舒服，但总比跳出去当“鱼干”要强得多。

它开始适应鱼缸里的生活，对金鱼“墨锦”亦不再惧怕。

金鱼、小虾和泥鳅逐渐融合在一起，鱼缸里的生活也变得安静有序。平时，小虾们喜欢紧贴着鱼缸壁慢慢游，泥鳅则喜欢静静伏在鱼缸底一口一口吐水。唯有“墨锦”最活泼，在鱼缸中央游来游去，很少有静下来的时候。

3

老伴儿是鱼缸“公民”的“饲养员”，每天早晚两次向鱼缸里撒放饵料。饵料是比小米还要小许多的红黄色颗粒，合成饲料，鱼市上买的。按照鱼市老板的传授，每次不能投放过多，投多了会把贪吃的鱼儿撑死。

每次撒放饵料，数“墨锦”最霸道：张开圆圆的嘴巴，追着饵料上吞、下吞、左吞、右吞，敏捷而快速，仿佛不吞尽所有饵料就不罢休。对这些红黄色的饵料，泥鳅似乎不感兴趣，不争不抢，很有绅士风度，照旧伏在缸底一口一口吐水，只是偶尔有饵料落到嘴边才一口吞下去。小虾们很有自知之明，不和“墨锦”争抢，只是看准时机将漂到眼前的饵料抱起一颗，然后躲到缸壁一侧食用。以前从来没见过小虾米怎样吃东西，现在却看到了小虾吃食的鲜活场景：用步足抱稳饵料，然后用两个前螯左右开弓交替着在饵料上切剪，再把切下的饵料敏捷送到嘴里……就像人们用筷子快速夹豆子吃一般。

自从小虾和泥鳅进入鱼缸，不但“墨锦”活泼了许多，全家人也增添了不少欢乐。平时，大家陪着鹏鹏观赏鱼虾，还要时不时阻止他对鱼缸“公民们”的骚扰攻击。鱼缸旁经常爆出开心的欢笑。

俗话说：“大鱼吃小鱼，小鱼吃虾米，虾米吃淤泥。”但眼前的情景表明这话并不正确，鱼缸里的鱼和小虾们不是和谐相处，相安无事吗？

4

一个双休日的早晨，我随便凑到鱼缸边观看。泥鳅照旧伏在缸底吐水，“墨锦”照旧游来游去，但仔细数数小虾不禁吃了一惊——分明两只最小的虾不见了！我怀疑眼睛出了问题，擦擦眼镜仔细再数，没错，两只最小的虾崽真的没有了。是换水的时候被吸管吸走了吗？我询问老伴，老伴说根本不可能。也是，那细小的、直径不足两毫米的塑料管根本不可能把小虾吸走。况且，老伴是个十分细心的人，换水时都是手拿吸管，一点点吸出缸底鱼虾们的粪便，根本不可能把小虾吸走。是小虾像泥鳅一样跳出了鱼缸不成？也不对，量它们还没有那个本事。难道……望着伏在缸底的泥鳅，我把猜疑落到了它的身上。泥鳅静静伏着，显得温柔而腼腆，一点没有杀手的样子。我开始像侦探一样留心观察鱼缸。

双休日过去，鱼缸里一切正常，老伴照样按时撒食，鱼虾们照样各取所需。两天后，我再去看鱼缸，糟糕，中个儿的小虾又少了两只！严酷的现实表明，鱼缸里确实存在着可怕的杀手。但杀手到底是谁？

又是一天早晨，起床后我悄悄来到鱼缸边，突然发现了一幅恐怖的情景：一只中个儿小虾肢腿全无、皮破身残，可怜的尸体在鱼缸里悠悠漂着！小虾的尸体已经变得又瘦又小，显然是经受了残忍的撕食。

就在我疑惑不解的时候，让人惊愕的一幕出现了：平时潜伏在缸底的泥鳅，突然向漂到眼前的小虾尸体发起猛烈攻击！它摆动身子向前一窜，把小虾尸体一下吞到口里，然后一抖一抖向下用力吞咽……可能是小虾的尸体仍有些过大，泥鳅吞咽一阵以后，不得不把小虾尸体吐了出来。

但泥鳅并不甘心，稍事休息后又开始故伎重演。几经吞咽以后，小虾的尸体就变得越来越细小。最后，终于被泥鳅整个吞了进去。

案情似乎变得明朗，但我仍有一个疑团：泥鳅吞吃小虾尸体尚且这样费力，又怎么能去“追杀”活生生的小虾呢？

小虾到底是被谁杀死的呢？

5

双休日，我一边写稿，一边对鱼缸进行连续观察。真相终于被我一点一点发现了。原来，最初的杀手是“墨锦”!

“墨锦”这家伙非常爱追逐“亲吻”小虾。开始，我以为这种追逐只是嬉戏玩耍，但仔细观察后，才发现“墨锦”的“亲吻”原来暗藏着杀机。哪里是什么嬉戏，它是在残忍地吞咬着小虾的步足！小虾胸前共有一对螯足、三对步足。一旦步足缺失，身体的平衡就会被破坏，游泳的速度也会大大减慢。对于“墨锦”的“亲吻”，小虾一般能快速逃掉；但时间久了，警惕性低了，就难免被“墨锦”“亲吻”而咬掉步足。失去步足的小虾，身子开始变得歪歪斜斜，前进和后退的速度都变得越来越迟缓，受到攻击的几率也越来越高。尝到小虾步足香味的“墨锦”，此时变得越加贪婪和血腥，一次次对受伤的小虾展开猛烈攻击。就这样，小虾的步足被一只只吞掉，背甲被一点点撕开，身子很快变得伤痕累累。但这时候，无论是“墨锦”还是泥鳅，都还没有能力把小虾吞下去。

小虾仍旧活着，头须和嘴巴还在微微蠕动。

继而，一场意外的洗劫出现了：只见鱼缸里的其他小虾纷纷游向身受重伤的小虾。我猜想，它们一定是想团结起来救援自己的同伴。但实际情况恰恰相反，哪里是什么救援，原来是一股脑儿赶来分食同

▲小河捞上来的小河虾

胞血肉的！

这些没有同情、没有头脑的混沌小家伙们，纷纷趴在同胞重伤的身体上，用前螯毫不客气、毫不怜悯、贪婪地剪食着血肉，直到同胞千疮百孔、走向死亡！

是一群小虾变成了杀害受伤小虾的第二杀手；是一群小虾把同胞肢解成让泥鳅可以吞咽的残尸。

鱼缸里，连环杀戮仍在无声继续着，小虾们的数量也在一天天减少。我已不再怜悯小虾，也不再怨恨“墨锦”和泥鳅。

这一天，儿子不忍再看这杀戮，便端着鱼缸，把“墨锦”、泥鳅，连同剩余的两只小虾，一起倒进了离家不远的一个池塘。

血腥"红鹦鹉"

红鹦鹉鱼又称血鹦鹉、红财神、财神鱼，是近些年颇受宠爱的一种热带观赏鱼。一些企业的接待大厅、业务大厅，乃至名家居室，常能看到水族箱中有成群的"红鹦鹉"在怡然遨游。

漂亮华丽的水族箱，通体红亮的鹦鹉鱼，加上鱼儿们翩翩漫游的从容，会让人产生一种雍容大气、高贵雅致、红火兴旺的感觉。

于是，红鹦鹉鱼成了宠物，成了一些人心目中华贵、优雅与财富的象征。

1

红鹦鹉鱼因全身通红、头似鹦鹉而得名。椭圆的体形，有15~20厘米。柔长的背鳍、腹鳍与尾鳍均向后平行飘逸，故显得风度翩翩。灵活扇动的胸鳍又使其前进、转向行动自如。宽厚的身体越到中间越加饱满，因而显得红光闪闪。头部是先微凹后凸起的鹦鹉脸造型，下唇微收、上唇稍长，三角形小嘴仿佛难以合拢。正是这种奇特别致的外表和红亮吉祥的体色，赢得了人们的喜爱与追逐。

红鹦鹉鱼属于淡水热带鱼，出现的时间不过几十年。据说，刚上市时由于饲养者将红鹦鹉鱼当作商业机密来看待，其身世的来源曾经众说纷纭。

原来，红鹦鹉鱼并不是一个自然物种，而是偶然机会被人为混养出来的。

资料介绍说：大约是1986年，台北市市郊一位叫蔡建发的水族饲养人，无意中将自己饲养的红魔鬼鱼和紫红火口鱼混放在一起，结果二者杂交得到了一个新鱼种——鹦鹉鱼。

这种不经意间产生的杂交鱼种，很快受到了人们的喜爱和追捧。接着，专业水族研究者又对这种杂交鱼进行了深入研究和品种改良，继而塑造出体态优美、色彩鲜红的红鹦鹉鱼。之后，再经过专业科技人员的培养和改良，除原始的红鹦鹉鱼之外，市场上还出现了花鹦鹉、紫鹦鹉、红白鹦鹉、斑马鹦鹉等色彩多变的鱼种。由于是杂交品种，基因难免错乱，故红鹦鹉鱼虽能产卵，但不能孵化，如同驴马杂交生出的骡子一样，很难繁殖出自己的后代。

欣赏红鹦鹉鱼时我们会发现，饲养鱼儿的水族箱均配有专业的输氧设备和加温设备——这是为了使水中能保持充足的氧气和适当的温度。由于遗传基因所致，红鹦鹉鱼的呼吸系统并不完备，其呼吸功效只有正常鱼类的一半，所以水族箱中的水溶氧比例要求比一般观赏鱼要高得多。一旦水中缺氧，用不了多长时间红鹦鹉鱼就会死亡；若是长期处于较缺氧的状态，红鹦鹉鱼则会

▲漂亮的红鹦鹉鱼

发生翻鳃侧浮、渐渐死去的现象。

红鹦鹉鱼对温度相当敏感，水温低了会影响其体色，水温高了也会影响体色，甚者会出现黑色的条纹。所以，水族箱中的水温要稳定保持在25~28℃。

红鹦鹉鱼对水中溶氧量和温度要求苛刻，但食性却十分广泛，红虫、小虾、水虱等小虫子和人工颗粒饲料均是它们喜欢的食物，而且常会吃个不停。

能吃就能拉。但排泄物多了很容易使水族箱里的水变得浑浊，所以饲养红鹦鹉鱼的水族箱还要配备功率较强的过滤设备，或者是在水族箱里养几条“清道夫”。

“清道夫”属于杂食鱼类，肚子上有吸盘。它的嘴能像吸尘器一样，把鱼缸里的鱼粪、绿藻、苔藓、垃圾统统吸到肚子里——其名字也由此而来。

平时，它们会在嘴里含一个气泡，可帮助在水中补充氧气，以便在水中潜伏更长时间，吃到更多“食物”。

饲养红鹦鹉鱼的水族箱若没有过滤设备，就会混养几条“清道夫”以保证水质清洁。

2

这家印刷厂业务大厅内养了一箱红鹦鹉鱼。由于经常去那里联系书刊排版、校对、印刷等事宜，便有了欣赏水族箱中红鹦鹉鱼的机遇。

红鹦鹉鱼为什么会呈现出鲜红的体色呢？原来，这与它们摄入的食物及生存环境紧密相关。

据印刷厂经常照料红鹦鹉鱼的赵师傅介绍：

“如果只喂一般饲料或鱼虫、面包虫等缺乏虾红素的食物，很难把红鹦鹉鱼的颜色养红，所以必须添加以河虾为主的饵料。河虾中含有丰富的虾红素，大量摄入了虾红素，红鹦鹉鱼的体才

▲红鹦鹉鱼

会变红。为此，人们专门开发出了含有虾红素和胡萝卜素的红鹦鹉鱼专用饲料在市场出售。不过，价格比一般鱼饲料要明显贵一些。”

“红鹦鹉在弱酸性的老水中身体容易保持红色，所以不能经常大量换水或是倒缸，每次只能换上三分之一或四分之一新水。水族箱要放在较暗的环境中，这样红鹦鹉鱼的体色才会更红。在灯光或日光照射强烈的环境中，红鹦鹉余的体色很容易发白……”

听了赵师傅介绍，我深深感到，要养好一箱红鹦鹉鱼真的很不容易。

表面看，红鹦鹉鱼温文尔雅、风度翩翩、娇气柔弱，然而，得知它们的真实面目后却让人大跌眼镜。

已经有一段时间没去印刷厂业务室了。

这天，去业务室商议排一部书稿，突然发现水族箱里的红鹦鹉鱼少了许多。

记得水族箱里一直养着三四十条红鹦鹉鱼，游动起来犹如红云飞渡、丹霞漫卷，非常有气势。而现在，只剩下了稀稀落落的十几条，偌大的水族箱变得空旷寂寥了。

一问赵师傅才知道，春节期间新冠肺炎疫情暴发后，厂里处于停工停产状态，对红鹦鹉鱼照顾也怠慢了许多。大约是饥饿所致，红鹦鹉鱼之间发生了自相残杀现象，种群数量便随之减少。

赵师傅说，这种残杀是从鳍部或眼部开始的。

一条凶猛的红鹦鹉鱼，追逐撕咬着一条弱者的尾鳍、背鳍，或用嘴突然撞向弱者的眼睛。一旦鱼鳍被咬伤或眼睛被撞伤，受伤的鱼儿就会惊慌失措，游速明显减慢。这之后，伤口散发出的血腥味则会招来更多鱼儿的攻击。于是，在群起围攻中，鱼鳍被一块块撕掉，鱼眼被撞瞎并咬伤，直至整个眼睛被吃成一个可怕的黑洞……最终，这条鱼变成了一副可怜的骨架。

如此的作案手段，与朋友老车讲述的“战斗机”攻击银龙鱼的情景简直如出一辙！

那些日子，鱼缸里的悲剧接二连三上演，且无法控制！

每当从水族箱中捞出一具鱼儿的白骨，赵师傅都会伤感不已，都会自责没能管理好鱼儿。

3

协同照料水族箱的小亢则“揭露”了红鹦鹉鱼的另一种恶行：“它们不光互相撕咬，连箱壁上趴着的‘清道夫’也给吃了……我就从里面捞出过两副‘清道夫’的骨架……”

小亢介绍说：“水箱里原来共有三条‘清道夫’，现在只剩一条躲在加氧盒后面，其余两条都被红鹦鹉鱼吃掉了。”

我愈加感到惊骇。

“清道夫”是一种很顽强、较凶猛的热带鱼，有吸附在其他鱼类身上的习性，游动缓慢的金鱼很容易被它们附着，所以只适合与游动较快的鱼儿混养。又因为它们会吸食袭击小鱼，所以不能和小型热带鱼混养在一起。

而“清道夫”却在红鹦鹉鱼的攻击下变得毫无招架之力。

我猜测，一定是有了同类相残的嗜血实践，红鹦鹉鱼才把

▲红鹦鹉鱼

"清道夫"当成了攻击对象。

"清道夫"趴在水族箱壁上静止不动，受到攻击后难以像其他鱼类那样迅速躲避或反击；而受伤后又会招来红鹦鹉鱼的群体噬咬。正是这种恶性循环，使顽强的"清道夫"最终落得被红鹦鹉鱼"蚕食"的结局。

水族箱中，仅剩的一条"清道夫"可怜巴巴地躲在加氧盒后面的箱壁上，后背上分明有几道被撕咬痊愈后的伤痕。

因为有了加氧盒阻隔，红鹦鹉鱼无法对狭小角落的"清道夫"实施攻击，这里便成了"清道夫"的临时"庇护所"。

温文尔雅的红鹦鹉鱼变成了嗜血残杀的恶魔，让人很难理解；但动物世界中同类相残的现象并不少见。

即使我们这些已进入到所谓文明社会的人类，也没能完全消除掉"人吃人"的兽性劣根。

唐代诗人白居易曾在诗中写道"是岁江南旱，衢州人食人"。

北宋靖康之乱，江淮民众相食，一个少壮男子的尸体不过十五千(不如一斗米贵)。

面对大饥荒，明代万历年间、清代同治年间也都有人吃人的记载。处于危难时刻，人类尚且如此，鱼儿间的相残也就不足为奇了。

人食人的恶行忤逆人性，但在生死危难关头，人被迫堕落到动物状态，无情无奈的悲剧也就难于避免了。

那么，如何阻止和改变红鹦鹉鱼同类虐杀的行为呢？

有关资料介绍说：引进一些新的鹦鹉鱼种群便能缓解和冲淡原来嗜杀的氛围。

后来，印刷厂很快从四川网购了一批新的红鹦鹉鱼空运到北京。尽管途中因水袋漏水损失了一部分鱼儿，但大部分被安全放养到水族箱里。

有了新鱼群的加入，水族箱中红鹦鹉鱼自相残杀的行为果然停止了。加上赵师傅和小亢投食照料更精细，水族箱中渐渐恢复了红云飘动的景象。

但愿红鹦鹉鱼们彼此之间能够和谐相处。

科普链接：红鹦鹉鱼俗称红财神、财神鱼、圣诞老人鱼，为脊索动物门、脊椎动物亚门、硬骨鱼纲、辐鳍亚纲、鲈形目、隆头鱼亚目、慈鲷科鱼类，是橘色双冠丽鱼与粉红副尼丽鱼的杂交品种。通体鲜红，食性广泛，对水温敏感，呼吸系统有缺陷，看似温文尔雅，却具有较强的攻击性，主要产在我国台湾省，是很受欢迎的淡水热带观赏鱼，目前已分布世界各地。由于是杂交鱼类，存在基因缺陷，红鹦鹉鱼虽能产卵，但不能孵化出小鱼。

聪明的蜘蛛

夏天傍晚，坐在院子里乘凉，常常能看到两房屋檐之间结起了圆形八卦式的大蛛网。蛛网中心，一只黑色的大蜘蛛正稳坐其中，耐心等候着猎物撞上这精心编织的盘丝陷阱。我不禁想起了童年时咏唱的那则谜语：“南阳诸葛亮，稳坐中军帐，布下八卦阵，专捉飞来将。”

1

蜘蛛主要分为游猎型和织网型两大类。

游猎型蜘蛛不结网，主要靠突袭捕捉猎物。比如在窗棱上常见的虎蛛，个头虽只有绿豆大小，但行动迅疾，善于跳跃，一旦发现苍蝇，会悄悄接近，待爬到距苍蝇1厘米远的地方便一跃跳

▲大家蛛及织成的大网

起，将苍蝇牢牢擒获。

结网型蜘蛛则会结成三角网、漏斗网、八卦网等各种蛛网，专等昆虫触网被粘，然后从容猎取。

▲岩缝中的大蜘蛛

但钓蛛并不结网，而是先喷出一个小丝球，再用一根长丝吊着丝球在空中做诱饵，就像钓鱼一样。倘若有昆虫把晃动的丝球认作食物而去捕捉，正好上当被丝球粘住。这时候，钓蛛就会迅速收丝，将粘捕的猎物用丝包裹然后从容进餐。

还有一种生活在水边的盗蛛，能深入水中捕食小鱼小虾。盗蛛有较强的潜水能力，有时能潜入水中待上近1小时，因此，捕鱼成了它们重要的取食手段。

另有一种擅于在水中吐丝结网储存空气的水蜘蛛。它们用蛛丝在水中结成一个网，使蛛网变成了储存气泡的“钟罩”。它们抱着“钟罩”呼吸、捕食、生活。一旦“钟罩”里的氧气不足了，蜘蛛就会浮到水面上，用身体的茸毛带入空气补充到“钟罩”里。依靠这一特殊的“装置”，它们在水中捕食小鱼、蝌蚪和昆虫幼虫，成了独特的水中猎手。

在蜘蛛王国里，不管是游猎型蜘蛛还是结网型蜘蛛都有一对能注射毒液的螯牙。它们一旦用螯牙咬住猎物，就会迅速将毒液注入猎物体内，将其麻醉。

法布尔的试验表明，专门猎取蜜蜂、黄蜂等带毒刺昆虫的毒蛛竟有击剑运动员般的迅捷和准确，可在十几分之一秒的时间内，准确咬住蜂类中枢神经所在的颈部，瞬间将其毒死。

2

一夜细雨之后，走出招待所大门，迎着清爽的晓风，漫步在广场呼吸新鲜空气。走到一株约2米高的油松旁，蓦然发现油松与相隔1米多远的广场灯柱之间，有一个直径近2尺的大蛛网，横纬竖经，从中心向四外辐射盘绕，在油松与灯柱之间布下了一个圆形的网阵。

从网的大小，我断定是一只大家蛛——儿时常见到它们在屋檐间结网捕虫。可蜘蛛在哪儿呢？网上空空的，是下雨躲到松枝里了吧？我猜想。

好奇地捡起一片枯树叶向网中抛去，想诱骗网的“主人”现身。树叶粘在网上抖了两下，可“主人”并没有反应。我捡起一根小树枝，轻而快速地拨动枯叶，造成飞虫撞网、挣扎的假象，并紧盯着松枝，期盼有蜘蛛出现。

▲漏斗蛛织成的漏斗网

就在我近于失望的时候，眼睛的余光倏然觉得左上方有一个黑影落下。一抬头，一只大如蚕豆、肚子扁圆的黑色大家蛛，从广场灯的灯托上顺丝而下，眨眼滑到了网中。我迅速停止了拨动，看家蛛如何处置这枯叶。家蛛先是停了一下，然后虎跳过去，抓住枯叶用力猛咬。可一转眼，它突然不动了。原来，食肉的蜘蛛已尝出了其中的骗局，便沮丧地停止啮咬，将树叶一点一点从网上摘下来，再抱在怀里，然后用力扔下网去。聪明的家伙，居然能够识破我的骗局，把枯叶从网上清除掉！

▲蜘蛛家族中的跳蛛

空喜一场的大家蛛顺丝攀援，又迅速躲藏到灯托下的缝隙里。我想捉一只蛾子、蚂蚱之类的活物再去试试它的反应。

夜雨刚过，露珠清凉，周围草地居然没有发现一只小昆虫。

中午，太阳亮起来，天气热起来。我终于在草丛中捉到了1只1寸多长的绿色蚂蚱，并将它们扔在了蛛网上。蚂蚱在蛛网上蹬来蹬去。蛛丝很黏，蚂蚱因为挣扎，瘦长的身子越发粘在了网丝上。藏在灯托缝隙里的大家蛛机警地伏在蛛丝上探测着。当它确认有猎物撞在网上时，立刻蹿出缝隙，以迅雷不及掩耳之势，顺“丝桥”滑下，眨眼间停在了离蚂蚱只有几寸远的左上方。

这是大家蛛对大猎物进攻前的最后侦察。别以为撞在蛛网上的昆虫都会成为蜘蛛的美餐，倘遇到蜜蜂、黄蜂一类有毒刺的杀手，蜘蛛说不定会遇刺身亡。大家蛛仔细感受着猎物挣扎的频率，确认并非是致命的死敌后，便跳跃着扑了过去。

奇迹出现了。它并没有像对付枯叶一样抓住猛咬，而是在临近蚂蚱身边时，从肚子后部猛地喷出有60°夹角的扇形雾状丝网，然后用两只后腿迅速把丝网向蚂蚱包去。一片、两片、三片……也就五六秒钟，1寸多长的蚂蚱就被裹在了白色的网囊之中。

我惊呆了，原以为蜘蛛只会一根根拉丝，想不到它竟能喷出扇形的丝网，有如此厉害的“撒手锏”!

大家蛛伏在蚂蚱被捆缚的身体上，张开毒牙开始享用这意外的美餐。它先吐出消化液注入蚂蚱体内，待消化液将蚂蚱的身体化作粥状物，再一点点吸食。近两个小时以后，蚂蚱被它咬得千疮百孔，被吸食得只剩下一层空壳；最后，空壳被大家蛛慢慢团成了一个黄豆大的小球。

又过了一会儿，网上的蜘蛛和猎物都不见了。原来，大家蛛已抱着小球，重新藏入了灯托的缝隙中……

生物学家经过试验表明，蜘蛛的新陈代谢率很低，特别耐饥饿，一次能取食与自身重量相等的食物。比如，一只寿命只有305天的狼蛛，能有208天不吃东西，届时的新陈代谢率只有正常时期的30%~40%。

我猜想，有了这顿饱餐，大家蛛怕是很长时间不用为吃饭而发愁了。

科普链接：蜘蛛，属于节肢动物门、蛛形纲、蜘蛛目动物，有8条腿，体长从0.05~60毫米不等，身体分头胸部和腹部，头部有螯牙，前端通常有2~8个单眼，排成2~4行，腹部末端有多个喷丝孔，全世界约有42000种，我国记载的约有3000种。绝大多数蜘蛛靠结网捕食蚊子、蠓虫、苍蝇等小昆虫。生活在树上的毒蛛能捕食枝头的小鸟，生活在南美的一种7.5厘米长的大毒蜘蛛甚至能捕食小响尾蛇。

“网络大师”的绝技

我们生活在看似平静的环境里，但其间却不时上演着一场场掠食或被掠食的生死搏杀。

楼前绿地参差栽植着法桐、柳树、龙爪槐等一些乔木，与下面的女贞子、小叶黄杨、紫叶小檗等灌木绿篱构成了明显的距离和空间。这空间看似很平常，但认真观察就会发现，其中分布着一张张漂亮的蜘蛛网：大的、小的，完整的、残缺的——每个蛛网都像是精巧的八卦阵，一条条经线自中心呈放射状向外伸展，一条条纬线则分别与经线相交，围成一个个环环相套的相似多边形，整个网络用多条细丝拉抻固定，具有强大的弹性和黏性，怕是人类也难于仿制出来！

蛛网的大小与主人的体型成正比，大网上有大蜘蛛，中网上有中蜘蛛，小网上有小蜘蛛……

它们都是当之无愧的网络编织大师。

对绿地中的这些蛛网，居民们都爱护有加。因为，在湿热多雨、蚊虫肆虐的夏季，蛛网和它的“主人”能够帮我们消灭令人厌恶的蚊子和苍蝇，以至于在楼下玩耍的小孩子都知道要好好保护这些蛛网。

蜘蛛属于古老的节肢动物，在地球上已经生活了1.4亿年。据文献记载，全世界的蜘蛛约有42000种，我国约有3000种。

蜘蛛能够结网，是因为它们腹部丝囊的尖端突起部分能够分泌一种黏液。这种黏液一遇空气即可凝成细丝。这种丝具有高度的黏性和韧性，不但能拦截并粘住撞在网上的蚊子、苍蝇、甲虫，甚至连蜻蜓都无法逃脱。

但为什么蜘网不会粘住蜘蛛自己呢？ 原来，蜘蛛腿能分泌一种特殊的油状液体，正是这种液体的润滑作用，使得蜘蛛在网上可以来去自如、如履平地。

一夜风雨之后，清晨出来散步，发现乔木之间或灌木之间的蛛网明显减少或损坏了：有的纤丝被剐断，有的网络被摧毁，有的干脆连同蛛网的“主人”一起不见了踪影。然而，仅一天过后，大小蛛网都奇迹般地恢复起来，蜘蛛们又坐在了自己的“八卦阵”中。真为蜘蛛们顽强而快速的织网、补网能力赞叹不已。

欣赏着一张张蛛网，有些问题却让人疑惑不解：每张网几乎都呈立体横截面，布局于树与树相隔的空间里。这些空间，有的相隔几十厘米，有的相隔一两米，有的甚至相隔五六米之遥……蜘蛛们是如何架起纤丝，把蛛网编织起来的呢？

如果空间较小，可以设想蜘蛛能够借助树木枝叶爬过去布置网丝。但又高又远的巨大空间它们又如何爬得过去呢？有人说蜘蛛会飞，那应该是毫无根据的臆想。没有翅膀，没有蝙蝠一样的肉膜，又怎么会飞呢？动物世界中确实介绍过所谓会飞的蜘蛛，但那不是真飞，而是因为它们身体娇小，且爬上制高点后借助风力才飘到很远地方。

▲巨大的蜘蛛网

在空中结网，难点和关键是如何先拉好上下左右支撑的网络框架。眼前的两颗柳树相隔五六米远，可之间却结着一张近 1 米直径的大蛛网。这蛛网的纤丝框架是

▲漏斗蛛的网几乎密不透风

如何架设的呢？我陷入了苦苦的冥想和猜测。

突然，一阵风儿吹过，我的脸上分明粘上了一条黏黏的细丝。

以前行走在路上，也经常会遇到游丝拂面或粘在胳膊上的事情。

轻轻地把这条细丝摘下来一看，啊，原来是一根透明的、黏黏的蛛丝！莫不是……心中一阵惊喜，于是，小心翼翼捏着蛛丝，寻着蛛丝飘来的方向细细搜索前进。果然，发现那蛛丝确实来自于旁边柳树上的一只大蜘蛛！

我终于恍然大悟：蜘蛛们为布置蛛网纤丝，原来采用的是登高选位、顺风喷丝的绝妙技法！

建房子要先打好框架。同样，编织蛛网也必须先搭建起支撑蛛网的蛛丝框架。搭建框架前，蜘蛛首先选定布网的空间，然后用绝技建立起支撑框架的第一条悬空蛛丝。比如柳树间的大蛛网，聪明的蜘蛛会根据风向先爬上其中一棵柳树：若刮南风，便先爬上南边那棵树；若刮北风，便先爬上北边那棵树。一旦爬上确定树木的制高点，便顺着风向，撅起腹部，从喷丝孔连续喷射出集束状蛛丝。这些蛛丝借助风力，飘舞延伸，遇到对面树枝后就势粘连。当蜘蛛感觉到蛛丝已粘到对面树枝时，就会停止喷丝，并把自己的一端固定在树枝上。就这样，第一条悬空的蛛丝“索道”便在相隔数米的空中架设起来……

想想看，这一系列的思维、判断及审时度势的行动（或者叫本能），是否表明蜘蛛是一种聪明绝顶的动物？是否表明它们是自然界中架设高空“索道”的大师？是否表明它们在许多方面超越了我们人类？

第一条蛛丝布置成功后，蛛网编织的工程便有了良好基础和依托。蜘蛛可凭借这条丝线上下滑动，进而继续布置整个网络的框架及经线，然后游刃有余地去编织纬线，从而织成“八卦阵”。

欣赏蜘蛛编织“八卦阵”是一种艺术享受。在颤巍巍的放射状经线上布置起一圈圈正多边形的纬线，想起来一定很困难，但对蜘蛛来说却像是“小菜一碟”。它们面对着蛛网，八条腿灵敏快捷，分工明确：一对前足负责从一条经线跨越到下一条经线，两对中足负责整个身体的平衡和移动，而一对较长的后足，先是左后足抓着喷丝孔刚喷出的蛛丝，然后用右后足伸展着一推，便轻巧地将蛛丝粘挂在下一条经线上……完成整套动作不足1秒钟！按照这样的程序和节奏，蜘蛛围着经线织完一圈只需20秒钟。难怪

▲多只漏斗蛛会合作织成巨大的群网共同捕猎

▲蜘蛛捕捉小蜂

大雨之后，蜘蛛一夜之间就能把旧网补好或把新网织出来了呢！

在小区绿地中，除了上面所说的能织八卦网的蜘蛛，还生活着一种小小的漏斗蛛。它们把浅浅的、漏斗状的蛛网织在绿篱顶部，如同给绿篱笼罩了一层连绵的白雾。漏斗蛛平时躲在漏斗底部，只有发现不速之客撞到网上才会果断出击。漏斗蛛结的网精巧而细密，直径大约十几厘米，如细纱喷洒，分不出经线和纬线，十分结实。它们是踏着侧柏枝用“喷雾”的技法织成的。漏斗蛛网小，个头也小，有黄豆般大小，主要捕食蚊子、蚂蚁、蚜虫等弱小昆虫。

那一年去福建上杭金秋公寓小住，在附近的紫金公园路边草地上发现了另一类漏斗蛛。成百上千个小蛛网分布在路边或草坪，似片片白纱、团团白雾，让人惊叹不已。这些小蛛网以地上草叶为支撑，与绿篱中发现的漏斗蛛网基本相似，但蛛网更显平展细腻，而蜘蛛藏身的“漏斗”则更为科学隐蔽，竟然直接深入到地下与它们的地下巢洞连在了一起。这种巧妙的结构使这些蜘蛛更多了一份保障和安全。它们相互协作，共同捕猎，是蜘蛛中的合作典范。

▲蛛网上被捕获的蝉

电视节目曾专门介绍过一种捕鱼蛛。捕鱼蛛体形较大，外表与狼蛛有些相似。它们生性凶猛，一般生活在水面岩壁上，除了捕食水面浮游生物和昆虫，还会潜入水中猎杀小鱼。潜水捕鱼必须解决在水中呼吸的问题。聪明的捕鱼蛛会制造一种水下气泡网，并在网中充满了空气以便于它们在水下呼吸。一旦发现有小鱼游到身边，捕鱼蛛会迅速用螯肢抓住鱼体，随即将毒牙刺入对方致命处，将其杀死吃掉。

捕网蛛是另一种有趣的蜘蛛。它们不借助外部环境编织固定的网，而是用自己张开的长腿作支点，先编织出一个四边梯形网络，然后用四条张开的前腿，撑住梯形网的四个顶点，使网络平展张开，在离地面很近的空中等待。一旦发现网下有蚂蚁、甲虫、甚至蟋蟀通过，捕网蛛就会用四条腿飞速将梯形网摁向猎物……被粘住的猎物此时会拼命挣扎，而捕网蛛则立即放松网络，让所有蛛丝集中收缩在猎物身上，使其越挣扎越被包裹，最终束手就擒。

▲漂亮的花西瓜蜘蛛及蛛网

此外，还有南美洲捕鸟蛛，个头像鸭蛋那么大。它们在树林里结网，喷出的蛛丝又粗又结实，蛛网能经得住300克的重量，所以，即使小鸟撞在上面也无法逃脱。

多数蜘蛛的寿命一般不超过12个月。它们的织网技能也会随着身体老化而逐渐衰退。两三个月的年轻蜘蛛织的网整齐均匀，完美而精确；五六个月的中年蜘蛛织的网就可能出现缺口，形状也会变得不规整；待到八九个月后，进入老年的蜘蛛织的网则会错误连绵，出现许多漏洞和缺陷。

由此可知，蜘蛛织网的技能应该是一种与生俱来的遗传本领，而非后天学习的结果。倘若是学习的结果，那么应是越年长的蜘蛛，织网的经验应该越丰富，织的网也应越好，而不是越来越差。

看来，随着生命的衰老，蜘蛛所拥有各种遗传绝技也会随之消失，直至迟钝到无所事事。

山野“马蛇子”

蜥蜴类是爬行纲动物中最大的家族：有的生活在陆地，有的游荡于水中，有的栖息在沙漠，有的攀爬于林间，有的甚至可飞翔在空中。总之，为适应不同环境，它们各自进化出了独特的生存本领。

1

京郊地区生存的蜥蜴多属于麻蜥蜴，是适于北方干旱气候的一种小型蜥蜴。

之所以称作“麻蜥”，是因为其身上有许多黑褐色的小斑点。它们以各种小虫子为食，瘦长的身体有10厘米左右，细长的尾巴甚至超过身体的长度；头顶有对称的鳞片，背部有纵向排列的鳞片，受到突然干扰时会断尾自救，且尾巴可以再生——这是多种蜥蜴共有的特殊本能。

故乡的人管“麻蜥”叫“马蛇子”或“蝎虎子”。因为那瘦长的身体、细长的尾巴都与游蛇十分相似，只不过多了四只长有五趾、善于爬行的脚，且跑起来如马一般迅疾，故而得了“马蛇子”的名号。

“马蛇子”身体细长，比起壁虎要明显秀气很多。因为身上有细鳞，样子像游蛇，故而会使人产生一种天然的恐惧感。

然而，农家的孩子却是“初生牛犊不怕虎”，常把抓“马蛇子”当成一种乐趣。

“马蛇子”十分机警，跑得也快，一旦觉得受到威胁，就会箭羽一般逃进了附近草丛或石缝让你无处寻觅。然而，面对执着和机警的农家顽童，“马蛇子”的伎俩时常难于奏效。

孩子们抓“马蛇子”多采取“围猎”战术：发现踪迹后，先派人截断它们通往草丛或石缝的逃路，然后尽量将其赶到开阔地，接着用脚快踩或用荆枝快抽，“马蛇子”便会在连续袭击中被打翻或被抓住……

捉住“马蛇子”以后，用食指和大拇指捏住项背，从大人那里要来旱烟管，再用草棍捅出烟管里的烟油抹到“马蛇子”嘴里，之后放开让其爬行。“马蛇子”开始还能踉跄着奔跑几步，但很快就会身体发抖，继而扑倒或仰翻在地上……

这是农家孩子从大人那里学来的一种恶作剧。“马蛇子”虽被称作“五毒”之虫，但它们与游蛇一样格外惧怕烟油的呛辣味道。只要吃了烟油，就会迅速被麻翻，然后在剧烈颤抖中昏死过去……

童年时故乡人很少抽“烟卷儿”（农家人管卷烟叫“烟卷儿”）。瘾君子们多使用长管或短管的烟袋吸食旱烟。长时间吸食旱烟，烟管中会积蓄许多黏稠的黑色烟油，这便成为蛇虫们最惧怕的天然毒物。

▲山间的麻蜥蜴

▲蜥蜴

为什么呢？因为烟油是烟草燃烧后积蓄的焦油，含有大量尼古丁等混合毒物，一旦爬虫接触或吃掉这些焦油，就会浑身发抖，甚至中毒死亡。正因为如此，凡抽烟者，口中、身上都充满了烟油味，故游蛇、蜈蚣、“马蛇子”等毒虫皆不敢近身。这也成为众多瘾君子们吸食旱烟的充分理由。平时，由于遇蛇的机会相对较少，去地里劳动，男孩子们便会抓一些“马蛇子”，玩“马蛇子”被烟油麻翻的恶作剧，结果是屡试不爽。但分明也有“解药”，那就是从苦荬菜断茎上流出的浓稠白浆。

一次锄地，连生突发奇想，说黑色的烟油能麻翻“马蛇子”，不知苦荬菜流出的白浆能不能把它们解救过来。于是，他收集了数滴苦荬菜的白浆，放入两只被捉住麻翻的“马蛇子”口中，看其是否能苏醒。半个多小时后，当大家到地头休息时，两只被麻翻的“马蛇子”果然不见了。于是，大家猜测是苦荬菜的白浆使昏迷的“马蛇子”清醒过来。但苦荬菜的白浆能否真解烟油之毒，大家因没有亲眼见到故无法认定。

2

捉“马蛇子”时，孩子们常会被它们“丢卒保车”的舍弃之术所欺骗：踩到了“马蛇子”后，正要弯腰去捏它的项背，那尾巴突然断了，并在地上蹦来跳去，孩子们顿时被吸引。于是，“马蛇子”便在孩子的大意和松懈中突然逃出重围，只留下在地上跳来跳去的尾巴令孩子们惊诧……

断落的“马蛇子”尾巴非常奇特，能在地上蹦跳扭动数分钟之久，之后才会慢慢停止下来。

这就是“马蛇子”的断尾自救把戏：为逃避突然的凶险，“马蛇子”、壁虎等许多蜥蜴类动物都会用这种自裁手段，断掉一截尾巴在地上蹦跳以吸引天敌，而主体则趁机逃之夭夭。

人畜身体的任何部位与身体分离后都不可能再继续活动数分钟之久；所以，“马蛇子”的这一功能绝对称得上特异。

“马蛇子”的尾巴断掉后为什么还能连续不停地蹦跳呢？

科学家研究后发现，原来“马蛇子”等蜥蜴类的尾巴中含有大量糖原。糖原是一种非常容易释放的物质。当尾巴断掉后，糖原便迅速释放，因而促使断尾依然能快速蹦跳相当一段时间。

其实，断尾自救也是“马蛇子”的无奈之举。

原来，“马蛇子”的尾巴是整个身体的“营养仓库”，平时多余的营养都储存在尾巴里。遇险断尾，不仅失去了“营养仓库”，还会使其在同类中的地位明显下降。

对“马蛇子”来说，尾巴越长，在同类中的地位也就越高。故断尾后的“马蛇子”，不得不调集全身的营养使尾巴尽快再生出来。

科学家经过实验发现，蜥蜴断尾再生是一个艰辛的过程：断尾处的创面要两三天才会愈合；十几天后，断面结痂脱落才开始长出再生尾芽。再生尾芽开始生长较慢，以后逐渐加快，到结束时又开始变得缓慢。

尽管蜥蜴的断尾可以再生，但再生后的新尾明显细于原生尾，颜色也会变得深重许多。若再次遇险断掉，断尾跳动的时间只能维持两三分钟……也就是说，再生的新尾尽管很神奇，但各项功能终究与原尾无法相比。

3

“马蛇子”因与蛇相似而受到厌恶，但对于农家和农事却是名副其实的功臣。

“马蛇子”主要食谱是山野中的各类害虫。

凭借行动迅速和身体灵活，它们可以毫不费力去捕获蝗虫、油蛉、蟋蟀、蚂蚁和蜘蛛。

“马蛇子”捕获猎物主要靠速度和宽大的嘴巴去吞食，而不像变色龙那样用弹射如簧的舌头去粘取。发现猎物后，“马蛇子”会迅速跟进，悄悄蓄势，然后突然扑击，将猎物衔入口中，继而快速甩动头颈将猎物调整到最佳位置吞咽下去。

若判断失误或过于自信，“马蛇子”捕猎时也会犯下致命的错误。

记得仲夏去西大洼锄地，发现一只“马蛇子”向一只大肚子绿螳螂发起了攻击。这只螳螂个头与“马蛇子”差不多。

就在“马蛇子”咬住螳螂尾部的一刹那，那只螳螂迅速回身用大刀瞬间夹住了“马蛇子”颈部。不知是被螳螂大刀上的尖利锯齿刺疼了，还是被这骤然的反击吓蒙了，“马蛇子”竟然松口想逃脱出来。

这一来坏了，解除尾部威胁的螳螂旋即用另一把大刀牢牢钳住了“马蛇子”头部，继而用三角头的尖牙快速噬咬。“马蛇子”连连后退，并用前爪试图推开螳螂的大刀；但螳螂的大刀夹得更紧了，并把“马蛇子”举到半空。脱离地面的“马蛇子”失去了地面依托，反击也变得越来越没有力量。螳螂则晃动着脑袋，啃食得更加凶狠。也就十几分钟，“马蛇子”的半个头部，同一只眼睛都被绿螳螂吃进了肚子……“马蛇子”的挣扎停止了，竟成了绿螳螂的一顿大餐！

我们被这情景惊呆了，忍不住去翻动那只倒霉的“马蛇子”。绿螳螂见有人干预，知趣地丢下“马蛇子”，扇动着黄绿翅膀飞走了。

在山野中，“马蛇子”又是游蛇的猎物。“马蛇子”虽然俗称“蛇舅母”，但游蛇对它们丝毫也不怜悯。一旦发现“马蛇子”踪迹，蛇就会穷追不舍。除非能就近钻进岩缝或荆棘，多数“马蛇子”会成为游蛇的“点心”。

“马蛇子”为卵生。这是我在石缝中发现的秘密。

一次干活歇息，搬起一块石头当座位，发现石头旁的夹缝中有4枚黄豆大的白色颗粒——与壁虎蛋很相似，分明是什么动物的卵。卵的外壳较硬，用小石块一敲外壳便破了，里面流出了黏稠的蛋清，继而一只雏形小“马蛇子”蠕动着掉了出来……

我由此恍然明白，原来这是“马蛇子”即将孵化的卵啊！

“马蛇子”初夏产卵，盛夏孵化，深秋后小“马蛇子”便会钻入岩缝或土洞中进入冬眠。

4

20世纪七八十年代后，山野中随处可见的“马蛇子”越来越少了。它们遭遇了来自两个方面的劫难。

▲岩石上的麻蜥蜴

一是人为的捕杀。由于“马蛇子”有活血散瘀、软坚散结、镇惊安神、治疗跌打损伤等药用功能，收购和猎捕“马蛇子”便结成了一个产业链。在利益的驱使下，山野中甚至出现了专门捕杀“马蛇子”的雇工。

二是环境的灾难。近些年，由于农业种植中化肥和农药的大量使用，生态环境被严重恶化。许多昆虫灭绝了，连蚂蚱也变成了稀有动物。以各类昆虫为主要食物的鸟兽因食物链断裂而不得不饿死或远走高飞。“马蛇子”自然也不能幸免。

但“马蛇子”算得上是一种生命力顽强的爬行动物。尽管经历了重重劫难，但去京郊山野游玩，偶尔还能见到有“马蛇子”从面前倏然闪过。这使人在忧思中亦有了些许慰藉。

好在生态农业、绿色农业终于被提上了国家日程，人们对自己的行为也开始反思。

盼望京郊山野中的“马蛇子”，能尽快摆脱尴尬衰落的命运。

科普链接：蜥蜴，为爬行纲、双孔亚纲、有鳞目、蜥蜴亚目、蜥蜴科动物，包括各种麻蜥、草蜥、地蜥等。我国已知有蜥蜴4属、25种，麻蜥主要分布于北方干燥环境，草蜥多分布于南方，经常在草丛灌木上活动。京郊地区分布的多是麻蜥，俗称“四脚蛇”“马蛇子”，又称“蛇舅母”，与蛇有密切的亲缘关系；周身覆盖着角质鳞片，多为卵生，部分为卵胎生，有断尾复生的功能，捕食蜘蛛及各类小昆虫。

鲸吞与蚕食

在大自然的食物链上，强与弱的较量，大与小的搏杀，有时并非我们想象的那样简单。这其中，或展示出生命本能的顽强，或迸发出生命智慧的异样，时常让人惊心动魄，甚至叹为观止。

蛇吞鼹鼹鼠

初夏的早晨，去小区外田野阡陌中漫步，常见到刚长出玉米苗的土地上隆起道道疏松的黄土。那是鼹鼹鼠的杰作。鼹鼹鼠是一种十分诡秘的地下老鼠，主要捕食地下虫类，有时也啃食植物的根茎果实，黑夜中还偶尔钻出地面偷食大豆和玉米，是令农家头痛却又无可奈何的家伙。由于鼹鼹鼠身体扁圆，两只又粗、又短、又扁的前腿可以像掘进机一样在地下分土遁行，所以又叫“地排子”。鼹鼹鼠是夜行动物，清晨看见的土垄是它们夜间活动的痕迹。

鼹鼹鼠十分强悍，儿时曾和几个伙伴在花生地捕捉过。那东西又咬又叫，两支扁铲一样的前腿将压挤它的木棍挠出了白花花的印子，最终还是让它逃跑了。

不远处，一片荒芜的土地上长满了野苋菜。野苋菜俗称“千穗谷”，结穗前的嫩茎叶是一种很中吃的野菜，于是，想采一些回家包饺子。

就在我专心掐野苋菜时，眼前草地上“噌”地蹿出一只鼹鼹鼠。我大吃一惊，手中的野菜也扔在地上。

再看去，一场惊心动魄的搏斗在草地上瞬间发生了。刚刚蹿起来的鼹鼹鼠，一落入草地就被一条蛇缠住了。这是一条大拇指粗细的纵纹黑蛇——是北方常见的一种乌梢蛇。它翻滚着身子，迅速缠绕麝鼹鼠，并向鼠头猛然咬去。被咬伤的麝鼹鼠发疯了，“吱吱”叫着，用两条前腿猛铲蛇身，并不顾一切地向蛇身猛咬。乌梢蛇受伤了，不由自主松开了身子。麝鼹鼠趁机逃了出去，醉汉一样在草地上蹿起来。不知是被阳光刺伤了眼，还是被蛇咬昏了头，麝鼹鼠竟忘了遁地，只是一味地在草丛中乱钻。蛇是著名的“草上飞”，所以，不管麝鼹鼠逃到哪，乌梢蛇都像影子一样跟在后面。草地上蛇与鼠此起彼伏，我被这情景惊呆了，不由自主跟着观战。

可能是蛇毒发作了，麝鼹鼠开始踉踉跄跄，逃跑的速度也慢下来。就在麝鼹鼠摔倒的一刹那，乌梢蛇再次冲上去，用蛇身绳索一样将其勒缚住，并咬住了它的颈根。麝鼹鼠还想挣扎，拼死舞动前爪，可已没了速度和力气。乌梢蛇抽紧身子，一点点勒杀，麝鼹鼠渐渐停止了挣扎，终于仰着头，一动不动躺在乌梢蛇的怀抱里。

晨风轻轻地吹着，一缕阳光照在乌梢蛇身上。它蠕动了一下身子，松开了麝鼹鼠的后颈，确信它已经死了，才伏在麝鼹鼠身上，劳累地喘起气来。此时，我也长长地松了一口气。

▲乌蛇吞鼠图　　刘申　作

拼死的搏杀，给乌梢蛇身上留下了多处伤痕，并渗出了殷殷血迹。但乌梢梢蛇没有顾及伤痛，而是开始全力吞吃麝鼹鼠。

麝鼹鼠对乌梢蛇来说太大了，身体比乌梢蛇粗近一倍。从哪儿下口呢？乌梢蛇寻找着、试探着。从前爪吞起？不行，吞下前爪，身子却把嘴巴横住了；从后脚吞起？不行，吞下后脚，嘴巴又被屁股和尾巴挡住了。试了几次以后，乌梢蛇终于选好了位置，从麝鼹鼠的尖嘴部位开始吞起。

艰难的吞咽开始了。乌梢蛇的嘴巴几乎被撑到了180°。蛇的嘴简直难以想象，张开后居然比身子大一倍。尽管如此，麝鼹鼠的头还是吞不下去。乌梢蛇做了巨大努力之后，不得不把已吞下的半个鼠头吐出来，无可奈何喘息着。放弃么？乌梢蛇有些徘徊犹豫，但最终又像下定决心一样再次把鼠头吞入口中。它努力张大嘴巴，全力把身体的肌肉向“七寸”方向收缩、集中，转眼间，乌梢蛇的脖子变得像擀面杖一样粗细，足足比原来加粗了一倍。麝鼹鼠的头居然一点点被吞进了蛇口！

继续吞咽被麝鼹鼠的前腿挡住了。只见乌梢蛇翻动身子，慢慢将麝鼹鼠的前腿拢起来，然后一点点抽紧身体，让麝鼹鼠的前腿和身子紧紧并在了一起。在乌梢蛇的绞杀下，麝鼹鼠粗大的肚子被挤向了两头，连肛门都膨胀起来。

乌梢蛇继续收缩着全身的肌肉，使“七寸”变粗，而身体成为柔韧的绞索。这种天衣无缝地配合勒杀，使麝鼹鼠一点点变细变长，最终达到了乌梢蛇可以吞咽的程度。

半个多小时以后，麝鼹鼠被乌梢蛇吞入了腹中。

乌梢蛇的“七寸”变成一个粗圆的大包。它可能累坏了，已完全顾不上有人在旁边观战，静卧在草丛中缓缓运动着肌肉，让猎物一点点向腹内蠕动。

十几分钟以后，它才慢慢地、惬意地挪动着身子向附近玉米地爬去。

肢解野蚕蛾

灰色的野蚕蛾趴在树干上产着卵，腹部一伸一缩抖动几下，尾部向下凸起，一粒卵就被突兀挤出来粘在树皮上。卵圆圆的，像浅黄色的小米粒，均匀地排成几列，很好看。大约太累了，野蚕蛾停下产卵，慢慢转过身子，惬意欣赏着眼前消耗了它很大体力的小宝宝，然后用触角轻轻碰碰卵粒，就像是妈妈抚摸刚刚出生的孩子。

突然，一只绿色的大螳螂不知从什么地方扑过来，挥动带齿的“大刀”把野蚕蛾凌空夹起。野蚕蛾大惊失色，全忘了刚才的疲劳和喜悦，拼命扇起翅膀，摇动身子，与螳螂展开了一场殊死搏斗。忍着腹部被螳螂大刀刺伤的剧痛，野蚕蛾奋力挣出被夹住的翅膀，双翅齐舞，浑身扭动，细碎的鳞片和绒毛从身上、翅上纷纷脱落，搅成了一团灰白的烟雾。鳞片和绒毛是野蚕蛾的“救命符”，平常的时候它可以防水、防尘，关键的时候还可以脱落成烟雾迷惑、吓跑敌人。

不知是被野蚕蛾的拼命挣扎震惊了，还是被眼前的鳞片迷昏了头，绿螳螂竟然站立不稳，身体一斜，与野蚕蛾一起从树干上摔向地面。

▲野蚕蛾被小蚂蚁肢解

绿螳螂摔蒙了，大刀不自觉地松开。野蚕蛾也摔蒙了，仰面朝天躺在地上扑着翅膀翻不过身来。螳螂定定神，重新舞动大刀去抓野蚕蛾。野蚕蛾就势翻过身，用双翅在地面扇起一股黄色的烟尘……螳螂泄气了，扬起大刀左右晃动躲着烟尘，终于跳出圈外，厌恶地扇动翅膀飞走了。

野蚕蛾慢慢停下了翅膀，肚子已经划开了一道口子，绿色的血浸出来沾满了黄色尘土。好在尘土封住了伤口，没有什么致命危险。它小心翼翼放平了腹部，一伸一缩喘着气，想积攒力量重新飞回树上。然而，它感到左翅怎么也不听使唤。没办法，只能在地上暂时休息一下等待体力恢复。不远处有一丛草，草叶上几颗露珠在阳光下闪着晶莹。野蚕蛾被诱惑着，艰难地向有露珠的草丛爬去。

草地是十分危险的地方。那里虽然有诱人的露珠，也可能有蟾蜍之类的天敌。好在草很矮，也没有什么异常情况。

野蚕蛾费了很大劲爬上了一片草叶，但没等喝到露水，它就和露珠一起滚掉到地上。野蚕蛾艰难地喘着气，想积蓄一下力气再去找露珠，突然感到腹部伤口一阵疼痛——原来是一只黑脑壳小蚂蚁正叮在它的伤口上。野蚕蛾恼了，随意将腹部在地上一扫，黑脑壳小蚂蚁就被甩出了好远。可没过一会儿，腹部又针扎一样痛起来。原来，那只不知深浅的小黑脑壳又爬回来，叮在了野蚕蛾的伤口上。

野蚕蛾大怒，扭动腹部在地面上连续磨蹭，黑脑壳被蹭得一跛一拐逃向旁边。野蚕蛾就势扇动左翅向黑脑壳拍去，黑脑壳像遇到了铁扇公主的芭蕉扇，一下子被扇出好远。它再也不敢进攻，很不甘心地围着野蚕蛾转了两圈，叼起一块地上的蛾血，向附近一株高大的毛笔草下爬去。

毛笔草下是个蚂蚁洞。洞口很小，有筷子头粗细，周围堆满了细小的土粒——这是黑脑壳的家。黑脑壳叼着血块爬入洞内，大约报告了发现野蚕蛾的消息。很快，长长的蚁阵随着黑脑壳爬出洞外，向野蚕蛾径直逼近。

昏昏欲睡的野蚕蛾突然感到伤口针扎一样痛起来，不由得抖动腹部用后腿去揉伤口。可刚一转身，不禁一惊，几十只蚂蚁正在黑脑壳带领下向它围攻过来。一会儿工夫，野蚕蛾肚子上的伤口被叮成了一个黑疙瘩。野蚕蛾浑身发抖，拼命扇动翅膀，发疯一样在地上转起圈来。蚂蚁们纷纷被压在野蚕蛾身下，有的被磨伤了腿，有的折断了触角。它们虽然撕开了野蚕蛾的伤口，可到底经不住野蚕蛾的拍打，先后被摔出了很远。

踉踉跄跄的蚂蚁们经过一番休整，鼓足勇气向野蚕蛾发动了第二次进攻，可照旧失败了。但野蚕蛾受伤的翅膀也因扇动过猛而伤口越来越大。

黑脑壳和同伴们围着野蚕蛾转来转去，几只蚂蚁急速回到洞里。更多的蚂蚁涌出来将野蚕蛾团团包围。野蚕蛾再次拼命扇起了翅膀。而一些勇敢的蚂蚁并不退缩，抓住野蚕蛾扇翅的空档，避开翅膀，快速爬到了野蚕蛾身上。这一招就像猴子骑上了老虎背，野蚕蛾的翅膀再有劲，对背上的蚂蚁也失去了作用。蚂蚁们分明看出了野蚕蛾逞凶的关键，便集中力量去啃咬那翅膀的根部。

野蚕蛾左肩的伤口越来越大，左翅扇动的频率也越来越慢。巨大的疼痛，使野蚕蛾连连翻起了筋斗。蚂蚁们毫不惧怕，摔下来爬上去，爬上去摔下来，不断噬咬伤口扩大战果。渐渐的，野蚕蛾的左翅与左肩一点一点分开，终于被蚂蚁们剪裁下来。

断了左翅的野蚕蛾身体失去了平衡，向左踉跄倒去。蚂蚁们乘机一拥而上，猛撕猛咬。野蚕蛾痛苦地鼓动单翅，醉汉一样翻着筋斗。没了顾忌的蚂蚁们，迅速肢解着野蚕蛾的触角、右翅和肢体。20多分钟以后，野蚕蛾变成了无腿、无翅、无触角的躯体。浩浩荡荡的蚂蚁们推着、拉着、扯着，将一个还在蠕动的庞然大物缓缓运向蚁巢……

野蚕蛾没有败在威武的螳螂刀下，却葬身于渺小的蚂蚁口中。

乌梢蛇油传奇

乌梢蛇，是体型较大的无毒蛇，体长可达2米多。它们体背绿褐、棕黑或棕褐色，可分为“黄乌梢”“青乌梢”和“黑乌梢”等。

“黑乌梢”背部正中有一条黄色的纵纹，身体两侧各有两条黑色纵纹。纵纹前段明显，后段逐渐消失，到了细细的尾部则基本变为了黑色。故乡人叫它们“黑乌梢”。

1

童年和少年时，“黑乌梢”在家乡经常见到。它们除了追逐老鼠，猎捕蟾蜍、蛤蟆、青蛙以外，还吞吃家养的小鸡。

那年初夏，家里的老母鸡孵了一群鸡娃。小鸡们整天跟着“咯咯咯”叫着的老母鸡在院子里游荡，在墙根里刨食捉虫，茸

▲山野中的黄乌梢蛇

毛逐渐蜕去，翅羽和尾羽也明显长了出来。

这一天上午，老母鸡带着小鸡到西屋台阶下游逛。台阶下倾斜横立着两块丈余长、半米多宽的大跳板，是盖房搭脚手架用的。跳板下部与台阶之间有半尺多的缝隙，小鸡们经常钻到里面探索什么。

突然，老母鸡站在跳板缝隙前奓开翅膀“咯咯咯咯”大叫起来。那叫声带着恐怖和焦虑，母亲听到后急忙从屋里跑出来。赶到跳板前一看，不禁大吃一惊：一只小鸡正被一条躲在跳板缝隙中的“黑乌梢”吞入口中……

母亲顿时吓得浑身发抖，可挽救小鸡的冲动，使她竟不顾一切拿起附近墙角立着的一把铁锹，向“黑乌梢”的身子戳了下去。小脚老太太的力气实在不济，受了轻伤和惊吓的那条蛇，竟然顶着铁锹压力，爬出跳板缝隙，向母亲脚下蠕动过去。这是一条足有2米多长、擀面杖粗的大蛇。只见它迅速从跳板缝隙中抽出身子，然后翻转盘绕过去，居然缠住了母亲前面的右腿！母亲吓得大呼求救，连声音都嘶哑了：“来人哪——大蛇缠着我啦！”

幸亏几位邻居及时赶到，一阵乱石棍棒，大蛇便一命呜呼。

中午放学回家，看见母亲坐在炕沿上还在发抖。她既为上午的险恶情景而后怕，又为打死了“黑乌梢”而恐惧——因为蛇是乡人膜拜的玄武神。

那条2米多的“黑乌梢”被村里爱拉二胡的王先生拿走去做了胡琴蒙皮。

20世纪60年代前，农家很难见到水泥，屋里的地面多是用石灰、黄土、沙子混合在一起的“三合土”砸成。

解放前，乡人管水泥叫“洋灰”——多是从外国进口的，故称“洋灰”。只有在少数富裕人家才能见到“洋灰”抹成的地面。

由于“三合土”地面较为松软，老鼠可以不费力打洞，并能

▲善于爬树的锦蛇

将地面、炕洞、土墙掘出四通八达的鼠洞网。

“黑乌梢”又叫家蛇，深入鼠洞捕捉老鼠是拿手戏，所以，在农家老屋中时常遇到“黑乌梢”捕鼠的场面。

常会看到这种情况：一只老鼠突然从墙角鼠洞仓皇蹿出，一条“黑乌梢”也随后蹿出，转瞬间便咬住了老鼠，并在众目睽睽之下将其缠绕勒杀……

面对这种情景，全家人尽管惊愕，但还是很虔诚地送走了助人灭鼠的“玄武神”。

2

退休以后，遛弯时与好友老刘聊起童年遭遇“黑乌梢”的往事，想不到老刘接触乌梢蛇的经历更带有传奇色彩。

那时候，老刘还在老家附近的一个化工厂工作。

1972年，老刘的爱人张大姐的股骨部位不知什么原因患了“骨结核”病。那个年代，结核病几乎是不治之症。一向爱好球类运动的张大姐不仅告别了球场，就连走路都要架拐了。结核菌侵蚀了她的右大腿股骨头，股骨头以下5厘米的地方，长起一个核桃大的硬包，皮肉已破，流出淡淡无色的液体，且伤口久治不愈，上什么药都没有效果。由于股骨头失去功能，走路无法打弯，只能一瘸一拐直着腿向前拉着挪步。老伴病倒了，两个孩子一个5岁，一个2岁。老刘既要上班，又要照顾妻子、孩子，还要操持家务，一天忙得精疲力尽。

去医院看病，专家杨大夫推了推大包以上的皮肉，告诉老刘说："这段皮肉和骨头已经分离，股骨头大部分坏死，已经掉骨渣了，必须尽快手术！"

"手术后还能走路吗？"老刘担心地问。

"不好说，股骨头的功能很难恢复，怕是要终生架拐……"

老刘呆愣地站在那里：真要这样，一家人的日子今后可怎么过？但事已至此又能怎样？老刘只能期盼尽快住进医院，尽早进行手术。

然而，医院床位十分紧张，杨大夫让他们回去耐心等待，说有了床位会尽快通知他们。

回到家里，老刘看着两个孩子，心里烦闷痛苦，眼里噙满了泪水。

这天上班，厂里的同事老薛说有一事要请老刘等人帮忙。什么事呢？

原来，老薛的哥哥前一段时间患了胰腺癌，

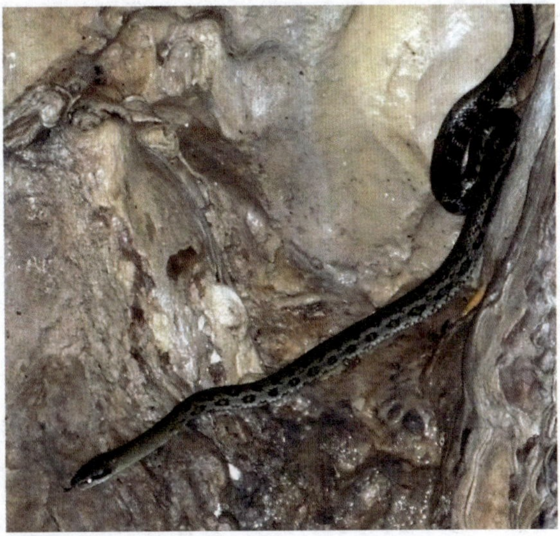

▲山洞水泉旁的锦蛇

看了许多医生，吃了许多药都不见好转。老薛听人说，有位老中医用乌梢蛇油治好过几位癌症患者的病，便一次次登门恳请老中医为哥哥治病。

老中医终于答应上门看看，无奈手里的乌梢蛇油没有了，便对老薛说："我这里没有蛇油了，你们得自己抓蛇，抓回来我帮你们把蛇油耗出来。"

老薛请大家，原来就是要到附近"蛇山"去抓乌梢蛇的。

附近的小村庄叫"蛇窝"，"蛇窝"村旁边有一座不太高的小山叫"蛇山"。为什么叫"蛇窝"和"蛇山"呢？因为这里的蛇太多了，岩石上、石缝里、草丛中，随处可见令人胆战的游蛇，而且是清一色的乌梢蛇。平时，村里很少有人敢到蛇山去。

怎么会有这么多乌梢蛇呢？原来，"蛇山"是一座由火山岩形成的小山。由于风化、崩裂等原因，山石岩缝众多，有深有浅，加上岩缝里草木丛生，便为乌梢蛇提供了天然藏身、繁殖和生活之所。

尤为怪异的是："蛇山"也是一座"鼠山"，生活着众多的老鼠，乌梢蛇随时可以把老鼠当大餐。

此外，"蛇山"周边水塘众多，生活着大量蛙类、鱼类，这就为乌梢蛇捕食提供了条件。

让人奇怪的是：蛇鼠本是冤家，老鼠是蛇的美食，老鼠为什么还会住到"蛇山"去送死呢？

原来，事实并非人们想象的那样简单。

据"蛇窝"村的老百姓们讲，"蛇山"是"蛇鼠各半年"。仲春以后，乌梢蛇开始繁殖活跃。它们捕食老鼠、蛙类、鱼类，成为蛇山当之无愧的王者。但冬日严寒到来，乌梢蛇钻入岩缝入蛰冬眠，而不冬眠的老鼠却成了"蛇山"的霸主。它们钻入岩缝，啃食冬眠的乌梢蛇，乌梢蛇反而成了老鼠的大餐。

由于彼此相生相克，蛇鼠各得其所，蛇和鼠才共同依恋上了这座石头山。“蛇鼠各半年”就是人们对这种蛇鼠轮回现象的真实概括。

3

尽管知道捉蛇会有很大风险，但老刘和几个小伙子还是爽快答应了老薛捉蛇的请求。

这一天，薛家备好饭食，一行人提上两个带盖的大铁桶，拿着捉蛇用的木杈便来到了“蛇山”。

化工厂离“蛇山”不远，小伙子们多有抓蛇的经历，加上乌梢蛇无大毒，所以多数人并不太害怕。

老刘没有抓过蛇，见到曲曲弯弯、浑身鳞片的蛇浑身就起鸡皮疙瘩，所以只能帮别人打打下手。

“蛇山”不愧是蛇山，登上半山腰就看到山石上趴着一条条晒太阳的乌梢蛇。虽然已是初夏，但这里上午八九点钟的天气仍有些凉意。蛇是冷血动物，晒太阳是为了尽快提升体温。见到有人上山，尚在预热的乌梢蛇躲避起来多少有些迟缓。

小伙子们各显神通：有的用木杈压住蛇的“七寸”，然后迅速掐住蛇的颈部，提起来放入铁桶；有的抓住蛇尾用力一甩，蛇椎骨便脱臼失去反抗能力，只能束手就擒；有的干脆看准时机，直接用右手抓住蛇颈，再顺势抓住蛇尾一举擒获……不到半天时间，两个铁桶里就装满了乌梢蛇……

回家以后，老薛酬谢了大家，把两桶乌梢蛇倒入一口大缸，静等老中医来耗蛇油。

老中医来了，晚饭后不慌不忙，直熬到薛家人都睡倒了才开始悄悄行动。

原来，耗蛇油是个秘密，他怕外人看见偷艺。

第二天清晨，当薛家人起床的时候，老中医的蛇油已耗完了。

然而，乌梢蛇油并没有传说中的那样神奇，耗出来的几小瓶蛇油，老薛的哥哥没有吃完就离开了这个世界。

老薛痛苦失望：乌梢蛇油能治好别人的病，怎么没救下哥哥的命呢？

这一段时间，细心的老刘借了本《本草纲目》，特意查阅了乌梢蛇的药用功能。

李时珍说：乌蛇，甘，平，无毒。主治诸风顽痹，皮肤不仁，风瘙瘾疹，疥癣，瘰疬恶疮。

至于使用方法，主要是整蛇入药、泡酒或研服，书中并没有介绍蛇油的功能。

老刘琢磨：蛇油虽然没能治好老薛哥哥的病，但毕竟治好过别人的癌症，说明还是有特效的。老伴的病虽是骨结核，但腿上的大包、疮伤也属“皮肤不仁，风瘙瘾疹，瘰疬恶疮”等症状。眼下老伴住院手术的通知一直没来，能不能弄一点蛇油给老伴抹抹试试呢？

于是，他找到老薛，问能否把剩下的蛇油给他一点。

老薛一听就拒绝了：“这能瞎用的吗？你又不是大夫！出了事谁负责？”

老刘立即保证说：“谁也不找，出事我自己负责！”

“那也不行！真出了事人家该说我给的了……”

“你要怕送给我担责任，我出钱买，我买你卖，愿意打愿意挨行不行？”

旁边的工友也说愿意做证人。

就这样，老刘用3块钱买下了薛家剩下的半小瓶乌梢蛇油。

这天晚上，老刘怀着几分忐忑决定给老伴的疮口拭抹。

为了防止发生意外，他事先来到厂医务室，悄悄告诉值班大夫，如果今晚老伴出现异常，请他们一定帮助送到医院。

晚饭后，孩子们睡了。一切安排妥当，老刘对老伴说：“给腿上的大包抹点蛇油吧，药书说能治你的病，咱们试试……”

老伴虽然胆小，但她相信丈夫，默默看着老刘把蛇油抹在了疮口上。

老伴慢慢睡着了。老刘睁大眼睛焦虑地看着疮口，观察老伴有什么反应。

夜深了，老刘困得不行，但仍坚持睁着眼睛。

半夜时分，老伴醒了，见老刘仍坐在身边，便问道：“怎么还不睡？看啥呢？”

“没事，睡你的吧。我一会儿就睡……”

就这样，老刘一直坚持坐到天亮。

老伴醒来了。

老刘问：“抹上蛇油后有啥反应？”

“没什么，就是感到凉嗖嗖的。”

平安无事！老刘心里的石头落地了。

从这以后，老刘按时给老伴涂抹蛇油。转眼20多天过去了。老刘发现，老伴的疮口渐渐有了变化：原来是青黑色，硬梆梆的；现在成了紫黑色，摸上去有些变软了。可遗憾的是那小半瓶蛇油也抹没了……怎么办呢？

4

有了原来的经验，老刘想自己抓蛇，自己去耗蛇油。这样既能省钱，也不再受制于人。可蛇油在什么位置？又如何耗蛇油？老刘是一无所知。他决定自己先抓一条蛇试试看。

这天，老刘抓回了一条半大乌梢蛇，剥掉蛇皮以后仔细查看，腹腔内根本看不到什么蛇油的迹象。再看剥掉的皮，薄薄的腹部连着外皮，一条直肠子和脏器都在上面。老刘找啊找，就是不见蛇油的踪迹。突然，他在肠子的外壁上发现了一绺光亮洁白的东西，用手指一捻油油的。老刘顿时惊喜：难道这就是蛇油？他小心翼翼把这绺宝贝撕下来，放到小铁勺里在火上加热。那绺白物果真“刺啦啦”响着，很快化成了油脂！

▲绿水蛇俗称“野鸡脖子”

“找到了！找到了！”老刘兴奋地叫着，心里简直乐开了花！

他立即找来三个弟弟商量，决定明天一早去“蛇山”捉蛇。

准备了一条较厚的线口袋，还有镰刀、木杈。第二天早晨，兄弟4人悄悄向“蛇山”进发。

半路上遇到了邻居王大哥，见兄弟4人带着“家伙”一起走来，不禁吓了一跳。

“志杰，干什么去？”王大哥紧张地问。

“没事，到前边溜达溜达。”老刘随口应付。

王大哥赶紧跑回去问老刘的母亲：“大婶，志杰他们是不是打群架去了？还拿着镰刀棍子？”

“没有，他们说去抓几条蛇给他媳妇治病……”

王大哥这才放下心来。

太阳刚刚出山，乌梢蛇纷纷爬出来晒太阳。兄弟4人立即开始行动。

由于气温较低，蛇爬起来很慢。老刘很快在石头上发现了两条蛇。他上前左脚踩住一条，右脚也踩住一条，可就是不敢用手去抓。

二弟赶过来，两把上去，便抓住蛇颈随手扔进了口袋里。

老刘顿时被解放出来。

“大哥，你呀，就撑口袋吧！我们三个人抓就行了！”老刘只得拿过线口袋配合三个兄弟装蛇、扎口。

乌梢蛇虽然无大毒，可咬上一口也会受伤。好在兄弟几个手脚灵活，运气不错，谁也没有被蛇伤到。

两个多小时后，兄弟们一共抓了近50条乌梢蛇，整个布袋都鼓了起来。

到家后，胆大的三弟从布袋里把蛇一条条抓出，按住蛇头让其咬住衣襟用力一扯，蛇牙就被扯掉了。没了蛇牙，大哥剥皮时就安全了许多。

这天晚上，送走三个弟弟，老刘剥蛇皮、找蛇油，用小铁勺在火上耗蛇油，整整忙到了后半夜。

老刘收获巨大，耗出了近两瓶蛇油，足够老伴用3个月。

有了蛇油按时涂抹，加上老刘精心照顾，张大姐的疮口发生了显著变化：紫黑色的大包慢慢转成了紫红色，并开始化脓、流脓、变软；接下去是颜色变红，流出了脓血和紫红色的血水；再之后是流出鲜红的血水，伤口开始封闭结痂……

两个多月后，张大姐腿上的大包消失，伤口愈合，能够下床走路了！

这时，矿务局医院的住院通知也来了。犹豫一番以后，老刘决定还是带着老伴去医院看看，让医生权衡是否还需手术。

看了张大姐痊愈的伤口，摸了摸股骨头周围的组织，杨大夫十分惊震：“真是奇迹啊，居然自愈长好了——手术不用做了，在这里休养几天补补身体，医院的伙食总比家里的强……”

可张大姐惦念着两个孩子和一摊子家务，哪有心思休养啊！

住了几天以后，就催老刘办了出院手续。

回来以后，张大姐体力迅速恢复，篮球场上又出现了她矫健的身影。

几十年过去了，每当提到乌梢蛇，老刘就充满了感激之情。

“是乌梢蛇油救了我老伴，让我们重新有了健康幸福的家……”老刘感慨地说。

乌梢蛇油为什么能治好张大姐的骨结核呢？

反复查阅后，我终于从网上得到这样一条信息：科研人员曾对乌梢蛇油进行研究，发现蛇油中含有多种人体必需的微量元素。这些微量元素，不仅能参与体内酶的组成，而且是提升酶活性的必需物质。它们通过酶系统对机体代谢进行调节和控制，对核酸、蛋白质的合成，细胞的繁殖，免疫能力的提升等发挥着直接或间接的重要作用。

我猜想，一定是蛇油中蕴含的宝贵微量元素，促成了张大姐体内免疫细胞的活跃与繁殖，完善并增强了她的免疫系统，因而才击败了顽固的结核病菌。

唐朝张鷟所著的笔记小说《朝野佥载》中曾记录了这样一个故事：“商州有人患大疯，家人恶之，山中为起茅舍。有乌蛇坠酒罂中，病人不知，饮酒渐差。罂底见蛇骨，方知其由也。”

也就是说，这位麻风病人喝了乌蛇酒以后，病就开始逐渐好了起来。

如今，社会上患心脑血管疾病的人越来越多。而治疗中风偏瘫、祛风搜风的首选药物就是乌梢蛇。乌梢蛇的需求量也因此迅猛增长。

然而，野生乌梢蛇的数量却越来越少了。

老刘说，他曾多次回老家，也特意去过“蛇窝”和“蛇山”，由于滥捕滥杀，那里的乌梢蛇已近绝迹。

野生乌梢蛇资源的骤减与巨大需求的矛盾，使人工养殖乌梢蛇成为一种新兴的产业。

科普链接：乌梢蛇，俗称乌蛇、乌风蛇、乌梢鞭、一溜黑、乌药蛇等，为脊索动物门、脊椎动物亚门、爬行纲、双孔亚纲、有鳞目、蛇亚目、游蛇科、乌梢蛇属蛇类，是较大形无毒蛇，体长可达2.5米以上。体背棕黑或棕褐色，背部正中有一条黄色纵纹，体侧各有两条黑色纵纹，至体后部消失，后半身至尾部为黑色，故称“乌梢”。广泛分布于中国，生活在丘陵地带，以蛙类、蜥蜴、鱼类、鼠类等为食，可入药，蛇皮是京胡与京二胡的专属用皮。

蜈蚣

在童年的记忆里，有很长时间没有搞清到底谁是蜈蚣。

在我的老家，老百姓管那种弯曲细长的毒虫叫作蚰蜒，并不叫蜈蚣。

由于大人们骇人的讲述，孩子们从小就对蚰蜒产生了深深恐惧：说这种细小可怕的毒虫会钻进小儿的耳朵眼儿、鼻子眼儿或屁股眼儿，把孩子咬伤或咬死。说被这种毒虫咬了以后伤口会麻木溃烂……

还有真实证据：村里真的出现过蚰蜒钻进小儿耳朵眼儿，最终导致小儿耳膜被咬坏而变聋的事件。所以，小时候每逢见了这毒虫，就会悚然逃避。后来胆子大些了，就一定要千方百计用石头或木棍把它打死、打烂……因为即使把身子打断了，半截身子还会弯曲爬动，所以一定要打烂……

后来上学了，读了些书，有了些知识，才知道乡人所说的蚰蜒其实应该是蜈蚣的一种，是一种细长多节的蜈蚣。而“蚰蜒”则是我们常说的“钱串子”的生物学名。我们犯了张冠李戴的错误。

1

小时候，从豹儿奶奶讲述的恐怖故事里，得知蜈蚣是一种吸食人血的精魔。

《西游记》中便记述了孙悟空遭遇蜈蚣精的故事。

《西游记》第七十三回是《情因旧恨生灾毒，心主遭魔幸破光》。说蜈蚣精——黄花观观主“百眼魔君”，能从肋下的百只眼睛放出比天罗地网还厉害的金光，困得孙悟空只能变成穿山甲从地下逃走。后来，经黎山老母指引，孙悟空请来毗蓝菩萨（一只母鸡婆）。毗蓝菩萨用她在儿子昴日星官（一只大公鸡）眼里炼就的一根特殊绣花针，破了“百眼魔君”的金光，使它现了原形——原来是一条7尺长的蜈蚣精！

蜈蚣怕鸡儿，因为鸡儿能吃蜈蚣，所以“百眼魔君”一见毗蓝婆婆和绣花针，就法力尽失，现了原形。

蜈蚣喜欢栖身于潮湿阴暗的地方。它们头前的第一对足呈向内弯曲的钩状，十分锐利，叫颚牙或牙爪。钩端有细细的毒腺口，刺入其他动物身体后能像毒蛇一样排出毒液，使被咬者迅速中毒。

20世纪60年代末，我和村里的十几个后生被派去开挖崇青水库西干渠。五六个人住在工地附近的一家农户土炕上。一天夜里，茂林从睡梦中突然大叫起来。我们不知发生了什么事，连忙拉亮电灯爬起来。

只见茂林赤裸裸摸着大腿坐起，一边喊疼，一边掀开了被子：“哎哟——什么东西咬我了……疼死了，疼死了……”大家急忙凑过去，翻着他的被子寻找。

六子突然发现了什么，一下用力摁住被子叫道：“快快，是蜈蚣！我摁住它了！”大家有的拿来手电筒，有的拿来炉旁支锅的石头。

▲红头蜈蚣

六子突然把被子掀开：手电光下，一条4寸多长的紫色大蜈蚣闪着光亮暴露在炕席上！

我们用支锅的石头毫不留情地连续砸下去，转眼间蜈蚣就被砸烂了。

大家再看茂林的大腿，有两个红红的像针扎过的小点，周围已开始红肿，茂林疼得呲牙咧嘴不知如何是好。

“最好以毒攻毒，把砸烂的蜈蚣敷在伤口上……肯定管用！”六子凭自己的经验说。

但茂林被蜈蚣吓怕了，说什么也不让烂蜈蚣靠近自己。黑更半夜的，没有消毒或止疼药品。我突然想起大人说过，唾沫也能消毒，便在手上啐一口唾沫，然后用力去擦茂林的伤口……茂林终于呻吟着重新躺下了。

这一夜，大家都没有睡好。第二天早晨，茂林的大腿明显肿了，走路也一瘸一拐的。我们只好给他请了一天假。

经工地赤脚医生反复擦抹碘酒等药水，一周以后，茂林才慢慢恢复过来。

其实，即使在农村，蜈蚣咬人的事情也并不多见。

蜈蚣害怕阳光，昼伏夜出，白天潜伏在石缝、树叶、杂草等角落，夜间才出来捕食。一定是那天蜈蚣出来活动误入茂林的被窝，被压在身下才不得已咬了他。

2

蜈蚣钻缝能力极强，它们先以灵敏的触角和扁平的头对缝穴进行试探，岩石、土地中的小缝隙都能藏身。它们活动的范围很广，野外和农家都可以见到。它们主要在野外活动，因为野外的食物才更为丰富。蜈蚣性情凶猛，主要猎食蟋蟀、蝗虫、金龟子、蚱蜢以及各种蝇类、蜂类，甚至还会捕食蜘蛛、蚯蚓和刚出蛋壳的小蛇。

▲又细又长的蜈蚣体节可达上百个

记得一年夏季，大雨过后，村外溪水中孵化出了许多黄褐色的小蛤蟆。它们成群结对在草丛里、在土路上蹦跳。人们下地干活稍不留神，就会踩着它们。

这天傍晚，从地里干活回来，突然发现路边稀疏的小草中有一只小蛤蟆在挣扎。好奇地弯腰一看，原来是被一条蜈蚣缠住了！那条绛紫色的大蜈蚣用两只颚牙紧紧咬住小蛤蟆柔软的胸部，用弯曲的身子和几十条腿把小蛤蟆缠绕起来。

对小蛤蟆的怜悯，加上对蜈蚣的敌视，使我情不自禁拿起一根小木棍去援救小蛤蟆。我用木棍使劲按住蜈蚣的身子，受惊的蜈蚣顿时放开了缠绕，但仍不肯松开颚牙。直到我用手扯起小蛤蟆，蜈蚣这才不得不松开了颚牙。

接下来，蜈蚣受到了致命处置，小蛤蟆摆脱了被捕食的厄运。但由于受到了蜈蚣的叮咬，小蛤蟆开始还能踉跄爬行，后来却趴在草丛里不动了……我的仗义并没能够留住它的生命。

由此我知道，蜈蚣不但能够捕捉昆虫、蜘蛛和蜗牛，比它身体大的小蛙、小鼠、小蜥蜴，甚至蛇都可能成为它们猎食的对象。

最近，从网上看了一则令人惊骇的视频：一条巨大蜈蚣咬住了一条比它长数倍的小蛇！蜈蚣用整个身子紧紧抱住蛇的中间部分，头部和颚牙用力咬噬蛇的腹部。那条蛇用力盘回身子，晃着头企图攻击蜈蚣，但总也力不从心，无法咬到对手。它不得不用连续的翻滚想把蜈蚣甩掉。但蜈蚣就像粘在了蛇身上一样根本无法摆脱。相持了十几分钟以后，那蛇就不再翻滚，任凭蜈蚣大快朵颐……

不是亲眼所见，大约谁也不会相信！这段视频让我十分惊震：蛇是“五毒”之一，比蜈蚣又长三四倍，粗几倍，可为什么如此不堪一击呢？从蛇的迟缓动作我猜测，一定是大蜈蚣在小蛇休息时发动了偷袭，向它突然注入了毒液，蛇因此被逐渐麻痹，便很难做出有效反击了。此外，我还发现，那条蛇的头为椭圆形，是明显的无毒蛇。无毒蛇碰到了有毒的蜈蚣，因而只能挣扎一番而无可奈何了；若碰上凶猛的毒蛇，结果可能会截然不同。

3

蜈蚣种类很多，身体有粗有细，有长有短，分的节也有多有少，但节数多为单数。

北方最常见的是红头紫身蜈蚣。除了头部，身体共分为21节，每节有一对足，成年以后可长到10厘米左右。

但蜈蚣中也有细长的特殊种类，身体最多可达几十节、上百节、甚至一百多节。

一次，我为阳台上的君子兰换土。松软的腐土里竟意外发现了一条黄色的极细极长的蜈蚣：大约有近百个节，八九厘米长，只有缝衣针般粗细，爬行起来弯弯曲曲，能够盘绕成三四个不规则的S形，让人看上去头皮发麻。

蜈蚣是食肉动物，大型蜈蚣可捕食昆虫类小动物。如此细长的蜈蚣又吃什么呢？在小小的花盆内，没有看见什么昆虫可以捕捉啊？

就在我十分困惑的时候，忽然从君子兰腐烂空心的根皮里发现了一个个针尖大的乳白色小虫，腐土中还发现了灰白色的小潮虫！我恍然大悟，原来这小小的花盆中也有可供细蜈蚣捕食的猎物啊！

看来，一盆君子兰就可以形成一个完整的微型食物链。这条细长的蜈蚣，原来是在为我的君子兰充当保护神啊！

蜈蚣还是一种著名的中药材，可以息风镇痉、攻毒散结、通络止痛，治疗小儿惊风、抽搐痉挛、中风口歪、半身不遂、风湿顽痹、疮伤咬伤等多种病症。《本草纲目》说：蜈蚣，辛、温、有毒。主治小儿撮口，小儿急惊，天吊惊风，破伤风，口眼歪斜，口内麻木，蝮蛇螫伤，丹毒瘤肿，瘰疬溃疮，痔疮疼痛等。

因为是难得的中药材，所以在物质匮乏的20世纪五六十年代，蜈蚣是收购站收购的重要药材。

上中学时由于家境贫穷，手头拮据，常到虎皮岭向阳北坡去捉蜈蚣，然后卖到收购站得一些收入以减轻家庭负担。

初夏以后，天气转热，各种昆虫开始活动，蜈蚣也活跃起来。下午，从邻村中学放学回来，我们会中途跑到虎皮岭向阳草坡翻找蜈蚣。

蜈蚣是昼伏夜出的捕食者，白天藏在石头下或岩缝里。翻开石头，常能发现它们的踪迹。受到惊吓被暴露出来的蜈蚣开始会在强光下迟钝一小会儿，然后就会选择迅速逃跑。我们则趁它迟钝的一刹那，用自制的小木夹迅速将其夹进事先准备的墨水瓶里……这样，每天都会有几条蜈蚣收获。

开始，我们用开水将蜈蚣烫死，待晾干后再卖到收购站。但收购站不愿意收用开水烫死的蜈蚣，说有损药效；况且，这样晒干的蜈蚣很容易断成多截，一条只能卖到三四分钱。收购站叔叔让我们看人家送来的蜈蚣——每条都直直地抱住一条小竹片，五条一排，完完整整，就像是列队接受检阅。

收购站叔叔说：这样的蜈蚣每条能卖到八分钱！接着，还教给我们制作的方法，真让人大开眼界！

回来以后，我们把废旧的竹帘条削成一根根薄薄的、两三毫米宽、10厘米长的小竹片。待蜈蚣捉回以后，放出一条用小木夹摁住，拿一根与蜈蚣长度相当、两头削尖的小竹片，一头插入蜈蚣的前腭，一头插入尾部节片，这样蜈蚣就被竹片弹力拉直了；接着，放到阳光下晾晒，蜈蚣便完整地、直直地抱在了竹片上。之后，把长度相当的扎成一排，送到收购站不但大受欢迎，而且能卖到好价钱。

这样，一个初夏，卖蜈蚣就有了几元钱的收获。

4

俗话说：常在河边走哪能不湿鞋？捕捉蜈蚣难免会被咬伤。

一旦被咬伤，我们的经验是：先要及时用手挤压伤口，尽可能挤出毒液，随后再把蒲公英嚼烂后涂擦在伤口上。

改革开放以后，市场上蜈蚣药用需求不断增加，便出现了蜈蚣饲养专业户。

2004年，我曾在一家养殖专业户那里目睹了蜈蚣产卵的情景：产卵前，蜈蚣会用腹部紧贴地面，先挖好一个浅浅的洞穴，然后把身体扭曲成S形，把成串的卵粒产在洞穴里。蜈蚣的卵为米黄色，半透明。产完卵后，蜈蚣会用步足把卵粒聚成团，抱在怀中孵化。大约40天后，小蜈蚣便孵化出来。虽然只有1厘米多，但已能上下爬动。这期间，母蜈蚣仍旧守护着自己的孩子，驱赶着各种接近的小虫，表现出强烈的母爱。40多天后，小蜈蚣长到二厘米，开始脱离妈妈单独觅食。

据专业户介绍，蜈蚣孵化后第一年能长到三四厘米，第二年能长到五六厘米，第三年才能长到10厘米以上，寿命可达6年。

一条蜈蚣从幼体长到成体，要经过多次蜕皮，每蜕一次皮就长大一些。蜕皮前，全身变粗，行动迟缓，不再进食，视力及触觉明显降低。这时候，蜈蚣几乎没有自卫能力，最容易受到其他动物攻击。

▲野外常见的普通蜈蚣

蜕皮时，蜈蚣先用头部撞裂“头板”皮，然后依靠伸缩运动，一节一节蜕出。蜕到第七八节时，头上的触角就会挣脱出来，最后蜕出尾足，前后需要两个多小时。

看来，蜈蚣的成长过程也是充满坎坷、挑战与风险的。

科普链接：蜈蚣，为陆生节肢动物门、多足纲、蜈蚣目、蜈蚣科食肉类爬行动物，世界各地共发现约3000种。其身体由许多体节组成，每一节上均长有步足，故为多足生物，又称天龙、百足虫等，有毒腺，身体扁长，性情凶猛。广泛分布于中国广大地区，春出冬蛰。常见的有红头、青头、黑头三种，以红头蜈蚣体型大、生长快、产量高、性情温顺、适应性强。常生活在潮湿的墙角、砖块、树叶下或破旧潮湿的房屋中。食谱范围广泛，喜欢捕食各种昆虫，适宜人工饲养，可入药。

忌惮蚰蜒

俗话说：百足之虫，死而不僵。所谓“百足之虫”，是指那些让人看了恐怖恶心，具有密密麻麻几十条甚至上百条细腿的虫子。

其实，若是真正死彻底了，即使是百足、千足，身体也会僵硬。说其死而不僵，是指刚斩断身体的时候，那些分开的体节还能翻滚蠕动，甚至踉跄爬行，不会立即停下来死亡。

“百足之虫”在动物学分类中属多足纲动物，据说全世界共有1万多种。人们在家里时常遇到的蚰蜒，就属于“百足之虫”。

1

蚰蜒到底是指哪种爬虫呢?

在我记忆中，蚰蜒是那种身体细长、体节众多、两侧长满密密麻麻细腿的恐怖爬虫——乡人一直这么称呼。

乡人们说，蚰蜒和蜈蚣是一对兄弟，一个短粗，一个细长，位列五毒之列。而细长的蚰蜒会钻到小儿鼻孔、耳朵眼儿里咬伤孩子，所以在乡人心目中蚰蜒比蜈蚣更可怕。

这种以讹传讹的错误一直延续了很多年，直到查阅了“蚰蜒”的词条和图片，才知道“蚰蜒”原来是指乡人们俗称的“钱串子”或“草鞋虫”。

《辞海》解释说：“蚰蜒，古称‘草鞋虫’。多足纲，蚰蜒科。体短而微扁，灰白色。全身分15节，每节有足一对，最后一对足特长，足易脱落。触角长。毒颚很大。栖息房屋内外阴湿处，捕食小动物。中国常见的种类为花蚰蜒。”

而乡人们一直称呼的“蚰蜒”，原本是蜈蚣的一种，是多节绵长的一种细蜈蚣。

那么，乡人为什么会把“蚰蜒”叫作“钱串子”或“草鞋虫”呢?

那完全是因为蚰蜒的外形。蚰蜒身有15节，每节两侧都长有一对长长的多节步足向两边伸展开来，远远望去，犹如一串铜钱侧挂在墙上，又像是一只带有毛刺的草鞋底。于是，乡人依形命名，便有了“钱串子”或“草鞋虫”的俗号。

蚰蜒外观很像蜈蚣，有人甚至称它们为“地蜈蚣”。只是它们的身体比蜈蚣明显短，身长1.5厘米至5厘米不等，约有蜈蚣体长的一半。它们的步足明显长于蜈蚣，身体灰白，头部有一对大颚牙。

据说，蚰蜒原本是地中海地区的特有物种，后来不断向周围迁移扩散，很快便蔓延到了世界各地，可见其巨大的适应力和繁衍能力。

蚰蜒之所以能迅速遍布世界，与我们人类息息相关。

蚰蜒喜欢潮湿、阴暗、温暖的环境，人类的住宅因而成为它们的主要栖息地。千百年来，它们与人类共生相伴，人类迁徙到哪里，它们就会跟进到哪里，故成了遍布世界的知名爬虫。

2

在京郊百姓家里，几乎没有人没遇到过“钱串子”。尤其在较潮湿的卫生间，“钱串子”常会像幽灵一样出现在墙角或墙壁上。

尽管遭遇“钱串子”机会很多，但相比之下，小时候对“钱串子”的恐惧却远没有对蜈蚣那样强烈。

“钱串子”与蜈蚣比起来，身体明显短许多，且少了蜈蚣弯曲盘绕的造型，因而使人减少了几许恐怖。

尤其是身体的坚韧程度，“钱串子”与蜈蚣比起来简直是小巫见大巫。蜈蚣的身体不但油亮结实，而且充满了韧性，不用石

头或木棍砸，很难把它们打死.。“钱串子”的身体虽有一层硬壳，但很脆，用手掌一拍就会把它们的身子打烂

在北方农村，由于刚孵化的“钱串子”幼虫有时也会钻进小儿屁股眼儿、耳朵眼儿引起小儿哭闹甚至伤害，所以人们见了“钱串子”总要想办法消灭它们。

“钱串子”触角很长，感觉非常灵敏，头部有演化完善的复眼，身上有三条深色的背纹，步足也有深色的条纹，栖息在住宅内外阴湿的缝隙，常在墙壁、炕沿、家具、灶洞旁出现。

尤其是头上那对长颚牙，可猎捕各种小动物。捕猎时会迅速扑上去，将毒液注入猎物体内，然后快速吃掉。

但它们毒性却没有蜈蚣那样剧烈。我曾亲身体验过被“钱串子”咬过的滋味。

一次，伸胳膊去靠墙的谷仓里拿父亲储藏的京白梨，突然感到手腕上被什么叮了一下。急忙掀开谷仓盖查看，原来是一条“钱串子”！我愤愤地一顿乱拍，把它打死在谷仓里。手腕上火辣辣的疼，伤口周围很快红肿起来。被咬的地方继而起了红斑和水疱，瘙痒疼痛。

两天以后，红肿逐渐消失，疼痛感也日渐减轻。

看到“钱串子”那一对对向两侧伸展的夸张步足，会让人感到心悸。那分节的步足爬行起来极快，无论是扑抓猎物，还是逃避危险，犹如幽灵闪电，刚才还在墙面上，眨眼之间就不见了踪影。可以说，“钱串子”的爬行速度和躲藏之术，比起蜈蚣来是略高一筹。

▲蚰蜒俗称“钱串子”

它们白天休息，晚上出来捕猎，主要捕食蜘蛛、臭虫、白

蚁、蟑螂、飞蛾、蠹鱼、蚂蚁和其他节肢小动物，是名副其实的食肉一族。从这种意义讲，它们的存在，可以消灭家里的大量害虫，对住宅主人还是有很多好处的。

在农村住宅，墙角旮旯常有一些结网的蜘蛛。这些小蜘蛛专门捕捉飞进屋里的蚊子、苍蝇、蠓虫等小昆虫，但对“钱串子”却难有威胁。

“钱串子”个头大，细长的步足可以轻易踏上蛛网而不被缠住。它们利用这一优势，把捕捉住宅里的蜘蛛当成了拿手好戏。先是轻轻颤动蛛网引得蜘蛛前来查看，接着会凶猛地扑过去，用颚牙咬住蜘蛛并迅速向其注入毒液……

小家蛛也有螯牙和毒液，但由于个头纤小，速度远没有“钱串子”迅速，所以只能成为对手的猎物。

我想，倘若是那种体形大如蚕豆，在庭院树木间结网的大家蛛，“钱串子”怕是要退避三舍了。

3

“钱串子”也有天敌，那就是成年壁虎。

为什么是成年壁虎呢？因为刚孵化不久的小壁虎很容易成为“钱串子”的美食，但长大的壁虎则会变为“钱串子”的克星。

夏日的傍晚，壁虎、“钱串子”等夜行动物都开始出来觅食。

紧靠墙角的一盏昏暗的路灯下，许多蚊子、蠓虫、飞蛾等小昆虫围着发黄的灯泡飞来飞去。一只大壁虎静静趴在附近的墙壁上等待着猎捕时机。一只小飞蛾飞累了趴到临近的墙壁上做短暂休息。夜色中的大壁虎发现了这一情况，便挪动四肢向小飞蛾缓缓靠近。

突然，墙壁一侧蹿出了一只“钱串子”，一下子抓到了小飞蛾！小飞蛾拼力挣扎，但被毒液麻痹了，急剧扇动的翅膀渐渐舒缓下来……

就在“钱串子”挪动步足，把小飞蛾拉到嘴边要享用美食的一刻，壁虎一下子冲过去，张嘴咬住了“钱串子”的后腿！受到惊吓的“钱串子”放开小飞蛾，迅速向前逃脱，以至于将后侧的步足都扯断了。就在壁虎吞咽步足的那一刻，“钱串子”倏然逃入了黑暗之中……

人们不必为“钱串子”受伤而担忧，因为它们的步足有一种神奇的再生功能：遇到敌害和危险时，能自然脱落迷惑敌人，同时为自己赢得逃脱的时机。

脱落后的断肢伤口能再生出新的步足——这与壁虎尾巴的再生功能十分相似。

据有关资料介绍：“钱串子”生长比较缓慢，寿命很长，据说生命周期可以达到6年。但它们的繁殖能力不是很强，每年产卵一次，每次产卵六七十粒。刚孵化出的幼虫只有4对步足，第一次蜕皮会获得1对新步足，以后每脱一次皮都会获得2对步足。也就是说，经6次蜕皮之后，“钱串子”的15对步足才能长齐。

春季天气变暖后，“钱串子”开始活跃。它们把卵产在土穴里孵化。

为熬过食物缺乏的春季，刚孵化出的小“钱串子”甚至会爬到植物的嫩枝嫩叶上去吸食汁液以度过难熬的时光。初夏以后，“钱串子”的活动范围扩大到住宅外；到了秋凉时节，它们又会重新回到人们的住宅里以躲避寒冷的冬天。

记得那年拆老屋中塌陷的土炕。翻开土坯后，除了发现有土鳖虫、蝎子，还发现了一窝“钱串子”。一只成年“钱串子”趴在中间，周围簇拥着几十只刚刚孵化的小“钱串子”。

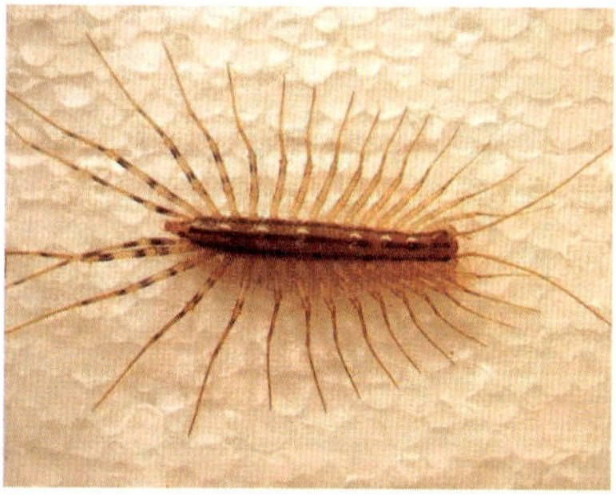

▲蚰蜒步足细长爬行迅疾

受到惊吓以后，它们四散逃跑，转瞬没了踪影。

如今，时代和环境都发生了巨大变化，但适应力极强的“钱串子”依然能紧跟时代步伐。即使是在现代都市，家居地下室、浴室、厕所，甚至寝室和餐厅中也会时不时发现“钱串子”的踪迹。

一次，去卫生间，突然看到一个黑影逃入了洗脸柜下面。以为是恼人的、难于灭绝的蟑螂，便开始全力搜索。柜上、柜下、柜里、柜外，结果一无所获。突然想到了“雷达”喷雾剂，便立即取来冲柜子上下“扫荡”了一番。片刻之后，一只黑影呆愣愣爬了出来。我立即垫着纸巾将其抓住——原来是一条“钱串子”！

若家中发现“钱串子”，除加以消灭，还应及时清除室内外碎物和垃圾，保持室内干燥；并在墙角阴暗潮湿处喷洒杀虫剂，以消灭或赶走这种不受欢迎的小爬虫。

科普链接： 蚰蜒，俗称“钱串子”，又叫“草鞋虫”，属节肢动物门、多足纲、蚰蜒目、蚰蜒科动物，体短而微扁，灰白色。体长1.5~5厘米，全身分15节，每节有足一对，最后一对足特长。足易脱落，触角长。毒颚很大。栖息房屋内外阴湿处，捕食小昆虫。我国常见的为花蚰蜒。白天在腐叶、缝隙、朽木中休息，晚上出来觅食，行动迅速，以昆虫及蜘蛛为主食。春天产卵，一只可产卵数十枚或上百枚。孵化后的幼虫有四对步足。在第一次蜕皮时获得一对新步足，其后每次脱皮都会获得两对步足。夏秋季节活动旺盛，生命周期大约为3~7年。

隐秘条马陆

条马陆是一种常见的小型马陆，又叫土马陆，乡人俗称“马连虫”。其形如蜈蚣，身体细长，体态略扁，黑褐色的躯体有20个环节，每节两侧带有黄色的环边，生活在隐秘潮湿的环境里。

因为没有可怕的外形，又能在园田、宅院随处可见，故温和的“马连虫”成了我们儿时的一种游戏玩物。

“马连虫”有一个奇特的习性，即被压住身体后，很快会从肛门排出一小堆泥巴一样的粪便。这种粪便带有一种难闻的腥气，是它们熏赶天敌的自卫武器；但小孩子不怕，反而将其当成捉弄马连虫的“看点”。

游戏前，每个孩子都抓来一条“马连虫”放在青石板上。游戏开始后，每个人放开自己的“马连虫”让其向前爬，然后一次次按住它的后背让它拉屎，嘴里还念叨着“马连虫、马连虫，不拉屎、不放行……”最后，看谁的“马连虫”拉屎次数多就算获胜。这些倒霉的“马连虫”最后没屎可拉了，不得不把黄水都拉出来了……

“马连虫”因为可散发腥膻的气味，所以鸡儿、鸟儿都不爱吃，刺猬、老鼠、鼹鼠、蜈蚣不到万不得已也不会打它们的主意。加上它们繁殖能力极强，因而常在环境潮湿、食物充足的夏季爆发成灾：成百上千条虫子密密麻麻爬满了园田、墙壁、沟边，让人见了大惊失色、如临大敌……于是，喷洒农药，用火去烧……总之，会把人搞得紧张而慌乱。

1

如今，人们都向往着不打农药、不上化肥的有机蔬菜。

去年初春，我们在小区附近的一家农业合作社承包了40平方米的小菜园，种上了黄瓜、豆角、韭菜、西红柿等菜蔬，还散种了一些玉米。从此，去园田忙碌，带着孙儿“也傍桑阴学种瓜”成了我和家人的一大任务和乐事。

农谚说：“谷雨前后，安瓜点豆。”

谷雨节种下的地豆，到端午节结出了第一茬豆角。

所谓地豆，又叫“墩豆”，是一种初春播种的早豆角，不爬蔓，不插架，开紫花，一般只长到一尺来高，端午节就可以收获鲜豆角。由于豆秧紧贴着地面，所结的小豆角自然免不了与地表接触。摘豆角时，在地表竟发现了许多悠悠爬动的条马陆。

▲条马陆主要以腐叶为食

条马陆是一种昼伏夜出的爬虫，白天只是偶尔出来活动。它们喜欢枯枝败叶，喜欢潮湿的环境，喜欢躲进土缝、石堆中休息。

在园田中发现了儿时常见的“马连虫”，我感到很稀罕，也很亲切。

由于条马陆生活在地表阴暗角落，不像菜青虫、玉米螟等害虫会把庄稼、蔬菜咬得枝叶残缺，所以人们对条马陆并不十分厌恶。

不吃菜蔬的叶子，只是在地表爬来爬去，可它们究竟吃什么呢？

仔细观察探寻之后，我

终于目睹到它们隐秘寻食的情景。

一次摘豆角，拨开地豆角繁密的枝叶，看到两条条马陆正趴在一片腐叶旁扭动头须专心啃噬着贴在地面上的褐色豆角叶——原来，它们是以植物腐叶为食的！

这一亲眼所见，证实了土马陆吃腐叶的科普介绍，让人很有成就感。

以腐叶为食，吃腐叶、拉泥土，如同蚯蚓一样会把腐叶迅速转化为粪便和沃土，算得上改善土壤的功臣，正是农家求之不得的呢！这大概也是人们容忍条马陆在园田自由繁衍的重要原因。

然而，之后的意外发现却颠覆了我的认知。

摘地豆角的时候，看到一些豆角的下部出现了一片一片黑斑。很显然，黑斑是豆角表皮遭到破坏后又痊愈的产物。

进一步观察后发现，受害豆角的黑斑均在贴着地面的部分。

是浇水过多浸泡所致吗？不像，凭经验判断，若浸泡导致表皮损伤，那么整根豆角都会烂掉，可带黑斑的豆角都很健康。这表明，黑斑是豆角幼小时外皮被咬伤又痊愈后留下的。

为查明事实真相，我一次次蹲在豆角畦查看，终于发现了作案真凶：原来竟是“马连虫”所为！

地豆开花结荚以后，柔嫩的小豆角垂落到地面。游走的“马连虫”便会爬到豆角旁与之“亲吻”。这种“亲吻”其实是一种噬咬。由于“马连虫”咬合能力很弱，只能咬破豆角嫩嫩的表皮，无法造成更大伤害，所以，伤口痊愈后便形成了黑斑。带黑斑的豆角虽然还能继续生长，但品相却遭到了严重破坏。

这一事实表明，条马陆不仅以腐叶为食，亦会啃食柔嫩幼小的菜蔬。也就是说，在植物幼小柔嫩的时候，食腐的条马陆也会趁机“打劫”，一饱口福。一旦植物表皮变得坚韧，它们就无可奈何了。由此可知，条马陆其实是园田里的一种隐秘害虫。

然而，由于这种损害相对隐避，并不明显，且不易被察觉，所以人们也就忽略不计了。

2

条马陆偏爱潮湿、温暖的环境，园田和住宅周围尤其受它们青睐。加上园田和住宅会产生大量腐叶，这便为它们的成长和繁衍提供了充足食物。

条马陆没有蜈蚣那样的毒颚，也没有蜜蜂那样的蜇针，是小爬虫中柔弱的一类。但它们身体两侧有可散发腥臭气味的气孔，会使接近的天敌闻而厌之、弃而走之。它们还有一招聪明的“假死”术。一旦受到惊吓和触碰，会把身体迅速卷曲成C形半环，呈“假死”状，从而使对手放松警惕，进而瞅准时机，快速“复活”逃跑。

进入盛夏之后，条马陆的数量明显增加，活动也愈加频繁。即使是白天，菜园中也是两三条、四五条随处可见，还时常能见到一条背着另一条。很明显，那是一对正在谈情说爱的条马陆。

情侣条马陆交配并不像蚕蛾那样以尾部相交。雌条马陆的生殖孔是由腹部第二节一对步足转化而成。雄条马陆的生殖肢也是由腹部一对步足转化而成。因而情侣条马陆会通过纠缠抱卧等形式完成交配过程。

雌条马陆受孕后，会把卵产在泥土中。由于卵外有一层透明的黏性物质，产在土中后会变成微小的泥球球。一条雌条马陆可产卵几十粒甚至上百粒并聚成一堆。在适宜温度下，经过20天左右的孵化，条马路的幼虫破卵而出。刚孵化的小条马陆只有7个体节，步足也少，随着蜕皮次数增加，体节和步足数量也在不断增加。经过几次蜕皮发育后，体节和步足便达到了成虫的数量。

条马陆性情温顺，不咬人，抓捕时无须担心，但受到威胁时，它们会分泌难闻的气味和带有刺激性的毒素，所以最好还是不要放在手里。

夏末秋初是条马陆的繁殖季节。食物充足、成虫众多的年景，条马陆往往会泛滥成灾：田园、住宅、沟渠……有时会出现成千上万条密密麻麻的“马连虫”，让人十分恐慌，有人甚至撒上柴草放火去烧。

为防止“马连虫”的暴发蔓延，记得乡人们还在其经常出没的地方垫上干土，撒上生石灰，让环境变得干燥杀菌。“马连虫”便只能“退避三舍”了。

3

那么，条马陆是如何度过北京地区寒冷冬天的呢？

一般的猜测为：要么是卵在土中越冬，要么是成虫钻入石缝、土缝、枯草树叶下过冬。一次初春的意外挖掘，让我发现了条马陆越冬的绝妙本领。

初春，二月兰刚刚冒出地面，一只戴胜便开始在草坪中寻觅啄食地下隐藏的虫子。我告诉孙儿，草坪看似平静，但地下却有许多小虫子在活动。戴胜就是凭借着绝妙的听觉来发现小虫，凭借着长而尖的喙掘出小虫子的。

▲一对交配中的条马陆

孙儿不信地下会有小虫子；我便找来一柄小铁锹带着他一起到草坪中挖挖看。

随着铁锹一锹锹掘下去，我们果然挖出了两条金针虫和两条蛴螬。让我惊异的是还掘出了几条蜷成C形的浅褐色条马陆。这些条马陆个头较小，身上的颜色尚未变黑，蜷缩在一个小小的洞穴里，显然是去年秋天钻入地下冬眠的。我由此知道：条马陆居然可通过掘洞，深入到土壤里度过寒冷的冬天！

无尖利爪牙的条马陆，竟然会有掘地挖洞，能深入地下十几厘米冬眠，实在出乎人的意料！

细细一想也不奇怪，那些筒状的、软体的蚯蚓不也是出色的掘地高手么？凡事皆有可能。看来柔弱的条马陆也算是地下隐秘世界的生存高手。

科普链接：条马陆，属节肢动物门、多足纲、带马陆目、条马陆科动物，外形与蜈蚣相似，是最常见的小型马陆。身长只有三四厘米，宽只有两三毫米，身体由20个体节组成，体节两侧有黄色环斑，分为头、胸、腹三部分，身体两侧有臭腺。头部有一对触角，胸部的第2~4节各有步足一对，腹部每节各有两对步足，第20体节是肛节，后端是肛门。条马陆主要在园田或住宅附近活动繁衍，主食植物腐叶，亦损害菜蔬幼苗。雌雄条马陆的生殖器均由腹部一对退化的步足转变而成，一年繁殖一次，寿命可达一年以上。

惊悚圆马陆

圆马陆是让人惊悚恶心的爬虫，身体呈圆柱状，黝黑光亮，带有黄色或红色的分节条纹，比筷子还要粗一些，成年后能长到十几厘米长。

圆马陆号称“千足虫”，但实际上并没有1000条腿。它们的身体从颈板到肛节共有64个环节；头部有触角1对，1对由许多单眼集合成的类似复眼，还有大小颚各1对；身体从第二节到第四节为胸部，每节各有步足1对；第五节以下全部为腹部，除末节外，每节有步足1对。也就是说，圆马陆的身体上有123对步足、246条腿。据说，在北美巴拿马山谷里有一种大马陆，全身共有175节，全身的步足加起来共有690条，是世界上步足最多的节肢动物。

圆马陆的俗名很多，不同地区的人往往会根据特点，分别给它们起不同的名字，比如马蚿、马蚰、千足、刀环虫、百节虫等。

1

在童年的记忆里，乡人们管这种让人头皮发麻的家伙叫作“断肠草”——多么可怕的名字啊！

明明是会爬的虫子，怎么叫“草”？而且还会“断肠”呢？

听大人们说，这种黑色的、晶亮的、身体又圆又长并带有金环的大爬虫，具有一种非常可怕的功能：谁若踩上它的身体，就会中毒后断了肚肠……

连肠子都断了，岂不要一命呜呼？所以，小时候对这种巨大的爬虫充满了惊悚和恐惧。

由于从小被灌输了这种恐怖的魔力，所以每逢见到这种大爬虫，就感到战战兢兢，一定会躲得老远，无论如何也不敢接近它。

春天的一个上午，我爬上一棵榆树去捋榆钱。在“瓜菜代”的困难年代，榆钱可以掺着棒子糁做出黏稠可口的粥。就在我捋完榆钱，从树上放下篮子，顺着树干爬下来跳到地上的时候，猛然发现，我的右脚踩中了一条大个“断肠草”！一切来得这样突然，恐怖中低头细看，那条“断肠草”已被我踩断、踩烂了！

我的头“轰”地一下蒙了，觉得头发瞬间都竖了起来！

“断肠草”……“断肠草”……这可怎么办，这可怎么办……

我呆愣愣立在那里，突然一下捂住肚子，“哇”地一声哭了起来……

失神落魄回到家里，把篮子一扔，我就捂住肚子瘫坐在门口青石台阶上。

“怎么了你？呆呆愣愣的？”母亲问我。

“我……我……我踩着‘断肠草’了……”我顿时如洪水决堤放声大哭。

母亲被这突如其来的哭号弄糊涂了，一再焦虑地询问，才明白发生了什么事情。

“没事的，没事的……是吓唬人的，吓唬人的，别哭，别哭……”母亲摸着我的头反复安慰。

我终于止住了哭泣。但从母亲那郁郁的神情中，看得出她也充满了担忧。

就这样，在恐惧、忐忑和噩梦中，我熬过了一个夜晚。

奇怪，第二天早晨我还活着，而且我的肚肠并没有断掉……

从此，我才知道，那“断肠草”的传言，其实是吓人的，是哄骗小孩儿、自欺欺人的骗局。真想不出乡人们为什么会臆想出这样一种无知可怕的传言来吓唬孩子！

但圆马陆有毒却是真的。古籍曾记载说：此虫大如细笔管，长三四寸，斑色，一如蚰蜒。亦名刀环虫，其死侧卧状如刀环。

说：若有人要自杀，服一条就会死了。

还说：腥臭气会入人顶，能致人死命……足见乡人“断肠草”之说并非空穴来风。

但我对圆马陆的态度还是发生了改变。虽然仍旧害怕，但却不再躲避，甚至敢用树枝去拨弄它们。受到树枝威胁的圆马陆，会立即停止爬行，随即向内快速转动，将整个身子转成一个圆盘状，停在那里装死。待觉得危险解除了，才又松动身子，伸展开身体继续向前爬行。

2

但“断肠草”确实有一种特殊功能：当你拨弄它时，会有一种难闻的怪味散发出来，让你不得不掩鼻离开。

正因为会发出这种难闻的怪味，那些食虫的獾子、刺猬和各种鸟儿，碰到圆马陆时都会大倒胃口，并迅速舍弃或离开。

朋友饲养了一只巴西龟，已长到比手掌还大，是典型的肉食动物，食量很大，十分凶猛。泥鳅、小鱼、小虾、虫蛾都是它喜欢的猎物。

▲圆马陆遇到威胁会内卷起来假死

有一次，朋友上山发现了粗圆肥硕的圆马陆，便抓回几条准备“犒劳”巴西龟。可圆马陆被扔进水盆后，巴西龟冲上前闻了闻后便转头离开了。之后，直到圆马陆泡死在水盆里，巴西龟也没再靠近它。

巴西龟是并不挑食的食肉动物。连巴西龟都拒绝它，可见圆马陆的臭气非同一般！

圆马陆为什么会发出如此难闻的气味呢？

原来，圆马陆身体两侧从第五节以后生有许多臭腺孔，孔内聚集有大量的臭气。一旦受到惊吓之后，它们会迅速蜷缩起身体，从臭腺孔瞬间迸射出恶臭的气体，如同喷射出了神经化学毒气，使进攻者不知所措并知难而退。

我由此猜测，乡人们叫它们“断肠草”，很可能因为它们身上那种难闻的怪味，以为被那怪味熏伤了会断了肚肠，并不是踩了它们才会“断肠”的。

想来也是，专吃虫子的飞鸟、野兽都不敢打它们的主意，人若被那怪味毒了岂不要“断肠”？

然而，有关“断肠”传言的原始依据，却无从找村里的老人们去考证了。

观看圆马陆行走，除了感到肉麻，还会感到非常壮观：左右两侧的步足同时运动，前后步足依次前进，密密麻麻就像波浪在滚动。马陆的步足虽然很多，但行动起来却比较缓慢，常常两三条结队而行，有一种从容不迫的感觉。

圆马陆喜欢山坡潮湿的环境，不像条马路那样喜欢园田和住宅周围。平时，只有在山坡草丛、山路上才能见到它们。

圆马陆吃什么呢？我们很难见到它们进食的场面。

记得一次上山，看到几条圆马陆聚集在一堆腐叶上。它们在干什么？

好奇地蹲在一旁观看：原来它们在耐心地啃食着身下的腐叶。

我由此得知，圆马陆不是食肉动物，而是一种吃腐叶的爬虫。

令人惊悚的圆马陆，竟然只吃腐叶，真让人不可思议。

之后，查阅了有关圆马陆资料，进一步证实了原来的判断。

在山坡上，圆马陆虽然白天可以见到，但它们更喜欢昼伏夜出。它们栖息在山坡枯枝落叶或石堆中，啃食枯草和落叶，排出有机粪便，使山坡的土壤变得肥沃，与蚯蚓一样是生态系统中物质分解的出色加工者。

据有关资料介绍，在有圆马陆聚集的山坡上，它们对落叶、腐草的分解量十分惊人，可占所在地区植物凋落叶子的五分之一。由此看来，圆马陆称得上是自然界中有机肥料制造的一大功臣，是自然界中物质循环的一个重要节点。

3

“千足虫”圆马陆的繁殖方式也很独特。它们虽然也成双成对爬卧在一起，却不像许多昆虫那样彼此交尾。

生物学家经过细致观察发现，雌性圆马陆的生殖器并不在尾部，而是在其头部后面的第三体节上，由一节步足退化而成；而雄圆马陆的生殖器（也叫生殖肢），则是由第七体节的步足特化而成。

▲一对正在交配中的圆马陆

可以清楚看到，在圆马陆生殖器所在的体节，是没有步足的。尤其是雄性圆马陆，生殖肢平时收缩在第七体节内，所以这一体节会明显膨大，从背面的隆起便可以清晰地看出来。

一旦两条圆马陆相爱，

它们会亲密地爬在一起。雌性圆马陆会将生殖器从体节内推出；而雄性圆马陆则会紧紧抓住雌马陆，将生殖肢从体节内推出，然后与雌性圆马陆的生殖器结合在一起。

圆马陆一年繁殖一次，可产卵300粒左右。卵产在湿润的土表，堆成一团，在温暖环境中经20天便会孵化为幼体。

刚出卵壳的幼虫身体只有7节，第一次蜕皮后身体增加到11节，第二次蜕皮后增加到15节，以后经过多次蜕皮发育，体节逐渐增多，步足也随之增加，最终变为了成年圆马陆。

圆马陆性格温顺，但触摸它们则可能会被其分泌的毒素伤害皮肤，以至引起红斑和疱疹。

《本草纲目》记载说：马陆，辛，温，有毒。主治腹中大坚症，破积聚息肉，恶疮白秃。

也就是说，圆马陆亦是一味治病的中药，能够去毒痈，消红肿，治痈疮，消白秃。这实在出乎许多人的意料。

这大约源自于先人们“以毒攻毒”、辨证论治的中医思想吧！

科普链接：圆马陆，也叫千足虫，隶属节肢动物门、多足纲、带马陆目、圆马陆科动物，全世界约有10000种，国内各地均有发生，生活于腐叶中并以其为食，有的也危害植物，少数为掠食或食腐肉型。体节两两愈合，头节无足，3个胸节每节有足1对，其他体节每节有足2对，步足总数可至100多对、200多条。头节有触角、单眼及大、小颚各一对。不同种马陆体节数量亦不同。遇到危险时多将身体卷曲，头卷在里，外骨骼显于外侧，同时分泌一种刺激性的毒液或毒气以御敌害。

吸血蜱虫

近一两年，媒体先后报道了一些地区发生蜱虫病并导致患者死亡的消息。

2011年6月16日，中国疾病预防控制中心公布：2011年5个多月时间，我国已有河南、湖北、山东、安徽、江苏等省报告“蜱虫病”病例280多人，死亡10余人。其中，以老年人居多。被蜱虫叮咬染病以后，其症状很像感冒，很多病例因为被误诊为“感冒”而耽误了病情。

这些报道在老百姓心里引起了一定不安，一时间人们甚至谈蜱色变。

其实，蜱虫并不是什么新鲜玩意儿，由蜱虫叮咬引发的疾病早已有之，只不过我们没能及时发现诊断而已。如今，医学发达了，信息发达了，蜱虫病才被堂而皇之地公诸于众。

欧美等发达国家或地区早在20世纪90年代初就报道了蜱虫叮咬人致病的事件。

据介绍，蜱虫可传染森林脑炎、新疆出血热、蜱媒回归热、莱姆病、细菌性疾病、无形体病等多种疾病。其中，由蜱虫叮咬所引起的人粒细胞无形体病更是受到各国的关注。

1995年美国报告了首例人粒细胞无形体病例。近些年来，美国每年报告的这种病例为600~800人。法国、英国、德国、澳大利亚、意大利及韩国等国家也有类似的发病报告。

2006年我国安徽省首次发现该病例，随后在山东、河南、湖北、北京等地也有同样病例报告。

根据卫生部通报，截至2009年8月，全国报告人粒细胞无形体病例92 例，死亡3人。

蜱虫是什么？蜱虫也叫壁虱、草扒子、牛血虱、隐翅虫、草蜱虫、八爪毒虫等名字，乡人叫它们为“狗豆子”。

乡人笑人极度贪婪就会说：“你是属‘狗豆子’的，只吃不拉啊？”

由于蜱虫贪婪的吃相和圆鼓鼓的身体，乡人便得出了它们“只吃不拉”的判断。这其实是一种误解。任何一种动物，只要进食，就一定会排泄，光吃不拉是不可能的。不过是乡人没有发现它们明显的排泄过程罢了。

蜱虫多栖息于家畜的圈舍，动物的洞窟，鸟儿的巢穴及人类居所的缝隙中。

平时，它们或蛰伏在浅山丘陵草丛等植物上，或寄宿于牲畜等动物的皮毛间，尤其喜欢寄生在动物脖子下、耳朵后、四腿内等部位。这些地方皮毛稀疏、皮肤较薄，且不易被搔动抓挠，动物们很难自己把叮咬的蜱虫清除掉。

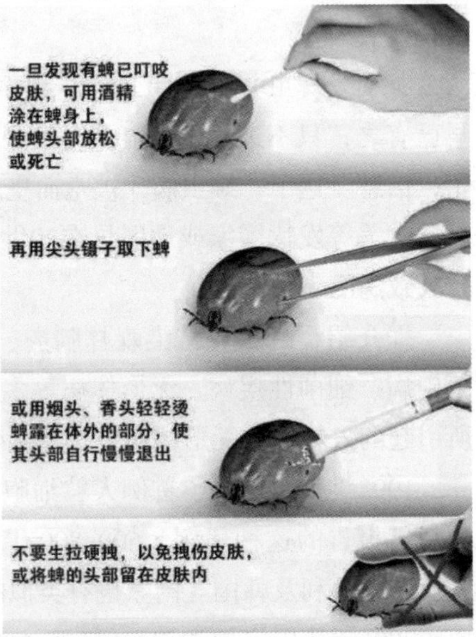
一旦发现有蜱已叮咬
皮肤，可用酒精
涂在蜱身上，
使蜱头部放松
或死亡
再用尖头镊子取下蜱
或用烟头、香头轻轻烫
蜱露在体外的部分，使
其头部自行慢慢退出
不要生拉硬拽，以免拽伤皮肤，
或将蜱的头部留在皮肤内
▲清理蜱虫要注意清除头部

蜱虫身体椭圆，未吸血时腹背扁平，尤其是幼虫，干瘪瘦小，就像是一两毫米的褐色小纸片，比芝麻大不了多少。而成虫体长可达1厘米，吸饱血后身体会鼓胀得如黄豆或蓖麻子一般。

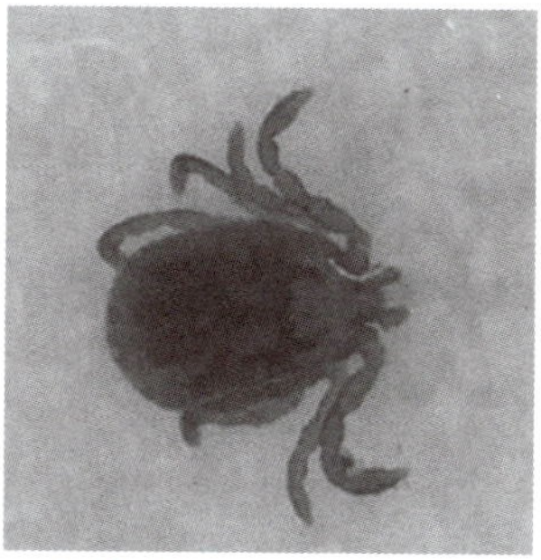
▲蜱虫

蜱虫的寄生史恐怕比脊椎动物的历史还要长久。千万年来它们与其他动物共生共存，早就进化出了适应环境、生生不息的本领，要想灭绝它们实在是异想天开。

早在20世纪五六十年代上小学时，我们就参加过生产队消灭蜱虫的“血腥”战斗。

那个年代，马、牛、羊等家畜是生产队的重要财产和生产力，家养的猪、狗、鸡、鸭是农户家的重要财富。

由于农村饲养了众多家畜，便为蜱虫的繁衍昌盛提供了足够的寄主。

吸血蜱虫的大量滋生和繁殖，给家畜的生长和健康造成了灾难。时常能看到马、牛、羊、狗的耳朵上、腿裆里、脖子下出现一颗颗甚至一片片蓖麻子一样的东西。乡人叫它们为“狗豆子”——因最先在狗身上发现而得名。

仔细观察就会发现，这些大大小小的“狗豆子”，死死叮在家畜皮毛稀疏的肉皮上，像一台吸血机器，不停地吸呀吸，椭圆身体充满了血液，鼓胀得如同“小肥猪”。而它们的寄主却对此听之任之、麻木不仁、无可奈何。

为什么会这样呢？原来，这些“吸血鬼”自有它们阴险而有效的手段：为了防止其两个螯肢刺入寄主皮肤而引起强烈的疼痛感，蜱虫在刺入时立即注入了一种麻醉剂。正是这种麻醉剂使寄主并没有感到明显疼痛，因而也就听之任之了。再有，就是刺破皮肤后，“吸血鬼”会将口下板的牙齿牢牢咬进寄主的肉里，使整个头部都埋进皮肤。即使寄主发现了想清除它们，也是蹭不掉、挠不掉而无可奈何。“狗豆子”除了吸食动物的血液，还会分泌一种有害物质，使寄主的体质不断下降，甚至会病弱而亡。

▲吸足血液的蜱虫

为了保护生产队的宝贵财产，学校经常组织学生们去帮助队里羊倌去清理羊耳朵、羊脖子、羊腿根上的“狗豆子”。

我们用自制的木筷子分开羊毛，夹住“狗豆子”，用力把它们扯下来。由于“狗豆子”叮得太深了，常常是把头揪断了嘴还死死叮在肉里！

这时候，多数羊儿们都很配合，“咩咩”叫着，仿佛是感谢，又像是哭诉。我们把揪下来的“狗豆子”放进一个小盒，最后把它们放到一块大石板上用脚碾碎。只听得“啪啪”作响，石板上顿时变得血红一片。为什么不给鸡儿作饲料呢？那是怕万一有逃脱的“狗豆子”爬到鸡身上，麻烦就大了。

一般来讲，家畜、家禽中最容易被蜱虫寄生的是野外放牧的牛羊。蜱虫一生分为卵、幼虫、若虫和成虫四个阶段。蜱虫吸血长大以后，会从寄主身上脱落，进而蜕皮变为成虫。成虫交配后爬行到草地、草根、树根、畜圈的缝隙中产卵。蜱虫的卵呈圆形或椭圆形，约有1毫米，淡黄色或褐色，常堆集成一团。由于蜱虫能够多次吸血并多次产卵，一只雌蜱虫一生可以产卵达到上千枚，存活五六年时间。

经过2~4周时间，卵孵化为幼虫。幼虫有四对足，身子瘪瘪的，样子很像褐色的半块荞麦皮。大量小蜱虫潜伏在山坡草地上，随时等待着寄主到来。小蜱虫的嗅觉十分敏锐，对动物的汗味和呼出的二氧化碳非常敏感。当寄主与其相距15米时，小蜱虫就能立即感觉到寄主的方位。它们会由原来的被动等待，快速转变为向寄主靠近；一旦接触寄主，便会迅速爬到其身上，开始新一轮的吸血历程。

家养的猪狗由于很少上山放养，接触蜱虫的机会少一些，寄生的蜱虫也会少一点。但也有个别现象，邻居福子家的一只大黑狗由于主人是羊倌，总爱带着黑狗与羊群上山，结果脖子下、腿裆里、耳朵上长满了令人肉麻的“狗豆子”。看到大黑狗痛苦叫着向我们求援，我和福子足足忙了一个下午，先后为它揪下了300多个“狗豆子”，才基本肃清了大黑狗身上的“吸血鬼”。

电视台曾报道过这样一件奇事：动物园一条大蟒蛇一段时间内食欲严重下降，身体明显衰弱，饲养员想方设法为它弄好吃的也没用。经仔细检查，饲养员发现是蟒蛇身上寄生了大量蜱虫。这些蜱虫钻入了蟒蛇的鳞片内，根本无法清除。最后，动物园想了个好办法：弄了一池药水把蟒蛇放进去，蜱虫在药水中被杀死了，而蟒蛇则重新恢复了食欲和生机。

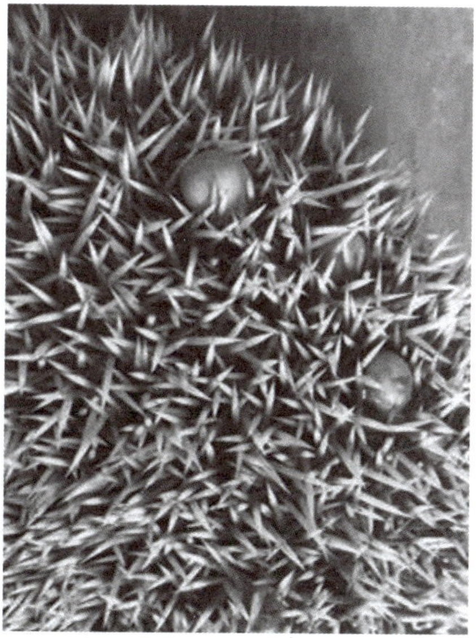
▲小刺猬身上寄生的蜱虫

蜱虫的一生可以只有一个寄主，也可生活在多个寄主身上。它们在温暖的春、夏、秋季活动，尤其是夏季，更是它们的活跃繁殖期；而冬季也不休眠，照样吸允寄主的鲜血。

由于蜱虫主要栖息在草地和灌木丛中，故人们外出游玩时也容易受到蜱虫的攻击。那年初夏，几位老友去攀越中山寺北的山梁。停下休息时，突然发现旅游鞋和裤脚上沾上了许多褐色的小点点。仔细一看，小点点还在快速爬动，便一眼认出了这是蜱虫！小蜱虫俗称“草扒子”，爬上人身以后就会叮住你的腿部或脚部开始吸血，人会感到刺疼难忍。

由于电视、广播、网络都报道了蜱虫叮人致病、致死事件，故看到眼前的蜱虫时大家立刻警惕起来。仔细搜寻清理掉这些令人厌恶的家伙，随后的行程也更加谨慎，每走一段都要停下来检查清理一番。行至半山腰，我们发现了一个羊圈和数百只山羊。仔细观看，发现许多羊的耳朵上、脖子下都叮满了圆鼓鼓的蜱虫，耳背甚至蜱虫成片！问牧羊人为什么不帮山羊去掉这些蜱虫。牧羊人说弄不过来，厉害了只能往羊身上喷药水……

我恍然明白，难怪山梁草地里有那么多小蜱虫，原来根源就在这些羊身上！数百只山羊每天都要去山梁放牧吃草，它们就像“播种机”把蜱虫撒在了大山上。难怪我们也会“受益匪浅”了！

山区养羊是普遍现象，上山遭遇蜱虫也在所难免。所以，上山游玩，一定要采取有效的防蜱措施。若发现被蜱虫叮咬，摘除蜱虫时务必注意连头取出。

科普链接： 蜱虫也叫壁虱、草扒子、牛血虱、隐翅虫、草蜱虫、狗豆子、八爪毒虫等名字，属于节肢动物门、蛛形纲、寄螨目、蜱总科。其中，又分为背上有遁甲的硬蜱科，背上无遁甲的软蜱科两大类。蜱虫是许多种脊椎动物身上的寄生虫，尤其爱寄生在狗、牛、羊、猪等家畜身上。全世界已发现的就有800余种，不但吸血，而且传染疾病。

诡异的潮虫

在童年的记忆里，潮虫是一种令人生厌、十分诡异的小虫子：只有黑豆粒般大小，微微凸起的灰色椭圆脊背，加上扁平多足的灰白色腹部，活像是略微加长的小土鳖。

1

乡人们之所以叫它们潮虫，是因为它们是一种特别喜欢生活在阴暗潮湿地方的小虫子。墙角土缝、腐木柴草、地堰石缝、残垣断壁……只要潮湿温暖，它们一点也不挑剔，都能繁衍生存下来。

潮虫的诡异，在于白天很难看到它们的身影，只有到了晚上，才会神不知鬼不觉幽灵般出现在你眼前。

童年住的是土屋土炕，夏天免不了潮湿，潮虫也自然多见。尤其到了晚上，屋地墙角，甚至炕沿窗台，时常会发现它们划动着肉麻的多足从你面前快速游走而过。

潮虫吃什么呢？看它们时常藏匿在烂草枯叶下面，我便推断它们吃烂草腐叶、生活垃圾之类。由于相貌平庸，样子猥琐，个头渺小，又没有蝎子、蜈蚣那样令人惊骇的“杀器”，所以，对潮虫的印象一直是厌而不惧。

但它们也有深夜偶尔咬人的时候。一次，睡梦中觉得胳膊有些痒疼，翻身用手电筒一照，原来是一只潮虫！一定是它把我的胳膊当成了“点心”！

所以，每逢见到潮虫，便立即用脚将其“剿灭”。后来发现，潮虫不仅令人厌恶，而且是黄瓜、西红柿等蔬菜的害虫。

那一年，我在院子的菜地里栽下了一畦黄瓜秧。瓜秧开始长得很壮实，但后来却渐渐萎靡起来。不缺水，不缺肥，黄瓜的嫩叶却一点点变黄了。仔细检查才发现，叶背不知让什么害虫咬破了，叶肉被吃掉，只剩下筋脉和一层表皮，所以叶子枯萎了。

吃叶子的害虫我见得很多，大多是把叶子成片成片地啃掉。像这样咬破叶背，只吃叶肉而留下筋脉表皮的现象实在少见。究竟是什么东西会如此诡秘呢？我开始在黄瓜畦旁留意蹲守。几个白天过去了，没有发现任何害虫，我开始晚间巡视。

这天夜里，我拿着手电筒去检查瓜秧的叶背，突然发现一只小潮虫趴在上面正在一点一点啃食叶肉……啊！我终于发现了作案的主犯！接下来的情况让我大吃一惊，几乎所有黄瓜秧的叶子都遭到了潮虫啃食。

经跟踪侦查，我发现潮虫主要来自于院里那棵老柿树下根部腐朽的大洞，那里是潮虫们生存栖息的老巢！

潮虫昼伏夜出，到了晚上它们便会倾巢出洞。

第二天早晨，我找来一抱茅草在树洞口点燃。经过一番烟火攻击，潮虫们基本全军覆没。我又在瓜畦周围撒上一些生石灰粉，潮虫的危害由此解除了。

2

故乡见到的潮虫是灰白色的，虽然有一层外壳做保护，但身体相对柔软，经不住挤压，孩子们并不怕它，有时候甚至把它们当作玩物。

看潮虫翻身是村娃们非常喜欢的趣事。由于潮虫的背椭圆凸起，腹部扁平，七对步足又很短小，只要把它们的身体翻过去，短时间内靠自己的力量很难翻回来。所以，孩子们经常聚在一起，拿着各自捉来的潮虫，比赛谁的潮虫翻身最快。看着潮虫仰面朝天晃动着身体，拼力舞动着细小的步足做无谓的挣扎，孩子们就会发出开心的欢笑。

潮虫的学名叫“鼠妇”。为什么叫“鼠妇”，找不到公认的权威解释。一种说法是：潮虫像老鼠一样昼伏夜出，加上阴气太重，所以称“鼠负”。“负”是阴气太重的意思，后来借谐音便读成了“鼠妇”。我猜想，也可能是因为它们的习性像老鼠一样喜欢黑暗，加上细小的步足行动起来像小脚老太太一样移挪，所以才得了“鼠妇”的称谓。

我国古代文献对“鼠妇”多有记载，只是记载的名称各有不同。《诗经·东山》中有“伊威在室，蟏蛸在户”的诗句，这里将潮虫称为“伊威”；而《尔雅》中称潮虫为“鼠负”；药书《蜀本草》称潮虫为“鼠粘”；还有的文献将潮虫称为“西瓜虫”“地虱婆”“豌豆虫”等。

这些名字，或者体现了潮虫的形象，或者显示出潮虫的某些特性。但许多人并不知道，潮虫的药用作用也很神奇。

王老太太是乡人公认的村医，不仅会接骨按摩、恢复脱臼，而且能扎针配药，医治各种病痛。小时候，我的右胳膊动不动就会脱臼。每当我哭泣着，托着脱臼的胳膊找到老太太时，她就会攥紧胳膊，叹一口气，然后一抻一推，脱臼的胳膊瞬间便复位了！王老太太也由此成了我心中的“救星”。

老太太不但有恢复脱臼的绝活，还有医治牙疼的良药。

有一次，东院老叔牙疼得不行，找到王老太太。她拿出一个小药丸让老叔放到牙疼处含着，不一会儿就流出了

▲人工饲养的做中药材的鼠妇

▲灰白色鼠妇(左)，黑褐色鼠妇，俗称“西瓜虫”(右)

许多口水，疼痛很快减轻了。又过了一会儿，老太太让老叔吐出含化的药末和口水，牙居然不疼了！老叔一个劲感谢老太太，老太太却淡淡地说：“谢什么？真要谢，你就给我抓点潮虫来吧！这药丸就是潮虫晒干后和花椒一起研碎做成的……”

我由此知道了潮虫能治牙疼的秘密。后来，老叔果真抓了许多潮虫，并将它们烫死晒干送给了王老太太。

3

鼠妇昼伏夜出，喜欢栖息于朽木、腐叶、石块等下面，主要啃食朽木、枯叶和绿色植物的嫩叶，有时也会出现在房屋、庭院和草坪中。

前些年乔迁了新居。楼前草坪里栽满了绿油油的丹麦草。没过多久，我便在草坪边缘的铁栏附近发现了一种黑褐色的潮虫——外表和小时候在老家见到的潮虫没有什么两样，只是变成了黑褐色。经过多次观察和接触，我发现这种潮虫与儿时所见的潮虫有许多不同。

最大的不同是它们受到刺激后采取的防御方式。老家灰白色的潮虫，受到外界威胁后会迅速蜷缩起来，把身体变成一个“C”形；而新居外草坪的潮虫，受到外界威胁后不仅会蜷缩起身体，还会头尾相扣，把身体抱成一个圆圆的“小西瓜”。其蜷缩自卫的绝技，比“穿山甲”和“犰狳”亦不逊色，故又称“西瓜虫”。

再就是灰白色潮虫虽有外壳，但硬度较差；而新居草坪中的黑褐色潮虫则外壳坚硬，蜷缩成的小球可弹可滚，连小鸡都很难啄破它。

那年，我家正好为外孙养了一只小鸡。早晚放小鸡时，时常会在草坪边缘遇到这种黑褐色的潮虫。开始，小鸡对啄潮虫很感兴趣，追着潮虫一次次进攻，啄上几下就能把潮虫囫囵吞下。可后来，小鸡对潮虫的兴趣越来越小，即使是饿着肚皮刚放出来，也只是啄食一两只便开始寻找草坪边的蚂蚁。

为什么会这样呢？因为潮虫的外壳太硬了，啄食或吞咽都很困难，故小鸡才弃之而寻其他了。

为了验证“西瓜虫”的防御能力，我曾将一只抱成球的潮虫扔到一个蚂蚁窝开口处。蚂蚁们先是爬到“西瓜虫”身上探究一番，大约是没发现破绽，便进进出出仍旧忙碌。过了五六分钟，“小西瓜”突然展开身子，翻过身来迅速逃离了蚂蚁窝。而普通潮虫遇到这种情况则会成为蚂蚁攻击和蚕食的对象——因为身体缩成的“C”形开口较大，暴露出了柔软多足的腹部，故蚂蚁们可乘虚而入将潮虫变为饕餮大餐。

善于抱团的“西瓜虫”，由于外皮坚硬，抱团严密，蜈蚣、蚂蚁等无懈可击，因而增加了生存几率。

近些年，小区环境不断改善，楼前草坪中竟然出现了久违的小刺猬。这些悄然的夜行者，专门在深夜捕捉蟋蟀、蝼蛄、蚯蚓和“西瓜虫”等小动物。面对有伶牙俐齿的小刺猬，“西瓜虫”的抱团绝技亦变得不堪一击。

4

如今，随着科技的进步和人们对医药资源的开发，鼠妇的医药价值被市场普遍重视起来。

自然界里生长的鼠妇已无法满足人们的药用需求，饲养鼠妇也渐成了一种产业。

鼠妇除了能治疗牙疼，还可以治疗口腔炎、鹅口疮、咽喉肿痛、小便不利、慢性气管炎等疾病。

据说，用鼠妇配上马钱子、生南星、生半夏、生川乌、生草乌等药物，可以治疗骨质增生及骨刺；加入乳香、没药、元胡、川芎、土元、伸筋草、透骨草等中药，可以熬制成消炎止痛的上好膏药。

原本看不上眼的小爬虫鼠妇，如今也在“治病救人”中派上了大用场。

科普链接：潮虫，学名为鼠妇，属于节肢动物门、软甲纲、等足目、潮虫亚目、鼠妇科爬虫，种类较多，生于陆上潮湿处。身体呈椭圆形，灰褐色，背部隆起，腹部扁平，咀嚼式口器，两对多节触角。胸部分为7个环节，各节长有一对步足。腹部分为6个环节。成虫和幼虫主要危害西红柿、油菜、黄瓜等蔬菜的叶子，重者可食光叶肉。成体长1~1.5厘米，背甲为褐色、黑褐色或灰蓝色，受到触动身体能卷成球形，故又叫“团子虫”或“西瓜虫”。

蛔虫和蛲虫

京郊农村有一句俗语，形容一个人深知另一个人心思便会说“我是你肚里的蛔虫，当然知道你想什么！”

“肚里蛔虫”能成为民间俗语中的一种意象，显然人们对蛔虫都很熟悉。

然而，若对现代小孩子说，过去人的肚子里会寄生20厘米长的蛔虫和许多白线头似的蛲虫，他们一定会惊骇无比：“天哪，肚子里怎么会长那么多可怕的虫子呢？”

可事实就是如此。生于20世纪中叶前后的京郊老人一定会对这些虫子有非常深刻且刻骨铭心的印象。

1

记得我童年的时候，村里的孩子经常会闹“肚子疼”：轻者捂着肚子喊疼，重者在土炕上翻滚号啕，严重者甚至会肠穿孔死于非命。

那时候，小孩子生病死亡一点也不奇怪，村东的一个山沟就是埋葬小孩子的地方——名曰“死孩子沟”。

这种可怕“肚子疼”的主因，就是肚子里长了蛔虫。蛔虫有长有短，有大有小，黄白色，好蠕动，幼小者如牙签般粗细，粗大者如一根竹筷，尖尖的两头一边是头一边是尾，专门在人的肠胃中吸食营养，危害人的健康。

它们有时几条聚集在小肠里争夺养分，肚子就会产生剧烈的疼痛；有时十几条拧成一个疙瘩，就会把整个肠道挤得水泄不通，甚至爆发严重的“肠梗阻”或“肠穿孔”；有时向上钻入了狭窄的胆道，便会引起胆道堵塞，疼得人死去活来，造成胆管炎、胆囊炎、甚至引发胆管坏死；有时从胃部上溯爬向食管，就会引发严重呕吐，以至吐出一条长长的蛔虫；有时向下穿过结肠，直达直肠，最终从肛门钻了出来；更为恐怖的是，蛔虫甚至会从人体的任何空隙或孔洞钻出来，包括眼角、鼻孔……

除了上面所说的各类恐怖症状，蛔虫还能引发多种隐性疾病，如发热、咳嗽、食欲不振、营养不良、失眠磨牙等，有时甚至造成严重并发症。

凡此种种，令人心惊。在缺医少药的年代，蛔虫成了那个时代农家孩子最常见、最可怕的寄生虫病。

村里有几个伙伴就因得了“胆道蛔虫”或“肠梗阻”不得不去县医院做手术。

1958年，为了防治蛔虫病，村里小学为每个学生都发了一种小窝头似的驱虫药：黄粉色，甜甜的，脆脆的，带着纵向波浪皱褶，很漂亮，吃了让人都觉得有些舍不得。

这甜甜的“窝头糖”能治蛔虫吗?

结果，驱虫药的魔力第二天就爆发出来：每个孩子排便时都拉出了几条、十几条、甚至几十条成团的蛔虫！这是我们初见驱虫药的厉害，也是第一次亲眼看到我们的肚子里竟然有这么多的大虫子！

以后的日子，定期服用驱虫药就成了农家孩子防治蛔虫病的最有效办法。

如果说蛔虫能给人造成严重病痛和致命威胁，那么蛲虫则会给人造成无比的烦恼。

微不足道、形如白线头一样的蛲虫是让农家孩子夜晚睡觉不得安宁（甚至白天也不

▲蛔虫

▲蛔虫

放过）的一种可恶寄生虫。

它们寄生在小肠和结肠内。雌虫发育成熟后会通过直肠向肛门方向蠕动产卵。深夜，它们会蠕动到肛门处，使人奇痒无比、烦躁不安、无法入睡。

每到这时候，孩子就会向母亲求助：母亲则会用头上弯曲的发针，把肛门中的小虫子轻轻拨出，在黄色的灯苗上“啪”的一声烧掉。

蛲虫虽然不会像蛔虫那样给人造成严重伤害，但它令人烦恼的程度却远远超过蛔虫。

医学资料介绍说：蛲虫还能侵入腹部、肠壁组织和生殖器官内，进而引发多种炎症和肉芽肿，且常常被误诊为肿瘤或结核病。比如，进入阑尾会造成阑尾炎，进入肠壁会造成肠壁脓肿……如此等等。

总之，在我们的童年，蛔虫和蛲虫是困扰小孩子身心健康的可怕寄生虫。

2

蛔虫和蛲虫为什么会在我们那个年代大行其道、泛滥成灾呢？现在想起来，大约有如下原因。

首先是蛔虫和蛲虫强大的繁殖力和广泛的发病基础。

资料介绍说，在我国落后的农村地区，蛔虫感染率可达90%以上。自蛔虫卵进入人体到雌虫长大开始产卵，大约需要两个月时间，而宿主体内的成虫数目一般为几条或数十条，个别患者体内可达上千条！每条雌虫每日排卵可达24万粒，其寿命可达一年。想想看，这么大的排卵量，这么长的寿命，加上体内可观的蛔虫数量，这些天文数字的虫卵散布之后范围将会有多大？

据统计，我国感染蛲虫人群的平均比例为26.36%，个别地区高达79.83%。每个感染者一般带有数十条蛲虫，重度感染者可多达5000~10000条！每条蛲虫一次可产卵上万粒，其寿命可达一个多月，产卵十几次，且蛲虫卵抵抗力很强，在适宜的外界条件下可存活20天。海量虫卵的传播结果就是泛滥成灾、难以遏制；况且蛲虫病患者本身就是传染源，既能传染别人，也会传染自己。比如，突发蛲虫病后，儿童极容易用手去抓挠肛门而沾染虫卵，接着又去抓握东西或食品，甚至吮吸手指，这就造成了无法阻断、绵延不绝的重复感染现象。

其次，就是那个年代传统自然经济形态下的生活环境和生产方式。

20世纪70年代以前，京郊农村还是典型的自然经济状态。含有大量虫卵的人畜粪肥播撒到田园，人们甚至直接用人粪尿浇灌蔬菜。这种生产和施肥方式，无疑会造成虫卵遍布的环境；加上人们每天与土地接触，在土地中劳作，感染虫卵的机会自然会大大增加。

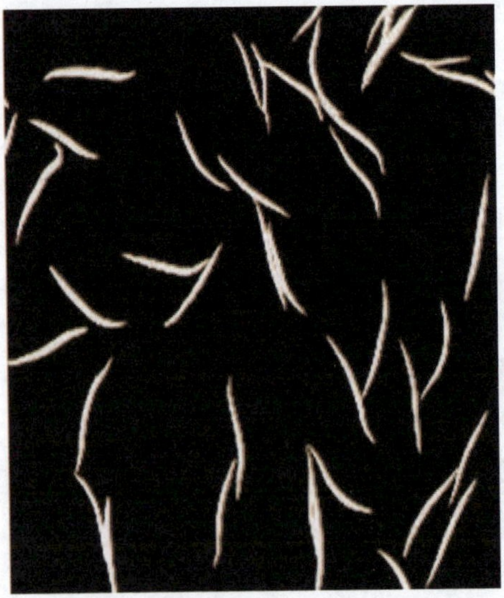
▲白线头似的蛲虫

再就是农村人落后的卫生条件和错误观念。

俗话说“病从口入”。那时候，农村医疗条件很差，缺乏治疗蛔虫和蛲虫的基本药物，加上普遍使用的是露天旱厕所，蚊蝇大量滋生，传播虫卵和疾病。每家使用的是并不卫生的井水，人们又没有养成饭前便后洗手的习惯，甚至自诩是“不干不净吃了没病”。正是这些落后的卫生条件和错误观念，畅通了虫卵传播的途径。

1958年以后，全国大张旗鼓开展了“除四害，讲卫生”运动。京郊小学校开始集体为小学生服用驱虫药。讲究卫生、减少疾病、移风易俗的宣传教育也在农村开始起来。饭前便后洗手，注意饮食卫生和个人卫生，不饮生水，不生吃未洗的瓜果蔬菜，加强粪便无害化处理……这一系列举措明显减少了人们感染寄生虫卵的机会。正是这些重大改变，使农村蛔虫和蛲虫发病率明显降低，寄生虫病绵延不绝的顽疾逐渐得到了有效控制。

3

如今，无论是京郊城镇还是普通乡村，蛔虫病和蛲虫病已不复存在。这一巨大成就确实值得庆祝，但冷静分析这一成就的原因，又让人生出了隐隐忧虑。

任何物种的绝迹，无论是有害的，还是有益的，其背后都必然反映出深层次的环境问题。

蛔虫和蛲虫的绝迹，固然有杀虫药品的功劳，有我们讲究卫生，消灭“四害”，净化环境，阻断虫卵传播途径的努力，但也与生活方式、种植方式变化所引发的环境变化紧密相关。

原来传播虫卵的重要载体——土地，如今已很少再施用人畜产生的有机肥。农村中的驴、骡、牛、马已基本消失；京郊原来的露天旱厕所基本变成了水冲式厕所——粪便中即使带有少量虫卵也会在化粪池的浸泡中失去活性。

也就是说，有机肥基本没有了，能够携带虫卵的有机肥源头断绝了，取而代之的是名目繁多、毒性很大的各种化肥、农药。由于长期使用化肥，土壤越来越板结，毒性也越来越大。这样的土地，不用说虫卵，就是蝗虫的卵块也难以孵化，自然无法成为虫卵传播的载体了。

况且，京郊农村中的不少农民已经不再种地或不会种地，自然不可能再传染上蛔虫和蛲虫病。

如今，我们所吃的粮食、油料、蔬菜、果品，几乎全部由化肥和农药“保驾护航”，加上转基因种子的“特殊功能”，人体内部的环境甚至基因都不可避免地要发生变化。面对这样的新境界，虫卵怕是进入我们的身体尚未适应就会被剿灭了吧？

所以，由环境巨变而造成的蛔虫、蛲虫绝迹，究竟是福音还是不祥，恐怕还不得而知。

科普链接：蛔虫，属于线虫纲、蛔目、蛔科寄生虫，是人体肠道内最大最常见的寄生线虫，成体略带粉红色或微黄色，体表有横纹，雄虫尾部常卷曲，成虫寄生于小肠，可引起胆道蛔虫症、蛔虫性肠梗阻、蛔虫性胰腺炎、阑尾炎、肝蛔虫病、蛔虫性肉芽肿等各种严重疾病，感染率可达70%以上，农村高于城市，儿童高于成人。

蛲虫，属于线虫纲、蛔目、尖尾科、住肠线虫属寄生虫，又叫屁股虫、线虫。成虫寄生于人体盲肠、阑尾、结肠、直肠及回肠下段。人入睡后，肛门括约肌松弛，部分雌虫爬出肛门到周围皮肤皱褶处产卵，会产生严重瘙痒，让人烦躁不安。亦可误入生殖系统各部位，引起异位损害。

蚯蚓的“功过”

蚯蚓俗称“蛐蟮”，是农村孩子们经常见到的一种软体动物。曾看到一期电视节目，叫《会发光的土地》，说一片神奇的土地，夜间人们总能看到地面上发出一闪一闪的荧光。有人怀疑是“鬼火”，有人怀疑有放射性物质，有人怀疑地下埋有宝贝。经过有关科研和考古人员一次次挖掘探秘，也没能弄清其中的秘密，只见到了一些平常的小蚯蚓。一天晚上，就在他们几乎完全失望时，突然一回头发现土地上又闪起了神秘的荧光；急忙追过去盯着看，啊——原来是一条小蚯蚓发出的荧光！真相最终大白了：原来这片土地上生长着一种可以发光的小蚯蚓。

还有一种专门生活在污水中的细小红色蚯蚓——颤蚓，俗称线鱼虫，在排放污水的河道和处理污水的水库边，一团一团随处可见。颤蚓身体细长，通常生活在各种淡水泥沙中，前端藏在泥沙里，尾部露在水中摇曳，常常千百条盘绕成紧密的螺旋状。它们能在有机物污染的恶劣缺氧环境中生存，而且能随着水中有机物的增加大量繁殖，甚至聚集成红地毯一般。科技人员已将其作为一种有机物污染状况的指示性生物，并用颤蚓做水体中各种有毒污染物毒性、毒理和如何清除这些污染物的研究。由于颤蚓是很好的鱼食，所以一些人便把它们从污水中打捞出来，洗干净后在鱼市上大量出售，甚至形成了捕捞、清洗、送货、出售一条龙供货服务体系，一些人还因此发家当了老板。

但人们最常见的还是掘地打洞，能长到20厘米左右的普通蚯蚓。它们没有骨骼，体表覆盖着一层具有色素的薄薄角质层。管状身体稍尖的一端是头，可以自由伸缩，有掘土、撮食、触觉等多种功能。蚯蚓的消化系统由前向后分为口、咽、食管、砂囊、胃、肠、肛门等几个部分，能够将食物连同泥土一同吞进去。食道后的砂囊有较厚的角质膜，能帮助它消化磨碎食物。它的整个身体就像由两条两头尖的管子套在一起似的，外面一层是一环连一环的体壁，内部便是一条消化道。在内外两条管子之间，充满了体腔液。遇到刺激或危险，如老鼠、刺猬或獾子进攻时，它们能够迅速从背孔分泌出大量黏液包裹住皮肤并发出异味，既能很好地保护自己，也有利于在土壤中穿行。

蚯蚓还有一种特殊的本领，就是用体表进行呼吸，同时也能在水中吸取氧气。它们的神经系统很发达，受到刺激后能迅速做出反应，虽然没有眼睛，但全身遍布着众多光感细胞，可以帮助它们辨别光的强弱。

童年之所以对蚯蚓感兴趣，完全是由于这小虫子对我们垂钓的价值。在龙泉河的河湾中垂钓，蚯蚓是最常用的钓饵。蚯蚓是夜行性动物，一般栖息在潮湿的泥土中，下潜深度在10~20厘米。夏日中午，在河湾中游泳疯耍之后，便会找一处柳荫，赤裸裸坐下来，用高粱秸做成的鱼竿开始垂钓。河里的鱼儿都不大，多是“腿肚子”或“花豆角”之类，所以，鱼线用普通的缝衣白线足够了（那时候，尼龙丝之类的鱼线在梦里都没见过），鱼钩也是用缝衣针烧红撅成的。

钓饵是垂钓收获的关键：钓饵上乘，鱼儿爱吃，就会频频上钩；钓饵不行，

▲雨后地下钻出的大红蚯蚓

▲做鱼饵的小蚯蚓

鱼儿嫌弃，只能眼巴巴持竿空守。蚯蚓是我们常用的钓饵，河边菜地或沿河草丛都能轻易挖出来。但蚯蚓的选择很重要，因为钓钩细小，所以不能选大蚯蚓，只能选两三寸长的小蚯蚓。选小蚯蚓也有讲究，初钓者多挖的是菜地里的褐蚯蚓。菜地里的褐蚯蚓数量多，而且好挖，但个体短粗，土腥味太重，挑剔的鱼儿尤其是红翅、鲫瓜这些上等鱼族根本不咬钩。要想得到上乘的钓饵，得到河边草丛去挖。河边草丛因为经常受河水冲刷，土质肥力较差，所以那里生长的蚯蚓呈粉红色，又细又长，是鱼儿最爱的饵料。垂钓之前，先掐下一段蚯蚓顺着钓钩上好，然后把剩余的蚯蚓用瓜叶包好，惬意的垂钓就开始了……

用蚯蚓做钓饵只是农家小孩子的一种玩耍和利用；若论蚯蚓真正的功勋则是它们卓越的松土和肥田能力。

荀子在《劝学》篇中赞扬蚯蚓说：“蚓无爪牙之利，筋骨之强，上食埃土，下饮黄泉，用心一也。蟹六跪而二螯，非蛇鳝之穴无可寄托者，用心躁也。”意思是说：蚯蚓没有锋利的爪牙，坚强的筋骨，却能上吃泥土，下饮地下水，这是由于它用心专一的缘故。螃蟹有6只脚(一般应是8只脚，可能荀子观察有误)，2只蟹钳，可是没有蛇和鳝鱼洞就没有地方可以寄托身体，这是由于它用心浮躁，不专一的缘故。

其实，这只是一种主观的臆断，从生物学的角度来看，螃蟹自有生存高招，它们的本领与蚯蚓相比应是各有千秋。

不过，蚯蚓钻土打洞的本领确实了不起：一条软软的、长长的管状环形身体，没有任何坚硬的利器，但运动时那又尖又细的嘴不仅可以灵巧伸缩掘土打洞，还能够将地表的枯枝败叶和粪便等食物咬住，一点点拖进洞里。

英国科学家达尔文从学生时代起就研究蚯蚓，曾出版了《由蚯蚓而起的植物性壤土之造成》一书，证明了地球上大部分的肥土都是由这小虫的努力而形成的。

通过观察和计算，达尔文认为，英国每一亩耕地中平均有5300条蚯蚓，而休闲地段可能增至50万条。以一亩5300条蚯蚓计算，一年中蚯蚓会把10吨的泥土通过肠胃排出到地面上，而15年排出的泥土将会遮盖地面厚度达3寸，60年可遮盖厚度达1英尺。

正因为如此，周作人甚至把蚯蚓列入了与大禹、后稷功勋同等的农耕文明奠基者：大禹治水，兴水利除水害，为农耕文明创造了稳定的环境；后稷稼穑，教万民种五谷，为农耕文明开创了历史的先河；蚯蚓肥田，深掘洞翻覆壤，为农耕文明奠定了坚实的根基。

同样是观察蚯蚓，中国人总结出的是其“上食埃土，下饮黄泉，用心一也”的人文精神；西方人归纳出的是其如何翻土，如何吞食，怎样肥田的自然科学意义。两种完全不同的思维方式，

▲蚯蚓排出的一团团粪便

大概也是导致我们在自然科学方面明显落后的原因之一吧？

对蚯蚓的巨大功劳我并不否定，但童年时我却与蚯蚓的这种“巨大功劳”做过艰辛的斗争。

蚯蚓的食谱非常广泛，各种植物的腐叶和人畜粪便都是它们喜欢的食物。我家的菜地紧靠龙泉河，可以引河水自流灌溉，加上父亲勤奋，每次栽种新菜都要把大量腐熟发酵的人畜粪便施到地里，所以菜地总是黑油油的十分肥沃。充足的水分和人畜粪便，自然招来了大量蚯蚓来这里繁殖安家。夏季，每天早晨去菜地摘黄瓜或豆角，都会在地表上发现数不清的弯曲盘绕的蚯蚓粪便。按情理，蚯蚓将腐叶、粪便吞下去经过消化再排出来的确肥沃了土壤；但如果蚯蚓太多了，多得失去了控制，也会对蔬菜造成严重伤害。

夏末秋初，菜地里栽上了白菜秧。为了增加肥力，父亲借浇水时为菜地灌了一遍人粪尿。这一来不要紧，菜地的蚯蚓暴发般活跃起来。深夜，它们或从土里钻到地面，或在土里翻来搅去，把整个菜地搞得天翻地覆，使菜根和土壤几乎断了联系。清晨再去看菜地，白菜秧周围遍布蚯蚓粪，菜秧根部几乎与土壤失去了接触。两三天以后，几棵瘦弱的菜秧竟先后枯萎死去。

父亲开始捉拿这可恶的蚯蚓。菜地里的蚯蚓肥硕粗大，父亲一个晚上就能挖回半簸箕。开始，家里的鸡群还把蚯蚓当成美餐，可几天后，鸡儿们仿佛得了厌食症，对蚯蚓失去了兴趣。

挖掘蚯蚓耗费时间，又容易伤到地里的白菜，如何消灭这成灾的蚯蚓呢？父亲从生石灰呛鱼一事受到启示，决定用生石灰试一试。他引来泉水一边浇地，一边把石灰块扔到水沟里让它吸水、爆裂、粉化，白色的石灰水随之流入菜地。这一招果然奏效，石灰水渗入土壤后，蚯蚓们忍受不了它的异味和强大毒杀作用，纷纷钻出土壤扭曲着身子挣扎起来……就这样，一茬石灰水

▲蚯蚓排出的粪便极大肥沃了土壤

浇下来，第二天就会在地表发现一层死去的蚯蚓。这之后，阶段性用石灰水浇园灭杀蚯蚓就成了我的一项任务。

经过阶段性灭杀，菜地里的蚯蚓被明显控制，但仍然是繁衍不绝。

原来，蚯蚓自有一套繁殖和生存的特殊机能。

蚯蚓和蜗牛一样，是雌雄同体、异体受精动物。也就是说，一条蚯蚓既有雌性生殖系统，又有雄性生殖系统。蚯蚓怕冷、怕光，当气温低于5℃时，它们就钻入土中开始冬眠。它们喜欢潮湿和安静的环境，所以，夏季雨夜是它们钻出地面谈情说爱的最好时机。两条情投意合的蚯蚓在夏夜幽会之后，既可以互做新郎，又可以互做新娘。交配时两条蚯蚓的前端腹面相对，头朝着相反的方向，各自的雄生殖孔靠近对方的纳精囊孔，然后将精液送入对方的纳精囊内。交换精液后，两条蚯蚓才慢慢分开。分手以后，两条蚯蚓分别在环状生殖带外形成黏液管，并将受精卵排在其中。随后，黏液管两端封闭，形成绿豆大小的卵茧，并从蚯蚓环带上脱落下来留在土中。卵茧内一般含有1~3个受精卵，经过2~3周的孵化，几条小蚯蚓就会破茧而出。有了这些特殊的生存繁衍优势，蚯蚓的绵延不绝也就不足为怪了。

此外，一条蚯蚓若被断为两截，不但不会死亡，其特殊的再生机能还会使两截蚯蚓慢慢恢复再生为两条蚯蚓，比壁虎断尾再生还有优势。当蚯蚓被切成两段时，断面上的肌肉组织立即收缩，一部分迅速溶解形成新的细胞团，并派出体内的白血球聚集在伤口上使伤口迅速闭合。紧接着，身体中的原生细胞迅速赶到伤口与肌肉细胞一起形成结节状再生芽；消化、神经、血管等组织的细胞，通过大量分裂迅速向再生芽输送。就这样，随着伤口细胞组织的不断增生，缺少头的一段的伤面上，会长出一个新头；缺少尾的那一段伤面上，则会长出一条新尾来。这样，一条蚯蚓就变成了两条完整的蚯蚓。

想想看，具有如此神秘再生机能的蚯蚓，我们人类又怎么能够战胜它呢？

蚯蚓是改良土壤的功臣，能作家禽的饲料，能作垂钓的饵料，还是一味上好的中药。蚯蚓在中药里被称作“地龙”，全虫可以入药，性寒，味咸，可以解热、定惊、利尿、平喘，能够治疗高热神昏、惊痫抽搐、关节痹痛、半身不遂、尿少水肿、肺热喘咳等症。

此外，经营养专家鉴定，蚯蚓营养丰富，含有人体必需的多种氨基酸。正因为有这么多用处和好处，许多人开始养殖和贩卖蚯蚓，并把它们作为中药和特殊食品出售。

真是世事变迁，谁能想到童年时曾用石灰水灭杀的蚯蚓，如今却成了常用中药和特殊美食！

然而，再回到故乡的土地，当年司空见惯的蚯蚓粪却很少见到了。如今，农村的骡马、耕牛、毛驴已经基本绝迹，猪、羊、鸡、鸭也由原来的一家一户家养变成了专业化饲养。有机肥源越来越少，农村几乎已没人再去收集农家肥。

大量化肥的使用让土壤越来越板结，加上土地失去了人畜粪便、植物腐叶等有机物来源，以此为生的蚯蚓就断了食物链，故蚯蚓种群数量在日趋恶劣的环境中急遽减少。

不知今后的蚯蚓，还能不能用自己非凡的生存和繁殖能力去应对现代文明所酿成的严峻挑战？

科普链接：蚯蚓为环节动物门、环带纲、单向蚓目、钜蚓科软体爬行动物，又叫地龙、蛐蟮、蜿蟺，生活在土壤中，昼伏夜出，以畜禽粪便、植物腐烂茎叶等有机废物、垃圾为食。体内可分泌出一种能分解蛋白质、脂肪和木质纤维的特殊酶，因此树叶、粪便、生活垃圾、活性污泥等都可以成为它的食料。每天可吃下相当于自身重量的食物。这些食物通过消化道约有一半作为粪便排出。蚯蚓可使土壤变得疏松，有改良土壤、提高肥力、促进农业增产的功效。另有神奇的断体再生机能。世界的蚯蚓约有2500种，我国有记录的为229种。

颤蚓的功劳

“颤蚓”是什么？许多人会觉得陌生；但如果说是鱼虫——是鱼市上贩卖的那种卷曲、细长、蚯蚓似的小红虫，大多数人就会颔首顿悟了。

颤蚓是淡水中常见的底栖环节动物，因生活在水中泥沙里故又叫水蚯蚓；因浑身血红色，故又叫红虫。

之所以称作“颤蚓”，是因为它们上身扎进淤泥里，而露出的下半身总在流水中晃动颤抖，故有了“颤蚓”的学名。

1

初识颤蚓是20世纪80年代。

那时，我家住在东方红炼油厂南侧的家属区。距居民楼西侧五六十米，有一条由北向南的污水排放沟。炼油厂产生的污水，先从排放沟流到厂南污水车间，经过处理后，再排放到牛口峪水库作深化处理。

在厂区内，为了防火、防污，污水排放沟都加盖了水泥板封闭，直到流出南侧厂区，排放沟才裸露出来。

裸露的排放沟口紧靠一座公交站，每天上班我都要去那里等车。若时间充裕或等车无聊，我便会到污水排放沟口看一看。眼见漂着蓝绿油花的污水流过去，我便幻想若是一条清澈的山溪该多好啊！

一个夏日，又去看沟里的污水，忽然见到一个穿着黑色橡胶水靴的人提着塑料桶用操子在水中捞着什么，我不禁好奇地走了过去。

“捞啥呢？老兄——”

“捞点鱼虫。你看这水底，成片成片多得是，沟底都变红了……”

不说不注意，听了这话之后定睛细看，果然那沟底都变成了一片一片红色，犹如铺上了隐约的红地毯！用手向靠近沟边的那片一撲，一团红色的虫子果然蠕动在眼前……我愕然，慌乱甩掉手上的虫子，竟然有了恐怖的神情。

“哈哈哈哈……”捞虫人大笑：“这红虫子是水蚯蚓，就是喂鱼的那种鱼虫——不咬人，怕什么呀！”

我顿时尴尬难堪，苦笑了一下，才又与捞虫者继续搭讪。

从聊天中得知，他是一位倒班工人，业余时间喜好养鱼，与伙伴经常去附近河道、池塘捞鱼虫，是偶尔经过这里发现了这一“宝库”……

以后的日子，曾多次遇到这位师傅在这里捞鱼虫。聊天中，他得知我在教育系统工作，也没有养鱼的嗜好，不会与他发生竞争，便放下警惕，和我成了很熟的聊友。

聊友近40岁，姓邓，比我稍大几岁，我称他老邓，养鱼的兴致似乎比上班还高。那些年兴养热带鱼，老邓便把养热带鱼、繁殖热带鱼、贩卖热带鱼当成了一项“事业”。

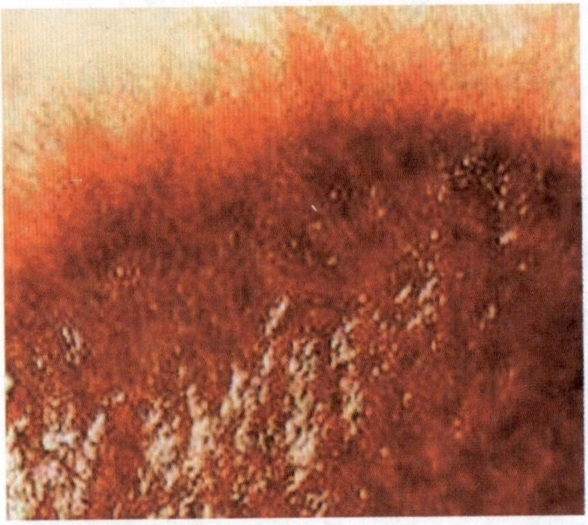
▲颤蚓大量繁殖在水底形成“红地毯”

之后，看不见他来这里了，但有人接替他继续捞鱼虫。

新来的人是个小伙子，很神秘地告诉我说：老邓辞职了，办起了鱼虫批发店，当上了老板，他们就是为郑老板捞鱼虫的……

我感到有些意外和惊奇：老邓不愧是有市场经济头脑的精明人，居然把养鱼、捞鱼虫的玩乐做成了一番事业；把毫不起眼的小小鱼虫，从自用放大到了观赏鱼市场！看来，机遇真是偏爱有准备的人啊！

据说，老邓的批发店办得很红火，附近的几条污水河，连同燕化公司污水处理集散地牛口峪水库都成了他捕捞鱼虫的“基地”。批发店不仅面向燕山、房山的鱼市供应鱼虫，连北京一些鱼市的大户也成了老邓的商业伙伴。总之，老邓靠捞鱼虫、贩鱼虫发财了。

老邓和红虫水蚯蚓由此给我留下了深刻印象。

2

饲喂观赏鱼的饵料很多，蹦蹦虫、红虫、人造颗粒饲料……但养鱼人最喜爱的还是鲜活的红虫颤蚓。

用颤蚓做饵料，鱼儿爱吃不说，主要是长得快、发育好——因为颤蚓是活食，且蛋白质含量高达70%以上。

丰富的蛋白，鲜美的口味，使颤蚓成了水产养殖动物幼小期最适合的开口饵料和成长期的重要饵料。鱼市上对颤蚓的需求量也越来越大。

以往，鱼市需求的颤蚓主要靠人工在自然水体中捕捞，但随着市场需求的不断增大，天然颤蚓资源已远远不能满足。于是，近些年来，许多地方都在探索人工养殖颤蚓的新途径，并取得了一定的经验和效果。

据说，颤蚓的培育可以采用池养、田养，甚至可在污水河道、污水处理场进行培养。

细小柔嫩的红色水蚯蚓，为什么能在污水河道中大量繁殖，以至成片成团呢？

原来，小小颤蚓有其他生物缺少的忍耐污染、忍耐环境缺氧的特殊本领。也就是说，在污染较严重，缺氧较严重，鱼、虾、螺、贝等水生小动物难于生长的环境中，颤蚓照样能很好地生存并繁衍后代。正是这种特殊本领，使颤蚓生活领地更为广大。

颤蚓的食物主要是有机物残渣。它们除了能像其他水生动物那样，吞食水中漂浮的有机物碎屑，还能钻入被污染的水底污泥中寻觅有机物。这是其他水生动物无法做到的。

水体污染的重要原因之一就是水中有机物太多了。有机物太多，水体就会变色、变质，乃至腐臭难闻。

而水中的有机物却能够被水中的微生物所分解。但分解有机物需要消耗氧气，若水中溶氧不足，微生物便难于生存，水体就会呈现污染状态。

炼油、化工污水中含有大量有机物，仅靠微生物分解远远不够。而颤蚓的存在，便为消除污水中过剩的有机物提供了一股强大的有生力量。

颤蚓生活在污泥中，吞食污泥中大量有机物残渣，且随着淤泥中有机物的增加，颤蚓中那些耐污种类的数量和繁殖力会猛烈增长，甚至会在水底形成一片片红色的“地毯”——就是我在东炼污水沟底见到的那种奇观。

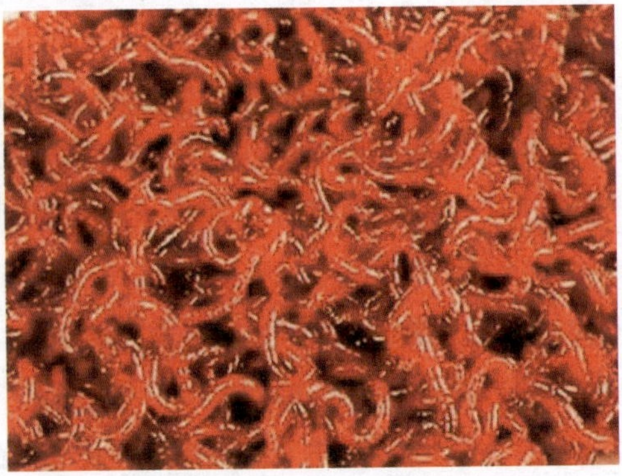

▲成团的颤蚓——红蚯蚓

由于颤蚓的海量存在，污泥中的有机物被大量吞食，污泥减量，其活性沉降性能有了显著提高，水体质量便得到了明显改善。所以，颤蚓是清除污泥有机物，改善水体质量的重要功臣。

颤蚓喜欢生活在微流水和有机质丰富的水底淤泥里，25~28℃的水温最适宜繁衍，故有机物较多的污水沟、污水排水口等处非常适合它们生长。

颤蚓的生活方式非常有趣：它们把头和上身钻入淤泥中，而把下身和尾部漂在污水中，像是拿大顶的倒立者。其头部能像陆生蚯蚓一样吞食污泥，从泥中摄取细菌、有机碎屑以及底栖藻类；而漂在水中的下身和尾部，或有丝状鳃，或有尾鳃盘，常盘绕成紧密的螺旋状，借助水流不断震颤摇动，吸收水中的氧气。其震颤的频率每分钟可达100次左右。而一旦受到惊扰，它们则会立刻缩入泥中。

颤蚓以淤泥中的有机物为食，而本身又被鱼、蛙、蛇、鳖等动物捕食。颤蚓的存在使污水水质得到明显改善，其他生物亦有了赖以生存的环境和宝贵食物……如此循环往复，就形成了良好的水中生态系统。

3

由于颤蚓能在污染严重、极度缺氧的环境中生存繁衍，故人们还将它们作为检测水体污染程度的一种重要指标性生物。

科学家通过对污染程度不同河流的生物分布情况调查结果表明：污染程度较小，水流比较清澈的水体，水中会存在蜉蝣目或毛翅目的幼虫；而受到有机物严重污染的水体中，只有大量颤蚓和食蚜蝇幼虫存在。

在相对稳定的水体中，生物种群数量较多，个体数量分布也适中。若水体受到污染，敏感性生物的种类将会明显减少甚至消失，而耐污染种类的数量则会大大增加，甚至形成压倒性优势。

传统的污水处理管理部门监测评价水质，通常是采用仪器和化学手段，定时采样进行分析和测定。但定时采样，只能反映采样瞬时的污染物浓度，难以及时反映污泥状况和污水处理的长期效果。而将指示性生物监测作为辅助手段之后，就能有效解决这一问题。

用指示性生物监测水污染状况有如下明显优点。

一是监测有连续性。由于生活在污水中的生物不间断受到污染影响，故自身状态能把一段时间内环境综合变化的情况较直观反映出来。

二是真实而全面。人工取样分析，只能反映一个个时间点污水处理的状况；而指示性生物受周围各种环境因素共同影响，更能真实、全面、直接地反映出污水水体质量。

三是反应更灵敏。某些指示性生物对水中物质变化的敏感程度有时比精密仪器还要强烈，其预警、报警的结果自然也更值得重视。

科学家经过对颤蚓与水体生物群落分布情况的调查，发现了这样一个规律：水体中颤蚓数量占整个底栖无脊椎动物数量百分比越小，则水体质量越好；颤蚓所占底栖无脊椎动物数量百分比越高，水体的污染程度也就越高。若所得指数少于60%，表示水质良好；若达到60%~80%，则表示水质为中等污染；若大于80%，则说明水质严重污染。

颤蚓大量繁殖的原因，除了其适应污染的特殊能力，独特的生殖繁衍方式也是秘诀之一。

一条颤蚓通常寿命为80天，少数能活到120天。它们和陆生蚯蚓一样，再生能力很强，身体被切断后能很快再生成两条完整的个体。

颤蚓和蜗牛极相似，属于雌雄同体动物，既可以做爸爸，又可以当妈妈。交换精液后彼此分开。卵成熟后，环节会分泌出卵袋，并将卵移入卵袋之内。卵袋再向前移动到受精囊孔处受精，然后脱落水底泥中形成封闭的卵茧，卵茧经过数周发育便孵化为小颤蚓，与蚯蚓的繁殖方式基本相同。正是这些独特的生存繁衍方式，使颤蚓能够在很短时间内呈几何级数爆发式增长！

小小的、柔弱的、不起眼的颤蚓，不但有显著的经济价值，而且能明显改善水体质量，促进水中生物群落的均衡。它们不但能在污水治理中充当先锋，还能在污水监测中充当忠实的哨兵！

科普链接：颤蚓为环节动物门、寡毛纲、颤蚓目、颤蚓科软体小动物，是颤蚓科动物的统称。身体细长，红色，有体节和刚毛，通常生活在各种淡水泥沙中，是河流、小溪、湖泊、池塘和河口底栖的重要动物。前端藏在垂直突出的泥沙质管子里，尾部露在水中摇曳，常盘绕成紧密螺旋状。中国常见种类有中华拟颤蚓、霍甫水丝蚓和苏氏尾鳃蚓。能忍耐有机物污染引起的缺氧。随着淤泥中有机物的增加，其耐污种类数量也会大量增加，有时会在水底形成一片。是鱼市上贩买的重要观赏鱼饲料，亦作为污染水体中有机物污染检测的指示性生物和污染物毒性、毒理及清除等方面研究的重要物种。

书蠹衣鱼

“流水不腐，户枢不蠹”出自《吕氏春秋·尽数》。原文是：“流水不腐，户枢不蠹，动也。”意思是指常流的水不发臭，常转的门轴不遭虫蛀。户枢，指的是门轴；蠹，指虫蛀之意。也就是说，只有经常活动，才能抵抗外来生物的侵蚀。

而“蠹”的本意是指蛀蚀器物的虫子，也就是我们俗称的蛀虫。蠹虫的种类很多：有的蛀食树木，有的蛀食粮食，有的蛀食瓜果，还有的蛀食书籍、衣物。而蛀食书籍的“蠹”，叫做“书蠹”。

对于书蠹，心里虽有厌恶，但却怀着几许莫名的稀罕。为什么呢？因为它们嗜书，以书为食物。由于对书的崇拜，所以对书蠹竟有了容忍。

1

认识书蠹是在王先生家。王先生是一位账房先生，是村里数得着的文化人，家里存有一柜子线装书。其中有许多药书。乡人谁家有了什么病症，常会求他查个方子，然后弄点草药熬一熬喝了治病。

记得一次去王先生家求方子，见他正把柜子里的书拿出来晾晒。我觉得稀奇，就问为什么。王先生说：夏天返潮，柜里的书生了蠹，把书咬出了小洞——并拿一本咬坏的书给我看。书的下边和脊背果然被蛀出了些许小洞。

我顿时感到稀奇：居然还有吃书的虫子啊？这之前，我只听说过吃粮食、吃树木、吃瓜果的虫子，还从来没有听说过有吃书的虫子。

被好奇心所驱使，我忍不住走到书柜前想找一找、看一看这吃书的虫子。

王先生伸手挡住我说：“别急，我来搬书。搬开书你就会看见了……”

王先生小心翼翼掐住一摞书轻轻提起，果然，下面有两条怪异的小虫子仓皇而逃。我一掌拍下去，一条怪虫被我打蒙了，另一条迅速钻到其他书下。

将打蒙的小怪虫放到手心，那模样从来没有见过：两条长长的触角，淡黄晶亮的头部，两侧有两只黑眼，胸部有三对短腿，身体银灰带黄，像潮虫，但细长一些，呈前宽后窄的锥状；尤其是尾部，两边和中间竟长着三条长长的尾须。

“这就是书蠹，也叫衣鱼，多像一条小银鱼！返潮后书爱生蠹，晾一晾、晒一晒，它就没了，走了。”王先生说得很平淡，似乎对书蠹并没有那么忌恨。

王先生的态度感染了我。吃书的小虫虽然伤了书籍，但我总觉得它们似乎有些仙气，形态、颜色与其他虫子不同，尤其是吃食，还带着书香的味道。

在农村，书蠹并不常见。因为有书的人家寥寥无几，所以看到的机会自然就不多。

书蠹，也叫蠹鱼，学名为衣鱼。

《辞海》解释说：“蠹鱼”即“蟫”（yín）。亦称“衣鱼”。蛀食书籍衣物等物的小虫。《尔雅·释虫》中解释：“蟫，白鱼：即蠹鱼。蚀衣服、书籍的蛀虫。”

▲书蠹衣鱼

书蠹为缨尾目、衣鱼科、衣鱼属的

一种无翅小昆虫，是较原始的虫类，全世界有100多种。

衣鱼的俗称很多：蠹鱼、白鱼、壁鱼、书虫、册虾……总之，由于颜色银白，形似小鱼、小虾，爱在书册、衣物、墙壁等处出现，故而有了诸多命名。

衣鱼身体细长而扁平，无翅，披有银灰色细鳞，身长4~20毫米，细长的触角超过身体一半，胸阔腹细，腹部10节，至尾部渐细，有尾须3条。咀嚼式口器，喜好淀粉、胶糖、胶水，毛发和尘屑甚至也会成为它们的食物。由于书籍装订时均要使用胶水、糨糊等物，故书籍便成了衣鱼喜欢的食品。

衣鱼喜欢生活在温湿的环境，怕日光，常躲在黑暗的地方，即使数个月挨饿，身体机能也不会受到损害，足见其生命的顽强。

2

图书馆、档案馆里的资料，尤其是那些有价值的历史资料和文物古籍，不但珍贵，而且易损，所以，防治书蠹滋生泛滥是图书馆、档案馆的一项重要工作。

记得20世纪80年代初，为了参加北京高等教育自学考试，我曾去一座恢复不久的图书馆查找借阅有关书籍。所需的书籍还没有找到，却在书架中发现了流窜的书蠹。我赶紧把这一情况告诉了图书管理员。图书馆很快对藏书室进行了通风和打药处理，并晾晒了有关书籍。

如今，装饰现代的图书馆、档案馆讲究通风、透光、温度和湿度，加强了对病虫害的防治；这绝对是科学而正确的举措。

▲衣鱼喜欢较潮湿的环境

20世纪80年代后，为了学习，我先后购买了许多书籍。进入21世纪，为了给外孙创造一个良好的学习生活环境，我毅然把书房改做了外孙卧室，近万册书籍不得不暂时存放在了阴暗的地下室。

一次，去地下室查找有关书籍，在书架上意外发现了书蠹的踪影。我顿时惊喜交加：惊的是发现了书蠹，自然紧张不安，这意味着我的藏书不再安全；喜的是地下室居然有了衣鱼，我亦有了与书蠹共处的奇遇。将这么多沉重的书籍搬出晾晒，我实在没有力气和精神。想来想去，我只能采取丢卒保车的办法：把一些珍贵的、成套的书晾晒之后移至客厅书柜中保存，剩下的只能继续存在地下室，打一打杀虫的“雷达”，放一些驱虫的“卫生球”（萘球）作罢。

资料介绍说，衣鱼的种类很多：蛀食书画的叫“西洋衣鱼”；啮食衣物的叫“敏栉衣鱼”；在厨房墙壁上爬行觅食的叫“小灶衣鱼”。

衣鱼对食物一点也不挑剔：棉花、亚麻、丝绸、人造纤维、昆虫尸体、人体碎屑、自己的蜕皮、食物残渣……全部照吃不误，所以它们才得以生生不息。

衣鱼的一生经过卵、若虫和成虫三个时期，与蚂蚱、知了、斑衣蜡蝉一样属于三变态昆虫。也就是说，衣鱼卵孵化为若虫，若虫经过多次蜕皮便可变为成虫，不经过作茧化蛹阶段。

衣鱼属于昼伏夜出的爬虫。春夏是它们恋爱交配的季节。这时候，雄虫会紧跟雌虫游走不止。雄虫会产下一个用薄纱包住的精囊，送到雌虫怀抱；而雌虫会用精囊为体内的卵受精，然后在隐蔽的缝隙里产出近百粒虫卵，静待其孵化。在寒冷或干燥的环境下，衣鱼是不会交配繁殖的。

衣鱼卵孵化为若虫后，经过多次蜕皮，依据食物及气温情况，历经4个月甚至两三年时间才能变为成虫。在正常室温环境下，多数小衣鱼经过大约1年时间便可发育为成虫。成虫的寿命约为2~8 年。

在昆虫世界，衣鱼是孱弱的一族，是缺乏进攻能力且防御能力较差的弱势群体。它们的天敌很多，蜘蛛、蜂类、步甲虫……都可能捕食它们。尤其是蠼螋，俗称“夹板子”，更是猎捕衣鱼的克星。

▲蛀食书籍的衣鱼

柔弱的衣鱼为了防止天敌捕食，除了善于躲避，停歇时总爱不停地摆动着3条长长的尾须，其目的便是诱使天敌将注意力集中到尾须上。一旦天敌扑向尾部，衣鱼便会将分节的尾须立即断掉，自己乘机逃之夭夭。

衣鱼虽然会对人们的生活造成一定滋扰，但它们的危害并不严重，且防治起来也不太困难。只要存放书籍、资料的书柜、档案室、图书馆保持干燥、无缝、通风，并辅以萘球等药物预防，衣鱼就难有生存繁衍的条件。

3

作为一种古老的嗜书小虫，我国先人们除了熟知衣鱼蛀书的危害，还在实践中发现了它们可治病的用途。

早在我国五代时期，《日华子诸家本草》一书便对衣鱼的药用功能有所记载。

《本草纲目》中还列举了一系列用衣鱼治疗小儿惊痫、天吊、腹痛等多种疾病的古方。

待衣鱼长到体长1厘米以上，变为灰白色时便可采收虫体作为药用。先用热水将其烫死，然后捞出晾干，储存起来以备药用。

由于书蠹嗜书，故许多古今读书人均爱戏称自己为“书虫”或“书蠹”。

南宋诗人陆游曾在《灯下读书戏作》一诗中写道:“吾生如蠹鱼，亦复类熠耀。一生守断简，微火寒自照。区区心所乐，那顾世间笑。闭门谢俗子，与汝不同调。”在这里，陆游把自己比作一生“吃书”的“蠹鱼”。

同样，现代著名散文家、记者、藏书家、学者黄裳在其著述《银鱼集》中把自己比作“银鱼”。

当代藏书家谢其章在《蠹鱼集》和《书蠹艳异录》等著述中亦戏称自己为“书蠹”。

由此可知，古今读书、爱书的人对“书蠹”均怀有一种别样的共鸣与宽恕。

“书蠹”，也由此具有了独特的文化色彩。

科普链接: 书蠹，学名为衣鱼，为节肢动物门、昆虫纲、无翅亚纲、缨尾目、衣鱼科、衣鱼属一类较原始的无翅小型昆虫，全世界有100多种。其发育过程经过卵、若虫和成虫三个时期，属不完全变态昆虫。身体细长扁平，有银灰色细鳞，长0.4~2厘米。喜食富含淀粉或多糖的胶水、书籍、装订物、照片、食糖等。怕日光，喜温湿处，常躲在黑暗地方，须在潮湿及有空隙的环境生存。数月不食身体机能亦不会受到伤害。虽然对人的生活会造成滋扰，但无大害。只要环境干燥、没有裂缝，衣鱼会自然消失。

捉虫小记

如今，粮食、水果、蔬菜无不靠各种农药去驱虫呵护。我们赖以生存的许多食物，由于含有过量农药残留，便成了危害人民健康的隐形“杀手”。于是，渴望“绿色食品”，倡导生物防治，渐成农业革命的主流。

然而，在20世纪五六十年代，农药尚未“发达兴旺”，农村防治各种害虫主要靠人力去完成，算得上是一个高级生物防治的特殊时期。

那时候我们正上小学。农村小学生除了要承担农事和家务劳动，还要经常参加生产队灭虫、治虫的一场场战斗。

挖“地蚕”

晚春初夏之时，地里的秧苗常常无故枯萎。白薯秧、玉米苗，昨天还翠绿挺拔，一夜过后，却有一棵或几棵躺倒而茎断叶枯了。看着死去的小苗，人们十分心疼。生产队长张二叔找到学校请求帮忙——要我们都去挖“地蚕”。

▲地老虎

农家孩子，大多养过家蚕，但不知道“地蚕”是何物。充满好奇地跟张二叔来到田野，细细听了他的讲解和示范，才知道了“地蚕”是什么。

白薯地的“地蚕”叫“小地老虎”，浅黑色，一寸多长，样子很像我们养过的家蚕，专在地表下活动。

▲从地下挖出的蛴螬

这家伙昼伏夜出，白天在地下躲太阳，夜里钻到白薯秧的根部大开“杀戒”：用咀嚼式口器左右开弓，一株薯秧不到几分钟就被贴着地面切断。二叔说，一条“地老虎”，一夜能咬断十来棵薯秧。柔嫩的薯秧一旦从地面被咬断，就很难再发芽生长。

残害玉米的“地蚕”有两种，一种是上面说到的“小地老虎”，另一种是“蛴螬”。“蛴螬”长得短粗白胖，被捉住以后会卷曲成“C”形迷惑人。一旦你放松了警惕，它就会迅速伸开身子，乘机向地下钻去。“蛴螬”是金龟子的幼虫，比“小地老虎”入地要深，主要啃食植物的根部，常会造成秧苗断根而枯死。

经过二叔示范和亲手实践，我们渐渐掌握了挖“地蚕”的诀窍。“地老虎”很狡猾，夜晚“作案”之后，会躲到寸把深的地表土下藏起来。

清晨是挖“地老虎”的最好时机。发现倒下的秧苗之后，轻轻拨开根部的表土，顺着疏松处一点点挖去，一条“地老虎”就会扭曲着被擒住了。

至于“蛴螬”，则要顺着被害秧苗的根部挖上几寸深，才能发现和捉住这些“白胖子”。

被擒获的“蛴螬”非常有意思，多数会把身体蜷成一个“C”形，一动不动装死，少数调皮的会展开身体试图逃跑。逃跑方式尤为独特：不是像其他虫子趴在地上用腿爬行，而是身体仰面朝天，蠕动身体肌肉用背部的刚毛摩擦前行。这真让人大惑不解。

挖“地蚕”行动，不但让我们长了知识，而且锻炼了胆量。那些原来胆子很小，见到虫子就喊叫的女生也敢把“蛴螬”捏在手里了。

每次行动之后，我们都会把挖到的“地蚕”装进小瓶子拿回学校，一来以数量多少定成绩、评能手；二来还可以为家里的鸡儿们添一顿美餐。

捉树虫

清明前后，“杏花粉、梨花白”的春天来到了。各种以树叶为食的毛毛虫也开始横行起来。

▲啃食杏树叶的小毛虫聚成“一朵花”

故乡小村的四周被丘陵围住，山坡上杏树成坡，梨树成片。20世纪60年代，由于灭虫的农药十分匮乏，所以，为杏树、梨树等果树捉虫就成为高年级学生春季劳动的一项重要内容。

杏树、梨树的害虫主要是一种“毛虫”。果树技术员告诉我们这种虫叫天幕毛虫。杏树开花长叶时，越冬的幼虫也破壳而出。它们爬到树上啃食树叶，长大一些后会吐丝拉网形成集群危害，夜间出来取食，白天爬到树下隐蔽起来休息。

毛虫长大了可达1寸多长，褐色身体长满了长毛，爬行起来很迅速，会使胆小者头皮发麻。

遇到虫害暴发时，无数的毛虫会在几天之内把满树的绿叶吃得精光，只剩下光秃秃的枝枝。

被吃光树叶的果树，要么幼果脱落，要么因无法进行光合作用而被“憋死”，要么颠倒季节在盛夏时再次发芽甚至开花以耗尽生命。

农谚说：“不怕春天晚发芽，就怕夏天二茬花。”

二茬花，是果树被吃光树叶后为求生而改变生命节律的一种自残现象。开过二茬花的果树，第二年不是死去，就是因无花可开而无果可采。

树毛虫有昼伏夜出的习性，但到了蛹化前期，就不再下树。这些贪吃的家伙，爬满树梢，如蚕吃桑叶一样啃噬着树叶，在树下都能听到“沙沙沙”的响声和虫屎落地的声音。果树技术员告诉我们，要充分利用毛虫昼伏夜出的习性，在蛹化期到来之前消灭它们。因为一旦毛虫上树后不再下来，人工捕杀就困难多了。

饱餐后的毛虫，黎明前会纷纷下移，爬到阴暗的树洞或树干老皮下休息，但更多的则会躲到树根周围的石头下面养精神。抓住这一特性，清晨，我们每人备好尖利的小棍，先从树洞和树干老皮缝隙查起，发现一条撵死一条，最后扫荡树根周围石头下的毛虫。

倘若一棵树的叶子被吃花了，树根周围的洞穴或石头下保准聚集了密密麻麻的一层毛虫；于是，我们或用脚搓杀，或找来山草用火烧死。看到毛虫在烈火中被烧得扭曲爆裂，我们像打了胜仗一样痛快解气。

后来，根据毛虫爱钻石头的嗜好，我们还发明了诱捕石头阵。傍晚之前，在毛虫肆虐的树下紧贴树根放好一块块扁石头，待到翌日清晨，翻开石头，诱入的毛虫便会被全数消灭。

打黏虫

黏虫是一种令人恶心的肉虫，又称“五色虫”，一寸多长，因有黑、红、黄、绿等多种颜色而得名。

黏虫是禾本科植物的大敌，一旦发生虫灾，成千上万条黏虫会弥漫而至，风卷残云一般把一块块玉米地、谷子地的庄稼吃得只剩下光光的茎杆，常造成庄稼颗粒无收。

黏虫多发生在阴雨连绵的夏季。高温、高湿，加上绿色植物成长迅速，很利于黏虫产卵繁殖。玉米、谷子和山草都属于禾本科，是黏虫最爱吃的食物，所以，一旦预防不当，黏虫就可能酿成大害。

那一年，村西山坡的谷地爆发了黏虫灾，几天之内，20多亩齐腰深的谷子就被黏虫吃得光杆独立。看着刚刚抽穗的谷子变成了“光棍”，队长急坏了。为制止黏虫蔓延，全村男女老少都被动员到村西谷地打黏虫。我们也停课参加了这场灭虫战斗。

▲粘虫爆发的夏季会把成片谷子吃光

一到谷地边，大家就被黏虫的气势惊呆了：地上爬的是黏虫，谷叶上趴的是黏虫，脚下踩的是黏虫，走过谷地，就能碰落一地黏虫！

听着黏虫“沙沙沙”

吞食谷叶的声音，大家都感到心中惊恐。

忘了胆小和恶心，我们学着队长的样子，左手持簸箕放在两垅谷子之间，右手拿一根2尺多长的小棍左右敲击两边的谷杆。蚕食谷叶的黏虫受到震动，从谷叶上纷纷落下，大部分落入了我们的簸箕里。就这样，每人承包两垄谷子，从垄头到垄尾，一趟敲下来竟接住了半簸箕的黏虫。

将这些让人肉麻的家伙，集中倒进地头上事先挖好的一个大坑里掩埋。落在地上的残余者，则被紧跟后面的老人和小孩就地踩死或碾杀。

经过数天大战，黏虫的气势终于被我们打了下去。

为了彻底消灭残余的黏虫蛾和黏虫卵，几天以后，我们又跟着队长实施了黑光灯诱蛾行动：在黏虫活动的开阔地里搭起一个个蒿草棚架，夜里点上马灯，用黑布围起，虫蛾们被黑光所吸引，纷纷飞到棚架蒿草上产卵；第二天，我们便将产下大量虫卵的蒿草聚在一起点火烧掉……

如今，农药成了灭虫的主宰，化肥成了庄稼的依赖。不用说灭虫，就连灭草也不再用人工，而是用除草剂。由于化肥和农药的乱施滥用，我们的环境和土地被严重毒化。

记得童年上山，虫儿随处可见，蝈蝈等鸣虫在荆棘中叫成一片，随意用脚一趟，草地里就会有大小蚂蚱飞蹦出来……而现在，不用说蝈蝈，就连俯首皆是的蚂蚱在草丛中也很少见到了！

为什么会出现这样的景象呢？因为层层梯田荒芜了、硬化了，化肥和农药污染了剩余的农田，昆虫赖以生存的食物链被毒化，生存和繁殖的条件被改变。在这样的环境里，它们已很难再繁衍出自己的后代。

人们用自身创造的现代化成果毁坏着自己的家园，这难道不该引起我们的反思么？

蛞蝓与蜥蜴

连绵阴雨之后，黛色西山的沟谷中隐约挂出了几缕白痕。凭经验，我知道是山水聚成的瀑布出现了。

雨后去西山寻瀑布，是夏季双休日的一大乐趣。在遍布原始次生林的沟壑中体味绿茵清风，聆听鸟语林涛，享受山泉沐浴和瀑布冲濯，人便如超凡脱俗、身临仙境一般。

几家朋友聚会上山，背着行囊，戴着凉帽，每人各持一根开路木棍，在荆棘藤萝架起的天蓬下互相拉扯着潜行。经过一个多小时的攀爬，海拔约800米的“三盆水”瀑布终于展现在眼前。孩子们忘记了疲劳，忘记了满脸汗水，呼喊欢笑着向瀑布奔去。

▲水塘边的油蜥蜴

“三盆水”瀑布依谷而下共分三叠，青石谷底因千百年来瀑水冲刷而形成了三个盆状的凹潭，故称“三盆水”。上两叠瀑布因落差只有三四米，所以盆水浅而小，直径不过3米，水深不过1米多；第三叠瀑布由于落差超过七八米，所以盆大水深，直径超过5米，水深约有2米。

眼见飞瀑直下，轰鸣震耳，激扬飞溅，几个男孩子甩掉背包，拒绝劝告，穿着衣服就跳入了潭水中：打水仗、撒水疯，站在瀑布下任凭直下的飞流砸得缩头

▲啃食植物的蛞蝓

趔趄、翻入水中也兴致不减。我们被孩子们的疯狂感染了，也穿着背心裤衩跳入了水中……

终于被冻得嘴唇发紫逃出了水潭。孩子们躺到旁边大青石上晒太阳，家长们铺开塑料布，把各家的拿手饭菜掏出来准备野餐。我支起铝锅，点燃捡来的干柴，准备做一锅野味高汤供大家品尝。从潭边掐来野韭菜切成小段，从老藤下挖出野山药切成薄片，加上味精、食盐、香油、高醋，一锅带着野菜清香的高汤就做好了。大家风卷残云一般吃饱喝足，便开始在瀑布周围自由活动。老李带着儿子去采蕨菜，老赵带着儿子和爱人去寻蘑菇，我和女儿则爬到瀑布上面的溪谷湿地去采摘野薄荷。

高山野薄荷很奇特，不是草本，而是一丛丛的小灌木，学名叫“香薷”，“野薄荷”是乡人俗称，因有强烈的薄荷味而得名。采摘着枝头的新芽嫩叶，一股强烈的薄荷清香便弥漫开来。

突然，女儿惊奇地叫起来：“爸——快来看！一只没壳的蜗牛，一只没壳的蜗牛！”

我急忙跑过去——的确，黄绿的野薄荷嫩叶上真的爬着一只没有硬壳的蜗牛。我顿时疑惑不解：这是怎么回事呢？壳是蜗牛自我保护的壁垒，且藏着蜗牛的内脏，一旦失去硬壳保护，蜗牛必死无疑。可眼前这只怪牛怎么还活得好好的呢？

似乎是有意做给我看，嫩叶上的蜗牛灵动地摇摆着头上的两对触角，自在地向前爬行着，乳白色的腹足后留下一道银亮的细痕。莫非它不是蜗牛？可它的长相、行为与蜗牛相差无几。它怎么能活下来呢？它的壳又哪去了呢？把这只怪牛放在手掌中痴痴看着，希望能发现什么。

▲行动敏捷、身体细长的油蜥蜴

“爸——它怎么会没壳呢?”

望着女儿，我摇摇头无法回答。莫非是个体蜗牛的变异?

“爸——你看，这儿又一只！这里还有……”女儿连连叫着。定睛向四周的绿叶上观看，果然星星点点发现了许多这种鼻涕一样的怪蜗牛。个体蜗牛变异的判断被推翻了，如果真是这样，我们就等于发现了一个新物种！可它们又是什么物种？生物学上是否有了名录呢?

“爸——蜥蜴……”女儿惊叫一声跑过来拉住我。朝女儿指着的湿地一看，一个奇特的家伙又让我惊呆了。一只瘦长油亮的黑褐色小蜥蜴，拖着比身子还长的细尾，抬头警惕地向我们盯视着。这是从未见过的一种小蜥蜴：细身长尾，浑身油亮，冷眼看去极像一条几寸长的小蛇。我拉住女儿摒着呼吸，慢慢蹲下身子，悄悄观察着这只小蛇似的蜥蜴。

大约觉得没了动静，小蜥蜴扭动着身子爬到了一丛野薄荷下面。奇事发生了，只见它灵活地移动着四肢，竟顺着薄荷主干转眼爬到了枝顶。它机敏地转转头，继而向附近嫩叶上的一只怪蜗牛慢慢爬去。

“唰——”小蜥蜴的头箭一样向前弹射了一下，叶面的怪蜗牛瞬间没了踪影。我恍然明白了，小蜥蜴是专门到枝叶上捕食怪蜗牛的。

为什么这里会生出奇特的蜗牛和蜥蜴呢？仔细观察周围的环境，但见山泉汩汩，湿地成片，几片芦苇和野薄荷在湿地中长势茂盛。

我明白了：由于有了不竭山泉的滋润，这片高山泽地，才长出了湿地特有的野薄荷和芦苇等植物，才引来了素爱湿润的怪蜗牛和以其为食的油蜥蜴。

下山了，轰鸣的三岔水瀑布离我们越来越远，但无壳蜗牛和油亮的小蜥蜴却仍在我脑海里不时闪现。

细长黝黑的小蜥蜴，与我们见到的麻蜥蜴明显不同：身体细长，黝黑发亮，呈现出水灵灵的外表。一定是难得的山间湿地环境，才养育和繁衍了这神奇的物种。

回来以后，带着不解的疑团四处查询，终于从《辞海》中找到了无壳蜗牛的“正传”。

无壳蜗牛名叫蛞蝓，又称“蜒蚰”“鼻涕虫”，属于腹足纲、有肺目、蛞蝓科动物，形状似去壳的蜗牛。

蛞蝓壳退化，但有一层外套膜，肺孔开于外套膜后缘右侧；喜潮湿，能分泌黏液，爬行后留下银白色条痕；为蔬菜、果树等植物的害虫，甘蓝、花椰菜、白菜、菠菜、莴苣、茄子、番茄、豆瓣菜、青花菜、紫甘蓝、芹菜、豆类等农作物都会成为它们的寄主；同时，也是厨房的害虫，会吃厨房里的蔬菜和食物，同时会污染食品，传播疾病。

▲蛞蝓又叫“鼻涕虫”

看了《辞海》上的说明和解释，我为解开谜团而高兴，也为没能发现新物种而略感遗憾。

在以后的日子，遇到蛞蝓的事件竟然接二连三：去山里游玩，在石头下面发现了黑褐色的蛞蝓；去市场买菜，在鲜嫩的芹菜叶上发现了蛞蝓；去青岛冒雨爬崂山，在湿漉漉的石阶上看到了蛞蝓……

后来，看了以蛞蝓为变态怪物的科幻电影，使人对蛞蝓竟产生了恐怖和厌恶感。

蛞蝓以植食性为主，尽管有少数肉食种类，但我确信，不可能有如电影中所描述的袭击人类的超级蛞蝓怪物。

蛞蝓，只是一种软体的、悠悠移动的普通害虫而已。

科普链接：蛞蝓，又称水蜒蚰，俗称鼻涕虫，是腹足纲、肺螺亚纲、有肺目、蛞蝓科软体动物。雌雄同体，触角两对，第二对顶端生眼。外表看像没壳的蜗牛，体表湿润有黏液，壳退化为一列颗粒或完全消失，危害园林菜蔬。其体软，生活在潮湿场所，取食植物叶片或真菌、腐叶，亦有捕食螺和蚯蚓等小动物的肉食性蛞蝓。

蜗牛的生命力

北方野生蜗牛大约有三类，一类是水生的，牛壳为突起的螺形，黑绿色，蚕豆大小，终日栖息在小河或池塘里；一类是陆生的，牛壳也是突起的螺形，黄褐色，数量较少，主要栖息在田野植物上；最常见的是旋转如盘的扁蜗牛，不但数量多，而且多寄居在家宅墙壁上，所以，人们叫它们家蜗牛。

家蜗牛是许多人童年记忆的朋友。它们温文尔雅，谨小慎微，总是背着褐色的、带着几圈螺旋的扁壳，慢吞吞在墙壁、在窗台或屋檐下爬过，留下一道道闪亮的银色细痕。

因为温柔、胆小，肉质的身体又没有什么抵御敌害的武器，所以，孩子们尽可以把它们捉过来放在手心中玩耍。

“蜗牛，蜗牛，先出犄角后出头……”唱着古老的童谣，蜗牛真的从房子里伸出犄角，继而探出头来。

蜗牛有前后两对触角，前面一对长，后面一对短，后面一对顶端长有眼睛，爬行时触角总是一摇一摆晃动着，前面一对触角在探路，后面一对触角在用眼睛选择方向。逗蜗牛的孩子，喜欢用手指去碰那纤细灵动的角。只要碰到手指，牛角就会神奇地缩回去，慢慢转动方向或停留一阵，再伸出来继续前进。

有时，一次一次的戏弄把它惹恼了，蜗牛会闷闷地把全部身子缩回壳里，不再理睬你的挑逗。见到这情景，伙伴们就会亮开嗓子，念巫咒一样开始对蜗牛祈祷：“牛儿牛儿耕地来，跑啊、跑啊送饭来；什么饭，鸡蛋打卤过水面；什么碗，猪槽子；什么筷子，荆条子……”如此反复，一遍又一遍，直到蜗牛重新出头才打住。

蜗牛大多数以各种植物为食，但也有少数为食肉种类。它们有圆锥状的外壳，腹足扁平宽大，行走时会一边走一边分泌黏液，目的是降低行走的摩擦力。

为保持身体里的水分，蜗牛有一个封闭良好的外套膜腔。而用来呼吸的“鼻孔”则选在外套膜腔的壳口处，是蜗牛的呼吸器官。仔细观察爬行的蜗牛，会发现“呼吸孔”有一开一关的明显动作，就像其他动物用“鼻孔”呼吸一样。而当蜗牛缩进壳内的时候，它们会将呼吸孔的开口留在壳口之处，以便能保证自己呼吸顺畅。

蜗牛是冬伏夏出的动物。冬天，它们躲进墙缝或屋檐下，用白色的灰质墙把“房子”封起来冬眠，待到雨季来临才开始活跃起来。由于是软体，爬行时又必须不断分泌黏液让自己粘在墙壁上，所以，蜗牛对水分的消耗很大，很怕干燥的天气。阳光灼灼的夏日，它们大多会藏到潮湿的背阴处休息。只有阴雨连绵的日

▲阴雨天气，墙壁、树枝上会有许多这种扁蜗牛

▲螺状蜗牛

子，它们才会欢快出行，觅食寻伴，在墙壁上留下纵横交错的银线。

蜗牛的食谱很杂，植物的叶、茎、芽、花、果实及藻类、地衣、苔藓等都可以成为它们的食物。表面看，蜗牛软软弱弱没有什么力量，可实际上，它却有令人惊异的咬力。把一只蜗牛放在手心里，一会儿你就会感到痒痒的，那是蜗牛在咬食你的肉皮。

原来，蜗牛有一种突出的生理特点，就是牙齿特别多，是世界上牙齿最多的动物。它的嘴在头部触角下方，比针尖大不了多少，里面有一条锯齿状的舌头，上面有一百多排牙齿，总数最多可达26000颗，所以是名副其实的“齿舌”。

“齿舌”上细小的牙齿小得用肉眼都看不清，但却像一把锉刀，可以把各种食物“咬”开，甚至可以咬动某些金属。

尽管蜗牛对蔬菜、庄稼有一定危害，但由于它们慢吞吞的性格和柔弱温和的外表，人们很难把它们和害虫联系起来。

自然界的法则就是弱肉强食。爬不快，走不远，一身软体，毫无招架还手之力，蜗牛当然成了鸟类、鼠类和蚂蚁等一些昆虫的捕食对象。然而，慈爱的造物主是公正的，它既赋予了强者的凶悍，也授予了弱者繁衍不绝的本领。蜗牛选在阴雨天才出来觅食交友，就减少了鸟雀、鼠类的攻击，因为鸟类、鼠类在阴雨天是很少出来活动的。蜗牛有一副硬壳，且能分泌黏液，这就为蜗牛抵御蚂蚁一类的进攻创造了条件。

一场大雨之后，一只匆匆觅食的黑蚁对台阶上爬行的蜗牛产生了兴趣。它试探着爬过去，对蜗牛肉白色的腹足发起了攻击。

▲在荷叶上爬行的蜗牛

刚刚叮上去，但见蜗牛收缩腹足，硬壳同时向后侧扭转过去，小蚂蚁立刻被蜗牛的大房子横扫下来滚到了一边。我霎时被这情景惊异了。原来，蜗牛不仅会被动地保卫自己，而且能积极地用“房子”抵御入侵。踉跄的蚂蚁似乎还不死心，又试探着发动了几次进攻，但都被那灵活扭动的“牛舍”扫落在一边，蚂蚁不得不怅怅地走了。

对于小的入侵者，蜗牛会自信地用“房子”积极对抗，对于大的入侵者，如步甲虫，蜗牛则另有防御之术。不用“房子”直接回击，而是迅速把身体收缩进硬壳，继而在“房门口”连绵不断地分泌出一堆泡沫。入侵者迷惑了，弄不清这膨胀的泡沫是什么，终于不情愿地离开了。

靠着这些自卫的本领，软体的蜗牛避免了一次次灾难。但弱者毕竟是弱者，毕竟难于逃脱被强者吞食的命运。

蜗牛之所以能延续不绝，除了有独特的防御之术，更重要的是有其它动物难于比拟的繁衍之道。大多数动物都是雌雄异体，繁殖期要耳鬓厮磨，雌雄相互交尾后雌性方能生育后代。蜗牛却是雌雄同体，每只蜗牛既能做父亲，又能做母亲。

蜗牛喜欢生活在比较潮湿的地方，在植物丛中躲避太阳的直晒。盛夏阴雨天，成年的蜗牛纷纷爬出来寻找“意中牛”。待两相情愿后，一对情侣蜗牛便伸长身体，紧紧并在一起，开始了短暂的“蜜月”生活。但情侣的旋转螺壳必须是同向的，否则就无法成为情侣。蜗牛的生殖孔不像其他动物在身后，而是在身体中央一侧，所以，交尾时两只蜗牛便紧紧相依，相互受精，并排而行。

蜜月结束以后，每只蜗牛便开始履行做母亲的职责。它们将卵产在潮湿的泥土中，一次可产卵100个左右，2~4周后就可孵化出小蜗牛。

蜗牛的天敌很多，鸡、鸭、鸟、龟、蛇、蟾蜍、刺猬等都会以蜗牛作为食物，尤其是萤火虫，主要以猎食蜗牛为生。但巨大的数量和非凡的繁殖力使它们难于被削灭；况且，一般蜗牛可以活到两三年，寿命长的甚至可以活到六七年。正是这些在生存过程中进化出的种种优势，才保证了蜗牛种族的持续绵延。

“强者能杀，弱者能生”。这大约就是蜗牛得以生生不息的秘诀之一。

科普链接：蜗牛，属于腹足纲、肺螺亚纲、柄眼目、蜗牛科软体动物，一般指腹足纲陆生所有种类，约有22000种。雌雄同体，取食于植物，是世界上牙齿最多的动物。产卵于土中或者树上，在热带、温带比较常见，亦有生存在寒冷地区的物种。树栖种类一般色泽鲜艳，而地栖品种多为浅褐色，且多具条纹。非洲的水晶螺体型最大，可超过20厘米。欧洲的大蜗牛常作佳肴，具有很高的食用和药用价值。

奇能壁虎

壁虎，乡人称为“蝎虎”，自古以来，就与蛇、蝎、蜈蚣、蟾蜍被人们称为“五毒”。

村里很有学问的王先生曾告诉我们“蝎虎”正名应叫“守宫”，因为它们总是在农家房屋四壁出现，故而称作“守宫”，有守卫宫室的寓意。

李时珍说：“守宫，善捕蝎、蝇，故得虎名。处处人家墙壁有之。”

“蝎虎”被列入“五毒”，大概还因为王先生讲过的《阅微草堂笔记》中的故事：一个夏天，一家的女人晚上给自己的两个孩子洗澡，旁边桌子上有白天喝剩的茶水，孩子口渴，就拿给他们喝了。谁知道一会儿工夫孩子就不见了，但盆里的水却变得又浑又腥。也就是说，孩子中毒化成水了。

乡人们说，壁虎的尿是大毒，入眼则瞎，入耳则聋，滴到人身上就会引起溃烂，吃了壁虎爬过的东西就会中毒。加上传说壁虎有见水交配的习惯，所以，老人们讲隔夜茶不能喝，怕的是夜里有壁虎在水边交配尿液落入水中，人喝了会被毒死。

这些传说自然有些耸人听闻，但壁虎尿有毒确是真实的。壁虎尿液如接触皮肤，若不及时清洗，就会被皮肤吸收，轻则皮下组织充血、水肿、坏死，重则会损伤神经系统，所以遇到壁虎时一定要小心。

1

童年听到的各种传说，使壁虎成为心目中恐怖而神秘的动物。

加上它们背腹扁平，身上排列着如蛇一样的细鳞，生有蟾蜍般的疣点，所以看上去就有一种肉麻、恐惧的感觉。

壁虎属于季节性动物，温度降到11℃以下便会停止活动躲起来冬眠，否则就会死去，所以寒冷的地区很难见到壁虎。而温暖或炎热的地区，几乎家家户户都可在檐壁缝隙中发现其踪迹。

初夏以后，蝇蛾蚊虫渐渐多了，壁虎也开始在墙壁上活跃起来。农家门窗和路灯周围的墙壁、灯杆是它们的最佳捕猎场。

苍蝇、蚊子、飞蛾、蠓虫、蟑螂、小蚰蜒、小蝎子，都会成为壁虎捕食的对象。对小蚰蜒、小蝎子这些毒虫，壁虎捕捉时会格外小心，不到饥不择食的地步不会轻易出手。

壁虎之所以叫壁虎，是因为它们那种天生的飞檐走壁的神奇功力；即使是在光滑的玻璃墙倒仰着，照样可以逍遥漫步或停留自如。

傍晚掌灯时分，壁虎会爬到窗户纸或玻璃上，借助灯光的引诱来捕获猎物。它们趴在一个地方一动不动，仿佛雕塑一般。而一旦发现有苍蝇、飞蛾落在附近，它们就会悄无声息挪动着四脚慢慢前行，就像隐蔽的狮子高抬脚一步步接近猎物，待到达攻击位置，便会猛扑上去将猎物一口咬住。若是蚊蝇、蠓虫一类小飞虫，它们会毫不费力一口吞下去；若是飞蛾一类的大飞虫，它们会一次次左右甩动嘴巴，先把猎物摔蒙，然后把猎物调整到最佳吞咽位置，继而一点点吞下去。

夏日的夜晚，在趋光性的驱使下，蚊虫、飞蛾纷纷在街边路灯周围飞舞聚集，这里成了壁虎的狩猎场。它们在墙壁或灯杆上埋伏等待、跟踪追击，比在门窗上活跃了许多，甚至能跳跃扑捉飞到头顶的蚊虫。壁虎捕猎冲刺的速度非常快，几乎是弹射一般，也就十分之一秒左右，与变色龙弹出舌头捕猎的过程很相似，只不过是用嘴巴直接咬住猎物。

让人惊叹的是，壁虎跳跃腾空再落下来以后，居然能稳稳抓着陡立的墙壁或光滑的灯杆，没有跌落之虞，仿佛是有什么黏合剂把它牢牢“粘”住了一般。

▲墙壁上的小壁虎

壁虎为什么会有如此高超的“粘壁”绝技呢？

这主要归功于它那神奇的脚趾！经专家在显微镜下观察发现，壁虎的每个脚趾下面都有一排排“衬垫”，每个“衬垫”上都有成千上万根纤细的刚毛，每根刚毛的顶端又分散有几百个毛茸茸的“小刷子”。可别小看这些“小刷子”，与任何物体接触后都会形成静电与真空相结合的强大吸附力。这就使得壁虎每走一步，都像把脚趾从壁上扯下来，然后再粘到别处。据有关专家测算，如果把壁虎脚趾的粘力合起来计算，足以提起100多公斤的重物！难怪它们能抓牢各种光滑的物体。

如此强大的粘合力会不会让壁虎移动时感到困难重重呢？用不着担心，壁虎自有巧妙的控制办法：既能轻松张开脚垫上的“小刷子”抓住附着物，又能自由收缩脚垫上的“小刷子”脱离附着物，就像鸟儿驾驭翅膀、鱼儿扇动鱼鳍一样行动自如。

2

除了高超快速的猎捕能力、飞檐走壁的攀爬能力，壁虎还有一种其他动物没有的求生自保能力。

出于厌恶和恐惧，少年时见到壁虎便忍不住用棍子进行恐吓攻击。受到攻击的壁虎常采取一种神奇的策略：尾巴突然断了，壁虎乘机逃走，而地上的断尾仍在蹦来蹦去扭动。

这种丢卒保车的伎俩，是壁虎应对危机的独特手段。当感知外力威胁或敌害追捕时，壁虎的自我防卫机制会向尾部发出紧急指令，使其肌肉强烈收缩，尾巴后部突然断落。断下来的尾巴由于还有神经指挥，所以能蹦跳蠕动，会把天敌的注意力尽可能吸引到尾巴上来。

这种主动舍弃尾巴的现象，在动物学上叫作“自切”。而“自切”后的壁虎，则能在不久的将来重新长出小尾巴。

那么，壁虎为什么能长出新尾巴呢？原来，不同动物身上有不同的再生细胞，如毛发、指甲、皮肤细胞，会随着新陈代谢不断生长而更替。一些动物不但有一般的生长再生细胞，而且有神奇的器官再生干细胞。这种再生干细胞，可再生出各种组织器官——而壁虎的尾巴恰恰具有这种再生干细胞。

▲壁虎断尾后能再生，但会细短许多

壁虎的尾部断掉后，身体里的激素会立即刺激尾部干细胞快速分裂，不久就会长出新尾巴。蚯蚓的身体、大鲵的尾巴也具有这种神奇功能：蚯蚓的身体被斩断后可以再长出来，大鲵尾巴断掉后也可以再生出来。

而人类和许多动物则不具备这种神奇功能，肢体断了再也不能长出来。

医学研究认为，如果能够搞清壁虎断尾再生的机理和奥秘并运用于医学临床上，必将会给人类带来巨大的福音。

3

抗日战争时期，日本飞机曾炸塌了我家的东房，邻近的北屋也被震得墙歪壁斜、千疮百孔，以至于北屋的墙壁、屋地、土炕、房檐缝隙均成了老鼠、游蛇、壁虎、土鳖虫的居所。

记得北屋门口东侧的柁头与支撑的梁柱间有一个手指宽的裂隙，一对壁虎经常出入其中。我猜测那里可能有它们的巢穴。

一次，帮父亲在北屋房檐下挂烟绳，果然在那缝隙中发现了八九枚白色的壁虎蛋。壁虎蛋很小，如同泡涨的黄豆，又像是微型小鸡蛋，只不过那蛋壳是粘在木头上的，用木棍使劲一戳，蛋壳破了，流出了淡黄的液体。在老房柁柱缝隙中发现壁虎蛋虽不稀罕，可好奇心还是让我把它们留了下来。

在以后的日子里，每隔两三天我就会爬上窗台去看看那缝隙里的蛋，直到20多天后小壁虎先后破壳而出。

一天，刚刚帮父亲收完烟绳，柁头附近突然传来急速的叫声："嘎达、嘎达、嘎达……"像鸟叫，像虫鸣，很响亮。我感到十分惊奇，寻声望去，原来是一只大壁虎正昂着头快速鼓动着下颌——啊，原来是壁虎在大叫呀！

壁虎为什么会大叫呢？顺着壁虎相对的方向望去，不禁令人大吃一惊：原来一条比筷子粗的小蛇正从柁头爬下来咬住了一只出壳不久的小壁虎！

蛇是老屋、老院常见的爬虫，会爬到屋檐捉麻雀，钻进炕洞捕老鼠，壁虎更是它们猎捕的一碟"小菜"。

小蛇迅速用纤细的身子缠住了小壁虎的脖颈，而小壁虎只能死死地用四脚抓住柁头无可奈何地抵抗。小蛇快速翻滚着身子，想把小壁虎从柁头上扯下来再缠住全身……

就在小壁虎要被扯起来的一刹那，大壁虎霍然冲上去，在小蛇身上狠狠咬了一口，继而迅速撤退。受到袭击的小蛇不由自主松动了缠绕的身子。紧接着，大壁虎一次次快速进攻，又一次次快速撤退，弄得小蛇不得不松开了嘴巴……小壁虎终于逃脱了！

大壁虎用拼死的战斗和无畏的母爱救下了自己的孩子，并让天敌退避三舍！

作为房屋的主人，我虽然厌恶壁虎，却被眼前的情景深深感动，加上对游蛇的恐惧远甚于壁虎，便顺手拿起一把扫帚把小蛇从柁头一扫而下，接着拍昏在地上，然后用一根木棍把小蛇挑到了后河沟里。

4

科学家在1亿年前的琥珀化石中发现了被包裹的壁虎。由此可知，壁虎是一种古老的爬行动物，与恐龙几乎属于同一个地质年代。由于它们个头很小，适应力非常强，因而才度过了千难万险，适应了复杂多变的自然环境，并繁衍发展成了现在丰富多彩的壁虎种群。

在世界各地，既有体长可达16厘米的大壁虎，也有身长不足4 厘米的侏儒壁虎；但不管哪种壁虎，多保持着爬行动物共有的繁殖方式——卵生繁殖，只有极少数为卵胎生方式。

壁虎属于蜥蜴目中的一科，外形与蜥蜴很相似，但不同的是壁虎两耳之间没有什么隔膜。这是二者间的最大区别。

古人说“守宫”可治风痉、惊痫诸病。近几年来，人们发现壁虎中含有可治疗食道癌、肠癌、原发性肝癌、肺癌等恶性疾病的化学物质，因而壁虎的药用价值迅速攀升。

由于野生壁虎被不断捕捉，野生资源呈逐步枯竭之势。人工养殖壁虎已成为满足药用、保护野生种群的必由之路。

愿童年常见的壁虎还能与我们的后代相依相伴。

科普链接：壁虎为脊索动物门、脊椎动物亚门、爬行纲、双孔亚纲、有鳞目、蜥蜴亚目、壁虎科、壁虎属、壁虎种爬行动物，别名为守宫、天龙、檐龙、檐蛇、四脚蛇等。世界有壁虎属动物约20种，中国产8种，常见的有多疣壁虎、无蹼壁虎和蹼趾壁虎等。多为卵生，极少数胎生，脚上有吸盘，善攀爬，在光滑物体上也能如履平地，捕食蚊蝇等各类昆虫和小爬虫，喜欢栖息在房屋农舍缝隙中。

虱类奇观

谈到虱，人们会下意识地把它们与渺小、龌龊联系在一起，甚至会生出十分厌恶的情绪来。这些体形卑微的昆虫，既没有立方体积，又没有平方面积，小到我们不屑一顾，微到我们视而不见，以至连蚂蚁都可以对它们进行“圈养”。然而，尽管渺小，它们的历史却比我们人类要长得多，且亿万年来生生不息、繁衍不绝。

自幼生长在乡下，我便有幸接触并见识了诸多虱类奇观。

人虱

说到虱，人们首先想到的自然是寄生在人体上的人虱，抑或是寄生在其他动物身上的牛虱、猪虱、羽虱等。字典说：“虱，昆虫，灰白色、浅黄色或灰黑色，有短毛，头小，没有翅膀，腹部大，卵白色，椭圆形，常寄生在人和猪、牛等动物身体上，吸食血液，能传染斑疹伤寒和回归热等疾病。”这种令人作呕的小爬虫，或躲藏在人的衣服夹缝里，或寄生在人或动物的毛发中，终日里的任务就是用它们的刺吸式口器，吸吮寄主的血液，然后成长、繁殖，繁殖、成长。因为太渺小，所以这种吮吸并不疼痛，但却会使寄主奇痒难耐、心神不宁。

人虱是贫困落后生活方式的产物，多盛行在穷苦的农村。俗话说：“穷长虱子，富长疥。”因为生活的贫困和卫生条件的限制，过去的农村，人们没有多少可换洗的衣服，也没有经常洗澡的条件，加上卫生知识缺乏，汗渍渍、脏兮兮、味烘烘的衣服夹缝和头发中，就成了虱子绝好的繁衍生长之地。鲁迅《阿Q正传》中描写的阿Q和王胡比赛捉拿虱子的情景，便是过去农村生活的缩影。

虱子的隐蔽功能极好，繁殖能力极强，一只虱子能够持续不断产出一串针尖大小的黄白色卵粒，乡人俗称是“虮子”。“虮子”两三天后蜕变成小虱，小虱几天以后长成大虱；于是，呈几何级数增长的虱子也就捉不绝、灭不尽，与乡人共生共存了。

为了防治虱子，乡人们称得上是煞费苦心。除了在昏暗的灯光下，在温暖的阳光里像阿Q、王胡一样把虱子捉拿归案，用指甲将其复仇般挤杀，还发明了用火烤、用水煮、用篦子梳等方法。倘若虱子太多，捉不尽、杀不完，在炉火上烘烤是解决燃眉之急的好办法。将衣服里子撑开，移到火炉之上烘烤，在突然的高温之下，虱子会惊惶失措、纷纷落马以至葬身火海。但火烤只能消灭一部分虱子，隐蔽在衣缝深处和衣袖、裤腿里的虱子却往往能躲过火劫。

为彻底消灭虱子，乡人们又发明了水煮。把衣服扔进滚烫的开水里煮上十几分钟，大小虱子连同它们的子孙即会在沸腾的开水中呜呼哀哉了。

但头发中的虱子却不能用火烤和水煮。头虱长在头发里，自己看不见，捉不着，所以，是最难除的一种。尤其是女性，或长发、或挽髻，密密的头发便成了虱子繁衍的天堂。大约是为了对付头虱，古人才发明了特殊的梳头工具——篦子。篦子是一种用竹子做成的一种专门梳头工具，中间是梁，两侧是极密、极细的竹齿。用

▲吸血的人虱

篦子梳头，细密的竹齿能将虱子、虮子从头发中篦出后消灭。小时候经常见到走街串户的货郎吆喝“卖梳子、卖篦子”，但如今，市面上已绝少见到了。

20世纪60年代以后，“敌敌畏”“敌百虫”等农药开始在农村风行，于是，它们也成了灭虱的利器。然而，因缺乏知识，乡人们在灭虱时也酿成了一些祸患。邻居二婶为了灭虱，把“敌敌畏”涂遍了衣服的所有夹缝，然后穿好衣服照旧去推碾子、喂猪、喂鸡鸭。到了中午，她渐渐觉得头晕目眩，恶心呕吐，继而呼吸困难，嘴唇发紫。家人吓坏了，急忙叫村里的手扶拖拉机拉着她到县医院抢救。敏感的医生从她身上闻到了浓烈的“敌敌畏”味。经诊断，二婶为严重的“敌敌畏”中毒——是为灭虱而涂抹在衣服上的“敌敌畏”，通过皮肤吸收把她毒倒了。

如今，随着社会的进步、生活的富裕和人们卫生保健意识的提高，虱子已成为人们记忆中的历史。

然而，只要有落后和贫穷存在，相信虱子不会轻易退出历史舞台。

树虱

树虱，学名为介壳虫，也叫蚧虫。因为它们以树木为寄主，会叮在枝叶上一动不动吸食汁液，就像虱子吸血一样可恶，故乡人叫它们“树虱子”。最常见的种类是“桃树虱”和“椿树虱”等。

桃树虱是一种非常奇特、隐蔽性极强的害虫。鼓鼓的、紫而圆的半球形身体，几乎与紫褐色的桃树干融为一体。这些只有两三毫米直径的圆形小怪物，通常是几颗或成片连在一起。由于从卵孵期到幼虫期它们总是叮在一个地方静止不动，所以，许多人根本想不到它们是害虫。这些贪得无厌的家伙，就像牛身上的蜱虫，拼命吸食树干的汁液，身体长得鼓亮饱满。被吸食的桃树要么枝干叶瘦，要么整枝枯死。

为消灭这些树虱子，生产队曾专门组织小学生去集体作战。

桃树虱真的不能移动么？也不是。待到幼虫长大，它们会蛹化而出，变成会爬的成虫，然后交配，再用针刺式产卵器刺破嫩皮，把卵产在树皮里。第二年春天，虱卵在树皮里孵化、成长，开始了又一轮饕餮吸食。

比桃树虱更让人厌恶的是香椿虱。这是一种专门吸食香椿树汁液的诡秘虱类，学名为草履蚧。有的年景一只也看不见，有的年景却像魔鬼般降临，铺天盖地、泛滥成灾。

岳母的香椿林曾连续多年遭遇到草履蚧的洗劫。这些贪婪的“吸血鬼”，身体扁平椭圆，和香椿树皮几乎一个颜色，不仔细观察根本看不出来。它们趴伏在嫩皮上，将针状吻刺进去，一刻不停地吸呀吸，害得小树无法长出嫩芽。由于树干爬满了草履蚧，攥住一棵小树干，从下向上用力一捋，草履蚧的血肉会把整个树干都浸湿了。

▲树干上成片的树虱子

那么，为什么会有这么多树虱同时暴发呢？原来，是它们的虫卵太多了。

“五一”长假，草履蚧到了产卵的季节。来到岳母家，突然发现了许多黑翅膀的小飞虫，比蚊子略大，漫天飞舞，甚至能钻过窗纱、窗缝进入屋里。究竟是什么东西？仔细观察后发现，那是草履蚧成虫的雄虫。沿着院子墙壁仔细侦察，到处是一对对正在交配的草履蚧成虫。雌虫没有翅膀，比瓢虫略长，扁平的身子已经鼓胀起来；而与雌虫交配的雄虫，正是这些黑翅膀的小飞虫。

原来，草履蚧雄虫需经过羽化、长出翅膀才能变为成虫，而雌虫则不必经过羽化便直接变为成虫。交配之后，雌虫会在隐蔽处不吃不动，将整个身子化作卵块而静静死去。沿着院子围墙上下寻找，墙缝里、石头下、大树皴皮裂缝中，成千上万的雌虫卵块几乎随处可见，怪不得初春的香椿虱会杀不尽、灭不绝呢！

果虱

果虱是寄生在水果上的虱类，专门吸食水果中的汁液，常造成水果受伤、变形或脱落。乡村中最常见的果虱是柿虱。

柿子是乡村中最常见、最皮实的水果之一，从春季发芽开花到秋季柿红成熟，用不着喷洒农药，是名副其实的绿色水果。但皮实的柿子却常会受到柿虱的危害。

柿虱的学名为柿绵蚧，是一种善于伪装的“大师”。它们比芝麻粒还小，外面包着一层白茸茸的保护服，就像一粒粒雪白的芝麻吸附在柿子上。北方的柿子多是大个的“磨盘柿”，柿子中间有一道环形凹沟，上部为柿身，下部为柿盘。柿虱多寄生在柿子凹沟或柿盘底部。初夏以后，小柿子长到算盘珠大小，越冬的柿虱也开始羽化为成虫小飞蛾。它们交配后，用针刺式产卵器把卵产在小青柿较为柔嫩的凹沟或底部。从此以后，虱卵在柿皮上孵化、吸食，并伴着小柿子一起成长。它们披着一层白色的保护服，从不移动，人们甚至不会想到这些白色的“小芝麻”里还藏着生命。由于伪装巧妙，又有柿身、柿叶作掩护，柿虱很少受到外来的伤害。

零星的果虱对柿子的伤害并不大，但如果连成一片对柿子的伤害就大了。由于柿子表皮被刺伤，大量营养被吸食，果虱聚集的地方便开始硬化、变黑、萎缩。被果虱伤害的柿子，难于长

▲柿树果实上的树虱——柿绵蚧

大，整个果球也会变形；严重的，会使整个柿子变黄、变软，直至变成红柿而提前坠落。

揭开柿虱白色的伪装服，一副可怖的面目就暴露出来。在放大镜下，鲜红的柿虱尖吻突出，细腿蠕动，极像吸血鬼。拿过被伤害的柿子用手一搓，鲜红的虱血甚至会染红了柿子皮。

深秋将至，柿子变黄，成熟的果虱羽化后咬破白膜飞出。它们会产下越冬的虱卵，等待来年再次孵化。

叶虱

叶虱乡人俗称“腻虫”，学名为蚜虫。之所以把蚜虫称作叶虱，是因为蚜虫与虱子太相像了——刺吸式口器，尖头大腹，成片成片寄生在各种植物叶片上，以叶子汁液为生，不仅种类多，而且数量大，有时成千上万，不计其数。它们在白菜、萝卜、豆角、黄瓜等蔬菜叶子上繁衍成长，在小麦、玉米等粮食作物和各种树木花卉的叶片上云集，仿佛呆头呆脑，却又无比强大、生生不息。不管是城里还是乡下，只要有植物存在，就能发现它们的身影。为保护我们赖以生存的蔬菜、水果、粮食，人类同叶虱展开了年复一年的持久战。

叶虱对植物的危害显而易见：白菜、萝卜等蔬菜长了叶虱，轻则叶片瑟缩卷曲，重则整片叶子干黄枯萎，有时还会导致整株蔬菜枯死。菜市场上，凡生有叶虱的蔬菜其价格会大打折扣。粮食作物的叶片上长了叶虱，产量会明显降低。有统计表明，麦田里生了叶虱，若一个麦穗上寄生五六只，那么整个麦田会减产10%以上。花卉上生了叶虱，这些绿色“吸血鬼”会挤满枝头，让花蕾和嫩叶都无法长成。

叶虱为什么会有如此“繁荣昌盛”的本领呢？原来叶虱居然可以直接胎生，居然可以不像其他昆虫一样必须经过产卵和孵化阶段；况且，叶虱还具有超凡的自我“克隆”本领——即孤雌生殖能力。所谓孤雌生殖，就是雌虱无须与雄虱交配就可以自己产出小雌叶虱来！想想看，母亲可以独自不停地连续生下一个个女儿，迅速长大的女儿又可以独自连续生下众多几何级数的孙女……如此惊人的繁殖速度，谁还能将其消灭得了呢？

普通叶虱是难于度过寒冷冬天的。为了越冬，为了保持物种不至退化，到了秋天，雌叶虱会生下雄叶虱，雄叶虱与雌叶虱交

▲蚜虫是数量众多、无法消灭的物种，处于食物链最底层

配后可以产下能够越冬的卵。它们的卵能够忍受零下30℃的严寒而不被冻死。这是不是令人惊叹的奇迹？

克隆技术是各国科学家争相研究和追逐的前卫课题，但比起小小叶虱的克隆术，人类是不是甘拜下风？

叶虱为什么会在繁殖方面独树一帜且“出类拔萃”呢？达尔文说得好，过度繁殖是生物生存的必要条件。因为太柔弱，太微小，太容易受到其他物种的攻击和伤害，连逃跑的能力都没有，瓢虫、蜘蛛、草蛉、螳螂都可以将叶虱作为美味，所以，它们只能用大量的繁殖去应对生存的危机。这大约就是叶虱危机处理的成功机制吧？

也曾屡见蚂蚁叼着叶虱在叶子上走来走去，但千万别以为它们在吞吃叶虱。仔细观察就会明白，这些贪吃而狡猾的蚂蚁是把叶虱作为圈养的“宠物”。原来，叶虱的排泄物是一种甜腻腻的蜜露，蚂蚁最爱吃。为了不断获得这种美味，蚂蚁便将叶虱圈养起来，并不断叼着它们转移到更加鲜嫩的叶片新“牧场”。这就是动物间的互利共生现象。

▲白蜡蚧排泄的白蜡花可制作白蜡

令人厌恶的、渺小的虱类无不被我们划归到“害虫”之列而加以消灭；但这只是人类根据自身利益而定义的是非标准。

德国诗人歌德曾写道：万物相形而生，生命互惠而成。

卑微的虱类处在整个陆生肉食食物链中的最底层。它们吸食植物的汁液，把植物性食物转化为最底层的动物性食物，然后成为其他食肉动物成长的必要元素。不能设想，若没有了虱类，处在食物链最高层次的人类又怎样能生存下去！

一个物种的存在，必有其合理的生存依据。

所以，尊重每一种生命吧！不要忘记，即使再卑微，它们也是生命链条中的一环，也是构筑辉煌生命金字塔的一方基石。

蝎子的故事

蝎子是一类古老的蛛形纲动物，大约出现于4.3亿年前。它们分布在地球大部分地区，有1000多种。蝎子全身披挂着一层黄褐色的硬壳，体长约5~6厘米，身体分节明显，形如一支琵琶。头部下面长有一对带钳子的大螯。胸部由6节组成，背面不但有硬甲，还密布着突起的小颗粒；下面长着4对步足，就像琵琶那椭圆形的音箱。腹部则由6节组成，形如琵琶的弦柄，末端是倒折过来的形如弯刀的蜇针，那是蝎子的终极武器。

我国所见到的蝎子主要是东亚钳蝎，华北、东北等广大地区常可见到。

1

最初知道蝎子的可怕，是豹儿奶奶讲述的蝎子精故事。

村西有一个“蝎子沟”。为什么叫“蝎子沟”呢？因为这条沟里盘踞着一只蝎子精。

这条蝎子精犯了天条，被玉皇大帝发落到这个山沟里。可它秉性不改，仍旧继续作恶。白天，它躲在路边的一块大石头下，专门偷袭来往的行人，几个月就蜇死吃掉了七八个人。听说，有人亲眼看见那蝎子精的尾巴就有丈余长。人们再也不敢去山沟里种地砍柴了。大家都把那条山沟叫“蝎子沟”。

一天，一个小伙子背着一篓腌花椒去县城姥姥家，不知不觉来到了“蝎子沟”。路旁有棵大柳树，柳树下有方大石头。小伙子想到柳树下大石头上歇一会儿。来到大石旁，小伙子停下脚步，放下花椒篓，用袖子擦擦头上的汗，长出了一口气。就在这时，大石头底下慢慢伸出一条长长的蝎子尾巴，悄悄接近小伙子和花椒篓，然后用力一钩……

小伙子歇了一会儿，汗水落了想赶路。可当他撑着石头想背起花椒篓赶路时，好像被人拽住了一样。回头一看，不由得头皮发麻，吓出了一身冷汗：哪里是有人拽？原来是一条巨大的蝎子尾巴扎进了花椒篓里！小伙子定定神儿，壮着胆儿从腰里抽出镰刀，绕着蝎子尾巴找过去，在大石头下边看到了比磨盘还大的蝎子精，旁边还有几具人骨！

大蝎子为什么一动不动呢？原来，花椒有巨大的麻醉力，蝎子精是因为蜇进了花椒篓被麻昏了。

小伙子挥着镰刀往蝎子身上一顿猛砍，一直砍到浑身没劲才停住。

小伙子战战兢兢来到县城姥姥家，把遇到蝎子精的险情叙说了一遍。姥姥吓坏了，舅舅却高兴地说："你为过往行人除了大害，积了大德！对了，蝎子虽然有毒，却是好中药，把它弄回来准能卖个好价钱。"于是，第二天小伙子便借了一头毛驴把蝎子精驮了回来。

剥开蝎子的肋骨，没想到在8只脚的上方各发现了1颗闪光的宝珠！

小伙子把蝎子精卖给了中药铺，把宝珠卖给了珠宝店，得了一大笔钱财。他用这些钱财除了救济被蝎子精残害的人家，

▲蝎子尾部有倒钩毒刺

还在“蝎子沟”里面置地盖房，娶妻生子，日子过得幸福而美满。

这个传奇故事，让的孩子们充满了惊愕和恐怖，又充满了新奇遐想。

2

蝎子称为“五毒”之首。“五毒”是指：蝎、蛇、蜈蚣、壁虎、疥蛤蟆（也就是蟾蜍）这五种有毒动物。

最初知道“五毒”这一词，还是童年看“五河漂子”耍把式的时候。

20世纪50年代，常有一位让人敬畏的奇特艺人走街串镇到小村里来“耍把式”（现在叫卖艺）。大家都叫他“五河漂子”。

为什么叫“五河漂子”呢？据说，“五河漂子”不是本地人，是河南发水闹饥荒而“漂”到我们这一带的。为什么前边还加一个“五”字呢？原来，“五河漂子”说话、耍把式全要带“五”：吃饭是“吃五谷”，喝水是“喝五水”，吃肉是“开五荤”，拿大顶是“拿五顶”，耍钢鞭是“耍五鞭”……尤其是表演吃蝎子、吃蛇等叫作“吃五毒”！

总之，干什么都要带“五”字。加上他满身的豪气、憨气和愣气，大家都叫他“五河漂子”，竟没有人知道他的真实姓名了。

“五河漂子”戴着个铁制头盔，手握一把钢鞭，身上披挂着一些铠甲似的洋铁片子，背着一个荆条编制的花篓，里面盛着耍把式用的各种行头和道具，看上去就像一个云游四方的大侠。

▲蝎子与老鼠大战

“五河漂子”所耍把式中有两套最让我们钦佩和害怕。

一套是冬天打钢鞭。三九严寒的天气，孩子们都冻得打颤，“老五”却敢脱光了上衣，用钢鞭猛击紫红色的前胸和后背，打得“崩崩”山响也毫不在意，甚至高声大吼。每逢表演这套把式，我们都会情不自禁地拍手叫好。

另一套是吃“五毒”。俗话说：毒如蛇蝎狠如狼。蝎、蛇、蜈蚣、壁虎、蟾蜍这些毒虫甭说吃，想一想、看一看也会让人毛骨悚然。但“老五”竟敢吃它们！

为表演吃“五毒”，“老五”专门准备了五个小木盒子，里边分别放着这五种毒虫。表演时，他会依次打开盒子，从里面抓出一种毒虫，先向观众展示一下，然后大喊一声把毒虫塞到嘴里大嚼起来，之后再拍拍胸口用力咽下去……那情景真让人感到惊心动魄！

每次看完“五河漂子”吃“五毒”的表演，我都会惊骇恶心，半宿睡不着觉。

不过，看的次数多了，我们也发现了一些秘密：“五河漂子”准备的“五毒”也是有讲究的。比如疥蛤蟆，个头都比较小，也就大拇指似的，绝不是那种茶碗口似的大蟾蜍。还有蛇，都是一些筷子般的小蛇，况且头是椭圆的（后来才知道这种蛇多是无毒蛇）。而蝎和蜈蚣，都是事先去了毒刺和毒牙的……尽管如此，生吃“五毒”的行为除了“五河漂子”，相信没有人敢去尝试。

俗话说：常在河边站，哪能不湿鞋？

一次，“五河漂子”表演“吃五毒”，却意外出了事故。

就在他拿出一只蝎子送到嘴里时，那蝎子却意外用尾巴的毒刺钩住了他的嘴唇——原来因为一时大意，他没有把那只蝎子的毒刺掰掉！

“五河漂子”不愧是“五河漂子”。只见他大吼一声，一把将蝎子塞进嘴里报仇一般猛嚼，然后抓出一把事先准备好的辣椒面在嘴唇上猛搓……但他的嘴唇还是高高地红肿起来，并很快肿成“猪八戒”的摸样。

即使这样，“五河漂子”仍坚持把整套把式要完了。大人们纷纷送去吃食、热水，还有五分、一毛的纸币，并坚持要帮他放放嘴唇上的蝎毒。“五河漂子”拱手谢过了大家的好意，很快收拾好道具和乡亲们的赠品，用钢鞭敲着头盔大步走出了村口。

之后，很长时间都不见“五河漂子”再来。听说，他因为嘴肿吃不了东西而大病了一场……

我由此知道，即使是“五河漂子”那样的“神人”也是无法抵御蝎毒的。

3

少年时读了《西游记》，对蝎子的厉害也愈加深刻。

《西游记》里有这样一个故事：一只琵琶大小的蝎子修炼成精，在灵山听如来佛祖讲经。如来随手推了它一把，它就用倒马毒刺蜇了如来。如来疼痛难忍，即令金刚捉拿，蝎子精却逃到了离西梁国不远的琵琶洞。唐僧师徒取经路过西梁国，蝎子精趁机用法术卷走唐僧，百般诱惑要和唐僧做成夫妻。蝎子精使用一柄三股钢叉，交战时有多手多脚，能够鼻中喷火，口中吐烟，十分厉害，并用毒刺两次打败了孙悟空和猪八戒。最后，孙悟空只得上天搬来昴日星官。星官待孙悟空诱出妖精，立即变成六七尺高的双冠子大公鸡，一声啼鸣，蝎子精现出原形。八戒一顿钉钯将其捣成烂酱……

书中的故事生动神奇趣，但毕竟是故事，比不上切身感受更为刻骨铭心。

那是夏季的一天上午。跟随队长到虎皮岭下的玉米地去锄玉米。夏日的骄阳灼烤着，一锄下去地面就会腾起一股烟雾。

由于天气热，家境贫困，比我小一岁的侄子牤儿赤着脚在玉米地里竭力挥动锄头，汗流浃背追赶着大家。

腾起的尘土落在人们汗津津的脸上、手上、胳膊上，上面竟积了铜钱厚的一层泥壳！

▲可怕的蝎子

“锄禾日当午，汗滴禾下土。谁知盘中餐，粒粒皆辛苦。”只有在田里亲身经历了锄地的情景，才会对这首诗有发自内心的体会。

突然，我听见后边的牤儿大声哭叫起来：“哎呦，妈呦……哎呦，妈呦……”急忙回头看：只见牤儿坐在地上，双手扳着右脚，拼命哭着，分明在胡乱拍打什么。我飞跑过去一看，原来他的右脚后跟上正挂着一只黄褐色的大蝎子！我上去一把揪掉蝎子，随即把它摔在地上，跟着一脚踩下去！

蝎子被我踩烂了，牤儿捧着右脚却哭得更加撕心裂肺。他的后脚跟很快红肿起来，并在蜇伤四周出现了一块比手指肚还要大的绛紫色瘀斑！尽管我把踩烂了的蝎子血肉涂抹在蜇伤处，却根本没能减轻牤儿的疼痛……

一位嫂子拿出携带的缝衣针在牤儿伤口周围连挑几下，接着用手用力挤压伤口，总算挤出了一些紫色的凝血。牤儿的哭号声稍微降低了一些。

“怕是几天干不了活儿了，你把他送回家吧……”队长对我说道。

在荒山野地被蝎子蜇了，谁也没什么好办法。

我只好把锄头交给伙伴，扶着牤儿站起来。牤儿虽然用左腿站起来了，但右腿根本无法吃劲，更别说走路了。我只好咬紧牙关弯下腰，让他趴在了我的后背上。

就这样，伴着牤儿的哭泣，我们走走停停，不断休息。虽然只有2里多山路，但我们却走了近两个小时才回到家里。放下牤儿，汗水早把我的破背心湿透了。

大约过了七八天时间，牤儿才敢下地走动。

这是我亲眼目睹的蝎子蜇人的凶险经历。

4

蝎子是一味良好的中药材，能够消炎、止痛、解毒，可治疗多种疾病。

在20世纪60年代物质极度困乏的时期，我正上中学。为自筹学费以减轻家里负担，曾和几个同伴商定捉蝎子、捉蜈蚣卖到公社收购站换钱。

与这些毒虫打交道，虽然充满危险，但为了赚一点钱，我们却甘愿冒险。

蝎子属于变温食肉动物，气温太高或太低都会减少活动。清明节后，天气变暖，蝎子便结束冬眠开始活动。它们昼伏夜出，多在日落至半夜这段时间出来觅食，喜欢质软多汁的昆虫，主要猎捕蝗虫、肉虫和其他小昆虫。据说，一只蝎子一年可捕杀上万只各类害虫。

蝎子行走的时候，尾部平伸，带刺的尾节向上卷起；停下的时候，整个尾部都卷起来，尾节悬在胸部上方，弯刀似的毒针指向前方，仿佛随时准备战斗。发现猎物或受到惊吓，它会把带刺的尾部使劲向后弹，做出发力刺击的样子，恐怖而滑稽。

同窝的蝎子会经常生活一个领域，在固定窝内结伴定居，能够和睦相处。但若是遇上不同窝的蝎子，双方就会大战一场。

蝎子大多生活在不干不湿及植被低矮稀疏的地方，藏在石头下的缝隙或自己挖掘的洞穴里。所以，捉蝎子必需到向阳多石的草坡去一块一块翻石头。这是一件十分辛苦、风险丛生的事情。

事先准备好玻璃瓶和小木夹，从邻村中学放学后，我们就直奔虎皮岭向阳草坡。翻开稀疏草丛中的一块块石头，一旦发现蝎子或蜈蚣，便用小木夹快速夹住，迅速放进玻璃瓶盖上盖子……行动稍微缓慢或大意失手，就会导致“战利品”逃走或被毒虫伤害。有时候还可能翻出蜥蜴、毒蛇，让你惊出一身冷汗。

由于捕捉的蝎子和蜈蚣混放在一个瓶子里，经常会发生“两毒”相争的惨剧。而争斗的结果，多是蝎子蜇死并蚕食了蜈蚣。玻璃瓶中有几次都发现了只剩下半条身子的死蜈蚣。

蜈蚣为什么会死于蝎子之手呢?

一次，我亲眼目睹了真相：在狭小的玻璃瓶里，一只蝎子和一条蜈蚣对峙起来。先是蝎子挥动大螯发起了进攻。蜈蚣利用身体的灵便和瘦长躲过了进攻，并不甘示弱地爬过去缠绕蝎子，用毒牙寻找下嘴的地方。由于蝎子浑身披着一层硬甲，蜈蚣的多次咬噬也未能奏效。但蝎子尾部的蜇针经过几次弹射寻找，却一下刺入了蜈蚣身体的分节部位……这是蜈蚣身体最柔软的地方。于是争斗结束了，蜈蚣全身松弛下来，渐渐不能动弹。蝎子则从容地去享用它的美餐。

由此我们知道，是蝎子的铠甲使蜈蚣没有了用武之地，而蜈蚣因缺少防御蝎子蜇针的手段只能败下阵来。

仲夏之前是捕捉蝎子、蜈蚣的最好季节。每天放学后都能有小小的收获。一个夏季过去，卖蝎子、蜈蚣的钱竟交了学费还有剩余。

早就听村里老人说：“蝎子爆缝，崽子要命。”是说小蝎子是从母蝎后背爆开的裂缝中生出的，且小蝎子出生后母蝎子就会被小蝎子吃掉。

但捕捉蝎子的过程我们却发现，这一谚语并不正确。背着一堆小蝎子的母蝎，母子都活得好好的，而且母蝎子为保护幼蝎还会摆出一副决战的架势……

原来，小蝎子并非从母蝎子后背生出，母蝎子也不是生出小蝎子就会死掉，那完全是一种误解。事实是，母蝎腹部的第一节有专门的生殖孔，只是覆盖着一片薄甲，小蝎子就是从那里诞生的。

蝎子为胎生动物，母蝎与雄蝎交配一次可连续生育四年，直到生命结束。小蝎子在母体内发育完成，生出来时仅有大米粒一般。它们会很快爬到母蝎背上寻求保护。母蝎则会自觉担当起保护幼蝎的任务。母蝎警惕性极高，凡发现周围有小昆虫，会毫不犹豫摆出决战的架势，让接近者知险而退。

刚孵化的幼蝎十分柔弱，很顺从地趴在母蝎背上，很少自行脱离。出生1周左右，幼蝎会蜕第一次皮，五六十天蜕第二次皮，4个月左右蜕第三次皮，6个月左右蜕第四次皮……幼蝎长到成蝎要蜕七次皮，前后需要近10个月时光，生命周期可达8年左右。

近些年，由于药用和餐饮业对蝎子需求量大增，野生蝎子被不断捕捉，数量也越来越少。野生蝎子的锐减，使许多地方的害虫大量繁殖，农业的生态平衡遭到破坏，十分不利于农作物生长；因此，蝎子已被列入国家重点保护动物名录。

为满足药用和市场需求，保护野生蝎子，人工饲养蝎已成为一种新兴产业。

后　记

后记，多为敬告成书之因及相关事宜。作者谨向关心并鼎力成就此书的领导、挚友、单位和家人深表谢意。

年逾古稀，别无他求。撰写此书，只为开一方京郊动物自然、人文之窗口，留一痕我辈生活之印记，为孩童、家长供一餐动物科普之“茶点”。然谋就一事，非贵人相助、众手提携不成。

完稿之初，幸由北京燕山出版社呈报，中国作协原副主席、中国儿童文学委员会主任高洪波先生和房山区文联主席、著名作家凸凹先生殷殷荐言，致使该书入选北京宣传文化引导基金项目；又有凸凹先生热情作序，亦使该书焕然增色。

出版之前，幸得燕化公司关工委常务副主任、公司原党委书记王玉英，燕山工委书记、办事处主任李光明，燕山办事处副主任曾辉，燕山工委宣传部部长、燕山文联主席于勇等领导盛情推荐，鼎力支持，将其列入燕山文化丛书，并建议作为燕山中小学生课外阅读书目发行，开科普助教之先河。

编校之中，幸有肖虹、刘申、刘建军、曹毅等诸友提供随文照片，刘申先生于百忙中不辞辛劳，赶绘配文彩图，以助图文并茂；亦谢王雨华、武德水、陈建国、张静等挚友及女儿建华悉心协助校对、提出宝贵建议。

成书前后，燕山出版社金贝伦等编辑与作者和燕化印刷工贸公司及时沟通、联袂协作、不舍昼夜，终使该书如期付梓。

为此，再次向诸位领导、方家、老友及有关单位稽首恭谢！

作者

2021 年 12 月 1 日

燕山文化丛书

生灵物语

SHENGLING WUYU

索俐◎著

禽鸟卷

北京燕山出版社
BEIJING YANSHAN PRESS

图书在版编目(CIP)数据

生灵物语. 禽鸟卷 / 索俐著. -- 北京 : 北京燕山出版社,
2022.2

ISBN 978-7-5402-6337-9

Ⅰ. ①生… Ⅱ. ①索… Ⅲ. ①散文集-中国-当代
Ⅳ. ①I267

中国版本图书馆 CIP 数据核字(2022)第 002538 号

生灵物语·禽鸟卷

作　　者 索　俐
责任编辑 金贝伦
封面设计 一本好书
出版发行 北京燕山出版社有限公司
社　　址 北京市丰台区东铁匠营苇子坑 138 号
电　　话 010-65240430
邮　　编 100079
印　　刷 北京燕化印刷工贸有限公司
经　　销 新华书店
开　　本 880mmx1230mm　1/32
字　　数 970 千字
印　　张 40.5
版　　次 2022 年 2 月第 1 版
印　　次 2022 年 2 月第 1 次印刷
定　　价 158.00 元(全四卷)

序（一）

《生灵物语》丛书，是索俐同志创作的主要反映北京郊区动植物奥秘、故事，宣传生物多样性、推进生物多样性实践的系列科普文学作品，分为动物和植物两个系列，共160多万字。

习近平主席在世界《生物多样性公约》第十五次缔约方大会主旨讲话中指出："'万物各得其合以生，各得其养以成。'生物多样性使地球充满生机，也是人类生存发展的基础。保护生物多样性有助于维护地球家园，促进人类可持续发展。"

2010年退休后，作者便满腔热情投入到燕山石化公司关心下一代工作中，并重点参与了《燕山石化图志》《燕化英模风采录》《古今燕山》《燕山春秋》等书籍的撰写、编辑和出版工作，为弘扬和传承燕山石化精神和燕山企业文化做出了重要贡献。

从教20多年的经历，推进生物多样性和关心下一代的责任，使作者自20世纪90年代便开始筹划创作京郊动植物系列书稿。

现代青少年学生，大部分时间埋头于书本、课堂和各类补习班，疲于应付各种考试，接触大自然的时间及机会越来越少。正是基于这一现实，作者才生发出为孩子们创作京郊动植物系列书稿的初衷。青少年时期，作者生活在传统自然经济状态下的京郊小山村，得以和各类动植物亲密接触，深入了解，并有了深厚情感。

花费大量时间和精力，创作出集故事性、知识性、趣味性、科普性为一体的科普文学作品，不仅为孩子们开拓了一方观察了解自然的奇异窗口，也为燕房地区乃至北京地区生态文学创作做出了有益探索和贡献。

在市场经济及浮华名利的干扰和冲击下，能心无旁骛、平心静

气埋头于动植物的观察、研究、探索与写作，这需要笃定的耐力，强烈的责任感和使命感。历经20多年的不懈努力与坚持，作者终于完成了这一巨制。该书稿受到了知名文学家的称道和好评。

中国作协原副主席、党组成员、儿童文学委员会主任高洪波先生评价说："索俐同志作为企业宣传干部能始终怀着童心专心动植物科普文学创作，精神难能可贵；能将故事性、趣味性与科普性融汇于书稿，更是一种有益的探索和尝试。"

中国作协会员、北京作协理事、房山区文联主席史长义(凸凹)先生评价说："本套书籍内容不但适合青少年阅读，也适合成年人作为枕边书，大快朵颐。以文学散记的形式撰写科普文章，是索俐先生对科普文学创作的一种有益尝试和独特贡献。他功莫大焉。"

经北京燕山出版社上报，该书目已被批准列为北京市2020年宣传文化引导基金资助项目。

该丛书的创作及出版得到了燕山文联、燕山石化公司关工委的大力支持，燕山工委、办事处和燕山石化公司多位领导对创作给予了热情关注和推荐。大家一致认为，这套丛书不仅是关心下一代工作、推进生物多样性的重要文化成果，也是燕山地区独特的文化建设成就，建议将其列入中小学地方阅读书目。

《生灵物语》动物系列共分为"昆虫卷""鳞豸卷""禽鸟卷""畜兽卷"四卷，每卷配有100多幅照片，突出了图文并茂特色。

生动有趣的故事、精细深入的观察、穷其肯綮的探索、形象直观的插图，相信一定会让广大青少年乃至家长爱不释手，并作为枕边书去阅读。

衷心祝贺《生灵物语》丛书出版！希望作者继续创作出无愧于时代、令读者期待的好作品！

燕山文联

燕山石化公司关工委

2021年10月

序（二）

凸　凹

《生灵物语》是作家索俐先生撰写的回顾、记录、研究北京郊区常见动植物的系列科普散文作品。

习近平主席指出："人与自然应和谐共生。当人类友好保护自然时，自然的回报是慷慨的；当人类粗暴掠夺自然时，自然的惩罚也是无情的。我们要深怀对自然的敬畏之心，尊重自然、顺应自然、保护自然，构建人与自然和谐共生的地球家园。"

索俐先生从小生长在京西南房山区的一个小山村，从童年到青年都生活在20世纪五六十年代艰辛、淳朴并带有浓郁自然经济状态的环境里，有幸与诸多动植物亲密接触、朝夕相伴、相依相知。正因为如此，叶绿花红、草长莺飞、虫鸣鸟语、兽走禽飞，都让其心驰神往，充满喜悦、探求与渴望。

然而，随着社会发展、人口膨胀、传统自然经济的消失和人类对自然环境的破坏，动植物赖以生存栖息的环境及条件在一天天恶化；全球100多万种动物，每天以几十种甚至上百种的速度在快速灭绝。想到这些，就让人扼腕焦虑又无可奈何！

多年来，出于推进生物多样性的责任，出于未泯的童心，出于对环境恢复的渴望，出于对京郊动物的浓厚兴趣和特殊情感，作者生发出一种记述和表达那个时代的强烈愿望和责任感。

为此，20多年来，索俐先生以大自然为师，以记录、还原、挖掘之功，深入动植物世界内部，努力探寻和研究其中所蕴含的

各种奥秘和新奇有趣故事，揭示所蕴含的哲理、规律、经验和教训，描绘出那个时代情趣盎然的别样画卷。

该部作品遵照真实性、故事性、趣味性、知识性原则，以散记笔法，记录了他所处时代的自然环境、社会环境、人文生活及与动植物亲密接触的经历，亦有他人讲述的故事，堪称是20世纪京郊生活的一部别史，也称得上是作者特殊经历的一部自叙传。

由于积累素材、探求动植物奥秘是一项十分艰苦的工作，需要深入生活、深入观察、深入探究、不断学习和充实自己，甚至要亲自饲养，故书稿写作持续的时间较长，从20世纪90年代至今已达20多年，可谓孜孜矻矻，令人肃然起敬。

这些文稿，有与动植物亲密接触的体会，有揭示动植物世界生生不息的奥秘，有记录动植物之间彼此争斗的残酷，有对动植物成长的观察和探究，有对动植物科普知识的研究和涉猎，总之，是索俐先生多年来所见、所闻、所感、所得以及对动植物探索研究心得的真实记录。资料翔实，叙述细密，阐释精当，卓见功力，让人大饱眼福。

在喧嚣和浮躁的市场经济大潮冲击下，能安下心来，不为干扰所动，心无旁骛地做一项看似“小儿科”的文化工程，需要的是恒心和定力，更需要一种责任和毅力。索俐先生以自己的实际行动坚持了下来，让我感喟不已。他是坚定的文化使者和甘于奉献的文化圣徒。

阅读这部书稿，读者不但能间接了解和感知20世纪传统自然经济条件下，人与动植物亲密接触的生动有趣场景，还能了解那个年代人们所经历的多姿多彩、艰辛困苦而又有滋有味的生活。

阅读这部书稿，不仅能使读者深入了解有关动植物的知识和奥秘，还能启迪读者关心爱护动植物的意识和情感，进而为推进生物多样性做出自己的贡献。

那些逝去的过往岁月，因为有动植物相伴而馥郁着浓浓的自然韵味，散发着令人回味的芳香。随着生活的现代化和居住城市化，人们接触动植物的机会越来越少。不用说野生动植物，就是人工饲养的动植物也变得日渐稀少。

因为有了动植物存在，地球才充满生机，人类才能生存繁衍。生命链条中的每一个环节都是不可替代的。一种动植物基因的形成需要亿万年时间，而一旦灭绝就很难再复生。在逝去的岁月里，人和动植物之间曾经是那样密不可分、息息相关。阅读此书，愿人们能为建设与动植物和谐共生的美好生活而共同努力！

《生灵物语》动物系列共分四卷，分别为“昆虫卷”“鳞豸卷”“禽鸟卷”“畜兽卷”，计170多篇稿件、80多万字。

为突出文稿的形象性及科普性，作者还结合每篇文稿内容，深入生活、深入实际，拍摄、搜集了数千张相关图片，并邀请朋友协助拍片、绘制相关插图，增加了书稿的直观性和形象性。

在注重文集故事性、趣味性、知识性的同时，为突出科普性，每篇文稿之后又设置了“科普链接”内容，以帮助读者从动物学角度了解该篇的主人公，透出悉心照拂的美意。

本套书籍不但适合青少年阅读，也适合成年人作为枕边书，大快朵颐。

以文学散记的形式撰写科普文章，是索俐先生对科普文学创作的一种有益尝试和独特贡献。他功莫大焉。

是为序。

2021年10月26日于北京良乡昊天塔下石板宅

目　录

雄鸡的品格

家养的鸡群，一般实行的是“一夫多妻制”——由一只雄鸡带领一群母鸡。在这种体制下，雄鸡的地位和品格就显得十分重要。

“白凤”

因为从心底里喜爱，所以，我给它起了个好听的名字——“白凤”。“白凤”是一只红冠、白羽、雄赳赳、气昂昂、充满无畏与献身气魄的雄鸡。

拦河游泳池坐落在小村的东南角。因为紧靠大山，又有原始次生林覆盖，所以，小溪尽管干涸，但却暗流汩汩，使游泳池冬季也漾着莹绿。

陪着爱人每天早起去泳游池边做“郭林气功”，“吸吸——呼——”“吸吸——呼——”将水边空气中丰富的负氧离子吸进体内，仿佛看到生命在蓬勃中复苏。

在晨曦的漫步和报晓的鸡鸣中，我与“白凤”相遇、相识并嬉戏在水池旁。这是游泳池南农家的一只报晓鸡：修长的腿，高昂的头，带着它的一群妻妾，大清早就从田园篱笆的缝隙中钻出，开始在池边草地觅食散步。

“咯咯咯——”“咯咯咯——”，“白凤”一边啄扯着菜叶、小虫、草籽之类的东西，一边向它的妻妾们发出呼唤，仿佛是说：“亲爱的，我这儿有好吃的，快来尝尝。”母鸡们对“白凤”既顺从，又依恋，纷纷跑过来。就这样，“白凤”走到哪儿，它们就跟到哪儿。看着“白凤”昂首挺胸，一副鸡群保护神的模样，我不由生出了几分敬意，便有意向鸡群逼近，想试试它的胆量。见一个庞然大物向鸡群步步靠近，“白凤”陡然停步，“咯咯”叫着，立即向觅食的母鸡们发出警报。于是，母鸡们开始迅速撤退。一只、两只、三只……待所有母鸡都撤进了篱笆，一直迎着我做搏斗状的“白凤”，才突然像泄气的皮球、逃命的败兵，撒腿就跑。

“白凤”的表现欲极强，尤其爱争强好胜。早起报晓，只要听见邻居家的雄鸡叫起来，“白凤”就会跳上墙头或飞上屋顶，然后伸长脖颈，向对手做示威般的高歌：“咯咯咯——呜——”直到把对手唱败才肯罢休。

为此，我有意向“白凤”挑逗，冲着它捏紧嗓子发出并不美妙的怪腔。它不服了，冲我昂首挺胸，叫得更加响亮，而且带上了几分愤怒。

▲雄鸡“白凤”

一日日早起，一天天相遇，我与“白凤”相识了。由于没有恶意的威胁和恐吓，“白凤”逐渐把我当成了与它竞争的同类。倘若我来得早，“白凤”尚未出窝，听到我在池边学雄鸡长啼，它便开始在窝里吵闹，直到主人放它出巢。

为了对我的挑战表示愤怒，出巢的“白凤”会飞过矮墙，钻出篱笆，径直向我一步步逼近，发出“咯咯”的重喉音。对

“白凤”的威胁，我有意装出几丝“恐惧”，悄悄蹲下身子，嘴里“咯咯”叫着，做出臣服的样子。“白凤”围着我左转右转兜圈子，相距不足一米远，但毕竟只用喉音恐吓，没有向我发起进攻。就这样，相持了四五分钟之后，见我不敢挪动，它才得意地、漫不经心地回到妻妾群中。

与“白凤”相遇、相识与“相斗”，给我们单调的晨练增添了愉悦，也为我协助爱人战胜病魔注入了几许勇气。

“红锦”

“红锦”是岳母养的一只大红公鸡，漂亮的羽毛像五彩锦缎一样闪着油光。自从岳母那只可爱的大狗——“黑背”死了以后，“红锦”就成了给老太太打鸣、做伴的宠物。平时，老太太把它当孩子养，大米、小米、麦子……“红锦”喜欢什么就喂它什么。“红锦”呢，也很懂事，老太太走到哪儿，它就跟到哪儿，像卫兵一样。谁家孩子跑进院子，“红锦”会气势汹汹迎上去，“咯咯咯”，扇动翅膀跳起来啄，常把孩子们吓得呼叫着落荒而逃。见别人家的大公鸡领着一群妻妾得意扬扬在外面逛，“红锦”很不平衡，时常跑过去抢妻，因而引发雄鸡大战。为了抚慰“红锦”，岳母特意从集市上买了只头上仿佛戴了一顶帽子似的母鸡。由于冠毛突出，乡人们便把这种母鸡称作“孤头”。

自从“孤头”来了以后，“红锦”高兴极了，整天“咯咯”叫着和“孤头”厮守。有了好吃的，它叼给“孤头”；“孤头”若要外出，它在前边开道；“孤头”要是下蛋，它在旁边看着。“孤头”成了“红锦”神圣不可侵犯的妻子。

双休日，回家看岳母，孩子的小姨也恰好在岳母家。已是晚春，满院子香椿树都冒出了嫩芽。小姨去鸡舍附近的一棵香椿树上掰香椿，无意中惊动了正在鸡窝里下蛋的“孤头”。“孤头”跑了出来，“咯嗒——咯嗒”叫着，分明是向小姨抗议：“我正下蛋呢，吓着我啦！”守在一旁的“红锦”则气哼哼上前，冲小姨“咯咯咯”吼着，做出威吓不满的姿态，仿佛是警告小姨。小姨的心思正集中在紫红色的椿芽上，根本没把两只鸡放在心上。掰完椿芽，小姨高兴地回来经过鸡舍，里面趴窝的“孤头”又被惊了出来。于是，“孤头”叫，“红锦”吼，眼前形势骤然紧张。“红锦”气势汹汹向小姨冲过去，突然扇动翅膀跳起来直啄小姨的后背。小姨大吃一惊，慌忙转身，正赶上“红锦”迎面再次扑上来。小姨吓坏了，慌乱地把椿芽摔向“红锦”，转身就逃。“红锦”紧追不舍，直到小姨跑进屋里它才不依不饶地叫着停了下来。岳母气坏了，拿起棍子追着两只鸡大骂。“孤头”和“红锦”“咯咯”叫着，慌忙遁入了院东的香椿林。

从这以后，“孤头”像抗议一样不下蛋了。岳母猜测它是把蛋丢到别处了。

▲雄鸡“红锦”

为弄清丢蛋的秘密，这天早晨，打开鸡舍门后，岳母想把“孤头”抓出来摸摸它是否有蛋。“红锦”发现这一企图后，立即上前用身子堵住了窝门。岳母推开它，它又拥上来；再推开，再上来。岳母恼了，抓住“红锦”扯出来，不轻不重地抽了它俩嘴巴，然后把它扔在一边。“孤头”终于被抓了出来。然而，就在岳母摸蛋的一刹那，“红锦”不顾一切地飞起来跳到岳母肩上，用坚硬的嘴狠啄老太太的脑袋。岳母捂着头慌忙站起来。她一面提着“孤头”连连招架，一面大骂着“红锦”逃进屋里。她怎么也没想到，“红锦”竟敢对她“大打出手”！

对“红锦”的这种行径，一家人又好气又好笑。岳母骂“红锦”是“媳妇迷”，骂它是娶了媳妇忘了老娘。我们却觉得“红锦”是个了不起的好“丈夫”。它不仅对“妻子”爱护有加，而且在“妻子”受到侵犯时敢于挺身而出，毫不畏惧。这比人类生活中那些不负责任的男人强多了。

听了我们的赞美和评价，岳母怒气渐消，继而又夸奖起她的“红锦”来。

“芦花”

二嫂家是邻居中的养鸡大户，几十只鸡散放在院子里吃喝拉撒。谁要去院子里走一遭，肯定会踩上满脚鸡屎。

“芦花”是一只大公鸡，羽毛灰白闪亮，美如芦花，高脚凤尾，气宇轩昂，是二嫂家鸡群的“国王”。

近一年来，许多孩子都不敢到二嫂家去了，不是怕踩鸡屎，而是怕她家的那只大公鸡“芦花”。

“芦花”是一只近两岁的正当年雄鸡。一年多来，它带领着二嫂家的鸡群四处游走，打败了周边所有挑战的雄鸡，成了村里南半条街的“鸡霸”。

称霸了就容易自我膨胀。“芦花”已不再把别的雄鸡放在眼里，就连人去了二嫂家，也会奓开翅膀，“咯咯咯咯”叫着，跑过来驱赶。

一般情况下，再厉害的鸡见了人也会退避三舍：鸡怎么敢与人斗呢？人是庞然大物，与人挑战不是自讨没趣吗？可“芦花”不管那一套！

这一来坏事了：一些胆小的妇女、弱小的孩子，一旦踏入二嫂家的院门，“芦花”就会吼着、叫着，跑过来扑着翅膀威吓。如驱赶它，就会遭到它的扑打和猛啄！

二嫂一次次恼怒地拿着扫帚咒骂、扑打，教训“芦花”，一次次给来人赔礼、道歉、说好话，但敢到二嫂家串门的人还是越来越少了。

那一年清明前，我带着6岁的女儿回故乡给母亲扫墓上坟，顺便到二嫂家看一看。二嫂是个热心善良的人，母亲在世时没少照顾我们。如今母亲走了，二嫂家就成了我们的落脚之地。

然而，刚走进二嫂家院门，那只“芦花”就气势汹汹奔了过来。由于没有防备，我被这突如其来的袭击搞蒙了，在大公鸡的进攻下连退了两步，竟然把跟在身后的女儿暴露出来！

▲雄鸡“芦花”

我的败退让“芦花”更为嚣张，面对身高不足一米的女儿，它索性扇着翅膀跳起，用爪子冲着女儿胸前狠狠一蹬……女儿仰面朝天躺倒了！我被眼前的情景吓坏了！

只见“芦花”霍然跳到女儿胸前，张开翅膀做出扑啄的架势……千钧一发的凶险，让我愤怒地扑上去，一把抓住了这只瘟鸡！

不知是害怕女儿被它啄了眼，还是由于疯狂的报复心理，我恼怒地甩开胳膊左右开弓，狠狠抽了“芦花”两个大嘴巴！直打得它“咯呀、咯呀”一个劲乱叫。

屋里的二嫂被吵闹声惊了出来。一见眼前的情景，立刻赶过来扶起地上的女儿，顺便从我手里抓过“芦花”继续狠狠抽打：“你个不认家人的畜生，敢欺负我侄女，我打死你……”

我终于从尴尬、难堪和愤怒中清醒过来，连连规劝二嫂别生气，并劝她放了“芦花”，说难得它尽心尽力看家护院……

二嫂这才把“芦花”举在我们面前问它：“你还敢撒野不？”

芦花歪着头“咯呀咯呀”地叫着，仿佛是说：“不敢啦，不敢啦……”

“看清楚，这是我兄弟，这是我侄女，再敢撒野我剁了你！”

“芦花”终于被释放了，像逃难一样一溜烟跑回了鸡群。

后来得知，时隔不久“芦花”就被卖到了收购站——二嫂怕它闯出祸来伤了乡亲们的和气。

科普链接：家鸡属于鸟纲、鸡形目、雉科禽类，是由原鸡长期驯化而来，品种很多，如来航鸡、白洛克、九斤黄、澳洲黑等，仍保持鸟类某些生物学特性，可短距离飞翔，习惯于四处觅食，借助吃进沙粒以磨碎食物。我国的考古工作者在4400年前的龙山文化三门峡庙底沟遗址中发掘到鸡的骨骼，在比龙山文化略早的湖北京山县屈家岭遗址中找到了陶鸡。甲骨文中已出现“鸡”字，《诗经》中亦多处提到鸡。这说明鸡在我国的驯化史已有3000多年。

幽谷“飞鸡群”

20世纪五六十年代，在生活拮据、挣钱困难的农村，养鸡几乎成了农户们唯一的重要零花钱来源。由于油盐酱醋等许多农家生活用品，都要用宝贵的鸡蛋从村里小卖部换回来，老母鸡自然成了农家的“银行”，养鸡也成为农家的一项根本大计。

散养的农家柴鸡，由于四处溜达，除了吃主人喂的玉米、麸皮等粮食，还要到院子或田边刨食、巡食，吃一些虫子、蚂蚱、蚯蚓等野味活物，所以，产出的鸡蛋个小皮厚，里面的蛋清胶质紧密，蛋黄黏稠焦黄，摊出来也是黄灿灿、香喷喷，让人回味无穷。

如今，规模化、现代化、产蛋率高的大型养鸡场逐渐取代了小门小户的农家鸡群。集市上、商店里随处可见从鸡场批发来的红皮、白皮鸡蛋。由于鸡场的鸡儿整天被囚禁在笼子里，吃的是人工配制的统一饲料，所以长得快、产蛋率高，鸡蛋就像催熟的香蕉，摊出来白黄白黄，吃起来远逊于农家鸡蛋的滋味。

近年来，商店里虽然也不乏包装精美的柴鸡蛋礼盒，上面的说明也言之凿凿，但打开食用后，颜色和味道却往往名不副实。

于是，为了买到真正的柴鸡蛋，许多人不惜亲自到乡下做一番考察，然后再放心购买。

1

十几年前，刘大嫂带着儿子小马承包了大山深处银杏谷的数十亩山场。这里橡林茂密，山泉汩汩、野花盛开。谷内那片较为开阔的平地上，赫然卓立着一棵八百多年的古银杏树。这棵银杏树枝繁叶茂，胸径要五人合抱，为周围一亩多的地面罩上了浓密的树荫。刘大嫂带着儿子伴着这株老树早起晚归，吃住在山场，种菜种粮，植桃栽李，收获核桃、板栗，饲养奶牛、柴鸡，历经十几年的艰辛创业，一家人的日子由温饱逐渐变得富裕起来。

陶渊明在《归园田居》诗里写道：“方宅十余亩，草屋八九间。榆柳荫后檐，桃李罗堂前。暧暧远人村，依依墟里烟。狗吠深巷中，鸡鸣桑树颠。户庭无尘杂，虚室有余闲。久在樊笼里，复得返自然。”

来到小马家的这片山场，恍如到了陶渊明向往的世外桃源。

而我却对“鸡鸣桑树颠”一景心存怀疑。在我的经验和印象里，农家养的鸡儿，白天多在地上活动，晚上要钻进鸡舍或鸡笼里过夜——那是为了躲避野猫和黄鼬的伤害。

家养的鸡儿，经过千百年驯化，已失去了飞翔能力，怎么能“鸡鸣桑树颠”呢？

▲鸡群首领在鸣唱呼唤

然而，来到银杏谷刘大嫂的山场购买柴鸡蛋，目睹了这里的鸡群，才得知陶渊明的描写并非虚妄——是自己见识太少了。

刘大嫂的鸡群，不仅庞大，而且奇特。

首先是鸡儿的数量多，多得连主人自己也数不清，足有数百只。没有什么围栏挡着，从谷口到半山，鸡群自由散漫，活动的范围足有数十公顷。

更令人惊奇的是，这么

庞大的鸡群，竟没有任何鸡舍或鸡窝。早晨不用撒，晚上不用圈，鸡儿的生活完全靠自我管理。

据刘大嫂介绍，她的鸡儿们有组织有纪律，全部鸡群分成了十几个大家庭。每个家庭有一只雄鸡做首领，有自己的生活领地，有自己的固定栖息地。而栖息地就是刘大嫂住房旁边的一株株大树、一丛丛荆棘。

夕阳西下，傍晚来临，每个家庭的数十只鸡儿会在“家长”的招呼和带领下，纷纷从橡林回归到银杏树周围。做一番短暂聚会和加餐后，它们便来到选定的树木或荆棘，“扑棱棱”飞到高枝上选好位置安歇下来，以度过漫长漆黑的夜晚。

总之，在银杏谷，所有的鸡儿都是“飞鸡”。它们在橡林中自由觅食，在大树上群体栖息——鸡鸣桑树颠、鸡鸣栗树颠、鸡鸣柿树颠、鸡鸣荆棘丛，成了这里司空见惯的独特景致。

▲鸡儿们在树上过夜歇息

2

那么，这里的鸡儿为什么要飞到树上过夜，在树上栖息呢？原来，这是为了适应银杏谷独特生存环境而逐步练就的。

在艰苦创业的艰辛日子，刘大嫂和儿子小马整天在山谷里种粮种菜、修剪果树、为奶牛轧草喂食，没有精力为散养的鸡儿去搭鸡舍。于是，到了晚上，这些散养的鸡儿，便不得不在主人家周围找一棵大树或一丛荆棘，飞到上面度过夜晚。

想想也是，家鸡本来是由野鸡驯化来的。鸡儿是禽鸟的一种，飞到树上过夜也算是一种返祖的本能。

就这样，日久天长，习惯成自然，刘家的鸡儿便把树木和荆棘丛当成了当然的夜栖之所。

俗话说：龙生龙，凤生凤，老鼠的儿子打地洞。刘家的老一辈鸡儿以树上为夜栖之所，后辈儿孙们也自然学习仿效，以树为家了。

春暖花开以后，哪只母鸡趴在下蛋的窝里赶不走，并“咯咯”叫着护窝，说明这只母鸡“抱窝”了。

母鸡“抱窝”是一种生理本能，是为了孵蛋繁衍后代。每逢这时机，刘大嫂就会把选好的鸡蛋悄悄放到老母鸡身子下面。孵蛋的老母鸡尽职尽责，母性十足，护子行为强烈，甚至会一连几天忘了吃喝，伸展着翅膀严严实实护卫并温暖着鸡蛋。为了使孵化的鸡蛋均匀受热，老母鸡还会定时调换窝里鸡蛋的位置——把中间受热多的推到边缘，把边缘受热少的用嘴勾到中间。

经过21天的精心孵化，小鸡们终于啄破蛋壳，先后来到这个充满阳光的世界。

听着小鸡“叽呀、叽呀”的稚嫩鸣叫，看着毛茸茸的小东西一个劲钻向自己的翅膀底下，老母鸡膨胀出从没有过的自豪感。它奓开翅膀，“咯咯”叫着，带领儿女们开始探寻周围神奇而复杂的世界。在草丛里捉到一只蚂蚱，它啄起来又放下，“咯咯”呼唤小鸡们来吃；在树叶下捉到一条小虫，它啄起来又放下，“咯咯”呼唤小鸡们来吃；在泥土中刨出一条蚯蚓，它啄起来又放下，“咯咯”呼唤小鸡们来吃……母爱与奉献使老母鸡变得日渐消瘦，但亢奋中的老母鸡丝毫不减爱子、护子的热度。

有一次，那只护院的小黄狗跑过来想和小鸡玩耍。老母鸡发现了，“咯咯”怒吼着冲过去，跳起身子，扑着翅膀，飞到小黄狗头上又拍又啄。吓得小黄狗“汪汪”叫着落荒而逃。

还有一次，一条黑绿斑纹的草蛇从树丛中悄悄爬出想偷袭小鸡。听到小鸡惊恐的叫声，老母鸡奓开翅膀像一架滑翔机冲过去，直啄得草蛇一溜翻滚逃进了草丛……

初夏的一天，乌云密布，电闪雷鸣，一场大雨从天而降，地上的积水转眼流成了小河。小马一家急坏了：孵出不久的小鸡最怕雨淋，一场大雨十有八九会对小鸡造成灭顶之灾。大雨过后，一家人急匆匆到林子中去寻找，很快发现了那只老母鸡。它羽毛湿透，完全被浇成了落汤鸡，但仍旧奓着翅膀站在一丛荆棘下面。走过去一看，一家人被震撼了：在老母鸡的翅膀下面，十几只小鸡安然无恙挤在一起，身上的茸毛居然一点也没被打湿。

小鸡在老母鸡的精心呵护下一天天长大，老母鸡开始教它们独立生活的本领。

一次，小马发现老母鸡带着小鸡们登上了一处高坎。它先是冲小鸡“咯咯”叫了两声，然后扑棱棱拍着翅膀飞了下来。一刹那，奇迹发生了，只见小鸡们学着老母鸡的样子，也一只只从高坎上趔趔趄趄飞下来……

老母鸡一次次示范，小鸡们一次次仿效。小马恍然大悟了：老母鸡是在教小鸡们从高处如何飞下来！

接下来的几天中，老母鸡又不断示范如何从平地飞上高坎，从平地飞上低矮的树枝……

一切都明白了，小马家鸡群的奇特树栖本领不是生来就有的，而是由老一代“飞鸡”们精心传授并训练出来的。

这也是小马家不从外边买鸡雏，而是由老母鸡自孵小鸡的重要原因。外边买的小鸡抵抗力差，没有老母鸡呵护、照顾、教导，不仅难以长成，长大了也缺乏飞到树上过夜的本领。而自孵的小鸡有老母鸡带着、护着、教着，不仅成活率高，而且通过实践养成，完全能继承前辈们“鸡鸣桑树颠”的“光荣传统”。

数百只鸡儿分布在银杏谷周围几十公顷的原始次生林中，初看起来似乎零乱无序，但实际上却是领地分明、组织有序。细细观察就会发现，每个鸡群都有自己的首领，有自己的活动领地、产蛋场所和夜栖固定树木。

当然，这看似诗情画意的生活，也充满着意想不到的矛盾和危险。

为了争夺或扩大自己的领地，不同鸡群的雄鸡首领常常会大打出手。有时会斗得天昏地暗、羽毛纷飞、血染鸡冠！战败的一方或撇下妻小落荒而逃，或俯首称臣一头扎进草丛。于是，妻妾儿女便一起归顺了胜利者。

那些带着鸡雏的老母鸡，有时为了“掠夺”对方的儿女，也会爆发类似的战争。

3

当然，鸡群内的战争一般不会残酷到你死我活。只有那些外部野生动物的掠食和伤害，才会对鸡群造成致命威胁。

大猫似的山狸子便是成年鸡群的最大威胁。

那年初春，一只母山狸爬上一棵核桃树一连咬死了六七只母鸡。小马心疼死了，悄悄买来了剧毒鼠药撒在被咬死的母鸡尸体上。这天夜里，母鸡尸体果真被拖走了。但从那以后，山狸再也没了踪影。后来，小马上山给奶牛割草，在一处荆棘遮盖的山洞旁发现了一只大山狸和三只小狸崽的尸体，旁边还有满地的鸡毛。看到山狸子一家被毒死了，小马感到心情沉重。可为了保护鸡群，他实在没有别的好办法。

黄鼬又叫黄鼠狼，行动迅疾灵巧，是猎食小鸡的高手。当老母鸡带着小鸡在丛林觅食时，黄鼠狼常会突然跳出来，叼起一只小鸡转眼就没了踪影。对于黄鼠狼的突袭，老母鸡简直束手无策，还没等反应过来，凶狠的杀手早已逃之夭夭。当然，黄鼠狼有时也捕食成鸡，但由于成鸡个头较大，体重超过黄鼠狼，再加上有一定反抗能力，黄鼠狼一般不会轻易得手。

一天深夜，小马突然听到屋外“嘎呦、嘎呦”恐怖的鸡叫。他拿起手电筒和一根木棍趿拉上鞋就冲了出去。循着叫声追过去，在明亮的手电光下，一只老母鸡正在和一只黄鼠狼翻滚在一起做拼死搏斗。被明亮的手电光突然惊吓，黄鼠狼放开了老母鸡，眨眼消失在茫茫黑夜里。

为对付黄鼠狼，小马曾采取下铁丝套的方法，但效果不佳，有时还会伤了自家鸡群，至今也没想出好办法。

山林之蛇是银杏谷鸡群的又一诡秘天敌。入夏之后，借助林莽和草丛的遮蔽，绿色花斑草蛇和红斑黄桑蛇常常潜入到母鸡窝附近偷食鸡蛋。

蛇吞鸡蛋是一件十分费力的事情：要把光滑、椭圆的鸡蛋整个吞下去，蛇头几乎被撑成了一个大口袋。尽管蛇的头部和身体肌肉具有令人惊叹的收缩和放大功能，但吞下一个鸡蛋也要七八分钟。

一次，刘大嫂捡鸡蛋时发现蛋窝里盘着一条一米多长的花斑蛇！刘大嫂吓坏了，折了一根荆条想把它轰走。在山里人心中，蛇是有灵性的动物，不到万不得已不能伤害。但花斑蛇悠悠吐着信子盘在那里就是不动。仔细一看刘大嫂明白了：原来，这条蛇由于连续吞下了两个鸡蛋，蛇身被撑出了圆滚滚的大包，已很难爬动了。一股愤怒冲昏了理智，刘大嫂迅速转身拿来一把铁锹，然后向蛇身鼓起大包的地方用力拍去……花斑蛇被打死了， 尸体成了看家黄狗和鸡群的美餐。

除了偷吃鸡蛋，蛇还会偷袭小鸡。只要有小鸡稍稍落伍或贪玩离开鸡群，就可能被潜伏的杀手瞬间捕获。然而，一旦被老母鸡发现，一场恶战就在所难免。

一次，老母鸡“皇后”孵的一只鸡崽被一条黄桑蛇叼住。听到“叽呀、叽呀”的救命嘶叫，“皇后”愤怒地奓开双翅直扑黄桑蛇。黄桑蛇本想尽快溜走，无奈口中叼住小鸡行动不便。愤怒的“皇后”用翅膀打，用利爪刨，用利喙向黄桑蛇头部连续猛啄。黄桑蛇忍住疼痛，迅速甩动身体瞬间缠住了“皇后”的右腿。但“皇后”毫不示弱，一面用左爪更加凶狠地抓向蛇身，一面将所有力气聚集在利喙上向蛇头拼命啄……一分多钟以后，血淋淋的蛇头被啄出了一个黑洞。黄桑蛇终于软绵绵瘫死在草地上。蛇口中的小鸡虽然已死，但“皇后”却用拼死无畏的行动，为孩子报了仇。

刘大嫂介绍说：也不是所有的母鸡都像“皇后”那样勇敢。多数母鸡见到蛇叼鸡崽会吓得“咯咯”惊叫，甚至带着鸡崽夺路而逃。经过实践考验，那些胆小懦弱的母鸡被淘汰卖给了市场，而像“皇后”这样的英雄母鸡，则被一直保留下来成了银杏谷鸡群的功臣。

令鸡群防不胜防的天敌是山林花喜鹊。许多人会奇怪，漂亮的花喜鹊怎么会对鸡群构成威胁呢？

原来，初夏之后，当喜鹊恋爱、筑巢、生蛋、孵化小鸟之后，它们对鸡群的偷袭就开始了。

为了给嗷嗷待哺的小喜鹊弄到足够的食物，花喜鹊不但在林间捉虫，而且看上了母鸡们生下的鸡蛋。

母鸡生蛋后，都有高叫报喜的习惯：“咯咯咯嗒——咯咯咯嗒……”相处久了，经验多了，树上的喜鹊也弄懂了这叫声的含义。每当听到这叫声，一只喜鹊就会悄悄飞到蛋窝旁边的树枝上等候。一旦见老母鸡离开蛋窝，喜鹊就会骤然降落，用最快速度在鸡蛋上猛啄出一个洞，然后从洞口处衔住鸡蛋腾空而起。将鸡蛋叼到巢里以后，大喜鹊再用蛋黄和蛋清一口口喂养小喜鹊。

为了与喜鹊争夺鸡蛋，每逢听到母鸡叫声，银杏谷的主人就会快速赶到，以减少鸡蛋落入喜鹊之口的损失。

由于鸡多、蛋多，遭一些偷窃主人还能容忍，让主人伤透脑筋的是喜鹊对雏鸡的劫掠。

雏鸡们在老母鸡带领下在林间觅食。一只窥测已久的花喜鹊突然从树梢俯冲而下摁住一只雏鸡猛啄。老母鸡还没反应过来，喜鹊已抓住雏鸡飞向了天空。回到巢里以后，喜鹊便将小鸡一口口撕碎去喂雏鸟。

对于这种空中突袭，老母鸡束手无策。好在这种灾难并不长久。一旦喜鹊的雏鸟长大，或是雏鸡长成了半大鸡，劫掠就会停止下来。

如果说喜鹊是小鸡的大敌，那么鹰隼则是成鸡的克星。春夏之季，由于山林枝叶茂密，遮住了鸡群的行踪，空中的鹰隼对鸡群并不构成实质性威胁。而当落叶缤纷的深秋和连绵白雪的冬季，缺少食物的鹰隼就会对

▲老母鸡带着小鸡在林间觅食

失去树叶掩护的鸡群展开攻击。

为了躲避鹰隼的攻击，当家的雄鸡会自觉担当起哨兵的责任。一旦发现天空中有鹰隼出现，雄鸡会发出“咯咯咯”的警报。听到警报的鸡群们，会迅速钻入附近的荆棘丛躲起来。

银杏谷的主人，则准备了一定数量的“二踢脚”爆竹。发现有鹰隼在银杏谷上空盘旋，便会点燃一枚“二踢脚”，用在空中剧烈的爆炸声吓走鹰隼。

4

银杏谷散养的鸡群，尽管时常受到外来鸟兽的伤害，但独特的防卫和生存本能，充满活力和战斗精神的内在野性，使它们十几年来长盛不衰。

初夏时节，一窝窝雏鸡先后孵出，新老母鸡们也进入产蛋高峰期。

这时候，主人们便开始忙碌：每天按时去银杏谷周围的十几个蛋窝捡新鸡蛋。这些蛋窝，有的是主人搭建的，有的是鸡群首领帮助母鸡做成的。沿着蛋窝巡视一周，主人就能捡回满满一荆篮的柴鸡蛋。

银杏谷的鸡蛋质优味美、营养丰富，深受附近城镇居民的青睐。尽管1斤鸡蛋的价格已经涨到15元钱，但仍是供不应求，购买者必须预订。

“酒香不怕巷子深。”产于银杏谷山林的“飞鸡”蛋，正应了这句俗语。

放小鸡

三楼的邻居老申给鹏鹏送来两只小鸡。

那一天，鹏鹏午后睡醒哭着要找妈妈。姥姥使尽了浑身解数，又拍、又哄、又许愿，最终也没能减退外孙的“狂轰滥炸”。鹏鹏直哭得凄凄惨惨、昏天黑地……也就在这时候，老申敲开了我家的门，把两只黄黄的、毛茸茸的小鸡送到了鹏鹏面前。鹏鹏立即像遭遇了魔法一样止住了号啕：绝顶的悲哀瞬间隐去，沉重的阴霾转眼消散，挂着泪珠的小脸上很快变得阳光灿烂——两只神奇的小鸡为姥姥救了驾。

老申的孙子申申和鹏鹏在同一所医院同一天出生，小哥俩就相差一个小时，到2004年4月16日满两岁。

1

前几天，老申在早市上为孙子买了这两只小鸡。可几天以后，申申对小鸡渐渐失去了兴趣。听到楼下鹏鹏连绵不断的哭号，老申便把小鸡送到鹏鹏面前……

有了小鸡，姥姥便有了转移鹏鹏注意力的“法宝”。每逢外孙任性哭闹，两只小鸡就会被拿到他面前“叽叽”叫着，引得鹏鹏止住哭闹，忍不住上手去抓。

鹏鹏对VCD光盘里的那首《老鸡骂小鸡》的歌曲特别感兴趣。歌词是：老鸡骂小鸡，你这笨东西；我教你唱“咯咯咯”，你偏要唱“叽叽叽”……小鸡就是小鸡，它只能用它的生理方式去“叽叽叽”地叫，但老鸡非要小鸡按照自己的生理水平去“咯咯咯”地叫，不知道究竟谁是笨东西。

鹏鹏对歌词含义当然还不能理解，但由于歌子反复吟唱，节拍清晰，就这么两句，加上老鸡、小鸡重复出现的卡通画面里，竟招得鹏鹏每次看歌听歌都会随着音乐节奏，张开双臂，颤悠悠、乐滋滋地颠起了身子。

由卡通小鸡到活生生的小鸡，鹏鹏的兴致几天中极为高涨：不但每天早晨起来后要端着小米碗去喂小鸡，早饭后出去玩也要带着两只小鸡。两只小鸡从纸箱子里被放出来以后，在楼前院子里“叽叽”叫着高兴极了。它们东跑跑、西看看，歪着小脑袋在地上啄来啄去。在我们看来，地上似乎什么也没有，但小鸡分明看到有许多好吃的东西。鹏鹏看到小鸡跑，嘴里叫着“小鸡、小鸡”也跟着跑。吓得姥姥一个劲儿跟在后面，生怕鹏鹏踩死了小鸡。小孩子不知深浅，有时候玩高兴了，鹏鹏会伸手把小鸡抓起来，而小鸡自然会扑着翅膀挣扎。这下好，受到刺激的鹏鹏把手里的小鸡攥得更紧，于是，小鸡便发出了凄厉的尖叫……待姥姥急切地赶过去掰开鹏鹏的手，那只小鸡已奄奄一息垂下了头。

“天哪，小鸡让你捏死了！”姥姥心疼地托着小鸡，捏紧了它的尖喙试图通过憋气让小鸡缓过气来。十几秒钟以后，小鸡果真慢慢动弹几下后睁开了眼睛。它大难不死，侥幸逃过一劫。然而，逃过了这次劫难后，那只小鸡由于太活泼好动，太依恋主人，以至招来了大祸。

这天早晨，姥姥去阳台喂完小鸡，正要回身拉上阳台门，那只小鸡奓开翅膀追了过来。姥姥慌忙蹲下身拦住它。姥姥也喜欢小鸡，但不愿小鸡跑到屋里散步拉屎，只许它们在几平方米的阳台上跑来跑去。被拦住的小鸡很执着，当姥姥把它推回阳台，抽回左手，用右手迅速拉上阳台门时，它却以冲刺般的速度跃入了正在缩小的门缝……

“吱——”

“叽——”

“完了——”刹那间，小鸡被掩在了推拉门和门框之间……姥姥慌忙拉开门把小鸡拿起来，只见它痛苦地蹬了几下腿之后就闭上了小眼睛。

2

小纸箱里只剩下了那只较柔弱而老实的小鸡。经历了这次变故之后，一家人对剩下的这只小鸡倍加呵护，除了喂它浸泡过的小米和鲜菜叶以外，还经常把它拿到院子里去“放风”。但鹏鹏对小鸡的兴趣却逐渐减退。姥姥由于整天被鹏鹏缠住了手脚，又要忙着做饭，放小鸡的任务就由姥爷承担起来。

有了多次“放风”的经历，小鸡对外面的世界变得十分向往。每逢早晨姥姥起床后去看它，它都会在小纸箱里踮着脚，伸长脖子，扑着翅膀冲姥姥高叫：“叽呀——叽呀——”仿佛是说：该出去啦——该出去啦——

最初放小鸡，姥爷以为只是随便跑跑玩耍；但仔细观察才发现，原来对小鸡大有益处。

▲小鸡在地上寻找蚂蚁

楼前院子有一片绿油油的草坪，四围由水泥牙子和绿色的角铁护栏围起来。草坪长得很茂盛，加上坪里植栽的木槿、榆叶梅、桧柏球、金银木和几棵垂柳，这里成了一个小小的植物园。植物和动物之间的食物链关系在小小草坪得到了充分展示：蚜虫、蚂蚁、潮虫、蟋蟀、蝼蛄、蜈蚣等各类小虫子都在草坪或周围安了家。

每次放小鸡出来，它都会沿着草坪围栏兴奋地寻寻觅觅、啄来啄去。啄什么呢？姥爷追着小鸡仔细看，原来它是在啄蚂蚁和潮虫。草坪周围水泥牙子的缝隙间，有许多被细土粒围起来的锥形蚂蚁窝，是那种二三毫米的小黑蚁。由于太细小，不仔细观察很难看到它们。但小鸡的视力却比人好多了：对地上的蚂蚁不仅看得一清二楚，而且啄食准确、百发百中。看小鸡吃蚂蚁姥爷开始很担心，因为蚂蚁身上有蚁酸，一般禽类讨厌蚁酸并不啄食蚂蚁。小鸡会不会被蚁酸伤害了？然而，事实证明，姥爷的担忧是多余的。吃了蚂蚁的小鸡第二天照旧很健壮，蚂蚁则成了小鸡的“早点”。

清晨，经历了一夜消化，小鸡大概很饿了，一到院子里就飞速地跑到草坪边寻食。因为天气较冷，小蚂蚁们还没出窝，草坪边的潮虫就成了小鸡的早餐。

门前草坪里的潮虫，样子和普通潮虫差不多：椭圆的背、多节、多足的身，前面两只触角，只是颜色稍微暗一些，而一般潮虫是青灰色。潮虫喜欢夜间活动，故清晨草坪边还有不少潮虫在忙碌。小鸡啄蚂蚁是一口一个，但啄比蚂蚁大许多的潮虫却要费一番功夫。看潮虫在爬，小鸡先是追上去用力一啄（但并不吞吃），这是致命的一击，目的是把潮虫啄晕；然后二啄、三啄，把潮虫击烂、肢解，最后才把潮虫吞下去。小鸡的食量有限，几只潮虫下肚后对眼前的“点心”就没了兴趣，它开始寻找蚂蚁。为了让小鸡快点吃饱，姥爷有时故意把潮虫扔到它面前。小鸡要么不理，要么轻啄一口继续前行去寻找蚂蚁。

在姥爷看来，吃肥硕的潮虫比蚂蚁实惠多了。可小鸡为什么那么偏爱蚂蚁呢？

一只潮虫又出现了，小鸡轻啄一口，那潮虫竟像穿山甲一样抱成一团，滚成了褐色的小圆球。姥爷好奇地把小圆球捡起来。小圆球硬硬的，像一层铠甲把潮虫包起来。这是普通潮虫所没有的本领！

原来，草坪中的潮虫是带硬甲的那种，既难啄，又难吃，怪不得小鸡对它们不感兴趣呢！

但这些有甲的潮虫却时常被蚂蚁俘虏并肢解：十几只蚂蚁包围了一只潮虫，大家你咬我拉，把潮虫慢慢抬到蚁巢口。每逢遇到这情景，小鸡就会兴奋地跑过去，把蚂蚁和潮虫一起吃掉。

3

一天下班后姥爷去放小鸡，看到草坪边两窝蚂蚁不知为什么发生了惨烈战斗。双方蚁兵几乎倾巢出洞展开厮杀。或单打独斗，或几只、几十只抱成一团，从西到东，水泥地上拉开了四五米长的黑色蚁阵。蚁阵两旁散落着数不清的黑色蚁尸。小鸡发现这一情景后，兴奋地跑过去，小脑袋像缝纫机高速运动的机头一样，“当当当”飞速啄食起来。从西到东，从东到西，十几分钟以后，黑色的蚁阵竟被啄得精光，连死蚂蚁的尸体都被捡食得干干净净！再看小鸡，嗉囊被撑得鼓起来并歪向一边。姥爷连忙把小鸡抓起来放回纸箱，生怕它再吃下去会被撑死。

据说蚂蚁是大补食品，现在市场上传销的就有一种“蚂蚁粉”，说能强身健体，尤其适用于老人。看来鹏鹏的小鸡很有“先见之明”，不然，为什么把蚂蚁当成最佳美餐呢！

由于贪吃蚂蚁，鹏鹏的小鸡长得很快，十几天就长出了黄白色的小翅膀。外出放风吃饱了，小鸡会钻过草坪铁栏，斜躺在油油的绿草上，惬意地伸开翅膀晒太阳。

小鸡成了草坪周围食物链中顶端的食肉动物。但它也吃一些绿叶，比如，草坪里的紫花地丁嫩叶，围栏边的向阳花嫩叶，都是它的佐餐食品。自从有了小鸡，草坪周围的蚁群家族态势大衰，往日蓬勃的蚁巢也变得日渐颓废。

一日放小鸡，姥爷一时疏忽由它跑向了楼西的围墙。围墙下有一个通向北小园的小洞，稍不留神小鸡就钻过小洞跑到了北小园。想把小鸡抓回来，可隔着两米多高的铁护栏。于是，姥爷叫它、喊它，想诱使它回来。小鸡毫不理睬，兴致勃勃在新鲜草地上寻觅玩耍。

▲鹏鹏放小鸡

一位邻居大约是听到了姥爷的叫声，关切地从窗口告诉说："千万当心呢！我家的两只小鸡昨天就跑进了这里，找了半天还是丢了一只！"

姥爷顿时心里紧张，突然想到了这片园子里几只叫春的野猫：邻居家的小鸡一定是被野猫抓去当"点心"了！

怎样才能把小鸡尽快引诱出来呢？姥爷突然想到了小鸡好奇的本性，便很快找了一根枯枝从围墙小洞伸过去在对面草坪上轻轻拨动起来。小鸡果然好奇地走过来。

就这样，在枯枝的引诱下，小鸡终于被从围墙小洞引了回来！姥爷抓住了小鸡，像久别重逢一样把它捧在手中。

4

小鸡渐渐长大，居民楼要求“八不养”，这里终究不是它的久留之地。“五一”放假，背着鹏鹏，由爸爸开车，姥爷把小鸡送到了农村大姑姥姥家。大姑姥姥家养着十几只小鸡，鹏鹏的小鸡融入了一个大家庭。

一开始，姥姥、姥爷担心鹏鹏会哭闹。但鹏鹏得知小鸡被送到了大姑姥姥家，且双休日随时可以去看时，却没让大人们难堪，显出了很懂事的样子。

小鸡加入大姑姥姥家的鸡群后，一家人原本以为会受到欺负。但大姑姥姥家的小鸡们还不懂得合伙欺负人。况且，鹏鹏的小鸡放到鸡群里显得“人高马大”，虽然有些怯生生，但外表威武，相信不会受到欺负。

一个多月后，姥爷带着鹏鹏去看小鸡。大姑姥姥告诉鹏鹏：“知道你的小鸡爱吃蚂蚁，我也天天去放它。它可懂事呢，胳膊一伸进笼里它就会跳到你手上……”

一家人为鹏鹏的小鸡找到了一个妥善的归宿而感到欣慰。

自从送走了小鸡，楼前草坪周围的蚁巢重新变得兴旺起来。

喜鹊

办公楼周围满眼青翠：松、杉、柏、杨、黄栌、洋槐……像一片绿海，把办公楼拥成了一座美丽的小岛。成群结队的喜鹊在绿海里、在小岛上、在蓝天中追逐嬉戏，“叽叽喳喳”的叫声和矫健漂亮的身影，常让我如醉如痴，久久凝立于顶楼的小窗。

1

对喜鹊的喜爱，要追溯到遥远的儿时。春节来临的时候，天空中的雪花，玻璃上的冰花，喜鹊登枝的窗花，像神奇的刻刀，精灵般地镌刻在我的心田里。尤其是窗花上欢唱的喜鹊，因为有大人的虔诚教诲，竟像喜神一样藏在我心中。

喜鹊的确是传统民俗中的喜神。师旷所著《禽经》中说：“灵鹊兆喜。鹊噪则喜生。”

▲在树桩上休息的花喜鹊　　刘申　摄

乡人说："出门喜鹊叫，喜事要来到。喜鹊叫枝头，明日好兆头。"潜移默化，耳濡目染，以至每逢见到喜鹊，我就感到喜庆和愉悦，就有了如歌的心绪。

喜鹊为什么会被看成吉祥鸟呢？长期琢磨后，我悟出了如下猜想：黑白分明的羽毛，翘跃灵动的长尾，登枝报喜的鸣叫，谁见了不喜欢？加上四季常在，与人相伴，是北方常见的大型留鸟，人们又怎能不对它们偏爱有加？

20世纪60年代初的一个晚春，和几个同年级的小伙伴去山野拾柴，意外在几棵大杨树下发现了被大风吹落的一个喜鹊窝。窝里面有三只刚刚长出几根羽毛的小喜鹊。由于风大树高，有两只小喜鹊已经死去，另一只也已奄奄一息。经过商量，那蓬鹊巢干柴归了个子最矮的天旺；两只死喜鹊归了馋嘴的大山。

▲携子观鹊图　　孙大钧 作

20世纪60年代初的艰辛岁月，孩子们都饿得眼睛发蓝。大山说，鹊娃是个肉蛋蛋，用黄泥一包，架火一烧，再打开一吃，油渍渍香得没法呢！大山有烧吃麻雀的经验。看着他得意地吧嗒嘴，我们也止不住直咽口水。那只尚能睁睁眼睛、扑扑翅膀的鹊娃归了我。大家说好，小喜鹊合伙养着，大山、天旺都要帮我逮蚂蚱。

鹊巢全是由筷子般粗细的干柴搭成的，交织在一起很结实。我们费了很大劲，才一根一根将鹊巢拆开。天旺乐了，一个鹊巢竟装了他满满一背篓。

喜鹊是农家的吉祥鸟，父母对我救养小喜鹊并不反对。我每天要去捉蚂蚱，再把蚂蚱捣成泥，一点点喂进小鹊嘴里。有大山和天旺帮忙，小喜鹊不仅度过了危险期，而且越来越活泼。它的翅膀一天比一天丰满。每逢我去喂食，它就会奓开翅膀冲我“喳喳”叫着，蹦跳着追我手上的蚂蚱。我呢，就叫着它的名字逗引它，看着它把蚂蚱一口吞下，然后伸长脖子一点一点咽下去。

小喜鹊叫“二花”，是大山给起的名。经过精心喂养，“二花”的羽毛越来越丰满，已经能够飞上我的肩头，跟我要食嬉戏了。它常用嘴巴轻轻去啄我的耳朵眼儿，痒得我歪着头躲着、笑着，大山和天旺都看得嫉妒了。

“二花”本领一天天见长，渐渐会飞上树枝，飞上房顶，飞上蓝天转几圈了。可只要我一招手，喊一声“二花”它就会欢快地飞到我的肩头或胳膊上。

然而，不幸的事却在我们最开心的时候发生了。一只邻居家的大黑猫，早就盯上了我们的“二花”。那一天，“二花”刚刚从屋顶上落下来，埋伏在烟囱旁的大黑猫凶狠地扑过去，一口咬住了“二花”的脖子……

我、大山、天旺都哭了。我们含泪发誓，一定要生擒大黑猫，为“二花”报仇！

第二天，大山撅好一只又粗又大的鱼钩，穿上一条泥鳅甩到房上。大黑猫不知是诈，果然吞下泥鳅被钩住了嗓子。大山狠狠一拽，大黑猫怪叫一声从房上滚下来。大山就势一脚踩住它的脖子，我们也一顿猛踢，大黑猫转眼间没了气息。当天下午，我们在野外架起火，吃了一顿泥巴烤猫肉。

大黑猫的神秘失踪，让邻居二大妈无比恼火。她坐上房顶，愤怒、悠扬而有韵律地连骂了三天。

爱和恨是孪生的情感，爱之愈切往往就恨之愈切。现在想来，大黑猫捉喜鹊只不过是出于本性，并无什么过错。可我们为了心爱的“二花”，却将其诱捕弄死，烧啖其肉未免太残忍了。

2

其实，鹊巢被大风刮落是极不常见的。喜鹊的巢很结实，全部用小木棍“织”成。说鹊巢是“织”成的一点也不过分，只有目睹了喜鹊筑巢的情景，才会了解它们“织”巢的不易和艰辛。

喜鹊筑巢十分讲究，只有高大挺拔的杨树，才会受到它们的青睐。为什么要选择杨树呢？我想，大约是杨树挺拔而光滑，人们攀援不易，有安全感，且视野开阔，所以才受到喜鹊偏爱。喜鹊筑巢常把巢址选在高大树干的主枝上。主枝的基部必须分生三五小干，才有可能成为喜鹊理想的巢址。

▲在枝头眺望的花喜鹊

春天来了，万绿吐翠，喜鹊们也开始成双成对抓紧筑巢。寻寻觅觅，叼来一根根木棍，那情景让人看了十分感动。我曾在一条小溪边目睹了两只喜鹊轮番衔枝搭窝的情景：先落到一个柴堆上东跳跳，西跳跳，做一番选择，然后叼起自认为满意的枯枝飞走。倘若枯枝太长或上面小枝太多，它们还会耐心地用嘴掰一掰直到满意为止。由于筑巢的杨树离柴堆较远，每次叼起树枝后，它们都要先飞到附近一棵杨树上休息一下，然后再振奋精神一直飞到鹊巢上。仅仅一个小时，衔枝筑巢的喜鹊就往返了八次。

▲喜鹊巢的出口在巢的一侧

选枝、衔枝，在光滑的杨树上用枯枝搭起蓬蓬坚固的巢，喜鹊称得上是出色的建筑师。它们是怎样把枯枝与杨树结合起来的呢？一位朋友告诉我，他曾亲眼见到喜鹊将杨树嫩枝用嘴掰断，衔走筑巢。我恍然想到，那柔软的嫩枝，会不会是喜鹊筑巢所用的连接材料呢？

为真正了解鹊巢的秘密，一天早晨我爬上了公路旁的一棵大杨树——树上有一个鹊巢，是空巢。仔细地、由上而下地观察了枝丫上的鹊巢，我顿感十分惊奇：原以为鹊巢是向上开放的，可实际上却是个顶子密封的蓬蓬柴球。

鹊巢为椭圆球，高五六十厘米，横径约四五十厘米，巢侧留一个圆洞，正适合喜鹊出入。巢顶很厚，有二十多厘米，插别的小树枝非常细密，怕是下大雨也不会浇透。

仔细查看，筑巢的干枝相互交织，与杨树干紧紧扭别在一起，十分坚固，用手推都推不动。顶下面还有拇指粗的木棍作支撑横梁。巢的底部是厚厚的树枝柴棍，上面用细柳枝等盘绕成一个半球形内巢；内巢又用泥巴塑了一个碗状壳，壳内是用芦花、棉絮、兽毛、头发、鸟羽等铺成的一层软垫……由此可见，喜鹊的巢是多么复杂，而筑巢又是多么艰辛、细致和一丝不苟。

喜鹊夫妇在里面生蛋、孵化、哺育后代。一旦小喜鹊长大出飞，一家人就会离开鸟巢，很少在巢内团聚了。由此可知，鸟儿们筑巢主要是为了生儿育女，栖息仅是第二个目的。

一只喜鹊飞到附近一棵树上冲我大声鸣叫。我猜出这鹊巢一定是它的家，那是在对我提抗议，不希望我接近那神圣的领地。可从眼前的情况看，巢内既无幼鸟，又没有居住的痕迹，它为什么还要护卫这废弃的巢呢?

仔细思考之后我明白了：树上的巢，喜鹊虽然已不再使用，但与人的旧居一样依旧有感情，依旧看成是自己的资产，还会时常回来看一看——或许明年整理一下还会重新利用呢!

3

近些年，由于环境日益改善，办公楼周围变成了绿色的花园。蓬蓬勃勃的绿树招来了成群结队的鸟儿，成群结队的鸟儿又护卫了蓬蓬勃勃的绿树。大群的喜鹊在这里安家落户，成为我们生活中一道美丽的风景，一个现实的童话。

▲成群的花喜鹊在草坪中寻找食物

▲灰喜鹊在啄食

据园林部门的同志介绍，办公楼周围及附近数万株绿树之所以多年没有发生虫灾，与鸟儿们尤其是喜鹊的功劳分不开。喜鹊是北方出色的益鸟，是园林害虫最主要的天敌。办公楼周围以松柏为主，所以，主食松毛虫的喜鹊就成了这里的常客。

树林中所见的喜鹊有两大类：一类是最常见的黑白相间的花喜鹊，身长约460毫米，体重250克左右；另一类是黑头灰羽的灰喜鹊，身长约410毫米，体重约为200克。两种喜鹊一花一灰，一大一小，构成了我们每日工作与生活中赏心悦目的景致。工作劳累了，推开窗子，看它们在树梢、楼顶跳跃鸣叫，心里就充满了愉悦；心情烦闷了，到林中见鹊儿翻飞追逐，呼朋引伴，顿觉烦闷尽消！

喜鹊喜吃害虫，也喜欢吃种子和浆果，有许多次见到喜鹊斜抓住楼壁上的“爬山虎”寻来觅去。原来，它们是在啄食“爬山虎”上的浆果。喜鹊对食物并不挑剔，春夏秋季它们以害虫为主食；到了冬季，国槐、洋槐、梧桐、松柏的种子都会进入它们的食谱。此外，大量的生活垃圾也会在少食的冬季，成为它们补充食物的重要来源。

冬日的下午，一个吃惊的事件使我对喜鹊的食性又有了新发现。工作小憩，正趴在楼顶小窗欣赏两只花喜鹊在树顶亲昵，一只喜鹊突然撇开同伴，箭一样向楼下的草坪俯冲下去。随之望去，呀——草坪上正奔跑着一只老鼠。奇迹发生了，花喜鹊突然扑向老鼠，又是用嘴啄，又是用翅膀打。老鼠吱吱尖叫，拼命挣扎，渐渐被啄得像个醉汉，摇摇晃晃跑不稳了。接着，喜鹊猛然伸出利爪，将老鼠一抓而起，飞上树梢。霎时间，两只喜鹊将老鼠按在枝干上一顿猛啄，老鼠很快死于非命。此后，便是一顿从容的啄食，老鼠成了喜鹊的美餐。

无独有偶，几日后，电视台记者也拍下了一段难得的喜鹊啄食老鼠的镜头。

喜鹊啄食老鼠，以前闻所未闻。如此奇事究竟作何解释？查阅了有关资料，依稀找到了根据。

资料记载：喜鹊，鸟纲，鸦科，食性杂，捕食大量害虫，是益鸟。既然是鸦科，食性又杂，且有460毫米长、250克重的块头，当然可以捉老鼠了。乌鸦可以吃肉，与乌鸦同科的喜鹊，为什么不可以捉只老鼠尝尝呢？

4

传统文化和民俗，赋予了喜鹊吉祥与喜庆的象征；现实实践与宣传，使喜鹊又获得了“森林卫士”的美名。由此，喜鹊才赢得了今天较为宽松的生活环境。大杨树上的鹊巢在日渐增多，喜鹊的种群也在不断扩大。一日坐车环厂绕行一周，公路两旁的杨树上竟数出了四十多个鹊巢。

办公楼前的绿草坪上，常见喜鹊从容散步，即使有人走近也不慌张。每逢遇到这场面，我就从心底发出赞美。的确，宽容和热爱，使喜鹊的胆子越来越大了。

一位朋友告诉我又一件奇事：几天中，数只喜鹊在他家窗外的树上跳跃嬉戏，一只总是落在窗台上，隔着玻璃向屋内歪着头窥视，还时不时用尖嘴敲打几下玻璃。那样子分明在说："喂……伙计，打开窗子，我要进去！"朋友十分友好地打开窗子，喜鹊真的大模大样迈进来。朋友抓住这难得的机会，举起相机连连给喜鹊拍照。喜鹊先是绅士一般在书架上漫步浏览，然后再跳到古玩架上，观赏品味一番。之后，这只喜鹊成了这位朋友家时不时光顾的奇客。

人与鸟的和谐相处，是以人的宽容和不去伤害为基础的。欧美发达国家的一些城市，鸟儿敢落在人的头上、肩上与人比肩而行，这根本的原因在于城市全体居民有自觉的环保意识。

喜鹊作为吉祥的象征，传说会在天河架起一座美丽的鹊桥，让天河两侧的牛郎织女夫妻相会。

我们也该用热爱与友好共筑一座心灵的"鹊桥"，让鸟儿们与人和谐相处、相依相伴。

科普链接：喜鹊属鸟纲、鸦科，共有10个亚种。体长四五十厘米，雌雄羽色相似，头、颈、背至尾均为黑色，并自前往后分别呈现紫色、绿蓝色、绿色等光泽，双翅黑色，翼肩有一块白斑，尾羽很长，嘴、腿、脚均为黑色，腹面前黑后白，为北方留鸟。常出没于人类活动地区，喜欢将巢筑在民宅旁的大树上。全年大多成对生活，在旷野和田间觅食，繁殖期捕食昆虫、蛙类等小型动物，也盗食其他鸟卵和雏鸟，兼食瓜果、谷物、植物种子等。

鸦鹊争栖

“乌鸦喝水”是《伊索寓言》中一个有趣的故事。故事讲道：一只乌鸦口渴了，到处找水喝。它看见一个瓶子里有水，可是瓶子很高，瓶口很小，里边的水又少，它喝不着水。怎么办呢？乌鸦看见旁边有许多小石子，想了想便把小石子一个一个地衔起来放进瓶子里。瓶子里的水慢慢升高了，乌鸦终于喝到水了。

这则故事，除了告诉人们遇到难题应该想办法去解决，同时也表明乌鸦是一种很聪明的鸟类。

乌鸦是北京地区的留鸟。而留居北京的乌鸦主要是大嘴乌鸦。大嘴乌鸦比喜鹊的个头大很多，体长可达半米，体重可达400多克（而喜鹊只有250多克）。由于浑身漆黑，“哇——哇——”的叫声给人一种单调、不祥之感，所以许多人都很讨厌它们。

而喜鹊呢？羽毛黑白相间，体态轻盈漂亮，叫起来“喳喳喳喳”仿佛是在报喜，所以人们把它们当成“喜神”加以厚爱。

乌鸦和喜鹊同属鸦科，均为京郊常见的留鸟和杂食性鸟类，亦有吃腐食的习性。虽然同属鸦科，但乌鸦和喜鹊生活的环境却差异较大：喜鹊喜欢生活在郊区、山区和林木繁茂的公园；大嘴乌鸦除了在山区生活，更喜欢在城市集群而居。

近些年来，大城市的“热岛效应”和“垃圾围城”现象愈加明显。于是，喜欢捡拾垃圾的大嘴乌鸦便以城市中的高大乔木为落脚点，成群集结，然后到周边垃圾场去寻觅食物。可以说，垃

▲乌鸦在垃圾场旁边的树枝上

圾场成了“食腐”鸟类的重要“餐桌”。

一些喜鹊大约也看到了垃圾场存在的“食机”，居然也凑过去要分一杯羹。于是，鸦鹊之间的矛盾便产生了。

1

京郊大石河由于多年来干旱少雨，干涸断流，以至成为挖沙者的“天堂”。经过十几年的疯狂挖掘和开采，大石河床变得千疮百孔，分布着成百上千个巨大的沙坑。近几年来，挖沙被禁止了，河道开始疏通，河堤重新得到修复。加上南水北调工程补水，河道修建的水上公园加设了防水层，我们终于见到了大石河上难得的波光水影。

初冬时节，与朋友小肖多次到大石河的水面和沙渚中观鸟，居然发现河岸边的一个巨大沙坑被当成了垃圾填埋场！尽管水泥垒砌的堤防已将垃圾与河水隔开，但垃圾的渗透还是会污染河水。我不禁想到了“饮鸩止渴”的成语。

垃圾场周围很平坦，因为是原始河道，没有什么树木，仅在西北角不远处有一株胳膊粗的小榆树。小榆树的树冠被砍掉了，只在树干一丈多高的地方生出了些小枝，最粗的一枝向南伸展着，仿佛是伸出了一支手臂。

一台推土机轰鸣着，正在把车辆倾倒的垃圾小山一点点推进大坑。

一只大嘴乌鸦飞过来落在小树南倾的树枝上叫了两声。我顿时有了一种悲戚的感觉：垃圾、残树、寒鸦……只差“古道、西风、瘦马”了。

我明白，那乌鸦是在观察和等待：一旦推土机停止工作，它就会飞到垃圾场“拾荒”。

虽然观鸟的重点是看水面涉禽和水禽，但乌鸦的出现依然引起了我们的兴趣。在京郊平原上见到大嘴乌鸦也是很难得的。于是，小肖架起单筒望远镜，我也迅速调整相机焦距，把大嘴乌鸦收拢在镜头之中。

就在大嘴乌鸦静静等待的时候，只见一只喜鹊飞过来落在乌鸦附近的小枝上。它翘翘尾巴，奓着翅在小枝上跳了几跳，居然冲着乌鸦“喳喳喳喳”叫了起来。听得出那叫声中带着愤怒和驱赶的味道。但乌鸦很有风度，静静立在树枝上毫不理会，任凭喜鹊跳来跳去。

一只体重只有乌鸦一半的喜鹊，怎么敢对大块头的乌鸦大喊大叫呢？我们都感到迷惑不解。

可能觉着大声喊叫没有效果，喜鹊折腾了将近一分钟便悻悻飞走了。

我和小肖相觑茫然。

转眼间，西边天空飞过来五只花喜鹊，先后落在小榆树的散

▲乌鸦受到喜鹊们驱赶

枝上，把大嘴乌鸦包围在中间。我们瞬间大悟：原来刚才飞走的那只喜鹊是搬“救兵”去了！

三只喜鹊占据三个树枝呈三角合围之状，两只喜鹊分别从斜上方两个方向翻飞大叫着呈进攻之势。面对五个方面的威胁，大嘴乌鸦终于失去了刚才的从容，有些仰俯失控，翅闪身摇。

但如同群狼面对独狮，喜鹊们只是佯攻狂叫，却没有一只敢率先对乌鸦发起猛攻。

倒是那只在乌鸦头顶翻飞的喜鹊，使出了下贱阴损的手段，将一坨稀屎空降下来，落在了大嘴乌鸦的身上……

这是一种“是可忍，孰不可忍”的侮辱。愤怒的乌鸦一声大叫便冲天而起去追那喜鹊。但灵巧的喜鹊左右盘旋、上下飞舞，很快飞回到群体中间。

面对敌众我寡的不利局面，乌鸦只能无奈地叫了两声，盘旋两圈后突然丢下喜鹊们飞向了垃圾场——

原来，垃圾场上的推土机已经开走，乌鸦忙着去“拾荒”了。喜鹊们见状，也恍然大悟一般飞向了垃圾场。

我和小肖一下子明白了：原来，乌鸦和喜鹊都是为去垃圾场“拾荒”而来。它们是为了能占据一个有利等待时栖息的树枝而争斗。

2

北美棕熊为捕捉大马哈鱼，会在河道中与同类争夺最有利的位置，甚至不惜大打出手。乌鸦和喜鹊为了占据垃圾场旁唯一的栖息小树，竟然也争得不可开交。

也难怪，垃圾场周围只有这样一棵小树：站在小树枝上既可俯视垃圾场的情况，以便择机进场“拾荒”；又可在枝头休息，以保养精神。这也是大嘴乌鸦与喜鹊相争的关键所在。

河边的这个垃圾场远离都市，以前很少见到有大嘴乌鸦来活动，而喜鹊却是常见的。由此可以推断，垃圾场边的小树，原本应是喜鹊的栖息地，是大嘴乌鸦来了并占据了小树，才惹得喜鹊们群起而攻之。为证实这一判断，第二天上午9点多钟，我又悄悄来到河边垃圾场附近一个沙坑里隐蔽起来观察。运送垃圾的卡车陆续来垃圾场倾倒，那台推土机也开始发动轰鸣。不一会儿，两只喜鹊飞落在小榆树最有利的树枝上。

看来，垃圾车的出现和推土机的轰鸣，就是给“拾荒”鸟儿们发出的信号。

果然，昨日见到的乌鸦也出现在空中，但不是一只，而是变成了两只。它们在垃圾场上空盘旋着，显然发现两只喜鹊已捷足先登，占据了小榆树伸出的最粗壮树枝。一只乌鸦“呱——呱——”大叫两声，带领同伴扇着翅膀向两只喜鹊扑过去……

面对两只黑色“莽汉”的报复性进攻，两只喜鹊顿时慌了，早已忘记了坚守小树的责任，“喳喳喳”叫着弃枝而逃。

很快，一支由六七只喜鹊组成的军团飞临到两只乌鸦的上空，“喳喳喳喳”的叫声响成一片。

面对喜鹊的围攻、恐吓和骚扰，为避免“屎弹”的攻击，两只乌鸦没有像昨天那样在树枝上消极防御，而是扇着巨大的翅膀腾空而起，向一只只喜鹊发起了主动攻击。

论灵活和机动，乌鸦比不上喜鹊。但乌鸦有个头、有力气，被翅膀拍着就会受轻伤，被尖嘴啄一口就会受重伤，喜鹊们谁也不敢与乌鸦单独对阵。喜鹊的包围圈顿时被冲得七零八落。

看到喜鹊们被赶到了远处，两只乌鸦这才从容地落回到小榆树上。

经历了刚才的失败，喜鹊们虽然“喳喳喳”叫着，试图重整旗鼓夺回自己的“阵地”，但心有余悸的它们再也无力发起有效

▲喜鹊群起攻击乌鸦　　肖虹　摄

的进攻。垃圾场上，喜鹊和乌鸦仍在“拾荒”中相互争吵叫骂，但垃圾场旁的小榆树最终成了乌鸦的栖息地。

看来，数量众多也未必能够取胜。有实力、有智慧、更要有勇气，才是战胜对手、获取胜利的保证。

科普链接：乌鸦，为鸟纲、雀形目、鸦科、鸦属中25种黑色鸟类的俗称，又叫老鸹。嘴大，喜鸣叫，是雀形目中体形最大的鸟类，体长50厘米左右。全身或大部分羽毛为乌黑色，具紫蓝色金属光泽，亦有带白色颈圈者，翅远长于尾。嘴、腿、脚均为黑色。栖息于低山、平原和山地森林中，集群性强，群居于树林中，多在树上营巢，有较高的智力。鸣声简单粗厉，性格凶悍，富于侵略性。吃谷物、浆果、昆虫、腐肉及其他鸟类的蛋，北京地区多为留鸟。

猫鹊之战

喜鹊和猫，一个在天上飞，一个在地上跑，本来是井水不犯河水。但我家楼后的小园里，却发生了意想不到的猫鹊大战。

近些年，小区的绿化越来越好，各种树木越长越旺，来小区光顾居住的鸟儿也越来越多。麻雀、斑鸠、戴胜、喜鹊、啄木鸟、白头翁等经常在草坪和绿树间翻飞嬉戏，让人看了赏心悦目。

楼后的小花园以草坪为主，其间点缀着由珍珠梅、女贞子、小叶黄杨、紫叶小檗等灌木组成的绿篱造型和几棵茂盛的法桐。与我家客厅后窗相对的那棵法桐又高又大，树旁草坪中有一块面积约两三平方米的长方形水泥盖板，是封闭下水井用的。由于水泥盖板比较干燥，无法长草，上面又被风刮上了一层1厘米多厚的沙土，所以，这里便成了碧绿草坪中鸟儿们沙浴嬉戏的最佳场地。麻雀、斑鸠、啄木鸟时不时结伴成双到这里“洗浴”一番。

鸟儿们在水里洗澡我们都好理解，那是为了干净或凉爽，可为什么要在沙土中拍着翅膀弄得沙尘飞扬、灰头土脸呢？原来，鸟儿们身上都有一些细小的虱虫，在沙土中洗浴，主要是为了清除这些寄生虫。炎热的夏季，在沙土中打着滚儿扑棱翅膀，让滚烫的沙尘深入皮毛之内，虱虫们忍受不了这突然的烟尘和灼热，便纷纷从鸟儿身上脱落，而鸟儿们又趁机把它们当作了“点心”啄食。如此一举两得，这就是沙浴的妙处。

初春的时节，那棵法桐上住进了一对喜鹊。它们衔枝筑巢，相亲相爱，生蛋孵化，每天叽叽喳喳叫着，给人一种吉祥喜庆的福兆。小喜鹊出生后，它们更忙了，一大早就会飞出去捕食，每天要往返几十次来喂养自己的小宝宝。

俗话说：近水楼台先得月。喜鹊夫妇的家紧靠着沙浴场，所以，它们俨然成了沙浴场的主人。其他前来沙浴的鸟儿都很知趣，每逢看到花喜鹊占着浴场，就会飞到其他树上等待玩耍一会儿，待喜鹊夫妇尽兴离开之后再来这里。为什么呢？一来是这里紧靠喜鹊的家，人家占有地利优势；二来是喜鹊个头最大，嗓门最大，力量最大，是社区鸟类中的霸王，谁见着都会畏惧三分。不过，喜鹊夫妇还算宽容，并没有独霸浴场，除了中午的洗浴时间，其他时间都乐于和别的鸟儿分享。鸟儿们和平共处度过了一天又一天。

这天，沙浴场上发生了一起意想不到的惨案。一只在小区中流浪的花猫，偶然游逛到这里发现了沙浴场的鸟儿。它悄悄埋伏在紧靠浴场的草丛里，等待着伺机猎杀。一只麻雀来到这里，只顾扇着翅膀全身心享受着沙浴的舒服和快乐，完全放松了警惕。潜伏的花猫突然蹿出猛扑过去，一双利爪将麻雀狠狠摁住，并一

▲花猫伺机捕捉喜鹊

口把它叼在嘴里……可怜的麻雀拼命“喳喳”叫着，顷刻，便随着花猫的飞速离去而没了声息。

从此，沙浴场笼罩上了可怕的死亡阴影。

花猫的出现，打破了沙浴场的祥和与宁静，敢来这里沙浴的鸟儿越来越少。花猫呢，则越加放肆，索性把沙浴场当作了自己打盹晒太阳的好地方，每天游逛到这里，几乎都要伸开懒腰斜躺在沙浴场中央美美睡上一觉。

对花猫的强盗行径，鸟儿们虽然很愤怒，但又无可奈何，只能在高高的树枝上叽叽喳喳高叫怒骂。而花猫理都不理，甚至四脚朝天，冲鸟儿们仰头伸爪，做懒洋洋嘲笑状，仿佛在说：有本事你下来呀，看我不吃了你！

对花猫的傲慢和骄横，花喜鹊夫妇简直无法忍受。花猫不仅霸占了它们的沙浴场，更重要的是侵犯了喜鹊一家祥和平静的生活。想想看，有一只能爬树、能捕鸟的猫跑到自己家门口安营扎寨，正在抚养儿女的喜鹊夫妇怎能不慌乱愤怒？可怎么办呢？它们只能用“喳喳喳喳”的严厉鸣叫去警示花猫。

这一天，躺在沙浴场惬意享受阳光的花猫，突然听到了法桐树上发出的小喜鹊叫声。贪婪和好奇的本能，促使它站起身子扒住树干向树上的喜鹊窝左右张望。

树上，小喜鹊“喳喳”叫着，正好把头探出窝洞伸长脖子向刚飞回来的妈妈要食；喜鹊妈妈则亲昵地把带回来的食物嘴对嘴喂给小喜鹊……花猫“怦然”心动，不由自主地伸出爪子，攀住树干向上爬去。

这一切发生得十分突然，喜鹊夫妇的忧患果然变成了现实！花猫与鹊巢的距离越来越近，三米、两米、一米……喜鹊妈妈惊恐大叫着从鹊巢上飞起飞落，试图阻止花猫的前进。花猫虽有犹豫，但凭借着傲慢和实力还是一步步接近了鹊巢。

▲花猫对喜鹊发动偷袭

不好，一只不知深浅的小喜鹊听到“喳喳”声以为是妈妈在呼唤，又把头伸出了鹊巢侧面的洞口。花猫看准时机，伸出右前爪向小喜鹊猛力抓去……千钧一发，小喜鹊命悬一线！

突然，伴着沙哑的鹊鸣，一片黑影霎时飞扑到花猫头上。大花猫顿感额头受到重击，前爪下意识缩回，身体一个歪斜，差点跌下树干。原来，是喜鹊妈妈眼见孩子要被花猫抓获，便忘记了所有恐惧，不顾一切向花猫扑了过去……

成年花喜鹊体形较大，体重会达到近250克。巨大的重力加速度，有力的翅膀加利爪，还有为了救子而迸发出的勇敢无畏精神，这一切使喜鹊妈妈变成了死命相拼的勇士！

自然界的法则虽然是弱肉强食，可还有一条悖论，那就是“弱的怕横的，横的怕不要命的”。弱者遇上了强者，若弱者敢拼命、不要命，强者有时也会败下阵来。

花猫的额头被啄出了血迹，右前爪也被喜鹊妈妈的翅膀打得生疼。它第一次领略到了喜鹊的厉害，领略到了喜鹊的绝地反击。

这时候，喜鹊爸爸赶回来了。看到眼前发生的一切，听了喜鹊妈妈“喳喳喳喳”的哭诉，喜鹊爸爸自然是怒火中烧。夫妻俩顷刻变成了两架黑白相间的俯冲“战斗机”，向着花猫发起了轮番“袭击”！花猫尽管挥舞两只前爪拼命抵挡，但毕竟没有在空中飞舞的喜鹊灵活，不得不且战且退，最终逃落到地面草丛上。

回到地面以后，花猫摆脱了爬树的负担，有了跳跃腾挪的灵活，很快恢复了主动。而喜鹊夫妇并不示弱，它们从刚才的胜利中找到了自信，看到了花猫的弱点，也找到了防范和进攻花猫的办法。

草坪和空中，一团花，两团黑，伴着“喳喳喳喳”的嘶鸣和“喵——喵——”的短嚎，上下翻飞，左右盘旋……这叫声和搏斗吸引了众多鸟儿来观战。看到是喜鹊在和死敌花猫决斗，鸟儿们群情激奋，纷纷“叽叽喳喳”叫着前来助阵。花猫难以应付鸟儿们的轮番攻击，只得暂时溜进了草坪旁边的绿篱。

在喜鹊的率先反抗下，鸟儿们取得了对花猫作战的首次胜利。沙浴场上重新有了鸟儿们活泼的身影。

然而，花猫并不甘心沙浴场的丢失，时时还惦记着对鸟儿们的捕杀，所以，每天仍会光顾沙浴场来享受沙浴阳光并伺机报复。沙浴场上，我们会经常看到这种让人惊叹的猫鸟大战。

花猫以利爪虎牙和灵敏扑抓，对付群鸟的尖喙利爪和翅膀击打，在大战中基本处于上风；但喜鹊夫妇带领群鸟采用车轮战术轮番进攻，使花猫无法喘息，疲于奔命。尤其是喜鹊夫妇，在实战中总结出了诱敌和偷袭相结合的有效战术：雄喜鹊先是佯装正面进攻向花猫发起俯冲，待花猫跳起扑抓时，它跃然飞起改变方向让花猫扑了个空。就在花猫身子落下的一瞬间，早已准备好的雌喜鹊箭羽般落下，猛击猛啄花猫的背部，待花猫嚎叫着转回身子，雌喜鹊早就飞走了……

花猫又气又恼，但又无可奈何。一次次吃亏使它逐渐改变了策略，不再对鸟儿们主动进攻，而是以静制动，仰面躺在沙浴场上，收缩利爪，待鸟儿们发动攻击后再后发制人。看到这种情景，喜鹊夫妇“喳喳喳”相互交流后，采取了骚扰和臭蛋轰炸战术：它们先是陆续起飞围着花猫忽高忽低上下盘旋，与花猫的高度始终保持在两米左右。这一高度对花猫来说若是蹲立姿势，凭借后腿强有力的弹跳可以勉强企及，但现在它是仰卧，后腿无法助力，只能左顾右盼，挥动前爪做出扑抓恐吓。

几番盘旋之后，见花猫已有了疲惫的状态，喜鹊夫妇突然先后发起俯冲，在飞临花猫头顶时，迅速准确地排泄粪便，那“臭蛋”便像一摊稀泥溅落在花猫的脑袋上，然后四面开花……众鸟儿见状，也都随之仿效，一枚枚“臭蛋”先后落在花猫头上、身上、尾巴上……生性干净的花猫再也无法忍受这“臭蛋”的轰炸，只得狼狈逃离这块是非之地。

高大的法桐树上，喜鹊夫妇的四个孩子逐渐长大，黑白相间的羽毛已日渐丰满。喜鹊夫妇除了继续为它们捕食、喂食，已开始带着它们走出鹊巢，在树枝上练习串枝、扇翅和短距离飞翔。小喜鹊们在练习和成功中越来越自信，很快在父母的示范下，能从这棵大树上飞到另一棵大树上。

这天正午，不长记性的花猫又一次占据了沙浴场。看到爸爸、妈妈和鸟儿叔叔、阿姨们又与花猫展开了激战，四只小喜鹊喳喳喳叫着，都跃跃欲试。俗话说：“初生牛犊不怕虎。”那只个头最大的小喜鹊竟然也不知深浅加入到攻击花猫的鸟群中。毕竟没有经验，没有父母的机动、有力和灵活，就在它俯冲下去的一刹那，由于收翅过晚，下降高度过低，竟然被跳起的花猫一爪抓住右翅，瞬间被摔落在草坪上……

▲小喜鹊在花猫利爪下命悬一线

花猫大喜过望，一腔愤怒凝聚在猫口和利爪上，身子刚一落地，便流星一样向小喜鹊扑过去！鸟儿们都惊呆了，小喜鹊命悬一线，眼看要葬身于猫口！

千钧一发之际，只见喜鹊爸爸、喜鹊妈妈像两颗黑色的重磅炸弹，同时从前后两个方向直刷刷“砸”向花猫。在突如其来的双向重击和猛啄下，花猫顿时眼花缭乱，疼痛难忍，再也无心去捕捉小喜鹊。受伤的小喜鹊趁机跳上附近绿篱，拖着受伤的翅膀喳喳叫着，呼唤妈妈来救它。

然而，爸爸、妈妈却无论如何也没有能力把它救回到树上。花猫分明看清了眼前的形势，尽管冒着喜鹊夫妇的疯狂攻击，仍旧向小喜鹊展开了一次次扑抓……

突然，草坪中出现了一个人。他手持木棍，先是赶跑了花猫，接着又捉住了受伤的小喜鹊。仔细一看，竟然是邻居老刘。

原来，老刘也一直关注着沙浴场上的猫鹊大战。见到小喜鹊遭遇险境，便跑出来鼎力相助。

小喜鹊得救了，我自然十分高兴，为老刘送去了消毒碘酊和云南白药，还帮老刘一起为小喜鹊包扎伤口。老刘暂时将小喜鹊收养在阳台上。

一周以后，小喜鹊伤口渐渐愈合，恢复了飞翔功能。老刘便把它重新放飞到法桐树上。母子团圆，喜鹊一家兴奋异常，它们冲我们“喳喳喳”叫着，充满了欢快和激动，仿佛在说：“谢谢啦！谢谢啦！”

沙浴场的争斗逐渐平息，喜鹊夫妇带领鸟儿们用团结、顽强和智慧，迫使花猫放弃了霸占沙浴场的念头。

喜鹊一家和鸟儿们亦增加了警戒：凡有鸟儿沙浴，一定有同伴在树梢站岗放哨，以时刻提防野猫偷袭。

追踪玉米盗贼

如今，市场上的蔬菜、水果、粮食，不打农药，不用化肥的已是凤毛麟角，加上对转基因的恐惧，许多人都渴望能有自己的一块土地，以便种一点绿色蔬菜，吃一点放心食品。

正是摸准了人们的这种心思，一家离我们小区很近的农业合作社将村民的土地承包过来，经改造增加了浇灌设施，然后划分成一小块一小块，再租种给小区爱种地的人们，既赚了钱，又受到这些居民的欢迎。

1

由于从小在农村劳动，在农村长大，有着深深的农民情结和土地情结，我也加入了租种土地的退休老人行列。

初春，施肥、翻地、打畦，谷雨前后种瓜点豆，几垄玉米苗出得整整齐齐。为玉米苗除草、定株、施肥，心绪也仿佛回到了少年时期。

仲夏以后，园田种下的春玉米头部出穗，腰部吐缨，几天过去，由碧绿苞衣裹着的玉米棒子迅速“出怀”，变得比擀面杖还要粗壮。

在夏日的催促下，玉米棒子顶着的红缨逐渐变为黄褐色。这预示着青玉米进入了灌浆期。

过去种玉米主要是为了当主粮，而现在种玉米则主要为了尝鲜煮着吃或作饲料。

现代科学技术使人变得懒惰而聪明：经过一番又一番改造，现在的玉米已变得与原来截然不同。

原来那些有名的“白马牙”“金皇后”“小八趟”等品种，虽然棒子大、颗粒饱，熬出的粥黏稠馨香，很有嚼口，但秧棵高，要水肥，不能过密，产量较低，且生长周期较长，故已被人们淘汰。

取而代之的是秧棵矮、植株密、产量高、成熟期短的黄玉米或白玉米。籽粒虽然少了“骨头”，但口感好，水分大，有些品种甚至又黏又甜，青玉米最适合煮着吃，在市场上很受欢迎。

但这些玉米新品是“绝户”品种：自己收的玉米无法做种子。若第二年种下，不是产量大减，就是虫害严重，甚至颗粒无收。逼着你必须年年从种子公司买新种。

而原来的玉米，每年从大田中选种，第二年种下去照样茁壮，一点也不退化，能一代一代将基因稳定遗传下去。

两相比较，真不知新品玉米对我们的生活是福还是祸。

田中的玉米已到了可掰下来煮吃的时候。

这一天，我挑选了几根饱满的玉米掰回来煮了一锅。果然又黏又甜，一家人都吃得很开心。

“爸，地里还有多少？可别为种地把您累坏了。”女儿关切地说。

“还有好多，放开吃！没有化肥，没有农药，纯绿色，明天还会掰回新的来。放心，这点地累不着。”看一家人吃得高兴，我很有成就感。

▲喜鹊招呼伙伴们啄食青玉米

这天早晨，到田里为豆角浇水，想顺便再掰回一些玉米。

突然，我发现畦头一棵玉米怀中的大棒子被撕开了绿色苞衣，自顶部到中央的玉米粒都被吃掉了，棒子核上只留下一道道发黑的印痕……

再仔细巡视——岂止是一棵玉米，周围三四棵玉米均遭受了同样的厄运。

▲被喜鹊撕开外皮的青玉米

我顿时恼恨心疼：是什么家伙偷盗了玉米？

脑子里立即想到了狗獾。小时候曾经与扑玉米、偷玉米的狗獾打过交道，还挖过狗獾的洞穴……

可细看起来又不像：狗獾偷吃玉米，先要用身体扑上去把玉米秆压倒，然后才会从容啃吃秆上的棒子——就是所谓的“獾扑棒子”。但眼前的玉米秧都好好直立着，没有一棵被扑倒，显然不是狗獾所为。况且，獾子主要在山区活动，这里是大石河冲积平原，獾子很少见到，加上园子周围又有铁丝网保护，即使有獾子也很难钻进来……

那么，又是何种动物所为？

莫不是“地排子”麝鼹鼠？

从春至夏，田里“地排子”始终不断，地面上不时有土埨子隆起。但“地排子”是地栖动物，很少会钻出地面，即使偶尔露头，也没有本事爬上玉米秆吃玉米。

经过甄别排除，我最后猜测：爬上玉米秆偷吃棒子的应该是田鼠！

田鼠身姿灵活，善于攀爬，完全能爬上玉米秆偷吃棒子。但它们的本事也太大了：能把棒子包一绺绺撕开，能将整根玉米吃得所剩无几……我还从没有见过如此厉害的田鼠。难道它们成精了吗？

我决心想办法抓窃贼一个现行。

2

然而，要想抓窃贼，必须能侦破和发现窃贼的行踪。

于是，每次去田园，我都屏住呼吸，蹑手蹑脚，生怕弄出声音吓跑作案的窃贼；有时，甚至在玉米田垄中悄悄埋伏，一蹲就是一个多小时……但我的努力始终没有结果，几天下来，连窃贼的影子也没见到！我不禁有些灰心丧气。

这一天，我正在自家田里割韭菜，眼睛的余光分明看到有什么东西突然从邻居玉米秆上蓦然飞起。抬头一看，原来是一只我们天天见到的花喜鹊！

我顿时警觉，急忙站起身去邻居家玉米地查看：啊呀，一个青玉米棒子已经被剥开，棒子从上至下被啄去了小半截，被啄破的玉米粒还渗着浆水呢……

原来，喜鹊才是真正的玉米窃贼！

正是“踏破铁鞋无觅处，得来全不费工夫”。

少年时在老家，喜鹊啄食树上的红柿和鸭梨是常见现象，但啄食青玉米却实在罕见。

进一步巡视自家被啄食过的玉米棒子，从玉米叶到地面果然发现了喜鹊作案的又一证据：一摊摊黑白相间的喜鹊粪在叶子和地面上清晰可见——是它们边吃边拉的产物。

我为发现了这一秘密而兴奋，也对出现这一现象而感到困惑。

这里的喜鹊怎么知道并掌握了剥玉米、啄玉米的高难绝活呢？而老家山区的喜鹊却没有这些本领呢？

带着这些疑问，我询问了合作社管理人员丽丽。

丽丽告诉我说："剥玉米、吃玉米是这里喜鹊的习惯，很多年就存在了。它们特聪明，凡是打了草甘膦除草剂的玉米地，它们就躲开不碰；而咱们承租户的玉米不打农药，不施化肥，所以它们专挑咱们的吃……"

▲喜鹊会选择无农药玉米啄食

我越发感到吃惊：看来喜鹊也进化到讲究吃绿色食品的层次了！

细想也不奇怪：承租户种的玉米多是口感好的黏玉米和甜玉米，加上没有农药的邪气，喜鹊当然要选择这样美味安全的食品了！

由此得知，鸟儿对农药非常敏感。它们不但嗅得出味道，而且懂得规避，甚至学会了辨别与选择。

我不禁对喜鹊的行为和本能赞叹起来。

但喜鹊是怎么发现青玉米可吃，并学会剥开苞衣的呢？

掰青玉米时我发现，现在的玉米，一旦棒子"出怀"，尖部几乎都会孳生一条或多条玉米螟虫。捉虫是喜鹊的本能。面对泛滥的玉米螟，我猜想一定是在啄食玉米螟虫时，偶尔啄食了玉米粒觉得味道不错，这才打开了喜鹊啄食青玉米的新途径。

经多次观察后发现：去田里啄食青玉米不是个别喜鹊的单独行为，而是这一带喜鹊共有的本领。玉米太嫩时不食，老硬了不食，只有灌浆饱满的几天才是喜鹊啄食的最佳时期。

这时候，它们会呼朋引伴，“叽叽喳喳”传递信息和技能，分明是告诉哪里的玉米最好吃，哪里的玉米喷了农药，哪块玉米的主人很宽容，哪块玉米的主人要当心……

甚至还会见到大喜鹊一次次为旁边的小喜鹊做撕开玉米苞衣的示范……

这一系列新发现，让人感觉平原的喜鹊比我们家乡的喜鹊似乎更聪明，更有创造精神——因为家乡的喜鹊并没有进化出啄食青玉米的本领。

3

然而，结合环境差异两相对比思考之后，对原来的想法又有了修正。

喜鹊之所以在不同地区进化出了不同的生存本领，应该与不同地区的地理、环境、物产等要素差异紧密相关。

▲被喜鹊啄食的青玉米

我们租种的园田，地处大石河冲积大平原，是粮食主产地，主要种植玉米、小麦等粮食作物，很少栽植果树，因而遍地生长的玉米才会被喜鹊“发掘”为夏季重要“口粮”。

而我的老家地处丘陵山地，到处栽植果树。夏秋时节，桃、杏、梨、柿等果品相继成熟，喜鹊自然会将新鲜甜美的水果充作“点心”品尝了。

记得小时候常爬到大柿

树上去摘悬挂在枝头的“喜鹊啐”。“喜鹊啐”是琉璃瓶似的红柿子被喜鹊啄食后汁液流淌、逐渐风干的天然柿子干，甜蜜无比，是山里孩子最稀罕的山珍。

将平原的青玉米与山区的水果相比较，无论是口感还是滋味，青玉米都比不上水果。由此看，山区喜鹊比起平原喜鹊更有“口福”。

晏子使楚故事中有这样一段话：“橘生淮南则为橘，生于淮北则为枳，叶徒相似，其实味不同。所以然者何？水土异也。”

无论是动物还是植物，其生存过程均会受到环境的制约与影响。即使是同一物种，面对不同的环境，也要依据变化做出及时调整，才能适应所处的新领地，实现生存与延续。

两相对比后得出如下结论：平原喜鹊与山区喜鹊应是各有千秋，各取所需，都是为适应所在环境而尽展才能。

至于彼此的智慧，也应是不分伯仲，难言高下。

科普链接：环境与生物进化，是生命面对的重大课题。生物总是生存在一定环境中。一方面，生物的生存时刻都要受到环境的制约和影响。面对不同的环境，绝大部分生物都要依据变化做出适应性的进化和调整，从而实现物种的生存与发展。另一方面，环境也会因为生物的存在而发生或大或小的变化。正是这种环境的变化与生物适应性的进化，才使生命得以不断延续。

后园乌鸫

入冬以后，楼后小园中发现了一种奇怪的鸟儿：全身羽毛乌黑，个头比喜鹊稍小，橙黄的喙，橙黄的眼圈，黑褐的长腿和尾巴，貌似乌鸦，但比乌鸦小巧许多……是什么鸟呢？我一时认不出来。

我家住一楼，楼后的小园我们称作后园。后园中有绿篱、草坪、雪松、法桐、栾树，还有紫藤花架。由于周围有铁栏保护，园内很幽静，是鸟儿、虫儿、流浪猫、流浪狗的乐园。

黑鸟的习性与喜鹊、斑鸠很相似，总爱在草坪上踱步——分明在寻找食物。但又与喜鹊、斑鸠不同：一旦发现了什么，黑鸟会伸颈、俯首、前倾，然后呈小碎步跑过去，活脱脱一个小偷窃物的模样。这是喜鹊和斑鸠绝没有的动作。

为了引诱并拍摄这奇怪的黑鸟，我从客厅北窗台的纸箱中拿出存储的一个冻柿子，扔到窗外草坪里看它吃不吃。不一会儿，黑鸟果然慢慢踱步凑过来。但它发现窗子开着，里面有人，便犹豫了，只是兜着圈子不敢靠前。我只得悄悄拉上窗子，隔着玻璃观望。

黑鸟很快找到了冻柿子。它机警四望，确定没有危险，并开始努力地啄食那柿子：一口、两口、三口……冻柿子逐渐被啄出了一个洞。黑鸟吃得很惬意，看得出它很喜欢冻柿子的甜蜜味道。我也拍到了满意的照片。

北京的冬季留鸟我基本熟悉，但这黑鸟我却从没见过。不是乌鸦，也不像八哥、鹩哥。八哥虽然也覆黑羽，但个头要小一些，且头前有一撮明显的丝毛。

对照拍摄的图片，查阅《北京地区常见野鸟图鉴》，终于在239页找到了答案：这黑鸟叫“乌鸫”，属雀形目、鸫科鸟类，是一种典型鸣禽。

图鉴介绍说：“乌鸫为南方地区常见鸟种，近年在北京地区夏季也可见到。”

而实际情况是，我却在京郊严寒的冬季见到了乌鸫。

由此断定，乌鸫已开始成为北京地区的留鸟了。

查阅了更多资料后得知，乌鸫又叫乌鸪、百舌鸟、反舌鸟、中国黑鸫，主要分布在我国南方，常栖于林区、小镇、乡村、果园，是食性较杂的中型鸟类，捕食各类昆虫、蚯蚓等无脊椎动物，也采食植物的种子和浆果。

那么，原本生活在南方的乌鸫为什么会出现在北京且成为留鸟了呢？

这大概与白头鹎、珠颈斑鸠落户北京的原因大同小异。珠颈斑鸠和白头鹎原来也是南方的留鸟，但由于全球气候变暖，北京气温上升，鸟儿的生存环境不断变好，它们才欣然北迁，成了北京地区的新留鸟。

▲乌鸫啄食丢在地上的冻柿子

▲乌鸫从地下啄捕蚯蚓

如今，乌鸫也来到了北京。

“麻雀、乌鸫、白头鹎、珠颈斑鸠”被称为南方常见鸟类的“四大金刚”。如今，这“四大金刚”竟在北京聚齐了，不知是祥瑞还是舛兆？

2020年春节刚过，新型冠状病毒肺炎便在全国乃至世界疯狂肆虐起来。武汉封城，北京各小区封闭，白衣天使奔赴抗疫一线，人们各自在家隔离防疫。

一家人难得有如此长的时间在家里共同生活。

这天，正在厨房洗菜的女儿突然叫起来：“爸——爸——快看，这是一只什么鸟啊？浑身乌黑，嘴是黄的……走路探头探脑像小偷……”

我赶忙跑过去透过厨房北窗往后园看——一眼便认出来这是一只乌鸫。

它一探一探在草坪中走着、听着，分明在侦察和搜索着什么。

女儿轻轻打开窗子，想用手机拍几张照片，但听到窗子的响声，警惕的乌鸫便立即展翅飞到了附近塔松上。但关上窗户后，乌鸫又很快落回了草地。

我拿着鸟类图鉴，与女儿一起对照乌鸫仔细分辨。

图鉴介绍说：雄乌鸫的喙和眼圈是橙黄的，全身羽毛为黑色；而雌乌鸫的喙与眼圈为淡黄色，羽毛呈褐色，脚呈黑色……

眼前这只乌鸫，嘴为橙黄色，眼圈也为橙黄色，而羽毛为黑色，显然是一只雄鸟。

怎么没有雌鸟呢？

转念一想我明白了：现在还不到鸟儿的恋爱季节，说不定过些天这只雄乌鸫就会把情侣带过来呢！

突然，我们看到乌鸫张嘴鸣叫起来："叽儿、叽儿、叽儿、叽儿……"声音很洪亮，像小鸡在呼唤。啊——原来乌鸫是这样叫的呀！

叫过几声以后，乌鸫继续踱步搜寻。转瞬间，乌鸫忽然低颈伸头加快脚步冲到前面一米多的地方，继而快速啄起地面来。

难道是发现了猎物不成？

果然，乌鸫好像啄住了什么，连连摆动头部用力往上一扯一扯！扯呀扯，经过几次拉锯式的努力，一条长长的东西被拽了出来……我们终于看清了——原来是一条大蚯蚓！

这些天气温升高，一定是蚯蚓到地表排便时被乌鸫发现了。

这是一个巨大的收获。乌鸫一面甩动利喙，让蚯蚓不断变换位置以便于吞咽，一面用钳子一样的喙挤压着蚯蚓身体，使其内部的泥巴排出来……看得出，这是一位捕捉蚯蚓的内行和高手。十几秒钟以后，一条筷子粗、半尺多长的蚯蚓，便被乌鸫整条吞了下去。

乌鸫伸伸脖子，让蚯蚓尽快融入嗉囊，然后惬意地拍拍翅膀，低头在草丛上左一下、右一下抹起嘴来。

抹嘴，是为了去掉喙上粘着的黏液和泥巴——那是蚯蚓的分泌物和粪便，就像我们人类吃饭后要擦擦嘴一样。

资料介绍说：乌鸫善于在地面上或落叶枯草中翻找捕捉各种蠕虫和蚯蚓，而在小动物入蛰后的冬季，则主要吃植物的种子及浆果。

▲乌鸫在鸣叫

大约是吃饱了，高兴了，乌鸫飞到塔松上唱起歌来。

“喳喳、喳喳、喳喳喳喳……”

我们以为来了喜鹊，可细看又不是，原来是乌鸫在叫！

“叽啾、叽啾、叽啾啾啾……”是山雀的叫声。

“汪、汪汪、汪汪汪汪……”是小狗的叫声。

“叽了角儿、叽了角儿、叽了角儿叽了……”是白头鹎的叫声。

“呜哇、呜哇、呜哇……”是乌鸦的叫声。

“喳喳喳喳、喳喳喳喳……”是麻雀的叫声。

我简直不相信自己的耳朵，这些叫声居然都是从乌鸫嘴里发出来的！

我的天！乌鸫简直是鸟类中天赋十足的口技专家！

怪不得资料中说它们善吟咏，能仿效多种鸟叫，有时发出笛声，有时吹出箫音，其声婉转，韵律多变，是鸟类中著名的“百舌之鸟”呢！

也正因为如此，许多南方人才将乌鸫作为家里饲养的鸣禽宠物。

据说，乌鸫能有十几种“叫口”，可模仿多种鸟儿、动物，甚至还有车辆发出的声响，比画眉鸟的“叫口”还要厉害。

我琢磨，若有雌鸟在身旁，后园塔松上的这只雄乌鸫一定会叫得更为卖力呢！

▲乌鸫走路样子像小偷

日渐变暖的气候，日臻改善的环境，良好的觅食条件，使乌鸫成了落户北京的新留鸟。

浏览网上视频，竟看到了一对野生乌鸫在居民家外飘窗上筑巢育雏的奇事。

一对乌鸫曾连续三年在

连云港山水湾小区王女士家的西飘窗上筑巢育子。

鸟巢紧挨着一个大花盆。第一年生了六个蛋，孵化出五只雏鸟；第二年下了两个蛋，只孵出一只雏鸟；第三年生了十个蛋，只孵出了四只雏鸟，不幸又有两只夭亡了。

恰好，王女士的朋友捡来两只出生不久的小麻雀，想让乌鸫父母代为抚养。放进鸟巢后，没想乌鸫对两只小麻雀视同己出、辛勤喂食，照顾得尽心尽力。

一对野生乌鸫，连续三年到王女士家筑巢育子，展示出人与鸟儿和谐相处、彼此信任的奇迹。

王女士一家把鸟儿们当成孩子一样关爱照顾：为小鸟撑上布伞遮阳避雨，给鸟妈妈、鸟爸爸放食、送水增加营养。

聪明的乌鸫一定是深深感受到了这家主人的真心关爱，才连续三年把这里当成了安心筑巢的福地。

我相信，已留驻京城的乌鸫们，也一定会感受到北京人的好客与善良，一定会与北京人和谐相处下去。

科普链接：乌鸫，为鸟纲、雀形目、鸣禽亚目、鸫科、鸫属鸣禽，又名百舌、黑鸫、乌鸪等，广泛分布于亚洲、欧洲、非洲等地区。雄鸟喙和眼圈为橙黄色，脚近黑色，全身为黑色；雌性没有黄色眼圈，喙和羽毛为褐色，喉胸部有暗色纵纹。杂食性，喜欢在地面行走翻找昆虫、蚯蚓等无脊椎小动物，冬季也吃植物的果实及浆果。栖息于林区外围、林缘疏林、农田果园和村镇边缘，常发出急促的“吱、吱”短叫，歌声响亮动听，善于模仿其他鸟鸣。胆小，眼尖，对外界反应灵敏，为瑞典国鸟。

我的环颈雉

星期天去自由市场买菜，远远看见一位小贩擎着一只漂亮的大鸟在叫卖。趋近端详，认出了是多年前见过的环颈雉。密密的白羽围着颈项绕成一道白环，棕黄色的双翅，翡翠色的背羽，再配上绚丽五彩的长尾，真是漂亮极了。

“胸前花狐尾，脑后雉鸡翎”，这是古典小说和戏剧中凛凛武将的装束。

雉类是禽鸟中的大家族。尤其是环颈雉是雉类中数量最多、分布最广的一类。

环颈雉又叫雉鸡、野鸡，体形略小于家鸡。雄雉羽色华丽，颈部有白色颈圈，与颈部其他绿色闪光的羽毛形成强烈的对比。尤其是那漂亮的尾羽，不但修长艳丽，而且黄色中均匀分布着黑色的细斑，是古典戏剧中英武人物头上的标志性饰物，如齐天大圣孙悟空。相比之下，雌鸟羽毛大多为土褐色或棕黄色，掺杂一些黑斑，尾羽短小灰暗，色彩明显暗淡了许多。

环颈雉栖息于山地、丘陵、农田、地边、沼泽、草地或林缘灌木丛中，是一种杂食性鸟类，既吃植物的种子，也捕食昆虫等小动物。由于分布广、数量多，古人们才能大量捕捉并以其长尾作为头饰。

查阅中国野生动物保护名录，环颈雉尚未列入其中。然而，由于近些年的滥捕滥杀，深山幽谷中常见的环颈雉如今已很难谋面了。据说，北京市已开始将其列入保护动物名录。

卖雉的小贩还算实在，没有“拿刀宰人”的气势，每只环颈雉报价25元。经围观者讨价还价，最后砍定了20元。很快，两只环颈雉被人买下来。看着野雉倒挂着身子竭力挣扎，眼里迸出惊恐和绝望，想着它们即将成为刀俎肉食，不禁一阵心疼。一种莫名的怜悯陡然生出，慌忙把最后一只雄雉和一只受伤的母雉握在手里，将40元钱塞给小贩，便匆匆逃出人群赶回家中。

好在家人对我买回两条性命并未指责，只是对如何饲养有些为难。我声明，只是暂时寄养，待受伤的母雉翅膀伤口恢复一些，就将它们送到小动物园去。

“为什么不放归大山?”望着女儿疑惑的目光，我摇首感叹：大山怎么了？树被乱砍，喜鹊、松鼠被射杀，黑洞洞的枪口比动物还多，偌大的环颈雉如被送归附近大山，不成杀生者的“猎物”才怪呢!

▲铁丝笼中的环颈雉

于是，我家的封闭阳台成了环颈雉的临时住所，两只环颈雉也成了全家人的宠物。大米、小米、白菜、稀饭，凡人吃的，阳台上几乎都可见到。然而，环颈雉并不能理解我们的友好和善意。见到人影，母雉便拼力钻入纸箱杂物的背后，顾头不顾腚。雄雉则鼓翅奋飞，头和翅膀将阳台的玻璃撞得“砰砰”作响。

唉，可怜的东西，你只知道向往自由的天地，可不知那看似光明的玻璃却也能把你阻隔！

两天以后，环颈雉终于敢在阳台散步了。这天中午，下班后去阳台看望它们。呀——眼前的情景让人大吃一惊：花盆打翻了，君子兰、对红、仙人球躺在地上被雉爪刨得七零八落，满地是土，一片狼藉。我又好气又好笑。两只野雉在墙角探头探脑，仿佛是说：“请原谅，我们是在找虫吃呢。”我叹了口气，悄悄扶起花盆，栽好残花，把花盆搬到了另一侧阳台上。

四天以后，我终于和小动物园取得了联系，要将它们送走了。全家人围着环颈雉瞧了又瞧，摸摸羽，亲亲头。两只环颈雉眨着亮晶晶的小眼睛乖乖让我们抚摸，仿佛已理解了我们的一片心意。

公园负责同志对我捐赠野生动物的行为很赞赏。两只环颈雉被放进了禽类的大网笼。望着环颈雉在诸多同类中新奇不安地踱开了步子，我心中的石头总算落了地。

▲环颈雉

忽然，一只高大的印度蓝孔雀气势汹汹地向漂亮的雄雉奔来，继而穷追猛啄。环颈雉被啄得晕头转向，拼命撞着铁网，试图向外逃窜，可一次又一次被铁网弹回。雄雉上天无门，入地无缝，只得把头从铁网上挤出，留出颈和背任孔雀“宰割”。

看到这惨不忍睹的一幕，一种强烈的内疚和愤怒充满心头。温文尔雅的孔雀原来也如此霸道，活脱脱一个欺生凌弱的“狱头”！

看到我急切悲凉的模样，公园饲养员淡淡劝慰说：“别着急，生禽刚到这儿都这样，过两天就好了……”

果真如此吗？但愿如此。踩着沉沉的步子走出动物园。一阵寒风卷起脚下的落叶，发出零落无力的低吟。我不觉打了个寒战。唉，真不知道我的两只环颈雉能否度过这寒冷的冬天。

后来才听说，小动物园接受两只环颈雉其实是给了我面子和鼓励。他们并不赞成从市场上购买野生动物：尽管购买者可以在大自然中将这些动物放生或送到动物园，而实际上是变相鼓励了盗猎行为；况且，买回动物未经检疫送到动物园也不符合国家有关法规。

没有买卖，就会减少对野生动物的猎捕和杀戮。而保护野生动物的最有效办法就是加大宣传和执法力度，全面提升公民保护环境、保护野生动物的意识，形成整个社会保护野生动物的强大氛围。

物种的多样性和丰富性，是人类赖以生存的基础。只有切实保护好这种多样性和丰富性，人类才能很好地生存和延续下去。

科普链接：环颈雉又叫雉鸡、野鸡，属鸟纲、鸡形目、雉科、雉属、雉鸡种鸟类，共有31个亚种。体形较家鸡略小，但尾巴却很长。雄鸟羽色华丽，尾羽长而有横斑，非常漂亮，颈部有白色颈圈和金属绿羽毛。雌鸟羽色暗淡，多为棕褐色杂以黑斑，尾羽较短。栖息于丘陵、农田、地边、草地及林缘灌丛，食性较杂，我国大部分地区都有分布。

巧遇山鸡

猫耳山下连绵起伏的山场，不但有金陵、十字寺等著名古迹，还有云峰山、三盆山等奇峰幽谷；不但有漫山遍野的橡林、山桃和山核桃，还有潺潺流水、汩汩山泉和多级瀑布……20世纪七八十年代我们就时有光顾。

近来听说，有关部门对金陵和十字寺进行了整理修葺，于是，几名老友便决定到这两处国家级文物遗址保护单位走一走。

浏览了金陵遗址后，几个人又去拜访金陵诸王兆域中的金兀术墓。这位大金国赫赫有名的四太子，曾率领金兵多次南征并重挫南宋军，是著名的军事家和政治家，死后葬在金陵诸王兆域内。

满清前期曾称为后金，是金国女真人的后裔。迷信的明朝天启皇帝朱由校，为阻止满清南侵，竟下令对金陵进行了大规模破坏，目的是要斩断女真人的“龙脉”。之后，又依据民间“乐死牛皋，气死兀术”之说，在金兀术墓上修建了一座“牛皋塔”以“压胜”，也就是要镇住满清“王气”。然而，满清最终还是进关了。

金兀术墓坐落在半山腰一块荒芜的梯田上。早已毁坏的陵墓仅剩下数米高、直径十几米的一个大土丘，上面长满了荒草，还有一株苍老的大柿树。土丘边缘，几方古旧的花岗岩条石仍清晰可见，不知是兀术墓的遗存还是牛皋塔的遗物。梯田以上，是茂盛的古橡林，环境幽深，地势相对偏僻，到这里造访的游人并不多。

1

顺着一小径爬上这梯田，眼前枯黄的蒿草突然一阵摇动，随着“扑啦啦”的响声，但见一只山鸡扇着翅膀从里面跃出。我很快认出来了，这是一只母雉鸡：毛色浅褐，个头比家鸡小一圈，奔跑速度极快。我们尚未缓过神来，它已消失在梯田东侧。

正在惊讶之际，梯田西侧的草丛也突然一阵骚动，另一只母山鸡“扑啦啦”扇着翅膀向西逃遁了……

山鸡又名雉鸡、野鸡，学名为环颈雉，已列入国家三级保护动物名录。它们适应性很强，不怕冷，耐高温，海拔几百米的丘陵山地中都会见到它们的身影。爬山游玩，遇到山鸡是经常的事。山鸡集群性较强，经常是一只雄雉鸡带着几只母雉鸡组成一个相对稳定的群体，占据一方地盘，其他鸡群不能侵入，否则，双方会展开激烈的争斗，直至一方败北逃走。

由于雄雉鸡的脖颈上有一圈漂亮的白色羽毛带，所以称它们为“环颈雉”。山鸡肉质细嫩鲜美，蛋白质含量很高，脂肪含量却极低，是高蛋白质、低脂肪的山珍野味，很受食客欢迎。《本草纲目》还记载：野鸡补气血，食之令人聪慧，止泻痢，除久病及五脏喘息等。加上雉鸡的羽毛可以制成羽毛扇、羽毛画等工艺品，雄雉鸡的尾羽，多彩鲜艳，修长漂亮，是戏曲人物难得的头饰。为满足口欲和私利，野生山鸡遭到了人们大肆网捕和猎杀，数量越来越少。

▲杂草中的野雉鸡蛋

近些年来，由于饲养山鸡逐步发展成为一种产业，因而围捕野生山鸡的现象才逐步减少了。

正值晚春初夏时节，眼见蒿草中连续

▲雄雉鸡羽毛漂亮，有修长的尾羽

逃出两只母山鸡。我们猜测，很可能是它们正在抱窝孵蛋被我们惊扰逃走了。

几个人的兴致顿时转向了山鸡。两只逃走的母山鸡并没有走远，而是躲在二三十米外的草丛中向我们探头探脑窥视。这进一步证明了我们的判断。老谭轻轻走向山鸡飞出的草丛，拨开蓬松的蒿草，哇——果然有一枚漂亮的山鸡蛋呈现在我们面前！

山鸡蛋为乳青色，个头比鸡蛋小一圈，酷似小个的乌鸡蛋，静静躺卧在由山草铺就的简易小窝里。将蛋拿出来放在手掌中，上面还带着山鸡微微的体温。

春夏之交正是野山鸡的繁殖季节。一般情况下，一只母山鸡会连续产下十来枚蛋，然后趴在蛋上专注孵化。二十多天后，雏鸡们纷纷破壳而出。母鸡会“咯咯”叫着，带领着它们开始觅食。

看来，这两只山鸡是刚开始产蛋。我们不忍破坏它们的繁衍大事，便悄悄把蛋放回原处，然后轻手轻脚离开了草丛。果然，待我们走出梯田潜入橡林，两只母山鸡便小心翼翼张望后快速回到了窝里查看。

一切都没改变，蛋还在，窝还在。我想，母山鸡一定踏实多了。

2

沿着橡子林继续上行，坡势渐渐陡峭，林间沟壑谷地铺满了厚厚的橡子叶，踩上去软软的并富有弹性，有时甚至会没到膝盖。

再攀上一段就是去十字寺的小路了。大家拽着荆枝树木，相互接应着蜿蜒而行。

刚攀上一个小山坡，走在最前面的老谭突然俯下身对我们悄声喊道：“注意，快看——一只漂亮的白脖山鸡，雄的，好像受伤了，走路一瘸一拐的……”

顺着老谭所指望去，十多米以外，果然有一只美丽的雄雉：红红的冠子，漂亮的白脖，红绿油亮的胸脯，尤其是那长长的翘起的雉尾，灰黄中带着道道黑斑，犹如柔软修长的羽剑……

它一步一步趔趄着向前走，还不时回头向我们张望。我耐不住兴奋，急走几步向前逼近，那雄鸡居然振奋起来，扇翅奔走和我拉开了距离。之后，它又开始跛走，我们继续逼近，它又开始振奋奔走……我突然大悟，这分明是一种骗术，那雄鸡一定是为了什么装作跛腿在引诱我们！

我曾听人讲过：雄雉鸡为保护母雉鸡，常常会装成跛行或拍打翅膀故意引开敌害。母雉鸡为保护幼雉，也会以相似的举动来保护幼雏。

我们猜测，周围很可能会有母雉鸡在做窝孵蛋。

我们立即停止了追赶，就地搜寻起来。然而，周围都是褐色斑斓的落叶，大家没有发现任何异常之处。

突然，眼尖的老刘在落叶中窥出一处绝景。

他压低嗓子，用相机指点着说：“快看，在落叶里，在落叶里呢……”

大家顺着镜头方向看去：果然发现了一只雌雉——身子几乎全部潜入了落叶，只有小小的脑袋还露在上面，亮晶晶的眼睛在不停转动……

怪不得大家没有发现：褐色的树叶与山鸡褐色的羽毛浑然一体。若不是看到它那灵活转动的头部，我们真的无法发现这近在

▲雄雉鸡颈部有白色环颈

咫尺的秘密。

落叶中的母雉静静趴卧着，一动不动，离我们只有一米多距离，分明伸手就能抓到，但它却毫不动摇地坚守着。

它肯定是在孵蛋。

大家被雄雉鸡的聪明及勇敢献身精神所感动，也被雌雉鸡坚韧不拔的毅力和不惜一切的坚守精神所折服！

所有人都屏住呼吸放轻了脚步。大家悄悄拿出相机连续拍照，然后，蹑手蹑脚离开了这片神奇的落叶区。

突然，从雄雉奔走的方向传来一阵“咯——咯咯咯……”的鸣叫声，接着便是追逐声和呐喊声。我们立即为雄雉的安危担心了。

快速攀上小路，果然见到一个赤膊肥胖的年轻人迎面谩骂着扫兴走来：“妈的，眼看就要追上了，它却飞起来了——好大一只野鸡，可惜没抓着……”

看着年轻人颤抖的肥肉和败兴的表情，我们知道他败在了雄雉鸡的把戏里，不免轻蔑而开心地笑了。

“那山鸡岂是你等能捉得？从小在山地和林间奔走，不但速度极快，而且遇到危险还能瞬间展翅短距离低飞，凭借人力是很难捉到的，何况尔等肥胖之人？”我心里说。

转眼间，随着由远而近的鸣叫和扇翅飞翔之声，那只漂亮的雄山鸡仿佛炫耀一般又停在了离我们二十多米的一块岩石上。于是，肥胖的小伙子又开始发飙狂追……但我们知道，即使他做出再多的努力，最终也会徒劳而返。

踏上去十字寺的小路后，橡树林里仍不时传来环颈雉的鸣叫：“咯——多罗，咯——多罗……”

科普链接：山鸡，学名为环颈雉，俗名雉鸡、野鸡、野山鸡、项圈野鸡、七彩山鸡等。眉纹白色，颈部下方有一圈显著白色环纹，因而得名。足后具有革质距，可用作攻击敌人的武器。为我国雉科中分布最广的鸟类。栖息于中、低山丘陵的灌丛、竹丛或草丛中。善于奔跑，飞行快速而有力。雄鸟头部具黑色光泽，有显眼的耳羽簇，宽大的眼周裸皮鲜红色，多有白色颈圈。身体披金挂彩，满身点缀着发光羽毛，尾羽长而尖，褐色并带黑色横纹，俗称“雉鸡翎”。雌鸟形小而色淡，周身密布浅褐色斑纹。被追赶时会迅速起飞，飞行快，声音大。中国有19个亚种。目前已实现人工饲养和繁殖，以保护野生种群。

杜鹃殷勤唱“布谷”

仲春以后，故乡浓密的树冠中便会传出令人亲切而熟悉的鸣唱：“布-谷——布-谷——布-谷——”听到这叫声，乡人们播种的心绪也更加强烈，因为催春、催种鸟儿已在提醒大家抓紧下种了。

1

“布谷”是乡人因叫声为此种鸟儿取的名字。它们的正规学名叫“杜鹃”。

故乡的杜鹃主要分为两种：一种是两声杜鹃，叫起来有两个音节，即一遍遍的“布-谷——、布-谷——”；另一种是四声杜鹃，叫起来有四个连音，即一遍遍的“啵-啵-啵-谷——、啵-啵-啵-谷——”。

由于杜鹃的叫声含有劝农、知时、催人勤奋的含义，因而深得农家喜爱。

然而，对四声杜鹃叫声的理解人们曾大相径庭：有人听成为“啵-啵-啵-谷——”，是催人赶快播种；也有人听成为“光-棍-好-苦——”，是为那些找不着媳妇的“光棍”鸣冤叫屈。

其中蜀人的理解更带着浓重的历史和人文色彩。

传说周朝时蜀国望帝杜宇看到丞相鳖灵治水有功，百姓安居乐业，便主动将王位禅让给他，自己到山林隐居起来。禅让帝位后，杜宇仍时时忧思百姓，去世以后便化作杜鹃鸟，每到春耕时便日夜啼叫“快快布谷——快快布谷——”，以提醒百姓及时播种，直至啼血染红了地上的杜鹃花。

但也有人听成是："不如归去——不如归去——"

唐代诗人杜牧在《杜鹃》一诗中写道："杜宇竟何冤，年年叫蜀门。至今衔积恨，终古吊残魂。芳草迷肠结，红花染血痕。山川尽春色，呜咽复谁论。"

▲杜鹃成鸟　　肖虹　摄

当然，这都是后人的感怀。大约是看到杜鹃口内鲜红一片，所以人们就臆想出"啼血"的景象。"杜鹃啼血"亦成了人们思念故国的执着情怀。

"从今别却江南路，化作啼鹃带血归。"文天祥的诗句即体现了这样一种情怀。

明代医学家李时珍介绍杜鹃说："蜀人见鹃而思杜宇，故呼杜鹃。其鸣若曰'不如归去'。状如雀、鹞而色惨黑，赤口有小冠。春暮即鸣，夜啼达旦，鸣必向北，至夏尤甚，昼夜不止，其声哀切。田家候之，以兴农事。惟食虫蠹，不能为巢，居他巢生子。冬月则藏蛰。"

李时珍这段话，将杜鹃的名字来历、鸣叫想象、外貌颜色、生活习性、繁殖特点做了较为全面的概括。

难能可贵的是，文中指出了杜鹃"不能为巢，居他巢生子"的繁殖恶习。

由于行动隐秘，难见其形，加上对其叫声的偏爱，许多人并不了解杜鹃"居他巢生子"的习性，甚至把杜鹃当成了美好的象征。

然而，一旦得知杜鹃"巢寄生"的真相，相信许多人一定会大吃一惊，对杜鹃的好印象也会大打折扣。

2

所谓“巢寄生”，就是借助其他鸟儿的巢，将自己的卵产入其中，并由鸟巢主人代为孵化雏鸟的寄生行为。

“巢寄生”是鸟类繁殖过程中的一种罕见的寄生育雏方式。杜鹃科中的大多数鸟类都有这种习性。

立夏一到，候鸟归来，鸟儿们筑巢、产卵、孵化……几乎都进入了重要的繁殖季节。杜鹃也开始鸣唱着“布谷”，开始了成双成对的恋爱。

其他鸟儿繁衍后代第一要务是编织一个爱巢，然后在爱巢里生蛋、孵蛋、抚育雏鸟。

杜鹃却不，而是寻觅窥视其他鸟儿的巢穴，创造并抓住时机将自己的蛋产在其他鸟巢里。为了确保自己的蛋被接受，它们甚至会把寄主的蛋叼走或弄出巢外以迷惑寄主。

难道寄主就不会反抗识别，任凭杜鹃去“掉包”吗？

原来，杜鹃自有一套阴险的“诡计”。

首先，它会选择与自己产的蛋相似的鸟儿做寄主，并飞临寄主鸟巢上空盘旋。由于杜鹃的外貌酷似小鹞鹰，寄主会因害怕仓皇飞走。杜鹃便从容落在寄主巢上。接着，它会将寄主的卵移走一个或更多，然后产下自己的卵以假乱真，并保证自己的卵率先孵化出幼鸟。

▲杜鹃雏鸟出壳后便会将其他鸟蛋拱到巢外

除了成鸟有如此“诡计”，杜鹃雏鸟更是品行恶劣：一旦被寄主孵化出来以后，它就会利用成鸟外出捕食的机会，用强有力的后背将寄主的鸟蛋或幼雏一只只拱出巢外活活摔死……这样一来，杜鹃雏鸟就独霸了寄主的抚养权。

为什么小小雏鸟就如此狡诈、霸道呢？原来这是杜鹃繁殖进化中形成的基因所致。也就是说，雏鸟骨子里天然就带着这种本能。

有关专家曾在动物王国中挑选出10大欺骗高手并列成排行榜。其中，杜鹃位列榜首。

残忍、狡诈、专横、不做巢、不抚养后代，将卵产在其他鸟巢让寄主代养；出壳的雏鸟便知将养父母的孩子拱到巢外摔死，以独享恩宠；正是这系列恶行，使人们将杜鹃列为鸟儿中的“流氓”。

其实，这只是人们根据自己的善恶标准给杜鹃做的鉴定。从动物进化、优胜劣汰的自然法则看，杜鹃并没有做错什么，反而显示出了独特的生存智慧。

况且，它们产蛋后也并非无所作为。

一些观鸟者发现，杜鹃产蛋，多选择雀形目鸟类做寄主，且寄主身材要小于杜鹃。一旦将鸟蛋产在寄主巢内，杜鹃就会担负起为“义亲”悄悄“护驾”的任务。它们会在寄主鸟巢周围停留鸣叫，一来是为了保护“义亲”不受其他鸟类的侵害；二来通过不断鸣叫督促“义亲”赶快去捕食，不要饿着小鸟。

如此看，杜鹃并非无情无义的家伙，只不过显得过分自私和阴险罢了。

3

想亲眼看到杜鹃“巢寄生”现象实属不易，只有资深观鸟者或林场保护站观测员才有这样的机会。

一次，我的朋友小肖转发了一组一位资深观鸟者的观鸟记录，专门记录了鸟类中《甄嬛传》的图片故事。

初夏，一只杜鹃将自己的蛋产在东方大苇莺的巢中。孵化后

▲“义亲”大苇莺在辛勤给杜鹃雏鸟喂食

的杜鹃幼鸟谋杀了同巢幼鸟，成了寄主唯一的“孩子”。

随着时间的推移，雏鸟食量越来越大，个头也越长越大，很快超过了抚养的“义亲”——东方大苇莺亲鸟。浑然不觉的大苇莺母亲竭尽全力为“孩子”寻找食物，身体越来越瘦弱，而“孩子”却长得超过了自己身体的三分之一！

苇塘上出现了“以小饲大”的奇特画面：一只身体瘦小的东方大苇莺在喂养一只肥胖的、超过自己体重近一倍的小鸟！

无独有偶，2012年7月，陕西长青自然保护区华阳保护站观测人员也在网上刊发了一组北红尾鸲雄鸟抚养一只嗷嗷待哺的硕大杜鹃雏鸟的照片。

从画面上看，二者体形差异巨大，北红尾鸲雄鸟的体量不足幼鸟的三分之一，仅幼鸟头颈部就超过了北红尾鸲的整个身体。毫不夸张地说，幼鸟张开大嘴完全能将北红尾鸲整个吞下去！小小的北红尾鸲义养超大的杜鹃雏鸟实属罕见！

华阳保护站的同志还记得，五月到六月，保护区公寓楼背后树林里一只大杜鹃在彻夜啼鸣“布-谷——、布-谷——”原来，这就是杜鹃亲鸟在附近监视、守护、提醒寄主赶快育雏。

观测站同志发现，给雏鸟喂食的只是北红尾鸲雄鸟，而不是雌鸟。雌鸟就是抓到了虫子，也毅然拒绝喂食，任凭雏鸟鸣叫“哭闹”也不理它。北红尾鸲本来是雌鸟和雄鸟共同育雏的，为什么雌鸟拒绝了呢?

我猜想，一定是雌鸟发现了其中的端倪，看出了这硕大的雏鸟不像是自己的孩子，所以才拒绝给它喂食了。

遭到拒绝的雏鸟焦虑而愤怒，不但拼命嘶叫，而且扑过来用翅膀拍打雌鸟，大有讨伐逼迫之势。

而雄鸟呢，大约是无法割舍喂养多时的亲情，才努力地任劳任怨地去喂养雏鸟。

2011年，《吉林都市》电视台报道了某小区燕窝里出来一只变异大鸟的新闻。居民们看到后都倍感离奇。一位老者说：从来没有看到燕子能变成这样的。其实，哪里是什么燕子变异，而是燕子巢里的蛋被大杜鹃“偷梁换柱”了。

▲杜鹃小鸟　　肖虹 摄

鸟类中的这种《甄嬛传》，使寄主丧失了自己的骨肉，而替仇家养大了孩子。

对寄主而言这实在是一种悲剧，但对杜鹃来说却是巨大的成功。过去曾认为“巢寄生”是繁殖能力退化的表现，现在看来应该是适应自然、适应竞争的成功策略。

在自然界，不仅是杜鹃，

织布鸟、牛鹂等鸟儿都有“巢寄生”的习性。其中，杜鹃是人们见到的最多的“巢寄生”鸟类。大杜鹃（二声杜鹃）、四声杜鹃、鹰鹃、斑翅凤头鹃、噪鹃、雉鹃等大约50种杜鹃科鸟类都有“巢寄生”的习性。据说，它们可把卵寄生在100多种鸟类的巢中。

“巢寄生”让杜鹃背上了邪恶、狡诈的坏名声，但它们能大量捕食其他鸟儿不敢吃的松毛虫，却是广阔林区尤其是松树林区的强有力保卫者。

为此，我们还是要跳出自身认识和情感的局限来看待杜鹃，好好地保护它们。

科普链接： 杜鹃又名布谷、杜宇、子规、催归，为鸟纲、鹃形目、杜鹃科、杜鹃属鸟类，有几十种之多；栖息于枝叶稠密的树冠，胆子很小，常闻其声而不见其形。多数杜鹃为灰褐或褐色，少数为赤褐色，尾巴有白色斑点，腹部有黑色横纹，腿较长，脚对趾，善抓握，喙强壮而稍向下弯曲，个头与红隼、喜鹊差不多，初夏时常昼夜鸣叫，喜食各类昆虫，是益鸟。有典型的“巢寄生”现象，即将自己的卵产在其他鸟类（寄主）的巢中，由其代为孵化及育雏。

追踪噪鹃

若不是参与了北京观鸟协会的一些活动，与朋友一起追踪研究这种神秘的鸟儿，大约现在也不清楚它的生物学名，不知道它是与杜鹃一样的“巢寄生”鸟类。

对这种黑色的大鸟，少年时曾留下了一种恐怖的印象。

20世纪60年代，故乡还是果树满山的时候。

仲春之后，与小学校的孩子们一起在大人带领下去南山青石岭为杏树捉树虫，在坡顶密林中听到了一种令人头皮发麻的鸣叫：“袄嗷澳，袄嗷澳，袄嗷澳，袄嗷澳……”

▲噪鹃雄鸟在鸣叫

那叫声是持续的三连音，且都发“ao”声，起始音是第三声为“袄”，继而上滑为第一声“嗷”，接着下滑为第四声“澳”。其重音在“嗷”上，而尾音“澳”拖得较长，不但悠远，而且凄厉悲伤，仿佛是女人在长号哭泣。

山林悠悠，听了连续不断的鸣叫，我们都感到心底发毛，不知遇到了什么鬼怪？

见我们惊恐不安的表情，带队的张二叔宽慰说：“没什么怕的，就是一种大鸟，乌鸦似的，叫起来跟女人哭号一样——叫‘黑寡妇’，像死了男人在哭丧。”

我们如释重负，惊奇地四处搜寻，但浓密的树荫中只闻其声，难见其形。从此，“黑寡妇”的名字和哭丧似的叫声，给人留下了挥之不去的阴影。

在之后的岁月里，曾多次在大山里听到过“黑寡妇”的叫声。每次闻之，心中都会产生一种原始的惊悸，但依然没能看到它们的身影。

许多年过去了，那恐怖的叫声也渐渐被遗忘。

2017年5月下旬，一行老伙伴去河南郭亮村小住游玩。从“喊泉”景点下来回住地，突然从峡谷西侧密林中传出了“袄-嗷-澳——袄-嗷-澳——袄-嗷-澳——”的长号！那叫声一组比一组紧迫，竟然连续了十几组才停歇下来。

少年的记忆和恐怖一下子被唤醒了：我不由得停下脚步，掏出相机，拉到最大倍数，用镜头向密林中搜寻，希望能发现并拍下困扰我多年的神秘怪鸟。但看到的只是树枝晃动和黑影频闪，并没能拍下清晰心仪的画面。那叫声仍在远处密林中持续，我只得遗憾地收回相机悻悻上路。

路边河道一群农民正在为挖好的蓄水井浇筑水泥盖顶。我不由自主走了过去。

“老乡，林子里正在叫的是什么鸟？叫什么名字？”

“不知道，就是当地的鸟，每天都在号……”

我感到有些失望。也难怪，农民们每天辛苦劳累，谁有心思去追寻林子里的鸟叫什么呢？

一行人去郭亮村1200米长的“挂壁公路”游玩。透过挂壁“窗口”，幽深的峡谷密林中竟也传出了“黑寡妇”连绵不绝的叫声。于是向下俯视，偶尔可见乌鸦似的鸟儿在林子中翩然而过，但距离太远，相机又不专业，仍无法抓拍到它们真切的面目。

从郭亮村回京不久，一天晚上遛弯，一位老友放了一段手机录音，说是去附近山林录制的，是一种鸟叫，哭号一样，听了让人发瘆，想问我是什么鸟。

听了那录音，我立即告诉他叫“黑寡妇”，是家乡人起的俗名，至于学名叫什么就答不出来了。

遗憾思索之中我突然想到了观鸟好友肖虹，便立即把这段录音从手机上给他发了过去。

真不愧是观鸟高手，小肖很快回了电话。他告诉说：“凭经验，这叫声好像是‘噪鹃’，我鉴别鸟鸣的功力也不强……”

谢过这位谦虚的好友，我立即去手机中查询“噪鹃”鸣叫录音——果然千真万确、一点不错！我们终于知道“黑寡妇”的学名叫“噪鹃”！

▲噪鹃雌鸟羽毛为花斑色　肖虹 摄

查阅有关资料得知：噪鹃，别称嫂鸟、鬼郭公、哥好雀等，属于鸟纲、鹃形目、杜鹃科、噪鹃属鸟类，共有17个亚种，广泛分布于南亚、中国中部和南部地区，活动于树木茂盛的地方，在山丘、原野、公园及居民区边缘林间均可听到其叫声。以昆虫、浆果、种子为食，尤其喜食毛虫，是森林益鸟。

但噪鹃与杜鹃一样，

是著名的“巢寄生”鸟类，通常将卵产在喜鹊、黄鹂、黎鸡、红嘴蓝鹊等鸟巢中，由别的鸟代为孵化育雏，是狡猾聪明的鸟儿。

春夏之交噪鹃会日夜鸣叫，那是因为它们进入了发情繁殖期。鸣叫是为了求偶，为了召唤异性。所以，一组叫声会重复多次，音调会逐渐增高，频率会相对加快。由于叫声扰民、噪声太大，故人们给了它们“噪鹃”的“美名”。“噪鹃”虽叫声聒噪，但胆子很小，行动诡秘，终日在密林中活动，所以人们很难得见它们的身影。

噪鹃体长39至46厘米，约重350克，属中大型鸟类。雄鸟通体蓝黑，具蓝色光泽，下体泛绿；雌鸟上体暗褐色，带有绿色金属光泽，身上满布整齐的白色小斑点，且呈纵纹排列。噪鹃的喙为土黄色或浅绿色，脚为蓝灰色，雄鸟外表像乌鸦，但比乌鸦略瘦小，又像是黎鸡，但比黎鸡壮硕。它们栖息在海拔1000米以下的地区，叫声凄厉悠长，像女人长号，又像幼儿哭泣。

据多数资料记载，噪鹃是生活在中国中南部的鸟类。而实际情况是：河南、河北、北京等地区都能见到它们的身影。我的故乡在京郊房山区，属于中国北方区域，但仍有噪鹃生存，显然超出了资料描述的地域界限。所以，对已有的资料也不能轻信，一定要广为考察、综合对比、深入探索才能求得真相。

一些观鸟的朋友曾讲述了追踪拍摄“噪鹃”的新奇经历。

噪鹃生性诡秘，喜欢躲在稠密的树林中，拍到它们十分困难。要想拍到噪鹃，就要事先做好“功课”：弄清噪鹃经常活动的区域，然后悄悄进入选好的拍摄点埋伏起来。

对胆小警觉的噪鹃来说，追踪拍摄很不现实，必须做好充分准备：尽量利用自然遮挡物隐蔽起来，架好相机找好角度耐心静待，忍得住蚊虫叮咬，一旦噪鹃进入拍摄范围，便立即抓住时机，启动连拍模式以抓取最佳镜头。

追踪和拍摄噪鹃不容易，发现和拍摄噪鹃“巢寄生”的机遇更是千载难逢。

噪鹃寻觅寄主、偷换鸟蛋的手段与杜鹃基本一致。也是选择体形较小的鸟儿，通过恐吓获得“偷梁换柱”的机会，把自己的蛋生进寄主窝里。由于鸟儿的智商有限，难以区别真假，鸟巢的主人便心甘情愿当起了噪鹃雏鸟的“义亲”。

经过精心孵化，小噪鹃率先破壳而出。此时，阴险的小噪鹃便会凭借着本能，趁“义亲”外出捕食，把巢中其他鸟蛋或雏鸟一个个用后背顶出鸟巢摔死。于是，可怜的“义亲”便只能把全部的父爱、母爱都倾注在噪鹃雏鸟身上。

运用了驱赶、掉包、秘密杀戮等一系列诡计，噪鹃雏鸟独占了“义亲”的父爱和母爱，获得了充足食物和加倍关爱，因而成长迅速，体形很快超过了养父母，有的甚至超过了两三倍！

随着小噪鹃不断长大，胃口变得越来越大。小个子“义亲”的捕食和喂养已无法满足小噪鹃的强烈食欲。每逢“义亲”捕食回来，小噪鹃都以近似于疯狂的行为去抢夺。

一位观鸟的拍客历经了多日跟踪，拍到了“义亲”成鸟被小噪鹃抢食的难得镜头：

见“义亲”鸟红嘴蓝鹊捕食回来，小噪鹃便拍着翅膀嘶哑地叫着探出身子去索食。“义亲”鸟刚落在左侧，小噪鹃便扇动硕大的翅膀转身去追寻食物。然而，宽大的翅膀正好打在了“义亲”鸟脖子上。“义亲”鸟被这突然拍击打蒙了，身子趔趄着连连晃动，差点没从树枝上掉下来，连嘴里的食物都吐出了许多。

而转过身子的小噪鹃，根本不顾“义亲”鸟如何，照旧不顾一切去抢啄食物，尖利的喙几乎刺到了“义亲”鸟的眼睛。经过一阵近似疯狂的抢夺，直到“义亲”鸟嘴里的食物被掏光了，小噪鹃才略微平静下来。

了解了噪鹃的生活习性和“巢寄生”方式后，许多人都觉得不可思议，甚至对噪鹃表达了强烈的憎恶和谴责。

然而，动物世界就是这样，一个物种之所以能够生存并繁衍下去，一定有其独特的进化优势和生存智慧，也必定是优胜劣汰法则的成功实践者。

科普链接：噪鹃，脊索动物门、鸟纲、鹃形目、杜鹃科、噪鹃属、噪鹃亚种鸟类，因其羽毛漆黑、叫声凄凉悠长故又叫“黑寡妇”。共有17个亚种，分布于南亚、中国中部和南部等地区，山地、森林、丘陵及村边疏林都有其活动踪迹。春季和夏季在树木繁盛的山地、公园、城市周边常能听到它们的叫声。以昆虫、果实、种子为食，春夏之交繁殖，自己不营巢、不孵卵，而是将卵产在八哥、喜鹊、黄鹂、黑卷尾、红嘴蓝鹊、黑领椋鸟等鸟巢之中，由寄主亲鸟代为孵蛋并养育幼雏，与杜鹃一样是典型的巢寄生鸟类，已被列入国家野生动物保护名录。

斑鸠声声

斑鸠是京郊地区几乎一年四季都能见到的留鸟，形象和大小都与鸽子很相似，只是头部比起鸽子明显小一些。

斑鸠飞翔时，双翅扇动，尾羽打开，舒展成漂亮的扇形，白色的尾尖点染着尾扇外弧，犹如掠过了赏心悦目的精灵。

在童年的印象里，故乡只有头褐身灰的山斑鸠。然而，近几年来，我们的生活小区里却见到了越来越多的珠颈斑鸠。珠颈斑鸠比山斑鸠个头稍大，灰色的羽毛上多了些闪亮的褐色，加上颈部的黑圈上点缀着诸如珍珠般的白色小圆点，所以显得雍容华贵，并有了“珠颈斑鸠”的美名。

1

初春的时候，斑鸠们飞上屋顶，飞上枝头，开始了求偶的卖弄及唱和：“咕鸪鸪——鸪——”

一边刚刚唱罢，另一边鸣叫即起：“咕鸪鸪——鸪——”

就这样一唱一和，开始了它们春天的恋爱。

这是我童年时代非常熟悉的声音。伴着这愉悦的鸣叫，烂漫的春天由此变得姹紫嫣红。

记得故乡的斑鸠都是个头较小的山斑鸠。村子周围的树林里，院子中央的大树上，都是它们鸣唱交往的停留驿站。

斑鸠的鸣唱听起来似乎很单调，但仔细观察和倾听才会发现其中竟然很复杂：“咕鸪鸪——鸪——”“咕鸪鸪——鸪——”，三个短连音加一个后缀的重音，这是斑鸠的第一种叫法；“咕鸪鸪——”“咕鸪鸪——”，只有三个短连音，没有后缀的重音，

▲空调室外机上的珠颈斑鸠

这是斑鸠的第二种叫法；“鸪咕——鸪——”“鸪咕——鸪——”，两个短连音加一个后缀的重音，这是第三种叫法；“鸪咕——”“鸪咕——”，只有两个连音，后一个音节拉长一些，这是第四种叫法；“咕咕噜”“咕咕噜”“咕咕噜”，连续的短连音，这是第五种叫法。

求偶的时候，若是两只公斑鸠同时追求一只母斑鸠，公斑鸠会各自用鸣叫一展魅力。这时候，彼此的鸣叫会显得高亢而激烈，它们会使出浑身解数去赢得母斑鸠的芳心。若只有一对情侣，它们的鸣叫会充满了召唤和温柔；且公斑鸠会不断变换姿势，鼓喉频频，运用多种唱法以显示自己的才华，就像壮族男女对情歌一样。若一对斑鸠已经彼此接受对方，公斑鸠会靠到母斑鸠身旁，快速地低头、仰头，喉咙里发出“咕咕噜”“咕咕噜”的低鸣，仿佛是说“我爱你”“我爱你”……而平时的叫声则相对平和单调，鸣叫的频次也会少了许多。

所以，春天是欣赏斑鸠鸣叫的最好季节。

在柳绿花红的春日里，在细雨蒙蒙的初夏中，听着斑鸠在枝头唱和鸣叫，会觉得日子和心情都浸在平和与恬适中。

2

斑鸠是一种温和且胆子较大的鸟类，与麻雀一样并不怎么害怕人类，常在村边、田野的树上筑巢。

在童年的印象里，山斑鸠的巢一般并不筑在高大的树木上，而是比较随便，时常在一些老树或小树的枝丫上就能见到。斑鸠的巢非常简陋，比起黎鸡儿、黄鹂的巢简直是天壤之别。只用一些小木棍稀疏地叠架在一起，拼成一个浅浅的盘状巢，那小木棍中的缝隙甚至让人担心会把蛋漏下去。斑鸠蛋和鸽子蛋一样都是白色的，只是比鸽子蛋稍小一些，一窝只产两枚，很少有更多的。这些情况都是我们掏鸟蛋时看到的。

记得是上小学三年级的时候，我家西房的柁头上住了一窝斑鸠。西屋是我家的上房，有近一米宽可遮挡风雨的前廊，前廊下两架明柁各露出不到一尺的柁头。平整的柁头与房顶有二三十厘米的间隙。一对斑鸠大概是受燕子的启发（我家屋檐下就住着一窝燕子），居然把巢筑在了柁头上。

这真是个好地方：柁头上很平，面积比一个盘子还大，稍加装饰就是个很好的巢，不但遮风避雨，还能避免老鹰的威胁。

别看孩子们在野外会偷着掏鸟蛋，若鸟儿把巢做到了院子的大树上或屋檐下，那是绝对不能祸害的。大人们说了，谁家住了鸟儿，尤其是燕子，那是吉兆，是凤鸟来临，大人孩子都会严加呵护。柁顶上的斑鸠就这样也被全家关照起来。

柁顶的一对斑鸠开始孵蛋了，与鸽子孵蛋差不多，总有一只在窝里趴着，另一只外出找吃的。放学后我总要站在台阶上踮着脚向柁顶斑鸠窝张望，看看有什么新情况。大约过了半个多月，我听到了细微的“叽叽”声，看到斑鸠妈妈站在巢边“咕噜噜”叫起来。我忍不住爬上门口的槐树向柁头细看：啊，原来是两只肉蛋蛋一样的粉红雏鸟出壳了！

看大斑鸠喂小斑鸠真让人感动：大斑鸠咕咕叫着张开嘴，让小斑鸠的喙伸到嘴里用力吞食什么。这种嘴对嘴的喂食既让人感叹，又令人奇怪。小斑鸠是到大斑鸠的嘴里掏虫子吃吗？问了养过鸽子的母亲才知道，斑鸠和鸽子一样是在喂小斑鸠“鸽乳”。

“鸽乳”是一种糜状物，是大斑鸠把吃下去的种子、昆虫基本消化后形成的一种很有营养的流食。喂雏时，大斑鸠把嗉囊里的“鸽乳”反刍出来，让幼鸟吞食。这才有了我所见到的一幕。看来，鸟儿的母爱和父爱并不逊于哺乳动物。

由于有了大斑鸠的精心喂养，两只小斑鸠长得飞快，十几天以后，它们已不再吃“鸽乳”，而是从父母嘴里衔过食物直接吞咽下去。小斑鸠渐渐长大，羽毛丰满，长得如大斑鸠一样了。

20多天以后，我发现大斑鸠已不再到窝里喂食，而是在附近的槐树上不断冲小斑鸠“咕噜噜”召唤。在饥饿的驱使和大斑鸠的鼓励下，小斑鸠终于展开翅膀飞到了槐树上。大斑鸠立即用丰盛的食物奖励它们。小斑鸠由此开始飞向广阔的蓝天……

3

离开故乡以后，很少再见到山斑鸠。繁忙的工作和都市生活使人们已难以回归到大自然。

20世纪90年代末，我们搬到了新建的生活小区。这是一个全国小康住宅示范小区：路面宽阔，楼房间距较大，尤其是绿化，公路两旁和小区周围栽植了碧桃、连翘、迎春等各种花卉，还有杨柳、国槐、杜仲、千头椿等成型的乔木。

▲已基本长大的山斑鸠雏鸟

如今，十几年过去，各类树木已长得高大挺拔、浓荫满地，成了小区一道道绿色的屏障。

渐渐地，小区的麻雀多起来，花喜鹊多起来，灰喜鹊也多起来。几年前，我突然听到了久违的斑鸠叫声"咕鸪鸪——鸪——咕鸪鸪——鸪——"继而在树梢上、草坪上见到了它们的身影。一种欣喜从心头溢出，便立即掏出了随身携带的数码相机。经过一番等待和连续抓拍，斑鸠的倩影终于被收入了镜头。

▲成双成对的珠颈斑鸠

回到家兴冲冲把照片下载在电脑上，突然发现了其中的新奇：那斑鸠并不是我小时候见过的山斑鸠，而是脖子上多了一个黑圈，黑圈上还分布着众多白色的小圆点……查阅有关资料才知道它们是珠颈斑鸠。

珠颈斑鸠体长约30厘米，身体为灰褐色，最明显的特征就是颈侧黑斑上布满了珍珠似的小白点。它们本来分布在东南亚和中国东部及沿海各省，是南方一种常见的留鸟，可现在却出现在北方京郊地区。

我猜想，一定是随着地球气候不断变暖，它们也从南方渐渐迁徙到了京郊地区。

秋去冬来，天气变冷。本以为来自南方的珠颈斑鸠会飞到南方越冬，但它们却奇迹般地留了下来。在我家北面的草坪里，几只珠颈斑鸠竟然踏着薄薄的积雪在草地上寻找食物。看来，它们已经适应了这里的生活与气候，成了不折不扣的留鸟。

珠颈斑鸠为什么会成为我们生活小区的常驻留鸟呢？综合观

▲在地上觅食的珠颈斑鸠

察了小区的环境，我发现了许多有利条件。

资料介绍说，珠颈斑鸠喜欢与人共生，入住生活小区是它们的天性。小区高大树木多，楼房多，这就为珠颈斑鸠提供了多样栖息场所。居民楼楼顶开阔、温暖、安全、安静，适于它们歇息停留。松树、柏树、槐树、桑树、金银木等所结的种子、果实及遍地的草籽为它们提供了丰富的食物。垃圾箱中的弃食及好事居民撒下的米粒、猫粮、狗粮，成为它们源源不断的食物补充。人们普遍增强的环保意识和爱鸟意识，使它们在小区的生存有了安全保障……正是这一系列有利条件，使珠颈斑鸠很快成了小区的常客。

如今，珠颈斑鸠不但成了与我们四季相伴的留鸟，而且种群数量在不断增多。在我家北面的草坪里，时常能见到十几只斑鸠"咕咕咕"相互召唤着在草地里悠闲觅食，以至于招惹得两只流浪猫在后面偷偷尾随。

珠颈斑鸠及其鸣唱给人带来了意想不到的欢乐：带着孙儿去玩耍，只要听到那鸟鸣，看到那鸟影，我们就有了一个充满趣味的话题。迎着初生的太阳去晨练，只要听到那鸟鸣，看到那鸟影，我的脚步就顿感轻盈，心情也变得纯净愉悦。

坐在电脑前写作，劳累了或思绪不畅时，我会情不自禁来到北窗眺望小憩：看后园草坪中踱步觅食的珠颈斑鸠，听它们那回环往复的充满韵味的歌声……

科普链接：斑鸠属于鸟纲、鸽形目、鸠鸽科、斑鸠属鸟类，体长约28厘米，身体淡红褐色，头灰蓝色，尾尖白色，在地面觅食，吃小型种子和蚯蚓。斑鸠在我国大部分地区都有分布，现在城市内亦有斑鸠出现。飞行似鸽，常滑翔。鸣声单调低沉。觅食高粱、麦子、玉米、稻谷及果实，有时也吃昆虫的幼虫。巢筑树上，用树枝搭成，结构简单。巢为平盘状，外径约三四十厘米，每窝产卵2枚。卵为白色，形如鸽蛋，孵化期约18天，育雏期约18天。我国常见的斑鸠品种有火斑鸠、山斑鸠、珠颈斑鸠，还有人工培育的白斑鸠等。

斑鸠筑巢小王家

5月10日上午，从微信群中看到三里活动站小王发布的几张照片，说一对斑鸠在她家窗台铁网护栏中的吊兰花盆上做巢生蛋了！

近些日子小王太忙，竟忘了给窗外护栏中的银边吊兰浇水。那天下班猛然想起来，便匆匆接好一盆水来到窗前拉开了窗子……突然发现，花盆中趴卧着一只灰色的大鸟！从颈部的黑“项圈”和上面分布的众多小白点小王认出来了，那是一只珠颈斑鸠。是她刚从报纸上《斑鸠声声》这篇文章中得知的。看完《斑鸠声声》就有珠颈斑鸠现身窗口，小王顿感兴奋和激动。

斑鸠为什么会趴在花盆上呢？莫不是受伤了？小王猜测着，情不自禁伸出手想动动那斑鸠。没想到斑鸠浑身的羽毛都乍起来，突然拍动翅膀狠狠击打在小王手上。

小王顿感疼痛，大吃一惊，急忙将手缩回来。就在斑鸠稍稍移动的一刹那，她看到斑鸠腹部下竟有白色的鸟蛋——原来是斑鸠在这里做巢生蛋了！

“怪不得你这么厉害，原来是生蛋孵宝宝了！”小王怜惜地自语。

仔细观察发现，那鸟巢做得实在简陋，只是用一些小树枝稀疏拼凑而成，鸟蛋也是两个，与文章介绍的一样。

多么神奇有趣的事情啊——珠颈斑鸠在她家窗外铁网护栏中孵化小斑鸠了！

近几年来，京郊周边林地日益增加，小区树木日渐高大，珠颈斑鸠等鸟儿也明显增多，经常能看见七八只、十几只一群的珠颈斑鸠在草坪中觅食，在树枝上鸣唱，在天空中自由飞翔。

眼见鸟儿增多，一些好事的居民怕鸟儿吃不饱，竟不断向草坪中撒下玉米、玉米糁，抑或是猫粮、狗粮……斑鸠们“衣食无忧”，并感觉到人们对它们并无威胁，也就敢在居民窗外护网中做巢孵蛋了。

小王家住小区高层楼第23层。大约是层高楼静，一对珠颈斑鸠便把这里当成了它们的“新婚家园”。

小王及时将这喜讯用照片形式发布在微信群里。微友们瞬间跟进，群里面一片关心与喝彩之声。

“小王，斑鸠在你家做巢是吉星高照，表明你们是幸福之家、善良之家！”

“小王，恭喜恭喜！多发些照片记录下来，有什么需求尽管说话！”

“小王，做好记录，看能否把斑鸠蛋拍下来？有机会我们也去一饱眼福！”

“如果需要什么虫子、吃的，我们去买……”

“这下好，我既要遛狗，又要喂鱼，还要观察斑鸠……生活也太充实了！”小王感慨地说。

▲正在趴窝育雏的珠颈斑鸠

▲孵蛋的大斑鸠挥翅反击“来犯”者

珠颈斑鸠的降临，一时成了微信群里的重要信息和话题。

兴奋的小王俨然成了珠颈斑鸠的保姆：送上了米碗、水碗，还特意从集市上买回了面包虫。为了防止鸟蛋和未来的小斑鸠从盆下的网眼掉下去，找来纸盒将花盆周围一点点封闭起来。为了防止斑鸠一家受到日晒雨淋，找来一把旧雨伞，在老妈的指导下在花盆上面做了个遮阳棚……总之，能想到的小王都尽心做到了。

“小王，留心一下，看看两只斑鸠是不是轮流孵蛋？”我打电话给小王。

“好的，我一定留心。”

两天过后，小王在电话里回复说：“我每天早晨上班、晚上下班，白天看不到，只有晚上下班才能观察一会儿，总看到有一只斑鸠趴在窝上，没看到有‘换防’的，不知是不是两只倒着孵蛋……对，我回头用毛笔蘸点颜色点一下孵蛋斑鸠的头，不就能区分出来了？”

我对小王的聪明十分赞赏。记得乡人们为区分各家的小鸡，就在自家小鸡头上染上同一种颜色。这一来，即使各家小鸡跑到一起，也不会混淆不清了。

小王果真抓住一个时机，用毛笔蘸着黑颜色染了一下孵蛋斑鸠的头，两只大斑鸠果真分出来了。

个头稍小，头上有黑点，经常趴窝孵蛋的是母斑鸠；个头较大，头上没点的是公斑鸠。公斑鸠有时也到窝上趴上一会儿，但很快就会被母斑鸠替换下来。

至于公斑鸠会不会为母斑鸠打食、喂食，母斑鸠会不会利用“换防”时间独立去觅食，由于观察时间有限，小王还未能搞清楚。

5月18日上午，有一只小斑鸠破壳而出了！

小王在微信中发布了照片和说明：“昨晚我戴上塑胶手套，想看看斑鸠蛋什么样了。刚一碰大斑鸠，它除了奓毛、扇翅，还用尖嘴用力啄我的手，生疼生疼，手套都啄破了。结果发现一只小斑鸠已经出壳了。身上的茸毛一绺绺湿漉漉的，眼睛还没睁开，晃晃悠悠挣扎着一次次摔倒……大斑鸠赶紧把小斑鸠用翅膀捂了起来。”

小斑鸠出世的消息，让群里的人感到振奋。大家纷纷表示祝贺，并对小王的精心付出表示敬意。

5月19日，另一只小斑鸠也出世了。群友们欣喜之余希望小斑鸠能顺利成长起来。

珠颈斑鸠是鸽形目鸟类，从生蛋到小斑鸠孵化出来大约需要18天。由此上溯推断，这对珠颈斑鸠产蛋的时间大约是在“五一”节前后。

5月20日星期日，与小王约好，我和老武一起去她家想拍一组斑鸠母子的照片。小王热情接待了我们。

她推开纱窗，让花盆和斑鸠全部暴露在我们面前。抱窝的是头上有黑点的母斑鸠。见有人前来观看，立即警惕地抬起头盯视着我们。

▲小斑鸠向大斑鸠讨食

“大斑鸠胆大多了，可就是护着小斑鸠不让人看。要想拍到小斑鸠照片，就得把它推起来，可它会拍你、啄你……”

小王让我们准备好相机，右手戴好塑胶手套，并鼓着勇气用右手轻轻去推大斑鸠。

只见大斑鸠瞬间奓起羽毛，浑身膨大了许多。就在小王的手刚接触到身体的一刻，它便奋力扇起翅膀“啪啦啦”打过去……犹如是拳击手的一连串刺拳，打得小王连连缩手，不得不败下阵来。

虽然没有拍到小斑鸠，但我们却录下了大斑鸠凶狠护子的难得镜头。

怎样才能让大斑鸠站起来挪开位置使小斑鸠暴露出来呢？

“最好能找个长点的东西拨拨它。”老武突发奇想。

小王立即找来了一把塑料尺子递过来。

老武接过尺子说：“索老师准备好，我用尺子推开大斑鸠……”

说着，他便用透明的尺子轻轻推开了大斑鸠。说来奇怪，大斑鸠并没有对尺子展开攻击，而是任凭把它推到花盆一侧，让两只小斑鸠都暴露出来。突然被暴露出来的小斑鸠，顿时有些惊慌，个头大一点的居然追着爬到大斑鸠腹下寻求庇护！

我们赶紧抓住机会连连拍照，终于获取了一对小斑鸠的宝贵镜头。

老武收回了尺子，大斑鸠立即回归原位把小斑鸠严严实实用翅膀遮拢起来。

望着这深情的母子，我们感叹着，议论着，都被大斑鸠护子的勇气所折服。

珠颈斑鸠本是一种胆子较小的鸟类，尽管常在小区草坪中觅食，但只要有人接近就会腾空飞到附近树上。可如今，与人相隔咫尺，甚至去摸它、碰它、在它周围实施保护性“建设”，它竟坚守家园，不离不弃，以至和“入侵”者展开殊死搏斗，不禁令人震惊之余深表钦佩。

对小王一再感谢后，我们准备启程下楼。临行前，再次到窗前望一眼斑鸠以示告别。

突然，一幕让人惊叹的情景出现了：只见一只小斑鸠伸长脖子，正在用喙从大斑鸠张开的嘴里吞食东西；另一只小斑鸠也伸长脖子“吱吱”叫着在旁边等着……

多么难得啊：这正是大斑鸠分泌鸽乳反刍喂养小斑鸠的情景！

由于珠颈斑鸠属鸠鸽科鸟类，因而和鸽子一样是靠分泌鸽乳去反刍喂养小斑鸠。

“鸽乳”，是大斑鸠嗉囊腺所分泌的专门用来喂饲幼鸟的一种富含蛋白质的糜状物。当大斑鸠孵化到第17至18天时，大脑垂体产生促乳素，嗉囊腺开始分泌鸽乳，此时小斑鸠也正好孵化出壳，育雏期开始。

小斑鸠大约没有吃饱，不断用略显巨大的喙去敲击大斑鸠的嘴，好像在说：“妈妈，我饿，我要吃，我要吃……”

而大斑鸠只是警惕而矜持地盯视着我们，不再理会小斑鸠的请求。我们只得恋恋不舍告别了小王和珠颈斑鸠一家。

然而，两天以后，噩耗连续从小王的微信中传来：5月23日早晨，有一只小斑鸠死了。5月24日晚上，另一只小斑鸠也莫名其妙地死了。接着，大斑鸠飞走了，只剩下空荡荡的花盆……

这消息对我们来说是个沉重打击，对小王来说更是巨大的伤感和悲痛。

▲大斑鸠与孵化不久的雏鸟

珠颈斑鸠的育雏期是18 至20天。若再坚持10多天，小斑鸠就能出飞了！

小斑鸠为什么会死去呢？

或许是人为的帮助惊扰了它们？或许是我

们的拍照惹恼了大斑鸠？或许是护子心切忘记了觅食而无法分泌鸽乳？或许是小斑鸠得了什么疾病……

我们推测着，懊恼着，后悔着。大家一致得出这样的结论：今后若再遇此景，绝不能做人为干扰、越俎代庖的事！

我安慰小王说：网上介绍说，一对斑鸠在一家阳台筑了巢，第一窝小斑鸠也是先后死了；后来，大斑鸠再次生蛋育雏，结果两只小斑鸠就长大高飞了……

“但愿如此吧！”小王叹口气说。

“真的但愿如此——”我们也同样期盼着。

科普链接：珠颈斑鸠又名花斑鸠、珍珠鸠、斑颈鸠、花脖斑鸠等，分布于南亚、东南亚地区及中国南方广大地区。近些年京郊地区也大量出现。体长30厘米左右，与鸽子大小相似。通体褐色，颈部至腹部略带粉色，颈部两侧有黑色颈带，密布白色斑点，如许多“珍珠”点缀颈部，故名“珠颈斑鸠”。但这种珍珠斑点只有成年斑鸠才有。栖息于城市、村庄及原野林地，在地面边行走边觅食，以植物种子、果实及小虫为主，叫声响亮，能传播很远。用树枝搭建简陋的巢，偶尔也在建筑物上筑巢，以鸽乳育雏，双亲共同筑巢、孵卵、喂养雏鸟。

悍鸟“黎鸡儿”

“黎鸡儿”是故乡老幼皆知的一种鸣禽。

为什么叫“黎鸡儿”？乡人们说，它们总是伴着黎明开始鸣唱，给早起做饭的大姐、大婶们“叫起儿”，给起早拉煤、赶脚、下地的人们报时辰……与啼鸣报晓的大公鸡相比并不逊色，故有了“黎鸡儿”的美称。

20世纪五六十年代的京郊小山村，没有钟表计时，没有收音机报时。人们白天靠日头高低估摸时间，黎明靠“黎鸡儿”和雄鸡鸣唱来报晓。“黎鸡儿”在人们心目中不但亲切，而且神圣。

1

“黎鸡儿”通身乌黑，学名为黑卷尾，属于雀形目、卷尾科鸟类，又称铁燕子、黑鱼尾燕等。由于其尾羽深凹，最外一对尾羽向外、向上卷曲，所以得了黑卷尾的学名。

“黎鸡儿”大小、形状与灰喜鹊很相近，胸部、翅膀和长尾于乌黑中笼上一层幽蓝的光泽，如同闪着圣洁的光晕。

“黎鸡儿”是一种候鸟，立夏节前后飞到北方，白露节前后飞回南方。立夏节前后，人们常常眺望空中，期盼那黑色精灵早点飞来。在“黎鸡儿”归来的日子，乡人们将“黎鸡儿”的叫声融入了心底，变成了生活中不可或缺的一部分。

故乡的黎明，伴随着“黎鸡儿”的歌唱便忙碌起来。

形容人起早贪黑，总爱用“起五更，睡半夜”来表达。“黎鸡儿”就是五更天开始鸣叫的。

尽管有报晓的雄鸡，但山村的妇女们还是偏爱“黎鸡儿”的呼唤："打结左锅趋、打结左锅趋……"如此抑扬顿挫，反复吟唱，尽管那叫声显得粗糙，有些聒噪，但妇女们还是听出了其中的含义——"大姐做锅去……大姐做锅去……"那是催促女人们赶快起来做锅烧饭呢！

"黎鸡嗒顺儿打噶久……黎鸡嗒顺儿打噶久……"这是"黎鸡儿"五更鸣唱的又一种曲调。偏爱"黎鸡儿"的大婶们说，这是在夸赞勤劳早起的妇女们——"黎起儿大婶儿美溜溜……黎起儿大婶儿美溜溜……"当然，这都是乡人们对"黎鸡儿"鸣叫的主观演绎，但从中可以看到人们对"黎鸡儿"的偏爱。

"黎鸡儿"喜欢在农家周围高大的树上筑巢。我家西屋后面有一棵大榆树，树干已有一尺多粗、四五丈高。北院木匠说足够出两架柁的材料，可见榆树的挺拔高大。大榆树不但每年都会住上一窝"黎鸡儿"，而且是"黎鸡儿"聚会之所。每到五更时分，许多"黎鸡儿"就会飞临榆树之上，开始了它们热闹的歌会。

"大姐儿做锅去，大姐儿做锅去……""黎鸡嗒顺儿打噶久……黎鸡嗒顺儿打噶久……""黎鸡儿-嗒顺儿……黎鸡儿-嗒顺儿……""早啦、早啦，吃啦、吃啦……"榆树上的五更歌会丰富多彩，很快唤醒了寂静的小山村。

▲漂亮的黑卷尾　肖虹　摄

大榆树居住的"黎鸡儿"是歌会主持者，也是"黎鸡儿"中的领袖。这种歌会或许是早起的报到，或许是传递什么信息，或许是制订新的行动计划……总之，歌会相当准时，每天早上都会持续半个多小时。

除了黎明的歌会，“黎鸡儿”们见面也会相互打个招呼，“呱啦，呱啦”简单聊上几句，就像人们见面问声“吃了吗”。若有外敌威胁，它们会拼力狂叫，在鸟巢附近左右翻飞，直到外敌知难而退。

“黎鸡儿”喂小鸟的时候，尽管满口叼着食物，但还能从喉咙里发出轻柔的声音，仿佛是说“吃吧，宝宝，吃吧，宝宝”。

2

“黎鸡儿”是一种凶悍的鸟类，喜欢结群、打斗，尤其是繁殖期，有非常强烈的护巢行为和领地意识，很少有天敌向它们挑战。

20世纪五六十年代的农家都会养鸡。鸡儿是农家的微型银行，随时可以用鸡蛋去村里小卖部换些油盐酱醋。

山村养鸡有两大顾忌：一是怕闹鸡瘟。突发鸡瘟往往会使一个村子的鸡死去多半。二是怕老鹰。老鹰抓小鸡是常见的事情。

那一次，我家抱窝母鸡正带着一群鸡仔在院子东侧的篱笆下找虫子吃，天空中突然出现了一只盘旋的老鹰。发现这一险情后，我立即打出口哨给母鸡报警。

这时候，只见两只“黎鸡儿”像黑色精灵从大榆树顶飞向天空。它们愤怒鸣叫着，从两个方向去夹击老鹰。老鹰有尖嘴利爪，但速度有些迟缓，灵活性也比不上“黎鸡儿”。两只“黎鸡儿”灵敏躲避着老鹰的利爪，同时伺机扑上去狠啄一口，狠拍一翅，采用敌进我退、敌退我追的游击战法，弄得老鹰顾此失彼。

就在三只鸟儿战成一团的时候，听到警报的其他“黎鸡儿”闻讯赶来。天空中出现了一群“黎鸡儿”包围大战老鹰的壮观场面。

俗话说：“恶虎尚怕群狼。”两只拼命的“黎鸡儿”已让老鹰难以应付，一群“黎鸡儿”老鹰更是无力招架，只得落荒而逃。

我被这一幕深深震撼了。难道“黎鸡儿”是为保护我家小鸡

▲黎鸡驱鹰图　　刘申　作

跟老鹰拼命吗？突然看到那两只大战老鹰的“黎鸡儿”飞回榆树上的鸟巢，几只雏鸟尖叫着迎接它们。我恍然大悟了：“黎鸡儿”并非为了我家的小鸡，而是怕老鹰威胁巢中的雏鸟，才主动出击与老鹰拼命。

我由此得知，“黎鸡儿”是不怕老鹰的。敢拼命的“黎鸡儿”有抱团打架的侠义。谁家大树上若住了一窝“黎鸡儿”，他家的鸡儿就会因为有“黎鸡儿”的护卫而不会受到老鹰伤害。

锁儿是爬树的高手，也是男孩子中最爱掏鸟、养鸟的一个。他曾养过“虎伯劳”和小喜鹊。看到我家大榆树上的“黎鸡儿”窝，曾几次想爬上去掏一只小“黎鸡儿”，但都被我阻挡了。我告诉他，这窝“黎鸡儿”是保护我家小鸡的，别打它的坏主意。

可锁儿越发像着了迷。这一天放学到我家写作业，中间说去上厕所便一个人溜了出来。一会儿工夫，我突然听到了屋后“黎鸡儿”的狂叫和锁儿的哭声。慌忙跑到屋后一看：天哪，锁儿已爬到了高高的大榆树上，两只大“黎鸡儿”正盘旋在他的头顶，用尖嘴啄他，用翅膀扇他，用爪子抓他……

锁儿爬树必须手脚并用，无法抽出手来抵挡“黎鸡儿”的进攻。脑袋被一次次猛啄，胳膊也被一次次抓伤，他的哭声都变得嘶哑了！我和周围的邻居急得在下面大声呼叫，惊吓驱赶“黎鸡儿”，安慰锁儿慢慢下树。锁儿总算安全败退下来瘫坐在地上。他的头已被啄得多处流血，胳膊也被抓出了一道道血痕……

有了这次血的教训，小伙伴们都记住了，“黎鸡儿”是招惹不得的。

3

“黎鸡儿”筑巢主要是为了繁殖哺育幼鸟。为了育雏安全，它们会把筑巢点选在高大树木上。巢精致而结实，不像斑鸠的巢粗糙潦草。选一处带枝丫的分叉点，用枯草、干苔藓、细麻纤维、棉花纤维等物，精心编织成一个精细如小碗状的巢，不但缚得牢固，亦能借助繁茂的枝叶遮风挡雨，即使大风来了也无法吹落。

五六月份是“黎鸡儿”的育雏期，也是昆虫繁殖、北方少雨的季节。选择这个时候筑巢育雏，不但食物丰富，而且幼雏也不易受到暴风雨的袭击，存活率会明显提高。

“黎鸡儿”的卵为乳白色，上面分布着褐色的斑点，一窝产三四枚。孵化的时候，两只鸟儿轮流抱窝。半个多月后，小鸟就出壳了。粉红的小鸟只有少量绒毛，像个肉蛋蛋。这时候，两只大鸟更加忙碌，轮番捉虫喂养一只只张着大嘴似乎永远也吃不饱的小鸟。

但天有不测风云，育雏期难免会遇到暴风雨。一位网友曾在高层楼房上拍摄到一对“黎鸡儿”亲鸟在骤雨中轮番护子的

▲黑卷尾深情育雏　　　　　　　　　　　　　　　肖虹　摄

视频。大雨如注，为保护巢中的雏鸟不被雨淋，两只亲鸟轮番落在巢上展开翅膀全力护住雏鸟。可能是雨太大了，彼此轮换的时间还不到20秒钟。被轮换下来以后，这只亲鸟立即飞到树枝上用力抖掉翅膀上的雨水，继而飞到巢边迅速替换下另一只。如此循环往复、坚持不懈，充满了关爱和牺牲精神。

历经二十多天的哺育，小“黎鸡儿”便可以初飞了。它们跟着父母学飞行、学捕食，很快走向了独立生活。

“黎鸡儿”绝对是农家的益鸟。它们的食谱中主要是各种昆虫：蝗虫、黏虫、蝼蛄、胡蜂、蟢蟓、蜻蜓、毛毛虫、金龟子、天牛幼虫等等，绝大多数是害虫，基本没有五谷之类。

“黎鸡儿”捉虫有一种独特本领。发现飞虫以后，它们能像燕子一样直飞下去，在空中瞬间便将飞虫擒获，然后又倏然直飞上天，就像在空中划了个美丽的U形。正因为如此，有人又称它们为“铁燕子”。

自从参加工作走向都市，我便很难见到“黎鸡儿”的身影了。曾多次重回故乡想寻找梦中的“黎鸡儿”，但始终未能如愿。

不只是“黎鸡儿”，连黄鹂、虎伯劳这些童年厮守的“老朋友”，也都了无踪迹。它们都去哪里了？为什么不再飞回故乡？

我曾反复思索并到故乡实地考察，似乎找到了问题的症结：“黎鸡儿”、黄鹂、虎伯劳，都是以猎捕昆虫为主的肉食鸟类。而现在故乡连最常见的蚂蚱都很少见了。农药、化肥、除草剂的滥用，不仅消灭了昆虫，也毁坏了昆虫赖以生存的环境。过去到草地中用脚一蹚，就会有成群的蚂蚱飞出来或蹦出来；而现在想捉一只蚂蚱给孩子看居然成了奢望。没有了可吃的昆虫，“黎鸡儿”、黄鹂、伯劳失去了生存的根基，自然会另觅他乡了。

“黎鸡儿”已被《世界自然保护联盟》列入2012年濒危物种红色名录。国家林业局也将其列入国家保护的有益的或者有重要经济、科学研究价值的陆生野生动物名录。但有的专家却认为“黎鸡儿”是无生存危机的物种。建议他们还是到自然中去看看吧！

科普链接：“黎鸡儿”，学名为黑卷尾，因通身乌黑又称铁燕子、黑鱼尾燕等，为雀形目、卷尾科鸟类。因其尾羽中部深凹，最外一对尾羽向外、向上卷曲，故有了“黑卷尾”之名。其大小、形状与灰喜鹊很相近，羽毛有一层幽蓝或青铜色的亮泽。为典型候鸟，立夏节前后飞到北方，白露节前后飞回南方，主要捕食蝗虫、黏虫、蝼蛄、胡蜂、蟖蝝、蜻蜓、毛毛虫、金龟子等害虫。性情凶悍，有强烈的护巢和领地意识，敢与鹰隼对阵。每窝产蛋三四枚，蛋为乳白色，分布褐色小斑点，亲鸟轮流抱窝，育雏期约为18~20天。

俏语黄鹂

“春天在哪里呀，春天在哪里？春天在那青翠的山林里。这里有红花呀，这里有绿草，还有那会唱歌的小黄鹂……”每逢听到这首歌，我的心就飞回了故乡，就想起了童年的小黄鹂。

黄鹂是童年时代记忆极深的一种候鸟。它们异常美丽，浑身金黄，在鸟类中十分罕见。除了羽毛色彩独树一帜，它们的叫声也是鸟儿中出类拔萃的。

1

立夏以后，黄鹂就会如约而至，飞回到山村的大树上安家。从此，那金黄的精灵鸣唱着令人愉悦的婉转曲调，让大人和孩子们都有了一种欢乐的寄托。

黄鹂是一种典型的食虫益鸟，食谱中主要是农家憎恶的各类有害昆虫。尤其是育雏阶段，一对黄鹂父母不知疲倦地捕捉昆虫喂食小鸟，每天都要消灭几百条害虫。除了以昆虫为主食，黄鹂还有另一种嗜好，就是特别爱吃初夏成熟的桑果。把桑果作为佐餐佳品，表明黄鹂的聪明和口味独到，但也由此和孩子们发生了冲突。

桑果，我们叫“桑葚儿”，晶亮水灵，能长到半个小拇指一般，甜甜的、软软的，有紫黑和肉白两种，是极受孩子们喜爱的浆果。在青黄不接、水果匮乏的初夏，爬桑树、摘桑葚儿、吃桑葚儿成了贪吃孩子们的最大渴望。

村西北石家坡周围是一片桑林，高大茂密，每逢初夏，黑色的桑葚儿就会落满一地，便招引得孩子们和黄鹂都来光顾。

桑林的主人信佛，姓石，排行老六，人称石老六，对孩子们很宽容，允许来这里捡桑葚儿、吃桑葚儿，但不许上树。对来这里吃桑葚儿的黄鹂却时常吆喝驱赶，因为黄鹂会在他的院子里拉下一片片黑白相间的鸟屎。

孩子们从叫声分明听出，树上的黄鹂竟然骂起了这位石老头：“石老六、石老六，抠门石老六、抠门石老六……”

“石大爷，黄鹂儿骂你呢，它说‘石老六、石老六，抠门石老六、抠门石老六……’”听了孩子们的“翻译”，石老头对黄鹂更气了，索性拿起一个长杆子对黄鹂进行恫吓。

黄鹂被暂时吓走了，孩子们获得了又一份奖赏：可以上树去摘桑葚儿、吃桑葚儿。信佛的石老头吆喝一声“别摔着——”便又对着院里的佛龛念起了他的“阿弥陀佛……”

不久，经不住诱惑的黄鹂又飞回到桑树上，除了继续骂“抠门石老六、抠门石老六”，还增加了对孩子们的不满，发出了“嗦咪嗦咪来啦发——发西啦”的叫声。

我们听出来了，这是在骂“吃我桑葚黑屁股——打——”瞧，咒我们黑屁股不算，还要加一声“打——”多不饶人。

其中还有这样的警告：“嗦咪嗦咪嗦——嗦咪发西啦嗦。”我们听出的是：“桑葚不许偷，偷了打你屁股!”

▲美丽的黑枕黄鹂　　肖虹　摄

但我们只顾摘桑葚儿、吃桑葚儿，嘴巴吃成了“黑屁股”也不去理会黄鹂的“俏骂”。

当然，黄鹂的种种“俏骂”，都是孩子们根据叫声臆想出来的。但这表明，黄鹂叫声的确复杂多变。

山村的夏季，有了甘甜多汁的桑葚儿和美丽黄鹂的“俏骂”，我们的童年就多了一份难得的幸福和欢乐。

2

故乡的黄鹂主要为黑枕黄鹂，鸟喙粉红色，上喙微微向下弯曲，翅膀尖而狭长，尾羽长而凸出，爪子尖利，善于抓握树枝，喜欢在村边高大乔木上筑巢，很少见它们到地面上活动。

黄鹂是筑巢高手，筑的巢简直是精致的艺术品：选一处有多条水平枝的枝丫，用树皮、草茎或麻类纤维在枝杈间反复编织缠绕，最终编成一个吊篮似的悬巢。圆圆的、深深的小巢精细紧密，非常结实，显示出黄鹂与生俱来的编织才能。但要想欣赏这样的巢，只有爬上高高的大树才能亲眼见到。

黄鹂每窝产卵四五枚，是漂亮的浅粉色，带着玫瑰色的小斑点。经过大约半个月的孵化后，小黄鹂便出壳了。再经过父母半个多月的精心喂养，小黄鹂就可以跟着爸爸、妈妈出巢学飞了。

被黄鹂的美丽和诱人鸣叫所吸引，故乡的孩子们多有爬到大树上一窥黄鹂巢穴的经历。尤其是锁儿，有掏鸟、养鸟的嗜好，养过喜鹊、黄鹂和虎伯劳。自打父亲死了，母亲管不了，顽皮的野性使他更为胆大，爬树掏鸟成了习性。

锁儿手很巧，能用高粱秆插编成四方的鸟笼子挂在院子里，招引得一群孩子心甘情愿捉来一串串蚂蚱和蛐蛐帮他喂鸟。

可后来，为了养活几个孩子，锁儿妈为他们招赘了一个继父。继父对锁儿养鸟十分反感，强令他把小鸟儿们放掉，早晚都要去自留地里干活。

“饭都吃不上了，叫花子似的还养鸟？都给我放了！下了学每天往地里背十趟粪……”继父冷冷训斥着。

无可奈何的锁儿只得把几只小鸟送给了小伙伴：“现在要是

放了都得饿死，或者被猫吃了。替我再养几天，等它们初飞就行了……”锁儿可怜巴巴地拜托着我们。我收到的是一只出生十几天的小黄鹂。

▲黑枕黄鹂孵蛋　　肖虹　摄

“这是一只公的，叫‘将军’，你看这黑枕多漂亮！是王家大槐树上的那窝。刚要学叫……一定把它养到会飞了！”他恋恋不舍地嘱咐我。

在家人的支持下，我接下了“将军”。

我每天去村北白草坡捉回一串蚂蚱，学着锁儿的样子，手捏一只活食逗它、喂它。“将军”长得很快，身上的羽毛披上了金黄，眼边的“黑枕”和翅膀上的黑羽也更加明显。

这一天，“将军”突然在笼子里奓起翅膀扑棱了几下，我知道它要初飞了——这是锁儿传授的经验。

放学后，我把锁儿叫到家里。喂完蚂蚱后，锁儿让“将军”站在一根小棍上，先是一悠一悠让它奓翅练习平衡，然后突然向上一抛让“将军”不由自主地张开了翅膀……小黄鹂一下子飞到了对面柿树上。

接着，锁儿晃着手里的一只蚂蚱打着口哨招呼“将军”，“将军”果然又飞回到他的小棍上……这样反复练习，“将军”越飞越熟练，并在高高的枝头发出了快乐的鸣叫。

半个月以后的一天早晨，“将军”最后一次吃下了我们捉来的蚂蚱飞走后再也没有回到笼子里——它已经能独立生活，融入到自己的群体中。

在以后的日子里，尽管听到锁儿的口哨，“将军”还会飞到附

▲黄鹂育雏图　　　　刘申 作

近枝头冲我们鸣叫，但它已不再依赖我们，只是用叫声应答着昔日的主人。我们的心则在黯然失落中有了一些安慰。

3

黄鹂以其美丽的羽毛和婉转的歌鸣而备受人们喜爱。历代文人骚客们对黄鹂的艳丽与鸣唱也是赞美有加。

《诗经·七月》中曾写道："春日载阳，有鸣仓鹒。"仓鹒就是黄鹂。我们的祖先早在几千年前就对黄鹂的鸣叫有了记载。

杜甫的"两个黄鹂鸣翠柳，一行白鹭上青天"，王维的"漠漠水田飞白鹭，阴阴夏木啭黄鹂"，韦应物的"独怜幽草涧边生，上有黄鹂深树鸣"，欧阳修的"黄鹂颜色已可爱，舌端哑咤如娇婴"……这些脍炙人口或列入中小学课本中的古诗名句，使黄鹂在人们心目中更增加了圣洁的光晕。

因病疗养的孙犁先生曾在其散文《黄鹂》中写道："清晨在丛林里，我听到了它尖利的富有召唤性和启发性的啼叫；飞起来，迅若流星，在树枝、树叶间忽隐忽现，金黄的羽毛上映照着阳光，美丽极了，但想多看一眼都很困难……每天清早，听到它们的叫声，见到它们互相追逐，互相逗闹，饱享了眼福。观赏黄鹂，竟成了我的一种日课，一听到叫声，心里就高兴。”

孙犁先生的这种感受，表达了人们对黄鹂的那种普遍深情。

然而，20世纪70年代以后，由于环境的持续恶化，黄鹂的数量日趋减少。也曾几次回老家去石家坡桑林前驻足仰望，希望能见到那盼望已久的童年记忆中的黄鹂，但始终未能如愿。

桑林尚在，紫红的桑葚儿依然挂满枝头，但石家坡已成残垣断壁……

和乡亲们聊一聊，大家都说已经多年看不到黄鹂的踪迹了。

黄鹂已被《世界自然保护联盟》列入国际濒危鸟类红皮书2009年名录。不知道今后黄鹂能否再飞回故乡？

科普链接：黄鹂，为鸟纲、雀形目、黄鹂科、黄鹂属鸟类，中型鸣禽，亦称黄莺、黄鸟、鸧鹒等，体长约25厘米，共31种。喙长而粗壮，约等于头长，先端稍下曲，鼻孔裸露，翅尖长，尾短圆。在水平枝杈间编织碗状巢，产卵3~5枚，主要由雌鸟孵化，孵化期为15天左右，育雏期为16天左右。中国有6种。常见品种为黑枕黄鹂，俗称黄莺，雄鸟羽色金黄而有光泽，头部有通过眼周直达枕部的黑纹，翼和尾的中央为黑色。雌鸟羽色黄中带绿。鸣声婉转多样，主食林中有害昆虫，也爱食桑葚等野果。京郊地区为夏候鸟。分布于广大温带和热带地区。

红嘴蓝鹊的亲情

北京地区常见的鹊类有喜鹊、灰喜鹊和红嘴蓝鹊。相比之下，红嘴蓝鹊数量较少，已被列为《国家保护的有益的或者有重要经济、科学研究价值的陆生野生动物名录》。北京的香山、天坛等公园，松山自然保护区，附近的牛口峪水库库区都有红嘴蓝鹊栖息出没。

有一种版本说，红嘴蓝鹊还是中国神话传说中的信使青鸟：昆仑主神西王母饲养着三只青鸟，主要用来侍候自己并听从调遣。西王母去拜访汉武帝，曾派一只青鸟作为信使去报信，另外两只跟随她并服侍于左右。由于这则传说，青鸟便成了“信使”的代称。

唐代诗人李商隐曾在《无题》一诗中写道：“相见时难别亦难，东风无力百花残。春蚕到死丝方尽，蜡炬成灰泪始干。晓镜但愁云鬓改，夜吟应觉月光寒。蓬山此去无多路，青鸟殷勤为探看。”这里，青鸟成了为爱情传书的使者。

1

红嘴蓝鹊尾羽长而秀丽，体长超过两尺，是鹊类中身体最大、尾巴最长、羽色最美的一种，故又称长尾蓝鹊。红色的嘴，红色的足，淡蓝的体背，修长的尾羽，使其显得仪态华贵。

2015年11月7日，在新加坡香格里拉饭店，习近平与马英九举行两岸领导人“世纪之握”，就推进两岸关系和平发展交换意见。这是1949年以来两岸领导人的首次会面。两人会面时，马英九办公室挑选了一件“台湾蓝鹊”的手工瓷器赠予习近平主席。

台湾蓝鹊又叫台湾暗蓝鹊、长尾山娘，为台湾特有鸟种。资料介绍说，台湾蓝鹊是有“帮手制度”的鸟种，即去年出生的蓝鹊会留在亲鸟身边协助养育今年出生的幼鸟。这种行为在野生动物中比较少见，有利于基因遗传及种群扩大。

红嘴蓝鹊喜欢结群飞翔，经常成对或成群活动。它们体形飘逸舒展，常在枝间跳上跳下或在树间飞来飞去，身姿如起伏的波浪一般，也爱从山上滑翔到山下，从一棵树滑翔到另一棵树，或者从树上滑翔到地面蹦跳着前进。滑翔时两翅平伸，尾羽展开，十分漂亮。其鸣叫声与喜鹊很相似，“喳喳喳喳，喳喳喳喳，喳喳喳……”十分响亮但略显单调。

红嘴蓝鹊是乌鸦的近亲，荤素兼食，植物的果实、种子及地老虎、金龟子、蝼蛄、蝗虫、毛虫等危害庄稼的昆虫都在其食谱中。

同是大型鹊类，红嘴蓝鹊的巢却与喜鹊大不相同：喜鹊的巢是一个封顶的大柴球，个大粗犷，很有气势，出口设在侧面。红嘴蓝鹊的巢却呈碗状，由枯枝、枯草、根须、苔藓等材料构成，口在上，个头要小很多，外径为20厘米左右，内径为10多厘米，

▲红嘴蓝鹊育养雏鸟

▲美丽的红嘴蓝鹊　　刘建军 摄

深六七厘米。相比之下，红嘴蓝鹊的巢比花喜鹊的巢要显得精细、柔美而小巧。但它们的巢比一般鸟巢还是要大一些。

红嘴蓝鹊每窝产卵3~6枚，椭圆形，土黄或绿褐色，带有紫褐色斑点。卵如小鸡蛋，由父母轮流孵化，与喜鹊很相似。

2

红嘴蓝鹊外表雍容、风度翩翩，但其性格却十分刚烈，尤其是育雏期间。笔者曾在微信中看过一段惊心动魄的视频：

一条一米多长的绞花林蛇突然从一棵高大的樟树上掉了下来。

绞花林蛇是一种树栖蛇，颈部较细，头部宽大且略呈三角形，体背棕灰或琥珀色，上面有黑褐色不规则横斑，头部眼球突出，瞳孔如猫眼一样竖成一条线，故也称它们为猫眼蛇。尽管三角形头部与蝮蛇相似，但绞花林蛇的毒性却较弱。它们常活动于灌木、草丛和树林中猎食蜥蜴等小动物，常会爬到树上猎食鸟类、鸟蛋和雏鸟，主要分布于我国南方地区。

绞花林蛇的跌落，让树下乘凉的人大吃一惊，纷纷躲到旁边向树冠眺望。人们知道，没有特殊情况，善于爬树的绞花林蛇是不会掉下来的。

果然，就在人们迟疑观望时，一只红嘴蓝鹊从树冠上几乎垂直降落下来，眨眼落在了绞花林蛇前面。

人们霎时惊呆了：一只鸟儿竟敢落在专吃鸟儿的大蛇面前，

且无视附近围观的人群，着实让人瞠目。

红嘴蓝鹊“喳喳喳喳”鸣叫着在绞花林蛇前面跳来跳去，那鸣叫分明带着愤怒和仇恨。看得出，它是专门来找绞花林蛇挑战或拼命的！

绞花林蛇并不畏惧，昂起头微微晃动着，看准时机，张开大嘴、露出毒牙突然猛扑过去……

就在即将咬住红嘴蓝鹊的一刹那，那鸟儿却腾空跃起躲过了致命一击。

于是，第二回合、第三回合……红嘴蓝鹊一次次用蹦跳和鸣叫挑战，绞花林蛇一次次用晃动和猛扑进攻，双方你来我往、辗转腾挪，战得不可开交。

十几分钟以后，形势渐渐有了变化，大约是连续进攻耗费了体力，绞花林蛇的速度有了稍微的迟滞。就在它进攻后缩回身子的一刹那，蓝鹊如同闪电般跟进，一下啄住了蛇头！绞花林蛇疼得翻转身子去缠绕蓝鹊，那鸟儿却跳跃鼓翅飞起，把绞花林蛇带到半米多高然后撒嘴丢下。

如此的伎俩反复上演，红嘴蓝鹊总能恰到好处把握时机，在躲过毒牙和致命缠绕后，向蛇头发起一次次攻击！

绞花林蛇知道遇到了拼命对手，开始寻找退却之路。然而，就在它转过身子，试图避开对手逃离现场时，红嘴蓝鹊却叫着、跳着，转眼挡住了退路。

这显然是逼着对手决死拼命。

几次退却未果，绞花林蛇不得不与红嘴蓝鹊进行殊死搏斗。

然而，多次被啄伤的绞花林蛇早已没有了开始的速度和勇猛自信，只能用一次比一次减弱的进攻去虚张声势。

红嘴蓝鹊越战越勇，猛然腾空而起，然后俯冲下来，啄住蛇的尾部，将其叼离地面，左右甩动再摔下来……

接着，红嘴蓝鹊使用了连啄战术，就像拳击台上的连续直拳——“笃笃笃”猛啄蛇头，不给对手任何喘息之机！

伤痕累累的绞花林蛇再也没有了进攻的力气。

红嘴蓝鹊乘胜进攻，突然用利爪按住蛇头，然后连续猛啄，直至蛇头变得皮开肉绽……

绞花林蛇死了。红嘴蓝鹊这才停下利喙，“喳喳喳”大叫了几声，然后飞上了树冠。

人们发现，死去的绞花林蛇腹部隆起。有人剪开其腹部，原来隆起地方包裹的竟是红嘴蓝鹊的雏鸟！

人们恍然大悟：是绞花林蛇偷吃了红嘴蓝鹊窝里的雏鸟，才引得红嘴蓝鹊从树上追到树下，并用拼死的复仇，结果了绞花林蛇的性命！

看了这则视频，我感到由衷震撼：为了孩子，为了复仇，红嘴蓝鹊竟然以死相拼，不顾一切置敌于死地！这种无畏、强悍和誓死战斗的精神，不就是面对强敌所应具有的血性和品格吗？

3

红嘴蓝鹊性情凶悍，面对强敌毫不退缩，有时还会入侵其他鸟类的巢穴，啄食其幼雏和鸟卵。繁殖育雏期间，它们甚至敢进攻接近自已鸟巢的人类。

一位爱好观鸟和摄影的朋友，曾讲起过他们在观鸟过程中亲眼看到的令人惊异的场面：

红嘴蓝鹊十分机警，若有人接近，相距50米就会立即飞走。所以，想跟踪观察和拍摄红嘴蓝鹊往往是徒劳的。要拍摄红嘴蓝鹊，必须先做好“功课”，选好隐蔽的观察和拍摄地点，事先悄悄“埋伏”在那里等待时机。

松山自然保护区的一棵大柳树上住了一窝红嘴蓝鹊。为了拍摄红嘴蓝鹊，几位爱好摄影的观鸟者做通了管理人员的工作，悄

▲成双成对的红嘴蓝鹊　　刘建军 摄

悄在附近另一棵树上选好机位并固定了相机，然后手握遥控开关躲在树下灌木丛中等待。一旦红嘴蓝鹊亲鸟回巢喂食，他们就会摁动开关，相机会以每秒7帧的速度连续拍摄3秒钟。

从计算机回放的拍摄画面中，他们有了惊人发现。亲鸟喂食的猎物中，除了各类昆虫，居然还有青蛙、老鼠和小雏鸟。

观鸟协会的专家们解释说：红嘴蓝鹊只有在育雏期或食物严重不足的情况下才会捕食青蛙和其他雏鸟，而平常的食谱百分之八九十是各类昆虫，所以还是要当作益鸟来加以保护。

一次，大柳树红嘴蓝鹊巢穴上空传来了“喳喳喳喳”的杂乱鸣叫。几位观鸟者抬头仰望，只见两只红嘴蓝鹊围着一只红隼在飞翔打斗。大家立即明白了，一定是觉得红隼会威胁巢中的雏鸟，这对亲鸟才对其展开了拼命围攻。在红嘴蓝鹊的奋力驱逐下，那只红隼只得落荒而去。

拍摄活动结束后，几位观鸟者放松地来到大柳树下指着鸟巢诉说着感想。红嘴蓝鹊大约以为他们有什么不良企图，竟然在他们周边和头上盘旋翻飞，发出“喳喳喳喳”的连续警告。

“放心吧，我们不会伤害你！是你的朋友……”几位朋友一边说笑着与红嘴蓝鹊挥手告别，一边远离了大柳树。

漂亮的大鸟，充满亲情却又胆小、凶悍。

这就是美丽的红嘴蓝鹊。

科普链接：红嘴蓝鹊又叫赤尾山鸦、长尾山鹊等，属于鸟纲、雀形目、鸦科、蓝鹊属、红嘴蓝鹊种的大型鸟类。它们的体形、体征和模样与我们常见的喜鹊很相似，体长54~65厘米。最显著的特征就是嘴和脚都是红的，而头、颈、胸为黑色，头顶至后颈有一块白色至淡蓝的块斑，身体上部为蓝灰色，下部为白色，长长的尾羽带着黑色和白色的斑点。能发出多种不同的吵叫声。以果实、小型鸟类及鸟卵、昆虫为食，常在地面取食。主动围攻猛禽。我国北京、河北、内蒙古、辽宁、江苏、江西、河南、湖南等地区都有分布。

深情白头鹎

曾经有这样一则童话：一只美丽的小鸟想学点本领。它看见喜鹊在大树上搭窝觉得很有意思，决定跟喜鹊学搭窝。开始它学得很认真，可是没过多久就厌倦了。它说：“天天衔树枝太累了！”它不再学搭窝了。它听见黄莺在唱歌，唱得很好听，决定跟黄莺学唱歌。开头它学得挺认真，可是没过多久又厌倦了。它说：“学唱歌要天天练嗓子我可受不了！”它不再学唱歌了。以后它又跟大雁学飞行，跟老鹰学打猎，也都是有始无终，没有一件事情能够坚持下去。日子一天一天地过去，直到头发全白了，它还是什么本领也没学到。从此，它把一头白发传给子孙，让它们世世代代记住这个教训。后来，人们叫它们“白头翁”。

在这个故事里，“白头翁”是只浅尝辄止、没有毅力、有始无终、怕苦怕累的小鸟。而实际上“白头翁”是一种尽职尽责、很有感情的小鸟。

“白头翁”学名叫白头鹎，是雀形目、鹎科中的一种小型鸟类。因为两眼上方至后枕的羽毛为白色，且形成了一个白色的枕环，所以才有了白头鹎的名号。

资料介绍说，白头鹎是长江以南广大地区常见的一种小鸟，多活动于丘陵或平原的灌丛中，既捕食动物性昆虫，也爱吃植物性果实，是一种杂食性鸟类。白头鹎春夏繁殖季节，几乎全部以昆虫为食，且以蟋蟀、鼻甲虫、步行甲等鞘翅目昆虫最多，对植物保护意义重大，是农林益鸟之一。秋冬季节，它们则以植物的果实和种子为主，吃樱桃、葡萄、金银木、垂丝海棠等果实，也啄食树木、杂草的种子。成鸟每年3至8月间繁殖，筑巢于灌木丛中，距地大多二三米，也有把巢筑在乔木上的。鸟巢多用杂草、树叶、草穗、草根做成，形状如浅杯，每次产卵三四枚，每个繁殖季至少产卵两次。鸟卵为椭圆形、淡红色，一头微尖，表面带有深红或淡紫的斑点。

京郊地区属于较为干旱的北温带，冬季十分寒冷。白头鹎生活在温暖的江南地区，自然难以光顾。

然而，近些年来北京地区开始看到白头鹎的踪迹。《北京地区常见野鸟图鉴》介绍说，白头鹎“自上世纪80年代初在北京发现以来，经过近30年的发展，目前在远郊区县的山区都能见到”。

我所在的燕化星城小区位于京郊房山区，前几年也开始见到白头鹎在枝头跳跃鸣唱了。

朋友小肖是北京观鸟协会会员，受他感染，我买了有关观鸟的书籍，并从他那里得到了许多关于鸟类的知识。

凭借着头顶那片白色的羽毛，我认出了那是“白头翁”。

这种美丽的小鸟形似麻雀，但比麻雀身体修长，尾巴更长，羽毛也更漂亮：有黑有白，有灰有黄，还有淡淡的橄榄绿。尤其是那叫声，抑扬顿挫，婉转动听，比麻雀“叽叽喳喳”的叫声不知要美妙多少。

“角儿-叽了-角了——角儿-叽了-角了——角儿-叽了-角了——”或者是“叽了-角儿——“叽了-角儿——”

有连续的六连音，有连续的四连音，并伴有颤音、滑音，轻巧连绵，清脆悦耳，让人不由得驻足倾听，向树上不断张望。

这之前，小区常见的鸟儿只有麻雀、喜鹊、灰喜鹊、珠颈斑鸠之类。叫声如此动听的小鸟，在我们小区中还没有见到过。

于是，若有人询问那鸟儿，我便欣慰地告诉他：这是“白头翁”，学名叫白头鹎，是雀形目、鹎科鸟类，本来是长江以南的鸟儿，现在也飞到北京来了……

初夏的一个上午，带着孙儿在路上学滑板车。路旁有物业人员正用电动修剪机修剪着路旁两米多高的黄杨球。孙儿十分好奇，便停下滑板车观看。修剪机“沙沙沙沙”吼着，所到之处，黄杨的枝叶就被齐刷刷切割下来。

黄杨球由于每年春天都会长出参差不齐的新枝，为确保黄杨球的完美造型，每年初夏以后，物业人员都要对其进行一番必要的修剪，谓之夏剪。

物业人员正蹬着凳子切割黄杨球顶部的新枝。我突然发现有一簇褐色的草团随着切下的新枝滚落到路面上。就在我诧异的一瞬间，那草团竟滚出三个浅红椭圆、带着些许黑斑的鸟蛋，继而被摔破了！

“哎呀，是个鸟窝!”我不由得叫了一声。物业人员也停下了作业，被眼前的情景惊呆了。

覆巢之下，安有完卵？看着这小小的鸟巢和地上的蛋清、蛋黄及破碎的蛋皮，大家感到十分遗憾。

孙儿则拿起一枚破碎的蛋壳。

这鸟儿怎么会把巢做在黄杨球上呢？我心痛地捧起鸟巢。巢口如小碗一般，外面很粗糙，里面用茸毛和草纤维编织得很精致。

待物业人员走后，我把那巢重新稳放在黄杨球顶部，希望那鸟巢主人能重新回到那里。

▲白头鹎的鸟蛋

▲在柳枝上鸣唱的白头鹎

十几分钟以后，一对鸟儿果然回来了——原来是两只白头鹎！

它们围着鸟巢叫着、跳着，看得出很伤心。短暂的悲鸣和停留之后，它们终于选择飞走了。

多数鸟儿的巢都做在高高的树桠上，白头鹎为什么会把巢做在只有两米多高的黄杨球上呢？

查阅有关资料得知，白头鹎确实有把巢做在低矮灌丛上的习惯，即使做在树上，也不会离地面太高。这一习性从黄杨球上被倾覆的鸟巢事件得到了验证。

又一个春天，小区内的白头鹎明显增多了：成双成对在路树间飞来飞去，“角儿-叽了-角儿——角儿-叽了-角了——”美妙的叫声不绝于耳。我猜定，一定有白头鹎来小区安家了。

去年被捣毁鸟巢的黄杨球旁栽种着杜仲树。树冠不算高大，但枝叶浓密，适合鸟儿做巢。

近些天来路过此地，总能从一棵杜仲树上听到白头鹎的鸣叫。凭经验，一种鸟儿如在一棵树上反复盘桓鸣叫，就表明它们即将或者已经在这棵树上做巢了。

于是，我拿着相机，随着那叫声仰着头在树上仔细搜寻，希望能找到鸟儿和鸟巢。但枝叶太密了，始终没有发现目标。

这天，正坐在树下铁栏休息，一只白头鹎突然降落在树南横出的树枝上。抬眼望去，在鸟儿落下的枝丫上分明发现了一团白色的异物。我急忙用相机镜头将其拉近：啊——原来是一个鸟巢！那白色的东西，是白头鹎筑巢前衔来的一块废弃餐巾纸——

它是用餐巾纸铺底，然后借助枝丫编织成了坚固的鸟巢！

我为这一发现而兴奋不已，也为白头鹎的聪明而惊叹。

鸟巢离地面只有三米多高，完全符合资料中的有关介绍。

我急忙把这信息告诉小肖，约他共同观察这窝白头鹎的孵化和成长情况。

在之后的日子里，我们曾多次去树下等待、观察，但不知道什么原因，那鸟儿来过几次后居然不见了踪迹。

难道是我们发现晚了，雏鸟已经出巢？抑或是树下嘈杂，车辆穿行太吵，它们弃巢而去？用餐巾纸作底的巢还在，只是主人不再回来。

没能观察和拍摄到白头鹎孵化育雏的珍贵场景，我们都深感遗憾。之后，循着叫声一次次执着地搜寻白头鹎的巢，却一直没有新发现。

6月，北京暑热提前来临，近40℃的高温烘烤着京城。我和几位老友便乘火车逃离北京，到辽宁兴城海边避暑。

这天傍晚，吹着习习凉风，老友们在航天科工集团三院培训中心的“小动物园”周围聊天散步。突然听到了熟悉的“角儿-叽了-角了——角儿-叽了-角了——”的叫声。

“是白头鹎！”我立即竖起耳朵，循声向园中的大树望去，果然有好几只白头鹎在树间飞来飞去。

我顿感惊奇：生活在长江以南的白头鹎，不但落户在北京，而且在更靠北的辽宁兴城出现了！是气候变暖使它们的生活领地扩大了，还是暂时迁徙到了东北？我一时不得其解。

天空中，许多只白头鹎飞来飞去。

连续观察、拍摄并查看放大后的照片发现，原来这是由成鸟和小鸟组成的一个大家庭：一只大鸟嘴衔着食物，几只亚成鸟围着它叫着、跳着讨食吃……

资料里介绍过，白头鹎亚成鸟的羽毛为橄榄绿色——对照照片，几只讨食的亚成鸟果真是橄榄绿色。

但它们的叫声并不动听，甚至很粗糙，是连续的“锵叮、锵叮……”

开始，我以为是白头鹎到不同地区而改变了腔调；后来发现，那是亚成鸟的叫声——是它们还没有练就如父母那婉转动听的歌技呢!

尽管天色渐黑，但白头鹎父母还在飞来飞去觅食，并耐心喂养着追逐而来的一只只亚成鸟。我们都为这母子深情感动了!

白头鹎不仅对雏鸟满怀慈爱，夫妻之间的恩爱和守护更是非同一般。

一则网上视频，记述了一个让人感慨悲怜的场景。

早晨，湖南武冈市自来水公司办公楼前，上班职工都被眼前的情景惊呆了。一只白头鹎哀鸣着飞落在地面上，用翅膀护住一只死去的白头鹎：“叽了——叽了——叽了——”叫声哀怨悠长，一点也不惧人。它用嘴、用爪一次次拖着、拉着死鸟奋力起飞，希望能将同伴拖上天空，让它飞起来……

这明显是一对夫妻。死去的白头鹎脖子上的羽毛被抓掉，渗出血迹，分明是遭鹰隼之类袭击而死。

然而，一次次努力都是徒劳的。死去的白头鹎被拖起一次又一次，落下一次又一次，前后经历了近3个小时！死去的鸟儿被拖出了数米远，但这种努力却始终没能使伴侣重新飞起来！每次失败以后，那只白头鹎都仰头长鸣，分明是在悲哭，或者在呼唤同伴前来帮忙。直到大院保洁员将死鸟移走了，它仍然在那里哀鸣不已。

“一整天，我们都听见它在院子里哀叫，叫得人心里酸酸的。”大院保洁员说。

卓文君在《白头吟》一诗中写道：“愿得一心人，白头不相离。”看来，白头鹎的夫妻恩爱与生死相守，并不逊于我们人类。

2000年8月，国家林业部发布的《国家保护的有益的或者有重要经济、科学研究价值的陆生野生动物名录》，已将白头鹎列入保护名单。

科普链接：白头翁鸟，也叫白头翁、白头鹎，为鸟纲、今鸟亚纲、雀形目、鸣禽亚目、鹎科、鹎属小型鸟类，额至头顶黑色，两眼上方至后枕为白色，形成一个白色枕环，腹为白色有黄绿色纵纹。比麻雀体形稍大，尾巴较长，体长17~22厘米，常结伴于树上活动，既食动物性昆虫，也吃多汁植物性果实，是长江以南广大地区的常见鸟类，多活动于丘陵或平原树木灌丛中，性情活泼，不太怕人。被列入《国家保护的有益的或者有重要经济、科学研究价值的陆生野生动物名录》。

新鸟鹎歌

何为新鸟？即当年孵化并长成的鸟；何为鹎歌？非悲伤之唱，乃白头鹎新鸟的鸣唱。

白头鹎是鸟中的鸣禽，本来生活于长江以南地区。由于气候变暖，它们的生活范围已扩展到京郊地区。

白头鹎性情活泼，喜欢结群于树冠，是一种荤素搭配的杂食性鸟类，平均寿命在10~15年之间。

1

楼前草坪有两株大柳树，树形高大，树冠如帷，垂枝如丝。

近些年京郊环境不断改善，各种禽鸟也日渐增多。

大柳树上便见证了这一系列变化：最初树上只有麻雀“叽喳、叽喳、叽喳”的吵闹；接着便有花喜鹊“喳喳喳喳，喳喳喳喳”的叫声；后来便是灰喜鹊“喳啊——喳啊——喳啊——”的沙哑；随之又有珠颈斑鸠“咕咕咕——咕——，咕咕咕——咕——”的歌唱……听了这些久违的鸟鸣，让人感到舒心亲切，恍若回归了童年时光。

去年，在小区见到了白头鹎，还听到了它们悦耳的“叽了、角儿，叽了、角儿”的鸣叫。

两年前，与朋友小肖去牛口峪湿地公园观鸟，便熟悉了这美妙的叫声。想不到我们生活小区里也有了这难得的欢歌！

《北京地区常见野鸟图谱》介绍，白头鹎确实出现并留在了京郊。图鉴中标示该鸟出现的深绿条块表明，北京地区1至12月几乎都能见到白头鹎的踪迹。

今年春季，小区中的白头鹎明显多了起来：它们飞来飞去，成双成对唱着情歌，分明已在小区安家落户。

我和小肖连续追寻，希望能发现白头鹎的鸟巢，进而拍到它们育雏的照片，但终未如愿。错过了白头鹎育雏时机，我们都不免遗憾。

夏日的一个清晨，去农贸市场买菜，刚出楼门，就听到对面大柳树上传来了嘈杂纷乱的鸟鸣。

停下来向树上观望，并努力辨别那鸟儿的叫声：有“叽喳、叽喳”酷似麻雀的叫声；有“叽儿、角儿，叽了、角儿”白头鹎的叫声；还有“角儿、角儿、角儿”稚嫩的叫声……被叫声所吸引，我赶忙回屋拿了望远镜再跑出来向树上搜寻。

树冠上有八九只鸟儿在串枝鸣叫。它们身似麻雀，尾巴较长，羽毛渲染着淡淡的绿色，明显是白头鹎的特征。其中，还有两只头带白枕的成鸟，其他为亚成鸟。

亚成鸟中那些个头稍大的正站在树梢翘尾鸣叫。个头稍小的

▲白头鹎新鸟　　曹毅 摄

则凑到成鸟身边抖着翅膀要吃的。我由此断定，这分明是白头鹎一家的两窝雏鸟，大柳树很可能就是它们的巢穴所在地。

按照白头鹎的繁殖规律，一对成鸟一个繁殖季要孵化两窝小鸟。每窝雏鸟三四只，两窝就有七八只。树冠上小鸟的数目及各自的形态表明，这是由前后两窝雏鸟组成的混合家庭：第一窝小鸟已开始逐步独立，第二窝小鸟仍需要父母继续喂食。

小鸟们都依恋父母，留恋出生地，就像我们始终留恋着故乡一般。大柳树由此成了白头鹎一家的聚集地。

望着树上热热闹闹的“一家子”，听着它们纷繁多样的鸣唱，我为发现了这个白头鹎大家族而感到格外兴奋。

之后，观察新鸟的成长，倾听它们不断变化的叫声就成了我的一种嗜好和任务。

2

通过连续观察发现，白头鹎聚集的时间是有规律的：每天当太阳升起的时候，白头鹎一家的聚集鸣唱就开始了。

鸟鸣其实是鸟的语言，是表达和交流，有复杂的音调、音节及含义。成鸟是教师，小鸟是学生，学生需认真刻苦学习才能鸣唱自由。

初春时成鸟求偶的鸣叫是白头鹎最有热情、最为复杂的歌声：“叽了—”一声热情的呼唤后，紧接着就是温柔的甜言蜜语：“角儿—叽了—角儿……”仿佛是说：“我很爱你，我很爱你……”

两只白头鹎就这样在追逐飞舞和鸣唱倾诉中坠入了

▲在树干捉虫的白头鹎　曹毅 摄

爱河。

而现在，成鸟的叫声却少了热烈，多了平和与严肃："叽了，叽了——"仿佛是说："安静了，安静了——"听了成鸟的"训话"，纷乱吵嚷的小鸟们果真平静下来。

接下去就是成鸟的"教学和示范"："角儿—叽了—角儿—""叽了—角儿—叽了—"两只成鸟轮番鸣叫，或许在教小鸟规范发音，或许在布置今天的任务，或许在传授寻食生存的经验……接着便是热烈的交流、讨论和指导："叽了—叽了—""角儿—叽了—""叽了—角儿—叽了—"，还有稚嫩的"家家"声……而那发出"家家"声音的，便是刚刚向亚成鸟蜕变的小鸟——就像小孩子初学语言时发出的单音节。

每天早上的晨会能持续半个多小时。半个多小时后，小鸟便跟着成鸟飞走了，估计是去寻食了。寻食是最重要的生存实践，小鸟不但能学到觅食本领，还能获得宝贵的经验或教训。

下午，当太阳临近西山的时候，白头鹎一家在大柳树上的聚会又开始了。就像是每天的总结交流会：大小鸟儿争先恐后叫着，叙述着一天的收获和见闻，分享着彼此的成功和快乐，还有躲避危险的经验。

去年，大柳树下的部分草坪被改造成了停车场。近几年买车的居民越来越多，原有的停车场已无法满足居民需求。物业公司便把草坪的一部分改作了停车场。

而树上聚集鸟儿会向下面的停车场丢下许多鸟粪。于是，柳树下的车子常会变得污秽不堪。小区居民喜欢鸟儿的光临和鸣叫，并没有对它们施以惩罚，而是把车子遮盖一下，或者避开大柳树停在别处，表现出了绅士般的宽容和谅解。

3

有时候，白头鹎一家也会离开大柳树去别处聚会。夏末秋初，大柳树上连续两天没有了它们的身影。

难道是秋凉选择南迁了吗？带着失望和茫然在小区众多树木上连续搜寻，居然在三里活动站前高大茂密的法桐树上发现了白头鹎一家！尽管有茂密的枝叶遮挡，但通过望远镜还是认出了它们。大概是法桐树周围树木繁多，可捕食的昆虫、可啄食的浆果较多，它们才迁到这里的。

尽管观察起来没有大柳树方便，但看到了白头鹎一家我就心满意足了。

几天不见，白头鹎的鸣叫发生了很大变化：原来“家家家”的稚嫩单音节没有了，几乎都变成了白头鹎成熟的叫口“角儿—叽了—角儿—”“叽了—角儿—叽了—角儿—”“角儿—叽了—”“叽了—角儿—”

小鸟们已经能像成鸟一样能唱出婉转多变的曲调来了。它们的体形更加丰满，头上的毛色有了成鸟的标志——眼上枕部已开始出现环状的白羽。这一切表明，小鸟们已经长成新鸟了。

然而，成长过程也伴随着许多危机和凶险。

小区高层家属楼上住着一窝红隼。红隼特别爱袭击麻雀、白头鹎、斑鸠等弱小的鸟类。

麻雀、白头鹎个头虽小，但身手灵活，又深谙隐藏逃避之术；一旦遇到红隼袭击，除了快速折返、垂降、急拐逃脱，还会迅速扎进繁密的树枝，让红隼无可奈何。

但成长中的新鸟们缺乏经验，它们时常会成为红隼的猎物。

秋日的一个上午，聚会后的白头鹎一家刚飞离法桐树，一只埋伏在附近楼顶的红隼突然扑向白头鹎新鸟。

突然袭击，让小鸟们惊慌失措。雄成鸟下意识冲到红隼面前，企图吸引红隼的注意力。

红隼果然向雄鸟扑了过去。雄鸟突然下垂，然后急速拐弯、再跃起，避开了红隼的扑杀。雌鸟趁机带着小鸟迅速钻进了茂密的法桐树……

但一只吓坏了的新鸟仍在乱飞乱撞，结果被凌空扑下的红隼一爪抓住，然后飞向了高层楼房的巢穴。天空中留下了一串凄惨的、越来越微弱的嘶鸣……

经历了这场生死劫难，白头鹎一家重新返回了楼前的大柳树。或许，它们觉得这里才是安全之所。

大柳树上的聚会与鸣叫仍在持续，但天气却一天天变冷了。

已经是立冬节气，我在日记中写道："今天，白头鹎一家仍在大柳树上鸣唱。按常理，它们早该南迁飞走了……"

又坚持到了小雪节气，白头鹎一家依然瑟缩在大柳树上聚会。我猜测，它们大概已决心在小区中度过冬天。

看来，南方的白头鹎在京郊地区真的成为留鸟了。可它们能生存下去吗?

考察了小区的环境，心中有了几许安慰：楼群绿地中有众多松柏树，树上有松子、柏子可吃；有许多结满了浆果的金银木，也是白头鹎喜欢的食物；还有爬山虎所结的黑浆果，柿树上悬挂的红柿子，草坪中散布的各种草籽、花籽……都可以帮助它们度过食物短缺的冬天。

我特意积攒了一些陈米、棒糁、杂粮，以便在大雪纷飞的日子撒给白头鹎们。其实，小区居民中有众多慈善家，常把小米、高粱、玉米撒在草坪中供鸟儿们啄食。

燕山文化馆的小吕因为常在自家窗台上给白头鹎新鸟喂食，一只白头鹎竟然飞到她家里不走了。小鸟不但敢在桌子上啄杂粮、啄苹果，还敢飞到小吕肩膀、胳膊上和她亲昵，甚至躺在手掌上撒娇。小吕专门拍下了一组照片，请画家老刘参照图片为小鸟画幅画儿。热心的老刘很快画了幅《白头栖枝图》送给她。

▲白头鹎飞到小吕家人手上欣赏画作上的同类　　吕思琦　摄

双休日，小吕家人正高兴地在窗前观赏着这幅画，那只白头鹎突然飞到小吕家人手上对着画上的同类左看右看欣赏起来。那样子仿佛是遇到了知音，找到了侣伴，令人拍案叫绝！小吕赶紧拍下了一组奇特难得的照片。

我想，有了这样的环境和条件，有了这样善良友好的居民，京郊的白头鹎一定能度过寒冷的冬天，一定能在我们的小区扎下根来。

盼望来年春日，白头鹎新鸟们也会像父母那样组织起自己的家庭，再次演绎出令人着迷的新鸟鹎歌。

优雅戴胜

戴胜，家乡人叫“臭姑姑”，名字虽不好听，但外观却很优雅。为什么叫“臭姑姑”呢？因为它们大多居住在山野岩缝或树洞中，叫起来则是“聒-聒-聒——，聒-聒-聒——，聒-聒-聒——”寂静的山谷会因这叫声越发显得幽远；又因为雌鸟的尾部能分泌一种带有恶臭的油脂，巢里总是臭哄哄的，所以得了“臭姑姑”的名号。

正因为有了其他动物难以忍受的恶臭，“臭姑姑”的巢穴和雏鸟才获得了一种保护，减少了天敌的伤害。

1

“戴胜”一词出自《山海经·西山经》。文中写道：“又西北三百五十里，曰玉山，是西王母所居也。西王母其状如人，豹尾虎齿而善啸，蓬发戴胜，是司天之厉及五残。”

这里的西王母是一个主管瘟疫凶星的女神，长着豹的尾巴，老虎一样的牙齿，而且善于长啸，尤其是头上，蓬乍的长发戴着玉质的华胜。郭璞在注中解释说：“胜，玉胜也。”玉胜，是一种用玉石制成的很高贵的方形头饰物。“戴胜”本是西王母的头饰专利，后来人们见“臭姑姑”头顶有奇特的冠羽，便将“戴胜”这一高贵的名词赠送给了该鸟。

《辞源》解释说：“戴胜，鸟名。状似雀，头有冠，五色如方胜，故称。”《礼记·月令》中有“（季春之月）鸤鸠羽，戴胜降于桑”的句子。《尔雅·释鸟》中称其为“戴鵀”。郭璞注释说：“鵀，即头上胜，今亦呼为戴胜。”唐王建曾在《戴胜词》中写道：

“可怜白鹭满绿池，不如戴胜知天时。”由此可知，戴胜一名，不但有高贵华美的含义，且在许多文史典籍中亦有记载。

戴胜的外表确实高雅而漂亮：头侧和颈部为淡棕色，背部和翅膀为棕色、黑色夹杂着棕白色的横斑，腹部为白色夹杂着褐色的纵纹，犹如穿上了一件多彩纹理的连衣裙；尤其是冠羽，顶端为黑白相间的斑点，全羽为棕红色和粉红色，不但长而阔，而且打开后呈华丽的扇形，犹如展开的五彩桂冠。

戴胜的嘴为黑色，与啄木鸟很相似，细长而向下弯曲。它们非常喜欢在开阔的草坪、田园、林地上行走，边走边觅食，捕虫本领十分奇特。金针虫、蝼蛄、蛴螬、行军虫、步甲虫、天牛幼虫等害虫即使在地下，也难逃它们的追捕。戴胜是保护草坪、园林、农田的出色卫士。

近几年来，曾在故乡见到的戴胜居然出现在我们的生活小区中。常常见到一两只或两三只在草坪上悠闲行走。鸣叫时它们的冠羽会瞬间耸起，旋即又伏下，且随着鸣叫头部前探，喉部伸长鼓起，冠羽一起一伏，边走边点头。

戴胜胆子很大，在小区草坪里，我曾一次次走近，直到相距一丈多远的时候，它才展翅飞上树枝或落到远一点的草坪上。

▲戴胜妈妈为小戴胜喂食　　肖虹　摄

你慢慢逼近，它们便缓缓起飞，扇动多姿多彩的翅膀，体态犹如起伏的波浪。落地后，它们会步履从容，不慌不忙。

看戴胜捉虫是让人惊讶而兴奋的事情：它停停走走，走走停停，冠羽时开时伏，总是倾听着地下。一旦停下脚步，便会用细长弯曲的尖嘴啄食地面，瞬间就会有一条虫子被衔出来，继而被吞下去……

绿绿的、平坦的草坪，表面没有任何异常痕迹，戴胜为什么能发现地下隐蔽的各种害虫呢？

原来，戴胜有超乎寻常的听力和嗅觉，犹如雷达一般，能在行走中侦听到蝼蛄、蟋蟀、金针虫、步甲虫在草坪下活动的细微声音，因而才能循声、循味出击，并能迅速擒敌。

这在食虫鸟儿中绝对少见，也是戴胜为什么总爱在草坪、园林地面上行走的原因。

2

戴胜活动范围较广，河谷、农田、草地、果园、居民生活小区等较开阔地方都能见到它们的身影。

立夏前后，戴胜便开始谈情说爱。一旦情投意合，一对戴胜就会结成夫妻，开始共同营造巢穴。

戴胜造巢会选择天然树洞或啄木鸟废弃的树洞。

首先，树洞要有一定高度，距地面要3米以上，这样才有安全感；其次，洞要有一定宽度，能容纳一窝雏鸟，同时方便大鸟出入转身；再次要有一定深度，能保证小鸟安全，也能防止天敌轻易进入。

选好树洞以后，戴胜夫妇要对树洞进行一番艰苦细致的加工和修理，直到满意后，才在洞内铺垫羽毛和苔藓等细软之物，然后产蛋孵化小鸟。

在缺少树洞的地区，戴胜也会因地制宜，选择岩壁缝隙或房屋孔洞建巢，甚至在隐蔽的灌木丛筑巢产卵。

戴胜每窝产卵4~6枚，卵为蛋青色，比斑鸠蛋稍小一些。雌鸟产出第一枚卵以后，便一边产卵，一边开始独自孵化。

为什么雌鸟要单独孵化小鸟呢？我猜想，一定是为了提高孵化效率，减少与雄鸟倒换孵蛋的冷巢时间，所以才把这一重任独自承担起来。

在近20天的孵化期内，雌鸟除了外出排便，基本不离巢，称得上是母爱深深。雄鸟则是一名模范丈夫，每天都要辛勤觅食供养妻子。正是这种默契合作，才使得小戴胜顺利孵化。

上小学四年级时，我家自留园子旁的大柳树上曾住过一窝“臭姑姑”。这对戴胜选中了柳树分叉处一个圆形朽洞做巢。看它们不断出入树洞，我知道它们开始筑巢生蛋了。

起初，是那只漂亮的公鸟衔食回来送给出洞迎接的母鸟；十几天后，两只大鸟开始飞进飞出共同捕捉昆虫。我猜测一定是小鸟孵化出来了。

那一天去园子里摘黄瓜，见两只大鸟从树洞飞了出去，便忍不住放下篮子快速爬上了大柳树想一探究竟。攀到神秘的洞口处观看，一股恶臭熏得我急忙转过了头。但被强烈的好奇心驱使着，我还是屏住呼吸把手伸进了洞里。洞很深，整个胳膊伸进去总算触到了洞底。一只肉乎乎的小鸟被抓了出来：犹如大个花生一般，闭着眼睛晃来晃去，肉红色的身体上只有一些零星的白绒毛……满足了强烈的好奇心，又被小鸟的可怜模样所感染，我便把小鸟又放回到洞里。

▲在草地觅食的戴胜

在以后的日子里，我经常眺望两只大鸟给小鸟喂食，希望尽快见到小鸟的身姿。

这期间，除了看到大鸟叼着食物飞进洞里，还看到它们不断把洞中小鸟的粪便衔出来扔到洞外。洞口下的地面积了一堆鸟粪。

▲打开冠羽的戴胜　　刘申 摄

这一现象与流传甚广的戴胜成鸟从不处理雏鸟粪便的说法截然相反。

戴胜不处理雏鸟粪便的说法，很可能是人们根据戴胜巢穴臭气熏人而主观臆想出来的。但奇臭并非雏鸟粪便堆积造成，而是雌鸟尾部臭腺的分泌物所致。

20多天以后，几只雏鸟的小脑袋先后露出洞口。它们开始叫着、吵着在洞口接受食物。又过了一周以后，它们已能在大鸟的鼓励和带领下飞出洞外，在树枝间练习飞翔了……

3

沈从文在《云南的歌会》一文中写道："忽然出现个花茸茸的戴胜鸟，矗起头顶花冠，瞪着个油亮亮的眼睛，好像对于唱歌也发生了兴趣，经赶马女孩子一喝，才扑着翅膀掠地飞去。这种鸟大白天照例十分沉默，可是每在晨光熹微中，却欢喜坐在人家屋脊上，'郭公郭公'反复叫个不停。"

有关资料介绍说：戴胜广泛分布于欧亚大陆及非洲大部地区，在我国云南、广西和海南等省区为留鸟，长江以北的山东、河北、陕西、山西等地为夏候鸟，多生活于田野林区，主要捕食地面活动的各种昆虫、蠕虫。

但实际情况是，在京郊地区，戴胜已成为不折不扣的留鸟了。《北京地区常见野鸟图鉴》显示，北京地区一年中均可见到戴胜，深冬时亦能见到它们的身影。

戴胜十分善于在地面行走，又尖又长的喙微微弯曲，非常适合在地面翻找、追踪、捕捉猎物。这一特点与黎鸡儿、黄鹂、伯劳大不相同。黎鸡儿、黄鹂、伯劳均以捕食树上害虫为主；一旦树上害虫被农药毒杀，它们的食物链就随之断绝。而戴胜主要生活在地面，在地面捕食。由于地面很少喷洒农药，地下昆虫始终保持着平衡状态，这才为戴胜的觅食和生存创造了条件。

戴胜以其独特漂亮的外表、广泛的适应力和出色的捕虫技巧而深得人们喜爱。2000年春节，中国金币总公司曾特意推出了寓意“千年伊始，戴胜如意”的彩色纪念银币。

2008年5月29日，在以色列建国60周年之际，为评选“国鸟”，以色列人对10种当地候选鸟进行了投票。“戴胜”以其美丽、尽职、能照顾好后代等特质被评为以色列“国鸟”。

“戴胜”已被列入世界自然保护联盟国际鸟类红皮书2009年名录。

科普链接：戴胜属于鸟纲、飞禽亚纲、佛法僧目、戴胜科、戴胜属鸟类，俗称胡哱哱、臭姑姑、花蒲扇、鸡冠鸟等。头顶有一束醒目的冠羽，平时折叠倒伏在头顶，兴奋时冠羽向前打开，如竖起了一把漂亮的折扇。共有9个亚种。嘴形细长，栖息于山地、平原、森林、林缘、路边、河谷、农田、草地、村屯和果园等开阔地方，尤其以林缘地带较为常见。以虫类为食，在树洞内做窝。性活泼，在地面翻动寻找食物，每窝产卵数枚。主要分布在欧洲、亚洲和北非地区，在中国分布广泛。

戴胜的艰辛与不幸

戴胜通常会选择几十厘米深的树洞做巢，所以，自然树洞或啄木鸟啄出的树洞常成为戴胜青睐的鸟巢。

1

20世纪90年代建成的燕化星城生活小区，绿化工作搞得很不错，柳树、法桐、杜仲、白杨、栾树、千头椿，经过20多年的生长，已成为枝繁叶茂的高大乔木。然而，这些树木还太年轻，难于形成或被啄木鸟开凿出深邃的树洞。

近几年，在小区的草坪中，经常能见到戴胜在行走捕食。

大凡育雏的鸟儿，由于惦记着小鸟安全，一般不会到离巢很远的地方去觅食，戴胜也是如此。

我猜想，戴胜的连续出现，表明它们在附近做了巢，不然怎么会如此频繁地光顾小区草坪呢？

为了寻找戴胜的巢，我曾走遍了小区的主要道路和楼群，查看了所有高大的树木，希望能发现树洞的蛛丝马迹，但结果一无所获。那么，戴胜的巢到底在哪里呢？

6月的一天，去社区活动站门厅下观察和拍摄一窝正在成长的雏燕，碰巧遇见了喜爱观鸟、拍鸟的小肖。共同的兴趣爱好使我们很快聊在了一起。无意中我谈到了戴胜，谈到了我心中的疑团。热情的小肖不仅帮我解答疑问，而且邀我去家里浏览了近几年他跟踪拍摄的数百张戴胜育雏的珍贵照片。

电脑屏幕上的照片，漂亮逼真，栩栩如生，颜色鲜艳，比肉眼看到的戴胜更为生动。其中的细节，甚至让我们看到了意外的奥秘！

这是小肖连续两年拍摄的戴胜育雏的照片。

原来，这对戴胜把巢做在了小区一家二楼阳台的栏板上。

这是个坐北朝南的阳台。住户在阳台东侧的栏板墙上，钻了一个茶碗大的空调电缆孔。后来，大约是空调换了安装位置，这个电缆孔就被废弃了。

▲戴胜妈妈喂养小戴胜　肖虹　摄

装修房子时，为了给阳台保温，这家主人在阳台栏板里面特加了一层泡沫保温板，然后封闭抹好。

这对戴胜经过对弃用的空调电缆孔反复探究，发现了孔内的秘密。于是，它们开始钻进电缆孔内“大动”工程：用长而坚硬的嘴将里边的泡沫板一口一口啄下来、叼出去。尽管泡沫板很有韧性，但戴胜夫妻用“挖山不止”的劲头一口一口啄，居然将孔内的泡沫掏出了一个足够孵化小鸟的宝贵空间。

接着，就是寻找柔软的纤维、苔藓铺垫“新房”。之后，戴胜妈妈开始在“新房”内产卵孵蛋。

经近20天的孵化，一窝小戴胜破壳而出。

2

发现戴胜在这家阳台空调电缆孔内安家筑巢以后，小肖和一位摄影同伴便像着魔一样被吸引住了：只要有时间，就会在阳台下的一个楼角悄悄支上三脚架，安好相机，调好焦距，手握遥控开关在那里等待。只要戴胜爸爸飞回来喂食，或是戴胜妈妈在空调孔露头，他们就会摁动快门，高速连拍，从而获得了大量珍贵照片。

终于等到戴胜妈妈飞出来觅食了。这表明，巢内的雏鸟已完全孵化出来。

这一天，小肖和同伴照例支上三脚架，安好相机准备拍照。楼角突然走过来两名民警。

“同志，你们在干什么？为什么总用相机对着人家阳台？”

原来，小肖和同伴的举动，早就引起了这家住户的注意，怀疑他们是偷窥自家隐私，便报告了派出所。

听了民警的询问，小肖和伙伴抱歉着说明拍照原因，并请民警同志亲自查看了相机里的内容，这才知道是一场误会。

为此，小肖和伙伴专门到这户居民家里登门拜访，双方由此结成了好友。

在以后的日子里，戴胜父母每天自窝里飞进飞出数十次，为宝宝们不辞辛苦捕捉食物。小肖由此推断，巢里至少有四五只雏鸟。

从照片中看到，戴胜捕获的猎物主要为蛴螬，也就是金龟子幼虫。蛴螬生活在地下，以粪便和各种植物的根茎为食，地表根本看不见其身影，故其他鸟儿很难捕到它们。但戴胜却有自己的独门绝技，凭着超强的听觉探测能力，戴胜不但能在行走中听到蛴螬在地下活动的微弱声音，而且能准确定位，并用又尖又长的喙迅速向地下目标啄去，三啄两啄，便会将一条肥胖的蛴螬衔在嘴中。

还有金针虫、地老虎、蝼蛄、蟋蟀、蜘蛛……凡生活在地下或地面的小虫子，都会列上戴胜的食谱。所以，戴胜是草坪田园的出色卫士，是捕捉地下害虫的第一高手，其他鸟儿均无法与其匹敌。

开始育雏时，戴胜父母都要钻到洞里给小鸟喂食。随着小鸟一点点长大，亲鸟的行为也发生了变化。

一次，成鸟钻进了洞里，随即又退了出来，但嘴上的蝼蛄却没有喂给雏鸟。接着，它又钻进去、退出来，并用尖利的爪子抓住洞外水刷石，把头探进洞口用喉音鸣叫。

一个长着长嘴巴的小脑袋终于跟出来，并叼走了亲鸟嘴里的蝼蛄……

小肖恍然大悟：这是亲鸟在诱导、锻炼和呼唤雏鸟们到洞口来接取食物啊！

为什么要雏鸟到洞口接取食物呢？

一来为了让雏鸟们尽快见到外面的世界，以便为出飞打基础；二来小鸟们的个头都长大了许多，到狭小的巢穴里喂食不但拥挤，而且很不方便。

许多资料介绍说，亲鸟并不清理雏鸟的粪便，因而巢里奇臭无比。

然而，我在故乡见到的情景却不是这样：戴胜鸟会把雏鸟粪便一次次叼出巢外。故不清理粪便之说并不正确。

小肖拍摄的视频也清楚表明，成鸟会把雏鸟粪便叼到巢外。

3

随着雏鸟们一天天长大，它们的食量也在一天天增长。戴胜父母愈加忙碌，捕食的次数也愈加频繁，一个小时就会喂食十几次。从镜头上看，有时成鸟一次能叼回两条蛴螬。

▲刚刚出飞的小戴胜　肖虹　摄

一只只长着长喙的小

▲戴胜在地面给小鸟喂食 肖虹 摄

脑袋轮番出现在阳台那圆圆的洞口上。看得出小戴胜们已经长得有模有样，头部的“胜羽”也开始明显起来。

阳台的主人尽管对戴胜在空调电缆孔做巢并不情愿，但木已成舟，又碍于小肖等拍照者的面子，也就顺其自然了。

小鸟孵化后20天左右，戴胜妈妈衔着一个大蜘蛛停在洞口对面的空调室外机上。她从喉咙里发出“呜呜呜”的声音，招引得两只小戴胜挤到洞口“吱吱”叫着要食吃。但戴胜妈妈依旧在室外机上转来转去呼唤。一只小戴胜再也禁不住诱惑，钻出洞口抓住洞沿拍了几下翅膀，最终惊险地飞落在妈妈身旁。于是，蜘蛛成了最好的奖励。

榜样的力量是无穷的。洞口对面的空调室外机由此成了戴胜父母诱导、训练孩子们钻出巢穴、练习飞翔的基地和中转站。

这一天，一只小戴胜大胆从室外机上飞到了丈余远的一棵栾树枝上。戴胜妈妈立即跟过去，把一条黑色的“小地老虎”送到它的嘴里。

一次次试飞练习，一次次肯定褒奖，巢里的四只小戴胜很快能跟着父母在栾树上串枝飞翔了。

一天黄昏，小肖又去拍栾树上的小戴胜。刚摆好机位，戴胜妈妈就飞落在栾树下的草坪上。它边走边听，不一会儿就从草坪中啄出了一条蛴螬。树上的一只小戴胜受到感召，也学着妈妈的样子落在地面上走来走去。

就在小戴胜专注行走时，一只幽灵一样的大黄猫悄悄从草坪边的黄杨绿篱中钻了出来。它抬高爪子，一步步逼近小戴胜。戴胜妈妈突然发现了这一险情，立即鸣叫着飞起来。大黄猫奋起扑向小戴胜。千钧一发之际，戴胜妈妈突然从空中俯冲下来，大叫着扑向大黄猫。大黄猫顿时被来自空中的拍打和猛啄弄晕了，一面缩头躲闪，一面伸出利爪还击。

刚出飞的小戴胜从没见过这种场面，也不晓得猫的厉害，只是呆呆地站在草坪中，竟不知道飞起来逃生。

这一边，戴胜妈妈与大黄猫周旋。那一边，一只大白猫突然窜出来一口咬住小戴胜，转眼钻进了绿篱中……一切发生得这样突然，来不及做出任何干预。

说起这场悲剧，小肖至今仍充满遗憾，懊悔没能救出那只小戴胜。

近几年来，小区里多了许多流浪猫。这些被遗弃的猫咪，靠好心人投放获得一部分食物，还要靠自己捕猎去填饱肚子。麻雀、斑鸠、喜鹊、戴胜等都成了它们偷猎的对象。

小戴胜由于刚刚学习飞行，逃避敌害的能力太弱，加上没有躲避敌害的经验，故而成了流浪猫的猎物。

在以后的几天中，小肖发现，树上的小戴胜又从3只减少到2只、1只……那天，当小肖再次来到那株栾树下，戴胜父母和小戴胜已没有了踪影……

大约是无法忍受连续丧子的打击，戴胜父母带着最后1只小戴胜离开了这危险之地。

我终于明白，戴胜为什么总是喜欢在地势开阔的草坪觅食。草坪视野开阔、起飞方便，偷袭者难以隐蔽藏身，自然就安全了许多。

衷心祝愿那只幸存的小戴胜能在父母呵护下，不断战胜成长过程中的艰难险阻，尽快成为一只自由飞翔的鸟儿。

燕子归来寻旧垒

20世纪50年代末，一首名为《小燕子》的歌曲迅速流行：“小燕子，穿花衣，年年春天来这里。我问燕子你为啥来？燕子说：‘这里的春天最美丽。’小燕子，告诉你，今年这里更美丽。我们盖起了大工厂，装上了新机器，欢迎你长期住在这里。”这首歌词的作者叫王路。

1955年，在湖北黄石工作的王路，有感于黄石秀美的风光和如火如荼的社会主义建设情景，因而创作了《小燕子》这首儿歌，并发表于1956年《长江文艺》6月号上。1957年，王路与北京音乐家王云阶将其改编成电影《护士日记》插曲。经著名电影演员王丹凤演唱，这首歌便风靡了全中国，至今传唱不衰。

1

燕子属于鸟纲、雀形目、燕科鸟类。京郊地区最常见的是家燕、雨燕和金腰燕。

家燕多选在民居屋檐下筑巢，喜欢与人和睦相处，故称“家燕”。雨燕喜欢在高大建筑物上安家，北京前门、正阳门等上空见到的成群盘旋的燕子就是雨燕。

燕子每年从南方飞回北方产卵繁殖，北方是它们的繁殖地。

四方神中北方之神为玄武，象征黑色。燕子羽毛为黑色，古人便将燕子称作玄鸟。《诗经》中便有《玄鸟》一诗。

诗中说：“天命玄鸟，降而生商。”是说商朝先祖契的母亲简狄和两名女子到河中洗浴，北方天空飞来一只燕子产下一只卵，简狄误而吞之，回去后就有了身孕，十月后生下一子，取名为契。

▲巧燕的窝

契长大后，协助大禹一起治水，且功劳卓著，帝舜封其为司徒，并把商地分封给他。商部族由此形成并发展起来。契遵循礼制，令行禁止，部族治理得井井有条，实力变得愈加强盛，玄鸟燕子也成为商部族的图腾。

契虽然有与大禹一样的治水功绩和声誉，但为了消除禹的猜忌，他小心谨慎，韬光养晦。在禹传子、家天下，夏朝建立的重要时刻，契带领商部族选择了臣服。由于契的成功谋略，商部族得以绵延发展，并最终取代夏朝建立了殷商王朝。

燕子成双成对，娇小可爱，与人亲近，自古受到人们的喜爱。吟咏燕子的古典诗词数不胜数。《诗经·谷风》中就有“燕尔新婚，如兄如弟”的诗句。刘禹锡《乌衣巷》中有“旧时王谢堂前燕，飞入寻常百姓家”的诗句；白居易《钱塘湖春行》中的“几处早莺争暖树，谁家新燕啄春泥”的诗句更是脍炙人口；北宋阮逸女则在《浣溪纱》一词中抒发了“燕子归来寻旧垒，风华尽处是离人”的伤感情怀。

“燕子归来寻旧垒”，实际上是燕子的一种恋旧情结。立夏以后，燕子们就陆续从南方飞回北方。飞回的第一件事就是尽快修建好孵化雏燕的巢穴。

燕子筑巢是一种十分艰苦且讲究艺术的劳动：将水、泥巴、唾液掺入各种细小的纤维，如草茎、羽毛、布条、碎叶等反复搅拌，制造成一种黏稠的非常结实的混合材料，然后再一口一口叼到屋檐下的巢位依次粘接，比人们筑房叠瓦还要艰辛。

正是筑巢的劳苦和紧迫，才促使那些聪明的老燕子返回故地后尽量将旧巢加以修缮后继续使用。重拾“旧垒”，减少了筑巢的劳动，还可以提高效率，使燕子夫妻能尽快进入繁殖状态。

“燕子归来寻旧垒”的另一个重要因素，便是安全与信赖。由于和房屋主人有了上一年的亲密接触和了解，燕子归来时便有了故旧相逢、亲切踏实的感觉。“旧垒”也成了房屋主人与燕子和谐相处的美好见证。

2

家燕体形娇小，体长不到20厘米，翅膀尖而窄长，尾巴中间凹进，两侧分开，如剪刀一般，前胸栗红色，腹部为白色，背羽呈灰黑色，带有蓝绿色的金属光泽，不仅体态小巧漂亮，招人喜爱，而且叫声轻柔，“噢咦、噢咦、噢咦……”让人生出无限怜爱。

娇小的身体，尖而窄长的翅膀，剪刀一般的长尾，赋予了家燕善于平衡、灵活独特的飞行技巧。它们能在局促的屋檐下盘旋、飞翔、停顿、筑巢、育雏，这是其他鸟儿无论如何都难以做到的。

短短的嘴巴，宽宽的嘴裂，使家燕天生了一张捕食飞虫的嘴型。这便为它们在空中捕食蚊子、苍蝇、蛾子提供了得天独厚的条件，燕子也因此被列为出色的益鸟。

据鸟类学家统计，一个繁殖季节，一只燕子就能吃掉约25万只害虫——多么了不起的数字啊！

燕子几乎大部分时间都在空中飞行，很难见到它们在地面或树上寻找食物。在空中飞行捕食是燕子的绝技：有时突然高飞，像流星一样升上天空，那是在追逐高空出现的飞虫；有时平行掠过，像箭羽一样飞向远方，那是在猎捕横向逃离的飞客；有时倏然下潜，如坠落一般扑向地面，那是在突袭低空出现的美味……燕子的飞行方式灵活多变，敏捷而优雅，能够呈U字形做上下加速和平行翻转，除了黎鸡儿，其他鸟类根本无法与之媲美!

娇小漂亮的外表，温柔亲昵的叫声，捕食害虫的绝技和天性，与人类天生和谐的亲近感，使燕子成为人们普遍欢迎和喜爱的鸟中精灵。

“一身乌黑的羽毛，一双剪刀似的尾巴，一对轻快有力的翅膀，凑成了那样活泼可爱的小燕子。

“二三月的春日里，轻风微微地吹拂着，如毛的细雨由天上洒落着，千万条的柔柳，红的黄的白的花，青的草，绿的叶，都像赶集似的聚拢来，形成了烂漫无比的春天。这时候，那些小燕子，那么伶俐可爱的小燕子，也由南方飞来，加入了这个光彩夺目的图画中，为春光平添了许多生趣。

“小燕子带了它那双剪刀似的尾巴，在阳光满地时，斜飞于旷亮无比的天空，叽的一声，已由这边的稻田上，飞到了那边的高柳下了……”

这是由郑振铎先生散文改编的小学课文《燕子》中的一段细腻生动描述。

除了外表的娇小美丽，人们对燕子的喜爱、接受和保护，还源于一种厚重的文化与心理积淀。

在我的故乡，人们把燕子看成吉兆：谁家屋檐下来了燕子筑巢，便是阴德与福气，无论如何都要保护起来。为了警示爱掏鸟蛋的孩童们，大人们会一次次正颜厉色说：“燕子是富贵平安的预兆，捅了燕儿窝要瞎眼的!”从小的耳濡目染和教育，让燕子在孩童的心目中变得庄严而神圣。有了人的虔诚保护，燕子也愈加眷恋和依赖民居，人与燕子才有了美妙的和谐相处。

3

小时候，在沙土上经常玩一种“拍燕窝”的游戏：将左手背弓起来向下张开，放到沙土中做“模具”，右手则将湿沙土不断拍在“模具”上加固。

“拍呀拍呀拍燕窝，拍好燕窝迎贵客……”孩子们口中念念有词，待燕窝“拍”成后慢慢将左手撤出，一个有手掌大空间的“燕窝”便在沙土中做成了。

仔细观察燕窝会发现，不同种类的燕子会根据地势地形，把巢筑成不同形状。

家燕一般会寻找一个依托物，把巢筑在依托物上。巢是不规则小碗状，巢口向上，口沿较大，便于孵化育雏，筑起来省力省时，难度也较小。但燕子进出须盘旋一番才能降落，必须有很强的平衡技巧。

金腰燕会把巢筑在屋檐下两根椽子之间。它们以两椽为左右框架，构筑一个弧形向下的巢，就像两椽之间倒扣了一块有开口的泥瓦当。这种巢开口近似水平，便于飞进飞出、育雏喂食，但筑巢的技巧要相当高超。笨一点的家燕很难有能力完成。此外，金腰燕还能把巢筑成仰扣的水瓢模样。

▲燕子衔泥时混入柴草　肖虹 摄

由于家燕和金腰燕筑巢技巧差别巨大，故人们把家燕叫作“拙燕”，而把“金腰燕”叫作“巧燕”。

然而，不管什么样式，燕子选巢的地点必须能遮风挡雨——因为筑巢所用的材料是混合泥巴，一旦被风雨浇蚀，就会坍塌垮掉。这也是燕子必须选择屋檐、厅堂、岩缝等有

▲成双成对的燕子

遮雨功能的庇护所筑巢的原因。

燕窝做好以后，燕子夫妇会在里边铺上柔软的草叶、羽毛等，产下几枚乳白色的卵，并开始轮流孵化。雌鸟孵卵时雄鸟去捕食；雄鸟回来后接替孵蛋，雌鸟再去捕食。经过半个月的艰辛孵化，雏燕破壳而出。燕子父母获得了短暂的离巢自由，继而又担当起更为繁重的育雏任务。

看燕子育雏会让人感慨动容。记得我家西屋檐下的那窝雏燕共有四只，每次大鸟衔食回来，四张黄口迎着大鸟一并张开，尖叫着争食，仿佛永远也吃不饱似的。飞去飞回的父母任劳任怨一口一口喂食小鸟，始终不知疲倦和劳累。

一天，母亲搬一架木梯去西房顶晾晒剁好的榆树皮，准备第二天雇队里的毛驴将其碾压成榆皮面。下午，榆树皮被收下屋顶，可木梯还靠在屋檐上。

夕阳西下时分，我突然听到了屋檐下燕子们慌乱的叫声。急忙冲出屋门观看，不禁大惊失色：一条黑黄的大蛇吐着长长的信子，下身盘住木梯，上身正颤悠悠悬空慢慢伸向燕巢。燕子妈妈正盘旋扑打、嘶哑鸣叫……我顾不得多想，立即抄起门口立着的扁担，返身砸向大蛇！大蛇被打落在地上。我正要抡着扁担把蛇打死，却被从屋里跑出来的父亲拦住了。

“让它走吧！”父亲说。

像我家这样的老屋和老院，鼠洞多得很，遇到蛇和老鼠是很平常的事情。蛇被奉为玄武神，乡人们多敬而远之、敬而送之。所以，我只能看着大蛇钻进了南墙角的一个黑洞。母亲则急忙把木梯搬离了屋檐。

大蛇为什么会爬上木梯到屋檐下袭击雏燕呢？我猜想，一定是它在下面窥视发现了屋檐下的雏燕，待母亲搬来木梯，它才抓住机会爬上来的。

20天左右，小燕子跟着父母出飞了，开始融入自由的天空。

在以后的日子里，雏燕们很快就结交了一群快乐的小伙伴。大家一起学习捕食，一起练习飞行，很快长成了与父母一样的飞行健将。当秋风乍起的时候，它们便跟着父母飞向了南方……

我相信，燕子与人是心灵相通、彼此信任的。

几乎所有的鸟儿都将巢筑在高高的树顶或险峻的岩缝，唯独燕子敢于将巢筑在民居屋檐之下——这不是对人的最大信任吗？

让我们好好珍视这种信任吧！

科普链接：燕子为雀形目、燕科鸟类的统称，有雨燕、家燕、岩燕、金腰燕、金丝燕等约70种，一些种类以树洞、岩缝为巢，亦在沙岸上钻穴，广泛分布于亚洲、非洲和欧洲大部分地区。家燕子翅膀尖窄，凹尾短喙，羽衣黑白相间，带金属光泽；在空中捕猎，以蚊、蝇等昆虫为主食；在城乡楼道、厅堂、屋檐等有遮盖的部位筑巢。4~7月繁殖，每窝产卵3~7枚，一个繁殖季能孵化2~3窝小鸟。小鸟出飞后仍跟随成鸟活动，并逐渐集成大群，待寒潮到来前南迁越冬。

雏燕成长记

星城三里活动站门厅东沿下，去年住了两窝小燕子。今年立夏以后，燕子们又先后飞回来了。

“燕子归来寻旧垒”，一点都不假。将旧巢整理、加固、修缮一番以后，燕子夫妇便开始产蛋、孵化了。

听到这一消息后，我便好奇地到那里观看。不巧，第一窝小燕子已经出飞了；所幸门厅东沿南侧那一窝正在产蛋，总算有了一睹雏燕成长的机缘。

燕子的巢依托门厅东沿下一个突出的白色插座构筑，窝口向上敞开，呈小碗状，很明显是家燕的杰作。老百姓称家燕为“拙燕”，因为它们的巢比金腰燕那种倒瓦形或瓢形的巢明显粗糙、简易。但碗状巢简洁实用，建筑起来也方便省力。

对燕子的亲切，缘于童年的记忆，加上与活动站近在咫尺，便鬼使神差几乎天天跑去仰望小燕子。

从6月中旬开始，燕子妈妈除了偶尔飞出觅食，每天大部分时间都趴在窝里孵蛋。燕子一窝大概会产卵四五枚，要花四五天时间。产完卵以后，燕子父母便开始轮流孵蛋。

这是一项艰辛而神圣的任务。燕子父母飞进飞出，轮流交替觅食，窝里始终能有母爱或父爱的温暖保证燕卵健康发育。

7月2日，借助照相机拉近的镜头，我惊喜地发现，燕窝中出现了一个鹅黄的、摇摇晃晃的小嘴巴——啊，第一只雏燕破壳而出了！

随后，窝里晃动的粉红色的小脑袋逐渐增多。经一次次仔细辨认，凭着小脑袋和那出奇大的黄口儿，我看清了破壳孵化的小燕子共有5只。

充满喜悦的燕子父母，由此开始了艰辛、繁重，却又心甘情愿的育雏劳作。

一张张黄口儿似乎永远无法得到满足，尽管眼睛尚未睁开，只要听到父母觅食回来的轻微叫声，粉红的肉蛋蛋们便会全力昂起头，齐刷刷把黄口张到几乎120°，晃着、叫着、争着，用自己最大的力量，希望父母能把带回的食物喂到自己嘴里。

燕子父母育雏，基本上是一次喂一只。仿佛有默契规定，父亲飞回来喂了左边的第一只，母亲飞回来便会去喂左边第二只，然后是第三只、第四只、第五只……这种循环有序的喂养，保证了雏燕们均能获得生长所需的食物，减少了厚此薄彼、饥饱悬殊的问题。

但鸟儿终究是鸟儿，记忆和平均分配的能力毕竟有限。3只强壮的、爱叫的雏燕，总是抢占了窝沿中最有利的中间位置，参

▲雏燕们张开黄口齐刷刷要食　　肖虹 摄

▲燕子在筑巢

着翅膀鸣叫，晃着黄口儿争抢，并由此获得了比其它雏燕更多的喂食次数，身体也明显壮硕一些。

两只弱一点的雏燕，分别被挤到了窝的两边，成了被边缘化的“受气包”。但雏燕们的本性是善良和谐的，尽管也会有一些小小的挤踏和冲突，但绝不会出现金雕雏鸟那样把弱小兄弟姐妹啄死或拱到窝外的悲剧。5只小燕子和谐共处，相安无事。

但时间长了，处于劣势的雏燕终于忍不住，也会通过挤踏、振翅、排便等机会想办法转换位置，最终争得中间一席。

雏燕们很讲卫生：刚出蛋壳的几天，凡大便一定会转过身来，努力抬起屁股。大燕子发现后会及时站上一边，待小燕子粪便排出的一刹那，立即伸嘴衔住并将其带到窝外。小燕子的粪便分明有一层膜包裹着，大燕子衔住时居然不会破碎。

待雏燕长大一些，活动能力增强，则会站上窝沿，将屁股尽力伸向沿外，然后奋力收缩，“吧嗒”排出一坨粪便，落到了地面上。

见到这一情景，观看的人们都感到惊奇不已：这么小的东西，怎么会晓得不把粪便排在巢里呢？

我猜测，一定是雏燕的基因里储存了巢外排便的密码，所以才具备了与生俱来的这种本能。试想一下，如果雏燕都把粪便排在那狭小的、连容身都很困难的燕巢里，岂不个个会滚成了屎蛋蛋？由此可知，动物生存与进化的过程充满了神奇与奥秘。

除了向巢外排便，雏燕们还会用小嘴对身体的各部位进行啄食，尤其是对翅膀进行梳理。这也是一种本能：一来可以清理寄生虫；二来可以解决瘙痒问题；三来可以使刚刚长出的羽毛变得顺畅有序。

一周以后，粉红色的肉蛋蛋渐渐长出了一些稀疏的针羽。但针羽很凌乱，没有光泽，雏鸟就像蓬松的“小刺猬”。

雏燕们的食量明显增大，门厅地面落下的黑白交织的粪便也日渐增多。

活动站的工作人员真诚关心和保护着小燕子：耐心清理地上的粪便，对危害小燕子的行为及时制止。

“来这里看小燕子的许多是小孩子。小女孩还好，一个劲说‘太可爱了’；小男孩就不行，有两三个要找石头把小燕子打下来。我们都制止了，还要给他们讲道理，说燕子是吉祥鸟，会给大家带来福气的……”负责看门的工作人员说。

看来，小燕子的生长也面临着潜在风险啊！

燕子父母育雏的艰辛与耐心令人感动：在燕巢下观察了一个多小时，它们每十分钟要喂食4~5次，一个小时就是20多次，一个白天12小时就要奔波捕食240多次！这是多么让人震惊的伟大劳作啊！

燕子捕食的方式十分独特。既不像麻雀、斑鸠、戴胜那样在地面寻找食物，也不像黄鹂、伯劳、杜鹃那样在枝头捕捉昆虫，而是遨游在广阔的天空，捕食空中飞翔的蚊子、苍蝇、草蛉、青

▲渐渐长大的小燕子

蠓等小飞虫。

天气晴朗的夏日，燕子在高空追捕猎物。气压偏低的阴天，小飞虫们被浓重的水汽压到低空，燕子也随之追逐下来。这才有了燕子在路面上空或行人周围盘旋飞行的奇景。

所谓“燕子低飞蛇过道，眼看大雨要来到”，说的就是这种现象。

燕子的视力极佳，空中飞翔的小昆虫几乎无法逃脱它们的眼睛。宽大短小的喙，正好适合于在飞行中将小飞虫囊括在口中。加上高超的飞行特技，可忽高忽低、忽左忽右，故燕子是空中狩猎的第一高手。

但燕子捕捉的都是小飞虫，每次捕获的猎物只够一只雏燕吃上一口，所以，燕子父母必须不停地飞翔捕捉，连续往返，才能保证雏燕们不饿肚子。

但也有例外。

一次，燕子妈妈捕获了一只较大的昆虫。先喂给左边的雏燕，它吞不下去；又喂给右边的雏燕，还是吞不下去。于是，燕子妈妈用嘴夹了夹再喂给左边的雏燕，它终于吞下去了。

回来借助电脑屏幕放大照片我才发现，那较大的昆虫竟然是一只蜜蜂。

由于过度劳累辛苦，燕子父母逐渐变得消瘦憔悴。而壮硕雏燕们的身躯甚至超过了父母。

夜幕降临，劳累一天的燕子父母终于可以伏在南侧的空调室外机上休息了。喧闹的雏燕也变得安静下来。

在父母的辛勤哺育下，雏燕的羽毛越长越丰满，很快变成了有模有样的小燕子。它们不断伸展翅膀增加力量，或站在窝沿上一次次做凌空拍打练习，以迎接即将到来的出飞。

小燕子的眼力愈加敏锐，动作也愈加灵活，居然能够发现并在窝中迅速捕捉到凌空飞过的蚊虫！

7月18日，是个让人兴奋的日子。历经16天艰辛喂养以后，这天中午，有3只小燕子突然飞出了燕巢，落在了门厅南墙的室外空调机上。这是由量变到质变的崭新飞跃，是小燕子走向独立的伟大开端。巢中只剩下2只弱小的燕子宝宝。尽职尽责的燕子父母一边照顾空调机上的3只小燕子，一边继续为巢里的2只小燕子耐心喂食。

由于生蛋及孵化的时间不同，先出壳的雏燕比较壮实，后出壳的雏燕则较为弱小，因此尽管是同一窝燕子，出飞的时间也会有所不同。

这天下午，再一次来到燕巢下观看，3只出飞的小燕子已经不见了。只剩下留在巢中的2只小燕子和陪伴它们的燕子妈妈。

我知道，出飞的小燕子仍要父母陪伴、喂食，只有学会了独立捕食、熟练飞翔以后，它们才会离开父母。

那3只飞走的小燕子或许是跟着爸爸练习捕食、学习飞翔去了吧？

7月18日夜晚，飞走的小燕子依旧没有回巢，我不禁有了一些担心。

7月19日清晨，天空突降大雨，雨势凶猛，水流成河。两只大燕子不得不停止捕食，蜷缩在空调室外机上。

我的忧虑更重了：3只刚离巢学习飞行的小燕子，赶上了如此恶劣的坏天气，它们能应付得了吗？能躲过这场狂风暴雨吗？

中午，从公司开会回来，我立即赶到活动站门厅下。那里已聚集了一群人，正指指点点对着燕巢说着什么。走近一看，不禁一阵惊喜：原来飞走的3只小燕子又飞回来了，燕巢里重新聚集了5个熟悉的小脑袋！

一定是这场连绵的大雨把它们赶回来了！我感到十分庆幸。

于是，老燕子继续亲昵地喂食，小燕子们照旧挤挤吵吵。

没想到，连绵的阴雨一直延续了20多个小时。大燕子无法出去捕猎，小燕子只能饿着肚皮。

风雨交加、天气骤冷，饥饿小燕子们拥挤蜷缩在一起直打寒战。此时，一幕让人感动的情景出现了：两只大燕子破例飞落到巢的两侧，展开翅膀，把小燕子们覆盖起来……

大雨终于停歇，燕子父母立即飞出去觅食。

然而，我知道，这样的情景不会太久。一旦雨过天晴，小燕子就会离开燕巢，跟着父母飞向蓝天。

果然，一天以后，所有的小燕子都飞出了燕巢。只是夜幕降临时它们才跟随父母回到巢里休息。

但第三天以后，即使是夜里它们也不再飞回到巢中。它们已适应了更广阔的生活空间。

小燕子们将跟着父母练习飞翔、觅食和独立生活，并在秋季跟随父母飞向南方。

想念“虎不拉”

“虎不拉”，是乡亲们赋予虎纹伯劳鸟的一种俗称。

伯劳鸟喙宽而短，尖端弯曲，类似于鹰嘴，带有明显缺刻，便于扼住猎物。它们不仅能啄死大型昆虫，甚至连蜥蜴、老鼠、小鸟也能杀死吃掉。伯劳还有一个让人恐怖的习惯，会将暂时吃不着的猎物穿挂在荆棘刺上，就像人把腊肉挂在钩子上晾晒一样，所以，老百姓又称它们为“屠夫鸟”。

伯劳鸟之所以称作“伯劳”，据说与周朝贤臣尹吉甫有关。

三国时期的曹植在《令禽恶鸟论》中记载了这样一段对答：“国人有以伯劳生献者，王召见之。侍臣曰：‘世同恶伯劳之鸣，何谓也?’王曰：‘《月令》：仲夏谷始鸣。’《诗》云：‘七月鸣谷。’谷则伯劳也。昔尹吉甫信后妻之谗，杀孝子伯奇，其弟伯封求而不得，作《离黍》之诗，俗传云：吉甫后悟，追伤伯奇。出游于田，见鸟鸣于桑，其声嗷然。吉甫动心，曰：‘无乃伯奇乎?’鸟乃抚翼，其声尤切。吉甫曰：‘果吾子也。’乃顾曰：‘伯奇劳乎，是吾子，栖吾舆，非吾子，飞勿居。’言未卒，鸟寻声而栖其盖。归入门，集于井干之上，向室而号。吉甫命后妻载弩射之，遂杀后妻，以谢之。故俗恶伯劳之鸣，言所鸣之家，必有尸也。此好事者附名为之说，今俗人恶之，而今普传恶之，斯实否也。”

这段对答的意思是：周宣王时，尹吉甫听信后妻的谗言，误杀了前妻留下的爱子伯奇。伯奇的弟弟伯封求见父亲不成，就写了一首《离黍》的诗悲伤地诵读。尹吉甫知道了非常后悔，为伯奇的死而伤感不已。一天，尹吉甫出游郊外，看见一只奇怪的鸟儿在桑树上对他“啾啾”哀鸣。尹吉甫忽然觉得这鸟儿似儿子伯奇的冤魂所化，于是对鸟儿说：“伯奇劳乎，如果你是我儿子伯奇就飞来停在我的马车上；如果不是，就飞走吧！”话音刚落，这只鸟果然飞过来停在了马车上。于是，尹吉甫就带着这只鸟儿回家了。回到家以后，那鸟儿又停在井栏上对着继母的屋子连连哀鸣。尹吉甫叫出后妻命她装好弩箭，似乎要射那只鸟儿，但那弩箭却转向后妻将后妻射杀了。尹吉甫以射杀后妻而抚慰了伯奇的冤魂。由于这一传说，这一冤化之鸟从此被人们称为“伯劳”；“伯劳”的叫声从此被看成是一种凶兆，说谁家听到“伯劳”的叫声，就会有人死掉。

然而，曹植却对此评论说：这只不过是好事者附会给“伯劳”的不公正说法，可人们却因此而讨厌“伯劳”，其实这是很不公平的。

南朝梁武帝萧衍曾写过一首《东飞伯劳歌》。诗中有“东飞伯劳西飞燕，黄姑织女时相见”的名句。后来，人们根据这两句诗，便衍化为“劳燕分飞”的成语，以比喻夫妻或有情人因不得以之故而各奔东西、彼此分手的情景。其实，伯劳也好，燕子也好，都是秋后要南迁的候鸟，并不存在各奔东西的情况，“劳燕分飞”只是人们的主观臆想而已。

伯劳最早的名字叫作“鵙”（“jú”），或“鴂”（“juè”）。《诗经·豳风·七月》篇中曾有“七月鸣鵙，八月载绩”的诗句。汉朝《毛亨传》中对其解释说:“鵙，伯劳也。”

后来，李时珍在《本草纲目》中花了很大的篇幅，勘正历代文献中有关“伯劳”到底是哪种鸟的疑案。根据七月鵙鸣，其能制蛇等特征，参考《礼记·月令》《诗经·豳风·七月》、民间传说等多方证据，最终论证了“伯劳”就是《礼记》和《诗经》里记载的“鵙”，并解释说:“伯劳，(又名)伯鹩、博劳、伯赵、鵙。”

由此可知，“伯劳”的鉴别与命名，曾经过了漫长的争论和勘误过程。

北京地区的伯劳主要有虎纹伯劳、红尾伯劳、棕背伯劳等品种。童年时我们见得最多的是虎纹伯劳，乡人们俗称为“虎不拉”。

“虎不拉”喜欢栖息在较为开阔的丘陵地区。我的家乡是典型的丘陵山地，所以“虎不拉”最为常见。

▲虎纹伯劳俗称“虎不拉”

“虎不拉”头部和后背为青灰色，眼睛上下有黑色的过眼纹，翅膀和尾巴为栗褐色，胸部和腹部为白色，浑身点缀着黑色鳞状斑，称得上色彩丰富。

“虎不拉”是故乡孩子们觊觎、掏养最多的一种鸟。为什么呢？因为“虎不拉”数量很多。

平时在大树上看到一窝黎鸡儿、黄鹂或戴胜，就会发现两三窝“虎不拉”。加上“虎不拉”比黎鸡儿、黄鹂、戴胜都小一些，比麻雀、燕子又大一些，属于中等鸟儿，养起来不招眼，大人们也不太反对。“虎不拉”食口宽，皮实好活，所以就成了孩子们掏养的主要鸟儿。

孩子们掏养“虎不拉”只是为了好玩，与今天养猫、养狗、养宠物差不多。

“伯劳”是典型的候鸟，立夏前后飞到北方筑巢产卵。它们的巢呈小碗状，杨、柳、榆、槐、皂角、柿子等树木都可做筑巢点。“虎不拉”的卵为淡青色，上面带有灰蓝或褐色的斑点，一窝能产四五枚。孵化由雌鸟负责，孵化期为十四五天。孵卵期间，雄鸟担任警戒并定时为雌鸟提供食物。

“虎不拉”也是两只大鸟共同抚育幼鸟，一个小时喂雏鸟十几次。经过半个月的喂养，小鸟就可以出飞了。

养“虎不拉”非常讲究掏鸟的时间：掏早了，小鸟肉蛋蛋似的，踉踉跄跄没睁眼，很难养活；掏晚了，小鸟有了野性，会绝食反抗，甚至用嘴拧人，也不好养活。

村里的田大爷是“倒腾”活物儿的能人。解放后，他贩过骡马牛羊，养鸟更是所爱。合作化以后，骡马牛羊虽然不贩了，但养鸟的嗜好却沿袭下来。平时，总要掏一两只“虎不拉”、喜鹊、黄鹂养养。田大爷养熟的“虎不拉”能撒手就飞，打哨儿就回，能站在肩膀、胳膊上任他抚摸，还能叫出几套不同的曲口，村里人都很羡慕。锁儿整天缠着田大爷学艺，还真学到了不少养鸟儿的真经。

锁儿告诉我们：“掏小‘虎不拉’最好在出壳后六七天。那时小鸟刚睁眼，会把你当父母依赖，也能吃些活食了，小一点的蚂蚱、蛐蛐儿都能喂。”

有了锁儿指导，想养“虎不拉”的小伙伴，纷纷盯住了各自发现的鸟窝，甚至爬上树看窝里的小“虎不拉”睁眼没有。伙伴们先后掏到了自己喜欢的小“虎不拉”，并用秫秸瓤和席篾插成了简易鸟笼。

村周围有的是蚂蚱、蛐蛐儿，小鸟的吃食随时可以抓到。小“虎不拉”都长得很健壮。锁儿家成了伙伴们切磋养鸟经验的据点。

然而，孩子都缺乏耐心和长性，加上每天放学后还要浇园、背粪、打猪草……完成家长安排的各种活计，很难有长时间训练鸟儿。待到“虎不拉”试飞时，不是你的飞走了，就是他的中途丢失了。只有锁儿的“虎不拉”能按照指令飞去飞回，令我们既羡慕又妒忌。

▲红尾伯劳　　肖虹 摄

不幸的是，锁儿爸爸早逝，锁儿妈为了一家人的生活，招赘了一个严厉的后爸。锁儿的养鸟“宏图”也从此夭折。

伙伴们的养鸟热情受到沉重打击，从此变得一蹶不振。好在每天都有树上的“虎不拉”鸣叫陪伴，健忘的孩子又很快恢复了快乐。

倾听“虎不拉”的叫声，会觉得嘶哑而急促：“呷-呷呷呷呷……”“呷-呷呷呷呷……”，这是“虎不拉”最本色、最平常的叫声，听起来让人感到单调。

可田大爷的“虎不拉”却能叫出好多曲口，而且婉转动听。这是怎么回事呢？

一次去西大洼的柳树行子弄猪食，我发现了一个让人瞠目结舌的秘密。

正在一棵柳树下捋柳叶，树上却传来“呷-呷呷呷呷……”的叫声。不用怀疑，准是一只“虎不拉”。循声望去，果然有一只“虎不拉”在树枝上蹦跳吵闹，好像在招呼伙伴。按常理，它会连续叫上一阵子。可奇怪的是，“呷-呷呷呷呷……”的叫声突然停止，树上却突然传来“吱吱叽儿、吱吱叽儿”的轻细叫声。我立即听出这是“小树叶”的叫声。

“小树叶”是一种小巧的鸟儿，因身体大小如小树叶而得名。

难道是来了一只“小树叶”？可抬头仔细寻找，怎么也不见那小鸟，细小的声音分明是从“虎不拉”那里传来的。我睁大眼睛边看边听，只见“虎不拉”的喉部果然一鼓一鼓。没错，那叫声就是从它那儿发出来的！

“虎不拉”今天怎么突然变调儿了？我正在疑惑不解，发现对面柳树上的一只“小树叶”被这叫声吸引，转眼飞到了我的头顶上。

就在我茫然的一瞬间，那只“虎不拉”突然振翅扑过去，狠狠抓住了落脚未稳的“小树叶”，接着就是凄厉的鸣叫和凶狠的撕扯、啄食……

“小树叶”成了“虎不拉”的猎物。“虎不拉”模仿“小树叶”的鸣叫，诱杀了这只可怜的小鸟。

▲棕背伯劳　　肖虹 摄

天哪！原来“虎不拉”那惟妙惟肖的曲口，竟暗藏着杀机！真是狡猾凶狠的诱猎者！

“虎不拉”不但心计非凡，而且勇武胆大，能像猫头鹰一样猎捕老鼠。

20世纪60年代初的“三年困难时期”，为了获取一点充饥果腹的菜蔬食粮，人们都挖空了心思。

擅长捕猎的锁儿爹发现了田鼠洞里竟储藏有花生、豆子、玉米，便在幽幽的黑夜，带着锁儿去离村很远的田堰去挖鼠洞。于是，在那饥饿的岁月里，锁儿竟然有了花生可吃。

贪心的锁儿爹把挖来的花生推到几里外的邻村去卖，没想到被邻村人以倒卖粮食的罪名押回村里。他只得交代了挖鼠洞、盗鼠粮的秘密。这下好了，全村掀起了挖鼠洞找粮的风潮。一个个鼠洞被掘开，田鼠遭到了空前的劫难。

紧接着，村外连续出现了神秘而恐怖的奇景：一只只田鼠相继在酸枣枝上吊死了，锁儿爹也得了半身不遂并不久去世。村人们震惊茫然，认定是鼠的报应，终于停止了挖鼠洞。

后来才知道，酸枣刺上挂着的田鼠并非上吊，而是“虎不拉”捉住杀死后吃不了才挂在酸枣刺上暂存起来……

原来，对鼠洞的疯狂挖掘导致了田鼠无家可归。四处游荡的田鼠因而被猫头鹰、“虎不拉”轻易捕杀……

“虎不拉”既能捕虫，又能捕鼠，还能诱捕其他小鸟，不愧是聪明而勇猛的杀手。

然而，童年熟悉的“虎不拉”如今却在故乡消失了。不仅故乡，偌大的京西地区也很难看到它们的踪迹。

“虎不拉”为什么不见了呢？它们又去了哪里？这谜团让人心绪怅然……

科普链接：伯劳属于鸟纲、雀形目、伯劳科、伯劳属鸟类，常见的有红尾伯劳、虎纹伯劳、棕背伯劳、大灰伯劳等，约60种，是凶猛的中小型掠食性鸟类。能用喙啄死大型昆虫、蜥蜴、鼠和小鸟。会将捕获的猎物穿挂在荆刺上，故又名屠夫鸟。其主要特点是嘴形大而强，上嘴前端有钩和缺刻，略似鹰嘴。翅短圆，脚强健，趾有利钩。大都栖息在丘陵开阔的林地。卵上常有暗褐色大小不等的杂斑，多数为候鸟。

幽灵猫头鹰

在童年的记忆里，猫头鹰是可怕的幽灵，曾在我的生活中留下了数年恐怖的阴影。

紧靠村西北有一座不高的小山叫何家坡，海拔有二三百米，是村里孩子时常光顾的乐园。

坡名很蹊跷，全村100多户人家没有一户姓何的，为什么叫何家坡呢？兴许村里原来有姓何的家族，后来败落了？兴许那山坡是多家共有的而叫“合家坡”不叫何家坡？村里没有人能说清它的来历，就这样一直叫了下来。

何家坡顶有一个钟架，钟架上悬着一口巨大的铁钟，是从村北的庙宇中运上去的。钟声是生产队社员们上工、收工的号令，每天准时敲响6遍：早晨6点响起是出早工，7点半响起是收早工；8点半响起是出上午工，12点响起是收上午工；下午1点半响起是出下午工，6点响起是收下午工。

负责敲钟的是位责任心极强的光棍李老头，据说是个退伍“老八路”，腰上总是挂着队里买来的小闹钟。由于千百次实践，老李头上山敲钟的准确率几乎差不了几秒钟。村人只要看见老李头晃着身子上了何家坡，就知道现在是哪个钟点了。老李头敲钟不慌不忙，很有规律：上工30下，下工25下，平均4秒钟一下。钟声悠扬响亮，村周围几里内外都能听见。

坡顶西面不远，有一个巨大的半圆形石灰岩坑，深二三十米，直径四五十米，是老辈人开采石灰石烧石灰形成的。我们叫它大灰坑。由于年代久远，灰坑底部长满了蒿草灌木，还有几株松树和柳树，看上去幽深恐怖。夏天，许多孩子会到何家坡逮蚂蚱、追飞蝗，但很少有人敢到大灰坑里去。

大灰坑里充满了诱惑。由于坑里有茂盛的蒿草灌木，坑壁是参差嶙峋的石灰岩，坑里不光蚂蚱、飞蝗多，还有草地上很难见的“蹬倒山”！“蹬倒山”是蚂蚱家族中的巨无霸，浑身碧绿，学名叫“中华大飞蝗”。母蝗足有10厘米长，公的也有七八厘米！能捉到“蹬倒山”是极大的自豪，不光能显示出自己的本领，亦有了向同伴炫耀的资本。

这天午后，一群小伙伴约好去何家坡捉蚂蚱。

突然，驹子在大灰坑边发出了惊叫：“快看——蹬倒山！好几只呢！”

大家循着他手指的方向看去，大灰坑北侧的向阳岩壁上，果然趴着四五只碧绿的“蹬倒山”！

▲猫头鹰中的纵纹腹小鸮　肖虹　摄

“我可不敢下去。”天福怯怯地说。

“咱们打赌，谁下去捉住‘蹬倒山’谁就当司令！”驹子提议。

我终于忍不住诱惑，第一个绕到灰坑的西豁口，从那里攀着岩壁，拽着荆枝下了大灰坑。

几个伙伴也在我的怂恿和接应下，先后进入了大灰坑。

摆出勇敢的姿态，撅了根椿树棍，奋力拨开蒿草，一路向前开道。伙伴们紧跟在后面，一步步接近灰坑北侧的向阳岩壁。

左劈右砸、用脚踩踏，终于在坑壁下方开出了一片立脚之地。我小心翼翼攀着岩石，找准脚窝悄悄接近上面的“蹬倒山”。

可惜，离目标还有一尺多，我却找不到继续攀登的脚窝了。

仗义的驹子立即站过去，挺直腰板把左肩膀伸到了我脚下。踩着驹子的肩膀，我的身体顿时升高。看准时机后，迅速出击，用右手猛地扣住一只“蹬倒山”。

“抓到了——”

就在我极度兴奋的一刹那，一个黑影忽然扇着翅膀“扑啦啦”打到了我的脸上……

我顿时失魂落魄，一下子从岩壁上跌落下来！

幸亏有几个伙伴在下面接应，我才没有摔成重伤！

伙伴们慌乱地把我扶起来。大家这才发现，那只扑打在我脸上的东西就落在了我们中间！

“夜猫子……夜猫子……”锁儿大叫着。

果然是一只十几厘米长的小夜猫子。大约是在岩壁间刚学飞，受到惊吓后撞到了我的脸上。

小夜猫子长得十分奇特：黄色短小的鹰钩嘴，两只圆圆的黄色大眼几乎占了头部的三分之一，额头和面盘是灰白色的一圈，耳朵上方有两束白色羽毛，灰褐的翅膀带着棕色斑点，尾羽还有黑色的斑纹……那样子真让人有些惊骇。

夜猫子也叫猫头鹰，是村里人十分忌讳的一种倒霉鸟。

很小的时候，就听大人们说起过许多关于夜猫子的谚语：什么“夜猫子进宅，无事不来”，是说夜猫子飞临哪家哪家就会倒霉；什么“不怕夜猫子叫，就怕夜猫子笑”，是说如果听见夜猫子咕咕大笑村里恐怕就要死人了；什么“坟地里的夜猫子——不是什么好鸟”，是说夜猫子是从坟地钻出的鬼魂，遇见了会发生不幸；“什么夜猫子吃妈——忘恩负义”，是说小夜猫子长大后会把老夜猫子吃掉……如此等等。

因为从小的灌输，夜猫子在孩子们心中便烙下了恐怖不祥的印记。

但孩子毕竟是孩子，时常表现出不知深浅的冲动。

见小夜猫子扇着翅膀蹦跳着想逃走，伙伴们便手遮脚挡把它困在中间。被巨大的好奇和惊恐驱使，我竟然拿起木棍趁机摁住了它。就在我伸手想抓住它翅膀的一刻，小夜猫子猛然转头用尖利的鹰嘴一下啄到了我的手背。一阵钻心的疼痛，鲜血瞬间从手背流了出来……愤怒、疼痛和恐惧，混合膨胀起来，使我失去理智，一下子把它狠狠摔在草地上……

伙伴们也恼怒了，纷纷捡起石头向小夜猫子砸去。

小夜猫子就这样葬身在一堆乱石下……

“干吗呢？跑坑里干什么去了？还不快上来！”敲钟的李老

▲猫头鹰中的东方角鸮幼鸟

▲猫头鹰中的短耳鸮 肖虹 摄

头不知什么时候来到了坑沿上。

“大爷，一只夜猫子被我们砸死了……”驹子报功般回答。

李老头瞬间变脸了：“不知好歹呀……闯祸了！打死了夜猫子会把你们的魂儿抓走的……”大家顿时不知所措呆立在那里。

在老李头的帮助下，我们失魂落魄地逃出大灰坑。大家再也没心思捉蚂蚱，都垂头丧气回家了。

这天晚上，我像丢魂一样变得痴痴呆呆，脑子里总响着李老头的话，总浮现出小夜猫子被砸死的情景……

深夜，一只猫头鹰在我家院里的大柿子树上突然叫起来。我顿时毛骨悚然，恍然觉得是猫头鹰向我索命来了……

第二天，我便发起高烧，卧床不起。

焦虑的母亲终于从伙伴们嘴里得知了我们打死小夜猫子的事。于是，她请来善于“叫魂”的王奶奶，到大灰坑边为我烧纸、祈祷、画符招魂。几天以后，我的身体渐渐恢复，灵魂也仿佛回来了。从那以后，夜猫子就成了我忌讳莫深、再也不愿提起的鬼鸟。

随着年龄和知识的增长，我对猫头鹰的认识开始有了一步步改变。

猫头鹰学名为鸮，因为眼睛又圆又大，很像猫的眼睛，所以被俗称为猫头鹰。猫头鹰为鸮形目、夜行性猛禽，属于国家二级保护动物。北京地区常见的猫头鹰是体长只有20多厘米的两种小型鸮类，一种叫领角鸮，一种叫东方角鸮，主要以鼠类、蝗虫和鞘翅目昆虫为食。

山村中的猫头鹰，其实是农家最好的朋友。它们以糟蹋粮食的老鼠为主要捕食对象。据说，一只猫头鹰一年就可以捕捉500~1400只田鼠，可以为我们减少一吨多粮食的损失。这些粮食可以供三四个人吃上一年！

由此可见，猫头鹰确实是人类的好朋友。

可人们为什么会对猫头鹰产生深刻的误解呢？这主要是知识的缺乏和对猫头鹰习性的不了解。

在农家人的眼里，凡夜里活动的东西仿佛都带有不祥之兆。猫头鹰因夜间捕食老鼠，人们难以看到，无法了解它的功绩，故而把它看成了不祥之鸟。

再就是猫头鹰的叫声，多是在夜间发出，且不像许多鸟儿清脆悦耳、婉转动听，而是粗短连续，单调重复，让人感到恐惧。

比如东方角鸮，总是在夜晚发出“王刚哥-王刚哥-王刚哥-”的叫声，让人感到悠远而恐怖。短耳鸮则会发出“嗒嗒嗒-喔喔喔-嗽……”的反复干嚎，酷似一阵阵狞笑。寂静的夜，听到如此怪异的叫声，是不是让人毛骨悚然？

猫头鹰喜欢单独活动，常在大树上停留休息。北京地区领角鸮在初春繁殖。进入繁殖期以后，雄鸟和雌鸟会聚在大树枝头相互唱和。雄鸟率先发出较为轻柔的“不-不-不……”，雌鸟接下去会发出低沉的回应。

▲猫头鹰中的鹰鸮成鸟(右)和两只小鸟　　肖虹 摄

▲猫头鹰中的长耳鸮　　肖虹 摄

而这种雌雄之间的求偶鸣叫，被人们错当成了不祥之声。

那么，猫头鹰为什么喜欢在农家院子的大树上“又叫又笑”呢？这与它们的生活习性密切相关。

猫头鹰的“主食”是老鼠，而老鼠则主要寄生在农家或村庄附近的田野里。为便于捕食，猫头鹰才把农家院子或村庄附近的大树作为栖息地或狩猎休息场所。

猫头鹰通常会选天然树洞或啄木鸟废弃的树洞做巢，偶尔也利用喜鹊废弃的巢。巢内很简陋，没有什么铺垫，每窝产卵三四枚，卵为白色，光滑无斑，雌雄猫头鹰轮流孵化。

猫头鹰羽毛柔软，上面密生着天鹅绒般的羽绒，飞行时产生的声波频率不到1000赫兹，老鼠根本察觉不到。正是这种悄无声息的出击，让老鼠猝不及防。

猫头鹰为什么能一举抓住地面上的老鼠呢？鸟类专家经研究发现，猫头鹰的眼球呈管状，就像一架微型望远镜。眼睛的视网膜有丰富的柱状细胞。柱状细胞能感受外界的光信号，能够察觉到极微弱的光亮。因此，在很长一段时间里，人们一直认为猫头鹰是靠视觉在黑暗中捕食的。

但一项实验对这一认识提出了疑问。把猫头鹰放在全黑的房间里，地面上撒了一些碎纸屑，将一只老鼠放入实验室。红外录像发现，只要老鼠一踏响地面的碎纸，猫头鹰就能快速准确地捕获它。专家们进一步研究发现，猫头鹰的听觉非常灵敏，听觉神经非常发达。一只体重300克的猫头鹰约有9.5万个听觉神经细胞，而体重600克的乌鸦却只有2.7万个。

猫头鹰的脸部密生着由硬羽组成的面盘，有极好的声波收集作用。左右耳并不对称，左耳道明显宽于右耳道，还有发达的耳鼓。由于硕大头部增加了两耳间的距离，因而可以提高两耳对声波的分辨率。在黑暗中搜索猎物，猫头鹰对声音的第一个反应是转头，而不是真正侧耳倾听。它们利用声波传到左右耳时产生的时间差异判断猎物方位。当这种时间差增加到30微秒以上时，猫头鹰便会准确分辨出声源位置。一旦确定猎物方位，猫头鹰会迅速出击。若猎物移动位置，它会根据移动的声音及时调整扑击方向，一举将其抓获。

总之，猫头鹰在捕食中是将视觉和听觉联合运用起来。正是这种独特的本领，使猫头鹰成为夜间捕猎高手。

然而，任何事物都有它的两面性。猫头鹰虽然进化出了夜间捕猎的独特功能，但其适应白昼的能力却发生了明显退化。由于长期在夜间活动，它们害怕强光，白天一般都躲在巢里或浓密的树枝上睡觉休息。

俗话说：猫头鹰睡觉——睁一只眼，闭一只眼。

白天在树枝上睡觉，常常会受到其他动物的干扰，所以听到有动静难免要睁开眼看看，以便及时发现和躲避危险。但正是这种退化和缺陷，会招来杀身之祸。

一次，我爬到村边一棵杨树上砍“树娃子”做猪食，不料惊动了正在树上休息的一只猫头鹰。它不得不展开翅膀飞向100多米外的另一棵大杨树。

突然，一只在高空盘旋的鹞鹰发现了它，便立即俯冲下来。害怕强光、两眼昏花的猫头鹰虽然听到了危险声音并试图翻飞躲避，但终因行动迟缓被鹞鹰的利爪转瞬抓获……

20世纪70年代以后，随着剧毒鼠药的使用和树木的砍伐，老鼠数量明显减少，猫头鹰也随之难觅踪迹。

一个仲春的夜晚，我在东岭生活小区散步，突然从不远的大杨树上传来了久违的东方角鸮叫声："王刚哥-王刚哥-王刚哥——"

听到这熟悉的叫声，尘封的记忆被唤醒。一丝惊悸之后，内心竟涌出了莫名的欣慰和亲切。不知故乡是否也有了这幽灵般的叫声？

科普链接：猫头鹰为鸟纲、鸮形目鸟类的总称，总数超过130种，因面盘和头部与猫极相似，故称猫头鹰，也称鸮。分布于各大洲，大部分为夜行肉食性动物，以老鼠、蛙类、蛇类、昆虫和小型鸟类为食。鸟头宽大，嘴短粗壮，前端呈钩状，头部正面的羽毛排列成面盘。周身羽毛多为褐色，散缀细斑，稠密松软，飞行无声。眼睛位于面部正前方，在暗淡光线下有出色的感知能力。可灵活转动脖子，活动范围为270°。大部分种类耳尖生有一簇耳羽，听觉神经发达。大型雕鸮体长可达90厘米，而小的东方角鸮体长不及20厘米。北京地区主要有领角鸮、东方角鸮、纵纹腹小鸮、短耳鸮、长耳鸮、鹰鸮等种类。

红隼劫

红隼是一种分布广泛的小型猛禽，家乡人叫它们“红鹞子”，属于国家二级保护动物。

它们栖息在山崖、大树或高大建筑物上，老鼠、麻雀、青蛙、蜥蜴、松鼠、游蛇都是其猎捕对象。当食物不足时，蝗虫、蚱蜢、蟋蟀、知了等昆虫也会成为它们的佐餐“小菜”。

红隼个头较小，不会对成鸡造成威胁，但偶尔会偷袭小鸡，所以也是农家防范的对象。

红隼是机警而聪明的猎手：有时站在悬崖巨石或电线杆上搜寻猎物，有时飞上树顶静候猎物，有时则在空中直接抓捕猎物。

红隼飞行时翅膀扇动频率很快，能在天空极速飞翔，还能张开翅膀借助上升的热气流悬停在空中搜索。一旦发现和锁定目标，就会收拢双翅瞬间俯冲下来，抓住猎物后迅速腾空而起。

1

近几年，红隼频繁出现在生活小区，天空中时常出现它们展翅盘旋的身影。

四月，正是草长莺飞的季节。

那一天，我正在厨房中忙碌，一只大鸟突然落在厨房北窗的防盗网上：红褐色带着黑斑的翅膀，乳黄色带黑斑的胸腹部，蓝灰色的头颈和尾羽，尤其是眼下那道垂下的纵纹和尖利的弯嘴，让我一下认出来是只红隼。

我顿时一阵惊喜，悄悄回卧室拿相机想抢拍几张照片。可当我回到厨房时，红隼已经飞走了。

红隼为什么会落到厨房防盗网上呢？我猜想，大约是为抓捕麻雀而来。我时常向厨房外的窗台撒一些棒糁、碎米，麻雀们常成群光顾这里，很可能是它们招来了红隼。

麻雀小巧敏捷、飞行疾速，喜欢成群活动，抓捕很不容易。红隼主要靠偷袭。

我曾亲眼看到，一只红隼埋伏在法桐树茂密的枝叶中。一群麻雀飞到树下啄食居民撒下的玉米糁。红隼突然俯冲而下。就在麻雀混乱惊飞的一刹那，一只被盯上的麻雀瞬间被红隼抓获……

红隼对猎物很少囫囵吞咽，而是用利喙一口一口撕食。

红隼出现在生活小区，说明这里的食物链开始丰富，有了可捕捉的老鼠、麻雀、斑鸠、知了等猎物。

我开始关注和搜寻红隼：果然在楼后的法桐上发现了一对红隼的身影。我断定，它们一定在小区某处安家了。

于是，追寻红隼的筑巢地成了那段时间的重要“功课”。

几经观察，发现红隼已把中学西侧大杨树上的旧喜鹊巢改做了自己的窝。

《诗经·召南·鹊巢》有“维鹊有巢，维鸠居之”的诗句。“鹊巢鸠占”的成语也由此

▲红隼主要以捕捉老鼠为主

而生，是说布谷鸟占据了喜鹊的巢。

但古人看到的只是表象：既然是“占”，就有强迫占领的含义。而此次“占”用喜鹊旧巢的，不是布谷鸟，而是红隼。

将废弃的鹊巢利用起来，一般不会受到抗议和攻击。但连续几天，却有一对喜鹊在旧巢周围上下翻飞，“喳喳喳喳”叫个不停，大有声讨和驱赶红隼之势。

面对喜鹊的连续挑衅，红隼夫妇开始并不在意，惹恼了才会发出“咿呦——咿呦——”的高叫，并扑向喜鹊。喜鹊领教了红隼利爪的厉害，惊慌中暂时撤退，但旋即招来了四五只喜鹊。

一个强大的喜鹊团队呈合围之势落在红隼周围的树枝上。

靠着群威群胆的气势，喜鹊肆无忌惮，轮番进攻，“喳喳喳喳”叫骂，拍着翅膀冲刺。逼得两只红隼顾此失彼，只得退回巢穴被动防守。

喜鹊为什么会不依不饶呢？查看了树周围的情况才明白了原因。红隼所占的旧巢，两三米之上就有一个即将建好的新鹊巢，相邻的大杨树上还有两个鹊巢——原来，这里原是喜鹊们的大本营啊！

“卧榻之侧，岂容他人鼾睡？”喜鹊自然不会容忍猎手红隼在它们的领地内居住！

面对凶猛的、不依不饶的喜鹊团队，势单力孤的红隼夫妇只得放弃了鹊巢，知趣地飞离了这片是非之地。

到哪里去筑巢呢？

看着天空中翱翔游荡的红隼，真替它们有些担忧。

2

几天以后，红隼似乎找到了一处安全而僻静的居所——小区27号高层楼的楼顶。我曾多次看到它们从那里起飞出现。

楼顶中央有水箱、隔板、挡板，能避风遮阳，且没有人干扰，在那里筑巢再安全不过了。要飞上有25层高的楼顶须花费很大力气，但这对红隼来说算不了什么。

由此，便会经常看到红隼从那里飞向小区上空。

红隼的出现，让一些老奶奶有些心悸，都说想起了当年红隼抓小鸡的情景。小区的鸟儿们也感到惊恐，纷纷提高了警惕。

往常，麻雀寻食都是骤起骤降、随意自然，家燕猎食可以随意翻飞、自由潇洒。而现在要么增加了哨兵，要么分出精力去关注空中的“敌情”。

总之，只要有红隼出现，麻雀、家燕、珠颈斑鸠……就连灰喜鹊、花喜鹊也会感到不安。

那一天，我正在离退休活动站门厅下观察燕窝里的雏燕，突然，捕食的燕子父母惊慌失措逃回门厅下。抬头仰望，原来有红隼在低空盘旋。燕子父母懂得，门厅下是人的势力范围，红隼是绝不敢光顾的。

正常情况下，红隼的猎物是老鼠和昆虫。红隼可以凭借非凡的视力，居高临下发现草坪中活动的猎物，并悄然接近、高速俯冲，一举将其抓获，比猎捕鸟儿要容易得多。

一对红隼每窝产卵三四枚或四五枚。卵为白色，带有红褐色的斑点。经过一个月的孵化，长有白绒羽的雏鸟出壳了。雏鸟的出世，使红隼父母的捕猎压力骤然增加。它们不得不去猎捕更多、更大的猎物来喂养嗷嗷待哺的雏鸟。

我家北窗外的草坪由于有铁栏围挡，平时没有人进入。那里成了麻雀、喜鹊、鸽子、戴胜、珠颈斑鸠觅食、聚集的场所。

这天，刚从菜市场回来，一位邻居告诉我：一群鸽子正在草坪雪松下找种子吃，一只红隼突然从旁边的法桐树上俯冲而下。仓皇起飞的鸽子被红隼一个翻身倒仰，用利爪抓住了腹部。鸽子拼命扑打着翅膀坠向地面，一下子把红隼压在了下边。可就在落地的一刹那，红隼竟一个“鹞子翻身”把鸽子按在地上。

邻居说，那一幕让他真正目睹了“鹞子翻身”的绝妙。

论个头，鸽子比红隼要肥壮一些，抓获这样的猎物无疑是一场挑战。

邻居说，鸽子拼力挣扎、乱蹬乱扑，几次将红隼蹬得趔趄，红隼则用另一只利爪抓住鸽子的颈部，连续猛啄鸽子的头部。鸽子这才渐渐停止了挣扎。

接着，是撕扯羽毛，啄食其肉，直到吃饱了才清理一下身上的血迹飞走了。

听了邻居的讲述，我后悔没能看到这一幕，急忙赶到事发现场：鲜血淋漓的鸽子趴在地上，头颈和翅膀的肉已经没有了，内脏也被掏空，只有带着血迹的头和灰色翅膀散乱在地上……

我猜想，一定是鸽子太重了，红隼无法整只带走，才囫囵吞下一部分去喂小鸟。

我的猜想得到了证实，半个小时后，红隼果然飞回来将鸽子的残骸带向了空中。

3

▲飞翔的红隼　　肖虹 摄

▲被红隼捕杀吃剩下的家鸽

对成鸟来说，喂养雏鸟实在是一种煎熬。随着雏鸟的成长和食量不断增大，成鸟必须全力狩猎，甚至不惜铤而走险。

雀鹰是一种比红隼稍大一些的猛禽。一位老友曾讲起他在草原插队时见到的雀鹰抓捕野兔的悲壮场景。

野兔比起雀鹰不但体重，而且有仰面诱敌、“兔儿蹬鹰”的“撒手锏”。

兔子的后腿强健有力，加上脚上的利爪，一旦击中猎手腹部，雀鹰非死即伤。

一只雀鹰与野兔几经较量后，练就了躲避“兔儿蹬鹰”并制服野兔的方法：俯冲从后面袭击，不容兔子翻身，先用右爪抓住兔子臀部，待兔子转头防卫的一刹那，再用左爪迎面抓住兔子的脸部……

但雀鹰遇到了一只经验丰富的老兔子。

就在雀鹰俯冲下来的危险一刻，老兔子没有做“兔儿蹬鹰”的防卫，而是狂奔中让雀鹰抓住了臀部。就在雀鹰伸出另一利爪准备迎击兔子回头时，老兔子猛地冲向一丛低矮稠密的荆棘。扇着翅膀的雀鹰被带刺的荆棘牢牢阻隔，兔子则拼死向前猛蹿！

悲剧发生了——鹰爪因嵌入兔臀无法脱出，在兔子的猛力拉扯下，鹰腿与身体竟瞬间被撕裂了！

雀鹰死在了老兔子的“苦肉计”中……

听了老友讲述，我深感动物彼此生存的不易。所谓强者与弱者，捕食与被捕食，往往是相对的，祸福转换有时候就在一瞬之间。但愿红隼不要遇到这样可怕的事情。

然而，没有多久，意想不到的事情发生了。

物业工人在清理窗外草坪时，从女贞绿篱中发现了一只死去的珠颈斑鸠和一只连在一起的红隼！那红隼的爪子牢牢嵌在珠颈斑鸠的腹部……

很显然，珠颈斑鸠被红隼猎杀了。可红隼怎么也死了呢？

雪松树上突然传来了沙沙声响，原来是一只大黄猫从树上溜了下来。

我顿时大悟：近几年来，由于鸟儿聚集，北窗外的草坪招来了多只流浪猫。它们时常到这里抓捕小鸟，红隼一定是在猎捕珠颈斑鸠后被野猫偷袭了！

真是“螳螂捕蝉，黄雀在后”啊！

可野猫为什么没有吃掉斑鸠和红隼呢？

原来，所谓的野猫，都是居民家养的宠物猫，是主人养腻了才被遗弃的。看到可怜的流浪猫，好心的居民会时常投放猫粮、狗粮。猫儿们也就不愁吃、不愁喝。至于抓捕鸟儿，完全是出于它们捕猎的本性，并非为了糊口充饥，所以才会在猎杀之后丢弃了斑鸠和红隼的尸体。

27号楼上空，一只孤单的红隼盘旋着，不时发出悲哀长鸣。

我猜想，遇难的红隼一定是它的伴侣。但愿它能战胜悲伤，把那窝雏鸟们养大。

科普链接：红隼又名茶隼、红鹰、黄鹰、红鹞子，为鸟纲、隼形目、隼科、隼属、红隼种鸟类，是一种小鹰型猛禽。喙较短，先端两侧有齿突，鼻孔圆形，翅长而狭尖，扇翅节奏快，尾较细长，飞行快速，善于在飞行中追捕猎物。栖息于山地和旷野中，吃大型昆虫、小鸟、蛙类和小型哺乳动物，在世界分布广泛，曾被比利时选为国鸟。

翠鸟拍摄记

老刘是燕山地区出色的摄影家，尤其擅长拍摄难度极大的各种水鸟。他拍摄的作品，不仅在许多摄影大赛上获奖，还在北京植物园与《劳动午报》记者邱勇合办了翠鸟专题摄影展，受到参观者的赞叹和高度评价。

老刘拍摄水鸟已有十几年的历史。为什么会与水鸟结缘呢？说起来与老刘的本职工作息息相关。

老刘叫刘建军，原是燕化公司环保事业部职工，一直在化工污水集散、处理为一体的牛口峪水库工作。

1

牛口峪水库地处燕山地区南部，是燕山石化公司的污水排放处理场。

20世纪80年代，燕山石化公司将环保指标纳入经济承包责任制。由于当时技术手段落后，管理存在漏洞，污染事件时有发生，且引发过一系列工农纠纷。

为了彻底改变这种被动局面，1988年11月1日，燕山石化公司成立了污水净化厂（后改为环保事业部），公司从此步入了有计划、有步骤、科学治理污水的新阶段。

环保事业部运用先进的科学手段，先后在库区污水进口处建起了污水处理设施和几十个氧化池，建成了1万多平方米的跌水曝气池，将污水中的污泥和有机物拦截分解，还在氧化池和跌水曝气池中广泛栽植各类水生植物：芦苇、蒲草、水葫芦、水浮莲、水葱、水薄荷……于是，与之共生的微生物，将水中过多的有机物吸附“吃掉”，库区水质不断改善和提高。

到1994年，库区外排水COD（化学需氧量）指标已降到50毫克/升以下。这意味着库区水质完全达到了北京市“九五”期间规定的指标。

如今，库区周围浅滩已形成了数百亩芦苇“梯田”。盛夏之时，青纱云涌，芦苇浩荡，虫吟鸟鸣。走入苇海，轻捷的水鸟常常骤然飞起，让人惊骇之余又生出无限欣喜。

由于净化后的污水中含有较多有机物，以其为食物的“蹦蹦虫”“颤蚓”等小生物便大量繁衍。水库管理处又向库区水域投放了鲤、鲫、鲢、草等各类鱼苗。很快，五彩斑斓的鱼群便成为了牛口峪水库的一大观赏亮点。

近些年，管理处职工先后在库区栽植了数万株洋槐、雪松、柳树和木槿等树苗，种植了大量芙蓉、月季、荷花等花卉，修建了“望鹤亭”“蘑菇亭”、游船码头等游览景点，库区由此变成了一座美丽的水上公园，并被北京市旅游局确定为生态旅游景点之一。

库区中有了虫、螺、鱼、虾，有了芦苇、花草、树木，成群的水鸟就飞来了。

▲在莲蓬上观察水中小鱼的翠鸟

由于库区水温较高，冬天很少结冰，加上食物丰富，环境适宜，因而吸引了大量水禽来这里越冬。

野鸭、鸳鸯、白天鹅、大灰鹤先后飞临库区；翠鸟、苇莺、白鹭、棕头鸦雀等水鸟把这里当成了繁衍基地。

各种珍禽相继来临，表明库区水质不断提高。这里已成为大量水禽、涉禽的栖息地。

刘建军既是牛口峪水库的建设者，又是库区巨大变化的见证者。

老刘喜欢摄影，整天在库区巡视忙碌，各类水鸟自然成为他关注和拍摄的对象。

20世纪90年代，他拍摄的白鹭等组照曾多次刊登在杂志上。进入21世纪后，老刘尤其对翠鸟产生了兴趣。为跟踪拍摄翠鸟，在管理处支持协助下，老刘在库区苇塘附近建起了简易摄影棚。

在北京植物园举办翠鸟专题摄影展以后，老刘在京城拍客中名气大振，牛口峪库区也成了远近闻名的翠鸟拍摄基地。来库区拍摄翠鸟的发烧友络绎不绝。

2

从照片看，翠鸟似乎很大，有点像啄木鸟。而实际上它们只有麻雀般大小，体长也就15厘米左右。

翠鸟的色彩非常漂亮：喉部黄白，胸部栗色，背羽蓝亮，腹羽棕黄，飞羽黑褐，颈部有白领，橄榄色头部夹着青绿色的斑纹，赤色的鸟喙足有半个身长，两条深红的短腿二趾相并……给人以华贵多彩的印象。

翠鸟虽然尾巴很短，但飞起来快速灵活。平时紧贴水面飞行，会发出尖锐的“吱-吱-吱-”鸣叫，响亮而单调。

作家菁莽在《翠鸟》一文中写道：

“翠鸟鸣声清脆，爱贴着水面疾飞，一眨眼，又轻轻地停在苇秆上了。它一动不动地注视着泛着微波的水面，等待游来的小鱼。小鱼悄悄地把头露出水面，吹了个小泡泡。尽管它这样机灵，还是难以逃脱翠鸟锐利的目光。翠鸟蹬开苇秆，像箭一样射出去，叼起小鱼，贴着水面往远处飞走了。只有苇秆还在摇晃，水波还在荡漾。”

经反复追踪观察，老刘发现，翠鸟偏爱的生活区域并不在水面宽广的主库区，而是在库区北侧的芦苇塘里。

为什么翠鸟不像野鸭、鸳鸯、白鹭等在主库区捕鱼呢?

仔细观察研究后老刘发现：翠鸟抓捕的都是几厘米长的小鱼。主库区水深鱼大，小小翠鸟捕不了，也吃不下，所以才把水浅、鱼小的芦苇塘作为栖息狩猎之所。

芦苇塘里生长着一种“麦穗鱼”，成鱼也就五六厘米长，小鱼只有二三厘米，正好适合翠鸟捕食吞咽。

翠鸟生性胆小，发现有人走近会立即飞走。为了近距离拍摄翠鸟，2004年，老刘在翠鸟最爱的东侧芦苇塘中搭了个简易窝棚。拍摄翠鸟时，要提前潜入窝棚里，这样既不会惊动翠鸟，还可以近距离观察拍摄。

可炎热的夏季，每次钻进窝棚都会冒一身大汗。老刘经常光

▲老刘在水库芦苇边搭建的简易翠鸟拍摄基地

着膀子，忍着蚊虫叮咬在窝棚里一蹲就是几个小时。

为了改善拍摄环境，获得更好的拍摄视野，2008年，在管理处的大力支持下，老刘找来一些废旧建筑材料，在芦苇塘边搭建了一个面积有五六平方米的简易小房子。小房子里可站可坐，面对苇塘的一面用迷彩网格做好伪装，其他三面用木板防护，拍摄条件有了明显改善。

得知这一消息后，燕山地区乃至京城的拍客们闻讯而至。小房子里经常出现“爆棚”现象，热心的老刘反倒时常被“挤”出小屋。

2013年，承包库区当了经理的老刘，见到拍客有增无减，便突发奇想：若能利用库区芦苇、水面和水鸟云集等资源，在芦苇塘边建一座四季均可拍摄翠鸟的基地，为拍客提供更好的服务并适当收取一些费用以补贴管理处开支，岂不一举两得？

于是，一个有电暖气、电风扇、明亮玻璃窗和十几个拍摄机位，可提供午餐、饮水的禽鸟拍摄基地很快建起来了。

这一来，京城拍客们纷至沓来，日本、美国、加拿大等外国拍客也慕名而至。水库员工们除了为拍客们提供力所能及的服务，还特意捕来一些“麦穗鱼”投放到拍摄基地前的苇塘里。

夏天拍摄高峰，基地里“长枪短炮”列成一排，人们屏住呼吸，只要有翠鸟入水捕鱼，就会听到轻微的犹如机关枪般的“啪啪啪啪”的快门闪动声。

有了这个基地，老刘对翠鸟的观察、拍摄也更为从容深入。除了做好水库管理工作，他把所有业余时间几乎都用在了观鸟、拍鸟上。

老刘拍摄的翠鸟图片也愈加鲜活生动，充满了艺术魅力。

3

春节前，我与晓光去老刘的拍摄基地一起看鸟、聊鸟。慢条斯理的老刘娓娓讲起了许多关于翠鸟的新奇故事。

冬天，京郊大部分水面会结冰封冻，翠鸟的捕鱼范围受到很大限制。大部分翠鸟只能飞到南方寻找未结冰的水面谋生。

库区中那些未结冰的水面，被少数强壮的、留下来的雄性翠鸟所占据。

老刘介绍说：每只雄翠鸟大约要占据1平方公里的领地。它们定时在领地内飞翔巡视，不时会发出“吱-吱-吱-”的叫声，那是在宣誓和标记领地范围，警告其他翠鸟不得进入。

这一时期，雄翠鸟的捕食量明显减少，只有夏天的一半，一天只捕捉10~20条小鱼。它们脱去夏毛，换上冬装，羽毛变得鲜艳而漂亮，为春天寻找伴侣做好了准备。

今年是暖冬，眼前苇塘虽然大部分封冻，但北侧仍有两三米宽的浅水区尚未结冰。

南侧薄冰上，一只黑水鸡和一只白腹苦恶鸟在踱来踱去。

“这只白腹苦恶胆子很小，今年没飞走，在这过冬了。我专门在水边的网子里放了些小鱼让它捕食……”

▲小翠鸟向成鸟讨食　　刘建军 摄

顺着老刘的指引，在水中一块木板旁我看到了放在水中的绿网。水很浅，半个网口高出水面，苦恶鸟正好可进到网中去捕食里面的小鱼。

看得出，老刘是个细心而有爱心的人。

正聊着，白腹苦恶探头探脑从冰面走过来，先跳到木板上，接着走进绿网口，然后捕捉起网中小鱼来。

已是一年最冷的大寒节气。距水面一米多高的莲蓬杆上仍站着一只漂亮瑟缩的翠鸟。

“这是一只公鸟，附近都是它的领地。别的翠鸟要想到这里捕鱼，都会被它毫不留情掐走。”老刘盯着拍摄孔告诉我们。

“它呀，是在我的帮助下才保住了这块领地。不然，早就被它儿子赶走了……”

接着，老刘讲起了老少翠鸟为抢占领地而进行的惊心动魄的争斗过程。

4

春季是翠鸟恋爱繁殖的季节。自3月中旬开始，占有一方领地的雄翠鸟开始寻找配偶。

翠鸟多为一夫一妻制，只有到第二年繁殖季才会另寻配偶。

自4月到8月，一对翠鸟会连续繁殖两三窝小鸟，每窝间隔40天左右。一窝小鸟一般为4~6只。

春暖花开以后，占有这片领地的雄鸟会外出寻找雌性伴侣；而一旦找到伴侣，就会将雌鸟带回领地。

雌鸟若觉得环境满意，便开始与雄翠鸟谈情说爱；若觉得不满意，一两天就会飞走。

这种情况往往会反复几次，就像人类谈对象一样。

当一对翠鸟最终情投意合之后，便开始做繁殖前的准备。

首先是选择筑巢的位置。翠鸟的巢一般会选择离水塘较近的土坡、土坎上，距水面半米到一米左右的陡坡是最理想的地点。

选好巢址后，翠鸟夫妻会用它们尖利细长的喙，在土坎上“凿”出一个近1米深的洞穴。洞穴尽头明显宽大，可供翠鸟繁殖育雏。在建家的劳动中，雄翠鸟主要负责“凿”洞，雌翠鸟则主要负责监督、检查。“凿”一个洞穴一般要三四天。

有时候，雄鸟会同时开凿两三个洞穴，最终选出满意的做巢穴。其他洞穴与巢穴连通后作为预防天敌袭击时的逃生出口。

这段时间，两只翠鸟形影不离，充满了柔情蜜意：雌翠鸟基本不用捕鱼，而是由雄鸟捕来嘴对嘴喂食。

一切准备就绪，雌雄翠鸟开始交配。翠鸟一天最多可交配十余次，交配地点都在领地内。

这一段时间，翠鸟毛色漂亮，活动频繁，边掏洞边交配。雌鸟则一边交配一边生蛋，每隔一天产蛋一个，产六七枚蛋要用十多天时间。

翠鸟蛋为纯白色，带有少许斑点，形状大小如麻雀蛋一般。

▲捕鱼后在莲蓬上停留的翠鸟　　刘建军 摄

生完蛋以后，很少再看见翠鸟成双成对出入。夫妇轮流孵蛋、捕食。雌鸟孵蛋的时间更长一些，因为雄鸟还有守护和巡视领地的任务。

老刘介绍说：为防范天敌偷袭，翠鸟的巢一般会打有两三个出口，一个是主通道，另外的是救命出口。平时，它们会将救命出口用茅草之类虚掩封闭，一旦发现有天敌侵入，就会从救命通道快速逃生。

“那一年，西面土坎的那窝翠鸟只打了一个通道，结果，一条水蛇钻进去，把正在生蛋的母鸟和鸟蛋都吃了。害得那只公鸟飞来飞去伤心鸣叫了好多天……”老刘惋惜地说。

老刘告诉我们，翠鸟孵一窝蛋要20天左右。什么时候见大鸟往窝里叼小鱼了，就是小鸟孵出来了。

翠鸟育雏是个十分艰辛的过程。

最初几天，翠鸟父母捕捉的都是小鱼，喂食的次数也较少——因为雏鸟陆续出壳，消化力很弱，食量也小。可五六天后，雏鸟全部出壳，捕鱼劳作就变得越来越繁重。

1只雏鸟一天要吃20多条小鱼，若有5只雏鸟，父母一天就要捕鱼喂食100多次。

经过20多天的精心喂养，雏鸟羽翼逐渐丰满，并在大鸟的带领下出巢了。

5

小翠鸟出巢后，前一两天主要在巢边的树上练习飞行；会飞以后，父母便在领地内开始教它们捕鱼。

先是父母做示范，小鸟在一边观看。这个阶段，大鸟捕到鱼后小鸟们追着求食，大鸟依旧会给小鸟喂食。两三天以后，大鸟喂食的次数明显减少，并开始躲避小鸟纠缠，甚至变脸驱赶它们。小鸟因为食物不足，不得不学着大鸟的样子下水捕鱼。

最初几次，小鸟常常扑空，有时会啄上一片树叶玩弄一番。慢慢的，小鸟捕鱼的成功率逐渐提高，继而成为自食其力的捕鱼能手。这一过程大约需要几天时间。

随着第一窝小鸟的自食其力，翠鸟父母领地内会有七八只大小翠鸟。小鸟在这块领地内捉鱼、追逐、打闹，父亲负责看护和巡视领地，并在领地内寻找新的巢址。

一般情况下，翠鸟父母会继续利用原有巢穴繁育下一窝幼鸟，但如果雨季来临，水面上升，或有水蛇等天敌出现，它们则会另选巢址，重建新巢。

翠鸟天性孤僻、好斗，领地意识非常强。如有入侵者，相互间会殊死搏斗。若主人获胜，则保住了家园；若主人战败，则家园丧失。这一时期，经常能见到因搏斗而受伤的翠鸟。

随着第一窝翠鸟的长大，新鸟好斗的习性渐渐展露：它们开始相互争斗，都想占据领地内的最佳捕鱼位置。

当翠鸟夫妇开始繁育第二窝雏鸟时，第一窝小鸟已体形健壮，甚至超过了成鸟。新鸟间的打斗更加激烈。父母们不得不时常飞过来维持一下秩序。此时，新鸟还不敢与老鸟争斗，但这种局面只能维持很短时间。第二窝雏鸟即将出窝了。成鸟开始驱赶第一窝小鸟——它们必须为新出窝的幼鸟留下生存空间。

第一窝新鸟被迅速清理出领地。第二窝小鸟则顺利出巢，开始重复第一窝雏鸟的故事。

然而，那些被驱逐又找不到领地的第一窝新鸟，有的又重新回到了父母身旁，并与第二窝弟弟妹妹们展开了争斗。这一时期，由于既要繁殖雏鸟，又要维持领地秩序，加上脱毛换羽，老鸟身心憔悴，不仅体形变得瘦弱，飞行速度也明显减慢。

小鸟们的打斗日趋激烈，成鸟已经无暇顾及。

经过连续不断的战斗，一只强壮凶悍的雄鸟打败了所有兄弟姐妹，开始与企图保住权威的父母展开了决战。

若成鸟战胜了小霸主，则还能在领地内继续抚育幼鸟；若战败，只能带着新雏鸟逃离领地。

老刘介绍说：成鸟最终战胜小霸主的概率很低。多数情况是小霸主赶走了父亲，成了父母领地的继承者。

“2016年夏天，又是儿子和父亲掐得你死我活。那儿子也太凶了，仗着个大有力气，把它爹扑到芦苇上往脑袋上狠啄……我实在看不下去了，就用竹竿去帮助大鸟，这才把那个恶儿子赶跑了。后来，它一出现我就赶，大鸟这才保住了这块领地。”

听了老刘的讲述，我不禁感慨连连：为了生存和私利，鸟儿们不讲亲情，更不谈孝道。人类中不也有骨肉相残、不仁不孝的恶人么？鸟兽间子女与父母的争斗，遵循的是优胜劣汰的种族延续法则，是不能用人类的所谓“文明”去苛求的。

眼前，那只翠鸟爸爸正从容地站在莲蓬杆上梳理着羽毛，每隔三四十分钟就会潜入水中捕鱼一次。它是在积蓄力量，为明年的繁殖和争斗做准备。

科普链接：翠鸟为鸟纲、佛法僧目、翠鸟科、翠鸟属鸟类，全世界共有14属、93种，我国有5属、11种，主要分布于中部和南部，为中南地区的留鸟。林栖翠鸟以昆虫为主食；水栖翠鸟常在池塘、沼泽、溪边生活觅食，以捕食小鱼虾和水生昆虫为主，故又俗称鱼狗、鱼虎、钓鱼翁等。翠鸟的羽毛在光线照射下会发出翠绿色的光芒，故常用来做高贵的装饰品。

黑鹳驾临我故乡

立冬以后，天气一天比一天冷。

这天上午，太阳暖暖地升起来，好友小肖打来电话，约我去大石河看黑鹳。

听到这消息，我一阵兴奋：黑鹳是国家一级保护动物，能在京郊大石河出现实为罕见！

黑鹳曾是一种分布较广的大型涉禽，繁殖地主要在欧洲、前苏联、南非和中国，是一种体态优美，羽毛艳丽，性情温和的大型涉禽，也是白俄罗斯的国鸟。

黑鹳成鸟体长、身高均可达1米，体重可达3公斤。它们喙长尖利，由下而上愈加粗壮，头长、颈长、腿长，嘴和脚为鲜艳的红色，羽毛除胸腹为纯白色以外都是黑色。飞行时，它们头颈伸直，长腿平伸，看上去黑、红、白色彩分明，十分漂亮。

黑鹳喜欢在高大树冠或高崖石阶上筑巢，以捕食小鱼和其他小动物为生，栖息在河流沿岸或沼泽湿地。

如今，黑鹳种群数量明显减少，全球仅存2000多只，我国现存500多只。由于数量仅为大熊猫的三分之一，黑鹳故被称作鸟中的“大熊猫”。

黑鹳数量锐减的主要原因是环境恶化。森林被砍伐，湿地被开垦，鱼类和其他小型动物越来越少，加上人类非法猎杀，致使它们沦落到灭绝的边缘。

黑鹳已被列入《中国国家重点保护野生动物名录》Ⅰ级和《世界自然保护联盟》2012年濒危物种红色名录。

1

山西灵丘县是我国黑鹳的主要栖息地和繁殖地之一。

2002年6月，山西省政府批准建立了黑鹳省级自然保护区；中国野生动物保护协会授予灵丘县“中国黑鹳之乡”称号。

2007年冬季，在山西灵丘黑鹳自然保护区内观察到的越冬黑鹳数量达到32只。

近些年来，京郊十渡风景区亦有黑鹳降临栖居，并成为京郊留鸟。十渡山水秀丽，气候宜人，水质良好，拒马河穿境而过，水深一般不超过40厘米，鱼虾较为丰富，适合黑鹳生活。

2004年1月至2007年3月，到北京市拒马河自然保护区越冬的黑鹳数量超过20只，前几年甚至达到了40多只。

为更好地开展黑鹳保护工作，2014年，中国野生动物保护协会决定授予十渡“中国黑鹳之乡”称号。

作为北京地区黑鹳唯一栖息地，十渡镇拒马河流域已成为黑鹳繁殖和迁徙的重要中转站，已发现黑鹳巢穴11个。

为更好地保护黑鹳，当地野生动物保护部门在拒马河两岸浅

▲大石河畔高压线铁塔架上停留的成群黑鹳　　肖虹 摄

滩建立了23个保护小区，并挂上提示牌，提醒游人不要干扰黑鹳的生活。冬季则派专人投放小鱼以供黑鹳捕食。

2016年，京西地区连降大雨，断流多年的大石河终于出现了波涛奔涌的喜人景象。

有关部门对大石河京周公路南北两侧河道进行了防渗透处理，建起了红领巾、夕阳红等沿河湿地公园。河道水面也变得宏大宽阔。

有了水就会有鱼虾和水生小动物，就会吸引众多水禽、涉禽前来觅食。大石河沿岸成了北京观鸟者、垂钓者时常光顾的“基地”。我曾多次跟随小肖到这一带巡视观察，居然在数公里的流域内先后发现水禽、涉禽共80多种！

如今，大石河流域又发现了罕见的黑鹳，怎不叫人惊喜异常？于是，与小肖一起很快赶到了大石河边。

以大件路大石河桥为界，桥北是红领巾湿地公园，桥南是夕阳红湿地公园，两个公园形成了南北两片宽阔的水面。

开车沿夕阳红公园西侧河堤路向南行一公里，便到达了黑鹳出没的河湾。悄悄下车，隐蔽前行，仔细搜寻，但波光粼粼的水面上并没有黑鹳的影子，只有十几只绿头鸭、黄麻鸭在游动。

带着朋友来看黑鹳却不见黑鹳的影子，小肖显得有些失望。但他不愧是观鸟高手，看看空中的太阳，立即转回身向河西岸眺望起来。

“看到了，看到了——在高压线铁塔架上……”小肖兴奋地指着西面的一座高压线铁塔。

果然，100多米外的一座高压线铁塔顶部有几只大鸟正停在上面！

仔细数一数共有8只，分明是一个大家族。

我们立即屏住呼吸，悄悄隐蔽着向铁塔方向靠近。大约离铁

▲大石河中谈情说爱的黑鹳情侣　　肖虹 摄

塔还有三四十米距离，小肖示意停下脚步。前面是一片开阔地，没有树木掩护，若继续靠近，黑鹳发现会立即飞走。

黑鹳听觉、视觉均很发达，一旦发现有人靠近，即使离得很远也会凌空飞起。

透过树冠缝隙，我们迅速调好焦距，把镜头对准黑鹳。可惜我的“卡片机”无法捕捉到黑鹳清晰的画质。但愿小肖能拍出精致的画面让我们一睹黑鹳的风采。

铁塔上的黑鹳伸伸腿，拍拍翅，不慌不忙，显得有些满足与慵懒。

小肖悄悄告诉说：今天我们来得晚了一点。黑鹳每天捕食三次，早晨大约为7点至8点，中午大约为12点至13点，晚上大约为17点至18点。

看看手机，已是上午9点多，怪不得河面不见黑鹳踪影，原来它们已经进餐完毕，在这里消食休闲呢！

正感叹间，一只大鸟先行起飞，其他大鸟也随之飞向天空。

它们头颈前伸，两脚并拢平伸出尾后，巨大的翅膀缓慢扇动着，渐渐消失在北面的天空中……

尽管观察时间短暂，也算不虚此行，总算看到了黑鹳真容。

2

以后的日子，观察追寻黑鹳成了小肖和我的一大兴趣。

小肖是个少见的自然主义者，几乎把全部业余时间都投入到观鸟、观花和研究动植物上。

深冬已至，水面开始结冰。

这天，小肖又打来电话，说大石河红领巾公园西北角水面又发现了一个黑鹳大家族。我们便立即驱车前往追寻。

沿大石河东岸河堤路一路向北。行至一个拐弯处，小肖停下了车子。

“你看，西岸豁口下的水面有7只黑鹳……”

小肖边指点边支起单筒望远镜，然后迅速调好焦距。

通过望远镜镜头，大鸟黑鹳的漂亮外观和一举一动都尽收眼底：有的鼓翼飞翔，借助上升的热气流在空中盘旋观察水面；有的步履轻盈，在浅滩一步一步行走寻觅猎物；有的单脚站立于水边，蜷缩着脖颈静止休息；有的相互梳理着羽毛，并用巨大的喙摩擦磕击，发出“嗒嗒嗒嗒”的响声……

黑鹳是不会鸣叫的。虽然长相与鹤相似，但没有人听到过黑鹳发出鸣叫。相互交流信息，它们会用尖而粗的喙发出“嗒嗒嗒嗒”的不同叩响，抑或使用点头、垂颈、亲吻等动作表达情感。

一只黑鹳看似漫不经心在浅滩散步。蓦然间，它把长喙刺向水中，一条小鱼瞬间被衔住。小鱼拼命甩着尾巴，但很快被黑鹳一仰脖吞进了肚里。

浅滩高处有一只踱步四望，既不觅食，也不懒散的黑鹳——那是鹳群中执勤的哨兵。

突然，一只黑鹳扇动翅膀在浅滩奔跑起来。飞奔的双腿和巨大的翅膀协同用力，很快便获得了上升动力。其他黑鹳也先后飞起来盘旋，发现没有什么异常后，又纷纷飘落在浅滩水中。

小肖非常兴奋，不仅目睹了鹳群的风采，而且拍下了许多珍贵照片。

细心观察就会发现，黑鹳之所以将这里作为觅食地，是因为这里朝阳、避风、有潜流不断涌出，水面从未结冰。黑鹳可以从容涉水捕食鱼虾。

倘若河面结冰，黑鹳无处觅食，则必须飞到温暖的南方才能生存下去。

近几年，随着北方气候变暖，京郊河道水面结冰的面积越来越小，结冰的时间也越来越短。这也为黑鹳在京郊越冬创造了条件。

观鸟专家发现，黑鹳的营巢点距觅食地一般都在两三公里的距离。由此可推断，来大石河觅食的黑鹳，其栖息场所也应在不远的地方。

可栖息地到底在哪里呢?

此片水面地处平原地带，周围既无森林，也无沟谷悬崖，黑鹳去哪里过夜呢?眼望着周围的平原和稀疏的树木，我和小肖都陷入了困惑。

3

两天后，手机里传来小肖兴奋的声音：“索老师，黑鹳的栖息地找到了，就在南观村黄石塘小河东的悬崖上……”

听了小肖的话，我的心怦怦直跳：真不愧是聪明的鸟儿，怎么会找到那样偏僻而绝妙的好地方呢?

南观村是我的故乡，九曲十八弯的龙泉河绕村而过，流淌着童年无法忘怀的记忆。黄石塘是故乡的一个小自然村，位于龙泉

▲黑鹳吞吃小鱼　　　　肖虹 摄

河西岸的高岗上，居住着张氏家族的几户人家。河东与河北侧，是龙泉河千万年来切割出来的壁立数十丈的悬崖。崖壁怪石凹凸，横纹纵裂，不但生有千年崖柏，而且有许多阶梯形的岩台，是黑鹳栖息筑巢的理想之地！

龙泉河是大石河的重要支流，曾四季溪水流淌。近些年来，由于天气干旱，过度抽取地下水，加上河道被村里养鱼专业户分段承包、密集截流，终于断了龙脉，几乎成了干河道。

黄石塘距离红领巾湿地公园仅有三四公里，正好方便黑鹳捕食后飞回来休息。

想不到美丽的黑鹳竟安身于我的故乡！

我和小肖兴冲冲赶到黄石塘。正值上午9点多，几只捕食归来的黑鹳正在河谷上空盘旋。

小肖指着东崖上有白道道的岩石告诉我：有白痕的岩石就是黑鹳栖息的地方；白道道是黑鹳排出的粪便染成的。

这一点我印象深刻，凡吃鱼的鸟类，排出的粪便多为白色，白鹭、苍鹭等鸟儿也是如此。

循着山崖仔细搜索，居然发现北崖峭壁上也有染出白痕的岩石！由此推断，这里很可能栖息着两个黑鹳家族。

黑鹳之所以把栖息地选在避风向阳的绝壁之上，是因为那里无论是人还是野兽都很难到达。

▲成群的黑鹳在大石河中觅食　　肖虹 摄

眼下正是冬季，尚不到黑鹳繁殖的季节。若是春季到来，我们很可能会看到黑鹳筑巢繁殖的珍贵画面。

有关资料介绍说：黑鹳主要用树枝筑巢。巢呈盘状，外径会超过一米，内部垫有苔藓、树叶、干草、树皮、动物皮毛等。筑巢时雄鸟主要负责寻找和运输材料，雌鸟则负责建筑编织。3月下旬后雌鹳开始产蛋，通常一年一窝，每窝产蛋四五枚，洁白椭圆，如同鸡蛋一般。

孵化前期，黑鹳夫妇轮流值守，后期则由雌鸟独自承担。经过30多天的孵化，身着白色绒羽的雏鸟先后出壳。此时，雏鸟身体的恒温机制还未建立，必须有一只亲鸟留在巢中为雏鸟保温。最初的几天，亲鸟会将捕获的小鱼嘴对嘴喂给雏鸟。随着雏鸟逐步长大，亲鸟开始把贮存于嗉囊中的食物吐在巢内，让雏鸟练习自行啄食……

在河谷盘旋的黑鹳终于落到岩壁上休息。经过追踪、记录、拍照、辨别，我们确认河谷峭壁上的两个种群共有8只黑鹳。

龙泉河谷发现黑鹳栖息的消息不胫而走。虽是严寒冬季，但前来拍照的爱鸟者络绎不绝：“长枪”“短炮”“掷弹筒”纷纷架设起来，小轿车挤满了临时停车场……弄得黄石塘养鱼老板莫名其妙。

我郑重地告诉承包鱼塘的小伙子：“你家有福，招来了贵客！黑鹳是国家一类保护动物，与大熊猫一样珍贵。要好好保护，会给你带来财运和福运的……”

小伙子听了，脸上笑开了花。

严冬已过，我猜想：有了众人的呵护，龙泉河东崖和北崖的黑鹳大概开始筑巢了吧？

但愿我的猜想不是幻想，但愿我的故乡也能成为“黑鹳之乡”。

科普链接：黑鹳，别称黑老鹳、乌鹳，属鸟纲、鹳形目、鹳科、鹳属鸟类，是一种体态优美、体色鲜明、活动敏捷、性情机警的大型涉禽。成鸟体长为1~1.2米，体重2~3千克，嘴长而粗壮，颈和脚很长，嘴和脚为红色，除胸腹部为纯白色外其余羽毛均为黑色，在不同角度下可变幻出多种色彩。以鱼为主食，也捕食其他小动物。栖息于河流沿岸、沼泽湿地、山区溪流附近，繁殖期4~7月，营巢于高树或悬崖石坎等人类不易干扰的地方，有沿用旧巢的习性。

救助大麻鳽

北京奥林匹克森林公园完美融入了自然山水，已经成为北京市民户外活动的大氧吧。

南园主山用398万立方米土方堆砌而成，名为仰山。主湖“奥运湖”和景观河构成“龙”形水系，水面超过122公顷，相当于半个昆明湖。丰富的生态群落和宽阔水面，为众多生物尤其是各种鸟类提供了良好的栖息地。这里因此成为北京观鸟会会员观鸟、拍鸟的重要基地。

北京观鸟会由北京地区一批观鸟爱好者于2004年发起成立。宗旨是团结北京地区观鸟组织和观鸟爱好者大力推动本地区观鸟活动，加强与各地观鸟会的交流合作，积极开展国际交流，倡导“科学观鸟，尊重自然”的理念。在普及观鸟知识的同时，深入开展鸟类调查、鸟类保护、生态建设等志愿者活动。

近几年来，北京的冬天少了寒冷和冰冻，一些生活在北京地区的夏候鸟以致出现了深秋不南飞、冬季留守奥林匹克森林公园的奇特现象。大麻鳽就是其中的代表。

大麻鳽（jiān）属鹭科的一种较大型的涉禽，体长可达六七十厘米，体重可达1公斤左右。春末夏初，它们从南方飞到我国北方繁殖，深秋以后一般会飞回长江中下游或江南地区生活。

大麻鳽有一对黄绿色的脚，绿色的尖嘴可达六七厘米长，两条黄白色的眉纹，头顶、枕部、肩背为黑色，下颏、喉部为浅白色，颈侧、胸侧和背部则为黄色并带有黑色纵纹。飞翔时，羽毛展开为红褐色，带有明显波浪黑斑，是一种体形较大、体态并不灵敏的大型涉水鸟类。

大麻鳽主要以鱼、虾、蛙、蟹、螺和水生昆虫为食，繁殖期为5~7月。它们通常会把巢建在沼泽、草丛、芦苇或灌木丛。巢的结构很简单，由草茎和草叶构成，呈盘状，直径有六七十厘米，每窝产卵4~6枚，橄榄色，如小鸡蛋一般。

大麻鳽5月产卵，孵化期为二十五六天。雏鸟孵出后由亲鸟共同喂养。三周后，雏鸟开始独立行走并到附近草丛或芦苇丛探索，但晚上仍要回巢中由亲鸟喂养。约两个月后它们才能飞翔和独立生活。

大麻鳽多在黄昏和晚上出来觅食，白天则隐蔽在水边芦苇或草丛中休息。受惊时常在草丛或芦苇丛站立不动，头颈向上伸直，嘴尖朝向天空，身体的颜色和四周枯草、芦苇融为一体，如同一尊雕塑，不仔细查看很难发现它们存在。

大麻鳽起飞速度较慢，常贴着芦苇或在草地上空缓慢飞行，

▲芦苇中静止不动的大麻鳽　　肖虹 摄

飞不多远就会落入草丛。深秋迁徙季节，它们会集结成群，在一个清晨一起飞向南方。

大麻鳽已被列入《世界自然保护联盟》2012年濒危物种红色名录及《国家保护的有益的或者有重要经济、科学研究价值的陆生野生动物名录》。

2017年年初，北京观鸟会微信群中刊发了几幅观鸟爱好者在奥林匹克森林公园用鱼竿钓着小鱼饲喂一只大麻鳽的图片。

图片一经刊出，立即招致了一些爱鸟、观鸟人和鸟类专家的斥责和批评。批评者认为，为了拍出所谓“经典”照片，如此戏弄鸟儿，简直就是残害生灵，与观鸟、爱鸟的宗旨大相径庭，是对观鸟、爱鸟人的亵渎。

于是，微信群围绕着这只大麻鳽展开了一场热烈讨论。

面对诸多爱鸟者的责问，亲身参加并见证了“钓鸟饲喂”全过程的一位鸟友，在网上发表了《“钓鸟”随想》一文，详细介绍了他们为什么要“钓鸟饲喂”的原因和初衷，澄清了照片给网友们造成的误会。

原来，为防范火灾，让来年湖泊内的芦苇长得更好，奥森公园每年都要组织工人于入冬前对园内的芦苇进行刈割。

2015年12月，刈割芦苇的过程中，一只大麻鳽亚成鸟被割苇工人不慎用割镰误伤了左腿。伤口很深，大麻鳽几乎不能行走，更别说飞行了。

已进入深冬季节。望着受伤卧在芦苇丛中的大麻鳽，工人们很后悔。来奥森公园游玩的爱鸟人、护鸟人也围拢在周边商讨着救助大麻鳽的对策。

大鸟一直趴在一小片干黄的芦苇上。周边是没膝的湖水，与岸边有10米左右的距离。若涉水接近伤鸟，受伤的大麻鳽一定会惊慌挣扎，说不定会遭受二次伤害。

大家一时都犯愁了。

这时候，在奥森公园工作的老高想出了一个办法：买一根长鱼竿，用鱼竿拴着鱼送过去喂它。这样，大麻鳽不用挪动就能吃到小鱼了。大家立即赞同，说是个好主意。

很快，老高自掏腰包买来了鱼竿、鱼笼和一些活鱼，当天就开始尝试用鱼竿饲喂大麻鳽。

老高的办法果然奏效，受伤的大麻鳽不用挪动身体，伸长脖子用尖嘴啄住鱼线捆住的小鱼，用力一吞小鱼就脱落了——原来，老高只用鱼线缠住了小鱼的尾巴，稍一用力，小鱼就被拽了下来。

就这样，众多鸟友纷纷买来小鱼协助老高饲喂大麻鳽。经过一周多的耐心喂养，受伤的鸟儿终于可以摇摇晃晃站起来了。

大家兴奋极了，买鱼的积极性更高。高老师则在做好本职工作的同时，每天坚持休息时间到湖边喂养大麻鳽，直到这只大鸟

▲大麻鳽的腿伤逐渐得到恢复　　肖虹　摄

能飞翔起来，最终飞离了奥森公园封冻的湖面。

转眼一年过去了。2016年12月，奥森公园又到了刈割芦苇的时节。

据说公园换了负责人，为方便刈割芦苇，竟让人放掉了湖里所有的蓄水。这一来，湖里生活的众多水生小动物都被干死了。割完芦苇后即使重新放水，水鸟们赖以生存的食物也无法在短时间滋生出来。

于是，奥森公园往年常见的翠鸟、鹬鸟、老等（苍鹭）、大麻鳽等鸟类明显减少——因为它们已很难在这里捕到食物。

2017年元月6日，老高正在湖边巡视，突然有一只鸟径直向他急奔过来。老高先是一惊：这鸟儿怎么会如此大胆？接着眼前一亮，不禁大喜过望：他看到了那只大鸟左腿上带着的明显伤疤——原来是去年救助的那只大麻鳽啊！

大麻鳽居然认识老高，认识它的救命恩人！

老高的眼睛不禁湿润了！

“哎呀，你是不是饿了，在湖里找不到吃的，又来找我了……”

老高激动地对鸟儿说：“好好等着，我马上给你买鱼去!”

老高立即跑出公园去寻找卖鱼场所。可前一段时间，周围的农贸市场被清理了不少。几经周折才找到一家鱼贩，买回了几条一斤多的鲫鱼。

回到大鸟栖息的湖边，苇塘上的鸟儿却不见了。老高焦虑地左顾右盼，连连呼唤，那只大鸟终于又出现了。

周围聚集了许多人。还有去年帮助老高用鱼竿饲喂大麻鳽的鸟友。

得知被救助的大麻鳽又来找它的恩人，人们都为眼前的人鸟亲情深深感动了。

“这鱼太大了，怕它吃不下去……可小鱼周围又买不到，只好买几条大的试试看……”老高无奈地说。

果然，当老高把鲫鱼扔到大鸟面前的薄冰上，大鸟啄了几下便放弃了。

那鱼压碎了薄冰，浮在水面上。

怎么办？鸟友们建议，把鲫鱼切成鱼片或许能吃下去。

老高立即用鸟友递过的小刀把鲫鱼切成鱼片用手扔给大鸟。但大鸟只是走到鱼片前闻了闻又走开了。

为什么会这样呢？老高突然想起：莫不是它还记着用鱼竿喂它的情景？

老高立即回家取来了那副鱼竿。

待老高刚从竿套中取出鱼竿拉出前两节，那大鸟就兴奋地腾空而起，追扑到离老高还有两米多远的岸边，接着又退回到芦苇塘边的薄冰上伸长脖子瞪着小眼睛急切等待。

老高按照去年的方式把鱼片拴在鱼线上悠悠晃过去。大鸟激动得羽毛直立，颈毛蓬松，双腿跪地，张开大嘴叼着鱼片……那情景仿佛就是给老高行叩头大礼！

大家都明白了，大鸟是记住了去年用鱼竿饲喂的特殊场景。

然而，当别的鸟友接过老高手里的鱼竿也想一试，那大鸟居然拒绝吞食——

原来，大鸟只认可老高这个恩人！

附近农贸市场多被关闭，湖里又没有什么活物可抓，为了满足这只大鸟的需求，帮助它度过艰难的冬天，鸟友们各显神通，纷纷去各处采购小鱼。

每天下午，只要老高的鱼竿一到，那只大鸟就会钻出芦苇在冰面上等待。鸟友们则拍下了一幅幅大麻鳽吞吃钓线鱼儿的生动图片。

读了这位鸟友的《“钓鸟”随想》，了解了其中的奥秘和隐情，相信斥责和批评“钓鸟”行为和“钓鸟”图片的网友们一定会感到安慰并理解当事者了吧？

同是爱鸟、护鸟人，同是大自然的捍卫者，消除了小小的误会，人们的爱鸟意识也一定会在争论中得到进一步升华。

至于该不该用鱼竿去饲喂大麻鳽，相信鸟友们一定会找到更好的办法。

然而，2021年年初，从小肖那里得到一则让人悲愤的消息：奥森公园那只与人类建立了深厚感情的大麻鳽，竟被人用弹弓打伤，后虽经抢救，但还是死去了！

人啊人——我一时瞠目无语！

科普链接：大麻鳽属于鸟纲、鹳形目、鹭科、麻鳽属、大麻鳽种鸟类，俗名大麻鹭、蒲鸡、大水骆驼等，主要栖息在河流、湖泊、池塘芦苇丛及沼泽地里，曾广泛分布于亚洲、欧洲、非洲许多国家和地区。这是一种较大型的涉禽，体长可达六七十厘米，体重可达1公斤左右，春夏以后，从南方飞到我国北方等地区繁殖，深秋以后一般要飞回长江中下游和长江以南生活，是京郊地区比较典型的夏候鸟。

山中鸟鸣

家居在纷繁的都市，眼望鳞次栉比的楼房，但我的心常常飞到十几里外的大山中。

住在离山近的地方，爬山就方便，只要有气力、有雅兴和决心，无需星期日，清晨就可以进山入谷，独领一番纯然的山趣。我忘不了这样的经历：一入大山的溪谷，就感到一阵清爽，一股清香。

徐徐的晓风，甜甜的荆花香，还有淙淙的溪流，苍苍的林莽，一派超然的恬适。远山是蓝的，透出缥渺和诱惑；走近是绿的，显出雄奇和凝重；投入了，埋进了绿荫蔽天的山谷，你才会知晓了什么叫“神仙”的佳境。

山的博大、谷的幽深、溪的清冽已令人难忘，但我特别钟情于林莽中恣肆婉转的鸟鸣，还真做过一番琢磨和研究呢！

听一位同事说过，游黄山云海时曾听到过一种“八音鸟”的叫声，记下的乐谱是“嗦咪咪来哆来咪”，极像解放战争时期一首军歌的第一句——“我擦好了三八枪”。在这大山里，能和“八音鸟”媲美的鸟有许多。

其一是黄鹂，一种极爱吃桑葚的候鸟，叫声婉转复杂，常规的“乐句”就有好几种。如“嗦咪嗦咪来啦发——发西啦！”这是黄鹂在骂与它争食桑葚的村娃。翻译过来就是：“吃我桑葚黑屁股——打！”瞧，咒人黑屁股不算，还要加一声“打”，多不饶人。再如，“嗦咪嗦咪嗦——嗦咪发西啦嗦”，翻译过来就是：“桑葚不许偷，偷了打你屁股！”记得小时候，常为这叫声与黄鹂怄气，有时甚至爬上树丫要端黄鹂的巢，直到黄鹂上下翻飞，大声哀叫才肯罢休。

其二是催晨鸟。这是一种酷似麻雀的长尾小雀，总是成双成对，清晨相和，但叫声绝不相同。雄鸟嘴巴俏，在枝头鸣唱也悠扬多变："嗦咪西，嗦嗦咪来咪来咪来西"，翻译过来是："快早起，天天都要早点早点起！"而雌鸟唱起来则显得慈爱和宽容"啦西来——啦西来啦——"，翻译过来就是："请起来——请起来吧——"

其三是黎鸡儿，一种黑色的中型候鸟。黎明即起，就开始在大树上唱起来："嗦啦嗦西西——嗦啦嗦西西——"它是在呼唤农家女主人快点起来烧饭："大姐做锅去——大姐做锅去——"

能唱出黄鹂、催晨鸟和黎鸡儿的婉转多变，当然是鸟中的天才，但能嘹亮出明快美妙的短章，亦应是歌手。比如小燕子，剪尾翻飞，呢喃相唤："噢咦——噢咦——"轻柔切切，让人生出无限爱怜。再如布谷，鸣声高亢急切："啵-咕——啵-咕——"仿佛是催农家赶快"布-谷——布-谷——"还有一种小雀，叫声频率极高："西西来来——西西来来——西西来来——西西来来"，乡人赠其一个不公平的名字"自自喝"，仿佛它整天都在嚷"自自喝喝、自自喝喝"似的。

▲黑枕黄鹂　　肖虹 摄

如果说黄鹂、催晨鸟的鸣叫能给人以欢快美妙的愉悦，那么，"王刚哥"的叫声则会给人以忧伤凄切的感觉。传说这是王刚的弟弟变成的一种小鸟——总是用一种音调反复不停地叫着，常常半个小时也不停歇。

后母让亲生儿子和王刚同去种麻，告诉他们只有麻籽发芽才许回家。然而，后娘把王刚的麻籽炒了。弟弟鬼使神差和王刚哥换了麻籽，结果他的麻籽没发芽，被饿死在地里。弟弟死后变成了一种小鸟，于是，整天悲切地叫着：“王刚哥，等等我——娘炒麻籽谁知道？王刚哥，等等我——娘炒麻籽谁知道？”

其实，“王刚哥”就是京郊地区常见的一种小型猫头鹰，学名叫“东方领角鸮”。它们的鸣叫与所谓的传说并没有什么联系。但因为有了这传说，那鸣叫竟使人感到忧伤凄切了。

那么，鸟儿为什么能唱出这样婉转动听、丰富多彩的歌声呢？原来，除了它们的习性以外，多数是由于它们生有一种特殊的发音器官。

人类和其他哺乳动物的发音器官都是生长在呼吸器官上的，而鸟类的发音器官却长在气管和支气管之间的交界处。由气管转化而成的发音器官叫“鸣管”。鸣管的管壁很薄，能够由气流的震动而发出声音来。鸣管的外侧有一圈鸣肌，可以自由伸缩，能改变鸣管壁的形状和紧张程度，因而能够发出多种多样动听悦耳的声音。

更有趣的是鸟类在呼气和吸气时都可以震动鸣管；而一般陆栖动物只能在呼气时才能发出声音；所以鸟类鸣声才会多种多样、丰富多彩。这也是其他动物难以媲美的根本原因。

仔细观察，你还会发现鸟儿的鸣叫不仅音调多样，而且内涵也很丰富。比如喜鹊，它们的叫声似乎是单调的“喳喳”。但跟踪观察久了你就会发现，这单调的音节中有着丰富的含义：“喳–喳–喳–”，那是喜鹊在相互召唤；“喳喳喳，喳喳喳喳喳喳喳”，那是喜鹊在交谈；“喳喳喳，喳喳喳喳”声音轻柔而亲切，那是成对的喜鹊在谈情说爱。

▲黑卷尾“黎鸡儿”　　肖虹　摄

有的鸟名声不错，但叫声并不美妙。如“虎伯劳”，北京郊区叫“虎不拉”，学名为“虎纹伯劳”，能捕害虫，能捉老鼠，但叫声却乏味嘶哑：“呷-呷呷呷呷——”极像是风沙嗓子发出的声音。

斑鸠长相如鸽，羽毛灰色，既吃种子也吃昆虫，叫声高亢悠长，山鸣谷应，常让人生出悠远的意境：“咕姑姑-姑——咕姑姑-姑——”农家都叫它“山姑姑”。

艳丽的啄木鸟平时很难听到它们鸣叫，但其“当当当”的啄木声和它们飞翔时发出的“嗷——嗷——嗷——”的长鸣，会让人沉入幽远的遐想……

白居易说：耳聪心慧舌端巧，鸟语人言无不通。

各种鸟儿尽管鸣叫不同，但都分为鸣啭和叙鸣两种：鸣啭是雄鸟在繁殖季节的特殊鸣叫，是一种吸引雌鸟的求偶行为。这种鸣叫可以刺激雌鸟性腺发育，有利于它们相互识别和交配；同时又是警告其他雄鸟不得侵入的信号。但随着恋爱、交配的完成和孵卵、育雏的开始，这种鸣叫会逐渐减弱乃至停止。叙鸣则是雄鸟和雌鸟平时都有的叫声。这种叫声有的是为了报警，有的是为了召唤，有的是为了觅食，有的则是为了筑巢、集合等。总之，就像我们平时常用的社交语言。

在清晨陶然的一刻，倾听大山中丰富多彩的鸟鸣，便成为我一天中最为美妙和奢侈的精神筵宴。

鹭鸟之殇

在人们的印象里，白鹭羽毛洁白，高足长颈，身姿优雅，尤其是繁殖季节，头后枕部会长出两根长长的翎毛，飞行起来有一种飘飘欲仙的身姿。

近些年，由于气候变暖，白鹭栖息地大幅度北移，北京地区的白鹭种群日渐增多，京西南牛口峪湿地公园、丁家洼水库、红领巾公园、夕阳红公园都成了白鹭的重要觅食或栖息之地。白鹭已成为北京地区几乎四季常见的大型涉禽。

我的朋友老刘，是牛口峪湿地公园的工作人员，又是高水平的摄影大咖。每年春末繁殖季节，鹭鸟们在库区周围大柳树上谈情说爱，筑巢搭窝，产蛋孵化，白鹭育雏很快就成了游人和摄影爱好者的关注点。

为了拍摄白鹭，老刘曾搭起简易窝棚，伪装好机位，静静地日夜蹲守，终于抓拍出了一张张令人惊叹的白鹭育雏精彩画面，并刊登在《燕山企业文化》杂志彩色插页上。

▲繁殖期的白鹭　　刘建军 摄

受老刘照片的感染，白鹭成了许多人心中圣洁、美好、善良的象征。

然而，我对白鹭的印象，却与圣洁、美好、善良等大不相同。这源于那次在曲阜孔庙看到的鹭鸟之殇。

1

夏日渐深，双休日有幸到了曲阜孔庙。孔庙的巍峨雄奇自不必说，文化底蕴的源远流长更是让人惊叹，单说庙里的桧柏就充满了神秘和奥妙。

俗话说：千年松、万年柏，是说松树的寿命可在千年以上，柏树的寿命可在万年以上。虽然有些夸张，但柏树的长寿却是人所公认的。桧柏也叫刺柏，为常绿乔木，幼树的叶子像针刺，大树的叶子像鳞片，雌雄异株，雄花为鲜黄色，果实为球形，种子呈三棱状，因为能够分泌和散发强烈的柏香，故可以驱除害虫，自身也得以绵延长寿。

据文献记载，孔庙里的桧柏多植于明清时期，宋、金、元时期的古柏也参差点缀其中。古柏郁郁，四季常绿，故而使巍峨的孔庙更显得庄严肃穆。由曲阜城南进孔庙仰圣门，瞻“金声玉振坊”，过“二柏担一孔”泮水桥，穿“棂星门”以后，便见到一棵棵两三人合抱的高大桧柏分布于中轴线两侧。这些桧柏挺拔卓立，傲然擎空，仿佛是一排排绿色的罗汉，静静守护着这庄严的庙宇。大约是桧柏有铜枝铁干和龙身虬形，所以皇帝之陵墓、圣贤之庙宇才广为栽植以为辅佑。

然而，不知是干旱少雨，还是年迈衰老所至，数株古柏已没了苍翠的枝叶，只剩下孑然的老干和两三杈黑色的老枝悲怆地指向空中。其中西南角的一株树干已驼背折腰，那佝偻的身子和坚韧的筋骨则向人们显示：即使枯死，也不像其他树木一样糟朽折断，而是慢慢扭曲着，将虬龙一样的身体纵向分裂为一束束木柈，直至风雨剥蚀、筋肉散开，那干才会慢慢倒下去。

观赏院落两侧的桧柏和树下的草坪，突然发现了许多长腿尖喙的奇妙雏鸟：有雪白色的，有苍褐色的，或在落地柏枝上停立，或在草坪上游走。导游小李告诉我们：白色的鸟是白鹭雏鸟，另一种鸟好像也是一种鹭，叫什么就说不清了。

走进树下草坪，试图接近在草丛中漫步的雏鸟，但却意外发现了一只小鸟的尸体。尸体已开始腐烂，发出一阵阵难闻的味道。从散乱羽毛的颜色断定，死鸟是苍褐色的雏鸟。继续向草坪深处走去，我惊愕了，一只、两只、三只……草丛中的死鸟竟然接连出现！死鸟有大有小，大的已经盈尺高，小的只有半尺不足，几乎清一色是苍褐色鸟儿的后代。怎么会有这种悲凉的景象呢？仔细询问导游小李以后，才略知其中的原委。

鹭属于鸟纲，是鹭科种类的通称，体形一般高大而瘦削，喙强直而尖长，颈和双足细长，脚趾半蹼，适于涉水觅食，常活动于河湖岸边或水田、泽地，捕食鱼、蛙、贝类、甲壳类及水生昆虫。它们大多为留鸟，生活在我国南方，只有少数才在春季迁徙

▲飞翔的白鹭　　　　刘建军　摄

到我国中部地区繁殖后代。

查阅资料知道，鹭科鸟类主要有白鹭、苍鹭、池鹭等。白鹭身体雪白，又分为小、中、大三类。小型白鹭体长54厘米，大型白鹭体长则达到90厘米。苍鹭，又称“老等”，身体高大，身长近1米，北方并不多见。池鹭体长约40至50厘米，背部棕褐色。因此，从体态上判断，来孔庙古柏作巢繁殖的白鹭应属小型白鹭；而另一种苍褐色、比白鹭体形稍小一些的鸟儿，则应是池鹭无疑。

立夏前后，一些原本生活在南方的鹭鸟，开始陆续迁徙到华中一带繁殖后代。近些年来，气候变暖，鹭鸟北移，孔庙中森森的桧柏便成为白鹭迁徙繁殖的重要场所。

然而，据导游介绍，近两年来，孔庙的古柏林亦受到迁徙池鹭的青睐，成为池鹭迁徙的栖息地。于是，两种鹭鸟之间便爆发了一场争夺领地的残酷战争。

2

白鹭四月份率先迁徙到这里筑巢、婚恋、生蛋、育子，而池鹭则要比白鹭晚近一个月时间到达。先入为主的白鹭认为孔庙桧柏已经是它们的地盘，后来的池鹭侵犯了自己的领地，所以便对“入侵”者展开了激烈驱逐。

论迁徙时间，池鹭晚于白鹭到达，心理和地利上自然都不占优势；论个头，池鹭小于白鹭一个等级，争夺厮打都不占优势。所以，在捍卫领地的战斗中，每每以池鹭的头破血流、落羽缤纷而告终。

然而，池鹭非常执着，尽管在搏斗中屡遭败绩，但它们不惜用生命去争夺和维护它们在孔庙古柏中的居留权。正是这种拼搏和抗争，使白鹭变得无可奈何，最终不得不承认了池鹭在柏林中的存在。

但白鹭始终将池鹭视为“下等公民”，时常对其进行凌辱和残害。池鹭筑巢生蛋了，白鹭时不时去干扰破坏，有时会赶走孵蛋的大鸟，把蛋从巢中拱出去。池鹭的小鸟出生了，趁着大鸟出去觅食，白鹭会毫不客气、毫不怜悯地从窝里把池鹭的小鸟叼起甩到树下……正是这种血腥的相处，才造成了孔庙草坪中那一只只死鸟的惨剧，而制造惨剧的“凶手”，就是貌似优雅的白鹭。

杜甫绝句中写道：“两个黄鹂鸣翠柳，一行白鹭上青天。”诗句中的白鹭是那么的美妙而有情调！仰观孔庙上空翩翩展翅的白鹭，确如仙鹤般舒展高雅。

古人称白鹭是“小不逾大，飞有次序，有缙绅风度”。但在与同类争夺和维护自己利益时，它们却变得冷酷残忍和毫不留情。其实，白鹭也好，池鹭也好，它们的所作所为，完全遵从的是自然法则，我们实在没有必要去厚此薄彼。

在草丛中继续巡视，竟然也见到了几只散落的小白鹭。一只半大的小白鹭身体已有近一尺长，但它却侧卧在草丛中无力站起来。走过去提起它的翅膀，另一侧翅膀尚能扇动。但我断定，如果无人救助，它会在几天中死去。

小白鹭怎么也会有这样的下场呢？是大鸟的失误，还是池鹭的报复？

凭多年的经验我知道，巢中的小鹭只要跌落在地

▲繁殖期的白鹭　　刘建军 摄

▲小憩的白鹭　　刘建军　摄

上，就很少有生存的可能。因为鹭妈妈和鹭爸爸是没办法把它们重新弄回巢里的。草地上，一些落巢的小鹭瑟缩着身体，有的在无奈地游走，有的已经躺在草丛中奄奄一息。此时此刻，我真想把它们带回去饲养，但这种愿望只能是想想而已。

3

不知是以水生小动物为食的缘故，还是独特的消化系统所致，鹭鸟撒下的粪便竟然是白色的。孔庙两侧桧柏上的鹭巢实在太多了，以至于每棵桧柏的干和树下的草坪、甬路都被鹭鸟的粪便染成了白色。初见时，还以为是为防止害虫而喷洒的石灰水！

白鹭、池鹭大量迁徙到孔庙柏林栖息繁殖，表明曲阜周围的环境有了很大改观。如果没有水泽、河流，没有鱼虾等水生小动物供白鹭、池鹭捕食，这些生长在南国水乡的大鸟恐怕是不会在孔庙繁殖栖息的。

但游览了孔府、孔林以后，我产生了一个重大疑团：孔府、孔林同样有数不清的古老桧柏，但却没有白鹭、池鹭在那里做巢居住。有这么多的桧柏和广阔空间，为什么白鹭、池鹭偏要在孔庙桧柏狭小的领地上争得你死我活呢？莫不是孔庙的桧柏有什么奇特？莫不是孔庙因为有历代皇帝前来祭孔而拥有了尊贵至高的神灵？

但细细一想又不大可能，鸟儿就是鸟儿，它们才不会相信有什么神灵呢！

自然界往往是这样，不同物种受思维限制或某种利益驱动，常常会不可思议地为一块狭小领地展开你死我活的拼争。我们人类不也是如此吗？

据史书记载，齐国陈恒弑君，孔子沐浴后请求讨伐他，但遭到鲁哀公的拒绝。孔子一下变得沉默寡言。弟子们为了给老师散心，拉孔子到外边去游玩。经过一片树林时，见到一位猎人引弓搭箭射下一只乌鸦。当猎人拾起死乌鸦要走时，一群乌鸦却将他包围起来狠啄。猎人抵挡不住，扔下死乌鸦逃走了。一位老者上前挖了一个小坑，将死乌鸦埋起来，众乌鸦才像了却了一桩心事一样飞走了。

▲丁家洼水库边的白鹭

孔子为此感慨地说："乌鸦是禽类中最仁慈的，就像人类中的君子啊！"

这就是孔子记事中"乌鸦仁慈"的故事。

至圣先师孔子，是仁义礼智信的象征。神圣庄严的孔庙出现大量幼鹭因父母们争夺领地而被抛弃或杀死，实在有伤大雅，有碍观瞻，有悖于圣人的仁慈意愿。

白鹭、池鹭飞临孔庙，使古老的圣地多了新奇的自然景观，本应是一种难得的天赐。

我想：若将那些因父母纷争而落地的小鹭救助管理起来，在附近开辟一处“幼鹭庇护所”，供游人们欣赏喂养，岂不是保护了鸟类，也遂了圣人仁慈的心愿？

但我知道，这几乎不大可能，只能是一种善良的愿望吧！

科普链接：鹭，为鸟纲、鹳形目、鹭科鸟类的通称。为大、中型涉禽，主要活动于湿地及林地附近，是湿地生态系统中的重要指示物种。全世界共有17属、62种，中国有9属、20种。鹭是很古老的鸟类，大约在5500万年前就已在地球上活动。它们具有长嘴、长颈、长脚的外形，羽色有白色、褐色、灰蓝色等，有些鹭科鸟类羽色有冬羽、夏羽分别。或是繁殖期会在头、胸、背等部位出现丝状饰羽，繁殖期过后逐渐消失。飞行时长颈会缩成S形，长腿会伸出尾后，振翅缓慢，十分优雅。

贪婪乌鸦

由于受地域、眼界、经历、知识等局限，人们对事物的认识往往会出现片面性和局限性。而这种片面、局限的认识一旦成为一种潮流或文化，就会误导整个社会和公众。

对乌鸦的认识就是如此。

1

成语“天下乌鸦一般黑”，是说不管到哪里，贪官、污吏、恶势力都是一样害人的。这一成语，语义、语境没有什么问题，关键是成语的判断与客观事实不符——因为，天下乌鸦并非皆为黑色，亦有长着白羽、白胸、白颈的乌鸦。

去年夏季，为躲避北京的暑热，到河北省沽源县小住。游览天鹅湖景区时，突然在周边草地上看到许多身体乌黑，但脖子上却长有一带白羽的奇特大鸟。它们与一只只黑白相间的喜鹊混杂在一起，时而起飞，时而落下，在草坪中走走停停，寻寻觅觅，追逐啄食着蝗虫。

开始，我还以为遇到了喜鹊新物种，可随后听了它们“呜哇”“呜哇”的叫声，才怀疑是乌鸦。询问了陪同游览的河北新合作国际酒店的张总，果然得知，这种黑身白项的大鸟叫“白颈乌鸦”——确实是乌鸦的一种。

据说，从沽源往北到东北、内蒙古等山区，还会看到白颈、白胸的另一种乌鸦——寒鸦。

所以，仅以沽源的白颈乌鸦和东北的寒鸦为例，“天下乌鸦一般黑”的说法就是片面的、不准确的。

可为什么会出现“天下乌鸦一般黑”的成语呢？

很可能是这一成语归纳人所在地的乌鸦都是黑的——例如，京郊地区所见的乌鸦尽为黑色。基于眼见的事实，又受地域、经历、知识所限，“天下乌鸦一般黑”便成了某一地区的共识，进而推而广之、堂而皇之成为公众认可的成语了。

再就是人们将乌鸦认定为倒霉不吉的凶鸟。

乡人称乌鸦是“老鸹”，说凡遇老鸹或听到其大叫，祸事就要来临了。

乡俗说：“老鸹头上过，怕是有灾祸。遇到老鸹叫，倒霉要来到。”

所以，若遇到老鸹“鸹——鸹——”大叫飞过，人们便生出莫名的不祥。为驱散凶祸，会猛吐一口唾沫，骂一声脏话，然后咒语般念叨“乾元亨利贞”八卦真言，灾星便被震慑了。

人们为什么会把乌鸦当作凶鸟呢？

▲白颈乌鸦与喜鹊

据说，春秋时期，鲁国人公冶长能听懂鸟语。一天，他正因贫困无食在家发愁，一只乌鸦飞来叫道：“公冶长，公冶长，南山有只大绵羊，你吃肉，我吃肠。”公冶长听后寻到南山，果然见到一只大羊，便宰杀后吃肉了。后来，失主追踪而至，并上告鲁君说公冶长偷了他的羊。

公冶长辩解说，是听乌鸦告诉的。鲁君不相信他懂鸟语，便将他逮捕入狱。

许多人为其鸣不平，认为是乌鸦为他招来了灾祸。从此，乌鸦就被视为不祥之鸟——这是乌鸦为凶鸟的一种文化根据。

其实，公冶长未必能懂鸟语，分明是把偷羊的责任“甩锅”到乌鸦身上；而被嫁祸的乌鸦因此却成了不祥之鸟。

另一个版本是《山海经·海外西经》中关于“羿射九日”的传说。因为日载于乌、日中有乌的说法，乌鸦便与九日一样成为祸害人间的罪魁。加上乌鸦浑身漆黑，叫声聒噪凄厉，嗜食动物腐尸，啄食农民粮食，因而成了人们心目中难以改变的灾星。

而孔子则将乌鸦奉为厚德多情之鸟，称其像人类中的君子。

《增广贤文》中有“鸦有反哺之义，羊有跪乳之恩”的诗句。据说，乌鸦有“反哺”习性。雏鸟长大后必衔食饲养其母。

至于乌鸦雏鸟是否真能反哺成鸟，至今尚没有科学的观察成果可以证明。

在日本，乌鸦是超度亡魂的使者。日本人因此把乌鸦看成国宝和日本神的象征。日本足球队的队徽便是一只黑色的乌鸦。

由此可知，凶鸟也罢，仁鸟也罢，都是人们从不同角度对乌鸦的褒贬评判。乌鸦只不过是一种普通的鸟儿，是人们把自己的主观臆想强加给它们罢了。

2

京郊地区主要生活着大嘴乌鸦、秃鼻乌鸦和小嘴乌鸦。

▲大嘴乌鸦　　肖虹 摄

大嘴乌鸦嘴巴粗壮，额头较高，是明显的“奔儿头”。小嘴乌鸦则额头较低，嘴巴相对细小。这两种乌鸦的喙基都有短短羽毛遮盖。而秃鼻乌鸦则是喙基裸露，没有羽毛覆盖，连鼻孔周围都是灰白的皮肤，故有了“秃鼻乌鸦”之名。

秃鼻乌鸦喜欢在平原高树上建造群巢，有时一棵树就有巢穴数十个。它们偏爱集群行动，春种季节会啄食刚播下的玉米、高粱和花生种子；夏季繁殖季节主要捕食各种害虫喂养幼鸟；而秋收季节又去啄食农作物；冬天则寻找散落在田间的谷物以及地下害虫。

大嘴乌鸦全身羽毛纯黑，背、翼及尾带有蓝绿光泽。常集群活动，捕食昆虫、鼠类等。在高大乔木上营巢，广泛分布在我国除西北以外的大部分山区。

小嘴乌鸦是京郊最常见的乌鸦。它们既吃植物的种子、果实，也捕食其他鸟蛋和雏鸟，腐尸、垃圾也是它们的最爱。哪里出现了动物尸体，它们都会及时赶到哪里并迅速把尸体“处理”掉。冬天，它们爱群宿于城里的大树上，白天则飞往郊区觅食。京城许多大树上傍晚都有成群的小嘴乌鸦聒噪休息。第二天清晨，树下则会留下满地鸟屎。

由于三类乌鸦均为黑色，个头也差不多，常人难以分辨，故统称它们为乌鸦或老鸹。

乌鸦看起来硕大粗犷，给人阴暗愚笨的感觉，而实际上却是鸟类中智慧极高的动物。《伊索寓言》中便有《乌鸦喝水》的故事。

据说，科学家曾通过实验搞过一个鸟类智慧“排行榜”。结果乌鸦按成绩排名第一。

一位开垃圾运输车的老朋友曾讲过这样一个目睹的奇事：每当垃圾运输车把垃圾倒在垃圾场后，就会有许多喜鹊、乌鸦、老鼠等拾荒者先后赶到。而他总是看到有一只乌鸦停在附近一棵树上并不急于行动。一次，他倒完垃圾把车开到一边，坐到一块大石头上休息，突然看见树上的乌鸦飞起来冲向垃圾场。他好奇地站起来观看，只见那乌鸦直扑一只正在啃食垃圾的老鼠，继而腾空而起。老鼠在它的爪下“吱吱”叫着被带到了树枝上。接着就

▲白颈白胸的寒鸦

是快速猛啄，直到老鼠不动了，乌鸦才从容啄食起鼠肉来。

类似的场景曾多次上演。这位老朋友说：那只捉鼠的乌鸦一定是成精了！

以垃圾为诱饵去捕捉鲜活的老鼠做美食，算不算乌鸦中罕见的智者？

作家曹文轩在《乌鸦》一文中曾介绍过一段乌鸦智斗葡萄果农的视频，同样表现出乌鸦的狡猾与聪明。

3

作为一种大型鸟类，乌鸦寿命可达十几年。

初夏，乌鸦沉浸在恋爱的高潮中不能自拔，甚至几天不吃不喝飞行、追逐、打斗，直至各有所爱，结下秦晋之好方可进入繁忙的筑巢期。

乌鸦的巢虽然也用树枝搭成，但与喜鹊的球形巢不同，是开放的盆状，枝条间用泥巴加固，再衬以细草、纤维和羽毛。乌鸦基本上是一夫一妻制。一对乌鸦每窝可产蛋五六枚，孵化20天左右雏鸟破壳。小乌鸦要喂养一个月左右才能出飞。

盛夏是育雏季节，它们四处飞翔寻找猎物。开始，它们捕捉小虫子；随着雏鸟的成长及胃口加大，其捕食的猎物也有了变化，有时竟敢公然去其他鸟巢抢夺雏鸟！

蛙类、老鼠、麻雀、蜥蜴、游蛇、出巢不久的鸽子都可能成为它们袭击捕猎的对象。

在人们的印象里，只有老鹰才会捕捉和袭击野兔。而去五台山游玩，我却目睹了乌鸦联合围捕一只小野兔的激烈场景。

一只不大的野兔刚从盘山公路跑过去，两只幽灵似的乌鸦就跟上了！野兔发现后拼命想逃进附近的一片杉树林，但却被一只突然俯冲下来的乌鸦用翅膀打了回去。野兔左冲右突想迂回到树林里，但在两只乌鸦夹击下只能跑向坡下。下坡奔逃是兔子的大

▲京郊常见的小嘴乌鸦

忌，最容易失去平衡而翻滚摔倒。就在兔子翻滚摔倒的一瞬间，一只乌鸦飞速降落用利爪按住了兔子头部；另一只乌鸦也瞬间降落按住了兔子的臀部。一阵猛啄以后，小野兔停止了挣扎，成了两只乌鸦的饕餮大餐……

这简直让人不可思议！

后来，看到英国《每日邮电报》报道的乌鸦袭击羊羔的新闻后，才知道乌鸦袭击野兔只不过是小巫见大巫。

报道说：在一群疯狂乌鸦的合伙攻击下，苏格兰地区一位农夫两星期内就失去了20只小羊羔。

这些恐怖的乌鸦不但袭击幼小的羊羔，同样攻击成年绵羊和牛犊。袭击场面非常可怕，以至于找到牲畜残骸的农夫都陷入了深深的恐惧之中。在英国，乌鸦属于野生保护动物，没有专门证件是不能射杀的；所以农夫们只能眼睁睁地看着他们的牲畜被乌鸦啄死。

乌鸦为什么会袭击家畜呢？专家们认为，很可能是近些年英国乌鸦的数量急剧增长，而食物无法满足才把家畜当猎物了。

大自然是一个非常神秘的平衡系统。任何物种的数量都有一个可接受的范围。一旦打破了这种平衡，意想不到的灾祸就会随之出现。

贪鸷的乌鸦自然也不例外。

科普链接：乌鸦为鸟纲、雀形目、鸦科、鸦属鸟类的通称，属大型鸟类，体长在40~50厘米之间，羽毛大多为黑色或黑白两色，全世界共有36种，我国主要分布有大嘴乌鸦、小嘴乌鸦、秃鼻乌鸦、寒鸦、渡鸦、白颈乌鸦等种类。它们栖息于山林、大树或山崖，经常结群营巢，叫声粗犷凄厉，食性较杂，繁殖期间主要取食蝗虫、蝼蛄、金龟子及蛾类幼虫，也捕食小型鸟类和鼠类，有益于农事。因喜欢啄食垃圾、腐食，对净化环境有很大作用。京郊地区生活的乌鸦主要是大嘴乌鸦、小嘴乌鸦和秃鼻乌鸦，均为全身黑色种类。

传奇“红顶”

“红顶”是一只羽毛如雪、身体硕壮、曲颈高扬的大白鹅，是岳母用鸡蛋从小贩那里换来的。

80多岁的岳母绝对是村里最聪明、最有传奇色彩的女人：带大5个孩子，侍候双目失明的婆婆，只上了几天扫盲识字班，居然在繁重的家务中攻克了写信难关，还能阅读长篇小说。从没学过画画，却在纸上自创想象，画出了五蝠捧寿、喜鹊登梅、梅花报春、富贵牡丹等各式剪纸彩图，且生动细腻、栩栩如生。从小缠足，后来有幸放开了裹脚布，凭着一双“解放脚”竟然能爬树掰香椿，快80岁了才在大家的坚决反对下停止了上树“作业”。没用岳父操心，备木料、买沙石、拆旧房、建新房，先后盖起了三间北房和三间西房，成了让男人惭愧的女当家。没有教练指导，为村里花会班子制作了唐三藏、孙悟空、猪八戒、沙和尚等一系列道具，还担任了花会指挥，成了公认的“大拿”……

老太太不仅人生传奇，连养的白鹅“红顶”也非同一般。

1

20世纪八九十年代，京郊农村经常有小贩走街串巷兜售“批小鹅、收大鹅”的生意。喜爱家禽、家畜的岳母见小鹅实在可爱，便和小贩商量用15个鸡蛋顶6元钱，捧回了两只黄茸茸的小鹅。加上先前买回的几只小鸭和老母鸡孵出的一群小鸡，岳母半亩多的院子里一下变得热闹起来。

“我呀，不指着他们收大鹅，就是养着玩儿。这东西槽口宽，嫩草、菜叶、瓜果、剩饭什么都吃，还能去河边池塘找活物，比猪都好养活。除了能下蛋，还能看家护院……”岳母显然很得意。

骆宾王在《咏鹅》一诗中写道：“鹅，鹅，鹅，曲项向天歌，白毛浮绿水，红掌拨清波。”李时珍在《本草纲目》中说：“鹅鸣自呼。江东谓之舒雁，似雁而舒迟也。”由此可见，“鹅”的名字是它们自己叫出来的。

我国养鹅的历史十分悠久，据说周朝时鹅就成了“六牲”之一。

京郊农家虽然也养鹅、养鸭，但不如养鸡普遍。鸭、鹅喜欢水，食量也大，只有靠近池塘或河渠的人家才会买一些饲养。

岳母家临近拒马河，门前有一条学大寨时建设的“胜天渠”，院外有一湾半亩多的池塘。这便为养鹅、养鸭提供了条件。

在岳母的精心饲养下，小鸡、小鸭、小鹅长得很快，渐渐地生出了小翅膀，彼此的区别也显现出来。小鸡们自成体系，“叽呀、叽呀”叫着跟着老母鸡在院子角落里用爪子学刨食。小鸭、小鹅们则开始在院子的水坑里扑着翅膀玩水。当然，总是小鹅一马当先。

小鹅比小鸭们高一头，大一圈，所以小鸭们始终把两只小鹅当成师长和依靠，走到哪里就跟在哪里。

▲家鹅红顶

岳母非常喜欢小鹅的活泼勇敢，分别给它们起了昵称：个头稍高一点的叫“大妞”，是一只小公鹅；个头稍矮一点的叫“二妞”，是只小母鹅。

开始，为确保安全，岳母一直限制这些小家伙，让它们仅在院子里活动。岳母家在村边，院外是池塘、水渠、玉米地、红果林，常有黄鼬、野猫、红隼、乌梢蛇出没，怕的是它们遭到这些动物的祸害。

尽管小心防范，一个多月时间还是有两只小鸡被“飞贼”红隼抓走了，一只小鸭被乌梢蛇吞吃了，小鹅“二妞”被一只黑嘴头黄鼬咬死了……

失去了伙伴的“大妞”非常伤心，连续两天“鹅鹅鹅”叫着不吃东西。岳母摸着它的头不厌其烦地做“安慰工作”，一次次把鲜菜叶塞到嘴里，“大妞”这才开始吃一点东西。

活下来的鸡、鸭、鹅，渐渐长成了青年，有了健壮的体魄和自卫能力，窃贼们很难再轻易得手了。

家鹅“大妞”浑身羽毛逐渐变得雪白，前胸也变得宽阔健壮，曲颈愈加浑圆，身体发育到近一米高。尤其是那鹅头，生出了浑圆高耸的橘红色鹅冠，非常显眼，看上去就像寿星老儿的大奔儿头。

“真像个小伙子了！”岳母逢人便赞美。

再叫“大妞”已不合适，岳母决定给大公鹅改个漂亮的名字——“红顶”。

尽管“红顶”是公鹅，可岳母并不嫌弃，反而偏爱有加：喂食的时候，总爱边喂边和它说一些鼓励的话。

“不下蛋也好，专心做保镖。家里正缺你这么个看家护院的‘爷们’！记住，给我护好了鸡鸭和院里的东西……”

“红顶”“鹅——鹅——”应和着，仿佛听懂了主人的话，高挺曲颈，红红的冠和黄色的喙更显得气宇轩昂。

2

晚春以后，逐渐长大后的鸡、鸭、鹅已不愿被封闭在院子里。岳母稍不留神，它们就会挤开木板栅栏门，偷偷溜到院子外的田地、果林、池塘、水渠里各取所需。

一天，岳母去大队部拿信回来，刚到门口就听见红果林方向传来了鸡儿“咯咯嗒、咯咯嗒”的恐慌急叫。

“坏了，准出事了!”

岳母一溜小跑循声赶过去，看见一只半大的小母鸡被一只红隼抓住，“红顶”跑过去正与它们缠打在一起。

红隼是京郊分布较广的一种小型猛禽，家乡人叫它们“红鹞子”。“红鹞子”个头较小，平常只猎捕一些小鸟或雏鸡、雏鸭；可能因哺育幼鸟，才冒险对半大小鸡下了杀手。

“红顶”为什么也在那里？原来，是小鸡的呼救把它从池塘招引过来了。

“红鹞子”抓住小鸡的背部拍打翅膀试图飞向空中。可小鸡沉重，加上要躲避“红顶”巨翅的拍打和利喙的猛啄，怎么也飞不起来。

眼见岳母赶来，“红鹞子”有些慌乱，只得拼命挣出利爪，带着几处伤痕飞向了空中。地面上飘落着小鸡和红隼的一片片羽毛……

惊魂未定的鸡儿聚拢在主人周围渐渐平息了叫声。“红顶”也“鹅鹅鹅”叫着，迈着大步走到主人身边。

“行嘞，小子！我这就放心了——有了你做守护，‘红鹞子’怕是不敢登门喽!”岳母亲着“红顶”欣喜地说。

在岳母眼里，“红顶”俨然成了她的“小子”，成了家里的“保镖”。

还别说，从那以后“红鹞子”果真不敢再光临岳母家的地

▲家鹅红顶

盘，甚至空中盘旋时听到“红顶”“鹅鹅”的大叫，也会仓皇地飞往远处。

鸡鸭们长大了，加上有“红顶”的护卫，可以任意在岳母家周围的田园、池塘边游逛觅食了。

师旷在《禽经》中说鹅能啄食游蛇。这一说法在“红顶”身上得到了验证。

一次，岳母在门前水渠边洗衣，“红顶”带着鸭群在旁边池塘里嬉戏。

忽然，一条一米多长的绿水蛇从池塘南侧芦苇丛钻出，向鸭群昂首袭来。鸭儿们“呱呱”大叫向四处逃避，只剩下“红顶”与水蛇迎面对峙。见到昂首游来的水蛇，“红顶”开始有些惊慌，但很快镇定下来。

它用晶亮的眼睛紧盯着水蛇，快速拨动鹅掌在水面与之展开周旋：曲颈忽左忽右，身体摇摆进退，引诱得水蛇频频晃动头部。就在水蛇频繁应对的一刹那，“红顶”利用高度优势，利喙突然下啄，狠狠钳住了蛇头后面的七寸。水蛇大惊，拼命甩动身体想去缠绕“红顶”的颈部。但“红顶”左右开弓甩动曲颈，让水蛇无法实施缠绕绝技，同时飞快游到塘边把水蛇扯上了岸。它用巨大的脚蹼按住蛇身，继而腾出利喙连续去啄水蛇的头部，水蛇的身子很快变得松弛瘫软了……

当岳母走到旁边的时候，“红顶”已将半截蛇身吞了下去……目睹了“红顶”吞吃水蛇的全过程，岳母于惊骇中增加了不尽感慨。

从那以后，“红顶”的待遇愈加丰厚。吃饭时，岳母总会拨出一部分饭菜特别犒赏“红顶”。而“红顶”则边吃边叫，用红红的鹅冠一次次去摩挲岳母的脸颊。

3

黄鼠狼就是黄鼬，是农村常见的狡猾的偷鸡贼。它们毛色棕黄，外形似鼠，尾巴蓬松，性情如狼，主要捕食老鼠，故农家称其为黄鼠狼。黄鼠狼偷鸡多是在食物短缺的冬春季节。

黄鼠狼个头不大，加尾巴也就一尺多长。它们分明有缩骨术，鸡窝门有一两厘米宽的缝隙就可以钻进去，时常在夜间把一窝鸡都咬死。也仿佛有迷魂术，光天化日之下能让比它重几倍的老母鸡傻呆呆不跑，直到被它咬住了脖子……

正因为如此，农家人以为黄鼠狼有某种仙术，便称其为“黄大仙”。

其实，黄鼠狼的迷魂术只是一种麻痹障眼法。

动物专题片曾播过黄鼠狼猎捕体重是其数倍野兔的情景：一只黄鼠狼不经意跳跃着出现在野兔身边。野兔开始十分警觉，而黄鼠狼分明毫不在乎也毫无恶意，照旧轻松地在周围蹦来跳去表演着独舞。野兔渐渐放松了警惕，甚至当起了看客，痴痴陶醉于这种舞蹈中。就在这时，逐渐接近的黄鼠狼突然飞跃到野兔背上狠狠咬住了它的脖颈。受惊的野兔失色狂奔，而敏捷轻巧的杀手则咬住、抓住不放，直到野兔精疲力竭、失血过多而死……

快春节了，岳母要炸猪肉萝卜丸子，于是扤着篮子去院外自留地里的萝卜坑挖萝卜。“红顶”高昂头颈，摇摆着身子紧跟在后边。

京郊农家都有冬季储存萝卜、白菜的习惯。北方天气冷，冬季没有应时蔬菜，萝卜、白菜就成了当家菜。白菜窖、萝卜坑多挖在院子或自留地里。

岳母的自留地就在院子西墙外。起了萝卜后就地挖了个储藏萝卜的萝卜坑。

萝卜坑为1米多深、1米见方的深坑。储存萝卜时，先在坑中央插一把透气用的玉米秸，然后围着玉米秸倒入萝卜。待萝卜达到离地面近尺深时便用土填埋，直到坑口基本填平，最后再盖一层落叶。这种先人传下来的方法科学实用，简单方便，既透气又防冻，储存的萝卜新鲜自然，随时可挖出来食用。

拨开萝卜坑上面的落叶，岳母正要蹲下身挖土，西院墙突然传来纷乱的鸡叫声。

西院墙紧靠生产队的玉米地，秋收后靠墙攒了一大溜玉米秸，鸡鸭们常去玉米秸下刨食找虫子。

岳母循声望去，看到一只“黑嘴头”黄鼠狼在鸡群旁蹦跳。岳母情知不妙，刚要喊叫，那黄鼠狼已跳到了一只小母鸡脖子上。岳母拿起镐头大喊着赶过去。而“红顶”早已伸长脖子，乍开翅膀愤怒地冲了上去。原来，“红顶”认出了，那“黑嘴头”就是咬死同伴小鹅的仇敌。

被“黑嘴头”咬住的小母鸡扑着翅膀在地上挣扎翻滚。其他鸡儿们则慌乱地四散奔逃。“黑嘴头”虽然身体轻巧，可面对小母鸡的挣扎只能随着翻滚。

就在“黑嘴头”转过身子的一刹那，赶到的“红顶”用利喙狠狠啄向仇敌的头部。“黑嘴头”遭到一记重击应声倒地。“红顶”乘机踏上一只脚蹼，把“黑嘴头”踩在脚下。

但黄鼠狼毕竟是黄鼠狼，就在“红顶”准备发动致命一击时，“黑嘴头”猛一回头咬住了“红顶”的脚蹼。“红顶”一阵剧痛，“黑嘴头”趁机挣脱出来旋即跳到了“红顶”背上，接着向上一蹿咬住了“红顶”颈部！

简直是剧情大翻转，刚才还处于被动地位的“黑嘴头”转眼占了上风！

岳母急坏了，挥动镐头连连大喊却又不敢砸下去……

危机时刻，“红顶”突然冲向旁边的大杨树。它甩动曲颈向树干连续猛击！这动作，仿佛是长颈鹿互殴，又像是要与“黑嘴头”同归于尽！

剧烈的撞击，让“黑嘴头”头昏脑胀、两眼昏花！它再也没有了斗志，不得不从“红顶”脖颈滚落下来，风一样逃走了……

岳母抱起受伤的小母鸡，抚摸着“红顶”受伤流血的脖颈，眼泪止不住流下来。

4

伤愈之后，岳母逢人就讲“红顶”的勇敢。“红顶”成了她的自豪，成了她挂在嘴边的功臣。

深受优待的“红顶”，对岳母更加依恋和忠诚。凡生人来家，它“鹅鹅”大叫，挡在门口，没有岳母允许绝对进不了门。对家人和熟人，“红顶”则是绅士风度，见面后叫声轻柔，频频低头，像是老朋友之间的问候。

孩子们来姥姥家，都愿意和“红顶”逗，和“红顶”玩。“红顶”也和孩子们玩得不亦乐乎。

那一年，岳父突发心脏病住进了医院，家里一下乱了套。本来有子女们陪床，但岳母执意要去医院陪伴。

“‘红顶’，我要去医院了，你一定看好家……”她亲着“红顶”，叮嘱村里的大舅务必每天过来给“红顶”和鸡鸭们喂食。

“红顶”仿佛知道家里出了事情，低眉顺眼，把头颈依偎在岳母胳膊上，一副郁郁忧伤的样子。

半个月以后，大舅带来了一则消息：村里一个叫“二狗”的惯偷跳墙去岳母家行窃，被“红顶”追撵猛啄，慌不择路跳墙逃跑，结果摔到墙外折断了踝骨……

岳母听了这消息，神色严峻，表情肃穆，迟迟没有说话，只是长长叹了口气。

经过一个月的抢救，岳父最终没能逃脱心肌梗的魔爪，不满70岁就去世了。

岳父去世后，大家担心岳母一个人在家里太孤单，都劝她到儿女家轮流养老。

可岳母挂念着“红顶”和家里的鸡鸭，说啥也要回家。

大舅沉着脸告诉她：“妈，你就别扯记了，鸡鸭我弄走了……至于‘红顶’，它被人投了毒，已经死了……”

一向坚强的岳母先是惊愕，继而放声大哭：哭她的老伴，哭她的‘红顶’。哭得周围所有人都悲伤不已、潸然泪下……

按照岳母的要求，“红顶”被埋在岳父的坟旁。

岳母说，要让它在那边给岳父当护卫。

科普链接：鹅为鸟纲、雁形目、鸭科动物的一种，大雁、天鹅、鸭、鸳鸯等均属鸭科动物；其中，许多品种被人类驯化成家禽，如绿头鸭驯化成了家鸭，鸿雁驯化成了中国家鹅，灰雁驯化成了欧洲家鹅等。家鹅在三四千年前就已经被人类驯养。鹅头大，尾短，喙扁而阔，前额有红黄色肉瘤，脖子很长，身体宽壮，胸部丰满；喜食青草、菜叶，寿命较长，体重可达4~10公斤；脚大有蹼，善于游泳，喜欢栖息于池塘、沟渠等水域，有看家护院功能。

“白骨顶”的祸福

多年来，北京地区干旱少雨，地下水开采严重，京郊大石河早已断流。

为改善京郊生态环境，前些年，地方政府在大石河靠近公路的诸多河段实施了防渗漏及河道疏浚工程，加大了上游水库的放水力度，建成了“红领巾”“夕阳红”等水上公园，这才有了京周公路两侧大石河波光粼粼的景象。

大片水面滋生出了芦苇、蒲草、水草、河柳等各类植物，亦招来了各种涉禽和游禽：黑鹳、白鹭、绿头鸭、黄麻鸭……醉心于观鸟的好友小肖介绍说，去年一年时间，在大石河流域观察、拍摄并记录的各种鸟类已达80余种！

“白骨顶”便是其中的一种。

1

“白骨顶”，学名为白骨顶鸡，是秧鸡科中较为常见的一种水鸟。

它们以各种水生植物为主食，也吃水生小动物和各种昆虫，与黑水鸡、野鸭子一样能在开阔水面上快速游泳。

白骨顶鸡是一种夏候鸟，每年春天迁徙到北方繁殖地，经常成群活动于开阔的水面上，而到了秋季又会重新返回南方。

它们时常和野鸭混杂在一起游泳、潜水，大部分时间都在水中活动。游泳时尾巴会垂到水面上，晃动身子不住点头。遇到危险会立即潜入水中，或钻进芦苇和水草中躲避，危急时还会迅速起飞。

但起飞时先要扇动翅膀在水面助跑，然后才会贴着水面做低空飞行。

之所以叫“白骨顶”，是因为它们从喙根至前额，有一带白色的竖条覆甲。雄鸟大一些，雌鸟小一些，就像是戏剧中小丑的白鼻子。这在鸟类中十分罕见。

除了额前白色的覆甲，白骨顶鸡与黑水鸡外貌、个头都很相似。羽毛灰黑色，翅羽带有白色翼斑。脚趾间不是脚蹼相连，而是每一趾上都生有两片或三片椭圆的瓣蹼，既可方便划水，又能让每个脚趾伸缩自如。

“白骨顶”的喙为黄白色，喙尖圆而坚硬，便于啄食各类水生植物及小鱼、蠕虫等小动物。由于头小、颈短、身短而侧扁，因而能在浓密的水生植物中穿梭巡游。

几年前，红领巾公园水面上还不见“白骨顶”的踪影。去年夏天，小肖意外发现了“白骨顶”降临。今年初春，一起观鸟时我们从望远镜中发现，红领巾公园的芦苇荡中已经有三对“白骨顶”结为伴侣，并开始筑巢。

▲白骨顶鸡成鸟

▲“白骨顶”鸡成鸟带着一窝小鸟在水中游弋 肖虹 摄

“白骨顶”由此成为我们关注的对象。

经多次细致观察，我们基本确定了三对“白骨顶”巢穴的各自位置。

红领巾公园管理的水面有数十亩，南面水较深，北面水较浅，浅水区生长着大面积的芦苇和蒲草。浅水区以北，是卵石滩与大小水泡子交错的沼泽，生长着成片的芦苇和蒲草。

三对“白骨顶”有两对的巢筑在公园浅水区的芦苇荡里，另一对则筑在公园以北的沼泽芦苇中。

与公园工作人员交谈得知，沼泽芦苇中的那对“白骨顶”，原本也想在公园内的芦苇中筑巢，但遭到抢先落户的两对“白骨顶”的激烈驱逐。

“那一天，我亲眼见到它们打得难分难解，用嘴啄、用翅膀打，甚至飞起来用尖爪互抓互踢，羽毛掉得满天飞。先是公园芦荡的一对与沼泽那对厮打，后来，另一对也加入进来共同对付沼泽中的那对！二对一，沼泽芦苇的那对只能落荒而逃，在沼泽芦苇中做巢安家了。”

撑着小船负责打捞水面垃圾的工作人员告诉我们。

“河道水面上的芦苇荡那么多，为什么非要挤在一块打架呢？”我一时有些不解。

小肖解释说：“建房子不是要讲究环境风水吗？鸟儿们筑巢也一样，要尽量选择安全、有利的地点。而一旦选好了地点，就不会允许别的鸟儿涉足干扰。”

随后的事实表明，“白骨顶”的筑巢领地之争，除了本能的领地意识，还有着更重要的忧患意识——为后代们争得一个更为安全的生存环境！

2

巡视这一带的水面会发现，红领巾公园北侧浅水区的芦苇和蒲草不但生长茂密，而且周围被水环绕，若不乘小船便无法接近。加上公园有专人管理，不允许游人下水游泳，所以这片芦苇荡就变成了公园中静谧安全的芦苇岛。

而沼泽水泡子中的芦苇和蒲草，虽然长得也很茂盛，但却是点状或片状分布，缺乏绵延浩荡的气势。况且，大小水泡子中的芦苇和蒲草，几乎都有与陆路相连的通道。

正是这一环境差异，使得游玩或垂钓的人能较容易进入水泡子里的芦苇和蒲草中；而野猫、游蛇、黄鼬等动物也可以通过这些依稀的“陆桥”进入芦苇、蒲草深处。

我们的猜想从公园打捞垃圾的工作人员那里得到了佐证。

5月初，“白骨顶”雏鸟刚刚孵化出来，巡视公园的工作人员便听到北面水泡子芦苇中发出短促而激烈的“咔咔咔”声。这是“白骨顶”的叫声。

循声赶过去，工作人员看到芦苇中一阵嘈杂和晃动。紧接着一只黄鼬叼着一只雏鸟，抓踏着芦苇跳跃着跑了出来。后面紧追不舍的是一只“白骨顶”成鸟。

工作人员立即明白了，是黄鼬偷袭了“白骨顶”的巢穴！

小肖告诉我：在芦苇中做巢，“白骨顶”会把巢筑在距水面十几厘米高的苇丛上。筑巢时，先折断几根芦苇，将其压平做巢底，然后叼来苇秆、苇叶、荒草等材料在上面做成盘状巢。这种巢虽然简陋，但很实用，且能随着水位升高而向上做小幅浮动。

鸟巢做好后，雌鸟每天会产下一枚鸟卵，一直产到六七枚。经过亲鸟的轮番孵化，24天后，雏鸟便会破壳而出。雏鸟出生后一两天就可以随着父母下水学习游泳和觅食了。

公园内的“白骨顶”巢穴，有水面阻隔，有芦苇掩护，有人为护卫，自然成了安全的庇护所。

沼泽水泡子中的芦苇虽然也长在水中，但狡猾的黄鼬身轻如燕，能够借助连接陆地的“苇桥”，像“飞贼”一样攀着芦苇深入“白骨顶”巢穴腹地。这才出现了黄鼬偷袭“白骨顶”雏鸟的一幕。

至此，我们终于明白“白骨顶”们为什么会为争抢筑巢地而打得你死我活——那是为了雏鸟和自己能更安全啊！

3

如何救助水泡子芦苇中的“白骨顶”雏鸟免遭黄鼬掠食呢？

经过一番商议，我们想出了一个办法：用镰刀割除与陆路连接在一起“苇桥”，开出一条两米宽的“水屏障”，让裸露的水面阻断黄鼬进入芦苇深处的通道。

公园工作人员对我们的想法很支持，说难得有这样爱鸟的志愿者，立即找来了镰刀与我们共同行动起来。

经过一番悄悄清理，一条两米宽的“水屏障”很快展现在眼前……

一周后一个晴朗的上午，太阳暖暖升起来，鸟儿们开始活动，我和小肖再次来到红领巾公园东岸观鸟。

刚刚架好高倍望远镜，小肖就激动地叫起来：索老师快看，8 只、8只……一对‘白骨顶’领着8只雏鸟游出芦苇荡了！”

我急忙趴在望远镜上观看，公园浅水区的芦苇荡里果然游出了“白骨顶”一家：两只大鸟一前一后，中间是活泼可爱的8只雏鸟。在大鸟的带领下，小家伙们优哉游哉，不时啄啄苇叶，试一下潜水。奇怪的是雏鸟的喙和头顶竟是红色！

“另一窝在芦苇西边，也是8只，也是8只雏鸟！”

随着小肖的指点，我很快找到了另一窝“白骨顶”，同样是8只雏鸟！小家伙们都很健壮，看得出它们已长出新羽，开始脱离巢穴，跟随父母走上了自由成长新阶段。

水泡子沼泽芦苇中的那窝“白骨顶”呢？雏鸟是否能劫后余生……这才是我们最关心的。

把镜头调向我们最关心的那片芦苇，等了十几分钟也没有动静。我们不禁有些失望。

忽然，小肖兴奋起来：“来了，来了，出来了！两只大鸟，

▲另一窝“白骨顶”成鸟带着仅剩的两只雏鸟觅食 肖虹 摄

两只雏鸟……只有两只雏鸟……”

我也看到了这一切！

此时此刻，我们既感到兴奋，也感到遗憾。

眼前情况表明，沼泽芦苇中的“白骨顶”雏鸟确实损失惨重：通常一窝雏鸟能存活八九只，而这窝只有两只存活下来。

但毕竟有两只活下来了。

是我们的救助措施起了作用吗？我不得而知，但却从心里涌出一丝欣慰。

科普链接：“白骨顶”是一种中型水鸟，属鸟纲、鹤形目、秧鸡科、骨顶属、白骨顶种鸟类。嘴高而侧扁，喙前端钝圆，因为头前有一条白色骨质额甲故称“白骨顶”。脚趾有宽而分离的瓣蹼，体羽全黑或暗黑色，多数尾下覆羽有白色，雌雄外貌相似。善游泳，游泳时尾部下垂，头前后摆动，遇敌害能较长时间潜水；杂食性，主要以水生植物的根、茎、叶为食，亦捕食小鱼、昆虫、蠕虫等软体动物。栖息于水生植物茂盛的大面积水域，全国各地都有分布。

鱼护聚集者

观看钓鱼时，总会看见钓者旁边放着一个有撑口的圆形小网兜。兜口固定在岸上，网兜浸泡在水里，每逢钓到鱼儿卸下钩，钓者就会把“俘虏”丢进网兜。

这样的网兜就叫鱼护。由于网兜浸在水里，鱼儿不会干涸，周围有网格阻拦又无法逃脱，鱼儿就被“护”在了里面。有了鱼护，钓到的鱼能一直在水里活蹦乱跳。

1

古老的鱼护是带着网眼的笼篓，用荆条、竹条或竹篾编成，体积较大，无法折叠。随着社会发展，鱼护变成了用麻绳、塑料绳乃至尼龙线编织的网兜，携带方便，不占空间。讲究者甚至发明了由多个圆环支撑的折叠式鱼护。

可老刘的鱼护，不是辅助垂钓的工具，而是另有他用。

老刘是牛口峪水库的一名管理人员，醉心摄影，为了专门拍摄翠鸟，特意在库区北面一片芦苇水域边搭建了简易摄影棚。摄影棚朝南临水一面有六七个摄影窗口。经过老刘多年的经营和完善，这里成了京郊有名的翠鸟拍摄基地。

搭个摄影棚哪能招来翠鸟？老刘的成功，在于模拟了一个有利于翠鸟捕鱼的特殊鱼场。

离摄影窗口3米多远的水域竖着一根高出水面两米多的木杆，木杆上绑一支干枯的莲蓬。翠鸟站在莲蓬上正好看清水中的游鱼，并能随时展翅俯冲一击。

但这还不够，吸引翠鸟的最大魔力是水中必须有可捕的鱼。

这片水域生活繁衍的是小型麦穗鱼，很适合翠鸟猎捕。但鱼群是活动的，不会停留在一个地方。怎样在木杆周围创造一片始终有鱼儿游动的水域呢？

老刘思量再三，突然想到了鱼护：若设置一个大口径、细网眼的超级鱼护并加以固定，然后定期放入捕捞的麦穗鱼，岂不就做到始终有鱼了吗？

老刘说干就干。一个设有隐蔽鱼护的翠鸟捕猎场很快出现在摄影棚前。

水中鱼护是尼龙丝织成，护口直径足有一米半，护圈刚好与水面平行，很隐蔽，肉眼基本看不见。放进小鱼后，鱼儿游不出，活动空间又较大，便把鱼护当成了家。

鱼护实际是阻隔小鱼出逃的温柔囚笼。

有了游动的麦穗鱼，鱼护成了翠鸟的最佳狩猎场；有了翠鸟每天在这里捕猎，摄影棚便成了摄影爱好者争相前往的翠鸟拍摄基地。

入冬以后，库区有不结冰的水面，有源源不断的食物，原本要飞到南方越冬的翠鸟竟变成了库区的留鸟。

于是，即使是冬季，人们也可以在这里拍到翠鸟了。

为了经营好这个场地，保证鱼护中始终有足够的鱼儿，老刘要定期捕捞一些麦穗鱼补充进去，还要及时赶走威胁翠鸟安全的红隼。

拍摄基地不仅满足了众多摄影爱好者的需求，也使老刘的翠鸟拍摄技艺变得炉火纯青。

老刘创作的“翠鸟四季”“翠鸟之恋”“翠鸟育雏”“翠鸟一家”等作品在多个摄影大赛中连续获奖，还专门在北京植物园举办了个人专题摄影展。老刘在微信朋友圈刊发的“每日一翠”尤其受到了网友们的热捧。

▲白胸苦恶鸟在水面木杆上散步

老刘成了大家羡慕的翠鸟拍摄大家。

2

深秋时节，候鸟们南迁了，但还有翠鸟在苇塘前的水面上捕鱼。这引起了一只白胸苦恶鸟的注意，忍不住也来这里一探究竟。

白胸苦恶鸟的头、后颈、肩背羽毛皆为暗灰色，而脸颊、脖颈和前胸的羽毛均为白色，故人们叫它们白胸秧鸡或白腹秧鸡，也称其为“白胸苦恶”。

“白胸苦恶”的名字源于它们的叫声。繁殖季节，雄鸟会从夜里到早晨一直激烈地叫个不停以吸引配偶。其叫声极像“苦恶——苦恶——苦恶——”或“姑恶——姑恶——姑恶——”因而得了“白胸苦恶”之名。

小时候曾听大人们讲过苦恶鸟的故事：说此鸟由一苦妇所变，因在家里被婆婆虐待而死，随化为一只怨鸟，始终悲鸣“姑恶——姑恶——”

“姑”，就是婆婆；“姑恶”，就是骂婆婆太坏了。

南宋诗人范成大曾在《姑恶》杂诗中写道：“姑恶妇所云，恐是妇偏辞。姑言妇恶未有之，妇言姑恶未可知。姑不恶，妇不死。与人作妇亦大难，已死人言尚如此！”

当然了，故事和传说只不过是人们听音而生的一种情感和主观臆想。

“白胸苦恶”极像是一只半大家鸡：黄褐色的长腿，短圆的

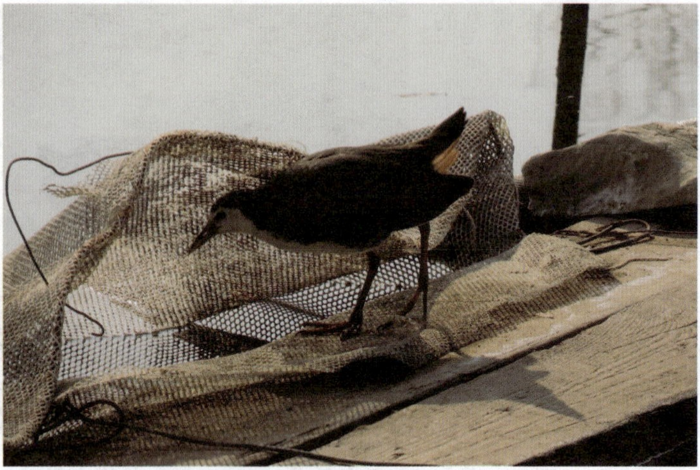

▲白胸苦恶鸟在老刘特制的鱼护中捕鱼

翅膀，细长的脚趾，尤其是中趾更为修长。走起路来一步一踱，身子也随着一探一探，分明胆子很小。虽然也属秧鸡家族，可黄绿的喙只在根部有一点橙红隆起，没有形成显著的额甲。

由于脚趾间没有蹼或蹼瓣，所以苦恶鸟不善于游泳，只能在水中游上一小段。但它们善于在芦苇或水草浅滩中快速行走，遇到紧急情况偶尔也能做短距离飞翔，但飞不高也飞不远。这是一种杂食性鸟类，对鱼儿等水生动物和各类昆虫更感兴趣。

“白胸苦恶”的到来，让老刘很高兴：从外观和行为判断，这只鸟儿是只雄鸟，怕是也想留在这里过冬了。

牛口峪水库要建成京郊大型湿地公园，老刘渴望有更多的鸟儿能在这里常住落户。

老刘介绍说：苦恶鸟春夏繁殖期维持配对关系，夫妻轮流孵化和喂养幼鸟，雏鸟长大后，成鸟各自活动。

京郊冬季，大部分苦恶鸟会迁徙到南方，只有不结冰的水面才会有少数苦恶鸟留下来。

苦恶鸟围着水中的鱼护游了游，发现里边有小鱼，可几次啄下去都被丝网挡回来。鱼护周围水很深，苦恶鸟不敢久游，只得悻悻回到了岸边。它失望地在水边踱着步，幸而还有小鱼游过来让其偶尔有一点小小收获。

看到这一切，老刘若有所思：苦恶鸟也是摄影中的重要对象，一定要想办法让它留下来！

为帮助苦恶鸟，老刘特意在水面上放了一根长木杆。这样，苦恶鸟就能行走在木杆上去啄食水中的小鱼了。

但这似乎还不够，入冬后鱼儿逐渐转入深水区，在木杆上能捕到的小鱼已寥寥无几。

为了维持苦恶鸟的生计，老刘又想出了新办法：重新做个小鱼护，放置在浅水边，定时向里面投放小鱼。这样一来，浅水小鱼护就成了苦恶鸟的特殊狩猎场。

对老刘的善待，苦恶鸟非常满意，每天在木杆上、鱼护前踱步捕食，显得很惬意。看到老刘向小鱼护补充小鱼，它情绪更为兴奋，甚至扑着翅膀跑到老刘身边用喙轻轻拉扯他的裤脚。

老刘说，这是鸟儿对人在表示亲近和谢意。

▲黑水鸡也叫“红骨顶”鸡

老刘与苦恶鸟互动的场景，成了摄影人抓拍的难得镜头。

3

俗话说好事成双。就在苦恶鸟得到优待的同时，另一只水鸟——黑水鸡也寻到鱼护区“蹭饭”了。

黑水鸡也属秧鸡科鸟类，因身上羽毛多为黑色而得名。

其身材、外貌、习性与“白骨顶”鸡十分相似，只是面部装饰的骨顶为鲜红色，故黑水鸡又叫“红骨顶”。

“白骨顶”鸡有白色的头遁甲，“红骨顶”鸡有红色的头遁甲，二者犹如白脸、红脸两兄弟。

“红骨顶”善于游泳和潜水，脚趾上的蹼是直膜，且黄绿脚踝上长有一个红色环带。这让它比“白骨顶”显得多姿多彩。

漂亮的黑水鸡也来到鱼护区觅食，这让老刘格外兴奋。

千方百计创造出适合鸟儿们生存繁衍的环境，吸引它们成为这里的常客——这是库区发展的长远目标。

双休日，与几位摄影好友参观老刘的摄影棚，正赶上翠鸟、苦恶鸟和黑水鸡会聚在鱼护区嬉戏。翠鸟蹲在木桩莲蓬上一遍一遍整理羽毛，苦恶鸟在水面木杆上慢慢踱步，黑水鸡围绕着鱼护游来游去……

老刘指着黑水鸡介绍说：“比起苦恶鸟，黑水鸡更适应库区生活。善游善潜，非常机警，发现有人靠近，会迅速游走或潜入水中；还能把整个身子潜在水里，只露出鼻孔进行呼吸，非常有趣。黑水鸡主要在白天觅食，除了在鱼护周围潜入水中捕鱼，还会沿苇荡边游走搜寻，啄食落水的昆虫和水中的活物……”

库区水温较高，冬季不结冰，加上有鱼护和小鱼，几种鸟儿便都留了下来。

▲黑水鸡育雏

黑水鸡虽然游泳和捕鱼本领都很高，但胆子小，不敢去岸边与苦恶鸟抢鱼，更不会到翠鸟的大鱼护中捕鱼。

为帮助黑水鸡，老刘会定期向鱼护东侧水面撒一些鱼食，以招引鱼儿们前来这里就餐，为黑水鸡自由捕猎创造机会。

“如今，这只黑水鸡都摸着规律了，只要我一出来撒鱼食，它就会在水面上等候。待鱼食撒下去、鱼儿们争抢，它便会立即潜下去浑水捉鱼。”

“真难为你的一片苦心和诚心啊！”大家纷纷赞叹。

靠了这片苦心和诚心，在寒冷的冬季，老刘先后将翠鸟、苦恶鸟、黑水鸡留在了库区，并创造出一幅人与鸟儿和谐相处、彼此相知的温馨画面。

科普链接：白胸苦恶鸟属鸟纲、鹤形目、秧鸡科、白胸苦恶属鸟类，杂食性，中等水禽，因胸腹羽毛多为白色而得名。腿趾细长，善行走，不善飞翔和游泳，在灌木或芦苇中做巢，距地面或水面0.5~1米。每窝产卵4~10枚，黄褐色，密布褐紫色斑点，孵化期约为3周。

黑水鸡属鸟纲、鹤形目、秧鸡科、黑水鸡属鸟类，因有红色额甲也叫“红骨顶”，中等游禽，因浑身羽毛多为黑色而得名。脚趾很长，具有狭窄的直膜或瓣蹼，嘴为黄色，嘴基到额头有一带鲜红的额甲。吃植物的茎叶，更爱捕食水生鱼虾和各类昆虫。营巢于芦苇或水中树丛，每窝产蛋6~10枚，孵化期为3周，雏鸟孵化当天就能下水。

又见震旦鸦雀

第一次看到震旦鸦雀，是老刘发布在微信群里的一幅图片。小鸟很漂亮，长相很奇特：身体连同长长的尾巴也就20厘米；黄色带钩的小嘴很短，左右上下都较宽，与小鹦鹉的嘴非常相似。头颈、背部由灰色渐变到黄褐色；白眼圈上有两道黑眉纹从额顶一直延伸到颈背，就像是花栗鼠的纹饰；翅羽为灰色，尾羽黑白相间，腹部和腿部为黄褐色；粉黄的脚爪精细修长，非常适合抓握苇秆、蒲棒等纤细植物。

这是老刘2018年2月在牛口峪水库芦苇上拍摄的照片。

老刘在照片下介绍说：小鸟叫震旦鸦雀，是稀有的濒于灭绝的一种鸟类，被称作“鸟中大熊猫”。

我由此对这鸟儿关注起来。

1

“震旦鸦雀”？为什么会叫这样一个奇怪的名字呢？

查阅有关资料得知，“震旦”原为一个地质年代名称，属于8亿年至6亿年前的新元古代晚期。这一时期形成的地层亦被称作“震旦系”地层。

“震旦”是印度佛教典籍中对华夏大地的称谓——为中国的译名。德国地质学家因在中国发现了这一时期的地层代表剖面，因而将其命名为“震旦系”，即在中国发现的地质体系。

后来，鸟类学家在中国南京首次发现并采集到这一鸦雀类标本，由此将其命名为“震旦鸦雀”，意思是特产于中国的鸦雀。

鸦雀，属小型鸣禽，我国有14种。该属鸟类嘴皆短厚、侧扁，多活动于灌丛和芦苇之间。如棕头鸦雀、黄嘴鸦雀、灰喉鸦雀、震旦鸦雀等。它们均属于地方性留鸟。其中分布最为广泛的是棕头鸦雀，而数量最少的则是震旦鸦雀。

震旦鸦雀对繁殖地要求非常苛刻，只青睐那些有大面积芦苇的湿地环境。这与生活在广阔竹林以竹子为食的大熊猫有些相似。它们飞行耐力较差，善于在芦苇秆上蹦来跳去，很适合在芦苇荡中生存。

震旦鸦雀在芦苇秆上筑巢，以芦苇、蒲草的害虫为食，被誉为“芦苇上的啄木鸟”。它们可以啄开坚韧的芦苇秆，将寄生在里面的小虫子掏出来吃掉，是芦苇的卫士。

多年来，由于降水减少，湿地不断被征用或消失，成规模的芦苇荡已很少见到。失去了栖息地的震旦鸦雀种群，只能无奈地走向衰落。

资料记载，南京作为震旦鸦雀的模式标本产地，20世纪80年代还有过记录，但此后20年再也没有见到过。为此，震旦鸦雀已

▲苇杆上的震旦鸦雀　　刘建军 摄

被列入国际鸟类红皮书，成为全球性濒危鸟类。在我国，仅在辽宁、黑龙江下游、长江流域、江苏沿海的芦苇荡中偶尔能看到它们的身影。

近些年，随着人们环保意识的增强和政府对湿地环境的恢复，震旦鸦雀种群开始有所增加。

1991年，在辽宁省盘锦市东郭苇场苇塘中发现了小群震旦鸦雀；2007年，在江苏六合龙袍镇湿地和江北的一片芦苇荡分别发现了近百只震旦鸦雀；2013年4月，河南商丘黄河故道北岸数百亩芦苇荡中也发现了成群震旦鸦雀；2014年6月5日，江苏沛县千岛湿地芦苇荡发现了多个震旦鸦雀种群，估计能有近千只……

此外，河北衡水、北京宛平湖、山东济宁、山东东营等地也发现了数量可观的震旦鸦雀种群。

许多爱鸟的网友也在网络平台上发布了自己拍摄的震旦鸦雀的视频：有跳跃鸣叫的，有繁衍育雏的，有营救雏鸟的……

白洋淀湿地的几位网友还专门拍摄了震旦鸦雀孵蛋、育雏的专题片。

这一系列发现表明，震旦鸦雀的种群在华夏大地上确实有逐步恢复的趋势。

2

震旦鸦雀是非常胆小和机警的鸟类。除繁殖季节成双成对活动，其余时间会汇聚成较大群体集体活动。群体活动时，它们会派出“哨兵”在周围警戒，一旦发现有人靠近，哨兵就会发出紧急鸣叫，整个种群便哄然飞走。

震旦鸦雀是喜欢鸣唱的精灵。其叫声急促而连贯：“咯—咯—咯—咯—”或者“咯嘞—咯嘞—”，并带有明显的鼻腔共鸣音。兴奋时，还会抖动着翅膀欢歌。

它们除了喜欢在苇秆和蒲棒上跳跃着搜寻小虫子，还会飞到莲蓬上啄食那些蛀食莲子的害虫。

从网友2019年8月在北京宛平湖拍摄的视频看到，震旦鸦雀飞到芦荡旁的莲蓬与荷花上敏捷蹦跳搜寻，一次次用小嘴啄开莲蓬的蛀洞，寻找里面的害虫，同时衔吃开败的残蕊。

▲停在蒲棒上的震旦鸦雀　刘建军 摄

老刘通过连续观察和拍照发现：震旦鸦雀夏季以昆虫为食，食物短缺的冬季也吃库区“金银木”所结的浆果，或啄食侧柏、桧柏的种子。

2019年5月29日，老刘在微信上发布了一个令人惊喜的消息：震旦鸦雀在牛口峪湿地公园的芦苇荡中生儿育女了！

这一发现在燕房地区乃至北京郊区还是第一次！

震旦鸦雀孵化小鸟的消息在北京鸟友摄影圈内引起了极大惊喜。时值周末，各路人马扛着“长枪短炮”纷纷来到库区。拍摄鸟儿的摄影棚被挤得水泄不通，大家都渴望一睹震旦鸦雀一家的芳容。

为了尽量不惊动鸟儿，老刘亲自指挥摄影者绕路潜行，轻声闭口，一批一批分头去简易摄影棚拍摄。

芦苇深处，几株粗壮的芦苇秆上，一个用苇茎和苇草编制的浅黄色杯状小巢映入了人们的视野。3只刚孵化的雏鸟浑身肉红，光溜溜的还未长羽毛，眼睛鼓鼓的尚未睁开。小家伙们正挤在巢内休息。

突然，苇叶晃动，满嘴衔着虫子的雌鸟妈妈飞回来了。顿时，雏鸟们一下变得情绪激动，一只只伸长了脖子，张开鹅黄的大嘴，争着从妈妈嘴里要虫子吃。妈妈这个喂一口，那个喂一口，雏鸟们吃了一口要两口，妈妈怎么也满足不了它们旺盛的食欲……那情景真叫人怜惜不已。

“啪啪啪啪……”摄影棚里连续拍摄的快门声此起彼伏，摄影师们都沉浸在惊喜和欢乐中。

老刘也悉心拍下了一段难得的震旦鸦雀育雏视频。

“去年2月初次看见，想不到今年它们就在这里做巢繁殖后代了！今后兴许会成为这儿的永久居民呢!”老刘兴奋地说。

牛口峪湿地公园原本是燕山石化公司储存和处理石化废水的水库。经过企业数十年的努力，这里已经变成了一座美丽的湿地公园。

2017年，公司进一步对园区环境进行了改造，扩大了具有高净化能力和高耐受能力的芦苇、蒲草的栽植范围，并引进了狐尾藻、眼子菜等沉水净化植物，建成了湿地草甸和自由水面，使库区北侧后湖变成了一片环境清幽、芦苇浩荡、蒲草丛生、鸟儿纷至沓来的自然乐园。

▲震旦鸦雀为雏鸟喂食　刘建军 摄

湿地生态的改善，使水中的浮游生物、各种鱼虾和水生小动物得到大量繁殖，为前来落脚的鸟儿们提供了充足的食物和繁衍条件。

3

资料介绍说，在长江口地区，震旦鸦雀4月开始筑巢。筑巢时它们会用坚硬的嘴巴撕裂苇叶，用苇叶纤维缠绕住几根芦苇，然后一圈一圈在芦苇上编织成碗状小巢。一对成鸟每窝产卵2至5枚，孵化期为9至11天，而能活下来的雏鸟一般为2到4只。

河北网友田占生、邓志庚等在雄安白洋淀湿地拍摄的《鸟中大熊猫——震旦鸦雀》专题片，则揭示了震旦鸦雀育雏的神秘过程。

一对震旦鸦雀夫妻营巢在浩瀚的芦苇荡中。端午节前，前来擗苇叶准备包粽子的村民发现了它们的巢。巢里已有4枚蛋，一天之后又增添了1枚。之后，经过这对夫妻轮流孵化，11天后雏鸟全部出壳，且都健康地活了下来。

跟踪拍摄表明，震旦鸦雀是出色的“模范夫妻”。它们轮流孵化鸟蛋，共同喂养雏鸟，小虫、小鱼、小虾、蚂蚱、蜘蛛等都是喂养雏鸟的食物。每次觅食回来，成鸟短而隆起的嘴里都塞满了食物，能为2~3只雏鸟各喂食一次。

令人惊奇的是，为保持鸟窝清洁，成鸟会把雏鸟排出的粪便一口口吞吃掉！

在这之前，我只见到过燕子妈妈将雏燕粪衔住后抛出巢外，还没见到过吞吃雏鸟粪便的情景。这一发现，让人对震旦鸦雀的母爱有了更深认识。

育雏期是小鸟最易遭遇不测的阶段。一旦鸟巢被天敌发现，往往会遭到毁灭性伤害。所以雏鸟们每天都在拼命讨食，而成鸟则每天都在拼力捕食、喂食，目的就是要雏鸟快快长大、尽快离巢。

一天上午，当摄影师们再次悄悄光顾鸟巢，那里已是鸟去巢空。怀着忐忑仔细搜寻，发现雏鸟们并没有遭遇不测，而是在附近芦苇秆上跟着大鸟蹦蹦跳跳。

原来，经过11天辛勤喂养，雏鸟们已经跟着父母出飞了。

刚离巢的雏鸟还不善飞行，它们必须跟着成鸟，借助密集的芦苇秆学习攀爬、跳跃和飞翔。

这一时期，雌鸟和雄鸟的角色发生了一些转变，捕食和喂食的重任主要由雄鸟承担起来，而雌鸟则尾随其后变成了辅助角色。由此可见，成鸟夫妻分工明确，育雏责任清晰，孵化时以雌鸟为主，而出飞后以雄鸟为主，不愧是鸟中的模范夫妻。

出飞时的雏鸟还不懂主动觅食，依然要由成鸟把食物送到嘴里。但几天之后，成鸟不再喂食了，而是跳跃着让雏鸟追着自己要食……这样循序渐进，经过十几天训练，小鸟们逐渐学会了要食、争食和独立捕食，最终具备了自主生存的能力。

震旦鸦雀往日衰微和如今逐步恢复的生态事实告诉我们：管住贪婪，敬畏自然，不仅是保护地球生物多样性的前提，也是人类维持长久生存的希望。

科普链接：震旦鸦雀，为鸟纲、雀形目、鹟科、鸦鹊属鸟类。中国古时也被称作“震旦”，该鸟类因首次发现是在中国南京，故命名为“震旦鸦雀”。震旦鸦雀是一种中型鸦雀，嘴黄色短而带钩犹如鹦鹉，两道黑色眉纹由额头通向颈背，背腹黄褐色，翅羽淡灰色并黑色，尾羽黑白灰相间，脚趾细长善于抓握，主要以芦苇、蒲草等植物上的小虫为食，也食植物小浆果。属于濒危鸟类，被列入《国家保护的有益的或者有重要经济、科学研究价值的陆生野生动物名录》和国际鸟类红皮书。

鸽子

“当我离开可爱的故乡，想不到我是多么悲伤……亲爱的小鸽子啊，请你来到我身旁，我们飞过蓝色的海洋，走向遥远的地方……”

听到《鸽子》这首委婉深情的西班牙歌曲，我不禁想起了童年老屋房檐下灰色的鸽子和挂在椽缝上的鸽巢。

1

故乡是个偏僻小山村，养鸽子在乡人眼里是不务正业的事情。

穷乡僻壤，终日劳作，哪有心思养什么鸽子？那是花花公子的习气！

据说家里养鸽子与我有关。我在家排行第五，四个姐姐，曾经的两个哥哥都夭亡了。于是，我成了家里唯一的男孩子。生我后母亲没有奶水，家人们想办法弄些营养东西让我吃。听说鸽子蛋营养很好，爷爷便从城里弄回了两只，为的是让我吃上鸽子蛋补养身体。

鸽巢是吊在北屋檐下的一个荆条小筐，浅浅的，里边垫着金黄的麦秸。屋檐椽子前出七八十厘米，刚好可以为鸽巢遮风挡雨。鸽巢靠近北屋南窗，站在炕上，拉起顶窗，登上窗台，伸手就可以触摸到鸽巢。

两只鸽子是灰色的，一公一母：雄鸽体形较大，精神威武，名叫“绿脖”，鼻瘤宽平，脚爪脖颈粗壮，颈部羽毛闪烁着绿色金属光泽。雌鸽个头小一些，鼻瘤、脚爪也相对较小，名叫“粉记”，性格温顺，红色的左腿上有一块粉色的斑痕，。

院里支着一座废弃的磨盘，家里人经常把玉米、高粱撒在上面让鸽子啄食，家人叫“鸽子台”。两只鸽子吃饱了就会飞到对面南房的石板顶上“咕噜噜”叫着转圈子。是“绿脖”围着“粉记”转，转着转着就会踩到“粉记”背上——农村人管这叫“踩蛋”。

“踩蛋”后“粉记”就会趴在巢里生蛋了。

大人说，鸽子和天鹅、大雁一样是“一夫一妻”。结为夫妻后，就会形影不离。

雌鸽一窝要生两个蛋（斑鸠也是如此），蛋皮雪白，比小鸡蛋要小一圈。若想让鸽子连续生蛋，就必须及时将蛋从窝里捡出来，否则鸽子就要孵蛋了。

母亲很精心，每天都要登上南窗台透过顶窗看一下鸽巢：一旦有了两个鸽蛋，会立刻捡出来。

我由此便能经常吃上蛋清柔嫩、蛋黄清香、营养丰富的鸽子蛋了。然而，我更渴望看到小鸽子。

我一再向母亲做出保证，不吃鸽蛋，希望“绿脖”和“粉记”能孵出一窝小鸽子来。

我的愿望得到了姐姐们的支持和母亲的同意。“绿脖”和“粉记”终于有了繁衍后代的宝贵机会。

经过半个月的轮流孵化，两枚鸽蛋破壳了：一对湿漉漉、粉嘟嘟、紧闭大眼的雏鸽挣扎摇晃、跌跌撞撞钻出了蛋壳。

▲鸽子

雏鸽给全家带来了惊喜，也

使“粉记”和“绿脖”变得异常兴奋和忙碌。两只大鸽子食量大增，我去鸽子台撒食的次数也由每天两次变成了三四次。

鸽子只吃玉米、高粱、谷子等粮食和各类种子，不像其他鸟儿爱吃虫子。

从顶窗偷看它们育雏时发现，鸽子不是像其他鸟儿一样嘴对嘴把食物直接喂给雏鸽，而是将消化后变成糜状的东西呕出来喂给雏鸽。而雏鸽呢，只要饿了就会颤巍巍抬起头用小嘴去啄妈妈或爸爸的大嘴。于是，父母张大嘴巴呕出食物，雏鸽会把嘴伸进去一口口吞咽起来……

母亲告诉我说：大鸽子呕出来的东西叫“鸽乳”。

“为什么会这样呢?”我有些不解。

“这不明摆着，粮食硬邦邦的，小鸽子消受不了。大鸽子就要吃下去消化一下再喂它们呗……大人不是也把东西嚼烂了喂孩子嘛!”

我点头表示懂了。可想想大人嘴对嘴喂孩子实在不卫生，让人有些恶心。但当时的农村就是这样。

小鸽子长得很快，三四天后睁开眼睛，五六天后长出羽毛，十多天后羽翼逐渐丰满，20多天后开始练习扇振翅膀，40多天后便能跟着妈妈、爸爸飞到对面南房顶上探索新世界了。

小鸽子的出飞招引得许多小伙伴前来观看。我因为是主人而享受着伙伴们的羡慕。

2

然而，好景不长。那对刚能自立的小鸽子却被父亲拿走还给了城里送鸽人——说要兑现当年要“绿脖”“粉记”时的承诺。

一家人几天中变得郁郁寡欢，我甚至对父亲产生了憎恶。

但最伤心的还是“粉记”和“绿脖”。孩子没了，它们飞到窝里，飞到空中，飞到房顶“咕噜噜”叫着四处寻找，焦虑中夹

▲和平鸽图案

杂着悲哀和失望。

俗话说：祸不单行。

情绪低落、行为踟躇的“粉记”被一只空中盘旋的“鹞子”盯上了！

“鹞子”就是雀鹰，比“红鹞子”大一号，特别爱抓小鸡。可能是看到我家鸽子飞进飞出总在南屋顶歇息停留，就打起了鸽子的主意。

那是夏日的一个正午，两只为寻子劳累的鸽子正在南房顶柿树荫下打盹，一只“鹞子”突然俯冲下来直扑“粉记”。

“粉记”慌乱地惊醒，拍着翅膀从房脊滚落，但左翅膀仍被“鹞子”的利爪抓住了！

“鹞子”和“粉记”滚在一起。

听到纷乱的鸽子叫，我从敞开的屋门看到了这一切，随手拿起笤帚，大声吆喝着冲出屋门。

房顶上，“绿脖”见“粉记”被抓，不顾一切拍着翅膀冲到“鹞子”后背猛啄。

“鹞子”想不到会遭到突然攻击，惊慌中脱爪放弃“粉记”，一个鹞子翻身摆脱攻击，仰面朝天用两只利爪去应对“绿脖”。

“绿脖”的攻击太投入、太猛烈，被“鹞子”甩开后就势滑落，不幸将嗉囊暴露出来。

“鹞子”趁机挥动利爪瞬间抓了进去……

院子里喊叫声、敲击声响成一片。我和姐姐则把笤帚、木棍直接扔向屋顶去砸“鹞子”！

在一片威吓声中，“鹞子”惊慌不已，只得放弃“绿脖”，仓皇带伤飞走了。

“绿脖”和“粉记”被从房顶救回了屋里。

“粉记”伤势较轻，只是右翅被抓伤了。“绿脖”伤势严重，嗉囊被抓出了两个大口子，连吃下的玉米、高粱都撒落出来。

母亲对“绿脖”的嗉囊进行了缝合——她曾用这种办法救活过被黄鼠狼咬破嗉囊的母鸡。

但“绿脖”伤势太重，两天后还是死了。

全家人沉浸在深深的悲伤里，我流泪守着“绿脖”，怎么也吃不下饭。

生活还要继续，鸽肉总不能浪费。“绿脖”被母亲做了一锅鸽子汤。那灰色的羽毛被倒在了院子东边的垃圾堆上。

“粉记”经过短暂救治和休养总算可以飞翔了。但它似乎中魔了：整天围着垃圾堆“咕噜噜”叫着不肯离开，不断啄着、吻着那一片片灰色的羽毛！

我恍然大悟：那是“绿脖”的羽毛。“粉记”是在寻找和呼唤它的丈夫啊……

让人落泪的情景持续了一天又一天，直到大风吹光了地上所有的羽毛。

不久，“粉记”失踪了，从此再也没有回来。

半年以后，父亲去城里才得知，“粉记”飞回了它的老家，但精疲力竭，口吐鲜血，很快也死去了。

许多年以后，我看到一则摄影报道：一对野鸽子把巢搭

▲温顺的鸽子

在空调室外机的空间里。母鸽子不知为什么死在巢中。那只公鸽子守护着，每天为它梳理羽毛、敲击嘴巴想喂它食物……就这样一天接一天，一直延续了7个多月、200多天，直到母鸽子尸体腐烂、风化，最后只剩下几片残羽，公鸽子才恋恋不舍飞走了。

深受感动的空调主人，连续跟踪拍摄了1000多张照片，详细记录了这一过程！

鸽子间这种夫妻相爱、忠贞相守的深情，怕是人类中的许多夫妻都自愧不如呢！

3

人们饲养的家鸽原本是由野鸽驯化而来。

鸽子被人类驯养的历史已有数千年。考古学家发现的第一幅鸽子图是在两河流域的美索不达米亚，距今已有5000多年。

1976年，我国考古人员在安阳殷墟殷王武丁配偶“妇好”墓中发现了一件随葬的玉雕鸽，距今已有3200年以上。

由此可知，野鸽被人类驯养的历史相当悠久。

在长期驯养过程中人们发现，鸽子具有超强的记忆力和强烈的归巢性。其出生地是它们一生不忘的地方。将鸽子带到千里之外放飞，它们也会以最快的速度飞回故里。正是利用了这一特点，人们把鸽子驯练成了飞行传递的信使。

相传楚汉相争时刘邦被项羽打败，逃入一口枯井躲藏。危难中他放出怀中的信鸽求援，最终得到了营救。

五代后汉时期的王仁裕在所著《开元天宝遗事》一书中，专们设置了“传书鸽”一章。文中记载说：“张九龄少年时，家养群鸽，每与亲知书信往来，只以书系鸽足上，依所教之处，飞往投之，九龄目之为飞奴，时人无不爱讶。”张九龄曾是唐朝开元年间名相，可见唐代利用鸽子传递书信已成为风气。

之后，用信鸽传递军书、家信成为一种快捷而隐秘的方式，并出现了众多明星信鸽和功臣信鸽。

为增加鸽子飞翔时的观赏性和视听性，古代养鸽人还在鸽子的尾部缀上“鸽哨”，又名鸽铃。这样一来，鸽子在飞翔时鸽哨就能借助风力发出响亮悠扬的声音。

有关鸽哨的记载最早见于宋朝。但当代文史大家王世襄先生认为：按养鸽史来推测，这个发明最迟也在唐代以前。

清光绪年间成书的《燕京岁时记》曾对鸽哨做了详细的记载：“凡放鸽之时必以竹哨缀之于尾上，谓之壶卢，又谓之哨子……盘旋之际，响彻云霄，五音皆备，真可以悦性陶情。”

蔚蓝的天空中有一群鸽子盘旋掠过，一串响亮的鸽哨声“铃铃铃”飘来，令人仰望陶醉……

由于外貌姣好，性格温柔，鸽子又成为和平友谊的象征。

1950年11月，为纪念在华沙召开的世界和平大会，著名画家毕加索挥笔画了一只衔着橄榄枝的飞鸽。智利著名诗人聂鲁达称其为“和平鸽”。从这以后，鸽子被世界公认为和平的象征，放飞和平鸽也成为许多重大节日的庆典活动内容。

此外，鸽子还是一种重要的肉食饲养家禽。

我曾采访过一位以饲养出售肉鸽、乳鸽为主业的残疾人创业典型，但回来后很长时间稿子也没写出来。

▲绿脖闪亮的鸽子

究其原因，是心里有一种很强的

抵触情绪：那么美丽、温顺的鸽子被吃掉总有一种沉重的负罪感。尽管知道它们和鸡鸭一样是专门饲养供人食用的。

集观赏性、艺术性、实用性于一体的鸽子，数千年来与我们相依相伴，给我们带来了许多温馨和欢乐。

它们已成为我们多彩生活中的一道美丽风景。

科普链接：鸽子为鸟纲、今鸟亚纲、鸽形目、鸠鸽科、鸽属鸟类，又叫鹁鸽，是一种十分常见的鸟儿，羽毛有瓦灰、青、白、黑、绿、花等多种颜色，翅膀较大，善于飞行，主要取食各类谷物和植物的种子，有野鸽和家鸽之分，全世界约有1700种。幼鸽孵出后，成鸽共同分泌鸽乳哺育幼鸽，孵化期为17天左右。幼鸽出壳时眼睛尚不能睁开，经亲鸽喂养40天左右才可独立生活。家鸽可分为食用鸽、玩赏鸽、竞翔鸽、军用信鸽和实验鸽等多种，常做和平的象征。野鸽主要分为树栖和岩栖两大类，有林鸽、岩鸽、雪鸽、斑鸠、北美旅行鸽等多种，是人类喜爱的一种禽鸟。

库区绿头鸭

牛口峪水库经过几十年的净化、绿化和综合治理，已变得绿柳成荫、芦苇浩荡、蒲草丛生、锦鳞漫游，各种野生鸟类纷至沓来。加上景亭水榭、曲廊栈道、游船码头，这里已成为人们假日游玩、观赏群鸟、亲密接触自然的京郊湿地公园。

近些年来，落户栖息库区的鸟儿已有几十种，其中数量最大的当数绿头鸭——春夏繁殖季节可多达上千只！偶遇群鸭起飞，库区上空鸭鸣阵阵，大有遮天蔽日之势！

库区四面环山，植被茂盛。开阔的水面蔓生着水葫芦、水浮莲、水花生等多种水生植物，这便为以植物为主食的绿头鸭创造了优越的生存条件，也演绎出了许多新奇有趣的故事。

1

考古发现证明，我国是世界上驯养野鸭最早的国家。

福建武平、河南安阳及妇好墓都出土过玉鸭、石鸭等文物。这表明我国养鸭活动至少有3000年的历史，比欧洲养鸭史早了十几个世纪。

江苏句容浮山果园曾出土了西周时期盛有鸭蛋和鸡蛋的陶罐。春秋时期的《周礼·夏宫》一书，曾记载有专门掌管驯养“鹅鹜”的官职。吴、越地区甚至出现了大规模养鸭的“鸭城”。

《尔雅》中说：“舒凫，鹜。”“舒”就是“舍”，“凫”就是野鸭，舍养的野鸭称作“鹜”，也就是家鸭。

绿头鸭属于大型游禽，与家养的鸭子长相、个头都很相似。据考证，我们饲养的家鸭就是由绿头鸭驯化而来的。

绿头鸭最显著的特征就是雄鸭嘴为黄绿色，头和颈为金属绿色，绿颈下部有一个明显的白色项环。而雌鸭嘴为黑褐色，全身羽毛布满了褐、白、黑混杂的麻斑，外表很像是麻鸭子。也就是说，雄鸭具有绿头、绿颈和白环等特征，而雌鸭则没有。

绿头鸭通常成群栖息于淡水河面，脚趾有蹼，善于游泳，但很少潜水。它们在水中觅食、嬉戏、求偶和交配，喜欢在陆地上梳理羽毛，主要以植物的根、茎、叶、种子为食，也吃小鱼小虾和甲壳类动物。

绿头鸭属于迁徙性鸟类。一般情况下，它们三四月份从南方迁往北方，九十月份再从北方迁往南方过冬。

而牛口峪库区的绿头鸭近些年却出现了常年驻留的现象。之所以出现这种奇景，很可能是库区水温偏高，食物比较丰富的缘故。

由于库区来水是经过处理和净化后的化工污水，温度高出自然水体好几度，故冬季很少结冰。加上库区水生植物和动物十分丰富，这便为绿头鸭常年驻留创造了条件。

有吃有喝，冬天不冷，还飞到南方干什么？

而留下来的绿头鸭多是雄性，雌鸭多带着刚刚长大的孩子们

▲结队飞行的绿头鸭

飞到南方过冬去了。

观察绿头鸭的生活，雄鸭的作为实在让人鄙视。雌鸭不仅要承担产蛋重任，还要独立担当孵蛋工作。而雄鸭呢？只要双方交配期一过，就会像不负责任的纨绔子弟一样自己去游乐了。

孵蛋的过程十分艰苦，须一直在窝中趴上24天！以后，小鸭们才会先后出壳。这期间，鸭妈妈不吃不喝，始终不离开窝里，只是偶尔用嘴翻翻鸭蛋。20多天过去以后，雌鸭体重则会减轻30%~40%！直到小鸭们全部出齐，鸭妈妈才会带领孩子们一起游到水中寻找食物，填补辘辘的饥肠。

摊上了不顾妻子、不管孩子的丈夫，还要照顾一群吵吵嚷嚷的小雏鸭，绿头鸭妈妈真是不容易！好在小绿头鸭天生就有迅速自立的本领，出壳后经几个小时练习，就能跟着妈妈跑到水里游泳和觅食了！

造物主的安排往往是这样：父亲不负责任，妈妈就得受累，孩子就得天生早熟自立。否则，这个物种怕是要灭绝了。

2

阳春三月，天气一天天变暖，库区柳丝染绿，碧桃吐艳，芦苇发芽，各种水生植物也开始萌动生长。南迁过冬的绿头鸭们一批批返回库区，开始了它们的恋爱时光。

碧波荡漾的湖面上，成群的绿头鸭散伙了，取而代之的是一对对嬉戏游乐、谈情说爱的情侣。

在几个月的时间里，它们各自找好筑巢地点，精心编织自己的爱巢，进入了热烈的恋爱和交配期。

几年中，来库区定居的绿头鸭越来越多，筑巢的合适地点也越来越紧张。芦苇丛、蒲草丛等临近水面的最佳筑巢点早已被抢占。后来者只得选择低矮的柳丛或者周围小山的灌木丛作为筑巢之地。

绿头鸭的巢多用苇叶、干草、蒲草和苔藓搭成，大小形状如针线筐一般。雌鸭每窝产蛋7到11枚，或为白色，或为绿灰色，就像是大号的鸡蛋。

鸭巢若选在库区芦苇荡中或蒲草丛里，由于周边有水面阻隔，陆上动物难以企及，安全性也会大大提高。若选在树丛或小山灌木中，难免会受到獾子、狐狸、黄鼬、游蛇、雀鹰等天敌的威胁；更残酷的还会遭遇来自人类贪欲的戕害！

库区管理人员老刘介绍说：绿头鸭个大、味美，每到繁殖季节，周围小山上都会出现偷猎者。近几年库区与公安机关加强了联合执法，偷猎绿头鸭的势头得到了有效遏制；但却出现了盗拾野鸭蛋的新情况。

为应对新挑战，保证绿头鸭正常繁衍，库区工作人员不得不加大了巡山力度，并加装了多部摄像头以随时发现盗拾鸭蛋情况并采取行动。

在采取预防措施的同时，库区加大了保护野生动物的宣传，通过参观讲解、设置警示牌、发放宣传资料等方式不断提升周边居民和游人的素质。

经过多方面、多渠道的不懈努力，库区人为猎捕或伤害野生鸟类的行为得到了有效遏制。

然而，库区内各种天敌对鸟儿的伤害却始终难以杜绝。

大自然是一个完整的、多姿多彩的系统，存在着自上而下完整的食物链。人为地去干扰或削弱某一个环节，就可能对整个链条造成破坏。正是基于这种认识，库区工作人员对绿头鸭天敌的行为采取了相对容忍的态度。

况且，绿头鸭自有一套防范天敌的办法和手段。

比如，成群绿头鸭睡觉的时候，总会有一只站岗放哨，时刻注意周围的动静。一旦发现有什么危险，哨兵就会迅速发出“呱呱”的警报，鸭群便会迅速惊醒，集体起飞。

若一两只绿头鸭单独休息，其睡姿会非常独特：一条腿站立，另一条腿收到腹下羽毛中，一眼合闭，一眼半睁。这样，在睡梦中也能随时发现来自外界的险情。

▲水边绿头鸭

据说，绿头鸭具有让一部分大脑休息、一部分大脑清醒的本能。睡觉中能睁一只眼闭一只眼，始终保持半睡半醒状态，故能及时发现周围的危险，并迅速逃脱。

3

但意想不到的凶险仍旧不可避免。

一次，库区对岸浅滩上的几只雄性绿头鸭被一只雀鹰盯上了。

雀鹰属于小型猛禽，羽毛灰褐色加褐色横斑，主要以昆虫、鼠类为食，也捕食鸽子等鸟儿。绿头鸭身大体重，反抗能力又强，雀鹰无法将其带到空中，所以一般不会对绿头鸭下手。

但眼前的情况有些特殊：雀鹰在绿头鸭头顶来回盘绕，分明要采取行动。

对岸浅滩是库区偏僻的一角，很少有人光顾。

雀鹰先做了两次俯冲以试试绿头鸭的反应。

多数绿头鸭并不惊慌，而是仰天大叫，仿佛是对雀鹰发出警告，并摆出了决战架势。雀鹰只得盘旋着重新飞向空中。

就在逐渐升高的一瞬间，雀鹰发现有一只绿头鸭脱离了鸭

▲成双成对的绿头鸭

群，慌乱地跑向滩头草丛。

它立即改变了策略，扭转方向，收拢翅膀，飞速向这只绿头鸭俯冲下去……

雀鹰抓住了绿头鸭脖颈，并用弯钩般的利喙猛啄鸭头。绿头鸭拼命扇动翅膀、晃动着脖子大叫着向水边挣扎。雀鹰几度被掀翻，甚至被绿头鸭扇动的翅膀连续击中……

但雀鹰抓住绿头鸭脖颈死死不放，并瞅准时机继续猛啄。绿头鸭的反抗越来越弱，但肥壮身躯和巨大翅膀的每一次挣扎仍让雀鹰感到心惊。

突然，雀鹰做出了一个奇怪的举动：突然用利爪将绿头鸭的脖颈用力拉向水面，然后将其脖颈和脑袋一起摁到水中！

这是一个不可思议又让人震惊的举动！

一分钟以后，绿头鸭再也没有了挣扎。它静静地躺在水中，被原本怕水的雀鹰给溺毙了！

雀鹰一口一口啄食着新鲜鸭肉，一个上午几次往返于巢穴——它的孩子几天之内不会为食物发愁了。

目睹了这次惊骇的杀戮，几位库区摄影者和游人一直为“雀鹰怎么知道水能溺毙绿头鸭”的问题百思不解。

我们总说，只有人才有头脑，有思维。但雀鹰行为表明，动物和我们人类一样，亦有它们的独特认知和思维方式。

如果说雀鹰是猎捕成年绿头鸭的高手，那么狐狸则是雏鸭成长过程中最大的威胁。

库区工作人员讲了这样一则见闻。

一天，一窝半大的小绿头鸭正在湖边草坡上啄食草叶。一只黄狐悄悄从树丛绕道包抄过来。

小鸭是狐狸最好的点心，柔嫩、新鲜、又好捉。

正在水面觅食的鸭妈妈发现了这危险一幕，立即大叫着拍着翅膀踏着水面飞奔过去。

狐狸被这一情景惊呆了，就在它犹豫发愣的一瞬间，小鸭们也发现了狐狸，立即“吱吱”叫着跑向湖面。

狐狸瞬间清醒了，抛开鸭妈妈，飞跑过去要捉小鸭。可突然赶过来的鸭妈妈，一下子扑倒在离狐狸只有三丈多远的草地上。

它费力地拍打着翅膀，身子踉踉跄跄分明受了重伤……狐狸见状大喜，立即改变了念头，丢下小鸭去猎捕这更大的猎物。

可就在狐狸赶到离鸭妈妈一丈多远的地方，鸭妈妈突然站立起来，呼啦啦扇动翅膀一下子飞向了空中……狐狸奋起一扑，但只能是徒劳的一跃！

小鸭们趁机游回到水中，游到了鸭群之间，并与妈妈会合在一起。

鸭妈妈用奋不顾身的精神和调虎离山的计谋欺骗了狐狸，救了自己的孩子们。

动物们为救子女而制造骗局的行为绝非个例。猎豹为救子女，会只身跑到狮子面前做挑衅动作而转移狮子的视线；麻雀妈妈为救落地的小麻雀，敢斗胆挡在一只大狗面前……所有这些现象表明，舍身救子的勇敢和智慧，不单是人类才有的壮举。

因为肥大、味美，野生绿头鸭一直是人们狩猎的鸟类之一。无度的猎取及栖息地的丧失，已使绿头鸭的整个种群数量在急遽减少。

只有切实加大监管和执法力度，不断提升公民的爱鸟、护鸟意识，美丽的绿头鸭才有可能与我们长期共存。

科普链接：绿头鸭为鸟纲、雁行目、鸭科、鸭属、绿头鸭种大型游禽。外形、大小和家鸭相似。雄鸟嘴黄绿色，脚橙黄色，头和颈灰绿色，颈部有一明显的白环。雌鸭嘴黑褐色，脚橙黄色，全身羽毛布满麻斑，很像麻鸭。通常栖息于淡水河湖、水库、海湾和沿海滩涂。趾间有蹼，少潜水，游泳时尾露出水面，善在水中觅食和求偶交配，睡觉时互相照看。以植物为主食，也吃无脊椎动物和甲壳动物。春天营巢繁殖，每窝产卵7~11枚，白色或绿灰色，如大鸡蛋，雌鸭孵卵，孵化期24~27天。雏鸟出壳不久即能跟随亲鸟活动觅食。

苍鹰的报复

苍鹰是京郊常见的一种大型鹰类，灰嘴黄脚，飞行时两翅之间的宽度能超过一米，主要捕食野兔、田鼠等小动物，也猎捕雉类、鸽类等鸟儿，食物紧缺时亦偷袭家鸡。乡人叫它们“大鹞子”。之所以叫苍鹰，是因为它们的体羽和翅羽为灰色，中间夹杂着黑褐横斑，而腹部为白色，给人以青苍的视觉。

苍鹰的巢多做在人和动物难以攀爬的悬崖上，能最大限度减少被天敌侵害的风险。

三岔山景教十字寺遗址被定为全国重点文物遗址保护单位后，与几位山友去那里游玩。曾多次看到一对苍鹰在这一带天空盘旋。经观察跟踪发现，这对苍鹰的巢就筑在三岔山北面崖壁的突出石阶上。

承包三岔山谷地的小马一家在周边橡林中散养了数百只家鸡。这些鸡儿虽然隔一段时间就会被苍鹰掠走一只，但小马很宽容，说受点损失不算啥，苍鹰会捉蛇、捉鼠、捉黄鼬，还有山狸子，在一定程度上又保护了鸡群。所以，他并不憎恶，甚至把“大鹞子”当成保护神。

听了小马的话，山友老陈非常感慨，称赞小马有气度，明事理，与他们老家的朱三、佟四简直是天壤之别。接着，便讲起了朱三、佟四祸害苍鹰最终遭到报复的事情。

1

老陈的老家位于京郊延庆县的一个小山村，北靠大山，南临山林谷地，有一条小河从村边流过。

这里山高林秀，梯田层层，环境优美，民风淳朴。老百姓过着“晨兴理荒秽，带月荷锄归”的田园生活。

而淳朴的民风有时也会因少数龌龊的异类而泛起浑浊。

因打架斗殴被劳教的朱三和佟四最近回村了。村人们心里暗暗多了几分警惕。

朱三和佟四初中没上完，劳教回来后虽然厌恶苦累的农活，但只是偷偷懒、旷旷工，并没有太多非分的行为。

而随后发生的一件事，却让村民连同朱三、佟四自己都感到惧怕、后悔。

农活的劳累和生活的艰辛，让朱三和佟四很不适应。

这天，两个人坐在一块青石上望着天空发牢骚。

“大热天顶着太阳耪地，棒子叶刺得胳膊、膀子满是血道子，真不是人干的活！”

“回家连点荤腥都吃不上，就是窝头、菜粥，什么时候是个头呢？”

“人家考上高中的算是有了出头日子！咱俩好，这辈子怕是要修理地球了……”

▲空中飞翔的苍鹰

两个人抱怨、叹气、愤愤不平。忽然，朱三被天空盘旋的一只苍鹰吸引住了。

盘旋的苍鹰突然收了收翅膀，接着向山谷斜坡俯冲下去。转眼之间，它又费力扇着翅膀飞了起来。只见一只半大的野兔被带到了空中……

“快看，兔子！要是到咱们手中就能炖一锅兔子肉了……”

“是呀！盯着它，看它飞哪儿去！”

两个人精神一振，立即朝苍鹰飞翔的方向追了过去。

连续几天地跟踪侦查，朱三和佟四发现，这是一对正在抚养雏鸟的苍鹰。巢就做在村北山崖一个凹进的石窝里，离地面足有六七丈高。

“要是能把小鹰掏出来，说不定能卖个好价钱——听说能训练成猎鹰。就是找不着买主，也能吃一顿烧鹰肉……”佟四咽着唾沫说。

“对，有戏！我看了，那悬崖两丈多高的地方有一个石坎，石坎上有一道竖着的大裂缝，裂缝上长着几棵岩柏，攀着岩柏就能爬到鹰窝边……”

“那咱们试试?”佟四急切地说。

于是，两个人开始了攀崖掏鹰的密谋。

2

三天以后，一根两丈多长的榆木杆被悄悄靠放在北崖石壁上。木杆上绑着八九根攀登用的横木棒。踩着木棒，就能顺着榆木杆爬到那道窄窄的石坎上。

这天下午，藏在崖下的朱三和佟四，看两只苍鹰飞离了鹰巢，便拿着篮子、镰刀和绳索，悄悄顺榆木杆猴子一样爬上了第一道石坎。

篮子是装小鹰的，镰刀是防卫用的，而绳索是吊篮子的。

▲苍鹰蹲守待猎

胆大的朱三，率先攀着岩壁裂缝一步一步爬向岩柏。很快，他抓到了岩柏枝干，接着脚踩岩缝爬到了岩柏上面……

“当心，三哥……”佟四颤巍巍站在第一级石阶上，有些心惊肉跳。

经过一番艰苦攀爬，朱三蹬上岩缝中最上方的第三株岩柏，终于踩着横出的主干，看到突出石壁上的鹰巢。

望望上下陡峭的石壁，望望远处熟悉的村庄，朱三只觉得心脏咚咚狂跳。他稳住情绪，把绳头扔给佟四，很快吊上了荆篮。

鹰巢里，两只毛茸茸的小鹰惊恐地叫着，晃着脑袋用带钩的尖喙猛啄朱三伸过来的手。朱三忍着疼痛，快速抓起一只小鹰送到了篮子里。

就在他抓住第二只小鹰要放回篮子的时候，一阵凄厉的鹰叫带着风声呼啸而至。原来是苍鹰妈妈飞回来了！

朱三自知大事不好，快速把第二只小鹰扔进篮子，顺手抽出了腰上的镰刀。

他狂舞着镰刀一边驱赶苍鹰，一边喊着壮胆，下意识地把篮子扔给了佟四。

慌乱的佟四哪里还接得住篮子！“哎哟”叫了一声，便任凭篮子摔到了崖下……

“砰——”荆篮落地声夹着小鹰的悲鸣，让鹰妈妈痛彻心扉，它凶狠地扑向朱三……

尽管拼命用镰刀、胳膊遮蔽防守，但危险的崖壁使他顾此失彼，很难抵御鹰妈妈的凶狠进攻。手臂被鹰爪抓伤，头皮被鹰嘴啄破，头上和双臂多处变得鲜血淋漓。

又一阵鹰叫声呼啸而至——是苍鹰爸爸回来了！

面对两只拼命的苍鹰，朱三和佟四丢弃了绳索，连滚带爬落到地面，提着篮子及摔死的小鹰狼狈不堪地逃进了玉米地，连鞋子跑丢了都没有察觉……

当天傍晚，带着伤痛和愤懑，朱三和佟四悄悄在村外架起柴火堆。两只摔死的小鹰被去除内脏，撒上咸盐，然后用黄泥包好被架在了柴火堆上……

两个人如愿以偿，大口大口吃起了烤鹰肉……

袅袅的青烟升到了空中，苍鹰夫妻从青烟中闻到了熟悉的味道。它们循着青烟盘旋而来。

灰烬旁，仇人已经逃回村里，只有散落的鹰骨被丢在一边。

“嗷——嗷——嗷——”苍鹰夫妇悲鸣盘旋着，那声音在小村上空久久回荡。

3

朱三和佟四接下来的几天中似乎变得分外规矩：和大家一同出工，一同收工，干活时也变得勤快了。只不过时常神情紧张地望着天空，尤其是当苍鹰出现时更显得惊恐。乡亲们都感到有些怪异。

这天上午，村里曝出一则恐怖奇闻：朱三早起上工，刚出家门，就被从天而降的一只苍鹰疯狂围攻。头皮、手臂、胳膊被鹰爪、鹰嘴撕出了一道道口子！多亏村人们喊叫着赶来相救，朱三才被送到了公社卫生院。

一天以后，相似的新闻再次曝出：佟四去小卖部买烟，途中被两只苍鹰疯狂围攻，多处受伤也被送往了公社卫生院……

两则新闻如山风一般从小村里刮过，让小小的山村变得惊慌不安。

但接下来一切都平静了，一连几天安详如初，分明什么事也没发生一样。

几天以后，朱三、佟四出院回到村里。村人们仿佛是见了瘟神，纷纷投来异样的目光。

这天，朱三、佟四被分配到场院晒玉米。

两人刚把囤里的玉米倒出来摊开，一只苍鹰又从天而降，扑向光膀子的朱三和佟四。尖利的爪子抠进了肩头，凶狠的尖嘴撕破了脑皮，巨大的翅膀愤怒地扇打……场院的人都被眼前的情景惊呆了！

怎么又是苍鹰？怎么袭击的又是朱三和佟四？

▲苍鹰复仇图　　刘申 作

当人们缓过神来想救人时，两人已抱头哭号着滚在了地上……

“到底是怎么回事？苍鹰为什么总和你俩过不去？”

人们追问着，猜测着，怀疑着。

朱三和佟四仍旧嘴硬，守口如瓶不讲实情，但内心的惶恐却与日俱增。

炎热的夏季，一向不戴帽子的朱三、佟四，居然戴上了草帽，还穿上了长袖夹衣。两个从不拾粪的懒人，居然背起了粪筐，手里还拿上了一柄钢丝粪叉……

村人明白了，这是为防备苍鹰的。一旦遭到突袭，草帽可以保护脑袋，长袖能够保护身体，而粪叉子可以挥舞着阻挡苍鹰的进攻。

然而，仍旧是防不胜防。

一次，朱三要乘公交车去县城。

去县城总要讲究一些，不能拿粪叉、戴草帽了。可没想到在离村很远的公交站上，朱三照样遭到了两只苍鹰的袭击。

等车的乘客惊恐大喊，不知所措。一辆公安警车经过此地。民警下来鸣枪示警，才救下了朱三，吓跑了苍鹰。

民警感到非常蹊跷，询问朱三到底是怎么回事。

朱三虽然嘴硬，可面对民警，心里的畏惧无法克服，最终说出了遭受苍鹰报复的真相……

一传十，十传百，村人们很快知道了朱三、佟四偷袭鹰巢、烧烤小鹰、苍鹰拼死报复的真相。人们都说：这是罪有应得，活该遭报应！

可许多人迷惑不解：苍鹰怎么会认识他们？怎么会记住他们长相呢？

民警询问了一位刑侦专家才知道：原来，苍鹰的视力非常出色，可以看清两三千米远的东西，可以记住人的长相特征。对杀害小鹰的仇人，它们当然会刻骨铭心，牢记不忘！

至此，人们明白了，身处高山崖壁上的苍鹰，原来时刻都在监视着仇人的一举一动。无论是在野外、田间、院落，还是在公路、车站，只要有时机就会发起疯狂的报复！

讲完了上面的故事，老陈深深叹了口气说："后来，朱三和佟四实在没法待下去了，就求我在石化区给他们找份临时工，说当装卸工、搞卫生也行。看他们那可怜样子，我骂他们活该，但也不能不管，就托人让他们到咱们这儿干了份清洁工……"

据说，多年之后，朱三和佟四才敢偷偷回家，但心里仍旧充满了惶恐。

科普链接：苍鹰，鸟纲、隼形目、鹰科、鹰属、苍鹰属大型食肉鸟类，俗称鸡鹰、鹞鹰，翅展宽度可达1米多。雄性从头部到前胸为灰黑色，眼后为黑色，有明显白眉斑，腹部白色，有灰黑色小横斑，个头稍小。雌鸟为灰褐色，眉纹白褐相间，腹部白色有灰黑纵斑，个头稍大。飞翔时扇翅速度较快，常与滑翔交替进行；性机警，善隐藏，叫声尖锐洪亮，栖息于山林，常见于北半球温带森林及寒带森林，捕食野兔、野鼠、雉类、小鸟和家鸡，对农业有益，寿命一般在15~20年。幼鸟常被驯养为猎鹰。

啄木鸟的秘籍

乡人称啄木鸟为“啅得木”。“啅”者，利喙啄击也；“得木”，即敲击于木，得益于虫——啅木捉虫而食也。由此可见，“啅得木”之名不仅形象，且恰如其分。

有关资料介绍说：全世界约有210种啄木鸟，而我国分布的共有29种。

1

在京郊鸟类中，戴胜、鸳鸯、啄木鸟均在树洞中营巢。

这些树洞，少数是因树干、枝杈腐烂而成，多数是由啄木鸟啅凿出来的。也就是说，啄木鸟的洞巢由自己建造，其他鸟儿的洞巢多借助了啄木鸟的劳动成果。

在林木中，自然形成的树洞并不多，只有几十年、上百年的老树，才有可能出现腐朽的洞窟。

对啄木鸟来说，凿一个洞并非难事，只要集中精力，不出一个时辰，便可初具规模。

对啄木鸟凿木的绝技，少年时曾深感震撼和疑惑：树皮尚且松软，木质部却分外坚硬，用嘴敲击无疑像以头撞地。

木工在木方上开挖榫卯：非用斧头力砸凿顶，方可使凿子的利刃楔入木中。再经反复楔凿、提挖，才能清出木屑，扩成榫卯。难道啄木鸟的嘴比铁凿还厉害?

看啄木鸟在树干上跳跃啄木会发现：斜立的身子用尾羽支撑，几乎与树干呈30°角。它们一边跳跃游走，一边搜寻点啄。

啄木鸟的尾羽极神奇：向下呈楔形，羽轴不但有硬度，而且富有弹性。如此的特殊结构，才使得尾羽成了斜立身子的支撑。

而那对神奇的脚仿佛是天生抓握器。每脚有四枚利爪，两爪在上，两爪在下，可牢牢抠住树皮。这种结构，不但能使啄木鸟牢牢抠住树干，还能使其在树干上快速上下跳跃，抑或是向左右两侧跳转。

两脚支点加尾部支点，合力形成了一个稳定的三角形，使啄木鸟能稳稳斜立于树干并保持身体平衡。

在树干上，啄木鸟多采取跳跃点啄的猎食方式。这样做，一是能尽量扩大搜寻面积，发现和猎捕树木表皮上的虫子。二是比较省力，因为啄木打洞毕竟要费出艰辛。

观察树木上虫害分布情况会发现，潜伏、隐藏在树皮中的害虫比蛀入木质部的害虫不但种类多，而且数量大。这也是啄木鸟在树干上喜欢用跳跃点啄方式捕猎的重要原因。

▲大斑啄木鸟啄木寻虫　　曹毅 摄

仔细观察啄木鸟的啄木方式会让人震撼。速度相当快，“笃笃笃笃笃……笃笃笃笃笃……”就像是连射的机关枪。如果是人，用如此快的速度去撞击坚硬的木质部，巨大的反弹力和震动怕是早就造成脑震荡了！而啄木鸟却安然无恙！

试想一下，假若给人安上一个带尖喙的面具，然后用喙快速撞击木头，怕是三下两下就会受伤晕过去。

啄木鸟为什么会有如此坚固、不怕震动的脑袋呢?

科学家们通过解剖研究发现：原来，啄木鸟有一种特殊的舌骨结构。这种舌骨从鸟嘴下面开始，一直延续到鼻孔，然后越过头骨顶部最终在前额处会合。这种环绕整个头骨的舌骨结构，在最初的冲击中发挥了重要的安全带作用。

再就是啄木鸟的头骨构造十分奇特：由骨密质和骨松质组成，且大脑周围有一层内含液体的海绵状骨骼。正是这种结构，明显缓冲了外力冲击，起到了明显减震作用。

还有，就是啄木鸟的脑壳周围长满了具有减震作用的肌肉。啄木时能让喙尖和头部始终保持在一条直线上运动，因而能承受强大的震动。

最后，就是啄木鸟大脑的上下距离明显长于前后距离，这便使得鸟嘴撞击力传到头骨时会远离大脑。

有了上述诸多因素，才有效化解了啄木时巨大震动对脑部的冲击和伤害。

借鉴啄木鸟大脑防震的结构及原理，科学家们设计出了防震安全帽。

现代安全帽不仅有坚硬的外壳，里面还设计了一个松软的套具，并与外壳之间留有一定空隙，帽中还加了一个防止碰撞时造成旋转的防护圈。这些巧妙构思，就是参照了啄木鸟头部防震结构的原理。

2

作为著名的树“医生”，啄木鸟会根据树木损害程度做出适当的反应：虫害多，其啄木痕迹也多；虫害少，其啄木痕迹也少；没有虫害，便基本没有啄痕。

因此，人们将树木啄痕的多少作为是否要采伐树林的重要参考。啄痕多的，基本是病树、老树，要尽快砍伐清除。

啄木鸟捕食范围非常广泛：天牛、蛴螬、蛾类、椿象、吉丁虫……都在它们的食谱上。每只啄木鸟每天能吃掉上千条害虫。

它们的食量和活动范围很大。一片森林中若有啄木鸟栖息，各类害虫就会受到有效抑制。

啄木鸟的捕虫本领不仅体现在凿洞上，还体现在细长柔软的舌头上。舌头能伸出嘴外十几厘米。由于舌头连着伸缩性极强的舌角骨，所以能伸缩自如、犹如弹簧。加上舌尖上有成排的倒刺和黏液，非常适合钩取洞穴中的昆虫及虫卵。

若发现虫子躲在木质部深处，啄木鸟会实施打草惊蛇之计。先用喙在虫洞周边不断敲击，使里边的害虫感到惊恐而四处乱窜。等候在外面的啄木鸟便可将出逃者一一啄食。

李时珍在《本草纲目》中记载：“《异物志》云：啄木有大有小，有褐有斑，褐者是雌，斑者是雄，穿木食蠹……山中一种大如鹊，青黑色，头上有红毛者，土人呼为山啄木。”

这里所说的啄木鸟主要是指大斑啄木鸟和红头啄木鸟。大斑啄木鸟在我国分布最广，雄鸟头上有一片红色，在北京郊区森林及公园中都可见到。而红头啄木鸟主要生活在南方。

每年5至7月，啄木鸟进入繁殖期。这时，经常能听到雄鸟急促地敲击树干的声音。这既是它对领地的宣示，也是招引异性的行为。

当一对啄木鸟情投意合、结为伴侣之后，它们会选择一处理想的树洞，共同构筑和修建爱情之巢。之后，雌鸟会产下4~5 枚白色鸟蛋，夫妻俩轮流孵化，抚育雏鸟。

经过13~16天的共同努力，雏鸟会破壳而出。此后，艰辛的育雏任务便由父母共同承担起来。

啄木鸟的育雏方式明显不同于其他鸟类。

成鸟捕食后，不是立即飞回来喂给小鸟，而是把食物先存入嗉囊，直到嗉囊充裕了才会飞回来给小鸟喂食。

成鸟喂食不平均分配，而是先喂一只：成鸟选中一只讨食的雏鸟，会张大嘴呕出嗉囊的食物，让雏鸟把嘴伸进去吞食。吞食几口后，雏鸟会缩回头休息一下。成鸟再张嘴呕出食物，雏鸟亦再次吞食……这样连续几次，直到雏鸟吃饱了缩回巢里再去喂下一只。

那情景，几乎与成鸽育雏的场面如出一辙。

▲大斑啄木鸟情侣　　肖虹　摄

和许多鸟类一样，育雏期的啄木鸟十分凶悍，为保护幼鸟甚至不惜拼上性命。

松鼠喜欢树洞，常把啄木鸟啄出的树洞作为自己的巢穴。

一次，一只寻寻觅觅的松鼠发现了一个树洞，正探头探脑想去里面看个究竟，却被刚刚飞回来的啄木鸟发现了。

啄木鸟愤怒地飞过去扑打松鼠。松鼠慌忙跳开转到了树干的后面。啄木鸟依旧不依不饶追着扑打。松鼠有些恼了，回过身来想对啄木鸟展开反击。可还没容它站定，啄木鸟尖嘴便猛啄过去。松鼠的面门遭到重重一击，疼得缩头乱蹦，用前爪连连抓挠伤处，差点从高高的树干上摔下来。慌乱的松鼠飞奔逃走，啄木鸟这才停在洞口向里面呼唤。

几个小脑袋纷纷露了出来——原来这是啄木鸟育雏的洞穴！

微信中曾看到一段红头啄木鸟大战绞花林蛇的视频。

一条粗大的绞花林蛇偷袭了啄木鸟的洞穴，吞吃了里面的幼鸟。捕食归来的红头啄木鸟正向洞口呼唤孩子，一条大蛇突然钻了出来！红头啄木鸟大惊，知道孩子遭遇了不幸，便将满腔悲愤化作复仇的勇气。它看准时机猛扑上去，用利喙猛啄蛇身。而弯曲的大蛇一个转身弹射咬住了啄木鸟的翅膀。红头啄木鸟一面扑棱着翅膀挣扎，一面用利喙猛啄大蛇的头部，大蛇终于松开了嘴巴。

▲大斑啄木鸟捕蝉　　肖虹 摄

跳出蛇口的啄木鸟并未因刚才的危险而逃跑退却，而是蹦跳着寻找时机，或者从洞上攻击，或者从侧后攻击……但连续的进攻带来的是一次次的惊险——大蛇几次咬住啄木鸟，几乎把它拽进到洞口，蛇嘴里多次飘着咬下的羽毛……

但红头啄木鸟依旧与大蛇不懈周旋，展现了为子复仇的决死精神！

3

啄木鸟因为能有效消灭森林害虫而被称为“森林医生”。但事实证明，这种认识却存在一定局限性。

在啄木鸟大家族中，并非所有啄木鸟都是“森林医生”。其中，少数啄木鸟则是不折不扣的林木破坏者。

一种专门吸食树木汁液的啄木鸟，会在寄主身上啄出一个个小洞，然后任树汁从小洞伤口流出来凝结，然后它用舌头去舔食。一个小洞干涸了，流不出汁液了，它们会在树皮上开凿出更多的小洞……就这样，好端端的树干会被啄得千疮百孔。

由于汁液被吸干，树木会很快干枯。这种啄木鸟成了不折不扣的林木杀手。

还有一种专食橡果的啄木鸟。每到秋天橡果成熟，便会在树干上凿出一个个圆形小孔，然后把收集的橡果一颗颗塞到小孔中存放。远远望去，这些树干布满了塞着橡果的小孔，犹如无数星星钉满了树皮。受到伤害的树木成了病树和危树，面临的将是逐渐枯死的命运。

大千世界，无奇不有。啄木鸟群体出现上述异类实属罕见。但仔细一想也不奇怪。我们人类中不也有害群之马吗?

所以，不能因群体中出了少数异类而否定啄木鸟的功劳。

科普链接：啄木鸟为鸟纲、䴕形目、啄木鸟科、啄木鸟属、啄木鸟种鸟类，是著名的森林益鸟，全世界约有38属、210种，我国有13属、29种。大斑啄木鸟是我国最常见分布最广的啄木鸟，北京郊区广有分布。另有绿啄木鸟、红头啄木鸟等。5~7月是啄木鸟繁殖季节，雄鸟会急促敲击树干招引异性。雌鸟每巢产卵4~5枚，白色，雌雄轮流孵化，孵化期为13~16天，育雏期为20~30天。啄木鸟每天剧烈敲击树木而头脑不受伤害，是因为其头部有特殊的减震、防震结构。模仿这种结构人们设计出了安全帽和防震盔。

救援雏雀

自然中的许多事情并不是凭美好愿望能够改变的；若固执地坚持自己的意愿，常常会造成相反的结果。

1

夕阳落山了，我踏着马路上涌动的热浪回家，一眼发现有只小麻雀惊慌蹦跳着在楼前鸣叫。

我心中一动，好奇地走过去。那小麻雀扇着翅膀跳跃，头顶上一只大麻雀叽叽喳喳叫着盘旋。我顿时明白了，小麻雀是它的孩子，它的孩子落难了——大概是学飞时从窝里掉下来的。

我一步步走向小麻雀。它拼力振动双翅，可只长出几片正羽的小翅膀，只能徒劳地扇动。

前面是滚烫的公路，背后是家属楼。若不管它，小麻雀不遭车轮之祸，也难逃孩子们的捕捉。我决心挽救它。几经扑抓，小麻雀终于被扣拢在手中。小东西拼命挣扎着，大麻雀则在我头顶愤怒地鸣叫。

我无奈地对大麻雀说："我是想救它，懂吗？"可大麻雀照旧抗议，并不理会我的好心。

我爱抚地梳理着小麻雀茸茸的、尚未长全的羽毛。它惊恐地转着头，闪着眼，用嵌有黄边的小嘴对我的手指又啄又拧。小东西还真有股子犟劲呢！

小麻雀被装进一个纸箱子，放在了阳台上。为了透气，我用剪刀把箱子的四壁钻成了小孔。透过小孔，小麻雀可以看到外面的世界。

然而，奇迹发生了，箱子里的小麻雀居然用叫声和邻近槐树上的大麻雀应和起来。

“叽……叽……”“喳喳喳喳喳喳……”“叽……叽……”“喳喳喳喳喳喳……”

看到麻雀妈妈在阳台周围飞来飞去，我十分欣喜。有了妈妈做伴，小麻雀一定不会觉得孤独了。

2

晚上，全家人围在饭厅里给小麻雀喂食。大家希望，小麻雀能尽快羽毛丰满，展翅飞翔，回到蓝天里，回到绿树上，回到爸爸、妈妈身旁。

肉末、米粥和豆糜，小麻雀的食物很丰盛。可盛食的小碟放进纸箱子里它却看也不看。我明白了，小麻雀一出生就由大麻雀喂食，长这么大还没有学会自己啄食。

为了不使小麻雀饿肚子，我把它抓出来想强迫它进食。小麻雀很坚定，不管你怎么逗，怎么引诱，它就是不张嘴。想掰开嘴巴，可看它那可怜的小样儿又不忍。女儿用小勺舀着米汤，一点点往小麻雀的口缝里灌。小麻雀不得已才晃晃脑袋，甩甩嘴巴，咽一点浸到嘴里的残汤。

这一晚，费了很大力气，食也没喂成，倒把小麻雀累得闭上眼没了精神。大家怕把小麻雀折腾出个好歹，只得作罢。

第二天早晨，去游泳锻炼回来，无独有偶，在楼门口马路边，我又见到一只蹦跳的小麻雀。比昨晚那只要强壮，奔跑的速度也更快，但同样飞不起来。大麻雀在头顶叫着，和昨晚的情景一模一样。

莫非是一窝雀雏？也好，两只麻雀同养在一个纸箱里也能相互做伴。

女儿和我到不远的草地抓来了蚂蚱喂它们。小雀儿仍睬也不睬。半天过去了，食碟、水碟的东西一点也不少。它们瑟缩在纸箱一角，不吃不喝。看大麻雀在附近枝头叽叽喳喳呼唤，我突发奇想，能不能把小麻雀放到纸箱外让大麻雀来喂食呢？

可小麻雀会老老实实待着吗？若是从阳台上跌落下去又该怎么办？

于是，我用毛线拴上小麻雀的一条腿，再将毛线系在纸箱上。小麻雀被放出来了，在纸箱顶和阳台水泥板上蹦来蹦去。它们一次次想摆脱束缚，可一次次又被毛线拉住。

一家人悄悄退回到屋里，在窗纱后观察着阳台上的动静。大麻雀果然飞来了，从槐树枝上落到了纸箱上。小麻雀激动地“叽叽”叫，而大麻雀只和它们亲热一下，便展翅又飞到了树梢上。如此一次次反复，小麻雀扇着翅膀急得乱叫。

这是干什么？看到大麻雀飞走后再落在枝头回头冲小麻雀鸣叫，我恍然大悟：雀儿妈妈是在给小麻雀做示范——像我这样飞，快飞！

▲大麻雀给小麻雀喂食　　肖虹　摄

然而，它却忘了，它的孩子还不会飞，而且被毛线拴住了腿！大麻雀的努力失败了。强烈的母爱，驱使它不得不冒险去给小麻雀喂食。

3

两只大麻雀在阳台和槐树枝间飞来飞去。比较修长的大约是爸爸，比较粗壮的大约是妈妈。雀儿爸爸飞起飞落，灵动地转该头，警惕地鸣叫，并不喂小雀，它是在担任警戒任务。雀儿妈妈落在小麻雀旁，嘴上衔满了乳白色的东西。一只小雀张开了黄嫩的短喙，妈妈嘴对嘴将口中的东西一口一口喂给了它。

妈妈飞走了。喂完食的小雀欢欣地拍拍翅膀，重新充满了期望。

妈妈又飞回来了。两只小雀同时张开大嘴，等待妈妈喂食。妈妈很公平，这次喂的是另一只。一口、一口，仍是乳白色的东西。望着这感人的一幕，我的心在欢跳，突然想到了“哺育”一词。鸟类育雏十分辛苦，最初时先把食物吞下去，经过一番消化后再吐出来去喂小鸟。雀儿妈妈口中那乳白色的东西，一定是它吐哺的食物吧！

但不幸也来临了。

傍晚，我去看纸箱顶的小雀，不禁心中一抖：雀儿腿上的毛线胡乱缠在了一起，两个小东西竟被倒挂在纸箱一侧！

我心疼地将精疲力尽的小麻雀托起来，剪断毛线，解开束缚，放它们在纸箱里，它们才一跛一拐地躲到了箱子一角。小雀儿的大腿被吊得又红又肿。

我想，再也不能用束缚小雀来换取大雀的哺育了！我决定再次尝试人工喂养。

又是一个徒劳的晚上。小雀儿坚韧地拒绝我们的喂食，甚至用小小的喙恼怒地顶撞我的手指。

看来，过惯了父母喂食的日子，它们很难再接受其他方式。

4

▲在草地觅食的麻雀

早晨起来，我清理了阳台，将许多杂物卖掉，让阳台变得宽敞而干净。打开纸箱，放开小雀，任它们在阳台蹦跳放风。它们却没有理解我的好意，一头钻进了一个旧木箱下面。我放好食碟、水碟，幻想在一个较自由的空间里，小雀儿能心情愉快地学会自己吃食。

中午，女儿和爱人同时报告我一个喜讯，雀儿妈妈和爸爸竟然飞到阳台内给小雀喂食了！我极高兴，免去了小雀的束缚之苦，又争得了雀儿父母的哺育之情，岂不是一举两得！

心中的石头落了地，甚至想象着小雀儿在父母哺育下，在阳台保护下，羽毛丰满飞向蓝天和绿树……

每天下班，回家的第一个任务就是看小雀。看它们在不在，看它们长了多少。小麻雀很胆小，又很机警，只要听见阳台门一响，就会飞速地钻到木箱底下藏起来。

宁静无人的时候，它们钻出来蹦蹦跳跳"叽……叽……"地呼喊着，要父母给它们喂食。大雀儿亦享受着短暂的"天伦之乐"。小雀们的羽毛渐渐发白，明显长出了少许新羽。

傍晚，我来到阳台，故意搬开木箱去接近小雀，并捧起它们试图建立起一种友好关系。听人说，麻雀是可以养熟的，养熟的麻雀甚至一招呼就会飞到主人手上。这是一个美妙的故事，我希望这美妙的故事能在我身上成为现实。

已经是救援行动的第八天了。小雀儿们在成长，但很缓慢，也很瘦弱。我知道，是父母喂养的食物太少了，满足不了它们成长的需要，我应该另想办法。

星期六，连续几天干热高温之后，下午一点多钟开始下雨。雨下得连绵而持久，一直到傍晚。

雨停了，将阳台上的少许雨水扫干净，小雀儿藏身的地方干干的，没有一丝水迹。

灰色的云仍笼罩着天空。我盼着麻雀妈妈来喂食，但它们却没有来。我猜想，一定是下了几个小时的雨，又近黄昏，小虫子都藏起来，它们难以觅到食物。

我照旧给小雀们换好食碟、水碟，放在木箱下，希望它们饿了能够吃几口，渴了能够喝几口。

大雨之后暑气消散了，夜风凉凉的，我盖上毛巾被甜甜睡了一夜。早晨五点钟，我被拂晓的清冷冻醒了，不由自主去阳台看望我的小雀。但我惊呆了，那只身体瘦弱的小雀，直挺挺地躺在食碟旁死了。

另一只小雀在木箱下凄凉地叫着。我顿时大悟，是昨天下午的饥饿与今夜的骤冷，使小雀在饥寒交迫中死去！

我按捺着伤感，决心立即抢救另一只小雀。然而，当我从草地里捉回小蚂蚱，另一只雀儿也张着嘴死在了食碟另一旁……

蚂蚱撒满了阳台，蹦着、跳着……

捧起死去的小雀，看着那张开的、充满企盼的、仿佛在呼唤妈妈的小嘴，我的心浸在悲伤里……我没能救活它们，它们用死拒绝了我。我想，假如当初不去援救，任它们在公路跑、在楼群跑，它们能活吗？兴许。假如一开始就不靠雀儿妈妈，而是坚定不移地实施人工喂养，它们能活吗？兴许。假如人和鸟儿能够对话，能够相互理解，它们能活吗？肯定！

捧着死去的小麻雀，我茫然望着天空。

麻雀儿

想写一点关于麻雀儿的文字，实在是这小东西近来愈来愈让人爱怜。随着生活的宽裕与时髦，现代病也愈加蔓延。高楼广厦，烟囱工厂，公路车辆……伴之而来的，除了现代文明，便是噪音、污染、生态环境的破坏与恶化。儿时常见的鸟儿已很难再见到。唯独这麻雀，还顽强地撑着，苦苦地恋着，用它娇小的生命，给我们的生活平添了一支颤抖的回归自然之歌！

黎明，还在晨曦中睡眼蒙眬时，我便隔窗听到了柳枝上雀儿的“叽啾”。王维说：“拂曙能先百鸟啼”。不用说百鸟，单剩这小雀儿的叫声，已足以使人心驰神往。尽管现代社会有人造音响，卡拉OK，可怎么比得上这自然之歌！怎么比得上这自然的精灵！听了这亲切的“叽啾”，心就欢快地跳，仿佛回到了童年，仿佛见到了冬日的早晨，母亲在炉火上为我烘烤冰凉的棉衣……

匆匆起床，拉开窗帘望那雀儿，成双成对的，轻轻地串枝、灵动地转头。是在唱恋歌，还是在和晨曲？

早起上班，喜欢步行，不仅是健身，更多的是恋着自然。踏着晨光行于路旁，可观风云雨雪，可感鸟语花香。其实，鸟语，也只有这小雀儿的“叽啾”。自由地走在路上，常见一两只雀儿唰地横飞或直落，如同箭羽一般，心中会发出愉悦的欢叫！记得儿时，常可见伯劳、喜鹊、黄鹂、黎鸡儿，这小雀儿并不上眼。而如今，上眼的鸟儿不见了，不上眼的小雀儿竟觉得十分珍贵而深加厚爱了。

去年盛夏，游承德避暑山庄，在热河泉边柳荫下小憩，望见了枝头的一只雀儿妈妈。大概是觅食归来要喂雏鸟，短小的嘴巴衔着一条毛虫。我突然起了兴致，全神贯注看着，想寻到它的鸟巢和小鸟。胆小机警的雀儿，似乎猜透了我的用心，警惕地串着枝头，不安地左右张望，怎么也不回巢。足足相视了一刻钟，我终于心疼起这小东西，不忍心再让它为难，便悄悄地远离了那棵柳树。

麻雀的胆子本来是很大的，敢入深宅做客，敢落庭院觅食，常与人共生为伍。要不，为啥叫它们“家雀儿”呢！然而，胆子大是环境造出来的。若常临死神追逐，常受厄运袭击，再大的胆儿也会化为惊恐和不安。

想起麻雀的命运，心中就感到沉重，就有一种人类的负罪感。“大跃进”年代，全国除“四害”。不知是谁的判决，麻雀成为“四害”之一，与老鼠、苍蝇、蚊子一起被列为灭种对象。一场浩劫来临了，遍地布罗网，全民搞围剿。消灭麻雀的战役成为千百万人的会战。

▲窗前观雀图　　孙大钧 作

白日，拎破盆、提铁桶，男女老幼遍野敲打，追赶呼叫。可怜的雀儿惶惶惊飞，连栖身之地也无处求得。有的竟因再没了

▲小麻雀向老麻雀讨食　　　　　　　　　　　　肖虹 摄

力气，一头栽落吐血而亡。熬过了可怕的白昼，疲惫的雀儿好歹飞回马厩、驴棚的屋檐下以求安身。但更大的恐怖来临了，由青少年组成的“夜袭队”开始了夜间大捕捉。明晃晃的电筒光下，一只只呆呆的雀儿，于房梁椽缝中被扣抓，“喳喳”叫着，拼命挣着，成了青少年手中的俘虏。那时候，纤细的雀儿双腿也和老鼠尾巴一样，成为除害请功的资本和证据。

据说，把雀儿当作“四害”的理由是因其糟蹋庄稼，偷吃谷黍之类的粮食，所以罪该万死。叶圣陶老先生的《稻草人》不就是讲为了赶吓雀儿的吗？可几年之后，对雀儿的功过又有了新的评说。经调查考证表明，雀儿虽吃粮食，但孵化雏鸟期间，因要哺育幼鸟，所以食谱主要是各类害虫。这样，经历了几年的杀戮，麻雀终于从“四害”中被解救出来，进而“平反昭雪”了。

据说，为麻雀“平反”的过程还经历了一番曲折：鸟类学家郑作新和同事们走遍河北昌黎果产区和北京近郊农村，先后采集了848只麻雀做标本，逐个解剖嗉囊和胃部，看看里边到底吃的是什么食物。最后的结论是："冬天，麻雀以草籽为食；春天养育幼雀期间，大量捕食虫子和虫卵；七八月间，幼雀长成，啄食庄稼；秋收以后主要吃农田剩谷和草籽。总之，对麻雀的益害问题要辩证地看待，要因季节、环境变动而区别对待。"《人民日报》为此发表了郑作新的考察成果。但当时为麻雀"平反"的声音非常微弱，没有引起决策者的注意。

1959年11月27日，中科院党组书记张劲夫就麻雀问题写了一份报告。报告中说："科学家一般都认为，由于地点、时间的不同，麻雀的益处和害处也不同；有些生物学家倾向于提消灭雀害，而不是消灭麻雀。"两天后，毛泽东主席批示："张劲夫的报告印发各同志。"

1960年3月，毛泽东为中共中央起草了关于卫生工作的指示。他明确指示说："麻雀不要打了，代之以臭虫，口号是'除掉老鼠、臭虫、苍蝇、蚊虫'。"至此，麻雀儿从"四害"中被删除，并彻底获得了"平反"。

农村的雀儿，因总还糟踏粮食，所以被赶吓一番也算合理。可城市的雀儿呢？因城里不种粮食，只搞绿化，故应是百分之百的益鸟了。然而，令人可悲的是许多人并不考虑麻雀的有益。生活水平提高了，工作清闲了，憋得过剩的精力变成了杀生。

▲在草地觅食的麻雀儿

大小走兽打光了，接着是飞禽。大鸟儿打完了，最后轮到了麻雀。

那一年夏季，我写了一篇千百只麻雀在公司院外大杨树上每晚聚会歌唱的消息在报纸上发表。没想到，几天以后就发现有几个拿气枪的人晚上在树下大开杀戒！幸亏有人报告了园林管理人员，这种杀戮才被制止。

人是地球的主宰。为了享乐，可把动物消灭干净，可把植物毁灭干净，最后，剩个光光的地球与子孙为伴，难道这就是前辈的“功德”吗？

成群的雀儿终归是越来越少了，它们的胆子也越来越小了。在树梢儿，在空中，尽管“叽啾”声还能不断听到，可我担心，这声音究竟还能延续多久？

冰冷的早晨，踏着积雪走在路上，但见几只雀儿瑟缩地蹲在高远的枝头，我的心中便涌出了一分欣慰、两分凄楚、三分忧伤。

科普链接：麻雀为鸟纲、雀形目、雀科、雀属鸟类，俗名霍雀、瓦雀、家雀、禾雀、老家贼等，雌雄同色，显著特征为喉部黑色，脸颊白色具黑斑，头部栗色。喜群居，种群生命力极强，是中国最常见、分布最广的鸟类。亚种分化极多，广布于中国及欧亚大陆。世界共27种，其中5种分布在中国境内。树麻雀就是我们通常所说的麻雀。多营巢于屋檐、墙洞、树洞中，有时会占领家燕的窝或在树上筑巢。为杂食性鸟类，夏、秋主要以禾本科植物种子为食，育雏期则主要捕食各类昆虫。

生灵悄然适暖冬

北京的春、夏、秋三季温度比南方并不逊色。许多南方动植物之所以不适应在北京生存，关键是因为它们无法度过京城严寒的冬天。

记得1965年农业学大寨，寒假时回生产队参加平整“大寨田”的劳动，上冻的土层竟有五六十厘米厚。春节前气温最低的一天，白日温度居然达到-15℃！那种刻骨铭心的寒冷至今也忘不了。而现在，冬夜的最低气温怕也到不了这个温度了。

近些年来，冬季河道结冰的日子越来越少。京郊人明显感到冬天越来越暖和了。

人对气温的变化多停留在冷暖感知上。自然界的生灵则会凭借着超常的感官及本能，迅速调整自身行为和习性，对这种变化做出令人惊异的抉择和反应。

1

鸟儿称得上是气候的晴雨表。春天天气变暖，鸟儿迁飞到北方；秋天天气变凉，鸟儿们又飞回到南方。

然而，暖冬的出现，使那些本来生活在南方或秋季南迁的候鸟变成了京郊地区的留鸟。

留鸟，就是不迁徙，常年住在出生地的鸟儿。候鸟，则是有迁徙行为，每年春季沿固定路线迁往繁殖地，秋季迁回越冬地的鸟儿。

在我的印象里，北京地区原来的留鸟只有麻雀、乌鸦、老鹰、喜鹊、灰喜鹊等这些鸟类；但这两年，却连续发现了多种新留鸟。

珠颈斑鸠就是其中的一种。它们羽毛灰褐，颈部有一带黑圈，黑圈上点缀着珍珠般的小白点，故得名珠颈斑鸠。

珠颈斑鸠本来是生活在东南亚和中国东部及沿海各省的留鸟，而近两年却越来越多出现在京郊地区。原以为冬日来临前它们会迁徙南飞，但它们却仍在小区大树间飞翔，在楼群中盘桓，并踏着薄薄积雪在草地上寻找食物，居然成了京郊地区不折不扣的留鸟。

珠颈斑鸠为什么会在冬季留下来呢？除了气候变暖这一主因，小区里树木所结的种子、果实及遍地的草籽，也为它们提供了丰富的食物。加上好事居民撒下的米粒、猫粮、狗粮等辅助食物，在这里生活“衣食无忧”，因而才成了小区的留鸟。

候鸟和留鸟的区别不是绝对的。同一个鸟种，能否在一地区居留下来，主要取决于当地气候、食物和生活环境等因素。

国家一级保护鸟类黑鹳，逐水而居，数量稀少，冬季多迁往南方鄱阳湖等湖泊湿地越冬。北京郊区仅在它们迁徙途中补充食物时才能偶尔见到。

▲珠颈斑鸠成为京郊留鸟

可近几年，京郊十渡拒马河风景区竟吸引了数十只珍贵的黑鹳来这里繁衍栖息，并成了这里冬季的留鸟。十渡也因此被中国野生动物保护协会命名为“中国黑鹳之乡”。

由于冬季变暖，十渡风景区不结冰的流动水面逐年增多，又有小鱼小虾等水生动物可供捕捉，加上河两岸有悬崖峭壁适于栖息筑巢，黑鹳便将那里选作了居留地。

2016年，由于夏季降水比较丰沛，京郊大石河终于结束断流，有

▲在京郊越冬的黑鹳

了河水荡漾的新气象。及至冬季，仍有十余只黑鹳在大石河捕鱼。我和好友曾多次有幸追寻并观察到了这种红嘴、红腿、白腹、黑羽的漂亮大鸟。

由此可见，只要温度、环境适宜，食物比较充足，迁徙的候鸟也是可以变为留鸟的。

京郊牛口峪水库是燕山石化公司的污水处理集散地。多年来，经过生化综合处理，库区水质不但明显改善，而且鱼虾成群、水鸟聚集、游客纷至沓来。这里现已成为一座美丽的水上乐园。

冬季游览库区，仍可见到野鸭、翠鸟、黑水鸡、白胸苦恶等原本要南迁的水鸟。它们已经在这里“安家落户”了。迁徙的水鸟如今留在了京郊，原因就在于库区水温较高，冬天不结冰或很少结冰，水鸟们能在水面游来游去随时捕鱼。倘若气候严寒、水面冰冻，水鸟们无法涉水或入水捕食，肯定是要远走他乡的。

“春江水暖鸭先知”。正因为京郊地区冬季变暖、环境改变，有了生存觅食条件，才使得迁徙的鸟儿们留在了京郊，“反认他乡是故乡”了。

2

大自然中的小小昆虫看似渺小细微，其实却有着非凡的生存和适应本领。

元旦后的一天下午，去幼儿园接孙儿，路过小区中心广场绿篱，突然被女贞绿篱枝条上的一种白花花的东西吸引了。

▲女贞绿篱上生出了白蜡花

这种物质如同白色细腻的凝固泡沫，包裹着筷子般的枝条，使整个枝条变得像手指般臃肿。我好奇地用手将这白色物一捋，竟如散落的泡沫聚在手心上。用手指轻轻捻一捻，白色物碎了，两个手指却变得油腻光滑。这到底是生么东西呢？

细细观察发现，凝固的“泡沫”中有许多小孔，那小孔中分明还残存着一些小虫的遗体——于是我猜想，这一定是什么昆虫分泌或结成的物质。

但究竟是什么昆虫结成的这种凝固的“泡沫”呢？我的脑海中突然出现了“蜡花”形象：眼前的物质与白蜡树所结的“蜡花”十分相似。

在北方，白蜡树是一种良好的绿化树。而在气候温暖的我国西南各省，白蜡树则是可放养白蜡虫、回收白蜡花的经济树种。

白蜡虫俗称蜡虫，幼虫阶段能分泌一种白色的蜡质，是我国特有的资源昆虫。它们寄生在女贞科植物或木樨科的白蜡树上，以吸食树木的汁液为生，其分泌的白蜡花可以提炼出高品质的白蜡。白蜡虫是南方热带或亚热带地区才有的昆虫，故北方的白蜡树是无论如何也看不到的。

资料介绍说：国内白蜡虫的分布范围最北采集地为山东崂山，最南抵广东海南岛，最西到云南、西藏昌都地区，最东达沿海各省。

既然白蜡虫最北分布地为青岛崂山，那么在京郊见到白蜡花便不大可能。但眼前白花花的东西实在像白蜡花，况且蜡花中昆虫的遗体分明就是白蜡虫的模样。

再看蜡花附着的植物，则是熟悉的女贞子，便进一步证实了我的判断。白蜡虫除了喜欢白蜡树，还喜欢寄生在女贞子科的植物上。这一发现让我惊异。立即对周围的女贞子绿篱进行了详细观察，居然发现了几十处有白蜡花的枝干！这充分表明，南方的白蜡虫真的悄悄入住了北京郊区，并在这里潜滋暗长了！

小区中栽植的白蜡树也不少。为什么白蜡树见不到白蜡花，而仅在低矮的绿篱女贞子上发现了呢？

观看了中心广场的环境，我分明找到了答案。中心广场开阔朝阳，没有树木遮挡，阳光明媚，冬季气温较高。女贞子为低矮灌木，密集丛生，其生长的小环境比高大的白蜡树上要温暖许多。迁移到京郊的白蜡虫，自然会选择环境和温度更适宜的女贞子寄生了。

为证实“白蜡花”的真伪，我便摘了一些回家用开水熬煮，果然得到了一层粗糙的白蜡片。

在京西南小区发现“白蜡花”，应是北京气候变暖所造成的另一个连带事件。

3

暖冬的变化还引发了一些植物的意外表现。

我们居住的楼西有一架邻居栽种的金银花。金银花又叫“忍冬”，是说它们能够忍受冬天的寒冷。在黄河以南地区，耐寒的金银花冬天不落叶；但在寒冷的北京郊区，金银花是落叶冬眠的。而2016年冬天，这架金银花居然整个冬天有三分之一的叶子仍旧翠绿，依然生长在藤枝上，只不过稍稍瑟缩一些罢了。原本冬天落叶的金银花现在不落叶了，不是北京暖冬的杰作吗？

大白菜曾是北京人的当家菜。夏季二伏下种，立冬节气采收。所谓“立冬不起菜，必定受霜害”。大白菜一般能忍受-5℃

▲室外越冬的白菜秧春天复活了

的低温，若温度再低则会被冻死。

去年夏天，四单元邻居在草坪的废旧花盆中栽了一棵白菜。大约是缺乏肥水、疏于管理，花盆中的白菜长得单薄瘦小，只生出了六七片平塌塌的小叶，连“欠身”的动作都没有，更别说长菜心了。

入冬以后，大概觉得白菜实在没起色，主人便彻底放弃将其扔在草坪中自生自灭。果然，随着气温不断下降，白菜的叶子很快枯萎，并彻底塌落在花盆中。我断定，这棵白菜被冻死了。

春节过后，随着天气逐渐变暖，再次路过花盆随意瞥了一眼，我瞬间惊异了：那棵枯萎的白菜，叶子似乎有些振作，并有了绿色生机的模样！揉揉眼睛蹲下身子仔细翻看，没错，几片曾经枯萎的叶子果然“还阳”变绿了！

真是一个奇迹：一棵弱小的、本来无法在室外露天越冬的白菜，居然熬过了北京的冬天并复活了！

一场纷飞的春雪以后，那棵白菜长得越发油绿，并生出了粗壮的花茎和一簇簇缀满茎头的浅绿花骨朵！天哪，它居然要繁殖后代了！在以后的日子，我时常蹲下来看这奇迹：那神奇的白菜茎头不但快速向上生长，而且开出了一朵朵金黄色的十字小花。

难于察觉的暖冬对人来说也许毫不经意，但对动物和植物来说却具有敏感意义：它们迅速感知并适应着这些新变化，并表现出了各自开疆拓土的卓越能力。

作为暖冬制造者的人类，是否应该有所警醒和反思了呢？

后　记

后记,多为敬告成书之因及相关事宜。作者谨向关心并鼎力成就此书的领导、挚友、单位和家人深表谢意。

年逾古稀,别无他求。撰写此书,只为开一方京郊动物自然、人文之窗口,留一痕我辈生活之印记,为孩童、家长供一餐动物科普之“茶点”。然谋就一事,非贵人相助、众手提携不成。

完稿之初,幸由北京燕山出版社呈报,中国作协原副主席、中国儿童文学委员会主任高洪波先生和房山区文联主席、著名作家凸凹先生殷殷荐言,致使该书入选北京宣传文化引导基金项目;又有凸凹先生热情作序,亦使该书焕然增色。

出版之前,幸得燕化公司关工委常务副主任、公司原党委书记王玉英,燕山工委书记、办事处主任李光明,燕山办事处副主任曾辉,燕山工委宣传部部长、燕山文联主席于勇等领导盛情推荐,鼎力支持,将其列入燕山文化丛书,并建议作为燕山中小学生课外阅读书目发行,开科普助教之先河。

编校之中,幸有肖虹、刘申、刘建军、曹毅等诸友提供随文照片,刘申先生于百忙中不辞辛劳,赶绘配文彩图,以助图文并茂;亦谢王雨华、武德水、陈建国、张静等挚友及女儿建华悉心协助校对、提出宝贵建议。

成书前后, 燕山出版社金贝伦等编辑与作者和燕化印刷工贸公司及时沟通、联袂协作、不舍昼夜,终使该书如期付梓。

为此,再次向诸位领导、方家、老友及有关单位稽首恭谢!

作者

2021 年 12 月 1 日